Christine Brückner · Drei Romane

Christine Brückner

Ein Frühling im Tessin
Die Zeit danach
Letztes Jahr auf Ischia

Drei Romane

Mit einem Nachwort von
Sigrid Bauschinger

Ullstein

Ex Libris Ausgabe · November 1987

Gesamtherstellung: May & Co., Darmstadt
Printed in Germany 1987
ISBN 3-550-08535 4

Ein Frühling im Tessin

Wenn es vorbei ist, weiß man nie, wann so eine Geschichte eigentlich angefangen hat. Mein Mann behauptet, alles habe seine Ursache in dem Regen gehabt. Bei gutem Wetter wäre das nicht passiert. Wie überhaupt die meisten Ereignisse und vor allem die Ungeheuerlichkeiten unter dem Einfluß der Witterung geschähen. Wenn er mit seinen Ausführungen so weit gekommen ist, pflege ich wegzuhören. Wir sind sechs Jahre verheiratet, ich kenne seine Argumentation. In diesem Falle wird er sie statistisch unterbauen, und er wird seine Beispiele aus dem Bereich der Verbrechen wählen, denn er ist Jurist; er wird sie aus dem ›allgemein menschlichen Bereich‹ wählen, denn er ist Scheidungsanwalt. Der kommende Mann in unserer Stadt, sagen seine Kollegen. Ein Frauentyp und jetzt gerade im gefährdeten Alter, ein gutaussehender Endvierziger, eben im Begriff, leicht zu ergrauen.

Lotte, die ebenfalls den Dingen nicht allzusehr auf den Grund zu gehen pflegt, dafür aber ein wenig romantisch veranlagt ist, sagt: Es ist diese Landschaft. Rechts eine Felswand, links eine Felswand, in der Mitte ein Wasserfall, schäumendes Brausen und tiefhängende Wolken; ein wenig Tessiner Vegetation mit Kastanien und Nußbäumen und blühenden wilden Kirschen; der Waldboden beschneit mit weißen Anemonen – das genügt schon, um sie anfällig zu machen. Noch anfälliger macht sie der Barbera, und wenn man ihr gar den schwerfließenden, kaum vergorenen Nostrano aus dem vorigen Jahr vorsetzt, dann behauptet sie immer noch: Es ist diese Landschaft! Lotte ist die Sekretärin meines Mannes. Sie hat tiefen Einblick in das Leben genommen, sagt sie. Ich nenne sie gelegentlich ›das einfache Lottchen‹, weil sie vor ein paar Wochen, als sie wieder einmal anfällig war, fand, ich sollte sie doch ›einfach Lotte‹ nennen.

Der Vorschlag, sie in unser Ferienhaus mitzunehmen, stammt von mir. Ich vermutete damals, daß mein Mann mir in etwa zwei Monaten, vielleicht auch schon früher, so genau weiß man das ja nie, sagen würde, er habe einen dringenden Termin in London, und Lotte käme der Einfachheit halber und für alle diese Formalitäten am besten mit. Auch meine Phantasie reicht aus, mir vorzustellen, wie englische Parks auf Lotte wirken. Und mein Mann – nun, der sagt zwar, daß er genügend Gelegenheit habe, aus den Fehlern anderer zu lernen, aber warum, warum macht er dann so viele? Wer garantiert mir, daß er vor dem mit seiner Sekretärin zurückschreckt? Er ist auch sonst in seinen Einfällen nicht immer originell. Als ich vorschlug, die Praxis für zehn Tage zu schließen, dann könnten wir Lotte mitnehmen, und sie könnten unten – unten heißt im Tessin, in unserem Haus – das Nötigste arbeiten, wußte er allerdings sofort Bescheid. Er sah mich anerkennend an und sagte: »Ich habe doch nicht etwa eine kluge Frau geheiratet?«

»Aber keine raffinierte«, sagte ich. Das gab er zu.

Mir schien, daß uns allen eine Woche Ferien im Frühling guttun würde. Vorgeführtes Eheglück kann man das natürlich auch nennen. Ich hoffte, daß es ernüchternd wirken würde auf das einfache Lottchen.

Weil man Dreiecksverhältnisse nicht gewaltsam konstruieren soll, rief ich Friedrich Georg an, der seine Unabhängigkeit gern in raschen Entschlüssen dartut. »Es wird nicht einfach sein«, sagte er, »es gibt da allerlei zu regeln.« Ich zog sofort zurück und bedauerte sehr und verstand die Wichtigkeit seiner Vorhaben augenblicklich, und deshalb mußte nun wiederum er die Taktik ändern. »Man darf sich nicht von Bagatellen abhängig machen, und es ist alles Bagatelle, was nicht –.« Hier unterbrach ich ihn, wir führten auf meine Kosten ein Ferngespräch: »Wem sagst du das, Friedrich Georg!« Was eine Bagatelle ist, das ändert sich bei ihm so oft wie bei mir. Wir haben uns darüber nie verständigen können; nur in den Details, so nennt er das, sind wir immer derselben Ansicht. Woran das liegt, weiß ich nicht. Wir kennen uns schon zehn Jahre. Friedrich Georg ist Junggeselle. Außerdem ist er ein Dichter. In erster Linie aber ist er Junggeselle, und um das zu bleiben, tut er viel und vieles nicht und kommt darüber nicht recht zum Dichten, scheint mir. Ohne das Nachtprogramm im Rundfunk ginge es ihm sicher ziemlich schlecht.

Friedrich Georg sagt – als Dichter hat er eine Vorliebe für die Metaphysik, die bei ihm ziemlich unmittelbar über der Sphäre von Lottes Wasserfall und der felsigen Schlucht beginnt –, er sagt: ›Alles ist Anfang.‹ Dann sinnt er lange und sagt: ›Alles ist Ende. Die Anemonen duften nach Moder, das welke Laub, diese Krume über unserem Planeten, was ist sie anderes als: Rosen – Tränen – Staub.‹ Wenn er so weit ist, geht man am besten. Er merkt es sowieso nicht. Er greift nach dem Stift, und man tut gut daran, ihm schnell noch eine Papierserviette zuzuschieben, damit er nicht das Tischtuch beschreibt.

Einmal, das liegt Jahre zurück, habe ich ihn gefragt, woher er das kann. Was? Was – kann? Er war irritiert, er mag direkte Fragen nicht übermäßig gern. Ich erklärte es ihm, sagte: »Nun, das Dichter-Sein. Du mußt es doch irgendwo gelernt oder jemandem abgeguckt haben.«

Er war gekränkt. Aber das hält nie lange vor. Unser Verhältnis ist jenseits von Gut und Böse. Das glaubte ich wenigstens, bevor wir auf diese Reise gingen. Nicht einmal das gesteht mir mein Mann zu. Das Fatale, so behauptet er, sei, daß ich selbst an meine Unbefangenheit glaube, und darum sei sie auf gewisse Weise eben doch existent. Mein Mann hat einen Freund, der Existenzphilosoph ist, vermutlich verdanken wir ihm, daß bei uns so vieles ›existent‹ oder ›existentiell‹ ist.

Friedrich Georg, um auf ihn noch einmal zurückzukommen, legt die Hand auf meine Schulter, wie er sie auf den ersten besten Fensterrahmen oder – wie er es noch lieber tut, weil es dekorativer ist – an den Stamm eines wilden Kirschbaums lehnt. Er lehnt sich überhaupt gern an, und das ist mehr als eine Pose. Außerdem hat er eine Vorliebe für unveredelte Bäume, für das Echte also, und darum stiegen wir aus der Promenadenzone am Lago Maggiore, weg von Palmen, Agaven, blühenden Kamelien, Rhododendronhecken und Mimosenbüschen, dorthin, wo eben erst die Wiesen grün wurden, wo Primeln an den Quellen blühten und Veilchen die moosigen Felsen überwucherten. Es war April. Aber es regnete.

Friedrich Georg erkennt Zusammenhänge, die keiner von uns wahrnehmen kann. Alles gerät bei ihm sehr bald in eine Zone, an der unsichtbar, aber keineswegs unauffällig ein Schild hängt: Zutritt nur für Befugte.

Tante Be, die in unserer Geschichte eine viel größere Rolle gespielt hat, als ich zunächst vermutet habe, Tante Be ist imstande zu sagen: »Kindchen, das ist Schicksal. Ich bin in einem Alter, in dem man wieder an das Schicksal glaubt und drüber reden kann, ohne Angst zu haben, daß man sich lächerlich macht. Alles, die Situation, die Geschehnisse oder die Dinge, oder wie ihr das nun nennt, hatte sich zugespitzt, verdichtet – daran allerdings wart ihr schuld und ich natürlich auch, aber dann haben sie sich selbständig gemacht, die Fäden glitten uns aus der Hand, und was dann kam, das war Schicksal, Suschen.« Und wie sie das sagt, gar nicht etwa bedeutungsvoll und ernst, sondern heiter und beiläufig; wie andere Frauen in ihrem Alter ein Strickmuster erklären – am Rand mußt du Knötchen stricken, Kind, dann wird die Naht glatter –, so redet Tante Be über das Schicksal.

Übrigens finde ich, daß ein gut Teil schuld an alldem das Haus hat. Es gibt da so etwas, das ich die übernommene Hypothek nenne. Simonetti, unser Vorgänger, hatte viel mehr zurückgelassen als einen Teil des Inventars, mehr als alte Regenmäntel und Schaukelstühle, aber davon wird noch oft die Rede sein.

Das Haus gehört mir. Mein Mann versäumt keine Gelegenheit, das zu betonen. Es ist das Hochzeitsgeschenk einer großzügigen Tante, jener Tante Be, die seit mehr als zwei Jahrzehnten in der Schweiz lebt und nie wieder nach Deutschland zurückgekehrt ist. Sie bedauert jeden, der dort zu leben gezwungen ist. Ihr Geschenk entstammt dem Mitleid; sie denkt, daß ich – wie sie – eines Tages meine Zuflucht ins Tessin nehmen werde, nicht zuletzt, weil es in Deutschland kalt in jeder Hinsicht sei und weil man dort zu tüchtig sei und niemals etwas von der Kunst zu leben lernen werde. Außerdem richtete sich dieses Geschenk unmißverständlich gegen Albrecht. Das Haus soll meine Zuflucht sein, wenn es mit meiner Ehe schlecht ausgeht, wovon sie offensichtlich vom ersten Tage an überzeugt war. Sie hat eine Abneigung gegen Juristen, sie mag ja auch meinen Vater nicht. Es sei denn, es handelt sich um Notare, mit denen sie viel zu tun hat, da sie sich auf dem Schweizer Immobilienmarkt betätigt. Vielleicht hatte sie wirklich für dieses Haus keinen Käufer finden können, wie Albrecht behauptet, und in uns hatte sie wenigstens jemanden, der die Unkosten trug. Und wenn schon! Man darf hier so wenig nach den Motiven forschen wie bei anderen Geschenken.

Auf dem Immobilienmarkt ist sie heimlich tätig. Offiziell malt sie. Sie bezeichnet sich als Malerin; sie hat uns damit überrascht, daß sie das Haus ausgemalt hatte, bevor wir es zum erstenmal sahen. Das war auf unserer Hochzeitsreise. Sie hat eine sanfte Palette, die Farben tun einem nicht weh, ihr Strich ist behutsam, und das ist schon etwas Positives für einen Maler, mit dem man verwandt ist. In ihren Motiven hat sie sich beschränkt – auf Naturalien, wie mein Mann das zu nennen beliebt. Drei blühende Magnolienzweige an der Kaminwand. Ein Stückchen Lago mit zwei Palmen in der Diele. Die gemalten bunten Poccalinos und Bastflaschen an der weißgekalkten Wand in der kleinen Küche sind sogar sehr hübsch. Albrecht kann die Kuh nicht leiden, die über die Herdwand spaziert. Sie heißt die Nestlé-Kuh. Jedesmal, wenn wir in unserem Haus sind, droht Albrecht damit, sie zu schlachten und in den Topf zu tun, und alle meine Einwände, daß wir dann auch noch die Milch von Locarno heraufholen müßten und nie mehr Schokolade hätten, quittiert er mit einem dürftigen Lächeln. Was diese Kuh bisher vor der Vernichtung gerettet hat, war Albrechts Mißtrauen; ein rein juristisches Mißtrauen. Er war der Ansicht, daß dieses Haus noch irgendeinen Haken habe. Er konnte sich einfach nicht vorstellen, wieso eine Tante ihrer Nichte derartige Geschenke machte. Darum behandelte er Tante Benedikte mit höflichem Mißtrauen. Den Namen Benedikte hat sie sich erst später zugelegt. Ich kannte sie als Kind nur unter dem Namen Tante Berta, und Berta paßt sehr viel schlechter zu ihr als Benedikte. Wir nennen sie Tante Be. Auf ihre Weise hat sie Stil. Friedrich Georg erkannte das sofort. Allerdings hat Tante Be, als sie ihn zum erstenmal sah, mit allen Anzeichen des Entzückens ausgerufen: »Was für ein Kopf! Diese Nackenpartie! Susanne, darauf mußt du achten bei einem Mann. Glaub mir, sie haben alle Ursache, ihren Nacken hinter Kragen und Schlips zu verbergen, die meisten wenigstens. Wie sie den Kopf tragen, der Haaransatz, die Beweglichkeit des Halses – ach, was sage ich denn! Eine ganze Charakterologie ist das!«

Albrecht fing bereits an, unruhig den Kopf hin und her zu drehen, und Lotte sah interessiert von einem Männernacken zum anderen, und auch weniger eitle Männer als Friedrich Georg hätten sich geschmeichelt gefühlt. Bereits in den ersten zehn Minuten war zwischen Tante Be und ihm dieses Einverständnis der ›Künstler unter sich‹ hergestellt. Meine Tante wurde mehr und mehr zu einem Gebilde seiner dichterischen Phantasie, und er verwandelte sich unter unseren Augen in das Porträt eines Dichters.

Wir sind an einem Montagmorgen von zu Hause weggefahren. Am Sonntag hatte Albrecht alles an Akten zusammengesucht, was zehn Anwälte in drei bis vier Wochen mit der Hilfe von mehreren guten Sekretärinnen hätten erledigen können. Die gebündelten Akten verstaute er im Kofferraum des Autos und überlegte, ob er nicht den Reservereifen zu Hause lassen sollte, um noch mehr Akten unterbringen zu können. Uns hatte er strenge Anweisungen erteilt, so wenig an Gepäck mitzunehmen wie möglich, was gar nicht nötig gewesen wäre, denn es ließ sich sowieso kaum noch etwas verstauen.

Friedrich Georg war gegen Abend bei uns eingetroffen; er war aus einem mir unersichtlichen Grunde verstimmt. Vermutlich fürchtete er, in häusliche oder menschliche Abhängigkeit zu geraten, dachte vielleicht auch, daß ich kupplerische Absichten hätte, was natürlich sehr schlecht beobachtet ist, denn jede Ehefrau hat schließlich gern einen gutaussehenden Junggesellen zum Freund und Verehrer. Ich will damit durchaus nicht etwa andeuten, daß ich ihn als Spekulationsobjekt betrachtet hätte oder gar als eine Art von Ersatz. Ein Jugendfreund tut einem in deprimierten Stunden gut, das ist alles, und diese Stunden sind gar nicht so selten, wenn man mit einem vielbeschäftigten Mann verheiratet ist, der einem gelegentlich zu verstehen gibt, daß die meisten Dinge dieser Welt wichtiger sind als man selbst, der einem das Hohelied der Arbeit gerade in dem Augenblick vorsingt, wenn –. Aber das führt jetzt zu weit ab.

Es war windig, und kalt war es auch, und die Regenschauer fehlten ebenfalls nicht. Wir fuhren bei Lotte vorbei und luden sie und ihren Koffer ein.

Die Männer lösten sich am Steuer ab. Albrecht fährt im ganzen ruhig, aber hart, mit einer gewissen Skrupellosigkeit, die, wenn man sie erst einmal kennt, nicht wirklich beunruhigend ist. In Italien fährt man so. Albrecht war während des Krieges längere Zeit in Florenz.

Friedrich Georg ist ein sensibler Fahrer. Er reagiert schreckhaft und nervös, raucht viel und hat jene zerstreute Konzentration, die jedes Gespräch der Mitreisenden verstummen läßt. Man fährt. Ausschließlich. Man ist unterwegs. Gelegentlich macht er einem das Ungeheuerliche des Nicht-mehr-hier- und Noch-nicht-dort-Seins in ein paar Sätzen deutlich. Die Einheit von Raum und Zeit ist für eine Weile aufgehoben, allerdings nur auf eine gewisse, schwer definierbare Weise. Wir dachten pflichtschuldigst darüber nach, starrten auf die Fahrbahn und nahmen uns zusammen, damit wir nicht bei jedem Huhn, das über die Straße rannte, und bei jedem Radfahrer, der sein Leben vor unserem Wagen aufs Spiel setzte, aufschrien.

Nach zwei Stunden erklärte ich, daß wir einen Augenblick halten müßten. Bevor wir wieder einstiegen, fragte ich so harmlos wie möglich meinen Mann, ob er nicht wieder ans Steuer wolle. Ich bat sogar Lotte, sich neben ihn zu setzen, weil ich doch so manches mit Friedrich Georg zu besprechen hätte.

Wir hatten uns über ein Jahr lang nicht gesehen. Er lebt in Hamburg, weil das – nach seinen Worten – die einzige Stadt sei, in der ein schöpferisch tätiger Mensch in Deutschland leben könne. Ihre nüchterne Strenge, verbunden mit der raschen Mentalität der Handelsstadt und der Kultur und Tradition von Jahrhunderten, legt der eigenen Phantasie jenes Maß an, dessen sie bedarf, um in Disziplin zu arbeiten. So ähnlich. Einen guten Teil des Jahres verbringt er in den gepflegten Eigenheimen von Industriellengattinnen, am Kamin von enthusiastischen Frauen, die ihn als eine Art von geistigem Ausgleich brauchen, die das Geld ihrer Männer zwar ausgeben, aber seine Herkunft aus Schrott und Buntmetall oder, dezenter und mit ihren Worten gesagt, aus Stahl und Eisen in diesen Gesprächen am Kamin vergessen wollen. Sie pflegen ein heimliches

Mäzenatentum und versammeln Maler und Dichter und Musiker um sich. Diese wiederum sind geschmeichelt, weil man sie in Kreisen bewundert und, mehr noch, respektiert, zu denen sie sonst keinen Zugang haben; wie alle Künstler haben sie außerdem eine Vorliebe für einen gutgedeckten Tisch und gepflegte Weine und von Zeit zu Zeit das Bedürfnis nach einer Frau, die ihnen zuhört. Natürlich sind das alles nur Milieustudien.

Auch Friedrich Georg braucht diese Abende. Er ist dann so ›dicht an unserer Zeit‹. Es ist ein paritätisches Verhältnis, er revanchiert sich. Er liest ein paar Gedichte vor, nie mehr als zwei oder drei, und umhüllt sie mit Schweigen, in dem sich dann seine Worte entfalten. Er sieht lange verstummt ins Feuer und schreibt wahrscheinlich sogar, wenn er jenes Stadium der Lebensdichte und -nähe erreicht, das ihn allein dazu befähigt, einen seiner wirklich hübschen Vierzeiler in das Gästebuch. Und wenn man ihn bittet, ein Bild von sich hineinzulegen, dann hat er in der Regel eines in der Brieftasche bereit. Im letzten Jahr habe ich ein sehr eindrucksvolles Foto von ihm in den Literaturbeilagen der Wochenzeitungen gesehen: Er steht auf einer Landstraße, die rechts und links von Meilensteinen markiert ist. Die Straße ist völlig leer. Er steht. Er geht nicht etwa. Die Hände in den Hosentaschen, auf legere, aber keineswegs nachlässige Weise. Ein Zeichen für sein ›Unterwegssein‹. Nirgends verhaftet. Dieses Suchen und doch den Weg bereits kennen. Irgendwo ein Ziel. – Ich habe das alles begriffen, ohne daß er es mir hat erklären müssen. Obwohl er es sicher gern getan hätte.

Lotte plauderte mit Albrecht. Sie redeten über irgendwelche ›Fälle‹. Manchmal hörte ich Bruchstücke eines Satzes. Ich habe Mühe, mich damit abzufinden, daß sie mehr mit ihm zu bereden hat als ich. Einmal habe ich das ihm gegenüber geäußert, und er hat gesagt: »Huschi, das Reden tut's doch nicht!« – Aber das Schweigen tut's auch nicht.

Lotte hatte natürlich Schokoladentäfelchen in der Tasche. Sie weiß natürlich auch, daß es zartbittere sein müssen, während ich mir nie vorstellen kann, daß andere Leute andere Sorten mögen als ich.

Immer bringe ich Nußschokolade mit und esse sie nachher selbst. – Sie schob ihm dann und wann ein Täfelchen in den Mund, und beim ersten fragte sie über die Schulter und lächelte, mit dieser Naivität, die nur bei einer Achtzehnjährigen überzeugend ist: »Das darf ich doch?« Das Lächeln, mit dem ich zustimmte, war nicht um einen Grad echter oder besser als ihres und trug mir einen fragenden Blick von Friedrich Georg ein und ein leises: »Ist da etwas?«

Ich bemühte mich, ein überlegenes Gesicht zu machen, und sagte: »Präsens? Nein, ich glaube nicht. Aber Futurum oder Konditional oder einfach: Es könnte etwas draus werden.«

»Ah, deshalb also.«

Ich fragte leise zurück: »Deshalb, wieso: deshalb?«

»Die Einladung an mich.«

Warum das leugnen? Er sah auf einmal so jung aus. Es tat so gut, daß er mich sofort verstand und nicht gekränkt war. Alles Preziöse war auf einmal weg, wir waren alte Freunde, denen es nicht einmal schwerfallen würde, für eine Woche, notfalls auch aus demonstrativen Gründen, etwas mehr zu sein.

Die Alpenpässe waren noch nicht freigegeben; wir fuhren in Göschenen zum Autotunnel und hofften, daß uns auf der anderen Seite des Gotthard bereits Frühling und Sonnenschein erwarten würden. Statt dessen war es auch in Airolo noch kahl und braun. Wir kurbelten die Fenster schleunigst wieder hoch, und Albrecht drehte die Heizung weit auf. Der Wind war kalt, er schien aus dem oberen Tal des Ticino zu kommen. Die Berge waren noch bis weit hinunter in die Täler verschneit, und der erste blühende Mimosenbaum in Bellinzona war so unglaubwürdig wie die Kamelienbäume, die rechts und links der Straße im Schutz der Hausmauern blühten. Rainer hätte gesagt: »So schön, wie's gar nicht gibt.« Mit seinen fünf Jahren hat er es bereits begriffen. Friedrich Georg fing an, uns zu erklären, daß am Frühling nicht die Farbe der Blüten das Wesentliche sei, sondern das Grün der Wiesen und Sträucher. Wir stritten uns zum erstenmal, nur weil wir uns nicht einigen konnten, welche denn nun die Farbe des Frühlings sei. Friedrich Georg behauptete wie einer, der es schließlich wissen mußte, weil er der Natur, der Schöpfung schlechthin, doch wohl näher sei als unsereins, der Frühling ist grün. Lotte versteifte sich auf Rosa. Albrecht enthielt sich der Stimme. Erst als wir länger auf ihn eindrangen, sagte er ärgerlich, der Frühling sei bunt. Ich hatte mich für Blau entschieden. Was mir eine Rüge des Dichters eintrug; er behauptete, das sei ›second hand‹, ich hätte das aus einem Gedicht von Mörike: ›Frühling läßt sein blaues Band wieder flattern durch die Lüfte...‹ Ich verteidigte mich. Wenn schon – mußte ich denn immer originell sein? Außerdem sei es nur ein Beweis, welche Bedeutung Dichterworte für mich hätten, und nicht nur für mich; sie seien meinungsbildend schlechthin.

Es wurde schon dämmrig, als wir den See erreichten. Wir hatten noch gesehen, wie die Sonne hinter dem Monte Bré unterging, klar und sehr rot, wie es sich für einen Sonnenuntergang am Lago Maggiore gehört. Es war kalt, aber die Sicht war gut. An den Promenadenwegen standen die weißen Bänke, als ob die Saison schon begonnen hätte. Magnolien, Kamelien, Pfirsichbäume, Mimosen, alles blühte wie im buntesten Reiseprospekt. Lotte hatte bereits mehrfach Ah und Oh gesagt; Friedrich Georg nahm den Frühlingsüberschwang hin, als könnte das alles mit dem, was er unter Frühling verstand, nicht annähernd konkurrieren. Ich war begeistert und tat, als sei alles mein Verdienst und gehöre einfach mit zu dem, was ich hier zehn Tage lang zu verschenken hätte.

Und Albrecht sang: »*Mi casa, su casa* – dein Haus ist mein Haus«, ein Lied, das wir vor ein paar Jahren einmal unten bei Picelli gehört haben und das seitdem unsere Nationalhymne ist, sobald wir in der ›Casa Susanna‹ sind.

Damit keinerlei Zweifel über die Besitzverhältnisse aufkommen können, hat Tante Be ›Casa Susanna‹ schwungvoll an die rosafarbene Hauswand gemalt.

Albrecht parkte den Wagen auf der Piazza. Wir waren ganz steif geworden von der langen Fahrt, seit zehn Uhr morgens waren wir unterwegs; wir hatten kurz hinter Freiburg in einem kleinen Hotel übernachtet. In zwei Doppelzimmern. Vermutlich hatte es den Männern nicht mehr behagt als Lotte und mir. Ich teile mein Zimmer nicht gern mit Frauen, ich finde es auch immer irgendwie unanständig.

Die Männer kauften die besseren Sachen ein, ›die guten Dinge des Lebens‹, Wein, Zigaretten, Schokolade, und wir Frauen sorgten für das Solide. Ich prahlte vor Lotte mit meinem Italienisch, antwortete mit *»'giorno«*, wenn man »Guten Tag« zu mir sagte, und verwendete bei jeder Gelegenheit: *»grazie«* und *»prego«* und *»va bene«*.

Merkwürdig ist das: Wenn das Licht über der Haustür brennt und Albrecht die Tür aufschließt, merke ich, wie sehr ich mich hier zu Hause fühle, daß es tatsächlich mein Haus ist und daß es beruhigend ist, das zu wissen. Es ist ein Trumpf, den ich ganz gern in der Hand habe. Tante Be hat das sehr weise vorausgesehen. Ob es allerdings gut ist für Albrecht und mich, ist sehr die Frage. Er merkt es natürlich. Hier bin ich die Stärkere. Aber da wir niemals länger als vier Wochen im Jahr hier sein können, kann es so schlimm mit meiner Überlegenheit nicht werden.

Seit unserem ersten Aufenthalt im Tessin gehört es zu meinen Privilegien, von einem Raum in den anderen zu gehen und die Fensterläden aufzustoßen. Das ist von symbolischer Bedeutung. Es ist, als gähne das Haus aus allen Fenstern und Türen die Müdigkeit und den Winter aus. Wir sind da, heißt es außerdem. Wir haben Ferien, heißt es.

Aber natürlich wollte Lotte helfen. Es gehört zu den lästigen Angewohnheiten von Frauen, sich überall nützlich machen zu wollen. – Albrecht fing, wie sonst auch, damit an, Holz herbeizutragen und Feuer im Kamin zu machen. Ich lief rasch einmal durchs Haus, um festzustellen, ob alles in Ordnung sei, und als ich beruhigt zurückkehrte, hatte Friedrich Georg bereits eine dekorative Pose am Kamin gefunden, die er in den folgenden Tagen oft eingenommen hat: den rechten Arm auf den Kaminsims gestützt, die Beine locker übereinandergeschlagen – ein entspannter Mensch.

Es gibt nur diesen einen Wohnraum, in dem auch gegessen wird. Ich hantierte herum, stellte die Tulpen, die Albrecht an der Piazza gekauft hatte, in einen Krug und hörte dabei, wie Friedrich Georg meinem Mann das Wesen des Feuers erklärte: als die älteste, symbolträchtigste Form von Sein und Sichverzehren. Holz und Asche. Glut und Kälte. Er führte das Thema dann weiter zum einfachen Leben hin und war gerade ›den Dingen ganz nahe gekommen‹, als Albrecht aufblickte und erklärte, daß ihm bei ›einfachem Leben‹ immer gleich die Ölheizung einfiele. Er setzte Friedrich Georg auseinander, welche Vorzüge eine solche Anlage für das Haus haben würde, redete von Thermostaten und Öltanks. Er hat sein Thema zehn Tage lang mit großer Eindringlichkeit weiterverfolgt. Je mehr Friedrich Georg das offene Feuer pries – und er hat es an keinem der Abende am Kamin versäumt –, desto interessanter wurde für Albrecht die Anschaffung einer Ölheizung. Wenn die beiden Männer zusammen sind, bezieht jeder sehr rasch seine Stellung und versteift sich mehr und mehr. Friedrich Georg wird zum reinen Ästheten, Albrecht zum reinen Materialisten. Ich glaube nicht, daß die beiden überhaupt wahrnehmen, wie sehr sie sich verändern. Sie mögen sich ganz gern, soweit das bei so verschiedenen Naturen möglich ist, aber ein wenig gereizt sind sie immer.

Ich hatte während der ganzen Zeit das Gefühl, daß die Konfrontierung mit Lotte für mich durchaus vorteilhaft war. Bei Frauen ist das meist so; die Reize der einen lassen die Reize der anderen erst richtig zur Geltung kommen. Männer wirken immer nur einzeln oder eben in der Masse. Vergleicht man einen mit dem anderen, ist es für keinen vorteilhaft. Albrecht ist im letzten Winter ein wenig dick geworden. Er hat so etwas ›Stattliches‹ bekommen. Mir ist das erst aufgefallen, nachdem ich ihn neben Friedrich Georg gesehen habe. Natürlich hat er aus lauter Opposition zu jeder Mahlzeit die doppelte Portion gegessen, nur um seine Freude an den ›Annehmlichkeiten des Lebens‹, den einzig beständigen Annehmlichkeiten, so weit ging er dabei, zu demonstrieren.

Dafür ist dann Friedrich Georg auch fast verhungert. Ich kann nur hoffen, daß er auf seinen einsamen Gängen irgendwo in einer Trattoria Käse und Brot zu sich genommen hat.

An diesem ersten Abend blieben wir nicht mehr lange auf. Ich ließ Lotte die Butterbrote gleich in der Küche fertigmachen und richtete währenddessen die Betten. Im oberen Stockwerk liegen vier Schlafräume nebeneinander. Jeder hat eine Tür zum Gang und eine Tür, die auf die Holzveranda führt. Es war sehr kalt in den Zimmern, und ich dachte genau wie Albrecht darüber nach, ob es nicht zweckmäßig sei, eine Ölheizung einzubauen. Es würde eine Wertsteigerung für das Haus bedeuten, und daran lag mir durchaus. Schließlich war nicht einzusehen, warum wir in den Ferien frieren mußten, wenn wir es das Jahr über zu Hause warm hatten. Natürlich hat das Haus elektrisches Licht und eine Wasserleitung; Friedrich Georgs Reden über das einfache Leben waren nicht ernst zu nehmen.

Wir hockten noch eine Weile auf den Ziegelstufen vor dem Kamin. Wir waren übermüdet, mochten nicht einmal essen, tranken aber doch so viel, daß uns warm wurde. Albrecht hatte einen Rosatello mitgebracht, einen dieser hellroten leichten italienischen Weine, der an den provençalischen Vin rosé erinnert. Lotte bestand darauf, aus einem Poccalino zu trinken, den sie in der Küche entdeckt hatte, und dann stocherte sie so lange im Feuer herum, bis es qualmte.

Friedrich Georg ging noch eine Weile unter der Pergola hinter dem Haus auf und ab. Man hat einen sehr hübschen Blick von dort auf Locarno und Menusio. Die Kette der Laternen am See schimmerte hell und kalt; man sah die Lichter am gegenüberliegenden Ufer. Die Sterne standen ungewöhnlich klar am Himmel.

Als er wieder hereinkam, belehrte er uns, wie wichtig es sei, sich über die Lage eines Hauses zu orientieren, bevor man ein erstes Mal unter seinem Dach schläft. ›Den Stand der Sterne wissen‹ und auch, wo am nächsten Morgen die Sonne aufgehen werde. Alle seine Sätze enden im Konjunktiv, also im Ungewissen.

Albrecht hat sein Zimmer an dem einen Ende des Ganges, meines liegt an dem anderen, so ist das von jeher; seines hat Morgensonne, meines Abendsonne. Zum Gute-Nacht-Sagen wird der Balkonweg benutzt, für den Rückweg der Flur. Die beiden mittleren Zimmer hatte ich für unsere Gäste gerichtet. Lottes Zimmer grenzt an das von Albrecht. Das hätte nicht sein müssen, aber ich arrangierte es so, damit keiner denken sollte, ich sei etwa mißtrauisch. Es ist Rainers Zimmer, der schon ein paarmal mit hier war. In dem Wandregal steht sein Spielzeug, und an den Wänden hängen Fotos. Babybilder von ihm und natürlich auch ein paar Bilder von Albrecht und mir, zusammen mit unserem Kind. Ich fand, auch das könne nicht schaden.

Als ich mein Zimmer betrat, war es angenehm durchwärmt. Albrecht hatte den Heizventilator aufgestellt. In diesen äußeren Dingen ist er noch genauso aufmerksam wie früher.

Vom Balkon aus klopfte ich noch einmal an alle Türen, fragte, ob alle gut versorgt seien, und wünschte eine gute Nacht. Und dann lag ich lange wach und bemühte mich, nicht auf die Geräusche im Haus zu horchen, und versuchte, nicht zu warten, ob Albrecht noch zu mir käme. Er hatte unmißverständlich gesagt, daß er müde sei von der langen Fahrt.

Ich war an diesem ersten Abend keineswegs davon überzeugt, ein kluges Arrangement getroffen zu haben.

Als ich aufwachte, war es bereits ganz hell. Ein strahlender Tag, wie mir schien. Ich horchte, ob sich schon etwas im Haus regte, aber alles war still. Ich stand auf, zog die Vorhänge zurück und war entschlossen, diesen ersten Morgen in meinem Haus zu genießen. Und dann sah ich, woher die Helligkeit rührte: Es lag tiefer Schnee. Das Haus war noch im Schatten, erst gegen neun Uhr erreicht die Sonne den Platz unter der Pergola; jetzt eben schien sie blendend und silbern auf den See.

In diesem Augenblick, als ich fröstelnd hinuntersah auf Locarno, wurde mir zum ersten Male klar, daß ich zehn Tage lang mehr Hausarbeit haben würde als im ganzen übrigen Jahr. Zu Hause habe ich eine ständige Hilfe, und seit Rainer vormittags im Kindergarten ist, führe ich ein nahezu beschauliches Leben. Früher habe ich geglaubt, ich würde mich langweilen, ich würde mir unausgefüllt vorkommen, aber das passiert nur sehr selten. Hier hatte ich auf einmal für vier Personen zu sorgen, unter ungleich schwierigeren, zumindest unbequemeren Umständen. Friedrich Georg konnte nicht einmal zum Einkaufen nach Locarno geschickt werden, da Albrecht ihm den Wagen nicht geben würde, und die fünfhundert Stufen von der Piazza bis zu unserem Haus sind eine Strapaze, auch wenn man nicht rechts und links Einkaufstaschen an den Armen hängen hat. Lotte – nun, sie war die Sekretärin meines Mannes, ihr oblag der geistige Teil, und viel mehr als den guten Willen schien sie zur Hausarbeit sowieso nicht mitzubringen.

Mein Vater hat mir bereits sehr früh beigebracht, daß es unsinnig sei, vor dem Frühstück grundsätzliche Betrachtungen über das Leben und die fernere Zukunft anzustellen. Ich nahm mir den alten grünen Bademantel von Herrn Simonetti, der immer hinter der Tür hängt, und ging zum Duschen.

Auf dem Flur begegnete mir Friedrich Georg. Er hatte seinen Regenmantel übergezogen, unter dem seine Beine lang und mager zum Vorschein kamen. Um den Hals hatte er sich ein weißes Frottiertuch geschlungen; obenherum sah er so dekorativ aus wie ein Tennistrainer. Er schien ebenfalls Betrachtungen über meinen Aufzug anzustellen, und ich bereute schon, mir nichts für solche morgendlichen Begegnungen im Flur mitgenommen zu haben, fand aber, daß es sehr lästig sei, bereits vor dem Frühstück auf sein Äußeres achten zu müssen.

Friedrich Georg hielt es für passend, den Morgen mit einer kleinen Konversation zu beginnen. Er behandelte darin Landschaft, Schnee und Sonne, als sei es eine von ihm ersonnene Konstellation, gewissermaßen eine galante Morgengabe für die Hausfrau. Palmen im Schnee! Ich sagte, mir sei das zu exklusiv, ich hätte eben ein schlichtes Gemüt und gar keinen Sinn für solche Raffinessen. Jedes für sich sei mir lieber. Schnee, wo er hingehöre, Palmen, wo sie hingehören, aber gerade das hätte ich nicht sagen sollen, denn Palmen waren für ihn das Stichwort, sich darüber auszulassen, daß die Landschaft an den oberitalienischen Seen etwas Künstliches habe. Nichts als die geschickte Ausnutzung klimatischer Bedingungen, aber ohne die natürliche oder besser noch die geistige Berechtigung, die eine Palme verlange. Zu diesem Thema ist er gern und oft zurückgekehrt, und wenn ich ihn richtig verstanden habe, gehören Palmen einzig und allein in die Wüste, zu Sandsturm und Oase, Kamel und Affe. So wie er's erzählt hat, klang es allerdings hübscher, man sah dann immer noch ein paar Beduinenzelte und eine Mondsichel. Mit wenigen Zutaten bringt er es fertig, das Bild einer Landschaft zu beschwören.

Ich war barfuß. Barfuß auf den roten Ziegeln im Flur, und draußen lag Schnee. Ich stand abwechselnd auf dem rechten und dann wieder auf dem linken Fuß und rieb den anderen an dem Bademantel und hatte das Gefühl, keine besonders glückliche Figur dabei abzugeben. Schließlich hatte ich Friedrich Georg bis in die Nähe der Tür zur Waschküche gelockt, in der die Dusche ist, machte kurz entschlossen die Tür auf und sagte: »Du mußt mich jetzt entschuldigen« und verschwand.

Eine heiße Dusche am Morgen gehört zu den reinen Freuden des Lebens, zu den paar zuverlässigen vor allem. Vermutlich ist da etwas Psychologisches mit im Spiel; ich müßte mich einmal bei Albrechts Freund erkundigen, vielleicht ist aber auch Friedrich Georg dafür zuständig wie für alles, was mit der Psyche zusammenhängt. Wahrscheinlich fühlt man sich reingewaschen, zunächst ein Vorgang und dann ein Zustand, der über das Körperliche hinaus auch die Seele angeht. Es soll mir gleich sein. Ein klein wenig Wollust ist jedenfalls auch dabei. Zuerst hat man immer Ärger. Das Wasser ist zu kalt, und dann ist es zu heiß, und man dreht den Wasserhahn zurück, und wieder ist es kalt; aber auch der Ärger und diese Ungeduld gehören dazu, ebenso wie das dicke blaue Seifenstück. Daß es dick und rund und blau ist, auch das ist wichtig. Zu Hause wird Rainer immer mit meiner Seife gewaschen, wenn ich sie nicht mehr mag, weil er ein so dickes Stück noch nicht halten kann.

An jenem Morgen hatte schon jemand vor mir geduscht. Über der Metallstange, an der der Vorhang hängt, lag ein Waschlappen, so ein schlecht ausgewrungener, glitschiger bunter Lappen, der mir eklig war. Ich überlegte, ob tatsächlich Friedrich Georg solche Waschlappen benutzte. Aus schwarzem Plüsch mit bunten Rosen.

Und dann sang ich. Mein Repertoire ist morgens noch nicht groß, dafür ist es aber von ritueller Beständigkeit. Wenn ich bei »Ach, ich hab' sie ja nur auf die Schulter geküßt...« angekommen bin – ein Lied, das schon zu den Badezimmergesängen meines Vaters gehörte –, weiß Albrecht, daß ich bald fertig bin und daß es für ihn Zeit wird aufzustehen. Er nennt es das ›Schulterstück‹.

Einmal noch kalt geduscht zur Charakterstärkung, und dann in den Bademantel gewickelt. Wenn wir allein im Haus sind, laufe ich schnell ein paarmal ohne den Bademantel zum Abtropfen über die Terrasse, ganz gleich, welche Jahreszeit es ist.

Ich suchte meine Holzsandalen hervor, schlug noch zwei Nägel ein, weil ein Lederriemen abgerissen war, und dann klopfte Albrecht auch schon. Als ich ihm die Tür aufschloß, nahm er mich in die Arme, sagte »Huschi« zu mir, was er gar nicht mehr sehr oft tut, schob seine kalte Hand unter meinen Bademantel und beteuerte, daß es für einen Mann nichts Angenehmeres gäbe, als an einem kalten Aprilmorgen eine warme Frau in den Arm zu nehmen. Ich machte den schwachen Einwand, daß es wiederum für eine Frau nichts Angenehmeres, eigentlich sogar Notwendigeres gäbe als an einem kalten Aprilabend ...

Er sagte mißbilligend: »Keine Vorwürfe am Morgen, meine Liebe! Und nun räum hier mal das Feld.«

Im Wohnzimmer kniete Lotte schon wieder vor dem Kamin. Ich hatte sie im Verdacht, daß sie sich der rührenden Rolle, die sie da spielte, bewußt war. Immerhin stieg bereits bläulicher Qualm aus dem, was sie für einen Scheiterhaufen zu halten schien, sie hatte Tränen in den Augen und rote Backen vom Pusten und sah in dem losen schwarzen Plüschmantel mit den großen rosa Rosen sehr reizend aus. Bis zu diesem Augenblick hatte ich mir nie vorstellen können, welche Frauen solche Morgenröcke tragen. Sie sagte kleinlaut, aber sehr lieb, daß sie ganz unerfahren sei und noch nie einen Ofen angemacht habe, ihr Zimmer habe Zentralheizung, und zu Hause sei das Sache des Mädchens gewesen.

Ich zog erst einmal den Rauchfang auf. Wenn bei anderen das Feuer nicht brennt, sehe ich sofort, woran es liegt, nur wenn ich selbst es anmache, vergesse auch ich den Rauchschieber, schichte das Holz schlecht auf und muß am Ende zur Spiritusflasche greifen, was Albrecht nicht wissen darf; er ist sowieso der Ansicht, daß ich eines Tages die ganze Familie umbringen werde, mit Feuer, mit Wasser, wahrscheinlich aber mit irgendeinem Kurzschluß. Leider mußte ich Lotte nun auch noch zu verstehen geben, daß wir mit dem Holz sparsam umgehen, weil es in der Schweiz sehr teuer und gar nicht leicht zu beschaffen ist. Der Kamin wird immer erst am späten

Nachmittag angesteckt, vorher behelfen wir uns mit dem Heizventilator. Und dann habe ich ihr noch vorgeschlagen, daß wir uns erst einmal ordentlich anziehen wollten. Ich habe Albrecht das Frühstücken im Bademantel mühsam genug abgewöhnt, er brauchte niemanden zu sehen, der die gleichen Angewohnheiten hatte. Die Liebe lebt vom Detail – behaupten die Männer, wenigstens die, mit denen ich zu tun habe. Selbst ich hatte bereits darüber nachgedacht, ob Lotte wohl unter dem Bademantel etwas anhatte oder nicht.

Den morgendlichen Auftritt hatte ich ihr verpatzt. Ganz wohl war mir dabei nicht, schließlich war sie unser Gast.

Ich ging in die Küche, schaltete die Herdplatten ein, setzte Teewasser auf, tat die Eier ins Wasser und rief im Flur, wie lange die Eier gekocht werden sollten. Friedrich Georg antwortete sofort: »Drei Minuten, bitte«; das einfache Lottchen steckte den Kopf zur Tür heraus und rief: »Meines bitte fünf Minuten!« Aus Albrechts Zimmer kam lediglich ein lautes Räuspern. Und dann ging ich nach oben. Es wäre nicht nötig gewesen, daß ich die alten Cordhosen und das blaue Leinenhemd anzog, man braucht nicht mit Cordhosen zu demonstrieren, daß man mit anderen Waffen zu kämpfen gedenkt als mit schwarzem Plüsch und roten Rosen. Die Leinenbluse steht mir allerdings gut. Lotte sagte es, bevor das mit dem Ei passierte, und Friedrich Georg erkundigte sich, ob die Hose etwa auch aus dem Erbe dieses mysteriösen Simonetti stammte.

Ich lief wieder in die Küche, brühte den Tee auf, stellte das Geschirr auf den Servierwagen, nahm die Eier aus dem Wasser, schreckte sie ab, röstete Toast, und als Albrecht herunterkam, war das Frühstück fertig. Friedrich Georg schien auf Albrechts Schritte gewartet zu haben, jedenfalls kam er unmittelbar darauf zum Vorschein. Wir setzten uns an den Tisch. Ich sagte anerkennend zu Albrecht: »Sieh an, die sanfte Krawatte.« Sie ist blaßblau mit weißen Kräusellinien. Friedrich Georg, der ein Flanellhemd mit einem taubenblauen Schal aus weichem Kaschmir trug, sagte: »Verzeihung, ich glaubte, man sei hier nicht so konventionell.« Ich widersprach auch sofort und versicherte ihm, wie hübsch das Hemd sei; gerade Männer seines Typs könnten sich diese legere Eleganz leisten.

Die Herren trugen daraufhin abwechselnd Kragen und Schlips oder aber offenes Hemd und Schal; eine Übereinstimmung ist, soweit ich mich erinnere, nie erzielt worden, vielleicht war sie auch nicht angestrebt.

Als ich fragte, ob wir nicht anfangen wollten, meinte Albrecht, am ersten Morgen sei es doch wohl passender, wenn wir alle gemeinsam frühstückten. Ich war sofort einverstanden. »Natürlich. Wir können gern warten, wir haben ja den ganzen Tag vor uns.« Wir warteten. Albrecht hantierte an dem Heizventilator und schnitt das Thema der Ölheizung flüchtig an, dann räumte er die angekohlten Holzscheite aus dem Kamin und erkundigte sich, wer denn das wieder zustande gebracht habe. Ich glaube, er sagte sogar: welcher Idiot. Friedrich Georg ging federnden Schrittes im Zimmer auf und ab. Er trug hellfarbene Mokassins. Er ging sehr ausdrucksvoll, man spürte, wie er bis hin zu den Fußspitzen dachte; es machte mich sehr nervös.

Ich wickelte den Toast in Servietten.

Nach etwa zehn Minuten erschien sie. Friedrich Georg machte eine kleine galante Verbeugung und sagte: »Mein Kompliment, gnädiges Fräulein!« Albrecht murmelte ein unfreundliches: »Morgen.«

Wir nahmen Platz. Lotte fragte entschuldigend, ob wir auch nicht auf sie gewartet hätten, und wir verneinten das im Chor. Sie hatte sich einen kirschroten Pullover angezogen. Einen von der Sorte, die Albrecht körperfreudig nennt. Ich fühle mich schon beim flüchtigen Hinsehen immer ein bißchen geniert. Wahrscheinlich liegt das einfach daran, daß ich in dieser Gegend etwas mager bin.

Friedrich Georg klopfte sein Ei auf, schälte es, drückte mit dem Zeigefinger auf die weiße Kuppe und sagte anerkennend, mit einer kleinen Verbeugung zu mir hin: »Sehr schön!« Lotte klopfte das Ei auf, schälte es, sagte lächelnd und anerkennend: »So wie ich es gern habe«, und ich sah Albrecht triumphierend an. Natürlich gab der gleich zum besten, daß meine Frage nach dem Frühstücksei eine reine Routinefrage sei, eine Suggestivfrage, ich besäße weder eine Eieruhr noch eine Armbanduhr. Daraufhin nahm Friedrich Georg meine Hand, küßte sie und sagte: »Sie ist eben eine Frau mit Instinkt.«

Albrecht räusperte sich. Handkuß beim Frühstück, das ging ihm wohl zu weit, er konnte es nicht unterlassen zu bemerken: »Susanne ist den Dingen einfach noch näher, sie hat die Eierschalen noch nicht völlig ...«

Und genau in dem Augenblick tropfte es gelb von Lottes Eierlöffel auf den kirschroten Pullover. Ich hätte nicht lachen sollen, natürlich nicht! Aber warum war sie auch so körperfreudig und so kirschrot. Es gehört zu den Mißbildungen meines Charakters, daß mich die Ungeschicklichkeiten anderer mehr erheitern als meine eigenen. Das Eigelb ließ sich von dieser prekären Stelle nicht vor einem Publikum entfernen. Friedrich Georg schlug heißes Wasser zur Beseitigung vor. Albrecht geriet darüber schier außer sich, Unfug sei das, purer Unfug, in der Quarta, jawohl im ersten Jahr im Chemieunterricht lerne man, daß Eiweiß in heißem Wasser gerinnt. Es drohte ein Streit auszubrechen; wie er endete, weiß ich nicht mehr, auf alle Fälle verschwand Lotte und kam nach wenigen Minuten in einer Hemdbluse wieder.

Der Tee war mittlerweile bitter geworden. Albrecht fragte, ob es eigentlich eine so große Zumutung sei, wenigstens in den Ferien den Tee von den Blättern abzugießen. Der Toast war zäh und kalt. Wenn dieses Frühstück noch zu retten war, dann halfen nur noch Gewaltmittel. Ich sagte zu Albrecht: »Ich bin so bedürstig.« Das ist die Zusammenfassung von bedürftig und durstig und heißt soviel wie: daß man jetzt ganz schnell etwas ›Richtiges‹ trinken müsse. Sollte Lotte ruhig hören, daß es zwischen meinem Mann und mir eine Sprache gab, die sie nicht kannte. Um der Gerechtigkeit willen muß gesagt werden, daß ich gespannte Situationen gar nicht mag, und um sie zu beenden, bin ich zu jedem Kompromiß und zu jeder Lüge bereit.

Tante Benedikte stellt uns jedesmal, bevor wir kommen, ein paar Flaschen Grappa hin, ordinär, aber bekömmlich. Ich schüttle mich bei jedem Schluck. Ein gräßliches Zeug, aber herrlich! Ein Grappa oder gar zwei oder drei Grappa am Morgen wirken einfach Wunder.

Auch dieses Mal. Nach dem dritten Glas schilderte uns Friedrich Georg in allen Einzelheiten den alten Birnbaum am Westhang der Silvretta, an dem diese Birnen gereift seien; er hielt es für eine ›Gute Luise‹, aber das ließ ich nicht zu, meine Großmutter heißt schließlich Luise, und sie ist weder scharf noch ordinär, sondern eine Dame. Jawohl, eine Dame, und Grappa hat sie nie, niemals getrunken. Lotte schlug Griesbirnen vor, Albrecht stimmte ihr bei – ich war großzügig, nun gut, Griesbirnen. Friedrich Georg war mittlerweile bei der breithüftigen Magd angekommen, die die Birnen in ihrer Schürze eingesammelt hatte. Über sie und den alten Bauern wußten wir nun alles. Er beendete seine reichlich naturalistische Geschichte mit: »Im Wein liegt Wahrheit, im Schnaps liegt Lüge.« Wir bekräftigten das mit einem »Prost auf die Wahrheit!« und »Prost auf die Lüge!« und »Prost auf die Magd!«

Auch Lotte gab ihren Beitrag zu dem Geschehen am Westhang der Silvretta. Sie gestand uns, daß die Magd ein Kind unter ihrer Schürze getragen habe, und ich bat Albrecht, ihr doch zu erklären, was es damit auf sich habe. Unter dem Herzen, das ginge allenfalls, wenigstens behaupten das die Dichter. Friedrich Georg fühlte sich angesprochen und wehrte ab. »19. Jahrhundert«, sagte er. »Magd und Kind und Schürze, alles pures 19. Jahrhundert.« – »Falsch«, sagte ich, »pures ist falsch, *pura – Grappa pura«*, und dann beschlossen wir, das Kind wegzulassen. Kein Kind. Worüber Lotte dann ganz traurig wurde.

Derweil schmolz der schöne exklusive Schnee weg. Was blieb, das war ein böiger Wind. Vom Gotthard her hatten sich dünne Wolkenbänder vor die Sonne geschoben, und nach einer knappen halben Stunde sah man nichts mehr vom gegenüberliegenden Ufer.

Albrecht war mit Lotte auf die Terrasse gegangen. Er hatte ihr den einen Arm um die Schulter gelegt, mit dem anderen zeigte er ihr die

Gegend. Er wies nach links ins Milchig-Graue und sagte: »Da etwa ist der Monte Ceneri, dort geht es nach Lugano.« Er zeigte geradeaus: »Und drüben, hinter diesem Berg, dem Monte Tamaro, da liegt im Tal Indemini, dahin fahren wir mal, und drüben am Ostufer, da ist Gerra, und auf halber Höhe liegt San Abbondio, und dann kommen nur noch ein paar verlassene Dörfer, und dann kommt die italienische Grenze, und da etwa«, und er zeigte nach rechts ins Milchig-Graue, »sind die Inseln.« Lotte summte ›*Isola bella*‹, und »dort«, erklärte Albrecht, »dort unten beginnt das Maggia-Tal und das Centovalli«, und Lotte sagte immer nur »Ah« und »Oh«, und ich sagte zu Friedrich Georg: »So sollten Frauen sein: bewundern, wo sie nichts sehen, blindlings glauben. Blindlinks! Blindrechts!« Ich kommandierte den Takt und marschierte danach, und Friedrich Georg hielt den Augenblick für gekommen, daß auch er seinen Arm um meine Schulter legen mußte.

Was wir da am hellen Morgen unter der Pergola überm See spielten, war die reinste Commedia dell'arte. Aber auf einmal hatte ich keine Lust mehr, das zweite Paar, das komische nämlich, zu spielen. Arlecchino und Colombina – ausgerechnet mit dem Dichter; wenn schon gespielt werden mußte, dann doch bitte mit anders verteilten Rollen.

Vielleicht sollte man doch nicht zum Frühstück so viel Grappa trinken. – Ich nahm die Dichterhand von meiner Schulter und lieferte sie bei ihm ab, bedankte mich für die Aufmerksamkeit und erklärte, daß ich meinerseits jetzt erst mal Tante Benedikte den Antrittsbesuch machen wolle. Ich erkundigte mich bei Albrecht: »Was habt ihr vor?« – Und er sah doch wirklich Lotte an und wiederholte auch noch: »Wir? – Wir arbeiten!«

»Dann seid ihr ja gut aufgehoben.« Immer schön ›ihr‹ gesagt und scheinheilig gelächelt und dann zu Friedrich Georg, von dem ich hoffte, daß er mich begleiten würde: »Und du, was hast du vor?«

Er sah mich gedankenvoll an, vielmehr er sah durch mich hindurch – vermutlich befand er sich schon wieder unter dem Birnbaum am Westhang der Silvretta – und murmelte etwas von Meditieren und ›es gewohnt sein, sich selbst zu beschäftigen‹.

Ich verließ den Schauplatz, zog mir die Lederjacke über, steckte auf alle Fälle ein Kopftuch ein, nahm die Basttasche und ging.

Unterwegs aß ich Pfefferminzbonbons, eins nach dem anderen, um Tante Bes ›Aha!‹ und ›So ist das also, Suschen!‹ zu entgehen. Die Luft tat mir gut, nur mein Kopf brummte ein bißchen. Die Straßen waren kaum befahren. Die Fremden blieben bei diesem Wetter offensichtlich in den Hotelhallen; auch an der Madonna del Sasso war kaum ein Mensch, dort steige ich sonst in den Omnibus, wenn ich nach Ascona fahre, aber diesmal ging ich zu Fuß. Und dann war Tante Be natürlich nicht zu Hause! Nur das Stück Kreide lag im Fenster, und mit ihm schrieb ich auf die blaue Haustür: Susanna, und um die Stimmung anzudeuten, malte ich zwei dicke Wolken drüber und schräge Regenstreifen, aber ich war nicht ganz sicher, ob man irgend etwas daraus ersehen konnte; meine zeichnerischen Möglichkeiten sind begrenzt. Ich ging in den Garten und schnitt mir ein paar Zweige vom Tulpenbaum. Wenn das so weiterging mit dem Wetter, würden die Blumen, die schon Anfang März aufgeblüht waren, im April noch erfrieren. Ein hübsches Altdamen-Lila, das ich gern mag, lieber als dieses Seerosen-Weiß, das die Magnolienblüten sonst haben.

Ich fuhr nach Locarno zurück und ging zur Kantonalbank. Auf diesen ersten heimlichen Weg zur Bank freue ich mich immer schon tagelang vorher. Ich stellte mit Befriedigung fest, daß man mich dort wie eine Dame behandelte, obwohl ich eine ausgefranste Cordhose anhatte. Ich ließ mir den Kontoauszug geben. Meine Ersparnisse waren ganz hübsch angewachsen in den paar Jahren. Eine Weile könnte man schon davon leben.

Und dann kaufte ich ein. Der Blick auf den Kontoauszug hatte mein Selbstgefühl um ein beträchtliches Stück gehoben. Die Magie der Zahlen. Zuerst ging ich zu meinem Italiener. Er ist an einem kalten Aprilmorgen die reine Medizin. Der Laden roch nach Frühling, nach Kräutern und Salaten. Ich entdeckte jungen italienischen

Fenchel, frisch geschnittene Brunnenkresse, ich kaufte eine Tüte voll gelber Mispeln, die aus Japan kommen sollen, falls ich meinen Freund, den Gemüsehändler, richtig verstanden habe.

Cento anni würde ich leben, hat er mir versprochen, wenn ich seine Brunnenkresse esse, dick Butter aufs Brot, *pane* und *burro,* das wenigstens erkenne ich in jedem Redeschwall wieder. Ich sagte viele Male *»grazie«* und noch einmal *»grazie«* und tat die Hälfte der Kresse zurück in den Korb. Wir hatten ein langes Palaver, endlich einigten wir uns auf eine Portion, die mich vermutlich neunzig Jahre werden läßt. Ich habe ihm versprochen, jeden Tag zu kommen, und hoffe, daß ich nicht mehr versprochen habe.

Kleine Kuchen für den Nachmittag, und da ich nun schon mal in dem Café war, konnte ich mir doch wohl schnell einen Espresso leisten. Ich saß bereits in meinem Korbsesselchen und suchte mit den Augen die Tische nach einer Illustrierten ab, als ich hinter einem aufgefalteten Blatt Friedrich Georg entdeckte. Ich schlich mich hinterrücks heran und fragte höflich: *»Scusi, Signore, un momento, giornali –.«* Damit war mein Wortschatz bereits erschöpft. Mehr war aber auch nicht nötig.

Er sah auf und sagte schlichter, als es seine Art ist: »Elendes Stück.«

Ich fragte interessiert: »Stück was?«

»Stück Weib!«

»Kriegt das Stück Weib einen Kaffee?«

»Ich war im Begriff aufzubrechen.«

»Macht nichts, macht gar nichts. Bevor ich nicht oben bin, gibt's sowieso kein Mittagessen, spendier mir ruhig eine Tasse.« Er ist nämlich ein wenig geizig wie alle Dichter. Vermutlich verschwenden sie ihren Geist, und irgendwo muß man ja mit der Sparsamkeit anfangen. Bei anderen Leuten wird das wohl umgekehrt sein.

Auf dem Heimweg trug er mir die Basttasche, und man kann nicht gerade sagen, daß sie ihm gut gestanden hätte. Bei Albrecht wirkt so ein Ding an der Hand ganz natürlich, es tut zumindest seinem Ansehen keinen Schaden. Wir stiegen die Treppen hinauf, hübsch langsam, an jedem Absatz machten wir halt, und ich erklärte ihm die Gegend, ähnlich wie es am Morgen Albrecht bei Lotte getan hatte, nur den Arm um die Schulter ließen wir weg.

Friedrich Georg war entzückt von der Casa Susanna, und sie ist auch gerade von diesem Treppenweg aus besonders hübsch. Die braune Holzveranda hebt sich so warm vom Rosa der Hauswand ab, und der Lorbeerbaum an der Gartentür war blank und grün vom Schnee am Morgen. Während ich die Haustür aufschloß, stellte der Dichter fest, daß der Lorbeer blühte. Gerade öffneten sich die ersten Knospenkapseln, nichts Großartiges, nichts Attraktives, aber bei Lorbeer kommt es ja gar nicht so sehr auf Farbe und Duft an, da ist eben alles Symbol. Friedrich Georg brach einen Zweig ab, und ich hatte den Eindruck, daß man ihn in den nächsten Stunden nicht stören dürfe.

Ich ging mit meinem Arm voller Magnolienblüten ins Wohnzimmer. Lotte saß am Eßtisch und tippte auf der Schreibmaschine, sie hatte mich nicht gehört, und Albrecht saß vor dem Kamin in einem wahren Chaos von Schriftstücken. Er schien sich in einem Zustand hochgradiger Gereiztheit zu befinden, und man mußte froh sein, daß kein Feuer brannte, sonst hätte er alles an Papieren hineingeworfen, nur weil er offensichtlich nicht fand, was er suchte. Männer sind so starrsinnig. Und dann nennen sie das auch noch Konsequenz. Warum tat er nicht erst mal etwas anderes? Warum mußte es ausgerechnet die eine Akte sein, wenn er dreißig zur Verfügung hatte, und bearbeiten wollte er doch anscheinend alle, sonst hätte er sie ja nicht mitzubringen brauchen. Aber ich mischte mich nicht ein. Für diese Sorte von Ärger war jetzt Lotte zuständig. Jedem das Seine.

Da er die Schritte von Friedrich Georg gehört hatte, sagte er nicht eben freundlich: »Habt ihr euch wenigstens gut amüsiert?«

Ich sagte: »Psst, ihn hat die Muse geküßt.«

»Du solltest dich schämen!«

»Aber warum denn, sie hat ihn geküßt in der Gestalt von blühendem Lorbeer« – und da fiel mir Daphne ein, und ich lief rasch in den

Flur und rief: »Vergiß Daphne nicht!« Schließlich hat man ja Verpflichtungen, wenn man einen Dichter im Haus hat.

Er hat dieses Gedicht dann nie fertiggeschrieben, aber es hat ihn lange gequält. Am dritten oder vierten Morgen fand ich in seinem Aschenbecher einen Zettel, auf dem stand: »Der Lorbeer blüht auch im Regen ...«

Das tat er wirklich. Es fing an zu regnen, während ich in der Küche das Essen vorbereitete. Gedünsteten Fenchel in saurem Rahm, mit geriebenem Käse überbacken und dazu körnigen Reis mit Schinken. Wir tranken Wasser zum Essen, was sonst verpönt ist, dabei ist das Wasser herrlich. Gleich neben dem Haus, unter jenem blühenden Lorbeerbaum ist eine Quelle, von Moos überwachsen und nur mit ein paar grauen Feldsteinen eingefaßt. Unser Dichter ging gern zu der Quelle und schöpfte das Trinkwasser zu den Mahlzeiten – er war ja nicht ohne Selbsterkenntnis. Er nannte es den ›Gang zu den Müttern‹.

Vor dem Essen hatte es noch einen kleinen Zwischenfall gegeben. Als ich den Tisch decken wollte, sagte Albrecht, daß dieser Tisch zum Arbeiten benutzt werde, und da habe ich eben hinter seinem Rücken auf dem Fußboden gedeckt.

Es sah aus wie bei Heinzelmännchens: Tellerchen, Messerchen, Becherchen, und die Blumenvase hatte ich auch nicht vergessen. Ich fand das sehr komisch. Aber Albrecht fand es leider gar nicht komisch. Ich hatte an jenem Morgen mit meinen Einfällen irgendwie kein Glück. Er bat Lotte in sehr förmlichen Worten, den Tisch jetzt für die Mahlzeit frei zu machen, und zu mir sagte er, daß er sich immer freue, wenn er mich in guter Stimmung sehe.

Gleich nach dem Essen beschloß er dann, einen Arbeitstisch zu bauen. Er wollte das tun, während wir schliefen. Er sagte mit vollem Ernst ›schliefen‹, und dann hämmerte er auf der Terrasse, hobelte, sägte, schlug Nägel ein, und zwischendurch fragte Friedrich Georg ihn vom Balkon herab, ob er ihm behilflich sein könnte; ein Anerbieten, das von Albrecht mit einem schnöden und beinahe schon beleidigenden »Sie?« abgelehnt wurde. Und dann sagte er auch noch, daß Holz doch wohl nicht das richtige Material für einen Dichter sei. Etwas später habe ich es dann versucht. Da war der Gegenstand einem Tisch schon ganz ähnlich, die Stimmung war infolgedessen wesentlich gebessert, ich hatte sogar Gelegenheit, noch ein paar innerbetriebliche Verbesserungsvorschläge anzubringen. Wir bespannten gemeinsam die Tischplatte mit Tapeten, die einfarbige Rückseite nach oben, was sehr proper aussah, außerdem ließen sie sich auswechseln, und man konnte sie für Notizen benutzen. Die Summe dieser Vorzüge trug mir viel Lob ein. Leider schwankte der Tisch bedenklich auf seinen vier Beinen. Wir mußten ihn mit der Längsseite ans Fenster stellen und ihn mit Haken und Ösen an der Fensterbank festmachen. Auch dieser Vorschlag stammte von mir. Ich war in Albrechts Achtung wieder gestiegen; so sehr, daß ich sogar das Lied von der Hobelbank singen durfte, was ich nur sehr selten darf.

Im oberen Stockwerk mußte man den Stimmungsumschwung gemerkt haben, denn die beiden kamen bald darauf, bewunderten und lobten, und Albrecht gestattete uns, an dem neuen Tisch Kaffee zu trinken.

Als Tante Be erschien, fand sie uns in bestem Einvernehmen vor. Sie hatte ihre unvermeidlichen Hunde mit, braunrote Setter aus ältestem Hundeadel, nicht eben temperamentvoll. Ich mache mir nicht viel aus Hunden, Albrecht übrigens auch nicht. Lotte hingegen bemühte sich gleich mit meinen guten Amaretti um die Gunst der Tiere. Sie ließen sich das gefallen, hatten am Ende beide ihre langohrigen Zottelköpfe in Lottes Schoß liegen, und sie schmuste mit ihnen. Sie hat eine gar nicht zu unterschätzende Geschicklichkeit, sich in Pose zu setzen. Das Bild war reizend: Lottes grüne Bluse, ihr schwarzes Haar, das glänzende Braunrot der Hundefelle. Daß sie sich die Gunst von Tante Be verscherzte, indem sie die der Hunde gewann, konnte sie schließlich nicht ahnen.

Nachmittag und Abend verliefen friedlich. Wir saßen wieder am Kamin, und Albrecht röstete Kastanien. Sie schmeckten muffig, im Herbst sind sie besser. Tante Be bestand darauf, uns eine Fondue zuzubereiten, und war nahezu ungehalten, daß es in meinem Ferienhaushalt keinen Knoblauch gab. An dieser fehlenden Knoblauchzehe, mit der – nach ihrer Ansicht – der Kupferkessel unbedingt ausgerieben werden muß, bevor die übrigen Zutaten hineinkommen, wäre das Unternehmen fast gescheitert. Nachher lag uns der warme Käse schwer im Magen. Dabei hatten wir genügend Rosatello dazu getrunken; die Flasche Grappa rührte außer Tante Be an diesem Abend keiner an.

Lotte versuchte, Tante Be die Geschichte von dem alten Birnbaum und der jungen Magd am Westhang der Silvretta zu erzählen, aber entweder war diese Geschichte bereits am Morgen ziemlich albern, oder Lotte kann einfach nicht erzählen.

Wir begleiteten Tante Be dann noch ein Stück nach Ascona. Auf dem Rückweg nahm ich Albrechts Arm. Diesen Weg gehen wir fast an jedem Abend, wenn wir im Tessin sind. Wir schickten Friedrich Georg und Lotte voraus. Es war hübsch, so im Regen zu gehen. Manchmal wehte uns ein Duft von Tulpen und Veilchen und warmer Erde von irgendwo aus dem Dunkel zu; die Tropfen liefen mir sachte übers Gesicht, und dann und wann strich Albrecht sie mit dem Daumen weg.

Friedrich Georg erkundigte sich, als wir unsere Casa erreicht hatten, ob ich wohl Milch und Honig im Haus hätte. Seit Jahren pflegte er vor dem Schlafengehen einen Löffel Honig in heißer Milch zu sich zu nehmen. Er vermeidet jegliche Drogen. Alles, was nicht Koffein, Nikotin, Alkohol heißt, scheint er für Drogen anzusehen und darum für schädlich. Er hat die standesgemäßen Schlafstörungen. Ich weiß nicht mehr, ob er immer dann nicht schlafen kann, wenn er über einer neuen Arbeit sitzt, oder wenn er es nicht tut; wann ihn die Unruhe stärker packt, beim Arbeiten oder beim Nichtarbeiten.

Albrecht wurde im Lauf dieses Gesprächs, das in der Küche stattfand, während wir alle darauf warteten, daß die Milch heiß wurde, zusehends robuster und heiterer, und dann verabschiedete er sich mit einem lauten, allgemein gehaltenen *»Buona notte«*, ging nach oben und rief über die Schulter zurück: »Einen fröhlichen Schläfer hat Gott lieb – fragen Sie meine Frau, die nämlich auch!« Ob ich mich eines fröhlichen Schlafes oder der besonderen Liebe Gottes erfreue, blieb ungewiß.

Später, als es im Haus still geworden war und man nur noch den Regen hörte, kam er zum Gutenachtsagen.

Am anderen Morgen regnete es noch immer. Gegen neun Uhr war es ein wenig heller geworden, und man hatte erkennen können, daß sich der Schnee über Nacht wieder ein ganzes Stück die Täler hinuntergemogelt hatte.

Das Frühstück war ohne besondere Ereignisse verlaufen. Alle waren pünktlich, Lotte hatte die grüne Bluse gegen eine zitronengelbe vertauscht, und turnusmäßig trug Friedrich Georg an diesem Morgen eine Krawatte und Albrecht ein offenes Hemd. Wir redeten über die Vorzüge von Cornflakes zum Frühstück und darüber, ob morgens ein kalter Fruchtsaft in den schlafenden Magen wirklich gesund sei, und Lotte erklärte, gesund zu leben empfände sie doch als recht ungesund. Die erste gescheite und witzige Bemerkung von ihr, aber ich glaube, sie war nicht einmal so gemeint.

Wir gingen gemeinsam auf die Terrasse und besprachen die Lage. Das Ergebnis war, daß Albrecht und Lotte mit dem Auto nach Locarno fuhren, um uns autark zu machen. Wir stellten eine lange Liste auf von allem, was wir brauchen würden, falls der Regen tagelang andauerte, was nach Ansicht der Männer zu erwarten war. Albrecht war kompetent für Italien, und die Südschweiz ist schon ein Stück Italien, Friedrich Georg für die Meteorologie, die in seinem linken Knie zu sitzen scheint, wo er seine Kriegserinnerungen aufbewahrt; sein Kriegsverdienstkreuz nennt er das. Die Männer prophezeiten einmütig: Landregen. Ich empfahl Lotte, einen Espresso bei Picelli zu trinken, und versäumte nicht, auf die ausgezeichneten Illustrierten hinzuweisen, mit einem kleinen Seitenblick auf den Dichter. Ich sagte mehrmals »Ihr« und »Euch« und »Wenn ihr dann wiederkommt« und »Vergeßt nicht, Tomaten mitzubringen für eine Pizza und mindestens *quattrocento grammi di* Bel Paese«. Unser

Künstler fand die Zusammenstellung von Quattrocento und einem Landkäse nicht delikat.

Die beiden gingen zum Auto, und Friedrich Georg begleitete mich in die Küche. Er setzte sich auf den Kühlschrank, rauchte eine Zigarette, während ich das Geschirr abwusch, und fragte beiläufig: »Was hast du eigentlich gegen das Mädchen?«

Ich sagte wahrheitsgemäß: »Nichts, wirklich! Lotte ist reizend, ich habe nichts gegen sie einzuwenden.«

Nach einer eindrucksvollen Pause ging das Verhör weiter.

»Wo hast du eigentlich deinen Mann kennengelernt?«

Ich zögerte. »Habe ich dir das nie erzählt?«

»Nein. Du warst zunächst sehr geheimnisvoll, daraus schloß ich, daß irgend etwas nicht stimme mit dem Familienstand. Und eines Tages hast du mich vor die vollendete Tatsache gestellt, und die vollendete Tatsache war eine geschmackvolle Heiratsanzeige.«

»Gut. Wenn du es wissen willst: Ich war Albrechts Sekretärin oder Mitarbeiterin, oder wie du es nun nennen willst.«

Er schwieg. Aber Takt ist nun mal nicht die Sache der Dichter, er beschloß das Gespräch mit: »Kleine Allergie gegen Sekretärinnen – wie?«

Dann ging er ›arbeiten‹ und ließ mich mit der Hausarbeit und meiner Allergie allein.

Als ich im Treppenhaus fegte, kam er aus seinem Zimmer und fragte: »Singst du eigentlich immer?«

»Ich fürchte, ja. Stört es dich sehr?« Ich legte alle verfügbare Sanftheit und Teilnahme in meine Stimme.

»Nun – ich versuche mich zu konzentrieren. Es mag Beschäftigungen geben, zu denen derartige Lieder besser passen.«

Gegen diese Anschuldigung mußte ich mich zur Wehr setzen, das Lied paßte, darauf bin ich immer bedacht. Ich griff also nach meinem Besen und sang weiter: »... weil du mußt die Treppe fegen, Mädchen, darum weine nicht, weine nicht so sehr ...« Ich blickte ihn erwartungsvoll an. Er hatte sich auf das Geländer gesetzt, steckte sich eine Zigarette an und sah mir zu.

»Bist du eigentlich sehr froh, daß du mich nicht geheiratet hast, Friedrich Georg?«

»Teils – teils.«

»Welchen Teil hättest du denn gern gehabt?«

Er überging diese Frage, er schien nachzudenken. »Vielleicht hätte ich mich daran gewöhnt.«

»Woran?«

»Daß du im Haus rumorst, daß du singst. Wo du bist, ist Leben, verstehst du? Richtiges Leben. Alltag, der weitergeht, man hat teil daran, aber nur durch ein einziges Organ, das Ohr.«

»Ausgerechnet das Ohr! Bißchen wenig, meinst du nicht? Frauen haben es gern, wenn man ihnen mehr als ein Ohr leiht.«

»Und wie ist das mit deinem Mann?«

»Also, ob es bei ihm das Ohr ist, das weiß ich nicht. Aber ich kann ihn gern einmal fragen.«

Die Unterhaltung mit mir schien ihn weniger zu fesseln, als wenn ich ›rumorte‹, er brauchte mich nur als Geräuschkulisse. Andere stellen das Radio an. Er sagte noch etwas von einer Stille, die quälender sein könne, auf gewisse Weise sogar lauter, drohender, und ging dann zurück in sein Zimmer. Ich folgte ihm, aus reiner Teilnahme, nur um nachzusehen, ob ihm nicht kalt sei und ob er überhaupt einen ordentlichen Platz zum Schreiben habe. Außerdem suchte ich nach einem Anlaß, diese Fegerei zu beenden.

Er saß auf dem Bettrand, hatte sich einen Schal um den Hals gewickelt und rauchte und dachte. Man konnte es wirklich sehen. Ich erkundigte mich, ob er sich nicht auch einen Arbeitstisch bauen wolle oder ob er nicht unten sitzen könne, vorerst kämen die beiden bestimmt nicht wieder zurück. Er wehrte ab. »Ich bitte dich, Susanne! Die Umgebung bedeutet mir nichts. Es ist wirklich gleich, wo es geschieht – wenn es geschieht.«

Ich sagte: »Wer nie an regennassen Tagen auf seinem Bette dichtend saß –«

Er zuckte zusammen. Ich kehrte an meine Hausarbeit zurück. Mir schienen ausschließlich die niederen Dienste zuzufallen.

Da Albrecht an diesem Vormittag nicht zum Arbeiten gekommen, andererseits die richtige Akte mittlerweile gefunden war, sollte das Feuer im Kamin schon mittags angesteckt werden, dann konnte Friedrich Georg den Heizventilator mit nach oben nehmen. Was aus mir wurde – davon war nicht die Rede.

Mein Mann ging in den Schuppen und holte Holz und einen Stoß alter Zeitungen zum Feueranmachen. Ich hatte gesehen, daß er eine ganze Weile auf den Stufen vor dem Kamin gesessen und in einer von den Zeitungen gelesen hatte, obwohl die Scheite schon aufgeschichtet waren. Da muß es dann passiert sein ...

Wir hatten eben Kaffee getrunken, Lotte holte die Schreibmaschine herbei und legte Albrecht die Akten zurecht. Sie hatte sich in Locarno rote Zoccoli gekauft und zockelte ungeschickt, aber ganz anmutig auf ihren hochhackigen Holzschuhen herum. Zigaretten, Streichhölzer, für ihn und für sich noch eine zusätzliche Tasse Kaffee. Sie machte das nett, leise und sehr aufmerksam. Ich beobachtete sie und überlegte, ob ich für Albrecht eine so gute Sekretärin gewesen war, wie sie es ist.

Friedrich Georg hatte sich anders entschlossen; er mußte ein ordentliches Stück laufen. Wir schlugen ihm den Weg ins Verzasca-Tal vor, über Brione, er konnte ja jederzeit umkehren, wenn er wollte, sehr weit würde er bei dem Regen doch nicht kommen. Er zog den alten, verschossenen Regenmantel von Simonetti an, der eine Kapuze hat.

Ich sah ihm nach: wie er da die Treppen hinaufstieg, den Kragen hochgeschlagen, die Schultern etwas gebeugt, die Arme eng am Körper, die ganze Haltung konzentriert und in sich gekehrt – er gefiel mir wieder sehr gut. Ich habe ganz einfach eine Schwäche für ihn, überhaupt für diesen Typ.

Ich suchte mir ein Buch hervor, ebenfalls aus der Hinterlassenschaft von Herrn Simonetti, zog mir den Schaukelstuhl, der ein Geschenk von Tante Be ist, ans Feuer, hatte Schokolade, einen Wermut, Zigaretten, alle Zutaten waren vorhanden, ich gedachte, mir einen gemütlichen Nachmittag zu machen.

Selbst wenn Albrecht diktiert, stört mich das nicht allzusehr, notfalls höre ich einfach zu. Interessant sind solche Fälle eigentlich immer. Das eine Mal ist man überrascht von der Gleichförmigkeit der Probleme, das nächste Mal über die Absonderlichkeit der Menschen. Manchmal gelingen Albrecht brillante Formulierungen. Lotte redet ihm während des Diktats, wenn er zögert und nach einem passenden Wort sucht, nie dazwischen, was ich oft getan habe. Er hat damals zwar ›danke‹ gesagt, aber angenehm war es ihm sicher nicht. Immerhin war ich eine angehende Juristin und verstand etwas davon, und sie ist nur seine Sekretärin. Ob es sich ›nur‹ darum handelte, das festzustellen war der Zweck unseres Aufenthaltes im Tessin.

Ich las etwa eine halbe, vielleicht aber auch eine ganze Stunde. Es dämmerte bereits. Ich hatte ein paarmal Holzscheite nachgelegt. Die Schreibmaschine klapperte sehr laut. Lotte hat einen raschen, sehr harten Anschlag. Ich hatte schon überlegt, ob ich nach einer Decke suchen sollte, die man unter die Maschine legen könnte, nur war ich einerseits zu faul aufzustehen und andererseits auch nicht sicher, ob Albrecht nicht gereizt sagen würde: Wenn es dich stört, daß wir hier arbeiten, kannst du ja vielleicht nach oben gehen – wahrscheinlicher noch war, daß er mir vorschlagen würde, Friedrich Georg ein Stück entgegenzugehen, damit er nicht vom rechten Weg abkäme; wenn man nämlich in der Dämmerung die Treppe in Orselina verfehlt, muß man einen sehr großen Umweg machen. Es war sogar möglich, daß mein Mann mir nahelegte, in Locarno ins Kino zu gehen, daß er mich hinunterfahren und sagen würde, zurück könne ich mir ja ein Taxi nehmen. Ich hasse es, ins Kino geschickt zu werden.

Die Szene spielte sich dann genauso ab, wie ich es mir gedacht hatte, nur daß er als zweiten Vorschlag das Kino und als letzten Friedrich Georg wählte. Die Decke, die ich geholt hatte, warf er in eine Ecke, sagte heftig, daß Lotte schließlich nicht unter der Decke schreiben könnte – er meinte die Zimmerdecke, ich wußte das, aber ich lachte trotzdem, weil ich mir vorstellte, sie säße unter der

Wolldecke im Dunkeln, und leider sagte ich auch noch, sie würde sich da sicher prächtig entwickeln.

Er reagierte sachlich, und das ist ein schlechtes Zeichen. Lotte leide unter Rückenschmerzen, und der Stuhl habe sowieso nicht die richtige Höhe, und es sei eine Zumutung, sie unter derartigen Bedingungen arbeiten zu lassen. Ich schlug vor, er solle ihr doch einen neuen Stuhl bauen, er habe ja jetzt Übung. Lotte hatte Tränen in den Augen, Albrecht stand heftig auf und schrie mich an, daß kein Mensch in meiner Gegenwart arbeiten könne, ich nähme ihm einfach jegliche Fähigkeit zur Konzentration. Noch einer also, den meine Gegenwart störte. Morgens Friedrich Georg, nachmittags mein Mann. Ich hatte einfach keine Lust auf einen Streit. Ich war nur ärgerlich, daß man mich von meinem Platz am Kaminfeuer vertreiben wollte. Diesen Hang zur Bequemlichkeit habe ich von meinem Vater. Da ich aber, ebenfalls von ihm, einen anerzogenen Respekt vor Leuten habe, die behaupten, daß sie ernstlich arbeiten wollen, gab ich nach, sagte nur noch, daß man mich doch nicht wie einen Hund in den Regen schicken könne. Ich ging in die Küche und gedachte, ihnen allen jetzt überhaupt erst mal zu zeigen, was eine Pizza ist.

Der Gedanke belebte mich. Ich versprach ein richtiges original-italienisches Abendessen. Je älter ich werde, desto mehr wird mir klar, daß man Männern mit nichts so imponieren kann wie mit Kochkünsten. Für einen delikat zubereiteten Spinat verzichten sie auf Kenntnisse in der Metrik und auf die geistreichsten Ausführungen über die Strafgesetzgebung im antiken Rom – aber auch auf ein reizend zurechtgemachtes Gesicht. Diese Erkenntnis ist wahrscheinlich nicht originell, aber das liegt nicht an mir, sondern an den Männern.

Man kann zu einer Pizza natürlich auch ein ganz gewöhnliches Hefestück ansetzen, aber dazu muß man Hefe im Haus haben und sicher sein, daß einem das gerät. Hefeteig, das ist nicht meine starke Seite; dafür kann ich einen delikaten Blätterteig herstellen. Quark und Fett und Mehl zu gleichen Teilen, gut durchgearbeitet und gewürzt, eine Weile kalt gestellt und dann auf dem Blech ausgerollt.

– Ich war gerade dabei, die Zutaten für den Belag zusammenzutragen, die man nach Belieben variieren kann, als Friedrich Georg zurückkehrte. Naß, aber in allerbester Stimmung. In irgendeiner kleinen Trattoria in Brione hatte er die Wohltat eines Wermut-Siphons erkannt. Anscheinend brachte er als Beute sogar vier bis sieben Gedichtzeilen mit nach Hause. Ich ermunterte ihn, sie aufzusagen, doch er schien den Ort nicht für geeignet zu halten. Dafür war er aber sofort bereit, mir bei der Pizza zu helfen. Er knotete sich ein Handtuch um die Hüften, öffnete mir die Büchse mit Sardellen, schnitt den Käse, und dann machten wir das erste Blech fertig: Butterflöckchen, Käsescheiben, viel Tomaten, ein paar Streifen Sardellen, ein paar Oliven, ein wenig Rosenpaprika statt der frischen Paprikaschoten, die für eine Pizza eigentlich unerläßlich sind – darin gebe ich Tante Be recht –, und dann schoben wir das Blech in den Ofen.

Ich stellte das Geschirr zurecht, Friedrich Georg entkorkte eine Flasche Barbera. Als Aperitif sollte es einen Wermut geben und zum Nachtisch von den in süßem Rum eingelegten blauen Trauben, die wir noch nicht probiert hatten; seit Anfang Oktober war keiner von uns in der Casa gewesen.

Friedrich Georg quirlte mit dem Mixer den Schlagrahm, den wir zu den Früchten servieren wollten, und berichtete mir von dem Feuersalamander, den er gesehen hatte. Er war fasziniert von diesem schwerfälligen schwarzen Tierkörper. Etwas Urtümliches sei da noch, etwas, das Furcht und Erbarmen zugleich einflöße. Dieses feuchte Schwarz mit den feuriggelben Flecken – er vergaß darüber, die Sahne zu schlagen, ich nahm ihm das Gefäß weg, er setzte sich wieder auf den Kühlschrank, steckte sich eine Zigarette an, und allmählich kroch aus dem Herd der warme Duft der Pizza, und der Dichter schrieb auf ein Butterbrotpapier, das ich ihm schnell noch hinschob, weil ich sah, was los war:

»Wenn du alles vergißt: den Tau,
den Schierling am Wege,

die gelben Flecke des Salamanders,
die Frösche am Abend –

Weil du alles vergessen mußt,
weil man nicht geizen darf –«

So weit war er gekommen, als Albrecht mit lautem »Ah« und »Oh« die Küchentür aufmachte und dann so tat, als seien ich und erst recht Friedrich Georg die Bevorzugten des Schicksals, die sich in dieser angenehm duftenden warmen Küche aufhalten durften, während er arbeiten mußte. Er sagte nicht übermäßig freundlich zu dem Dichter: »Na – schon zurück? Wie war die Beute?« und steckte seine Nase in mein Haar. »Paprika!« Schnupperte noch mal, sagte: »Sardelle? Bel Paese –«

»Nein!« Ich widersprach. »Ganz falsch. Emmentaler –.« Friedrich Georg räusperte sich und verließ die Küche. Und dann deckte ich den Tisch. Wir stellten Kerzen auf, ich legte ein paar Kamelienblüten in eine Glasschale. Es hätte ein so hübscher Abend werden können.

Den Aperitif tranken wir im Stehen. Der Abend versprach Stil zu bekommen. Ich hatte mich umgezogen, und Friedrich Georg hatte es auch getan. Er machte uns klar – da wir es ja nicht wissen konnten –, was es bedeutet, ein Dach über dem Kopf zu haben bei einem solchen Regen. Er hielt eine reizende kleine Ansprache, in der sogar die blaßroten Blütenblätter der Kamelien auftauchten, die auf den Regenpfützen schwammen. Es klang sehr poetisch.

Ich hatte bereits das zweite Blech in den Ofen geschoben. Albrecht tat sich zusätzlich noch kleine Butterflöckchen auf die großen Stücke Pizza, die er sich abschnitt, und kleckste auf Lottes Teller ebenfalls Butter und bemerkte, daß sie ja schließlich gearbeitet hätten, und nichts mache nun mal den Menschen hungriger als die Sorgen anderer Leute und diese Geschichte da –

Friedrich Georg und ich hatten keine Ahnung, worum es sich handelte. Aber er macht sich auch nichts aus ›wahren Geschichten‹, er ist der Meinung, daß sie die eigene Phantasie abtöten, und ich habe seit damals eine Abneigung gegen Scheidungsaffären. Vielleicht bin ich auch allergisch, kann sein. Die zwei Jahre in Albrechts Praxis reichen mir für den Rest meines Lebens. Viel länger hält man das nicht aus. Das ist einfach nichts für Frauen. Männer sind da robuster; sie haben vor allem nicht die fatale Neigung, Parallelen zu ziehen. Sie kommen gar nicht erst auf den Gedanken, daß man einen speziellen Fall möglicherweise auf einen anderen oder gar auf den eigenen übertragen könnte. Sie sehen gar nicht die Banalität. Sie glauben tatsächlich, daß ihre eigenen Probleme, in eben dieser höchstpersönlichen Konstellation, urheberrechtlich geschützt seien.

Vielleicht aber befähigt gerade diese Eigenschaft Albrecht dazu, einen Fall ›unvoreingenommen‹ zu betrachten. Ich wäre wohl nie eine gute Anwältin geworden, immer hätte ich überlegt, wie ich mich in der Situation meines Klienten verhalten würde.

Friedrich Georg gab dem Gespräch eine allgemeinere Wendung; seitdem er ein paarmal im Rundfunk Diskussionen geleitet hat, ist er sehr gewandt in der Führung eines Gesprächs geworden. Er machte den Vorschlag, daß wir – vorausgesetzt, der Regen höre einmal auf – doch zu Fuß oder auch mit dem Wagen, je nachdem, bis an die Schneegrenze fahren sollten. Er machte uns auf die eigentümliche Faszination aufmerksam, die in jener Zone des Übergangs liege, dieser, man dürfe das wohl durchaus übertragen, Küstenlandschaft: Bis hierhin reicht der Schnee, dort wird er zu Wasser oder einfach vom Erdreich geschluckt. Oder: Eben hier regnet es, ein Strich, den niemand zu ziehen vermöchte, dort ist es trocken. Diese Grenzsituation in der Landschaft, in sie müsse man vordringen, genauso verhalte es sich übrigens mit der Baumgrenze, ähnlich bei einem zufrierenden See. Diese zarte Linie, die das hauchdünne Eis von dem lebendigen warmen Wasser trenne.

Es aß sich gut bei seiner Unterhaltung. Ich hatte nur immer das Gefühl, er käme dabei ein wenig zu kurz mit der Pizza. Als wir drei längst fertig waren, legte er eben sein zweites Stück auf den Teller, woraufhin Albrecht sagte: »Ihnen schmeckt's mal wieder!« Ich schlug den beiden vor, endlich zum Du überzugehen, sie kannten sich jetzt annähernd fünf Jahre. Sie erhoben sich bereitwillig, sagten sehr korrekt und förmlich: »Mein lieber Albrecht!« – »Mein lieber Friedrich Georg!« Und Albrecht fragte, als sie glücklich wieder saßen, ob er sich nun nicht endlich für einen seiner Namen entscheiden könne, Doppelnamen müßten doch wohl nicht sein; er gedächte, ihn in Zukunft Friego zu nennen. Ein Vorschlag, den ich begeistert aufgriff, der bei dem Dichter jedoch nicht annähernd die gleiche Begeisterung auslöste. Er erklärte uns, daß ein Mann von einem gewissen Alter an und – es möge vielleicht anmaßend klingen, aber genauso sei es – von einem gewissen Renommee, man könnte es auch Reputation nennen, einen wirklichen Namen haben müsse, dem ein Gewicht innewohne. Die Tradition eines Namens sei wichtig. Bei Albrecht, so führte er aus, denke jeder an Albrecht den Bären. Das war nun wirklich nicht originell. Ich nenne meinen Mann seit Jahren ›Bärlein‹, und wenn er böse mit mir ist, sage ich ›Meister Petz‹. Bei Lotte – er hob ihr sein Glas entgegen, und sie tranken zusammen – denke jeder an die reizende Lotte des jungen Werther. Er hob mir sein Glas zu und sagte: »Bei Su –«

Ich unterbrach ihn: »Untersteh dich! So stehen wir nicht miteinander. Im Bade, das könnte dir so passen, und du bist dann einer von den beiden zuguckenden Alten, die sich die Nase plattdrücken.«

Friedrich Georg wehrte ab, er schien meinen Vergleich für vulgär zu halten. Daran habe er keineswegs gedacht, sondern an Susette Gontard, die Geliebte Hölderlins.

Er schien sich demnach in der Rolle des Hauslehrers und Dichters zu sehen. Ich trank Albrecht zu und tröstete ihn: »So viele Kinder und dann noch eine treulose Gattin.« Wir tranken auf Diotima-Susette und erhoben uns zu ihren Ehren. Friedrich Georg holte das Gespräch hartnäckig zu sich zurück. »Friedrich – man denkt an die Hohenstaufenkönige, an Sizilien, an Kastelle.«

Lotte sagte: »Ich nicht.«

Er sah nicht einmal zu ihr hin. »Georg – man denkt zuerst an den Heiligen, den Ritter Georg, der den Drachen tötet. Die Vorstellung«, sagte er, »einen Namen zu führen wie Willi oder Freddy oder auch Klaus, der doch von dem guten symbolkräftigen Nikolaus herrühre –«

Und in diesem Augenblick unterbrach ihn Albrecht: »Klaus! – Also, paßt auf, da muß ich euch eine Geschichte erzählen.«

Er griff nach der Flasche, füllte wieder alle Gläser, bot Zigaretten an, was er sonst meist vergißt.

»Stellt euch das einmal vor: Weihnachten. Es regnet. Ein Hotelzimmer.«

Lotte kicherte. Sie fragte: »Nach Norden?«

Er ließ sich auch von ihr nicht beirren. »In diesem Hotelzimmer sitzt eine Frau auf dem Bettrand. Das Bett ist zerwühlt. Es ist spät am Vormittag.«

Wir nahmen seine Geschichte nicht ernst genug. An dieser Stelle fragte ich, ob es sich um den ersten oder den zweiten Feiertag handle.

»Das ist jetzt nicht wichtig.«

Friedrich Georg unterstützte mich. »Solche Details sind von gar nicht zu unterschätzender Wichtigkeit!«

Unbeirrt fuhr Albrecht fort: »Auf dem Bettrand sitzt eine Frau. Sie heißt Edith. Ich wiederhole: Edith. Sie hat aufgelöstes Haar. Sie ist halb angezogen.«

Lotte kicherte schon wieder und fragte: »Wie halb?«

»Unterrock. Sie hat einen Brief in der Hand. Sie zerknüllt ihn. Es klopft an die Hotelzimmertür. Sie denkt: Ist es Klaus?«

Albrecht schwieg. Er griff zum Glas. Wir saßen da und sahen ihn fragend an.

»Na und? Weiter?«

»Nichts und –. Aus. Fini. Basta!«

»Darf man fragen, warum du uns das erzählst? Was ist das überhaupt für eine Geschichte, woher hast du sie? Alberne Geschichte«, sagte ich.

Der Dichter war der einzige, der irgend etwas begriffen hatte. Er dachte halblaut vor sich hin, drehte das Glas zwischen den Händen, sah ins Kerzenlicht. »Man stelle sich das vor: Weihnachten. Das zerwühlte Hotelbett. Eine Frau mit aufgelöstem Haar.«

Albrecht quittierte diese Wiederholung mit einem befriedigten: »Na bitte! Edith – wohlgemerkt: Edith.«

Ich sagte: »Soll sie da vielleicht die Feiertage über sitzen bleiben?«

»Eben!«

Ich schlug vor: »Vielleicht könnte sie sich erst mal fertig anziehen und frisieren.«

»Tut sie aber nicht!«

Jetzt mischte sich Lotte wieder ein: »Ich verstehe kein Wort! Was ist das für eine Edith? Kennen Sie sie denn, Albrecht?«

»Kennen? Was heißt hier kennen? Es kommt hier lediglich darauf an: Was soll nun werden? Seit heute nachmittag denke ich darüber nach.«

Bis dahin hatte ich geglaubt, es handele sich um einen von Albrechts Fällen; solche intimen Situationen kommen ja durchaus vor und werden auch aktenkundig gemacht; diese Situationen und Probleme gehen ihm oft noch ein paar Stunden nach, und es kommt schon einmal vor, daß er mich das eine oder andere fragt. Er ist der Ansicht, daß ich einen volkstümlichen Verstand habe, von dem er zugibt, daß er gelegentlich die Ereignisse besser voraussieht als ein anderer, mit Fachwissen belasteter. Von meinem Fachwissen hält er nichts. Albrecht hatte schon wieder die Gläser gefüllt. Wir waren zu diesem Zeitpunkt alle nicht mehr ganz nüchtern, sonst wäre die weitere Entwicklung auch gar nicht denkbar gewesen.

Friedrich Georg fragte: »Muß sie Edith heißen?«

»Sie muß.« Albrecht duldete nichts anderes, und Friedrich Georg erklärte sich einverstanden. »Und wie war das mit dem Mann? Wie, sagtest du, heißt er?«

»Klaus.«

»Klaus – das ist schlecht, aber aufschlußreich. Ein junger Mann also. Zu jung für diese Frau. Dreißigerin – wie?«

Jetzt griff ich entschlossen ein. »Wollt ihr wohl endlich aufhören?

Zwei Frauen habt ihr am Tisch, und von einer dritten redet ihr, die halb nackt auf dem Bettrand sitzt.«

»Halb angezogen, meine Liebe«, korrigierte mich mein Mann, »und das ist ein Unterschied, das solltest du doch wohl nachgerade wissen.«

Wenn mein Mann ›meine Liebe‹ sagt, ist er entweder verärgert, oder er hat zuviel getrunken. In beiden Fällen ist es klüger, nicht zu widersprechen. Zuviel getrunken hatten wir mittlerweile alle. Immerhin geruhte er jetzt, uns zu erklären, daß er vorhin, als er das Feuer anzündete, die Fortsetzung eines Romanes gelesen habe. Die Nummer vom 24. Dezember. Natürlich habe er sich zunächst einmal gefragt, wie diese Zeitung hierhergekommen sei, schließlich habe das Haus den ganzen Winter über leer gestanden.

Ich starrte ihn entgeistert an, mir wurde abwechselnd heiß und kalt. Um Zeit zu gewinnen, stand ich erst einmal auf und holte den Nachtisch aus dem Kühlschrank. Das hatte gerade noch gefehlt. Dieser Trottel! Hätte denn nicht wenigstens Birgit aufpassen können? Ich hatte den beiden doch ausdrücklich geschrieben: »Keinerlei Spuren, das bitte ich mir aus, sonst könnt Ihr tun, was Ihr wollt.« Und dann lassen sie alte Zeitungen herumliegen, noch dazu mit so verräterischen Daten wie dem 24. Dezember!

Ich blieb eine Weile in der Küche, um in Ruhe zu überlegen, ob es besser sei, jetzt gleich ein volles Geständnis abzulegen, zumal Albrecht sich vor den beiden anderen zusammennehmen mußte. Andererseits hatte er getrunken und war völlig unberechenbar in seinen Reaktionen. Seit ich einmal erlebt habe, daß er, als man ihn reizte, eine Eichentäfelung mit dem Ellenbogen zertrümmert hat, bin ich bange davor. Ich beschloß, es zunächst mit einer winzig kleinen Notlüge zu versuchen.

Ich trug die Schüssel mit den Rumfrüchten herein und behauptete, noch bevor ich die Tür hinter mir geschlossen hatte, diese Nummer stamme sicherlich nicht aus dem letzten Jahr, sondern aus dem vorletzten, »und da sind wir doch über Weihnachten hier gewesen, erinnerst du dich nicht, Albrecht? Mir kam diese Geschichte gleich so bekannt vor, die haben wir bestimmt schon mal gelesen.«

Er hörte mir überhaupt nicht zu, fragte nur uninteressiert: »Wovon redest du eigentlich? Darum geht es doch gar nicht. Es geht um ein Problem. Um ein allgemein menschliches Problem.« Und setzte dann Friedrich Georg auseinander, daß es zu den vornehmsten – wieso eigentlich vornehmsten? – Pflichten eines Autors gehöre, darauf zu achten, daß eine Frau nicht halb angezogen –

Und jetzt fing unser Dichter auch noch an, von der Wäsche dieser Person zu reden! »Oder ausgezogen – es wäre wichtig, das festzustellen! Gerade solche Details sind es, immer ist es das Detail. Gerade bei solchen Frauen.«

»Meinst du, daß es sich um eine solche gehandelt hat?«

»Keineswegs! Unterbrich mich doch nicht immer! Ein Dichter hat einfach darauf zu achten, daß eine Frau nicht an beiden Weihnachtstagen so auf dem Bettrand sitzt, jawohl, was ich dir sage, das kann und darf man einfach den Lesern nicht zumuten!«

»Nun will ich dir mal was sagen, lieber Albrecht! Das ist gar nicht der Dichter, das ist der Redakteur! Der muß aufpassen, daß so etwas nicht passiert. In der nächsten Nummer zieht sie sich bestimmt an, kämmt sich und geht in die Hotelhalle und nimmt an der Bar einen Drink mit diesem Klaus.«

»Mein lieber Friedrich Georg – kannst du das beweisen? Ich frage dich, kannst du das beweisen? Gibt es dafür irgendeinen Anhaltspunkt? Du – du bist nämlich auch so einer! Du bist imstande, jawohl, du bist imstande und läßt eine Frau in einem derartigen Zustand auf dem Bett sitzen, so etwas bringst du fertig, läßt sie sitzen während der ganzen Feiertage –«

»Nichts tue ich! Hast du jemals irgendwo bei mir die Vokabel Weihnachten gelesen – falls du je etwas von mir gelesen haben solltest –«

»Habe ich nicht. Da staunst du, was?«

Friedrich Georg sagte mit Haltung: »Ich hatte es nicht erwartet. Ich kann dir jedoch versichern, Weihnachten – das spare ich immer aus. Viel zuviel Sentiment. Verbraucht, alles längst –« Er suchte nach einem passenden Wort. Ich half ihm aus und sagte: »Welk.« Er wiederholte es: »Welk – ach was, nicht welk, erfroren, erstarrt in Konventionen –«

Lotte, die schon wieder am Kamin hockte und im Feuer herumstocherte, mischte sich ein: »War es denn überhaupt Weihnachten? Wie kann man das bei einer Zeitung einrichten, daß es draußen und drinnen Weihnachten ist, in der Geschichte und in dem Zimmer, in dem man die Geschichte liest?«

»Sehr richtig, Lotte! Sehr klug beobachtet.« Friedrich Georg schien ganz begeistert, er sprang auf. »Frauen haben einen so realistischen Blick, sie sind so nahe an der Wirklichkeit. Wo ist die Zeitung? Besinn dich, lieber Albrecht!«

Dieses ewige ›lieber Albrecht‹, ›lieber Friedrich Georg‹ ging mir allmählich auf die Nerven, man konnte sich doch auch anreden ohne dieses lächerliche Adjektiv. Albrecht stand jetzt ebenfalls auf. Ich blieb als einzige am Tisch sitzen, goß mir mein Glas noch einmal voll. Schicksal, nimm deinen Lauf! Dann mußte eben die Wahrheit gesagt werden. Vorhin hätte ich es freiwillig getan, jetzt gedachte ich abzuwarten.

Albrecht kommandierte: »Allgemeine Suchaktion!«

Wir nahmen unsere Gläser. Albrecht steckte ein Windlicht an; wir marschierten im Gänsemarsch hinter ihm her in den Schuppen, wo Holz und alte Zeitungen aufgehoben werden. Lotte sagte: »Vielleicht finden wir auch noch die nächsten Nummern, dann wissen wir gleich, wie es weitergeht.«

Auch das noch! Jetzt fing sie auch noch an, sich für diese albernen Zeitungen zu interessieren, nur weil sie Albrecht am Munde hing und auf alles einging, was er erwähnte. Mehr als ein geheucheltes Interesse war es bei ihr bestimmt nicht. Nur die beiden Männer schienen fasziniert von dieser albernen Edith zu sein.

Friedrich Georg gedachte keineswegs, selbst mit Hand anzulegen. Er nahm auf dem Hauklotz Platz und erklärte Lotte, daß es uninteressant, ja unwichtig sei zu wissen, wie diese Geschichte weitergehe und ende. »Wenn man die Ausgangssituation hat« – und die hatten wir in der Tat! –, »dann ist es ein leichtes, den Fortgang zu finden. Das nämlich ist die Folgerichtigkeit, um nicht zu sagen die Zwangsläufigkeit der Geschehnisse. Da ist nichts Zufall und nichts Willkür. Es gibt in unserem Fall überhaupt nur eine einzige Möglichkeit –«

Welche, haben wir nie erfahren. Ich war keineswegs daran interessiert, daß wir die Zeitung fanden, der Dichter hatte sowieso wieder einmal den kontemplativen Teil übernommen. Lotte schien sich die Finger auch nicht schmutzig machen zu wollen. Der einzige, der suchte, war Albrecht, und der findet sonst auch nichts.

Es war kalt in dem Schuppen. Die Zeitungen hatten die Feuchtigkeit der Luft aufgesogen, waren klamm und rochen muffig. Ich riskierte noch ein Ablenkungsmanöver und fragte meinen Mann mit aller verfügbaren Festigkeit in der Stimme: »Wieso kann die Zeitung eigentlich hier sein? Ich bin überzeugt, du hast sie in den Kamin getan und verbrannt, dazu hattest du sie ja schließlich geholt. Das ist doch ganz logisch.«

Lotte fiel mir schon wieder in den Rücken, sie war an Friedrich Georgs Darlegungen wohl nicht interessiert; weder das Virtuelle noch das Spirituelle vermochten sie zu fesseln, sie war ganz Gegenwart, und ihre Gegenwart war mein Mann. Sie spornte Albrecht an und sagte, wenn wir nicht diese eine Nummer fänden, dann doch vielleicht die vorherige oder die folgende, und wenn wir wüßten, was vorher passiert und wie diese Edith überhaupt auf den Bettrand gekommen sei –

Ich sagte ärgerlich: »Lotte! Schließlich ist das bei Zeitungen ja nicht wie bei Pilzen: Wo einer steht, müssen auch noch mehr sein!«

»Der Vergleich zwischen Zeitungen und Pilzen ist uralt.« Albrecht beendete die Aktion und wischte sich die Hände an Simonettis Gartenschürze ab. Wir gaben es auf. So war der Sache nicht beizukommen. Ich dachte, damit sei der Fall nun erledigt. Es war spät. Wir konnten noch in aller Ruhe ein Glas Wein trinken und dann schlafen gehen. Dabei fing es jetzt erst an! Ich war immer noch bei den Zeitungen, deshalb begriff ich alles andere auch so langsam.

Das Kaminfeuer war heruntergebrannt. Albrecht legte nach. Uns war kalt geworden, wir setzten uns dicht nebeneinander auf die Stufen vor dem Kamin und schwiegen.

Nach geraumer Zeit fragte Friedrich Georg nachdenklich, mit der Hartnäckigkeit eines Mannes, der zuviel getrunken hat: »Von wem, sagtest du, war der Brief, den diese Frau las?«

»Von ihrem Mann natürlich!«

»Natürlich scheint mir das keineswegs zu sein.«

Albrecht bestand auf natürlich. Frauen, die in einem derartig verwahrlosten Zustand in einem Hotelzimmer am späten Vormittag zu Weihnachten auf dem Bettrand sitzen, sind verheiratet.

»Eben!« Diese erstaunliche Zustimmung kam von dem Dichter. Die beiden waren auf dem besten Wege, sich in männlicher Solidarität zu einigen. Sie verbündeten sich gegen uns, gegen unser ganzes Geschlecht. Ihre Einigkeit war aber nur als Gegenmaßnahme zu werten. Offensichtlich bezogen beide jetzt die Positionen von Kapazitäten. Albrecht war für das Leben schlechthin, die Wahrheit also, zuständig und Friedrich Georg für die Dichtung schlechthin.

Nachdem die Gefahr mit den verräterischen Zeitungen beseitigt war, interessierte mich die Sache nicht mehr sonderlich. Ich fing an, schläfrig zu werden. Lotte ging es wohl ebenso, denn sie war vor einer Weile in die Küche gegangen, um uns einen Mokka zu machen oder vielmehr einen Kaffee Melange – sie stammt ja aus Wien.

Ich mußte wohl tatsächlich ein bißchen eingeschlafen sein, denn auf einmal packte mich Albrecht bei der Schulter, rüttelte mich und sagte: »Komm, schlaf gefälligst nicht, dafür ist die Angelegenheit zu wichtig! Es geht hier um das Glück, um das Lebensglück von mindestens drei Personen.«

Ich stand bereitwillig auf. Meinetwegen. Lotte kam gerade mit dem Tablett in die Stube. Die Männer achteten gar nicht auf sie. Friedrich Georg sagte nur: »Mitkommen, los! Alles nach oben, alles in das Schlafzimmer!«

Lotte nahm das Tablett mit, was gar keine schlechte Idee war, ich holte mir gleich eine Tasse und trank auf der Treppe einen Schluck. Kaffee kochen kann sie.

Friedrich Georg hatte die Regie an sich gerissen. Offensichtlich sollte Theater gespielt werden. Friedrich Georg hatte schon immer eine Vorliebe fürs Dramatische. Ich bin kein Spielverderber, aber an jenem Abend hatte ich sehr wenig Lust auf Laienspiele. Meine Einwände blieben unbeachtet. Friedrich Georg fragte: »Welches Zimmer?«, entschied aber gleich selbst: »Deines« und öffnete die Tür zu Albrechts Zimmer. »Großartig!« Tief befriedigt sah er sich um und schritt sogleich zur Tat. Er drehte den Schirm der Nachttischlampe nach oben, so daß ein fahles, kaltes Licht von der Decke zurückstrahlte, in dem wir alle blaß und übernächtigt aussahen, und dann erklärte er: »Später Vormittag.«

Er öffnete das Fenster: »Regen.«

Wenigstens das stimmte. Er schlug die Bettdecke zurück, zerrte an dem Bettuch und zerknautschte es, warf Albrechts Schlafanzug hinter das Bett und sagte kurz und bündig zu Albrecht: »Du bist Klaus. Du wartest unten in der Halle!«

»Ich? Du bist wohl verrückt!«

Darauf sagte Friedrich Georg lediglich: »Sehe ich vielleicht aus, als ob ich Klaus hieße?« Und mit einem Seitenblick zu mir: »Zieh dich aus!«

Ich starrte ihn an.

»Hast du nicht verstanden?« fragte mein Mann. »Ausziehen sollst du dich. Du bist Edith, das ist doch wohl nicht schwer zu begreifen!«

»Wieso denn ich?«

»Weil du verheiratet bist!« Der Fall schien völlig klar zu sein, darum erkundigte ich mich auch nur noch: »Wie weit?«

Prüfender Blick von Friedrich Georg. »Unterrock, das genügt.« Albrecht schränkte das ein in: »Zunächst mal wenigstens. Man muß abwarten, was die Situation ergibt.«

Ich gehorchte. Die Situation schien keinen Widerspruch zu dulden. Ich zupfte an meinem weißen Batistrock, versuchte, ihn wenigstens ein Stückchen übers Knie zu ziehen, und saß mit hängendem Kopf auf der Bettkante. Lotte stand noch immer mit dem Tablett herum; ich hatte meine Tasse auf den Nachttisch gesetzt.

Friedrich Georg schien nicht übermäßig zufrieden, man merkte es ihm an. Er sah sich nach weiteren Requisiten um und fragte schließlich Albrecht: »Wo ist der Brief, lieber Albrecht, hast du so etwas in der Tasche?«

Albrecht griff nach seiner Brieftasche, zog ein Schriftstück heraus. Es war ja völlig gleich, um was es sich handelte, es ging lediglich um den optischen Eindruck.

Er reichte mir den Brief, ich faltete den Bogen auf.

Von Lotte kam irgendein Geräusch, sie hatte das Tablett wohl schnell noch abgesetzt.

Albrecht schob mir die Wäscheträger über die Schultern, und Friedrich Georg kam und schob sie wieder zurück, als ob ich eine Schaufensterpuppe wäre. »Wo sind die aufgelösten Haare?« Er fuhr mir mit der Hand ins Haar, worauf Albrecht mit einem »Laß das!« nach seinem Arm faßte und dann sagte: »Du paßt einfach nicht in diese Rolle, Huschi, dazu braucht man dunkles, zerzaustes Haar. Frauen sollten überhaupt das Haar lang tragen.«

Ich saß derweil und starrte auf den Brief. Viel gelesen habe ich nicht. Die Szene begann ziemlich echt zu werden. Ich weinte. Albrecht sagte: »Wein nicht! Du paßt sowieso nicht für die Rolle, also brauchst du auch nicht zu weinen.« Er sah sich nach Lotte um und kommandierte: »Lotte, jetzt Sie!«

Ich erhob mich schwerfällig vom Bettrand, hob mein Kleid vom Boden auf, händigte Lotte den Brief aus und verließ, ohne sie anzusehen, das Zimmer.

Wie diese Vorstellung weitergegangen ist, weiß ich nicht, aber sehr glücklich wohl nicht. Lotte wird sehr reizend ausgesehen haben. Sie ist genau der Typ, der in Perlon und Spitze am besten zur Wirkung kommt. Ich habe sie im Verdacht, daß sie blaßrote Wäsche trägt.

Zerzaustes Haar steht ihr bestimmt gut, und für die notwendigen Tränen hatte Albrecht hinreichend gesorgt.

Wann er die Sache mit dem Brief gemerkt hat, weiß ich nicht, wahrscheinlich aber als letzter. Nach etwa einer halben Stunde war es totenstill im Haus. Vorher hatte ich gehört, wie Friedrich Georg nebenan ausgiebig mit Odol gurgelte, dann klopfte es leise an meine Tür. Albrecht rief ein paarmal: »Huschi! Huschi, mach auf!« – Ich hatte abgeschlossen. Ich wollte nachdenken, was nun zu tun war. Ob ich abreisen sollte? Ob ich die beiden zur Rede stellen sollte? Ob ich mit Lotte reden mußte? Vielleicht wußte sie nichts von meiner Vorgängerschaft. Wie ich Albrecht kenne, hat er ihr nichts gesagt. Vielleicht ernüchterte sie das. – Ich dachte an Scheidung, ich dachte an Rainer, und als ich an meinen Jungen dachte, mußte ich wieder ein bißchen weinen, weil er doch nun ein vaterloses, armes kleines Kerlchen werden würde. Ich wünschte, ich hätte ihn bei mir gehabt. Nie fühle ich mich so stark, wie wenn ich den kleinen Burschen fest an mich drücke.

Und dann muß ich eingeschlafen sein, ohne irgend etwas zu Ende gedacht zu haben. Ich weiß wirklich nicht, wie verzweifelt ich sein muß, um nicht einzuschlafen.

Die Leute, die behaupten, morgens sei alles besser, sind Dummköpfe. Sie haben keine Ahnung! Morgens ist alles schlimmer.

Bei mir werden die Sorgen immer früher wach als ich. Sie sind da, bevor ich noch die Augen aufgemacht habe. Ich horchte. Es war völlige Stille im Haus. Wenn ich nicht den Anfang machte, würde sich ja wohl keiner hervorwagen. Feiglinge waren sie alle! Es ging schon auf elf Uhr. Ich habe keine Ahnung, wie spät es gewesen ist, als ich ins Bett ging, aber vier Uhr war es bestimmt. Ich zog die Vorhänge zurück.

Es regnete. Unverändert. Nur sah natürlich alles an diesem Morgen noch trüber und nasser aus, jeder Stein hatte sich vollgesogen mit Dunkelheit und Regen. Vom See sah man gar nichts mehr, und die letzten Kamelienblüten, die noch an dem Strauch vorm Haus hingen, hatten jetzt braune Ränder. Die Knospen an den Weinstökken waren allerdings auch in dieser Nacht ein bißchen dicker geworden und ganz nahe daran aufzubrechen.

Ich ging nicht zum Duschen. Das ist ein bedenkliches Zeichen. Die Hygiene leidet nur sehr selten unter meinem Kummer. Ich zog die Cordhosen und den alten grünen Pullover an, fuhr mir mit dem Kamm durchs Haar, fand, daß ich aussah wie eine struppige Krähe im März, und überlegte, ob ich mir die Haare wachsen lassen sollte. Dann fiel mir ein, daß das auch keinen Zweck mehr hätte: Bis die Haare lang waren, waren wir längst geschieden, und dann weinte ich wieder ein bißchen, gurgelte und schluckte eine Kopfschmerztablette und ging nach unten.

Im Wohnzimmer waren die Fensterläden noch geschlossen, es roch wie in einer Kneipe. Kalter Zigarettenrauch und schaler Wein. Die letzten Stücke meiner schönen Pizza krümmten sich auf den

Tellern. Das war mir noch nie passiert, immer hatte ich vor dem Schlafengehen wenigstens die Reste der Mahlzeit in die Küche getragen, die Aschenbecher geleert und die Gläser ins Spülbecken gesetzt. Ich fing an aufzuräumen und tat es geräuschvoll, sie konnten es ruhig alle hören. Friedrich Georg hatte es sowieso gern, wenn ich im Haus rumorte. Irgendeiner würde ja nun wohl zum Vorschein kommen, und dann wollten wir mal sehen, wie es weiterging. Vielleicht fand Lotte die Fortsetzung. Die Nummer vom nächsten Tag. Darauf war sie doch gespannt gewesen.

Als ich mit dem Tablett in die Küche kam, entdeckte ich auf dem Tisch einen Zettel: »Pardon, meine Liebe, für den Teil, den ich verschuldet habe! Ich muß einige Wege erledigen, bin vermutlich mittags zurück. F. G.«

Natürlich! Männer haben immer irgendwelche Wege dringend zu erledigen, wenn ihnen eine Situation unbehaglich wird.

Albrecht hat mal gesagt: Wenn man schon auslöffeln muß, was man sich eingebrockt hat, dann soll man wenigstens den Brei abkühlen lassen. – Feine Lebensgrundsätze sind das! Vielleicht ist auch das eines seiner mecklenburgischen Sprichwörter.

Ich weiß nicht, ob ich mir vorgestellt hatte, Friedrich Georg würde mich bei der Hand nehmen und sagen: Komm, hier wirst du schlecht behandelt, ich kann das nicht mit ansehen! Er kennt ja deine wahren Werte überhaupt nicht! – Nach dem Grad meiner Enttäuschung und Erbitterung über seine Flucht muß ich das annehmen.

Jetzt war ich nur noch neugierig, was sich Albrecht ausdenken würde. Er war imstande zu behaupten, daß dieser Brief nicht von Lotte stamme, sondern von der Frau eines seiner Klienten; die Anrede ›Brummbär‹ sei doch bestimmt nicht passend für ihn, und die Tatsache, daß er diesen Brief in der Tasche bei sich getragen habe, beweise allein wirklich noch nichts, ich sei doch juristisch geschult – tatsächlich, er war imstande, sich bei einem solchen Anlaß auch daran zu erinnern und mich auf meine Pflicht der sachlichen Beobachtung hinzuweisen.

Derweil kochte ich Eier, brühte Tee auf, goß ihn sogar von den Blättern ab. Niemand sollte mir nachsagen, daß ich nicht zu Großzügigkeit fähig sei. Und als noch immer alles still blieb im Haus, deckte ich im Wohnzimmer den Tisch für zwei Personen, setzte den Eiern Mützchen auf, stellte sogar Blumen auf den Tisch und formulierte an den Sätzen, die ich auf einem Zettel hinterlassen wollte. Leider fiel mir nichts annähernd Passendes oder Wirkungsvolles ein. Die Sache mit den herumliegenden Briefen schien mir nach den Ereignissen der vergangenen Nacht auch nicht mehr sehr originell. Ich trank rasch im Stehen eine Tasse Tee, nahm Friedrich Georgs Zettel, knüllte ihn zusammen und warf ihn in den Mülleimer, holte mir den Regenmantel und verließ das Haus. Auch das war kein übermäßig origineller Einfall, wahrscheinlich nicht einmal ein kluger, bestimmt aber ein ungesunder, denn es regnete in Strömen. Meine einzige Genugtuung war, daß ich Lotte und meinem Mann den Spaß an diesem *déjeuner à deux* gründlich verdorben hatte.

Ich stieg die Treppen hinauf; man ist dann sehr rasch in Orselina. Die Anstrengung tat mir gut. Ich dachte dort weiter, wo ich am Abend aufgehört hatte zu denken und eingeschlafen war.

Was mir blieb, das war dieses Haus, und das war schließlich gar nicht so wenig. Wenn sich bloß nicht zu viele trübe Erinnerungen dort einnisten würden! Da war schon die Geschichte mit Simonetti, über die wir gelacht haben, weil für uns komisch war, was für ihn so tragisch geendet hat. Wir hatten nicht nur alte Regenmäntel, Einsiedlerspiele und die Säcke mit Gewürznelken, trockener Petersilie und Lavendel übernommen, die noch auf dem Boden herumstanden. Es nutzt auch nichts, wenn man einem Haus einen neuen rosafarbenen Anstrich und einen neuen Namen gibt. Ich konnte mir durchaus vorstellen, daß es eines Abends an die Tür klopfte und Simonetti draußen stand und seine Erinnerungen wiederhaben und in seinem Haus leben wollte; der Mensch ist nun mal am anhänglichsten an sein Unglück. Wir hätten ihn nicht mit in unser Leben einbeziehen dürfen, es verging kein Tag, an dem nicht sein Name genannt wurde, an dem nicht einer fragte: Ist das auch von Simonetti? Wir haben über den Unbekannten gelacht und gespottet, aber mir war oft unbehaglich dabei.

Als erstes wollte ich Rainer zu mir holen. Wenn er seinen Jungen hergeben mußte – das würde Albrecht nicht einerlei sein. An ihm hing er sehr, falls ich mich nicht auch da wieder täuschte. In keinem Falle wollte ich Geld von ihm annehmen, auch nicht für unser Kind. Ich gedachte, mich allein durchzuschlagen. Ich konnte gut zwei oder notfalls auch drei Zimmer vermieten. An den Villen rechts und links von meinem Weg hingen weiße Pappschilder mit *»Camere«*. In einem Jahr würde Rainer sicher so viel Italienisch lernen können, daß er in Orselina zur Schule gehen konnte. Kinder lernen ja so viel schneller. Ich würde ihm ein schwarzes Schulkittelchen kaufen und ihm einen runden weißen Kragen draufnähen. Bei der Vorstellung, wie das Bürschchen in dem schwarzen Kittel morgens die lange Treppe zur Schule hinaufsteigen mußte, kamen mir die Tränen.

Den Gedanken, das alles jetzt gleich mit Tante Be zu besprechen, ließ ich wieder fallen. Sie hatte ja immer nur auf diesen Moment gewartet. Meinen Eltern wollte ich auch nicht mit meinen Sorgen kommen. Sie hatten zwar mittlerweile Albrecht akzeptiert, aber leider hatte ich ihr reichlich häufiges ›Du bist schließlich alt genug, du mußt wissen, was du tust‹ nicht vergessen oder doch nur so lange, wie alles mit meinem Mann und mir gutgegangen war. Ich wollte mir jedes mitleidige und jedes befriedigte ›Na bitte! So mußte es ja kommen!‹ ersparen, und das tat ich am besten hier im Tessin, weit weg von zu Hause. Anderen war es auch gelungen, und alle behaupteten sie, sie lebten gern hier im Tessin. Von Tante Be hatte auch kein Mensch erfahren, warum sie damals hierhergezogen war. Irgendwas hatte es sicher auch bei ihr gegeben. Etwas, was nicht einmal ich wußte.

Der Regen lief mir übers Gesicht. Der Mantel war nicht imprägniert, allmählich sickerte der Regen an den Schultern durch, in den Schuhen standen schon Pfützen. Auch gut. Ich würde mich erkälten, ich würde krank werden, keiner würde sich um mich kümmern. Jeder war hier ja mit sich selbst beschäftigt.

Am Prato Pernice blühten kurzstielige gelbe Primeln zwischen dem Brombeergesträuch. Der Wasserfall, der sonst so übermütig von einer Felsstufe zur anderen springt und nur wenig Wasser hat, fiel heute schwer und mit dumpfem Getöse in die runden Steinbekken. Die Äste der Kastanien glänzten schwarz und blank vor dem nassen Laub des Waldbodens. Kein Vogel war zu hören, kein Mensch war zu sehen. Ich war ganz allein unterwegs. Ich stieg immer weiter nach oben. Ich kam an eine Wiese, übersät von weißen kleinen Krokussen, deren Kelche sich im Regen geschlossen hatten. Die Wolken über dem Monte Bré waren aufgerissen, ich konnte sehen, daß dort noch Schnee lag. Die Funicolare, die zur Cardada fährt, war nicht in Betrieb, die Gondeln hingen schwarz und starr an den nassen Drahtseilen. Nur einmal bin ich mit Albrecht oben gewesen. Er fährt nicht gern mit einer Drahtseilbahn. Ich tue es gern, ich schaukle ja auch gern –. Wie nur, wie um alles in der Welt sollte ich mir wieder angewöhnen, die Dinge zu lieben, aus denen er sich nichts macht?

Irgendwann bin ich dann wieder auf die Fahrstraße gekommen und umgekehrt. An einer der vielen Serpentinen begegnete mir ein alter Herr unter einem großen schwarzen Regenschirm. Als ich an ihm vorbeiging, blieb er stehen, zog den Hut, machte eine kleine Verbeugung. Er entschuldigte sich für dieses Wetter. Er sagte mit so viel Grandezza: *»Aprile – Signorina! Ogni goccia val mille lire!«* Und ich lächelte, so gut es eben ging, und versuchte ihm klarzumachen, daß ich nichts dagegen hätte, wenn es noch für viele Lire weiterregnen würde. Er bückte sich, um mir zwei Veilchen zu pflücken, die aus einer Mauerritze wuchsen, und überreichte sie mir. Eine neue kleine Verbeugung. Neue Tränen.

An der letzten Serpentine, vor der Treppe, die zu meinem Haus führt, kam mir Albrecht mit dem Auto entgegen. Ich erkannte den Wagen erst, als Albrecht scharf bremste. Er stieg aus und kam über die Straße. Es war an dem hohen Viadukt, ich hatte dort gestanden und in die Tiefe gestarrt.

Ich weiß auch nicht, was über mich gekommen ist, aber plötzlich dachte ich: Er hat auf mich gewartet und will mich hinunterstürzen. Dann ist er mich los.

Ich rannte los, ich lief um mein Leben, blindlings die Straße hinunter, und er schrie hinter mir her und verfolgte mich, und ich bekam immer mehr Angst, ich verlor einen Schuh und lief weiter, bis ich dann hörte, wie er »Huschi« rief, »Huschi« – und das brachte mich zur Besinnung. Ich blieb stehen, lehnte mich an die Mauer und wartete auf ihn. Mein Herz hämmerte, fast wäre ich umgesunken vor Erschöpfung.

Wie immer, wenn er sich sehr aufregt, war er wütend. Auch er war völlig außer Atem. Trotz der Tränen sah ich, wie abgespannt er aussah. Er redete auf mich ein, seine Arme hatte er rechts und links von mir an die Mauer gestemmt. Ob ich denn wahnsinnig sei. Was denn in mich gefahren sei. Ob ich zu dumm sei, um mir vorstellen zu können, wie er sich aufgeregt habe, als ich plötzlich fortgewesen sei. Ich hätte doch wohl eine Nachricht hinterlassen können, schließlich sei ich doch wohl noch der Sprache und notfalls auch des Schreibens fähig. Dann packte er mich beim Arm, zog mich mit. »Los, nach Hause, wie siehst du überhaupt aus, so läuft man nicht herum, man muß sich ja schämen, kannst du nicht wenigstens einen Schirm mitnehmen, und was hast du überhaupt da?« Er machte meine Hand auf, die ich zur Faust geballt hatte, und entdeckte die beiden Veilchen. Er fing wieder an zu schimpfen, sagte etwas von romantischem Getue, mit Veilchen in der Hand vom Viadukt zu springen – und da begriff ich überhaupt erst, daß er gedacht hatte, ich wollte da hinunterspringen, ich, seine Frau. So was traute er mir zu! Und ich hatte gedacht, er wollte mich hinunterstürzen, und das traute ich ihm zu – fast hätte ich lachen müssen. Ich hinkte zu meinem Schuh.

Wir waren schon an der Treppe, als mir das Auto einfiel. »Du mußt das Auto wegfahren«, sagte ich, »in der Kurve kann es nicht stehenbleiben.«

»Laß doch das blöde Auto –«

Aber dann ging er doch, wendete ein Stück weiter oben, und ich ging zum Haus. Friedrich Georg sah mich schon vom Küchenfenster aus. Er hatte eine meiner Schürzen umgebunden und wusch das Geschirr ab.

Im Wohnzimmer saß Lotte. Wie immer auf den Stufen vorm Kamin. Sie sah gar nicht auf, als ich ins Zimmer kam, schluchzte nur und versteckte ihr Gesicht in ihrem Rock. Was später von ihr sichtbar wurde, war rot und verschwollen und jämmerlich anzusehen. Sie ist jünger als ich, aber Tränen stehen ihr schlechter als mir.

Friedrich Georg schien ebenfalls die Absicht zu haben, mir Vorwürfe zu machen. Ich wehrte ab. »Sei doch still!« Ich hatte weder vor, mich bei den Männern für mein Verhalten zu entschuldigen, noch Lotte zu trösten. Ich war dran. Ich hatte Kummer, und sie sollten nur nicht versuchen, ihn auf sich abzulenken.

Ich band Friedrich Georg die Schürze ab, erkundigte mich, ob irgendeiner etwas gegessen habe, hörte mir ihr entrüstetes »Essen?« an und versuchte, verächtlich zu lächeln. Als ob ich ein ungeheuerliches Ansinnen an sie gestellt hätte! Ich war nämlich hungrig. Ich finde keineswegs, daß Kummer Hunger ausschließt, ganz im Gegenteil. Wahrscheinlich bin ich weniger fein konstruiert.

Ich kochte Spaghetti, das geht schnell. Ich machte eine Soße Bolognese dazu. Friedrich Georg holte einen Krug mit frischem Wasser. Nach knapp zwanzig Minuten saßen wir am Tisch.

Spaghetti lassen sich von einem Nichtitaliener nur in allerbester Stimmung essen. Wir wickelten mit verzweifelter Entschlossenheit die langen Dinger um die Gabeln, stopften uns die dicken Pakete in den Mund und schlürften die restlichen Spaghetti hinterher. Es muß ein scheußlicher Anblick gewesen sein. Vier erwachsene Menschen, die sich mutlos mit ernsten Gesichtern Spaghetti um das Kinn schlagen.

Friedrich Georg legte schließlich die Gabel auf den Teller und sagte: »Wir brauchen uns um Susanne keine Sorgen zu machen. Frauen, die noch zu der Gemeinheit fähig sind, einem normalen Menschen etwas Derartiges vorzusetzen ...«

Natürlich mußte ich lachen. Das Lachen sitzt bei mir wohl genauso lose wie die Tränen. Ich stand auf und holte uns Messer;

wir wollten gerade anfangen, die Dinger kurz und klein zu schneiden, als Albrecht von der allgemeinen Erleichterung erfaßt wurde, hörbar aufatmete und mit wahrer Virtuosität Löffel und Gabel erneut ergriff und die Spaghetti wie ein geborener Neapolitaner um die Gabel wickelte und mit Anmut zum Munde führte. Er erteilte uns eine Nachhilfestunde im Spaghetti-Essen. Wir waren willige, wenn auch nicht eben talentierte Schüler. Bevor wir es wirklich konnten, waren die Schüsseln leer, und Friedrich Georg war keineswegs mit seinen Erläuterungen über die Auswirkung menschlicher Stimmungen auf Gegenstände zu Ende gekommen. Er gedachte sogar noch mehr zur Entspannung der Lage beizutragen. Er machte den Vorschlag, daß wir am Nachmittag nach Lugano fahren sollten. Die Fahrt über den Monte Ceneri sei berühmt wegen ihrer landschaftlichen Schönheit, er kenne sie nicht, Lotte kenne sie auch nicht, und wenn man auch nicht viel sehen würde, so bliebe doch die Möglichkeit, daß es jenseits der Bergkette, die die beiden Seen trennt, heller sei. Und wenn es dort ebenfalls regnete, wollte er uns in ein Museum führen. Museen seien sehr gut für so etwas. ›So etwas‹ schien eine Krise zu sein. Er unterdrückte den Exkurs über die wohltätige Auswirkung der Kunst auf Krisen und versprach uns sogar eine Einladung zum Abendessen. Offensichtlich war er entschlossen, uns zusammenzuhalten. Von keinerlei Teilung schien er sich irgend etwas zu versprechen, und daß jeder allein loszog und seinen Gedanken nachhing, das war bei diesem trüben Regen und den vielen Felsvorsprüngen und Schluchten und Brücken nicht ratsam. Er hatte an diesem Tag etwas von einem Hütehund. Und wir anderen hatten das Bedürfnis, gehorsam zu sein.

Wir zogen uns um. Kaum war ich in meinem Zimmer, als ein Zettel unter der Tür zum Vorschein kam. Friedrich Georg hatte an jenem Tag eine Vorliebe für Zettel. Es war unverkennbar seine Schrift, mit der in Druckbuchstaben darauf stand: *Attenti alla pronuncia!* Das erinnerte natürlich an die Schilder, die in fast allen Nachbarvillen an der Gartentür hingen: *Attenti al cane!*

Jeder hat so einen Zettel bekommen. Natürlich wußte ich nicht, was eine *pronuncia* ist, ich mußte zu Albrecht gehen und ihn um das Lexikon bitten. »Sieh ruhig nach«, sagte er, »aber dein Dichter kann nicht mal ein Wörterbuch lesen. *Pronuncia* bezieht sich auf Prononcieren, auf die reine Phonetik, und hat mit einer Aussprache oder Auseinandersetzung nichts zu tun.« Ich mußte Friedrich Georg verteidigen, ich kann einfach nicht ausstehen, mit welcher Betonung Albrecht ›dein Dichter‹ sagt. »Vielleicht ist es nicht richtig, dafür ist es aber gut. Es kommt nicht auf die Form an, sondern auf den Gehalt.« – Wir waren auf dem besten Wege, uns zu streiten, da fiel mir der Zettel ein. Ich hielt ihn meinem Mann vor die Nase, und – wir lachten: *Attenti alla pronuncia!*

Immer, wenn im Laufe des Nachmittags ein verfängliches Wort fiel, und das passierte sehr oft, sagte einer: »Hier wird nicht prononciert!« Oder: *»Attenti alla pronuncia.«* Später machte ich der Einfachheit halber nur noch: »Wauwau!« Vorsicht vor dem Hund – *Attenti al cane.*

Als wir zurückkamen, war es kalt im Haus. Wir waren müde. In der vergangenen Nacht hatten wir nicht viel Schlaf bekommen, darum trennten wir uns gleich und gingen in unsere Zimmer.

Was auch zwischen Albrecht und Lotte sein mochte, sie benahmen sich korrekt. Lotte sah blaß aus, und in ihrem Gesicht lag etwas, das mich um Verständnis und um Verzeihung zu bitten schien. Verständnis – wenn ich es nicht hatte, wer denn sonst? An dem Verständnis, daran lag es ja gerade. Schließlich kannte ich ihre Situation zur Genüge. Ich liebe meinen Mann, ich konnte mir nur zu gut vorstellen, daß sie es auch tat.

Ich schloß trotz des *Attenti alla pronuncia* meine Tür nicht ab. Und Albrecht klopfte nach einer Weile wirklich. Aber er klopfte nur, und als ich leise »Wauwau« machte, hat er das wohl als Drohung oder Ablehnung aufgefaßt und ist gegangen. Ich wollte klug sein – ich wollte ihn in Ruhe lassen.

Ich habe nämlich Angst vor Aussprachen, die im Bett stattfinden.

Am nächsten Morgen wurden wir durch heftiges Läuten an der Haustür aus dem Schlaf geschreckt.

Albrecht war schon unten, als ich noch nach meinen Pantoffeln suchte. Ich hörte etwas von *»automobile«*, *»carrozzeria«* und *»pericoloso«* – also, wenn jetzt das Auto geklaut war, dann reichte es wirklich. Albrecht versteht da keinen Spaß. Der Wagen ist neu, und er liebt ihn, und ihn liebt er wirklich außer Konkurrenz.

Wir trafen uns alle im Flur. Albrecht war schon im Begriff, in Hemd und Hose durch den Garten zur Treppe zu laufen. Wir rannten hinterher, Lotte auf ihren Zoccoli und in ihrem Rosenmantel, Friedrich Georg schlang sich das Handtuch um den Kopf, weil es in Strömen regnete, und ich hatte den grünen Bademantel von Simonetti an und war barfuß. Ich hörte Albrecht schon von weitem fluchen, auf mecklenburgisch. Ein paar Wörter hat er gesagt, von denen ich bis dahin gar nicht wußte, daß ich sie kannte.

Der Regen hatte die Erde von jenem Bergvorsprung weggespült, in dessen Schutz mein Mann den Wagen immer stellt, weil weit und breit keine Garage ist und auch kein ebenes Stück Erde, wo man eine hinbauen könnte. Die Steine hatten sich gelöst und waren gegen und auf das Auto gestürzt, die Erde war nachgerutscht, und zur Dekoration lag oben auf dem Verdeck, zwischen Steinen und Dreck, ein Busch Mimosen, der reine Hohn.

Die rechte Wagentür war eingedrückt, die beiden rechten Kotflügel waren völlig demoliert.

Was wiegen menschliche Probleme gegen technische! Da spielten weder Lotte noch ich mehr eine Rolle.

Albrecht stieg in den Wagen und stellte als erstes fest, daß die Räder sich nicht mehr einschlagen ließen. Sonst hätte er wenigstens zur Werkstatt fahren können, so aber mußte der Wagen abgeschleppt werden, und auch das würde bei den Serpentinen schwierig genug sein. Die Straße war zur Hälfte mit Steinen und Erde zugeschüttet, es war unmöglich, daß sich zwei Wagen begegnen konnten. Das Auto mußte schleunigst dort weg.

Ich fluchte – im Gegensatz zu Albrecht – auf hochdeutsch. Unser Nachbar Honegger, der aus Zürich stammt und schönstes Schwyzerdütsch spricht, antwortete mit einem sehr langen italienischen Wort, das sicher nicht in Albrechts Lexikon steht, das es aber bestimmt auch auf mecklenburgisch gibt. Und dann machte ich den Vorschlag: Grappa – Grappa pura! Wir kehrten zum Haus zurück. Mitten auf der Treppe entdeckte Albrecht, daß ich barfuß war, und weil er gerade so gut in Schwung war, schimpfte er jetzt mit mir: »Eine Frau in deinem Alter! Jedes dreijährige Kind hat so viel Verstand, daß es bei dieser Temperatur nicht ohne Schuhe in den Regen läuft.« Immerhin: Er nahm mich für das letzte Stück Weg unter den Arm und trug mich ins Haus. Ich strampelte mit den Beinen und lachte und schimpfte und fand es eigentlich ganz hübsch. Lotte humpelte auf ihren Zoccoli hinterher.

Albrecht hatte den Ernst der Situation als erster erfaßt. Ich hatte mich schon wieder getröstet. Zahlt alles die Versicherung, dachte ich, bis er mich aufklärte, daß es sich hier um höhere Gewalt handele. So ein Jurist ist arm dran, er weiß immer gleich, was zu machen ist, und vor allem, was nicht zu machen ist. Unsereins hat immer noch ein paar Illusionen, überlegt, ob man nicht schnell noch, nachträglich, eine Kaskoversicherung abschließen könnte oder so etwas. Ein Jurist kennt die krummen Wege und darf sie nicht gehen.

Wir tranken jeder einen ordentlichen Grappa pura, und ich kochte uns statt Tee lieber Kaffee. Wir standen in der Küche herum und trugen gemeinsam den Schicksalsschlag. Albrecht rechnete bereits. Er kalkulierte vierhundert Mark für die Reparatur, ohne Lackieren natürlich, kalkulierte noch einmal und kam auf neunhundert Schweizer Fränkli. Wir waren im Tessin, da hat das Handwerk einen doppelten goldenen Boden.

Ich sagte: »Wir sparen!« Albrecht sagte: »Quatsch! Neunhundert Schweizer Fränkli kann man sich nicht vom Munde abziehen.«

Lotte schlug vor, sie brauche doch kein Gehalt für die Zeit hier, es sei doch alles wie Ferien und – überhaupt! Sie hatte schon wieder feuchte Augen und guckte mich an, als habe ich sie verdächtigt, die Erde über Nacht auf das Auto geworfen zu haben.

Dann ergriff Friedrich Georg das Wort. »Der Mensch darf sich nicht von den Dingen abhängig machen. Er ist ein Souverän; das Königliche an ihm ist, daß er menschlich im höchsten Sinne ist und nur dann, wenn er aufrecht geht –« Er kam nicht dazu, das Hohelied des Fußgängers zu Ende zu singen, denn Albrecht unterbrach ihn und sagte mit großer Wärme in der Stimme: »Idiot!«

Ich machte ganz schnell »Wauwau« und sagte: *»Attenti al cane«*, aber an diesem Morgen war das gar nicht mehr komisch, dabei hatten wir am Tag vorher jedesmal darüber gelacht. Ich nahm einen Teller aus dem Schrank und forderte zu einer allgemeinen Kollekte auf. Albrecht nahm ihn mir aus der Hand und knallte ihn auf den Tisch. »Laß das! Das ist keine Gelegenheit für Scherze!«

»Nein, für Fränkli«, sagte ich.

Er besann sich, wurde auf einmal ganz korrekt, machte sogar eine Verbeugung zu unseren Gästen hin, was sehr komisch aussah, weil er strubbelige Haare hatte und in Hemdsärmeln war, und erklärte uns, daß er als der Wageneigner jetzt das Nötige veranlassen werde.

Er ging zum Telefon, suchte im Telefonbuch lange nach einer Nummer, er ist das ja nicht gewohnt, zu Hause läßt er sich die Nummer heraussuchen, er kann nämlich das Alphabet nicht richtig, aber schließlich hörten wir, daß er wählte und dann immer *»Pronto«* rief, *»Pronto! Pronto!«* Vermutlich heißt das »Hallo!«, denn die Werkstatt konnte doch nicht so heißen. Nach mehrmaligen Versuchen gab er es auf. Die Telefonleitung schien ebenfalls gestört zu sein. »Ein elendes Land«, sagte er. »Eine Schlamperei dieser Regen, nicht einmal die Berge sind anständig befestigt«, und dann entschloß er sich, zu Fuß nach Locarno zu gehen, damit der Wagen da wegkäme, sonst bekäme er auch noch die verdammte Polizei auf den Hals.

Ich hatte den Eindruck, als täte es Albrecht gut, seinem angestauten Ärger endlich freien Lauf lassen zu können. Es war schade um das Auto und natürlich auch um das schöne Geld, das die Reparatur kosten würde, aber im Augenblick entspannte es die Situation. Gemeinsames Unglück verbindet nun einmal, und dieses Unglück traf uns alle, denn es hatte über Nacht Fußgänger aus uns gemacht. Wir hatten endlich einen unverfänglichen Gesprächsstoff – aber was heißt da schon unverfänglich? Frauen bringen es fertig, behauptet Albrecht, jedem sachlichen Gespräch eine unsachliche Wendung zu geben.

Beim Mittagessen sagte mein Mann, dieses Haus sei ein Gefängnis, wenn man kein Auto habe, und überhaupt: Regen im Tessin! Man sehe nichts, man höre nichts – bei solchem Wetter säße man am besten zu Hause an seinem Schreibtisch, dann bliebe nicht auch noch die Arbeit liegen.

Ich machte den Vorschlag, daß er den Nachmittag ja gut zum Arbeiten verwenden könne, nichts stünde dem im Wege, auch nicht Friedrich Georg, der bestimmt froh sei, wenn er einmal Ruhe vor uns habe, und der ja außerdem eine Vorliebe für das Promenadencafé in Locarno und eine besondere für illustrierte Magazine habe. Ich beschloß, zu Tante Be zu gehen, die sich sicherlich schon vernachlässigt fühlte.

Lotte schien Einwände machen zu wollen. Als ob es ihr nicht recht wäre, wenn man sie mit Albrecht allein im Haus ließe. Was konnte denn schon geschehen? Am Nachmittag! Und mein Mann war verstimmt. Ich kenne ihn doch, ich weiß besser als sie, was man seiner Standhaftigkeit zumuten kann und was nicht. Schließlich ist es mein Haus, und für geschmacklos habe ich Lotte nie gehalten. Obschon – ich war zwei Jahre Albrechts Mitarbeiterin. Meine Phantasie hat seit jener Zeit einen reichen Nährboden. Es gibt nicht allzuviel, wovor Verliebte zurückschrecken, auch nicht vor Geschmacklosigkeiten, weil sie sie ja nicht als solche erkennen. Und

Lotte war verliebt, das war sicher. Andererseits war sie ein Mädchen, das die besten Absichten hatte, sich zu verheiraten. Sie war solide, schließlich kam sie aus Wien. Trotz dieser besten Absichten war sie jetzt aber Mitte Zwanzig.

Als ich diese ›Ferien im Quartett‹, wie Tante Be das einmal genannt hat, plante, hatte ich die Möglichkeit, daß Lotte ihr Glück bei Friedrich Georg versuchen würde, gar nicht in Betracht gezogen. Demnach war ich mir bei ihm meiner Sache sicherer als bei meinem eigenen Mann. Tante Be, mit der ich das an jenem Nachmittag erörtert habe, sagte: »Suschen, nun hör mal zu. Ad eins: Wenn sie dir deinen Dichter ausspannte, wäre das doch noch schlimmer, weil du dann eine weitere Niederlage einstecken müßtest. Komm, sei still! Nur zur Dekoration wirst du ihn ja nicht mitgenommen haben. Und dann: Sie ist ja nicht unerfahren! Also weiß sie auch, daß es leichter ist, einen Mann aus seiner Ehe herauszuholen als einen Junggesellen hineinzubekommen. Vielleicht denkt sie, es sei gar nicht so schlecht, einen gelernten Ehemann zu kriegen. Besser vermutlich als einen Junggesellen, der bereits zwei Jahrzehnte lang Gelegenheit hatte, seine Eigenheiten auszuprägen und zu pflegen. Die äußeren Schwierigkeiten sind zunächst größer, aber dafür sind dann auch die Chancen für später erheblich besser. Womit ich nichts gegen deinen Dichter sagen will. Du weißt, ich halte viel von ihm.«

»Ja, das tust du, mehr als von meinem Mann.«

»Ich will nicht widersprechen.«

»Wenn du nur nicht so schrecklich ehrlich wärst, Tante Be! Man ist das gar nicht gewohnt.«

»Das gehört nun mal zu den Vorzügen des Alters. Man kann so offen sein, daß einen die anderen Leute für wunderlich halten. – Sieh mal, ihm ist alles zu leicht gefallen, deinem Albrecht. Er hat alles bekommen, was er haben wollte: die Karriere, die Frauen – entschuldige, wenn ich im Plural spreche.«

»Natürlich, Tante Be, tu das ruhig, du hast ja recht. Ich habe es ihm nicht schwer gemacht, und Marion wird es nicht getan haben, und diese Lotte sieht auch nicht danach aus. Aber du wirst ihm trotzdem nicht gerecht, er ist so völlig anders als du.«

»Und du verstehst ihn, nicht wahr?«

»Verstehen? Nein, Tante Be. Aber ich liebe ihn. Töricht von mir, das weiß ich selber nach sechsjähriger Ehe. Aber so ist es nun mal. Und darum werde ich das Feld räumen. Ich habe ja Rainer, und der sieht ihm so ähnlich – komisch, nicht? Wolfgang tut das auch, jetzt noch mehr als früher. Seine Söhne gleichen ihm alle.«

Tante Be saß in einem ihrer geliebten Schaukelstühle, rechts ein Hund und links ein Hund, beide schliefen. Sie stickte. Violette, phantastische Vögel auf ein Stück blaßroter Seide. Ich zog ihr die Fäden aus den Döckchen, bis sie mir die Seide vom Schoß nahm, weil ich alles durcheinandergebracht hatte.

»Hör mal«, sagte sie, »kennt dieses Mädchen eigentlich die Vorgeschichte eurer Ehe?«

»Ich glaube nicht. Wie ich Albrecht kenne, hat er nicht darüber gesprochen. Manchmal denke ich, er hat das alles völlig vergessen. Männer können das. Für die Vergangenheit sind die Frauen zuständig, inklusive der Schuld daran. Die Männer müssen so schwer an der Verantwortung für die Zukunft tragen, sie können sich nicht auch noch mit dem Ballast, mit den Hypotheken der Vergangenheit, wie er es nennt, befassen. Das Geld für Marion und Wolfgang läßt er mit einem Dauerauftrag überweisen. Innerlich hat er bestimmt nichts mehr damit zu tun, und was das Äußere angeht, darin ist er ja großzügig.«

»Das paßt zu ihm!«

»Du beurteilst ihn wieder falsch, Tante Be! Für mich war es doch besser so. Wenn er sich immer Vorwürfe gemacht hätte und wenn er es bereut hätte, und ich hätte es auch nur ein einziges Mal gemerkt – dann wäre ich unglücklich gewesen. So war ich wenigstens ein paar Jahre glücklich. – Sehr glücklich sogar.«

»Und wie oft meinst du, daß sich das noch wiederholen soll, Suschen? Schließlich ist die Ehe nicht der Refrain der Liebe, den man beliebig oft wiederholen kann.«

Ich zuckte zusammen.

»Er ist anfällig, dein Albrecht, widersprich nicht. Wenn er es nicht wäre, hättest du ihn nicht bekommen. Stimmt das, oder stimmt das nicht? Na also. Du bist dir doch wohl darüber im klaren, daß etwas geschehen muß?«

»Was denn nun noch, Tante Be? Ich habe doch dies hier schon arrangiert, und alles ist fehlgeschlagen.«

Sie stickte und dachte nach.

Ich saß und dachte auch nach und schaukelte ein bißchen in meinem Stuhl. Die Hunde dösten und blinzelten mich manchmal an. Ich sah hinaus in den Regen. Der hohe Kampferbaum vorm Haus verdunkelte das Zimmer. Ich stellte mir vor, wie es sein würde, wenn ich einmal so alt wäre wie Tante Be und allein. Ich konnte mir ja auch ein paar Hunde anschaffen. Nicht einmal sticken konnte ich.

Tante Be unterbrach unser Schweigen. Sie fragte beiläufig, es klang ganz uninteressiert: »Was tut eigentlich Wolfgang jetzt? Wie alt ist er mittlerweile?«

»Zweiundzwanzig, glaube ich. Nein – warte, Albrecht ist siebenundvierzig, er war damals, als er zum erstenmal geheiratet hat, dreiundzwanzig, doch, es kann stimmen: zwei- oder dreiundzwanzig. Er studiert in Zürich, und jetzt, während der Semesterferien, ist er bei einem Freund in Lausanne. Sie sitzen zusammen über den Entwürfen für irgendeinen Wettbewerb. Hallenschwimmbad oder so etwas. Er wird Architekt.«

»Von wem weißt du das?«

»Wir schreiben uns gelegentlich.«

»Also doch ein schlechtes Gewissen.«

»Ja. Wundert dich das, Tante Be?«

»Nein. Es hätte mich gewundert, wenn es anders gewesen wäre.«

»Manchmal schicke ich ihm ein Päckchen. Wir verstehen uns ganz gut, und er hat ja eigentlich sonst niemanden. Seine Mutter – ich glaube, die wollte nicht mehr durch ihn an Albrecht erinnert werden, er sieht ihm doch so ähnlich, weißt du. Und ich habe nun mal eine Schwäche für diesen Typ und fand es hübsch, einen

Albrecht in jeder Altersklasse zu haben, mit fünf und mit dreiundzwanzig und mit siebenundvierzig.«

Tante Be stickte weiter. Ich fragte, ob ich Licht einschalten solle, aber sie legte ihre Arbeit beiseite, sie sitzt ebensogern im Dämmerlicht wie ich. Sie hat dann noch gefragt, ob Marion wieder geheiratet habe.

Das Lachen, mit dem ich diese Frage beantwortete, klang sicher böse und auch bitter. Warum hätte sie wieder heiraten sollen? Albrecht finanzierte ihr Leben. Sie hatte ihre Freiheit, und in allem übrigen hatte sie sich arrangiert, so nannte man das in Albrechts Sprache. Aber es ist kein übermäßig schönes Kanzleideutsch, was man dort spricht. Ich kenne das Vokabular nur allzugut. Weder gedachte ich, mein Leben von ihm finanzieren zu lassen, noch mich zu arrangieren. So etwas tut man kein zweites Mal, ich wenigstens nicht, dafür war es zu ernst – damals. Und selbst bei seinem guten Einkommen dürfte es Albrecht schwerfallen, drei Haushalte zu finanzieren.

Es wurde Zeit, daß ich nach Hause ging. Es war schon fast völlig dunkel. Aber bevor ich aufbrach, hat mir Tante Be ihren Plan vorgetragen. Sie wollte Wolfgang für ein paar Tage einladen. Sie hatte einen Interessenten für ein Terrain am See. Einen Industriellen, der etwas Modern-Idyllisches haben wollte, Romantik mit Komfort. Es war ihm eilig; außerdem mußte es noch diskret gehandhabt werden, deshalb kam es auf den Preis nicht an. Tante Be hat eine fatale Art, die Dinge beim Namen zu nennen.

Sie war durchaus der Ansicht, daß Wolfgang etwas ›Modern-Idyllisches am See‹ entwerfen und die notwendigen Bauskizzen anfertigen könne, wenn er sich schon mit Projekten wie Hallenbädern befaßt habe. Sie war bereit, etwas für mich zu investieren. Vielleicht hatte ich unrecht, als ich annahm, sie habe Vorurteile gegen meinen Mann und warte nur darauf, daß wir uns trennten.

Ich fühlte mich erleichtert, als ich nach Hause ging. Sie begleitete mich ein Stück, nahm mich mit unter ihren großen grauen Tessiner Regenschirm, hakte sich bei mir ein, drückte meinen Arm, und ich versicherte ihr, daß sie eine wunderbare Frau sei und ich nur wünschte, auch einmal so zu werden wie sie.

»So alt, Suschen, das kannst du haben, und es geht viel rascher, als es dir lieb sein wird.«

»Nein, so menschlich, so einsichtig, so klug.«

»Mit anderen Worten: so jenseits von Gut und Böse. Das meinst du doch? Zeit haben für andere und für deren Sorgen? Ach, weißt du, zu zweit ist es schwer, mit einer großen Familie, das ist sehr schwer. Allein ist es aber auch sehr schwer – man muß sich da untereinander schon ein bißchen helfen. Wenn es leichter wäre – wäre es weniger wert. Nun lauf, werd nicht so naß und schreib an den Wolfgang, er kann bei mir wohnen, und ein anständiges Honorar kriegt er auch.«

Nach dem Abendbrot gingen Lotte und ich in die Küche. Die Männer saßen bereits wieder am Kamin. Albrecht hatte schon ein paar Flaschen zurechtgestellt und das Feuer in Gang gebracht. Lotte setzte das gebrauchte Geschirr im Spülbecken zusammen und sagte dann, ohne mich anzusehen, daß sie mir eine Erklärung schuldig sei.

Ich sagte ihr, zu erklären sei doch wohl nichts mehr, und was zu klären sei, das ginge nur meinen Mann und mich etwas an. Ich hätte natürlich ›Albrecht und mich‹ sagen können, aber leider hat auch diese Situation schon ihre Schablone. Ich verhielt mich genauso wie Marion und erinnerte mich sofort, daß ich damals gedacht hatte, nie, niemals würde ich so etwas sagen. Ich würde tolerant sein, ich würde mich in die Lage der anderen versetzen. Eine Ehefrau hat schließlich sehr viel mehr Waffen als die andere. In der Defensive hat man viele Verbündete. Die andere steht so ziemlich allein.

Ich versuchte, es mit einem Scherz wiedergutzumachen. *»Attenti al cane!«*

Wir gingen ins Wohnzimmer. Albrecht war auf die Terrasse gegangen, und als wir eintraten, rief er: »Kommt bitte einmal her!«

Wir kamen, hatten aber keine Ahnung, was er meinte mit seinem: »Was sagt ihr nun?«

Lotte merkte es früher als ich: Es regnete nicht mehr!

Friedrich Georg kam dazu. Er hatte den Witterungsumschwung schon am Vormittag gespürt, wenn er sich recht entsann, schon am Abend vorher. Warum er uns nichts davon verraten hatte, wußte kein Mensch. Es mußte etwas in der Atmosphäre anders gewesen sein. Eine gewisse Offenheit, auch Heiterkeit lag in der Luft. Entspannung.

Nun, von Entspannung der Atmosphäre konnte nicht einmal jetzt die Rede sein, aber wir waren so taktvoll, das nicht zu sagen. Vielleicht gebe ich aber auch seine Worte unvollkommen wieder. Albrecht war keineswegs seiner Ansicht, ihm kam der Witterungsumschwung zu rasch und außerdem von der falschen Seite. Das Wetter kommt mit dem Lauf des Ticino, meinte Albrecht, und geht mit ihm; wir hätten Nordsüdwetter, im Gegensatz zu dem Wetter zu Hause, das ausgesprochenes Westwetter sei. – Sie unterhielten sich noch eine Weile darüber.

Man sah wieder die Lichterkette am See. Man sah wieder Sterne. Es war herrlich! Morgen würden wir in der Sonne auf der Terrasse liegen. Wir würden lange Wanderungen machen, meine Halsschmerzen würden am nächsten Morgen sicher wie weggeblasen sein. Ich wollte überhaupt nichts davon erwähnen. Halsschmerzen plus Vorwürfe, das war mir zuviel. Albrecht würde mich noch einmal für das Barfußlaufen am Morgen beschimpfen, und Friedrich Georg würde die weibliche Psyche hervorzerren und bestimmt sagen: ›Aha, die psychogene Angina. Seelische Niederschläge.‹ Jetzt war erst einmal Schluß mit den Niederschlägen.

Die Männer hatten sich immer noch nicht einigen können, ob der Regen gegen Abend mit oder ohne Berechtigung aufgehört hatte. Lotte saß am Kamin und schälte Orangen, der Duft breitete sich im Raum aus. Es war noch früh. Wir wußten nichts Rechtes mit dem Abend anzufangen, über den Regen hatten wir längst alles gesagt, darum schlug ich vor, ob wir nicht spielen wollten. Auf dem Boden stehe doch ein Kasten von Simonetti, und ein Kartenspiel sei bestimmt darin. Zu viert spielt man am besten Doppelkopf. Albrecht hielt den Gedanken für gar nicht so schlecht, wir spielen auch zu Hause manchmal. Friedrich Georg fand Kartenspielen niveaulos für einen geistig oder sogar schöpferisch tätigen Menschen, aber er war taktvoll genug, nichts Derartiges zu sagen. Lotte konnte natürlich nicht Doppelkopf spielen, aber das reizte wiederum Albrecht. Er ist ein ausgezeichneter Lehrmeister und bringt den dümmsten Leuten die schwierigsten Dinge bei, sogar mit Geduld. Er stammt ja aus Mecklenburg.

Lotte stellte sich tatsächlich dumm an, sie hatte nie eine Ahnung, mit wem sie zusammen spielte, aber sie kokettierte sehr reizend mit ihrer Dummheit. Friedrich Georg schien fasziniert zu sein; sie brachte es tatsächlich fertig, daß man sich albern vorkam, wenn man das Spiel leidlich gut konnte. Spaß schien es ihr nicht zu machen. Albrecht ärgerte sich über ihr Benehmen, er nimmt auch so ein Spiel auf seine Weise ernst und ist ganz bei der Sache, vermutlich aber reizte ihn das Hin und Her zwischen ihr und Friedrich Georg, das auch mir ziemlich auf die Nerven ging. Auf einmal warf er die Karten hin und erklärte, es sei besser, Skat zu spielen, Bridge könne Lotte vermutlich auch nicht, und beim Skat habe man eine Fachsprache, die sicher für Friedrich Georg ganz interessant sein könnte. Und dann fühlte man sich ja auch sehr bald in andere, männlichere Lebensumstände versetzt – aber zu viert könne man ja Skat nun mal nicht spielen.

Lotte nahm seine Worte, wie sie vermutlich gemeint waren, als Stichwort zum Aufbruch. Sie wollte oben in ihrem Zimmer noch ein paar Ansichtskarten schreiben. Wir drückten ihr den Heizventilator in die Hand, und sie verschwand.

Wir waren zu dritt. Wir spielten Skat. Ich übernahm Lottes Rolle, nur daß ich von Albrecht viel schlechter behandelt wurde als sie. Ich habe nicht viel Übung. Wenn ich mit ›sechsundzwanzig‹ reizte, dann stellten sich die beiden an, als hätte ich eine Tischlampe mit einer Straßenbahn verwechselt. Sie reagierten gereizt.

Es war jetzt nur noch die Frage, wer als nächster nach oben ging. Albrecht schien wenig Neigung zu haben, mich mit Friedrich Georg allein zurückzulassen. Er weiß natürlich auch, daß mein Dichter eine ausgezeichnete Figur am Kamin macht. Er ist eben gerade so schön, daß er nicht in den Verdacht geraten kann, dumm zu sein. Und dann hat er dieses Talent zum virtuellen Abenteuer, das sehr aufregend ist für eine Frau, bei dem man – rein äußerlich wenigstens – nichts riskiert. Seine Gedankengänge und seine Formulierungen unterminieren die beste Tugend, und an jenem Abend, das hatte Albrecht richtig erkannt, war es mit meiner Tugend nicht weit her. Frauen tun leicht etwas aus Rache oder aus Langeweile oder aus Müdigkeit. Männer werden diese Art Motive nie verstehen. Auch Albrecht nicht, trotz seiner Praxis. Trotz seiner gutgehenden Praxis.

Die männlichen Motive der Untreue klingen immer soviel großartiger.

Friedrich Georg dachte nicht daran zu weichen. Erstens ist er ein Nachtmensch, wie alle geistigen Arbeiter; er hält es für die Pflicht eines Dichters, die besten Gedanken nach Mitternacht zu haben. Außerdem schien er sich noch immer an die Devise zu halten: Keine Aussprache zwischen den Eheleuten.

Es war wie in Haydns Abschiedssymphonie. Einer nach dem anderen verließ den Raum. Die nächste war ich. Vorher holte ich aus dem Nachlaß von Simonetti ein Brettspiel und legte es den beiden hin. »Wie wär's, wenn die Herren jetzt einmal ›Dame‹ spielten?« Albrecht mag solche Anspielungen nicht. Aber Friedrich Georg quittierte meine Frage mit einem Lächeln und einem Handkuß.

Man kann nicht sagen, daß die beiden in bester Stimmung gewesen wären, als ich sie zurückließ. Sie haben nicht ›Dame‹ gespielt, sondern ›Wolf und Schaf‹. Das war wohl Albrechts Rache. Aber er hat den Namen des Spiels erst am anderen Morgen beim Frühstück verraten, und Friedrich Georg sagte mit einem maliziösen Lächeln, daß er ja dann wohl ein ziemlich einfältiges Schaf gewesen sei, denn er habe den Wolf nicht ein einziges Mal eingefangen. Ich habe nicht viel über die nächsten Stunden am Kamin erfahren können, aber getrunken und geraucht haben die beiden reichlich. Wahrscheinlich hat Friedrich Georg allerlei an Sentenzen von sich gegeben, so *en passant,* wie das seine Art ist, und dabei muß er meinen Mann sehr verärgert haben. Möglich, daß er ihn auch, mit den besten Absichten natürlich, auf die Vorzüge seiner Frau aufmerksam gemacht hat, und vielleicht hat er ihm sogar angedeutet, daß die Sache mit dem einfachen Lottchen doch nicht so einfach sei. Kurz nach Mitternacht ist Albrecht dann allein zurückgeblieben. Zu Hause gehen wir meist gegen elf Uhr schlafen. In schönem Einvernehmen zur gleichen Stunde. So lange sind wir schließlich noch gar nicht verheiratet. – Vielleicht wußte mein Mann nicht, an welche Tür er an jenem Abend hätte klopfen sollen, und hatte einfach keine Lust auf sein eigenes Zimmer. Später hat er mir gestanden, daß er immer diese ›verdammte Edith mit den ungekämmten Haaren‹ auf seinem Bettrand gehabt habe, und immer habe sie einen roten Unterrock mit Spitze getragen, was er nun mal nicht ausstehen könne. Die Geschichte mit dieser Edith habe ihm überhaupt sein Zimmer völlig verleidet, und in Zukunft gedenke er –

Aber ich greife schon wieder vor.

Albrecht hat noch ein paar neue Scheite auf das Feuer gelegt und hat sich eine weitere Flasche Barbera geholt, die zweite war schon zur Hälfte geleert, als ich ging. Es war nun einmal ein Spielabend –. Albrecht hat sich das Nonnenspiel aus dem Kasten geholt. Ein Einsiedlerspiel.

Vielleicht sollte man nicht soviel dabei trinken oder wenigstens nicht ganz so nah an einem offenen Feuer sitzen. Allerdings – die Konsequenz, mit der er es gespielt hat, die imponierte mir. Sie erinnerte mich an die Geschichte von dem idealen Leser: Ein Mann, der in einem Eisenbahnabteil ein Buch liest. Immer, wenn er ein Blatt zu Ende gelesen hat, reißt er es heraus und wirft es aus dem Fenster. Albrecht hatte die dreiunddreißig Holzstäbchen aufgestellt, wie sich das gehört. Ein Loch bleibt frei, und dann war er mit einem Holz über das nächste zu dem freien Feld gehüpft und hatte das übersprungene Hölzchen ins Feuer geworfen, war mit dem nächsten gesprungen, hatte das andere in den Kamin geworfen. – Um zwei Uhr war er, tief befriedigt von seinem Werk, aufgestanden. Das Spiel war ihm nicht völlig gelungen, er hatte nicht gesiegt, statt eines Stäbchens waren drei übriggeblieben, und die standen am nächsten Morgen dann einsam auf dem Brett. Alle übrigen hatte er vernichtet. Da er ein gewissenhafter Mensch ist, hatte er nicht vergessen, das Feuer sorgfältig abzudecken, damit kein Brand entstehen konnte, und dann war er nach oben gegangen. Er muß sehr betrunken gewesen sein. Sonst hätte er nicht so viel Courage aufgebracht, diese Edith aus dem Fenster zu werfen. Aber es muß ihm eine große Genugtuung gewesen sein, sich einer Frau gegenüber so eindeutig ablehnend verhalten zu haben. Er hat das Fenster verriegelt, und sonst behauptet er immer, er könne bei geschlossenen Fenstern nicht schlafen.

Als er mir das später erzählte, erwartete er von mir, daß ich ihn für seine Standhaftigkeit lobe und belohne.

Ein paar Stunden später schien die Sonne, wie sie nur im Frühling im Tessin scheint, so klar und so warm. Auf einmal blühte alles. – Wir lagen schon um halb zehn in den Liegestühlen auf der Terrasse, Friedrich Georg war bereits zweimal ›zu den Müttern gegangen‹ und hatte uns einen Krug mit frischem Wasser geholt, weil wir alle durstig waren. Ich hatte Halsschmerzen, aber was tat das schon!

Wir lagen in unseren Liegestühlen und gingen mit den Blicken spazieren, was Albrecht sowieso für die einzig zuträgliche Form eines Spazierganges hält. Er erklärte ein zweites Mal die Gegend. Ich hatte die Augen geschlossen und hörte zu: Monte Ceneri, Indemini, San Abbondio, Magadino. – Es klang wunderschön! Ich liebe diese Namen, sie sind reine Poesie, sie sind wie Musik, und gleichzeitig steigen zauberhafte Bilder herauf, schwankende Holzstege, zerfallende Mauern, von Efeu überwuchert, und das Violett der Bougainvillea. – Dann schwiegen alle.

Nach einer halben Stunde verständigte uns Friedrich Georg, wie weit er auf seinem Spaziergang gekommen sei. Jetzt eben sei er dort, jawohl, an der anderen Seite des Sees, jener Serpentinenweg, und jetzt ruhe er sich eine Weile vor der Kirche aus, auf der Steinbrüstung. Sprach's, legte sich auf die niedrige Steinmauer, von der die Terrasse eingefaßt ist. »San Abbondio, der Schutzheilige der Fußgänger«, sagte er noch, dann verstummte auch er.

Ich sagte: »Seht nur die Eidechsen!«

Lotte sagte: »Es riecht nach Veilchen –«

Und wenig später erklärte sie: »Ich will nach Indemini.«

»Gut«, sagte Albrecht, »dann fahren wir nach Indemini.«

Ich machte nun doch die Augen auf und sah von einem zum

anderen, dann besah ich mir das Tal drüben und sagte: »Ausgeschlossen. Da liegt noch tiefer Schnee.« Lotte blieb dabei: dann erst recht. Friedrich Georg deklinierte derweil: »Indeminie, Indemioft, Indeminie, Indemi – auf gar keinen Fall, also Indemi – nie! Genug Schnee, genug Regen, jetzt bitte Sonne. Sonne. *Sole pura!*«

Albrecht korrigierte: *»Puro.«*

Ich kann seine schulmeisterliche Art nicht leiden, es kam doch hierbei nicht auf Grammatik an. »Hurra!« rief ich, und weil ich ihn nicht schon am Morgen verärgern wollte, machte ich einen anderen Vorschlag: Bosco Gurin. Dort waren Albrecht und ich auch noch nicht gewesen. Unser Wagen ist für die Haarnadelkurven zu breit, außerdem besitzt Albrecht nicht die Wendigkeit eines Tessiner Postbusfahrers, was er aber nie zugeben würde. Die Gelegenheit kam nie wieder; länger als drei Tage würde die Reparatur nicht dauern, auch in Locarno nicht, die Ersatzteile waren bereits in Zürich angefordert worden.

Friedrich Georg stimmte für Bosco Gurin, Lotte und mein Mann für Indemini. Die Einigkeit war schon wieder in Gefahr. Ich machte noch einen Versuch: eine Fahrt mit einem der neuen weißen Schiffe zu den Inseln. Aber keiner ging darauf ein, alle fanden, auf dem Wasser sei es zu kalt und viel zu naß. Bloß nicht schon wieder Wasser!

Als ich ins Haus ging, um Sonnenbrillen und Hautcreme zu holen, kam Albrecht mir nach. Er war verlegen, als er mir gestand, daß er Lotte diesen Ausflug versprochen habe; und nicht nur das: Er wollte mit ihr allein hinfahren.

Dieses kleine Biest. Man brauchte nur die Augen zuzumachen.

Albrecht sollte nicht vergeblich an meine Großzügigkeit appellieren. Er hat sogar gesagt: »Du kennst mich doch!«, und darauf habe ich gesagt: »Allerdings« und am Ende: »Bitte, wenn du es so willst. Du mußt wissen, was du tust und was du verantworten kannst. Alt genug bist du ja.« Der Appell an sein Alter war schlecht. Mein letzter Trumpf war: »Dann fahre ich mit Friedrich Georg nach Bosco Gurin, wir können uns ja zuwinken.«

Nach dieser Auseinandersetzung gingen wir zu den anderen zurück, und ich sagte unter heftigem Niesen, daß es ein doppeltes Vergnügen sei, wenn die einen dorthin und die anderen hierhin führen, abends hätten wir dann etwas zu erzählen. Man müsse die guten Tage nutzen.

Die Busse fahren am späten Vormittag in Locarno ab. Wir mußten aufbrechen. Wir wünschten uns allerseits viel Vergnügen.

Ich hatte von vornherein ein ungutes Gefühl.

Wenn Albrecht meinte, daß dieser eine Nachmittag den Preis wert war – das konnte er haben. Er hatte Lotte. Aber ich hatte Friedrich Georg, und zwischen uns gab es das, was er gelegentlich unsere ›perfekte Liebe‹ nannte. Perfekt im Sinn von vergangen; aber ich erinnerte mich noch sehr gut.

Schon als ich mit Friedrich Georg die Treppen hinunterlief und wir das im gleichen Rhythmus taten, geübt, oft geübt in einem Treppenhaus in München, hatte ich Mühe, unglücklich zu sein. Ich vergaß es einfach immer wieder. Die Sonne schien, sie wärmte nicht nur die Haut, der See glänzte, und über Nacht waren alle Rhododendronbüsche aufgeblüht. Wir waren kaum auf der letzten Brücke, als ich anfing zu singen: »Frag' ich mein beklommen Herz –«, die Arie der Donna Rosina aus dem ›Barbier von Sevilla‹, eines meiner Lieblingslieder und eines mit viel Vergangenheit. Ich hatte völlig vergessen, daß Lotte und Albrecht ja dabei waren. Mein Mann rief dann auch: »Du scheinst ja in bester Stimmung zu sein, meine Liebe«, und ich sang, immer hübsch in der Melodie der Donna Rosina: »Bin ich, bin ich auch.«

Ich freute mich auf Bosco Gurin. Die Fahrt durchs Maggia-Tal liebe ich sehr, und als wir in dem kleinen Bus saßen und die Straße entlangfuhren, die vom See in das Tal abbiegt, da dachte ich, ich hätte die Fäden alle in der Hand. Am Abend würden wir wieder, mehr oder weniger einträchtig, am Kamin sitzen, und was konnte schon in Indemini passieren. Es würde kalt sein, und mein Albrecht ist nicht übermäßig geschickt im Ausnutzen von Situationen, und wo, wo konnten schließlich Situationen entstehen? In dem kleinen Ristorante etwa, in dem wir mal gegessen hatten? Wenn die beiden ankamen, war die Sonne sicher schon untergegangen, und das Dorf lag düster im Schatten, sie würden nicht einmal unter den Lauben sitzen können, sie mußten Grappa trinken, und Albrecht würde hoffentlich oft das Bedürfnis haben, hinüber ins Maggia-Tal zu sehen. Die Chancen für mich standen ungleich besser. Ich weiß nicht, ob Albrecht mich für zuverlässig hält. Er weiß nämlich, wozu ich imstande bin, wenn ich jemanden liebhabe, und das ist nicht gut. Mußte er nicht glauben, daß ich das alles ein zweites Mal tun könnte? Ach, es ist schlimm, wenn man nicht mehr an die Unbedingtheit der Liebe, ihre Einmaligkeit, zu glauben vermag. Niemals hat er zu mir etwas von Treue gesagt, und niemals habe ich es gesagt, und schon, wenn er ›immer‹ sagt und ›später, wenn wir alt sind‹, dann erschrecke ich. Beim Wort Treue mußte man, ob man es nun wollte oder nicht, an Marion denken und an Wolfgang. Ich weiß heute noch nicht, ob Albrecht nicht zuerst an sie denkt, wenn jemand ihn ganz beiläufig fragt: Wie geht's Ihrer Gattin? Ich kann mir einfach nicht vorstellen, daß ich das sein soll: die Gattin. Die Frau Gemahlin. – Seine Frau, das ja. Das weiß ich. Es hat einmal eine Stunde zwischen uns gegeben, seit der ich das weiß, und die vergißt auch Albrecht nicht.

Und während wir fuhren, stellte ich mir vor, daß ja nicht nur der See zwischen uns lag, sondern auch noch der Monte Gamborogno, hinter dem sich das weltferne kleine Dorf Indemini versteckt, nahe der italienischen Grenze. Lotte wird es auf der schmalen hals- und achsenbrecherischen Straße mit den unzähligen Serpentinen schwindlig werden, sie wird sich an Albrechts Arm klammern und aufjuchzen. Ihr wurde ja schon schwindlig, als wir die breite Schwarzwaldhochstraße fuhren.

Zuerst ist das Maggia-Tal häßlich. Kein Mensch glaubt ihm seine Schönheit, wenn er nur das Delta des Flüßchens sieht, das breit ist und voller Geröll, nichts wächst da, nur Weidengestrüpp. Rechts und links Tankstellen und kleine Fabriken. Später verengt es sich, die Berge schieben sich dicht aneinander, es ist nur eben noch Platz für den Fluß und die Schienen der Bahn, die nach Bignasco geht, und für die schmale Straße und die kleinen, oft längst schon verlassenen und zerfallenen Dörfer, die sich an den Berg klammern, die steilen Wiesen, die eben erst grün wurden. Und immer noch Schnee auf den Gipfeln und eben erst die ersten grünen Spitzen an den Kastanien und Lärchen. Gelbe Primelwiesen –

Auf einmal lag Friedrich Georgs Hand auf meinem Arm: »Wohin fährst du eigentlich? Nach Indemini?«

Was sollte ich darauf antworten? Ich lachte, natürlich mußte ich lachen, er hatte ja recht. Ich bin's gewesen, die immer gesagt hatte: heute – heute. Und heute, das war sein Tag.

Wir sind übrigens gar nicht nach Bosco Gurin gefahren. Dort lag noch tiefer Schnee. Der Postomnibus nahm keine Touristen mit. Wir waren in Palagnedra. Im Centovalli. Aber keiner hat uns gefragt, wo wir gewesen sind. Es war immer nur die Rede von Bosco Gurin. Wir machten ein Geheimnis daraus, ohne daß wir es verabredet hätten. Es war Frühling, blauer, grüner, bunter Frühling. Ich habe Friedrich Georg immer gern gehabt; wenn ich ihn manchmal verspotte, ist das wohl nur Selbstschutz. Es hat eine Zeit gegeben, da war es mehr als Gernhaben, und es fällt mir noch heute nicht schwer, mir dieses Mehr vorzustellen. Viele Frauen werden mich um seine Freundschaft beneiden. Er ist berühmt, auch das kommt dazu, und es schmeichelt mir. Einige seiner Gedichte stehen bereits in Lesebüchern.

Vielleicht hat er schon während der Hinfahrt die Möglichkeiten erwogen. Nichts ist schließlich leichter, als eine enttäuschte, vielleicht sogar bereits betrogene Frau zu verführen, und nichts wiederum ist für einen Junggesellen unverbindlicher, als eine verheiratete Frau zu verehren. Gelegenheit macht Liebe. Man ist keine zwanzig mehr. Ich weiß das alles, aber manchmal nutzen einem die besten Einsichten nichts. Man macht die Augen auf, oder man macht sie zu, je nach Veranlagung, aber man läuft schnurstracks in das hinein, was ein Glück oder ein Unglück ist – auch darüber kann man verschiedener Meinung sein.

Unser kleiner Bus hatte eine wunderhübsche Hupe; an jeder Serpentine ertönte sie. In den Dörfern stieg der eine aus, ein anderer zu. Nur wir beide blieben auf unseren vorderen Sitzen. Friedrich Georg saß am Fenster, und ich machte den Cicerone. So ganz bei der Sache war ich noch immer nicht, sein Ellenbogen, der bei jeder Kurve ein bißchen näher kam, irritierte mich. Ich blieb ganz sachlich.

»Dort, wo die Zypressen über die Mauer sehen, da ist ein Friedhof. Und da, rechts, zwischen den Lärchen, das ist eine Kapelle.« Als ich ihm schließlich erklärte, daß drüben, auf der anderen Talseite auf halber Höhe eine Kirche sei, sagte er: »Aha. Ich hielt es für einen Dampfer.«

Dann lachten wir, und dann wurde es eigentlich sehr hübsch. In den Kurven hielten wir uns aneinander fest, und manchmal geriet ich mit meinem Kopf an seinen Hals, und er roch so gut, ganz anders als früher, nach frischem Heu, glaube ich. Ich habe ihn danach gefragt und ein bißchen geschnuppert und die Nase in sein Halstuch gesteckt, und er schien das ganz gern zu mögen. Wir waren auf einmal beide zehn Jahre jünger, aber: wir hatten Erfahrungen mit der Liebe. Wir lachten, wo wir früher ernst gewesen waren. Heute – heute. Ich hatte das gut gelernt. Und mein Dichter wußte das und machte es sich zunutze.

Unsere Straße zweigte nach links ab. Die Kurven wurden immer enger, und man mußte sich noch fester aneinanderhalten. Der Berg, den wir hinauffuhren, lag im Schatten und sah düster und furchterregend aus. Friedrich Georg siedelte Bären in einer Felsschlucht an, er erfand Räubergeschichten und weigerte sich mit Entschiedenheit, mich vor den Räubern zu schützen, er gedachte vielmehr, mich an sie zu verkaufen. – Ich halte das tatsächlich für möglich. Auch in seiner Phantasie bleibt er sich selbst treu. Zumindest treuer als dem anderen.

Dann waren wir oben, noch eine Kurve, und vor uns lag ein Dorf auf einem Hochplateau. Wir atmeten tief. Von einer Wegbiegung zur anderen war alles anders, war alles südlich und warm, sanfte grüne Matten; die Häuser sauber und hell getüncht, zweistöckig wie in einer kleinen Stadt, mit Fensterläden und Balkongittern, viereckigen Plätzen, kleinen sauberen Gasthöfen und Viehherden auf den Wiesen, deren Geläut weithin zu hören war. Auf einmal war Heiterkeit in der Luft. Richtiger Frühling!

Wir setzten uns auf eine Steinbank vor eines der kleinen Restaurants und ließen uns eine Rossimada zubereiten, ein süßes Irgendwas aus Eidottern und Zucker und viel Rotwein, zu dem man unbedingt einen Kaffee trinken muß. Und dann liefen wir los, zuerst zu der kleinen Kapelle, der Madonna geweiht, über einen Felsen gebaut. Am Hang einer Wiese, auf der Veilchen blühten, ein Meer von Veilchen, und die Kirche ganz weiß, und der Himmel so hoch und blau, und die Nadeln der Lärchen glitten duftend und sanft durch unsere Hände, und drüben, jenseits des hüpfenden Baches, dehnte sich eine Wiese, weiß und lila überblüht von Wiesenschaumkraut.

Wir entdeckten eine Mulde im Gras, die von der Sonne des ganzen Tages erwärmt war, wo Veilchen blühten und Primeln und Anemonen und man nur ein kleines Stück Welt sehen konnte: Bach und Wiese, ein paar Lärchen, einen blühenden Kirschbaum und eine Felswand, die gar nicht erst versuchte, ein Loch in den tiefblauen Himmel zu bohren. Sie war auf das sanfteste ausgebogt, und gerade in diesem Bogen ruhte sich am späten Nachmittag die Sonne eine kleine Weile aus, bevor sie unterging. Vielleicht war der Gipfel des Berges, den wir in der Ferne sahen, der Basodino, der höchste der Tessiner Berge.

Friedrich Georg hatte den Kopf in meinen Schoß gelegt. Ich sah einer kleinen runden Wolke zu, die sich in den drei hohen Lärchen ein Nest gebaut hatte. Der Bach murmelte, die Veilchen blühten, und sonst war nichts. Ich saß ein klein wenig unbequem, aber Friedrich Georg schien sich wohl zu fühlen. Ich entdeckte die weiße Wolke in seinen Augen, und dann war sie fort, und ich hatte es nicht einmal gemerkt, weil – nun, weil ich mich über diesen Kopf in meinem Schoß gebeugt hatte. Wirklich, ich ziehe den Duft von frischem Heu auf der Haut eines Mannes dem von Veilchen am Bach vor. Auch heute noch.

Friedrich Georg wurde unruhig. Ich glaubte, er würde mir nun vorschlagen, daß wir ein paar Tage hier bleiben sollten, wir hatten so vieles nachzuholen. Endlich konnte aus unserer perfekten Liebe einmal eine präsente werden. In diesem Frühling! Ich weiß nicht, wie ich mich verhalten hätte, wenn er's gesagt hätte. Sehr widerstandsfähig bin ich nicht. Ich bin ein schlechter Neinsager. Ich bin eine Frau, auf die man aufpassen muß, und das hat Albrecht nicht begriffen. Ich glaube auch, daß er gar nicht weiß, was das bedeutet, eine solche Idylle mit Bach und Veilchen und wilden Kirschen, einer weißen Kapelle auf dem Felsen und einem Dichter, der sehr schöne Worte machen kann und die Wirkung seiner Worte mit zärtlichen Händen zu unterstreichen weiß.

Friedrich Georg setzte sich auf, strich sich das Haar zurück und sah in den Himmel, genau an die Stelle, wo sich die Sonne bald darauf in der Felsmulde zur Ruhe begeben hat, und sagte: »Wie findest du das, Susanne:

›Ich liege auf hundert Sommern
auf Moder und welkem Laub –.‹«

Er machte eine bedeutungsvolle Pause, in der ich einwarf, mein Schoß sei doch wohl weder das eine noch das andere – er wehrte ab und wiederholte:

»›auf Moder und welkem Laub.
Vorher waren es Rosen
getränkt von Tränen und Tau –.‹«

Er suchte in seiner Tasche nach einem Notizblock und dem Bleistift und vergaß mich.

Die Sonne versank hinter dem Berg. Es wurde sehr rasch kalt, das Wolkennest war längst schon fort, und nicht einmal der Bach sprang noch. Die Dunkelheit kroch aus den Bergtälern, es wurde dämmerig. Ich fror und war sehr allein. Ich dachte an Albrecht und Lotte und an Indemini und wie es dort wohl aussah. Albrecht entschwindet einem wenigstens nicht in poetische Gefilde, viel eher bestand die Gefahr, daß er Lotte warm in seinen Mantel einpackte und ihr die kalten Hände und Ohren rieb, wahrscheinlicher aber war, daß sie im Gasthof am Kaminfeuer saßen und tranken und daß Albrecht eine sentimentale Anwandlung hatte und Lotte erklärte, er fühle sich von mir unverstanden. Und auf einmal sah ich diese Szene vor mir, und ich sah Lotte voller Mitgefühl mit diesem armen unverstandenen Mann, der unter der Enge seiner Ehe litt, der einen Menschen brauchte, einen jungen Menschen –

Wie ich das kannte! Er hat es auch zu mir gesagt. Auch andere Männer haben es schon zu mir gesagt. Es ist nicht originell, wirklich nicht.

Aber es wird originell, wenn es der eigene Mann zu einer anderen Frau sagt. Ich sprang auf, ich schrie den armen Friedrich Georg an, er solle seine elende Dichterei sein lassen. Wenn wir den Bus nach Locarno noch erreichen wollten, dann müßten wir jetzt gehen, und außerdem sei es kalt, und es sei rücksichtslos von ihm, er wüßte, daß ich erkältet sei –

Ich benahm mich scheußlich. Ich war ungerecht, und weil ich das wußte, benahm ich mich noch schlechter. Immerhin gelang es mir, ihn aus seinen hundert Sommern zurückzuholen in den kühlen Frühlingstag. Wir liefen über die Wiese, sprangen über den Bach und erreichten eben noch den Bus. Das fortwährende Hupen des Fahrers machte mich nervös. Mir kam die Straße noch schmaler vor als auf der Hinfahrt, immer hatte ich das Gefühl, daß zwei Räder bereits über dem Abgrund schwebten, ich mußte Friedrich Georg bitten, den Platz mit mir zu tauschen, weil mir schwindlig wurde. Ich hatte Kopfschmerzen, und der Hals tat mir weh, ich fror und war gereizt.

Friedrich Georg machte den ungeschickten Versuch, mich aufzuheitern. Als wir wieder an der Felsgrotte waren, in der vor vier Stunden noch die Räuber gehaust hatten, an die er mich verkaufen wollte, da sagte er mit sichtlichem Bedauern, unter diesen Umständen würde er mich leider nicht loswerden. Ich tauge nämlich nicht zur Räuberbraut. Ich fand ihn albern. Aber als er dann den Grund nannte: Er gedachte mich zu behalten, denn es wäre doch immerhin möglich, wenn man mir ein Aspirin gebe und einen Strumpf um den Hals wickle und eine Wärmflasche ins Bett lege – wie er das sagte, das war eigentlich sehr nett und klang auch ganz besorgt, und darum gedachte ich, ihm ebenfalls etwas Gutes zu sagen, und lobte seinen Vers. »Hübsch ist das: ›Vorher waren es Rosen, getränkt von Tränen und Tau.‹«

Als wir in Locarno ankamen, fühlte ich mich ziemlich elend. Ich hatte wahrscheinlich schon Fieber. Die fünfhundertzwanzig Stufen zu meinem Haus konnte ich nicht mehr schaffen. Wir nahmen uns ein Taxi. Vorher hatte ich schnell die Abfahrtstafel der Busse angesehen und festgestellt, daß Albrecht und Lotte schon vor uns angekommen waren. Wir ließen uns an einer Apotheke vorbeifahren und kauften alles, was gegen eine Halsentzündung nur irgend gut sein konnte. Im Auto hat Friedrich Georg den Arm um mich gelegt. »Enttäuscht?« fragte er.

Ich habe geschwiegen. Es ist gar nicht leicht, darauf eine Antwort zu finden. Er hat weiter gefragt: »Was hast du erwartet?«

Ich fand ihn einfach komisch. So etwas fragt man doch nicht, das geht gegen jede Spielregel. Aber ich wollte natürlich den beiden anderen gern zeigen, wie hübsch es bei uns gewesen war. Darum lachte ich, strich schnell mit dem Handrücken über seine Wange und sagte: »Also bestimmt nicht, daß du dichten würdest!« Er hat meine Hand genommen und sie geküßt. »Vergiß nicht, Susanne, daß etwas bleiben wird von diesem Tag. Bleiben – wenn du weißt, was das heißt.«

Und ich habe genickt. Er hat ja recht. Bleiben – das ist mehr als dieses Heute, zu dem ich offensichtlich nicht annähernd soviel

Talent besitze, wie ich mir eingebildet hatte. Tränen und Tau – ein paar Zeilen in einem Gedicht, das ist schließlich gar nicht so wenig, besser jedenfalls als ein schlechtes Gewissen.

Es war dunkel, als wir die Treppe zur Casa Susanna hinunterstiegen. Albrecht hatte die Lampe am Haus nicht eingeschaltet, und da wußte ich eigentlich schon Bescheid.

Friedrich Georg stand mal wieder unter dem blühenden Lorbeerbaum und dachte nach, vielleicht dichtete er auch schon wieder, was weiß denn ich.

Die beiden waren noch nicht da.

Ich ging durchs Haus und schaltete alle Lampen ein. Den Dichter ließ ich die Fensterläden schließen. ›Die Nacht aussperren‹ nannte er das, er hatte einen überaus poetischen Tag. Inzwischen machte ich mich daran, das Feuer im Kamin anzuzünden. Ich vergaß, den Rauchschieber aufzuziehen, und war wütend auf Albrecht, weil er es nicht getan hatte, als er den Kamin saubermachte. Schließlich war es eine Kleinigkeit, morgens daran zu denken. Es gab einen fürchterlichen Qualm, ich hustete, und Friedrich Georg gab Sentenzen von sich, nicht einmal eigene: »Betrunken muß man sein, verrückt oder verliebt, wenn man einen Ofen anmachen will.« Ich sagte ärgerlich, daß er mir dann etwas zu trinken holen solle, aber noch besser sei es, wenn wir Petroleum über das Holz gössen. Als wir endlich unter den Vorräten von Simonetti die Petroleumflasche gefunden hatten, war mir auch der elende Rauchschieber eingefallen, und dann zog der Kamin, und das Feuer brannte von selbst.

Ich ging in die Küche und machte das Abendbrot fertig. Wir rückten den Tisch vor den Kamin; die beiden würden ebenfalls durchfroren zurückkommen. Ich hatte die besten Vorsätze. Ich wollte nichts fragen, wollte unbefangen sein, tolerant und voller Verständnis, und außerdem wollte ich meinem Mann zeigen, wie gut ich mich mit anderen Männern verstand. Charmant würde ich sein. Dabei tränten mir die Augen, die Nase lief, und die Halsschmerzen wurden von Stunde zu Stunde schlimmer. Ich schluckte Tabletten und zog mir einen von Albrechts geräumigen Pullovern an. Den braunen, von dem ich weiß, daß er mir gut steht. Friedrich Georg fragte, ob es nicht besser sei, wenn ich mich hinlegte, aber ich wehrte mich entschieden und starrköpfig.

Wir waren fertig mit dem Essen, ich räumte den Tisch ab. Sollte Lotte sich selbst darum kümmern, falls sie noch nicht gegessen hatten. Friedrich Georg fand, es sei ein Abend für Kerzen. Gut, also Kerzen. Stimmung. Wir saßen und warteten. Wir tranken erst einmal einen Whisky, den Friedrich Georg aus seinem Zimmer holte; später erst hat er angefangen zu mixen. Was er genommen hat, weiß ich nicht, aber es muß eine ganze Menge von dem gegorenen Wein aus dem vorletzten Herbst dabeigewesen sein, aus den Flaschen, die ich im Vorratsraum aufhebe. Ich hatte damals versucht, den Wein von der Pergola selbst zu keltern. – Es schmeckte gar nicht einmal schlecht, nur ein wenig klebrig. Ich fror immer noch, deshalb hielt ich meine nackten Füße ans Feuer. Der Dichter deklamierte Conrad Ferdinand Meyer; er war da schon nicht mehr ganz nüchtern:

»Er träumt. ›Gesteh!‹ Sie schweigt. ›Gib ihn heraus!‹ Sie schweigt.
Er zerrt das Weib. Zwei Füße zucken in der Glut.«

Es klang sehr unheimlich. Aber ich lachte. Er hatte meine Füße in seine Hände genommen und spielte mit meinen nackten Zehen, und ausgerechnet da klingelte das Telefon.

Es war mein Mann. Der Bus hatte eine Panne. Achsenbruch oder irgend so etwas. Es schien ein Tag für Autopannen zu sein. Es liege Schnee in Indemini, sie könnten nicht fort. Ich müsse das verstehen, es sei nicht seine Schuld. Sie kämen zurück, sobald sich eine Gelegenheit böte.

Jedesmal, wenn er eine kurze Pause machte, sagte ich, was alle anderen Frauen in der gleichen Situation auch gesagt hätten: »Aber natürlich, mein Lieber!« – »Wie unangenehm!« – »Hoffentlich findet ihr eine Unterkunft.« – »Das macht doch gar nichts, ich bitte dich!«

Natürlich habe ich erwähnt, daß es sehr hübsch war, daß wir gemütlich am Kamin säßen und etwas zu trinken hätten und Friedrich Georg mir Gedichte vorlese, und dann habe ich ihnen eine gute Nacht gewünscht und zum Schluß noch erwähnt, daß ich vielleicht am nächsten Tag mit Friedrich Georg auf die Cardada fahren würde – falls wir also nicht da sein sollten, wenn sie zurückkämen –, aber natürlich nur, wenn ihm das recht sei. Friedrich Georg wolle gern einmal mit der Funicolare fahren, und er müsse die Zeit doch nutzen.

Albrecht hat bestimmt genauso oft »natürlich« und »selbstverständlich« gesagt wie ich. Was ich ihm nicht erzählt habe, ist, daß der Bus aus Indemini bereits vorm Bahnhof in Locarno stand, als wir dort ankamen. Ich hab's auch Friedrich Georg nicht gesagt, wahrscheinlich hat er nicht darauf geachtet. Ich wollte mich nicht mit ihm gegen meinen Mann verbünden, das finde ich nicht anständig. Die Situation war auch so schon schwierig genug.

Ich hatte den Hörer aufgelegt und kam zurück, setzte mich wieder in den Sessel, streckte ihm meine Füße hin und befahl: »Weiter!«

Er sah mich verständnislos an.

»Die Füße im Feuer!«

Ich wiederholte die letzten Zeilen:

»Er träumt. ›Gesteh!‹ Sie schweigt. ›Gib ihn heraus!‹ Sie schweigt. Er zerrt das Weib. Zwei Füße zucken in der Glut.«

Und dann streckte ich meine Füße in die Flammen. Es war verrückt. Ich benahm mich hysterisch. Friedrich Georg packte mich sofort bei den Knien und zog mich vom Feuer fort. Ich hatte mir nicht einmal die Haut angesengt, nur mein Rock war in die Glut geraten, das merkten wir aber erst, als es nach verbrannter Wolle roch.

Albrecht hätte mit mir geschimpft, wie immer, wenn er sich aufregt, aber Friedrich Georg weiß, wie das ist, wenn man die Nerven verliert. Er holte uns ein paar Kissen, und wir setzten uns auf die Kaminstufen, dicht beieinander. Er legte den Arm um mich, wir sahen ins Feuer, wir rauchten, wir tranken weiter. Einmal sagte er:

»Du bist ganz heiß. Wir müßten feststellen, ob du Fieber hast«, und dann holte er Aspirin, und ich schluckte drei Tabletten.

Es war längst Mitternacht vorbei, als er aufstand. »Wir sollten schlafen gehen.«

Ich wiederholte: »Wir sollten schlafen gehen – sollten wir wirklich?«

Er sah zu mir herunter. »Komplizier die Situation nicht!«

»Du hältst es also auch für eine ›Situation‹?«

Er tat jetzt ganz ernst, vielleicht war er's sogar. »Das weißt du sehr genau.«

Ich blieb da unten auf den Stufen sitzen, und er lehnte wieder am Kaminsims.

Vielleicht war es ungeschickt von mir, von ›meinem Mann‹ zu sprechen, ich hätte wenigstens ›Albrecht‹ sagen sollen. Immer stolpere ich über die Possessiva. Ich habe auch gar nicht viele Erfahrungen in ›Situationen‹. Friedrich Georg versuchte, die Sache komisch zu finden. Aber die Natur hat ihn schlecht für die Komödie ausgestattet, er wird dann pathetisch, und das nimmt einem jegliche Stimmung. Schließlich wurde ich auch noch ärgerlich, und dann mußte ich lachen, als er mir auseinandersetzte, daß es für ihn ›als Mann und Dichter‹ ein unendlich tiefes Erlebnis sei, eine Frau virtuell, also nur geistig, oder auch seelisch, so genau wollte er da die Grenze nicht gezogen wissen, gewissermaßen im Traum zu besitzen. Die Wirklichkeit vergröbere alles, enttäusche immer.

Ich habe ihm auf das entschiedenste untersagt, mich im Traum zu besitzen; entweder – oder, aber virtuell auf gar keinen Fall.

Ich glaube, wir waren sehr komisch. Ich weiß auch keinesfalls, wie das alles ausgegangen wäre, wenn nicht Friedrich Georg auf seiner heißen Milch mit Honig bestanden hätte. Heiße Milch mit Honig ernüchtert jede Frau. Das Aspirin tat seine Wirkung, vielleicht auch der Alkohol oder das Fieber, jedenfalls war ich nicht mehr sicher auf den Beinen, als ich Friedrich Georg in die Küche folgte, wo er bereits am Herd hantierte. Ich habe mich dort von ihm verabschiedet, ich habe ihm in aller Form erklärt, daß es zu den

Spielregeln, den Faustregeln gewissermaßen, im Umgang der Geschlechter gehöre, daß der Mann der Frau die Chance gebe, nein zu sagen. Als ich mit meiner Rede fertig war, kochte seine Milch gerade über. Ich hatte das Gefühl, mir einen großartigen Abgang verschafft zu haben, ließ ihn mit seiner angebrannten Milch allein in der Küche zurück und ging in mein Zimmer. Einen Augenblick stand ich noch vorm Spiegel – daran erinnere ich mich genau –, ich betrachtete mich, hatte die Flasche mit der Gesichtsmilch schon in der Hand, stellte sie aber wieder fort und sagte: »Lohnt nicht.« Ich war wieder einmal fest entschlossen, die ganze Nacht vor Kummer kein Auge zuzutun. Ich wollte über meine Zukunft nachdenken. Ich wollte an meinen armen Jungen denken. Ich wollte eine Bilanz über mein bisheriges Leben machen, und wieder einmal schlief ich trotz der Halsschmerzen und trotz des Kummers gleich ein.

Irgendein Geräusch muß mich bald darauf wieder aufgeweckt haben. Ich lag und horchte und hatte Herzklopfen. Friedrich Georg mußte noch wach sein. Er schien im Zimmer auf und ab zu gehen. Nach einer Weile wurde es still nebenan, ich hörte, wie er die Balkontür aufmachte, oder machte er sie zu? Vielleicht saß er jetzt und schrieb? Vielleicht blieben von diesem Tag mehr als zwei Zeilen, als Rosen, Tränen und Tau?

Ich stieg aus meinem Bett, schlich leise zur Tür, ich hatte ein bißchen Angst, er könnte mich hören, und war natürlich auch neugierig, was er tun würde, wenn er mich hörte, und welche Schlüsse er daraus ziehen würde. Ich tastete mich zur Tür von Rainers Zimmer, drückte vorsichtig die Klinke hinunter, schaltete das Deckenlicht ein. Das Zimmer war unaufgeräumt. Ich habe eine Abneigung gegen die Unordnung anderer Frauen. Es roch nach Chanel Nr. 5, auch nicht übermäßig originell, und auf dem Bett und den Hockern lagen Wäschestücke. Ich stolperte über einen Schuh, der mitten im Zimmer stand, einen ihrer roten Zoccoli. Ich horchte, nebenan blieb es still. Ich ging zum Regal und holte mir den alten braunen Plüschbären, den Rainer so liebt und den wir im Herbst beim Einpacken vergessen hatten. Den Winter über habe ich meinem Jungen an jedem Abend Geschichten von seinem Pepi erzählen müssen und was der nun alles erlebt hier unten im Tessin. Ich bin eine Spezialistin für Bärengeschichten.

Lotte sagt zu Albrecht ›mein Brummbär‹. Wahrscheinlich hatte ihn schon seine erste Frau so angeredet, und auch ich hab's getan, und er war zu feige, es zu sagen, und schnurrt und brummt, als hörte er's zum ersten Male –

Wir hatten Rainer fest versprochen, ihm seinen Pepi mitzubringen, und eigentlich hat er uns nur fortgelassen, damit wir ihn nach Hause holen; daß wir mit Pepi durch den Eisenbahntunnel gefahren sind, darf ich gar nicht erzählen. Er denkt, wir sind die ganze Strecke mit dem Auto gefahren, und Auto fahren ist gar nichts Besonderes, seine ganze Bewunderung gilt der Eisenbahn. Den Pepi nimmt er abends zum Einschlafen mit ins Bett. Ich habe das auch getan. Es ist nämlich mein Bär, und er ist schon fast so alt wie ich. Nur sieht man ihm sein Alter mehr an. Er ist ganz strapaziert von so viel Zärtlichkeit.

Ich habe die Schuhe ordentlich unters Bett gestellt, das Licht ausgemacht und bin zurück in mein Zimmer geschlichen, den Bären unterm Arm, und habe ihn mit ins Bett genommen. Bei der ersten Ansprache, die ich ihm hielt, war er Rainer, und bei der zweiten war er Albrecht; ich habe sogar an Marion gedacht, was ich die ganzen Jahre über vermieden habe. Und dann fiel mir ein, daß mein Mann mich eines Abends wegen dieses Bären ausgelacht und gesagt hat, ich sei noch ein richtiges Kind, und daß ich ihm dann auseinandergesetzt habe, ich sei doch wohl erwachsen genug, um mir solche Rückfälle leisten zu können, und der kleine Bär sei ja auch nur der Ersatz gewesen für den größeren, den ich früher nicht gehabt habe, und ich läge nun mal nicht gern so ganz allein im Bett, und ungesund sei das auch.

So vieles ist mir eingefallen in jener Nacht. Ich hatte gar keine Zeit, an Indemini zu denken und an das, was dort vielleicht geschah. Ich war nicht einmal überzeugt – trotz jenes ›alter Brummbär‹ in dem Brief –, daß man das miteinander vergleichen könne, meine ersten Jahre mit Albrecht und diese Episode mit Lotte oder was das nun war.

Der Morgen dämmerte schon, als ich endlich wieder eingeschlafen bin.

Man kann am Abend sehr viel gegen heiße Milch mit Honig einzuwenden haben, aber wenn sie einem morgens ans Bett gebracht wird, findet man sie herrlich.

Friedrich Georg erschien in meiner Balkontür. Er hatte ein Tablett in der Hand mit dem Glas und daneben eine weiße Blütendolde des Rhododendrons, der über den Zaun unseres Nachbarn wächst. Liebhaber, hat er gesagt, nähmen immer den Weg über den Balkon. Ich habe das eingeschränkt: »Nur des Nachts und nie am hellen Morgen«, während ich noch schnell versuchte, den Bären unter der Decke zu verstecken. Aber es war schon zu spät. Friedrich Georg zog ihn an seinem lädierten linken Ohr hervor und sagte: »Mit dem hast du mich also betrogen.«

Ich hustete erst mal ein bißchen, aber dann habe ich ihn beruhigt: »Es ist ein ganz platonisches Verhältnis.« Ich lächelte oder versuchte es wenigstens und fügte noch schnell hinzu: »Virtuell, weißt du.« Er war ganz ernst und sagte: »Das sind die schlimmsten – sie enden eigentlich nie.« Und wie er mich dabei ansah, das war – ja, ich glaube, da war wohl wirkliche Liebe in seinem Blick, und ich begriff, daß er viel echter ist, als ich es wahrhaben wollte.

Er machte das sehr hübsch und galant und beinahe unbefangen. Er war bereits ganz korrekt angezogen. Mit Krawatte. Sie erschien ihm für einen solchen Morgenbesuch wohl passend. Er gefiel mir wieder sehr gut. Vor allem in den Details. Genau wie früher. Er nahm auf meinem Bettrand Platz, er pustete auf die Milch, die noch sehr heiß war, er wickelte mir den Schal ordentlich um den Hals. Ich mußte die Zunge herausstrecken, und er befahl: »Sag Ah!« Ich sagte nicht nur »Aaah«, sondern: »Wer A sagt, muß auch B sagen.« Und weil ich dachte, daß es besser sei, darüber zu reden, habe ich ihn gefragt, ob ich sehr weit gekommen sei mit dem Alphabet am Abend. Er meinte, so etwa bis G. »Aha, bis Geh–«, sagte ich, entschuldigte mich aber gleich, bekam einen Kuß und warnte ihn: »Vorsicht, das ist ansteckend.«

Ich glaube, seitdem ist zwischen uns alles in Ordnung. Der Kuß hat unsere Freundschaft besiegelt und das beendet, was vorher noch immer im Bereich des Möglichen lag. Er hatte mich beschämt, aber ich nahm es ihm nicht übel. Alles war meine Schuld. Ich hätte ihm diese Ferien nicht zumuten dürfen. Für ein Spiel war er zu schade, und auch unsere Freundschaft war zu schade dafür. Von einem gewissen Alter an ist man verpflichtet, fair zueinander zu sein, auch als Frau.

Friedrich Georg hatte den zotteligen Bären auf dem Schoß. Ich hockte mit hochgestellten Knien im Bett, den blauen Schal um den Hals gewickelt und das Glas mit der heißen Milch in den Händen; da klopfte es, und Tante Be erschien. Tante Be ist der einzige Mensch, den ich kenne, dem man eine solche Situation zumuten kann, aber selbst sie schien sie nicht für ganz korrekt zu halten. Sie zog ein wenig die Augenbrauen hoch und meinte, es sei doch wohl richtiger, abends die Terrassentür abzuschließen.

Nur gut, daß es nicht Albrecht war, der das gemerkt hatte. Er schließt sonst jeden Abend ab, und Friedrich Georg hatte offensichtlich über seinen Meditationen den Riegel an den Holzläden vergessen. Er räumte den Platz auf meinem Bettrand für Tante Be und zog sich auf einen etwas entfernt stehenden Stuhl zurück. Den Plüschbären setzte er rittlings auf meine Steppdecke.

Ich trank jetzt meine Milch und war vollauf damit beschäftigt. Mochten die beiden zusehen, daß eine Unterhaltung zustande kam, ich war krank.

Tante Be bekam ebenfalls Lust auf heiße Milch mit Honig. Ich sagte ihr, daß es ein Schlaftrunk für Dichter sei und bei normalen Menschen nur bei Halsentzündung anzuwenden –

Aber sie bestand darauf, und Friedrich Georg verstand den Wink sofort; er schien ganz gern das Feld zu räumen. Ich hatte gar keine

Lust auf Fragen. Aber ich brauchte nur in Tante Bes Gesicht zu sehen, um ganz genau zu wissen, daß mir keine Ausflüchte etwas helfen würden.

»Was ist hier eigentlich passiert?«

»Passiert? Tante Be, im Sinne des sechsten Gebotes ist hier« – ich betonte ausdrücklich hier – »nichts passiert, wenn du das meinst.«

»Das«, sie betonte es gleichfalls, »meine ich nie. Ich halte das nicht für das Wichtigste, was nicht besagt, daß ich es billigen würde – in deinem Falle. Ich fände es außerdem schade um« – sie zeigte mit dem Kopf in die Richtung, in der Friedrich Georg verschwunden war.

Ich richtete mich auf. So krank war ich nicht, daß ich mich gegen derartige Äußerungen nicht mehr hätte wehren können.

»Tante Be! Du hast einfach keine Ahnung, was bei ihm passiert ist, virtuell, meine ich. Das hat er mir heute nacht gestanden. Seine geistigen Abenteuer lassen seine leiblichen weit hinter sich.« Nach dieser Darlegung der Geschehnisse ließ ich mich befriedigt wieder ins Kissen sinken.

»Und das nimmst du ihm übel, Suschen, so ist es doch?«

Es war schwer, mit ihr zu reden. Was sollte ich tun, ich mußte es wohl oder übel zugeben. »Ein bißchen schon. Aber dafür hat er gedichtet, und das Unsterbliche ist ja sicherlich wichtiger als das Sterbliche und das Allzusterbliche. Vergiß außerdem nicht, daß ich krank bin.«

»Das ist weitgehend Theater, Suschen.«

»Ich habe Halsschmerzen, wenn du das mit Theater meinst. Und sag doch nicht Suschen zu mir, Tante Be, ich bin schließlich nicht mehr zwölf! Du kannst dir ja meinen Hals mal ansehen, dann weißt du, was los ist.« Ich riß den Mund auf und machte »Aaah –«, aber dann fiel mir ein, daß ich das eben erst Friedrich Georg vorgeführt hatte; ich klappte den Mund wieder zu und sagte: »G«, und es klang wieder wie »Geh!«, und darum fügte ich rasch hinzu: »Nein, bleib, bleib bloß bei mir, Tante Be.«

»Wenn ich gehen wollte, liebes Kind, hätte ich nicht erst zu kommen brauchen. Was ist los? Du willst doch darüber reden.«

»Natürlich will ich darüber reden. Ich kann nur nicht. Du hörst doch, meine Stimme ist völlig weg.«

Ich krächzte heiser.

Tante Be stand auf und ging zur Balkontür. Sie zog die Vorhänge zurück, es war ein strahlender Tag. Die Sonne schien weit ins Zimmer und reichte bis zum Fußende meines Bettes, ich streckte die Füße unter der Decke hervor in die Sonne. Tante Be öffnete nun auch noch die Balkontür. Dann kam sie zurück und ergriff den Plüschbären. »Was tut der hier?«

Ich gab mir sehr viel Mühe, ihr das zu erklären. Ich sei so allein gewesen und so krank und elend und überhaupt, alles sei so schrecklich –

Sie machte sich gar nichts aus meinen Tränen. Sie fragte unbeirrt weiter: »Wo war dieser Bär? Du willst mir doch nicht erzählen, daß du dieses Vieh im Koffer mitgebracht hast?«

»In Lottes Zimmer. Ich meine, da, wo sonst Rainer schläft.«

»Sehr gut! Weiter.«

»Nichts weiter.«

»Willst du mir vielleicht endlich sagen, was gestern los war und wo die beiden« – sie sagte ganz einfach ›die beiden‹ und nannte Albrecht und diese Person in einem Atemzuge – »stecken?«

Ich schluchzte laut auf und brachte »Indemini« kaum heraus.

Sie wiederholte zunächst verständnislos: »Indemini? Willst du damit sagen, daß die beiden dorthin gefahren sind, allein?«

»Ja.« Ich nickte. »Eben. Aber ich habe sie geschickt.«

»Und wo wart ihr?«

»In Bosco Gurin, nein, in Palagnedra.«

»Gut!« Tante Be schien ganz begeistert zu sein. »Was für ein kluges Arrangement! War es wenigstens hübsch?«

»Doch«, sagte ich, »hübsch war es schon. Und ein Gedicht haben wir auch gemacht, mit Moder, Rosen und Tau und all so was.«

»Aha. Und ihr seid abends treu und brav zurückgekommen und die anderen nicht?«

Ich nickte. »Genau so.« Aber der Ehrlichkeit halber fügte ich hinzu, daß Albrecht angerufen und sich entschuldigt habe und daß er überhaupt nichts dafür könne. Es liege nämlich noch Schnee in Indemini, und der Omnibus sei nicht durchgekommen. Daß der Omnibus unten am Bahnhof stand und ich ihn selbst gesehen hatte, das habe ich nicht gesagt. Albrecht ist schließlich mein Mann, und was sollte sie von ihm denken.

Tante Be dachte sich sowieso ihr Teil dazu, und dann sagte sie: »Sehr unangenehme Sache für deinen Albrecht.«

Das verschlug mir nun vollends die Sprache. »Was sagst du? Eine unangenehme Sache für Albrecht? Ein gefundenes Fressen – Verzeihung!«

»Du kannst viel drastischer sein, als ich dir zugetraut habe, Suschen, du solltest öfter mal deine gute Erziehung vergessen.«

»Sei nicht so streng mit mir, Tante Be. Ich bin unglücklich, siehst du das denn nicht?«

»Du meinst, unglücklich sein zu müssen«, korrigierte sie.

Ich weinte wieder ein bißchen; niemand verstand mich, nicht einmal sie. Woher sollte sie auch wissen, wie das ist. Sie war ja nie verheiratet.

»Scheußliche Vorstellung für deinen Albrecht: Ihr beide hier allein, mit den schönsten und bequemsten Möglichkeiten. Männer sind in ihren Vorstellungen sehr real. Er weiß, wie dekorativ dein Dichter am Kamin wirkt, und hat, wenn mich nicht alles täuscht, eine gar nicht so unbegründete Abneigung gegen Dichter; die sind nämlich imstande und verführen einem die eigene Frau, ohne daß etwas passiert. Nur so. Nur so mit Worten, mit Stimmungen. – Kindchen, ich weiß doch, was los ist! Du bist die einzige, die es offensichtlich nicht sieht. Du bildest dir ein, deinen Mann auf die Probe zu stellen, und er denkt, er stellt dich und deinen Dichter auf die Probe. Es sollte mich gar nicht wundern«, sie überlegte, »doch, ich halte es für möglich, Männer tun so etwas. Und hinterher wundern sie sich, wenn sie betrogen werden. Erst prahlen sie mit der Schönheit und der Tugend ihrer Frauen, und dann wollen sie eine Bestätigung für beides, von einem anderen Mann, und je schöner und je klüger und sympathischer der ist, um so mehr fühlen sie sich in ihrem Besitz bestätigt.«

»Tante Be, du weißt ganz genau, daß Albrecht nicht so kompliziert ist. Es geht ihm um diese Lotte, das ist alles.«

»Das ist nicht kompliziert, das ist männlich, nichts weiter.«

Ich wiederholte: »Männlich und nichts weiter! Ist das alles, was du mir zu sagen hast? Albrecht soll eifersüchtig sein? Warum denn?«

»Und warum bist du es?«

»Ich habe allen Grund, Tante Be, das kannst du mir glauben. Immerhin habe ich einen Brief von ihr gesehen, und der reicht als Beweis völlig aus. Im übrigen brauchst du nicht zu denken, daß ich in seinen Taschen spioniere. Er hat mir den Brief selbst in die Hand gegeben.«

Jetzt war Tante Be ehrlich überrascht. »Einen Brief von Lotte? Ein gewiefter Jurist, der mit Indizien des 19. Jahrhunderts hantiert?«

Ich fügte lakonisch hinzu: »Er war betrunken, und das passiert eben auch einem gewieften Juristen im 20. Jahrhundert, er hat einfach aus Versehen den Brief aus der Tasche gezogen.« Ich überlegte, ob ich ihr die Geschichte von dem Zeitungsroman und der Edith erzählen sollte und daß dadurch ja erst alles ausgelöst worden sei – aber dann schien mir das so schwer zu erklären, ich war auch einfach zu faul dazu, und so sagte ich nur noch einmal nachdrücklich: »Der Brief fing mit ›Alter Brummbär!‹ an, ich habe also allen Grund, auch wenn du es nicht glaubst – und den Brief habe ich nicht weitergelesen, die Anrede hat mir genügt.«

»Und dein Mann hat auch allen Grund, das kannst du mir glauben. Man bringt nämlich keine Freunde oder Vorgänger, oder was nun Friedrich Georg bei dir war oder ist, mit in die Ehe. Sie gehören nicht zur Aussteuer einer Frau!«

»Albrecht brachte immerhin noch mehr mit!«

»Aber eine legitime Vergangenheit, das ist etwas ganz anderes.«

»Ich sehe darin wirklich keinen Unterschied, Tante Be, wir sind moderne Menschen. Er war doch schon einmal verheiratet und hatte die Frau und den Sohn. Und ich – ich hatte niemanden!«

»Mit anderen Worten, du warst ganz auf deinen Mann angewiesen, und das war dir zu riskant. Du dachtest, Friedrich Georg sei so etwas wie eine Lebensversicherung...«

Auf dieses Stichwort hin öffnete sich die Tür, und Friedrich Georg kam mit der heißen Milch. Tante Be beeilte sich, ihm zu sagen, daß es sehr rasch gegangen und daß sie ihm dankbar sei. Sie hatte es sich anders überlegt, sie wollte die Milch lieber unten trinken und nicht meine Bazillen mitsamt dem Honig zu sich nehmen. Es sei sowieso besser, wenn ich jetzt noch ein bißchen weiterschliefe, vielleicht hätte ich auch allerlei, worüber ich in Ruhe nachdenken wollte. Sie nahm den Bären, drückte ihn mir in den Arm und sagte: »Denk an dein Kind, und überlaß das andere erst mal mir.« Sprach's, stand auf, gab Friedrich Georg einen Wink und verschwand mit ihm.

Ich lag und dachte nach.

Ich beschloß, es meinem Mann nicht schwer zu machen, wenn er wiederkam. Nur keine Szenen, das haßt er. Ich überlegte, ob ich zu Tante Be ziehen könnte, für die erste Zeit wenigstens. Friedrich Georg –? Für den würde sich irgendwo ein Zimmer finden, wenn er unter diesen Umständen überhaupt bleiben wollte, es gab genug Hotels in Locarno, während des Regenwetters waren viele Gäste abgereist. Außerdem hatte Tante Be Freunde in Ronco, die entzückt sein würden, einen lebenden Dichter zu Gast zu haben. Dann konnte Albrecht mit Lotte hierbleiben. Man mußte eben sehen, was daraus wurde. Manchmal kurieren sich solche Affären aus, man muß den Betroffenen nur Gelegenheit zur Kur geben. Aber: es ist eine Roßkur für die anderen. Ich mußte es riskieren.

Natürlich konnte ich auch gleich nach Hause fahren. Ich hatte schon lange Sehnsucht nach Rainer. Die Eltern würden sich freuen, doch, freuen würden sie sich, aber fragen würden sie auch. Vater vielleicht nicht, aber Mutter erwartet immer Vertrauen von mir, Geständnisse. Sie hat, seit sie älter geworden ist, eine richtige Leidenschaft für Geständnisse. Wenn sie wieder einmal jemanden dazu gebracht hat, ihr sein Herz auszuschütten, dann beklagt sie sich nachher bei mir, daß man immer ausgerechnet zu ihr komme und von ihr Rat erwarte. Man hält sie für eine erfahrene und hilfsbereite Frau. Ich wollte aber keineswegs zu den Lebenserfahrungen meiner Mutter noch mehr beitragen, als ich's schon getan habe. Was sollte ich ihr sagen, warum Albrecht allein hiergeblieben war? Wir haben uns noch nie getrennt, seit wir verheiratet sind.

Ich weiß nicht, woran Albrechts Ehe gescheitert ist. Ich habe nie mit ihm darüber gesprochen. Ich wollte es nicht wissen. Ich glaube gar nicht, daß ich der einzige Anlaß war. Damals habe ich Angst gehabt vor der Wahrheit und Angst vor seinen Lügen.

Seit dem Morgen, an dem ich da lag und auf seine Rückkehr aus Indemini wartete, weiß ich, daß nichts so schlimm ist wie die Unsicherheit; wenn man Wahrheit und Lüge nicht unterscheiden kann. Ich dachte: Lügt er mich heute an um Lottes willen, wie er damals um meinetwillen seine Frau angelogen hat? Das ganze Elend war wieder da. Und noch etwas anderes kam dazu. Albrecht war ein erfahrener Anwalt, erfahrener noch als damals. Würde er ein zweites Mal die Schuld auf sich nehmen? Das tat kein Jurist. Vielleicht hatte er es mit Vorbedacht so eingefädelt, daß Friedrich Georg mit mir allein im Hause blieb – war das nicht schon Grund genug zur Klage gegen mich, auf Ehebruch? Und – viel hat ja auch gar nicht gefehlt. Ohne meinen Schnupfen, ohne die Gedichte, wer weiß, was passiert wäre –

Ich stamme aus einer Juristenfamilie, ich bin es von klein auf gewohnt, daß man über die ›juristischen Folgen‹ einer Handlung nachdenkt. Außerdem hatte ich schon vier Semester eigenes Studium hinter mir, bevor ich Albrechts Sekretärin wurde. Ich wollte, ich hätte mein Studium nicht abgebrochen, dann wäre heute alles einfacher für mich! Als wir endlich heiraten konnten, hat mein Vater gesagt: »Erstaunlich, ein Anwalt, der in eigener Sache die Schuld auf sich nimmt. Er scheint ein Kavalier zu sein, oder aber: Es liegt ihm sehr viel an dir.«

Konnte ich mit seiner Großzügigkeit rechnen? Oder mußte ich damit rechnen, weil ihm so viel an Lotte lag wie damals an mir? Hatte ich ihn so sehr enttäuscht? Was suchte er denn bei ihr, das ich ihm nicht gegeben habe? Was hat er vermißt? – Man muß nur lange genug nachdenken, dann sucht man immer die Schuld bei sich und findet sie auch. Die einzige Rettung davor ist, daß man sich meist nicht die Zeit zum ernstlichen Nachdenken nimmt.

Tante Be und Friedrich Georg schienen in den Liegestühlen zu liegen. Ich hörte sie leise miteinander reden, verstehen konnte ich nichts.

Es ging auf Mittag. Mein Mann und Lotte waren noch nicht zurück. Wie er mir das erklären wollte, darauf war ich gespannt! Wir leben nicht mehr im Mittelalter, ein kleines Tessiner Dorf ist im April nicht tagelang vom Verkehr abgeschnitten.

Aber: keine Szene! Ich war entschlossen, dem Mädchen zu zeigen, daß man verlieren konnte, ohne geschlagen zu sein.

Während ich oben in meinem Bett lag und über alles nachdachte, hatte Tante Be mit Friedrich Georg gesprochen. Worüber, hat keiner von beiden mir gesagt, aber es gehört wirklich nicht viel Phantasie dazu, sich das vorzustellen. Sie hat – so ganz nebenbei – ein sehr hübsches kleines Bild gemalt. Eine Rötelzeichnung mit dem Lorbeerbaum, der Quelle und dem Umriß von Friedrich Georg. Sie hat mir das Blatt geschenkt, am Tag unserer Abreise.

Später kam sie dann in mein Zimmer, um sich nach meinem Befinden zu erkundigen. Sie brachte mir ein Glas Fruchtsaft, den ich bereitwillig trank, und ein paar Stück Schokolade bewilligte sie mir auch. Aber als ich ihr sagte, daß ich von Obst und Süßigkeiten immer ein so dringendes Verlangen nach einem Steak verspürte, befahl sie energisch: »Steh auf! Du bist gar nicht krank, und für einen gewöhnlichen Schnupfen ist frische Luft das beste. Leg dich in den Liegestuhl auf die Terrasse und pack dich warm ein. Ich tue das auch, und dann warten wir das ab.«

Und da lagen wir dann und warteten das ab.

Ich blinzelte in die Sonne. Manchmal schielte ich zu Tante Be, die links von mir lag. Schließlich entschloß ich mich zu fragen: »Wo ist eigentlich Friedrich Georg?«

»Ich habe ihn zum Essen nach Locarno geschickt. Er hat meinen Schlüssel, er kann bei mir in Ruhe arbeiten. Er hat mir ein paar Gedichte gezeigt.« Sie deutete an, daß er vermutlich eines Tages einen Band mit Tessiner Elegien veröffentlichen würde, und ich brummte vor mich hin, man wüßte doch nie, wozu so etwas gut sei. Ich war tief befriedigt. Ich hatte durchaus das Gefühl, mitschuldig an diesen Gedichten zu sein. Vielleicht würde er mir den Band widmen, mit Namen und Datum und Dank.

Später habe ich gefragt, ob er denn nicht wieder hierher käme.

»Nein«, sagte sie, einfach nein, als sei es ganz selbstverständlich, daß sie meine Gäste zu sich holte. »Du mußt doch zugeben, daß dies keine Atmosphäre für einen Lyriker ist, Suschen! Allenfalls für einen ...«

»Kolporteur.«

»Ganz recht. Für einen Romancier, aber für einen schlechten.«

»Danke, Tante Be. Großartig, deine Medizin. Höllenstein, wie?«

Dann schwiegen wir wieder eine Weile.

Am frühen Nachmittag liegt der Treppenweg von Locarno nach Orselina in der Sonne. Es ist dann sehr warm, der Berg speichert die Hitze des ganzen Tages. – Gegen vier Uhr etwa knarrte die Gartentür. Es war Albrecht. Er kam allein. Tante Be mußte ihn schon früher gesehen haben, sie war auf einmal verschwunden. Er kam gleich ums Haus und setzte sich neben mich auf die niedrige Mauer, und ich hörte, daß er beim Atmen wieder dieses kleine pfeifende Geräusch machte. Er war erhitzt. Ich sah ihn an, und mit einem Male sah ich – was ich nie vorher gesehen hatte –, daß er so viel älter war als ich, und dann sah ich ihn vor mir, wenn er sechzig sein würde, siebzig. Er saß mit hängenden Schultern und sah müde und abgespannt aus. Sein Haar wird jetzt dünner, auch das war mir früher nie aufgefallen, ich betrachtete ihn, als sei er ein ganz fremder Mann, und spürte etwas in mir, das nicht Mitleid war – ich weiß aber kein anderes Wort dafür. Erbarmen, ist es das? Aber auch das würde er nicht wollen, dabei gehört zur Liebe so viel Erbarmen.

Ich streckte ihm die Hand hin. »Albrecht!«

Ich mußte ihn noch einmal anrufen, bis er überhaupt reagierte.

»Ja, ja, was ist?«

Ich versuchte, ihm zuzulächeln, und schüttelte dabei den Kopf. »Nichts, Albrecht, worüber wir reden müßten.«

Er saß noch eine Weile so auf der Mauer neben mir und sagte nichts, tat nichts. Dann strich er mir einmal mit dem Handrücken über den Arm und stand auf: »Ich gehe duschen und ziehe mir einen Pullover an, es wird jetzt kühler. – Du bist noch erkältet?«

»Ein bißchen. Es wird schon besser. Die Sonne tut mir gut.« Ich rekelte mich. Es ging mir tatsächlich schon besser, wesentlich besser als am Morgen. Ich wickelte mir sogar den Schal ab, und während Albrecht duschte, lief ich schnell ins Haus, kämmte mich, tat ein wenig Farbe auf mein blasses Gesicht und zog mir die hochhackigen Pumps an, er mag Sandalen nicht an mir. Ich suchte nach Tante Be. Sie mußte das Haus verlassen haben, ohne etwas zu sagen. Und wo war überhaupt Lotte?

Ich legte mich wieder in den Liegestuhl, zog einen zweiten ganz nahe heran und wartete und hatte Herzklopfen. Herzklopfen, weil mein Mann gleich kommen würde. Ich wollte ihm so gern helfen. Zum erstenmal seit Tagen waren wir allein miteinander im Haus.

Als er zurückkam, zeigte er auf den Liegestuhl und fragte: »Darf ich?«

Ach, mein Liebster – wie konnte man bloß so dumm fragen! Aber das habe ich nur gedacht, gesagt habe ich nichts, nur genickt. Dann hat er sich ausgestreckt und die Augen geschlossen. Nach einer Weile habe ich meine Hand auf seine gelegt, und er hat seine Finger zwischen meine geschoben. Wieder vergingen Minuten. Dann hat er mich gefragt, wo Friedrich Georg sei. Ich habe ihm erzählt, daß Tante Be hier gewesen sei, um mich ein bißchen zu pflegen, und daß sie ihn mitgenommen habe. »Er ist fort und – dichtet.«

Mein Mann hat – wieder nach einer Pause – gefragt: »Seit wann?«

»Seit heute vormittag. Und wo ist Lotte?«

»Beim Friseur.«

»Seit wann?«

Und da hat er sein Gesicht verzogen und beinah ein wenig gelacht und zu mir herübergesehen und meine Hand genommen und an seine Backe gelegt. Frisch rasiert war er auch.

»Wir sind sehr dumm, Huschi.«

Ich nickte. Ich hätte das gern eingeschränkt in ›gewesen‹. Aber noch war es nicht vorbei, wir steckten mittendrin. Ich wußte das ganz genau. Nur das hatte ich mittlerweile begriffen: daß ich ihm helfen mußte und daß er mir helfen mußte. Daß man den anderen festhalten muß, ganz fest, und nicht selber weglaufen darf. Und ich hatte außerdem begriffen, daß Stolz etwas ganz Dummes ist und nur ein anderes, nobler klingendes Wort für Eitelkeit. Ich hätte in dem Augenblick etwas darum gegeben, eine kluge Frau zu sein, die weiß, was man tun muß. Aber ich wußte nur, daß ich ihn sehr lieb hatte und ihn nicht verlieren wollte. Und daß ich ihn nicht gegen hundert Dichter eintauschen würde. Am liebsten wäre ich aufgesprungen und hätte mich neben ihn gehockt und ihn in die Arme genommen und geküßt – und vielleicht wäre das gar nicht einmal so dumm gewesen, wie es mir damals schien.

In mir steckt immer noch ein Rest Schüchternheit ihm gegenüber. Ich habe ihn immer ganz ernst genommen. Alles, was er sagt und tut, nehme ich wörtlich und meine, daß es gelten müsse, länger als nur für einen Augenblick. Und nie kalkuliere ich ein, daß auch er einmal etwas sagen könnte, nur um meinen Widerspruch zu hören, so wie ich es tue. Ich blieb still liegen, schloß wieder die Augen, und als er meine Hand losließ, dachte ich, ich sollte sie wegnehmen. Ich war so unsicher geworden. Ich konnte mir gar nicht mehr vorstellen, daß er mich liebhat, daß er mich überhaupt je liebgehabt hat.

Da lagen wir nun vor unserem Haus im Frühlingssonnenschein, jeder mit seinen Gedanken, und jeder fühlte sich vom anderen allein gelassen. Man konnte doch nicht einfach fragen: »Wie war's denn?« So etwas tut nur Tante Be, und die gehörte zu den Zuschauern, vielleicht fand sie das alles insgeheim sogar komisch. Eine Tragödie ist es immer nur für die Mitspieler, für die Außenstehenden ist es Unterhaltung, mehr oder weniger spannend, und je toller es kommt, desto aufregender finden sie's.

Ich glaube, dieser Zustand der Ratlosigkeit ist das Allerschlimmste, was einem passieren kann, wenn der Zorn vorbei ist, wenn der Trotz überwunden und sogar die Eitelkeit gebrochen ist. Albrecht war doch der Ältere! Ich konnte mir einfach nicht vorstellen, daß man auch in seinem Alter noch ratlos sein kann. Daß das nicht aufhört, daß man ›leben‹ nicht lernt, nie.

Als es kühler wurde, bin ich ins Haus gegangen und habe ihm eine Decke geholt und ihn eingewickelt, und er hat sich nur ein kleines bißchen gewehrt. Er sei doch nicht krank. Aber ich weiß, daß er gern verwöhnt wird. Er hat das nie gehabt, nicht bei seiner Mutter, die eine nüchterne Frau gewesen sein muß, und auch nicht bei Marion. Und dann habe ich jedem von uns einen großen Becher Kinderkakao gekocht, und wir haben Zwieback eingebrockt und nebeneinander auf der Steinbrüstung gesessen und weiter geschwiegen. Nachher habe ich ihm einen Brief von Rainer gezeigt, der am Morgen gekommen war. Die Adresse hatte meine Mutter geschrieben, aber der Brief war von ihm. Mit Buntstiften gemalt. Er macht jetzt immer Selbstporträts. Einen großen, in die Länge gezogenen Kopf mit kleinen Beinen dran. Die Arme sitzen da, wo die Ohren sitzen müßten, und den Körper läßt er überhaupt ganz weg – aber irgendwie sieht es dann doch aus wie Rainer. Und dann war noch ein Haus darauf, und da es rosa war und dahinter ein schwarzer Berg, war es sicher die Casa Susanna. Unten rechts fuhr ein Schiff, und oben in der Ecke war unser Auto, das konnte man am besten erkennen, sogar die Autonummer stimmte. Zahlen kann er schreiben, Buchstaben noch nicht, hoffentlich ist das kein böses Omen.

Albrecht warf nur einen flüchtigen Blick auf das Bild und gab es mir wieder. »Du wirst es sicher in ihr Zimmer hängen wollen – bitte!« In Lottes Zimmer hat er gemeint. Ich schüttelte den Kopf, ich hatte keinen Augenblick daran gedacht, ihr den Brief von meinem Jungen zu zeigen. Ich habe meinen Mann gefragt, ob es ihm lieber wäre, wenn sie jetzt das andere Zimmer bekäme, da Friedrich Georg doch weg sei.

Er hat nur so durch die Nase geschnauft, als sei das ganz egal, als sei nun doch alles verdorben.

Auch mit dem besten Willen kommt man nicht weit, wenn der andere ihn nicht ebenfalls hat.

Ich mußte niesen und fand so rasch kein Taschentuch. Er griff gleich in die Tasche und zog seines heraus, ganz automatisch. Ich weiß auch nicht, warum mich das so rührte, er hat's schließlich hundertmal getan – aber ich weinte schon wieder. Ich wischte an meinen Augen und meiner Nase herum, ich war ja erkältet; sollte er denken, das sei nur Schnupfen.

»Kommt dein Dichter nicht wieder?«

»Ich glaube nicht.«

Er sah an mir vorbei, und viel später hat er dann »Aha« gesagt, und ich habe gar nicht begriffen, welche Schlüsse er aus dem Fortgehen von Friedrich Georg zog. Ich nahm an, er sähe es so wie ich: Die Geschichte war aus und vorbei.

Albrecht wurde unruhig. Er wartete auf Lotte. Immer wieder sah er unauffällig auf seine Uhr und dann wieder auf den Treppenweg. Vielleicht hatte er Angst, daß sie nicht wiederkäme. Schließlich habe ich ihn erlöst und ihm vorgeschlagen, ihr entgegenzugehen. Es wurde dämmerig, und so genau kannte sie den Weg doch noch nicht. Er war gleich bereit.

Ich ging in die Küche. Ich habe den Eindruck, als hätten wir in diesen Ferien unglaublich viele Mahlzeiten zu uns genommen. Es ist immer ein schlechtes Zeichen, wenn ich darauf bedacht bin, daß ein gutes Essen pünktlich auf den Tisch kommt. Wenn ich gar nicht mehr weiß, was ich tun soll, dann koche ich. Es muß wohl eine Art von Arbeitstherapie sein. Kochen lenkt mich so wohltuend ab. Als ich den Auflauf aus dem Herd zog, sang ich bereits wieder. Es war immer noch die Arie der Donna Rosina:

»Frag' ich mein beklommen Herz,
Wer so süß es hat bewegt...«

So ganz fertig war ich wohl doch noch nicht mit Friedrich Georg. Mein Mann glaubt noch immer, daß ich guter Dinge bin, wenn ich singe, für ihn ist Gesang ein Anzeichen äußersten Wohlbehagens; er singt nur selten. Ich singe aber viel häufiger, wenn ich so von Herzen unglücklich bin. Der einzige, der das begriffen hat, ist mein Vater. Er steckte, als ich noch zu Hause sang, den Kopf aus der Tür seines Arbeitszimmers und rief nach mir: »Komm einmal her, Suse, was ist denn los? Da stimmt doch wieder etwas nicht mit dir?« Natürlich hat er nie wirklich wissen wollen, was los war! Aber ich kam zu ihm, setzte mich auf seine Knie – da war ich schon zwanzig Jahre alt –, und er klopfte mir ein bißchen auf den Rücken, und er seufzte, und ich seufzte, und ohne daß irgend etwas geredet wurde, war es nachher besser. Mein Vater ist ein sehr kluger Mann. Wenn meine Mutter dazukam, waren wir beide ganz verlegen –

An jenem Abend sang ich meine Arie der Donna Rosina, und mit ihr und meinem Auflauf war ich so beschäftigt, daß ich ein Geräusch an der Haustür überhörte. Albrecht machte auf einmal die Küchentür auf und sagte: »Da sind wir.« Er sah bedrückt aus. Was hatte er denn nun schon wieder? Mehr konnte ich doch schließlich nicht tun, als für ihn und seine Lotte ein gutes Abendessen und außerdem noch gute Miene zu diesem Spiel zu machen. Ich möchte wirklich wissen, ob andere Frauen das in einer solchen Situation überhaupt getan hätten. Wenn er nun auch noch gedachte, mir übelzunehmen, daß er mich mit einer anderen betrog – also das ging entschieden zu weit! Ich sang weiter. Nun gerade. Ich war sowieso bei einer so passenden Stelle:

»Sanft lenkt des Weibes Sinn Liebe und Milde;
Bin wie das Lämmchen im Talgefilde,
Folgt es der Liebe nur durch dieses Lebens Flur –«

Es klang nicht besonders schön. Ich war ziemlich heiser. Meine Stimme wird dann dunkel und rauh, ich sang wie ein Wolf und keineswegs wie ein Lämmchen. Ich nahm meine Schüssel mit dem Auflauf, stieß mit dem Fuß die Wohnzimmertür auf und sagte mit munterer Stimme: »Da sind Sie ja, Lotte, wie war's?« In dem Augenblick dachte ich wirklich nur an den Friseur, aber sie muß mich falsch verstanden haben, denn sie antwortete nicht, und darum wollte ich das richtigstellen und redete munter weiter: »Hübsch sehen Sie aus! Hat Ihnen mein Mann gesagt, zu welchem Friseur ich immer gehe?« Ich summte weiter –

Albrecht unterbrach mich: »Können wir jetzt essen?«

»Natürlich, gern, es wird nur noch zu heiß sein. Verbrennen Sie sich nicht den Mund, Lotte!«

»Tu du es bitte auch nicht!«

Bitte! Wenn den beiden meine Unterhaltung nicht paßte, ich konnte auch schweigen.

Wir stocherten auf unseren Tellern herum, es war ein Jammer um meinen guten Auflauf. Lotte sah aus, als würden ihr gleich Tränen ins Gemüse tropfen, und Albrecht aß, als habe er seit drei Tagen gehungert, und bestritt allein die Unterhaltung, indem er in kurzen Abständen bemerkte: »Köstlich, ganz köstlich! – Bißchen wenig Salz, wie? – Könnte im ganzen etwas saftiger sein, meint ihr nicht? Aber sonst wirklich recht gut.«

Ich besann mich auf meine Erkältung und fing wieder an zu husten, schnüffelte und bereitete meinen baldigen Rückzug vor. Lotte erkundigte sich höflich, ob ich noch Fieber hätte, und ich dankte für die Nachfrage. Schließlich hatten wir auch diese Mahlzeit hinter uns gebracht. Ich deckte den Tisch ab, auch Lotte trug eine Schüssel hinaus und lungerte bei mir in der Küche herum. Ich befürchtete, daß sie schon wieder eine Aussprache herbeiführen wollte. Jedesmal suchte sie sich dazu die Küche aus, das mir zustehende Revier. Ich war auch dieses Mal fest entschlossen, ihre Bekenntnisse zu verhindern. Aber dann erzählte sie mir, daß sie auf der Fahrstraße nach Orselina einen Herrn getroffen habe, der sie nach der Casa Susanna gefragt habe.

»Ja und? Wer war das?«

Sie habe ihm nur den Weg beschrieben. Aber ihm empfohlen, nicht an diesem Abend zu kommen. Blond sei er und sehr groß, ein Deutscher, und er scheine mich zu kennen. Mehr wußte sie nicht. Zum Schluß fragte sie noch, ob diese Auskunft in meinem Sinne gewesen sei.

Ich sagte: »Natürlich, ich bin viel zu erkältet, um Besuch zu empfangen.« Ich war sehr beunruhigt. Ob das einer meiner ehemaligen Mieter war? Aber dann hätte er ja den Weg zum Haus kennen müssen. Vielleicht kam er mit einer Empfehlung von einem, der früher einmal hier gewohnt hatte? Aber wieso kannte er dann mich? Auch das war schlecht. Ich mußte in jedem Falle vermeiden, daß Albrecht die Tür aufmachte. Die Vorstellung, daß ich deshalb am nächsten Morgen Hausarrest haben würde, erheiterte mich keineswegs.

Allmählich war ich soweit, daß ich am liebsten zu meinem Mann gegangen wäre und ihm gesagt hätte: »Komm, laß uns packen und zusehen, daß wir hier wegkommen.« An jenem Abend dachte ich: Es liegt alles nur an diesem Haus.

Ich erkundigte mich bei Lotte, ob sie meinem Mann etwas von der Begegnung erzählt habe. Das hatte sie nicht. Der Herr habe ja ausdrücklich nach mir gefragt und so getan, als ob es meinen Mann – nein, sie sagte: »Ihren Gatten« – nicht gebe.

»Es ist gut, ich danke Ihnen!« Ich redete mit ihr, als ob sie meine Zofe sei. Es wundert mich selbst, daß ich nicht auch noch gesagt habe: Es ist gut, Sie können jetzt gehen. Sie tat es sowieso. Ich wusch mir die Hände und räumte die Küche auf.

Dann ging ich ins Wohnzimmer, um gute Nacht zu sagen. Ich hatte mir Milch heiß gemacht und trug das Glas vorsichtig in der Hand. Außerdem hatte ich mir wieder den blauen Schal um den

Hals gewickelt. Ich muß ausgesehen haben wie die Reklame für ein Hustenmittel. Albrecht hatte den Heizventilator angestellt und saß am Tisch und las in den Zeitungen, die er sich in Locarno besorgt hatte. Lotte hatte sich ein paar Akten vorgenommen und machte Notizen oder tat wenigstens so. Ich würde nichts versäumen, wenn ich nach oben ging, und die beiden würden vermutlich alles versäumen, auch wenn ich nach oben ging.

Da ich nicht recht wußte, ob ich ihnen die Hand geben sollte, ob ich meinem Mann einen Altendamenkuß auf die Stirn geben mußte oder ob ich ihn klugerweise fragen sollte, ob er noch einmal zu mir hereinkäme, bevor auch er zu Bett ginge – entschied ich mich dafür, von der Tür aus zu sagen: »Ich glaube, es ist besser, wenn ich mich früh hinlege. – *Buona notte!*«

Albrecht blickte von seiner Zeitung auf, sah mein Glas Milch und sagte mit einem ironischen Lachen, das ich bis dahin nicht an ihm kannte: »Die Details!«

Dabei wollte ich weder provozieren noch meine Übereinstimmung mit den Gewohnheiten Friedrich Georgs kundtun. Dazu hätte ich mir sicher eher einen Lorbeerzweig angesteckt. Ich wollte lediglich etwas für meinen Hals tun.

Lotte war aufgestanden. Offensichtlich hielt sie eine förmliche Verabschiedung für angebracht. Sie ging mir ein paar Schritte entgegen, und gerade, als sie mir die Hand geben wollte, klingelte es an der Haustür. Albrecht sprang hastig auf, als sei er erschrocken. Mir fiel der junge Mann ein, ich mußte Albrecht zuvorkommen, und darum schob ich ihn beiseite und goß ihm die heiße Milch über die Hose; natürlich nicht absichtlich. Aber er war wütend. Ich drückte Lotte das halbleere Glas in die Hand und rannte zur Tür.

Und davor stand nun keineswegs der angekündigte blonde Herr, sondern jener Mann, dem ich damals im Regen begegnet war und den ich seitdem schon ein paarmal in der Nähe unseres Hauses gesehen hatte. Er mußte wohl in der Nachbarschaft wohnen. Ich erkannte ihn gleich. Er hatte den Hut in der Hand und fragte: »Signora Susanna?«

Es war einfach unglaubwürdig: Dieser alte Herr behauptete, er sei unser Simonetti!

Ich bat ihn einzutreten. Ich forderte ihn auf, Hut und Stock abzulegen, aber er behielt beides in der Hand. Ich wickelte mir im Gehen den Schal vom Hals und fuhr mir mit den Händen durchs Haar, und dann führte ich ihn ins Zimmer, wo Albrecht noch mit dem Taschentuch an seiner Hose herumwischte und Lotte vor ihm kniete. Buchstäblich zu seinen Füßen lag. Das Glas hatte sie neben sich gestellt, und als ich sagte: »Herr Simonetti aus Turin«, da stieß sie das Glas um, und der Rest der Milch floß über den Fußboden. Ich wies mit der Hand auf die beiden: »Mein Mann, seine Freundin.«

Lotte war so erschrocken, daß sie vergaß aufzustehen und mit dem leeren Milchglas in der Hand da unten hocken blieb. Albrecht machte eine seiner korrekten Verbeugungen, reichte Herrn Simonetti die Hand und versicherte ihm, daß er schon lange den Wunsch gehabt habe, ihn einmal persönlich kennenzulernen. Er sagte noch mehr Belanglosigkeiten und zog Lotte währenddessen mit der linken Hand hoch, und als sie weggehen wollte, hielt er sie am Arm fest, und ich sagte, wieder in dem Tonfall einer mißlaunigen Gnädigen: »Bleiben Sie doch, Lotte, Sie stören wirklich nicht, Sie gehören doch dazu.«

Simonetti stand noch in der Nähe der Tür. Seine Blicke wanderten langsam von einem Ende des Raumes zum anderen. Er sah zum Heizventilator hin. Er schien den Raum kalt zu finden; das erste, was er sagte, war: »Benutzen Sie den Kamin nicht? Er brennt gut. Ich habe immer gern hier gesessen. – Wir haben gern hier gesessen. Ich bin an keinem Platz der Welt glücklicher gewesen als hier. Ich habe lange gebraucht, um das zu erkennen. Es ist ein glückliches Haus, ich weiß nicht, ob Sie das wissen.« Er sah uns drei nacheinander an, und er mochte wohl daran zweifeln, daß es noch immer so war.

Ich schob ihm den Schaukelstuhl hin, aber er ging zum Kamin, blieb dort stehen und sah sich die Magnolienzweige von Tante Be an: »Die sind neu.«

Albrecht sagte: »Meine Frau hat eine Vorliebe für Naturalien.« Er schien diese Bemerkung wohl selbst nicht für sehr gelungen oder gar witzig zu halten, er fuhr fort, daß er vorgehabt habe, den Kamin anzuzünden, er sei nur noch nicht dazu gekommen. Er sprach mit Simonetti in dem Tonfall, den ich an ihm nur kenne, wenn wir auf der Straße einem dankbaren Klienten begegnen, lange nach der Gerichtsverhandlung, und Albrecht längst nicht mehr weiß, worum es sich gehandelt hat, dann ist er so: verbindlich, aber uninteressiert und etwas verlegen. Ihn interessiert der Fall als solcher, das Problem und seine Lösung. Die Menschen vergißt er darüber. Natürlich kommt ihnen das sachlich zugute, aber er hinterläßt wohl oft ein Gefühl der Enttäuschung bei denen, die sich ihm offenbart haben. Frauen sind anders. Sie vergessen über dem menschlichen zu leicht das sachliche Problem, sie engagieren sich und helfen wahrscheinlich weniger. Vielleicht ist das immer so, es ist eine These von mir, ich habe sie niemals selbst erprobt.

Lotte sagte: »Wir sind spät von einem Ausflug zurückgekehrt.«

Simonetti wandte sich wieder an mich und erkundigte sich, wo wir gewesen seien, und ich antwortete wahrheitsgemäß, daß ich nicht mitgewesen sei, und um diesen Satz noch wirkungsvoller zu machen, fügte ich hinzu: »Ich bin ein wenig krank, eine Halsentzündung, Fieber und was so dazugehört.«

Albrecht verließ das Zimmer, um Holz und Papier zu holen, Lotte räumte die Akten und die Zeitungen zusammen, und derweil hatte Simonetti den Schaukelstuhl in eine andere Richtung gedreht und Platz genommen. Er lächelte mir zu.

Ein glückliches Haus – als ob er eigens erschienen war, um uns zu verhöhnen. Ich holte Wein und Becher, schob ihm die Zigarettendose zu, und er nahm sie in die Hand und betrachtete sie und stellte sie wieder auf den Sims, ohne sich eine Zigarette genommen zu haben, und immer noch hielt er Stock und Hut in der linken Hand. Ich versuchte ein Gespräch in Gang zu bringen, stellte eine Frage nach der anderen: »Sie waren lange fort?«

»Ja, sehr lange.«

»Jetzt sind Sie zu Besuch im Tessin?«

»Für einige Tage.«

»Sie haben viele Jahre hier gelebt, in diesem Haus?« Andere Menschen hätten auf diese Frage wenigstens mit ein paar Sätzen geantwortet, aber Simonetti saß in dem Schaukelstuhl, ganz regungslos, und sah mir zu, wie ich im Zimmer hantierte; keinem Gegenstand schenkte er so viel Aufmerksamkeit wie mir. Das überraschte mich, denn sein Besuch galt doch unverkennbar diesem Haus. Es irritierte mich auch, zumal mir einfiel, daß ich einen der Pullover anhatte, die oben in dem Schrank gelegen hatten. Es war mir sehr unangenehm, ich versuchte ihm das zu erklären: »Gewiß wundern Sie sich. Wir leben hier in Ihren Sachen, ich trage Ihre Pullover –«

Er wehrte ab: »Nicht meine.«

Und ich fuhr fort: »Aber der Bademantel, der gehört bestimmt Ihnen, den trage ich morgens. Auf dem Boden stehen noch immer ein paar Säcke mit Gewürzen und ein paar Dosen Olivenöl. Wir sprechen oft von Ihnen, jeden Tag. Sie gehören irgendwie mit dazu. Wir kennen Sie schon sehr lange.«

Ich brach ab, es war nicht leicht, ihm das zu erklären. Ich zog mir einen Sessel in seine Nähe und setzte mich. Albrecht kam mit einem Armvoll Holz herein und schichtete es neben dem Kamin auf. Simonetti fragte, ob er noch einmal das Feuer anzünden dürfe. Er hatte sich an Albrecht gewandt und fuhr fort, als sei er ihm eine Erklärung schuldig: »Ich bin zum ersten Male hier – seit vielen Jahren. Ich hätte mein Haus – Verzeihung, wenn ich es so nenne – fast nicht erkannt. Der Anstrich ist neu. Damals war es gelb, gelb wie Zitronen, es leuchtete von weit her. Es stand in einem Weinberg, es gab damals kaum Häuser hier am Berg, dieses ist eines der ältesten. Ich fürchtete fast, der neue Besitzer habe es abgerissen und neu aufgebaut, einen Bungalow, eines dieser modernen Würfelhäuser, die doch nicht hierhergehören.«

Während er sprach, schichtete er mit raschen Händen die Holzscheite auf, dann nahm er sein Taschenmesser und schnitzte aus einem Scheit dünne Späne, an die er ein Streichholz hielt. Die Zeitungen schob er beiseite. Lotte räumte sie weg, und ich beobachtete, wie sie einen Blick darauf warf und dann rasch zu Albrecht und mir hinsah und das Blatt auf den Tisch legte und die übrigen wieder in den Schuppen trug.

Simonetti suchte sich den dicksten der Holzklötze, stellte ihn in die Nähe des Feuers und setzte sich darauf und sah in die Flammen. Als Lotte wieder im Zimmer war, griff er nach dem Becher: »*Salute!*« Sein Blick blieb einen Augenblick länger an Lottes Gesicht hängen als an Albrechts und meinem, ich hatte Angst, er würde seine Sympathie ihr zuwenden. Lotte errötete und blieb weiter im Hintergrund.

Ich hatte mir einen Turiner Großkaufmann ganz anders vorgestellt. Tante Be hatte uns nicht viel von dem früheren Besitzer unseres Hauses erzählt, sie tat auch immer so, als wüßte sie selbst nicht allzuviel. Als wir zum ersten Male durch unser neues Haus gingen, sagte sie nur, daß Simonetti fortgezogen sei, nachdem die Frau, für die er das Haus gebaut hatte, ihn verlassen habe. Er habe alles zurückgelassen, auch seine privaten Dinge, nicht nur Möbel, Geschirr, Wäsche. Das Haus habe lange leer gestanden, bis Simonetti sich dann eines Tages entschlossen habe, es einem Makler zum Verkauf anzubieten. Auf irgendeine Weise war Tante Be darauf aufmerksam geworden. Sie hatte es gegen ein anderes, vorteilhafter gelegenes Objekt getauscht. So war es wohl. Eine geheimnisvolle Geschichte – ich wußte auch schon nicht mehr, was am Ende Wahrheit war oder was ich mir dazugedacht hatte. Was muß das für eine Frau gewesen sein, für die man ein solches Haus baute! Eine Frau, die einen plötzlich verläßt, einen Mann wie diesen Simonetti, dem das Haus sinnlos und leer wird, wenn sie nicht mehr da ist. Einen Mann, der dann nach Jahren an einem Aprilabend wieder auftaucht. – Ich liebe solche Geschichten!

Da saß dieser Mann, auf einem Holzklotz vor unserem Kamin. Ein alter Herr, von einer Schicht Einsamkeit umgeben, die man trotz seiner Verbindlichkeit nie ganz vergaß. Durch seine Heiterkeit sickerte immer wieder Schwermut. Man konnte ihn einfach nicht fragen, man mußte ihn in Ruhe da sitzen lassen. Er war kaum länger als zehn Minuten im Zimmer, als ich schon anfing, in ihm den Herrn dieses Hauses zu sehen, bei dem wir zu Besuch waren. Ich vergaß sogar, mich um die Pflichten der Hausfrau zu kümmern. Er hatte mit seinen Augen und mit den Händen und mit seinen zögernden Schritten wieder Besitz genommen von seinem Haus, von jedem Fußbreit Boden und von jeder Dose, die auf dem Sims stand.

Zwischendurch sprachen wir miteinander. Ich erzählte, daß wir im Garten einen Magnolienbaum gepflanzt hatten, als unser erster Sohn geboren wurde. Als ich »erster Sohn« sagte, stockte ich und hatte Mühe, den Satz zu Ende zu bringen. »Alles andere«, sagte ich, »ist noch so, wie es Tante Be für uns hergerichtet hat. Die Weinstöcke waren zu alt, die Trauben klein und sauer, darum hat Tante Be sie roden lassen und den Berg eingesät.« Eine Wiese, eine herrliche Wiese, er müsse nur einmal bei Tage kommen und sehen, wie sie blüht, voller Narzissen, und die Margeriten hätten schon Knospen. Ich erklärte ihm, daß Tante Be eine Tante von mir sei, von der wir das Haus zur Hochzeit bekommen hätten.

Albrecht verbesserte mich: »Von der du es bekommen hast.«

Manchmal schiebt er mich mit einem einzigen Satz ganz weit von sich fort. Ich fühlte mich plötzlich allein und verlassen, beinahe so allein wie dieser Mann, der da am Feuer saß und seine alten Hände wärmte, in dem Haus, das einmal ihm gehört hat und in dem jetzt Fremde lebten. Ich hätte etwas darum gegeben, wenn er uns glücklich gesehen hätte. Wenn er nach dieser Stunde wieder hätte gehen und denken können, daß dieses Haus noch einmal für ein paar Menschen das Glück bedeutet. Es wäre dann leichter für ihn gewesen, nach Turin zurückzukehren. Warum war er auch nicht ein Jahr früher gekommen? Warum nicht, als wir auf dem Platz unter dem Lorbeerbaum mit Rainer spielten, der auf den warmen Steinen saß und versuchte, eine Eidechse zu fangen, und laut aufjauchzte. Im letzten Herbst war das, die Grillen sangen, und in Orselina läuteten die Glocken des Campanile. Ich stand an der Hauswand, und

Albrecht war neben mir, und ich spürte deutlich, wie kaum je zuvor: Das ist das Glück.

Mittlerweile hatte sich Albrecht des Gesprächs angenommen. Er erzählte von dem Mißgeschick mit unserem Wagen. Auch daran sei dieser tagelange Regen schuld gewesen. Er habe schon bedauert, überhaupt hiergeblieben zu sein. »Regen im Tessin, das geht auf die Nerven.«

»Wirklich?« Simonetti schien nicht davon überzeugt zu sein. Er mochte diese stillen Regentage gern, und gerade diesmal hatten sie gut zu seinen einsamen Wanderungen gepaßt. Außerdem verdanke er dem Regen seine erste Begegnung mit Signora Susanna. Er erzählte, wie er mich getroffen hatte, allein und, wie ihm schien, sehr betrübt und ganz verregnet, und daß er mir Veilchen gepflückt habe. Er sah mich, während er sprach, an, prüfend und nachdenklich. »Merkwürdig«, sagte er, »es kann wohl nur an diesem Haus liegen. Vielleicht sehe ich überall Ähnlichkeiten, Erinnerungen, auch da, wo keine sind und keine sein können. Auch in den Menschen. Wenn man älter wird, geht einem das leicht so. Manchmal begegnet einem dann ein Mensch, den man erkennt, obwohl man ihn nie gesehen haben kann. Sie werden wissen oder werden es eines Tages erfahren, daß da ein Unterschied ist. Man kennt einen Menschen, mit den Augen, den Ohren, den Händen – aber erkennen tut man ihn mit dem Herzen.« Er trank mir zu und sagte: »Sie sind so ein Mensch, den mein Herz erkannt hat.«

Ich war nahe daran zu weinen. An solchen Tagen darf man einfach nicht gut zur mir sein. Sobald man nur über meinen Arm streicht, muß ich weinen. Auch ich war ihm sehr zugetan, ich hätte nicht zu sagen gewußt, warum, vielleicht war es auch bei mir ein Erkennen.

Es war sehr still im Zimmer, seit Simonetti schwieg. Ich fing an, vom Centovalli zu erzählen, jeder habe sein Tal hier, das er besonders liebe. Lotte, die bis dahin geschwiegen hatte, sagte, daß sie einmal einen ganzen Tag an einem Wasserfall sitzen wolle und nichts anderes tun, als seinem Brausen zuzuhören. »Man wird betäubt davon«, sagte sie, »eine ganz eigentümliche Narkose, die Füße sind wie gelähmt, man kann einfach nicht mehr fort, man muß sich an den Steinen festhalten, damit einen das Wasser nicht mit sich nimmt – es ist wunderbar! Durch das sprühende Wasser sieht man in den Himmel –.« Sie schwärmte noch eine Weile so weiter, ich hörte ihr nicht mehr zu, aber ich mußte sie ansehen, weil sie so hübsch war. Sie hat manchmal etwas Schwebendes, etwas so Ungewisses, Zielloses, auch Unklares – das ist sehr reizvoll. Ich kann Albrecht gut verstehen. Man möchte wissen, was hinter dieser hübschen, schimmernden Oberfläche ist. Wie der Kern aussieht – und ob überhaupt einer da ist.

Vielleicht hätte Simonetti seinen Besuch nun bald beendet. Ich hatte ihm bereits angeboten, einmal mit ihm durch das Haus zu gehen. Natürlich sei manches verändert, Tante Be habe noch ein paar weitere Wände ausgemalt, in der Küche zum Beispiel sei eine große Kuh, und außerdem sehe man überall Spuren von unserem Kind. Aber er wollte das Haus nicht sehen, er wehrte beinahe heftig ab. Mehr sei nicht nötig. Dieser Raum, der Kamin –. Er sagte zu Albrecht, daß er nur eine Dienstreise, einer plötzlichen Eingebung folgend, in Bellinzona unterbrochen habe und statt zurück nach Turin für einige Tage nach Locarno gefahren sei.

Albrecht sprach sein Bedauern aus, daß er ihn nicht mit dem Wagen nach Bellinzona an den D-Zug bringen könne. Aus dem Gespräch wurde schon wieder Konversation. Ich fragte, ob er wirklich schon morgen abreisen wolle, und Simonetti sagte, daß er sich diesen Besuch für den letzten Abend aufgehoben habe.

Er hatte den Satz noch nicht zu Ende gebracht, als jemand an die Terrassentür klopfte, die Albrecht bereits verriegelt hatte. Es konnte nur Tante Be sein, sie geht nie durch die Haustür. »Laßt mich doch so tun, als gehörte ich dazu«, hat sie einmal zu mir gesagt. Ich hatte ihr einen Hausschlüssel angeboten, aber den hat sie nicht gewollt, sie wolle nur über die Terrasse kommen dürfen, und warum auch nicht? So spät allerdings war sie noch nie bei uns.

Als es klopfte, hatte Simonetti den Kopf zur Terrassentür hingewandt und war aufgestanden, man hörte die Hunde an der Tür kratzen. Ich sagte erklärend zu Simonetti: »Das ist nur Tante Be mit ihren Hunden, sie wird sich freuen, Sie...«

Weiter war ich noch nicht, als sich die Hunde durch die Tür schoben, die Albrecht mittlerweile geöffnet hatte; der ältere von ihnen fing an zu schnüffeln, und plötzlich hob er die Nase und stürzte auf Simonetti zu. Ich hatte dieses langweilige Tier noch nie so gesehen. Ich wollte gerade Tante Be darauf aufmerksam machen und hatte schon angefangen mit: »Nun sieh dir diesen Hund –«, da sagte Simonetti: »Bellina, Bellina!« Der andere Hund kam auch schwanzwedelnd zu ihm, aber sicher nur, weil er eifersüchtig war. Von den beiden gönnt einer dem anderen kein Kraulen hinterm Ohr. Tante Be stand an der Tür und sah Simonetti an, und der hatte sich aufgerichtet und ließ von den Hunden ab und sah sie an, und wir drei anderen hatten damit zu tun, vom einen zum anderen zu blicken.

Ich weiß nicht, warum Tante Be sich so spät noch aufgemacht hatte. Sie hatte mir etwas zu sagen, aber hätte das nicht Zeit bis zum nächsten Morgen gehabt? Konnte sie nicht das Telefon benutzen? Was hat sie hergetrieben an diesem Abend? Ein paar Sekunden lang hatte ich das Gefühl: Jetzt vollzieht sich etwas.

Dabei geschah eigentlich nichts. Sie gaben sich die Hand, Tante Be begrüßte uns, fragte sogar Lotte: »Nun, zurück?« und zog sich den Schaukelstuhl ans Feuer. Simonetti setzte sich wieder auf den Holzklotz, der eine Hund legte sich vor seine Füße, der andere legte sich vor Tante Bes Füße. Ich stellte ihr einen Becher hin, aber sie trank nicht daraus.

Ich mußte sie immer wieder ansehen. Ihr Gesicht war unruhig. Als das erste freudige Erschrecken dieser Begegnung vorbei war, sah sie plötzlich viel älter aus, und die Heiterkeit und Stille, die sonst über ihr liegen, waren verschwunden. – Ich glaube, sie war an jenem Abend nicht froh darüber, daß er gekommen war. Sie hatte endlich Ruhe gefunden, zu sich selbst gefunden. Sie wollte in Ruhe leben, sie wollte malen, sie wollte nicht wieder in neue Schwierigkeiten geraten. Zum erstenmal sah ich, daß auch sie Angst hatte. Vor der Zukunft, vor neuer Abhängigkeit.

Und Simonetti, wie war das mit ihm, hatte er das gewollt? Hatte nicht auch er nur einmal noch alte Wege gehen wollen? Das Haus wiedersehen – mehr sicherlich nicht. Erinnerungen – als er in Bellinzona das Schild ›Locarno‹ gelesen hatte.

Die Spur von Tante Be hatte er völlig verloren. Er konnte nicht wissen, daß sie zurückgekehrt war und seit Jahren in Ascona lebte, fünf Kilometer entfernt von dem Haus, und wie hätte er jene Frau erkennen können, als wir von Tante Be sprachen? Für ihn wird sie einen anderen Namen gehabt haben, nur ich nenne sie Be.

Lotte hatte die Hunde zu sich gelockt und fütterte sie mit Salzmandeln. Erstaunlich, was diese Tiere alles verdauen können. Tante Be stand unvermittelt auf und sagte, daß sie zurück nach Ascona müsse, dort warte ein Gast auf sie. Simonetti erhob sich, nahm den Holzklotz, auf dem er gesessen hatte, und warf ihn ins Feuer. Die Funken sprühten bis auf den Fußboden und den Teppich, er trat sie mit den Schuhen aus. Ich dachte, die beiden würden zusammen aufbrechen, aber Tante Be reichte ihm die Hand. »Morgen um neun Uhr am Prato Pernice.« Sie ging zur Terrassentür, und die Hunde folgten ihr zögernd.

Simonetti sagte, daß er ebenfalls gehen müsse, er habe ganz in der Nähe sein Quartier. Wir waren stehen geblieben, aber dann setzte er sich noch einmal in Tante Bes Schaukelstuhl. Es war so still im Zimmer, daß wir hören konnten, wie oben auf der Straße der Motor von Tante Bes kleinem Wagen ansprang, und als man dann nichts mehr hörte, hat uns Simonetti seine Geschichte erzählt. Vielleicht hat er gedacht, wir hätten ein Anrecht darauf, sie zu hören, vielleicht wollte er auch endlich einmal zu jemandem von der Frau sprechen, die er geliebt hat. Er war ein schlechter Erzähler. Immer wieder suchte er nach Worten, es lag nicht daran, daß er in einer fremden Sprache reden mußte, er hätte sie auch auf italienisch kaum gewußt. Nichts hat er erzählt von dem, wie es angefangen hat, und kaum etwas von den vielen Jahren, in denen Tante Be hier gelebt und gewartet hat, daß er zu ihr kam. Über den Anfang weiß man immer so wenig, und über das Glück können wir alle nicht mehr reden. Man versucht es mit ein paar Sätzen, auch er hat das getan. »Es war im Juni«, hat er gesagt, »die Rosen schaukelten im Seewind, sie hängen dann hoch in den Palmen, rot und duftend – wir gingen zum See –«, und da brach er schon ab. Manches kann und darf man sich nicht von der Seele reden, wenn man es nicht für immer verlieren will. Ich verstand ihn so gut.

Er hat dann nur noch erzählt, wie es zu Ende gegangen ist. An einem Apriltag, geregnet habe es, den ganzen Tag. Er war über Ostern zu Benedikte gefahren. An einem Nachmittag habe es an der Haustür geschellt. Als Tante Be die Tür geöffnet hat, stand eine Frau davor. Seine Frau. Es hat eine Auseinandersetzung gegeben. Seine Frau hat nach zwei Stunden das Haus verlassen, es wurde bereits dämmerig. Er ist ihr in einem Gefühl dumpfer Vorahnung gefolgt und hat sie dort oben – Simonetti wies mit der Hand in die Richtung zum Viadukt – gefunden.

Er starrte ins Feuer, er schwieg eine ganze Zeit, dann sah er auf, sah einen nach dem anderen an und sagte: »Sie muß gedacht haben, daß ich sie los sein wollte, deshalb hat sie es tun wollen. Ich bin hingerannt, und was dann in ihr vorgegangen ist, weiß ich nicht, vielleicht hatte sie Angst vor mir, sie rannte den Berg hinauf, ich war außerstande, sie einzuholen. Weiter oben habe ich sie am Straßenrand gefunden, zusammengebrochen, sie hatte ihren ersten schweren Herzanfall.«

Albrecht sah mich an, und ich sah ihn an, ich hörte kaum noch, wie die Geschichte von Simonetti weiterging. Er hat seine Frau, als es ihr besserging, zurück zum Haus geführt. Tante Be war da schon fort. Sie hatte das Haus verlassen, bevor er zurückkam. Auch der Hund war fort. Kein Zettel. Nie wieder ein Wort. Und er hat nicht nach ihr geforscht. Es war vorbei. Es gibt etwas zwischen zwei Menschen, das so kostbar ist, daß es sofort zerbricht. Man kann es nicht kitten. – Man kann nur fortgehen. Aber da war dieses Haus, in dem sich die Erinnerungen eingenistet hatten, in dem die Phantasie weiterlebte. – Und vor einem Jahr ist nun seine Frau gestorben. Die Kinder sind erwachsen und selbständig, auch sie brauchen ihn nicht mehr. Er lebt allein in seinem Haus in Turin, bald wird er sich aus der Firma zurückziehen. – Bisher hat er nie daran gedacht, aber jetzt, unter den veränderten Umständen, denkt er daran zurückzukehren, hierher.

Meine Gedanken sprangen hin und her. Ich dachte alles gleichzeitig. Ich dachte: arme, glückliche Tante Be. Unvergessen. Ich dachte: Er kann das Haus wiederhaben. Es ist ja immer noch seines und ihres, uns ist es nicht gelungen, ein Zuhause daraus zu machen, es sind zuviel Fremde hiergewesen, man spürt das, es war uns nur geliehen, für ein paar Jahre. Albrecht hatte recht, es war etwas mit diesem Haus; es ist nicht nur ein Geschenk an uns gewesen. Tante Be hat es behalten wollen. Ich dachte auch an Lotte und was nun wohl in ihr vorgehen mußte nach dieser Begegnung.

Das Feuer war heruntergebrannt. Unser Gast ging jetzt im Zimmer auf und ab, und ohne daß wir seine Absicht recht begriffen hatten, stand er plötzlich in der Terrassentür, verbeugte sich, wünschte uns eine gute Nacht, zögerte einen Augenblick, als gebe es noch etwas, das ihm am Herzen liege, aber dann drehte er sich um und verschwand in der Nacht, und wir hörten seine Schritte, als er an dem Lorbeerbaum vorbeiging, wir hörten die Gartenpforte, und dann entfernten sich die Schritte.

Zwei Tage lang geschah nicht viel. Zumindest nicht in unserem Haus. Der Schauplatz hatte gewechselt. Wir bewegten uns mit Vorsicht, vermieden alle Komplikationen und waren höflich und zuvorkommend zueinander.

Ich telefonierte mit Tante Be. Wolfgang war eingetroffen. Sie hatte vergessen, uns das an jenem Abend – »du weißt schon, Suschen« – zu erzählen. Ich bat sie, ihn lieber nicht zu uns zu schicken. Ich verabredete mich statt dessen mit ihm in einem Café.

Wir saßen in der Sonne und tranken Espresso. Er schilderte mir in aller Ausführlichkeit sein Hallenbad, zeichnete den Aufgang zu den Kabinen und den Sonnenterrassen auf ein Blatt seines Notizbuches, und ich tat interessiert und sah mir derweil Albrechts Erstgeborenen an und versuchte mir vorzustellen, er sei Rainer, und ich säße mit meinem Sohn in zwanzig Jahren an einem Frühlingstag am See, und mein Sohn habe große Projekte, die weit wegführten von mir, und ich tue interessiert und gebe mir Mühe, ihn in der Form von Hallenbädern zu lieben. Ich weiß, daß ich gar kein Talent zum Mutterstolz habe, daß ich nur traurig sein werde, wenn ich ihn an das Leben verliere. So nennt man das wohl. Es hat ja schon angefangen, schon ist sein Herz übervoll von Moni, einem dreijährigen Pummelchen aus dem Kindergarten. Und immer wird jemand kommen und mir noch ein Stück von ihm wegnehmen. – Ich weiß nicht, ob andere Frauen mehr Talent zum Festhalten haben, mir gleitet so leicht alles aus den Händen; an jenem Morgen, als ich mit Wolfgang zusammensaß und einen Espresso nach dem anderen trank, war ich fest davon überzeugt, daß auch Albrecht von mir gehen würde und ich ihn schon verloren hatte. Wenn nicht jetzt an Lotte, dann bei der nächsten Gelegenheit an eine andere. Ich war vor allem darüber traurig, daß ich wußte, mein Leben ginge auch ohne ihn weiter. Wahrscheinlich, dachte ich, werde ich nicht einmal sehr lange unglücklich sein. Ich habe einfach kein Talent dazu.

Ich hatte offensichtlich sehr lange schweigend dagesessen und nicht einmal ›Aha‹ gesagt oder: ›Das ist großartig, weißt du!‹ oder: ›Du mußt mir noch erklären, wie du dir das farblich vorstellst‹, als mich Wolfgang aufschreckte:

»Sagen Sie, Susanne« – er nennt mich beim Vornamen –, »wer ist eigentlich diese Frau, bei der ich wohne? Was tut sie hier? Ist sie nicht sehr merkwürdig?«

Ich erzählte ihm von Tante Be, die jetzt gerade mit Simonetti und den Hunden spazierenging, den Weg durch das Tal des Rebhuhns, den sie fast an jedem Abend geht und den ich schon ebenso liebe wie sie. Was wird sie tun, wenn er ihr vorschlägt, noch einmal anzufangen? Wie beunruhigt hatte sie ausgesehen! Es war nicht gut für sie. Sie lebte glücklicher, als er endlich nur noch eine Erinnerung war... Mit der Vergangenheit war sie nun fertig, alle Ungeduld und alle Sehnsucht hatte sie niedergekämpft, endlich war sie nicht mehr abhängig. Abhängig ist man ja gar nicht so sehr von anderen Menschen, weit mehr von den eigenen Gefühlen, die einem die Sicht versperren. In ihrem Leben hatten jetzt alle Dinge den ihnen gebührenden Platz bekommen: die Malerei, die Grundstücksgeschäfte, ihre Hunde, der Garten, die Freunde. Allem wurde sie gerecht und darum auch sich selbst. Jeder Tag war ein richtiges Stück Leben. Sie hatte mit dem einen Fuß, mit dem sie viel zu lange in der Vergangenheit gestanden hatte, endlich den Schritt ins Heute getan, und sie verlor keinen Tag mit der Ungeduld auf den morgigen. Und das sollte sie aufgeben?

Aber wie hätte man irgend etwas davon diesem jungen Mann erklären können? Ich bin kein Rabe, der Lebensweisheiten wie Sekrete absondert, und was nutzen – diese Frage stelle ich mir oft – einem Raben seine Weisheiten, wenn er darüber das Fliegen verlernt. Vor ein paar Tagen erst hat Friedrich Georg zu mir gesagt: »Mit der Weltanschauung verhält sich das so: Den einen gehört die

Welt, und die anderen haben ihre Anschauung über sie. Ich vermute, Susanne, du gehörst zu den Weltbesitzern, also zu den Glücklichen.« Auch Tante Be ist in diesem Sinne ein Weltbesitzer.

Aber all das erzählte ich Wolfgang nicht, sondern nur etwas über Tante Bes Familienstand und den Verwandtschaftsgrad und außerdem natürlich, daß ich sie sehr gern habe und viel von ihr lerne.

Wolfgang war mit ihr zum Mittagessen verabredet. Anschließend wollten sie sich das Grundstück am See ansehen, für das er die ersten Bauskizzen machen sollte. Er erwähnte Friedrich Georg mit keinem Wort. Demnach wohnte der doch nicht bei Tante Be. Bevor wir aufbrachen, fragte er zögernd, ob sein Vater auch da sei.

»Natürlich«, sagte ich, »willst du ihn sehen?« Ich versuchte, ganz unbefangen zu sein.

»Es wird sich kaum vermeiden lassen. Was meinen Sie, Susanne?«

»Warum sollte man es vermeiden, Wolfgang? Ich finde ihn beinahe so sympathisch wie seinen Sohn.« Ich lachte ein wenig, und dann tat er's auch und sah dabei seinem Vater noch ähnlicher und deshalb natürlich auch Rainer. Er entschuldigte sich, und ich dachte, vielleicht wird auch Rainer eines Tages einmal sagen, wenn von seinem Pa die Rede ist: »Es wird sich kaum vermeiden lassen.« Ich sah das alles vor mir und wußte, daß es so kommen würde und daß ich nichts dagegen zu tun vermochte.

Wir blickten über den See. Die Platanen hatten die Rinde abgeworfen, ihre gestutzten Äste standen schwarz vor dem silberblauen See. Die Möwen saßen auf den Bootsrändern und schliefen in der Sonne. Der Wind blies kleine Wellen vor sich her, weit draußen sah man ein paar Segelboote. Und an den Berghängen schob sich das Grün der Laubbäume von Stunde zu Stunde ein Stück höher. Es stimmt nicht, daß der Frühling von den Bergen steigt, er steigt leichtfüßig die Täler hinauf – ich wollte meine Beobachtung gerade an Wolfgang weitergeben, als er mich bei den Armen nahm, zu sich herumdrehte, mich ansah und zu meiner Überraschung zu mir sagte: »Wissen Sie eigentlich, Susanne, daß ich meinen Vater beneide? Sie sind verdammt schön!«

Eine merkwürdige Art haben diese jungen Leute, einem so etwas zu sagen! Ich errötete denn auch und freute mich. Ich lachte ihm zu; was für ein netter Junge war das, wirklich zum Liebhaben. »Ich mag dich auch, Wolfgang, sehr sogar!« Ich gab mir Mühe, nicht wie eine wohlwollende Tante zu reden. Dann wollte er mir einen Kuß geben, dort am See, am hellen Vormittag. Ich hielt ihm schnell die Backe hin, aber dann dachte ich: Sei nicht kleinlich, Susanne, und küßte ihn auf den Mund. Aber eigentlich galten seine und meine Liebesbeweise nur dem Frühling.

Wir gingen Arm in Arm im Sonnenschein am Seeufer entlang, und ich vergaß, auf die Uhr zu sehen, und vergaß, daß mich auf dem Weg nach Ascona ein Nagel im linken Schuh so sehr gedrückt hatte, daß ich ein ganzes Stück barfuß gegangen war. Ich fühlte mich so wunderbar leicht, ich summte vor mich hin, und Wolfgangs Bewunderung lag wie ein Schleier über mir, von dem ich wußte, daß er mir gut stand.

Wie hübsch würde es sein, wenn ich später mit meinem Sohn so Hand in Hand am See auf und ab ginge. Ich war glücklich und wußte, in zwanzig Jahren würde ich immer noch glücklich sein. Und dann fiel mir ein, daß ich vor kaum einer halben Stunde bei der gleichen Vorstellung, Rainer ginge neben mir her, ein hübscher junger Mann, nach dem sich die Frauen umdrehten, unglücklich gewesen war.

War es nicht zum Verzweifeln mit mir? Konnte ich denn nicht wenigstens einen Tag lang unglücklich sein? Es gab doch gar keinen Grund zur Freude und noch weniger einen zur Zuversicht; da oben – ich konnte das Haus, wenn ich genau hinsah, an seinem hellen Rosa erkennen – warteten noch dieselben ungelösten Probleme auf mich. In meine Gedanken hinein fragte Wolfgang: »Seid ihr wenigstens glücklich?«

Was sollte man darauf antworten? Was sollte der Junge denken, wenn ich sagte: »Manchmal ja und manchmal nein«? Er war doch noch in einem Alter, in dem man immer nur eines sein kann und glaubt, die Stimmung eines Augenblicks müsse ein ganzes Leben lang anhalten. Was für ein großartiger Absolutismus – auch der geht einem im Laufe der Jahre verloren. Alle Erkenntnisse erweisen sich nach einer gewissen Zeit als unrichtig und unzuverlässig; zuverlässig war – so schien es mir in dieser Stunde –, daß immer wieder am Morgen die Sonne scheint und daß man dann einfach außerstande ist, unglücklich zu sein.

Ich hätte Wolfgang erklären müssen, daß das Glück nicht ausschließlich in den Armen seines Vaters lag. Glück, das waren die Zweige der Weide, die so grün über das Wasser hinwehten, war der sanfte süße Duft der Stiefmütterchen aus den Blumenrabatten neben uns, war die Sehnsucht nach meinem Jungen, war Simonetti, ja, auch er, und waren die Verse von Friedrich Georg. Es war dieser Frühling und natürlich auch dieser junge Albrecht, der neben mir ging und mich gern hatte und es mir nicht nachtrug, daß ich ihm den Vater weggenommen hatte.

Aber wie er aus all diesen Faktoren die Summe addieren sollte, wußte ich selbst nicht, und darum entstand eine lange Pause. Und als ich dann schließlich sagte: »Weißt du, Wolfgang, ich bin sehr ungern unglücklich, und ich glaube, dein Vater ist es ganz gern –«, da bekamen diese Worte eine viel stärkere Bedeutung, als ich sie ihnen hatte geben wollen. Wolfgang starrte mich an. Er war stehengeblieben, er packte mich wieder bei den Armen, er sagte laut und unbeherrscht: »Susanne! Einer muß es doch fertigbringen! Das alles muß sich doch gelohnt haben, begreift ihr das denn nicht?«

Ich machte mich von ihm los. »Doch, Wolfgang, doch, ich habe es begriffen, daran liegt es nicht. Aber dein Vater –.« Ich brach ab. Das war doch unmöglich, was für eine Szene! Ich war drauf und dran, mich mit dem Sohn über den Vater auszusprechen.

Er hielt mich schon wieder bei den Armen. Wenn er erregt ist, zittert sein Kinn, genau wie bei Albrecht. Er sagte, jetzt allerdings leise und heftig: »Wenn er dich auch noch unglücklich macht, dann bringe ich ihn um!«

Wenn er nur nicht ›auch noch‹ gesagt hätte! Das hat mich vor allem getroffen. Ich tat, als sei er ein vierzehnjähriger Junge, dem solche Einmischung in die Angelegenheiten von Erwachsenen einfach nicht zustehe, wandte mich von ihm ab und sagte kühl: »Ich bin nicht unglücklich, und sollte ich es einmal sein, wirst du es nicht erfahren. Das geht keinen etwas an, auch dich nicht.«

Er schien ganz verzweifelt. »Susanne!« rief er, zwei- oder sogar dreimal.

»Ach Wolfgang! Laß es gut sein. Mach es mir nicht noch schwerer. Ich bin abgespannt, erkältet, nichts weiter. Geh zu Tante Be, grüß sie, aber frag sie nicht aus. Ich rufe dich bald einmal an, und dann kommst du in unser Haus, und dann siehst du mit eigenen Augen, was bei uns los ist.«

Ich wußte, daß ich ihn enttäuscht hatte, und es tat mir sehr leid, ich hätte es auch gern rückgängig gemacht, ich lächelte ihm, so gut ich's konnte, aufmunternd zu und reichte ihm die Hand: »Nimm es nicht so ernst, Wolfgang. Dieser Frühling bringt mich so durcheinander. Man gerät ganz außer sich. Wenn du erst ein paar Tage hier bist, wirst du das auch merken. Und vergiß nicht, wie sehr ich mich freue, daß du gekommen bist. Mach mir Ehre!«

Er beugte sich über meine Hand, und ich strich ihm rasch über sein ernstes Gesicht. Dann ging ich schnell weg.

Zwanzig Meter entfernt stand Friedrich Georg und beobachtete mich.

Ich winkte ihm zu, als sei ich sehr erfreut, rief sogar: »Hallo!« und ging ein wenig schneller. Ich tat, als seien wir miteinander verabredet, und kam mir dabei vor, als sei ich aus Kunststoff, vor allem meine Beine. Ich fühlte mich so unecht. Das Stück Weg, das zwischen uns lag, war viel zu kurz, als daß ich Zeit gehabt hätte, mir ein passendes Gesicht auszudenken, ich wußte auch gar nicht, ob er etwa meine Unterhaltung mit Wolfgang gehört hatte.

Ich hatte Friedrich Georg nicht mehr gesehen seit jenem Morgen, an dem er mit dem Plüschbären auf meinem Bettrand gesessen hatte, und seitdem war schon wieder alles mögliche geschehen. Ich wußte gar nicht mehr, wie wir miteinander standen. Irgendwie hatte ich das Gefühl, wir hätten uns damals für immer getrennt.

Wahrscheinlich konnte er den ganzen Wirrwarr meiner Empfindungen von meinem Gesicht ablesen. Ich stand vor ihm und sah zu ihm auf, und da merkte ich, daß er ebenso ratlos war wie ich, nur daß er diese Ratlosigkeit mit Ärger kompensierte. Statt mir guten Tag zu sagen, fragte er: »Wer war das?«

Was ging ihn das eigentlich an? Er hatte keine Ansprüche an mich zu stellen. – Aber so denke ich höchstens, so fühle ich nie. Denn er hat Ansprüche, natürlich hat er sie, zumindest den auf meine Ehrlichkeit. Man muß wissen, was man vom anderen erwarten darf, und der andere muß wissen, daß auch er etwas erwarten kann. Aller Handel um das ›mit welchem Recht‹ ist kleinlich und nur ein Zeichen von Armut. Ich habe genug Fehler, da will ich nicht auch noch schäbig sein.

Im ersten Augenblick dachte ich, es sei eine rhetorische Frage. Er mußte Wolfgang doch erkannt haben. »Du weißt es wirklich nicht?«

»Nein. Woher? Ich habe diesen Jüngling zum ersten Male gesehen.«

»Es ist kein ›Jüngling‹ mehr. Ich dachte, jeder müsse ihn gleich erkennen. Es ist – Albrechts Sohn, aus seiner ersten Ehe.«

Immer wieder bin ich überrascht, wie schnell Friedrich Georg alles begreift. Den ganzen Komplex von Fragen und Sorgen und Verwirrungen, der in den Worten ›Albrechts Sohn‹ steckt, verstand er und faßte ihn zusammen in einem: »Oh!«

Er blickte Wolfgang nach, der gerade die letzten Platanen der Uferpromenade erreicht hatte, sich nach mir umdrehte, die Hand hob und winken wollte und dann sah, daß ein anderer neben mir stand; er ließ den Arm sinken und stand einen Augenblick still, dann verschwand er rasch in einer Seitenstraße.

»Ja«, sagte ich und ließ auch den Arm sinken, mit dem ich hatte winken wollen, »ja, das ist Wolfgang, dreiundzwanzig Jahre alt, er wird Architekt.«

»Ein bißchen viel, Susanne, was du dir zumutest – aber auch ein bißchen viel für die anderen.«

»Dies ist kein Einfall von mir. Dieser stammt von Tante Be. Außerdem hat Wolfgang hier zu tun. Tante Be hat ihm einen Auftrag vermittelt. Hast du ihn wirklich nicht erkannt?«

»Ich habe dich im Verdacht, daß du in allen Männern immer nur deinen eigenen siehst, vermutlich auch suchst – in anderen, wohlgemerkt. Vielleicht solltest du in ihm alle Männer sehen.« Während er das sagte, lächelte er und sah doch gar nicht fröhlich aus. Ich war so unkonzentriert. Ich durfte nicht soviel Kaffee trinken. Er redete weiter: »Du mußt ans Bezahlen denken, wenn du nicht verlieren willst – aber das weißt du alles selbst, du gehörst zu den Frauen, die zwar nicht denken können, aber trotzdem eine ganze Menge wissen. Du probierst wohl nur aus, ob es nicht auch ohne Bezahlen geht. Du legst heimlich Groschen zu Groschen ...«

Ich glaube, ich bin ganz blaß geworden. Was redete er da? Er konnte doch von meinem Konto überhaupt nichts wissen. Waren das wieder mal nur Bilder und Parabeln, mit denen er mich erschreckte?

»Hörst du mir eigentlich zu, Susanne?«

»Nein, entschuldige bitte, nicht richtig jedenfalls. Aber das mit dem Bezahlen stimmt nicht, ich habe schon ganz gehörig bezahlen müssen. Tante Be hat neulich übrigens auch so etwas zu mir gesagt. Sie hat allen Ernstes behauptet, ich hätte dich als Mitgift in die Ehe gebracht, und Jugendfreunde seien immer ein gefährliches und oft spät wirkendes Gift und – ach nein, es war anders, warte mal, sie hat gar nicht von Mitgift gesprochen, sondern von Aussteuer, ich bringe alle Geschichten durcheinander. Ich müßte einmal irgendwo in Ruhe nachdenken, am besten wäre es, ich führe –«

Friedrich Georg hielt mir mit Blicken den Mund zu. Er sagte: »Palagnedra, das meinst du doch. Dahin fahre ich, in wenigen Minuten. Und nun sag nicht ›um so besser‹, denn ich würde jetzt auch sehr gern ›um so schöner‹ sagen, aber darum ist es um so schlimmer, verstanden?«

Ich nickte. Er weiß so viel. Und das wird ihn immer daran hindern, unbeschwert und leicht zu sein. Aber daß er dabei versuchte zu lächeln, das liebe ich an ihm und das bewundere ich, und schämen tat ich mich auch, weil ich so oberflächlich bin, so ohne alle Weltanschauung.

Friedrich Georg sagte: »Komm.« Dann fügte er hinzu: »Ihr bleibt euch doch alle gleich«, und damit meinte er offensichtlich alle Frauen.

»Das hätte Albrecht sagen können.«

Wir gingen die Uferpromenade entlang und hatten viele Zuschauer. Alle Tische waren besetzt. Friedrich Georg sagte, ohne den Kopf zu mir zu wenden: »Du willst also wieder einmal hören: ›Komm mit, komm mit.‹ Um mich dann anzulächeln und zu sagen: ›Nein.‹«

Ich schüttelte den Kopf. »Nein – Friedrich Georg –«

»Na also, da haben wir ja wieder einmal mein ›Komm mit‹ und dein dazugehöriges ›Nein‹, und alles ist bewiesen.«

Wir lachten und taten, als sei das die lustigste Geschichte, die wir seit langem gehört hätten. »Wirklich, Friedrich Georg, ich gäbe etwas darum, wenn ich jetzt nicht in die Casa müßte, sondern mit dir kommen könnte!«

»Und was gäbest du, Susanne? Du willst doch nicht sagen, daß du meinetwegen irgend etwas aufgeben würdest? Ich bin kein Ausweg. Daran mußt du dich gewöhnen. Komm, bring mich an den Bus, mein Gepäck ist schon drin, und dann sag auf Wiedersehen und wink ein bißchen.« Er sah auf die Uhr und beschleunigte den Schritt. »Es wird Zeit für mich, meine Liebe.« Jetzt sagte er auch schon ›meine Liebe‹ und in demselben Tonfall wie mein Mann. Er fuhr fort: »Palagnedra liegt in einem Seitental. Es geht von dort kein Weg weiter – das ist nicht von ungefähr, ebensowenig wie meine und deine Vorliebe für diesen Platz.«

Ich ging neben ihm her und dachte: Siehst du, mein Lieber, das ist der Unterschied zwischen einem Dichter und einer Frau. Der Dichter sieht das Symbol, und die Frau sieht ein Dorf im Frühling, und beide meinen sie – Palagnedra. Und laut sagte ich: »Hab es gut! Vermiß mich neben dir, ein bißchen wenigstens!«

Wir standen an der Tür des Omnibusses. Der Fahrer hatte schon ein paarmal gehupt, und es klang so hübsch wie an jenem Tag, als wir durch das Maggia-Tal fuhren. Friedrich Georg nahm mich bei den Ellenbogen, er hob mich ein Stück hoch, in Augenhöhe, das hatte er seit Jahren nicht getan, und dann stellte er mich schnell wieder auf den Boden und sagte: »Los, los, mach, daß du nach Hause kommst – sonst packe ich dich doch noch in den Bus. Das hast du vermutlich hören wollen.«

Dann ist er eingestiegen, und ich habe mich sehr geschämt. Ich habe mich auch gleich umgedreht und bin weggegangen, und gewinkt habe ich auch nicht. Während ich mit der Straßenbahn nach Locarno zurückfuhr, mußte ich immer denken: Jetzt blickt er hoch und sieht den Monte Bré, und jetzt ist er schon im Centovalli – dem Tal der hundert Täler: Centovalli – ›ich liege auf hundert Sommern‹ –, hundert Sommer, hundert Täler, ich wußte schon wieder nicht, ob ich nun reich war oder sehr arm und ob ich nicht am Ende schon wieder vergessen hatte, unglücklich zu sein.

In Locarno machte ich schnell noch ein paar Einkäufe. Das ist ein Rezept von meinem Vater. Es ist nämlich viel leichter, mit einem Armvoll Paketen nach Hause zu kommen: man hat gleich etwas, worüber man reden kann, und vielleicht kann man den Mund, der sich gerade eben zu Vorwürfen öffnen will, schnell noch mit ein paar Süßigkeiten stopfen. In Albrechts Fall muß es etwas Saures sein. Im Fischladen war ich also auch.

Die Sonne stand hoch am Himmel. Nirgends ein Wölkchen, und nirgends ein kleiner Schatten. Von Treppe zu Treppe wurde mir wärmer. Ich hatte die Jacke längst ausgezogen. Aber mir wurde nicht nur immer wärmer, je näher ich dem Hause kam, sondern auch immer bänger. Aus dem Päckchen mit den Fischmarinaden begann es zu tropfen, und es dauerte keine zwei Minuten, da erschien so ein elendes Hundevieh und zockelte hinter mir her. Ich machte »Kschsch« und redete ihn mit *»cane«* an und mit *»Supercortemaggiore«* und stampfte mit dem Fuß, aber das hatte lediglich den Erfolg, daß sich der Nagel im Schuh wieder bemerkbar machte. Ich setzte mich auf eine Mauer, warf dem Hund die Marinaden hin und zog erst einmal den Schuh aus. Ich ahnte es ja! Ein tiefes Loch in der Ferse, und der Strumpf ganz blutig. Mit dem Nagel im Schuh war dann das ganze übrige Elend auch wieder da. Wenn ich hinaufblickte, konnte ich den Viadukt sehen, aber jetzt im Mittagssonnenschein sah er ganz harmlos aus. Nicht einmal die Knospen an den Rosenhecken freuten mich. Friedrich Georg war meinen Blicken und Gedanken bereits völlig entschwunden, in sein Seitental, aus dem es keinen Ausweg gab.

Ich sah die beiden schon von weitem auf der Brüstung der Terrasse sitzen. Ich gab mir Mühe, nicht allzu kläglich auszusehen, sprang munter die letzten Stufen hinauf, sang vor mich hin, obwohl ich kaum noch atmen konnte vor Herzklopfen, nahm immer zwei Stufen auf einmal, schlenkerte in der einen Hand die Jacke und die Tüten und in der anderen die Schuhe und die übrigen Tütchen, rief schon von weitem »Hallo« und dann sogar *»Pronto, pronto«* und hatte wieder das unangenehme Gefühl, aus Kunststoff zu sein. Diesmal saß es nicht nur in den Beinen, ich schmeckte es vor allem im Mund. Ich dürfte nicht soviel Espresso trinken. Oben warf ich mein Gepäck auf die Balustrade neben der Gartentür und ging zuerst einmal an die Quelle und tauchte die Arme tief in das Becken und spritzte mir Wasser ins Gesicht und trank ein paar Schlucke, und dann hielt ich auch noch die Füße in das eiskalte Wasser. Danach erst wagte ich mich auf die Terrasse. Ich fing schon von weitem an zu erzählen, daß ich Besorgungen gemacht und wer weiß wen alles getroffen habe, und darum sei es so spät geworden. Albrecht versicherte mir, daß mir doch niemand daraus einen Vorwurf gemacht habe, und ich versicherte ihm, das hätte ich auch nicht so aufgefaßt. Ja, und dann sagte ich, schon im Weggehen, daß ich auch Friedrich Georg getroffen habe, und der fahre jetzt gerade nach Bosco Gurin, um dort in Ruhe zu arbeiten –. Auch diesmal nannte ich nicht den Namen von Palagnedra. Es blieb ein Geheimnis zwischen Friedrich Georg und mir.

Albrecht wiederholte: »Arbeiten?« – als hielte er Bosco Gurin für einen Ort, auf dessen Wiesen die Poeten Verse pflücken wie andere Leute Gänseblümchen. Ich hielt es für angebracht zu wiederholen: »Jawohl, um zu arbeiten.«

Lotte warf ein, daß er, gleich nachdem ich fortgegangen war, im Hause gewesen sei und sein Gepäck geholt habe; daher wüßten sie das schon. Und dann sagte sie: »Wir dachten, Sie seien mitgefahren.«

»Wie bitte?« Zuerst glaubte ich, mich verhört zu haben. »Wieso denn das? Ich hatte doch nichts mit.« Dann kam mir das albern vor, als ob man nicht auch mit einer Wolljacke und einer Handtasche nach Bosco Gurin fahren könnte. Vor einer Stunde noch hatte ich es gewollt oder wenigstens so getan, als wollte ich es, nur um zu sehen, wie Friedrich Georg darauf reagierte. Was für ein Unterschied! Vorhin war es eine Verlockung, und jetzt, als Lotte es aussprach, war es eine böswillige Verdächtigung.

Ich lächelte sie an, wie man bei solchen Gesprächen zu lächeln pflegt: »Ich bin wieder da, wie Sie sehen. Alle Befürchtungen oder auch Hoffnungen waren umsonst.«

Wenn Albrecht aufgesprungen wäre und mir ins Gesicht geschlagen hätte, dann wäre mir recht geschehen, ich hätte mich auch keineswegs gewundert, und ich glaube sogar, er hätte es ruhig tun sollen. Manchmal habe ich richtig ein Bedürfnis nach Strafe – aber vielleicht hat mir das auch Albrechts Freund, der Psychologe, nur eingeredet. Mir sitzen die Worte zu lose. Ich probiere gern aus, wie weit ich gehen kann. Ich bin neugierig, was mir dabei noch alles passieren wird.

Zwischen Albrecht und Lotte herrschte, seitdem sie aus Indemini zurück waren, eine Übereinstimmung und eine Ausgeglichenheit, die ich erst nach und nach wahrgenommen habe. Sie arbeiteten vier Stunden lang ganz konzentriert, auch wenn ich nicht anwesend war. An jenem Nachmittag, als wir alle drei auf der Terrasse lagen, sprachen sie wenig miteinander, aber wenn, dann geschah es in einem neuen, ruhigen Ton, der beinahe schon behutsam war. Diese sehr veränderte Lotte gefiel mir besser. Sie nötigte mir sogar zeitweise Achtung ab. Je länger ich mit anderen Frauen zusammen bin, desto besser gefalle ich mir selber – so ist das sonst. Bei Lotte erging es mir anders.

Als sie am späten Nachmittag unter der Pergola stand und auf den See hinuntersah, auf dem die Sonne einen breiten blaßroten Pinselstrich hinterlassen hatte, sah das Mädchen sehr einsam aus. Ich habe eine Weile neben ihr gestanden, ich hätte ihr gern den Arm um die Schulter gelegt. Ich habe nie eine Schwester gehabt, aber so ähnlich fühlt man sich wahrscheinlich zu einer Schwester hingezogen. Auch in dem Gefühl wird wohl beides sein: Ablehnung und Sympathie, Nachgeben und Sichwehren. Sie war so allein hier. Alles war fremd für sie, sie hatte doch wirklich nur Albrecht, und der war ihr Chef, und sie hatte keine Ferien, für sie hatte nur der Arbeitsplatz gewechselt. Sie mußte die hübschere Kulisse sehr teuer bezahlen. In Albrechts Praxis ist ihre Stellung wesentlich besser als in meinem Haus.

In der Stunde der Dämmerung bin ich immer sehr einsichtsvoll, und manchmal könnte man dann wirklich meinen, aus mir würde noch einmal ein besserer Mensch.

Die Weinstöcke hatten an den wenigen Sonnentagen seit dem Regen winzige Blätter bekommen, und sogar die Blütenstände konnte man schon erkennen. Bald würde das Weinlaub Schatten auf die Terrasse werfen, aber wir würden nicht mehr hier sein; schon wieder war einer dieser kostbaren Frühlingstage zu Ende, und es war mir leid um alles, was ich wieder falsch gemacht hatte. Ich wollte so gern, daß alle hier glücklich wären, daß jeder so bis in die Fingerspitzen spürte: jetzt ist Frühling. Aber es ist so schwer. Immer sind es nur Augenblicke. So wie diese halbe Stunde am Seeufer mit Wolfgang.

Einmal, an einem Sommerabend, hatte ich mit Albrecht auf der Terrasse gestanden. Ich hatte mich an einen der Maulbeerstämme gelehnt, über die sich die Ranken der Weinstöcke zueinander schwingen, der Abendstern stand schon am Himmel, wir hatten gemeinsam unseren Jungen zu Bett gebracht, er war noch klein, ein Baby noch. Ich mußte mich an Albrecht festhalten, weil ich dachte, ich würde sonst fortgetragen von diesem Gefühl. Ich dachte, wenn ich es jetzt versuche, dann müßte ich fliegen können, so leicht war ich. Aber ich hatte Angst. Ja, Angst hatte ich auch, und darum hielt ich mich an ihm fest. »Was ist denn, Huschi, was ist denn?« hat er gefragt, und ich versuchte ihm das zu erklären, daß er mir ein paar dicke Steine an die Füße binden müsse, damit ich nicht wegfliege von ihm. »Willst du denn weg von uns, Huschi?« – »Nein, nein!« Er hielt mich in den Armen und zählte mir alle Steine auf, die er an mich hängen wollte, Turmalin und Aquamarin und Smaragd und Topas – um den Hals wollte er sie mir hängen, weil das hübscher sei für eine Frau. Und am folgenden Tag sind wir nach Mailand gefahren, und er hat mir einen Mondstein geschenkt an einer Platinkette. Viel zu kostbar, aber wunderschön. Er ist ein Zauberstein – wenn ich ihn mit der Hand fest umschließe, dann ist alles wieder da: der Abend, der See, der Stern –

Wenn es am Ostufer des Lago noch hell ist, liegt über unserer Seite des Sees schon Dunkelheit. Man sehnt sich dann von dieser Abendseite fort, man möchte drüben sein, wo es nicht schon so bald Nacht wird. Ich spürte bei Lotte eine Traurigkeit, die vielleicht aus derselben Quelle aufstieg. Ich war zu einer Aussprache mit ihr bereit. Es war wohl doch nötig, daß wir miteinander redeten, und von mir als der Älteren mußte es ausgehen. Aber Lotte schüttelte den Kopf. Jetzt war sie es, die sagte: »Es gibt nichts mehr zu reden.« In ihrem Gesicht lag ein Zug, der mich zwang, ihr Schweigen zu respektieren. Sie ließ mich genausowenig an sich heran, wie Albrecht es tat.

Friedrich Georg hatte sich zurückgezogen, und Tante Be hatte ihre eigenen Sorgen. Von Wolfgang war keine Hilfe zu erwarten, höchstens weitere Schwierigkeiten; woher war überhaupt Hilfe zu erwarten? Nicht einmal das Bild, das Rainer für uns gemalt hatte, hatte seinen Vater gerührt. Er hatte es sicher nur für einen Zug in meinem Schlachtplan gehalten, und wenn ich ehrlich bin, hatte ich es ihm ja auch mit genau dieser Absicht hingehalten. Zu einem ganz falschen Zeitpunkt. Alles hatte ich falsch gemacht. Ich wäre gern von einem zum anderen gegangen und hätte mich entschuldigt. Ich weiß nicht, ob das anderen Leuten auch so geht, daß sie an dem eigenen Unglück immer selber schuld sind, wie man's auch dreht und je mehr man's dreht. Im Recht bin ich nie.

Am nächsten Tag war ich zu unruhig, um im Liegestuhl in der Sonne zu bleiben, und zu faul, um einen weiten Spaziergang zu machen. Ich habe länger als eine Stunde bei Picelli gesessen, an einem Eisbecher gelöffelt und in Zeitschriften geblättert; ich habe meinen Gemüsehändler besucht, der mir kein einziges Kompliment gemacht hat, obwohl ich Artischocken und sehr viel frische Brunnenkresse kaufte. Sogar zum Friseur bin ich gegangen, weil ich mich in allen Schaufensterspiegeln so häßlich fand, aber nachher gefiel ich mir auch nicht besser. In einem Hauseingang kämmte ich mir die Locken aus, und dann schlenderte ich über die Piazza und hoffte, daß ich Wolfgang träfe oder Tante Be oder Simonetti, irgendeinen, mit dem ich hätte reden können. Nur so ein zweibeiniges Echo, zu dem man sagen kann: »Sieh nur, die Rosen sind nun auch schon soweit« oder: »Riechst du das? Das kann doch kein Thymian sein –?«

Aber keiner tauchte auf. Ich ging aus lauter Langeweile zur Bank, aber nicht einmal das Ausschreiben des Schecks machte mir Spaß. Mir war die ganze Geschichte mit meinem Konto nicht mehr geheuer. Darum habe ich das Geld in der nächsten Stunde auch gleich wieder ausgegeben. Ich kaufte Geschenke ein, entdeckte eine Spieldose für Rainer, aber ich glaube, daß ich alle Spieldosen, die bei uns herumstehen, viel mehr für mich als für ihn gekauft habe. Dies war eine richtige Schwyzer Spieldose, hellblau lackiert und obendrauf der Rütliberg und Herr Wilhelm Tell in einem braunen Wams, ihm gegenüber das Tellsbübli, und wenn man die Uhr aufzog, dann schoß Herr Tell den rotbackigen Apfel vom Kopf des rotbackigen Tellsbübli, und dazu erklang:

»Mit dem Pfeil, dem Bogen
Durch Gebirg und Tal –«

Am liebsten hätte ich die Spieldose in den Arm genommen und wäre damit an all den Leuten, die vor den Cafés saßen, entlanggegangen. »Mit dem Pfeil, dem Bogen –.« Manchmal ist Kunst doch wirklich nur in der Übersetzung zum Kitsch erträglich. Meine Stimmung hatte sich gebessert. Nur weil Albrecht es nicht mag, wenn ich mich auffällig benehme, ließ ich es zu, daß man das blaue Ding in einen Karton packte. Zu Hause versuchte ich, Albrecht und Lotte meine Erkenntnis über Kunst und Kitsch klarzumachen, aber entweder ist meine Ansicht darüber falsch, oder ich bin ein schlechter Interpret meiner Einfälle. Die Spieldose sah auch gar nicht mehr so lustig aus wie unten in dem Laden.

Das ist nicht die einzige Erkenntnis geblieben, die mir dieser langweilige Tag eingebracht hat. Ich stellte außerdem fest, daß ich nicht einmal an ›Naturalien‹ Freude habe, wenn ich sie niemandem zeigen kann. Ich bin das unvollkommenste Wesen der Welt, wenn ich auf mich selbst angewiesen bin. Nicht einmal ins Kino mag ich allein gehen. Und das, was mir gehört, möchte ich immer allen anderen zeigen – nie macht mir Rainer so viel Spaß wie bei unseren Nachmittagsspaziergängen im Stadtpark, wenn die Leute stehenbleiben und sagen: »Was für ein süßer kleiner Kerl!« Als ob ich etwas dafür könnte, daß er so niedlich geraten ist. Insgeheim denke ich allerdings, daß es doch weitgehend mein Verdienst ist. Ich habe einfach gern ein Publikum. Alle besseren Leute behaupten, sie hätten an sich selbst genug, sie langweilten sich nie. Ich langweile mich sehr rasch in meiner Gesellschaft.

Am Nachmittag sah ich den ersten Schmetterling, einen Zitronenfalter, und eine Stunde später entdeckte ich die erste Eidechse, die aus einem Mauerspalt hervoräugte. Aber mit Eidechsen läßt sich ja nicht reden.

Schließlich ging auch dieser Tag zur Neige. Ich war von lauter Nichtstun müde. Albrecht und Lotte nahmen mich mit zu einem

Abendspaziergang. Ich trottete hinter den beiden her, riß hier einen Zweig ab, da ein Blatt, steckte Grashalme in den Mund, aber auch damit zog ich weder Albrechts Interesse noch seinen Tadel auf mich. Ich blieb stehen, um an irgendwelchen Blumen zu riechen, der Abstand zwischen ihnen und mir vergrößerte sich immer mehr. Die beiden waren in der Kirche verschwunden, und nachdem ich erst eine Weile vor der Tür herumgestanden hatte, bin ich ihnen gefolgt. Sie betrachteten mit Ausdauer ein paar Fresken, die so stark abgeblättert sind, daß man kaum etwas am hellen Tag hätte sehen können, geschweige denn in der Dämmerung. Ich hatte Albrecht noch nie so lange vor einer Kirchenwand stehen sehen, mit gerecktem Hals und Andacht im Blick. Mein Mann als Kunstliebhaber. Lotte wußte alles mögliche über die Fresken zu sagen, sie datierte sie, kommentierte, sprach von Ikonographie und Attributen und Emblemen. Unter anderen Umständen hätte mich das wahrscheinlich interessiert, sie schien nämlich wirklich etwas von Malerei zu verstehen, gesagt hatte sie bis dahin nichts davon. Sie hat sich auf kein Kunstgespräch mit Tante Be eingelassen, demnach hält sie nichts von deren Malweise. Mein armer Albrecht nickte, sah alles, verstand alles, bewunderte alles. Wahrscheinlich hätte er dasselbe Interesse für einen ausgestopften Maikäfer gehabt. Ich hatte an dem Abend für sakrale Kunst noch weniger übrig als für profane. Wahrscheinlich habe ich wirklich eine Vorliebe für Kitsch.

Die Abendmesse war zu Ende, der Weihrauchduft schwebte noch im Raum und mischte sich mit dem Duft von Wachskerzen und welken Blumen, mir wird immer ein wenig übel, wenn ich lange in einer Kirche bin. Die beiden haben gar nicht gemerkt, daß ich vor ihnen die Kirche verlassen habe und zurückgegangen bin.

Ich weiß nicht, von welchem Augenblick an ich aufgehört habe, im Mittelpunkt zu stehen. Angenehm war mir das nicht, und daß ich mich darüber ärgerte, war mir das Unangenehmste daran. Simonetti hatte mir Tante Be weggenommen, Friedrich Georg betrog mich mal wieder mit der Kunst, und Albrecht und Lotte benahmen sich, als stünden sie auf einer Eisscholle und trieben unaufhaltsam von mir fort, und nur aus Taktgefühl oder auch aus Furcht, was weiß ich, machten sie unglückliche Gesichter. Und von Wolfgangs Bewunderung hatte ich herzlich wenig. Wer weiß, wen er jetzt bewunderte. Vielleicht das Honorar, das er für sein Projekt am See bekommen würde. Es war sicher ganz hübsch für den Jungen, ein paar Tage im Frühling honorierte Ferien in Ascona zu haben – aber was hatte ich davon? Und meinetwegen hatte ihn Tante Be ursprünglich doch herzitiert. Jetzt geschah überhaupt nichts mehr meinetwegen. Ich wurde von Albrecht so zuvorkommend behandelt, als sei ich eine gute Wirtschafterin, von der man befürchten muß, daß sie kündigen könnte, wenn ihr etwas nicht paßt.

Ein einziges Mal war es mir gelungen, sein Interesse zu wecken. Mittags, als ich in kurzen Hosen auf der Steinbrüstung lag und mich sonnte, setzte er sich neben mich, betrachtete aufmerksam meine Beine, tippte mit dem Zeigefinger mal hierhin und mal dahin und sagte: »Du hast doch wirklich auch auf den Knien Sommersprossen.«

Keiner schien sich darüber im klaren zu sein, daß unsere Ferien zu Ende gingen. Zwei Tage hatten wir nur noch. Ich wollte so gern einmal über den See fahren! Irgendwo war immer ein weißes Schiff unterwegs. Wir konnten sie von der Terrasse aus beobachten. Jetzt legte es in Magadino an, dann zog es dicht am Ufer entlang nach Gerra, nach San Abbondio, und wenn man wieder hinsah, war es schon hinter einer der Brissago-Inseln verschwunden, ein neues tauchte auf, vorn an der sandigen weißen Landzunge, die Locarno von Ascona trennt – ach, ich wäre so gern ein einziges Mal mit einem weißen Schiff über den Lago gefahren!

Aber Albrecht ging am nächsten Tag gleich nach dem Frühstück nach Locarno, er mußte sich um das Auto kümmern und hoffte, daß er es am Mittag schon zur Rückfahrt benutzen konnte. Lotte erledigte seine Korrespondenz, und ich malte einen Brief an unseren Sohn. Da ich gar keine Übung habe, mißriet der Brief. Ich bin außerstande, auch nur einen Liegestuhl zu malen. Das einzige, was

Rainer erkennen würde, war ein Schmetterling. »Ein Meckerling, ein Meckerling«, ruft Rainer, er kann immer noch kein ›Schm‹ sagen, er wird es wohl auch nie lernen, wenn wir uns nicht abgewöhnen, ebenfalls ›Meckerling‹ zu sagen. Meine Eidechse sah aus wie ein Drache. Am besten kann ich Teddybären im Profil malen, darin habe ich Übung, früher habe ich immer einen Bären auf die Briefe an Albrecht gezeichnet. Ich sollte wirklich bei Tante Be ein paar Malstunden nehmen, es muß doch möglich sein, daß man so ein paar einfache Sachen zu zeichnen lernt. Ich war sehr unzufrieden mit mir. Ich schrieb einen Begleitbrief an meine Mutter, und der geriet beinahe noch schlechter – und schreiben habe ich nun wirklich gelernt. Es stand so oft in dem Brief, daß es uns gutgehe, daß wir vergnügt seien, daß das Wetter herrlich sei und das Haus uns soviel Freude mache, daß ich meine Mutter vor mir sah, wie sie die Augenbrauen hochzog und die Brille abnahm und in Vaters Zimmer ging, um mit ihm ›über die Kinder zu reden‹.

Mittags rief Albrecht an. Er habe noch länger zu tun, er werde unten eine Kleinigkeit essen. Wir sollten nicht auf ihn warten. Es könne spät werden. Das Auto sei noch nicht fertig. Wenn ich mir irgend etwas vornehmen wolle – bitte sehr, keine Rücksicht auf ihn. Lotte könne man vielleicht vorschlagen, auf die Cardada zu fahren, wenn sie mit den Briefen fertig sei. Soviel er sehe, sei kein Schnee mehr oben –

Ich war ärgerlich. Ich ging in die Küche, schaltete die Herdplatten aus und tat die Artischocken wieder in den Kühlschrank. Das fehlte noch, daß ich für Lotte kochte! Auch meine Toleranz hat Grenzen. Es gab heute eben kein Mittagessen, sollte sie sich doch einen Kaffee kochen und Schokolade essen, sollte sie ruhig noch mehr süßen Kaffee trinken und noch mehr Milchschokolade essen, in fünf Jahren würde sie's schon bereuen. In zwei Jahren.

Dann ging ich und richtete Lotte die Aufträge aus. Sie war bereits fertig mit den Briefen. Irgendwie sah das alles nach einer Verabredung aus. Sie lief sofort nach oben, kam wenige Minuten später in engen Hosen und einem noch engeren Pullover herunter, machte überhaupt kein Hehl daraus, daß sie froh war, das Haus verlassen zu können. Sie gab bereitwillig zu, daß sie auf die Cardada fahren wolle, und dann fragte sie doch wirklich mit ihrem scheinheiligen Lächeln, ob ich nicht mitkommen wolle, oben sei doch die Sonne sicher viel kräftiger als hier. Ob sie meinen Brief mitnehmen könne, sie ginge vorher in Orselina zur Post. Ich hatte ihn an Rainer adressiert. »Bitte«, sagte ich, »das ist sehr liebenswürdig von Ihnen, Lotte.«

»Kann Rainer denn schon lesen?« hat sie gefragt.

»Nein – aber der Briefträger!«

Ich war wieder einmal allein in meiner Casa. Ich zog mir meinen allerkleinsten Luftanzug an und gedachte, endlich mit Geduld und Sonnenöl die noch fehlende Bräune zwischen den Sommersprossen zu erwerben. In der ersten halben Stunde ärgerte ich mich über Albrecht, dann über Lotte, dann über mich, weil ich mich ärgerte. Dann dachte ich darüber nach, ob Albrecht nun wohl die Funicolare verunglücken lassen würde. Aber diesmal saß ich ganz allein hier, und Friedrich Georg war weit weg, und eigentlich war es ja doch schade, daß ich nicht mitgefahren war, hier vermißte mich sowieso keiner, und wenn die beiden wieder erst am nächsten Tag zurückkehrten – da wurde ich von einem Frosch abgelenkt, der neben mir auf die Steine plumpste, einen Meter vor mir hocken blieb und mich mit seinen Glupschaugen interessiert betrachtete. Wir verblieben lange Auge in Auge, und je länger ich ihn ansah, desto ähnlicher wurde er meinem Onkel Paul, der sieht einen auch so an und läßt die Augen stehen und vergißt, den Blick wegzunehmen. Dann muß ich eingeschlafen sein.

Das Telefon schreckte mich auf. Als ich ins Haus lief, merkte ich schon, daß ich einen Sonnenbrand hatte.

Tante Be war am Apparat. »Wie wäre es mit einem Spaziergang, Suschen?« – »Natürlich, Tante Be!« Endlich entsann sich mal jemand, daß ich auch noch da war. Wir verabredeten uns auf der halben Strecke zwischen Ascona und Locarno. Sie hatte Albrecht getroffen, als er aus der Kantonalbank kam. »Woher kam er? Von der Bank? Was tut er denn da? Er hat doch gar kein Konto!« Merkwürdig.

Ich puderte mir den Rücken und die Beine, unter die Wäscheträger schob ich kleine Wattebäusche und zog das Kleid mit dem weitesten Rückenausschnitt an. Sogar die Fußsohlen hatte ich mir verbrannt. Dafür hüpften denn auch die Sommersprossen noch immer vereinzelt über meine Knie.

Tante Be kam ohne ihre Hunde. Gefragt habe ich nicht, aber vermutlich waren sie bei Simonetti, der noch nicht abgereist war. Ich hatte angenommen, Tante Be wolle sich mit mir aussprechen. Wir hatten genug Themen, und ich war froh, daß wir einmal nicht über mich reden mußten.

Meine Frage nach Wolfgang tat sie mit einer ihrer raschen Handbewegungen und mit der Bemerkung ab, daß er erstaunlich wohlerzogen sei. Ich hatte den Eindruck, als richte sich dieses ›erstaunlich wohlerzogen‹ gegen mich und meine Einflußnahme auf die Entwicklung des jungen Mannes, nur deshalb ging ich drüber weg. Sie sagte außerdem, daß ich mir schon wieder einen Verehrer heranzöge, und darauf ging ich erst recht nicht ein. Es war besser, man hielt sich an die Realitäten. Wo war er überhaupt?

»Unterwegs. Er sieht sich neue Bauobjekte in der Umgebung an. Am liebsten wäre er mit einem Hubschrauber über die Ufer und die Berghänge geflogen, weil es unerläßlich sei für einen Architekten, sich einen Überblick über die Landschaftsbezogenheiten –.« Sie brach mitten im Satz ab, schien mit ihren Gedanken ganz woanders zu sein. Sie sagte nur noch: »Er kompliziert das Ganze, weißt du. Ich hatte gedacht, er würde mir eine einfache Skizze machen, mein Interessent versteht sowieso nichts davon, der will ein wenig Kapital in der Schweiz investieren, und jetzt redet Wolfgang von einem ›neuen Tessiner Baustil‹, den er finden will. Ich habe ihm vorgeschlagen, auf die Cardada zu fahren, die Funicolare ist beinah so gut wie ein Hubschrauber.«

»Wenn er das bloß nicht tut, Tante Be! Hast du Wolfgang

wirklich gesagt, daß er mit der Funicolare auf die Cardada – du liebe Zeit! Albrecht weiß doch gar nicht, daß er hier ist, und wenn Wolfgang ihn mit Lotte zusammen sieht –. Gestern hat er zu mir gesagt, daß er seinen Vater umbringen würde, wenn er mich unglücklich machte, Tante Be ...«

Tante Be blieb uninteressiert. Von der ganzen Katastrophe, die da heraufzog, begriff sie nichts. Ich war eben dabei, mir die Szene in der Gondel vorzustellen – Albrecht – Lotte – Wolfgang, der Sohn, der seinen Vater zur Rechenschaft zieht –, als Tante Be seelenruhig sagte, sie gedenke, sich in Locarno einen Hut zu kaufen. Es sei unerläßlich. Sie könne nicht immer mit einem Kopftuch herumlaufen, und die Baskenmütze ginge auch nicht mehr.

Ich starrte sie an, aber da sie sich nicht zu mir umdrehte, merkte sie nichts von meiner Überraschung. Meine Tante Be! War das denn möglich? Tante Be wollte einen Hut kaufen. Und sie sagte das in allem Ernst, man konnte nicht einmal darüber lachen – ich begriff auch gleich, was mit ihr los war: Es war wieder jemand da, für den sie hübsch sein wollte. Und vielleicht hat er ihr früher einmal gesagt, daß er sie gern mit Hut sehe. Irgendwie war das alles sehr schön und sehr traurig, und man durfte einfach gar nichts dazu sagen und ganz bestimmt nicht darüber lachen. Nur wegen dieses Hutkaufes hatte sie mich angerufen.

Wir haben einen Hut gekauft, einen wunderhübschen Hut, veilchenblau, mit einem breiten schwingenden Rand aus weichem Samt; ihr graues Haar sah ganz silbern aus, und aus meiner Tante Be wurde eine Dame. Sie stand vor dem Spiegel und lächelte mit sich und ihren Erinnerungen. Mich hatte sie völlig vergessen und die Verkäuferin und die ganze übrige Welt, und nachher vergaß sie sogar, den Hut zu bezahlen, und ich mußte das tun, sie hat es nicht einmal bemerkt.

Was ist das für eine aufregende Sache: ein Leben! Früher habe ich gedacht, so etwas passiere einem nicht mehr, wenn man über Dreißig ist, und jetzt sah ich meine Tante Be, meine kluge, tüchtige und unabhängige Tante Be, und die war schon über Fünfzig!

Wir sind in eine Bar gegangen, haben Wermut getrunken, und Tante Be hat viel zuviel getrunken, sicher hatte sie den ganzen Tag noch nichts gegessen. Sie träumte unter ihrem violetten Hut und lächelte und trank. Zwei Herren saßen außer uns in der Bar und beobachteten uns in einem Spiegel. Der Ältere lächelte mir zu, und weil Tante Be sowieso nichts merkte, lächelte ich zurück. Lächeln kann nie schaden. Wenn ich nur hätte sitzen können! Oben an den Beinen war der Sonnenbrand am schlimmsten. Ich rutschte in meinem Sessel hin und her, schließlich stand ich auf, und mein Lächel-Kavalier tat es auch, und auf einmal war Tante Be wieder da. »Setz dich«, sagte sie. »Suschen, du mußt aufpassen. Albrecht bereitet etwas vor. Er war sehr merkwürdig heute morgen. Er hat mir Fragen gestellt, die ich mit Vorsicht beantwortet habe, aber ich glaube, er kommt dir auf die Schliche.«

»Albrecht? – Tante Be! Der hat andere Dinge im Kopf, der gondelt mit seiner Lotte auf die Cardada, dabei haßt er Drahtseilbahnen.« Während wir in dem Hutsalon waren und in der Bar saßen, hatte ich das Drama, das sich auf der Cardada abspielte, vergessen, aber jetzt brach meine ganze Verzweiflung mit einem Schlag wieder über mich herein. Ich hatte doch keinen, außer Tante Be, mit dem ich darüber reden konnte.

»Wenn ich ihn nur verstehen könnte, Tante Be! Bitte, denk einmal darüber nach, hast du – damals – deinen Simonetti verstanden? So – richtig verstanden, was er fühlt und denkt? Ach, du weißt schon, was ich meine.«

Tante Be sah mich nachdenklich an. Sie winkte dem Kellner und bestellte zwei weitere Wermut, und dann sagte sie wieder in dem Tonfall, in dem man mit einer Siebzehnjährigen spricht: »Suschen, wenn du doch nicht versuchen wolltest, deinen Mann zu verstehen! Wenn er eine verständnisvolle Frau hätte haben wollen, eine, die auf ihn und seine Interessen eingeht, dann hätte er dich nicht geheiratet, dann hätte er wahrscheinlich, ich glaube nicht, daß ich mich täusche, so ein Mädchen wie diese Lotte genommen.« Leider hatte sie nun auch noch im Spiegel meinen Kavalier entdeckt und beschloß ihre Rede mit einem erneuten und nachdrücklichen: »Suschen!« Und von sich und Simonetti hat sie wieder kein Wort gesagt, als sei das etwas, was keinerlei Parallelen zu Albrecht und mir zulasse.

Der Kellner brachte den Wermut. Ich sagte: »Kein Soda! *No – puro«,* trank das Glas in einem Zuge aus, stellte es auf den Tisch und sagte: *»Mille grazie,* Tante Be! Das war deutlich! Dabei tue ich seit Tagen nichts anderes, als ihn und seine Aktionen und die Reaktionen zu beobachten und zu verstehen. Daß man mich immer davon ablenkt und daß ich immer einschlafe, genau dann, wenn ich beinahe dahintergekommen bin, dafür kann ich doch nichts.«

Aber was hatte es für einen Sinn, ihr das klarzumachen. Sie hatte eben auch keine Ahnung. Sie war nie verheiratet. Und wenn sie auch mit diesem Simonetti zusammengelebt hatte, eine Ehe ist so etwas eben doch nicht. Und weil ich mich über sie geärgert hatte, sagte ich ziemlich laut: »Trink nicht soviel, Tante Be!«

Etwas Schreckliches ging mit ihr vor. Ihr Gesicht verfiel, von einer Sekunde zur nächsten, die Verzauberung wich. Der Hut war nicht mehr hübsch, und ihre Augen verloren das Leuchten, ihre Hand zitterte, und sie verschüttete den Wermut auf ihre Bluse, als sie das Glas abstellte. – Ich kam mir so gemein vor. Nur weil ich selbst unglücklich war, konnte ich nicht ertragen, daß ein anderer glücklich war, noch dazu einer, der mich gern hatte und so viel für mich getan –

Ich weiß nicht, wie lange sie so dagesessen und vor sich hin gestarrt hatte. Nachher hat sie den Hut abgenommen, zusammengerollt und in die Handtasche gesteckt. Ihr Haar war unordentlich und grau, ihre Bluse zerdrückt, und der Wermut hatte einen dunklen Flecken zurückgelassen, an dem sie mit ihrem Taschentuch achtlos herumwischte. Sie winkte: *»Cameriere!«*

Ich wollte mich so gern entschuldigen, aber sie hat mir keine Gelegenheit gegeben; sie ist rasch aus dem Lokal gegangen, hat ein Taxi herbeigewinkt und sich nur noch einmal nach mir umgedreht und gesagt: »Ich danke dir, Suschen. Du hast ganz recht, ich weiß jetzt wieder, was ich zu tun habe.«

Es war schrecklich. Ich stand allein auf der Piazza, und alle Leute, die vor den Cafés saßen, schienen mich anzustarren. Das Auto fuhr in Richtung Ascona fort, und ich hatte das Gefühl, daß ich Tante Be nie wiedersehen würde. Ich habe das nächste Taxi genommen und bin nach Hause gefahren.

Es war noch fast hell, aber an diesem Abend war die Beleuchtung anders als sonst, unheimlicher, ich sah das sofort, noch bevor ich die Gartenpforte aufklinkte. Der Lorbeerbaum stand so schwarz vor der Hauswand, und alles war in ein eigentümlich violettes Licht getaucht, und dann hörte ich auch ein Geräusch. Es kam aus dem Haus. Niemand war auf der Terrasse, die Liegestühle waren weggeräumt, alles wirkte völlig verlassen. Ich fürchtete mich, was eigentlich nicht meine Art ist; im allgemeinen merke ich immer erst, daß eine Situation gefährlich werden kann, wenn ich mittendrin bin, und dann kommt man ja gar nicht dazu, Angst zu haben.

Das Geräusch kam aus dem Schuppen. Ich war drauf und dran wegzulaufen – aber wohin hätte ich denn laufen sollen, um Hilfe zu holen? Ich zog mir die Schuhe aus und schlich barfuß zu dem vergitterten Fenster. Meine Neugier war wieder einmal größer als meine Angst. Ich reckte mich, und dann sah ich, daß es Albrecht war. Er sortierte Zeitungen. Das war beinah noch schlimmer, als wenn er mit Lotte auf die Cardada gefahren und dabei seinem Sohn begegnet wäre.

Wenn ich doch bloß rechtzeitig daran gedacht hätte, diese elenden Zeitungen wegzuräumen! Genaugenommen: gedacht hatte ich daran, ich war nur zu bequem; in dem Schuppen ist es kalt und ungemütlich, und wo sollte ich sie denn verbrennen? Ich konnte sie nicht in den Heizventilator stecken, und wenn das Kaminfeuer brannte, waren immer alle übrigen zugegen. Ich finde, daß es in der Schweiz besonders schwierig ist, etwas heimlich zu tun. Gleich nachdem die Geschichte mit dieser Edith und den Zeitungen passiert war, hätte ich alle Spuren beseitigen müssen.

Ich klopfte an das Fenster und rief: »*Pronto!*«

Albrecht blickte auf, und als er mich erkannte, tat er, als räume er den Schuppen auf, mit der deutlichen Akzentuierung, daß er sich um den Haushalt auch noch kümmern müsse und daß es doch wirklich nicht zuviel verlangt sei, wenn ich wenigstens hier in meinem Haus für ein erträgliches Maß an Ordnung sorge. Ich gab ihm völlig recht, das ist bei Anschuldigungen immer das beste. Wir gingen harmlos, aber mißtrauisch umeinander herum. Schließlich beruhigte ich mich wieder und nahm an, ich hätte mich getäuscht und er wolle wirklich nur Ordnung machen; er ist nämlich etwas pedantisch. Zu Hause zieht er manchmal eine Schublade auf, schiebt die Hand unter den gesamten Kram, kippt ihn um und sagt dann zu mir: »Ein bißchen Ordnung, Susanne, sollte schon sein.«

Ich tat also harmlos. Ich erkundigte mich nach dem Auto, und er antwortete, als hätte ich nach dem Befinden einer schwererkrankten Tante gefragt: »Danke, es wird bald wiederhergestellt sein.«

Ich sah ihn fragend an, und er fügte hinzu: »Morgen kann ich den Wagen holen.«

»Das heißt, daß wir übermorgen zurückfahren können?«

»Das heißt, daß wir übermorgen zurückfahren müssen, ich habe Termine bei Gericht.«

»Ja, natürlich, dann müssen wir zurück.« Er schien sich nicht mit mir unterhalten zu wollen, packte die Zeitungen, die er aussortiert hatte, zusammen und trug sie ins Wohnzimmer. Ich folgte ihm. »Du willst Feuer machen? Meinst du, daß es nötig ist? Es ist ziemlich warm heute im Haus, findest du nicht?«

»Es wird nötig sein!« Er redete wie ein Großinquisitor. Ich zog mich zurück. Vorher hatte ich ihm noch meinen sonnenverbrannten Rücken hingehalten, um sein Mitleid zu erregen, aber auch darauf reagierte er nicht.

Ich ging mal wieder in die Küche. Ich stellte Wasser auf und holte die Artischocken wieder aus dem Kühlschrank. Vielleicht ließ er sich mit Artischocken besänftigen. Ich rührte ein großes Stück Butter schaumig, und als mein Arm müde war, lief ich nach oben und streute mir noch einmal Puder auf meinen Sonnenbrand. Nachher war der Fußboden weiß und mein Rücken noch immer feuerrot, kein Mensch kann sich die Rückseite selbst einpudern; nicht einmal um solche Samariterdienste wagte ich meinen Mann zu bitten, er hätte doch nur gesagt, daß ich auch vor den primitivsten weiblichen Mitteln nicht zurückschrecke. Dabei war er schuld! Wenn er nicht angefangen hätte, von den Sommersprossen zu reden, hätte ich mich nie in die Sonne gelegt, und an der Erkältung war er auch schuld – warum machte er mich so unglücklich, daß ich stundenlang durch den kalten Regen laufen mußte.

Das Wasser kochte, als ich hinunterkam. Ich legte die Artischokken auf ein Tuch und tat sie in das sprudelnde Wasser. Es war jetzt ganz dunkel draußen. Eigentlich hätte Lotte längst zurück sein müssen. Ich deckte den Tisch. Albrecht saß und rechnete, schrieb Daten auf einen Zettel und Zahlen dahinter, und die Zeitungen hatte er immer noch neben sich liegen. Von Zeit zu Zeit hörte ich ihn murmeln: »Das ist ja nicht zu fassen!« Dann wieder lachte er kurz auf, sagte: »Fabelhaft!« Und das alles tat er eine Spur zu laut, als daß man es für ein Selbstgespräch hätte halten können. Ich hütete mich, vorzeitig nach der Ursache seiner Entrüstung zu fragen.

Wenn bloß Lotte nach Hause gekommen wäre! Ich war bereit, mich den ganzen Abend mit ihr über Drahtseilbahnen und Wasserfälle zu unterhalten. Ich hatte sogar Salzmandeln und Nüsse auf den Tisch gestellt. Sie knabbert abends stundenlang still vor sich hin wie ein Eichhörnchen. Ich muß einmal Friedrich Georg fragen, woher es kommt, daß sie mich immer an ein Eichhörnchen erinnert. Er versteht etwas von Tierpsychologie. Wofür er mich wohl hält? An jenem Abend hatte ich, wenigstens von der Rückseite, am meisten Ähnlichkeit mit einem frischgesottenen Krebs.

Die Blätter der Artischocken fingen an, sich zu lösen; wenn sie nicht völlig abfallen sollten, mußten wir jetzt essen. Es blieb mir nichts anderes übrig, als Albrecht zu fragen.

»Wollen wir noch länger warten?«

»Warten? Auf wen warten?«

So fragt sonst nur unser Dichter. Ich sagte: »Auf Lotte! Sie wollte doch zur Cardada fahren!«

»Ah – auf Lotte, natürlich, ja. Du meinst also, sie könnte schon zurück sein?«

»Sie müßte schon zurück sein. Die Bahn fährt nur bis zum Einbruch der Dunkelheit.«

»In der Tat«, Albrecht sah zum Fenster hin, »es ist dunkel. Dann müßte sie also bereits hier sein.«

Und auf das Stichwort hin läutete das Telefon. Lotte entschuldigte sich. Sie bliebe etwas länger aus, wir möchten ihr doch den Schlüssel hinlegen, damit sie niemanden störe. Ja, es sei herrlich gewesen, ein wunderbarer Tag. Albrecht versicherte ihr, daß sie doch selbstverständlich ganz unabhängig sei und niemandem Rechenschaft schuldig, und den Schlüssel lege er auch hin. In den Briefkasten, jawohl, und viel Spaß!

Wenn man diese Person schon mal brauchte! Nie kann man sich auf andere verlassen.

Ich holte die Artischocken, wir setzten uns.

Albrecht hält nicht viel von Tischgesprächen. ›Bei einem guten Essen‹, sagt er, ›braucht man nicht zu reden, das lenkt nur ab.‹ Die Artischocken sind demnach großartig gewesen, er löffelte mit den Blättern die schaumige Butter und zog sie genüßlich durch die Zähne und schichtete sie zu kunstvollen Gebilden am Tellerrand auf. Als er den Boden der Artischocke erreicht hatte, wandte er ihm die Aufmerksamkeit eines Minensuchers zu. Und als er auch die letzte Artischocke vernichtet hatte, aß er eine Käseschnitte nach der anderen. Ich hielt das Schweigen nicht länger aus. Ich erzählte ihm von dem Hutkauf, gab detaillierte Schilderungen; eine Putzmacherin hätte nach meinen Angaben ohne große Mühe ein zweites Modell arbeiten können.

Das Thema Hut war erledigt, Albrecht aß noch immer. Ich bat ihn um Erlaubnis, schon rauchen zu dürfen. Er nickte. Wieder kein Wort. Ich habe jetzt eine Vorstellung davon, wie man einen Angeklagten weich macht. Als ich aus dem Zimmer wollte, unter dem

Vorwand, meine Zigaretten zu holen, und mir gerade überlegt hatte, daß ich mich ja oben in meinem Zimmer einschließen könnte, und derweil sollte er so viel Käse essen – da holte mich seine Stimme ein: »Bleib gefälligst hier! Ich habe mit dir zu reden.«

Ich blieb stehen, wie angewurzelt, und sagte: »Jawohl, Herr Direktor!«

»Deine Witze sind völlig fehl am Platz.«

Das habe ich gern! Erst mein gutes Essen in sich hineinschlingen und mir den Appetit verderben und dann mit gestärkten Kräften auf mich losgehen.

Ich machte noch einen letzten Versuch. »Bärlein, können wir das nicht morgen früh tun? Ich habe bestimmt einen Sonnenstich, mir ist ganz schlecht. Ich glaube, ich muß ins Bett.« Das war kaum übertrieben, mir war wirklich übel. Aufregungen schlagen sich bei mir immer auf den Magen, und diesmal kam noch der Wermut am Nachmittag dazu, den ich doch wirklich nur Tante Be zuliebe getrunken hatte. Meine Knie fingen auch schon an zu zittern.

»Spiel kein Theater. Dazu ist die Angelegenheit zu ernst. Sie geht an die Wurzeln unserer gemeinsamen Existenz. An die Wurzeln! Und die Wurzeln heißen in einer Ehe: Vertrauen. Heißen: Aufrichtigkeit. Heißen: Zuverlässigkeit.«

Albrecht stand jetzt hinter dem Tisch und hielt in der Hand ein paar Zeitungen, mit denen er seine Rede demonstrierte. Ich versuchte, das Geschirr beiseite zu schieben, ohne daß er es merkte, sonst landeten seine Dokumente noch in den Butterresten oder im Käse. Unter seinen Blicken erstarrten meine Hände, ich holte sie zurück und sah ihn aufmerksam an.

Er sagte: »Ad eins, wer hat vor zwei Jahren vom 6. 5. bis zum 23. 5. in diesem Haus gewohnt?«

Ich überlegte. »Herr und Frau Schwab aus München.«

»Aha! Kostenpunkt zweihundertvierundvierzig Schweizer Franken.« Er machte einen Haken auf seiner Liste. »Wer hat vom 27. 6. bis 14. 7. hier gewohnt?«

»Die Damen Hanke aus Augsburg.«

»Kostenpunkt dreihundertvierzehn Schweizer Franken.«

Seine Stimme wurde immer zufriedener, und wie er das so aufzählte, war ich eigentlich stolz auf meine Einnahmen. Andere Männer wären bestimmt froh, wenn ihre Frauen aus einem Haus so gut Kapital zu schlagen wüßten. Wieso man ihm allerdings Einblick in meine Kontokarte gewährt hatte, hätte ich schon gern gewußt. Das konnte nur mit dem nicht vorhandenen Wahlrecht der Frauen in der Schweiz zusammenhängen, oder in ihm steckt doch, wie in jedem Juristen, ein verhinderter Detektiv.

Ich war ganz froh, daß das Haus im letzten Winter zwei Monate leer gestanden hatte.Ich hatte mir auch keine Mühe um die Vermietung gemacht, der Januar und der Februar sind immer schlecht, da stehen hier die meisten Häuser leer. Mittlerweile war Albrecht beim letzten Dezember angekommen, er hatte die Zeitungen noch in der Hand, es mußten die Nummern sein, die wir neulich nachts gesucht hatten. Wer fragte heute noch nach dieser Edith! Keiner interessierte sich mehr für sie. Er tat, als könnte sie nun bis in alle Ewigkeit auf dem Bettrand sitzen bleiben, zerzaust und verweint, und Lotte fiel mir ein und dieser elende Brief von ihr mit dem albernen ›Brummbär‹, und da stand dieser Brummbär vor mir und hatte es fertiggebracht, mich auf die Anklagebank zu setzen, mich, die betrogene Frau, das war eine Unverschämtheit. Aber typisch Mann. Typisch Jurist! Immer nach den schwachen Stellen des Gegners suchen und zusehen, daß man ihn in die Defensive zwingt.

Albrecht redete mit großen Gesten. Er hielt ein Plädoyer gegen seine eigene Frau. Wahrscheinlich war er wieder großartig. Nach dem Essen ist er immer gut in Form, während ich dann müde werde.

Er sagte: »Darf ich mir die Frage erlauben, was das hier ist?«

Er hielt mir ein Blatt unter die Nase, und ich sagte: »Käse! Das ist einwandfrei Käse. Bel Paese.«

Er starrte mich an, dann starrte er auf das Papier und den gelben Klecks unten. »Gut. Sehr gut, meine Liebe. Käse. Wenn dir die Sache immer noch nicht ernst ist – mir ist sie ernst, verdammt ernst. Wer war im Dezember in diesem Haus?«

»Meine Freundin Birgit.«

»Wer noch?«

»Und – und Ferdinand Melchior.«

»Soweit ich unterrichtet bin, ist deine Freundin Birgit –«

Ich bestätigte das: »Verheiratet.«

»Und er ist –?«

Ich mußte auch das bestätigen: »Verheiratet.«

Albrecht sagte: »Es ist –«

Und ich sagte, und jetzt war ich ebenfalls ernst: »Jawohl, er ist verheiratet, sie ist verheiratet, und es ist – zum Verzweifeln.«

Er schrie mich an: »Das ist gewerbsmäßige Kuppelei, was du hier treibst, unter meinem Namen!«

Ich blieb ruhig. »Erwerbsmäßige, nicht gewerbsmäßige, gestatte, daß ich dich korrigiere. Und es handelt sich um meinen Namen und um mein Haus.« Während ich redete, wurde ich richtig böse, außerdem bin ich sehr empfindlich, wenn ich im Unrecht bin: »Und darin kann ich tun und lassen und wohnen lassen, wen ich will.«

»Hast du schon einmal etwas von Moral gehört?«

»Ja. Gehört schon oft. Aber sie ist schwer anzuwenden, nicht wahr?« Ich kann es nicht leiden, wenn man über Moral redet und selber keinen Gebrauch davon macht. Ich sagte: »Indemini!«

Albrecht packte das Indizienmaterial zusammen und trug es zum Kamin. Er zerknüllte die Zeitungen und die Blätter mit den Aufzeichnungen und warf sie in die Feuerstelle, und dann hielt er ein Streichholz daran. Es qualmte fürchterlich. Ich ging und zog den Rauchschieber auf und setzte mich auf die Stufen, und mein Mann tat das auch. Ich habe meinen Kopf auf seine Schulter gelegt und war eigentlich sehr froh, daß er es nun endlich wußte, und noch mehr, daß er das ganze Zeug verbrannte. Mit den Indizien verrauchte auch sein Ärger.

Wir sahen in die Flammen, und wir dachten nach. Albrecht hat mich nur noch, aber da war seine Stimme schon gar nicht mehr böse, gefragt, warum ich das getan hatte.

Wie wir so nebeneinander hockten, allein in dem Haus und jeder unglücklich, aber doch auch wieder getröstet, weil wir zusammen waren, wußte ich gar nicht mehr, warum ich dieses Haus als Rückhalt betrachtet und warum ich mir dieses heimliche Konto eingerichtet hatte.

Ich habe seine Frage nicht beantwortet. Das hat er wohl selbst getan, aber ebenfalls nicht laut.

Später haben wir noch eine ganze Zeit auf der Terrasse gestanden. Der Mond balancierte über den Monte Tamaro. Wir gingen auf und ab, der Mond war schon auf die nächste Bergkuppe gesprungen, und wir hatten immer noch nicht geredet, weil man manches einfach nicht sagen kann. Begreifen muß man es nur.

Seit diesem Abend weiß ich, daß ich nicht genug Vertrauen zu meinem Mann gehabt habe, daß ich kleinmütig gewesen bin und immer noch in der Schuld befangen, seine erste Ehe zerstört zu haben, und darum immer in Angst, daß eine andere Frau kommen und mir dasselbe antun könnte. Ich wollte nicht auf ihn angewiesen sein auf Gedeih und Verderb.

Und Albrecht weiß nun, daß er mich nicht genug beschützt, daß er mir zuviel Selbständigkeit gelassen hat, viel mehr, als ich gewollt habe, und mehr, als mir guttut, und er weiß auch, daß er mich fester halten muß.

Wir waren noch draußen, als wir Stimmen auf dem Treppenweg hörten, als die Gartenpforte klinkte und Lotte das Haus aufschloß. Albrecht bat mich hinzugehen. Er wollte noch draußen bleiben, er sagte mir gute Nacht.

Am liebsten hätte ich nun ein bißchen geweint. Aber ich mußte ja Lotte begrüßen und mir erzählen lassen, wie hübsch es gewesen sei und daß sie den Herrn von neulich abend getroffen habe, ich könnte mich doch erinnern? »Ein junger Architekt übrigens, der ein Haus am See bauen will. Und morgen früh wird er kommen, um mich abzuholen, er will mir das Grundstück zeigen. Bitten Sie meinen Chef, daß er mir Urlaub gibt, es ist doch der letzte Tag im Tessin!« Sie warf ihre schwarzen Locken zurück, ihr Gesicht glühte, und wieder war sie sehr hübsch und jung. Auch sie hatte sich einen Hut gekauft. Einen spitzen gelben Strohhut. Ich hatte keine Lust, noch jemanden aus seinem glücklichen Wahn herauszuholen. Sollte sie schlafen gehen.

Ich bin nicht noch einmal auf die Terrasse gegangen. Ich wollte und konnte es meinem Mann nicht sagen. Es würde morgen früh schrecklich für ihn werden, wenn die beiden die Treppe hinunterliefen, am Garten entlang, und er ihnen nachsah. Ich begriff gar nichts! Hatte Wolfgang sich denn nicht vorgestellt? Wußte Lotte denn nicht, wer er war? Oder spielte sie mir Theater vor? Wollte sie sich rächen? Erst hatte sie ihr Glück bei dem Vater ausprobiert, und als sie merkte, daß sie den haben konnte, hielt sie sich an den Sohn, zu dem sie besser paßte? Solche Frauen soll es geben. Aber sehen sie aus wie Lotte? Albrecht sagt immer, daß man einem Mörder auch nicht ansieht, daß er ein Mörder ist, wenn er neben einem in der Straßenbahn sitzt.

Ich habe noch lange wach gelegen und auf Albrechts Schritte gehorcht. Eine Grille hatte sich verspätet und sang noch immer, und um Mitternacht bimmelte eine Glocke von irgendwoher über den See.

Noch nie war der letzte Tag in der Casa Susanna so lang und so voll Abschied. Sonst hatte ich mich immer rasch mit dem Gedanken getröstet, daß wir ja wiederkommen konnten, wann wir nur wollten. Die Casa Susanna stand da, gehörte uns und wartete auf uns. Ferien im Tessin, das war schon fast so selbstverständlich wie Ostern und Pfingsten. Diesmal war es anders. Es hat mehr als einmal so ausgesehen, als würde das alles nie mehr sein. Kein Frühstück auf der Terrasse, kein Abendspaziergang am Prato Pernice, keine nächtlichen Gespräche mehr am Kamin. Was mir das alles wert ist, weiß ich eigentlich erst jetzt. Ich wage nicht mehr, den Gedanken zu Ende zu denken: Albrecht wäre ohne mich nach Hause gefahren. Simonetti hätte sein Haus zurückgefordert, und Tante Be – ach: es gab eine ganze Reihe von Möglichkeiten, aber ganz unten in meinem Herzen habe ich doch wohl immer gewußt, daß es Unmöglichkeiten waren.

Ich konnte einfach nicht mehr im Bett bleiben, ich lief auf die Veranda und um das Haus herum unten auf die Wiese, die naß vom Tau war; jetzt war ein Schmetterling schon nichts Besonderes mehr, sogar die kleinen blauen waren schon da.

Ich habe geduscht und dazu gesungen, das ›Schulterstück‹ sogar zweimal, weil ich dachte, Albrecht würde herunterkommen, aber er kam nicht. Was sollte ich nur tun? Zunächst deckte ich auf der Terrasse den Frühstückstisch, die Sonne mußte schon bald um die Hausecke biegen; an jedes Eierhütchen steckte ich einen kleinen Strauß. Warum schliefen nur alle so lange! Es war doch unser letzter Tag!

Schließlich bin ich in Albrechts Schlafzimmer gegangen. Ich hatte einen Kloß im Hals und fühlte mich, wie ich mich nur als Zwölfjährige gefühlt habe, wenn ich wieder einmal zu spät in die Schule gekommen war und zum Rektor mußte. Ich habe mich auf Albrechts Bettrand gesetzt und ihm gesagt, Wolfgang sei in Ascona, und er solle nett zu dem Jungen sein, wenn er nachher komme, um Lotte abzuholen. Das alles in einem Satz. Alle Erklärungen habe ich weggelassen. Auch daß Tante Be es gewesen ist, die ihn eingeladen hatte. Das war ja auch ganz unwichtig jetzt. Zwischen Albrecht und mir haben die Details nie eine Rolle gespielt. Ich habe ihn nicht angesehen, sondern zum Fenster hinausgeredet, und er hat kein Wort dazu gesagt. Nur nachher, als ich schon überlegte, ob ich gehen und ihn lieber allein lassen sollte – ich weiß doch gar nicht, wie man einen Mann behandelt, der mit dem Vater-Sohn-Problem fertig werden muß –, da hat er auf mein nacktes Knie getippt und gesagt: »Du hast ja noch mehr Sommersprossen als gestern auf dem Knie!« Dann habe ich ihm ganz schnell einen Kuß auf die Backe gegeben, bin aus dem Zimmer gelaufen und habe meine Spieldose geholt und sie unten auf den Frühstückstisch gestellt. Vater Tell hat den Apfel ununterbrochen vom Kopf des Tellsbübli geschossen, und ich habe davor gesessen und den Kopf in die Arme gelegt und geheult wie ein Hund bei Vollmond, zu der Melodie ›Mit dem Pfeil, dem Bogen, durch Gebirg und Tal‹, bis ich merkte, daß mir die Sonne schon wieder auf den Rücken brannte, und da bin ich ins Haus gegangen und habe mir eine Jacke übergezogen und an der Quelle meine Augen gekühlt und habe zum Frühstück gerufen.

Albrecht hat sich großartig benommen. Ich war sehr stolz auf ihn. Als Wolfgang kam, hat er ihn beim Arm genommen und sich nach seinem Studium und seinen weiteren Plänen erkundigt. Sie sind rauchend auf der Terrasse auf und ab gegangen, und ich saß derweil und betrachtete die beiden; Wolfgang beachtete mich gar nicht. Die Männer schienen vertieft in ihr Gespräch, und ich mußte feststellen, daß von Ähnlichkeit nicht die Rede sein konnte. Ich weiß nicht, wo ich vor zwei Tagen meine Augen gehabt habe. Wolfgang hat ein schmaleres Gesicht und ganz andere Ohren und einen viel längeren Hals, und darauf soll man nach Tante Bes Meinung bei Männern doch zuerst achten. Er ist auch längst nicht so geschmeidig in seinen Bewegungen, obwohl er doch schlanker ist als sein Vater.

Lotte? Nein, die hat nichts davon geahnt. Es war nicht richtig von Wolfgang, daß er es ihr verschwiegen hat. Als er sie in der Funicolare wiedererkannte und später oben auf der Cardada und sie ihm erzählte, daß sie in der Casa Susanna wohne und mit ihrem Chef da sei, hat er begriffen, was los war, und dann ›hat er sich ins Zeug gelegt‹, er hat mir das am letzten Abend erzählt. Er wollte dem Vater die Freundin ausspannen, so drückte er sich aus, mir zuliebe, aus keinem anderen Grunde, mag sein. Ich will auch gar nichts anderes denken. Man muß nicht immer nach den wahren Motiven suchen.

Lotte hat es erst erfahren, als Wolfgang an ihr vorbeiging, um seinen Vater zu begrüßen. Sie tat mir in dem Augenblick sehr leid. Ich versuchte, es ihr leichter zu machen, aber ich glaube, sie hat gedacht, ich hätte das alles so arrangiert. Ich forderte sie auf, mir beim Tischabräumen zu helfen, Vater und Sohn hätten sich lange nicht gesehen und sicher viel zu erzählen, wobei wir Frauen überflüssig seien. Ich brachte es ohne Mühe fertig, sie und mich als ›wir Frauen‹ zu bezeichnen. Sie wollte mir im Flur weglaufen. Ich sagte noch: »Vielleicht ist es das beste so, Lotte. Ich habe oft gefunden, daß er seinem Vater sehr ähnlich ist.«

Aber da hat sie sich umgedreht und ist nach oben gegangen. Nach einer halben Stunde erschien sie auf dem Balkon und rief hinunter: »Können wir aufbrechen, Wolfgang?« Sie hatte ein weißes Kleid angezogen und hatte die Haare hochgebunden – wieder eine andere Lotte. Als sie etwas später mit Wolfgang die Treppe an unserer Hecke entlanglief und die beiden uns zuwinkten, dachte ich wieder: Sie hat etwas von einem Eichhörnchen. Sie geht immer dahin, wo man ihr Nüsse gibt.

Längst waren die beiden hinter den Hecken verschwunden, da stand ich immer noch an dem Maulbeerbaum. Vielleicht machten sie aus mir – und vielleicht lag der Tag nicht einmal sehr fern? – eine Großmutter. Ich war doch selbst noch jung. Ich fühlte mich kaum der Erziehung eines Fünfjährigen gewachsen, und vorgestern erst hatte es mir Spaß gemacht, mit demselben jungen Mann am Seeufer entlangzugehen; ein bißchen aufgeregt hatte mich sein flüchtiger Kuß ja doch.

Ich drehte mich zu meinem Mann um. Er stand mitten auf der Terrasse, und ich hatte den Eindruck, als stünde er da freihändig, ohne Netz, in einer gefährlichen Position, die er jedoch völlig beherrschte. Mein Mann. Wurde es nun Zeit, uns wie erwachsene, ernsthafte Leute zu benehmen? – Eigentlich, eigentlich war es schade. Ich ging zu ihm, ich maunzte leise, da zog er mich in seine Arme.

»Wir sind die Jüngsten nicht mehr, Albrecht!«

Er fuhr durch mein Haar. »Soweit wären wir nun.«

»Weißt du«, ich mußte ihm doch zeigen, daß ich ihn durchaus verstehen konnte, »weißt du«, habe ich gesagt und hinter den beiden hergezeigt, »er hat eben denselben Geschmack wie sein Vater.« Und dann ist mir nichts mehr eingefallen, was man noch hätte sagen können, und darum bin ich ins Haus gegangen, habe angefangen, aufzuräumen und die Koffer zu packen, zu rumoren. Nach einer Weile hörte ich Albrecht. Er hatte sich den Hauklotz auf die Terrasse geholt und spaltete Holz. Ich stand auf der Veranda, lehnte über das Geländer und sah ihm zu. Er hatte sich die blauen Leinenhosen angezogen, hatte kein Hemd an; sein nackter brauner Rücken glänzte. Er ist kräftig und geschickt, man konnte zusehen, wie sich die Scheite neben ihm türmten. Er arbeitete ganz konzentriert, in einem gleichmäßigen Rhythmus, als gäbe es im Augenblick nichts Wichtigeres auf der Welt. Dann muß er meinen Blick auf seinem Rücken gespürt haben. Er hat zu mir heraufgesehen. Wir haben uns zugenickt – und von da an war alles wieder in Ordnung mit uns.

Albrecht fing an zu pfeifen und hackte weiter Holz, so viel, daß es für einen ganzen Winter reichen würde, und ich legte die Betten aus und pfiff auch. Jeder pfiff sein eigenes Lied, aber die Hauptsache ist ja, daß es hübsch klingt.

Vor dem Essen hat Albrecht sich eine halbe Stunde auf die Wiese gelegt und fest geschlafen. Der Schlaf vor Mittag ist der gesündeste –

auch eines seiner Sprichwörter. Und dann sind wir zusammen nach Locarno gegangen, haben das Auto aus der Werkstatt geholt, und selbst er konnte keine Schäden mehr an der Karosserie finden, obwohl er sogar unter den Wagen gekrochen ist, so sehr mißtraut er den Tessiner Handwerkern. Er ging in das Büro, bezahlte die Rechnung, die keineswegs so hoch war, wie er prophezeit hatte. Mit seinen Kostenvoranschlägen macht er seine besten Geschäfte. Die Differenz zwischen seiner Prophezeiung und dem wirklichen Rechnungsbetrag sieht er als reinen Verdienst an. Er ist in mancher Hinsicht ein Lebenskünstler.

Ich setzte mich auf meinen Platz, und als er eingestiegen war, unterbreitete ich ihm meinen neuesten Plan. Wir wollten zum Postamt fahren und von da telefonieren und alle zum letzten Abend in die Casa Susanna einladen: Tante Be und Simonetti und Friedrich Georg, der den Omnibus nehmen konnte, und Wolfgang und natürlich Lotte. Albrecht war nicht hellauf begeistert. Er tat sogar so, als hätte er gern diesen letzten Abend mit mir allein verbracht, und ich war nahe daran, ihm das auch zu glauben.

Vielleicht hatte er ein schlechtes Gewissen, vielleicht hat er mir auch einfach einen Gefallen tun wollen. Er hat eingewilligt. Die Motivsuche, sagt Albrecht, sei ausschließlich Sache der Maler und Fotografen, und oft ist es natürlich auch besser, man überläßt sie ihnen. Ich habe telefoniert und keinen erreicht, aber überall habe ich eine Nachricht hinterlassen, und derweil hat Albrecht eingekauft. Als ich vom Postamt zurückkam, waren die hinteren Wagensitze mit Paketen vollgepackt. Er hatte für Rainers Eisenbahn einen richtigen Tunnel mit Bäumen darauf gekauft und einen italienischen Rangierbahnhof! Wieder einmal war ich der glücklichste Mensch der Welt. Ich sagte: »Jetzt fahren wir nach San Abbondio.« Alle Fenster hatten wir heruntergedreht. Man hätte denken können, daß der Seewind uns vorwärts blies. Wir überquerten den Ticino, noch war das flache Ufer des Sees wüst vom Hochwasser, aber am Ostufer, als die Straße anstieg, das Ufer schmaler wurde und steiler, in Magadino, in San Nazzarro, Gerra – und dann sah man schon den Campanile von San Abbondio auf dem Berghügel! Der Wald war noch licht. Die Girlanden der Weinstöcke schwangen sich dunkel über das Hellgrün der Wiesen, überall kleine sprudelnde Bäche, blühende Kirschbäume, überall Veilchen. Selbst Albrecht fand, daß man ein Stück zu Fuß gehen könne. Wir sind in das zerfallene Glockengestühl des Turmes gestiegen, und ich habe einmal mit dem Klöppel an die Glocke schlagen dürfen, und der Ton schwang aus dem zerfallenen Turm hinaus und schreckte einen Vogel auf, der dort genistet hatte, und es war, als sei der Vogel mein Glockenklang und fliege über den See. Wir sind auf dem kleinen Friedhof neben der Kirche gewesen, und Albrecht hat mir versprochen, daß er mich dort begraben und in jedem Sommer Immortellen auf meinen weißen Marmorstein legen wird. Man kann weit über den See blicken, bis hinüber zu unserem Haus. Ach, ich weiß nicht, was er mir noch alles versprochen hätte – wenn er nicht plötzlich Hunger gehabt hätte!

Wir haben in dem kleinen Restaurant, in dem wir schon oft gewesen sind, eine Minestrone gegessen – die er zu Hause als Gemüsesuppe strikt ablehnt –, haben einen Nostrano, den hiesigen Wein, dazu getrunken, und die Wirtin hat sich zu uns gesetzt. Wir waren die einzigen Gäste. Bis hierhin kommen die Fremden selten. Wir sahen den Katzen zu, die auf den Steindächern im Sonnenschein spielten; man hörte das Gackern der Hühner und manchmal vom See her das Tuten eines Schiffes.

Am späten Nachmittag sind wir zurückgefahren.

Mein Mann sagt mir oft, wenn er am Steuer sitzt, was ihn bedrückt; dann kann er es wie eine Nebensächlichkeit abtun, weil seine Konzentration der schmalen Straße, den Hühnern und den Serpentinen gehört. Er hat mir gesagt, daß ich falsche Vorstellungen von seinem Verhältnis zu Lotte habe. Er habe sie nur hierher mitgenommen, weil ich es vorgeschlagen hatte; er habe gedacht, daß ich gern die Ferien mit Friedrich Georg verbringen wollte.

Ich glaube, das war das erste und einzige Mal in all diesen Tagen, daß ich mich klug verhalten habe. Ich habe getan, als glaubte ich das. Und es ist ja auch möglich, daß er es selbst glaubt. Man sieht nun einmal eine Sache heute von der Seite und morgen von der anderen an, und mit dem Blickpunkt verändert sich die Einstellung; auch das ist wie bei der Fotografie. So ganz sicher bin ich ja nicht einmal, ob er nicht recht hat. Ob es mir dabei nicht auch um Friedrich Georg gegangen ist.

Indemini – darüber haben wir nicht gesprochen. Und ich hoffe sehr, daß ich nie fragen werde. Irgendwann wird er das Bedürfnis haben, mir zu erzählen, was dort geschehen – oder nicht geschehen ist.

Es war der erste warme Abend. Albrecht hatte Stühle auf die Terrasse getragen und Windlichter angezündet, und ich hätte am liebsten Lampions aufgehängt und alle Grillen singen lassen.

Was für ein hübsches Haus! Albrecht sang *»Mi casa, su casa, my house is your house«* – und mittendrin hielt er inne und sah mich an, und ich machte »hmhm« – und das war alles. *My house is your house.* Jetzt war Schluß damit, jetzt war es unser Haus, ein für allemal!

Als erste kamen Simonetti und Tante Be. Tante Be hatte den samtenen Hut auf, und ich schubste Albrecht und flüsterte: »Das ist der Hut! Sieht sie nicht wunderbar aus, unsere Tante Be?« Ich war so stolz auf sie. Und die Hunde kamen mit und rollten sich an die sonnenwarme Hauswand, und Simonetti überreichte mir einen Strauß duftender Veilchen aus dem Tal des Rebhuhns, von dem letzten Spaziergang mit Tante Be – denn auch für ihn war es der Abschiedsabend. Am nächsten Morgen wollte er zurück nach Turin. Ich habe nicht gefragt. Es war einfach zu früh dazu. Vielleicht wird er wiederkommen, eines Tages, und wird dann für immer bleiben, aber zuerst einmal fuhr er nun fort. Wenn man so alt ist wie die beiden, dann fallen die Entschlüsse nicht mehr so rasch. Tante Be ist eben viel klüger als ich. – Während des Abends lag ein Schatten über den beiden, aber ein sehr milder und sehr kleidsamer Schatten. Diese lächelnde Traurigkeit stand ihnen gut.

Dann kamen Wolfgang und Lotte. Ihr weißes Kleid war nicht mehr so frisch wie am Morgen, dafür hatte sie sich eine Rose ins

Haar gesteckt. Als Wolfgang mir später beim Schließen der Fensterläden half und die Gelegenheit wahrnehmen wollte, um mir zu sagen, wie unvergleichlich lieber er an meiner Seite – da habe ich ihn ausgelacht.

Friedrich Georg kam als letzter. Er kam allein, und jedesmal, wenn unsere Blicke sich begegneten – sie taten das natürlich oft, wir waren ja nur ein kleiner Kreis, und um uns war die Dunkelheit der Nacht, man sah ganz unwillkürlich zu den hellen Gesichtern hin –, spürte ich seine Einsamkeit, und ich bin gar nicht sicher, ob sie wirklich selbst gewollt oder selbst verschuldet ist, vielleicht aber ist sie notwendig für ihn.

Die Windlichter flackerten. Der Tau fiel schon. Nun zirpte doch noch eine Grille. Blütenduft wehte über uns hin. Wir tranken alle nicht viel an diesem Abend, und wir redeten nicht viel.

Der Mond war ein wenig runder geworden, der Schnee lag nur noch auf den Bergkuppen, die Blätter an den Weinstöcken waren aufgebrochen, und der Lorbeer war verblüht.

Albrecht und Friedrich Georg hatten Krawatten umgebunden. Sie sahen beide sehr gut aus, wie sie so nebeneinanderstanden, mit dem flackernden Lichtschein im Gesicht und rundum die Sterne –

Ach – ich fand sie alle so nett! Tante Be mit ihrem Veilchenhut, Simonetti, den Dichter und natürlich Albrecht und seinen Sohn und auch das Eichhörnchen. Ich hätte von einem zum anderen gehen mögen und um Verzeihung bitten für alles, was ich falsch gemacht hatte. Albrecht sagt, wenn diese Stimmung über mich kommt: ›Meine Frau hat ihren Weltverbrüderungstag‹, und immer denken alle, daß ich dann ein bißchen zuviel getrunken habe, wenn mir auf einmal alle Menschen so sympathisch sind. Dabei ist das meine wirkliche Meinung.

Wir sind dann ins Haus gegangen. Simonetti hat das Feuer angezündet, wir sahen ihm alle dabei zu. Lotte hockte wieder auf den Stufen, und die Hunde hatten ihre roten Köpfe in ihren Schoß gelegt, und sie fütterte sie mit Nüssen. Tante Be saß in ihrem Schaukelstuhl, und Friedrich Georg stand an der Kaminwand und hatte den rechten Arm auf den Sims gestützt und sprach über das Wesen des Feuers und sagte, daß das Feuer von jeher die Menschen zusammengeführt habe; in der gemeinsamen Suche nach Wärme und Licht fänden sie zueinander. Ich glaube, er wollte eine Rede halten auf diesen Kamin, auf dieses Haus und auch auf mich – aber das wollte ich nicht. Als er eine seiner gedankenschweren Pausen einschob, habe ich so laut zu Albrecht gesagt, daß alle es hören mußten: »Was meinst du, wollen wir eine Ölheizung in unser Haus einbauen lassen, während wir weg sind? Ich habe doch ein Konto in Locarno, und das Geld könnten wir dazu verwenden.«

Ich hoffe, keiner hat gesehen, daß ich ganz rot geworden bin.

Den Heizventilator haben wir dem Dichter mitgegeben, der am nächsten Morgen nach Palagnedra zurückgekehrt ist.

Albrecht hat Lotte noch eine Woche Urlaub bewilligt, aber Wolfgang hat die Pläne für das Haus am See nicht fertiggemacht, der Interessent hat sich zurückgezogen, bevor Wolfgang seinen ›neuen Tessiner Baustil‹ entwickelt hatte. Albrecht und ich sind allein zurückgefahren.

Als wir in Bellinzona ankamen, zogen dunkle Wolken vom Gotthard her auf den See zu; es soll noch einmal eine ganze Woche lang geregnet haben. Und nach dem Regen war dann schon Sommer.

Mein Mann wird sagen: Alles war ganz anders. Du hast es nur mit deinen Augen gesehen, du bist viel zu sehr ins Detail gegangen. – Und Lotte wird sagen –. Nein, Lotte wird sich wahrscheinlich gar nicht dazu äußern, und Friedrich Georg hat es bereits in seinen Versen gesagt. Und auch darin ist es ein anderer Frühling.

Eigentlich ist das doch das Schönste: So wie man es selbst erlebt hat, so hat man das Leben ganz allein für sich.

Die Zeit danach

»Was zählt denn in der Liebe – außer der Liebe?
Versprechen? Nichts.
Erinnerungen? Nichts.
Nichts – außer der Liebe.«

J. am 26. Mai

Ich vermute, dies ist eine Situation, in der mein Vater sagen würde – Haltung, Johanna, Haltung!
Dann würde er zu meiner Mutter hinsehen und fragen – und du, Astrid? Was sagst du?
Meine Mutter würde mich aufmerksam von oben bis unten betrachten und sagen – ich denke, du machst dich jetzt ein wenig frisch, Hanna.
Also gut. Ich mache mich ein wenig frisch. Die Ratschläge meiner Mutter ließen sich immer leichter befolgen als die meines Vaters. Ich gehe in das Badezimmer, in dem nur noch ein Zahnputzbecher steht, mit einer Zahnbürste; nur ein Badetuch, nur noch ein Schwamm. Auch der Geruch ist schon verändert. Den Bademantel hat er an der Tür hängen lassen. Dunkelblau mit weißen Streifen, schon ein wenig schäbig, der Kragen abgescheuert und oberhalb des linken Knies das eingesengte Loch von meiner Zigarette. So etwas bleibt dann übrig.
Ich betrachte mich aufmerksam im Spiegel. Irgendwo habe ich gelesen, daß nicht die eitlen Frauen vor den Spiegeln stehen, sondern die klugen und die einsamen, das kommt am Ende auf dasselbe heraus. Vor einem Spiegel fühlt man sich weniger einsam, wenn man weint. Man hört dann auch bald auf. Wenn man über dreißig ist, schaden Tränen dem Teint; aber das sagt meine Mutter. Ich vermute, auch das ist Lebensweisheit, ungefähr dasselbe, was mein Vater meint, wenn er sagt – Haltung, Johanna, Haltung!
Nährcreme auf die Augenlider, Skin Tonic, Puder. Selbst Cremedosen bekommen so was wie Vergangenheit.
Ich ziehe Alberts Bademantel an. Wie früher, wenn ich abends auf seine Rückkehr gewartet habe. Ich hocke mich in den Sessel, die Beine hochgezogen, »Embryostellung«, auch das wie früher. Ich denke

darüber nach, wo er jetzt wohl ist, ob er schon unterwegs ist, wann er ankommt, ob er Ärger gehabt hat, ob – ob – ob. Und wenn es zehn Uhr wird und elf und halb zwölf, dann werde ich denken, es könnte ihm etwas passiert sein. Er war nicht zur Inspektion mit dem Wagen. Es ist neblig. Das Radio hat Bodenfrost angesagt. Ich werde versuchen zu lesen, ich werde auf und ab gehen, am Fenster stehen. Wenn ihm wirklich etwas passiert, wird man nicht mehr mich verständigen. Ich werde ins Schlafzimmer gehen und die Betten aufdecken. Ich werde – nein, das werde ich sicher nicht tun. Es gab eine Zeit, da stopfte ich Alberts Schlafanzug mit Sofakissen aus und legte ihn neben mich ins Bett. Die Puppe Albert bekam eine Zeitung zu lesen, manchmal bekam sie auch eine Flasche in den Arm, manchmal ein Taschentuch, eine Rose – je nachdem.

Ich sitze und warte. Warte auf nichts und niemanden, höchstens, daß es Morgen wird, der 15. November. Der Tag, an dem ich Albert zum zweitenmal mein Jawort geben werde. Ich weiß diesmal so wenig, ob ich ja oder nein sagen soll wie damals, als ich ihn geheiratet habe. Damals hätte ich am liebsten nein gesagt. Nein – Nein – Nein. Heute –

Es ist einerlei, was ich am liebsten tun würde; ich tue, was man von mir erwartet, und damals wie heute erwartet man mein Ja. Haltung, Johanna. Das schwarze Kostüm ist gereinigt. Ich habe mir eine weiße Bluse gekauft, Albert wird finden, daß sie proper sei und zu mir passe. Alle Vorbereitungen sind getroffen. Alles geschieht mit meinem Einverständnis, sogar auf meinen ausdrücklichen Wunsch hin. Nichts Elenderes als dieses: ich habe es selbst so gewollt.

Habe ich es gewollt? Allem Anschein nach. Sonst träfen wir uns nicht morgen am Landgericht. Anschließend gehen wir zusammen frühstücken. Das Programm für solche Familienfeierlichkeiten bestimme immer ich. Frühstück mit Sekt. Wir können uns das jetzt leisten. »Morning after night before« nannte Albert das früher. Sehr viel früher. Jetzt also nur noch das Frühstück. Aber mit Sekt.

Ohne Zeugen. Ohne Alberts Professor, der ihn aufgegeben hat, ohne Max, der mich aufgegeben hat. Ohne Publikum. In aller Stille. Albert wird verlegen sein. Man erledigt das alles rascher, nüchterner nach seiner Meinung. Aber er wird sich Mühe geben, er ist froh, daß ich so wenig Schwierigkeiten gemacht habe, daß ich großzügig bin. Warum ist er nicht mißtrauisch? Frauen pflegen nicht großzügig zu sein. Er

wird ein paar Blumen mitbringen, so etwas hat er gelernt im Umgang mit der »Tochter aus gutem Hause«. Er wird den Strauß im Auto lassen. Sicher sind es wieder Nelken; er hat nicht begriffen, daß ich Nelken nicht mag, daß es bei Blumen nicht auf die Haltbarkeit ankommt. Er ist ein Kaufmann. Nachher, wenn wir zusammen im Auto sitzen, werde ich ihm eine Nelke ins Knopfloch stecken und mir auch, und man wird uns für Brautleute halten, in gesetztem Alter; und dann fahren wir noch ein Stück am Rhein entlang, und ich werde nichts sagen, und das wird ihm unheimlich sein, er wird sich räuspern und Sätze anfangen, immer neue Sätze, Sätze, bis ich ihn erlöse und sage: Fahr mich nach Hause. Ganz ruhig werde ich das sagen, jedes Wort für sich. Mich nach Hause. Und wenn er dann vor unserer Tür hält und nicht weiß, was denn nun, dann sage ich: Komm, steig mit aus, es ist noch eine Kleinigkeit zu erledigen. An der Haustür hole ich den Schraubenzieher aus der Handtasche und bitte ihn, sein Türschild abzuschrauben. Dr. Albert Grönland. Und dann gebe ich ihm den Zettel, den ich vorbereitet habe, mit Tusche auf einer Visitenkarte, länger als ein Jahr braucht er nicht zu halten. Johanna Grönland. – Und dann noch die Schlüssel, Albert.
Und er wird sagen, doch nicht hier vor der Tür, das hat doch Zeit, und ich werde lächeln und sagen – nein, sagen werde ich nichts, nur abwarten und die Schlüssel, zweimal gekerbt für die Etagentür, einmal gekerbt für die Haustür, einstecken und ihm die Hand reichen. Vermutlich wird er sie küssen, was er sonst nie tut, nur wenn er mir gegenüber unsicher wird; er wird sich umdrehen und zum Auto gehen.
Und vorher wird sich hoffentlich eine Gelegenheit ergeben haben, daß ich sage: Begnadigt zu zehn Jahren. Damals, vor der Tür des Standesamtes, hat er zu mir gesagt: Lebenslänglich Grönland, arme Johanna!

18. November

Um elf Uhr war der Beamte von den Stadtwerken hier und hat den Zählerstand der Gas- und Stromuhren abgelesen.
Seit drei Tagen hatte ich mit niemandem gesprochen. Als er schon gehen wollte, habe ich ihn gebeten, den Namen des Haushaltungs-

vorstandes zu ändern. Das sei jetzt ich, Johanna Grönland. Er hat nicht einmal hochgesehen, nur gefragt: Beruf? – Ohne. Wahrscheinlich haben solche Leute Übung darin, sie sehen soviel in den Wohnungen. Takt wird es nicht sein. Weil ich einmal dabei war, habe ich mich an die Schreibmaschine gesetzt und es den anderen auch mitgeteilt. Dem zuständigen Postamt für Zeitungen und Rundfunk. Dem Fernsprechamt, der Bank, der Versicherungsgesellschaft für Hausrat und Diebstahl. Aber man kann es nicht dem Weinhändler und dem Kohlenlieferanten mitteilen. Im Haus weiß man es, seit Albert ausgezogen ist. Albert hat nur ein paar Koffer mit seinen persönlichen Sachen mitgenommen. Er wollte nicht einmal seine Bücher haben, obwohl es sich um medizinische Zeitschriften, Fachbücher, Lexika handelt. Was soll ich damit?

Und was soll er damit? Keiner hat das gesagt. Gedacht haben wir es beide. Das gehört zu den Themen, über die wir nicht mehr reden. Jetzt sind seine Bücher fort, auch den Globus hat er mitgenommen. Mein erstes Geschenk. Weil damals Grönland der Mittelpunkt einer Welt war, die sich um Albert drehte – so etwas sagt man; es hat sogar lange gestimmt. Nur wenn man es aufschreibt, ist es banal.

An jenem Abend, als Albert seine Sachen zusammenpackte und den Finger auf Grönland legte und die Welt sich noch einmal drehen ließ, da war es auch nicht banal. Was blieb mir denn zu sagen als: Sieh zu, daß du trockenen Auges fortkommst!

Trockenen Fußes – trockenen Auges. Bahnsteiggespräche. Aus dem ersten Jahr. Sieh zu, daß du trocken nach Hause kommst! Es muß wohl immer geregnet haben in jenem Frühling. Albert hatte dann zu sagen: Trockenen Fußes? Und ich sagte: Trockenen Auges, Herr Doktor! Und dann fuhr der Zug ab, und er rief hinterher: Trockenen Genitivs, Johanna! Und wir lachten, weil wir so unglücklich waren. Ich stand vor dem Wäscheschrank, er kniete vor seinem Koffer, und ich reichte ihm seine Aussteuer. Das gehört sich wohl so, daß ein Mann in seine zweite Ehe eine Aussteuer mitbringt. Ich habe redlich geteilt und nicht versäumt zu sagen: Ihr seid zu zweit, ihr braucht natürlich mehr Handtücher. Hat Lisa eigentlich Wäsche und so etwas? Habt ihr so ein großes französisches Bett gekauft, wie wir es immer haben wollten? – Wahrscheinlich haßt er mich dafür. Dabei ist das meine einzige Möglichkeit, gegen die Sentimentalität anzukämpfen. Man nennt die Dinge beim Namen.

Jeder war großzügig. Jeder sagte: Nein, behalt du das! Das hast du doch immer gern gehabt. Das habe ich dir geschenkt. Nein – ich. Nein, du mir. Und dann hat er seinen Koffer genommen. Es war spät, nach elf schon. Auf dem Treppenabsatz hat er kehrtgemacht, ist noch einmal nach oben gekommen und hat gesagt: Wielandstraße 30. Wenn du mich brauchen solltest.
Ich weiß nicht, ob er allein dort wohnt. Ich habe nicht gefragt. Wir haben während des Packens Wodka getrunken, und ich habe gesagt wie früher: Skål, du Eisheiliger.
Vielleicht ist er nun erleichtert. Wahrscheinlich sogar. Wir sind beide strapaziert. Jeder weiß zu gut, an welchen Stellen der andere verletzbar ist, und schont ihn nicht mehr. Wir halten die Spielregeln nicht mehr ein.
Ich bin nicht ans Telefon gegangen. Es hat ein paarmal geläutet in den drei Tagen. Soll ich sagen: Dr. Grönland erreichen Sie unter einer anderen Nummer. Nein, ich kann Ihnen nicht sagen, ob er zur Zeit in der Stadt ist. Nein, ich weiß es nicht.
Wozu?
Ich will auch nicht mit J. telefonieren. Ich will nicht, und ich kann nicht. Was könnte er mir sagen? Was ich ihm? Er hat keine Blumen geschickt. Er ist auch nicht am selben Abend noch gekommen, wie ich's gehofft hatte. Merkwürdig, daß ich noch immer nicht weiß, wie er reagiert. Manchmal denke ich, daß ich, meine Art ihn irritieren, auch ihn, genau wie Albert. Keine Blumen. Ich hätte ihm schreiben müssen, Termin am 15. November vor dem hiesigen Landgericht. Er weiß nichts. Und ich nehme ihm übel, daß er es nicht weiß...

Vor dem Hauptportal des Landgerichts wartete Albert auf mich. Es war zwei Minuten vor halb, er sagte anerkennend: Pünktlichkeit gehörte immer zu deinen Tugenden, und dann, als er mir die Tür aufhielt, warnend – dies ist nur ein juristischer Akt, Hanna, bitte! Vielleicht hat es daran gelegen, ich hatte auf einmal kein Konzept mehr. Ich konnte meine Rolle nicht. Er war viel besser. Wir mußten in diesem schrecklichen Gang warten, ich wurde immer nervöser, und drinnen, in diesem Zimmer 31, habe ich dann genau das getan, was ich nicht tun wollte. Ich habe geweint. Als ob nicht vorher und nachher genug Gelegenheit dazu gewesen wäre. Es war peinlich für alle, besonders für Albert. Er mußte sich vorkommen wie ein Verbrecher.

Alles klang fadenscheinig, was mein Anwalt gegen ihn vorbrachte. Einen Augenblick lang sah es so aus, als ob Albert »die Wahrheit über unsere Ehe« sagen wollte, vor den Schranken des Gerichts. Ausgerechnet. Alles verlief ganz anders, als ich es mir vorgestellt hatte.
Immerhin weiß ich seit diesem 15. November, daß ich außer dem einen auch noch ein physisches Herz habe. Albert mußte mich nach Hause fahren. Kein Frühstück und kein Sekt. Er hat gewartet, bis ich mich hingelegt hatte. Er hat mir Kompressen verordnet, kam mit Frotteetüchern und einer Schüssel mit heißem Wasser an mein Bett.
– Wring das Tuch gut aus, warm auflegen, so warm, wie du es vertragen kannst. In die Herzgegend. Flach atmen. Und dann ging er aus dem Zimmer. Nicht mehr mein Mann und auch kein Arzt mehr. Mein Herz geht ihn nichts mehr an, weder das eine noch das andere. Er hat mir noch einen Kognak gebracht und gefragt, ob er sich ebenfalls einen eingießen dürfe. Und er hat mir die rosa Dragées zur Beruhigung hingestellt. Den ganzen Vorrat an Ärztemustern hat er mir hiergelassen. Für gute Verdauung, gegen Appetitlosigkeit, Schlaflosigkeit, zur Beruhigung, für alles ist gesorgt. Lebenslänglich, zwei Fächer voll. Was für eine weitgehende Fürsorge.
Er weiß natürlich, daß dieser Kollaps daher rührt, daß ich zuviel Kaffee trinke, daß ich zuviel rauche; auch zuviel Alkohol. Ich schlafe zuwenig, ich esse nicht regelmäßig. Was soll man darüber reden? Nach dem Kognak war es besser. Albert ist gegangen. Den Hausschlüssel hat er noch. An der Tür steht noch sein Name. Am Abend habe ich die Kompresse erneuert, ich dachte, ich würde schlafen können. Ich bin liegengeblieben. Auch als das Telefon geläutet hat. Vielleicht war es J.
Das alles ist erst drei Tage her.
Meine Mutter hat das auch getan. Von Zeit zu Zeit nahm sie ein paar Tage lang nicht am Leben der Familie teil. Sie blieb dann aus einem für uns Kinder nicht ersichtlichen Grund im Bett. Dreimal am Tag bekam sie ein Tablett mit den Mahlzeiten in ihr Zimmer gebracht, die sie kaum anrührte. Vater ließ sie gewähren, er nannte das: Mutter hat sich dispensiert. Eines Morgens saß sie dann wieder am Frühstückstisch, gelassen, ausgeruht, in dem ihr möglichen Maße sogar heiter. Was vorher geschehen war, was dazu führte, weiß ich nicht. Ich weiß überhaupt nicht viel von ihr. Sie hat nie versucht, mich zu verstehen.

Ich liege und sehe zur Zimmerdecke, sehe zum Fenster hin. Nachts lasse ich die Vorhänge offen. In der letzten Nacht zog der Mond vorbei, er benötigt dazu drei Stunden. Manchmal schlafe ich ein, für eine halbe Stunde, länger wohl nicht. Ich denke nicht einmal nach. Ich liege da, liege und sehe zur Decke, nichts sonst. Draußen geht das Leben weiter. Ich weiß das, aber ich glaube es nicht.
Gegen Morgen wird es sehr laut unten auf der Straße, in den späten Vormittagstunden wird es ruhiger, gegen achtzehn Uhr hat der Straßenlärm seine höchste Phonzahl erreicht. Um zweiundzwanzig Uhr dreißig ist die letzte Kinovorstellung aus, das dauert dann noch einmal eine Viertelstunde. Motoren, die warmlaufen, Türen, die zuschlagen. Aus einem großen Behälter voller Menschen füllen sich kleine Behälter mit zweien, manchmal mit dreien und fahren fort. Meist sind es zwei, die aus dem Kino zusammen nach Hause fahren. Dann nur noch Turmuhren, Schritte, vereinzelt Autos und ab sechs Uhr dann die Glocken.
Heute regnet es. Gegen Morgen hat es angefangen. Ich höre es gern, dieses Tropfen auf das Blech vom Fenster. J. sagt, es mache ihn nervös.
Meine Uhr ist stehengeblieben. Wenn die Nachmittagspost kommt, ist es fünfzehn Uhr fünfzehn. Fast auf die Minute. Dann werde ich gehen und meine Einkäufe machen. Hundert Gramm gemischten Aufschnitt, ein Viertel Butter, ein Paket Knäckebrot, einen Streichkäse, sechs Eier. Ich habe oft Frauen beobachtet, wenn sie einkaufen, alleinstehende Frauen. Abendbrot und Frühstück für eine Person. Die einen stehen am Fensterbrett und essen ihr Brot aus dem Papier, wozu der Umstand. Es lohnt nicht. Die anderen machen es sich behaglich, decken den Tisch, mit Kerze, mit Blumen. »Verwöhn dich selbst!« – »Du mußt das Leben genießen!« – »Hab Sonne im Herzen!« Konditionen.
Noch ist ungewiß, zu welcher Sorte ich gehöre. Bisher: Apfelsinen, Schokolade, Nüsse. Und natürlich Kaffee, Zigaretten.

20. November

Albert war hier.
Warum ich nicht ans Telefon gehe.

Ich könne mir doch wohl vorstellen, daß er sich Sorgen mache.
Ich habe nein gesagt. Nein, das kann ich mir nicht vorstellen.
Er hat Ingwerstäbchen mitgebracht. Ausgerechnet. Lisa ißt gern Ingwer. Er hat sie im Flur auf den Tisch gelegt. Ich habe sie erst gefunden, als er fort war; vielleicht hat er sie versehentlich liegengelassen. Er hat an der Korridortür geklingelt, und erst als ich nicht kam, um zu öffnen, hat er seinen Schlüssel benutzt. Ich lag auf dem Bett. Ich habe mich dann angezogen. Ich habe uns Kaffee gekocht. Aber was soll das? Was um alles in der Welt soll das! Wir haben über die Erdölfunde in der Sahara gesprochen, über die Versuche, die Wüste zu bewässern, und Vermutungen angestellt, wie viele Menschen dort, falls das Vorhaben gelingen sollte, Arbeit und Brot finden könnten. Was soll das?
An der Tür – paß auf dich auf, Hanna!
– Keine Angst, ich verwahrlose nicht.
Verwahrlosen, warum sage ich das? Ich weiß, daß er solche Ausdrücke nicht mag. Sie passen auch nicht zu mir.
Kuß auf die Backe.
– Warum ziehst du keinen Mantel an bei dem Wetter? Du wirst dich erkälten, aber bitte, das geht mich ja nichts an.
Er hat den Wagen nicht vorm Haus geparkt.
Noch einer, der sein Auto in einer Nebenstraße abstellt.

27. November

Der Anwalt hat zwei Ausfertigungen des außergerichtlichen Vergleichs geschickt. Mein Anspruch bezieht sich vornehmlich auf meine Mitarbeit. Das Führen von Alberts Büchern, die Erledigung seiner Korrespondenz. Bei der ersten Unterredung hat der Anwalt gesagt, daß ich diese Summe allein der Großmut meines Mannes verdanke. Ohne die würde ich lediglich ein angemessenes Übergangsgeld bekommen, für ein halbes Jahr etwa, während dem ich mir eine Tätigkeit suchen müsse. Nach diesem halben Jahr bin ich laut BGB verpflichtet, mir meinen Unterhalt wieder selbst zu verdienen. Kein Kündigungsschutz für Ehefrauen. An seinem zynischen Ton bin ich schuld, er weiß sich auf seine Mandantinnen einzustellen. Die Wohnung für mich und zehntausend in bar. Albert behält das Haus in

W. Was sollte ich mit einer Jagd? Mit einem abgelegenen Blockhaus im Wald, ohne Auto, ohne...

Es war nicht schwer, sich zu verständigen. Albert fühlt sich im Unrecht, er wagt nicht zu widersprechen. Es ist leicht, einem Mann das Gefühl beizubringen, er sei im Unrecht. Ich habe ihm gesagt: Du mußt selbst am besten wissen, wieviel dir deine Freiheit wert ist. Ein Kaufvertrag. Dabei will ich nicht mehr als ein Jahr Ruhe. Ein Jahr Unabhängigkeit. Ein Jahr für mich allein, in dem ich mich nicht entscheiden muß, nicht für einen Beruf, nicht für einen Menschen, für nichts. In dem ich leben kann, wie es mir paßt. Reisen, vielleicht auch reisen, oder einfach: in Ruhe lernen, eine geschiedene Frau zu sein. Ich fühle mich den Anforderungen, die man an eine berufstätige, alleinstehende Frau stellt, nicht gewachsen, so wie ich jetzt bin.

Was gehen diese Erwägungen den Anwalt an, was gehen sie Albert an? Manchmal glaube ich, daß er mehr weiß, daß er vielleicht sogar begriffen hat, worum es eigentlich zwischen uns geht.

Albert hat mir ein Konto eingerichtet und das Geld gleich nach Unterzeichnung des Vergleichs angewiesen. Vermutlich hat er einen Kredit aufnehmen müssen bei seiner Firma. Er muß außerdem seine neue Wohnung einrichten, für die er eine hohe Mietvorauszahlung hat leisten müssen. Die Anwaltskosten, die Gerichtskosten. Er verstrickt sich immer mehr in Geldangelegenheiten. Geld, das er braucht, Geld, das er verdienen muß, das er nicht mehr entbehren kann. Aus dem Arzt ist ein Arzneimittel-Vertreter geworden.

Der Schlußpassus dieses Schriftstückes: Die Beklagte hat für die Zukunft keinerlei Ansprüche zu stellen, es sei denn, daß sie unverschuldet in Not gerät.

So viel Not gibt es hoffentlich nicht, daß ich Albert noch einmal bemühen müßte.

2. Dezember

Heute morgen hat es geschellt. Eine Frau stand vor der Tür, vermutlich in meinem Alter, ihr kleines Mädchen an der Hand, mit einem Blumenstrauß. Ich kannte sie vom Sehen, gegrüßt hatten wir uns nie. Man traf sich beim Bäcker oder in der Drogerie. Sie war verlegen, sie wollte mir offensichtlich einen Besuch machen, ich bat sie herein.

Die Kleine heißt Waltraut, wird aber Mausi genannt, sie hat ein blasses, spitzes Gesichtchen, sie ist gar nicht hübsch. Ich war noch beim Frühstück, ich holte eine zweite Tasse, für die Kleine eine Banane. Sie habe mich schon immer gern kennenlernen wollen; aber erst seit heute nacht oder, genauer, seit heute früh, wo sie die Namensschilder neben der Klingel gelesen habe, wisse sie, daß wir Wand an Wand wohnen. Sie sei auch soviel allein.
Während die Kleine im Flur mit einer Apfelsine und meinem Schirm Hockey spielte, hat sie es gesagt. Ich weine nachts. Sie hört das. Unsere Schlafzimmer liegen Wand an Wand. Sie schläft oft schlecht. Vielleicht hat sie gedacht, ich würde ihr mein Herz ausschütten. Aussprache zwischen Nachbarinnen.
Was sollte ich tun? Ich wollte sie nicht kränken. Der Weg zu mir – »aus einer Einsamkeit in die andere« – wird ihr nicht leicht geworden sein. Oder doch? Ein Vorwand für ihre Neugierde? Vielleicht.
Wir haben noch eine Zigarette geraucht, ich habe ihr gesagt, daß ich als Kind oft im Schlaf geweint hätte, meine Eltern wären darüber beunruhigt gewesen. Ich habe gelächelt und sie daran erinnert, daß vor einiger Zeit als Schlagzeile über einer Wochenzeitung stand: »Millionen Frauen weinen jede Nacht.«
Sie heißt Sylvia, ihr Mann ist Ingenieur und arbeitet seit einem halben Jahr in einem Stahlwerk in Argentinien, oder war es Brasilien? Ich habe nicht hingehört. Sie will das Kind herüberschicken, damit ich nicht immer allein bin.

6. Dezember

Ein Brief von Vater.
Ob ich schon einmal daran gedacht hätte, zu ihnen zu ziehen, nach Hamburg. Es sei zu erwägen, das Haus sei groß genug. Wahrscheinlich haben sie lange überlegt, ob sie mir das vorschlagen sollen oder nicht. Er schreibt es nicht, aber er, und Mutter wohl erst recht, sind betroffen, daß ich sie vor vollendete Tatsachen gestellt habe. Sollte ich denn mit Albert nach Hamburg kommen, damit er meinen Eltern die Hand der Tochter zurückgibt, um die er sie einmal gebeten hat? Da habt ihr sie wieder, ich brauche sie nicht mehr – was für szenische Möglichkeiten, die da noch ungenutzt sind!

Sie möchten, daß ich zu Weihnachten zu ihnen komme. Ich weiß keinen Grund, das abzulehnen. Es muß schwer sein für Eltern, eine erwachsene Tochter zu haben.
Manchmal vergehen ein paar Stunden über zwei, drei Sätzen. Immerhin. Es vergehen zwei und drei Stunden.
Vielleicht schreibe ich nur deshalb. Aber es ist auch Neugierde dabei. Ich will im nächsten Jahr, am 15. November, nachlesen können, was ich mit diesem Jahr Freiheit angefangen habe. Es gibt Perioden, in denen man nur leben kann in der Vorstellung, daß das alles vorübergehen wird und nicht von Dauer sein kann. Wieviel schlimmer ist es, wenn man sich von einer Situation, menschlichen Konstellation, nicht vorzustellen vermag, daß sie von Dauer sein könnte, beständig, zuverlässig. Dann rächt sich das: es ist alles nur ein Übergang. Dann hat man nichts als Angst: auch das geht vorbei. Endgültig ist nichts.
J. war hier. Für eine Stunde.
Wieder habe ich nichts gesagt.

8. Dezember

Ich habe Albert gesehen.
Was tut er vormittags am Bahnhof? Er hatte die Reisetasche mit.
Ich saß oben in dem Bahnhofscafé und trank einen Weinbrand. Ich bin gern am Bahnhof, da ist alles rascher, wirklicher, man sieht Gesichter, unkontrollierte Gesichter. J. sagt: Wenn ich ein lachendes Gesicht sehen will, muß ich es mir für sechzig Pfennig am Kiosk kaufen.
Alberts Haar wird dünn. Von oben kann man das sehen. Er hält sich schlecht. Er wirkt angestrengt.
Ist etwas mit dem Auto? Wohin wollte er? Nach W.? Allein?
Merkwürdig. Ich kann mir das nicht vorstellen: Albert allein. Was tut er dann? Ist er dann mehr er selbst? An einen einsamen Albert zu denken ist schwer, an Albert zusammen mit Lisa, das ist schlimmer, aber vorstellbar. Wie er zu Frauen ist, weiß ich.
Diese Wohnung ist jetzt oft wie eine Gruft. Nässe und Dunkelheit dringen ein. Ich könnte ausgehen, natürlich könnte ich das. Ich habe Geld. Theater, Konzerte, Kino, Vorträge, Ausstellungen, Restau-

rants, eine ganze Industrie wartet darauf, daß ich einen Stuhl besetze, ihnen mein Geld bringe, daß ich Beifall klatsche und konsumiere, was sie mir vorsetzen.
Aber: ich gehe nicht, höchstens an den Bahnhof.
Ich könnte telefonieren. Ich könnte sogar J. anrufen. Er ist jetzt, im Weihnachtsgeschäft, abends lange in seinem Laden und meist allein. Oder die Eltern, die es sehr beunruhigen würde, so spät, nach zehn Uhr abends, ohne dringenden Anlaß. Haltung, Johanna!
Am besten ruft man am Abend Frauen an, solche wie mich, denen man nichts zu erklären braucht.
Aber: ich rufe niemanden an.
Ich könnte das Radio einschalten. Albert hat mir zum Geburtstag den kleinen Apparat geschenkt, wohl schon im Hinblick darauf, daß er den großen mitnehmen würde, den ich ja doch nicht ausnutze. Eine Rundfunkzeitung kaufe ich nicht mehr. Ich lebe ohne Programm. Manchmal drehe ich an den Knöpfen. Wortfetzen, Musikfetzen, und dann schalte ich aus. Keine Hilfsmittel.
Ich lese auch nicht.
Manchmal schreibe ich Briefe. Statt besonderer Anzeige.
Heute hat Marlene geantwortet. »Was soll man dazu sagen, Hanne? Was könnte man dazu sagen? Daß es schlimm ist, aber mit jedem Tag leichter wird? Nicht einmal das stimmt. Wenn man gerade eben meint, man hätte es nun geschafft und sei fertig damit, dann wirft einen irgend etwas um, ärger als in der allerersten Zeit, wo man gewappnet ist bis an die Zähne. Jedes Angriffs gewärtig, parierend, nicht mit einem Schild, sondern gleich mit dem Dolch. (Ich gebe gerade Geschichte in einer Quarta!) Später, dann kommen Abende... Warum sage ich das überhaupt! Am Ende verwindet es sich. Genau das: Es verwindet sich. Ein Vorgang, der von uns unabhängig ist, intransitiv. Die Zeit frißt sogar unseren Kummer. Ich hatte Albert gern, sehr gern, wer hatte das nicht? Manchmal scheint mir, als scheiterten mehr glückliche als unglückliche, von vornherein nicht auf Glück hin angelegte Ehen. Aber kaum hat man einen solchen Satz aufgeschrieben, sieht man, wie falsch er ist. Manche Menschen meinen, reden nützt. Nur einfach darüber reden. Wenn es das ist, dann besuch mich. Wir können auch darüber schweigen, es gibt vieles andere, zum Beispiel den Geschichtsunterricht in der Quarta! Ich bin älter. Über diese fünf Jahre haben wir früher manchmal gelacht; aber

heute merke ich es deutlicher denn je: Ich habe das, was in meinem Leben Schicksal war, hinter mir. Schon lange. Viele denken, ich sei bitter geworden, doch das stimmt nicht. Wir geben uns alle anders, als wir sind, und leiden dann darunter, daß man uns nicht versteht. Immer wollen wir verstehen und immer verstanden sein. Ach, Hanne! Dabei kommt es doch nur darauf an, sich selbst zu erkennen und zu begreifen und sich nichts vorzumachen. Und die anderen zu lieben. Statt dessen ist es umgekehrt, statt dessen wollen wir die Menschen, die wir lieben sollten, verstehen; und lieben tun wir uns selber, gehn behutsam mit uns um, vermeiden, hinter unsere wahren Beweggründe zu kommen. Sagen will ich mit alledem aber nur: Du bist jetzt dran, damals war ich's. Alles, was vorher war, war Vorbereitung für diesen Augenblick, bis jetzt hat Dich das Leben geschont, wenn wir mal von Tutti absehen, das war natürlich schlimm, aber doch kein Schicksal. Jetzt muß sich entscheiden, was an Dir dran ist, was gut ist, was böse. In jedem Falle ist es ein Scheitelpunkt. Gott sei Dank hat jedes Leben nur einen, zwei höchstens...«

Seit dieser Brief hier ist, denke ich an Marlene. Zum erstenmal seit langem bin ich imstande, an einen Menschen zu denken, der nicht verstrickt ist in dieses Gewirr von...

Marlene ist Studienrätin an einem Lyzeum. Man sieht ihr nichts mehr an. Wenn sie in den Pausen auf dem Ecksofa im Lehrerzimmer sitzt, unterscheidet sie sich in nichts von ihren Kolleginnen. Ihr Leben wird durch den Philologenkalender bestimmt. Es ist Jahre her, da hat sie ihn mir gezeigt und gesagt: Jetzt brauche ich, bis ich fünfundsechzig bin, nichts anderes zu tun, als diesen Kalender abzuleben, er bestimmt den täglichen Stundenplan, er bestimmt, wann ich Ferien habe, wann meine Feiertage sind, wieviel Geld ich zur Verfügung habe. Und das sollte ich mir nicht zutrauen? Ein sorgfältig abgegrenzter Lebensbereich, in dem mir nicht mehr viel passieren kann.

Man sieht ihr nichts mehr an. Aber: sie hat ihr Geheimnis. Das mögen andere auch haben, jeder meint ja, er trüge etwas an sich, das ihn unverwechselbar macht, aber sie hat außerdem ihren Sohn, der sie manchmal am Schultor abholt. Sein Gymnasium liegt nicht weit von der Schule entfernt, an der sie unterrichtet. Ein junger Humanist, wie seine beiden Väter.

Sie ist ein Stück meiner Vergangenheit, längst vergangener Vergangenheit, jetzt steigt das wieder auf. Ich bin fortgegangen, und sie ist geblieben. In der Stadt, in der das alles geschehen ist. Das Leben hat ihr recht gegeben, es ist ein merkwürdiger Richter. Ihr Sohn wächst auf, wie sie es gewollt hat. Wer erinnert sich noch? Was weiß ihr Sohn? Was wird sie ihm je sagen? Lebt überhaupt noch einer von denen, die mit dabeiwaren, außer mir? Ich studierte. Mein erstes Semester. Und sie hielt ein Proseminar über Shakespeares Königsdramen. Es war März. März neunzehnhundertvierundvierzig. Man vergißt das ganz, es gab Proseminare. Man las Shakespeare, begierig nach Erschütterungen, die von Dauer waren und von innen her kamen.

März. März vierundvierzig. Marlenes Hochzeit war auf den zwölften angesetzt, nachmittags, drei Uhr. Die auswärtigen Gäste waren bereits am Vortag eingetroffen, die Trauung sollte im Haus stattfinden, damit die Mutter der Braut daran teilnehmen konnte. Ein Onkel Marlenes sollte die Zeremonie vollziehen. Den Bräutigam erwartete man am Morgen des Hochzeitstages, zusammen mit einem Freund, dem Trauzeugen. Sie kamen aus dem Westen, von der ruhigen Front, die Invasion hatte noch nicht begonnen, aber man rechnete schon damit.

Keiner wußte so recht, warum Marlene diesen Mann heiraten wollte, einen aktiven Offizier, sie, eine ehrgeizige Philologin. Liebte sie ihn? Man hatte wenig Zeit, darüber nachzudenken, man brauchte sie, um alle Schwierigkeiten zu überwinden, die sich einem Fest entgegenstellten. Im nächsten Semester hätte sie ihr Staatsexamen ablegen sollen; statt dessen hatte sie sich exmatrikulieren lassen. Anglistin im neunten Semester.

Am Vorabend kamen alle Gäste zu uns. Unsere Gärten grenzten aneinander. Gegen zweiundzwanzig Uhr gab es Luftwarnung. Wir nahmen das Radio mit in den Luftschutzkeller, die Gläser auch, der Wein lagerte unten. Es gab Wein, ebenso wie es Shakespeare gab. Alles nebeneinander. Es passierte nichts in jener Nacht, zum tausendstenmal passierte nichts. Die Stadt blieb nahezu bis zum Kriegsende unversehrt. Aber nur nahezu. In der Ferne schoß die Flak. Marlenes Vater nannte es die Salutschüsse zu Ehren seiner Tochter. Ein heiterer Abend. Wir waren an Kellerfeste gewöhnt. Marlene war still. Wir beide standen zusammen auf der Treppe, vor dem dunklen Haus. Zwei junge Mädchen. Die Nacht war sternenhell, unten lag dunkel die Stadt. In regelmäßigen Abständen strichen Scheinwerfer über den

Himmel, wischten die Sterne weg, die zitternd wieder auftauchten. Marlene legte mir den Arm um die Schulter. Ich spürte, wie erregt sie war. Etwas war nun vorbei. Diese Nacht beendete unsere Freundschaft, ich wußte das; sie machte auch mich älter. Ich habe sie gefragt. Sie drehte ihr Gesicht weg, sie war blaß, aber das war sie immer, ist sie heute noch. Ich will etwas haben zum Verlieren, sagte sie. Sonst lebt man nicht wirklich. Ich will leben, wie eine Frau im Krieg leben muß, die wartet und Angst hat und – aber da heulten die Sirenen auf, ich weiß nicht, was sie noch sagen wollte. Die Gäste kamen aus dem Keller, die Gläser in der Hand. Als die Sirenen schwiegen, rief es von irgendwo: Licht aus, Licht aus. Man durfte die Tür seines Hauses nicht öffnen, wenn irgendwo noch eine Lampe brannte. Die Gäste verabschiedeten sich, laut und fröhlich. Mein Vater nahm mich beim Arm und ging den Gartenweg mit mir auf und ab. Die Veilchen dufteten. Shakespeare – Wein – Veilchen und ein Vater, der mit seiner Tochter in einer Frühlingsnacht im Garten spazierengeht. Drei Wochen Genesungsurlaub. Keine Verwundung, nur Gelenkrheumatismus, der ihn zeitweise völlig lähmte. Aber doch nur zeitweise. In wenigen Tagen mußte er zurück an die Front, Rußland. Mittelabschnitt. Sieben Jahre ist er fortgeblieben. Nicht in Rußland. Auch er war erregt, blieb immer wieder stehen, setzte zum Sprechen an, aber mehr als ein – etwas geschieht, etwas geschieht – hat er nicht gesagt, dann rief meine Mutter nach uns – kommt doch herein, ihr werdet euch erkälten, es ist feucht. – Vater lachte auf, wie das seine Art war – hörst du, Johanna, vor Erkältungen muß man sich in acht nehmen, merk dir das!
Am Morgen des Hochzeitstages gingen wir abwechselnd zum Bahnhof, genau wußte man nicht, wann die Fronturlauberzüge eintrafen. Gegen Mittag fielen die ersten noch lachend geäußerten Bemerkungen. Hochzeitsreise ohne Mann! Die einzige, die unverändert blieb, war Marlene. Um zwei Uhr ging sie in ihr Zimmer, um ihr Brautkleid anzuziehen. Schlimm war bis dahin nur die Mutter, die in ihrem Stuhl von einem Raum in den anderen rollte, mit dem Stock kurz und heftig gegen die Türen stieß, bis man sie ihr öffnete. Sie fuhr an den Gästen vorbei, die in Gruppen herumstanden und nur, wenn der Rollstuhl auftauchte, nervöse Gespräche begannen. Sie trug ein schwarzes Kleid, die verkrüppelten Beine waren von einem Plaid bedeckt, demselben, aus dem ihr Enkel später seinen ersten Mantel

bekommen hat. Der Onkel saß schon seit ein paar Stunden am Klavier, gelegentlich raffte er sich zu einem Choral auf, intonierte, präludierte. In meiner Erinnerung ist das zu einem endlosen »O selig Haus, wo man dich aufgenommen« geworden.
Um fünf Uhr ging ich zum drittenmal an den Bahnhof. Ich steckte das Kleid hoch, damit es nicht unter dem Mantel hervorsah. Ich hatte mich umziehen wollen, aber Marlene ließ das nicht zu. Bleib so, sagte sie, bleibt alle so, wir müssen auf den Bräutigam warten. Mir gab sie die Taschenlampe mit, falls es spät würde. Sie küßte mich, was sie nie getan hatte. Als ich gegen sieben Uhr zurückkam, war alles verunsichert. Blumensträuße lagen auf den Tischen, niemand hatte sie in Vasen gestellt, keiner hatte etwas gegessen, seit dem Vormittag nicht. In der Küche stand alles bereit für das Hochzeitsmahl. Die Frau, die es richten sollte, saß am Küchentisch und strickte. Der Onkel schien seinen Platz am Klavier nicht verlassen zu haben. Als ich eintrat, sang er wieder: »O selig Haus, da du die Wunden heilest.« Aber vielleicht apostrophiert mein Gedächtnis eigenmächtig.
Der Rollstuhl war endlich zur Ruhe gekommen. Die Gäste hatten sich in der geräumigen Wohnung verteilt, hatten Bücher aus den Schränken genommen und gaben vor zu lesen. Man wartete. Man hatte Angst. Das scheint immer zusammenzuhängen. Warten und Angsthaben. Marlene war nach oben gegangen. Ich fand sie in ihrem Zimmer. Sie war dabei, ihren Koffer auszupacken. Sie hatte noch das weiße Kleid an, Kranz und Schleier hatte sie abgelegt. Ich hatte vorher nie gesehen, daß sie schön war. Sie lächelte. Siehst du, nun fängt das schon an! Um acht Uhr gingen wir zusammen nach unten. Als wir eintraten, drehte sich der Onkel auf seinem Klavierschemel um, er rauchte eine Zigarre, er schien darüber nachzudenken, ob die Situation bereits seinen seelsorgerlichen Beistand erfordere. Als sein Blick auf Marlene fiel, sagte er und hob dabei in einer Geste, die so ungeschickt und berufsmäßig war, daß wir alle zusammenzuckten, die Arme, ließ sie dann wieder sinken, rief dabei – mein armes, liebes Kind! – Wir dachten, Marlene würde die Fassung verlieren und aufweinen. Vielleicht hätte sie es tun sollen, damit wir alle es konnten, aber sie sah uns gar nicht, ging an uns vorbei zum Rundfunkgerät und schaltete den Deutschlandsender ein. Sie mußte vorher auf die Uhr gesehen haben, denn unmittelbar darauf wurden die Nachrichten durchgegeben.

Am Ende des Wehrmachtsberichtes wußten wir es. Es gab keine andere Möglichkeit. Der Onkel räusperte sich. Er fühlte sich wohl zuständig für Erklärungen und Trost. Aber bevor er nur den Mund auftun konnte, rief Marlenes Mutter: Kein Wort jetzt, Karl! und setzte ihren Rollstuhl in Bewegung. Ich lief ihr die Tür zu öffnen, bevor sie mit ihrem Stock dagegenstoßen konnte, ich machte die Schlafzimmertür auf, aber sie wies zur Küche hin.
In diesem Augenblick klingelte es an der Haustür. Im Wohnzimmer blieb es still, niemand außer mir schien es gehört zu haben. Vor der Tür stand der Freund. Ich wußte sofort, daß er es war. Unter der Uniformmütze, die er nicht abnahm, trug er einen Stirnverband. Er sagte, ich muß Marlene sprechen, sofort, allein. Ich nickte. Ich ging ins Zimmer. Ich sagte laut, ein Fremder steht vor der Tür, er will dich sprechen. Während Marlene draußen im Hausflur war, präludierte der Onkel auf dem Klavier, wenn er leise spielte, hörte man das Klappern der Pfannen und Töpfe aus der Küche. Stimmen aus dem Flur hörte man nicht.
Später erfuhren wir ein paar Einzelheiten. Der Fronturlauberzug, der aus Richtung Lyon kam, war in der Höhe von Bonn von feindlichen Tieffliegern angegriffen worden. Es war Befehl gegeben worden, die Waggons zu verlassen und an den Böschungen Deckung zu suchen. Drei Tote, der Bräutigam einer davon. Der Freund ließ sich, nachdem er verbunden war, zur zuständigen Kommandantur bringen und erreichte dort, daß man ihm einen Wagen zur Verfügung stellte. Man händigte ihm sogar die Papiere des Toten aus, um sie den Angehörigen zu überbringen, ebenso wie die Ringe, die der Bräutigam bei sich trug. Bis dahin verlief alles folgerichtig. Im Krieg gilt als folgerichtig, daß ein Mann am Tag seiner Hochzeit an einem Bauchschuß stirbt.
Marlene kam wieder ins Zimmer, den Fremden hatte sie nach oben gebracht, damit er sich waschen konnte. Sie benutzte seine Abwesenheit, um uns mitzuteilen, was sie erfahren hatte. Zum Schluß sagte sie uns dann, daß die Trauung vollzogen werden sollte. Juristisch sei das möglich, der Fremde wisse auch darüber Bescheid. Die notwendigen Formalitäten könnten nachträglich in Ordnung gebracht werden, sage der Fremde. Noch mehrere Male sagte sie der Fremde, nie sagte sie sein Freund. Sie wolle von nun an den Namen ihres Mannes tragen und seinen Ring. Dann wandte sie sich an den Onkel, sprach

leise und eindringlich auf ihn ein, und wir gaben uns Mühe, nicht hinzuhören. Zuletzt forderte sie uns auf, in zehn Minuten in der Diele zu sein.
Keiner erhob Einspruch. Wir waren wohl erleichtert, daß endlich etwas geschehen würde, das in absehbarer Zeit dem allen ein Ende machte. Keiner kam auf den Gedanken, seinen Mantel zu nehmen und dieses Haus zu verlassen. Nur das Kind schickte man fort, das bis dahin die Tür geöffnet und die Gratulationen in Empfang genommen hatte. Was jetzt kam, war nichts für Kinder.
Der Pastor, der inzwischen den Talar angelegt hatte, nahm mich mit in die Diele, wir richteten zusammen den Tisch, stellten die Schale mit Narzissen darauf und Kerzen. Er legte die Bibel aufgeschlagen in die Mitte und fragte, ob ich Klavier spielen könne, dann sollte ich jetzt nach nebenan gehen und anfangen. Ich könne ja weiterhin »Befiehl du deine Wege« spielen, das passe immer.
Als ich mich umdrehte, um seinem Auftrag nachzukommen, stand im Halbdunkel oben auf der Treppe der Fremde. Ich schrie auf, der Pastor faßte mich beim Arm, aber ich weiß, daß auch er gesehen hat, was ich gesehen habe. Es war der Tod. Lange danach habe ich ihn noch immer so gesehen, und als Tutti starb, da sah der Tod wieder so aus wie der Fremde. Inkarnation des Krieges, des verlorenen Krieges, dieses Krieges, der nie ein Ende nahm. Der Fremde trug den Stirnverband wie einen Nimbus. Er setzte sich in Bewegung und kam auf uns zu, starr und fremd und schön.
Ich lief nach nebenan, setzte mich ans Klavier und versuchte, den Choral zu spielen. Ich weiß nicht, wie lange ich so saß und nichts hörte von dem, was meine Finger spielten. Als ich in die Diele zurückkehrte, hatten die Gäste sich im Halbkreis um den Tisch gestellt. Der Brautvater hinter den Rollstuhl, die Hände auf den Schultern seiner Frau. Marlene wandte sich an den Fremden. Mein Mann war Ihr Freund. Ich bitte Sie, neben mir zu stehen während der Trauung. Als sein Stellvertreter! Es verwunderte uns nicht, niemand verwehrte es; es schien ganz natürlich, daß hier ein Mädchen dem Tod angetraut wurde. Sie stand stellvertretend für uns alle. Der Pastor schien nicht mehr der, der im Wohnzimmer ratlos am Klavier gesessen hatte. Sein geistliches Gewand gab ihm Sicherheit ebenso wie der Umgang mit dem vertrauten Gerät. Er hielt uns eine Predigt, von der ich glaubte, daß ich sie nie vergessen würde. Aber ich habe alles vergessen, Wort

für Wort. Das Gleichnis von den klugen und törichten Jungfrauen, das wird es wohl gewesen sein, es lag nahe. Aber es war nicht die Ansprache, die er im Konzept bei sich trug, die er zur Hochzeit seiner gelehrten Nichte vorbereitet hatte.

Die Trauungszeremonie. Kein Zögern, als er sagte, bis daß der Tod euch scheide. Er nahm die Ringe und schob den ersten an die Hand der Braut, nahm den zweiten, um ihn über den ersten zu schieben. Eine Witwe. Aber Marlene zog die Hand zurück, griff mit der anderen selbst nach dem Ring und gab ihn dem Fremden. Sie blickte ihn an, und für die Dauer dieses Augenblicks ging etwas wie ein Lächeln, ein Erkennen über beide Gesichter.

Marlene nahm dann den Arm des Fremden und sagte, wir wollen zu Tisch gehen. Die beiden voran, der Vater folgte, immer noch eine Hand auf der Schulter der Gelähmten. Wir anderen schlossen uns an.

Auf dem Platz des Bräutigams saß der Fremde, der Platz neben mir blieb leer. Nach der Vorspeise sollte es Sekt geben. Die Braut wandte sich an ihren Vater, willst du uns nicht einschenken? Als das geschehen war und immer noch keiner zum Glas griff, stand sie auf und fragte, trinkt keiner auf mein Wohl?

Ich weiß nicht, von welchem Zeitpunkt an wir vergessen haben, daß der wahre Bräutigam tot war und nur ein Stellvertreter auf seinem Platz saß. Wann sie es vergessen hat, ob sie es überhaupt vergessen hat? Keiner hat erfahren, was zwischen den beiden geschehen ist in den Minuten der Trauung.

Allmählich wich die Erstarrung von uns. Wir griffen häufiger zum Glas, wir redeten, lachten. Bald nach Mitternacht erhob sich der Pastor, wartete, bis das Gespräch verebbt war, und sagte, daß wir dieses Fest nun beenden wollten, aber wir sollten es doch nicht tun, ohne Gott zu danken und ihn um eine ruhige Nacht zu bitten. Er hat in seinem Gebet den Toten nicht erwähnt. Keiner von uns hat das bemerkt, die meisten kannten ihn ja auch nicht.

Am darauffolgenden Tag ging ich mittags ins Nachbarhaus. Beim Frühstück hatte ich versucht, den Eltern zu berichten, was geschehen war. Die sachlichen Zwischenfragen meiner Mutter verwirrten mich, alles, was ich erzählte, erschien auf einmal unglaubwürdig, als habe ich es nur geträumt. Marlenes Vater öffnete mir die Tür. Für ihn war ich, auch noch nach dieser Nacht, das Kind aus dem Nachbargarten.

Ich entnahm seinen wenigen Worten nur, daß Marlene fort sei. Wohin, erfuhr ich nicht. Auch der Fremde war fort. Das Haus war leer, aufgeräumt, als habe dieses Fest nie stattgefunden.
Sie ist mit ihm gegangen. Sie sind zusammengeblieben, bis sein Urlaub zu Ende ging. Zehn Tage. Sie ist nicht zur Beisetzung des Mannes gefahren, dessen Namen sie und ihr Sohn führen. Der Fremde wurde bald nach jenem Urlaub zur Heeresgruppe Süd kommandiert. Rußland. Die Invasion hatte noch nicht begonnen. Es wird wohl im Juni gewesen sein, sie haben sich noch einmal getroffen, für zweimal zwölf Stunden, bevor er zum Einsatz kam.
Im letzten Kriegswinter erreichte mich in meiner Flakstellung ihr Brief, in dem sie mich bat, die Patenschaft für ihr Kind zu übernehmen. Ein fremder Pfarrer hat es getauft, auf den Vornamen des Mannes, auf dessen Heimkehr sie wartete. Oder wartete sie schon nicht mehr – ? Wartet sie heute noch?
Was dann kam, war Leben wie andere Leben auch. Ihre Eltern starben bald nacheinander. Nach Wiedereröffnung der Universitäten legte sie ihr Staatsexamen ab. Sie wurde Referendarin, sie promovierte zum Dr. phil., sie bezog das Haus ihrer Eltern, wurde Assessorin am Lyzeum. Heute ist sie Studienrätin, sitzt in den Pausen auf ihrem Platz in dem Ecksofa des Lehrerzimmers, kaum zu unterscheiden von ihren Kolleginnen. Aber manchmal holt Klaus sie am Schultor ab.

Marlene –
Hier sitze ich und werfe mein Netz aus. Fange mir Menschen ein. Denke an sie. Rede mit ihnen. Und dann öffne ich das Netz und gebe sie wieder frei.
Die Abendvorstellung im Kino ist schon lange aus. Die Nacht ist dunkel, naß, ölig. Die Autos fahren langsam durch den Nebel. Wieder ist ein Tag vorbei. Einer von diesen mühsamen Tagen.
Geh schlafen, Johanna.

10. Dezember

Die Kleine von nebenan war hier.
Manchmal höre ich sie jetzt. Das tackernde Geräusch, von dem ich

bisher nicht wußte, was es sein könnte, macht ihr rotes Blechauto, in dem sie auf dem langen Korridor hin und her fährt. Auf die Straße darf sie es nicht mitnehmen. Auch das Nebenhaus hat keinen Fahrstuhl.

Ob ich keinen Adventskranz habe, hat sie gefragt.

Sie hat mir »Tochter Zion« vorgesungen und weiß doch nicht einmal, was Jerusalem ist. Alles sind noch Worte, sie will noch gar nicht wissen, was sich dahinter verbirgt. Worte und Dinge sind noch zweierlei.

Dann fragte sie – hast du keine Kinder?

– Nein. – Ich zögerte, aber nur einen Augenblick, dann sagte ich, weil es diesem Kinde gegenüber leicht ist, davon zu reden – ich hatte ein kleines Mädchen, das ist gestorben, als es zwei Jahre alt war.

– Richtig tot?

Ich nickte. Richtig tot.

Sie nickte auch und betrachtete mich ernsthaft, mit neuem Interesse.

Rundgang durch die Wohnung. – Zeig mir alles! Alles! Zeig mir, wo du schläfst!

– Hinter der Wand wohnen wir!

– Ich kann dich hören, wenn du Auto fährst, Mausi.

– Sag nicht Mausi zu mir! Wer schläft in dem anderen Bett?

– Mein Mann.

– Wo ist der?

– Genug gefragt, Mausi, komm, wir kochen uns Schokolade.

Dann haben wir gemalt. Katzen von hinten, Eichhörnchen von der Seite, Eulen von vorn. Sie hat die Bilder mitgenommen.

– Ich kann ja auch mal mit dir spazierengehen, Tante Grönland, wenn du immer allein bist. – Sie ist sich ihres Auftrags bewußt.

Als sie fort war, habe ich die Adventskette hervorgeholt und über der Couch aufgehängt. J. sollte sie haben. Einen Tag habe ich damit zugebracht, alle die Dinge einzukaufen, kleine Schnapsflaschen, Zigaretten, goldene Nüsse, Marzipan, ein Feuerzeug, und alles eingepackt in buntes, glänzendes Papier und an eine Kette aus gedrehten Goldfäden gehängt, für jeden Adventstag ein Päckchen und für den ersten Sonntag einen blauen gläsernen Vogel. Und nun liegt die Kette da. In einer Schublade. J. hat keine Wand, an die er sie hängen könnte. Aber das ist mir erst eingefallen, als die Kette fertig war. Jetzt schwebt der

blaue Vogel unter der Decke meines Wohnzimmers. Abends, wenn die Lampe brennt, scheint er zu fliegen.
Wie lange ist das her, daß ich Albert eine solche Kette geschickt habe. Fünf Jahre, sechs Jahre. Es war jener Herbst, in dem er den ganzen November und noch den Dezember fort war. Bodenseegebiet. Zum erstenmal besuchte er Kliniken, er fing an, Erfolg zu haben, er konnte nicht nach Hause kommen, er mußte die neugeknüpften Beziehungen ausnutzen, damit ihm kein anderer dazwischenkam. Alles wiederholt sich. Als ich die Kette für J. knotete, hatte ich vergessen, daß ich das schon einmal tat, für einen anderen. Das Gefühl bleibt. Der Gegenstand wechselt. – »Das Bittersalz der Ironie«.
Später am Abend rief Albert an. Er will mich wohl kontrollieren. Ich nehme an, er fürchtet, daß ich zuviel trinke. Vielleicht auch, daß ich so auf dem Bettrand sitze wie einmal im letzten Herbst, als er unerwartet kam. – So kannst du doch nicht sitzen bleiben, Hanna!
– Was soll ich sonst tun?
– Deine Mutter würde sagen, Kind –
– mach dich ein wenig frisch, ich weiß. Aber diese Sätze passen nicht mehr. Wir lachen nicht mehr darüber. Formeln, die ihren Zauber eingebüßt haben; ich stand trotzdem auf, als sei alles wie sonst, ging ins Badezimmer, machte mich frisch. Solange ich seine Frau war, hatte er Anspruch darauf, daß ich gepflegt aussah, proper, wie er's gewöhnt war.
Seitdem hat er Angst um mich. Vorher war er von meiner Selbständigkeit und Sicherheit überzeugt. Er hielt mich für eine von den Frauen, die durchaus allein mit dem Leben fertig werden. Oft genug habe ich es ihm in den beiden letzten Jahren gesagt, wahrscheinlich zu oft.
Er fragt am Telefon, wie geht es? Er sagt, paß auf dich auf, Hanna! Genau wie Vater: Haltung, Johanna, Haltung!
Ich wollte, ich paßte weniger auf. Ich wollte, es paßte ein anderer auf. Das habe ich alles nicht gesagt, sondern, ja, natürlich, danke.
– Kann ich etwas für dich tun? – zögernd gefragt. – Hast du alles? Nach einer Pause – ich war draußen, mit der Bahn.
– Ich weiß.
– Hast du mich gesehen?
– Ja.
Er will unser kleines Haus verkaufen. Er hat einen Interessenten. Ob

ich mitkommen will. Es wäre gut, wenn wir zusammen Ordnung machten vorher. Vielleicht ist da noch das eine oder andere, was du haben möchtest, zur Erinnerung? – Entschuldige! – Bitte, natürlich.

– Mein Gott, Albert! Wozu denn? Erinnerungen. Es sind doch so schon zu viele.

Langer Exkurs über: Warum und Wozu. Warum fragt nach der geistigen Ursache; wozu nach dem Ziel, zu dem hin und so weiter. Nicht alles habe einen Zweck. Ich sei realistisch, wie alle Frauen übrigens.

Ich: Aus dem Stadium des Fragens nach dem Warum sei ich hoffentlich endlich heraus. Wenn man die Zwangsläufigkeit einer Entwicklung erkannt hat, dann muß man zusehen dahinterzukommen, zu welchem Zweck es einem widerfahren ist. Mit anderen Worten, wozu es gut ist.

Albert: Gut ist –? Gut –?

Ich: Gut war.

Am Telefon können wir leichter miteinander reden. Wenn wir uns gegenüberstehen, irritieren wir uns wie früher.

Am nächsten Sonnabend fahren wir. Er holt mich schon früh ab, damit genug Zeit ist zum Aufräumen und zum Aussortieren.

Warum habe ich nicht nein gesagt?

Warum – wozu. Wie war der Unterschied – zu welchem Zweck? Heute früh wußte ich es noch.

11. Dezember

Am Rhein mit der Kleinen von nebenan.

Vorher Kaugummi gekauft in der Drogerie an der Ecke.

– Nanu, Frau Doktor? Ein Seitenblick auf das Kind.

– Warum sagte der Mann Frau Doktor zu dir, Tante Grönland?

– Das tut man, wenn der Mann einen Titel hat. – Was ist ein Titel? Wo ist der Titel? Wohnt der nicht bei dir?

Geduldig alles beantwortet.

Vielleicht hätte ich gleich fortziehen sollen. Hier kennt man mich, hier fragt man. Ich glaubte, es sei besser, man redet über mich, als daß niemand mich kennt. Dafür muß ich das »Guten Morgen, Frau

Doktor« hinnehmen und die Seitenblicke auch. – »Sie essen doch auch Sanella, Frau Doktor?« Margarinereklame. Vor Jahren, vielen Jahren, heute essen sie alle keine Margarine mehr auf dem Brot. Wir wollten es auch nicht, schon damals nicht. Vielleicht hat alles daran gelegen? Unser täglich Brot gib uns heute. Als ich fünf Jahre alt war, habe ich Mutter gefragt, Vater verdient das Brot, aber was ist mit der Butter? Frauen sind realistisch.

Die Schiffe sind gezählt. Schlepper, Tanker. Keine Personendampfer mehr, auch das Fährschiff liegt still. Der Tag dunkelte so hin, die Autos fuhren mit Nebellichtern über die Brücken, und die Sirenen der Schlepper tuteten. Bei Ostwind kann ich sie nachts bis hierher hören.

Ich habe dem Kind versprochen, daß die weißen Pappglocken an den Girlanden über den Straßen in der Weihnachtsnacht läuten werden. Zum erstenmal wieder mit einer Kinderhand in meiner.

J. hat mir einen Band moderner französischer Lyrik geschickt. Nur ein Zettel lag darin: Statt eines Besuches.

So vieles ist bei ihm: statt dessen, anstatt –

Irgendwo wird in dem Buch etwas stehen, das für mich bestimmt ist. Ohne Bezug wird es nicht sein. Angestrichen ist nichts. Ich bin nicht aufmerksam genug, ich müßte hellhöriger sein für alles, was von ihm kommt. Wie anders das einmal war. Da sagte ich, ich weiß. Aber damals war es Albert. Ich bin so leicht zu irritieren, ich bin meiner Sache nicht sicher genug. Ein Traumwandler, der schon einmal abgestürzt ist –

Es ist lange her, daß ich etwas übersetzt habe. Vielleicht ist das eine Möglichkeit, für später?

Ich habe über dem Buch gesessen und jene Stelle, die für mich dort steht, gesucht; ich habe mit blinden Fingern auf eine Zeile getippt. Des Fleurs du Papier – Papierblumen.

»Je t'avais dit tu m'avais dit
Je t'avais dit je t'avais dit tu m'avais dit
Je t'avais dit tu m'avais dit je t'avais...«

Ein paar Zeilen weiter: es ist unmöglich, die Zeit der Sonne wiederzufinden, die Zeit der Zukunft – des fleurs du papier! Und wieder dieses quälende: Ich habe dir gesagt, du hast mir gesagt. –

Worte! Worte! Hundertmal gesagt und weggeworfen wie Papierfetzen, wie Blumen, wertlos, zerrissen, staubig, welk. Diese doppelte,

verzweifelte Vergänglichkeit, Blumen – Papier – Worte. Die fremde Sprache, die fremde Wahl von Rhythmus und Wort, es ist, als ob durch die zweifache Verschlüsselung vieles deutlicher würde, als höbe das eine Geheimnis das andere auf.
Oder hat er das gemeint:

»Elle est l'amour qu'elle refuse
pour la comprendre il faut l'ouvrir
Il ne restera rien qu'un pas imperceptible
De pétales froissés...«

Wieder die Rose, wieder ein Gleichnis, seit Ewigkeiten die Rose. Sie ist die Liebe, die sich verweigert. Um sie zu verstehen, müßte man sie öffnen. Nichts wird dann bleiben als die Unvollkommenheit eines zerstörten, welken Blütenblattes.
Wenn man das könnte: dem anderen sein Geheimnis lassen. Und nicht Hülle auf Hülle abschälen, mit ungeduldigen Fingern. Immer: es wird nichts bleiben. Nur Unvollkommenheit, nur Enttäuschung, Ernüchterung, man wird wieder abstürzen, man weiß es und tut es wieder.
Il ne restera rien – es bleibt nichts.
Vielleicht finde ich morgen eine bessere Zeile.

12. Dezember

Ein Brief von Carola. Wieder ein Angebot, meine Beine unter einen fremden Tisch zu strecken, als ob es damit getan wäre. Als ob man nur wegzugehen brauche, den Rücken kehren, einen neuen Schauplatz suchen und von vorn anfangen.
Sie kommt sich sehr weise vor, meine kleine Schwester, sie hat ja auch alles so gut und richtig gemacht bisher. »Du bist doch noch gar nicht so alt. Das Leben liegt doch noch vor Dir.«
Ganz recht. Es liegt noch vor mir, nur nicht wie eine blühende Wiese.
Weihnachten bei euch? Lieber nicht. Mit den Kindern ist es jetzt so hübsch? Sie lernen schon Gedichte und können sieben Weihnachtslieder. Kann sein. Auch das ist nicht eben ein Anreiz.
Schreiben kann man ihr das nicht. Sie hält mich für verbittert, für ungerecht, das bin ich ja auch. Alles ist gut gemeint, was sie schreibt, treuherzig. »David sieht Dir so ähnlich, er hat Dein Kinn, und die

kleine Falte über der Nase, die hast Du doch auch, wenn Du Dich ärgerst, und er ärgert sich so leicht.«
Und nachher dann: »»Laß die Traurigkeit aus deinem Herzen und tue fröhlich deine Arbeit!« Sprüche Salomonis, die mußt Du unbedingt mal lesen!«
Sprüche, Cora, außerdem falsch zitiert. Es gibt Zeiten, da kann man mit Sprüchen gar nichts anfangen, da sind einem Sprüche verhaßt, es gibt nämlich für alle Lebenslagen die passenden Sprüche; hoffentlich erfährt sie es nie. Ich werde ihr schreiben: » ›Weh dem, der allein ist! Wenn er fällt, so ist kein anderer da, der ihm aufhelfe.‹ « Ebenfalls der Prediger Salomo. Spruchweisheit. Kaum besser als Horoskope.
Sie hat wohl darüber nachgedacht und ist zu dem Ergebnis gekommen, daß es doch alles wohl gut so war, wie es gekommen ist: »Du weißt, daß ich fest daran glaube, daß uns alle Dinge (alle Dinge zweimal unterstrichen) zum besten dienen. Auch daß Tutti gestorben ist. Du bist unabhängig, Du kannst noch mal neu anfangen. Es ist so schwer, ein Kind allein zu erziehen. Kinder ohne Vater tun mir immer entsetzlich leid.«
Warum schickt sie nicht einfach eine schwarzgeränderte Karte: Herzliche Teilnahme, Deine Schwester.
Sie weiß doch nichts. Warum mischt sie sich ein? Warum denkt sie, es sei nicht auch mein Wille gewesen; glaubt sie denn, daß Albert mich verlassen hat? Warum redet sie von dem Kind? Ich habe es ihr damals nicht gestattet und werde es heute erst recht nicht tun. Soll ich denn auch darüber noch nachdenken, was geworden wäre, wenn Tutti noch lebte? Ob Albert und ich zusammengeblieben wären, um des Kindes willen, ob es besser wäre, ich wüßte jetzt, wofür ich zu sorgen hätte, wofür es sich lohnte, nur das: morgens aufzustehen. Und nachts hörte ich wieder das Atmen des Kindes.
Soll ich das auch noch alles denken, was geworden wäre, wenn, alle Möglichkeiten, die es auch noch gegeben hätte.
Nein, Cora, nein! Keine Sprüche, weder die von Salomo noch die von Carola Levius.
»Ich bin so glücklich mit meinem Mann!« Gewiß, Cora, sei es, vor allem bleib es, aber red nicht drüber, sonst würde ich eines Tages aus Versehen, nur weil du mich reizt, etwas sagen, was du nicht gern hören würdest, zum Beispiel, warum ich meine Beine nicht unter euren Familientisch zu strecken gedenke. Dein Mann hat nämlich

eine fatale Angewohnheit, so zu tun, als habe er die Schwester seiner Frau mitgeheiratet. Willst du Einzelheiten?
Ich behellige dich nicht mit meinen Dingen – deinem Leid, sagt sie –, tu du es bitte nicht mit deinem Glück.
Glück! Da genügt doch schon ein Wort. Und sie schreibt es einfach so hin, in einen Brief, nach Tisch, wenn die Kinder schlafen und die Aufwartefrau in der Küche den Abwasch macht.
Die Maßstäbe sind verschieden, auch die für das Glück.
Selbst wenn ich sage: man muß da gerecht sein, bin ich noch ungerecht.

13. Dezember

Keine Post.
Mittags beim Friseur.– Sie sollten die Haare kurz tragen, gnädige Frau, das ist jugendlicher. Sie haben eine so schöne Stirn.
Albert wollte immer, daß ich das Haar lang trug. Er schlang es sich ums Handgelenk. An irgendwas muß sich ein Mann doch halten können.
Die Haare sind kurz. Aus Demonstration? Was tut man eigentlich, ohne etwas demonstrieren zu wollen? Neben mir saß eine Frau mit einem trägen, schwer gewordenen Körper, die Hände flach auf den Schenkeln, vier Ringe. Geschenke eines schlechten Gewissens. Nach kurzer Zeit schlief sie ein, und durch das Gesumm der Trockenhauben drang ihr gleichmäßiger blasender Atem. Das Gesicht erhitzt, aufgedunsen. Heiße Tortur, für wen? – Das ist jugendlicher, gnädige Frau – ein ganzes Leben lang. Spielregeln, an die man sich hält. Niemand lobt sie mehr dafür.
Weihnachtseinkäufe.
In der Nähe vom Neumarkt ein Menschenknäuel, aus dem ein Reporter mit ein paar raschen Schritten auf mich zukam, das Mikrophon in der Hand: Junge Frau, darf man einmal fragen, wieviel Geschenke Sie bereits gekauft haben, Sie machen doch eben gerade Weihnachtseinkäufe? Wieviel Geld geben Sie in diesem Jahr für Geschenke aus, was wollen Sie anlegen, was können Sie anlegen? Für unsere Hörerinnen, die Dame ist etwa dreißig Jahre alt – fünfunddreißig, junger Mann! –, elegant, grauer Tuchmantel mit Seehund-

kragen, weiße Stiefel, weißer Garbohut, der Wagen steht vermutlich in einer Nebenstraße, Sie fahren doch einen Wagen, nein, bitte, nein, nennen Sie keine Marke, wegen der Reklame, gnädige Frau, das ist hier kein Werbefunk, Sie sind nicht von hier, nicht wahr, die Rheinländerin ist schneller zu Fuß mit der Zunge, würden Sie uns nun einmal verraten, was in dem großen Paket ist, warten Sie, darf ich einmal raten, ein – ein Reiseplaid für den Herrn Gemahl – was – stimmt's? –
Er machte eine Pause, in die hinein ich sagte: Ja, mit Fransen – drehte mich um, konnte entkommen. Ich war nicht befriedigt von meinem Abgang, ich fand ihn nicht einmal witzig.
In der Hohen Straße wurden bereits die neuesten Karnevalsschlager verkauft. Gemischten Aufschnitt zum Abendbrot. Das Kirschwasser hat Albert noch gekauft.

16. Dezember

Vielleicht lag es einfach daran: etwas vorhaben. Erwartet werden. Vorbereitungen treffen. Vielleicht auch dieses Stück heraufbeschworene Vergangenheit. Es würde noch einmal sein wie früher, nur ohne die Selbstverständlichkeit von früher.
Müßig, jetzt, zwei Tage danach, Erwägungen anzustellen, ob es richtig war, daß ich mich darauf eingelassen habe. Ich weiß ja nicht einmal, ob ich es bereue, es ungeschehen wünsche. Dabei – geschehen, was ist schon geschehen?
Ein bandagierter Fuß und neue Unruhe, sonst nichts.
Albert kam pünktlich um halb neun. Ich erwartete ihn schon, ich war fertig, ich brauchte nur noch den Mantel überzuziehen. Zuverlässig im Kleinen. Pünktlich. Proper. Prädikate, die Mutter zukommen, nicht mir.
Es war noch dämmrig, als wir abfuhren. Die Geschäfte hatten eben erst aufgemacht. Wir kauften ein, zusammen, wie früher. – Petroleum ist noch genug draußen, Tee auch. – Erinnerst du dich, ob noch Salz da war? –
Seit dem letzten Sommer war ich nicht mehr in der Arche. Albert zählte auf, was seiner Ansicht nach fehlen würde, viel brauchten wir nicht für diesen einen Tag. Wir hatten den Reisesack zwischen uns,

und jeder kaufte, was der andere gern mag. Salm für Albert und Räucheraal für mich. Paranüsse, Kirschwasser, Schrotbrot. Vorräte, als ob wir eine Woche draußen bleiben wollten und nicht die paar Stunden, die nötig sein würden, das Haus für den Nachfolger in Ordnung zu bringen. Der Handfeger ist verschwunden, sagte Albert, wir kauften einen neuen. Putzmittel, die Tasche wurde schwerer. Es war halb zehn, als wir über die Mühlheimer Brücke fuhren. Schweigend.

Nur die paar Zwischenfragen. – Bist du warm genug angezogen? Es wird kalt sein im Haus.

– Ob die Pumpe wohl eingefroren ist?

– Soll die Bettwäsche und das Geschirr auch im Haus bleiben?

Sachliches. Aber früher werden wir kaum anders miteinander geredet haben, wenn wir Samstag mittag oder Freitag abend rausgefahren sind. Nur fiel mir das damals nicht auf.

Albert fragte: Rauchst du mir eine Zigarette an, dann brauche ich nicht anzuhalten, im Handschuhfach, wie immer. Im Handschuhfach lag ein Lippenstift, er hat gemerkt, daß ich ihn gesehen habe.

Er hatte den Handschuh ausgezogen, er wollte nach der Zigarette greifen, ich sah, daß er den Ring trug. Ich legte meine Hand aufs Steuerrad, er sah's, beide Ringe – wir lachten. Wir hatten die alten Requisiten hervorgeholt, ohne Verabredung.

In der Ebene war es neblig gewesen. Wir kamen allmählich höher, es lag Reif. Zehn Kilometer weiter, und auf den Wiesen lag Schnee. Verweht, an manchen Stellen sah der Acker schwarz hervor; es war trübe, die Wolken schleiften über die Tannen, es würde wohl bald anfangen zu schneien. Ein grauer, melancholischer Tag.

Eine Weile kämpfte ich gegen die Versuchung an, auszusteigen und dieses Unternehmen aufzugeben. Ich tat es nicht. Aussteigen, allein die Straße zurückgehen, stundenlang, nur gehen, die Autos vorbeifahren lassen, die Hände in den Taschen, bis es dunkel wird, das letzte Stück mit dem Omnibus, und wieder zu Hause, müde und ausgeleert.

Immer habe ich das gehabt, dieses Bedürfnis, auf halber Strecke kehrtzumachen. Und nie habe ich dem nachgegeben. Oder doch, natürlich, dieses eine Mal, aber da lagen die Dinge ja auch ganz anders.

Albert pfiff vor sich hin.

Ich sagte – zweite Strophe, er sagte – wie bitte? Ich sagte – zweite Strophe, die zweite Strophe hast du gepfiffen: »Seh'n wir uns nicht wieder, ei, so wünsch ich dir Glück, du mein einzig schönes Mädchen, denk oftmals zurück.«
– Stimmt! Stimmt. Wie immer, Johanna.
Eines unserer alten Spiele, wenn wir zusammen gereist sind. Man pfeift oder summt ein Lied und läßt den anderen raten, welche Strophe es war.
Er hörte auf zu pfeifen.
Als wir endlich hielten, war ich froh, aus dem stummen, ratlosen Nebeneinander herauszukommen. Albert fuhr den Wagen in den Waldweg und spannte das Schutzdach über, klemmte Zeitungen vor die Windschutzscheibe, es war Frost, er ist besorgt um sein Auto. Und ich wartete, bis er kam und die Tür aufschloß. Für dieses Haus hat es immer nur einen Schlüssel gegeben. Die Spur eines Hasen am Zaun entlang, bis zu den kleinen Fichten, die Albert vor zwei Jahren gepflanzt hat. Der Weg verschneit. Die Fensterläden dicht verschlossen, wie tot das alles, wie sehr schon Vergangenheit.
Albert vornweg, ich hinterher in seinen Fußspuren. Und dann: die Fenster auf, die Läden auf, und tief geatmet, und dann den Kittel angezogen und fröhlich an die Arbeit gegangen, pfeifend, geräuschvoll.
Albert hatte im Herbst die Pumpe nicht mit Stroh umwickelt wie in anderen Jahren, sie war eingefroren, wie er gefürchtet hatte. Er ging als erstes daran und machte ein Reisigfeuer, um sie aufzutauen. Ich spaltete hinter dem Haus Holz, um warm zu werden. Holz von der Birke, die im ersten Herbst, als wir hier draußen waren, vom Sturm geknickt wurde und uns das Dach fast eingedrückt hat. Albert hat sie zersägt, auf dem Sägebock des Nachbarn; wir haben zusammen die Rundhölzer aufgemaltert an der Hauswand, zum Wald hin, von dorther kommt der Wind, man merkt, wie die Holzwand wärmt. Immer habe ich das Holz spalten dürfen für den Ofen, was als Vergünstigung galt; wir tun das beide gern. Das Dach hängt weit über, das Holz ist trocken, es heizt gut.
Albert hatte mit seinem Feuer unter der Pumpe zu tun, das immer wieder auszugehen drohte, die Luft hatte zuviel Feuchtigkeit; zwischendurch machte er auch den Ofen im Haus an. Ich fegte, packte die Vorräte aus, deckte uns den Tisch.

Romantik ohne Komfort. Ohne Kamin, ohne fließendes Wasser, ohne elektrischen Strom. So wollte es Albert. Albert, der immer noch etwas vom Naturburschen hat. Haben möchte. Vor Jahren hat er gesagt, daß es für ihn keine schlimmere Vorstellung gäbe, als daß man auch ihn dazu brächte, ein »zweireihiger Herr« zu werden. Er ist längst einer geworden. Nur hier draußen legt er ihn ab. Da läuft er in den Cordhosen herum, hat den grauen Pullover an, den er trug, als er aus der Gefangenschaft kam, den er sich nie hat wegnehmen lassen; als erstes stülpt er sich einen schäbigen Filzhut auf und nimmt ihn auch im Haus nicht ab. In der ersten halben Stunde kommt er mir verkleidet vor, dann nicht mehr. Wenn er hinter dem Tisch hockt, wenn er mit der Büchse hantiert, die Läufe prüft, wenn seine Hände ölverschmiert sind und er seine Stumpen raucht. Ich habe ihm damals eine Pfeife geschenkt, eigens für die Jagd, aber er hat mich ausgelacht. Bloß nicht stilvoll, Hanna, das wäre das Schlimmste, was uns hier draußen passieren könnte. Kein »Jagdhaus des Dr. G.«, fotografiert für »Schöner wohnen«.

Weil er das nicht wollte, darum hat das Haus heute Stil. Da ist nichts, was man nicht braucht, aber da fehlt auch nichts. Die Petroleumlampe blakt zwar manchmal, und über dem Ofen ist die Decke rußig, aber die Fenster schließen dicht, und nur manchmal bläst der Wind, wenn er von Osten kommt, einen Streifen Schnee unter der Tür durch.

Die Pumpe war noch nicht aufgetaut. Albert brachte einen Topf mit fast sauberem Schnee. Ich kochte uns Kaffee. Als wir uns gegenübersaßen, jeder an seinem Platz, sah Albert mich zum erstenmal richtig an. – Warum hast du dir die Haare abschneiden lassen? Ich hob die Augenbrauen, sah ihn erstaunt an, zuckte mit den Schultern, was soviel heißen sollte wie: mein Lieber –

Und dann sagte er es auch schon: Natürlich, du hast recht, das geht mich nichts mehr an.

Wir waren verstimmt.

Und eben das wollte ich vermeiden. Ich wollte, daß dieser Tag geriet, ich hatte mir vorgenommen, eine angenehme erste Frau zu sein.

Es kam noch etwas dazu. Während wir Kaffee tranken, erschien unser Nachbar. Es stehen sieben solcher Häuser an dem Waldhang, die anderen sind größer und komfortabler als unseres, aber unseres erschien uns immer als das schönste. Zusammen mit diesem Nach-

barn hat Albert die Jagd gepachtet, die anderen Häuser sind lediglich Ferienhäuser, nur im Sommer manchmal bewohnt. Albert wollte erst nach dem Kaffee zu ihm gehen und den Verkauf besprechen, er hatte sich bei ihm angemeldet. Nun kam er ihm zuvor, setzte sich zu uns, trank Kaffee, aß Salm und Räucheraal und Rührei. Mittlerweile hatte sich die Wärme im Raum ausgebreitet, ein paar Kerzen brannten, weil es draußen nicht hell wurde. Als wir bei unserem traditionellen Kirschwasser angelangt waren und Arens seinen Bericht über den Wildbestand gegeben hatte, lehnte er sich im Stuhl zurück, wippte ein wenig, sog an seiner Pfeife, sah Albert an, dann mich, dann wieder ihn und sagte: Man ist gern bei Ihnen, man spürt das, wenn man die Tür aufmacht, wenn es stimmt zwischen zwei Menschen. Grönlands. – Er hob sein Glas und sagte: Harmonie –
So ähnlich. Zunächst dachte ich, er meine es ironisch, er habe irgendein Gerücht gehört, möglich war das ja, und er warte nun darauf, daß wir ihm davon Mitteilung machten, wozu aber weder Albert noch ich die geringste Neigung hatten. Er sollte von dem Verkauf erfahren, das war schon schlimm genug, von unserer Scheidung nichts, das ging ihn nichts an. Aber er hat es nicht ironisch gemeint, es war ihm ganz ernst, er war arglos, heiter, er saß immer noch mit dem erhobenen Glas da, endlich sagte Albert: Na, nun mal zu, Hanna. Prost auf die Harmonie! Ich trank mein Glas aus. Nachher würfelten wir. Das haben wir an manchen Regennachmittagen getan. Er fragte, wie lange wir draußen blieben, diesmal, wir seien lange nicht dagewesen. Die Frage blieb unbeantwortet.
Später machten sich beide Männer an der Pumpe zu schaffen. Ich räumte auf, stellte das Geschirr zusammen, das dort bleiben sollte, sah nach, was an Bettwäsche und Tischdecken da war. Dann kam Albert herein, allein, stellte sich an den Ofen und wärmte sich den Rücken. Ich erkundigte mich, ob er denn nun die Sache mit der Pacht besprochen habe. Er hatte es nicht getan, das könne er schließlich immer noch; geschossen hätte Arens mittlerweile nichts. Sein Bein mache ihm zu schaffen, aber er habe sich auch diesmal auf keinerlei medizinische Gespräche, geschweige denn auf ärztliche Ratschläge eingelassen. Dann fragte er, ob wir jetzt ein Stück laufen wollten, er würde gern noch mal zum Hochsitz gehen. Es hatte nun doch noch angefangen zu schneien. Wir zogen uns Skistiefel an und gingen los. Zuerst zum Stausee, dann die Chaussee entlang und weiter, die

Schneise hinauf, quer über die Wiese. Und immer im fahlen Dunkel von Abenddämmerung und Schnee. Stille, auch unsere Schritte waren nicht zu hören, manchmal brach ein Ast.

Am Hochsitz waren ein paar Sprossen der Leiter nicht in Ordnung. Albert half mir. Wir saßen eine Weile oben, jeder auf seiner Bank, man nahm kaum die Umrisse des anderen wahr. Der Schnee fiel dichter. Wir saßen geschützt. Die Tannen, in die der Hochsitz eingebaut ist, sind hoch und ihre Zweige dicht gewachsen.

– Es ist dir doch nicht kalt, Hanna? – Solche Fragen klingen sogar besorgt. Früher hat er das nie gefragt, da hat er wohl gedacht, ich würde es sagen, wenn mir kalt sei. Und sonst nur Schweigen, das in dieser Viertelstunde im Schutz der Tannen nicht lastend war, auch früher haben wir schweigend hier gesessen, wenn Albert auf das Aufkommen des Rotwildes wartete. Jetzt gab es nichts zu sagen. Nichts, was der andere nicht auch gespürt hätte. Einmal meinte Albert, daß er gern noch mal ein paar Enten geschossen hätte, aber Arens habe ja auch den Hund nicht mehr. Es sei schade, daß wir uns nicht rechtzeitig einen Hund zugelegt hätten. Was meint er mit rechtzeitig? Er würde sich vermutlich für einen Münsterländer entschieden haben.

Ich weiß, wie schwer es ihm wird, die Jagd aufzugeben. Es hatte aber keinen Sinn zu sagen, daß er vielleicht in einem anderen Gebiet eine neue Jagd pachten könnte. Dies war etwas, das sich nicht wiederholen ließ. Als wir dort saßen, schien es mir jedenfalls unwiederholbar. Beim Absteigen habe ich dann eine Sprosse der Leiter verfehlt. Albert sagte es nicht, aber wir dachten natürlich beide: eine Fehlleistung. Er lachte, nahm mich beim Arm. – Na komm schon, Penny, hierbleiben können wir nicht.

Ich hinkte. Unterwegs schmerzte der Fuß immer mehr, als wir am Haus ankamen, konnte man kaum noch den Stiefel ausziehen. Das Fußgelenk war geschwollen bis zur Wade. Ich fühlte mich schlecht von der Anstrengung des Gehens, etwas mochte daran auch das Kirschwasser schuld sein, das wir mittags getrunken hatten.

Albert traf Anordnungen. Er fühlt, daß ich ihn beobachte, wenn er sich auf seine ärztlichen Pflichten besinnt. Dann sitze ich da wie sein leibhaftiges Gewissen, das ihm unbequem geworden ist. Das Lauernde zwischen uns. Feindseligkeit. Man kennt sich. Vor allem kennt man das, was der andere einmal gewollt und nicht erreicht hat.

Er holte Schnee herein, füllte ihn in ein Handtuch und legte den Umschlag um das Gelenk, er sagte – hübsche Füße, habe ich das eigentlich früher nie festgestellt? –, schloß meine Zehen einen Augenblick fest in die Hand. Ich bewegte sie, erkannte das Innere der Handflächen, wir sahen uns an, da war kein Lachen mehr, kein Spott, keine Feindschaft. Dann griff er zu dem trockenen Handtuch, packte es um den feuchten Umschlag. Der Augenblick war vorüber.

Ich habe ihm immer gern zugesehen, wenn er hantiert; er hat geschickte Hände, ob er nun ein Instrument in der Hand hat, ein Gewehr oder eine Zange. Ich achte erst darauf, seit ich J. kenne, der ungeschickt ist und Männer mit technischer Geschicklichkeit für primitiv hält.

Arzt und Patientin mußten zur Beruhigung einen Schluck trinken, hungrig waren wir auch wieder, der Ofen mußte versorgt werden, Albert holte ein paar Arme voll Holz herein. Von der Rückfahrt war nicht mehr die Rede. Ich saß auf der Eckbank, das Bein hochgelegt und in eine Decke eingepackt. Albert kochte Tee und briet Eier. Die Lampe blakte wieder, draußen fiel Schnee, alles wurde unwirklich und unglaubwürdig. Ich lehnte mich fest an die Wand, um eine Verbindung zu dieser scheinbaren Wirklichkeit zu behalten, und versuchte zu denken, aber ich konnte nichts denken. Und was fühlte ich? Geborgenheit, das wird es wohl gewesen sein. Noch einmal wurde dieses Haus zur Arche, unserer Arche, in die wir aus der Stadt flüchteten. »Sintflut der Steine«, wie vieles fällt einem da ein. Albert hat sich nie an das Leben in der Großstadt gewöhnt, er ist in einem Dorf aufgewachsen. Er tat uns Kandis in den Tee, und immer, wenn er Kandis sieht, fängt er an, von seiner friesischen Großmutter zu erzählen, Erinnerungen, bei denen nichts passieren kann. Dann spielten wir Offiziersskat, die Karten waren im Schrank. Zwischendurch bekam ich einen neuen Umschlag um den Fuß.

Es war spät, als wir schlafen gingen. Albert stand ein paarmal auf und legte Holz nach, und während der ganzen Nacht fiel aus der Feuerungstür ein Lichtschein auf die Dielen.

Wir kannten uns so gut und waren uns so fremd.

Wir sprachen in der Dunkelheit miteinander. Unsere Schultern berührten sich. Ich weinte, und Albert strich mit dem Daumen meine Tränen weg. Keine Erregung mehr, daß da ein Mann neben mir lag, mein Mann. So einfach war das nicht zu lösen, nicht zwischen Albert

und mir. Wie lange ist das her, daß wir nebeneinander gelegen haben wie Mann und Frau? Der Staatsanwalt hat danach gefragt. Was für Formulierungen haben die Juristen dafür! Ich habe gesagt zwei Jahre, und Albert hat das bestätigt. – Wir hatten uns nicht darüber verständigt. Stimmte das? Wußte er, daß man danach gefragt wird? Dann hätte er mich wohl darauf vorbereitet.
Es muß fast Morgen gewesen sein, da wurde ich wach, halbwach und spürte, daß ich mich im Schlaf an ihn gedrängt hatte, den Arm um ihn gelegt. Erst als er sich von mir löste, aufstand und sich auf den Bettrand setzte, erwachte ich völlig und merkte, daß er es war. Er nahm mich bei den Schultern und versuchte, das zu bagatellisieren, so gut es noch ging. Aber es ging eben nicht gut. Er wies auf meinen Fuß und sagte: Ein Fehltritt, Penny, das genügt für diesmal, meinst du nicht?
Ich fühlte mich verschmäht. Ich war mir der Torheit dieser Empfindung bewußt, aber das machte es nur schlimmer. Ich drehte mich auf die Seite, kümmerte mich nicht darum, daß Albert anfing, in der Hütte zu hantieren, dann hinausging, um Holz hereinzuholen, dann das Feuer schürte. Alles hätte von vorn angefangen. Wieder neue Schwierigkeiten, neue Auseinandersetzungen, neues Infragestellen aller endlich getroffenen Entscheidungen. Ich mußte froh sein, daß Albert sich so und nicht anders verhalten hatte. Ich war aber nicht froh, ich nahm es ihm übel. Eitelkeit, was sonst?
Als es heller wurde, ging er ums Haus und machte die Läden auf. Er klopfte an das Fenster neben dem Bett, und ich sah in sein ratloses Gesicht. Was sollte ich tun? Ich lachte. Spielregeln.
Er kam wieder herein. Dann rasierte er sich. Ich hatte mich ebenfalls angezogen. Es fiel mir auf, daß er den Apparat mitgenommen hatte. Ich sagte anerkennend – ein kluger Mann ist immer ausgerüstet für alle Wechselfälle des Lebens. Er wußte nicht gleich, was ich meinte. Er hat einen neuen Rasierapparat. Im Wildlederetui, mit Batterie. – Es ist so lästig, auf Reisen immer nach dem passenden Anschluß zu suchen. Ich sagte – ein zweireihiger Herr. – Seinen ersten elektrischen Rasierapparat habe ich ihm gekauft. Auf Raten.
Die Heiterkeit war nicht echt, wir waren befangen. Beim Frühstück unterließ ich nicht zu sagen: Morning...
Und er fuhr fort – after night before –
Dann ich: Il tempo fa passare l'amore –

Dann Albert – ich weiß noch ein Zitat, zur Abwechslung ein deutsches, das jetzt auch passen würde, aber wollen wir das nicht lassen mit den Sprüchen, Penny?
Warum sagt er jetzt so oft Penny?
Ich saß auf der Eckbank und sah Albert zu, der unsere Taschen packte, das Bettzeug wegräumte, die Laken, die wir benutzt hatten, für die Wäscherei zusammenrollte. Später diktierte er mir die Listen des Inventars für den Käufer. Dann ging er zu Arens. Ich fror, das Feuer war ausgebrannt. Albert verläßt das Haus nicht, bevor nicht auch der letzte Funke im Ofen verglüht ist. Ich blickte aus dem Fenster. Die Hasenspur war verschneit, nur die Schritte von Albert, fort von dem Haus, der Weg zur Gartentür, fort von mir – verlassen, schon wieder verlassen.
Es war Mittag, als wir schließlich fertig waren. Ich humpelte zum Auto. Albert hatte den Fuß notdürftig bandagiert, in seiner Reiseapotheke fehlte die elastische Binde. Er sagte – ein schlechter Arzt, Hanna, ich weiß, sag nichts! – Ich hatte gar nichts sagen wollen. Er packte mich auf den Rücksitz, damit ich den Fuß hochlegen konnte, der Schuh war in der Reisetasche, anziehen konnte ich ihn nicht. Er schloß die Fensterläden, verschloß die Tür, dann das Gatter, die Pumpe hatte er schon am Abend mit Stroh umwickelt, die losgerissenen Latten am Zaun hatte er festgenagelt. Es war nun wirklich gar nichts mehr zu tun. Einen Augenblick saß er dann regungslos am Steuer, die Hände auf dem Lenkrad, dann sah er sich nach mir um. – Dann wollen wir mal! Wieder ein Stück weiter.
– Weiter? Wohin, Albert?
– Vorwärts, Johanna, vorwärts, natürlich!
Er gab Gas, fuhr bis zur Weggabelung, drehte, man sah das Haus noch einmal. Arens kam ans Auto und sagte mir Lebewohl – wir sehen uns sicher noch mal. Sie halten es doch nicht aus. Sie sind doch Waldgänger, Sie beide. Kommen Sie mal zur Hasenjagd, nach dem Fest, wie ist denn die Telefonnummer.
– Albert, sag deine Nummer!
Statt dessen sagte er, ich lasse mal von mir hören, vielleicht klappt das mal mit der Hasenjagd, schönen Dank auch.
Und dann zur Bundesstraße, die am Sonntagmittag sehr befahren ist. Schneeglätte. Es war noch nicht gestreut. Albert mußte sich auf die Fahrbahn konzentrieren, zumindest tat er, als fordere das Fahren

seine ungeteilte Aufmerksamkeit. Einmal nur fragte er – liegst du auch gut, tut das Bein sehr weh?
– Danke nein, mach dir keine Sorge, wirklich nicht, es geht ganz gut, bestimmt, fahr nur weiter. – Ich konnte gar nicht wieder aufhören. Ich wurde müde, ich gähnte.
Albert sah es im Rückspiegel und sagte: Gähne –
Ich fuhr fort – und die Welt gähnt zurück.
Er: Lächle –
Ich: und die Welt lächelt zurück. Und, wer zuerst lacht, lacht am schwersten. Das ist Ehe. Das sind diese zehn Jahre. Man weiß, was der andere sagen wird. Man hat ein gemeinsames Wörterbuch, das kein Dritter kennt. Und wenn man es benutzt in Anwesenheit von Dritten, isoliert man sich, entschwindet miteinander auf eine Insel, zu der niemand sonst Zutritt hat. Darin lag einmal ein großer Zauber. Heute ist das alles bitter geworden. In solchen Augenblicken spürt man, er auch, nicht nur ich, wie schwer das wird, da ist noch nichts abgetan. Man schleppt den anderen noch immer mit sich herum.
Es war dunkel, als wir zu Hause ankamen.
– Leg dich gleich hin. Mach noch einen Umschlag. Hast du essigsaure Tonerde da oder reinen Alkohol? Vergällter Spiritus tut's aber auch. Wenn die Geschwulst morgen früh noch nicht zurückgegangen sein sollte, ruf Joerden an, ich muß nach Frankfurt, ich kann mich nicht um dich kümmern, entschuldige. Vermutlich bin ich Mittwoch zurück. Ist es dir recht, wenn ich dann einmal anrufe? Hast du etwas zu essen im Haus? Kann man dich auch allein lassen?
Das ist keine Frage des Könnens, das ist eine Frage des Habens, des Alleingelassenhabens, du verwechselst die Tempi, Albert. Aber das habe ich natürlich nicht gesagt, er kann das von meinem Gesicht ablesen, ohne daß ich den Mund aufmache. Meine Möglichkeiten, gelassen zu sein, liebenswürdig, unkompliziert, waren erschöpft. Ich war froh – froh? Oder erleichtert? Oder verzweifelt? Was war ich denn nun wirklich, als die Tür hinter ihm zufiel?
Ich lag auf der Couch, der Fuß tat weh, ich hatte wohl auch Temperatur, aber das habe ich in der letzten Zeit oft. Draußen war Sonntag abend. Die Glocken läuteten zur Messe. Auf den Straßen war es laut. Silberner Sonntag.
Heute früh habe ich versucht, Frau Marein zu erreichen. Ich habe an die Wand zu ihrer Wohnung geklopft. In kurzen Abständen immer

wieder. Es reagierte keiner, ich hörte das Blechauto des Kindes quietschen. Dann habe ich im Telefonbuch nachgesehen, angerufen, gleich darauf ist sie gekommen. – Das ist doch Menschenpflicht, sagte sie.
Ob es nicht besser sei, einen Arzt zu Rate zu ziehen. Ich sagte, das hätte ich bereits getan, der habe Umschläge verordnet und das Übliche, Ruhe, Geduld. Ich könne nur nicht auftreten, und ob sie mir ein paar Besorgungen machen würde, ich hätte nichts zu essen im Haus, ich sei zwei Tage verreist gewesen. Sie tat das auch, hatte die Kleine mit, als sie zurückkam, wollte gegen Abend auch noch einmal hereinschauen, aber ich habe das abgelehnt, es sei nicht nötig, mein Mann käme.
Warum? Warum sage ich das noch immer zu fremden Menschen? Mein Mann. Nur weil sie gesagt hat, es muß doch schrecklich sein, wenn man auf die Hilfe von Fremden angewiesen ist. Sie weiß nicht einmal, was sie da gesagt hat.
Ich habe den Schreibblock auf den Knien. Der Rücken tut mir weh, wenn ich so sitze. Was tut mir nicht weh? Es wäre leichter aufzuzählen als das, was mir weh tut.
J. hat das einmal gesagt, als er Angina hatte. Er habe mit Überraschung festgestellt, daß der kleine Finger seiner linken Hand völlig schmerzfrei sei. Er kann das. Er distanziert sich mit Hilfe von Worten, Formulierungen. Nicht nur, wenn es um reale Dinge geht. Verfremdung.
Ich überlege, ob der verstauchte Fuß ein hinreichender Grund ist, nicht nach H. zu fahren. Allein hierbleiben. Diese Schwierigkeit, sich über Weihnachten unterzubringen, auch dann noch, wenn man nicht einmal verlangt, daß es der richtige Platz ist.

22. Dezember

Die letzten Weihnachtsgeschenke. Pakete gepackt. Ohne Kerzen, ohne Tannenzweige, ohne Goldfäden und ohne Strohsterne. Nur das Geschenk, eingewickelt in neutrales weißes Seidenpapier. Und auf einer ebenso neutralen Briefkarte: Fröhliche Weihnachten wünscht Johanna. Auffällige Unauffälligkeit. Effekte, immer aus auf Effekte, jede Handlung kontrolliert. Effekte, sagt Albert, die anderen sagen es vielleicht auch. Er hat es gutmütig gemeint und gelacht und nicht ganz ernst genommen. – Du kannst nichts dafür, man hat dich ja so erzogen.

Als letztes das Paket für J. Ich habe den Pullover nun doch nicht eingepackt. Wie sollte er dessen Existenz motivieren? Wann sollte er ihn tragen? Unverdächtige Geschenke, Allerweltsgeschenke, die man vorzeigen kann, oder besser noch: so klein, daß man sie im Schreibtisch aufheben kann und niemand sie, nicht einmal man selbst, zu Gesicht bekommt.

Auch der Pullover hat eine Vergangenheit. Preußischblau, für Albert, für das Wochenende, wenn wir zur Jagd fuhren, vor allem aber für unsere Reise. Für unsere fünf Wochen Mittelmeer, Kreuzfahrt mit der »Apollo«, für den Juni geplant. – Ich strickte, obwohl ich kein Talent zu weiblichen Handarbeiten habe, obwohl es nicht zu mir paßt. Ich tat damals, was ich nur konnte, mir hausfrauliche Tugenden zuzulegen, ich kochte nach internationalen Kochbüchern, ich nähte, und: ich strickte meinem Mann einen Pullover. »Dein Perfektionismus.« Wenn Albert mich so vorfand, wenn er abends nach Hause kam, in meinem Sessel, die Beine über der Lehne, das Radio spielte und ich in meinem Gewirr von blauen Fäden, das Strickmuster auf dem Schoß und Zahlen murmelnd, zwei links, ein Umschlag, zwei zusammenstricken, ein Umschlag, nahm er eines der Knäule, wickelte um mich und den Sessel blaue Wollfäden, bis ich gefesselt saß. Dann stellte er sich befriedigt ans Fenster, betrachtete mich und sagte, ich sehe ihn noch so dastehen, in dem kurzen Kamelhaarmantel, den blauen Kaschmirschal lose um den Hals – der vorzeitig heimgekehrte Odysseus –, und ich unterbrach ihn, wie so oft: Ich bin nicht Penelope, mein Lieber! Eines Tages werde ich dir das schon noch beweisen.

Tutti war erst ein Jahr tot. Wir hatten uns diese Wohnung ausbauen lassen, mit dem ersten ersparten Geld. Kein anderer hatte vor uns hier gewohnt. Es war beinahe ein neues Leben, zumindest aber ein neuer Anfang. Albert arbeitete im Innendienst seiner Firma, mir zuliebe, damit ich nicht wieder allein sei, oder doch nur noch tagsüber. Ein neues Präparat wurde entwickelt. Es handelte sich um etwas gegen periphere Durchblutungsstörungen, er war vormittags in einer Klinik, dort wurden Versuchsreihen durchgeführt. Ich ging in die Bibliothek und besorgte die Bücher, die er brauchte, machte häufig die Auszüge im Lesesaal. Ich betrachtete es auch als meine Arbeit. Abends saßen wir und sahen die Fachzeitschriften durch. Ich übersetzte Aufsätze für ihn, soweit ich die Terminologie beherrschte; fast alle Veröffentlichungen zu dem Thema standen in amerikanischen Zeitschriften. Albert brachte sogar einmal über ein Wochenende ein Mikroskop mit nach Hause, damit ich besser wüßte, um was es eigentlich dabei ging. Er zeigte mir, wie in der ersten Biologiestunde im Lyzeum, Schnitte einer Zwiebel, ein Stück menschliche Haut, einen Wassertropfen. Wir hatten im Anschluß daran eines unserer grundsätzlichen Gespräche. Ich behauptete, daß mich die Dinge in ihrer Vergrößerung nicht interessierten, mich sogar abstießen. Ich wollte auch nicht den Mond durch sein Fernrohr betrachten, das er sich damals angeschafft hatte, ich wollte vielmehr, daß man die Dinge in ihrer Ordnung beließe, denn Ordnung, das sei vor allem auch Größenordnung.

Albert fand, ich verdürbe ihm den Spaß, wie so oft, ich kompliziere alles. Außerdem sei ich unwissenschaftlich wie alle Frauen, und ich solle nur nicht glauben, daß ihm dieses Sitzen im Labor Spaß mache.

Er hat auch nicht lange durchgehalten. Immerhin: diese Arbeit hat er noch abgeschlossen. Er hat das Ergebnis sogar in einer medizinischen Zeitschrift veröffentlicht. Wir haben Sonderdrucke verschickt, auch an den Professor, dessen Assistent Albert einmal gewesen ist, unser Trauzeuge. Ich war sehr stolz, Alberts Namen gedruckt zu lesen. Ich dachte damals noch, es könnte so weitergehen, er würde sich als Wissenschaftler einen Namen machen können, nicht als Arzt, aber doch auf verwandtem Gebiet, der Pharmazie. Die Zusammenarbeit mit der Klinik hatte sich gut eingespielt. Albert sagte wohl manchmal, daß er schon zu lange aus allem heraus sei, als Internist würde er schon nicht mehr arbeiten können, aber ich habe ihm das nicht geglaubt. Ich hatte auch etwas anderes noch übersehen: Albert war kein Wissenschaftler, er war vor allem kein Mensch für ein Labor oder gar ein Büro. Ein halbes Jahr später gab er auf. Vermutlich hat man ihn auf seinen eigenen Wunsch hin wieder im Außendienst beschäftigt. Ich habe nicht gefragt, sonst hätte er vielleicht, mir zuliebe, lügen müssen. Das Präparat ist nicht in den Handel gekommen.

Er fuhr wieder fort, für eine Woche, für zwei Wochen. Ich blieb allein, und das Warten fing aufs neue an. Diesmal tat ich es hauptberuflich, nichts anderes.

Ich bin nicht Penelope.
In jenem Winter hat er mich oft Penny genannt, er tut es heute noch manchmal aus Versehen. – Penny, sag nur, daß du mehr wert bist als einen Penny! – Oder: Ich habe einen Pennbruder geheiratet. Lachend gesagt, aber auch mit Befremden. – Wo bist du, wenn du schläfst? – Einmal hat er meine Zehen mit Bindfäden an die Türklinke gebunden, und ich bin nicht wach geworden. Ich schlafe tief, ohne zu träumen, ich schlafe schwer ein, und ich werde schwer wach. Die beiden Zonen sind weit voneinander entfernt und schwer zu erreichen.
Wir hatten noch einmal eine gute Zeit. Woran lag es? Warum war es gut, warum blieb es nicht so?
Der Pullover wurde nicht weitergestrickt. Er blieb liegen, so wie er war, der Rücken halb fertig, das Vorderteil dreiviertel fertig. Wir fuhren nicht mit der »Apollo« durchs Mittelmeer.
Im Herbst nahm ich mir den Pullover ein zweites Mal vor, oder war das im Herbst danach? Von da an strickte ich heimlich, wenn ich sicher war, daß Albert nicht kommen würde. Ich konnte fast immer sicher sein. Aber einmal überraschte er mich, bevor ich die Handarbeit wegräumen konnte, er sah mich an, und ich wich seinem Blick aus. Er blieb vor mir stehen und sah mich weiter an, sagte nichts, schließlich wandte er sich dann doch ab, ging in die Diele, hängte Hut und Mantel auf und kam erst nach Minuten zurück.
– Penelope, sagte er.
Und ich sagte – ich bin nicht Penelope, das habe ich nie versprochen. – Wir lachten nicht darüber.
Es war unsere Art, über das zu sprechen, worüber wir sonst nicht reden konnten. Er fragte dann später, als wir beim Essen saßen: Wie weit bist du mit deinem Pullover? – Ich sagte: Es geht jetzt an den Kragen. – Albert aß weiter. Nach einer Weile: Dann ist es wohl bald soweit? – Ich sagte: Ja – mehr nicht. Er stand auf, schob den Stuhl zurück, hielt ihn, oder sich an ihm, einen Augenblick fest und sagte: Frauen sind realistisch. – Aber das hat er schließlich oft gesagt.
Auch in jenem Herbst wurde der Pullover nicht fertig. Er blieb liegen, vier unverbundene Teile. Es gab keinen Grund, ihn fertigzumachen. Erst in diesen letzten Tagen habe ich ihn zu Ende gestrickt. Ich strickte den Kragen, nähte die Teile zusammen und dachte, daß ich ihn vielleicht doch noch J. schicken könnte. Auch wenn er ihm zu groß sein würde, auch wenn ihm Blau nicht stehen wird. Er trägt nur selten

eine blaue Krawatte. Pullover passen nicht zu ihm. Vielleicht passe ich auch nicht zu ihm.
Ich hätte ihn natürlich Albert schenken können, ohne irgendein Wort. Aber das wäre ein Zugeständnis gewesen. Welche Schlüsse hätte er daraus ziehen müssen. Immerhin, zu mehr als einem Drittel ist er noch für ihn gestrickt. Der Pullover liegt wieder im Schrank. Vorhin habe ich ihn übergezogen. Zum erstenmal habe ich gesehen, daß eine Ähnlichkeit zwischen Albert und mir besteht, andere haben das früher oft gesagt, und wir haben es immer abgestritten. Es wird deutlicher, seit die Haare kurz geschnitten sind.
Für Albert ein Buch, ein Bildband, repräsentativ, ohne alle Bezüglichkeiten, soweit das zwischen uns überhaupt möglich ist. Der Preis ist nicht ausradiert, falls er es umtauschen will. Ich habe es auch nicht bei J. gekauft, wie die anderen Bücher, die ich zu Weihnachten verschenke. Ein neutrales Buch, ohne Widmung, und einen Brief dazu, in dem nichts steht. Vielleicht hätte ich gar nichts tun sollen, kein Paket und keinen Brief. Er wird auch hieraus Rückschlüsse ziehen. Man kennt sich zu gut.
Für J. die Gedichte, die zwölf, die mir die schönsten schienen aus dem Band französischer Lyrik, den er mir geschenkt hat. Ins Deutsche übertragen und auf steifen grauen Karton geschrieben, der Umschlag lila: »Fleurs du Papier pour J.« Handarbeiten für einen ästhetischen Freund. Ein türkisches Mokkagerät, mit Kocher und Mühle und Kännchen, etwas verbeult und nicht ganz blank, antiquiert, wie er es bevorzugt, die Spuren vieler Benutzer tragend. Auch darin unterscheiden wir uns, ich möchte die Dinge neu haben, unbenutzt, er glaubt, daß sie durch die Hände, die sie berühren, schöner werden. Wenn er will, kann er sich seinen Mokka jetzt in seinem »Laden« zubereiten. Und alles in lilafarbenes Japanpapier gehüllt. Wieviel Mühe muß ich mir geben, etwas Besonderes für ihn zu finden. Wir lieben nicht die gleichen Dinge. Aber ich weiß jetzt wenigstens schon, was ihm lieb ist.
Ich werde in D. aussteigen und mit dem nächsten Zug weiterfahren. Wohin sollte ich das Paket schicken? Zu ihm nach Hause? Damit er es unterm Weihnachtsbaum auspackt und die Kinder ihn fragen und seine Frau gekränkt oder taktvoll beiseite sieht. In die Buchhandlung, wo es seine Buchhalterin auspackt oder der Lehrling, wie ein Schnellpaket von einem Verlag.

Also bringe ich es selbst hin, stehe ein paar Minuten mit ihm vor den Regalen, habe ein Buch in der Hand, bereit zu einem offiziellen literarischen Gespräch. Wir reden leise, vielleicht sogar zwei Minuten allein in dem hinteren Zimmer, vielleicht. Am Tag vor Weihnachten wird auch das kaum möglich sein. Er wird liebe gnädige Frau sagen, wie zu anderen guten Kundinnen, ich werde lächeln und sagen – gibt es wirklich immer noch jemanden, der keinen Kunstkalender zu Weihnachten eingekauft hat? Und vielleicht wird er meinen Zettel, den ich an die Innenseite des Kartondeckels geklebt habe, nicht finden und nicht wissen, wo ich in Hamburg wohne, und nicht schreiben können, vielleicht weiß er schon nicht mehr, daß in Hamburg meine Eltern leben. Er kennt sie nicht, er kennt mich nur als Frau Grönland, was weiß er von dem Mädchen, das nun wieder zu Weihnachten zu den Eltern fährt, er hat sich nicht einmal darüber gewundert. Er vermeidet zu fragen.

Nach Weihnachten

J. ist mit an den Bahnhof gekommen, zerstreut, eilig. Dazwischen: mißlungene Versuche, zärtlich zu sein, verstohlen, falls uns jemand beobachtet. Trotz meines Protestes kaufte er am Kiosk weißen Flieder, er hatte vergessen, ein Geschenk für mich zu besorgen – wenn du zurückkommst, suchen wir zusammen etwas aus, ich weiß nicht, was deinem Geschmack entspricht. – Ich begreife nicht, wie er das fertigbringt. An manchen Tagen, mit irgendeiner Bemerkung, einer einzigen Bewegung, plötzlich fühle ich mich wie eine Freundin, die man zu Weihnachten wegschickt. Mit Blumen. Ohne Blumen wäre es nicht besser.
»Deine fatale Nüchternheit, Hanna!«
Weihnachten! Das Fest der Familie. Alljährliche Registratur der gesetzmäßigen Gefühle.
Leider hat er dann auch noch gesagt – vielleicht können wir zu Weihnachten einmal wegfahren, zusammen, später. – Gut gemeint, tröstend. Als ob ich wegfahren wollte, ich wollte ja auch diesmal nicht fort, wenigstens nicht aus der Reichweite des Telefons. Bleiben, bleiben. Komm und bleib, viens et reste! Auch das hat schon einmal ein anderer gesagt. Wiederholung.

Klappsitz im Gang des D-Zuges. Ich hatte versäumt, mir eine Platzkarte zu besorgen. Mein Fuß war noch bandagiert, ein junger Mann sah es, sorgte dafür, daß ich einen Sitzplatz bekam. Im Abteil für Mutter und Kind. Statt eines Kindes den Blumenstrauß des Geliebten auf dem Schoß. Penatencreme und Aletefrühnahrung, ewiges Gespräch über Schnuller, erweitert um die Psychologie des Daumenlutschens. Ich saß allein zwischen den Müttern. Babygeruch, der mir so leicht Übelkeit verursacht. Kartons mit Weihnachtsgebäck von Hand zu Hand. Rezepte für Zimtsterne, auf Oblaten gebacken. Als wir fast in Hamburg waren, sangen die größeren Kinder: »Morgen, Kinder, wird's was geben«, und die Mütter summten mit. Es dunkelte draußen, Lichterketten in den Straßen, Lichterbäume auf allen Plätzen. Fröhliche Weihnacht überall.
Als wir in Altona einfuhren, freute ich mich. Ich fuhr nach Hause, wie alle anderen in diesem Zug, die Freude der anderen hatte mich angesteckt.
Vater war auf dem Bahnsteig. Mit Blumen. Ein Vater, der seine Tochter am Bahnhof mit Blumen abholt, am Tag vor Weihnachten. Da ist etwas verkehrt, ich spürte das ganz deutlich, das stimmt so nicht.
Zwei Blumenpakete im Arm, Vater winkte einem Träger, wir gingen zum Parkplatz, setzten den Koffer in den Wagen, er bezahlte den Gepäckträger. Ich fragte – soll ich lieber fahren, Vater?
Er sah mich an, begriff meine Frage wohl gar nicht, setzte sich ans Steuer und fuhr in gemäßigtem Tempo nach Hause, dem Verkehr schenkte er kaum Aufmerksamkeit, einmal überfuhr er eine Ampel, die auf Rot stand, hinter uns wurde gehupt. Er kümmerte sich nicht darum, er sprach nicht mit mir, aber das hat er früher auch oft nicht getan, wenn er im Auto saß. Ich erzählte also, von der Fahrt, den Kindern im Abteil, dem Durcheinander, viel zu hastig, zu lustig, die Fröhlichkeit war schon auf dem Bahnsteig vorbei.
Mutter kam an die Haustür, als sie den Wagen hörte. Vielleicht hätte sie die Treppe herunterkommen müssen. Bis ich oben war, mit den Taschen und den Blumen, war das spontane Bedürfnis, in ihre Arme zu laufen, vorüber. Wir gaben uns die Hand, sie sagte – hattest du eine gute Fahrt, Hanna? – Das Mädchen nahm mir das Gepäck ab, ich gab auch ihr die Hand, erfuhr, daß sie Fräulein Hedwig sei, dann wurde ich ins Bad geschickt – du willst dich doch sicher erst ein wenig frisch machen, bevor wir essen.

Das Abendessen stand bereit. Ich hatte Mutter gleich als erstes fragen wollen, ob das mit Vater jetzt immer so sei, soviel schlimmer als früher. Aber wann hätte ich das tun sollen? Es gab keine Lücken im Gespräch, in die hinein man solche Fragen stellen konnte.
– Rauchst du?
– Magst du etwas trinken?
– Bist du müde von der Fahrt?
Die gleichen Fragen, die ich meinem Besuch auch stelle.
– Du siehst gut aus, Hanna.
– Es geht mir doch auch nicht schlecht, Mutter. Der Fuß ist soweit in Ordnung, ich muß ihn nur noch bandagieren, aber ich kann ganz gut gehen.
– Wie ist es passiert?
– Am Hochsitz, ein paar Sprossen der Leiter waren nicht in Ordnung.
Keine weiteren Fragen.
Vater trank seinen Rotwein. Später holte ich mir doch noch ein Glas.
– Möchtest du mit Mutter allein sein? Gefragt, als sie einen Moment das Zimmer verlassen hatte.
– Warum, Vater? – Vielleicht hat er gemeint, daß der erste Abend angemessen sei für ein Mutter-Tochter-Gespräch.
Gegen elf Uhr gab Mutter mir einen Wink. Wir ließen ihn zurück, bei seinem Rotwein und seinem Schweigen. Vorher hatte ich einmal zu ihr geblickt, rasch und fragend. Sie hatte die gefalteten Hände um die Knie gelegt, so saß sie früher schon gern, sie hat nur die Daumen abgespreizt und meinen Blick erwidert. Ein Lächeln dazu, geduldig, schmerzlich, verständnisvoll. Tapfere Resignation.
Sie hat mir ihr Zimmer eingeräumt. Sie blieb noch einen Moment in der Tür stehen. – Hanna?
– Ja?
– Er ist großartig. Auch wenn er trinkt. Er ist noch immer ganz er selbst, auch dann.
– Und du...?
– Ich? Ich gestatte mir nicht, unglücklich zu sein, wenn du das meinst. Hast du auch alles? Obst? Schokolade? Was ißt du gern abends im Bett?
– Danke, wirklich, Mutter, ich habe alles.

– Dann schlaf gut, Hanna.
– Danke, Mutter.
Vorbei. Wieder verpaßt.
Nüsse esse ich gern. Paranüsse. Aber woher solltest du das wissen. Nach dem Zähneputzen, Mutter.
Der Flieder welkt schon. Die roten Nelken von Vater sind noch frisch. Zehn Tage lang werde ich J.s Stimme nicht hören und zu keinem seinen Namen sagen können. Er wird aufhören zu existieren. Keiner wird nach Albert fragen. Ich werde seine Grüße nicht ausrichten. Der geschiedene Mann der Tochter ist als verschollen zu erachten. Irgendwo muß es einen Kodex geben, nach dem sich alle richten, nur vor mir verbirgt man ihn.
Zwei Jahre lang bin ich nicht hiergewesen. Das letzte Mal mit Albert zusammen. In diesem Zimmer haben wir auch damals geschlafen. Tuttis Bild hatte Mutter bereits weggeräumt. Sie wird diesmal, bevor ich gekommen bin, überlegt haben, ob sie das Bild von Albert und mir stehenlassen soll, zwischen den Fotografien von Cora und ihrem Mann und den Kindern. Selbst der Schreibsekretär der Großmutter wird zum Barometer des Familienlebens. Es ist noch nicht auf den letzten Stand gebracht. Aber was sie auch tun würde, sie wußte wohl, daß es mir auffallen muß; also hat sie es gelassen.
Dieser Sekretär mit den paar Familienbildern ist die einzige Stelle in der Wohnung, an der man merkt, daß die Eltern einmal Kinder gehabt haben und daß es jetzt Enkelkinder gibt. Alle sind zusammengetrieben auf diesen einen Quadratmeter. Klappt man die Schreibplatte hoch, sind auch diese Spuren verschwunden. Die Eltern haben uns aus ihrem Leben entfernt. Sie erwarten nichts mehr von uns. Das ist viel, das ist ihnen hoch anzurechnen. Auch wenn es schmerzlich ist. Wir hatten sie schon viel früher aus unserem Leben vertrieben, ich schon damals, schon bevor ich Albert geheiratet habe. Sie sind sehr verändert, seit sie keine Eltern mehr zu sein haben. Überall sonst dieses gespannte, angestrengte Verhältnis zwischen Eltern und erwachsenen Kindern. Da ist Zuneigung und Abneigung, Haß und Liebe nebeneinander und übereinander. Ob das daher rührt, daß die Eltern sich unter der permanenten Anklage fühlen, an der Existenz ihrer Kinder schuldig zu sein? Die Kinder lassen in schwierigen und unglücklichen Situationen die Eltern spüren, daß man sie nicht gefragt hat, daß sie für das Am-Leben-sein-Müssen nicht auch noch

lebenslänglich dankbar sein wollen. Dieses Unbefragt-Sein. Daß wir einmal abhängig waren. Albert würde jetzt sagen: – Abhängig? Meinst du die Nabelschnur? Drück dich deutlicher aus, Hanna, eine Nabelschnur ist nichts Unanständiges, man kann darüber durchaus reden, du wolltest doch einmal eine Arztfrau werden.
Gelegentlich streift mich Vaters Blick. Wie steht er zu mir? Empfindet er irgend etwas für mich, das mich heraushebt aus der Menge anderer, ihm noch gleichgültigerer Menschen? Sein Kind.
Beim Abendessen hat er gefragt – willst du nicht reisen, Johanna? In den Süden, wenn es Frühling wird? Im Rheinland ist der Winter sicher nicht angenehm. Neue Eindrücke. Neue Menschen. Wenn es dir Schwierigkeiten macht, eine größere Reise zu finanzieren –
– Ich bitte dich, Vater! Ich bin gut gestellt, ich habe eine Abfindung bekommen.
– Nennt man das so?
– Ja, das ist sogar der amtliche Ausdruck. Vielleicht sollte ich wirklich reisen. Willst du nicht mitkommen, Vater? Das ist doch ein alter und wahrscheinlich sogar bewährter Brauch, daß Väter mit ihren Töchtern verreisen, wenn sie eine unglückliche Liebe vergessen sollen. Ägypten soll da das beste sein, Palmen und Pyramiden. Vielleicht kann man nach der Reise sogar seine Tochter noch einmal auf den Markt bringen.
Schweigen.
Vater trank, Mutter faltete die Serviette zusammen und schellte, damit Fräulein Hedwig den Tisch abdeckte. Ich hätte mich entschuldigen müssen, aber auch das tat ich nicht. Ich muß erst ihren Ton wieder lernen, ich bin gewöhnt, alles zu sagen. Alles.
Dabei würde ich gern mit ihm reisen. Vielleicht müßte man ihn hier herausholen.
Ich mache alles falsch.
Wenn ich es nicht besser wüßte, würde ich denken, hier sei die Zeit stehengeblieben. Das lastende Schweigen von Generationen. Traditionen, die zu Ende gelebt werden müßten.
Aber: sie leben noch nicht lange hier, erst seit Mutter dieses Haus geerbt hat, als auf einmal alles eine unerwartete und unverhoffte Wendung genommen hat. Sie zogen hier ein und lebten ein Leben, das diesem Haus, nicht aber ihnen gemäß war. Keinem aus der Familie hat es gehört, eine Schenkung von jemandem, der meiner Mutter

zu Dank verpflichtet war für etwas, von dem keiner gewußt hat, auch nicht Vater, der es hätte verhindern müssen.

Vater hat dann angefangen, an der Börse zu spekulieren. Als ob es gälte, das Leben eines Hamburger Kaufmanns zu Ende zu leben, und nicht sein eigenes, das eines Offiziers, der in ein falsches politisches Fahrwasser geraten war, ein Belasteter, einer, der lange inhaftiert war.

Genausogut wie er jetzt jeden Morgen um dreiviertel zwölf die Börse betritt, genausogut hätte er abends einen Spielsaal betreten können, wenn Mutter statt des Hauses in Blankenese ein Haus in Neuenahr oder in Baden-Baden geerbt hätte. Er entdeckte die Magie der Zahlen, dafür halte ich es. Daß er dem Geld, dem Geld als Zahlungsmittel, verfallen sein könnte, glaube ich nicht. Allerdings hat er, als wir zum erstenmal hier waren, Albert ausführlich dargelegt, ausführlicher, als das sonst seine Art ist, daß man Geld lenken müsse, daß man zusehen müsse, in dem »großen Orchester« den Part des Dirigenten zu bekommen. Es fällt mir immer mehr auf, daß er seine Vergleiche aus der Musik nimmt, seitdem er nicht mehr selbst spielt. Er trage den dunklen Anzug, mit dem er die Börse betrete, nicht anders, als er früher die Uniform getragen habe, und ob da nicht am Ende auch eine gewisse Verwandtschaft im Milieu sei? Eine Art Schlachtfeld, ein sehr zeitgemäßes übrigens. Ob es weniger blutig und grausam sei, vermöge er nicht einmal zu entscheiden. Hier wie da müsse man ein Organ für die Fixierung einer Situation haben, wann sie günstig ist, wann gefährlich, wann unsicher, man müsse rasch handeln können, bereit sein, sich zu engagieren, und dennoch distanziert bleiben, einen kühlen Kopf behalten. Vielleicht sei also die Börse gar kein so schlechtes Betätigungsfeld für einen ehemaligen, wenn auch nicht gerade ab-gedankten Offizier i.G. Wenn Mutter nicht in der Nähe ist, fällt er manchmal in diesen pathetischen Ton. Ich mag das gern bei ihm, wenn er einmal etwas von seiner Distanziertheit aufgibt.

Und Mutter? »Ich gestatte mir nicht, unglücklich zu sein.« Zu keiner Zeit hat sie das getan. Sie war immer so, wie es die Situation von ihr verlangte, vielleicht immer eine Nuance zu kühl, zu sachlich. Aber man wußte, woran man mit ihr war. Man erwartete nichts. Sie hat zu jeder Zeit Vaters Leben mitgelebt. Freiwillig. Nicht aus einer wie auch immer gearteten Abhängigkeit heraus. Sie hatte sich einmal dazu entschlossen, und dann hat sie das durchgeführt. Das und nichts

anderes. Ob es leicht war oder schwer, davon haben wir Kinder nichts gemerkt, wahrscheinlich überhaupt niemand. Dieser Vorsatz ist nicht einmal sehr durch Cora und mich beeinflußt worden, wir kamen erst an zweiter Stelle. Daß sie in der Lage war, sich ein eigenes Leben aufzubauen und zu führen, auch finanziell, hat sie bewiesen. Als Vater im Lager war und unser Haus und alle Möbel, alles, was wir besaßen, beschlagnahmt war, hat sie jahrelang in einer Wäscherei gearbeitet. Am Waschautomaten zuerst, und nachher hat sie die Aufsicht in der Plätterei geführt, zuletzt hatte sie eine eigene Filiale. Und heute lebt sie das Leben einer Hamburgerin, distanziert und kultiviert, als täte sie das von jeher. Sie hat sich nicht eigentlich verändern müssen. Die beiden haben mit aller Vergangenheit gebrochen und leben heute ein gespenstisches, fremdes Leben, auf einer fremden Bühne, in fremden Kostümen.
Aus dieser Ehe dringt nichts nach außen. Was ist geschehen zwischen den beiden, in vierzig Jahren? Nie wird es jemand erfahren.
Vater sitzt nicht an allen Abenden in seinem Sessel und trinkt zu Hause. Manchmal muß sie ihn holen. Es ist immer dasselbe Restaurant, in dem er sich dann aufhält, suchen muß sie ihn wenigstens nicht. Gegen Mitternacht geht sie hin, setzt sich an seinen Tisch, bestellt für ihn und sich einen Mokka, bleibt eine Viertelstunde noch dort, gibt kein höheres Trinkgeld als sonst, man verbündet sich nicht mit einem Kellner, und verläßt an Vaters Arm das Restaurant. Niemand merkt, daß sie ihn führt; sie gestattet keinem, das zu merken. Sie bittet ihn um die Wagenschlüssel, setzt sich ans Steuer. Es fällt kein lautes Wort, es fällt überhaupt kein Wort. Aber es ist etwas zwischen ihnen, um das ich sie beneide.
Kein Versuch, ein Weihnachtsfest zu begehen. Warum etwas vortäuschen? Fräulein Hedwig hat man nach Hause geschickt. Der vierundzwanzigste Dezember verläuft wie jeder andere Abend auch. Kein Weihnachtsbaum, keine Lieder. Kein Rückfall in Kinderweihnachten, nur weil die Tochter plötzlich wieder mit dabei ist.
– Möchtest du zur Christvesper gehen? Gefragt hat man mich, man ist tolerant, nicht nur untereinander, sondern auch gegenüber der Tochter.
– Du kannst den Wagen nehmen. – Ich bin geblieben. Was soll ich dort? Zwischen lauter glücklichen Familien. Am Weihnachtsabend sehen Familien immer glücklich aus.

Natürlich fehlt etwas. Natürlich sehnt man sich in Weihnachtsstuben. Aber es gehört zum Lebensprinzip der Eltern, eher etwas weniger zu tun als zuviel. Lieber etwas zu entbehren, als einen Überdruß aufkommen zu lassen. Ein nobles Prinzip, nannte das Albert. Der Wein mochte ein paar Jahre älter sein, schwerer als die Weine, die Vater an anderen Abenden trinkt. Wir hörten ein Konzert, ich beschäftigte mich eine Weile mit der Plattensammlung. Mutter saß an ihrem runden Tisch und legte Patiencen. Ich sah ihr zu, wie sie die Karten aufblätterte, ihre Hände werden jetzt knotig. Sie trägt keine Ringe mehr, was sie früher doch gern tat. Besitzt sie ihren Schmuck überhaupt noch? In den Gelenken sind die Finger stark verdickt, aber nicht häßlich. Sie hat nie in ihren kurzen Briefen erwähnt, daß ihr Rheuma sich so verschlimmert hat. Sie sieht nicht mehr gut, aber nur selten trägt sie eine Brille, und wenn, dann benutzt sie die Gläser wie ein Lorgnon, hebt sie mit der linken Hand vor die Augen, läßt die Bügel umgeklappt.
Die Napoleonpatience. Die hat sie schon gelegt, als ich noch ein Kind war. Wenn ich kam, um gute Nacht zu sagen, legte sie die Karten aus der Hand, strich mir übers Gesicht – vergiß nicht, die Zähne zu putzen, Hanna –, geküßt hat sie mich nie, nur zum Geburtstag oder wenn ich krank war.
Sie begegnete meinem Blick. – Tust du das auch manchmal, Hanna? Ich sagte nein, ich müsse diese Einmannspiele erst noch lernen. Ich könne nur Skat und Canasta, Pokern könnte ich auch. – Männerspiele, weißt du! – Sie blickte mich noch einen Augenblick aufmerksam an, ich glaubte schon, sie würde mich fragen, was ich denn an den Abenden immer tue, aber dann ließ sie es. Mit wie wenig Sätzen man in diesem Haus auskommt. Kein Versuch, von früher zu reden. Von anderen Weihnachtsfesten, im Krieg oder nachher, oder aus unserer Kinderzeit. Man gestattet es sich nicht, Erinnerungen zu haben, Vergleiche zu ziehen, die zu leicht auf Kosten der Gegenwart gehen. Merkwürdig: die Erinnerungen gehorchen, sie gelangen nicht an die Oberfläche. Kein Moment der Rührung. Meine Weihnachtspost und die Päckchen, die ich mir mitgenommen hatte für diesen Abend, bleiben ungeöffnet und ungelesen bis zum nächsten Morgen.
Früh dann wieder den Tee ans Bett, diesmal von Mutter, weil Fräulein Hedwig nicht da ist. Es hat nie ein gemeinsames Frühstück zu Hause gegeben. Morgens durfte man seine Eigenheiten pflegen.

Nach dem Frühstück wurde erwartet, daß man sich einfügte. Mit Albert frühstückte ich gern, es waren unsere glücklichsten Stunden. Die Gemeinsamkeit der Nacht noch zwischen uns, Wärme, Vertrautheit. Der Tag hat uns immer getrennt. Abends stritten wir oft, beide gereizt, beide abgespannt, wenn wir vom Dienst kamen, beladen mit Fremdem. Später war es noch schlimmer, wenn ich nervös war vom langen Warten.
Die Zimmer sind dunkel und viel zu hoch. Das ist mir früher nicht aufgefallen. Aber ich war auch nie an so trüben Tagen hier und immer nur für kurze Zeit. Im Wohnzimmer und in der Diele brennen, auch tagsüber, zwei oder drei Kerzen. Ein Versuch, gegen den Rauch von Vaters Zigarren anzugehen. Mutters Asthma hat sich offensichtlich verschlimmert. In Abständen geht sie in das Badezimmer, um zu inhalieren. Ich vermute das; wenn sie zurückkommt, atmet sie leichter. Sie ißt eine reizarme Diät, trinkt nur wenig Kaffee, raucht nicht mehr. Alles, ohne es zu erwähnen. Bei Asthmatikern sehr ungewöhnlich. Hier verliert alles an Wichtigkeit. Alles erscheint zu belanglos, um darüber zu reden. Aber was ist dann überhaupt noch von Belang? Fange ich ein Gespräch an, über Cora, was doch naheliegt, frage – hat sie sich nicht sehr verändert in ihrer Ehe, ist sie nicht eine richtige Kindermutter geworden, ihr Mann kommt doch wohl zu kurz bei ihr –, dann nimmt keiner dazu Stellung, oder er äußert sich unbestimmt. Man lebt hier eigentümlich im Vagen. Unwillkürlich spricht man gedämpft. Ich ziehe meine hochhackigen Schuhe nicht an, sie klappern zu hastig und aufdringlich.
Am Neujahrsmorgen mit Vater an der Elbe. Wind, staubiger Schnee. Es war Flut. Wir gingen unten am Ufer. Manchmal mußte ich springen, wenn die Wellen kamen, einmal nahm Vater mich beim Arm und zog mich zurück und behielt mich dann so, leicht und fest beim Arm. Er wirkte verjüngt, sein Gesicht war aufgehellt, man sieht die Auswirkungen des Alkohols noch nicht sehr. Nur abends, wenn Hände und Füße schwer werden, dann wird auch sein Blick langsam, die Lider schwellen an, dann muß man vermeiden, ihn anzusehen. Aber an diesem Morgen merkte man nichts. Da war auch nicht diese Kluft zwischen uns. Ich habe ihn gefragt, was ich nun wohl tun könnte. Er blieb stehen, er schien nachzudenken, er ließ meinen Arm los, sah einem der Schiffe nach – tun – tun – Johanna? Sicher müßten Väter einen Rat wissen, immer etwas parat haben. Lebensweisheit.

Lebenserfahrung. Laß es an dich herankommen, Johanna, und dann...
Ich packte ihn bei beiden Armen, und auf einmal waren die Tränen da. – Und dann: Haltung, Johanna! Ich weiß, Vater.
Wir gingen weiter. Jeder für sich. Er schien betroffen. Er sagte, es sei sicher immer zuwenig gewesen, was er mir hätte geben können, ob er das vielleicht zu oft gesagt habe, Haltung? Man dürfe den Feind nicht aus dem Auge lassen, bereit sein, auf dem Sprung sein. Mehr könne man doch eigentlich nicht tun nach seiner Meinung. Das Leben sei nun mal unser Feind, wie der Tod, alles sei uns feindlich.
Er bleibt allgemein. Albert tat das auch immer. Wahrscheinlich tun das alle Männer. Immer möchte man fragen: Wie meinst du das denn? Wie soll man das anwenden? Heute, hörst du! Heute! Was soll ich heute tun, was morgen, wie soll es weitergehen?
Das Leben, der Feind! Und das hat er über sechzig Jahre lang ausgehalten.
Sobald man dann fragt, ist das Mißverstehen da, dann wird er ratlos wie man selbst. Diesmal habe ich es trotzdem versucht. Ich habe ihn gefragt, warum er Mutter geheiratet hat, und sogar – warum seid ihr zusammengeblieben, ihr beide?
Vater half sich zunächst, wie das andere auch tun, mit einer Gegenfrage. – Du fragst ausgerechnet mich, Johanna? Das ist unüblich und sogar unfair dem Vater gegenüber. Unfair, eine seiner eleganten Wendungen. Diesmal hat sie ihm nichts genutzt.
– Einen muß man doch fragen dürfen, Vater! Hundert Menschen müßte man fragen, irgendwo muß doch eine Antwort sein, eine, die auf alle Fragen paßt, weißt du.
– Jede Frage gebiert zwei neue, Johanna.
So leicht gab ich ihn nicht frei. Wann würden wir wieder miteinander sprechen können. Zu Hause war das nicht möglich, und wenn er erst wieder getrunken hatte...
– Deine Mutter, sagte er, und wieder fiel mir auf, daß er immer »deine Mutter« sagt, was ihm doch ungewohnt sein muß, was sie doch sehr von ihm distanziert. Wie er sie wohl nennt, für sich? Astrid? Meine Frau? Irgendein Wort, das niemand kennt? – Deine Mutter hält man für eine nüchterne, zumindest aber doch sachliche, lebenstüchtige und gewandte Frau, und das ist sie auch, manchmal schien mir – das liegt weit zurück –, es fehle ihr etwas. Sie ist aber auch anders. Als wir

noch nicht verheiratet waren, beobachtete ich einmal, wie sie während eines Gesprächs, das ihre Eltern in meiner Gegenwart führten, das heftig zu werden drohte, ihre Mutter war eine heftige Frau, von unkontrolliertem Temperament, wie sie da nach ihrem Fächer griff, sich auf die Gartenmauer setzte und mit diesem Fächer ohne alle Unruhe jene Distanz zwischen sich und dem, was ihr unangenehm zu werden drohte, herstellte. Ja, ich glaube, das ist es schon, was ich sagen wollte. Auch in unserer Ehe hat sie manches Mal zu ihrem Fächer gegriffen, nicht immer so wörtlich, wie ich das jetzt sage, aber sie besitzt die Fähigkeit, Zeiten, die schwer sind und unübersichtlich, schneller vorbeiziehen zu lassen. Denk dabei immer an den Fächer, mit dem sie etwas wegwischt und dabei gleichzeitig einen Vorhang zwischen sich und die Welt zieht. Eine Frau, die sich zu distanzieren weiß, nicht nur von Situationen, auch von Menschen. Sie kommt einem nie zu nahe.
Möglich, daß es eine Antwort auf meine Frage war.
Vater nahm mich beim Arm. In seinem Gesicht war wieder Resignation, gedämpft durch ein liebenswürdiges, entschuldigendes Lächeln, Ratlosigkeit gegenüber der Frau neben ihm, die behauptete, seine Tochter zu sein.
Von der Elbschloßbrauerei kam der süßliche Geruch von Maische. Wir kehrten um. Jeder wieder für sich; solche Minuten sind rasch vorbei. Aber ich weiß nun wieder, daß es ein Wort gibt, durch das man einen Zugang finden kann. Bei J. habe ich oft Angst, daß ich eines Tages das Schlüsselwort vergessen könnte und dann verzweifelt vor ihm stehe wie vor einem Geheimschrank, der mir nun und für immer verschlossen bleiben wird.

Abends kamen Gäste zu Tisch. Vorher ein Wink von Mutter. – Sie wissen nichts von deiner Scheidung, erwähn es nicht. Es ist hier nicht üblich.
Was ist nicht üblich? Scheidungen? Scheidungen sind auch bei mir nicht üblich. Daß man drüber spricht? Ist das nicht üblich? Wir gingen zu Tisch. Die erwachsene Tochter weilt zu Besuch bei den Eltern, nach den Feiertagen.
Nach zehn Jahren Ehe ist man gern einmal wieder in der Weihnachtszeit bei den Eltern. – Ihr Mann ist Arzt? – An einer Klinik – oder Privatpraxis? – Ich denke, es sei hier nicht üblich zu fragen. – Nein, er

ist wissenschaftlich tätig, auf pharmazeutischem Gebiet. Warum sage ich nicht, was er wirklich tut, es ist doch nicht ehrenrührig, wenn ein Mediziner beschließt, rascher Geld zu verdienen. – Wie interessant! – Ja, sehr. – Ein neues Serum? – Die Versuche sind noch im Gange. – Hat Ihre Frau Mutter nicht erwähnt, Sie trügen sich mit dem Plan, eine eigene Klinik aufzumachen? So etwas à la Kneipp, falls ich mich da nicht allzu laienhaft ausdrücke –? Ich lächle, ich sage liebenswürdig, daß der Plan auch noch keineswegs aufgegeben sei, aber heute erfordere das große Geldmittel, nicht einmal Hungerkuren seien heute billig – ich war sogar schlagfertig, wir lachten.
Dann griff Mutter ein. Wir redeten über Preiselbeeren zu Hasenbraten. Später passierte es Vater, mich zu fragen – habt ihr eigentlich die Jagd noch? – Nein, Albert hat das Haus verkauft. Es macht ihm keinen Spaß mehr.
Und das alles mir zuliebe!
Das Kind braucht Zerstreuung. Palmen und Pyramiden wären gar nicht so schlecht. Die Kamele fragen einen wenigstens nicht.
Theater, Kino. An einem Vormittag mit Mutter in der Stadt. – Wir haben gedacht, wir wollen dir ein Klavichord schenken, würde dir das Freude machen? – Ich hatte mir das immer gewünscht. Für ein Klavier ist kein Platz in meiner Wohnung. Aber ich hatte den Wunsch vergessen. Wir waren lange in einer Musikalienhandlung. Jemand hat das Instrument gespielt. Sauber, übersichtlich, es gibt da keine Unklarheiten, eine einfache Melodie, einfache Tonfolgen. Wir haben ein Instrument gekauft. Es wird geschickt, es kann ein paar Wochen dauern.
Zurück mit der S-Bahn. Vormittags hat Vater den Wagen. Mutter saß mir gegenüber unter den Intarsien der Wandverkleidung. Sie fährt erster Klasse. Vor einiger Zeit hat sie ein Schaffner, als sie einsteigen wollte, gefragt: Haben Sie auch erster? Da hat sie ihm geantwortet: Ich habe nicht nur erster, ich bin auch erster Klasse. – Das ist meine Mutter. Sie sorgt für Abstand, nicht nur durch Fächeln. Sie schlägt auch zu. Ich habe mich erkundigt. – Könnt ihr das auch, Mutter, ich weiß gar nicht, wie ihr jetzt zurechtkommt.
Sie lächelt. – Wir tun es. Ob wir es können, ach, weißt du –
– Warum?
– Kind, ja, warum, warum fahren wir den großen Wagen, das ist schwer zu sagen.

– Aber wessen Geld ist es denn, von dem ihr lebt?
– Von Geld eigentlich überhaupt nicht. Wir leben vom Renommee. Der Wagen, das Haus, Vaters Anzüge, vielleicht auch mein Auftreten, das alles gibt uns Kredit, Vater bekommt jetzt eine Pension, sie würde natürlich nicht ausreichen, wir haben ein paar Mieteinnahmen, wir lassen an dem Haus nichts mehr reparieren, es wird uns aushalten, wir haben ein paar Dividenden von den Aktien.
– Wie soll es weitergehen?
– Du fragst zuviel, Hanna! Es geht eben weiter, vielleicht morgen anders, aber weitergehen tut es doch immer, darauf kann man sich verlassen.
Für die wenigen Augenblicke, die dieses Gespräch dauerte, nahm ihr Gesicht einen kindlichen Ausdruck an. Als ob man sie zur Rechenschaft gezogen hätte. Als wir schon aufgestanden waren und die S-Bahn bereits einfuhr, drehte sie sich zu mir um – und dann, weißt du, wir leben ja auch nicht ewig. Und bis es soweit ist, mogeln wir uns schon durch, mit ein wenig Geschicklichkeit. Coras Mann verkauft dann das Haus und die Papiere, und mehr Schulden hinterlassen wir nicht, wenn es nicht mehr gar zu lange dauert. – Dabei sah sie mich mit einem Lächeln an, daß ich begriff, warum Vater sie liebt.
An einem anderen Morgen war ich mit Vater an der Börse. Er ist regelmäßig dort. Um elf Uhr verläßt er das Haus, fährt zu seinem Bankhaus, holt sich die Kontoauszüge aus dem Schließfach, tauscht einen Gruß mit dem Angestellten, der an dem Schalter für Wechsel und Kredite sitzt, fährt zum Postamt, und um elf Uhr fünfzig betritt er die Börse. Frauen sind dort nicht geschäftsfähig. Ich bekam keinen Zutritt zum Saal, aber einen Platz auf der Galerie und konnte hinuntersehen. In diese männliche Arena. Punkt zwölf klang ein Gong. Vor den Schaltern drängten sich die Männer zusammen, Stimmen über Lautsprecher, Firmennamen, Zahlen, unverständliches Schreien, hastiges Hin und Her, und mitten drin: Vater. Älter als sonst, ruhiger als die anderen, aber auch hilfloser. Er paßt nicht dorthin. Er wirkte isoliert, als kenne ihn dort keiner, als versuche er nur mitzuspielen, als probiere er es immer wieder, und man läßt ihn nicht mitmachen, ihn, den Außenseiter. Manchmal stand er minutenlang allein an einem Pult. Gesurr, Stimmen, Lautsprecher, Zahlen. – An Sie! – Von Ihnen! – Geld! – Brief!
Mein Vater. Einmal sah er hoch, sein Blick suchte mich, er hob, als er

mich entdeckt hatte, die Hand, ich sprang auf und winkte.
Nachher hat er mir im Auto ein paar Begriffe erklärt. Was ein variabler Verkehr ist. Anfangskurse, Schlußkurse. Wann gerufen wird »Geld«, wann »Brief«. Immer werden nur die letzten Zahlen gerufen, nicht dreihundertzwölf, sondern nur zwölf, deshalb hatte ich auch nichts begriffen. Begriffen? Begriffen habe ich auch mit Vaters Erklärungen nichts. Wahrscheinlich habe ich wieder nicht richtig zugehört. Mein Interesse ist, wie so oft, nur oberflächlich, ein scheinbares, konventionelles Interesse, eben so viel, daß es für eine Konversation reicht. Man kann nicht einmal sagen, ich fragte Vater zuliebe, dann würde ich mich um seinetwillen konzentrieren. Vielleicht bin ich nur aus Langeweile mitgegangen, weil nichts, nichts anderes mehr mich wirklich beschäftigt. Ich nahm das hin wie ein Schauspiel, irgendein Kinostück, das man mir zur Unterhaltung spielt.
Um so merkwürdiger dann, daß ich nachher zu Hause, als ich mich an Mutters Sekretär setzte, um an J. zu schreiben, sah, daß in der Buchreihe hinten in dem Schreibfach Bücher über Wirtschaftskunde stehen. »Wie liest man den Wirtschaftsteil einer Zeitung?«, »Das Börsenlexikon«. Ich war in Versuchung, in diesen Büchern zu blättern. Warum steht das hier? Warum nicht in Vaters Zimmer? Interessiert sie das? Ich habe nichts davon bemerkt, nie ist von Kursen und von Wertpapieren die Rede. Über Geld spricht man nicht, so war das früher schon.
Ich habe sie dann abends gefragt, als wir zusammen das Abendbrot richteten. Sie zögerte nur einen Augenblick, sie ist nicht gewöhnt, daß man direkte Fragen stellt, wie ich das tue. Wieder fiel mir auf, daß sie nie impulsiv antwortet, sondern immer erst, nachdem sie sich bedacht hat. Dann – ich halte es für richtig, Bescheid zu wissen. Ich wußte bis vor ein paar Jahren auch nicht, was ein Kupon ist, was ein Kux, was ein Talon. Ich glaube, ich wußte nicht einmal genau, was Dividenden sind, ich nahm an, Geld sei am besten auf einer Bank aufgehoben und mache dort in aller Stille viele Zinsen. Ja, und dann, als wir hierherzogen und dein Vater anfing, sich für den Geldmarkt zu interessieren, als er zur Börse zugelassen wurde und beim Kursmachen dabei war, habe ich ihn einmal gefragt, ob er mich mitnehmen wollte. Er wollte das nicht. Ich habe nicht darauf bestanden. Er würde es als eine Art Bevormundung auffassen. Er ist empfindlicher, als du weißt. Er hat seit damals einen Sprung. Ja und da habe

ich mir ein paar Bücher besorgt, in denen das Notwendigste steht, und während er in der Börse war, habe ich mich in die Bücher vertieft. Vater streicht in den Börsenberichten an, was wichtig ist, und wenn er ein paar Tage später die Zeitungen in den Papierkorb wirft, hole ich sie wieder heraus und schneide das Angestrichene aus und hefte es in einer Mappe ab. Ich vermute, daß er es weiß. Es geschieht also nicht hinter seinem Rücken. Außerdem interessiert es mich wirklich. Es hat etwas Abenteuerliches. Falls du weißt, was ich damit meine.
Ich sagte ihr, daß ich das auch empfunden hätte, als ich auf der Galerie saß. Die Fäden, die dort zusammenliefen, wie ein Marionettentheater. Mutter spritzte gerade Mayonnaise auf das Rauchfleisch und schien in ihre Tätigkeit vertieft, aber irgend etwas, eine stumme Ablehnung spürte ich doch, ich brach ab. Sie sagte dann – ja, du bist da wohl anders. Dir genügt es zuzusehen. Ich würde wohl lieber etwas einsetzen. Möglicherweise sogar alles. – Jetzt sah sie hoch, lächelte – es ist also gut, daß dein Vater mich nicht mitgenommen hat. Magst du Sardelle zum Ei?
Schon einmal hat jemand zu mir gesagt: Du spielst mit halbem Einsatz und erwartest einen vollen Gewinn.
Wenn man auf diesem Zuschauerposten sitzt, kann man in die Kontore sehen. Von dort aus gehen die Verbindungen nach Amsterdam, München, London, New York. Fernschreiber, Telefone, man meint nach einer Weile, diese Leitungen wirklich zu sehen, Drähte, an denen Menschen hin und her gezerrt werden. Geld – Brief – Lohn – Gehalt – Umsatz, Abschlüsse, Schicksale, und derweil verschieben sich unten im Saal nur die Tafeln, werden neue Zahlen eingetragen, 10, 12½...
Ein Film, der zu hastig abgedreht wird. Ich probierte, ob ich die Leute im Zeitlupentempo gehen lassen könnte. Langsam reden, langsam durch den Saal kommen und sie dann allmählich erstarren lassen, auf dem Fleck, an dem sie eben gerade waren, dreizehn Uhr fünfzehn. Eines von Alberts Spielen. Einmal, als wir durch München fuhren, durch eine sehr belebte Straße, entwickelte er mir seine Idee: Jeder muß bleiben, wo er sich zu diesem bestimmten Zeitpunkt befindet, keiner darf sich weiter entfernen als fünf Kilometer im Umkreis, ich glaube, fünf Kilometer hatte er bewilligt, und aus dieser Grundsituation entwickelte er dann seine Theorie. Was nun? Was kann man tun? Das Bankkonto ist nicht mehr erreichbar, auch nicht der Koffer, in

dem man sich neue Wäsche und einen zweiten Anzug holen könnte. Die eigene Familie kam bei der Gelegenheit auch abhanden. Er betrieb das wie ein amüsantes Gesellschaftsspiel. Bei einer Party, die seine Firma in jedem halben Jahr einmal veranstaltet, für Ärzte, Apotheker, Chemiker und die freien Mitarbeiter, hat er mit diesem Spiel dann alle unterhalten. Alle, besonders die mitgebrachten Frauen, gerieten in ein Stadium äußerster Beunruhigung, alle hielten das offenbar für durchaus im Rahmen des Möglichen; es war allen schon so viel geschehen, was einmal unmöglich gewesen war. Natürlich war es von Alberts Spekulation nicht mehr weit bis zu der Vorstellung, daß alle Bewegung auf der Erde zum Erliegen komme, Flugzeuge senkten sich, Schiffe verloren an Tempo, Motoren liefen aus, Eisenbahnen, selbst die Kinderroller blieben stehen; jeder lieferte sein Beispiel. Da war dieser Journalist, der für eine der medizinischen Zeitschriften gelegentlich schreibt, er wurde immer eingeladen, Albert kennt ihn gut, er heißt Fabian, der widerlegte dann mit einer Rhetorik, die der Alberts weit überlegen war, alle Gesetze der Naturwissenschaft von Schwerkraft und Fliehkraft und behauptete, daß die Bewegung, die der Mensch verursache, durch sein Gehen, Radfahren, natürlich erst recht durch die Motoren, die er in Gang setzt, die Erde in Bewegung halte. Sie kreise nicht aus eigener Kraft oder als ein Teil des Sonnensystems, sondern werde einzig vom Menschen in Betrieb gehalten, jede Geige, die gespielt werde, jede Umarmung, jedes Vogellied, jeder Düsenmotor, er wechselte wahllos vom Lyrischen zum Prosaischen, versetze sie in Schwingungen, und erstürbe das einmal alles, müsse sie erkalten und zum Stillstand kommen und ins Weltall zurückstürzen. Wir hatten viel getrunken. Aber es hat nicht nur daran gelegen, daß wir meinten, der Boden schwanke unter unseren Füßen, als wir tanzten und die Welt in Gang hielten. Nur Albert saß da und hatte seinen Spaß. Er hatte den Köder hingeworfen, die anderen hatten sich drüber hergemacht. Jetzt konnten wir gehen. Wir taten es. Wie immer als die ersten. Albert macht sich nichts aus Partys. Er hat eine eigentümliche Macht über Menschen. Er zwingt sie, sich ernst zu nehmen. Immer habe ich ihn im Verdacht, daß er es selbst nicht tut. Er nimmt das alles nicht ernst – »diesen ganzen Zauber«. Er schiebt ihnen einen Balken zu, und in dem Augenblick, in dem sie versuchen zu balancieren, läßt er ihn los. War das immer so? So darf ein Arzt nicht sein.

Am letzten Abend legte Mutter sich früher hin. Ich nehme an, daß sie Vater sonst nicht allein läßt, vielleicht muß sie ihm sogar behilflich sein. Das Wetter war wieder umgeschlagen. Die Luft war frostig und klar. Ich war nachmittags noch einmal allein draußen. Die Wolken hoch und hell. Kurze, unruhige Wellen. Im Schilf lärmten Vögel. Und dann der Wind und das Tuten der Schiffe, von keinem Nebel gedämpft. Die Hände tief in den Manteltaschen, Gehen im Sand. Ich fühlte mich leicht und befreit. Ohne Gedanken. Ohne Schwere. Alles wird gut. Irgendwann wird alles wieder gut sein. Alles wieder in Ordnung. Lange halten diese Stimmungen nicht vor.
Ich saß noch einmal mit Vater zusammen. Jeder in seinem Sessel, die Flasche zwischen uns auf dem Tisch, zwei weitere in Reichweite. Zwei Kumpane. Verbündet gegen niemanden, eine ganz besondere Art von Bündnis. Wie wir so dasaßen, war nicht einmal die Welt unser Gegner. Ein Bündnis ohne Trotz, nur im Einverständnis: so ist das. Und eigentlich ja auch gar nicht so schlecht. Das Glas gehoben, die Augen des anderen gesucht, genickt, die Spur eines Lächelns. Seine Hände, sein flach gescheiteltes Haar, alles vertraut, alles gut, alles geliebt. Man darf nur nicht mehr erwarten, als ein solcher Abend geben kann. Ich betrachtete lange ein Bild, das ich noch nicht kannte. Vater hat es vor einem Jahr gekauft. Eine Eule oder ein anderer Vogel, kauernd auf einem zu dünnen Zweig. Ein Uhu, das flackernde Licht der Kerzen ließ die Augen grün und manchmal lila aufblitzen, sie schienen hin und her zu streichen, über mich, über Vater, es ging etwas Irritierendes von diesem Vogel aus, gegen das ich mich wehrte. Ich versuchte zu lachen, ich sagte zu Vater – ich werde diesen Vogel doch wohl zwingen können stillzusitzen!
Ich glaube, bald danach nahm unser Gespräch dann die Wendung zu dem hin, worüber ich den Rest der Nacht nachgedacht und wachgelegen habe. Man muß das Leben bändigen. Man muß der Dompteur sein. Es ist ein Tier, wild und unberechenbar. Aber auch schwach, auch schwach, solange man es unter Kontrolle hat. Man ist ihm ausgeliefert, wenn man es auch nur einen einzigen Augenblick aus der Kontrolle verliert. Man muß auf dem Sprung sein, vorsichtig, leise. Es darf nicht den Blick, nicht die Peitsche – ich werde nie vergessen, wie Vater »Peitsche« sagte – spüren, man muß es umschleichen, gebückt, und wenn es einem gegenübersteht, achtlos tun. Nur wenn man es aus der Kontrolle verliert, dann packt es zu, zerfleischt

uns, und man findet sich wieder, blutend aus Wunden, die niemals vernarben. Aber es umschmeichelt uns auch katzenhaft, harmlos und schön, und man erliegt.
Ich kann mir vorstellen, daß die Frauen Vater geliebt haben, Vater hat eine Dompteurstimme. Während er sprach, starrte mich dieser Uhu mit den flackernden lilafarbenen Augen an.
Wir saßen und tranken, und wieder spürte ich, wie sehr ich diesem alten, trinkenden Mann verbunden bin.
»Du mißt uns alle an deinem Vater.«
Später dann: Das Kinn liegt ihm schwer auf dem Kragen, der Rücken zusammengesunken, die Hand greift unsicher nach dem Glas. Ich hätte früher aufstehen sollen und gehen. Es kann nicht mehr lange dauern, dann wird alles, was in diesem Gesicht noch an Würde und Schönheit übrig ist, zerstört sein. Für Augenblicke wußte ich das und begriff sogar, daß es so kommen muß, kommen wird. Aber: mir ist nur diese Erkenntnis in Erinnerung, die Folgerichtigkeit, das Warum habe ich schon vergessen. Ich glaube nicht, daß man diesen Prozeß unterbrechen kann oder auch darf.
Das Geheimnis seines Lebens, heißt es Disziplin? Disziplin – bei einem Trinker?

Ich fahre ab. Ich sage, ich muß nun wieder nach Hause. Aber was ist das noch außer ein paar Wänden und einer Tür, die ich hinter mir abschließen kann, an der mein Name steht.
In zwei Stunden wird Vater mich zur Bahn bringen. Er wird mir wieder rote Nelken kaufen, er wird den Hut lüften und weggehen, bevor der Zug abfährt. Und unter den wenigen Briefen, die er mir schreiben wird, wird weiterhin stehen: Dein treuer Vater.

4. Januar

Cora. Die nächste Station.
Der Schwager am Bahnhof an der Sperre; ich habe ihn in Verdacht, daß er die Bahnsteigkarte spart. Wenn wir allein sind, gibt er sich weltmännisch, ist galant, fragt, ob wir einen Wagen nehmen wollen, worauf ich vorschlage, die paar Schritte zu Fuß zu gehen, ich sei von dem langen Sitzen ganz steif geworden. Er ist geizig. Oder, um es mit

Coras Worten zu sagen, ein guter Haushalter. Er nahm mir die Reisetasche ab, wir stiegen nebeneinander die Straße hinauf, und als mir seine Blicke lästig wurden, sagte ich, man kann es mir nicht ansehen, Helmut, bestimmt nicht. Die Haare hat ein richtiger Friseur kurz geschnitten, geschoren werden sie einem nicht bei der Scheidung. Außerdem, Herr Landgerichtsrat, bin ich schuldlos geschieden, falls du etwas von Prädikaten hältst.
Ich hasse mich, wenn ich aggressiv werde.
Ich war den ganzen Tag gereizt. Cora im weißen Kittel an der Haustür. – Liebe! – Und versucht, mich in die Arme zu schließen. Alle drei Kinder mit bei Tisch. – Ich habe es gern, wenn wir alle zusammen sind, weißt du, ein richtiger, großer Familienkreis, das hat uns zu Hause doch immer gefehlt, Hanne.
Das Tischgebet spricht der Hausherr, alle sagen Amen, dann macht man einen Kreis. Gesegnete Mahlzeit!
Ich hatte ihre Tischsitten vergessen, ich war lange nicht bei ihnen. Ich hatte bereits nach der Serviette gegriffen. Cora fragte – betest du nicht mehr bei Tisch? – Ich ärgerte mich über ihre Frage. Es habe leider noch niemand Tischgebete für Alleinstehende erfunden, oder ob sie vielleicht eins kenne. »Unser Gast«, wenn man allein hinter seinem Teller säße, das käme einem leicht ein wenig unpassend vor, ich lächle sie dabei freundlich an. Sie sagt erschrocken, begütigend gleich wieder – Liebes! Ist es so schlimm? – Ich kann es nicht leiden, wenn sie Liebes zu mir sagt. Ich setze das Gespräch über Tischgebete fort, was den beiden offensichtlich nicht behagt, die Kinder starren mich an. Über Gebete spricht man wohl nicht.
Ich tue unbefangen. – Manche Familien beten nur vor warmen Mahlzeiten. Zum Frühstück betet eigentlich niemand, oder habt ihr das mal gehört? Andere wieder beten nur vor Tisch und lassen das Dankgebet weg, und wenn Gäste da sind, deren Gewohnheiten man nicht kennt und die man nicht in Verlegenheit bringen möchte – dann gab ich es auf. Das Thema war wohl doch weniger ergiebig, als ich gedacht hatte.
Cora oben am Tisch. Ganz Hausmutter. Frisch frisiert, sie wäscht sich das Haar selbst, hellt es selbst auf, sparsam und tüchtig. Besorgt nach allen Seiten. Der Schwager, der wohlgenährt ist, bekommt immer das größte Stück und wird wiederholt gefragt – schmeckt es dir, wirst du auch satt, willst du nicht noch ein Stück? – Und er, während er sich

den Mund abwischt und die Serviette umständlich in die alten Falten legt und in den Bastring schiebt: Es war gut, wenn auch nicht so fett wie in anderen jüdischen Familien. – Vermutlich gibt er das von sich, sobald Gäste da sind. Als ich es zum erstenmal von ihm hörte, lachte ich auch. Er hat ein paar solcher Sprüche, die sich einprägen, groß ist sein Repertoire nicht. Er mag originelle Leute nicht, sagt er, sie sind ihm verdächtig, sie ändern ihre Ansichten zu oft; den Vorwurf, originell zu sein, wird ihm keiner machen können.
Die Kinder wohlerzogen und leidlich still; vermutlich hat Cora ihnen vorher gesagt – Tante Hanne kommt, ihr müßt sehr lieb und brav sein, sie ist nämlich traurig. – Da saß sie, meine Schwester, fest entschlossen, ihren Mann ein Leben lang glücklich zu machen und ihre Kinder zu guten, aufrechten Menschen zu erziehen.
– Willst du die Kleinen ins Bett bringen, sie schlafen nach dem Essen immer zwei Stunden. – Daß sie es mir überhaupt zutraut, daß sie nicht Angst hat, es passiert den Kindern was. Vielleicht hat sie sprungbereit hinter der Tür gestanden.
David fragt – warum sollen wir nicht nach dem Onkel Albert fragen? – Er ist sehr hübsch geworden. Keine Spur von Ähnlichkeit mit mir. Er sieht seinem Vater ähnlich, genau wie die beiden anderen. Es gibt Leute, die behaupten, Kinder gerieten nach dem, der in der Familie dominiert. Hier dominiert jedoch höchst augenfällig meine Schwester.
Den Kaffee tranken wir drei allein. Cora hantierte an der Kaffeemaschine. – Weißt du, Hanne, wir lieben unser häusliches Leben so. Man muß nur verstehen, sich einzuschränken – sie fing meinen amüsierten Blick auf –, die Kaffeemaschine hat uns Mutter geschenkt, solchen Luxus kann man sich nicht leisten, wenn man eine kinderreiche Familie hat, wir trinken sonst auch nach dem Essen keinen Kaffee. Ich meine, Helmut hat keine großartigen Pläne. Landgerichtsrat, das ist ein schöner Abschluß seiner Karriere. Hauptsache, man ist zufrieden. Und das sind wir, nicht wahr, Helmut? – Die Hand auf seinem Arm, mit dem er gerade zur Tasse greifen will. Er nickt bereitwillig, ein wenig verlegen zwischen den Schwestern, setzt die Tasse wieder hin.
– Man versucht doch nur, es richtig zu machen, Hanne. Die meisten Frauen sind zu ehrgeizig für ihre Männer, sie stellen zu hohe Ansprüche, auch was den Lebensstandard angeht. (War das für

mich gedacht?) Daraus entsteht alles, alle Unzufriedenheit, alle Verdrängungen. Ich beschäftige mich nämlich viel mit Psychologie und mit Tiefenpsychologie, schon wegen der Kinder, damit ich mit denen nichts falsch mache, das ist so wichtig. Man darf vor allen Dingen nicht ehrgeizig sein, nicht zuviel haben wollen. Auch die Kriege kommen daher. Lacht doch nicht!
Sie sagt das alles mit so viel heiterem Ernst und Eifer, warum sollte man ihr widersprechen. Ich lächle, vielleicht hast du recht, Cora. Meine kleine Schwester. Sie war immer so, eifrig und bemüht, ihre Ideale zu verteidigen, an die sie vermutlich sogar glaubt. Sie ist natürlich, sie gibt sich so viel Mühe, natürlich zu wirken, unkompliziert, auf mich wirkt das penetrant, kompliziert mich noch mehr, wir provozieren uns gegenseitig. Schade.
Helmut holt einen Weinbrand, prostet mir zu mit: belle et triste, schöne Schwägerin, auf dein Wohl! Cora sagt – nicht doch, Helmut!
Und ich beschließe, einen Zug früher zu fahren als beabsichtigt, dann kann ich abends wieder allein sein. Derweil entwickelt uns Helmut seine These, daß es Menschen gäbe, denen es einfach besser steht, wenn sie traurig sind, so bei gedämpftem Licht. Er hätte einmal eine Freundin gehabt, mit einem Blick zu Cora: Weißt du, diese Ruth, vor deiner Zeit – sie macht trotzdem einen Schmollmund –, die sei höchst reizvoll gewesen, das könne man wohl sagen, solange sie unglücklich war. Blaß, leidend, melancholische Augen mit blauen Schatten, immer ganz nah an den Tränen, und eines Tages hätte sie sich verliebt – nicht in mich, versichert er, was ich ohne Widerspruch hinnehme, und sei aufgelebt, mit frischen roten Backen und blanken hellen Augen. Dicker sei sie auch geworden, richtig pummelig. Ein wahrer Jammer.
So kann man das auch ansehen. Ich versichere ihm, daß ich ihm diesen Kummer vermutlich nicht machen werde, und trinke ihm zu. Cora scheint nicht zu merken, was hier gespielt wird, sie horcht zum Kinderzimmer hin. Der Kleinste weint, sie läuft nach nebenan. – Entschuldigt, aber die Kinder kommen immer zuerst. Immer!
Der Augenblick schien nun gekommen für ein ernstes Gespräch. Helmut ging ohne zu zögern auf sein Ziel los. – Warum hast du mich nicht um Rat gefragt, Hanna? Ich hätte dir doch ein paar gute und wichtige Tips geben können. Ich bin schließlich Experte auf dem

Gebiet. Im Schnitt fünf Scheidungen pro Woche. Man bekommt dabei einen tiefen Einblick ins Leben, das kannst du mir glauben.
– Ins Leben, Helmut? Meinst du das wirklich? Das sei das Leben, die Wahrheit, was sich vor euren Schranken abspielt?
– Immerhin, wir sehen das Ende einer Ehe, und vom Ende her sieht man die Wahrheit deutlicher. Mir scheint, daß zwischen dem Tod und einer Scheidung gewisse Parallelen bestehen…
– Findest du das nicht etwas pathetisch ausgedrückt, Herr Landgerichtsrat? – Ich hasse Gespräche über Leben und Tod! Kann sein, daß sich vom Ende her der Anfang, vielleicht sogar der ganze Weg erhellt, kann ja alles sein. Aber wenn wir schon darüber reden müssen: ich glaube, daß vom Ende her, vom Tod, von der Scheidung, von jedem Abschied aus ein Schatten fällt. Dunkelheit, nun eben: Tod. Tod auch auf das Leben, das noch übrigbleibt danach. Aber nichts davon sage ich. Er ist enttäuscht. Er dachte, mit mir könne man über diese metaphysischen Dinge reden, Cora sähe das zu leicht von der materiellen Seite aus oder komme mit ihren psychologischen Erklärungen. Ich will mich mit ihm nicht über die Nachteile einer Ehe mit meiner Schwester aussprechen.
Kurze Pause. Dann kommt er auf den Ausgangspunkt des Gespräches zurück. – Entschuldige, Helmut, ich habe tatsächlich nicht daran gedacht. Aber wenn ich es getan hätte, wäre ich wohl erst recht nicht zu dir damit gekommen. Es liegt mir nicht, jemanden um Rat zu fragen. Man kann auch gar nicht darüber reden, weißt du. Erst recht nicht mit einem Experten vom Landgericht, der mit meiner Schwester verheiratet ist und drei Söhne hat. Was ich brauchte, das war ein Anwalt, der fragt – keine Kinder? – Dem ich sagen konnte – nein – und der dann beifällig antwortet – das ist gut, das ist sehr gut, das erleichtert die Sache.
Helmut räuspert sich. – Ist wenigstens alles zu deiner Zufriedenheit geregelt?
– Völlig, Helmut, wirklich völlig. Albert hat mir so einen Anwalt, wie ich ihn brauchte, verschafft. Er war korrekt und versiert, er hatte angenehme Umgangsformen, du weißt ja, darauf lege ich Wert. Er hat nicht einmal versäumt zu sagen – eine Kavaliersscheidung also. Und auf dem Gang im Landgericht hat er sich von mir verabschiedet, nach dem Termin, weißt du, und gesagt – dann steht Ihrer nächsten Ehe ja nun nichts mehr im Wege, gnädige Frau.

Er räuspert sich wieder. – Und, wie denkst du dir deine Zukunft?
– Im Grunde genau wie Cora. Ich versuche, es richtig zu machen.
– Kannst du es nicht weniger allgemein ausdrücken?
– Kaum.
– Wir denken mit Beunruhigung an dich.
– Wirklich? Das solltet ihr nicht tun.
Dann kam Cora zurück. – Was habt ihr? Ist etwas?
– Nichts, Cora, wirklich nichts. Helmut kümmert sich um meine Angelegenheiten.
Sie holt die Familienbilder des letzten Jahres. Jedes Kind hat ein Album, jedes Bild kommt in jedes Album, damit keiner zu kurz kommt. Damit keine Verdrängungen entstehen.
Im August waren sie in Holland. An der See. Strandkorbidylle. Sehr reizend die Bilder, wo Helmut, im Bademantel, einen kleinen Leiterwagen durch die Dünen zieht. Der Wagen mit rot-weiß karierten Kissen gepolstert und angefüllt mit seinen drei Söhnen.
Er hat nachmittags noch auf dem Gericht zu tun und verabschiedet sich. Die Kinder mußten angezogen werden und »unbedingt noch an die Luft«. Ich schlug vor, daß sie alle mitkämen zur Bahn, zu dem Zug um siebzehn Uhr fünf. Schwacher Widerspruch – willst du nicht über Nacht bleiben, die Couch ist ganz bequem, wir haben allerdings nur die Reisedecke, du weißt ja, ein Gästezimmer kann man nicht haben, wenn man Kinder hat.
Als ich schon am Abteilfenster stand, hat sie gefragt – siehst du diesen Buchhändler eigentlich noch? Wie hieß er, Jörn oder so? – Doch, gelegentlich sehe ich ihn. – Herzklopfen. Der Zug fuhr an. Winken, winken. Da stand sie zwischen ihrem Hümpelchen Kinder, alle mit handgestrickten blauen Zipfelmützen. Winkt, winkt tüchtig, die arme Tante Hanne, sie ist so allein – ich sehe sogar noch, wie sie sich die Augen wischt und dann gleich alle drei Kindernasen putzt, weil sie das Taschentuch sowieso in der Hand hat.

Zwei Stunden Fahrt. Kurz vor Köln fing es an zu regnen. Ich nahm mir ein Taxi für die paar hundert Meter. Und dann, wie erwartet: die Wohnung kalt, dunkel, die Blumen welk in den Vasen. Das wenigstens hätte ich mir ersparen können. Auch das ist eine Frage der Disziplin. Drucksachen, Briefe, eine Benachrichtigung über eine Einschreibesendung, die am Postamt abzuholen sei.

Radio auf Lautstärke, Feuer anmachen, Uhren aufziehen, lüften, Koffer auspacken. Und dann wieder fort und das Licht brennen lassen, damit es beim zweiten Nachhausekommen schon besser ist. Zum Essen drüben in das kleine Lokal, wo der Ober sagt – guten Abend, Frau Doktor – die Zeitung hinlegt und mir Pökelzunge mit Sahnemeerrettich empfiehlt. Ich frage – Meerrettich mit Zunge, ist das gut? – Er weiß, wann ich reden will und wann er schweigen muß oder umgekehrt.
An der Tür, als ich nach einer halben Stunde wieder gehe, hat er mir ein gutes neues Jahr gewünscht. Das haben nicht viele getan in diesem Jahr. Als ob dieses Jahr nicht gut werden könnte. Wenigstens wünschen hätte man es doch können.

6. Januar

Die Heizung ist kaputt. Irgend etwas an der Zuleitung zu den Heizkörpern im Wohnzimmer. Wahrscheinlich könnte man das selbst reparieren. Nur ich kann's nicht. Verzweiflung nutzt da nichts, Tränen nutzen nichts. Warum gehe ich nicht zu dem Nachbarn und bitte ihn? Nur weil er damals, als Albert mich schon verlassen hatte, gefragt hat – Sie haben Ihrem Mann wohl ein Pflanzenschutzmittel gegeben? Man kriegt ihn ja gar nicht mehr zu sehen. Für Sie ist das leicht, Sie können wenigstens an so etwas rankommen, wenn ich mal was brauche, werde ich mich an Sie wenden. – Aber jetzt weiß er es ja. Er würde den Kirsch trinken, den ich ihm eingieße, und sich wichtig fühlen und irgendeinen Witz parat haben, und ich würde mich bedanken – danke, ja, vielen Dank, wenn Sie mir nicht geholfen hätten –, und an der Tür würde er sagen – das ist eben nichts, so ohne Mann im Haus, manches kann eben eine Frau doch nicht allein – und die Heizung wäre wieder in Ordnung.
Statt dessen ist es kalt. Der elektrische Ofen reicht nicht aus. Vor Montag früh ist kein Monteur zu bekommen. Ich kenne niemanden, vielleicht kommt auch dann nicht gleich jemand. Ich könnte einen Koffer packen und ein paar Tage wegfahren, bis es milderes Wetter ist, es ist ja gleich, wo ich bin, es merkt ja auch keiner. Aber ich bin so schwerfällig, ich bin doch auch kaum wieder zurück. Vermutlich liegt es nur wieder daran, daß Luft in den Heizkörpern ist, daß ich wieder

nicht weiß, wo der Schlüssel für das Ventil liegt, daß ich nicht weiß, ob man den Zuleitungshahn am Ofen nach rechts oder nach links drehen muß. Warum habe ich nicht aufgepaßt, wenn Albert das besorgt hat? Vor allem aber: Warum nehme ich es tragisch? Die Heizung ist kaputt, ich sitze im Kalten, nichts weiter. Nichts weiter.
Zum erstenmal habe ich Alberts neue Nummer gewählt.
War die Heizung dazu nur ein Vorwand? Vermutlich. Lisa war am Apparat. Sie hat meinen Namen genannt. Zuerst undeutlich.
Dann habe ich noch einmal gefragt: Wer ist dort, bitte?
– Grönland, dann, zögernd, trotzig: Frau Grönland.
Und ich habe gesagt: Hier auch, und habe aufgelegt. Vielleicht hatte sie schon vorher meine Stimme erkannt.
Ich hätte es ihr und mir ersparen sollen. Eine Stunde später rief dann Albert an. Vorwürfe. – Warum hast du das getan, Hanna?
– Fang doch nicht wieder an mit deinem Warum und Wozu! Sag mir lieber, ob du den Schlüssel für das Heizungsventil hast.
Natürlich hat er ihn nicht, natürlich weiß er nicht, wo er sein könnte, der Handwerkskasten sei doch bei mir und nicht bei ihm, außerdem sei er doch wirklich zu lange schon fort, um wissen zu können –
– Ja, ja, ja!
Ob ich etwa im Kalten säße, wie lange denn schon, es sei doch Frostwetter. Seit wann ich zurück sei, warum ich mich nicht gemeldet hätte.
In eine Pause hinein habe ich gesagt – laß es doch gut sein, mach dir doch keine Sorgen um mich, es lohnt nicht.

Also ist sie doch bei ihm. Er hätte es doch sagen können. Ich hätte ihn fragen müssen, es ihm leichter machen. Jeder wartet auf ein Geständnis des anderen. Als ob wir uns voreinander fürchteten.
Der Ventilschlüssel lag in meinem Nähkasten, wie Albert es vermutet hat.
»Ein wenig Ordnung möchte schon sein, Johanna!«
Es war tatsächlich nur Luft in den Heizkörpern, ich ließ sie ab, füllte Wasser nach, und jetzt sind die Heizrippen warm. Aber gebessert ist nichts.

8. Januar

Keine Post.
Kein Telefon.
Kein Mensch.
»Prosit Neujahr« der Männer der städtischen Müllabfuhr. Für fünf Mark.

11. Januar

Arbeiten.
Einen besseren Rat hat offensichtlich keiner zu geben. Du mußt dir eine Beschäftigung suchen! Du hast zuviel Zeit für dich. Wenn man von vierundzwanzig Stunden acht arbeitet und acht verschläft, bleiben nur – ganz recht! Eine einleuchtende Rechnung. Und was ist, wenn ich mir eine Arbeit suche? Wenn ich mich am Umsatz beteilige, mein Partikel zum Sozialprodukt beitrage? Mehr würde es doch nicht sein, dann würden dieselben Leute hingehen und sagen: Na also, wieder eine von diesen unbefriedigten Frauen, die sich in die Arbeit flüchten müssen. Unbewältigte Einsamkeit. Kompensierte Gefühle. Was könnte ich denn tun? Sprechstundenhilfe bei einem Arzt? Das wäre das Naheliegende für eine ehemalige Arztfrau. Alberts Kittel hängen sogar noch im Schrank. Oder Sekretärin in einer pharmazeutischen Firma? Vielleicht sogar in Alberts, dort sucht man Schreibkräfte. Das Vokabularium beherrsche ich durch Alberts Korrespondenz und durch die Aufsätze, die er damals veröffentlicht hat. Sprachen. Manche Leute halten es für interessanter, wenn man in einem Büro statt »mit verbindlicher Hochachtung empfiehlt sich Ihnen« unter einen Brief schreibt: »Yours sincerely.«
Was habe ich denn vorzuweisen? Ein angefangenes Studium, ein paar Jahre im Büro des amerikanischen Verbindungsoffiziers, um Geld zu verdienen für Albert und mich. Gelernte Ehefrau und statt eines Zeugnisses eine Scheidungsurkunde, was etwa einem Zeugnis gleichkommt. Für eine Bewerbung ganz ungeeignet.
Du bist doch intelligent! Ja, eben, bei meiner Intelligenz. Mag sein, daß sie mich zu manchem befähigt, sicherer aber ist, daß sie mir jetzt hinderlich ist.

Wie ich das aushalte? Den ganzen Tag. Und auch die ganze Nacht, wir sind doch beide Frauen, wir können doch offen darüber sprechen. Das können wir zwar nicht, aber: darum geht es mir. Ich will es aushalten. Außerdem habe ich Übung. Ich war nämlich mit Albert verheiratet, mit einem Mann, der von sieben Tagen mindestens fünf, meist aber auch sechs und oft noch mehr, nicht bei mir war.
Warum ich so selten schreibe?
Um euch das zu ersparen, was hier steht. Ihr würdet sagen, eine wie die andere, ich sei verbittert, wenn ich so weitermache, würde ich vom Leben beiseite geschoben, stände außerhalb, dafür würde man immer bestraft, man müsse sich abfinden. Ich hätte mich in die Isolation begeben, jetzt noch freiwillig, aber eines Tages würde ich feststellen müssen, daß sie nicht mehr freiwillig ist. Arbeit trage ihren Sinn in sich selbst, genau wie das Leben. Cora bezieht solche Ansichten von ihrem Mann, sie macht sie sich mundgerecht, um dann ihren Brief mit einem hingekritzelten: »Klausi ruft, er hat Durchfall, der arme Kerl, er wird ganz dünn dabei. David hat jetzt einen Scheitel, mit Wasser gebürstet, er sieht so süß damit aus, schreib doch mal, Du hast doch Zeit!« zu schließen.
Manchmal überlege ich, wie lange sie mir wohl schreiben werden, wenn ich nicht mehr antworte. Wie wird das sein, wenn man wirklich allein ist. Wenn man keinen hat, mit dem man telefonieren kann, keinen, dem man einen Brief schreiben mag. Wirklich allein in dieser Wüste voller Menschen. »Die wahren Eremiten wohnen heute in der Stadt«, eine von J.s Thesen. An jedem sogenannten einsamen Fleck auf der Erde sei man aufspürbar, finde man Zuschauer, Bewunderer, Publikum, nur nicht in der Etagenwohnung eines Mietshauses.
Beim Umräumen der Bücher fiel mir das »Abc der Verkaufskunst« in die Hände. Auf der ersten Seite steht, von mir geschrieben: »Wer A sagt, muß das ganze Abc sagen« – und dahinter mein H. Mittlerweile hat er dieses Alphabet gelernt. Von A–Z, vorwärts und rückwärts. Das Abc der Verkaufskunst.
Wir saßen in unserem Zimmer in der Uhlandstraße, Albert, auch dort schon, auf der Fensterbank, immer halb draußen, sicher hätte mir das damals schon auffallen müssen, »Fluchttendenzen«, würde es Cora wohl nennen. Ich saß in dem einzigen Sessel, der uns gehörte. Wir lasen uns gegenseitig aus diesem Abc-Buch vor. Noch war alles Spaß. Noch war es nur eines unserer vielen Projekte, die wir in jenem Früh-

ling machten, um endlich aus diesem möblierten Zimmer herauszukommen. Mein Gott, wie viele Projekte hatten wir! Albert hatte sich auf eine Anzeige hin beworben. Bis dahin hatte ich nicht einmal gewußt, was das ist, ein Arzt-Vertreter. Ich glaubte noch, das sei ein Arzt, der einen anderen im Krankheitsfall oder im Urlaub vertritt. Albert hat das auch einmal getan und für vier Wochen eine Landpraxis übernommen. Bei dieser pharmazeutischen Firma wurde »einwandfreies Auftreten«, »gute Garderobe«, »Menschenkenntnis« und natürlich, aber was galt das schon, »abgeschlossenes medizinisches Studium« verlangt. Und geboten: Fixum, Provision, Firmenwagen, bei Privatwagen Kilometergeld.
Bis zu dem Tag bestand Alberts Fixum aus fünfzig Mark im Monat, bei freier Kost im Krankenhaus. Logis bei mir.
Albert las vor – hör dir das an, Penny! »Verdienen wird groß geschrieben, dienen nicht minder.« Was habe ich denn immer gesagt: der Arzt als Diener der Menschheit, Diener bekommen Trinkgelder. Und dann hier, »der Anzug ... ist von großer Wichtigkeit.« Was meinst du, einwandfreies Auftreten, habe ich das? Manier und Manieren – wie ist das mit meinen Manieren? Er nahm seine Baskenmütze vom Haken an der Tür, ging zum Spiegel, lüftete die Mütze, lächelte gewinnend, sagte: Ah, guten Morgen, Herr Dr. Grönland – dann zu mir hin –, was für ein liebenswürdiger Mensch! Und so dezent angezogen, geradezu bescheiden, um nicht zu sagen schäbig, ohne Krawatte! Und der Rock! Ehemaliger Offizier, was? Unterarzt? Aha! Steht ihm gut. Garantiert das Auftreten! In der Offiziersmesse gelernt, wie? Gut gewachsen! Hast du beobachtet, wie er mir zugelächelt hat? Und dieses Grübchen im Kinn, direkt sympathisch und noch so jungenhaft, noch so ohne allen Lebensernst, ein gewinnendes Verkäuferlächeln – und dann, wieder zu seinem Spiegelbild: Leben Sie wohl, Herr Doktor, empfehlen Sie mich Ihrer reizenden Gattin, wirklich, es hat mich sehr gefreut, Sie sollten Vertreter werden, Herr Doktor, Sie sind der geborene Kaufmann.
Wir hielten uns in den Armen und lachten.
Ich nahm ihm das Buch weg und las weiter vor, irgendeine Stelle, es sind so viele rot und grün angestrichen. Ich glaube, keiner von uns hat nach diesem Nachmittag das Buch wieder in der Hand gehabt. Eine Woche später erhielt er das Angebot der Firma und nahm an. Einen Monat danach begannen unsere Trennungen.

Irgendwann hat Albert einmal geäußert, ob er seinen Dienst nun im Sprechzimmer versehe oder ob er die Stunden im Wartezimmer verbringe, er bliebe schließlich der, der er sei, auch wenn er als letzter drankomme, auch wenn er den Herrn Kollegen fragen müsse, ob er jetzt noch Zeit für ihn habe. Es komme nur darauf an durchzuhalten. Wenn man ihn erst für seriös genug ansehe, wenn er bekannt sei im Kollegenkreis, wenn man ihn erst einmal in die Kliniken ließe, wenn wirklich einmal ein medizinisches, ein pharmakologisches Gespräch zustande käme – darum ginge es doch – es sei ja auch notwendig, daß die Arzneimittel von Leuten auf den Markt gebracht würden, die etwas davon verstünden, und die alten Praktiker benutzten nun mal mit Vorliebe die Medikamente, die man bereits vor zwanzig und dreißig Jahren verordnet hätte, als sie noch zur Universität gingen. Er versuchte sogar, so etwas wie Ideale dabei zu behalten.

So bleibt es ja nicht, hat er gesagt, da hatte er schon den Wagen, da trug er schon einen Anzug, den ein Schneider gearbeitet hatte, der Wagen gehörte zwar noch der Firma, aber es war doch ein Auto, und er fuhr ihn gern, sein zweites Zuhause. Die Woche über und meist auch über das Wochenende hinaus lebte er in Gasthöfen. Das Fixum wurde höher, und die Provisionen wurden auch höher, und er war länger fort und kam immer seltener nach Hause, dafür brachte er dann größere Geschenke mit. Tutti wurde geboren, und er war nicht da. Sie lernte nach meinem Finger zu greifen, und er war nicht da. Sie lernte laufen, lernte sprechen, und ich unterrichtete ihn schriftlich von ihrem Ergehen, soweit ich das konnte, abends war ich oft müde. Tutti wurde krank, und nach zwei Wochen war sie tot. Ein halbes Jahr danach zogen wir in diese Wohnung, weil ich hoffte, ich wäre dann in seiner Nähe.

Wie leicht kann man heute sehen, woran es gelegen hat. Und daß es so hat kommen müssen, und daß es der »Sog der Zeit« war, in den wir geraten sind. Alles ist folgerichtig. Albert stammt aus »kleinen Verhältnissen«, sein Vater war Lehrer auf dem Land und ist früh gestorben, seine Mutter ist ehrgeizig. Er hat wohl gedacht, er müsse seiner Frau etwas bieten, sie sei es gewohnt. Einmal hat er geäußert, er sei für einige Zeit kein Doktor, sondern er habe ihn, den Titel, den Grad, und man bezahle ihm den immerhin mit elfhundert Mark im Monat – und du darfst nicht vergessen, Hanna, daß der vorige Staat ihn mir finanziert hat, während des Krieges, sonst hätte ich ihn nie erworben. Also: kein Selbstmitleid! Es geht den jungen Ärzten schlecht, immerhin sind sie mit dem Leben davongekommen. Das Leben ist gerecht. Man bekommt sein Teil, man bezahlt sein Teil, mal vorher, mal nachher. Man kann sich gar nicht genug hüten, in einer solchen Entwicklung eine Ungerechtigkeit des Lebens sehen zu wollen.

Warum wirft man solche Bücher nicht rechtzeitig fort? Nur weil ein Datum drin steht und ein Name und weil das einmal wichtig war? Das tun nur Frauen, ihr Schiff mit solchem Ballast beladen. Immer einen Fuß in der Vergangenheit und immer die Angst, keine zu haben. Dokumente einer Zeit, in der man wichtig war, Mittelpunkt.

Behängt mit Gewichten. Und dann wundert man sich, daß man nicht zu springen vermag, daß man nicht loskommt von dem allen. Und weiß es. Weiß sogar, woran es liegt. »Erkenntnis ist ein schönes Mittel zum Untergang«, zitiert J. – Man versteht sich auf die Analyse, nur von der Therapie haben wir alle keine Ahnung, sagt Albert. Warum wirft man das nicht auf einen Haufen, Bücher, Bilder, Briefe, und macht ein Feuer davon, Schachteln mit Heidekraut, dürre Zweige und braune Krümel, vergessen, wo sie einmal geblüht haben, wer sie pflückte, aber: aufgehoben in einer Schachtel. Briefe, sortiert nach Daten, unten der Anfang und oben das Ende, zuerst dicke Briefe, dann dünne, gebündelt, Seidenbändchen. Fotos mit und ohne Widmung, eine ganze Truhe voll Vergangenheit. Einmal hat J. sich auf diese Truhe gesetzt, ich lachte, als mir das auffiel, er fragte nach der Ursache meines Lachens, ich habe nicht gesagt, daß er auf meiner Vergangenheit säße. Wo sollte ich da anfangen zu erzählen? Er fragt nicht danach. Manchmal erzähle ich, ohne Aufforderung, ein kleines Stück. Ich suche etwas Heiteres aus, man kann aus jedem Stück Vergangenheit eine Anekdote machen, Blinklichter, ein bißchen Spott, ein bißchen Ironie. Es ist alles so lange her, und man hat es ja auch überlebt, du siehst es ja, ich sitze hier leidlich wohlbehalten in meinem Sessel. Trotzdem wird er dann schweigsam und verdrossen und rückt von mir ab. Einmal nur hat er gefragt, wie ich denn ausgesehen hätte mit neunzehn, als junges Mädchen. Da habe ich die Truhe aufgemacht und in den Fotografien gesucht und ihm auch ein paar andere gezeigt; er sah zwischen den Bildern und mir hin und her und suchte mich. Der Vergleich ging nicht zugunsten der Gegenwart aus.

So ist es immer. Wenn ich ihn frage, wo warst du damals, achtunddreißig, dann denkt er einen Moment nach und antwortet bereitwillig – in Dresden, ich hatte eine Buchhandlung gepachtet, ich beabsichtigte, ein Antiquariat einzurichten. – Zwei Stunden später weiß ich es dann schon nicht mehr genau. Ich verbinde keinerlei Vorstellungen mit diesen Sätzen. Ich kenne die Stadt nicht, aus der er kommt, nicht die Menschen, mit denen er zusammen gelebt hat und heute zusammen lebt. Wenn ein Frauenname fällt, versuche ich ihn mir zu merken, frage manchmal, bei späteren Gelegenheiten, war das Mona? Meist stimmt es nicht. Man wird müde dabei. So viel Leben ohne den anderen und so wenig, was uns beiden gehört. Einmal, als wir am Abend im »Walfisch« saßen, hab' ich gesagt, er solle mir seinen Lebenslauf aufschreiben, mit Daten und Ortsnamen, ich verspräche, ihn gewissenhaft auswendig zu lernen. Da hat er ohne jede Ironie gesagt – nur für den Fall, daß ich mich eines Tages offiziell bewerbe, sonst ist das nicht üblich. Vorher hat man das Herz als Kompaß, und das findet sich ohne Markierungen zurecht – von solchen Sätzen lebe ich dann. Die Fragen gehen zurück in die Vergangenheit, die Antworten in die Zukunft, und beides gehört uns nicht. Nur dieser schmale Grat, auf dem wir balancieren, oftmals ohne die Hand des anderen zu spüren. Ich weiß nicht, wie andere das können.
Ich habe nicht den Mut, ihm zu schreiben, was geschehen ist. Daß ich seit Wochen schon frei bin. Frei von... Frei für... Er soll sich nicht verpflichtet fühlen. Es ist unabhängig von ihm geschehen. Aber die Aspekte sind nun verschoben. Als er anrief, gestern, hat er wie früher gefragt – du bist allein? – Und ich habe geantwortet – ja. – Soll ich noch hinüberkommen?
– Wenn du magst.
– Also nein. Wie merkwürdig du jetzt oft bist.
Merkwürdig? Wahrscheinlich bin ich wirklich merkwürdig, auch für ihn, nicht nur für Außenstehende.
Nie war ich so unfrei wie jetzt. An manchem Abend sitze ich und denke mir Geschichten aus, falls er anruft. Aber meist ruft er dann nicht an. Und wenn er es tut, bin ich einsilbig, nichts fällt mir ein, was ich ihm erzählen könnte, es ist den Tag über ja nichts geschehen, was ihn interessiert. Und wenn er den Hörer auflegt, bin ich verzweifelt, daß schon vorbei ist, worauf ich stundenlang gewartet habe. Ich sitze

vor diesem magischen Kasten, die Nummern, die ihn zurückrufen könnten, in den Fingerspitzen, und rühre das Telefon nicht an; alles beginnt von vorn. Abends verlasse ich das Haus nicht vor elf Uhr, weil ich denke, er könnte noch anrufen, er hat jetzt die Buchhalterin nur noch in den Abendstunden und ruft an, wenn sie gegangen ist, bevor er auch nach Hause geht. Nach elf Uhr hat es keinen Sinn mehr zu warten, dann gehe ich noch einmal ums Viereck, zum Bahnhof und stehe dort eine Weile herum und komme zurück und sehe von unten her das Licht in meinem Zimmer und bilde mir ein, nach Hause zu kommen.

Vorhin war ich unten. Ich hatte keine Zigaretten mehr. Ich ging zu einem Automaten, warf die Geldstücke ein. Als ich die Lade aufzog, um die Schachtel herauszunehmen, sagte eine Stimme: Die Firma Beier dankt Ihnen für Ihren Einkauf. Auf Wiedersehen. – Die einzigen Worte, die man heute zu mir gesagt hat. Was für ein menschenfreundlicher Apparat! Ich sollte mir einen Automaten in die Korridortür einbauen lassen. Guten Abend, Frau Grönland, herzlich willkommen, fühlen Sie sich wie zu Hause.

Anfang Februar

Ich habe diesen Fabian schon wieder getroffen.

Zufällig, so schien es zunächst. An der Ecke zum Dom. Er stand da herum, tat dann so, als habe er darauf gewartet, daß ich vorbeikommen würde. Er wirkte noch zerstreuter als sonst, noch nachlässiger in der Kleidung. Wahrscheinlich hält er für salopp, was nur unordentlich ist. Albert meint, sein fahriges Wesen sei nur ein Ausdruck seiner Faszination für etwas, was eben nicht im Blickpunkt anderer liegt, also nur eine scheinbare Unkonzentriertheit. Wie er aussieht, was er tut oder sagt, scheint ihm unwichtig in der Wirkung auf andere Menschen. Diese Gleichgültigkeit erreicht genau das Gegenteil, man versucht, sein Interesse zu wecken, instinktiv wehrt man sich gegen seine Mißachtung; im Gegensatz zu Albert glaube ich, daß er bewußt und absichtlich provoziert.

Er schlenderte neben mir her, ohne sich dann weiter um mich zu kümmern, ohne zu fragen, wohin ich wollte, ob mir seine Begleitung recht sei. Er ging mit zur Sparkasse, ich hob Geld von meinem Konto

ab, ich schrieb ein paar Überweisungsformulare aus, und er wartete das ab. Er saß auf einem der Drehstühle, stieß sich mit dem Fuß ab und drehte sich im Kreise, wie es Kinder auf Klavierschemeln tun, erregte die Aufmerksamkeit der Mädchen hinter den Bankschaltern, sie kicherten, er schien das nicht zu merken, stand bereitwillig auf, als ich fertig war, hielt mir die Drehtür auf, tat auch das so auffällig, daß ich mich über ihn ärgerte. Er fragte mit keinem Wort, wie es mir ginge, fragte wieder nicht nach Albert. Ich bin sicher, daß er ihn monatelang nicht gesehen hat und nichts weiß. Sein Haar hing in feuchten Strähnen in die Stirn. Sobald ich ihn ansah, hatte ich das Bedürfnis, sie wegzustreichen. Immer ist irgend etwas an ihm in Unordnung, das man richten möchte, der Hemdkragen, der Schlips, der Schal.
Später Vormittag. Die Luft milchig. Die Häuserwände feucht und fleckig. Rost und Dieselöl. Manchmal das hastige Flügelschlagen einer Möwe, die sich in die Seitenstraßen verirrt hat, vielleicht auch eine Taube vom Dom. Wir gingen durch die Straßen, ganz ohne Ziel und Plan. Ich dachte sogar darüber nach, warum ich das tat, warum ich nicht abbog und nach Hause ging. Von Zeit zu Zeit blieb Fabian stehen, faßte mich beim obersten Mantelknopf, redete auf mich ein, in Sätzen, die er in den langen Pausen poliert hatte. Sie blinkten vor Glätte. – Was vermag schon eine Seele aus sich selbst? Immer braucht sie einen Katalysator, um sich verändern zu können, zu rühren. Einen Sternenhimmel, eine Melodie, ein Lächeln, einen Duft oder wenigstens einen Mokka. Ohne die Wahrnehmungen der Sinne bleibt sie stumm, taub, gelähmt. – Solche Sätze. Mit denen man nichts anfangen kann.
Mittags sind wir in ein Lokal gegangen und haben zusammen gegessen. Es war überfüllt. Eines der Lokale, in die ich seit Jahren nicht mehr gehe. Kleine Angestellte essen dort im Abonnement. Deutsches Beefsteak, Fischkoteletts. Eine Speisekarte, die schon beim Lesen satt macht, handgeschrieben. Es riecht nach Öl und verschüttetem Bier und aufgewärmter Bratensoße. An der Theke lehnen Arbeiter und trinken im Stehen ein Bier und einen Korn, sie kommen von der Baustelle nebenan. Karierte Baumwolltischdecken, eine Serviette drübergelegt. Bestecke aus Alpaka. Die Gabeln verbogen. Und über allem Karnevalsdekoration. Grüne und rote Papiergirlanden. Sonne, Mond und Sterne.
Als wir endlich einen Platz fanden, mit anderen an einem Tisch, sagte

Fabian, daß es seine Angewohnheit sei, eine Frau mittags in ein solches Lokal zum Essen zu führen. Gewissermaßen zur Probe, sein privater Test auf die Brauchbarkeit einer Frau. Ich ärgerte mich, lachte trotzdem, gab von vornherein zu, daß ich diese Probe nicht bestehen würde, was er dann auch keineswegs bestritt, sondern mit einem – Sie? Nein! Niemals! – bekräftigte. Kurze Pause, dann – man hätte Ihnen das öfter sagen sollen. – Seine Aufrichtigkeit ist zu einem großen Teil fehlende Erziehung, er kompensiert das.
Ohne mich zu fragen, bestellte er für uns deutsches Beefsteak mit gemischtem Gemüse und für beide ein obergäriges Bier. Als der Ober gegangen war, fragte er plötzlich – wie heißen Sie eigentlich mit Vornamen? Ich sagte – Hanna –. Ich sage sonst Johanna, warum ich es diesmal nicht tat, weiß ich nicht. Er zündete sich eine Zigarette an, blies mir den Rauch ins Gesicht, wischte ihn, soweit das noch ging, mit der Hand weg, ohne Entschuldigung, nicht meinetwegen, sondern um mich gründlich ansehen zu können, und sagte – paßt großartig. – Zitierte dann dieses verhaßte und mir wohl ein dutzendmal servierte »Es bleibt die Hanna Cash, mein Kind, bei ihrem lieben Mann« – für alles gibt es Sprüche, sogar welche mit namentlicher Anrede. Dieser ist von Brecht. Zum erstenmal habe ich ihn zusammen mit Albert gehört, wir lachten, wir sahen uns an, einer griff nach der Hand des anderen.
Fabian kommentierte dann gleich weiter, daß man die Bezüglichkeiten nicht verschleiern dürfe, sie müßten deutlich sein, impertinent, widerwärtig, quälend, auf jeden Fall aber deutlich, nichts anderes, keine Fehldeutung zulassen, die Zeit der versteckten Symbole, der kunstvollen Metaphern sei vorbei, bloß keine Verfremdung.
Das Beefsteak war nicht einmal schlecht, ich aß sogar mit Appetit, wahrscheinlich weil ich nicht allein hinter meinem Teller saß. Wir tranken durstig das Bier in großen Zügen, auch das schmeckte mir. An der Wand ein Plakat »Durst wird durch Bier erst schön«, Fabian wies mit der Gabel drauf, sagte – wie immer, die Umkehrung paßt genauso gut, Bier wird durch Durst erst schön.
Wir aßen einen rosagefärbten Pudding mit Vanillesoße. Das Lokal leerte sich noch immer nicht, es wechselten nur die Gäste. Jemand hatte den Musikautomaten eingestellt, und man trank sein Bier zu »Weißer Holunder blüht wieder im Garten«. Die Angestellten kamen, deren Mittagszeit um eins beginnt.

Fabian gab zu, daß er mir aufgelauert habe. Er suche nämlich ein Modell. Ihm schwebe da eine Frau vor, er wisse noch nicht genau, wie sie auszusehen habe, er kenne diesen Typ überhaupt zu wenig, er verstände nicht genug von Frauen, wenn er über genügend Geldmittel verfügen würde, besäße er ein Haus mit zwanzig Frauen und mit vierzig Kindern. – Ich lachte ihn aus, fragte – ist Ihre Kapazität so groß? Wieder einmal beachtete er nicht, was ich sagte, sondern fuhr fort, daß es ihm darum gehe herauszubekommen, aus welchen Motiven eine derartige Frau handele. – Passen Sie auf...

Zuerst dachte ich, er habe J. kennengelernt. J. habe ihm alles erzählt. Ich war nicht einmal ärgerlich oder auch nur gekränkt, daß J. mit einem Fremden über uns gesprochen hatte, fast war ich erleichtert, als sei der Bann endlich von uns genommen. Es dauerte Sätze lang, bis ich begriff, daß Fabian unsere Geschichte erzählte, ohne sie zu kennen. Als Modellfall.

Es ist merkwürdig, Albert und ich haben einmal, nach einem Besuch Fabians, darüber gesprochen. Schriftsteller können nicht erzählen. Sie deuten immer nur an, werfen Bruchstücke hin. Sie erzählen nicht für den Zuhörer, nicht, um sich verständlich zu machen oder gar zu unterhalten, was sie mit Entrüstung ablehnen würden, sondern lediglich, um selbst hinter die Zusammenhänge ihrer eigenen Geschichte zu kommen.

Er sagte – wie finden Sie den Titel: Nahm den Mantel und ging? – Ich zuckte die Schultern. Er sagte – der Titel ist theatralisch, das ist gut, das muß er sein, aber egal, wie Sie ihn finden. Also, die Konstellation ist folgende: Zwei Menschen begegnen sich. Beide nicht mehr jung und demzufolge beide gebunden. Jeder hat ein Bündel Vergangenheit, merkt aber im Augenblick der Begegnung, daß es keine befriedigende Gegenwart gibt, keine lohnende Zukunft. Übrigens, keine der flüchtigen, leicht vollzogenen Begegnungen, sondern eine dieser schwerwiegenden, die vom ersten Sehen an den tragischen oder wenigstens doch den melancholischen Grundton haben. Möglicherweise bereits den Todeskeim. Es kann sich nur darum handeln: immer oder nie.

Bei der zweiten Begegnung bereits beschließen sie fortzugehen. Nur eine solche Lösung ist möglich. Ich gebrauche hier ganz bewußt den Ausdruck Lösung. Eine der Vergangenheit gegenüber verantwortliche gibt es nicht. Sie fixieren einen Zeitpunkt und einen Treffpunkt, der Mann ist in mancher Hinsicht eine poetische Natur, wie man das bei Männern in diesem Alter häufiger findet, eine mit, entschuldigen Sie, Inselromantik. Es kommt von vornherein für diese Flucht nur der Herbst und eine Insel in der Ägäis in Frage. Insel und Herbst, beides ist durchaus symbolisch zu nehmen. Sowohl das Datum als auch der Ort sind für beide mehr als Namen und Kalendertage. Sagen wir, es handele sich um...

Ich warf ein – den zwölften September. Patmos.

Er wiederholte – gut, sagen wir ruhig der zwölfte September, sagen wir Patmos. Wo liegt das übrigens? Bis zu diesem Datum regelt jeder für sich seine Angelegenheiten, daß er dann weggehen kann und nichts weiter zu tun hat, als seinen Mantel zu nehmen. Über das Wie wird nicht gesprochen, beide sehen sich in dem dazwischenliegenden Zeitraum nicht. Sie werden mittellos – unvermittelt! – ein neues Leben beginnen, das Schiffsbillett ist alles, was sie nun noch besitzen. Da sie alles zurücklassen, lassen sie auch die Schuld zurück. Ist Ihnen das klar, Hanna? – Er redete mich zwar an, wartete aber natürlich keine Antwort ab, sah also auch nicht, daß ich den Kopf schüttelte. –

Es geht dabei um folgendes, und da liegt das Problem: Hat ein Mensch nur die Verantwortung für das eine reale Leben zu tragen, das er führt? Also für Entscheidungen, die er bereits früher und zu früh getroffen hat, deren Auswirkungen es ein ganzes Leben lang zu bewältigen gilt? Oder: gibt es auch eine Verantwortung den Lebensmöglichkeiten gegenüber? Darum geht es. Hier tut sich für zwei Menschen spät noch die Möglichkeit auf, miteinander etwas Ungewöhnliches, Unalltägliches, vielleicht sogar Ungeheuerliches zu beginnen, etwas in die Wirklichkeit transponieren zu können, was von vornherein zu Verzicht bestimmt zu sein scheint. Die Gewichte sind dabei ungleich verteilt, der Mann gibt, mit allem anderen, auch mehr Schuld auf, mehr an Verantwortung, er hat Kinder, hat eine Frau, die der Fortführung seiner Geschäfte nicht gewachsen sein wird. Die Frau, diese andere, um die es sich handelt... Aber das spielt vorerst noch keine Rolle, das sind schon Details. Man vereinbart den Tag. Man will sich in einer Hafenstadt treffen, sagen wir in Genua. Was ich von Ihnen wissen will, ist nichts weiter als: wer versagt?

Ich sah an ihm vorbei, sagte – die Frau –, stand auf, nahm meinen Mantel und ging.

Und jetzt sitze ich hier. Es ist längst Nacht geworden. Ich habe die Schiffskarte hervorgesucht. Das einzige, was geblieben ist.
Als ich eine Viertelstunde zu Hause war, klingelte es. Fabian kam, ich wußte, daß er es sein würde, ich habe ihn vor der Tür stehenlassen. Er hat gefragt – warum ist die Frau nicht gekommen? Darum geht es doch. Um das Motiv, was meinen Sie denn, warum ich Ihnen das unterbreitet habe?
Ich sagte – vielleicht hatte sie keinen Mantel.
Er sagte – Unfug.
Dann habe ich gesagt – sie ist ja gekommen, aber sie hat sich umgedreht.

Ich habe die Tür zugemacht. Ich war erschöpft, ich war außerstande, auch nur ein Wort noch von ihm anzuhören. Es wundert mich, daß er nicht gesagt hat, ich müsse ihm das Essen und das Bier noch bezahlen. Ich habe mich an den Tisch gesetzt und den Kopf in die Hände gelegt und gehofft, daß es vorbeigeht, wie ein Anfall, an den man gewöhnt ist, dessen Dauer man kennt, dessen Heftigkeit wechselt, den man über sich ergehen lassen muß. Schließlich habe ich dann doch ein paar von den rosa Dragées geschluckt und mich »beruhigt«.
Albert hat einmal geäußert, als er noch Assistent am Krankenhaus war, daß er eine Gebrauchsanweisung für Selbstmörder schreiben wollte, das würde der Unfallstation viel Arbeit ersparen. Wenn man zehn Jahre mit einem Arzt verheiratet war, taugt man nicht einmal mehr zum Selbstmord. Man wird dem eigenen Körper gegenüber mißtrauisch. Tabletten sind nicht tod-sicher.
Ich habe wieder lange in St. Columba gesessen. Ich bin gern dort, sitze hinten auf der Steinbank, ein Außenseiter. Die Abendandacht war fast zu Ende. Neben mir stand ein Kind, kaum älter als zwölf, ein Mädchen. Sie hat laut und deutlich das Vaterunser mitgebetet. »Und erlöse uns von dem Leben.« Vielleicht weiß sie es gar nicht anders. Vielleicht hat sie es von ihrer Mutter gehört – erlöse uns von dem Leben.
Ich werde nie wieder das Vaterunser hören können, ohne an dieses Kind zu denken. Wahrscheinlich werde ich nun oft dasselbe denken, ob mein Denken Beten ist, weiß ich längst nicht mehr; erlöse uns von dem Bösen; bei mir ist das Böse mit dem Leben identisch.

Müde, durchkältet, ungetröstet bin ich zurückgekommen.
Ein Verhältnis, in dem nur eines möglich ist: immer oder nie. Weiß er eigentlich, was er verlangt? Das sind doch Thesen. Thesen kann man nicht leben, das ist unmenschlich.
Als wir an jenem Nachmittag an der Stazione Marittima standen, vor dem Schiff, mit dem wir am nächsten Mittag Genua verlassen wollten, als man unser Gepäck schon verladen hatte, da hat er zu mir gesagt: Dreh dich nicht um, Hanna, dreh dich nicht um! Er hat dasselbe gemeint. Immer oder nie. Jetzt oder nie.
Männliche Alternative. Das Scheitern liegt darin bereits verborgen. Uns Frauen obliegt es, das Scheitern zu vollziehen, zu beschleunigen. Dreh dich nicht um!
Und ich habe gelacht. Ich fühlte mich unsicher. Der Mann neben mir war fremd. Das Land, die Sprache, alles war fremd. Ich versuchte sogar zu singen – »dreht euch nicht um, der Plumpsack geht um, wer sich umdreht oder lacht«, ich habe beides getan.
Er sagte: Es ist ernst, Hanna.
Ich kannte ihn nicht. Ich wußte nicht einmal soviel von ihm wie seine polizeiliche Meldestelle. Ich habe ihm in der Pension in Boccadasee, einem Vorort von Genua, wo wir zuerst wohnen wollten, den Anmeldeblock weggenommen und gelesen, was er eingetragen hatte. Er hat am sechsundzwanzigsten Juni Geburtstag. Ich sagte, daß ich immer mit Wassertieren zu tun hätte. Schon wieder ein Krebs! Man kommt so schwer vorwärts mit Krebsen, man muß sie mit Laternen fangen. Er ist fünfzehn Jahre älter als ich, und die übrigen Jahre kannte ich auch nicht. Er hat mir den Block weggenommen und gefragt – wie heißt du mit Geburtsnamen? Er hat sogar gesagt – was bist du für eine Geborene? – Ich sagte – Schmied, Schmied ohne t, aber ich bin nicht deines Glückes Schmied. – Er sagte – laß das jetzt! Wann bist du geboren? Ich sagte – am zwölften September.
Da liefen mir schon die Tränen übers Gesicht. Er hat mich auf dem Meldezettel als seine Frau eingetragen. Es war ja nur für diese eine Nacht, ich war es damals aber noch nicht gewöhnt. Mir schien, als brächten wir seine Frau um und Albert auch.
Er riß den Zettel ab, knüllte ihn zusammen, tat ihn in seine Jackettasche, er rief nach der Wirtin, ich verstand nicht, was er sagte, er bezahlte den Espresso, den wir getrunken hatten, sagte – komm, komm schon, wir gehen weiter. Jeder nahm seine Reisetasche und

seinen Mantel wieder auf. Es hätte mich nicht gewundert, wenn er nun gesagt hätte – mach, daß du nach Hause kommst, mit Kindern reist man nicht. Aber er schwieg. Erst nach einer Weile sagte er – so geht es nicht, Hanna. Wir dürfen uns nicht umdrehen. Nicht umdrehen, nicht lachen. Und weinen darfst du auch nicht.
Kinderverse, merkwürdige Spiele von Kindern, in denen das Ja und das Nein und das Weinen und das Lachen verboten sind.
Es dunkelte schon, es war September, der Abend kam früh, Wolken zogen auf. An den Kais flammten kilometerlang die Lichter auf, im Nordwesten sah man den Lichtkegel der Lanterna. Wir waren in Genua. Und es war der zwölfte September.
Wir gingen zur Uferpromenade, schoben uns durch die fremden Menschen, wurden geschoben. Wir setzten uns auf eine Mauer am Wasser. Den Mantel umgehängt, die Taschen neben uns. Jörn sagte – wenn erst aus morgen gestern geworden ist, dann sind wir fort, dann sind wir erlöst.
– Ein neues Land, Hanna! Ein neuer Mensch, Hanna, jeder Tag wird neu sein, wir lassen alles zurück, wir wissen nichts voneinander. Ich kenne den Duft deiner Schultern nicht, ich weiß nicht, ob du lachen wirst, wenn ich dich küsse, ich weiß nicht, ob du Kaffee oder ob du Tee am Morgen trinkst, ich weiß nichts, nichts, nichts, Hanna. Vielleicht bist du wirklich ein Engel, aber vielleicht bist du auch eine Dirne. Vielleicht ist Patmos das Paradies, vielleicht wird es die Hölle.
Ich saß neben ihm und dachte, daß es besser wäre, mich zu küssen, als über den Duft meiner Schultern zu reden. Ich dachte, daß ich beides nicht bin, weder ein Engel noch eine Dirne, ich dachte, daß Patmos kein Paradies und keine Hölle sein würde, sondern eine Insel, auf der zweimal in der Woche ein Schiff anlegt, im Winter wohl überhaupt nicht, und es wurde bald Winter.
Ich konnte nicht fliegen wie er. Meine Arme wurden immer schwerer. Die Flut kam, das Wasser stieg, vielleicht war es auch nur der Wind, der abends am Mittelmeer aufkommt und die Wellen höher treibt, manchmal spritzte mir das Wasser bis ins Gesicht, ich wischte die Tropfen mit der Zunge fort, sie waren salzig. Jörn sah nicht, daß ich fror, daß ich nasse Füße bekam, daß ich müde war. Dreißig Stunden war ich gefahren. Und er redete, redete von Liebe.

Jedes Wort schloß mich ein. Ich wehrte mich dagegen, wie konnte er über mich verfügen und gleichzeitig neben mir sitzen und mich nicht beachten. Übers Meer blicken, als läge dort, wohin er bereits sehen konnte, Patmos. Als gehörte ich ihm schon.
Als er dann wieder sagte – Liebe, Hanna – Liebe, das ist...
Da habe ich ihn unterbrochen. – Liebe kann man nicht sagen, Liebe kann man nur tun. – Da erst sah er mich an. Und erkannte mich und ich ihn. Und ich wußte wieder, warum ich gekommen war und warum dies sein mußte. Wir hielten uns mit den Augen aneinander fest, und ich wußte, daß ich verloren war, wußte, daß es weh tun würde. Das Glück, das Unglück, immer würde alles weh tun.
Jörn stand auf, sagte – wir müssen ein Dach für unsere Liebe suchen, und diesmal wirst du nicht dazwischenreden, sondern mitkommen. Ich nickte. Wir nahmen wieder unsere Taschen auf und gingen. Der Wind raschelte in den Palmblättern, man hörte, daß der Sommer zu Ende war. Woran? Ich weiß es nicht mehr, aber Jörn hat es auch gehört. – Wir müssen uns beeilen, Hanna, daß wir wegkommen.
Er mußte in mehreren Hotels fragen. Ich habe draußen gewartet. Schließlich hat er mich geholt, hat mich in den Eßsaal gebracht und allein in der Halle die Formalitäten erledigt. Ich saß an einem Tisch am Fenster. Der Raum war kahl und hoch, von den grünen Bodenfliesen stieg Kühle auf. In der Ecke stand ein Fernsehgerät, niemand saß davor, es wurden Nachrichten gegeben. Nur wenig Tische waren besetzt, zwei Tische weiter am Fenster saß eine Familie mit Kindern, und ich überlegte, ob Jörn eigentlich zwei oder ob er drei Kinder hatte und wie alt die wohl wären und ob sie braune Haare hatten wie er und ob sie so wohlerzogen bei Tisch saßen wie diese Kinder. Ich brach von dem Weißbrot, das in einem Korb auf dem Tisch stand, ein Stück ab, ich hatte mir einen piccolo Chianti bestellt, weil mir nichts anderes einfiel als Chianti. Zu Hause war ein Piccolo immer Sekt, Albert hat den manchmal bestellt, zusammen mit Orangensaft. Gesund, aber man schmeckt es nicht durch, sagte er.
Ich wechselte den Platz, um die Kinder nicht sehen zu müssen. Dann fiel mir ein, daß Jörn sich mir gegenübersetzen würde, und das würde noch schlimmer sein, dann hatte er diese Kinder vor Augen. Ich setzte mich wieder auf die andere Seite, mein Blick fiel in den Spiegel an der Wand. Jörn stand im Eingang und beobachtete mich. Er kam dann,

setzte sich, sah mich an. – Du hast Angst, Hanna?
– Ja. – Ich habe genickt, ja, ich hatte Angst.
Er gab mir den Zimmerschlüssel, sagte, daß es ein Zimmer im ersten Stock sei, links, ganz sauber für den Preis. Ich würde mich doch gewiß vor dem Essen waschen wollen. Ich nahm meine Tasche und den Mantel, dachte, daß ich von klein auf immer geschickt worden bin, um mich frisch zu machen, und ging nach oben. Als ich mich umdrehte, hatte Jörn sich bereits in die Speisekarte vertieft.
Ein Fenster unseres Zimmers ging zum Meer, ohne daß man es sehen konnte. Beide Flügel waren geöffnet, die Jalousie hochgezogen, man konnte auch von hier das Licht der Lanterna sehen. Der Himmel über Genua war erhellt, Sterne sah man nicht, kein Mond. Ich schaltete die Deckenbeleuchtung an. Das Zimmer hatte eine grüne Tapete mit Papageien. Rote Papageien, Tausende von roten Papageien, die sich in Ringen schaukelten. Hinter einem Vorhang war ein Waschbecken. Ich packte meine Tasche aus, schlug die Bettdecke auf, wie ich's gewohnt bin, legte mein Nachtzeug zurecht und zögerte, ob ich auch Jörns Sachen auspacken sollte, seine Tasche stand geöffnet auf einem Stuhl. Ich ließ es. Ich hätte gern ein paar Blumen hingestellt, irgend etwas getan, daß es anders gewesen wäre, nicht nur ein zufälliges Zimmer, gestern für den, morgen für andere und diese Nacht für Jörn und mich. Ich legte zwei Orangen in eine Schale, tat Zigaretten und Streichhölzer in einen Aschenbecher, die Prospekte von Patmos und Athen und vom Schiff auf den Nachttisch, und auf das Kopfkissen legte ich mein Schiffsbillett. Ich wusch mich, zog eine frische Bluse an, stand noch eine Weile am Fenster und dachte – Genua. Genua. Es war mein Geburtstag. Albert würde nun versuchen, mich anzurufen, und das Telefon würde in der leeren Wohnung schrillen.
Dreht euch nicht um. Ich wurde dreiunddreißig Jahre alt, und unten saß Jörn und kam nicht, um mich zu holen. Ich glaubte, er habe die größere Erfahrung, ich könnte mich in allem nach ihm richten. Ich wartete noch länger. Durch das Zimmer zuckten die Lichter von den Scheinwerfern der Autos, die unten um eine Straßenecke bogen, und jedesmal fingen die Papageien in ihren Ringen an, sich hastig zu schaukeln. Vor dem Haus mußte Lorbeer stehen. Auch die Gerüche waren fremd. Die Jalousien des Fensters, das zu einer Nebenstraße ging, klapperten. Ich versuchte, sie anzuhaken, und konnte es nicht, schließlich entschloß ich mich, nach unten zu gehen. Jörn würde

warten. Vielleicht wurde er leicht ungeduldig. Albert wünschte, das Essen immer dampfend auf dem Tisch zu haben. Es würde schwer sein, sich an die Gewohnheiten eines anderen Menschen zu gewöhnen. Morgen, auf dem Schiff, würde es schon leichter sein.
Im Vestibül stand die Wirtin, fragte mich etwas, und ich verstand sie nicht, ich lächelte; sicher hat sie nur gefragt, ob ich mit dem Zimmer zufrieden sei. Ich würde in Zukunft alle Fragen so beantworten müssen. Ich konnte nicht Italienisch, und noch weniger konnte ich Neugriechisch, ich konnte »grazie« sagen und »va bene« und wußte nicht einmal, was man sagen muß, wenn etwas nicht »va bene« ist. Durch die Glasscheiben der Tür sah ich Jörn unverändert an dem Tisch sitzen, die Speisekarte noch immer in der Hand. Das Glas der Scheiben war blau getönt, er hat ein hageres, blasses Gesicht. Die Familie mit den Kindern war fort, alle anderen waren fort, nur ein Kellner stand und wartete darauf, uns das Essen zu servieren. In der Ecke hantierte ein Zauberer auf dem Bildschirm.
Jörn stand nicht auf, als ich hereinkam. Ich dachte, daß man eine Frau, die man gewissermaßen doch entführt hat, anders behandeln müsse, im gleichen Augenblick schämte ich mich, daß ich so dachte. Ich hatte falsche, romantische Vorstellungen. Jörn sah dann hoch, drückte die Zigarette aus, winkte dem Kellner, sagte, daß wir hungrig seien. Irgendwoher konnte er etwas Italienisch, er ist Humanist, er hilft sich mit Latein, alles, was er mit Worten erledigen kann, tut er mit Geschicklichkeit und Unbefangenheit.
Wir aßen Gerichte, die ich nicht kannte. Ich mochte die Oliven nicht, und vor dem in Öl gebratenen Tintenfisch ekelte ich mich. Jörn merkte etwas von meinem Mißbehagen, er versprach mir, daß ich in Zukunft zu jeder Mahlzeit kalte Bohnensuppe mit einer Ölschicht obenauf bekommen würde, etwas anderes gäbe es im Winter auf den Inseln nicht, und zum türkischen Kaffee müsse ich süße Konfitüre essen. Er bestellte eine Flasche Asti, sagte, so etwas mögen doch Frauen, alles, was perlt, was glitzert und nicht ganz echt ist. Er bemerkte sogar, daß ich eine andere Bluse trug als am Nachmittag, er sagte, daß ich Feldblumenaugen habe, ich gehöre in die Kategorie der Flachsblütler, nicht nur einfach Blüte, sondern schon der Schrank mit sauberem Linnen im Hintergrund, und derweil saß er und hatte eine Olive auf einen Zahnstocher gespießt, und man hätte denken können, diese Olive sei das Ziel seiner Reise gewesen, er sagte, in meinen

Augen sei Sehnsucht, und das sei das Gefährliche an ihnen. Man habe, jeder Mann, das Verlangen, in diese Augen zu sehen, wenn die Sehnsucht eingeholt sei – aber – er spülte die Olive mit einem langen Schluck Asti spumante hinunter – möglicherweise ist das lediglich anatomisch – sagt man da anatomisch? – bedingt. Wie sagt man, Signora, du warst doch – er sagte bereits, du warst – mit einem Arzt verheiratet, wie lange eigentlich? Vielleicht ist es die Beschaffenheit der Iris, der Pupille, der Netzhaut, vielleicht liegt es an einer erhöhten Funktion deiner Tränendrüsen? Deine Augen schimmern feucht. Betaute Feldblumen, nasses Linnen.

Es gab frische Trauben zum Nachtisch. Wir aßen Käse dazu und tranken weiter. Zwischendurch sah Jörn dem Zauberer zu. Ich hatte aufgehört zu essen, er kaute noch immer, er sagte dann, das gäbe es in Zukunft nicht mehr, daß jeder etwas anderes äße – den gleichen Wein, das gleiche Brot, man wird sich dadurch ähnlich, Hanna! Wir werden die gleiche Luft atmen, in dem gleichen Bett schlafen, die gleiche Sonne sehen. Jeden Morgen. Jeden Morgen, Hanna, und einmal werden sich deine Augen verändern, dann werden keine Tränen mehr sein, keine Sehnsucht mehr, dann werde ich nur noch mich darin sehen. Und dann kehren wir zurück in die Welt der anderen.

Er redete, redete. Mir wurde schwindlig davon. Nicht der Wein machte mich betrunken, daran war ich gewöhnt, ich hatte mit meinem Vater getrunken und auch mit meinem Mann. Seine Worte waren es. Als wir oben am Fenster standen, er hinter mir, die Arme um mich gelegt, zum erstenmal in seinen Armen, da meinte ich, daß ich es lernen würde zu fliegen. Er hat gesagt, ich sei ein Delphin, abends ein Vogel und morgens ein Fisch, der in die Sonne springt, silbern und blank, er sagte, man müsse bei Nacht die Fenster schließen, sonst sei ich am Morgen fort, ich sei ein blauer Vogel, den man fest in der Hand einschließen müsse, sanft und fest, bis das Herz des Vogels ruhig schlüge und der Vogel schlafen dürfe im warmen Nest seiner Hand, und die Hand würde schlafen und im Traum sich öffnen, und am Morgen sei sie leer, und nur eine einzige blaue Feder bleibe zurück.

Als wieder ein Scheinwerfer grell über die Wände unseres Zimmers fuhr und die Papageien aufscheuchte, sagte ich, die Papageien würden den blauen Vogel schon in der ersten Nacht zerhacken, bevor

er wegfliegen könnte. Der Lorbeer duftete unter dem Fenster, auf dem Meer waren jetzt Lichter, die Laternenfischer waren draußen, in zwei langen Ketten, einmal zog ein Schiff in den Hafen ein, ein erleuchtetes Schiff. Keiner wird winken, wenn unser Schiff den Hafen verläßt. Keiner wird am Strand stehen und auf uns warten, wenn unser Schiff anlegt. Wir werden allein sein.
Dreht euch nicht um.
Der gleiche Wein, das gleiche Brot. Wir lagen nebeneinander, er sagte – mein blauer Vogel –, er sagte – mein Delphin. – Ich wußte nicht, bis dahin, daß Glück so bodenlos ist. Er sagte – du blühst. Du blühst, der Raum blüht, siehst du die roten Blüten an den Wänden? Morgen, wenn wir gehen, sind sie alle verwelkt.
Er schlief in meinem Arm ein. Ich versuchte, ihn zuzudecken, und erkannte ihn schon nicht mehr. Er war ein fremder Mann, der in meinem Arm schlief, arglos und ganz fremd, gleich, als er einschlief, ging er fort von mir. Was träumte er? Wo war er, wenn er träumte? Warum träumt man in solchen Nächten nicht den gleichen Traum? Die Blumen verwelkten, ich verwelkte, bevor es morgen war. Ich war kein blauer Vogel, ich war kein Delphin. Und er war kein guter Zauberer. Ich verwandelte mich zurück, sobald er mich verließ. Ich schlief ein und schreckte hoch, weil die Vögel kreischten, gräßliche rote Vögel. Ich wollte das Fenster öffnen, ich konnte nicht atmen, ich stand auf, es wurde schon dämmrig. Ein dunstiger, herbstlicher Morgen. Man konnte in der Ferne Schiffe im Hafen liegen sehen, eines davon war unseres. Wir waren in Genua. Ich stand vor dem Bett und betrachtete ihn. Sein Gesicht sah alt aus im Morgengrau. Er hätte sich am Abend noch einmal rasieren sollen, wahrscheinlich waren seine Zähne vom Rauchen so gelb, er schließt den Mund nicht fest, wenn er schläft. Seine Arme lagen mager und schlaff auf der roten Steppdecke. Alles war verschlissen, vergilbt, verwelkt. Ich begriff nicht, wie ich hierher, in dieses Zimmer mit den lächerlichen roten schaukelnden Papageien gekommen war. Ich war wieder Johanna Grönland. Ich würde niemals sein können, was er von mir erwartete. Am Nachmittag, als wir an der Piazza di Ferrari gesessen hatten, hatte er mich Bürgerin Grönland genannt. Ich hatte das nicht ernst genommen. Warum nannte er mich bürgerlich? Nur weil mein Taschentuch aus weißem Batist war und eine Klöppelspitze hatte? – Bürgerin Grönland, auf Sie wartet die Guillotine –, beim Espresso

gesagt. Er scheint eine Vorliebe für die Französische Revolution zu haben, für geistige Abenteuer, die blutig enden. Wenn er von Barrikaden redet, von Bastille, dann klingt das nach Spiel und nach Leichtsinn, eine Art belustigender Sport; sicher wäre er einer der Hintermänner gewesen, einer der Antreiber, die den einfacher konstruierten Männern die Feigheit aus den Gliedern und die Vernunft aus dem Kopf reden und sie zu Dingen treiben, die sie selbst nie wollen.

In der Nacht hatte er mir das Laken bis zum Hals gezogen und mich bei den Haaren genommen, wie Albert, er hatte über mir gekniet wie ein Henker – du wärest schön gewesen, Bürgerin, für die Guillotine, man hätte nicht einmal gewußt, ob der Kopf oder der Leib die Trophäe sei.

Ich hatte Angst. Am Morgen hatte ich Angst. In der Nacht wäre ich bereit gewesen, er hätte verlangen können, was er wollte, es hätte nichts gegeben, was ich nicht auch gewollt hätte. Ich wäre ins Meer gesprungen und hätte geglaubt, ich sei ein Delphin, ich hätte meinen Kopf auf die Guillotine gelegt, wenn er mein Henker gewesen wäre. Heute klingt das nach Irrsinn.

Die Bürgerin packte ihre Tasche. Sie zog sich an, kämmte sich und genoß diese zweite Flucht innerhalb von achtundvierzig Stunden. Auch die Nüchternheit kann sich wie ein Rausch ausbreiten.

Ich wollte ihm einen Zettel schreiben und den Zettel auf das Fensterbrett legen, aber ich wußte nichts zu schreiben. Er hatte meinen Gepäckschein, er würde mir meinen Koffer zurückschicken müssen; er würde von selbst daran denken, auch das brauchte man nicht zu schreiben, man brauchte gar nichts zu schreiben, nur umdrehen mußte man sich, gehen mußte man, jetzt mußte man gehen, bevor es zu spät war. Man mußte sich retten. Sich retten. Für wen? Wen retten, nur sich?

Ich hatte mich aus dem Fenster gebeugt, um einen Zweig von dem Lorbeerbaum zu brechen, etwas zum Mitnehmen. Ich spürte, daß er wach geworden war und mich beobachtete, er sagte – dreh dich nicht um, Bürgerin Grönland.

Ich wollte etwas sagen, er wehrte ab. – Laß sein, laß es sein, gib dir keine Mühe, Hanna. Wie der Morgen gerät, daran erkennt man eine Frau. Der Abend und die Nacht, das ist Männersache. Du läufst vor dem ersten Morgen schon davon. Mein Atem riecht nach Wein und

nach Oliven, ich bin unrasiert, und das Zimmer ist verwelkt, etwas früher allerdings, als ich angenommen hatte. Dreh dich um, Bürgerin, ich gedenke aufzustehen.
Nein, so hat es nicht geendet. Ich habe noch einmal in seinem Arm gelegen, die roten Vögel haben uns zugesehen, und die Sonne schien ins Zimmer. Ich wußte bei jedem Atemholen, daß ich nicht mit ihm gehen konnte.
Wir haben unter einer Pergola gefrühstückt. Das Weinlaub färbte sich schon. Café latte und panini, und er hat das Brot in den Milchkaffee getunkt wie ein alter Bauer, seine Zähne sind nicht mehr gut, eine Folge der Hungerjahre. Dann sind wir durch die Straßen gegangen, und ich habe für ihn eingekauft, kleine Reisegeschenke, einen Schal, weiße Taschentücher, Obst, Schokolade, Zeitungen. Mittags habe ich ihn zum Schiff gebracht, als ob er verreisen wollte, als ob nie etwas anderes geplant gewesen sei. Mein Gepäck wurde wieder ausgeladen, ich sollte den dritten Teil der Passage erstattet bekommen, ich erhielt ein Formular, auf dem das beantragt werden konnte, ich sagte wieder »va bene« und lächelte, wo es angebracht schien. Das Schiff legte ab, und er stand an Bord und ich unten am Pier. Genua ist eine Stadt zum Ankommen, zum Abfahren. Einer bleibt immer zurück. Die Luft ist salzig von Tränen.
Ich wußte, daß ich mein Leben, das, was mein eigentliches Leben werden sollte, aufgab. Ich konnte nichts anderes tun.
Zwei Stunden später fuhr mein Zug.
Am vierzehnten September schloß ich diese Wohnungstür wieder auf. Ich stellte die Tasche ins Badezimmer, ging ins Wohnzimmer und nahm den Brief fort, den ich Albert zurückgelassen hatte, und riß ihn durch.
Zwei Tage danach kam er zum Wochenende, er brachte Geschenke mit, wir haben meinen Geburtstag gefeiert. Er hat nie erfahren, was geschehen sollte, aber er spürte natürlich, daß etwas geschehen war, er wußte, daß ich ihn verlassen hatte, auch wenn ich dageblieben war.
»Es bleibt die Hanna Cash, mein Kind, bei ihrem lieben Mann.« Der Lorbeerzweig liegt in der Truhe, auch er ist kein Beweis, daß ich an einem zwölften September in Genua gewesen bin.
Von da an war alles nur noch eine Frage der Zeit, der Umstände oder auch der Region. Ich mußte tun, was mir gemäß war. Kein Vogel und

kein Delphin. Ich mußte zurückkehren in meine Region und in ihr lösen, was nun zu lösen war. Ich hatte mich umgedreht, der Zauber war gebrochen. Ich hatte Jörn und mir durch meine Nüchternheit die Illusion bewahrt, daß es eine Wirklichkeit für unsere Liebe hätte geben können. Die des Traumes.

Er ist allein dort gewesen. Ich wußte nichts von ihm. Ich hörte nichts mehr. Aber ich wartete auch nicht. Ich habe keinen Augenblick gedacht, daß er mir von dort schreiben könnte. Ansichtskarten.

Was tat er? Wovon lebte er? Unsere Pläne gingen bis zur Ankunft des Schiffes. Meine gingen nur bis Genua.

Wenn ich gefragt hatte, und ich hatte gefragt, in unserer Sprache – was werden wir essen? Was werden wir trinken? Wo werden wir schlafen? – Eselsmilch, Ziegenkäse, wilden Honig, Lethe. Und Knoblauch, damit wir nicht zu früh alt werden. Wir werden Hirten sein in den Bergen, und ich werde dich an die reichen Fremden verkaufen, solange du schön bist, und wenn wir alt sind, werden wir unten am Hafen ein Schild anschlagen, damit man kommt, uns zu besichtigen. Philemon und Baucis auf Patmos. Lorbeer und Myrte werden unsere Hütten überwuchern, die wilden Ziegen werden kommen und uns ihre Milch bringen, dein Haar wird bleich sein wie der Stein, aus dem unsere Hütte gebaut ist, deine Augen werden die Farbe trockener Trauben haben, deine Füße duften nach Thymian und Lavendel, deine Schultern sind blank wie Marmor, in deinem Schoß nisten Vögel, und auf deinen Armen sonnen sich Eidechsen, in deinem Haar singen Zikaden, und du wirst stumm sein, deine Augen und deine Lippen werden stumm sein, denn du hast zu dicht unter der Sonne gelebt, und du hast zu lange geliebt.

Es gab auch andere, nüchterne Pläne – Fischer, vielleicht könnte ich ein Fischer werden? Laternenfischer oder Dynamitfischer auf einer der Inseln im Dodekanes? Vielleicht ein Fremdenführer? Was hältst du überhaupt von Malern, Kunstmalern? Ich male vorzüglich: Esel, Felsriffe, Fischerboote, in Tempera und in Öl, in reinem Ölivenöl.

Er hat tatsächlich dort gemalt. Er hatte sein Malgerät mit. Ich wußte nicht einmal, daß er malt. Daß er mit Bücherverkaufen nur das Geld verdient. Er hat im darauffolgenden Frühjahr eine Ausstellung gehabt, und ich bin dort gewesen. Seine Bilder hingen in seiner eigenen Buchhandlung und gaben nachträglich seinem Fortsein den Anschein der Ehrbarkeit, die künstlerische Rechtfertigung. Er hat das

alles wirklich gemalt: Esel, melancholische grauborstige Esel, Felsklippen im Meer, Fischerboote, Ziehbrunnen, alte Frauen, gebeugt, mit der Amphora auf der Schulter. In Tempera und in Öl. Vielleicht stimmt das alles. Vielleicht ist das Patmos. Sein Patmos. Unsere Insel ist es nicht. Eines Tages werde ich auch hinfahren, aber ich werde sie nicht finden, wie er sie nicht gefunden hat.
Er hat nicht den Versuch gemacht, mir eines seiner Bilder zu schenken. Ich weiß nicht, ob er die Bilder verkauft hat. Noch immer hängen ein paar zwischen den Regalen, sie haben mittlerweile ein Schild bekommen, unverkäuflich, das ihren Wert erhöht. Seine Bilder rechtfertigen, daß er kein guter Buchhändler ist. Er versteht etwas von Büchern, aber er versteht nichts von Menschen, gewiß liebt er sie nicht. Er ist kein Kaufmann. Er will verkaufen, was er für gut, für richtig, für schön hält, er nimmt seinen Geschmack als Maßstab, nicht das, was der andere braucht und sucht. Er ist untüchtig.
Und während ich dies schreibe, wird mir bewußt, daß ich ihm seine Untüchtigkeit übelnehme, wie ich Albert seine Tüchtigkeit übelnehme. Der eine besitzt, was ich an dem anderen verachte. Die Fehler des einen entdecke ich als Vorzüge des anderen. Alles scheint nur an mir zu liegen.

Nach zwei Monaten war er wieder da.
Er hat nichts anderes vorgehabt. Zwei Monate. Aber genau weiß ich das nicht. Vielleicht wäre er geblieben.
Er hatte einen Stellvertreter in der Buchhandlung, mit dem er einen Vertrag über zwei Jahre abgeschlossen hatte. Danach erst hat er sich entscheiden wollen, was wird. So denke ich es mir. Erst von Patmos aus hat er seiner Frau schreiben wollen. Der Brief hat sich dann erübrigt, genau wie sich mein Brief an Albert erübrigt hat.
Er hat unser Wunder finanziell und juristisch untermauert. Die Buchhandlung gehört seiner Frau, sie trägt noch den Namen ihres ersten Mannes. Ich weiß das aus dem Telefonbuch. Gesagt hat er es nicht. Er spricht von »seinem Laden« mit einem verächtlichen Unterton. Er ist erst vor einigen Jahren aus Leipzig gekommen, er hat die Frau, den Laden und zwei Kinder, alles auf einmal geheiratet, nur der Jüngste, Mark, das ist sein Kind.
Ich weiß das noch nicht lange. Wir haben nie darüber gesprochen. Nie wieder hat er gesagt: mein Delphin, mein blauer Vogel, nie haben

wir jenen zwölften September erwähnt, nie Patmos. Das alles ist tot. Scheintot.

Das Ungewöhnliche habe ich nicht getan. Nun tue ich das Gewöhnliche. Ich bin eine Frau geworden, die einen Liebhaber hat. Ich habe nicht einmal die Kraft gehabt, die für einen großen Abschied nötig gewesen wäre. Alles ist zwei Nummern kleiner ausgefallen. Die Liebe, das Glück, das ist alles abgenutzt durch zu häufigen Gebrauch, jedes: wann sehen wir uns? Jedes: wann kommst du? Jedes: wie lange hast du Zeit? Aus Jörns Antworten meine ich herauszuhören: Du weißt, daß es anders hätte sein können mit uns. Ich bin die Schuldige, und dabei muß es bleiben. Ich habe mich umgedreht. Ich würde ihn verlieren, wenn er wüßte, daß ich das Scheinbare seiner Flucht durchschaut habe, daß ich seine Rückversicherung, alle seine Vorbehalte, mit denen er lebt, kenne. Er braucht meinen Glauben an sein Besonders-Sein, an das Lyrische in ihm, an den Künstler, an den allein durch die widrigen Zeit- und Lebensumstände verhinderten Künstler. Manchmal sagt er noch Bürgerin zu mir, aber ich glaube, er findet heute, daß sich die Guillotine für mich nicht lohnt.

Ich weiß, daß ich ihm unrecht tue. Daß ich uns unrecht tue. Es ist etwas da, auch heute noch, das vielleicht alles Unrecht rechtfertigt, das aus Lügen Wahrheit macht.

Baucis – sagt er noch manchmal –, wenn wir alt sind, Baucis. – Er ist fünfzehn Jahre älter als ich. Er hat die Zukunft in immer weitere Ferne gerückt. Auch das ist männliche Art. Wenn ich sage – eine Liebe ohne Zukunft, dann entgegnet er – eine Zukunft ohne Liebe, ist das besser? Antworten weiß er immer; daß sie oft falsch sind, merkt man erst, wenn er schon fort ist. Albert hat von ihm gesagt, und er hat ihn nur zweimal gesehen: Er blendet. Ja, vielleicht blendet er. Aber er glänzt doch auch, sonst könnte er nicht blenden. Er hat etwas Geniales. Aber er wird immer versagen. Er ist zum zweitenmal verheiratet, seine erste Frau ist gestorben, von ihr spricht er nie. Er redet viel, aber er redet selten von Menschen, er abstrahiert. Nie spricht er von Vergangenem, er redet von Dingen, von Problemen, von Zukünftigem, er spekuliert. Es ist, als habe er gar kein Gedächtnis, nicht für das, was war, nur für das, was hätte sein können. Er scheint die Wohltat eines Weißt-du-noch nicht zu kennen.

Er hat die Lebensmitte überschritten und glaubt noch an Zukunft, an Möglichkeiten, an Wandlungen, als weigere er sich, erwachsen zu sein, verantwortlich, er will sich wohl nicht eingestehen: das ist alles, mehr ist nicht erreicht. Nur ganz innen, in jener Zone, in die auch ich nur selten Zutritt habe, ist er ein Pessimist. Einer von denen, die nicht glauben, daß die Ereignisse dadurch besser werden, daß sie vergangen sind. Wenn es irgendwo etwas Schönes, Besseres geben sollte, was man nicht einmal weiß, dann kann es nur in der Zukunft liegen, nicht in der Vergangenheit, denn dann hätte man es ja erlebt. Der Hochmut der Begabten, Untüchtigen, in deren Augen Erfolg-haben-im-Leben etwas höchst Fragwürdiges ist.

Manchmal, wenn er sich unbeobachtet glaubt, nimmt er die Brille ab, streicht mit der Hand über die Augen, dann verliert sein Gesicht jeden Schutz, den ihm die dicken Gläser geben, dann sieht er ganz verloren aus, dann fühle ich nichts als Erbarmen mit ihm. Für unser Erbarmen haben Männer keine Verwertung. Sie wissen nicht einmal, daß es sich von Mitleid unterscheidet. Sie möchten, daß in unserer Liebe die Bewunderung überwiegt. Man bewundert aber nur aus der Ferne. Für das Leben in so großer Nähe, wie es die Liebe fordert, braucht man Erbarmen. Hat man das nicht, fängt man bald und unfehlbar an zu verachten.

Über Gefühle reden! Das habe ich von ihm gelernt. Zuerst war ich bestürzt, oft befangen. Ich glaubte, daß man an so vieles nicht mit Worten rühren dürfe.

Albert hat einmal behauptet, man könne Liebe herbeireden, und daher müsse man sie wohl auch wegreden können. Das erste stimmt, ob das zweite stimmt, ob er auch darin recht hat? – Vielleicht. Er ist ein guter Beobachter. Manches Mal habe ich mir gewünscht, es könnte einer diese Liebe wegreden, wie man Krankheiten wegredet. Ein Antibioticum.

»Liebe kann man nur mit Liebe heilen.« Sentenzen derer, die für die Liebe kein anderes Betätigungsfeld haben als Papier. Ein Dritter, ein Nächster, wieder ein Fremder. Ich habe mich in dieser unglückseligen Liebe so sehr eingenistet, daß ich sie nicht mehr lassen kann. »Die Wollust der Traurigkeit«. Eine natürliche Begabung zur Schwermut. Eine anmutige Melancholie, sagt J. Vermutlich findet auch er, wie mein Schwager Helmut, daß darin mein Reiz liegt. Ich bin für ihn ein geistiges und gelegentlich auch ein leibliches Abenteuer, so wird es bleiben, wenn ich es nicht ändere. Er hat sich hinter dem Bollwerk seiner Verantwortlichkeiten verschanzt, Geschäft, Frau, Kinder. Soll

ich versuchen, die Festigkeit dieses Bollwerks zu erproben? Eines wenigstens hat er nie getan, er hat sich nie beklagt, er hat nie behauptet, seine Frau verstehe ihn nicht, alles Glück fände er nur bei mir. Die Vokabel Glück vermeidet er, er sagt auch nicht, daß er mich liebt. Diese Worte scheinen tabu zu sein. Er hat das säuberlich geteilt, dort das eine, das ordentliche, bürgerliche Leben, hier das andere. Das andere verkörpere ich, das Leben, das er gern gelebt hätte. Ich bin sein Konjunktiv. Ich bin eine Möglichkeit, vielleicht wirklich eine geliebte Möglichkeit. Aus dem Präsens wird sehr rasch Perfekt, aus dem Futurum wird eines Tages Präsens, das alles ändert sich, permanent ändert sich das, nur: aus dem Konjunktiv wird niemals ein Indikativ.
Wenn ich ihn halten und behalten will, muß ich, so gut ich kann, ein Delphin sein am Morgen und ein blauer Vogel am Abend, flüchtig, leicht, bereit zu kommen, wenn er ruft, ohne den Anspruch, bleiben zu wollen. Nie wird er wissen, daß er mich quält, ich werde versuchen zu lächeln und versuchen leicht zu sein, solange ich bei ihm bin. Und wenn ich nicht bei ihm bin, falle ich in die mir eigene Schwere zurück, jedesmal ein Stück tiefer.
»Deine heitere Melancholie«, ein Gemisch aus Vaters Disziplin und Mutters damenhafter Sachlichkeit. Erziehung, Konvention, was davon bin ich? Die Melancholie, das ist wohl meine Zutat.

Februar, immer noch Februar

Gestern abend hat J. angerufen.
Ich hatte mich schon hingelegt. – Was ist los, Hanna? Zweimal hat er gefragt – was ist, Hanna?
Ich hatte ihn verraten, mit dem, was ich aufgeschrieben habe. Wir reagieren beide empfindlich aufeinander. Es war, als hätten wir einen Streit gehabt. Ich war verletzt. Wie sehr, das merkte ich erst, als ich seine Stimme hörte. Ich wußte keine Antwort auf sein – was ist? Ich konnte nicht einfach sagen – nichts. Er hat sich angemeldet, für heute, am späten Nachmittag. Er hat sowieso hier zu tun.
Sowieso, das vermindert die Freude. Ich habe gesagt – schade. Was ist schade? – Daß du nicht meinetwegen kommst. – Willst du hören, daß ich deinetwegen komme? – Ja. – Also gut, wegen dieses Sowieso

würde ich nicht fahren, aber es gibt den Vorwand. – Ich weiß, natürlich. Man braucht gar nicht darüber zu reden.

Heute vormittag habe ich endlich das Schlafzimmer umgeräumt. Seit Monaten habe ich mir abends das Bettzeug auf die Couch geholt. Man tut Schritt für Schritt. Ich war immer langsam.
Die Bettstellen auseinandergenommen. Ich konnte es sogar allein. Und dann Alberts Bett in den Keller getragen. Jedes Teil einzeln, über Mittag, als es im Treppenhaus ruhig war, ich bin keinem begegnet. Ich habe mein Bett an die Wand geschoben. Ich wußte gar nicht, daß ein halbes Doppelbett so schmal ist. Ich war gerade eben fertig und wollte mich umziehen, als es an der Tür schellte.
Frau Marein.
– Sie wollen doch nicht etwa ausziehen? Das hört sich gerade so an, als ob Sie Möbel rückten! Sie hätten mir das wohl erzählt! Im Tone des Vorwurfs. Sie beginnt bereits, Ansprüche an unsere Bekanntschaft zu stellen.
Ich ließ sie herein, entschuldigte mich, daß ich in Hosen sei, sie sagte, Sie können sich das doch leisten, bei Ihrer Figur. – Komplimente, vermutlich erwartet sie, daß ich sie erwidere. Sie fragte weiter, was denn los sei bei mir, man sei das gar nicht gewohnt, sonst höre man doch höchstens mal Radio.
Ich sagte und versuchte, nicht unfreundlich zu sein, daß ich umgeräumt habe, man müsse sich in die veränderte Situation schicken.
Sie verfiel sogleich in diesen Ton weiblicher Solidarität, den ich nicht mag. Alles klingt dann nach »wir Frauen«, so fühle ich mich nie. Sie rauchte, machte es sich auf meiner Couch bequem, ich war ungeduldig, aber ich wollte ihr nicht sagen, daß ich Besuch erwartete. Sie fing dann auch wirklich an mit: Sie sei auch schon manchmal soweit gewesen, aber da sei ja noch Mausi, und man müsse dann eben auch mal ein Auge zudrücken, man sei selber ja auch kein Engel, und auf die Dauer sei man doch die Stärkere, es käme nur darauf an, wer den längeren Atem hätte, und ihr Mann würde im Urwald auch nicht nur mit Papageien und Affen verkehren. Die Papageien sprächen übrigens portugiesisch, was man sich gar nicht vorstellen könnte. In seinen Briefen sei verdächtig viel von Natur die Rede, und mit der Natur hätte er es noch nie gehabt, Kolibris und blau blühende Hekken! Der Hochsommer ginge bald zu Ende, sie tränken dort eisge-

kühlten Portwein, und sie wollte nur, er wäre erst wieder zurück, aber es würde wohl Herbst drüber werden, wenn nicht sogar Winter, für sie sei das nichts, sie wäre ja schließlich keine Witwe! Im Sommer würde sie das Kind zu den Großeltern aufs Land bringen, dann führe sie nach Kampen oder nach Westerland, wo mehr los sei, an der See hätte sie immer die meisten Chancen.
Nachher dann, ohne Überleitung, ich erschrak, ich hatte wohl schon eine Weile nicht mehr zugehört – Ihr Mann hat sicher eine andere? – Ich hoffe es, Frau Marein. – Gelassen, heiter. Meine Antwort ermutigte sie nicht zum Weiterfragen, sicher hätte sie nun noch gern gewußt – und Sie?
Ob wir nicht zusammen zum Karneval gehen wollten? Altweiberfastnacht? Nötig hätten wir beide doch ein bißchen Abwechslung, und Karneval zähle doch nicht.
Ich versuchte mich in ihrem Tonfall, sagte, ich sei ungelernte Rheinländerin, ich könne das gar nicht.
Schließlich begriff ich, daß bis hierhin alles nur die Einleitung war. Sie will zu dem Ärzteball, dazu braucht man Eintrittskarten. Ich hätte doch sicher noch Beziehungen durch meinen Mann, oder ob der selber hinginge, aber das wäre doch eigentlich sehr komisch, oder nicht? Ich könnte dann mal sehen, was der so triebe, und er könnte sehen, was ich für Chancen hätte, womöglich würde er dann eifersüchtig. Sie würde als Fellachenjunge gehen, damit hätte sie immer Erfolg, besonders bei den alten Herren. Im Karneval wären die Alten immer die besten, die riskierten auch mal was, die kauften einem Rosen und tränken Sekt, man käme sich wenigstens jung vor, und im vorigen Jahr hätte sie so eine Creme gehabt, die hielte tagelang. Schokoladenbraun sei sie gewesen, überall, auch unter dem Kostüm.
Als es drei Uhr war, sprang sie auf, sie hätte ja Mausi vergessen, die müßte in den Kindergarten, sie hätte doch jetzt für den ganzen Tag bezahlt. Ob sie mich auch nicht aufgehalten habe? Aber es ist doch ganz egal, wann Sie fertig sind, es steht ja keiner dahinter, im Grunde ist das so doch ein feines Leben, wenn man für keinen sorgen muß. Ich sollte doch mal zu ihr kommen, sie würde mir ein Kostüm entwerfen, ich müsse als Seejungfrau gehen, ich hätte so etwas Kühles, und Grün stünde mir bestimmt, und sie hätte noch Algen von Sylt aus dem vorigen Sommer, und davon müsse sie mir überhaupt noch mal erzählen, die könnte ich mir um den Hals hängen –

Schließlich habe ich sogar gelacht. Ich brachte sie zur Tür, versprach zu kommen, gab ihr Schokolade für die Kleine mit.
Dann habe ich mich endlich umgezogen und bin zum Einkaufen gegangen, falls J. zum Essen hierbleiben will. Ich habe Blumen gekauft, auch eine Hyazinthe, obwohl ich Topfblumen nicht mag, sie ist blau, tiefblau, und duftet stark. Ich mag Blumen, die rasch verblühen.
Immer, wenn ich Veränderungen in der Wohnung vornehme, wenn ich Alberts Spuren tilgen will, wie heute mit dem Umräumen des Schlafzimmers, wird mir bewußt, daß es gleichzeitig weniger mein Zuhause wird. Ich fülle die Wohnung nicht genügend aus. Sie ist zu groß für mich. Ich bleibe immer in diesem einen Raum. Es dämmert. Vorhin sang eine Schwarzdrossel. Mitten in der Stadt und mitten im Winter. Vor einem grauen Himmel.

J. ist fort.
Es war wie immer, zunächst wenigstens. Er ist am Haus vorbeigefahren und hat zweimal kurz gehupt. Ich habe die Stehlampe ausgeschaltet und wieder eingeschaltet, das heißt, daß ich allein bin. Ich halte mich an die alten Spielregeln. Er hat den Wagen in der Nebenstraße geparkt und hat zweimal kurz geschellt. Wieviel Gewohnheit auch schon zwischen uns!
Wir haben Mokka getrunken. Ich tue ihm Zucker und Sahne in seine Tasse, genau wie ich es bei Albert getan habe, nur mehr, etwas mehr Zucker und etwas mehr Sahne. Er raucht eine bestimmte Sorte türkischer Zigaretten, die ich nur am Bahnhof bekomme. Ich hatte Nougatschnitten besorgt und kleine Marzipanbrote. Petits fours, sehr süß, sehr schwer, es fällt ihm nicht auf, daß ich nichts davon esse. Er schluckt Tabletten für seine Galle. Die Tabletten sind aus unserer, aus Alberts Firma. Ich habe noch zehn Packungen davon im Schrank liegen, aber ich sage das nicht, ich lege sie ihm auch nicht neben sein Gedeck, es erinnert ohnehin viel zuviel an Albert.
J. formulierte, daß er eine Vorliebe für Dinge habe, die ihm schädlich seien. Ich räusperte mich, er bestätigte dann auch gleich, daß ich dazugehöre, fuhr fort, daß es im Leben darauf ankäme, Gift und Gegengift auf die zuträglichste Art zu mischen, das richtige Mischungsverhältnis müsse man finden, das sei für jeden anders. Morgens tränke er jetzt immer, nüchtern, Joghurt mit Sanddorn, zu

jeder anderen Tageszeit würde ihm das die Stimmung verderben, aber morgens sei da sowieso nichts zu verderben. Ich lachte. Er besorgt sich jetzt vieles selbst in einem Reformhaus. Dann erst tränke er Kaffee. Zum zweiten Frühstück schlüge ihm eine von den Damen ein Ei mit dem Saft einer Zitrone und einem Löffel reinen Bienenhonig, mittags brauche er dann nur einen starken Mokka, er führe nicht mehr zu Tisch nach Hause, allerdings tränke er dann drei oder auch vier Tassen. Das Quantum an Zigaretten sei etwas gestiegen, im Winter tue es das immer, er käme jetzt wieder von den Filterzigaretten ab, zum Genuß gehöre nun einmal die Reue, Gift und Gegengift – neulich hat Fabian etwas Ähnliches gesagt –, aber dafür äße er im Laufe des Tages gelegentlich eine Handvoll Nüsse, manchmal auch gedörrte Aprikosen oder Apfelringe. Er hätte immer ein Tütchen in der Jackentasche, er bietet auch den Kunden daraus an, wie man sonst nur Zigaretten anbietet, sie wüßten das nun schon. Er habe übrigens fünf Pfund abgenommen im Laufe der letzten Wochen, ob mir das nicht aufgefallen sei...

Ich sagte – doch, an den Händen.

Er wurde stutzig, betrachtete seine Hände, dann mich – wieso an den Händen, die waren doch nie dicker.

Ich lachte. Dann begriff er es. – Du bist frivol, Bürgerin!

Er nennt mich seinen »Grünrock«, weil man im Orient so was wie mich seinen Grünrock nennt, ich lächle, wie ich immer zu seinen provozierenden Reden lächle, ich sage – paßt er dir denn, der Grünrock –, ich steure sogar etwas bei, nenne mich selbst eine Stundenfrau. Er sagt, die Bezeichnung sei unzutreffend, Stundenfrauen kämen ins Haus.

– Das liegt an den Umständen.

So ein Gespräch fängt lachend an. Wir hören nicht rechtzeitig auf, wir reden so lange, bis einer dem anderen weh tut.

Seine Zärtlichkeiten wärmen die Haut, die Wärme dringt nicht ein, ich brauche mehr Zeit, nur die dünne, oberste Schicht schmilzt und friert so rasch wieder zu.

Bevor er ging, ist es dann passiert.

Anders, als ich es mir gedacht hatte. Wie viele Möglichkeiten hatte ich erwogen, um es ihm mitzuteilen. Ich wußte, daß es schwieriger wurde, je länger ich es hinausschob.

Er kannte von der Wohnung nur dieses Zimmer, das Bad, die Diele, in der Küche ist er wohl auch einmal gewesen. Er hatte schon den Mantel an, da drehte er sich, einer plötzlichen Eingebung folgend, um, ging auf die hintere Tür zu und sagte, über die Schulter, den Blick auf mich gerichtet – hier ist vermutlich die Familiengruft. – Er öffnete die Tür, faßte nach dem Lichtschalter. Ich ging ihm nach und stellte mich neben ihn. Erst sagte er nichts, blieb einfach so stehen und blickte sich aufmerksam um, sah mein Bett, sah, was ich morgens nicht bemerkt hatte, die Eindrücke der Bettpfosten auf dem Teppich, mitten im Zimmer, sah die Steckkontakte unten an der Wand, die verblichenen Flecke an der Tapete, wo die Bettstelle bisher gestanden hat, registrierte das alles, schaltete das Licht wieder aus, schloß die Tür. In der Diele lehnte er sich an die Wand, nahm die Brille ab, legte die Hand über die Augen, fragte – seit wann?

– Seit dem fünfzehnten November vorigen Jahres, elf Uhr morgens.

Und dann dachte ich, daß er mich in die Arme nehmen würde und mich trösten und fragen, ob ich ihn so sehr liebe, ob ich mich jetzt sehr allein fühle, ob es einzig seinetwegen geschehen sei. Ich hatte mir in diesen Wochen immer eine sehr rührende Vorstellung von diesem Augenblick gemacht.

Statt dessen setzte er die Brille wieder auf, nahm seinen Hut, sah mich an, vielmehr sah nach irgend etwas, was weit hinter mir zu sein schien, und sagte – du hast kein Vertrauen zu mir. Das ist schlimm.

Und ging.

Ich wollte etwas sagen, das ihn hielt, ich wollte ihm erklären, wie das wirklich sei, ich wollte rufen, ihm nachlaufen, statt dessen ließ ich ihn gehen, sagte nichts, tat keinen Schritt, schloß nur die Tür hinter ihm ab. Er ging als der Beklagenswerte, als der Betrogene. Er übernahm die Rolle, die ich mir zugedacht hatte.

Was kann ich tun? Kann ich es ihm, nachträglich, überhaupt erklären? Wahrscheinlich hat er sogar recht. Kein Vertrauen. Selbst in einem Irrtum ist irgendwo ein Funken Wahrheit, ohne den er nicht hätte entstehen können. Nur wie er es gesagt hat – du hast kein Vertrauen zu mir –, so stimmt es nicht, so einfach ist das nicht. Er hat sich seinen Abgang gesichert, es traf ihn unvorbereitet, ich wußte es lange vorher schon. Wieder: Erbarmen mit ihm. Er ist jetzt ratlos. Was soll er mit

einer solchen Frau? Selbst als ein »Grünrock« bin ich noch unbequem, ein Rock, der nicht paßt.
Ich stand am Fenster, als er das Haus verließ, er hat sich nicht umgedreht und nicht wie sonst im Weitergehen den Hut gezogen. Gegangen wie ein Dieb in der Nacht.
Ich werde mir mein Bettzeug auch heute wieder hierher holen und hier schlafen. Es ist Mitternacht vorbei. Auf der Straße ist es noch laut, ein Betrunkener grölt. Ich hatte J. fragen wollen, ob wir in den Karnevalstagen zusammen wegfahren könnten, wie im vorigen Jahr. Er kann dann leichter abkommen. Ich habe nicht gefragt. Ich muß warten, ob er es tut. Damals, nach Genua, da habe ich mir ein Versprechen gegeben, ich will und ich werde nichts dafür tun, aber dagegen kann ich nun auch nichts mehr tun. Ich schreibe nicht, ich rufe nicht an, ich fahre nicht zu ihm, ich lasse jeden ersten Schritt ihn tun. Das muß auch weiterhin gelten.

Februar

Ich bin viel draußen, heute war ich im Stadtwald. Ein Stadt-Wald. Das Widersinnige liegt schon im Wort. Ein künstlicher Wald braucht Menschen. Er erträgt Einsamkeit nicht und macht dem, der auf den leeren breiten Wegen geht, die eigene nur noch deutlicher. Ich werde nun doch fahren, auch ohne ihn, wenigstens für eine Woche.
Auf dem Rückweg, als es dämmrig wurde, zum erstenmal vor Alberts Haus. Ich war nie vorher in diesem Stadtteil. Ein modernes Haus, heller Klinker, große Fenster, kein Balkon. Ich weiß nicht, in welchem Stock er wohnt. Ich mochte nicht hingehen und die Namen neben den Klingeln lesen, ich blieb auf der gegenüberliegenden Straßenseite. Das Auto stand nicht vor der Tür. Im zweiten Stockwerk brannte Licht, alle übrigen Etagen waren dunkel, es sind sechs. Lisa hat kein Schild am Haus, vielleicht unterrichtet sie nicht mehr. Kontrollgänge.
Seit zehn Tagen hat er nicht angerufen. Er tut es nicht ohne einen äußeren Anlaß, irgendeine Nachfrage. Vielleicht ist er auf Reisen, und Lisa ist wieder bei ihrer Mutter, ich weiß es ja nicht. Vielleicht will er mich auch schonen, will, daß ich zur Ruhe komme, er selbst auch. Ich habe nicht wieder bei ihm angerufen. Neulich kam eine medizinische

Zeitschrift, ich habe sie umadressiert und einen Gruß draufgeschrieben.
Ich bin bei unserem Weinhändler vorbeigegangen. Ausgedehntes Gespräch über den letzten Jahrgang. Nach der Sonderliste ausgewählt. Zwei Flaschen Erdener Bußlay, der Weinhändler machte mich darauf aufmerksam, daß der nächste aber der bessere Jahrgang sei. Ich lachte, sagte nein, das wisse ich besser, das sei ein sehr schönes Jahr gewesen. Volles kaufmännisches Verständnis auf seiner Seite, er lacht bereitwillig mit, kneift ein bißchen die Augen zusammen, bleibt dabei betont seriös. Als ob er jetzt ganz genau wisse, daß Albert und ich in jenem Jahr in Erden gewesen sind, in einem Juni, die Reben blühten gerade, die Winzer spritzten mit Kupfervitriol und banden die Triebe hoch. Ein sehr schönes Wochenende, Albert probierte den neuen Wagen aus.
Ein paar Flaschen Ahrwein, dort waren wir auch zusammen, einen Bocksbeutel, Steinwein, weil er in Würzburg studiert hat und wir einmal zusammen in Würzburg waren; noch eine Flasche Kirschwasser, fünfzigprozentig, »daß es nur so raucht«, am Ende war es eine Rechnung von über hundert Mark, ich bezahlte zur Überraschung des Händlers in bar, Albert hat das nie getan.
Der Händler fragte, wann er den Wein liefern dürfe, ich sagte – morgen, ja, bitte am vierundzwanzigsten, am späten Nachmittag, dann wird wohl jemand zu Hause sein – ich nannte die Adresse, er wollte mich unterbrechen, sagen, daß er sie selbstverständlich wisse, ich widersprach ihm – nein, notieren Sie bitte, sie hat sich geändert inzwischen –, nannte Alberts neue Anschrift, er sagte – ah, eine sehr hübsche Gegend, Sie haben sich verbessert, gnädige Frau, ich sagte – nein, ich nicht.
In solchen Situationen genieße ich die Verlegenheit der anderen.
Er begriff sofort – oh – bedauernd –, ich verstehe.
Ich fragte – wirklich? – Und ging zur Tür, er begleitete mich.
Albert hätte gesagt – laß das doch, Hanna, du setzt dich in Szene, eine Dame fällt nicht auf, und du bist doch eine Dame, verächtlich gesagt. J. würde sagen – Bürgerin! – Aber er hätte Sinn dafür, ihn hätte das amüsiert. Mein Vater sagt – Haltung, Johanna.
Solch ein Tag endet dann im Kino. Wegen einer Bagatelle. Ein Weinhändler, eine Adressenänderung, ein Geburtstag, aufgebauscht von einer Frau, die zuviel Zeit hat.

Morgen ist Alberts Geburtstag. Ich lerne das nie. Was soll er mit dem Wein? Auch Lisa wird ihn nicht trinken, sie trinkt nie etwas mit. Was sollen Erinnerungen. Als wir zusammen an der Mosel waren, hat Albert Bier getrunken, er macht sich nicht viel aus Wein, er trinkt nur mal zur Gesellschaft ein Glas mit. In Würzburg hat er auch nur mir zuliebe einen Bocksbeutel bestellt. Ich hätte ihm einen Kasten Bier schicken sollen, Original-Pils. Aber es ging mir ja nicht darum, ihm eine Freude zu machen, dann hätte es diese Flasche Kirschwasser getan. Alles soll darüber hinaus etwas aussagen – »du bist zu anstrengend«, »man hat Angst, dir nicht zu genügen«. Vielleicht will ich mich wirklich nur bemerkbar machen.

Eine unbequeme Frau.

Ich hätte mir die Flasche mit nach Hause nehmen sollen, dann ginge dieser Abend rascher vorbei, und für morgen reichte es auch noch. Hätte – hätte – hätte.

Morgen wird ihn Lisa, irgendwann im Laufe des Tages, fragen – wie habt ihr eigentlich früher deinen Geburtstag gefeiert? – Und wie ich ihn kenne, wird er sagen – gar nicht, das ist ein Tag wie jeder andere, ich mache mir nichts aus Familienfesten, nur keinen Aufwand! – Aber sie wird einmal mehr nach dem »früher« gefragt haben, sie wird einmal mehr »ihr« gesagt haben. Und dieses »ihr« und »euch«, das wird die beiden daran hindern, ein »wir« zu werden. Sie möchte, daß er es hat wie früher, und sie möchte doch gleichzeitig, daß alles anders ist, alles ganz neu. Es muß sehr schwer sein, wenn man seine Vorgängerin so gut kennt, wie Lisa das tut; jahrelang hat sie gewußt, daß der Mann, den sie heute liebt, bis gestern mit einer anderen zusammen gelebt hat, glücklich oder nicht glücklich, das wird sie nie erfahren. Irgendwo in dem Haus, vor dem ich vorhin gestanden habe, brennt jetzt Licht, verlöscht jetzt das Licht. Ich bin ruhig, wenn ich an die beiden denke, nicht mehr verzweifelt. Haß habe ich nie empfunden. Nur dieses Elend-Sein. Müdigkeit, die mich nicht einschlafen läßt. »Schüttelfrost der Einsamkeit«, irgend jemand hat das immer schon vorformuliert.

Eines Tages werden wir uns gegenseitig zum Tee einladen. Wir sind ja modern, wir haben kultivierte Empfindungen, emotional unterkühlt. Ich werde sagen – hübsch habt ihr es. – Ich werde mich umsehen wie bei anderen Leuten, die ich zum erstenmal besuche. Ich werde bewundern, ich werde fragen, wo sie dies und wo sie das gekauft

haben. – Trinkt ihr Tee morgens, oder ißt Albert wieder Corn-flakes zum Frühstück? Hat er immer noch Sorge, daß er zu dick wird? – Ich werde Lisa fragen, wo sie seine Hemden bügeln läßt, oder ob sie es etwa selbst tut.
Dabei habe ich in einem Winkel meines Herzens Lisa noch immer lieb. Ich werde ihr später einmal sagen müssen, daß sie mir Albert nicht weggenommen hat, weil es das ja gar nicht gibt: weg-nehmen. Ich darf nicht zu lange damit warten.

Heute mittag hat der Spediteur die Kiste aus Hamburg gebracht, jetzt ist es ein Geburtstagsgeschenk für mich geworden. Es macht diesen Tag leichter. Der Fahrer hat gefragt, ob er beim Auspacken helfen solle. Ich hätte gern ja gesagt. Auspacken tut man besser zu zweien, der andere darf dann nur nicht der Packer einer Speditionsfirma sein. Distanz. Ich ließ ihn eine Seite der Kiste mit dem Stemmeisen aufbrechen. Dann blieb ich damit allein. Zwei Stunden später stand das Klavichord am Fenster. Auf geraden, schmalen Beinen, die man abschrauben kann. Keiner meiner Stühle paßt dazu, ich muß etwas kaufen, vielleicht einen Schemel, dann habe ich morgen wieder etwas vor.
Das Instrument steht noch fremd in meinem Zimmer, in anmutiger Steifheit, ab und zu gehe ich hin, rücke es näher ans Fenster, weiter nach rechts, schlage vorsichtig ein paar Töne an, versuche »Katzenpfoten« zu machen, wie es die Anweisung vorschreibt. Die Töne kommen hell und spröde, verklingen nur zögernd. Ich glaubte, sie würden kürzer sein, ähnlich wie beim Cembalo. Sie sind nicht laut, ich werde niemanden stören. Ein neuer Geruch ist in den Raum gekommen, etwas ganz und gar Fremdes.
J. wird sagen… wird sagen! So sicher bin ich noch, daß er wiederkommen wird, daß ich schreiben kann: J. wird sagen…
Ich muß mich daran gewöhnen, zu jedem »werden« gleich das »vielleicht« zu setzen. J. wird vielleicht sagen, es ist typisch für dich. Altmodisch innen und modern außen. So ähnlich; er wird es eleganter formulieren. Er wird außerdem sagen – oh, Besinnung auf die inneren Werte? Er wird sagen, sieh an, im Zuge der Zeit, do it yourself oder die Freude am Tun. Er hätte sicher ein altes Instrument gekauft, das die Musik gleich mitgebracht hätte, dessen Tasten von fremden Händen blank sind. Ich versuche schon jetzt, es gegen ihn zu vertei-

digen. Ich sage – es soll doch meines werden, und wie kann es das, wenn es schon anderen vor mir gehört hat. Dazu müßte ich viel stärker sein, als ich es bin.
In dem Lehrbuch, das Mutter mitgeschickt hat, steht: »So muß man, um es recht zu genießen, beinah ganz allein sein.« Beinah ganz allein, die Bedingung ist mehr als erfüllt. Und nachher, an anderer Stelle, wird Schubert zitiert: »dieses einsame, melancholische, unaussprechlich süße Instrument...«
Wenn ich ihm Adjektive geben sollte, müßte ich wohl sagen – hell, diszipliniert, unsentimental. Weil ich einmal, an einem Juninachmittag, eine halbe Stunde lang zugehört habe; ein paar kleine Stücke aus dem Musikalischen Blumenbüchlein von Johann Caspar Fischer, achtzehntes Jahrhundert. Ich saß an einem Fenster, es hatte eben aufgehört zu regnen, die Rosen schüttelten die Tropfen ab, schottische Zaunrosen, dicht unter dem Fenster, in der Gartenecke blühte Holunder. Es muß wohl noch etwas anderes gewesen sein außer Regen, Holunder, Musik, das war es nicht allein. Ich war befreit und heiter, ich hatte zurückgelassen, was mich schwer macht. Seitdem denke ich, daß ich nur versuchen muß, die Ingredienzien zu finden und zu sammeln. Und dann könnte ich die Heiterkeit jener Stunde wiedererlangen und für immer festhalten. Möglich, daß es bald wieder regnet. Sicher aber ist, daß vor diesem Fenster nie Holunder blühen wird. Schon fange ich an zu bereuen, daß ich Mutter diesen Wunsch genannt habe. Ich tat es wohl mehr, um ihr die Möglichkeit zu geben, mir eine Freude zu machen. Auch Beschenktwerden ist eine Leideform. Der Wunsch hätte bei den unerfüllten Wünschen bleiben müssen.
Seit fast zwanzig Jahren habe ich nicht an einem Klavier gesessen. Damals spielte ich wie alle Kinder aus der Dammschen Klavierschule. »Ich vergesse immer, daß ich eine höhere Tochter geheiratet habe.«
J. hat geantwortet, als ich fragte, ob er ein Instrument spiele, daß er nichts von diesem »rührenden Dilettantismus« halte. Trotzdem malt er. Vielleicht hält auch ein kritischer Mensch das, was er selbst tut, nicht für dilettantisch; er hat da seinen blinden Fleck. Er ist kritisch vor allem bei anderen. Er sagte, die technische Wiedergabe einer guten Interpretation sei mittlerweile so vervollkommnet, daß es ein Zeichen von Unkultur sei, sich selbst versuchen zu wollen. Eines der

wenigen Male, daß ich mich gewehrt habe, ich behauptete, daß mir vier schlecht, aber temperamentvoll geigende Zigeuner lieber seien als die eleganteste Musiktruhe mit einer Stereoanlage, es war nicht von mir, ich hatte das irgendwo gelesen, er beachtete es dann auch gar nicht. Im Bereich der Moral mag der gute Wille seine Berechtigung haben, im Reich der Kunst zählt nur das Ergebnis, so ähnlich drückte er sich aus, um dann gleich wieder die Folgerung daran zu knüpfen, daß man gemeinhin umgekehrt urteile, in der Kunst nach der guten Absicht frage, worunter er sowohl eine gewisse Begabung als auch Fleiß und ein ethisches, wenn nicht gar religiöses Anliegen zählt, und im Leben nach dem moralischen Erfolg im Sinne eines Bürgerlichen Gesetzbuches.

Ich entsinne mich, daß ich an dieser Stelle einwarf – ich meinte doch Musik.

Albert sagt. J. sagt. Hat gesagt. Würde sagen.

Kein Wort von ihm.

Er ruft nicht mehr an. Vier Abende lang bin ich nicht zu Hause geblieben. Verabredungen, Einladungen, Kino, einmal sogar bei Frau Marein. Ich habe mir Modehefte angesehen und mir ihre Kleider vorführen lassen. Ich ging fort, nur um nicht hier zu sein. Um wenigstens die Ungewißheit zu haben, daß er angerufen haben könnte.

Ich habe ihm zwei Briefe geschrieben. Beide liegen noch hier. Einer, in dem ich versucht habe, ihm zu erklären, warum ich mich von Albert trennen mußte. »Mein Mann liebte eine andere, nachdem ich das wußte, ließ mir meine eigene Situation keine andere Wahl als die, ihn freizugeben.« Was für ein pathetischer Satz. Oder ist er zu nüchtern? So etwas schreibt man heute nicht mehr. In dem anderen Brief habe ich versucht, ihm klarzumachen, daß die Scheidung doch nur das Ende von dem war, was in Genua begonnen habe. Ich hatte mich umgedreht, ich benutzte dasselbe Wort wie er damals und hatte, als ich's schrieb, schon Angst, er wüßte seine Bedeutung nicht mehr. Ich sei damals zurückgekehrt, um Ordnung zu machen, ich hätte frei sein müssen für einen solchen Schritt, es sei das Bürgerliche an mir; um fliegen zu können, müsse man seine Flügel bewegen können. Metaphern, die er vielleicht nicht versteht. Er kann vergessen, er hat sich so oft gerühmt. Er habe ein diskretes Gedächtnis, sagt er, ohne das könne ein Mensch, der konstruiert sei wie er, nicht existieren.

Immer nur einen Fußbreit Boden. Man kann keinen Schritt zurück riskieren, keinen vorwärts.
– Halsschmerzen. Schon seit gestern.

28. Februar

Der kürzeste Monat ist der längste dieses Winters.
Drei Tage habe ich gelegen.
Psychogene Angina. Das Psychogene daran macht mir am meisten zu schaffen. Schon am ersten Morgen habe ich Dr. Joerden angerufen. Er konnte erst am Abend vorbeikommen. Er kennt mittlerweile die Familienverhältnisse, er stellt keine unnötigen Fragen. Er hat den sachlich-ironischen Ton, den ich von Alberts Kollegen aus der Klinik kenne. Er hat abgehorcht und gefragt, ob ich Temperatur habe. Natürlich habe ich Fieber. Er hält es für richtig, wenn ich bald einmal zu einem Spezialisten gehe. Geräusche am linken Lungenlappen. Er weiß, daß ich vor Jahren eine leichte Tuberkulose hatte. Man müsse vielleicht einmal wieder zur Kontrolle ein paar Abstriche machen. Er befürchtet sogar eine Lungenentzündung. Ich wehrte ab. Ich kenne die Symptome, es ist nicht die erste Angina dieser Art. Fieber. Halsschmerzen. Husten. Als letztes versagt dann die Stimme. Es ist natürlich besser, er nennt es eine Grippe mit Verdacht auf Lungenentzündung. Wo käme er hin, wenn er auch noch auf die Psyche achten wollte bei der Grippewelle, die wir angeblich haben sollen, schon die zweite in diesem Winter, das feuchte, zu milde Wetter sei schuld daran. Ich wußte nichts davon, ich lese selten eine Zeitung. An drei Tagen hat er vorbeugend Penicillin gespritzt. Er kommt auch heute abend wieder. Er schellt zweimal, damit ich auch wirklich nur aufstehe, um ihm zu öffnen. Gestern blieb er beinah eine halbe Stunde, kochte sich in der Küche eine Tasse Tee, preßte mir eine Zitrone aus, setzte sich in den Sessel, redete ein bißchen und sagte beiläufig, während er die Bescheinigung für meine Krankenkasse ausfüllte und nach dem Geburtsdatum fragte – unsere Generation hat ihre Verletzungen in einer Zeit bekommen, wo es noch kein Penicillin gab. – Dem gleichen Jahrgang anzugehören, das schafft eine Basis, die fester ist als viele andere, eine Gemeinsamkeit, die sich dann nur in Daten, in der Aufzählung von Ereignissen noch zu bestätigen braucht. Man verständigt sich leicht.

Er schlug vor, daß ich ihm den Schlüssel mitgäbe, das täten einige seiner Patienten, die alleinstehend seien. Ich sagte, ich sei doch aus dem Alter der Schlüsselkinder heraus; meine Versuche, witzig zu sein, mißraten meist. Er lacht trotzdem bereitwillig. Er kommt wohl gern hierher. Wahrscheinlich hat er meine Partei ergriffen, alle unsere Bekannten meinen, sie müßten sich nun für Albert oder für mich entscheiden.
Gestern hat Albert angerufen, ziemlich bald, nachdem Joerden fort war.
– Du hast ja wieder mal gar keine Stimme, Johanna!
Ich sagte, ich hätte mich gerade eben verschluckt.
– Unfug! Du bist krank.
Er hat Joerden getroffen, er weiß, daß ich hier »hilflos« liege. Und das eben wollte ich nicht. Ich will nicht, daß er vermutet, ich würde nur krank, damit er sich um mich kümmert.
Wieder dieselben Fragen – hast du Fieber? Mißt du die Temperatur? Wann? Trockener Husten? Stiche? – Er hält nichts von Medikamenten, schon gar nichts von Penicillin. Natürlich nicht, er wollte ja einmal Naturarzt werden.
– Hast du heiß gebadet? – Nein.
– Warum? – Es sind keine Kohlen mehr oben, und ich wollte nicht...
Meine Zähne schlugen aufeinander, ich zitterte vor Kälte, er fragte – wo stehst du? Hast du etwas übergezogen, bist du wieder barfuß? Statt zu antworten, habe ich geweint, den Hörer aufgelegt und bin ins Bett gekrochen, weitergeweint.
– Schlüsselkind – sagt er und ist ärgerlich.
Das hat Joerden ihm also auch erzählt. Er hat ihn nicht zufällig getroffen, sondern Joerden hat ihm Bescheid gesagt. Er hielt eine Überweisung ins Krankenhaus für zweckmäßig, ich brauchte Pflege, und am besten käme ich nicht in ein Einzelzimmer, ich sei zuviel allein, nervlich sehr herunter.
Albert hat ihm gesagt, er würde das in die Hand nehmen.
Er zog sich einen Sessel an die Couch, nahm seine dicke Ärztetasche auf den Schoß und fing an mit:
– Es war einmal eine kleine, süße Dirn, die hatte jedermann lieb, der sie nur ansah –
Ich fuhr fort – eines Tages sprach ihre Mutter zu ihr, komm, hier hast

du – Albert griff in die Tasche, sagte – eine Ananas –, legte sie auf meine Bettdecke. Er sagte – eine Flasche Hustensirup – und stellte sie auf den Tisch. Sagte – ein Paket Taschentücher, einen Strauß Anemonen – und legte sie dazu, er kramte weiter in seiner Tasche, packte den Autoatlas, den Stadtplan, den Terminkalender, Zigaretten heraus, tat alles auf meine Bettdecke, sagte – und bring das der armen Johanna.
Und ich – sie ist alt und krank und schwach und wird sich daran laben.
Wie oft hat sich diese Szene abgespielt, wenn Albert nach Hause kam!
Albert sagte – mach dich auf, bevor es heiß wird –, unterbrach sich – apropos, heiß wird – kalt wird! – Er zog den Mantel aus, ging in den Flur, ich hörte ihn mit Kohleneimern hantieren, er kam wieder herein, sagte – ein bißchen Ordnung möchte schon sein, Johanna! Wo ist der Kellerschlüssel?
– Ich glaube in der rechten Tasche der grauen Hose.
Strafender Blick. Auch das wie früher.
Ich kroch unter die Decke.
Nach einer Viertelstunde brannte das Feuer, Albert machte mir heiße Milch mit Honig, tat einen Schuß Mineralwasser dazu, damit es bekömmlich ist, ließ sich meine Zunge zeigen, sagte – von außen bist du schöner, Johanna – und fragte, ob ich ihm gestatten würde, daß er mir einen Brustwickel anlege, ich sagte, daß ich es gestatten würde.
– Schläfst du immer auf der Couch? – Ja, ich bin lieber in diesem Zimmer. – Keine Erwiderung. Er fühlt den Puls, sagt – wie ein Pferd. Wie ein kleines Pferd.
Ich frage – vielleicht ein kleines weißes Fohlen?
Er nickt – jawohl, mit einem dunklen Flecken an der hinteren linken Flanke.
Er deckte mich zu bis an den Hals, ich mußte versprechen, mich nicht zu rühren, dann ging er fort, um einzukaufen, kam nach zwanzig Minuten zurück, füllte den Heizkessel, holte noch einmal Kohlen, stellte den Thermostat ein, nahm mir den Wickel ab, rieb mich trokken, packte mich in ein angewärmtes Badetuch, kämmte mich, zog mir einen Mittelscheitel – Krankenpfleger hätte man werden sollen! –, deckte mich wieder zu bis an den Hals, öffnete beide Fensterflügel, schälte die Ananas, schob mir kleine kühle Würfel in den Mund, lobte mich, sagte jedesmal – brav, brav –, ging und wusch sich die Hände,

kam im Mantel zurück, Hut in der Hand. Er schloß die Fenster, zog die Vorhänge zu, Kuß auf die Stirn – vorsichtig, steck dich nicht an, Albert! – und sagte – dann wollen wir mal wieder.
Und ging.
Noch ein bißchen geweint und dann geschlafen. An der Tür hat er sich noch einmal umgedreht, ist zum Fenster gegangen, hat den Deckel vom Klavichord aufgeklappt, hat mit zwei Fingern gespielt: »Mädchen, warum weinest du, weinest du, weinest du?« – kam noch einmal bei mir vorbei, tippte mir auf die Nasenspitze – paß auf dich auf, Johanna!
Heute früh klingelte wieder das Telefon.
Es war Albert. Er wollte nur probieren, ob ich etwa aufstünde, wenn er klingelt. – Guten Morgen, du Krähe.
Meine Stimme ist jetzt ganz fort. Ich hatte noch nicht probiert zu sprechen. Meist wird es dann bald besser. Zum erstenmal habe ich sagen können – grüß Lisa von mir.
Ich glaube, daß er sich darüber gefreut hat. Ich werde es schon lernen.
Heute früh nur noch siebenunddreißig zwei. Die Heizung ist besorgt, richtiges Frühstück, mit Kaffee und Ei. Die Zeitungen gelesen, die Albert hiergelassen hat. Heiß gebadet, kalt abgewaschen. Hydrotherapie in Alberts Sinn. Zurück ins Bett und noch mal drei Stunden tief geschlafen. Und jetzt sitze ich, eingewickelt in Alberts Bademantel, am Tisch und schreibe, esse von der Ananas.
Es ist kälter geworden, der Wind hat gedreht, er steht jetzt auf der Außenwand meines Zimmers. Mittags scheint die Sonne.

Anfang März

Ich übe morgens von neun bis zehn. Kleine einfache Etüden. Musikalische Gymnastik bei offenem Fenster. Die Luft ist schon wieder schwer, naß, sie strömt nicht ins Zimmer ein, sie steht vor dem Fenster, läßt auch die Töne nicht hinausdringen, sie isoliert.
Es ist zu milde für diese Jahreszeit. Nachmittags, beim letzten Tageslicht, setze ich mich wieder an das Instrument. Sobald ich unsicher werde, zittert der Ton, verliert das Metallische, fängt an zu beben, wird unsauber; meine Unruhe teilt sich dem Instrument mit, schwingt zurück zu mir, ein Kreislauf, den ich am Klavier nie

beobachtet habe. Allerdings habe ich mich damals überhaupt noch nicht beobachtet. Meist aber teilt sich die Disziplin des Instruments mir mit, ich bin konzentriert, das Fahrige, Unkontrollierte läßt nach.

Etüden am Nachmittag. Am liebsten sind mir zwei kleine Stücke von Telemann. Vorhin, zu ganz ungewohnter Zeit, hat J. angerufen; während ich mit ihm sprach, ist die Zigarette vom Aschenbecher gefallen und hat ein kleines dunkelgerändertes Loch in das helle Holz des Instruments gebrannt.

Er war krank.

Die gleiche Grippe. Lachend – hattest du meine? Oder ich deine? Derselbe Bazillus?

– Endlich einmal wieder etwas, das wir gemeinsam haben!

– Aber an verschiedenen Orten.

– Das bringen die Verhältnisse so mit sich.

Zum erstenmal ein Anzeichen von Fürsorge. Er hat gefragt – wer hat sich denn um dich gekümmert?

Wahrheitsgemäß habe ich gesagt – unser Arzt war hier, und dann ist Albert zweimal gekommen.

Pause. Lange genug, daß mir auffallen mußte, daß ich »unser Arzt« gesagt habe, daß ich zum erstenmal von Albert und nicht von meinem Mann gesprochen habe. Wir sind beide empfindlich für solche Nuancierungen.

Er ist ungerecht. Sein Schweigen steckt voller Vorwürfe.

Ich war nahe daran zu fragen – und du? Bist du etwa nicht gepflegt worden? Statt dessen habe ich mich erkundigt, ob es ihm bessergehe, ob er noch Fieber habe, ob er schon wieder im Geschäft sei.

Er hat mir ausführlich von der Vitaminstoßkur berichtet, die er jetzt mache, am ersten Tag eine Zitrone, dann steigernd bis zu sechs Zitronen am Tage, dann zurück, er sei aber noch auf dem Hinweg. Ob ich das für einleuchtend halte? Ich lachte, er fragte – warum, was ist daran komisch?

– Ich reagiere sauer! Warum nimmst du nicht Vitamintabletten? Das Auspressen der Zitronen ist so lästig.

– Ich brauche das nicht selbst zu tun.

– Ach ja. Ich hatte das vergessen. – Manchmal möchte ich ihm sagen, daß zwischen seinen Anschauungen und seiner Besorgnis für sein leibliches Wohl eine Diskrepanz sei. Aber er ist mir dialektisch viel zu

überlegen, außerdem täte ich dann das, was mich oft so kränkt, wenn er es bei mir tut: das Sezieren von Äußerungen, Gefühlen.
Ich versuche ihn zu lieben, wie er ist. Aber alles Lieben ist ein Trotzdem-Lieben.
Er hat sich erkundigt, was ich tue, jetzt eben. Da habe ich das Telefon, so weit es die Schnur zuließ, mitgenommen, habe es auf den Tisch gestellt, den Hörer hingelegt und mit einem Finger gespielt: »Willst du dein Herz mir schenken, so fang es heimlich an.« Beim erstenmal geriet es nicht, ich habe noch keine Übung im Finden einer Melodie, dann habe ich es noch einmal probiert.
Zurück zum Telefon – hast du es gehört?
– Warst du das, Hanna? – Er hat erkannt, daß es ein Klavichord ist.
– Entweder hast du Instinkt, Hanna, oder du hast Gefühl für Stil.
– Also paßt es zu mir?
– Bürgerin! – Zärtlich gesagt, manchmal spürt man das durch alle Drähte hindurch.
Ich habe gegen alle Vorsätze gefragt – wann kommst du?
Er kann schlecht fort. Ruth liegt noch. Ruth ist die Älteste, sie hilft schon manchmal nachmittags in der Buchhandlung, nach Ostern wird sie als Lehrling eintreten. Der Buchhändler, den er im Herbst eingestellt hat, ist ebenfalls krank, die Kunden schienen aber noch alle gesund zu sein.
Ich sage – natürlich, ich sehe das ein, du kannst nicht abkommen. – Ich sage – gute Besserung. – Ja, danke, gleichfalls.
Ich hasse dieses Telefon.
Ich fahre morgen schon. Wenigstens für den Husten wird es gut sein.

März

Jedesmal, wenn ich die Wohnungstür hinter mir abschließe, denke ich: Vielleicht komme ich nicht zurück. Vielleicht bleibt alles so, erstarrt zu Leblosigkeit. Wie eine Momentaufnahme, die diesen Augenblick, in dem ich alles stehen- und zurücklasse, unendlich verlängert. Ich kann mir nicht vorstellen, daß einer kommen würde und die Tür aufschließen, durch die Räume gehen, den einen oder anderen Gegenstand in die Hand nehmen, ihn prüfen würde auf den

Wert hin, den er für ihn haben könnte, mit einem flüchtigen Gedanken, welchen Wert er für mich gehabt hat. In aufmerksamer Achtlosigkeit.

Ich drehe den Haupthahn der Gasleitung ab. Ich kontrolliere, ob das Feuer im Heizkessel auch wirklich heruntergebrannt ist, ich schließe die Fenster, damit es nicht hereinregnen und der Wind nicht die Scheiben zerschlagen kann. Ich ziehe die Vorhänge zu, drehe den Schlüssel zweimal herum, aber: ich gebe ihn nicht beim Hausverwalter ab, wie es im Mietvertrag vorgeschrieben ist, niemand soll herein. Albert hat noch immer einen Schlüssel.

Hier liegt Schnee. Ich habe nicht daran gedacht, daß ich hier skilaufen könnte, sonst hätte ich die Skier mitgenommen, obwohl mein Fußgelenk noch nicht wieder ganz in Ordnung ist. Die Stadt hat keine Jahreszeit, es sei denn die der Schaufenster. Meine Phantasie reicht nicht aus, ich kann mir nicht vorstellen, daß achtzig Kilometer entfernt Winter ist, Berge sind, verschneite Hänge, Eiszapfen am Dach, Kinder mit Rodelschlitten. Albert und ich sind oft mit den Skiern in die Arche gefahren, wenn es zu Haus geregnet hat.

– Warum haben Sie sich nicht angemeldet, Frau Doktor?

Ich erkläre der Wirtin, daß ich kurz entschlossen losgefahren sei. Andere haben sich offensichtlich auch entschlossen, den Karneval hier zu verbringen. Man mußte mir ein Doppelzimmer geben, die wenigen Einzelzimmer sind belegt. Sie hat gefragt, ob der Herr Gemahl nachkäme, und ich habe gesagt, daß er das leider nicht tun würde. Oben, als ich in meinem Zimmer den Koffer auspackte, fiel mir ein, daß man hier J. meint, wenn man »Herr Gemahl« sagt. Als wir im vorigen Winter hier waren, hatten wir ein anderes Zimmer. Das Haus ist verändert. Das liegt nicht nur am neuen Anbau. Das liegt auch nicht daran, daß es im vorigen Jahr an allen drei Tagen regnete. Alles verändert sich mit dem, der neben einem ist oder neben einem fehlt.

Ich ging wieder nach unten, um Kaffee zu trinken. Die Wirtin setzte sich zu mir. Ob mein Mann immer noch mit dem Magen zu tun habe. Ich sagte, das sei jetzt besser. Wie es den Kindern ginge, ob ich eine Hilfe im Haushalt habe, daß ich so einfach fortkönnte. – Den Kindern? Oh, danke, ganz gut. – Demnach hat J. mit ihr gesprochen, als ich nicht dabei war. – Sie sind sehr gewachsen. – Es gibt Sätze, die stimmen bei Kindern immer.

Töricht, hierherzukommen. Man vergißt, daß um einen herum Menschen sind, die teilhaben wollen, die ihren Tribut fordern und mehr sein wollen als Zuschauer.
Der Altersunterschied sei doch recht groß, zwanzig Jahre bestimmt? Ich sagte nein, ganz soviel nicht. Er sei ja wohl auch noch gut zuwege, soweit, wenn man an andere Männer in dem Alter denke. Ich sage – soweit ja.
Ich ließ mir von ihr erzählen, daß viele hierherkämen, die eine Wochenendehe führten. Sie merke das natürlich gleich, auch wenn sie nichts sagte. Das gehöre zum Geschäft, und wenn die Leute sich ordentlich benähmen... Ihre Sache sei das nicht. Moral, wenn man eine Pension hat –
Ich nickte bestätigend, ich lächelte.
– Außerdem geben sie mehr aus. Den Männern sitzt das Geld lockerer in der Tasche, wenn es nur für zwei Tage ist. Ehefrauen sagen, zu Hause kannst du das doch billiger haben. Sie sollten nur einmal sehen, wie glücklich die Frauen sind, wenn man sie mit dem Namen des Mannes anredet! Wie sie dann nach seiner Hand fassen, wie sie sich dann ansehen, als ob das wer weiß was wäre! Und die richtigen Flittchen, die kommen hier auch nicht hin, die suchen sich was Passenderes. Dies ist was für ruhigere Leute in gesetztem Alter. Sie sind aber auch dünner geworden seit dem vorigen Winter, Frau Doktor.
Ich überlegte, ob sie J.s Namen behalten hat. Anmeldeblocks schienen nicht geführt zu werden, mir hat man keinen vorgelegt. Wahrscheinlich hat sie sich auch bei J. auf dieses »Herr Doktor« beschränkt.
Vielleicht ruft er an. Ich fange an, auch hier zu warten. Hier fehlt er mir noch mehr als zu Hause. Es könnte sein, daß er sich in den Wagen setzt und einfach kommt, er wird wissen, daß ich hier bin, wenn er mich telefonisch nicht erreicht.
Ob das Zimmer recht sei? Ob ich eine Wärmflasche brauche? Einen Fernsehapparat hätten sie jetzt auch, ohne den ginge es gar nicht mehr, und im Winter sei es auch ganz schön, nur verzehrten die Leute dann nicht viel.
Es kamen neue Gäste, mit denen sie mich bekannt gemacht hat. Ein Ehepaar mit einem Kind, außerdem ein Apotheker, den ich schon irgendwo gesehen habe.

– Wie im Krieg – sagt die Wirtin – wir haben wieder Evakuierte, jetzt fliehen sie vor dem Karneval.
Ich nicke, ich lächle, ich gebe mir Mühe, nicht unfreundlich zu sein, und gehe wieder nach oben in mein Zimmer, ziehe mir den Mantel an und feste Schuhe und mache einen Spaziergang.
Als ob auf alles, auf alles Schnee gefallen sei! Alles zugedeckt, nichts erinnert, und wo Erinnerungen aufsteigen, gelten sie nicht J., da gelten sie Albert. Im vorigen Jahr ist mir nicht aufgefallen, wie ähnlich hier alles ist; an einer Wegbiegung dachte ich, ich brauchte nur noch ein Stück den Berg hinaufzusteigen und dann links abzubiegen, an der Tannenschonung vorbei, und dann müßte unsere Arche dastehen. Als ein Hund anschlug, bellte er genau wie der Terrier von Arens. Statt dessen gehe ich allein fremde Wege. Wie sinnlos das alles. Ich hätte nicht hierherkommen sollen.
Der Mond stand schon hinter den Tannen, als ich mich auf den Heimweg machte. Ein weißer Wintermond, hinter verschneiten Bäumen. Man steckt die Hände tiefer in die Taschen. Der Schnee knirscht und sonst kein Laut. Man bleibt stehen, um die Stille zu hören, und mein Schatten bleibt neben mir stehen. Woher kommt dann mit einem Male diese Welle von Zärtlichkeit, die mich aufnimmt? Ich weiß mich zugehörig und weiß doch nicht einmal wozu.
Eine Weile habe ich auf einem gestürzten Baumstamm gesessen und dem Mond und den blassen Sternen zugesehen, keiner hat gesagt, du wirst dich erkälten, Johanna.
Ich kam zu spät zum Abendbrot, man war schon mitten im Fernsehprogramm, ich ging gleich nach oben und ließ mir ein Butterbrot und ein Glas Glühwein bringen. Auf den Heizkörpern trocknen Schuhe und Strümpfe, das Deckenlicht wirft trübe Schatten, es riecht nach warmer, nasser Wolle. An der Wand hängt ein Stück Heide-Landschaft, das nächste Stück hängt in Zimmer sieben, wo ich mit J. gewohnt habe, violetter Birkenweg hinter Glas. Das Hausmädchen hat mir eine Steinkruke ins Bett gelegt. Sie wollte sie in mein Nachthemd wickeln, das täte sie in ihrem Bett auch immer. Ich ließ sie ans Fußende legen, natürlich muß ich jetzt an Alberts Großmutter denken, bei der wir einmal im November zu Besuch waren. In Friesland; mit Grog und Wärmkruken im Bett.
Was sie wohl gesagt hätte? Sie hatte mich gern, als einzige aus seiner

Familie. Sie hat mir einmal die Friesentracht ihrer Tochter gegeben, und ich mußte sie anziehen und dann neben ihr auf dem Sofa sitzen. Sie nahm mich bei der Hand und schwieg, rücksichtslos. Als sie vor zwei Jahren starb, ist Albert allein zur Beerdigung gefahren. Ich hätte nicht mit dort sein können, es war schon zuviel Lüge zwischen uns. Dort hätte man nicht atmen können nebeneinander. Schon als wir das letzte Mal bei ihr waren, fing sie an, Abschied zu nehmen. Sie lebte ihr Leben abseits von den anderen, in freiwilliger Abgesondertheit. Das Alter nahm ihr nichts weg, da sie alles freiwillig hergab, ihre Pflichten, ihre Rechte und auch die Anteilnahme an den anderen, sie hörte nicht mehr zu, wenn gesprochen wurde. Ich hätte sie gern gefragt, wie das ist: alt sein, aber es war nicht leicht, sie etwas zu fragen, sie hätte sicher nur gesagt, du fragst immer zuviel. Das tut nicht gut. Niemand ist uns Rechenschaft schuldig. Nur wir sind Rechenschaft schuldig. Eine fromme Frau.
Zu ihr hätte ich fahren sollen, als Tutti tot war. Ich hätte allein zu ihr fahren sollen, mit ihr hätte ich auf den Deich gehen sollen und es ihr sagen. Damals, als ich angefangen habe, alles falsch zu machen. Sie hat sechs Kinder gehabt, und nur zwei sind groß geworden, und nie hat sie von ihrem Schicksal geredet. Die letzte, die starb, war Alberts Mutter, das ist ihr wohl am schwersten geworden. Sie hat das alles gehabt, Geburt, Tod, Krankheit, Liebe, Abschied, Alleinbleiben, Krieg, Krieg, immer wieder Krieg. Vielleicht hat sie Wünsche gehabt, aber sie hat nicht erwartet, daß Wünsche sich erfüllen.
Ich habe Albert gefragt, er ist bei ihr aufgewachsen; nach dem Tod des Vaters kam seine Mutter zurück. War sie immer so, auch als sie jünger war? Er hat sich einen Augenblick besonnen – seit ich denken kann, ja. Die Leute im Dorf wußten was von ihr. Sie hat sie darum immer gemieden. Man sprach nicht mehr davon. Es muß etwas mit einem Marineoffizier gewesen sein, der hier für ein paar Wochen im Manöver lag. Bald darauf hat sie meinen Großvater geheiratet. Meine Mutter war wohl das Kind dieses Offiziers. So habe ich es mir zusammengereimt, als wir in der Schule unsere arische Abstammung nachweisen mußten. In dem Alter ist man empfindlich; wenn man in den Papieren Daten liest, die plötzlich ausweisen, daß da jemand heiraten mußte, dann beginnt das Fragen, was wäre geworden, wenn –. Natürlich hat er die Großmutter nicht gefragt.
Wir gingen über den Deich, Albert und ich, auf einmal lachte er – wir

reden, wie Großvater die Großmutter nahm, es wäre ihr nicht recht, ein Gesprächsgegenstand zu sein. Ein Stück Dünenromantik. Das hättest du nicht gedacht, was? In deiner Familie kommt so etwas gewiß nicht vor – außerdem sei es nicht weit her mit der Romantik; wenn seine Mutter wirklich »ein Kind der Liebe« gewesen sei, gemerkt habe man es nicht. Er sei keines gewesen, das sei sicher. Er hat es als Kind nicht gut gehabt; ich hätte öfter daran denken müssen.
Es war das Fotografierjahr. Albert fotografierte alles, was uns über den Weg lief, und alles, was stillstand, vornehmlich aber mich. Von diesem Tag in den Dünen gibt es noch ein Bild. Der Himmel ist weit offen, mit hohen, deutlich konturierten Wolken, ich stehe auf dem Deich, der Sand wellenförmig verweht, ich habe eine Stranddistel in der Hand, blond, hübsch, kitschig. Eine Zeitlang hatte Albert dieses Foto in der Brieftasche und zeigte es bereitwillig herum – meine Freundin Swantje – sagte er –, so sehen Ehefrauen doch nicht aus!
Die Wirtin hat geklopft. Wenn ich doch noch nicht schliefe, ob ich nicht nach unten kommen wolle, es würde getanzt, es fehle noch eine Dame.

Tief und lange geschlafen. Traumlos. Vor dem Frühstück schon draußen. Es hat die ganze Nacht geschneit, die Temperaturen sind gestiegen, es kommt Tauwetter, der Wind streicht dicht über der Erde.
Es fing an mit einer Konfusion, die mich sogar erheiterte. Ich tanzte mit dem Apotheker. Er betrachtete meine Hände, ich wußte gleich, worauf er hinaus wollte, ich sagte vorsorglich – Hände betrachten, das gibt Streit. – Er ließ sich nicht beirren, er habe mich schon in seiner Apotheke gesehen, der Herr Gemahl sei groß, stattlich, blond; er habe ein auffallend blaues Halstuch in Erinnerung, Kamelhaarmantel.
Schon wieder der Herr Gemahl, diesmal ein anderer. Ich sagte, von der Sorte groß, blond, stattlich gäbe es viele.
– Aber doch nicht an Ihrer Seite! Die üblichen Fragen nach dem Ehering.
Wenn ich mit J. reise, trage ich den Ring, es erleichtert die Situation.
Ich hatte schon etwas getrunken, ich wüßte sonst nicht, warum ich das getan habe, ich zog ihn mit zu der Wirtin, die hinter der Theke

stand, und ließ sie bestätigen, daß mein Mann weder groß noch stattlich und schon gar nicht blond sei. Er blieb hartnäckig dabei. – Er ist Arzt! – Nein! – Er hat aber doch etwas mit Medizin zu tun! – Er schluckt sie! Sogar en gros. Er ist ein Kunde! Die Wirtin lacht, ich lache auch. Ich trinke an der Theke mit ihm einen Weinbrand und fange an aufzuzählen, für den Magen, für die Galle, und selbstverständlich für den Kreislauf und dann natürlich noch gegen Migräne, gegen Müdigkeit, gegen Schlaflosigkeit, gegen...

Natürlich begriff er meine Lustigkeit nicht. Er hielt mich wohl für hysterisch, er mußte annehmen, daß ich voller Aversionen gegen die Krankheiten von J. bin und folglich auch gegen ihn, er mußte also die Gelegenheit für günstig erachten. Er war allein. Ich war allein. Wir tanzten weiter, er tanzte sogar gut, wie viele dieser Pykniker. Er unterrichtete mich über irgendein neues Medikament, etwas völlig Neues, vielmehr Uraltes, aus Indien oder sonstwo, ich habe den Namen schon vergessen, ein bißchen Laotse, ein bißchen Tagore, sogar mit Zitaten, man schluckt sie wie Likör, er erkundigte sich, ob mein Mann das schon einmal ausprobiert habe, es sei gerade bei vegetativen Störungen, darum handle es sich offensichtlich, so sehr zu empfehlen, es sei vorzüglich, er lachte bereitwillig, besonders für die Apotheker. Wir sprachen über das Befinden des Herrn Gemahls, und er küßte mir das Handgelenk, er sagte – liebe gnädige Frau –, dann wechselte er zu – liebste gnädige Frau – und hatte wohl vor, seinen Karneval hier zu feiern. Als er an einem der Knöpfe des Radios drehte, um einen Sender mit Tanzmusik zu finden, verschwand ich unbemerkt, lief vors Haus, rieb mir das Gesicht mit Schnee ab, tauchte die Arme tief ein, atmete aus und fühlte mich wunderbar erfrischt. Und natürlich auch ernüchtert. Als ich um den unteren Treppenabsatz bog, um in mein Zimmer zu gehen, sah ich meinen Kavalier vor meiner Tür, vorsichtig die Klinke ausprobierend, ich hatte nicht abgeschlossen, er schlich hinein, eine Szene, zu der er gewiß nicht mich als Zuschauer haben mochte. Er fand den Schalter nicht gleich, es dauerte eine Minute, bis er wieder zum Vorschein kam, er schlich zur Treppe und entdeckte mich, und er sagte das erste glaubhafte Wort – Biest! Ich wies auf meine nassen Hände, versicherte ihm, daß der Schnee herrlich erfrischend sei und auch abkühlend und ernüchternd, ich hätte das bereits ausprobiert, ganz freundschaftlich. Er kam mit vors Haus, er tauchte bereitwillig die

Hände in den Schnee. Es schneite, wir gingen noch ein Stück spazieren, zu der Lichtung hin, Arm in Arm, ich ließ mich küssen. Fragender Blick unter der Haustür. Die anderen Gäste waren schlafen gegangen. Das Haus war dunkel. Wir drehten den Schlüssel um. Die Wirtin mußte gemerkt haben, daß wir noch draußen waren, und hatte die Haustür nicht abgeschlossen.
Ich schüttle den Kopf. Nein! – Les jeux sont faits –
– Abschießen sollte man solche Frauen!
Ich sage – mein Mann ist ein guter Schütze, ich warne Sie.
Meinem Selbstgefühl hat es gutgetan. Sonst? Ich will nicht darüber nachdenken.
Wir haben sogar zusammen gefrühstückt. Er hat höflich gefragt, ob er sich zu entschuldigen habe, ob er sich unkorrekt oder etwa lächerlich benommen hätte. Ich habe ihn beruhigt, nein, nicht anders als andere Männer, bestimmt nicht. Ich habe ihm die Brötchen gestrichen, wir haben ein zweites Mal Kaffee bestellt, und er hat nachgeholt, was er am Abend versäumt hat: er hat mir die Bilder seiner Familie gezeigt und mir endlich gesagt, daß ihn seine Frau nicht verstehe, nie verstanden hat und nie verstehen wird. Eine Frau müsse eben beides haben, Esprit und Charme und dann außerdem noch das Solide, was ich doch auch hätte. Im Hintergrund stand die Wirtin und sah uns zu, wie sie im vorigen Jahr wohl J. und mir zugesehen hat. Sie wird wissen, daß dies nicht ernst zu nehmen ist. Solche Frauen genießen das, das ist spannender als der schlechteste Roman. Ich nickte ihr zu, mein Gegenüber fragte, was da eigentlich hinter seinem Rücken zu nicken und zu lachen sei, und ich sagte – sie warnt mich vor Ihnen, sie meint nämlich, meinen Mann zu kennen.
Er fragte dann auch – was heißt das nun wieder, meint zu kennen?
Ich zündete mir eine neue Zigarette an. – Keine Biographie am Frühstückstisch, dazu ist es entweder zu spät oder noch zu früh.
Er entschuldigte sich, er stellte sich noch einmal offiziell vor, fragte dann auch gleich – und Sie, wie heißen Sie?
Ich sagte, durchaus wahrheitsgemäß – ich weiß es im Augenblick nicht ganz genau.
Männer merken das gleich. Als ob man ein Mal trüge, das man selbst nicht kennt. Man ist nicht mehr beschützt.
Er hat sich die Wirtin zu Hilfe geholt. – Die Dame behauptet, ihr Mann sei ein guter Schütze, stimmt das? – Wir waren Gäste, die etwas

verzehrten. Sie setzte sich zu uns, ging darauf ein. – Wirklich? Trotz der Brille?
Brille – ah, ja, die Brille, die hatte ich ganz vergessen.
Der Apotheker, noch mehr verwundert – Brille? Dann ist er es doch nicht.
– Das habe ich doch gleich gesagt! Er ist es nicht, ich bin mit dem Mann nicht verheiratet.
Er bestellte zwei Cinzano und zwei Gin, ein probates Mittel für Wintervormittage, vor allem bei Tauwetter, er trinkt mir zu – heiliger Nepomuk, laß mich nicht liebestoll werden, prost!
Ich erkundigte mich, ob er auch wirklich zuständig sei, sein heiliger Nepomuk, ich wolle mir das dann für spätere Fälle merken.
Ob es unbedingt spätere Fälle sein müßten...
Keine weiteren Verabredungen. Anschließend mit einem Siebenjährigen gerodelt. Das ist besser.
Am Nachmittag tauchte mein Apotheker wieder auf. Wir tranken zusammen Kaffee, wir ließen den Kuchen zurückgehen und gegen Schinkenbrote austauschen, in schöner Eintracht. Er hielt dann eines der erprobten männlichen Plädoyers. Das von der beglückenden Übereinstimmung in den kleinen Dingen des Alltags. Er bekam blanke Augen, wollte schon wieder nach meiner Hand fassen. Ich gab mir Mühe, ernst zu bleiben, tat, als höre ich diese Ansicht zum erstenmal, die auch die von J. ist. Als er jedoch fragte, ob ich auch so gern Rosenkohl äße, lachte ich, gab es zu, wir einigten uns, daß er in Butter geschwenkt werden müsse und mit Weißbrotkrumen bestreut, und außerdem ein wenig Muskat.
Nachher fragte er mich, möglich, daß er beunruhigt war – was halten Sie eigentlich von mir?
Ich lehnte mich zurück, betrachtete ihn aufmerksam – ein Zweihundertzwanziger, oder täusche ich mich?
– Wie bitte? – Er war überrascht – was soll das heißen, zweihundertzwanzig? Zweihundertzwanzig was?
– Blutdruck.
– Zweihundertdreißig zu hundertachtzig. Verstehen Sie etwas davon? Kann man das sehen? An welchen Symptomen erkennen Sie das? Sind Sie etwa Ärztin?
– Nein, mein Mann ist Arzt. – Das war schlecht.
– Also doch!

– Also nein! – Ich war verärgert.
Schweigen. Wir rauchten.
– Wollen Sie hier die schöne Unbekannte spielen?
– Vielleicht.
Am Nebentisch saß die Wirtin mit einem Herrn, der sie von den Vorzügen eines neues Fußbodenbelags überzeugen wollte. Ich konnte gelegentlich ein paar Worte verstehen, überlegte sogar, ob ich mich einmischen sollte, in unserer Wohnung ist der gleiche Fußboden und bewährt sich gut. Der Mann tat mir leid. Die Wirtin war ungeduldig und unliebenswürdig, der Vertreter bestellte sich eine zweite Portion Kaffee. Seine Fahrt in diese abgelegene Pension schien sich nicht gelohnt zu haben, und in den Städten war in der Karnevalszeit auch nichts zu verdienen, wer dachte schon an Fußböden. Die Wirtin kam an unserem Tisch vorbei, zuckte mit den Schultern, verzog das Gesicht, so daß der Apotheker sich veranlaßt fühlte zu sagen, und das nicht einmal leise – schrecklich, immer diese Vertreter! Er beugte sich dann über den Tisch, um mir halblaut von einem Vertreter zu erzählen, der neulich bei seiner Frau gewesen sei, ein unverschämter Bursche, der hätte doch wirklich zu ihr gesagt, zu seiner Frau, man wohnt über seine Verhältnisse, kleidet sich nach seinen Verhältnissen, ißt unter seinen Verhältnissen und schläft mit...
Ich sagte – danke, es genügt. Mir hätte er diese Geschichte nicht erzählt! –
Das war taktlos. So verstand er es auch. – Immerhin kennen Sie sie.
– Mein Mann ist auch Vertreter.
An dem Satz stimmte kein Wort. Weder das mein noch das ist noch das auch. In diesem Sinn war Albert nie ein Vertreter. Was soll das also? So habe ich in den letzten Jahren immer reagiert. Es war mir unangenehm, wenn jemand sich erkundigte, wo Albert sei, wo er arbeite, ob er immer noch keine eigene Praxis habe.
Der Apotheker nahm es von der lustigen Seite. – Schöne Lügnerin! – Er trank mir zu. – Wieviel Männer haben Sie schon verschlissen? Dabei sehen Sie aus, als seien Sie ein Engel.
Bald danach stand ich auf, verabschiedete mich, ich wollte vor dem Essen noch einen Spaziergang machen. Ich habe seine Begleitung abgelehnt, er hat mir versichert, daß auch er sehr gern in der

Dämmerung spazierenginge. Vermutlich besonders gern in Tannenschonungen. Ich sagte, danke, kein Rosenkohl! Und ließ ihn hinter dem Tisch sitzen.
Ich war eine Stunde draußen. Es war naß und dunkel, die Luft schwer, die Bäume standen eng wie Häuser, ich war bedrückt. Ich habe daran gedacht, nach Hause zu fahren, was sollte ich hier. Bleiben, nur um auszuprobieren, ob ich noch den galanten Redensarten eines unverstandenen Mannes widerstehen kann? Angefüllt mit Bitterkeit, wie so oft. Wenn ich ein Taxi bestellt hätte, wäre ich noch zum Abendzug zurechtgekommen. Konjunktiv.
Als ich in den Hausflur trat und den Schnee von den Schuhen klopfte, klingelte das Telefon, ich hörte das Stubenmädchen sprechen, hörte, wie es in das Gastzimmer rief: eine Frau Grönland wohnt doch nicht bei uns? Ich wollte hinlaufen, blieb aber an der Haustür stehen, hörte mit an, wie das Mädchen in das Telefon sagte, daß ich nicht da sei, und auflegte. Es kann nur J. gewesen sein. Immer denke ich zuerst, es sei Albert, aus Gewohnheit, wegen des Namens.
Was hat er gewollt?
Endlich sucht er mich und fragt nach mir, vermißt mich, wenn er mich nicht erreicht. Freue ich mich, oder bin ich nur beunruhigt? Er würde nun sagen: Was erwartest du eigentlich von der sogenannten Liebe, Bürgerin? Er sagt »Liebe« nie ohne ein Adjektiv, die sogenannte, die fragwürdige, die viel geschmähte...
Was ich erwarte? Ich weiß es nicht. Aber ich weiß jetzt, daß ich nicht dasselbe erwarte wie er. Wenigstens in den Erwartungen müßte man in Einklang sein.
Rosenkohl. Man kann auch Rosenkohl zum Symbol erheben.
Wie lächerlich, wie banal sich dann so etwas abspielt. Kolportage.
Ich ging absichtlich später zum Abendessen, ich konnte es mir aber nicht aufs Zimmer bringen lassen, man ißt dort meist ein warmes Abendbrot. Das Mädchen empfing mich gleich mit – Sie werden erwartet! – Wieder spielte mir das Herz einen Streich, aber es ist nur nervös, nicht einmal besonders hellhörig.
Statt dessen saß da mein Apotheker, es standen sogar Blumen auf dem Tisch, es stand eine Flasche Rotwein da, von der er noch nicht getrunken hatte, es war für zwei Personen gedeckt. Er erhob sich, er kam mir entgegen und »erlaubte sich«, mich zu einem kleinen Übereinstimmungsessen einzuladen. Er ist nicht nachtragend, das ist

nett an ihm, er hat mehr Format, als ich zunächst dachte. Übereinstimmungsessen mit Rosenkohl. Eigens bei der Wirtin bestellt, nach unserem Rezept, »mit ein wenig Muskat«. Schweineschnitzel, Pommes frites. Er machte den Gastgeber mit Geschick, er hatte sich umgezogen, ich sah ihn zum erstenmal im dunklen Anzug, er sah vorteilhafter aus, er war liebenswürdig, zurückhaltend, er hatte sogar ein paar Trinksprüche, die ich noch nicht kannte.
Der Rotwein war gut. Meine Stimmung besserte sich. Wir lachten, wir genossen es, daß die übrigen Gäste uns beobachteten und vom Nebenraum her abwechselnd auf den Bildschirm des Fernsehapparates und auf unseren Tisch blickten. Anstelle des Nachtisches hatte er einen Camembert bestellt, der gut durchgereift war, auch darin waren wir uns einig, er schmeckte ausgezeichnet zum Wein. Ich erklärte ihm, daß ich auf dem Wege sei, eine erfahrene Frau zu werden, ich könne bereits mit einem Mann zu Abend essen und dennoch feststellen, daß der Camembert gut sei, in jüngeren Jahren hätte ich behauptet, daß der Mann nicht viel wert ist, wenn eine Frau merkt, ob der Käse gut ist. Er unterbrach mich, behauptete, daß es bei Männern ganz anders sei, er wenigstens fühle sich wie ein Jüngling, er würde die Wirtin bitten, ihm einen Bierdeckel zu servieren, und vor meinen Augen würde er ihn verspeisen.
Draußen fuhr ein Auto vor. Ich nahm es wahr, mehr nicht. Die Wirtin verließ das Zimmer, die Tür blieb angelehnt, ich hörte, immer noch ahnungslos, wie sie sagte, da wird Ihre Gattin aber überrascht sein, und dann rief sie, als ob sie mich warnen oder, weil es dafür zu spät war, doch vorbereiten müsse – Frau Doktor! Ich habe es doch gleich gesagt, der Herr Gemahl ist noch gekommen!
Was blieb mir zu tun? Ich ließ ihn hereinkommen, ging ihm nicht entgegen.
Er blieb an der Tür stehen, seine Brille war wohl beschlagen, er sah sich um, ich winkte – hallo, komm, setz dich zu uns.
In einer fremden Umgebung wirkt er oft schroff, seine Ungeschicklichkeit überspielt er mit Arroganz. Wirklich ungezwungen ist er nur in seinem Laden, manchmal bei mir, manchmal, wenn wir im Auto zusammensitzen. Er kam zögernd an unseren Tisch, sagte gekränkt – wie ich sehe, bist du in angeregter Unterhaltung, in bester Gesellschaft.
Ich sagte – ich hoffe.

– Was?
– Oh, daß ich in bester Gesellschaft bin. – Ich fragte, ob er schon gegessen habe, die Wirtin brachte bereits ein drittes Glas. Der Apotheker, dem die Situation unbehaglich wurde und der sie wohl entspannen wollte, versuchte J. in ein Gespräch zu ziehen, fragte dazu leider als erstes: Wie ich höre, sind Sie Arzt?
Natürlich reagierte er gerade darauf falsch. – Wie kommen Sie darauf, ich verabscheue Krankheiten, aber Ärzte noch mehr.
Ich lachte, tat, als sei es sehr komisch, was er da behaupte, erklärte ihm, daß unser Gastgeber – er hat mich eingeladen – ein Apotheker sei, er habe bedauerlicherweise eine Vorliebe für Biographien.
– Und – was hast du ihm gesagt?
– Alles mögliche.
Der Apotheker schien sich zu ärgern, daß wir in seiner Gegenwart über ihn sprachen, er warf ein, er hätte weit eher den Eindruck, daß ich ihm alles Unmögliche erzähle.
J. fragte – spielst du hier etwa die schöne Witwe, dann kann ich ja wieder fahren, ich will dich bei deinen Erfolgen nicht stören.
Der Apotheker: Nein, ganz im Gegenteil, von Witwe war hier nicht die Rede, sie hat viel zuviel von ihrem Mann gesprochen. – Das war schon wieder falsch.
Nebenan hatte die Wirtin das Fernsehgerät lauter angestellt, alle übrigen Gäste saßen dort. Als der Wetterbericht kam, nahm ihn der Apotheker zum Anlaß, sich zu verabschieden. Wenn es wirklich Tauwetter gäbe, wolle er am nächsten Morgen schon zurück. Am besten, man trennte sich jetzt gleich; ich hätte dem Abschied gern eine heitere Note gegeben, ich trank ihm noch einmal zu, sagte – »ein klein wenig Muskat«, danke schön für die Einladung! Er lachte bereitwillig – dies war zuviel, entschieden zuviel Muskat – und ging.
Wir saßen allein, Aber nur für ein paar Minuten, dann kam die Wirtin, um sich meinen Zimmerschlüssel geben zu lassen, damit das zweite Bett fertiggemacht würde und frische Handtücher nach oben gebracht werden könnten. Ich sah J. an – du kannst doch bleiben, oder mußt du zurück?
– Wenn es dir recht ist, gedachte ich zu bleiben.
Stumme Verständigung mit der Wirtin. Männer! Er war eifersüchtig. Ich fürchtete bereits, daß sie ihm sagen würde, es sei aber bestimmt

nichts vorgefallen. Ich schlug vor, daß sie noch eine Portion Käse für den müden Reisenden bringen möchte. »Müder Reisender« – ich ärgerte mich darüber, noch während ich es sagte, ich bringe es nicht fertig, von J. als meinem Mann zu sprechen.
Die ersten zehn Minuten sind eigentlich immer qualvoll. Jetzt weiß ich das schon und verhalte mich ruhig und warte es ab. Ich weiß, daß das anders wird, daß man gar nichts dazu tun kann und darf. Von einem Augenblick zum anderen ist es da: wir sind eins. Wir verstummen beide, wir sehen uns an, und dieses Mal hat er gesagt, als wir draußen waren, unter den Tannen und dem hellen Himmel, bei dem blassen halben Mond – du Wundertätige. Manchmal ist es so, daß wir stehenbleiben und uns aneinander festhalten. Glück? Vielleicht.
Ich habe mich immer vor dem Wort Schicksal gescheut. Es gibt schicksalhafte Begegnungen und solche, die wir selbst dazu machen, zu Schicksal erheben, die wir darum für unabwendbar halten und halten wollen. Für das Schicksal fühlen wir uns nicht verantwortlich, wir halten uns nur für betroffen, vielleicht sogar für beklagenswert. Vielleicht ist dies Schicksal, was uns betroffen hat, aber wir werden uns verantworten müssen.
Zwei volle Tage. Zusammen einschlafen und zusammen aufwachen. Es ist nicht wahr, daß ich ihm nichts bedeute. Ich spüre, daß er zu mir flüchtet, daß er Ruhe sucht bei mir. Ich kann beobachten, wie sich sein Gesicht entspannt und glättet, wie es sich aus seiner Verkrampfung löst, der angestrengte Zug unter den Augen verschwindet. Er muß nicht mehr einen Schutzwall aus Worten um sich errichten, um sich dahinter verbergen zu können. Sobald ich ihn so verwandelt sehe, strömt Ruhe zu mir, und für ein paar Stunden leben wir in Zeitlosigkeit.
Ich weiß, daß er leidet. An der Welt, an sich, auch an mir. Er beneidet Menschen wie Albert, die soviel leichter leben, und verachtet sie gleichzeitig, weil sie sich mit der Welt identifizieren, so wie sie ist. Er kennt Albert kaum, er weiß nicht, wo dessen Schwierigkeiten liegen, ich spreche nicht mit dem einen über den anderen.
In der Nacht hat er zu mir gesagt – da hat man endlich einen Menschen gefunden, mit dem man reden könnte, und auf einmal stellt man fest, daß man es nun nicht mehr braucht.
Du Vertraute, wie oft hat er das gesagt – du Vertraute.

Und doch ist nichts, worin wir wurzeln, kein Stück gemeinsamer Vergangenheit, und nichts, woran wir uns halten könnten, kein Ziel, kein noch so kleines Stück gemeinsamer Zukunft, immer nur dieser Augenblick.
Früher mußte ich mich zwingen, mit der Zeit, die wir füreinander hatten, nicht geizig zu sein. Ich wollte alles, ich wollte mit ihm am Tisch sitzen und ruhig Kaffee trinken und mit ihm sprechen, ich wollte mit ihm draußen sein, ich wollte neben ihm am Fluß sitzen und dem Wasser zusehen und ihn nur neben mir wissen, und ich wollte in seinen Armen sein, alles. Alles wollte ich und mußte erst lernen, daß man mit einem ungeduldigen, habgierigen Herzen nichts bekommt.
Als wir unser Gepäck in das Auto taten, kam die Wirtin mit einem Kuchenpaket. – Für die Kinder!
Ich habe mich bedankt. Sie mag uns wohl gern. Manchmal wundert es mich, woher ich das kann: unserer Liebe jenen Anstrich von Bürgerlichkeit geben, der uns vor Blicken und Bemerkungen schützt.
Während der Rückfahrt hat er ganz ohne Zusammenhang gefragt, mitten in ein Schweigen – würdest du mich heiraten?
– Nein. Nein, das würde ich nicht. – Ich habe nie darüber nachgedacht, es ist kein Anlaß dazu gegeben, aber ich glaube, daß mein Nein der Wahrheit entspricht, auch wenn es in jenem Augenblick aus Rücksicht, aus Erbarmen gesagt war.
Er nahm es wortlos hin, später erst, wir hatten schon die Stadt erreicht, hat er weitergefragt – warum hast du dich dann scheiden lassen?
– Ich liebe dich, wie kann ich dann mit einem anderen weiter zusammen leben. – Auch diese Antwort stimmt. Von mir aus gesehen, ist es so, hat es nur diesen Grund. Daß es außerdem für Albert und Lisa sein mußte, geht ihn nichts an. Das ist etwas anderes.
Er hat vorm Haus geparkt und ist nicht in die Nebenstraße eingebogen, ich war froh darüber. Ich mag das Heimliche nicht mehr, ich bin keine zwanzig Jahre; man muß versuchen, zu dem, was man tut, auch zu stehen. Er ist mit nach oben gekommen, hat mir den Koffer hinaufgetragen und im Flur gesagt – ich möchte nicht nach Hause fahren, laß mich bleiben.
Ich habe genickt, habe gesagt, daß ich uns Tee kochen würde, während der Zeit könnte er telefonisch Bescheid sagen.

Aschermittwoch. Heute früh ist er gefahren, gleich in seinen Laden. Es ist auch für ihn schwer.

Er war etwa eine halbe Stunde fort, als Albert anrief. – Warst du verreist?

– Ja.

– Allein?

– Nein.

Ich hätte ihm sagen können, daß ich mit J. fort war, aber das konnte er auch aus meinem Nein heraushören. Er sagt in solchen Fällen – oh, Verzeihung, und – das geht mich ja auch nichts mehr an.

Vielleicht ist es noch Eifersucht, möglich ist das schon, alte Besitzansprüche. Jetzt reagiert er auf J.s Namen meist mit Schweigen, früher pflegte er zu fragen – hat er endlich sein Ulcus? – Er hat nie ein Hehl daraus gemacht, daß er ihn nicht mag, später habe ich seinen Namen nicht mehr genannt. Auch J. mag Albert nicht, er empfindet, wie differenziert er neben ihm ist, er wirkt unecht, sobald Albert zugegen ist, genau wie Albert dann laut wird, primitiv, ausfallend in seinen Redensarten. Einer provoziert den anderen.

Albert hat herkommen wollen und sehen, wie es mir geht. Ob von der Angina nichts zurückgeblieben sei. – Angina? Ich habe sie längst vergessen, nur der Fuß ist noch nicht wieder ganz in Ordnung, ich knicke leicht um.

– Dann ist es also nicht nötig, daß ich vorbeikomme?

– Nötig? Nein.

Ich muß lernen, nein zu sagen. Es ist heilsam für ihn und heilsam für mich. Ich wollte auch von mir aus Teilnahme zeigen, fragte – und wie war es, habt ihr Karneval zusammen gefeiert? Wart ihr beim Künstlerball? Ihr – ihr – ihr. Ich kann das jetzt schon, es klingt kaum noch verkrampft, es klingt fast schon so, wie ich es meine.

– Nein, du weißt doch, wie wenig ich mir daraus mache. Lisa ist irgendwann allein zu einem Ball gewesen, wir waren zwei Tage draußen, in der Eifel, aber dann kam Tauwetter.

Ich sagte – oh, wir waren auch in der Eifel. Wie komisch, wenn wir uns begegnet wären.

– So komisch hätte ich das gar nicht gefunden.

– Entschuldige!

Wie weit weg ist Albert schon.

Am Funkhaus traf ich Fabian. Er schien sich zu freuen. – Ah, sieh an, Johanna von Patmos! – So, wie er es sagte, erheiterte es mich. Wir haben beide nicht, auch J. nicht, an diese Namensverbindung von Johanna und Patmos gedacht, es hätte auch Andros sein können, Chios, Lesbos – wahrscheinlich war Unbewußtes im Spiel, er nennt mich nie Johanna.
Ich erkundigte mich, was aus seiner Geschichte geworden sei. – Was hat die Frau getan?
Er antwortete nicht gleich, er schien nicht einmal zu wissen, wovon ich sprach, ich sagte leichthin – »nahm den Mantel und ging«, wissen Sie nicht mehr?
Er machte eine fahrige Handbewegung und tat das einfach ab. – Nichts ist draus geworden, gar nichts. Die Geschichte wurde mir schal. Sie war verbraucht; irgend jemand muß das abgelebt haben, und es gibt nichts, was einer Geschichte schädlicher sein könnte als das Leben.
Phrasen. Er hat längst ein neues Projekt. Wie viele Leben lebt er! Immer stellvertretend, immer schicksalgebend. Er achtet dabei kaum auf sein eigenes, reales Leben, das ihm unwichtig sein muß, uninteressant, weil er sowenig Einfluß auf seinen Ablauf hat. Seine Aktivität und seine Phantasie geht in das, was er schreibt. In seinem Alltag ist er fatalistisch. Ich merke, wie unangenehm mir das ist, fatal, wie das Wort.
Ich forderte ihn auf, mich zu begleiten, lud ihn sogar ein, was ich jetzt selten bei jemandem tue, zum Abendbrot mitzukommen. Er lehnte ab. Er sei nicht gern in Wohnungen. Gesagt, als seien das Gefängnisse. Wir gingen statt dessen wieder in eine seiner Kneipen, tranken Bier, aßen Käsebrote. Ich fragte ihn, eigentlich nur, um über etwas zu reden, denn er hält sich an keinerlei Gesetze der Konvention oder gar der Konversation, er schweigt einfach so in sich hinein. Ich erkundigte mich, ob er, in sublimierter Form selbstverständlich, eigentlich schreibe, was er selbst erlebt habe.
Er reagierte mit Entsetzen, was mir nicht ganz echt vorkam. Um Gottes willen, nein! Das sei ja Prostitution, man könne doch wohl nicht das eigene Leben in bare Münze verwandeln, und bare Münze müsse ja sein, für Bier und Käse, Weib und Kind. Ich bestätigte Bier und Käse. Weib und Kind zog ich in Zweifel. Er drehte zwischen zwei Bierdeckeln einen dritten und sagte beiläufig, mehr an seinem

Balancespiel interessiert als an mir – habe ich Ihnen denn nie von meinen drei Frauen erzählt? Eine in jeder Generation. »Großmutter, Mutter und Kind in dumpfer Stube beisammen sind« – haben Sie das nicht in der Schule gelernt? Großmutter, Mutter und Kind. Alle drei habe ich zu dem gemacht, was sie heute sind: aus der Mutter die Großmutter, aus dem Mädchen die Mutter, ja und das Kind, quasi aus dem Nichts. Und in dem Augenblick, in dem das geschieht, ist man arglos, naiv, abgelenkt. Großmütter entstehen so! Haben Sie das mal bedacht? Und die sind ganz unschuldig daran, gar kein Vergnügen, nichts; nicht mal gefragt werden sie. Das ist sehr weise eingerichtet, sonst stürbe unser Geschlecht aus. Aber ist das ein Stoff? Konfliktstoff? Er reicht höchstens aus für den Kummerkasten der Lokalzeitung, außerdem reicht er natürlich, um einen auf die Straße zu treiben, häusliche Enge. »In dumpfer Stube beisammen sind.« Aber er reicht auch aus, mich reumütig zurückzuholen. Und was das Schreiben angeht, da stimmt vielleicht die Umkehrung: Ich versuche zu leben, was ich schreibe, wenn Sie das verstehen, verehrte Dame. Da darf kein Bruch sein, außerdem ist das ein Sog, der stärker ist als man selbst. Zuerst erfindet man, und dann findet einen das Schicksal. – Er rauchte seine billigen Zigaretten. Sonne, Mond und Sterne über uns, dieser Karneval scheint nie aufzuhören.
Vielleicht hat er wirklich wenig Geld? Vielleicht muß er diesen Haushalt allein finanzieren, vielleicht stellen seine drei Frauen Ansprüche. Was ist Verstellung, was ist ihm ernst? Ich war wieder einmal nur ein Gegenüber, an das er seine provozierenden Ansprachen hielt. Ich hatte Mühe, gegen ein Gefühl der Kränkung anzukommen, das wahrscheinlich jede Frau in seiner Gegenwart empfindet. Von einem Augenblick zum anderen läßt er mich allein am Tisch sitzen und spaziert in Gedanken auf und davon. Er betrügt den anderen, solange der noch dabei ist, bei niemandem sonst habe ich das so sehr und so unangenehm empfunden wie bei ihm. Ich bin auch nicht sicher, ob das, was er als Schriftsteller leistet, sein Benehmen rechtfertigt. Früher kam ich mir in seiner Gegenwart oft langweilig und langsam vor, heute fühle ich mich ihm überlegen, da amüsiert er mich manchmal. Wie mag er in seinen eigenen vier Wänden sein, in seiner »dumpfen Stube«? Kann er dort die Rolle des Künstlers spielen oder schickt ihn die Großmutter zurück an die Korridortür, damit er sich die Schuhe gründlich auf der Fußmatte säubert?

Ich hatte eben beschlossen zu gehen, als er sich mir wieder zuwandte, es war ihm offensichtlich etwas eingefallen, er war auf einmal wach und ganz gegenwärtig, sagte – hübsch klingt das: je t'avais dit, tu m'avais dit – gut, daß Sie diese Zeilen stehen ließen, das kann man nicht übersetzen, im Deutschen klingt das nach Konjugation, die Penetranz ist nicht anmutig wie im Französischen. – Ich wußte noch immer nicht, wovon er eigentlich sprach. Bis mir die Gedichte einfielen, die ich für J. übersetzt hatte. Je t'avais dit... »Ich habe dir gesagt, du hast mir gesagt.« Woher kannte er sie? Es war unheimlich, so wie damals, als er anfing, von dieser Frau zu erzählen, die er dann auch noch Johanna nennen wollte. Wieder klärte sich alles ganz einfach auf. Er hat drei dieser Gedichte heute in einer Zeitung gelesen.

In meinem Briefkasten fand ich dann zwei Belegexemplare im Streifband. »Siehe S. 8« stand mit Rotstift drauf. »Aus dem Französischen von Johanna Grönland.« Nicht übersetzt stand da, sondern Nachdichtungen. Aber das las ich erst beim zweitenmal.
Ich hatte angenommen, daß er die Gedichte weggelegt hatte, er fand sie wohl nicht gut übersetzt, nicht einmal so, daß er mir etwas dazu gesagt hätte. Für eine Veröffentlichung hätte ich lieber eine andere Auswahl gehabt, diese waren nur für ihn. Vielleicht hat er mir deshalb nichts davon gesagt, weil er nicht wußte, ob ich das mag. Er hat keine Übung im Freudemachen. Wenn er mir etwas schenkt, entschuldigt er sich dafür.
Dieses indirekte Zeichen seiner Liebe hat mich gefreut. Ich bin ganz angefüllt von Freude, ich habe nicht einmal das Verlangen, bei ihm zu sein, nicht einmal mit ihm zu telefonieren.
Wenn ich sicher bin, daß es nicht Unruhe und Ratlosigkeit sind, die mich hier wegtreiben, dann erst werde ich gehen und etwas Neues anfangen. Dann wird auch gleichgültig sein, was es ist. Vielleicht kann ich als Übersetzerin arbeiten, vielleicht gehe ich als Dolmetscherin nach Frankreich, vielleicht, irgendein Vielleicht. Dazu muß ich frei werden. Daß ich es äußerlich bereits bin, wie wenig macht das aus. Ich hatte am fünfzehnten November keine Ahnung, wie wenig mit der Bescheinigung »Schuldlos geschieden« erst erreicht war.
Heute abend ahne ich etwas von einer möglichen künftigen Freiheit, als ob sich eine Lösung finden ließe, als ob nicht alles so ausweglos bleiben müsse.

Ich rebelliere noch, wenn Cora schreibt: »Ich begreife Dich nicht, wie kannst Du nur so leben! Nur für Dich. Ohne Sinn und Ziel, entschuldige, wenn ich das einmal so ganz offen ausspreche! Im Herbst erwarten wir wieder ein Baby. Lauter Oktoberkinder. Spätlese, sagt Helmut! Ich glaube, er hat an den dreien schon genug, er tut nur mir zuliebe, als ob er sich freut. Es ist ihm zu laut im Haus, er kann nicht arbeiten, behauptet er. Aber im Ernst: was tut er denn schon! Er hat seinen Schreibtisch im Gericht, und die meiste Arbeit machen die Assessoren; die Sitzungen, nun ja! Ich sage immer, die Paragraphen sind doch dieselben. Er behauptet zwar, die Menschen seien leider immer andere. Das sind doch Spitzfindigkeiten! Im Grunde kommt man ja doch mit den zehn Geboten aus! Er behauptet allen Ernstes, in jedem von uns stecke ein Mörder, Dieb, Ehebrecher. Aber davon wollte ich gar nicht schreiben. Ich wollte Dir nur von dem Baby erzählen. Wir haben jetzt schon Mühe, ein paar Paten zu finden, fällt Dir niemand ein, den wir fragen könnten? Natürlich ist die Zeit vorher lästig, aber es geht mir ganz gut dabei, wie eigentlich immer in dem Zustand. Helmut läßt mich dann in Ruhe, das ist übrigens auch ein Grund, ich glaube, er ahnt ihn. Er tut nämlich manchmal, als sei er eine leidenschaftliche Natur. Ich lache ihn dann einfach aus, das wirkt immer.

Weißt Du, ich muß das einfach haben, dieses Hin und Her und Lachen und Geschrei. Man weiß, wofür man auf der Welt ist, man spürt richtig, daß man lebt und daß man gebraucht wird, ohne mich geht es nicht eine Stunde! Und am Abend ist man todmüde und legt sich auf die Seite. Helmut geht später schlafen, der hört dann noch Radio, er ist leise, ich merke gar nicht, wenn er ins Bett geht, er ist überhaupt rücksichtsvoll. Neulich hat er gesagt, einen Mann brauchtest du eigentlich gar nicht, Corchen, wenn man nur erst die Kinder synthetisch herstellen könnte. Wie findest Du das? So wie Du könnte ich nicht leben. Dieses Nachdenken und Grübeln wäre nichts für mich. Wir waren früher ja auch schon so verschieden. Hauptsache, Du fühlst Dich dabei wohl. Oder willst Du das gar nicht? Ich habe wenig Zeit zum Nachdenken. Wenn ich mit meinen dreieinhalb Söhnen die Straße entlanggehe, sie haben jetzt süße grüne Kittelchen, wie kleine Laubfrösche sehen sie aus, Mutter hat sie zu Weihnachten genäht, rührend, aber besuchen tut sie uns nie. Hast Du nicht gesagt, ihre Finger würden ganz steif vom Rheuma, so schlimm kann es doch

gar nicht sein. Was ist eigentlich mit Vater? Wenn wir zusammen die Straße entlangkommen, stolziere ich daher wie ein Pfau, so eitel und stolz.
Ich habe neulich zu Helmut gesagt, es wäre besser gewesen, wenn Albert Dir dieses Geld, die Abfindung oder wie man das nennt, nicht gegeben hätte. Dann müßtest Du jetzt für Dich selbst sorgen und Dir Deinen Lebensunterhalt verdienen. Ich habe immer gefunden, daß Du eine von den Frauen bist, die viel besser in einen Beruf passen als in einen Haushalt, Du bist zu selbständig, Du kannst Dich doch nicht anpassen. Im Beruf wärest Du bestimmt viel zufriedener. Helmut meint zwar – als ob er Dich besser kennte als ich! –,da sei ich gründlich im Irrtum, seiner Ansicht nach steckt ein Mann dahinter. Das habe ich ihm aber ausgeredet. So was kommt bei meiner Schwester gar nicht in Frage. Man darf seinem Mann gegenüber nichts auf die eigene Familie kommen lassen, bei der nächsten Gelegenheit packt er das aus und sagt: In deiner Familie ist das ja so üblich. Er weiß auch nichts davon, daß Vater solange in Haft war, und daß er trinkt, weiß er auch nicht, wenigstens nicht von mir. Er behauptet nämlich, man könne das – mit dem anderen Mann! – an dem Urteil ablesen. Ich verstehe nichts von Eherecht, aber hätte denn dann nicht Albert klagen müssen und Du wärst schuldig gesprochen? Du sagst einem aber auch gar nichts! Da ist man nun mit einem Juristen verheiratet und hat keine Ahnung. Mich kann Helmut wenigstens nicht sitzenlassen; bevor er die Unterhaltskosten für vier Kinder und eine Frau übernimmt, überlegt er sich das dreimal. Außerdem fühlt er sich ganz wohl, wenn er was zum Stöhnen und zum Prahlen hat. Männer wirken nun mal, wenn sie Helmuts Statur, seine Position und sein Alter haben, am besten, wenn sie sich vor dem Hintergrund einer großen Familie abheben können.«
An den Rand hat sie das neue Kleid gestrichelt, darunter ein Rezept für Kalbsteaks mit gedünsteten Bananen. »Wenn Du mal Gäste hast, für eine Person lohnt es ja nicht, kochst Du eigentlich für Dich?« Lange Beschreibung des neuen Haushaltslehrlings, dem Helmut »Bildung« beibringt in Form von Tischgesprächen. Zum Schluß dann Vorwürfe: »Ich schreibe Dir seitenlange Briefe, und Du schickst höchstens einmal eine Karte. Dabei hast Du doch den ganzen Tag Zeit, was tust Du bloß immer?«
»Was tust Du bloß immer?« Kein Satz, zu dem ich irgend etwas zu

sagen hätte. Dabei ist Cora richtig so, wie sie ist. Ist praktisch, couragiert, lebensklug und geschickt. Wegen dieser Geschicklichkeit verachte ich sie. Wenn ich ihr einen langen Brief schriebe, würde sie es merken. Wozu also? Ist sie wirklich so harmlos, wie sie sich gibt? Oder ist ihr ganzes Benehmen nichts als eine Reaktion auf das Verhalten unserer Eltern? »Ihr seid alle so kompliziert!« Das hat sie schon gesagt, als sie fünfzehn war.

Zu Ostern will Marlene mich besuchen, mit ihrem Jungen.
Es ist nicht einfach, sich gegen die Hände zu wehren, die nach mir greifen wollen, alle in der besten Absicht. Bin ich wirklich so bedauernswert, daß alle meinen, sie müßten sich um mich kümmern? Ich scheine ihnen ein Ärgernis zu sein, nur weil ich für ein Jahr mein eigenes Leben haben will. Bin ich eigentlich so wenig wert, daß niemand sich vorstellen kann, daß ich eine Zeitlang an mir selbst genug haben könnte? Ist es wirklich so egoistisch, wenn man sich zurückzieht? Man nimmt doch keinem etwas weg.
Mutter und Vater scheinen das zu verstehen, zumindest aber zu respektieren. Sie leben selbst mit dem »Rücken zur Welt«, es entspricht ihrer Einstellung, sie halten Distanz, sogar zu den eigenen Kindern. Seit Wochen haben sie nicht geschrieben, ich habe mich für das Klavichord noch einmal bedankt.
Das Fenster steht offen. Die Schwarzdrossel hat ihren Posten auf der Fernsehantenne wieder bezogen und singt erbittert gegen Straßenbahnen, Autos, Bagger und Kirchenglocken an. Kein Regenschauer beirrt sie, sie singt den Frühling herbei, die einzige, die sich Mühe darum gibt.
Der Winter ist vergangen, sogar dieser.

März

Heute ist ein Tag, auf den ich mich in jedem Jahr gefreut habe. Immer bin ich gleichzeitig auch ein wenig bange, aber nur eben so viel, daß es die Erwartung erhöht. Am zehnten März fängt der Frühling an. Das Herz hat sein eigenes Kalendarium. Fast immer ist es gegen Mittag, wenn es an der Tür schellt; ich sehe zu, daß ich dann zu Hause bin und die Blumen nicht bei den Nachbarn abgegeben werden.

In jedem Jahr wird die Schachtel üppiger, in jedem Jahr wird mein Trinkgeld höher, und in jedem Jahr steht auf der beigefügten Karte ein einziger Satz, fünf Worte. Ohne Variationen. »Die ersten Veilchen für Johanna.«

Im ersten Jahr war es ein winziger Strauß für dreißig Pfennig, bei einer Blumenfrau neben der Universität gekauft. Max hätte mir lieber einen Arm voll Rosen geschenkt, aber er hatte kein Geld, wir hatten beide kein Geld. Und heute, wo für ihn Geld etwas Selbstverständliches ist, hält man in den Blumengeschäften, die er mit der Lieferung beauftragt, diese Veilchensträußchen für etwas Subtiles, eine Raffinesse, verpackt es sorgsam und kostbar, sie sind taufrisch, liegen auf Moos und haben breite Seidenschleifen, in einem durchsichtigen Karton, ein gläserner Sarg. Dreißig Pfennig für die Veilchen, der Rest ist Ausstattung.

Nie hat er versucht, den Frieden meiner Ehe zu gefährden, ich vermute, daß er in solchen Ausdrücken denkt. Er ist sogar Trauzeuge geworden. Er hat sich nicht verheiratet. Manchmal war er so galant, in einem Satz, der unter seinen Briefen stand, anzudeuten, warum er allein geblieben sei. Und über Jahre nichts als diese Veilchen, gelegentlich eine Stunde auf einem Bahnhof oder im Flughafenrestaurant. Wahrscheinlich ahnt er nicht einmal, wie gefährlich das für eine Frau ist. Man muß seine Nüchternheit zusammenhalten, um keine törichten Wünsche aufkommen zu lassen. Nichts hat er damals erfahren, nichts. Er nicht. Albert nicht, niemand.

So schwer ist es schließlich nicht, an einen einzigen Tag im Jahr zu denken, vielleicht gibt es Daueraufträge auch für Blumen, vielleicht besorgt das eine Sekretärin. Diese paar Briefe, diese mit Bedacht versteckten Andeutungen. Sentimentale Erinnerungen eines vielbeschäftigten Mannes, wenn er in das Luftloch einer unausgefüllten Stunde gerät.

Aber: einen Tag lang ist es hübsch, eine sanfte Verwirrung, erst wenn man anfängt, drüber nachzudenken, wird es weniger hübsch und weniger heiter.

Einen Nachmittag lang mit dem Veilchenstrauß am Mantel durch die Straßen gehen, mit jedem Atemzug den Duft wahrnehmen und denken, spielend, wie mit bunten Bällen – ich werde ihm schreiben, ich werde ihm schreiben: komm einmal wieder im Frühling. – Ich bilde mir ein, ich könnte noch einmal wieder über sein Herz Macht

haben. Das Herz eines Physikers. Täuschen wir uns nicht, Johanna, oder gestatten wir es uns ruhig einmal, wem schadet es denn?
Max ist vermutlich stolz auf sein poetisches kleines Abenteuer mit mir, er ahnt nicht, daß es tödlich war. Diesmal habe ich bei jedem Atemzug dran gedacht, ich hätte die Veilchen wegwerfen sollen.
»Veilchen für Johanna.« Man kann solche Billetts nicht mit – ich bin nicht mehr die Frau eines anderen – beantworten. – Der Platz ist jetzt vakant. – Vielleicht kann man ihm das später einmal sagen, wenn sich das »Bittersalz der Ironie« aufgelöst hat. Im Herbst, wenn meine Quarantäne vorbei ist. Wie viele Versuchungen. Ist dies überhaupt noch eine? Er erwartet nicht viel von einer Frau. Aber wozu dann? Immer habe ich mich entscheiden müssen, ich habe oft die beneidet, deren Situation ausweglos ist. Oder gibt es das gar nicht? Liegt der Zweifel von vornherein in mir? Immer ist mir ein Ja und ein Nein möglich erschienen. Ich hätte auch bei Albert bleiben können, wenn er mir nicht schließlich die Entscheidung aus der Hand genommen hätte. Ich weiß auch jetzt nicht, ob ich das wirklich will, ein Leben mit J. – Man hätte dir die Hilfszeitwörter wegnehmen sollen! Es heißt nicht, ich müßte jetzt Kaffee kochen, es heißt auch nicht könnte, sollte, wollte, es heißt ganz einfach: ich werde jetzt Kaffee kochen. Du machst aus den geringfügigsten Dingen eine zu entscheidende Angelegenheit, auf diese Weise ziehst du alles in Zweifel, wie oft hat Albert das gesagt.
»Die ersten Veilchen für Johanna.« Die Konsequenz all dieser Überlegungen müßte nun sein: ich werde nicht an Max schreiben. Dabei möchte ich es, wollte, könnte, dürfte sogar, und dieser Tag ist so strahlend, so voll März und Wind, Frühling, und wieder singen die Drosseln.
Vielleicht fahre ich nachher zu J.
Vielleicht schreibe ich an Albert. Ich muß ihm einiges mitteilen. Ausgelöst durch ein paar Veilchen.

20. März

Ich habe Albert gesehen. Mit Lisa, Hand in Hand, sie kamen vom Neumarkt her. Als ob er vergessen hätte, daß ich in der Nähe wohne. Lisa, wie ich sie früher nie gesehen habe: kindlich, unbekümmert, unschuldig. Ich trat in eine Schaufensterpassage, lehnte mich an eine Glaswand und ließ sie vorbeigehen. Sie sprachen nicht, gingen nur so Hand in Hand, schlenkerten die Arme. Die Leute drehten sich nach ihnen um, weil sie anders aussahen als alle. Und ich stand beiseite. Ich habe mir oft eine solche Begegnung vorgestellt. Ich hatte mir Sätze ausgedacht, die ich dann zu Lisa sagen wollte. Es war damit zu rechnen, wenn man in derselben Stadt wohnt. Keiner ist mir in dem Augenblick eingefallen. Es war auch nicht nötig, sie gingen vorbei und sahen mich nicht. Ich habe früher nicht bemerkt, wie reizvoll ihr Hinken ist, sie hüpft wie ein Vogel, es macht sie auf anmutige Weise hilfsbedürftig, ohne daß sie kränklich wirkt.

Zu wem hätte ich gehen können, wenn nicht zu J.? Aber ich hätte wissen müssen, daß er keine Zuflucht ist.

Ich bin nach D. gefahren, ich hatte mich nicht angemeldet, wie ich es sonst tue. Jeder muß doch irgendeinen Menschen haben, zu dem er gehen kann, ohne sich anzumelden. Ich tat nichts anderes als andere auch: ich betrat seinen Laden wie eine Kundin. Er sah mich sofort, er kam rasch auf mich zu, gab mir die Hand, aber wie er »guten Tag, gnädige Frau« sagte, wußte ich schon, daß irgend etwas nicht in Ordnung war. Er führte mich an den Tisch, auf dem die Frühjahrsneuerscheinungen ausgelegt waren, räumte ein paar Bücher von einem Platz auf den anderen, rückte mir einen Stuhl hin, damit ich in Ruhe auswählen konnte, sagte dann leise, entschuldigend – meine Frau ist gerade hier. – Ich saß und blätterte, ich sah nicht hoch, und ich sah mich nicht verstohlen um. Was nützte es, wenn ich wußte, wie sie aussah? Die Duplizität der Ereignisse. Ich war es so müde. Ich gehörte nirgends hin, überall war der Platz, den ich für mich beanspruchte, bereits besetzt. Ich griff wahllos zwei Romane und ging zur Kasse, ließ mir einen Kassenzettel ausstellen, packte die Bücher in die Handtasche, bestellte eine Empfehlung an den Chef, sagte, ich sei eilig, ich müsse zur Bahn, und verließ seinen Laden. Ich ging zum Bahnhof, auf dem ich eine dreiviertel Stunde vorher angekommen war. Zu diesem Bahnhof, von dem ich ungezählte Male abgefahren bin. Manchmal hat J. mich begleitet, öfter bin ich allein gewesen. Der Eilzug war gerade abgefahren, ich mußte auf einen Nahschnellverkehrszug warten. Ich ging auf dem Bahnsteig auf und ab, am vorderen Ende. Ich fahre noch immer, wie als Kind, im ersten Wagen. Da geht es rascher, sagte Vater, man ist rascher fort und kommt früher an.

Als der Zug einlief und alle zu den Türen drängten, blieb ich zurück, drehte mich, einer Eingebung folgend, um und lief die Treppe wieder hinunter, durch die Unterführung, und da kam er mir entgegen. Er nahm mich, was er sonst nie tut, wenn irgendein Fremder uns sehen könnte, in die Arme und hielt mich fest an sich gedrückt und küßte mich, mitten in dem Strom und Gegenstrom von Menschen. – Komm, komm, komm – wie man ein Tier lockt und beschwichtigt – komm, komm, komm – bis ich aufhörte zu weinen und sagte – ich bin doch schon da.
Komm und bleib. Viens et reste!
Er hatte den Wagen am Bahnhof geparkt. Wir fahren immer nur die Straßen, die durch die südlichen Stadtteile führen, wo er fast sicher sein kann, daß man ihn nicht erkennt. Wir haben nie darüber gesprochen, es geschieht stillschweigend, es gehört zu diesem Arrangement. Wenn ich früher einmal gesagt habe – laß uns hier eine Tasse Kaffee trinken –, hat er rasch ein anderes Café vorgeschlagen, und ich habe nicht nach der Ursache gefragt, und wenn er mich besucht, dann ist es umgekehrt. Ich sage – dorthin bitte nicht – und manchmal sagt er, und manchmal sage ich – das bringen die Verhältnisse so mit sich. – Zuerst klang das bitter, »das Bittersalz der Ironie, nur in Tränen löslich«, wie klingt es heute? Wie eine Feststellung, nüchtern, ohne hörbare Emotion. Resignation? Ist das besser als Ironie? Straßen, Seitenstraßen.
Regenschauer. Rechts und links Felder, schmutzige Wegränder, Gartenvierecke mit Kohlstrünken, erstes kümmerliches Grün, das schon grau wird. Buden, Tankstellen. So eine Stadt hat nirgends ein Ende, sie läuft hinter einem her.
Ich frage wie sonst auch – wohin fahren wir?
Er sagt – irgendwohin – und nicht wie früher manchmal – bis ans Ende – und dann, nach einer Pause – der Stadt.
Es war wie in dem ersten Jahr, als das Auto unser einziges Zuhause war, die einzige Tür, die wir hinter uns zumachen konnten, um allein zu sein. Ein Dach für unsere Liebe. Ein Schiebedach, J. hat nicht versäumt, darauf aufmerksam zu machen. Nur keine Illusion zulassen. Unbarmherzig prüfen, was standhält. Er parkte den Wagen an einem Wegrand, wir rauchten, er ließ den Motor laufen, damit die Heizung ein bißchen Wärme hergab. Eine Stunde, zwei Stunden, dann fuhr er mich zu einem der Bahnhöfe, die auf der Strecke liegen. Wir standen

auf Bahnsteigen, ein Zug fuhr ein, wir benahmen uns wie andere Reisende. Fahrkarte, Bahnsteigkarte, eine Illustrierte am Zeitungsstand, komm gut nach Hause, danke schön, schreib, ruf nicht vor zehn Uhr an. Wann kommst du wieder? Und J. hatte die Hände in den Manteltaschen und stand weit vorn, wo der Bahnsteig zu Ende ist, und sah mir nach und winkte nicht. Wegwinken, sagt er.
Wenn ich an ihn denke, sehe ich ihn so vor mir, wie er mir nachblickt, wenn ich von ihm fortfahre. Sein Gesicht ist ausdruckslos und leer. Und von diesen Stunden haben wir gelebt. Wir sind an anderen Autos vorbeigefahren, die auf diesen Seitenstraßen und Feldwegen in der Dunkelheit parkten, mit ausgeschaltetem Licht und leiser Radiomusik. Wir haben gesehen, wie sich zwei in den Armen lagen, und wir waren elend und verzweifelt. J. hat gesagt – es ist anders, bei uns ist es anders. – Aber wir haben es beide nicht geglaubt.
Es waren die anderen. Das, was zwischen uns ist und von Anfang an war, ist Liebe und ist unschuldig wie jede Liebe. Aber die anderen, die, deren Ordnungen wir nicht gelten lassen wollten, zwingen uns in die Reihe derer, die in Unordnung leben.

J. bog rechts ab, er fuhr auf die Rheinbrücke zu, ich fragte – hast du so viel Zeit, mußt du nicht zum Abendessen nach Hause?
– Nein.
– Ich bitte dich, sag etwas, sag irgendwas.
– Hast du sie gesehen?
Ich schüttelte den Kopf.
– Sie hat dich gesehen.
– Und?
– Nichts.
Dann, nach einer Weile – sie hat mich geschickt. Geh ihr nach, hat sie gesagt, ich mache hier Schluß, es ist sowieso gleich halb sieben. Geh, geh nur!
– Was heißt das für uns?
– Ich weiß es nicht, noch nicht. Laß mir Zeit.
– Ich habe nie gedrängt.
– Natürlich nicht, das wollte ich auch nicht sagen. Es ist ihre Buchhandlung, ich bin nur Geschäftsführer, und ich bin kein sehr guter. Das weiß ich selbst, das weiß sie, du wirst es auch wissen.
Warum sagt er das? Ich weiß das alles doch.

Wir waren auf einer der langen Chausseen, die zur holländischen Grenze führen.
– Du fährst immer noch mit Standlicht, es ist zu dunkel, du mußt Abblendlicht einschalten.
– Ja, danke.
– Wohin fährst du?
– Irgendwohin, es ist doch gleich.
– Willst du nicht zurück heute abend?
– Schickst du mich? Sagst du auch, geh, geh doch?
– Nein, nein oder doch, ich weiß es nicht. Fahr bitte langsamer!
– Warum? Ich denke, dein Mann wäre immer so gefahren. Hast du etwa bei mir Angst?
– Ja.
Dann hielt er an. – Du hast recht. Wir haben Angst. Beide haben wir Angst. – Dann, ablenkend, wieder ironisch – außerdem haben wir Hunger. »Lasset uns essen und trinken und fröhlich sein«, komm, Bürgerin, der Mittäterschaft dringend verdächtig, Komplizin der Liebe…
– Bitte, sei still!
– Die Verhältnisse, Hanna, die Verhältnisse…
– bringen mich um.
– Das könnte dir so passen! Nicht einmal das ist ein Ausweg. Es ist das sicherste Mittel, vielleicht das einzig sichere überhaupt, voneinander loszukommen. Gemeinsam bekommt man den Tod nicht, weder legitim noch illegitim, das ist ein Trost, oder nicht? Bis daß der Tod euch scheide – das einzige, was man erreichen könnte, sind Ungelegenheiten für die Hinterbliebenen, Peinlichkeiten. Ein kurzes, nicht einmal sehr ästhetisches Drama. Höchstens eine Schlagzeile wert. Wie willst du sie formuliert haben? Für einen romantischen Tod am Chausseebaum sind wir reichlich alt, Bürgerin, und ich bin nicht schön genug und nicht reich genug.
Nach einem Blick zu mir – »Nec lacrimis crudelis Amor… nie wird Liebe der Tränen satt.« Dahinten ist ein Gasthaus. Wir leben noch, wir essen noch, komm, dort wird man den Tisch kaufen können und auch das Bett.
Er wurde erst wieder nüchtern, als er ein paar Gläser getrunken hatte.
– War es schlimm? – hat er gefragt. Er hatte die Brille abgenommen

und die Hand über die Augen gelegt, und als er die Hand wegnahm, war endlich auch die Maske fort. – Ich will dir nicht weh tun, hörst du, niemals will ich das, und doch quäle ich dich immer. Ich frage mich oft, warum du mich liebst, ich mache es dir so schwer.
Der Musikautomat lief, eine Frau lehnte an dem Automaten und schrie – Groschen, gebt doch mal ein paar Groschen her!
Die Wirtin kam, ob die Herrschaften über Nacht blieben. Wir könnten auch so ein Zimmer haben, wenn wir nicht so lange Zeit hätten, ihr Blick lauerte zwischen ihm und mir.
Er verlangte die Rechnung und sagte dann und sah mich dabei an und nicht die Wirtin – und bringen Sie für meine Frau noch einen Kaffee.
Sie entfernte sich. Er nahm meine Hand, hielt sie fest. – Man darf dich nicht kränken, Hanna, ich ertrage das nicht, ich könnte die Person umbringen.
– Sie hat nichts anderes gesagt als du. Die Verhältnisse, du vergißt die Verhältnisse. Man kann nicht beides haben, Liebe und Wohlanständigkeit. Ich weiß das doch. Laß uns gehen. – Er trank den Kaffee im Stehen, ich sah, daß seine Hand zitterte, der Löffel klirrte, als er den Zucker umrührte.
– Soll ich zurückfahren? Du bist abgespannt.
Zum erstenmal habe ich seinen Wagen gesteuert, er fährt sich nicht so leicht wie Alberts.
– Du fährst sehr ruhig. Vielleicht sollte ich dir die Führung immer überlassen.
– Nein.
– Hast du Angst?
Frag doch nicht, frag doch nicht immer, ob ich Angst habe, ich will nichts dafür tun, begreifst du das nicht? Dagegen tue ich schon lange nichts mehr, ich lebe nicht, ich lasse mich nur noch leben – gesagt habe ich das nicht.
Ich fuhr zu schnell, ich merkte das selbst. Ich sah auf den Tachometer, er zeigte aber nur achtzig, die Straße war gut, kaum befahren. Ich sagte – da stimmt doch was nicht, was ist los mit dem Auto? – Ich nahm Gas weg. Der Tachometer war kaputt, schon länger, er hatte ihn nicht reparieren lassen.
– Warum sagst du das nicht, das ist doch unverantwortlich.
– Ich scheine das auf allen Gebieten zu sein.

Noch eine Weile, und dann fing er an zu reden. – Ich halte es für möglich, daß meine Frau mich liebt. Das macht alles noch schwieriger. Es ist auch gegen die Vereinbarung. Man darf die Motive nicht durcheinanderbringen. Ich halte es für möglich, sogar für statthaft, daß man eine Ehe, die einmal aus Liebe geschlossen wurde, trennt, wenn diese Liebe zu Ende ist, verbraucht, sich einem anderen zugewandt hat, was auch immer. Aber von ihr kann ich mich nicht aus Liebe trennen, verstehst du, aus einer anderen Liebe. Ich habe sie nicht aus Liebe geheiratet, und sie hat damals kein Wort von Liebe gesagt. Sie brauchte nach dem Tod ihres Mannes jemanden, der die Buchhandlung weiterführt, brauchte einen Vater für ihre beiden Kinder, und ich brauchte eine Stellung, eine Familie, hier war alles bereits da, ich bin kein Anfänger, der aus dem Nichts etwas zustande bringt. Ich müßte mich nicht nur von einer Frau, gegen die ich nichts vorzubringen habe, trennen, sondern von meiner gesamten Existenz, von Ruth, die ich sehr gern habe, von Mark, der immerhin mein Sohn ist und erst fünf Jahre alt. Die Voraussetzungen von damals sind, was diese sogenannte Liebe angeht, nicht geändert. Nur dich gab es damals noch nicht, du warst nicht einkalkuliert. Ein einziges Mal hätte ich das gekonnt: weggehen. So etwas kann man nur im Anfang, den Mut zum Unrecht hat man nur dann, später wird daraus Gewohnheitsunrecht. Aus einer Ehe in eine andere? In eine dritte? Man fängt an zu zählen, eins, zwei, drei, vier, fünf, sechs, sieben, wo ist meine Frau geblieben, man zweifelt an der Institution als solcher, tut es längst, nicht nur in seinem eigenen Fall. Warum bist du nicht mitgekommen? Der Lorbeer duftete unter dem Fenster, erinnerst du dich, wie der Lorbeer duftete, und die roten Vögel schrien, und im Hafen lag das Schiff. Aber du hast mich im Stich gelassen. Du hast dich umgedreht. »Wer sich umdreht oder lacht..« – Er lachte auf und wußte wieder nicht, daß er mich verletzte.
Ich fuhr und sah geradeaus auf die Landstraße, die Bäume liefen vorbei, Weggabelungen, kleine Ortschaften. Ich ließ ihn reden und weiß nicht, ob ich alles gehört habe, was er in die Nacht hinein gesagt hat. Ich bin abgebogen auf die Straße nach D., und er hat es nicht gemerkt. Ich habe in der Nähe seiner Wohnung geparkt und gesagt, den Wagen müsse er selbst in die Garage fahren. Ich habe ihn nach Hause geschickt.
– Du schickst mich also auch fort! – Bitter und ungerecht.

Ich bin zum Bahnhof gegangen. Es war nicht weit. Ich habe einen der Nachtfernzüge genommen und bin nach Hause gefahren.
Glaubt er das wirklich? Lebt auch er, der sich einen Desillusionisten nennt, in Selbsttäuschung?
Weiß er nicht, daß er es ist, der sich umdreht? Er blickt auf ein Stück fiktiver Vergangenheit, und als ich mich umblickte, galt es doch einem Leben, das Gültigkeit hatte und Anspruch auf mich.
Manchmal denke ich, er befindet sich auf einer fortwährenden Flucht. Damals hätte er mich beinahe mit sich gerissen. Aber Flucht ist nicht meine Sache. Meine Sache ist es zu bleiben, stillzuhalten, abzuwarten. Und da zu sein, wenn er mich braucht. Wenn irgendeiner mich braucht. Vielleicht wird das Albert sein. Er hat sich noch nicht endgültig von mir gelöst, so wenig, wie ich es getan habe. Die Hypothek von mehr als zehn Jahren ist noch nicht abgetragen, und wer weiß, ob dieses eine Jahr dazu ausreicht.
Ich war zu ruhig für Albert. Langweilig vermutlich. Vielleicht ist es das Unstete an Lisa, das ihn fasziniert. Ihr hüpfender Schritt, das Schwirren ihrer Augen. »Deine Freundin, die Libelle.« Ob er sie heute noch so nennt, überhaupt noch so sieht? Wir sprachen nach ihren flüchtigen Besuchen manchmal von ihr, wie wir es immer taten über Menschen, die wir kennengelernt hatten. Ich habe ihn gefragt, ob er sie eigentlich auch so erregend fände wie andere Männer. – Erregend? Sehr sogar! So kurz vor dem Gewitter, weißt du, fragt sich nur, wie das mit der Abkühlung ist, die Wolken hängen sehr tief bei ihr.
– Lisa ist also eine Libelle, kurz vor dem Gewitter; und ich, was bin ich? – Du, Penny, du bist ein Septembermorgen. Kühl, mit Frühnebel, einen schönen Mittag verheißend und einen geruhsamen, milden Abend, zufrieden? Oder warte, du bist ein Apfelgarten, mit betautem Gras und dem Duft von Äpfeln, die eine Nacht auf der Erde gelegen haben, und dort, wo der Bach fließt und die Sumpfdotterblumen blühen, liegen Handtücher zum Bleichen auf der Wiese, hübsch akkurat, eines neben dem anderen, und Johanna, barfüßig, schwenkt die Gießkanne, fleißig, aber etwas langsam. – Vermutlich hat es einen solchen Garten einmal gegeben, irgendwo in seinen Kindererinnerungen, von denen ich wenig weiß.
Ein Apfelgarten im September.
Es ist März.

Am Ostersonnabend kam Marlene.
Am zweiten Feiertag ist sie wieder gefahren. Statt einer Woche nur drei Tage.
Schon auf dem Bahnsteig war alles falsch. Ihr – gut siehst du aber aus, Hanne – klang unecht, ich hörte einen Vorwurf daraus. Sie kam, um mir beizustehen. Bereit, mich in die Arme zu nehmen, bereit zu Trost und Rat, entschlossen, mich aufzunehmen in das Lager der vom Leben alleingelassenen Frauen. Sie reagierte sofort, als sie meinen Widerstand spürte. Ich will keinen Trost. Trost hat man nur zu beanspruchen, wenn man ohne Schuld in Unglück gerät. Sonst nicht. Sie hat gleich gemerkt, daß der Platz neben mir nicht frei ist, nicht einmal für eine Freundin.
Klaus ist in einem Ferienlager. Zum erstenmal sind die beiden getrennt, sie schien darunter zu leiden. Sie will ihn noch nicht hergeben, aber sie ist klug genug, es trotzdem zu tun. Aber nur klug, in ihrem Herzen ist sie ihm böse, daß er nicht lieber bei ihr bleibt. Sie muß das nun noch einmal lernen, allein zu sein. Die Vergangenheit war nicht stark genug, so lange trägt auch ein großes Erlebnis nicht. Ihre Energie schien verbraucht, sie lebt so sehr aus dem Willen. Sie war überanstrengt. Abitur, Zeugniskonferenzen, Schularbeiten mit Klaus für die Versetzung, unzureichende Hilfe in ihrem Haushalt. Klaus ist nicht sehr begabt. Marlene war müde, sie wollte sich bei mir ausruhen, aber gleichzeitig wollte sie sich und ihre Art zu leben bestätigt finden. Ausruhen, das ja, aber sonst nichts. Mehr hatte ich nicht zu geben. Ich beschränkte mich auf die äußere Behaglichkeit. Ich hatte ihren Besuch sorgfältig vorbereitet, ich hatte sogar Kuchen gebakken, ich hatte ihr das Schlafzimmer überlassen, behaglich und hübsch, mit Blumen auf dem Tisch. Als ob es mit Essen und Trinken und einem warmen Zimmer getan wäre, ich weiß das selbst. Am ersten Morgen, als ich ihr das Frühstück ans Bett brachte, um einem gemeinsamen Frühstück hier, an diesem Tisch, an dem ich so oft mit Albert und manchmal mit J. gefrühstückt habe, um dem aus dem Wege zu gehen, da hat sie kaum danke gesagt. – Laß das mit den Umständen, Hanne! Das ist unerträglich. Wenn ich das haben will, gehe ich in ein Hotel, da bezahle ich es und kann's verlangen. Wenn ich zu dir komme, erwarte ich etwas anderes.

Warum kommt man immer mit Erwartungen aufeinander zu? Was habe ich erwartet, als ich sie eingeladen habe? Daß sie mir über zwei lange Feiertage weghilft? Abende, an denen J. nicht einmal anrufen kann.
Und ausgerechnet am ersten Abend hat er angerufen, als wir von einem kurzen Spaziergang zurückkamen. Und ich mußte ihm sagen, daß ich über Ostern keine Zeit hätte, daß eine Freundin zu Besuch da ist. Und er? – Aha, gut. Wenn das wichtiger ist, natürlich. Es macht nichts, nein, ich verstehe dich vollkommen, ich freue mich sogar, wenn du endlich erkannt hast, daß es bequemer ist, mit einer Freundin zusammen zu sein, ich wußte es nur nicht, ich hatte es so eingerichtet, daß wir diese beiden Tage zusammen sein könnten – Gekränkt. Was konnte Marlene dafür? Aber ich konnte in dem Augenblick nicht mehr für sie tun, als ihr die Zigaretten und den Aschenbecher hinschieben, ihr ein Fotoalbum in die Hand drücken, im Radio noch schnell nach Musik suchen und dann in die Küche gehen unter dem Vorwand, das Abendessen richten zu müssen.
Sie hat erst nach ein paar Stunden gefragt, was eigentlich mit mir los sei. Sie sog mir ein Geständnis förmlich aus den Augen und von den Lippen. Sie nährt sich wohl schon lange vom Erleben anderer. War ich ihr nicht Offenheit schuldig? Auch eine Freundschaft verpflichtet. Aber sie war mir so fremd geworden. Wahrscheinlich aber war nicht sie es, sondern ich, die fremd geworden ist. Alle sind mir fremd, da wird es an mir liegen. Ich habe ihr nur deshalb von J. erzählt, weil ich endlich einen Menschen brauche, zu dem ich seinen Namen sagen kann, und das habe ich dann zwei Tage lang getan, gegen meinen Willen, wieder und wieder, ohne Aufforderung. Und jedesmal hätte ich das, was ich gesagt habe, zurückholen mögen. Ich habe ihn verraten.
Wie sollte ich es auch erklären, noch dazu einer Frau wie Marlene, die so unerbittlich ist, »eine Frau liebt nur einmal in ihrem Leben«; mir fehlten die Formulierungen, ich bin nicht gewohnt, darüber zu sprechen, erklären zu wollen, was so unerklärlich ist. Ich war unbeholfen, zuerst versuchte ich, ganz nüchtern zu berichten, dann kam etwas wie Fanatismus über mich, sie mußte es doch begreifen, sie mußte doch merken, daß es anders war, anders als bei anderen, in anderen Verhältnissen, natürlich fiel auch dieses Wort. Ich weiß nicht, ob ich es gesagt habe oder sie. Sie hat mit der ihr eigenen Sachlichkeit

registriert: er ist zum zweitenmal verheiratet, er hat also Kinder.
Ich sagte – ja, drei sogar, zwei sind aus der ersten Ehe seiner Frau, sein Sohn ist erst fünf.
– Weißt du überhaupt, was das heißt?
– Ich glaube.
Da hat sie aufgelacht, ein hartes, böses Lachen. – Glaubst es zu wissen? – Wie hätte ich denn vermeiden sollen herauszuhören, du hast eben keine Kinder, du weißt nichts, nichts weißt du, was das für eine Frau bedeutet, mit den Kindern allein zu bleiben.
Sie hat weitergefragt – was soll daraus werden?
– Ich weiß es nicht, Marlene, wirklich, wir wissen es nicht. Wir haben nie danach gefragt.
Ich rettete mich in dieses »Wir«, und ich spürte, wie es eine Mauer zwischen uns aufrichtete, ich wechselte das Lager. Ich sprach weiter, und jetzt klang alles rechthaberisch, großartig, pathetisch, wie ich nie empfinde. – Wir haben uns in die Isolation begeben, wir erwarten keine Billigung, wir brauchen sie nicht. Wir verzichten auf alles sogenannte Verstehen. Wir – wir – wir.
Sie hat das Übliche über Verantwortung gesagt, und ich habe, gegen meine Überzeugung, behauptet, der Mensch habe nicht nur Verantwortung gegenüber den Verpflichtungen, die ihm aus seiner Vergangenheit erwachsen, sondern auch gegenüber einer möglichen Zukunft, man dürfe nicht alles, was sich noch entfalten könnte, rigoros abschneiden. Worte von J., an die er wohl selbst nicht glaubt und die ich wie ein übereifriger, aber schlechter Schüler vorgebracht habe.
Am letzten Abend hatten wir noch einmal ein solches Gespräch. Sie sagte, es war zunächst nicht wie ein Vorwurf, sondern wie eine Feststellung gemeint, daß ich eine Bannmeile um mich gezogen hätte, die man nicht mehr durchbrechen könnte, wahrscheinlich läge aber das auch in meiner Absicht. Es sei nur schwer zu ertragen für sie. Am schlimmsten sei meine Liebenswürdigkeit, die sie mit jedem Taxifahrer zu teilen habe, für den ich sie ebenso bereit hätte. Selten im Leben sei sie sich so überflüssig vorgekommen wie in diesen beiden Tagen.
In der Schule erhält sie die ihr unentbehrliche Bestätigung und Befriedigung durch die Leistungen ihrer Klasse, durch die Anhänglichkeit ihrer Lieblingsschülerinnen, und zu Hause ist Klaus. Warum ich

nicht geschrieben hätte: so ist das. – Statt dessen nimmst du es mir übel, daß ich nicht dieser Mann bin, du siehst überhaupt keinen Menschen mehr, du scheinst ihm hörig zu sein. Widersprich nicht, es gibt diesen Zustand, ich erinnere mich durchaus. Gerade weil ich mich erinnere, und ich will mich nicht erinnern, nicht daran. Man kommt sich alt neben dir vor, aber leider immer noch nicht alt genug. Ich dachte, ich hätte mich damit abgefunden, daß der Teil des Lebens für mich vorbei ist. Offensichtlich habe ich das nicht. Diese Erkenntnis verdanke ich dir. Man meint, man habe seine Aufgabe erkannt, wüßte, worum es geht, junge Menschen ins Leben zu führen, Wissen zu vermitteln, Vorbild zu sein. Ich weiß, du verstehst das nicht, du verachtest Frauen, die ihre Kräfte so einsetzen, aber es ist den Einsatz der Kräfte wert, ist auch den Verzicht auf vieles wert. Und plötzlich stellt man fest, daß man bereit wäre, das alles hinzuwerfen, für ein Nichts, für einen Mann, für zwei Arme, die sich um einen schließen. Daß alles andere nicht zählt, daß man noch einmal spüren will, wie das ist, eigenes Leben. Leben ohne Rücksichten. Ohne Verantwortungen.
Sie brach unvermittelt ab, unsere Blicke begegneten sich, und ich sah, sie haßt mich! Haßt mich, weil ich liebe, und sie haßt sich, weil sie sich hinreißen ließ, das einzugestehen. Sie ist nicht freimütig, so wenig, wie ich es bin. Frauen sollten es aber sein, untereinander, verläßlich und vorbehaltlos, wenn sie sich wirklich zugetan sind und sich so lange kennen.
– Das besagt übrigens keineswegs, daß ich deine Handlungsweise billige oder auch nur verstehe. Aber das ist deine Sache.
Morgens auf dem Bahnsteig war nicht mehr viel zu retten. Wir waren beide bekümmert, daß es so geendet hat.
Keine Zeile von J.

20. April

Albert hat es sich angewöhnt, wenn er kommt, mit dem Schlüsselring kurz an das Glasfenster der Wohnungstür zu klopfen. Die Klingel benutzt er nicht, aber auch nicht den Schlüssel.
Über eine Woche hatte ich nichts von ihm gehört, dann das Klopfen an der Tür und sein – Komme ich auch nicht ungelegen?

Ein höflicher, liebenswürdiger, etwas unsicherer Albert.
– Ich hatte gerade etwas Zeit, ich dachte, es würde hübsch sein, mit dir Kaffee zu trinken, ich habe Kuchen mitgebracht.
Er legt die Blumen auf das Klavichord, das Kuchenpaket daneben, fragt noch mal – störe ich dich auch nicht? Was tust du gerade?
– Nichts.
– Nichts? – Ich glaube, daß ihm mein Nichts-tun als die entsetzlichste aller Tätigkeiten erscheint, bestimmt aber wohl die schwierigste, eine Tätigkeit, die man nirgends erlernt, für die man kein Diplom bekommt und gar keine Anerkennung, obwohl es doch schwer genug ist, das zu lernen. Er verbirgt sein Erschrecken über mein Alleinsein von Mal zu Mal schlechter, er empfindet es wohl als Anklage. Nicht immer bin ich bereit, ihn durch Heiterkeit darüber hinwegzutäuschen.
Er wirkte unruhig, nervös, was er doch nie war. Er hatte sich Mühe gegeben, als er die Blumen für mich ausgesucht hat. Auf einmal entsinnt er sich, welche ich gern mag. Seit wann weiß er das? Vielleicht sagt Lisa ihm das, wenn er ihr Blumen mitbringt – du verwechselst das, das war meine Vorgängerin, die mag Iris gern –, vielleicht hört er noch hin, wenn sie ihn auf etwas aufmerksam macht, er ist schwerfällig. Ich vermute, daß er ihr meine Wünsche erfüllt. Vielleicht hat er jetzt mehr Zeit, über mich nachzudenken, sieht mich aus größerer Entfernung und versteht mich besser, so geht es mir ja auch. Er holt sogar eine Vase und tut die Blumen nicht achtlos in eine herumstehende Milchflasche. Er hat den Türgriff zum Badezimmer in der Hand und wendet sich um und fragt – ich darf doch ins Bad? –, und nachher steckt er den Kopf durch den Türspalt, läßt Wasser in die Vase laufen und hat einen Ärmel seines Bademantels in der Hand – trägst du den eigentlich noch? – Ja, ich trage ihn noch, möchtest du ihn haben? – Nein, nur wenn er dir im Wege gewesen wäre.
Behutsame Gespräche, die weh tun, und eben das wollen wir doch vermeiden. Dieses Einander-Schonen ist fast noch schlimmer.
Ich setze das Kaffeewasser auf, und Albert sagt, du trinkst doch lieber Tee. Ich sage nein, laß uns ruhig Kaffee trinken, dir ist das doch lieber, wir sehen uns an und lachen und sagen gleichzeitig – Kakao! – Er verzieht das Gesicht, er zuckt die Schultern, da kann man nichts machen, das sind diese zehn Jahre. Ich gehe zu ihm, lege freundschaftlich den Arm um ihn – ohne diesen Kakao wär's ja nicht besser, Albert.

Er deckt den Tisch, setzt die Blumenvase an die Seite und nicht in die Mitte, irgendwann muß er gemerkt haben, daß ich das nicht mag und daß es kein Zufall war, daß sie immer anders stand, wenn er sie gerade wieder in die Mitte gesetzt hatte. Er hat immer opponiert. Er legt Servietten hin und versucht, sie zu falten und in Kuchengabeln zu schieben, ungeschickt, rührend. Ich tue, als merke ich das nicht, als sehe ich nicht, wie er versucht, den Kaffeetisch zu decken, wie ich es früher getan habe. Sonst müßte ich sagen, Aufwand, mach doch nicht soviel Aufwand für das eine Stück Kuchen, das wir essen! So wie er es früher zu mir gesagt hat. Und wie ich es heute zu J. sagen möchte. Vielleicht deckt Albert sich heute den Tisch, wie er es von mir gewohnt war. Wenn ich mir meine Mahlzeiten in der Küche fertigmache, sieht das Tablett aus, als hätte Albert die Sachen draufgestellt, manchmal passen nicht einmal Tasse und Teller zusammen. Oft esse ich am Fensterbrett in der Küche und sehe hinunter in den Hof, werfe den Tauben Brotkrumen zu und mache mir dabei vor, ich äße nicht allein. Wozu den Tisch decken? Es lohnt nicht.
Worüber haben wir gesprochen? Ich weiß es nicht mehr, nichts Wichtiges. Irgendwann hat er gesagt, es sei schwer, sich dieses Zuhause abzugewöhnen. – Ein Magnet im Stadtinnern. Man sieht es dem Haus gar nicht an. Ein Magnet, nicht nur für mich, ich weiß.
Ich zucke die Achseln. Er holt das Schlüsselbund aus der Westentasche, er trägt seit ein paar Monaten farbige Westen, die aussehen, als hätte Lisa sie ausgesucht. Er läßt die Schlüssel aneinanderklingeln und lenkt meine Augen hin, daß ich sehen muß, daß er den Ring dazugehängt hat. Er benutzt beides nicht mehr, aber von beidem will er sich noch nicht trennen. So meint er es wohl. Gesprochen haben wir nicht darüber.
Er sah mehrmals zur Uhr. Ich tat es auch. Ich fürchtete, daß J. anrufen würde, solange er hier war, ich kann dann nicht mit ihm sprechen. Als er gehen mußte, habe ich ihn in den Flur begleitet und zugesehen, wie er sich den Mantel anzog. Ich habe ihm das Halstuch ordentlich unter den Mantelkragen geschoben, wie ich es immer getan habe, und er hat mich bei den Ellbogen genommen, wie er es oft getan hat, und mich hochgehoben, »in Augenhöhe«. Er hat gefragt – nanu, zweihundert Gramm mehr, Penny?
– Zweihundertzehn Gramm, wenn's beliebt.
– Es beliebt sehr.

Zu spät erst habe ich gesagt – kein Durcheinander, bitte, Albert! Und dann läutete das Telefon, und er ist rasch gegangen und hat sich entschuldigt, falls er gestört habe. Und ich lehnte im Flur an der Wand und hielt mir die Ohren zu, und als ich endlich den Hörer abnahm, hatte J. schon aufgelegt.
Zwei Stunden, mit denen Albert nichts anzufangen wußte. Lisa hatte keine Zeit. Proben im Funkhaus oder irgend etwas anderes. Genau scheint er es nicht immer zu wissen. Sie ist oft nicht da, wenn er zurückkommt. Es liegt ja an mir, sagt er. Seine Termine verschieben sich eben oft. Sie wohnt noch mit der Mutter zusammen. Sie kommt heimlich, unter Vorwänden zu ihm.
Ich habe wohl falsche Vorstellungen von dem Leben, das die beiden führen. Warum heiraten sie nicht? So ein zweistündiger Besuch ist nicht dazu angetan, meine Vorstellungen zu revidieren. Ich will auch nicht wissen, wie es wirklich ist. Jahrelang habe ich mir die Augen zugehalten, um es nicht zu sehen. Ich wollte keine Frau sein, die man betrügt. Ich wollte nicht, daß es Lisa war, ich wollte nicht beide auf einmal verlieren. Es kann doch nicht sein! Immer wieder habe ich gesagt, es kann nicht sein, es kann nicht sein. Nicht jetzt. Bitte, nicht jetzt, wo es vielleicht noch wieder gut werden kann mit Albert und mir. Ich habe nicht gewagt, ihn zu fragen, ich tue es auch heute nicht. Ich will nicht hören, daß er sie schon liebte, als er mich nach Tuttis Tod hierher geholt hat.
»Eine Bekannte von mir, es wird nett sein, wenn du durch sie ein paar Leute kennenlernst.«
Später schob er sie an mich ab. »Deine Freundin Lisa«, oder einfach »die Libelle«. Eine Bekannte, über die man durchaus mit mir reden konnte, ganz unbefangen. Er traf sie nicht oft an, sie kam fast immer, wenn er fort war, meist am späten Vormittag, vor oder nach ihren Proben im Funkhaus. Sie blieb eine Viertelstunde, hockte sich auf die Fensterbank, rauchte, lachte, oder manchmal, wenn sie ihren düsteren Tag hatte, starrte sie auf die Straße oder in das kleine Stück Himmel, seufzte ein bißchen, und wenn sie ging, rief sie von der Tür her – empfiehl mich deinem Herrn!
Meist vergaß ich es, aber manchmal richtete ich es aus – Empfehlung von Lisa!
– War sie da? Sieh an, die Libelle! – und dann hockte er sich auf die Fensterbank, genau wie sie, und ich wollte nichts merken.

Albert trug das gleiche blaue Kaschmirhalstuch wie Lisa, als ich herkam. Daß sie auch so eines besaß, habe ich erst gesehen, als ich ihr einmal auf der Straße begegnet bin. Sie bemerkte meinen Blick, errötete – ich fand das Tuch deines Herrn so hübsch, ich habe ihn gefragt, wo er es gekauft hat, und dann bestand er darauf, es mir zu schenken, hat er es nicht erzählt? – Was war schon dabei?
Ein Halstuch, ausgesucht nach dem Blau ihrer Augen. Ich machte Albert darauf aufmerksam. – Blau? Ach was, die Libelle hat grüne Augen wie ein Laubfrosch, falls die grüne Augen haben, sie behauptet nur immer, sie seien blau, vielleicht erreicht sie es ja noch.
Als Lisa in einem Konzert mitspielte und wir nur eine Karte bekommen konnten, habe ich sie ihm überlassen – du verstehst mehr von Musik, und du kannst lauter klatschen, nimm ihr Blumen mit, bring sie nach Hause! Er widersprach nicht einmal.
Später fanden wir einen Ausweg, der ihnen ein Zusammentreffen ermöglichte, ohne daß sie lügen mußten. Am Nachmittag rief Lisa an, fragte, ob wir Lust hätten, noch ein Stück spazierenzugehen, gegen Abend, oder ob wir vielleicht sogar rausführen, oder ins Kino – frag deinen Herrn, wenn er kommt, Hanna.
Ich versprach es, und ich tat es auch, und im letzten Augenblick, oft waren wir schon auf der Treppe, wenn ich mutlos wurde, dann sagte ich, geh doch allein, Albert, ich muß noch ein paar Briefe schreiben. Damals erfand ich die Migräneanfälle für mich. Um fünf Uhr beschloß ich, Albert zu sagen, daß ich Migräne hätte, und spätestens um halb sieben setzten die Kopfschmerzen ein. Ich bekam rosa Dragées, gute Ratschläge, einen Kuß auf die Backe. – Nur auf einen Sprung, wir können die Libelle schließlich nicht auf der Straße stehenlassen. An mir liegt ihr sowieso nicht viel. – Er blieb meist wirklich nicht lange.
Wenn er zurückkam, lief er im Mantel in der Wohnung herum. – Abends noch mal ums Viereck gehen, das tut einem sehr gut, weißt du, wir müssen uns das auch wieder angewöhnen. Man hat zu wenig Bewegung.
– Ja, gern.
Er blieb neben der Couch stehen. – Gute Besserung übrigens und schöne Grüße! – Danke.
Er setzte sich ans Fußende, er wollte wohl freundlich zu mir sein, vielleicht hatte er mich damals wirklich auch noch gern. Aber ich wollte

nicht den Rest. Ich wollte seine reuigen Liebesbeweise nicht. – Ich bitte dich, laß mich in Ruhe, ich bin müde, ich will versuchen zu schlafen. – Ich drehte mich zur Wand und hörte ihn im Flur, in der Küche, am Kühlschrank, es dauerte lange, bis er zur Ruhe kam. Ich blieb auf der Couch.

Einmal hat er gesagt, als er zurückkam, aus Versehen wohl, weil er ärgerlich war auf mich oder auf sich, wahrscheinlich auf alles, weil wir alle in etwas hineingeraten waren, das keiner gewollt hat. Er sagte »Prudentia« zu mir.

Ich fragte – was soll das heißen?

– Ach, das sagt Lisa manchmal, wenn sie von dir spricht. Komisch, wie –? – Ich kann das wirklich nicht sehr komisch finden, eher etwas taktlos und albern, sagte ich. – Dann wird es wohl stimmen, sagte er.

Sie sprachen also über mich. Wie er von ihr als der Libelle sprach, sprachen die beiden von mir als Prudentia und amüsierten sich über mich. Und Lisa sagte zu mir »dein Herr«, wenn sie von Albert sprach.

An jenem Abend haben wir uns gestritten, das ist nicht oft vorgekommen, mit Worten haben wir nichts ausgehandelt.

– Du hast eben keinen Sinn für Humor, Hanna.

– Kann sein, dafür kann ich unterscheiden, wo eine Sache anfängt, geschmacklos zu werden.

Ein Wort hätte damals genügt, dann hätte Albert angefangen zu sprechen. Ich wußte, daß er auf ein solches Wort von mir wartete, schon lange. Er litt darunter. Aber das tat ich auch. Ich ließ die beiden gewähren, das war aber auch alles und war zugleich meine Rache. Ein Geständnis? Was erwarteten sie denn von mir? Sollte ich auch noch ihre Komplicin werden, sollte ich ihnen raten, was denn nun zu tun sei?

Später, als wir so weit waren, daß wir uns trennen wollten, hat er es mir vorgeworfen. – Warum hast du mich nicht gehalten, du hast doch gesehen, wie es um mich stand? Man darf nicht in dem Augenblick loslassen, in dem der andere den Halt so nötig hat.

Im Frühling kam Lisa regelmäßig bei uns vorbei, wenn sie zur Maiandacht in den Dom ging. Ich entsinne mich, daß Albert im Flur stand und sang, »und nach der Maiandacht, dann kommt die Maiennacht«, er hatte eine Vorliebe für die Lieder von Brecht. Wir waren über Sonntag zur Hühnerjagd draußen gewesen, ich hatte ein paar Zweige von

der wilden Kirsche mitgebracht, die auf unserem Grundstück steht. Albert brach eine Dolde ab und reichte sie Lisa, die sie sich ins Haar schob.
J. hat Lisa nur einmal gesehen, er weiß nichts von ihr und Albert. Ich habe ihn nachher gefragt – wie findest du sie?
– Ein wenig kitschig, für den alsbaldigen Verbrauch bestimmt; sie hält sich nicht, ich würde nicht raten, sie in einer Ehe zu konservieren.
Ich hätte nicht fragen sollen. Für ihn war es nur eine seiner geglückten Formulierungen, aber ich habe sie nicht wieder vergessen. Immer, wenn sie mir einfällt, sehe ich sie so vor mir wie an jenem Maiabend neben Albert, als sie die weißen Kirschblüten im Haar hatte und er zu mir sagte – weißt du, ich begleite Lisa. Ein bißchen Weihrauch wird mir ja nicht gleich schaden.
Es war nicht seine Art, so zu sprechen. Lisa zuckte zusammen, sie sagte zu mir – sag deinem Herrn, daß er dort nichts zu suchen hat. – Immer wollten sie mir die Entscheidung zuschieben, als seien sie unzurechnungsfähig. Sie waren es vielleicht auch.
Ich sagte – geht nur.
Er ist noch oft mitgegangen. In der letzten Maiwoche machte Lisa sich nicht mehr die Mühe, bei uns vorbeizukommen. Albert sagte gegen halb sieben, er ginge noch auf einen Sprung nach draußen, Zigaretten holen, Luft schöpfen. Manchmal benutzte er die Gelegenheit, mir auseinanderzusetzen, daß er dieses Leben im Labor nicht mehr lange aushielte. Alles würde ihm zu eng, er erstickte darin, und wie er dieses »alles« betonte, bestand es vornehmlich aus meiner Person.

Als er wieder in den Außendienst ging, geschah es dann doch nicht meinetwegen, oder nur zum Teil, auch nicht aus beruflichen Gründen. Er wollte wohl wirklich alles in Ordnung bringen. Daß die Trennung von Lisa gleichzeitig die Trennung von mir bedeutete, war ihm wohl gar nicht wirklich klar. Er wollte nur weg von hier. Solange er hier war, würde sie ihn nicht in Ruhe lassen. Aber das stimmt nicht, so war es nicht. Ich tue ihr unrecht.
Sie kam, als er fort war, noch eine ganze Zeitlang zu ihren kurzen Besuchen, fragte – was hörst du von dem Herrn?
Eines Tages hat sie aufgehört zu sagen »dein Herr«, da sagte sie nur noch »der Herr«; ein besitzanzeigendes Fürwort schien ihr nicht

mehr passend. – Wie geht's dem Herrn? Kommt er zum Wochenende? – Sicher geschah das unbewußt, wie vieles bei ihr.
Sie kam zu mir, weil ich der einzige Mensch war, mit dem sie über Albert reden konnte; sie mußte einfach jemanden haben, um seinen Namen zu hören. Es war nicht einmal Heuchelei, sie ist wohl wirklich so naiv. J. sagt, nichts sei für unsereins so schwierig wie der Umgang mit naiven Menschen.
Albert tat dasselbe. Wenn er samstags kam, fragte er, beiläufig, während er die Post durchsah, die in der Woche für ihn eingegangen war, oder während er sich noch die Hände im Bad wusch – was gibt es Neues, war die Libelle mal da? – Später sagte er dann Lisa. Er vermied es, mich anzusehen, wenn er fragte.
Dann wurde im Radio ein Konzert übertragen, in dem sie mitspielte, sie hatte sogar eine kurze Solopartie. Albert stand am Fenster, ich saß in meinem Sessel, nach wenigen Minuten drehte er sich heftig um. – Müssen wir das unbedingt hören? – Er könne im Augenblick kein Cello vertragen. Er versuchte zu lachen, so ein Lachen, dessen Kläglichkeit dem anderen die Tränen in die Augen treibt – kleine Allergie gegen Streichinstrumente, entschuldige! Der einzige Satz, an den ich mich erinnern kann aus diesen Monaten.
Zum nächsten Sonnabend habe ich sie dann eingeladen. Sie wußte nicht, daß ich Albert zum Wochenende erwartete, und ihm habe ich nicht gesagt, daß sie kommen würde. Ich hatte den Kaffeetisch wie sonst für zwei Personen gedeckt, es war kurz vor fünf Uhr, wir hatten nach dem Mittagessen beide geschlafen; als es klingelte, wollte Albert zur Tür gehen, aber ich hielt ihn zurück und ging selbst. Ich ließ Lisa herein, sie hatte den blauen Kaschmirschal lose überm Mantel, es war ein kühler Tag. Ich sagte – der Kaffee steht schon auf dem Tisch, mach es dir gemütlich. – Ich zog mir die Jacke an und verließ die Wohnung.
Warum habe ich das getan? Heimtückisch hat Albert das genannt. – Es paßt nicht zu dir. In welchem Ratgeber hast du das gelesen?
Ohne mein Eingreifen wäre er darüber hinweggekommen. Er glaubt das wenigstens. Er ist ja auch nie mißtrauisch gegenüber den eigenen Gefühlen und Erkenntnissen. Ich wollte einfach nicht mehr mitspielen, das war es. Ich wollte kein heimlicher Mitwisser sein. Man sollte in Zukunft mit mir rechnen. Ich wollte eine Entscheidung.
In der ersten Stunde bin ich ziellos durch die Straßen gegangen, dann

habe ich mich in das Restaurant am Bahnhof gesetzt. Ich hatte keinen Schirm mit, es regnete. Später bin ich in eine Telefonzelle gegangen und habe zu Hause angerufen. Albert meldete sich mit der Nummer, was er sonst nie tut. Ich kündigte meine Rückkehr an.

Als ich den Hörer aufgelegt hatte und mich umdrehte und die Drehtür aufstoßen wollte, sah ich einen Mann durch die Glasscheibe. Er stand dicht davor, hatte die Hände in die Manteltaschen geschoben und sah mich an, nachdenklich, prüfend, dann verzog sich sein Gesicht zu einem erkennenden Lächeln, er nahm eine Hand aus der Tasche und öffnete mir die Tür.

Das war J.

Und seitdem nennt er diese Telefonzelle in der Bahnhofshalle die »Urzelle«, und manchmal ruft er mich von dort aus an, wenn er hier zu tun hat. Er weiß nicht, in welchem Augenblick er in mein Leben getreten ist und daß er es war, »der mir die Tür geöffnet hat«. So würde er es wohl nennen, und es würde seine These bestätigen, daß jede Begegnung allein durch die Disposition oder Indisposition der Betreffenden, hier würde er zögern und einschieben: oder Betroffenen, schicksalsfähig wird.

Eine Viertelstunde später war ich wieder zu Hause. Lisa war fort, der Kaffeetisch war abgeräumt. Albert hatte das Fenster aufgemacht. Er schwieg den ganzen Abend lang. Aber das war auch vorher schon oft so, keiner von uns findet das erste Wort. Manchmal waren wir vom Schweigen ganz erschöpft. Ich holte mir auch an jenem Abend meine Decke aus dem Schlafzimmer und legte mich auf die Couch, ich habe es nie ertragen können, eine Nacht lang neben ihm zu liegen, wenn es nicht gut zwischen uns war. Das ist keine Basis, auf der man etwas wieder in Ordnung bringt, nicht mit mir. Ich weiß, daß es das übliche Mittel ist.

Es ist das Prinzipielle an mir, das er mir vorwirft. Er kam noch einmal ins Wohnzimmer, ich hatte das Licht schon ausgeschaltet, um zu sagen – das war ganz falsch, bilde dir nur nicht ein, daß du klug gehandelt hast, Prudentia!

Ich habe nichts erwidert, ich weinte wohl, aber das hat er nicht gehört. »Prudentia« war für lange Zeit das letzte. Als er am Morgen aufbrach, kam er nicht zu mir ins Zimmer, und ich stand nicht auf, um ihm das Frühstück zu machen. Wir ersparten uns das Auf Wiedersehen und auch die Gute Reise.

3. Mai

Ich frage mich oft, woran es liegt, daß ich Lisa so gern hatte. Im Grunde habe ich sie heute noch gern. In meiner Zuneigung war aber vom ersten Augenblick an auch Neid. Mißtrauen nie. Das Flüchtige, ihre kleinen Lügereien, dieses Schwirrende. Ich habe gespürt, wie ich älter wurde neben ihr, schwerfälliger. Es muß aber auch etwas an mir sein, das sie zu mir hinzog. Sie kam nicht nur, um Albert zu sehen oder über ihn sprechen zu können. Ein Teil ihrer Liebe hat immer mir gegolten.

Sie hat uns nie aufgefordert, sie zu besuchen. Albert und ich haben in dem ersten halben Jahr manchmal darüber gesprochen. Wir kannten beide die Mutter nicht, mit der sie zusammen lebt. Wir wußten nicht einmal genau, wo Lisa wohnte, aber es schien nicht weit von hier zu sein. Wenn sie zu uns kam, brachte sie immer etwas mit, Blumen, eine Torte, Konzertkarten. Ein paarmal sagte sie, daß sie sich bei uns mehr zu Hause fühle als dort, wo sie polizeilich gemeldet sei. Bei anderer Gelegenheit – ihr wißt ja nicht, wie das ist, so ein Leben im Domschatten. – Sie ist zwischen Heiligen und Engeln und Domherren aufgewachsen. – Die Engel machten Musik, die schwarzen Herren besuchten meine Mutter, und Heilige müssen wohl sein – und dann wischte sie das rasch mit einem Lachen weg. Die Eltern sind geschieden. Mutter und Tochter leben von dem Geld des Vaters, ohne sich einschränken zu müssen, wie es scheint. Lisa hält es für richtig, daß der Vater bezahlt. In ihrer Vorstellung, die wohl die ihrer Mutter ist, büßt man so für seine Sünden. Der Vater hat gleich nach der Scheidung wieder geheiratet. Viel mehr weiß ich nicht.

Lisa ist von ihrer Mutter in Feindschaft zur Ehe erzogen worden. Diese Feindschaft richtet sich nicht allgemein gegen alle Männer, sondern ist Feindschaft und Verachtung gegenüber dem, was zwischen Mann und Frau ist. Im Unglauben an die Liebe, an Ehe, an Familie. Lisa hat lange Zeit in Albert und mir zwei Menschen gesehen, die zueinander gehörten, die sich liebten, die ein Zuhause besaßen, in dem es Kinder geben würde. Einmal sagte sie, sie bäte sich die Patenschaft für den Erstgeborenen aus, für Albert II. Sie lachte dabei, küßte mich, und Albert stand daneben.

Und dann hat sie selbst zerstört, was sie liebte und auch bewunderte. Sie konnte Albert nur haben, wenn sie ihn dort fortholte, wohin er, auch nach ihrer eigenen Ansicht, gehörte. Was immer sie tun würde, alles war von vornherein falsch und böse. Es gelang ihr nicht, das Gute darin zu erkennen, das doch auch in ihrer Liebe zu Albert verborgen ist. Darum kann es wohl auch nicht gut werden, weil sie selbst nicht daran glaubt. Eine Ehe ist für sie nicht zu trennen, es sei denn im Bösen. Albert wird für sie wohl immer der Mann einer anderen bleiben. Er ist andersgläubig, er ist ein geschiedener Mann, darüber kommt sie nicht hinweg. Sie wird eher mit ihm in einem »sündigen Verhältnis« leben als in eine Ehe einwilligen. Darüber ist Albert sich nicht klargewesen, er hat vermutlich nicht mit ihr darüber gesprochen, er wollte erst alles in Ordnung gebracht haben.

Auch ich habe gedacht, daß ich den beiden den Weg frei machen würde und daß etwas Neues beginnen könnte.

Zu Albert gehört Ordnung, genau wie zu mir. Wir können das nicht: Sünde und Buße, immer eins nach dem anderen. Das muß aufhören. Wir bereuen nichts, wovon wir wissen, daß wir es wieder tun werden. Wir sind nüchterner. Ich weiß, daß diese Nüchternheit eine zweifelhafte Tugend ist. Es ist nichts anderes als eine Schwerfälligkeit des Herzens, die Unfähigkeit, über den eigenen Schatten springen zu können.

Lisas Reiz, dem auch ich mich nicht entziehen konnte, liegt in dem Lockenden, Verlockenden. Aber lockt sie denn nicht zu etwas, das sie gar nicht geben will? Es ist etwas Zerstörendes in ihr, oder Zerstörtes? Sie ist nicht mehr zwanzig! Man muß doch wissen, was man tut und was man will. Man muß doch zusehen, daß die Dinge wieder in Ordnung kommen, dort, wo es möglich ist.

Ich fordere von anderen, was ich selbst nicht vermag.

Lisas Vertrag beim Rundfunk ist nicht verlängert worden. Den Grund weiß ich nicht, ich könnte mir denken, daß sie sich nicht für das Orchesterspiel eignet, sie paßt sich nicht an, sie ist unaufmerksam, gewiß auch dort, wo es auf unbedingte Präzision ankommt. Ihre Begabung reicht nicht aus, ihre Ausdauer wohl auch nicht, als Solistin wird sie nie auftreten können. Was bleibt, sind Cellostunden, vielleicht gibt sie auch Violinunterricht. Was für ein altmodisches Leben, das sie mit ihrer Mutter führt. Im Domschatten.

Ein wenig kitschig, sagt J. Die Wolken hängen reichlich tief bei ihr, hat Albert gesagt. Immer kurz vor dem Gewitter. Das ist keine Atmosphäre, in der er leben kann.

In diesem Jahr bin ich es, die zur Maiandacht geht. Wozu? Vielleicht aus Neugierde. Vielleicht aus Langeweile. Ich bin nicht fromm. Ich bleibe im Hintergrund. Manchmal bilde ich mir ein, sie beten dort für mich mit. Maiglöckchenduft, schon etwas modrig, warmes Wachs, Weihrauch. »Narkotikum fürs Herz.« Ich sitze und lasse die Gedanken durch mich ziehen. Das Hantieren des Priesters und der Mönche und Meßknaben am Altar nehme ich kaum wahr. Ich schrecke zusammen, wenn der junge Franziskanerbruder mir den Teller zur Kollekte hinhält. Er läßt die Münzen aneinanderklingen, um mich aufmerksam zu machen, er hat mir schon ein paarmal zugelächelt, er erkennt mich wieder, er denkt, ich sei andächtig, dabei weiß ich nicht einmal, wann man aufstehen muß, wann niederknien, wann das Kreuz schlagen. Ich bleibe auf meiner steinernen Bank im Dunkel von Wand und Pfeiler sitzen, nur darauf bedacht, niemanden zu stören. Gestern war eine junge Frau dort, nur für die Dauer eines kurzen Gebetes, sie hatte ihr Kind mit, ein kleines Mädchen, kaum älter als zwei Jahre, das Köpfchen ging hin und her, die Mutter drückte es mit der einen Hand schnell wieder an sich, und mit der anderen schlug sie das Kreuz. Bevor sie die Kirche verließ, tauchte sie die Hand in das Weihwasserbecken und zeichnete mit dem Daumen ein Kreuz auf die Stirn des Kindes.
Vielleicht schützt das ein Kind? Es ist ein Zauber dabei, ich habe das immer gespürt. Auch bei Lisa. Vielleicht zeichnet sie ein Kreuz auf Alberts Stirn, wenn sein Kopf auf ihrem Arm liegt. Vielleicht sagt sie dann ihr »Gott bewahre« zu ihm. Sie spottet, aber man spürt immer, daß sie dabei Angst hat. Sie lacht und sagt »Gott bewahre«, aber sie meint es ernst, »Gott behüte dich.« Sie bringt alles durcheinander, Frömmigkeit und Spott, sie macht irgendeinen Zauber daraus, gegen den wir nicht ankönnen.
Ich gehe nicht in den Dom zur Maiandacht. Ich habe Angst, ich könnte ihr dort begegnen oder gar beiden. Es ist dort auch zu laut, alles verflüchtigt sich, zu oft öffnen sich die Türen und lassen Fremdes herein. Ich gehe in die kleine Kirche der Franziskaner, wo »die Madonna in den Trümmern« steht.
J. sieht alles nur ästhetisch, historisch, er sagt – sieh da, ein heiliger Antonius soll das sein? – Die großen Engel in den Glasfenstern, die ich gern habe, nennt er mondgesichtig. Ich zog ihn aus der Kirche hinaus – komm, wir wollen gehen, es hat keinen Zweck. – Er hat mich

befremdet angesehen – habe ich etwa das Allerheiligste in Johanna verletzt?
Ich habe nicht wieder versucht, ihn mitzunehmen. Wir gehen manchmal zusammen ins Museum, dort ist er besser am Platz mit Lob und mit Kritik, er versteht etwas davon, vor allem von mittelalterlicher Malerei. Er bleibt dann nicht der kühle Betrachter, er ist »bereit, sich zu engagieren«.
Vorhin, als Albert schon gehen wollte, er hatte wieder bei mir Kaffee getrunken, habe ich im Flur gesummt, »und nach der Maiandacht, da kommt die Maiennacht«, ich habe mich erkundigt – wie ist es damit geworden, das bißchen Weihrauch schadet dir doch nicht? – Ich benutzte seine eigenen Worte, er erkannte sie auch wieder. Nur in diesem Ton, diesem Sprechen in Zitaten, können wir darüber reden, distanziert, dabei aber herzlich, wie zwei ehemalige Verbündete, die den alten Code noch benutzen.
Er blickte mich an, in seinen Augen ist jetzt oft Unsicherheit, als seien Dinge fragwürdig geworden, die früher ganz einfach waren. – Lisa geht nicht mehr hin. Sie geht überhaupt nicht mehr zur Kirche, verstehst du? Und ich bin damals mit ihr gegangen, eigentlich nur, um sie anzusehen. – Er zögerte. Auf einmal sah ich Lisa vor mir, vielleicht zum ersten Male so, wie er sie sieht.
Derweil sprach Albert weiter. – Ich dachte, sie hätte mich ein Stück mitnehmen können, falls du weißt, was ich meine. »Daß eines das andere in den Himmel bringe«, ja, laß nur, wir beide haben das auch einmal gedacht, aber wir hatten eben nur den physikalischen Himmel oder wie wir das nun nennen wollen. Ich habe Lisa aus ihrem vertrieben, begreifst du, aus ihrem Himmel, aus ihrem himmlischen Frieden, und ich habe nichts, was ich ihr statt dessen bieten könnte. Mit dem, was ich ihr zu bieten habe, mit Realitäten, weiß sie nichts anzufangen. Du kannst natürlich sagen, es war kein Himmel, es war kein wirklicher Glaube oder nur ein Kinderglaube, wenn er jetzt nicht standhält, früher oder später muß sich der Glaube bewähren. Aber sie ist ja auch ein Kind. Sie will nicht verantwortlich sein für das, was sie tut, sie will nicht, daß andere durch sie unglücklich werden, sie will keine Schuld haben, sie fragt mich immer nach dir, beinah jeden Tag, es ist wie eine Krankheit. Sie will keine Schuld haben, sie will, daß ich ihr sage, daß es dir gutgeht, daß du glücklich bist. Ich habe versucht, ihr klarzumachen, daß es so etwas wie eine Bilanz in jedem Leben

gibt, daß man geben muß, um etwas zu bekommen, daß man erst reich ist, wenn man verschwendet. Du siehst, ich habe ebenfalls nachgedacht. – Er war verlegen, er versuchte zu lachen. – Ich habe jetzt nämlich Zeit dazu, nicht nur unterwegs, vor allem, wenn ich sitze und warte, ob sie kommt oder nicht oder ob sie anruft, daß sie nicht weg kann zu Haus. Die Vertreibung aus dem Paradies, es ist immer dasselbe, kaum hat man den Fuß hineingesetzt. Laß gut sein, Penny, du brauchst dazu nichts zu sagen. Ich muß gehen, die Läden machen zu, ich muß meine Wäsche noch abholen, sonst habe ich keine Hemden für die Reise, ich kaufe jetzt schon immer neue unterwegs.

Was soll ich mit seinen Bekenntnissen anfangen? Was ist denn schlimmer, ein glücklicher oder ein unglücklicher Albert? Es ist schwer, ihn nicht im Zusammenhang mit mir zu sehen.

Das alles hat auch eine reale Seite. Abgerissenes Mantelfutter, das ich ihm schnell angenäht habe. Hemdenknöpfe, die in der Mangel der Wäscherei zerspringen. Ein Appartement, in dem er allein ist.

Ich weiß, er hatte einen schlechten Tag. Er war nur deshalb unglücklich, weil Lisa keine Zeit für ihn hat. Ich weiß, daß er Trost bei mir sucht, wie er früher Trost bei ihr gesucht haben wird. Kann sein. Das kann alles sein. Ist das ein Grund, ihn nicht in die Arme zu nehmen? Ich bin gar nicht so prinzipiell.

Manchmal reagiere ich mit Zorn, dann möchte ich sie anrufen und anschreien. Kümmre dich gefälligst um ihn! Sieh dir doch an, was du anrichtest! Du machst ihn alt. In einem einzigen Jahr hast du aus ihm einen alten Mann gemacht. Denk doch nicht, daß du jetzt weglaufen kannst, wo es ans Bezahlen geht. Siehst du eigentlich nicht, daß er leidet, daß du ihn quälst, daß er so nicht arbeiten kann? Das Leben besteht schließlich nicht nur aus dem bißchen Liebe. Dem bißchen Liebe, genau das würde ich im Zorn sagen. Rundum ist nämlich auch noch Leben, und das ist wichtig; wichtiger als deine Musik, und Beten nützt da auch nichts oder doch nicht viel, das ist deine Sache, das weiß ich nicht, aber das andere, das Greifbare, das müssen wir jetzt wieder in Ordnung bringen, wir alle zusammen. Überall sitzt einer und ist allein und quält sich, alles haben wir zerschlagen, und wenn's vorher nicht gut war, ich weiß selbst, daß es nicht gut war...

Natürlich rufe ich nicht an. Ich mische mich nicht ein. Was sollte ich am Telefon zu Lisas Mutter sagen? Ich weiß nicht einmal, ob ich vor ihr meinen Namen nennen dürfte. Vielleicht muß man die Gefühle

der alten Dame respektieren. Vielleicht ist es richtig, daß man Kinder und Alte behütet und sie in dem Scheinfrieden von Schweigen und Lüge beläßt. Sie sind noch wehrloser, haben noch weniger Einfluß. Sie leiden machen hieße nur, das Leiden noch verdoppeln.
Es geschieht nichts. Ich warte. Daß der Tag vergeht, daß die Nacht vergeht. Daß J. anruft, daß er kommt.
Der Holunder hinter der Kirche von St. Columba ist aufgeblüht. Die Schwarzdrossel singt nicht mehr, der Frühling ist fast schon vorbei. Ich bin unruhig und ungeduldig. Ich möchte raus aus der Stadt. Ich kann hier nicht atmen. Aber das Telefon hält mich fest. Wenn ich J. das sagen würde, dann würde er die Telefonschnur die »Nabelschnur des modernen Menschen« nennen, und ich würde ihm zustimmen und lachen, wie ich zu allen seinen Formulierungen lache, jetzt kenne ich sie schon, bevor er sie sagt, das erschwert es, aber ich unterbreche ihn nicht. Oft ist es besser, wenn wir schweigen. Am Telefon kann man nicht schweigen. Wir haben uns so lange nicht gesehen. Ruth muß eingearbeitet werden, sie ist jetzt immer im Laden.
In der vorigen Nacht habe ich von ihm geträumt, ein bedenkliches Zeichen, würde er sagen, du verdrängst mich bereits in den Traum. Er stand wieder da und hatte die Hände in den Manteltaschen, und ich war ärgerlich und sagte heftig zu ihm, nimm doch endlich die Hände aus den Taschen.
Ich fange an, mich gegen ihn zu wehren. Ich weiß nicht, ob das ein gutes Zeichen ist. Das Schweigen hat sich so ausgedehnt zwischen uns. Es ist kein gewöhnliches Schweigen, unser Schweigen hat, wie ein Gespräch, ein Thema. Wir schweigen über... Ein Schweigen, das zu nichts führt. Sinnlos, genau wie Worte. Er ist mir dialektisch überlegen, vielleicht bin ich ihm im Schweigen überlegen.

Mitte Mai

Oft werde ich mir jetzt bewußt, wie ich Tuttis Leben in Gedanken weiterlebe. »So groß wäre sie jetzt auch. Im Faltenrock würde sie niedlich aussehen«; ich sehe mir Kindermoden in den Schaufenstern an. Wenn es mir auffällt, rufe ich mich zur Ordnung und gehe weiter, vor andere Schaufensterauslagen.
Sie kann nicht geboren sein für diese zwei Jahre! Es muß ein Lebens-

plan existieren, den sie nicht ausführen konnte. Wie hat er ausgesehen, was war bestimmt für mein Kind? Wie viele ungelebte Leben! Was geht zugrunde, unerkannt, ungewußt, ungelebt? Sentimentale Gedanken, unnütze Gedanken. Ich spreche ja auch nie darüber, zu keinem Menschen.
Auch J. weiß nichts. Ich habe ihm nie erzählt, daß ich dieses Kind hatte. Einmal hat er gefragt – was ist, bekommst du keine Kinder? – Laß doch die biologische Seite. – Ich bin nicht mehr so ungeschickt im Parieren solcher Fragen wie im Anfang.
Warum verschweige ich es? Warum lasse ich meinem Kind nicht einmal den Raum, den doch andere Tote für sich beanspruchen dürfen? Auch Tutti trennt mich von ihm. Aber ich habe nie an sie gedacht, wenn ich mit ihm zusammen bin. Es ist kein bewußtes Verschweigen. Nur dann ist sie wirklich tot, wenn ich bei ihm bin.
Verschwendet. Das Leben eines Kindes verschwendet, wie Blumen, wie Nachtfalter, sinnlos. Falls Blumen und Falter sinnlos sind.
Jetzt ginge sie schon zur Schule, manchmal gehe ich mittags an das Schultor; einige Mütter holen ihre Kinder dort ab, ich warte, bis auch die letzten Nachzügler nach Hause trotten. Nachmittags würden wir zusammen kleine Aufsätze schreiben. »Frühling in der Großstadt«, »Mit Vater im Zoo«. Leben im Konjunktiv. Ihr Todestag fällt in die Zeit, in der andere Leute den Muttertag feiern. Sie könnte mir jetzt schon Deckchen sticken, in Kreuzstich; Mutter hat uns nie sticken lassen, sie mochte Kinderhandarbeiten nicht. Tutti würde mir ein Bild malen, und ich würde stolz und glücklich sein wie alle anderen Mütter, und ich würde tun wie alle anderen Mütter, als hielte ich nichts von solchen Feiertagen.
In diesem Jahr habe ich zum erstenmal überlegt, ob ich nicht nach G. fahren sollte und ihr Grab aufsuchen. Heute morgen habe ich mir ausgedacht, wie es sein würde, wenn Albert den gleichen Gedanken hätte, wir haben so oft denselben Gedanken zur selben Stunde gehabt und haben es noch. Wenn wir uns dort träfen, zufällig, was für eine rührende Szene!
Niemand pflegt das Grab; ich kann mir nicht denken, daß Albert irgend etwas veranlaßt hat. Das sechste in einer Reihe von Kindergräbern. Die Friedhofsverwaltung hat zwei Monate später gefragt, ob wir das Grab in regelmäßige Pflege geben wollten. Ich habe nicht geantwortet, ich habe Albert, als er zum Wochenende kam, den Brief

zu seiner übrigen Post hingelegt. Ich bin nicht wieder auf den Friedhof gegangen. Was soll ich dort? Ein Grabstein mit den Lebensdaten, damit jeder, der sonntags auf dem Friedhof spazierengeht und Schicksale sucht, es liest und nachrechnet, zwei Jahre, nicht einmal zwei Jahre! Und dann machen sie ihre Sprüche: Wer weiß, was dem Kind erspart geblieben ist. Woran es wohl gestorben ist? Ob sich die Mutter nicht genug um das Kind gekümmert hat? Grönland, war das nicht...? Und bei jedem Unkrautbüschel, das dort wächst, werden sie sagen, daß das Kind schon längst vergessen ist, daß andere Kinder seinen Platz einnehmen. Was pflanzt man auf Kindergräber? Immergrün. Efeu, Blumen aus diesem entstellten, verzerrten Körper. Ich habe gehofft, das würde sich ändern, eines Tages wäre ihr Lächeln wieder da, ihre Augen, die Alberts Augen waren. Als dann Albert zurückkam und ich ihre Augen in seinen wiedererkannte, und immer wieder, wenn er mich in den Armen hielt, sah er mich an mit ihren Augen, ich konnte es nicht ertragen. Er hielt es für eine Krise und war geduldig.

Ich dachte, eines Tages könnte ich mein Kind wieder liebhaben. Sie würde sein wie eine Puppe, die man doch auch liebgehabt hat. Ein Stück Erinnerung, kleiner werdend, zärtlicher.

Statt dessen habe ich immer noch Angst. Albert weiß das, deshalb spricht er nicht davon, er vermeidet sogar, von fremden Kindern zu reden. Er hat dem Stationsarzt und den Schwestern Vorwürfe gemacht; man hätte mich nicht mehr zu meinem Kind lassen dürfen. Wenn er dagewesen wäre, hätte er es verhindert. Aber er war nicht da. Er war nicht da, als ich das Kind geboren habe, und er war nicht da, als es gestorben ist, und er war nicht da, als ich es begraben habe. Zufall. Ja, vielleicht ein unglückseliger Zufall.

Und jedesmal hat es doch eigentlich nur daran gelegen, daß ich ihn nicht benachrichtigt habe. Ich hätte telegrafieren können, auch Telegramme werden nachgeschickt. Ich habe das eine und das andere Mal nicht daran gedacht. Ich habe seinen Namen geschrien. Aber ich hätte ihn auf ein Telegrammformular schreiben müssen. – Du überforderst mich, hat er gesagt. Ich kann das nicht. Ich bin dem nicht gewachsen.

Er hat recht, wie konnte er wissen, daß es soweit war. Er mußte sich darauf verlassen, daß ich es ihm mitteilte, und ich glaubte immer, er müsse das spüren. Er hat mir keine Vorwürfe gemacht, er war sogar geduldig mit mir. Keiner hat dem anderen Vorwürfe gemacht. Wenigstens nicht laut. Als er dann kam, hat er nur noch die Kindersachen fortgeschafft, wir hatten auf dem Boden Platz. Später, beim Umzug, hat er alles einem Kinderheim zukommen lassen.

Er ist in die Klinik gegangen und hat die Ärzte zur Rede gestellt. Das hat Schwester Sofia mir erzählt, die bei Tutti gewacht hat. Er hat mich vom Dienst abgeholt, er hat mir vorgeschlagen, daß ich kündigen sollte, es sei doch längst nicht mehr nötig, daß ich arbeite, sein Verdienst reiche ja nun aus, ich hörte aus allem heraus, daß er dachte, Tutti hätte keine richtige Pflege gehabt. Aber alle haben widersprochen, wenn ich gefragt habe, ob ich irgend etwas falsch gemacht habe. Alle haben gesagt, tuberkulöse Meningitis sei auch heute noch unheilbar, selbst in Fällen, wo die Behandlung mit Streptomycin erfolgreich verlaufe, blieben häufig Schäden zurück. Taubheit oder Irrsinn.

Sie war zart, aber sie war nie kränklich. Auch wenn ich die ersten Anzeichen richtig gedeutet hätte, man hätte sie ja nicht retten können, noch immer kreisen meine Gedanken um diesen Abend, als ich etwas merkte und trotzdem fortging. Sie hatte die Darmgrippe fast überwunden, das Fieber war nicht mehr hoch, sie hatte sogar wieder Appetit. Albert hatte am Sonntag gesagt, es sei nicht nötig, mit ihr zum Kinderarzt zu gehen, ein wenig Schonkost noch, und wenn sie wieder über Kopfschmerzen klage, könnte ich ihr eine Kompresse machen, das hätte sie ja gern, sie sei eben schon eine richtige Frau. Und dann ist er fortgefahren wie immer, und ich konnte den Zettel nicht finden, auf dem er seine Route und die Adressen notiert hatte. Vielleicht hat er ihn überhaupt nicht geschrieben. Er ist nie gefunden worden. Bei seiner Firma anrufen? Anrufen? Wir hatten kein Telefon, und im Dienst waren uns Privatgespräche nicht erlaubt. Man hätte eine Ausnahme gemacht, in dringenden Fällen selbstverständlich. Man hätte mich zur Pflege des Kindes beurlaubt, wenn man gewußt hätte, daß es so ernst stand. Wenn man das gewußt hätte. Wenn ich das gewußt hätte. Helga, die nachmittags immer auf Tutti aufpaßte und sie spazierenfuhr, war selbst noch ein Kind; sie war froh, daß Tutti stiller war als sonst. Und ich kam spät nach Hause, ich war müde, unaufmerksam, abgelenkt.

Bis dann der Arzt die Überweisung in die Klinik ausgeschrieben hatte und bis ein Bett auf der Kinderstation bereit war, war die Diagnose

nicht mehr schwer, da ahnte ich schon alles, da war sie schon ganz hinfällig. Sie erkannte mich nicht mehr. Ihr Körper verkrampfte sich völlig, sie schrie, sie schrie so entsetzlich, man hörte es auf allen Gängen.
Ich habe sie dort wieder abgeliefert, wo ich sie bekommen habe. Der Ring war geschlossen. Schwester Sofia hatte früher auf der Entbindungsstation gearbeitet, sie hat das Kind in seinen letzten Tagen gepflegt. Sie war es, die mich zu ihr gelassen hat. Als das eine Augenlid schon gelähmt war und die Ärmchen leblos an den Schultern hingen. – Es ist besser, wenn Sie das arme Ding so sehen. – Sie hat das für die richtige Therapie gehalten. Man mußte um einen raschen Tod beten, und ich habe es getan. »Erlöse uns von dem Leben.«
Am selben Abend ist sie gestorben. Zu Hause lag das Telegramm von Albert, daß er zum Wochenende diesmal nicht kommen würde. Es stand kein genauer Absender drauf. Ich bin am nächsten Morgen wie sonst zum Dienst gegangen, was sollte ich sonst tun, alles wurde von der Klinik aus geregelt. Ich habe keinem gesagt, daß mein Kind tot war, und denen, die sich nach ihm erkundigt haben, denen habe ich gesagt, es täte ihm nun nichts mehr weh. Wie sollten sie wissen, was ich meinte, sie sagten – wie gut! Vielleicht war ich wirklich wahnsinnig.
Sie wurde von der Klinik aus überführt. Das nächste, was ich sah, war ihr weißer Sarg in der Friedhofskapelle, und Albert war immer noch nicht da, und erst der Kollege, mit dem er früher zusammen als Hilfsassistent an der Klinik gearbeitet hatte und der mittlerweile eine eigene Station dort hatte und heute Oberarzt ist, der wurde aufmerksam und hat gefragt, warum ist Ihr Mann nicht hier? Als ich schwieg, hat er es sofort begriffen: Albert wußte es nicht. Er hat ihn dann benachrichtigt.
Es gab nichts mehr für ihn zu tun. Den Weg zum Standesamt hat er mir abgenommen, er hat sein Kind fürs Personenstandsregister angemeldet und es wieder abgemeldet, und dann hat er alles, was mich an dieses Kind erinnern konnte, beiseite geräumt, er hat ein paar Zeilen an die Eltern geschrieben, sonst haben wir es niemandem mitgeteilt. Wir hatten nun kein Kind mehr, und ohne daß wir uns darüber verständigen mußten, galt als ausgemacht, daß wir keines wieder haben würden. Er behandelte mich wie eine Kranke, der man nichts zumuten durfte, nicht einmal Erinnerungen, er räumte sogar das Album

mit den Bildern von Tutti weg. Wir verschwiegen alles. Als ob man sich nur laut erinnern könnte. Wir gaben uns voreinander heiter und zuversichtlich, so gut es eben ging. Wir machten Pläne. Wir hätten offen miteinander sein müssen, gleich in diesen ersten Tagen. Später dehnte sich das Schweigen zwischen uns zu langen öden Strecken aus. Wo war er denn in jener Woche, warum hat er es nicht gesagt, und warum hat er seit damals Angst vor mir? Warum hatte ich Angst, ihm zu sagen, daß Max da war? Es ist ja auch nichts passiert. Nichts, was man eingestehen müßte. Man hat nein gesagt und sich nach Hause bringen lassen. »Nein, das nicht.« Mein Gewissen erkennt diese Legitimation nicht an. »Außen modern, innen altmodisch«, sagt J. Er meinte damals das Klavichord.

Albert hat sich danach mehr um mich gekümmert. Er versuchte, den Sommer über so oft wie möglich zu kommen, er brachte mir Stärkungspräparate mit, wir unternahmen kleine Autotouren, damit ich auf andere Gedanken kommen sollte, so war es wohl gemeint, und ich kam ja auch auf andere Gedanken. Er war liebevoll besorgt, aber er war nicht mehr mein Mann.

Im Herbst wurde meine Dienststelle aufgelöst, man brauchte keine Dolmetscherinnen mehr. Ich wurde entlassen, und Albert mietete diese Wohnung, ließ sie für uns umbauen und völlig renovieren.

Wir fingen ein halbes Jahr später noch einmal an. Wir ließen alles zurück, sogar die paar eigenen Möbel, die wir uns in den ersten Jahren angeschafft hatten.

Der Versuch schien zu gelingen. Die neue Wohnung, der erste Haushalt, die erste eigene Korridortür, an der unser Name und nur unser Name stand, die größere Stadt, Albert, der jeden Abend nach Hause kam, alles zu unseren Gunsten. Ein bis dahin nie gekanntes Gefühl von Zuverlässigkeit, Geborgenheit und von Dauer fing an, mich zu beruhigen. Ich vermißte die eigene Arbeit nicht. Ich blieb gern zu Haus, es machte mir Freude, in der Wohnung zu hantieren, ich las viel in Alberts Büchern, ich machte Übersetzungen für ihn in den Bibliotheken. Und heimlich las ich alles, was ich über Meningitis in seinen medizinischen Büchern finden konnte. Abends holte ich ihn oft von der Firma ab. Wir hatten das Auto, wir pachteten die Jagd, wir richteten schon im nächsten Jahr die Arche ein. Albert verdiente gut und würde immer noch mehr verdienen können, und er bewies, daß er viele Talente zur Ehe besaß. Es dauerte dann auch nicht mehr lan-

ge, bis wir die körperliche Scheu voreinander verloren. Wir sprachen immer noch nicht von Tutti, aber ich glaube, daß wir uns beide wieder ein Kind wünschten.
In diesem ersten Winter entstand der Plan zu Alberts Sanatorium. Seine Tätigkeit als Arzneimittel-Vertreter sollte nur ein Übergang sein, ein Mittel, um rasch und mehr Geld zu verdienen. Als er sich zu der Berufsänderung entschloß, war nicht abzusehen, wann er eine dotierte Assistentenstelle bekommen würde.
Ob er den Plan heute noch hat? Ich weiß es nicht. Wahrscheinlich nicht. Wir saßen Abende lang und kalkulierten. Nie hat er sich eine eigene Praxis als Internist gewünscht, er hielt nichts von Rezepten. Wie sollte er kontrollieren, was die Leute taten, sobald sie das Sprechzimmer verließen? Selbst wenn sie die Arnei zehn- und zwanzigtropfenweise zur vorgeschriebenen Zeit schluckten, was taten sie alles Falsches in der übrigen? Er beschäftigte sich abends wieder mit der Literatur über natürliche Heilweise, das hatte er schon getan, als er in einer Klinik famulierte, in der diese Methoden angewendet wurden. Er hatte vor, Hydrotherapie mit einer Bewegungstherapie zu verbinden. Er las über Psychosomatik und gab die Bücher auch mir, damit ich mich damit vertraut machte, er zog sogar in Erwägung, sich einer Analyse zu unterziehen und sich ernsthaft mit der Psychotherapie zu befassen. Er wollte, wie er es nannte, für seine Person den Kampf gegen das Spezialistentum in der Medizin aufnehmen und wieder ein »Doktor« werden. Wir wollten dieses Sanatorium zusammen leiten, er versprach sich viel davon, wenn ich die »Krankenmutter« sein würde. Wir wollten zusammen mit den Kranken leben, wir bildeten uns ein, daß wir ihnen vorleben könnten. Damals wußten wir offenbar, wie man »richtig« lebt. Wir stellten Listen mit Lebensregeln auf, irgendwo müssen sie noch in Alberts Mappen liegen, die er hiergelassen hat. Wir wußten alles schon ganz genau. Albert war voller Pläne, aber er blieb auf dem Boden der Realität. Neulich stand in einem Brief von Vater – du hast ihn einmal »tüchtig, tapfer und treu« genannt. – Albert wußte, wie hoch das Anfangskapital sein mußte, von Jahr zu Jahr würde es höher sein müssen, den wachsenden Ansprüchen, der langsamen Verteuerung gemäß. Selbst wenn man nur ein Haus pachtete und selbst wenn ihm seine Firma einen hohen Kredit einräumte, wozu sie bereit war, so weit war das alles schon gediehen, er rechnete mir vor, daß wir achtzig Jahre drüber werden

würden, bis wir anfangen könnten, unsere Pläne zu verwirklichen. Wenn unsere Einnahmen die gleichen blieben und unsere Ausgaben auch. Er bewies mir, daß es keinen Zweck habe, die Jagd wieder aufzugeben, was ich vorgeschlagen hatte; nicht die Ausgaben müßten verringert werden, sondern die Einnahmen vergrößert. Männer denken vermutlich so. Es sei nur möglich, sein Einkommen zu vergrößern, wenn er wieder in den Außendienst ginge.
»Provisionen fallen nicht vom Himmel«, das Buch lag damals in allen Schaufenstern. Auch er sprach von den Provisionen, mit denen es ihm rascher gelingen würde. Ich kaufte ihm das Buch, schrieb ihm auf die erste Seite »aber sie führen auch nicht hinein«. Ich reagierte nicht richtig, ich nahm es persönlich, daß er fortging, ich hätte es nüchtern sehen müssen, notwendig zur Erreichung eines gemeinsamen Zieles.
Ich habe ihm vorgeschlagen, daß ich wieder arbeiten könnte und mitverdienen, es ging mir gesundheitlich wieder gut, aber er lachte mich nur aus – du mußt dich für fünfhundert Mark im Monat mehr plagen als ich für tausend und zweitausend, das ist unökonomisch, damit schaffen wir es nicht, außerdem möchte ich es nicht. – Er sah wohl in meinem Vorschlag eine Kritik, als sei meine Mitarbeit ein Zeichen, daß er es allein nicht schaffe, irgendein Komplex, mit dem er und ich nicht fertig geworden sind. Außerdem war da noch Lisa. Ich wehre mich noch heute gegen die Vorstellung, daß er bei ihr war, als Tutti starb.
Es gab nicht mehr viele graduierte Mediziner im Außendienst, die meisten waren nach ein oder zwei Jahren irgendwo untergekommen. Jetzt war Alberts Position gefestigt, er brauchte nicht mehr durch das Wartezimmer in das Sprechzimmer der Herren Kollegen zu gehen. – Ich bin einer der wenigen Ärzte mit wirklicher Wartezimmererfahrung, das wird mir eines Tages zustatten kommen! – Aber er hat außerdem, schon bevor er wieder im Außendienst tätig war, gesagt – ich muß nur rechtzeitig damit aufhören, bevor in meiner Vorstellung aus einem Kranken ein Arzneimittelkonsument geworden ist. – Er besuchte vor allem Krankenhäuser. Er war dort bekannt, er wurde geschätzt, er machte großartige Abschlüsse. Sie hatten gerade in jenem Jahr ein neues Antibiotikum herausgebracht. Er konnte sich seine Fahrten sehr weitgehend selbst zusammenstellen, er fuhr zu pharmazeutischen Kongressen, und zwischendurch kehrte er zurück,

sagte Penny zu mir, war besorgt, war zärtlich, vornehmlich aber war er abgespannt von seiner anstrengenden Tätigkeit, oft war er zerstreut, manchmal fragte er nach Lisa.
Ein erfolgreicher Mann, ein eleganter Mann. Das Leben gab ihm recht. »Diese Rechthaberei des Lebens.« Sein Ansehen wuchs, sein Konto wuchs nicht ganz so rasch, wie er wohl gemeint hatte, wir lebten zu teuer. Ich glaubte nicht mehr an unser Projekt. Ich weiß nicht ab wann, aber irgendwann hörte ich auf, daran zu glauben.
Dann kam J. Und er war nicht elegant, er war viel älter als Albert, er sah nicht so gut aus wie er, er war nicht tüchtig wie er. Die Summe von all dem, was er nicht besaß, ergab, daß ich ihn liebte, vom ersten Augenblick an.

Eben hat Albert angerufen.
Er ist in G. gewesen, »es hat sich so ergeben«, er hatte in der Nähe zu tun. Er hat überlegt, ob er mich auffordern sollte mitzukommen. Aber dann hat er es gelassen, er habe nicht gewußt, wie ich seinen Vorschlag aufnehmen würde. Wann hört das endlich auf? Mit keinem Wort habe ich ihn merken lassen, daß ich den ganzen Tag daran gedacht habe. Warum hat er denn früher immer getan, als hätte er das Datum völlig vergessen, alles vergessen. Rächt sich so ein Gedächtnis?
Er hat gefragt – wärst du denn mitgekommen?
– Ich weiß es nicht, Albert! Hinterher läßt sich doch nicht sagen, was man getan hätte, als man noch die Wahl hatte, und jetzt habe ich sie nicht mehr.
– Du drückst dich jetzt oft sehr kompliziert aus.
– Es ist auch alles sehr kompliziert.
Wir schwiegen. Dann sprachen wir gleichzeitig und verstanden uns nicht, wieder eine Pause. – Was wolltest du sagen? – Nein, was meinst du –?
Ich habe ihn nicht gefragt, wie Tuttis Grab aussieht. Ich weiß ja nicht, ob er überhaupt auf dem Friedhof war, vielleicht hat er nur einen Besuch in seiner alten Klinik gemacht und ist durch die Stadt gegangen.
Es ist zu spät dazu. Alles macht mich nur müde und ratlos.

20. Mai

Ein Brief von zu Hause.
Mutter ist zur Kur, auf einer der Inseln. Ihre Beschwerden haben sich verschlimmert. »Du wirst beobachtet haben, daß das Rheuma Veränderungen auch an der Wirbelsäule verursacht hat, die Atemwege sind betroffen. Die asthmatischen Anfälle machen ihr zu schaffen.«
Zum erstenmal seit Jahren hat sie Vater allein gelassen, allerdings auf seinen ausdrücklichen Wunsch.
»Es ist gut, wenn man das vorher ausprobiert. Deine Mutter sieht es wie ich, als Generalprobe. Eines Tages wird einer den anderen zurücklassen. Ich sitze in meinem Sessel und versuche es mir vorzustellen. Mein letztes Experiment. Möglich, durchaus im Bereich des Möglichen, daß ich dann, wenn ihr Stuhl leer ist, wenn ich sie dort nicht mehr über ihren Patiencen sitzen sehe, wenn ich ihr mühsames Atmen nicht mehr höre, es kann sein, daß ich dann aufhören werde zu trinken. Erklären läßt sich das nicht. Es ist nicht so paradox, wie Du denken magst. Es könnte sie irritieren. Man kann, wenn man zu zweien ist, Gewohnheiten nicht einfach aufgeben, von einem gewissen Zeitpunkt an muß alles konsequent zu Ende geführt werden.
Schwerer ist es, mir vorzustellen, daß Deine Mutter dort sitzt, und mein Platz bleibt leer. Was wird sie dann tun? Ich habe annähernd vierzig Jahre gebraucht, um zu begreifen, daß sie mich liebt, auf ihre Weise. Sich selbst kennen und dann feststellen müssen, daß ein anderer Mensch einen liebt, ebenfalls kennt und dennoch liebt, das ist ungeheuerlich, bleibt immer unfaßlich.
Ich schalte die Lampe über ihrem Tisch ein und sitze in meinem Sessel und sehe sie vor mir; deutlicher, als wenn sie leibhaftig da säße. Ihre gekrümmten Finger, die Handrücken mit den grünen Schlangen, ihr Gesicht sehe ich nicht, vielleicht habe ich es schon vergessen.
Nein, wir werden Dich nicht besuchen, Johanna, Dich nicht und niemanden. Wir wollen uns nicht mehr von hier entfernen. Man wird egoistisch im Alter. Ich werde meine Geschäfte aufgeben, ich habe das vorbereitet. Deine Mutter ist über alles orientiert. Sie hat über unsere Vermögensverhältnisse Buch geführt, sie versteht mehr davon als ich. Sie weiß nicht, daß ich das weiß. Aber vielleicht weiß sie auch

das. Wenn man alt ist, hört das Verlangen auf, alles wissen zu wollen, dann hat man Ruhe. Das ewige Fragen nach dem Warum quält einen nicht mehr. Du fragst auch zuviel, Johanna. Ich hoffe, daß Du – Cora werde ich an einem der nächsten Tage schreiben – nicht das Ansinnen an einen von uns stellen wirst, zu Dir zu ziehen. Ihr werdet es für Eure Pflicht halten, für uns zu sorgen, für sie oder für mich. So viele Irrtümer rühren daher, daß Ansprüche gestellt werden. Deine Mutter und ich werden hierbleiben, oder einer von uns beiden, Fräulein Hedwig wird für das Nötige sorgen, und für sie sorgt ein Legat. Wir werden das Haus kaum noch verlassen, eines Tages überhaupt nicht mehr. Man wird uns für Gespenster halten, zwei alte Gespenster in der Elbchaussee, wir werden den Tag über und den langen Abend Kerzen brennen lassen, um gegen die Dunkelheit anzugehen. Meine Augen haben sehr nachgelassen. Ich werde aufhören müssen, den Wagen selbst zu chauffieren, bevor man darauf aufmerksam wird, daß ich nicht mehr verkehrssicher bin. Es ist unverantwortlich, wird man sagen. Ich fühle mich auch nicht verantwortlich, die anderen gehen mich nichts mehr an. Schemen, Arabesken, Ausstattung. Alles Ausstattung. Aber ich werde den Wagen aus einem anderen Grund nicht mehr fahren: es gibt keinen Ort, an den ich zu gelangen wünsche.

Wir werden hier sitzen und schweigen und warten und zusammenbleiben. Die letzte Bastion. Zwei alte Gespenster in der Elbchaussee. Das paßt ganz gut zu Deiner Mutter und mir, man darf nicht in Widerspruch zu seiner Umwelt geraten, das kostet zu viele Kräfte.

Disziplin, Johanna. Disziplin, das ist das ganze Geheimnis, und dann: Distanz.«

Im Mai

Dieser Brief ist nun der letzte.

Disziplin, Johanna, Disziplin. Vielleicht hat er es geahnt. Es ist doch möglich. Er war durch nichts abgelenkt.

Cora ist außer sich. Wie konnte er sich ans Steuer setzen! Wie konnte Mutter das zulassen! Es ist unverantwortlich.

Morgen mittag holt Albert mich ab, er begleitet mich. Er hält es für selbstverständlich, daß ich nicht allein fahre.

Das Telefon klingelte vorgestern, am späten Nachmittag, ich nahm den Hörer ab und dachte wie immer, jetzt fragt J. Aber er war es nicht. Es war Cora. – Hast du denn keine Nachrichten gehört? Du hast doch den ganzen Tag Zeit, was tust du bloß immer, und das bei meinem Zustand, warum haben sie denn nicht wenigstens an mich gedacht. Schließlich kam Helmut an den Apparat, sie stritten sich, wer den Hörer nehmen sollte, bis dahin hatte ich noch nicht einmal begriffen, um wen es ging. Helmut versteht sich besser auf solche Mitteilungen, er blieb sachlich, mit jener unterdrückten Erregung, die sein Mitgefühl ausdrücken soll. Vielleicht war es auch echt, ich tue ihm leicht unrecht. Über den Rundfunk haben sie gehört, daß die Eltern verunglückt sind. Am Hafen. Der Wagen ist in eines der Hafenbecken gestürzt, sie konnten nur tot geborgen werden. Man vermutet Trunkenheit am Steuer.

So heißt es dann. Wahrscheinlich hat er Mutter vom Schiff abgeholt.

– Reg dich nicht auf, Hanna! Ich erledige alles, ich fahre selbstverständlich sofort hin, ich muß versuchen, meine Termine abzusagen, das wird schwierig sein, aber in einem solchen Fall... Ich bin, wie die Dinge nun einmal liegen, der einzige Mann in eurer Familie, ich meine natürlich in unserer Familie, ich rechne mich dazu, versteh mich bitte recht. Du kommst doch zur Beerdigung? Ich telegrafiere sofort, sobald ich das Nötigste weiß, ich rufe gleich dieses Fräulein, heißt sie nicht Hedwig, an, ich werde sie hoffentlich erreichen können. Cora kommt dann nach, natürlich, das läßt sie sich nicht nehmen, da kennst du sie schlecht, es ist ja nicht das erste Kind, das wir erwarten.

– Ja – sage ich – ja, ich komme. Nein, ich rege mich nicht auf, ich bin ganz ruhig, danke, daß ihr mich verständigt habt. – Dann noch einmal Cora – ist es nicht schrecklich, Hanna? Und das ausgerechnet jetzt! Wie konnte Mutter nur! Was wollten sie denn am Hafen? Und die Koffer! Wollten sie etwa verreisen?

– Nein, Mutter kam zurück, sie war zur Kur. Vater hatte mir einen Brief geschrieben.

– Dir? Einen Brief? – Ja, einen langen Brief. – Mir nicht, ich verstehe das alles gar nicht, ich hatte nur eine Karte von Mutter, mit Möwen drauf und Grüßen an die Kinder, das ist alles, kein Wort! Wußtest du das etwa? – Vater wollte dir noch schreiben.

Sie weint. Helmut nimmt den Hörer und verabschiedet sich. Ich rufe aus Hamburg an, sei gefaßt, Hanna! – Ja, Helmut, danke, es ist gut, daß du uns das alles abnimmst.

Ich habe den Hörer aufgelegt, ich habe mir Vaters Brief vorgeholt und versucht, etwas daraus zu lesen, was ich vielleicht am Vormittag nicht gelesen hatte. Ich bin zum Kleiderschrank gegangen und habe das schwarze Kostüm hervorgeholt, am fünfzehnten November hatte ich es zum letztenmal an, beim Landgericht. Ich mußte mir schwarze Strümpfe und schwarze Handschuhe kaufen, nichts sonst fiel mir ein, was noch zu tun wäre. Ich habe immer gehört, daß man bei einem Todesfall vor lauter wichtigen Wegen und Entscheidungen nicht zur Besinnung komme. Für mich ist nie etwas zu tun, damals bin ich einfach wieder zum Dienst gegangen.
Ich versuchte, Fräulein Hedwig zu erreichen, aber die Nummer war besetzt, wahrscheinlich sprach Helmut noch mit ihr. Es war noch immer vor sechs Uhr nachmittags, ich drehte die Nummer von J., ich dachte, ich müßte es ihm zuerst sagen. Es dauerte eine Weile, bis man ihn an den Apparat rief.
– Wie unvorsichtig von dir, ich bitte dich, gibt es etwas Besonderes?
– Ich störe dich?
– Ruth ist in der Nähe, hat es nicht Zeit bis morgen abend, dann wollte ich sowieso kommen.
– Doch, es hat Zeit bis morgen, entschuldige die Störung.
Ruth. Wie sie wohl aussieht? Siebzehn Jahre. Seine Stieftochter, ihretwegen nimmt er vor allem Rücksicht. Seit Ostern ist sie als Lehrling bei ihm, die Arbeit macht ihm jetzt mehr Freude, scheint es.
Ich bin auf keinem Friedhof mehr gewesen seit Tuttis Tod.
Dann habe ich mir das Kostüm angezogen und habe die Wohnung verlassen, um die Strümpfe zu kaufen und eine Bluse, falls es warm werden würde. Vor dem Haus traf ich Frau Marein. – Haben Sie etwas vor? Sie sind so elegant, wir haben uns lange nicht gesehen, Mausi hat schon gefragt.
– Nein, ein paar Besorgungen, nichts sonst.
– Mir können Sie das nicht einreden, es ist was los mit Ihnen, das sieht man doch, so feierlich.
– Ich muß nach Hamburg, ich bin eilig, entschuldigen Sie mich.

Als ich zurückkam, stand Alberts Auto vorm Haus, und als ich die Wohnungstür aufschloß, kam er mir im Flur entgegen, er nahm mich in die Arme, sagte – Penny, Penny, Gott sei Dank, daß du kommst, ich war in Sorge um dich.

Lisa hat Nachrichten gehört. Sie hat ihn verständigt.

– Möchtest du, daß ich bleibe? Kannst du allein sein, bis wir fahren müssen?

– Natürlich, Albert. Ich bin nicht verzweifelt, wirklich nicht.

Nachher hat er gesagt – es wird immer einsamer um dich.

– Dafür kannst du doch nichts, Albert.

– Doch, Hanna.

– Du brauchst nicht mitzukommen, Albert. Cora wird dort sein und ihr Mann auch, er erledigt alles.

– Willst du nicht, daß ich dich begleite? Kommt – eine Kopfbewegung, J.s Namen spricht er nie aus – kommt er mit?

– Nein, er weiß es noch nicht. Er hat auch keine Zeit.

– Ach so. Du würdest lieber mit ihm fahren?

– Ja.

Er ging zum Fenster, setzte sich auf die Fensterbank, so wie er hundertmal da gesessen hat, klopfte mit dem Absatz an die Wand, zweimal habe ich die Tapete an der Stelle schon überklebt. Man hörte alle Geräusche der Straße, irgendwo war ein Preßlufthammer im Gang, trotzdem war es still.

– Ich bringe dich nach Hamburg. Wenn du nicht willst, daß ich an der Beerdigung teilnehme, werde ich auf dich warten, bis du alles erledigt hast.

– Danke, Albert.

– Du brauchst dich nicht zu bedanken, es ist selbstverständlich. Ich hätte die beiden gern noch mal gesehen. Habt ihr von mir gesprochen, als du zu Weihnachten dort warst?

– Nein.

– Warum auch? Natürlich. Ich gehöre nicht mehr dazu. Weißt du eigentlich, daß ich die beiden bewundert habe? Du bist ihnen sehr ähnlich, Hanna. So, wie du jetzt dastehst, so stand dein Vater manchmal. Hältst du es für einen Unfall?

– Ich glaube ja.

– Du meinst nicht, daß es vorsätzlich geschehen ist? Deine Mutter war doch sehr krank, ihre Beschwerden wurden doch wohl immer

störender? Und er war auf ihre Hilfe angewiesen. Wie stand es mit seiner Sehkraft? Hat er sich untersuchen lassen? Handelte es sich um grünen Star, wie ich vermutet hatte? – Ist das jetzt noch wichtig?
– Du meinst es also auch? Sie waren zumindest doch disponiert für einen solchen Unfall?
– Vielleicht.
Mein Schwager rief noch einmal an. Ein paar Einzelheiten, nichts eigentlich Neues, die Beerdigung würde vermutlich schon in zwei Tagen stattfinden können, er wollte den Nachtzug nehmen; auch er fragte dann – was hältst du davon, Hanna, du standest doch immer gut mit ihm.
– Ich glaube, er hielt es nicht für wichtig genug, vorsichtig zu fahren.
– Meinst du? Cora hat recht, es ist unverantwortlich.
– Wahrscheinlich muß man es so ansehen, Helmut. – Ende.
– Mach uns einen Kaffee, Penny!
– Entschuldige, daß ich nicht gleich daran gedacht habe. – Ich blieb stehen, die Hand noch auf dem Telefonhörer. Ich sprach zwar vom Kaffeekochen, aber ich ging nicht in die Küche. Albert nickte mir aufmunternd zu – nun geh schon, Penny! Und dann mach dich ein wenig frisch!
So war es wohl auch gemeint. Ich habe in seinen Armen geweint. Er hat meinen Rücken gestreichelt, und auf einmal spürte ich, daß er mit mir weinte. Später haben wir Kaffee getrunken und über die notwendigen Vorbereitungen gesprochen.
Bevor er ging, hat er gefragt, ob ich auch schlafen könnte. – Hast du ein Präparat, soll ich dir etwas aus der Apotheke besorgen, oder komm, wir gehen zusammen, du mußt an die Luft, wir gehen ums Viereck, eine der Apotheken wird Nachtdienst haben. – Er nahm meinen Arm schon im Treppenhaus; es regnete, aber nicht sehr, wir bogen rechts ein, wie früher. Auf einmal bemerkte ich, daß er das linke Bein etwas nachzieht, wie Lisa. Es war gut, daß mir das auffiel, es rückte alles wieder an seinen Platz, ließ keine Irrtümer zu. Ich mußte nicht einmal meinen Arm aus seinem ziehen, ich ging weiter neben ihm, paßte meinen Schritt dem seinen an. Aber etwas war danach anders. Ich fragte ihn, ob es Lisa kränken würde, wenn er mit mir nach Hamburg führe, sie sei doch sicher noch immer eifersüchtig.

– Das läßt sich nicht ändern.
– Siehst du ihre Mutter manchmal?
– Nein.
– Du magst sie nicht?
– Das ist beiderseitig. Frag doch nicht, Hanna, wozu?
Wir fanden eine Apotheke, die Nachtdienst hatte. Ich blieb drinnen in der Nähe der Tür stehen und sah mir Plakate von Solbädern an, Albert nannte dem Apotheker seinen Namen – ich bin Arzt – und forderte ein Präparat, einen Rezeptblock scheint er gar nicht mehr zu haben, und dann hörte ich, wie der Apotheker sagte – danke, Herr Dr. Grönland, ich hatte das Vergnügen, Ihre Frau Gemahlin im Winter kennenzulernen.
Ich drehte mich nicht um.
Albert reagierte, wie immer Fremden gegenüber, sehr reserviert – wie interessant –, bezahlte, nahm mich beim Arm und zog mich aus dem Laden. Draußen wollte ich versuchen, ihm das zu erklären, aber er wollte nichts davon hören. – Laß doch, Hanna, es geht mich doch nichts an, ich weiß so wenig von deinem Leben, warum sollte ich ausgerechnet etwas Nebensächliches erfahren. An der Haustür hat er mir zwei Tabletten, lose, in die Hand gegeben, er hat wohl Angst, mir die ganze Röhre auszuhändigen. – Nimm erst nur eine, es ist ein rasch wirkendes Mittel, eine wird vermutlich schon genügen, oder bist du an Schlafmittel gewöhnt, nimmst du häufiger etwas?
– Ja, regelmäßig, aber ein leichtes Mittel, ohne Barbitursäure, es ist nicht rezeptpflichtig, sonst hätte ich dich darum gebeten.
– Es gibt etwas Neues, ich habe eine Probepackung zu Hause, ich bringe sie dir morgen mit.
– Ja, danke, Albert.
– Ich rufe dich gleich morgen früh an.
– Ja, danke, Albert.
– Schlaf gut, Penny!
– Ja, danke.
– Soll ich noch mit nach oben kommen?
– Nein, danke.
Im Treppenhaus hörte ich das Klingeln meines Telefons. Als ich die Wohnungstür aufschloß, wußte ich schon, daß ich zu spät kam. Ich nahm den Hörer gar nicht erst auf. Es war erst neun Uhr, ich wußte nicht, was ich tun sollte, also ging ich ins Badezimmer, schluckte die

Schlaftabletten, beide auf einmal, und legte mich hin. Ich war wohl eben eingeschlafen, als das Telefon schrillte. Ich hatte es dicht neben meine Couch gestellt, ich war benommen, ich wußte nicht gleich, daß es noch Abend war, ich sagte – ja, ja.

– Bist du es, Hanna, du sprichst so merkwürdig.

Es war J. Ich sagte – ach so, du bist es.

– Wen hast du denn erwartet?

– Ach, niemanden.

– Was ist los?

– Nichts.

– Ich bin eigens in den Laden gegangen, um dich anzurufen! Vorhin warst du nicht da!

– Ich war in der Apotheke.

– Bist du krank?

– Nein, ich bin ganz gesund.

– Liegst du schon im Bett?

– Ja.

– Um halb zehn?

– Ist es noch so früh?

– Warum hast du heute nachmittag angerufen? Ich glaubte, es sei etwas Wichtiges.

– Habe ich dich angerufen? Ich weiß nicht mehr –

– Du weißt es nicht –?

Und dann ist es mir eingefallen. – Ach so, meine Eltern sind mit dem Auto in ein Hafenbecken gefallen.

– Wie bitte?

– In ein Hafenbecken gefallen, verstehst du das denn nicht? Mit dem Auto, mein Vater war wahrscheinlich betrunken.

– Bist du auch betrunken, Hanna?

– Nein, ich habe Schlaftabletten geschluckt.

– Was ist denn nun eigentlich los?

– Sie sind tot.

Erst schwieg er, ich muß in den paar Sekunden wieder eingeschlafen sein, ich verstand ihn gar nicht gleich. Dann sagte er – und was meinst du, daß ich dabei tun könnte?

– Nichts.

– Aber heute nachmittag scheinst du doch gedacht zu haben, ich könnte dir helfen.

– Ja, das war vorhin, aber dann ist mein Mann gekommen, und er will mich nach Hamburg begleiten.
– Natürlich.
– Er kann sich einfacher freimachen als du, ich meine, beruflich, er ist auch sonst nicht gebunden.
– Ich verstehe.
– Wärst du denn mitgekommen?
– Warum sollen wir das jetzt erörtern? Dein Mann begleitet dich, ich bin nicht aufgefordert.
– Ich habe ihn nicht aufgefordert, er ist gleich gekommen, als er es erfahren hat – ich brach ab – bitte, wir wollen uns doch nicht darüber streiten, das ist doch keine Frage der Kompetenz.
– Du scheinst es aber so aufzufassen.
Ich habe nicht geantwortet, er hat auch nichts gesagt, dann muß ich aus Versehen mit dem Ellenbogen die Gabel des Telefonapparates berührt haben, auf einmal kam das Amtszeichen. Ich legte den Hörer auf und wartete, daß er noch einmal anrief. Nach einer halben Stunde habe ich es versucht und seine Nummer gedreht, aber dann hat seine Frau sich gemeldet, der Apparat war schon wieder auf die Wohnung umgestellt, ich habe mich entschuldigt.
– Verzeihung, ein Irrtum.
Ich konnte nicht wieder einschlafen. Ich bin aufgestanden, habe mir Alberts Bademantel angezogen und habe mich in den Sessel gesetzt und nachgedacht. Ich bin im Zimmer auf und ab gegangen und habe nachgedacht, ich habe am Fenster gestanden und nachgedacht. Es hatte aufgehört zu regnen, Mitternacht war schon vorbei, ich habe mich hingesetzt und versucht, an J. zu schreiben.
Dann hat Albert unter meinem Fenster gepfiffen. Ich habe das Licht ausgeschaltet, mochte er denken, daß ich es nur angemacht hatte, um nach der Uhr zu sehen, oder denken, daß ich nicht allein sei. Ich wollte nicht ans Fenster gehen, und ich wollte ihn nicht sehen, es hat doch keinen Zweck. Was will er? Was will ich? Ich bin im Dunkeln ins Bett gegangen. Nach kurzer Zeit sprang der Motor seines Wagens an, er fuhr fort. Bald darauf muß ich eingeschlafen sein.

Albert kam um ein Uhr; kurz vorher hatte er angerufen, um mich zu fragen, ob ich fertig sei, notfalls könnten wir unterwegs das eine oder andere noch besorgen. Als sein Wagen um die Ecke bog, nahm ich meine Reisetaschen und den Regenmantel und lief die Treppe hinunter. Er brauchte nicht zu sehen, wie ich die Wohnung zurückließ. Ich war erst eine Viertelstunde vorher aufgestanden. Ich wollte sein – »ein bißchen Ordnung möchte schon sein, Johanna!« – nicht hören.

– Mehr Gepäck nimmst du nicht mit?

– Es sind doch nur zwei Tage. – Ich stieg ein, warf den Mantel hinten auf den Sitz. – Was hast du in dem Paket?

– Obst und ein paar Brote für unterwegs, falls wir nicht in ein Lokal gehen wollen.

– Daran hätte ich denken müssen, entschuldige.

– Entschuldige dich doch nicht immer! Du fährst mit mir, also muß ich dafür sorgen.

– Hast du das selbst fertiggemacht?

– Nein, ich halte mir keine Vorräte. Ich habe einen Delikateßladen in der Nähe, der macht das recht gut, ich rufe an, und bevor ich fahre, hole ich mir das Paket ab, ich tue das jetzt häufig, ich bin das Essen im Lokal etwas leid.

– Ißt du immer auswärts?

– Meist – er sieht mich an, lacht ein wenig –, das bringen die Verhältnisse so mit sich, so sagst du doch.

– Lisa kocht nicht für euch?

– Selten.

– Und was ist in der Schachtel?

– Der Zylinder, falls ich mit zum Friedhof gehe.

– Hast du dir wieder einen geliehen?

– Nein, er gehört mir.

– Du hast einen Zylinder? – Ich weiß nicht, warum mich das so erheiterte, mein Mann besaß einen eigenen Zylinder, es war wahnsinnig komisch, wir fuhren zu einer Beerdigung, und ich hatte ein schwarzes Kostüm an, Exklusivmodell, und er hatte einen Zylinder mit, in einer Schachtel auf dem Rücksitz seines sechszylindrigen Wagens, wir fuhren auf der Autobahn, Spitze hundertfünfzig, wir hatten es so weit gebracht, sogar zu einem eigenen Zylinder. Als wir heirateten, war alles geliehen, mein Brautkleid und Alberts Zylinder, der ihm viel zu klein war, er konnte ihn nicht aufsetzen, er trug ihn nur in der Hand und wußte nicht, wohin damit.

Albert lachte nun auch über seinen Zylinder, erzählte, daß er im vorigen Jahr zur Beerdigung des ersten Vorsitzenden der Gesellschaft einen Zylinder hätte kaufen müssen, sie wären zu dritt in einen Hutladen gegangen und hätten Zylinder aufprobiert, das wäre auch so komisch gewesen, die beiden anderen wären sogar erheblich jünger als er und hätten nun auch schon einen. Man käme eben in ein Alter, wo man öfter zu einer Beerdigung müsse; berufliche und gesellschaftliche Verpflichtungen. Ich sah ihn von der Seite an, war das noch Albert, derselbe, der davor Angst gehabt hatte, ein »zweireihiger Herr« zu werden?

Als wir aus dem Ruhrgebiet heraus waren, klärte es sich auf, der Himmel wurde blau, die Sonne wärmte, Albert schob das Dach weit auf, ich band mir ein Tuch ums Haar, als es zurückrutschte, schob Albert es wieder nach vorn, ließ seine Hand einen Augenblick in meinem Nacken liegen – ich bin immer gern mit dir gefahren, Hanna, hoffentlich habe ich nicht vergessen, das gelegentlich zu sagen.

Er nahm die Strecke durch die Heide, über Fallingbostel. Der Ginster blühte, und das Wollgras blühte. Es war so hell und weit und durchsichtig. Er ist in einen Waldweg gefahren, nur ein paar Meter, man konnte uns von der Straße aus sehen. Wir packten den Imbiß aus, für jeden ein halbes Hähnchen, eine Schale mit ersten Erdbeeren. – So viel war doch nicht nötig! – Ich lebe in guten Verhältnissen, mit irgendwem muß ich das Geld doch durchbringen, und wenn es mit meiner Frau ist. – Deiner ersten. – Meiner ersten besten.

Ein Milchauto fuhr die Straße entlang, die leeren Kannen schepperten aneinander, der Beifahrer streckte den Kopf aus dem Fenster, winkte und rief – viel Glück!

Albert glaubte wohl, er habe uns etwas gefragt, stand auf und rief – was ist? Das Auto fuhr langsamer, der Mann zeigte auf mich und dann auf Albert und rief noch einmal – viel Glück, ihr zwei!

– Hast du begriffen, was der meint, Hanna?

– Dein schwarzer Anzug! Er scheint anzunehmen, daß wir vom Standesamt kommen.

– Entschuldige! Ich habe einen hellen Anzug im Koffer, ich dachte nur –

– Laß doch gut sein, Albert, es macht doch nichts.
– Ich dachte, es würde dich kränken, wenn ich im hellen Anzug führe, weißt du, für mich waren sie eben nie einfach nur Schwiegereltern, sondern, also verdammt noch mal, es geht mir ziemlich nahe. – Er warf den Rest des Hähnchens in den Karton, nahm die Zigarettenschachtel und ging ein Stück den Weg entlang, steckte sich eine Zigarette an, machte kehrt und kam zurück.
– In Ordnung, entschuldige! Bist du fertig, wollen wir weiterfahren?
– Willst du nicht lieber eine Pause machen? Fünf Stunden Fahrt, das ist doch zu anstrengend. Sicher hast du nicht viel Schlaf bekommen.
– Ich? Wie ein Murmeltier, du kennst mich doch! Um zehn Uhr habe ich im Bett gelegen.
– Weh dem, der lügt! – Ich habe nicht gesagt, daß ich sein Pfeifen gehört habe.
– Komm, leg dich hin, ich räume währenddessen auf und rauche eine Zigarette, dann fahren wir weiter.
– Also gut, für zehn Minuten, dir zuliebe.
Zehn Minuten, zwanzig Minuten, dreißig Minuten. Es wurde kühl, ich hatte mir den Mantel umgehängt, saß mit dem Rücken an einem Baumstamm und betrachtete den Mann, mit dem ich zehn Jahre verheiratet gewesen bin und den ich erst in dem letzten halben Jahr ein wenig kennengelernt habe.
Ich pfiff unseren Pirolruf, fünf Minuten später fuhren wir weiter. Während der letzten beiden Stunden war ich sehr abgespannt, ich bekam Kopfschmerzen, ich fragte, ob ich das Schiebedach wohl schließen dürfe. – Hast du Kopfschmerzen? – Ja. – Sag das doch gleich. Ich habe dich doch gefragt, ob es dich stört! – Ich habe es doch auch gesagt, als es mich störte. – Aber erst, als du schon Kopfschmerzen hattest. – Vorher...
So kannten wir das, das mußte nicht wiederholt werden, nur weil wir länger als drei Stunden zusammen waren. Es wurde schon Abend, als wir durch Hamburg fuhren. Albert hat gefragt, wie ich mir das gedacht hätte, ob ich in der Elbchaussee übernachten wolle, ob ich irgend etwas mit der Haushälterin oder mit meinem Schwager vereinbart habe. Ich hatte nur telegrafiert, daß ich rechtzeitig am nächsten Morgen da sein würde.

Wir fuhren zu dem Hotel an der Alster, in dem Albert auch sonst wohnt. Möglich, daß er einmal mit Lisa dort gewesen ist, aber vielleicht benehmen sich Portiers immer so, vielleicht achte ich, seitdem ich ein paarmal mit J. in Hotels gewesen bin, mehr darauf. Man merkt mir vermutlich an, daß ich mich unbefangen benehmen will. Albert fragte nach zwei Einzelzimmern. Es gab nur zwei, die nicht nebeneinander lagen, ich sagte sofort – oh, das macht doch wirklich nichts. Albert sah mich mißbilligend an, weil ich mich einmischte. Der Portier sagte daraufhin, ob wir nicht ein Doppelzimmer nehmen wollten, und Albert, mittlerweile auch irritiert, sagte – nicht nötig, meine Frau ist müde. – In diesem Augenblick dachte ich, daß er einmal mit Lisa hier gewesen sein muß, und da wollte ich ihm beispringen und das richtigstellen – wir sind nämlich geschieden. – Der Portier händigte uns die Schlüssel zu zwei Einzelzimmern in verschiedenen Etagen aus.
Im Fahrstuhl entschuldigte ich mich bei Albert. – Das bedarf doch keines Wortes, ich bitte dich, ich bin selbst schuld, ich hätte dich nicht in eine solche Situation bringen dürfen. Er sah ganz grau aus vor Abspannung. – Machst du dich frisch, bevor wir unten essen?
Ich wollte es so gern wieder einrenken, sagte wie früher – muß ich mich denn schon wieder waschen? – Aber er hat es nicht gemerkt. – Wir können auch gleich essen, wenn dir das lieber ist. – Aber nein. Wie lange brauchst du etwa? Genügt eine Viertelstunde? Wollen wir im Hotel essen, oder ist es dir lieber, wenn wir in ein Restaurant gehen?
Manchmal denke ich, daß ich schon zu lange allein lebe, ich kann diese Konversation nicht mehr. Hast-du-auch? Willst-du-auch? Soll-ich-auch-lieber? Stört-es-dich-auch-nicht? Ich antworte oft falsch.

Um neun Uhr hatten wir uns zum Frühstück verabredet. Ich war um fünf Uhr schon wieder wach, trotz des neuen Präparates, das Albert mir gegeben hatte. Ich hielt es im Hotel nicht mehr aus. Als ich hörte, daß das Stubenmädchen die Schuhe zum Putzen einsammelte, habe ich mich angezogen, den Mantel umgehängt, damit ich in meiner Trauerkleidung nicht auffiel, und habe leise das Hotel verlassen. Ich bin um das Alsterbecken gegangen. Alte Lombardsbrücke, neue Lombardsbrücke – alte Lombardsbrücke – neue Lombardsbrücke –

Als ich das erste Mal an den Hotels vorbeiging, wurden die Trottoirs von den Hausdienern gesprengt und gefegt, beim letztenmal standen die Sonnenschirme draußen, und die ersten Gäste saßen beim Frühstück.
Im Hotel wurde ich mit aufgeregtem – wie gut, daß Sie da sind! – empfangen. Albert war mit dem Auto unterwegs, um mich zu suchen.
– Sie hätten eine Nachricht hinterlassen sollen, gnädige Frau, der Herr Doktor war in heller Aufregung.
Laßt mich doch in Ruhe! Kann ich denn nicht einmal einen Spaziergang machen, wenn ich das Bedürfnis danach habe?
– Ich bin um neun Uhr im Frühstückszimmer, wie verabredet, wollen Sie ihm das bitte ausrichten? – Ich ließ den Portier stehen und fuhr nach oben. Es war noch eine Viertelstunde Zeit. Ich habe in der Elbchaussee angerufen. Fräulein Hedwig war am Apparat, sie schien sich zu freuen, als sie meine Stimme hörte. – Sie hätten doch bei uns wohnen können! – Danke schön, ich war gut untergebracht. – Im Hintergrund hörte ich schon Coras Stimme. Sie war mit dem Nachtzug eben angekommen, pünktlich, sie kann so etwas gut organisieren, sie entfaltet sich bei solchen Anlässen noch weiter als sonst, man kann in ihrer Nähe kaum atmen, wenn sie auf vollen Touren läuft, ich wenigstens kann es nicht. – Bist du denn schon in Hamburg, Hanne? Warum meldest du dich denn nicht gleich? – Ich ließ sie erst einmal alles gegen mich vorbringen. – Hast du etwa in einem Hotel übernachtet? Bist du mit dem Zug gekommen? – Nein, mit dem Auto. – Nein, Albert hat mich hergebracht. – Hast du mit ihm im Hotel geschlafen?
– Ja, aber nicht in seinem Bett.
– Hanna! Wie kannst du nur so etwas sagen!
– Ich dachte, du wolltest das wissen, nein?
– Du bist wirklich schrecklich! Ich kann verstehen, daß man mit dir nicht zusammen leben kann!
– Dann ist es ja gut! Gib mir bitte Fräulein Hedwig, damit ich endlich erfahre, wann die Beerdigung ist.
Statt dessen kam Helmut an den Apparat. – Ich muß dich doch sehr bitten, den Zustand meiner Frau zu berücksichtigen, Hanna! Hast du gehört?
– Doch, natürlich, vielleicht bittest du sie, auch auf meinen Rücksicht zu nehmen.

– Wie – soll ich das etwa...?
– Nein, nein, nein. Wann ist die Beerdigung?
– Ich möchte wirklich nicht, daß wir in einer derartig gereizten Stimmung die Eltern zur letzten Ruhe begleiten.
– Ich auch nicht, Helmut, wirklich nicht.
Er hat mich dann über die Schwierigkeiten unterrichtet, vor denen er stand, als er feststellen mußte, daß die Eltern aus der Kirche ausgetreten sind. Das ist erst vor wenigen Jahren geschehen. Die beiden sind empört. Ich fragte – warum sollten sie das nicht tun, wenn sie es für richtig hielten, das war doch ausschließlich ihre Angelegenheit?
– Nein, das ist es eben nicht! Du bist genauso, entschuldige, wenn ich dir das offen sage. Man hat der Familie gegenüber Verpflichtungen!
– Hören die denn nie auf? Wir waren doch längst erwachsen, Cora und ich, als sie sich dazu entschlossen haben.
– Du scheinst mich nicht zu verstehen.
– Dich? Nein, aber die Eltern, um die geht es dabei doch.
– Gut, lassen wir das, anscheinend kann man sich mit dir darüber nicht verständigen. Es gibt für solche Fälle jemanden, der ein kurzes, offizielles Gebet am Grab spricht.
– Wann?
– Um dreiviertel zwölf.
– Kann ich..., ich meine, die Särge stehen doch wohl in der Friedhofskapelle. Kann ich sie noch einmal sehen?
– Ich habe die Särge schließen lassen.
– Hättest du mich nicht vorher fragen müssen?
– Mit Rücksicht auf Coras Zustand ist das geschehen.
– Erledigt, danke. Kann ich Fräulein Hedwig noch einmal sprechen?
– Ich halte es nicht für richtig, wenn du mit ihr hinter unserem Rücken verhandelst.
– Ich will nicht mit ihr verhandeln, ich möchte sie nur sprechen, gib mir jetzt bitte Fräulein Hedwig!
Ich zitterte noch, als ich um neun Uhr den Frühstücksraum betrat. Albert saß an einem Tisch am Fenster, ich setzte mich auf einen Stuhl ihm gegenüber, die meisten Tische waren bereits geräumt. Er hatte schon bestellt. – Du trinkst morgens doch noch Tee, Hanna? – Ja. – Für jeden zwei Eier im Glas und Toast, widersprich nicht, du ißt das,

du mußt etwas im Magen haben, du zitterst ja, was ist los, du hättest von den Dragées schlucken sollen, hast du mal deinen Kreislauf untersuchen lassen?
– Ich werde die Eier essen und tun, was ihr wollt, aber laßt mich doch nur in Ruhe. – Meine Nerven versagten, ich wollte die Tränen zurückhalten, ich merkte, wie die Fensterrahmen schwankten und sich dann langsam senkten, ich versuchte, fest auf den Knoten von Alberts schwarzer Krawatte zu sehen, er hat mal gesagt, daß man sich fest auf einen nicht zu großen Punkt konzentrieren muß, wenn man merkt, daß man kollabiert. Aber Albert rückte immer weiter weg...
Fünf Minuten später habe ich ein Glas Sekt getrunken, ich hörte Albert sagen – atmen, kräftig durchatmen, schlucken, noch mal –, dann sah ich den Kellner und hielt ihn für den Pfarrer, ich hatte geträumt, ich sei auf dem Friedhof hingefallen, und die anderen waren über mich weggestiegen, sie hatten die Füße angehoben, um mich nicht zu treten.
Ich sagte, schon gewohnheitsmäßig – entschuldige bitte – und richtete mich auf. – Es geht schon wieder, Verzeihung, ich mache so viel Unannehmlichkeiten, ich hätte etwas essen müssen, ich bin ein paar Stunden spazierengegangen, es war unvernünftig von mir, ich weiß, entschuldige bitte, es ist mir sehr unangenehm, ich wußte nicht, daß du gemerkt hast, daß ich nicht im Hotel war, ich...
– Sei still! Hör auf damit! Trink den Sekt aus! Ich habe inzwischen Kaffee für dich bestellt, der bringt den Kreislauf besser in Gang als Tee, dein Magen ist in Ordnung? Iß lieber eine Scheibe Toast. – Was ist? – Der Kellner schrak zusammen und stotterte, ich merkte erst jetzt, daß er immer noch an unserem Tisch stand, Albert verlor nun seinerseits die Nerven – holen Sie das Frühstück, worauf warten Sie denn noch! Stehen Sie hier nicht herum, verdammt noch mal! – Albert war so laut geworden, daß der Geschäftsführer nun auch noch kam, um sich zu erkundigen, was vorgefallen sei.
Albert wischte sich den Schweiß von der Stirn, er tat mir leid, ich weiß, wie unangenehm es ihm ist, irgendwo Aufsehen zu erregen. Ich sagte leise – das ist alles nur meinetwegen, du hättest nicht mitkommen sollen.
Der Geschäftsführer bot an, daß man in eine Apotheke schicken lassen könne, nebenan im Wintergarten befände sich eine gepolsterte Sitzbank, falls ich mich etwas hinlegen wollte.

Ich bedankte mich, ich lächelte, ich verneinte. Albert schwieg, um nicht wieder heftig zu werden, und das alles dehnte sich endlos. Es war, als seien wir lediglich zu diesem Frühstück nach Hamburg gekommen. Dann kam der Ober mit den Eiern im Glas, ein zweiter Ober, dem die Aufsicht über das Restaurant oblag, kam ebenfalls, um sich zu erkundigen, ob auch wirklich alles nach unseren Wünschen sei, die Eier weich genug, der Toast frisch.
Albert brach sich ein Stück Brot ab, trank den Kaffee schwarz, eine Tasse, in einem einzigen Zug, dann steckte er sich eine Zigarette an – entschuldige, wenn ich schon rauche, mir ist der Hunger vergangen. – Aber bitte, Albert, du mußt doch nicht fragen, es beruhigt dich vielleicht. – Ich bin nicht aufgeregt, ich ärgere mich über die Leute, das ist alles.
Und dann konnten wir nicht mehr miteinander reden. Ich habe ihm angeboten, daß ich allein zum Friedhof fahren würde, ich konnte mir ein Taxi bestellen, sicher sei es ihm nun unangenehm, mit mir zu kommen.
Er sagte heftig – mach doch nicht alles so kompliziert, natürlich gehe ich mit!
– Aber ich wollte doch gar nichts sagen!
– Ich habe das Gefühl, daß deine Schwester sich dort einnisten will.
– Oh, Cora ist aber doch...
– Laß mich endlich einmal ausreden.
– Entschuldige!
– Entschuldige dich doch nicht fortwährend!
Es war schrecklich. Erst als wir nebeneinander im Auto saßen, wurde es besser. Albert hatte jetzt den Zylinder aus dem Karton geholt, er lag auf dem Rücksitz, wir besorgten Blumen, Albert fand, daß ich keinen Kranz nehmen sollte, und dann fuhren wir die Elbchaussee entlang, im Dreißig-Kilometer-Tempo, wie vorgeschrieben. Wir fuhren an dem Haus vorbei, das aussah wie immer, die Vorhänge waren nicht zugezogen, manche Leute tun das, aber vielleicht nur, solange der Tote noch im Haus ist. Die Eltern sind gleich von der Unfallstation aus in die Leichenhalle gebracht worden.
Wir fuhren auch dort vorbei, wo ich am Neujahrstag mit Vater am Strand gewesen bin, wo er zum letztenmal gesagt hat – Haltung, Johanna.

Albert griff nach meiner Hand, nickte mir zu, und ich hielt seine Hand fest und konnte spüren, wie ich ruhiger wurde.
Es hat nicht einmal eine halbe Stunde gedauert. Albert hat auf die Uhr gesehen. Nur ein paar Leute aus der Nachbarschaft und Cora mit den Kindern. Wie eine Glucke stand sie da. Sie hatten die grünen Kittel an, die Mutter ihnen im vorigen Jahr genäht hatte, und um die linken Ärmel hatte sie ihnen schwarze Seidenschleifen gebunden. Als beide Särge versenkt waren, hat sie sich zwischen die Kinder gekniet und ihnen alles genau erklärt, bis zur Auferstehung am Jüngsten Tag. Die Tränen liefen ihr übers Gesicht, und nachher heulten alle drei Kinder auch, warfen ihre kleinen Sträuße in die Gräber, sie hatte wieder einmal an alles gedacht, und dann erinnerte sie sich an mich und lief zu mir, umarmte mich, küßte mich, weinte und versicherte, daß sie die Eltern erst so richtig verstanden habe, seit sie selber Kinder hätte. – Sie sollen sich nicht vor dem Tod fürchten, meine Kleinen, deshalb trage ich auch kein schwarzes Kleid, ich habe mir das lange überlegt, Helmut hielt es nicht für passend, daß ich den weißen Mantel anzog. Ach, du weißt nicht, wie das ist, Hanna, und dann keinen Pfarrer und so unvorbereitet, im Auto, und das jetzt, wo ich das Kind trage...
– Wann hätte es dir denn besser gepaßt? Du kriegst doch immer Kinder.
– Was sagst du?
– Ich sagte, du kriegst doch immer gerade ein Kind, wann sollen sie denn sterben, ich meine, wann hätte es dir denn gepaßt?
Sie starrte mich entsetzt an, als ob ich wahnsinnig sei.
Albert nahm mich beim Arm, Helmut nahm Cora beim Arm; sie trennten uns. Die Nachbarn waren schon gegangen, wir kannten sie nicht. Die Kinder fühlten sich einen Augenblick unbeaufsichtigt und steckten gleich bis an die Ellenbogen im feuchten Lehm und schaufelten mit beiden Händen Erde in die Gräber, wie sie es uns hatten tun sehen, und lachten, und David schrie immer Opaoma, Opaoma, und als Cora ihnen das verbot, wehrten sie sich, fingen an um die aufgeschütteten Erdhaufen herumzurennen. Albert fing ein Kind ein, ich kriegte David zu fassen, der trat mit den Füßen nach mir und brüllte, nachher klebte an unseren schwarzen Kleidern gelber Lehm, Helmut entschuldigte sich, es sei vielleicht doch nicht richtig gewesen, die Kinder mit auf den Friedhof zu nehmen. Cora hielt das für Kritik an ihrer erzieherischen Maßnahme, sie nähme ihre Kinder überall hin

mit, und wem das nicht passe und wer so was sage wie ich, der verdiene Kinder auch gar nicht.
Zum erstenmal war Haß zwischen uns. Wie ein Virus infizierte er gleichzeitig mich und sie, wir waren wohl beide anfällig dafür.
Fräulein Hedwig hatte ein kleines Frühstück in der Halle hergerichtet, wir mußten zusammen in das Haus der Eltern fahren. Alle in unserem Auto, die Männer vorn, Cora und ich mit den Kindern hinten – das Geld für ein Taxi können wir sparen, die Reise ist sowieso sehr teuer für uns. Wenn man Kinder hat, muß man eben rechnen. – Fräulein Hedwig hatte Kerzen angezündet, wie sie es von den Eltern her kannte, Albert ging und öffnete die Fenster weit – entschuldigt, es ist mir zu eng hier, wenn es euch recht ist, lassen wir die Kerzen nicht brennen. – Es tat mir leid für Fräulein Hedwig, die es sicher gut gemeint hatte, im Sinne der Eltern, ich bat sie mit einem Lächeln um Entschuldigung.
Das Frühstück dauerte kaum länger als eine halbe Stunde, in der das »Händchen auf den Tisch!«, »Mund zu beim Kauen, David!«, nahezu eine Wohltat war und uns ein Gespräch ersparte.
Cora wollte mit den Kindern noch bleiben, damit sie am nächsten Tag mit Helmut zusammen zurückfahren konnte. Nachmittags wollte sie mit ihnen zu Hagenbeck. Sie hatte es ihnen versprochen. – Wenn ihr auf dem Friedhof ganz brav seid, gehen wir zur Belohnung in den Zoo! Sie haben doch noch nie einen Zoo gesehen. Düstere Eindrücke muß man durch fröhliche aufhellen, sie werden die Beerdigung der Großeltern dann immer in schönster Erinnerung behalten. Helmut hat noch den Tag über zu tun. Du kümmerst dich ja um nichts.
Ich habe mich noch einmal bei ihm bedankt, daß er alles in die Hand genommen habe. Er hat mich gefragt, ob ich etwas von einem Testament wisse, natürlich wußte ich das, ich hatte mit Mutter Weihnachten darüber gesprochen. – Warum hast du uns das nicht gleich mitgeteilt? – Ich glaubte, daß das Zeit habe bis nach der Beerdigung.
– Willst du damit sagen… – Ich will gar nichts damit sagen.
– Für dich kommen doch die Möbel und der Hausrat sowieso nicht in Frage. – Helmut warf ein – Cora meint das bewegliche Erbe. – Du bist allein, du hast doch gar keinen Haushalt mehr, wir wollen bauen, außerdem soll das alles in der Familie bleiben, meine Kinder sollen das erben.

Sie glaubt sogar, was sie sagt. Die Möbel, fast alles, was in dem Haus steht, hat Mutter vor etwa zehn Jahren erst geerbt, nichts gehört unserer Familie, alles stammt von fremden Menschen. Ich sagte also nur: Das trifft sich ja dann großartig.
– Wie du das sagst! Immer mit so einem Unterton.
Ich schwieg.
– Was willst du mit den Sachen?
– Ich will sie gar nicht. Ich hätte gern ein Bild aus Vaters Zimmer, das hat er selbst gekauft, Weihnachten hat er es mir geschenkt, aber ich habe es nicht mitgenommen.
Helmut erkundigte sich, ob es darüber, falls es ein Gemälde von Wert sei, irgendeine schriftliche Äußerung gäbe. – Nein.
Albert stand auf, damit das ein Ende hatte. Wir nahmen ein paar Todesanzeigen mit, die erst nach der Beisetzung verschickt werden sollten, und verabschiedeten uns von Fräulein Hedwig, die noch zwei Monate bleiben und den Haushalt auflösen soll. Der Schwager folgte uns bis zum Wagen, der dort stand, wo Vater auch immer zu parken pflegte. Ich habe versäumt, mich zu erkundigen, was aus Vaters Auto geworden ist. Helmut drückte sein Bedauern aus, daß ein solcher Mißklang zwischen uns aufgekommen wäre. Jetzt, wo Cora nicht dabei war, nahm er unverhohlen meine Partei, versicherte, daß es auch für ihn nicht leicht sei, ihm würde das mit den Kindern auch zuviel, und jetzt noch der Hausbau, und er hätte doch einmal an eine wissenschaftliche Karriere gedacht, und nun ginge sein Leben so hin, er sei über Vierzig, er fühle sich oft gar nicht gut, aber daran denke ja niemand, Todesfälle, Geburten, immer sei was anderes, um ihn ginge es nie. Er müsse nur immer geradestehen für alles und alles finanzieren, Cora steckte ihn schon an mit ihrer Angst, daß die Kinder eines Tages verhungern müßten. Er geriet ins Lamentieren.
Albert haßt diesen larmoyanten Ton, er unterbrach ihn, erkundigte sich, ob er größere Auslagen gehabt habe, daran würde er sich selbstverständlich beteiligen, er möchte dann allerdings eine genaue Aufstellung der Kosten und die Unterlagen über das vorgefundene Bargeld vorgelegt bekommen, nach seiner Kenntnis der Dinge habe man ja einen nennenswerten Betrag zur Verfügung gehabt.
Helmut hielt das für eine Verdächtigung und änderte sofort den Ton – willst du etwa mich als Juristen, einen Staatsbeamten, verdächtigen?

– Nein, Herr Schwager, ich will lediglich richtigstellen, daß die Auslagen nicht von dir bestritten werden. Ich werde, damit darüber keine Unklarheit besteht, Hanna zur Seite stehen, was diesen juristischen Teil angeht, um den wir nicht herumkommen werden.
– Dazu bist du nicht mehr befugt.
Ich sagte – doch, Helmut, er ist befugt.
– Warum habt ihr euch eigentlich scheiden lassen, wenn ihr ein Herz und eine Seele seid?
– Steig ein, Hanna, los, schnell, daß wir hier wegkommen.
Cora hatte sich mittlerweile wieder besonnen. Sie hatte die Kinder eingefangen und stand mit ihnen unter der Haustür und ließ sie winken und »auf Wiedersehen, Tante« rufen. Kann sein, daß sie das herzlich meint. Immer habe ich das Gefühl, sie arrangiert lebende Bilder. Die Kinder hatten noch die Lätzchen über den grünen Kitteln, weißer Brustlatz von Grünfinken. Ich weiß, daß ich ungerecht bin, wenn ich ihr sogar die Lätzchen übelnehme. Gegen ihre Art, das Leben zu meistern, kann ich mich nur mit Ungerechtigkeit wehren.
Während wir die Elbchaussee entlang zum Hotel zurückfuhren, versuchte ich mir vorzustellen, wie das verlaufen wäre mit J. an meiner Seite, der hätte diese Szene am Grab wahrscheinlich genossen, er hätte gesagt – was für eine wunderbare Familie hast du! Warum hast du mir die nicht längst vorgeführt, waren deine Eltern auch so? – Er hätte die Szene »makaber« gefunden.
– Makaber.
Albert fragte – makaber? Was ist makaber?
Ich schreckte aus meinen Gedanken auf. Ich hatte ihn vergessen. Ich glaube, ich spreche jetzt manchmal laut vor mich hin. Ich wiederholte dann, daß es für Außenstehende sicher eine makabre Szene gewesen wäre, die Kinder, die an den Gräbern spielten.
– Makaber, ein unangenehmes Wort, seit wann gebrauchst du das, woher hast du das überhaupt?
Ich antwortete nicht.
– Ich weiß Bescheid, danke. Hat er sein Ulcus mittlerweile?
– Bitte, Albert! Fang du nicht auch an, sonst will ich lieber mit der Bahn zurückfahren. Ich weiß, daß es an mir liegt, wahrscheinlich reize ich alle, dich auch, ich bin es nicht mehr gewöhnt, ich mache alles falsch, das ist offensichtlich.

Albert nahm, wie bei der Hinfahrt, meine Hand – du hast nichts falsch gemacht, red dir das nicht ein. Du bist nicht an allem schuld. Du bist sogar weniger schuld als die anderen. Ich war ein schlechter Beistand für dich. Ich wußte nicht, wie ich mich verhalten sollte, ich wollte mir nicht sagen lassen, daß ich nicht zuständig sei, das ist ja auch Unfug, ich bin zuständig, solange kein anderer zuständig ist.
– Du stellst es wirklich hin, als sei ich ein unmündiges Waisenkind!
Wir fuhren gerade an Dock III vorbei, der Tanker, der zur Reparatur dort aufgedockt war, hatte zwei breite Streifen über dem Schiffsleib, und da ging mir auf, daß ich verwaist bin, ich sagte meinen Satz noch zu Ende, aber während ich sprach, sah ich die weißen Streifen auf dem Bauch des Schiffes und gelbe Leuchtschrift darauf »Witwen- und Waisenkasse«, und dann überschwemmte mich Mitleid. Mitleid mit mir selbst. Niemand mehr hinter mir, niemand vor mir, keine Eltern, keine Kinder, allein, ohne allen Zusammenhalt.
Albert merkte irgend etwas, er fuhr in eine Parklücke, holte unsere Mäntel aus dem Fond – komm, steig aus, wir laufen ein Stück. Wir sind an der Elbe entlanggegangen, mit dem Wind und gegen den Wind und wieder zurück und noch mal zurück, und auch dieses Mal kam von der Elbschloßbrauerei der Geruch von Maische. Ich habe ihm von den Eltern erzählt, und er hat es sich geduldig angehört, vielleicht habe ich ihn und sogar mich davon überzeugt, daß es richtig so war, daß Cora im Unrecht ist, daß es nicht verantwortungslos war und daß ihr Tod stimmte.
Albert war stehengeblieben, die Hände in den Taschen, das Gesicht dem Wasser zugekehrt, so wie ich ihn oft auf dem Deich gesehen habe. – »Jetzt und in der Stunde unseres Todes«, weißt du, Hanna, wenn Lisa das sagt, du hast das sicher schon gehört, ich kann dir das nicht erklären, aber dafür, für diesen Satz könnte man Katholik werden. Verstehst du, was ich meine?
Ich nickte. Ja, ich kann das verstehen, nur zu gut. So habe ich mir das gedacht mit den beiden. Sie hat ihn in eine Sphäre geholt, in der er sich nicht auskennt, in der er machtlos ist, in der er sich aber wohl zu fühlen scheint. Ich war zu nüchtern für ihn, zu sachlich, zu ernst.
Als wir wieder einstiegen, waren wir beide ruhiger. Wir beschlossen, nur noch das Gepäck aus dem Hotel zu holen und gleich abzufahren, dann konnten wir abends zurück sein.

Wir waren abends nicht zurück. Albert wollte nicht die Autobahn fahren, ein paar Umleitungen, es wurde spät, ich fragte, ob ich ihn ablösen solle, aber gerade wenn er müde ist, macht es ihn nervös, wenn ein anderer fährt. Wir haben in einem Dorfgasthof übernachtet und sind morgens erst weitergefahren, sehr früh, ohne zu frühstücken. Wir haben zusammen geschlafen. Albert hat mich, als ich in mein Zimmer gehen wollte, in seines gezogen – man kann dich doch nicht allein lassen. Ich bereue es nicht. Ich hoffe, daß er es auch nicht tut. Es ist nichts verändert.
Vorhin hat er mich hier abgesetzt. Ich habe mich bedankt, er hat abgewehrt, ich habe gefragt, ob er noch mit nach oben kommen wolle und Kaffee trinken, er hat sogar versucht zu scherzen – man soll immer dort frühstücken, wo man geschlafen hat.
Es ist nichts verändert!
Ich habe die Wohnung aufgeräumt, und dann habe ich den Brief von J. gelesen. Ich wußte, daß er bei meiner Rückkehr da sein würde. Der Umschlag mit der Hand geschrieben, die Überschrift auch und darunter nur sein J. Er hat ihn diktiert. Mißverständnisse, die sich gewiß bei einer persönlichen Unterredung leicht richtigstellen ließen. Bitte um Verständnis für seine augenblickliche Überbeanspruchung, eine Folge des Personalmangels. Zu dem Verlust, der mich betroffen habe, sage er mir nun auch noch einmal schriftlich seine Teilnahme. Nach meiner Rückkehr werde er sich erlauben, telefonisch bei mir nachzufragen. Beigefügt ein kleiner Katalog, speziell mit sommerlicher Reiselektüre, die er selbst zusammengestellt habe mit, wie er meine, recht hübschem Erfolg.
Als Antwort habe ich ihm eine der Todesanzeigen geschickt, als Drucksache, nicht in die Wohnung, sondern in die Buchhandlung. Die Kundin an ihren Buchhändler. Er kann so gut schreiben, vielleicht kann er auch so gut lesen. Mein Name als erster, allein, und darunter Cora mit Mann und sämtlichen Kindern. »Die Beisetzung hat im engsten Familienkreise stattgefunden.« Es gibt nicht viele Menschen, die ich vom Tod der Eltern benachrichtigen will. Eine Karte an Fabian. Er wird sagen: endlich mal Konsequenz. Leute, die in Hamburg einen Verkehrsunfall haben, müssen einfach mit dem Auto in die Elbe fahren, es wäre sinnwidrig, wenn sie auf der Großglocknerstraße verunglückten, man muß zusehen, »in diese Sinnlosigkeit Sinn zu bekommen«.

Ich kann bereits denken wie er. Ich kann auch denken wie Albert und denken wie J. und denken wie Cora und wie ihr Mann, nur nicht mehr wie ich selbst. Ich kann überhaupt nichts mehr denken, ich weiß nicht mehr, was ich selbst für richtig halte. Richtig? Gibt es das überhaupt, richtig an sich, feststehend, unveränderlich? Ist es nicht immer so herum richtig, anders herum falsch, so herum möglich, immer dasselbe, immer dieselbe Sache, nur aus anderem Blickwinkel.
Ich muß aus diesem circulus vitiosus heraus. Und weiß doch nicht, wie. Ich sitze schon wieder und warte, daß J. anruft. Ich hasse ihn für diesen Brief, den er über eine Angestellte schickt. Nicht einmal solche Ungeschicklichkeiten nutzen etwas, ich registriere sie nur. Eines Tages werde ich all das addieren, Posten für Posten. Ich bin nachtragend, das war ich schon als Kind. Und dann händige ich ihm die Rechnung aus. Ich müßte jetzt zu ihm gehen und sagen, so geht es nicht, das darfst du nicht tun, das ist ganz falsch, du zerstörst alles zwischen uns, ich kann es nicht ertragen, du doch auch nicht, das bist doch gar nicht du. Aber, ich warte es ab, bis es soweit ist, bis es zerstört ist. Unfähig, dagegen anzugehen, wie gelähmt. Ich weiß, was ich tun müßte, könnte. Aber ich tue es nicht. Der Konjunktiv.
Albert hat heute nacht gefragt – muß ich vorsichtig sein? – Und ich habe nein gesagt, und er hat mir das Nein nicht geglaubt.
Und J. hat, wir kannten uns noch gar nicht, gesagt – damit es keine Komplikationen gibt, du bist mit einem Arzt verheiratet, also weißt du Bescheid, ich möchte nicht jedesmal fragen müssen, ich muß mich auf dich verlassen können.
– Natürlich. – Vielleicht habe ich natürlich gesagt, heute kommt es mir vor, als hätte ich damals schon alle solche Fragen mit natürlich beantwortet, als sei es natürlich. »Spiele, bei denen es dunkel wird«, würde Fabian sagen. Spielregeln.
Nichts ist verändert. Ich warte, daß J. mich anruft.
Und Albert ist in seine Wohnung gefahren, zu Lisa, oder auch nicht zu Lisa, ich weiß es nicht, es macht auch keinen Unterschied.
Während der Fahrt hat er irgendwann gesagt – du hast zuviel Zeit zum Nachdenken, Hanna, das ist nicht gut für dich. Du solltest zusehen, daß du bald eine Arbeit findest, eine für dich passende Tätigkeit, die dich befriedigt.
– Einer muß doch darüber nachdenken, Albert, oder nicht? Vielleicht merke ich die Veränderungen eher?

– Du? Veränderungen? Du wirst sie vielleicht bemerken, aber du wirst nichts ändern, gar nichts. Das liegt dir nicht, dann müßtest du deine Zurückhaltung aufgeben. Entschuldige, wenn ich mich in deine Angelegenheiten einmische.
– Du entschuldigst dich jetzt immer, wenn du mir etwas sagst.
– Pardon.
– Pardon heißt dasselbe.
– Ich fühle mich nicht mehr kompetent für Ratschläge.
– Welche Tätigkeit hältst du für befriedigend? Ist es deine?
– Nein.
– Dann wäre damit also nichts geändert. Ich habe noch Geld.
– Du weißt, daß du jederzeit Geld von mir bekommen kannst. Das soll kein Grund sein, daß du eine Stellung annimmst.
– Das macht es nicht einfacher.
– Nein.
Es ist nichts verändert. Nicht einmal für diese paar Sekunden glaubt man das. »Ein wenig Hautwärme, ein wenig Seelenwärme.« In Alberts Armen, J.s Stimme. Vielleicht ist es wirklich gleich, wer einen in den Armen hält, fremd sind sie alle, man kann denken, an wen man will.
»Eine Frage der Hygiene.«

Ende Mai

Er ist noch an demselben Abend gekommen, ohne vorher anzurufen.
– Warum besitze ich eigentlich keinen Schlüssel? Ist der zweite Schlüssel immer noch nicht frei? Wie gefällt dir mein Katalog, hast du gleich gesehen, daß die Illustrationen von mir sind? Italien, Griechenland, Côte d'Azur? Sehr kostspieliger Druck, wir schicken ihn auch nur an unsere guten Kunden, hast du gelacht über den Begleitbrief?
– Nein.
– Hast du ihn etwa ernst genommen?
– Sollte ich das nicht?
– Ach ja, Bürgerin! Du nimmst alles ernst, ich vergesse das immer, ich dachte, du würdest lachen, es würde dich ablenken, Ruth hat den Brief geschrieben, ich habe dreißig oder vierzig solcher Briefe diktiert,

mit liebe gnädige Frau und sehr geehrter Herr Doktor, hast du dir meinen Katalog gar nicht angesehen?
– Nein, noch nicht.
– Schade, ich habe viel Zeit darauf verwendet, er war mir wichtig, es hat mir sogar viel Spaß gemacht. Ruth hat die Bücher zusammengestellt, nach meiner Anleitung, es ist wohl zuviel verlangt, wenn ich ein gewisses Interesse bei dir für meine Arbeit voraussetze.
Er war enttäuscht.
– Ich hätte ihn mir noch angesehen, bestimmt. Ich bin erst heute vormittag zurückgekommen.
– Stimmt, du warst ja verreist, wie war's denn?
Ich schwieg. Er auch. Dann schien er sich einen Ruck zu geben.
– Gut, dann reden wir eben darüber. Sie sind also tot. Du hast in den Jahren, in denen wir uns kennen, nie über sie gesprochen, also nahm ich an, daß sie keine Rolle mehr für dich spielen. Wozu also jetzt darüber reden, du bist sentimental, sollte ich mit dir auf der Rasenbank am Elterngrab sitzen? Ich begreife, daß dir ein so plötzlicher und wohl auch außergewöhnlicher Tod nahegeht, aber es hat nichts mit uns zu tun, hörst du, nichts. Du bringst alles durcheinander. Wir waren keine Zwanzig, als wir uns kennenlernten. Mit Zwanzig kann man sagen, von nun an gibt es nur noch ein Leben, unser gemeinsames Leben, und das spielt sich auf einer einzigen Ebene ab. Ich habe dich nicht darüber im unklaren gelassen, daß ich verheiratet bin, du wußtest ebenso, daß ich diese Buchhandlung führe und dort das notwendige Geld verdiene, das sind die beiden Ebenen, von denen du wußtest. Ich wußte, daß du verheiratet bist und daß es Dinge gibt, mit denen ich nichts zu tun haben würde. Was dann noch übrigblieb, der Rest, und so klein ist der nicht, den haben wir zusammengetan. Was also machst du mir zum Vorwurf?
– Ich mache dir keinen Vorwurf.
– Du willst also nicht darüber reden. Gut. Ich dachte, du wolltest eine Aussprache herbeiführen. Frauen lieben doch Aussprachen, ich habe gerade erst eine hinter mir. Ich habe das mit den verschiedenen Ebenen gerade schon einmal auseinandergesetzt. Vor allem, daß man sie nicht verwechseln darf. Ich habe Übung in der Diskussion des Themas, also, fang an!
– Auf welcher bin ich, auf der unteren oder auf der oberen?
– Das bin ich vorhin auch schon gefragt worden.

– Wie soll es denn weitergehen mit uns?
Er hat die Schultern gehoben und wieder sinken lassen, er sah bedrückt aus, so ratlos, ich nahm ihn in die Arme und sagte wie sonst – jetzt bist du da.
Er hatte sich auf der Fahrt zu mir überlegt, daß er bald eine Woche Ferien machen kann, im Juni, und daß er dann mit mir nach Paris fahren möchte. – Du kennst Paris? – Nein, aber du? – Ja, gut. – Wann warst du dort? – Wiederholt. – Mit wem warst du dort? – Laß mich nachdenken, zum erstenmal mit –
– Laß sein, sag's mir, wenn wir dort sind, oder sag's mir lieber nicht.
– Paris ist nicht mehr ganz neu, und ich bin nicht mehr ganz neu. Es ist dein Irrtum zu glauben, daß alles neu sein muß, unbenutzt und allein dir gehören.
– Durch Benutzung werden die Dinge nur schöner, ich weiß!
– Durch liebende Benutzung! – Er nahm mich in die Arme und wiederholte: durch liebende Benutzung, Hanna, nur dann! Sieht man es mir denn immer noch nicht an, daß du mich liebst?
Manchmal sieht man es wirklich, dann meine ich, alle anderen müßten es auch sehen und fragen, was ist mit ihm, was hat ihn so verändert.
Als das Telefon klingelte, nahm er den Hörer ab, was er sonst nie tut, sagte – ja, bitte, und legte wieder auf. Es ist vermutlich Lisa gewesen, die Albert suchte, der sich vielleicht nach seiner Rückkehr noch nicht bei ihr gemeldet hat. Sie hat eine Männerstimme gehört und wird angenommen haben, Albert sei noch immer bei mir.
Es war Mitternacht vorbei, als er sagte – ich muß fort. Auf die andere Ebene.
Ich habe ihm noch einmal Tee gekocht, den er ohne Zucker, nur mit Sahne trinkt. Ich hatte Alberts Bademantel übergezogen. – Du solltest etwas Eleganteres tragen. Wir werden dir etwas in Paris kaufen, ich weiß einen Laden dafür. – Ich brühte gerade den Tee auf.
– Antiquarisch?
– Nein, frisch und neu, für dich passend, Bürgerin! Ich werde ihn dir schenken, als Morgengabe.
– Geschenke für eine Freundin?
– Freundin, Freundin, wie du das sagst! Früher nannte man das eine Geliebte, eine sehr geliebte, eine über alles geliebte Frau, hörst du?

– Ja, ich höre. Ich mache es schlecht, ich weiß. Vielleicht lerne ich es noch, auf meiner Ebene zu leben, in einem paritätischen Verhältnis.
Bevor er ging, nahm er mich bei den Schultern – hör mir mal gut zu, Bürgerin. In der Liebe zählt nichts außer der Liebe, verstehst du? Nichts. Erinnerungen nichts, Versprechen nichts. Versuch dir das zu merken: Erinnerungen nichts. Versprechen nichts. Nichts, außer der Liebe. – Und dann küßt er mich und läßt mich im Flur stehen und geht. Es ist ein Uhr, er geht auf seine Ebene, ich auf meine.
Was ist da noch zu ändern? Ich muß lernen, mich hineinzuschicken oder die Konsequenz zu ziehen, eins von beiden. Noch fast ein halbes Jahr ist Zeit, das zu überlegen.

Ende Juni

Paris.
Unser Hotel lag nicht weit vom Jardin du Luxembourg. An den beiden letzten Tagen bin ich dort allein spazierengegangen. Jörn schläft lange. Ein paar Kinder spielten schon an der Fontäne, die Wege frisch geharkt, die Stühle aufgereiht, die Karussells standen still, Tau auf den Rosen. Ich sah den Kindern zu. Ich hätte gern mehr Zeit für mich gehabt, um etwas zu sehen ohne Jörns Kommentare »damals stand dort«, »früher spielte hier«, »in den zwanziger Jahren war da noch...« Er hängt seine Erinnerungsfetzen über Kirchen, über Gemälde, über Fontänen. So viel Zeit liegt zwischen uns. Zeit, die ich nie einholen werde. Zeit ohne mich, Erlebnisse ohne mich, fremde Menschen und er angefüllt mit fremden Erinnerungen.
Am sechsundzwanzigsten Juni ist er fünfzig Jahre alt geworden. Wir waren den Tag über in Fontainebleau, dort ist er gewesen, als er seinen fünfundzwanzigsten Geburtstag feierte, das erste Vierteljahrhundert, nur deshalb, zur Wiederholung dieses Tages waren wir in Fontainebleau, nur deshalb diese Paris-Reise. Dort hat er mir von seiner ersten Frau erzählt, sie waren verlobt und sehr glücklich in Paris. Sehr jung und sehr glücklich. Wie er es sagt, scheinen es synonyme Adjektive. Er hat den ganzen Abend lang nur von ihr gesprochen, nachher, als er viel getrunken hatte, hat er mich mit ihrem Namen angeredet.

Sind wir beide eigentlich jemals »sehr glücklich«?
Im Hotel und in den Restaurants hat man »Madame« zu mir gesagt, aber das sagt man dort zu allen Frauen. Wir beide sehen nicht aus wie ein Ehepaar. Stehen wir nebeneinander vor dem Spiegelglas eines Schaufensters, sieht man das deutlich. Sitzen Fremde mit uns am Tisch, dann rücken sie bald von uns ab, keiner beginnt mit uns ein Gespräch.
Wir sind dazu verdammt, nur wir beide zu sein.
Ich habe mir eine Woche lang Mühe gegeben, leicht zu sein. Aber ich bin nicht leicht, ich falle immer wieder in meine Schwerfälligkeit zurück. Bürgerin. Bürgerin Grönland. Ich weiß nicht, wie er es in Genua schon hat sehen können.
Nichts zählt in der Liebe außer der Liebe.
Er hat mich zu dieser Reise nach Paris eingeladen. – Du bist nicht großzügig, Bürgerin, man muß auch großzügig im Nehmen sein. – Mit Alberts Geld bin ich unbekümmert umgegangen, als sei es meines, als gäbe es keinen Unterschied zwischen seinem Geld oder meinem, bei Jörn sage ich danke, viel zu oft danke. Er nennt mich seine Geliebte, und ich sage auch »eine Geliebte«, aber dann klingt es anders. Ich setze mich selbst herunter und warte, daß er mich wieder heraufholt, wieder und wieder und mich trägt. Ich überfordere ihn, genau wie Albert.
An einem Mittag gab es ein heftiges Gewitter. Wir konnten gerade noch das Hotel erreichen. Vor unseren Fenstern standen zwei Kastanienbäume, es war auch an den anderen Tagen dämmrig, aber an diesem war es nahezu dunkel. Der Regen schlug an die Scheiben. Wir hatten uns hingelegt. Ich habe ihn gefragt. Ich hätte es wissen können. Aber ich habe es nicht wissen wollen. Und nun weiß ich es und müßte die Konsequenz daraus ziehen, wenn es mir so wichtig ist, wie ich geglaubt habe. Tisch und Bett. Er teilt beides mit ihr. Das gehört nun mal dazu, sagt er. Gelegentlich, nicht oft – du scheinst merkwürdige Vorstellungen von einer Ehe zu haben. Ich kann nicht von ihr verlangen, daß sie asketisch lebt, deinetwegen.
– Natürlich nicht. Weiß sie eigentlich von mir?
– Keine Einzelheiten.
– Daß du mit mir hier bist?
– Nein. Es würde sie kränken. Ich habe keinen Grund, sie zu kränken. Sie kann nichts dafür.

– Natürlich nicht.
– Ich achte sie. Ich habe ihr viel zu verdanken, das weißt du.
– Natürlich.
– Hör auf mit deinem »natürlich«!
– Ich bin eine unbequeme Freundin, ich weiß. Ich hätte nicht mitkommen sollen. Einmal bin ich schon weggelaufen, weil ich wußte, daß ich's nicht kann.
– Das ist das Gewitter, leg dich wieder hin, du bist gereizt. Man kann das schließlich auch nüchtern sehen, biologisch, getrennt vom Emotionellen, Bürgerin! Du kommst auf die Guillotine, das glaubst du doch, in deinem Herzen glaubst du doch, daß darauf die Guillotine steht, gesteh's! – Er hatte mich bei den Haaren gepackt und schüttelte meinen Kopf und lachte, das tut er selten, und sah mir in die Augen. Dann ließ er mich los und hörte auf zu lachen. – Du glaubst das ja tatsächlich, Hanna! – Er war wirklich erschrocken. Er hat mich weinen lassen und nichts gesagt, und ich war froh, daß er nicht versucht hat, mich zu trösten. Es gibt nichts zu trösten.
Das Gewitter war vorüber, die Sonne kam nicht wieder hervor, es hatte sich kaum abgekühlt. Es blieb dämmrig trüb in unserem Zimmer; als der Regen nachließ, öffnete ich die Fenster. Er fragte – was nun, Hanna? – Ich stand gerade vorm Spiegel, da fiel mir Mutter ein, ich erzählte ihm von ihr, von ihrem nüchternen: Mach dich ein wenig frisch, Hanna. Das Nächstliegende zuerst. So hat man mich erzogen. Man spricht nicht darüber. Man gestattet es sich nicht, unglücklich zu sein.
– Ich bin ein Narr! – Er saß auf dem Bettrand und hatte den Kopf in den Händen. – Ein alter Narr. Warum liebst du mich? Warum? Was ist denn an mir, daß du mich liebst. Hast du dich meinetwegen von deinem Mann getrennt?
Ich sah in die Bäume und antwortete nicht.
– Sag es schon! Klag mich doch an! Sei nicht auch noch nobel! Ich habe dich enttäuscht! Gib nur mir die Schuld! Häuf alles auf mich! Ich hätte dich in Ruhe lassen müssen, ich, ich, ich...
Ich weiß nicht, was er alles gesagt hat, bis ich mich umgedreht habe. Ich war ganz ruhig. – Mein Vater, hörst du, mein Vater pflegte zu mir bei geringeren Anlässen zu sagen: Haltung, Johanna, Haltung, und unter seinem letzten Brief stand: »Disziplin, das ist das ganze Geheimnis.«

– Willst du zurückfahren? Wollen wir zusammen zurückfahren?
Wir sind geblieben. Die ganze Woche, die er sich Zeit genommen hatte für das Wiedersehen mit Paris. Unfähig, uns zu trennen, aber auch nicht fähig, diese Tage hinzunehmen und ihnen jenes mögliche Maß an Glück abzugewinnen. Manchmal gelang es, und wahrscheinlich werde ich später einmal sagen, daß wir »sehr glücklich« waren in Paris, wenn ich noch weniger Ansprüche an das Glück stelle.
An jedem Morgen hatte Jörn ein Programm für uns sorgfältig und mit Kennerschaft zusammengestellt. An jedem Abend saßen wir in einem anderen Bistro und tranken Pernod.
An der Szenerie hat es nicht gelegen. An meiner Unfähigkeit hat es gelegen. Im Park von Versailles blühten die Rosen. Im Bois de Boulogne blühten die Rosen, und auf meinem Nachttisch im Hotel standen Rosen.

Wir waren in der Oper, wir hatten anschließend jeder noch zwei Pernod getrunken. Wein verträgt er nicht gut, er bekommt Sodbrennen davon, besonders von den leichten Tischweinen, deren Säuregehalt hoch ist. Er hat es gern, wenn ich trinke, was er trinkt, esse, was er ißt. »Die allmähliche Angleichung der körperlichen Substanzen.« Er setzt voraus, daß ich seinen Geschmack teile. Er fragt nie, was trinkst du gern, um dann mit mir das zu trinken, was ich gern mag. Er erwartet die Anpassung von mir. Warum wehre ich mich nicht dagegen, wenn es mir nicht paßt? Ich registriere es. Auch das. Frauen sind sehr gewissenhafte Buchhalter.
Wir gingen langsam am Seineufer entlang. Abnehmender Mond, er schwamm viel zu groß und viel zu rot zwischen den Dächern. Jörn machte Pläne für unsere Zukunft. Ich hätte sagen sollen, sag das alles morgen noch einmal, wenn du nüchtern bist, beim Frühstück, wenn du sonst sowieso nichts sagst, wenn kein Mond scheint und keine Liebespaare auf der Mauer sitzen und dich in Stimmung bringen.
Scheinbar ganz reale Pläne, er ging diesmal sogar von der gegebenen Situation aus, er nahm nicht einmal abgelegene Inseln zu Hilfe. Wenn Ruth mit der Buchhandelslehre fertig ist, zwei Jahre Praxis vielleicht noch, dann kann er ihr die Geschäftsführung weitgehend überlassen, dann genügt es, wenn er von ferne ein Auge darauf hat, dann ist sein Sohn so groß, daß er den Vater nicht entbehrt, dann

endlich wird er sein Leben leben können. Er wird ein Atelier in Paris haben, und er wird malen. Und er wird mit mir zusammen leben, und wir werden kein Geld haben, und es wird uns nichts ausmachen, und Paris wird uns noch einmal jung machen, vielleicht wird er sogar Erfolg haben, er weiß genau, was er malen wird, er sieht es vor sich, er wird die Grundzustände des Menschen malen, Trauer, Glück, Gelassenheit, Irritation. Er wird endlich mit diesen belanglosen Landschaften aufhören können, er wird seine Palette ändern, völlig, er wird die Dämonen einlassen, er wird alle Türen und alle Dämme in sich einreißen, hinter denen er ein scheinbares und konventionelles Leben hat führen müssen, er ist erst Fünfzig, er kann es noch ändern, er wird sich stellen. Endlich wird er sich dem Anruf stellen, dem er sich bisher verschließen mußte, und ich werde ihn retten aus den Krallen und Fängen, in die er dann geraten wird – oh, meine schöne Liebste! Jede Nacht wirst du mich retten, du bist klar, du bist rein, du bist einfach. Ich werde trinken, aber dein Vater war ja ein Trinker, du kennst das, du wirst nüchtern bleiben, du wirst mir das Glas aus der Hand nehmen, Haltung, Disziplin, du wirst mir den Mund schließen mit deiner Hand und mit deinen Lippen, ich werde dich malen, die Bürgerin auf der Guillotine. Auf der Guillotine unserer Liebe.

Es war wieder wie in Genua. Wer sich umdreht oder lacht.

Aber ich habe mich nicht umgedreht, und ich habe auch nicht gelacht, und diesmal bin ich geblieben. Wir haben in einem Bistro, nicht weit vom Boulevard St. Michel weiter Pernod getrunken, und nachher habe ich geglaubt, was er sagte. Ich wollte als Dolmetscherin arbeiten, jeden Tag ein paar Stunden, ich wollte Führungen im Louvre machen, ich sprach viel besser französisch als er, ich..., aber bis ich mit meinen Plänen soweit war, war sein Rausch schon vorbei. Nicht der physische. Der andere.

– Alter Narr – sagte er – fünfzig Jahre und schon so ein alter Narr. Man glaubt sich nicht mehr, man traut sich nicht mehr über den Weg, man hat das schon einmal gesagt, alles hat man schon einmal gesagt, man muß sich nur jemanden suchen, der es noch nicht kennt. Nicht mal die Illusionen halten noch stand. Nichts. Nichts hat man getan von dem, worum es einem gegangen ist. Das Wichtige! Das Wichtige, man weiß nicht einmal mehr, was das ist. Man schiebt es vor sich her, bis es alle Gestalt verloren hat, so einen ungefügigen Klumpen. Erinnerungen an Illusionen. Bis man so ein alter Narr geworden ist.

Man malt kleine hübsche Bildchen für Bücherkataloge und hängt sie auch noch in den eigenen Räumen auf, läßt sich schmeicheln dafür und glaubt das auch noch, man lebt mit einer Frau zusammen und zeugt Kinder und ißt und schläft mit ihr und tröstet sich und sagt, später. Später wird man mit der Frau leben, die man liebt. Das wirkliche Leben zu zweien. Man arbeitet den Tag über und verdient Geld und bildet sich ein, man tut das nur, um später... Und auf einmal glaubt man sich nicht mehr. Dann glaubt man nicht mehr, daß es noch ein Später gibt, das sich verwirklichen ließe, mit den Resten, die noch da sind. Laß mich allein, verlaß mich, ich verdiene nichts anderes. Was willst du mit mir, einem Wrack. Nichts ist erreicht. Geh, geh fort von mir, was willst du überhaupt, was erwartest du denn von mir? Ich will nicht, daß man etwas von mir erwartet, hörst du! Unglück steckt an wie die Pest, ich bin ein Versager, ich habe immer nur geredet, geredet, geredet. Du bist stark, Hanna, ich dachte, du hättest genug Kraft für uns beide, aber du hast keine Kraft, für niemanden außer für dich selbst. Du gehst sparsam mit dir um, du bist geizig, du wirst sehr alt werden. Du hast keinen Mut, du bist genauso feige wie ich. Zwei Feiglinge und betrunken. Bürgerin. Bürgerin Grönland.
Ich war wieder nüchtern. Er redet mich betrunken, und er redet mich auch wieder nüchtern. Ich habe ein Taxi herbeigewinkt und gezahlt. Von dem Geld, das ich für den Pernod bezahlt habe, lebe ich zu Hause zwei Wochen. Wir hatten draußen gesessen. Die letzten Gäste. Drinnen spielte noch ein Musikautomat. Die Sprengwagen fuhren schon durch die Straßen.
Als er sich am nächsten Morgen rasierte, sah er mich im Spiegel an, ich war schon fertig und wartete auf ihn. Ich hatte ihm früh zwei Migränetabletten gegeben und selbst auch eine genommen. – Ich hoffe, du nimmst das nicht tragisch, Hanna? Gestern abend? Typische Krise eines Mannes, der fünfzig geworden ist, in jedem psychologischen Handbuch nachzulesen.
Er lächelte ein schüchternes, armseliges Lächeln. Und ich hilflos, mit Armen, an denen die Hände zentnerschwer hingen, und die Zunge wie ein Klumpen Lehm im Mund, und ich weiß doch, daß es ein Wort gibt, das uns beide erlösen könnte, und oft weiß ich das Wort sogar und müßte es nur aussprechen.
Aber dann ist der Augenblick schon vorbei, und ich habe ihm wieder

nicht geholfen. Wir gehen die Hoteltreppe hinunter und besichtigen weiter Paris, sein Paris. Tausend Jahre alt, zuzüglich der fünfundzwanzig, die Jörn noch dazu tut. »Damals stand hier noch«, »früher war hier«, und darüber verwelken die Rosen und werden staubig wie die Bäume auf den Champs-Élysees und schal wie der Pernod in den Bistros, in denen wir nachts sitzen. Nächte, nach denen das Wachwerden schwer ist. Man sagt Madame zu mir, Madame, und hält sich fern von uns.

Am letzten Tag war es noch heißer als an den Tagen vorher. Ich wäre gern noch einmal auf dem Blumenmarkt hinter Notre-Dame gewesen, wo die Malschülerinnen ihre Staffeleien aufstellen, zwischen Topfblumen und Gießkannen und Vogelkäfigen, es ist dort grün und kühl. Ich wollte noch einmal unter den Bäumen hinter dem Palais Royal sitzen. Zum erstenmal hatte ich einen Vorschlag gemacht. Aber Jörn wollte, warum weiß ich nicht, die Kirche von St.-Denis sehen, die Gräber der französischen Könige. Vorher waren wir in keiner Kirche gewesen, nicht in der Sainte-Chapelle und nicht in Notre-Dame und nicht in der Madeleine, und auch Napoleons Grab hatten wir nicht gesehen; ich hatte noch nie eine Vorliebe für gotische Architektur bei ihm wahrgenommen, an dem Tag aber war nichts so wichtig wie diese Kirche in St.-Denis, die ich schon auf dem Hinweg anfing zu hassen. Ich schlug ihm vor, daß er allein hinfahren sollte, und ich bliebe auf dem Blumenmarkt – ich habe keinen so exklusiven Geschmack wie du –, er sagte, dies sei der richtige Tag für Gräber, für prunkvolle Bestattungen. Natürlich begleitete ich ihn, es war unser letzter Tag, mit dem Nachtzug mußten wir zurück. Während der endlosen Fahrt dachte ich immer nur: Wenn es doch schon vorbei wäre, zwei Tage weiter, bloß nicht noch dieser endlos lange Abschied.

Es wurde von Stunde zu Stunde heißer und drückender. Jörn war blaß und abgespannt. Er hatte zuviel getrunken und zuwenig geschlafen in dieser Woche. Die Metro war überfüllt, obwohl es bald zwölf Uhr war; am Châtelet mußten wir umsteigen, in den gekachelten Gängen ging ein kühler Luftzug. Wir sprachen nicht miteinander, ich hatte nach Jörns Hand gefaßt, aber sie war feucht, ich ließ sie wieder los, die Schuhe drückten mich, ich hatte nicht angenommen, daß wir so lange unterwegs sein würden, dann standen wir wieder dicht aneinandergedrängt in einer anderen Metrolinie, ich hatte längst die Richtung verloren, er machte sich nicht die Mühe, mir zu erklären, wo dieses St.-Denis überhaupt sei. Ich reichte ihm die Flasche mit dem Eau de Cologne, er benutzte sie auch, sagte – immer für alles ausgerüstet, Bürgerin, dir kann gar nichts passieren. – Ich tat die Flasche wieder in die Handtasche. Seine Kommentare verstimmten mich, ich kannte sie alle längst. Dann in einen Omnibus. Als wir endlich in St.-Denis angekommen waren, einem grauen, düsteren Vorort, tranken wir in der Nähe der Kirche einen Aperitif, essen mochten wir beide nichts, es war zu heiß, das Wasser in dem Siphon war lauwarm, wir tranken noch einen Kaffee, auch der lauwarm, er schmeckte nach Zichorie. Jörn sagte nichts dazu, ließ ihn stehen, legte das Geld auf den Tisch, stand auf. Wir haben dann in der Kirche gesessen, nebeneinander, hinten im Mittelschiff, die Dämmerung im Raum gab die Illusion von Kühle. Von der Gruft der Könige habe ich nichts gesehen. Es war heiß, meine Füße schmerzten, und morgen würde ich wieder allein sein.

Als wir ins Freie kamen, war die Sonne im heißen Dunst erstickt, die Luft war so staubig und dick, daß man kaum atmen konnte, auf den Straßen war es noch lauter als sonst. Eine schreckliche Stadt. Fremd und feindselig. Ich wollte fort von hier, ich fühlte mich elend, ich wollte, daß es endlich vorbei wäre.

Und Jörn, von dem ich nicht wußte, was er dachte, legte plötzlich den Arm um mich, drückte mich an sich. Wir waren vor einem Hotel, ich merkte es erst, als er stehenblieb. Zwei Tische mit Korbsesseln davor, eines dieser schäbigen Hotels, von denen der Putz bröckelt. An dem Schild hat es gelegen, an diesem »pour la nuit et pour la journée«. Jörn sagte – komm, Hanna, laß uns reingehen, komm!

Ich habe mich zur Wehr gesetzt. Zum erstenmal. – Nicht hier! Bitte! Nicht jetzt. – Wir haben einen Taxistand gesucht, es gibt in dem Stadtteil nicht viele Taxis, als wir endlich in einem saßen, dauerte die Fahrt durch die überfüllten Straßen über eine Stunde, mit der Metro wäre es rascher gegangen und weniger teuer gewesen. Er sagte, ohne mich anzusehen, bitter, höhnisch – hattest du Angst, die Laken seien nicht sauber genug für dich? –

Im Hotel habe ich mich aufs Bett gelegt und versucht, mich etwas auszuruhen. J. saß unten im Restaurant, er kam nicht einmal nach oben, um sich zu waschen. Ich habe unsere Koffer gepackt, auch seinen, er überläßt das jetzt mir, schon gewohnheitsmäßig. Ich nähe, gewohnheitsmäßig, schnell einen Knopf an seinem Jackett fest.

Wir haben spät am Gare du Nord zu Abend gegessen und sind in den Nachtexpress gestiegen. In meinem Koffer lag der Morgenmantel, den er mir geschenkt hat. Rosen, auch da Rosen, auf weißer Seide, »elle est l'amour qu'elle refuse – il ne restera rien«. Nichts. Nichts. Kostbar, unpraktisch, ein Morgenmantel, für eine Geliebte, von der man nicht weiß, daß sie mit Koks und Asche umgeht. Es ist ja auch Juni.

Jörn hatte versäumt, uns Schlafwagenplätze zu bestellen. Wir saßen in der ersten Wagenklasse, beide am Fenster. Die Wohnblocks der Vorstädte, die Hochhäuser der neuen Wohnviertel, Baukräne, mit den roten Lampen vor dem Himmel, der noch hell war vom Widerschein der Stadt. Ich blickte zurück, Jörn voraus, er sprach von der fünften Republik und vom neuen Franc, und ich hörte ihm nicht mehr zu. Wir zogen das Schnapprollo nicht vor das Fenster, wir sahen in die Nacht. Der Abendstern, andere Sterne, Wolken davor, der Mond war längst untergegangen. Jeder in seiner Ecke. Ich hatte die Schuhe ausgezogen und die Füße neben ihn auf den Sitz gelegt. Er nahm sie in die Hand, gedankenlos, gewohnheitsmäßig. Wir schalteten das Neonlicht aus, nur die Leselampen über unseren Sitzen brannten noch, später machten wir auch die aus. Der Schaffner kam und verstellte unsere Sitze, wir konnten uns beide ausstrecken. Er zog die Vorhänge zum Gang hin zu. Jörn gab ihm ein Trinkgeld. An den Bahnhöfen fielen die weißen Lichtbündel der Bogenlampen auf uns. Maubeuge, Charleroi, da wurde es schon hell. Namur, weißer Nebel über der Maas, wir sahen in die Nacht und in den Morgen. Liège – Aachen, ich legte den Kopf gegen seine Schulter wie in anderen Nächten, ich weinte, wie in so vielen früheren Nächten.

Ich mußte zuerst aussteigen. Als diese Reise begonnen hatte, stand Jörn am Zugfenster und erwartete mich. Ich packte meine Sachen zusammen, ging in den Waschraum und kämmte mich. Jörn wollte sich nicht rasieren, er sei ja in einer Stunde auch zu Hause – ich kann dort gleich baden, das ist mir ganz angenehm.

– Natürlich. Hast du dich angemeldet? – Ich habe keinen genauen Zug angegeben. – Hast du an ein paar Geschenke gedacht? – Er hat sie eingekauft, während ich nachmittags auf dem Bett lag. An alles hat er gedacht. Seine Rückkehr war sorgfältig vorbereitet. Aber er war es nicht. Er hielt mich fest. – Komm mit! – Wohin? – Er ließ mich los. – Du hast recht. – Ich muß aussteigen, so lange hält der Zug nicht, geh auf deine andere Ebene, sie ist sowieso breiter und bequemer. – Halt den Mund! Du weißt nicht, was du redest, warte, ich komme mit dir, ich kann genausogut erst heute nachmittag ankommen, ich rufe zu Hause an, ich will mich nicht so im Zug von dir trennen. Ein Tag macht nichts aus, ich kann jetzt nicht, sie wollen jetzt mit mir frühstücken, und ich soll erzählen.

Ich habe mich losgemacht. – Laß mich gehen, bitte!

Er stand am Fenster. Ich habe mich nicht umgedreht, ich bin zur Unterführung gegangen, den Koffer in der einen, die Tasche in der anderen Hand, ich hätte auch nicht winken können. »Dreht euch nicht um. Wer sich umdreht oder lacht.«

Jetzt hat er noch eine halbe Stunde Fahrt. Ich bin diese Strecke so oft gefahren, hin und her, immer die Rückfahrkarte in der Manteltasche. Es war acht Uhr, in den Chorfenstern des Domes brachen sich die Sonnenstrahlen. Die Glocken läuteten, irgendein Seelenamt, ich packe den Koffer aus, hänge den Morgenrock in den Schrank, lasse das Badewasser einlaufen, stelle Kaffeewasser aufs Gas, blättere die Post durch, ein Brief von Albert. Ich habe das Nachhausekommen nun schon gelernt. Routine. Vielleicht auch Disziplin. Ich tue das Nächstliegende.

Als ich meinen Kaffee trank, läutete das Telefon. Jörn, er war in eine Telefonzelle gegangen, am Bahnhof, er wollte nur hören, ob alles in Ordnung sei, nein, zu Hause sei er noch nicht gewesen, es sei eigentlich auch nichts, er hätte nur meine Stimme hören wollen, er hätte auf einmal nicht mehr gewußt, wie sie klingt, ob er überhaupt danke gesagt habe für diese Woche.

Und dann nutzte alle Disziplin und alle Heimkehrroutine nichts, ich habe in das Telefon alles gesagt, was ich in diesen Jahren heruntergeschluckt habe, daß ich es nicht mehr aushalte, daß es entsetzlich und unmenschlich sei, ich will bei ihm sein, nirgends sonst.

Aber ich habe es erst gesagt, als er schon eingehängt hatte.

8. Juli

Meine Pläne für den weiteren Verlauf dieses Jahres nehmen deutlichere Gestalt an.

Ich habe mir eine Grammatik gekauft, einen Dictionnaire, ein

Übungsbuch, jeden Tag arbeite ich drei Stunden, genau nach der Uhr, vorher eine Stunde am Klavichord, nachmittags noch einmal eine Stunde. Ich lebe nach meinem eigenen Stundenplan, das macht es einfacher, ich habe mich besser unter Kontrolle. Ich wußte, daß es nach Paris nur schlimmer werden konnte. Diesmal ist es mir gelungen, den Sturz abzufangen. Ich habe J. noch nicht wieder gesehen. Er ruft an jedem Abend an. Er hat mir einen französischen Roman in einer broschierten Ausgabe geschickt, er sei eben erst erschienen, vielleicht hätte ich Lust, ihn zu übersetzen, er könne mir einen Verlag vermitteln. Ich habe nur den »Larousse illustré«, es soll einen neuen, sehr guten Dictionnaire geben, den ich mir besorgen muß, es scheint eine schwierige Lektüre zu sein.

Cora hat angerufen, gleich nach meiner Rückkehr. – Wo warst du bloß? – In Paris, für eine Woche. – Du hättest uns doch eine Karte schreiben können!

– Wozu? Ich dachte, du wärest dann betrübt, weil du nicht so unabhängig bist und reisen kannst. – Meinst du etwa wirklich, ich gönne dir das nicht? Ich finde es nur merkwürdig, daß du jetzt zu deinem Vergnügen nach Paris fährst, wo die Eltern gerade eben gestorben sind. – Die haben nichts damit zu tun, laß sie aus dem Spiel, Cora, ich hätte sie auch nicht gefragt, wenn sie noch lebten. – Du warst wohl gar nicht allein in Paris? – Nein. – Oh! Wie kannst du nur! – Ich kann, Cora! Ißt du nicht mehr mit deinen Kindern am Tisch? Spielst du nicht mehr mit ihnen? Schläfst du nicht mehr mit deinem Mann? Wie äußert sich denn deine Trauer, vergleichsweise, was ist für dich erlaubt, was für mich? Was ist Pflicht für den einen und Vergnügen, unerlaubtes Vergnügen für den anderen?

Einiges davon habe ich tatsächlich gesagt. Sie reizt mich; die einzige, der es jedesmal gelingt, meine Ruhe zu durchbrechen. Ich gehe in die Verteidigung, bevor sie mich angreift. Sie war so entsetzt, daß sie nicht einmal antwortete. Ich schwieg auch. Sie fängt an, ihr Leben als Maßstab für alle anderen zu nehmen. Das lasse ich nicht zu. Trotzdem habe ich eingelenkt. Es geht ihr vielleicht nicht gut, sie hat viel Arbeit – entschuldige, Cora, wir wollen uns doch nicht wieder streiten wie in Hamburg, es war heiß in Paris, ich bin abgespannt zurückgekommen, ich rufe in ein paar Tagen noch einmal an – dann sogar: ich habe eben erst den Abschied hinter mir, sei nett und frag nichts, es ist nicht ganz so lustig, wie du wohl annimmst.

Sicher ist sie bestürzt zu Helmut gegangen und bespricht das nun mit ihm. Verstehst du meine Schwester? Und Helmut? Der wird sich hüten zu sagen, daß er einen Mann verstehen kann, der mit mir für eine Woche nach Paris fährt. Auch er hat falsche Vorstellungen, was das heißt, eine Woche Paris, eine Woche unerlaubter Liebe. Ich habe mich nicht erkundigt, wie es ihr geht, ob sie Beschwerden hat, ich habe nicht nach den Kindern gefragt. Ich bin egoistisch geworden, ich möchte auf alle Fragen immer nur antworten: Laßt mich bitte in Ruhe.

Und Alberts Brief. Er ist hiergewesen, und ich war nicht da, die Nachbarn haben ihm gesagt, daß ich wohl verreist sei. »Ich habe selbstverständlich die Wohnung in Deiner Abwesenheit nicht betreten. Sobald Du zurück bist, werde ich Dir den Schlüssel aushändigen.« Er hat angerufen und mich nicht erreicht. Er ist beunruhigt. »Warum schreibst Du nicht wenigstens eine Karte?« Das Ausbleiben von Ansichtskarten scheint auffälliger zu sein als die geschriebenen und abgesandten. »Daß Du diese Karte nicht schreibst, ist natürlich auch eine Nachricht von Dir, ich verstehe. Wir müßten uns einmal zusammensetzen und über manches in Ruhe sprechen. Es ist mir unangenehm, Dich hineinziehen zu müssen. Es handelt sich um Lisa. Ich hatte zunächst sogar vor, Dich zu bitten, daß Du einmal mit ihr sprichst. Aber das ist wohl zuviel verlangt. Vielleicht hat es auch gar keinen Zweck. Ich überlege oft – nun, Du hast recht, es ist müßig, das jetzt zu tun, dafür ist es zu spät. Ich verfolge jedoch einen Plan, darüber allerdings würde ich gern mit Dir sprechen. Du bist diejenige, die mich so weit kennt, daß sie beurteilen kann... Dir das jetzt auseinanderzusetzen, würde zu weit führen, ich mag nichts darüber schreiben, ich beschäftige mich fortgesetzt in Gedanken damit. Ich muß aus meinem jetzigen Leben aussteigen. Aber ich weiß nicht, ob ich den Absprung wagen soll, ich bin ungelenkig geworden, Du verstehst kein Wort, Johanna, natürlich nicht! Du fragst, kannst Du es nicht etwas weniger allgemein ausdrücken? Keine Abstraktion, nur Verworrenheit. Es ist alles so verworren, ich beneide Dich, daß Du Zeit zum Nachdenken hast. Im vorigen Herbst habe ich Dich nicht verstanden, jetzt verstehe ich Dich besser. Ich hielt es damals nur für Bequemlichkeit, daß Du dieses Jahr für Dich haben wolltest, keine Anstellung suchen, nur einfach leben. Ich habe die Zeit zum Nachdenken nicht, ich lebe nur noch meinen

Terminkalender ab, und das nicht einmal so, wie ich es tun müßte, und zwischendurch dann diese Luftlöcher, wie dieses hier, in die man dann abstürzt und zum Kirschwasser greift. Es ist noch eine Flasche von Dir, ich habe mir nie was daraus gemacht, allein zu trinken. Das bringen die Verhältnisse so mit sich. Entschuldige, ich bin betrunken, solche Briefe schreibt man nicht. Ich nehme meinen Urlaub, es sind mehr als sechs Wochen, im August/September, ich kenne jemanden auf dem Land, keine große Praxis, er will mich als Vertreter nehmen. Arzt-Vertreter. Mit einem Lehrbuch für Praktiker in der Tasche wird es schon gehen, viel kann ja nicht passieren. Vorerst ist es noch ein Projekt.«

Eine Landpraxis!

Er paßt ja nicht in die Stadt, auch wenn er elegant wirkt und liebenswürdig sein kann und ein guter Kaufmann ist. Damit hat er sich und uns allen nur beweisen wollen, daß er das kann: Geldverdienen, und noch dazu möglichst rasch und möglichst viel. Er hat sowenig Selbstvertrauen, ich glaube, ich bin die einzige, die das weiß, auch mir gegenüber gibt er sich gewandt und tüchtig. Er will keine Angriffsflächen bieten, er ist zu empfindlich. »Sie sind alle unerwachsen, die Männer«, sagt Marlene.

Jetzt will er es also endlich ausprobieren. Er ist vorsichtig, er traut sich nichts mehr zu. Eine Feld-, Wald- und Wiesenpraxis nannte er das immer, die einfachste und die schwierigste zugleich. Von Anfang an hat er seine vorwiegend kaufmännische Tätigkeit verachtet und sich verachtet, weil sie ihm leichtfiel und er so leichten Erfolg hatte. Was ihm nicht schwerfällt, was keine Mühe macht, ist nichts wert, das stimmt für ihn und für mich auch. In allen Dingen des Lebens. »Leid wiegt die Schuld nicht auf, Bürgerin, du rechnest schon wieder.« Das sagt nicht Albert, sondern J.

Eine Landarztvertretung. Ohne Naturheilkunde, davon werden die Leute nichts wissen wollen. Von Wasser kriegt man Rheuma. Keine Lehmpackungen, mit Lehm haben sie sowieso zu tun. Sie wollen Medikamente aus der Apotheke. Unter der Hitze haben sie beim Rübenverziehen genug zu leiden. Albert in einem Sprechzimmer, im weißen Kittel. Ich werde die Kittel nachsehen und ihm zurechtlegen, damit er sie sich mitnimmt. Die Zeit, die er in den Wartezimmern seiner Kollegen verbracht hat; das steigt alles wieder auf, unsere

großartigen Pläne für das Sanatorium. Alles ist soviel kleiner geworden. »Diese Maßschneiderei des Lebens.«
Das ist doch kein Plan, den er mit Lisa zusammen gemacht haben kann. Sie wird nicht mitkommen.
Resignation? Entschlüsse, die aus Resignation gefaßt werden, sind sie schlechter als andere?

12. Juli

Ich bin beunruhigt.
Irgend jemand ruft mich immer wieder an. Sehr früh am Morgen, manchmal schon vor sieben. Manchmal gegen Abend, oft noch nach elf Uhr. Ich melde mich jetzt nur noch mit meiner Nummer, warte einen Augenblick und lege wieder auf. Dann ist ein paar Stunden Ruhe, dann klingelt es wieder. Ich habe versucht, nicht an den Apparat zu gehen, aber es läutet so lange, bis ich den Hörer abnehme. Es muß jemand sein, der kontrollieren will, wann ich zu Hause bin, ob ich zu Hause bin oder ob ich allein bin.
Merkwürdig. Auch unheimlich. Ich bekomme Herzklopfen, sobald das Telefon läutet. Es irritiert mich bereits, wenn ein paar Stunden vergangen sind und es nicht geläutet hat. Ich habe es J. gesagt und ihn gefragt – du bist es doch nicht etwa?
– Hast du ein schlechtes Gewissen, daß du das annimmst?
– Nein.
– Außerdem rufe ich dich an, um mit dir zu sprechen, und nicht, um zu schweigen, es wird niemand von außerhalb sein, sonst würde es zu teuer, zumal es nicht in den billigen Abendstunden geschieht. – Daran hatte ich nicht gedacht. Sehr interessant schien er es nicht zu finden; als ich noch einmal darauf zu sprechen kam, meinte er, daß ich offensichtlich Kriminalromane oder entsprechende Filme im Kino zu mir genommen hätte. – Du hast recht, es ist auch nicht so wichtig, entschuldige, daß ich davon angefangen habe.
Während er abends hier war, schellte es auch, ich schreckte zusammen, er ging an den Apparat, das tut er selten, er fragte – bitte? – Nichts. Er legte auf, er gab zu, daß es zumindest merkwürdig sei. Auch er weiß nicht, ob man über das Amt feststellen lassen kann, woher die Anrufe kommen.

Bevor ich beim Fernsprechamt anfragte, wollte ich mich bei Albert erkundigen, er weiß in solchen technischen Dingen besser Bescheid. Als es am nächsten Morgen wieder klingelte und sich wieder niemand meldete, rief ich ihn an, ich war erleichtert, daß er da war, daß der Hörer gleich abgenommen wurde. Aber er war es gar nicht, es war Lisa. Ich hatte nicht damit gerechnet; seinen letzten Äußerungen hatte ich entnommen, daß sie nur noch selten zu ihm kommt und noch seltener über Nacht bleibt. Ich sagte ihr guten Morgen, ich sagte – entschuldige, wenn ich euch so früh störe, ich hätte gern Albert gesprochen, gibst du ihn mir, bitte. – Er war gar nicht da! Er ist schon seit ein paar Tagen unterwegs. Sie war zufällig in der Wohnung, um etwas zu holen. Sie schien befangen zu sein. Das ist verständlich. Ich blieb ganz ruhig während unseres kurzen Gesprächs. Ich bat sie, Albert auszurichten, daß er mich nach seiner Rückkehr einmal anrufen möge.
Heute war dann Ruhe. Aber ich war unkonzentriert. Ich habe den Roman, den J. mir geschickt hat, zu Ende gelesen. Ich mag das Thema nicht, es ist mir unbehaglich dabei. Ich weiß auch noch nicht, ob ich ihn übersetzen will. J. hat noch einmal gefragt und mir versichert, daß es nicht schwer sein würde, einen Verleger dafür zu finden. Es würde ihn beruhigen, wenn er mich damit beschäftigt wüßte; abgelenkt von sich, das sagte er nicht, aber das weiß ich. Einmal hat er es gesagt – du kannst auf die Dauer keinen Hauptberuf aus der Liebe zu mir machen. Es belastet mich zu sehr. Die Liebe ist eine Zutat, das, was über das Notwendige hinausgeht, kann eine Belohnung sein und kann zur Strafe werden.

14. Juli

Albert war zu einem Besuch hier.
Tatsächlich schellte das Telefon, während er hier war. Sonst hätte er es mir wohl gar nicht geglaubt. Er sah auch, welche Wirkung es auf mich ausübt. Ich versuchte, ruhig an den Apparat zu gehen, sagte zu ihm – paß auf, so ist es jedesmal. Ich nannte die Nummer, es meldete sich niemand. Ich behielt den Hörer am Ohr, sagte – tu mir den Gefallen, geh du einmal dran, Albert. – Im selben Augenblick wurde aufgelegt, zum erstenmal, bevor ich es tat.

Im Selbstwähldienst kann man nicht feststellen, woher ein Anruf kommt. Er riet mir, den Apparat für einige Zeit sperren zu lassen. »Kein Anschluß unter dieser Nummer.« Dann hören die Belästigungen auf. Auch er kann sich nicht vorstellen, was dahintersteckt. Einen Augenblick habe ich sogar gedacht, daß es meine Nachbarin, diese Frau Marein, sei, aber sie hat keinen eigenen Anschluß mehr, sie müßte immer in eine Telefonzelle gehen. Albert fragte, wie ich zu dieser Vermutung käme. Ich habe ihm erzählt, daß ich sie gekränkt habe. Neulich kam sie zu mir und fragte, ob ich wohl manchmal abends die Kleine für ein paar Stunden zu mir nehmen würde, die ganze Nacht wolle sie es mir nicht zumuten. Sie hat einen Freund. Die Kleine stört dann, sie schläft nicht fest, und man weiß ja auch nicht, was sie dem Vater erzählt, wenn der im Herbst aus Brasilien zurückkommt, sie ist schon zu groß, sie versteht schon zuviel. Ich habe das abgelehnt. Und dann hat sie gesagt: Sie haben es gerade nötig, Sie sollten doch wohl am ehesten Verständnis dafür haben, meinen Sie denn, hier im Haus sähe niemand, wenn Ihr Freund kommt und den Wagen in der Seitenstraße parkt und mitten in der Nacht wegfährt. – Ich bin aufgestanden und habe sie gebeten zu gehen. Ich lege keinen Wert auf Vertraulichkeiten. Und dann ist sie laut geworden und ausfallend. Sie ist die einzige, die mir einfällt, sonst weiß ich niemanden.
Albert ging auf und ab, er raucht jetzt Zigaretten, ich mochte den Geruch seiner Zigarillos lieber. Er raucht die Zigaretten immer nur zur Hälfte, drückt sie aus, nimmt eine neue. – Wir haben unsere Angelegenheiten ziemlich in Unordnung gebracht, Johanna, bisher ist es uns nicht übermäßig geraten – er tippte auf meine Nase, wie er das früher auch schon tat, wenn er einem Satz Bedeutung, aber keine Schärfe geben wollte.
Er sah die Grammatik und das Wörterbuch auf dem Tisch liegen.
– Du willst verreisen?
– Vielleicht. Ich muß noch immer eine Reise nachholen.
– Mit ... ?
– Nein. Allein.
– Was ist eigentlich aus dem Pullover geworden, Penelope?
– Der ist fertig.
– Wer bekommt ihn?
– Niemand, es ist kein Anwärter dafür da.

Albert zeigte zum Klavichord. – Machst du Fortschritte?
– Ich hoffe.
– Willst du mir etwas vorspielen?
– Nein.
– Wenn du nicht magst, natürlich nicht.
– Bitte, versteh es.
– Hat jemand anders das Monopol?
– Nein.
– Ich dachte.
Ich versuchte dann doch, es ihm zu erklären. Ich spiele nur dilettantisch, er ist verwöhnt, ich kann nicht mit Lisa konkurrieren.
– Ach, von Lisa sprichst du, sie spielt nicht bei mir, sie hat das Cello noch nie mitgebracht, es ist viel zu weit von ihrer Wohnung bis zu mir, sie will nicht, daß ich sie mit dem Wagen abhole.
– Früher lief sie doch immer damit herum, erinnerst du dich nicht, wir haben immer gesagt, sie tut es aus Eitelkeit, sie wirkte so zart und zerbrechlich, wenn sie es vor sich herschleppte und es dann hinstellte und sich daranlehnte und ausruhte, weißt du nicht mehr?
– Doch.
– Entschuldige. Es fiel mir eben ein. Sie hat dir gesagt, daß ich dich anrufen wollte?
– Nein. Wann?
– Neulich, sehr früh am Morgen, aber du warst unterwegs, ich wollte dich wegen dieser Telefonanrufe fragen.
– Nein, sie hat mir nichts gesagt. Sie wird es vergessen haben.
– Bitte, sei so nett und kläre du das mit dem Fernsprechamt.
– Zu diesem Fabian paßt es doch nicht, oder was meinst du? Experimentiert er vielleicht, wie eine Frau darauf reagiert?
– An ihn habe ich nicht gedacht, ich weiß nicht. Möglich ist das.

Er hätte nun gehen können, die Kittel lagen bereit, der Kaffee war getrunken, der Aschenbecher war mit halbaufgerauchten Zigaretten angefüllt, ich sagte nichts dazu, obwohl es mich beunruhigte, seine Hände zittern, er müßte wirklich Ferien machen und nicht eine Vertretung übernehmen, die seine Kräfte sehr beanspruchen wird. Er fragte – ich halte dich auf, Hanna?
– Aber nein.
– Du bist so konventionell. Sag doch etwas! Was hast du früher immer

gesagt, wenn ich keine Lust hatte zu fahren, wenn ich mich vor den Leuten fürchtete?

– Ich weiß nicht, was du meinst, Albert, ich hab' es vergessen.

– »Die Penelope-Arbeit des Vergessens.« Du sitzt hier und vergißt, Penny.

Er hat die Kittel anprobiert, sie sind ihm etwas knapp geworden, sie sind auch nicht mehr elegant, aber für eine Landpraxis ist es besser, wenn er sich keine neuen besorgt. Wir mußten nach den Durchsteckknöpfen suchen.

– Bist du sicher, daß nicht noch irgendwo etwas von mir liegt? Du gibst nicht eher Ruhe, bevor nicht die letzte Spur von mir getilgt ist.

– Warum sagt er das? Welche Antwort erwartet er darauf. Es wird gut sein, wenn er bald für sechs Wochen aus allem herauskommt und andere Aufgaben hat, die ihn wirklich beschäftigen.

Er scheint über mehr Zeit zu verfügen als früher, ich erkundigte mich danach.

– Ich lasse es langsam angehen, das kann man nämlich auch, ich wußte das nur nicht. Ich habe früher irgendwo gelesen, es sei ein Beruf, der den ganzen Einsatz verlange, und daran hatte ich mich gehalten.

Er sah mich an, einen Moment mußte ich überlegen, dann fiel es mir ein: »Ein ganzer Mann, konzentriert auf ein ganzes Ziel.«

– »Entscheide dich, wo du hingehen willst, und geh«, zitierte Albert.

– »Glaube nie, daß du auf der rechten Straße bist, nur weil du eine Wagenspur entdeckt hast«, zitierte ich.

– »Die einzige helfende Hand, auf die du stets rechnen kannst, hängt an deinem eigenen Arm.«

– Hör auf, hör auf! Hast du das etwa noch?

– Neulich hatte ich das Buch in der Hand, alle deine Zettel liegen noch drin. Anleitungen für einen erfolgreichen Vertreter. »Provisionen fallen nicht vom Himmel«.

– Es war falsch, ich habe es nicht besser gewußt, ich dachte, ich müßte dich daran hindern.

– Laß gut sein, du wirst recht gehabt haben, wie immer. Ich fange an zu denken, was du früher gedacht hast. Ich übernehme deinen Posten. Immer im Widerspruch, zur Abwechslung jetzt einmal zu meinen früheren Ansichten.

Ich wollte kein solches Gespräch. Es wirft uns beide um Monate zurück, wir fangen wieder an zu überlegen, ob der Schritt richtig und notwendig war. Ich sagte leichthin – nimm das nicht ernst! Ich ertappe mich auch manchmal dabei, daß ich deine Ansichten habe, irgendwann pendelt sich das aus, man muß das nur abwarten.
– Wie ruhig du geworden bist.
– Nenn es wie früher, Albert, langweilig.
– Eine Frau, die den Mut hat, langweilig zu sein und nicht amüsant und nicht aufregend. Manchmal denke ich, dies hier sei der einzig wirklich ruhige Platz in der ganzen Stadt, hier steht ein Sessel, in den kann man sich setzen, man kann mit dir sprechen, aber braucht es nicht. Wenn ich daran denke, geht schon von dem Gedanken Beruhigung aus. Ich stelle mir vor, wie du Klavier spielst, wie du liest, wie du schreibst, in der Küche hantierst, alles bedächtig, ohne Hast. Manchmal bist du jetzt wieder wie früher, wie ganz früher. Du weißt schon...
Er spricht Tuttis Namen nicht aus. Das ist tabu, nach wie vor.

Juli

Keine Telefonanrufe mehr. Ich brauche nicht darauf zu warten, und ich brauche sie nicht zu fürchten. Vor ein paar Monaten noch wäre es mir unerträglich gewesen, so ohne alle Verbindung zu sein.
J. weiß nicht Bescheid. Ich hätte ihm eine Nachricht zukommen lassen müssen. Aber wie? Seit Ruth mit im Geschäft ist, fahre ich nicht mehr hin. Die Privatpost gerät leicht unter die dienstliche, die Anrufe in der Geschäftszeit vermeide ich, abends ist er nicht dort; die Schulferien haben begonnen, es ist ruhig im Buchhandel, ich weiß das jetzt schon, ohne mich erkundigen zu müssen. Er wird gekränkt sein, daß ich ihn nicht verständigt habe.
Ich habe mit der Übersetzung angefangen.

Juli

Als ich nachmittags aus dem Haus ging, um Zigaretten zu holen, stand Lisa an der Ecke, ganz in der Nähe meines Hauses, sie schien

auf etwas zu warten. Als sie mich sah, erschrak sie. Wir wußten zunächst beide nicht, ob wir uns begrüßen sollten oder nicht, wir haben uns länger als ein Jahr nicht gesehen. Ich bin die Ältere. Es ist nicht schwer, ihr gegenüber großmütig zu sein. Ich ging auf sie zu, reichte ihr die Hand. Sie war der Ansicht, ich sei verreist, sonst wäre sie auch gar nicht durch dic Straße gegangen.
– Wie kommst du darauf? Ich war nur neulich eine Woche fort, sonst bin ich immer hier.
– Ich dachte, dein... entschuldige! – Sie wollte wohl wirklich wie früher sagen »dein Herr« – ich meine, Albert hat so etwas erzählt, nein? – Sie war verwirrt. Sie sieht blaß aus, sie hat etwas Gehetztes im Blick, das hat sie früher nicht gehabt.
Ich forderte sie auf mitzukommen, wir könnten uns einen Kaffee kochen. Albert hatte neulich erwähnt, daß es gut wäre, wenn ich einmal mit ihr spräche. Vielleicht konnte ich den beiden wirklich helfen.
Sie wollte nicht. Sie sagte hastig, sie sei auf dem Weg ins Funkhaus. Woher kam sie denn? Spielt sie doch noch im Funkhaus? Ich habe nicht gefragt.
Bald käme sie mal. Sie riefe mich vorher an.
Ich hätte ihr sagen müssen, daß ich telefonisch nicht erreichbar bin, aber in dem Augenblick fiel mir das nicht ein.
Sucht sie Albert bei mir? Ist sie eifersüchtig? Noch immer? Hat Albert ihr etwas erzählt? Es hat sich doch nichts dadurch geändert. Es war eine natürliche Reaktion, nur eine physische. Ich habe J. nichts davon gesagt. Ich hatte es fast schon vergessen, erst jetzt denke ich wieder daran.
Was ist los?
Ich will nicht wieder damit anfangen, was ist, wozu, warum. Dieses Karussell von Fragen. Ich will meinen Stundenplan einhalten und mich nicht beirren lassen. Ich trinke weniger Kaffee, ich rauche nur noch fünf Zigaretten am Tag. In der ersten Woche fiel mir das schwer, aber ich hatte mir vorgenommen auszuprobieren, ob meine Disziplin ausreicht, einen Vorsatz einzuhalten. »Du strapazierst deinen Charakter an unwichtigen Dingen.« Mag sein, an irgend etwas muß man es ausprobieren, wenn es daran nicht geht, wie soll es bei größeren Vorsätzen gehen? Ich will nicht mehr als fünf Zigaretten am Tag rauchen, das ist alles. Albert hat vor einigen Jahren einmal versucht,

das Rauchen aufzugeben, und ich habe ihn ausgelacht, als er befriedigt und stolz war über achttägiges Nichtrauchen. Ich fand wie J., es lohne die Anstrengung nicht. Wie J. Aber es lohnt doch, man beweist sich selbst etwas damit. Als Albert wieder im Außendienst war, hat er auch wieder geraucht, er gab den einen Vorsatz mit anderen Vorsätzen zugleich auf.
Es regnet so viel in diesem Sommer. Ich gehe nur gegen Abend eine Stunde an die Luft.
Ich begreife, worum es in dem Roman geht, aber ich mag das Thema nicht.

Ende Juli, eine Woche später

Gestern nachmittag stand Fabian vor der Tür. Er hatte dreimal geschellt. Ich lief hin, ich hoffte, es sei der Eilbote, der eine Nachricht von J. brachte.
– Da sind Sie ja, Johanna! Was ist los, warum verleugnen Sie sich am Telefon? – Er stand im Zimmer, bevor ich ihn aufgefordert hatte einzutreten. Er holte aus seiner Aktentasche drei Flaschen Bier, fragte, ob er die in meinem Kühlschrank kalt stellen könne – Sie haben doch Zeit? Er zog den tropfenden Regenmantel aus, schüttelte ihn, ging in den Flur, hängte ihn auf, kam wieder. – So hatte ich mir das bei Ihnen vorgestellt, Johanna, genau so, genau das, was ich jetzt brauche – rauchen Sie eine Zigarette mit? Er hielt mir die zerknäulte rote Packung hin. – Wissen Sie, es hat was Beunruhigendes, Sie hier sitzen zu wissen. Eine Frau, die es sich leistet, nichts zu tun, nichts. Die Zeit hat und nicht vorgibt, keine zu haben. Was ist das für Papier, Sie schreiben doch nicht etwa? Lassen Sie die Finger davon! Bleiben Sie so. Sie sind eine Attraktion! – Entschuldigen Sie, wenn ich mich hier unterbreche, darf ich mich setzen?
Er hatte es erreicht, daß ich lachte. – Bitte! Wollen Sie länger bleiben, Fabian? Soll ich Käsebrote für Sie streichen, wie viele?
– Jetzt noch nicht, später, wenn das Bier kalt ist. Ich will etwas von Ihnen.
– Das dachte ich mir schon.
– Ich habe da wieder so eine Geschichte. Wissen Sie… Er machte eine Pause.

– Nein, ich weiß nicht.
– Unterbrechen Sie mich doch nicht immer! – Er war ärgerlich; ich gab mir Mühe, es nicht auch zu werden.
– Passen Sie auf, es geht darum. Ein Mann hat vor Jahren, in einer ungewöhnlichen und für ihn ungeheuerlichen Situation ein Gelübde getan, nur sich selbst, niemand kennt es. Jahre später lernt er eine Frau kennen. In einer, sagen wir mal, schwachen Stunde erreicht diese Frau, daß er es ihr sagt. Sie tut sogar, als begreife sie es, in seiner ganzen Tragweite für ihn. Aber es läßt ihr fortan keine Ruhe, sie will ihre Macht ausprobieren, ihre Macht ist natürlich ihre Liebe. Sie läßt es darauf ankommen, sie will wissen, was stärker ist, die Liebe zu ihr oder jenes Gelübde. Über das sie insgeheim lacht. Was ist?
– Sie lacht nicht. Sie fürchtet sich davor.
– Woher wollen Sie das wissen? Sie sind imstande und wissen das wirklich, Johanna. Ihr Frauen! Ihr geht einfach hin und sagt mit unschuldigem Gesicht: ich weiß. Ihr kriegt, einige von euch wenigstens, das einfach in die Wiege gelegt, und unsereins tüftelt daran herum und denkt und überlegt und jongliert damit und...
– Und weiter?
– Deshalb bin ich hier. Wer ist denn nun stärker? Der ewige Machtkampf. Geht er eigentlich immer zugunsten der Frau aus? Ist sie die Stärkere, von Anfang an, auch heute noch? Ist es überhaupt zugunsten der Frau, wenn sie siegt?
– Sie will gar nicht siegen!
– Johanna, holen Sie das Bier! Ich werde Ihnen jetzt die Geschichte erzählen, aber vorher schreiben Sie hier auf diesen Zettel, wie es ausgeht, wer siegt. Sie hätten ein gutes Medium für einen Zauberer abgegeben, soll ich mal die Leute vom Fernsehen fragen? Ich kenne jemanden. Ihr Typ kommt bestimmt an.
Als er einen Teller mit Broten und sein Bier vor sich hatte, fing er an zu erzählen. Vorher sagte er noch – wenn Sie jetzt aufgestanden wären, um sich ein Strickzeug zu holen oder Knöpfe zum Annähen, wäre ich sofort gegangen.
– Ich werde mir das merken, für spätere Fälle! Ich habe noch einen Pullover, den ich auftrennen könnte.
– Kann ich jetzt anfangen? Chronologisch. Ich halte nichts von Verfremdung. Die Unsicherheiten sind auch ohne Verfremdung noch groß genug. Nur ein dürftiger Stoff braucht Komplikationen. Es

tut mir leid, aber die Geschichte beginnt nach dem letzten Krieg. Der Mann, unser Mann, der mit dem Gelübde, ist Flugzeugführer gewesen, im Offiziersrang, versteht sich; zur Zeit unserer Geschichte steht er auf einem Flugplatz in einem fremden Land. Er ist im Besitz eines vorläufigen Reisepasses, den man ihm aushändigte, nachdem er sich bereit gefunden hat, ein Schriftstück zu unterzeichnen, in welchem er sich verpflichtet, sein Vaterland, entschuldigen Sie, aber er dachte damals noch in solchen Ausdrücken, nie wieder zu betreten. Er hat siebzehn Monate Gefangenschaft hinter sich. Er ist auf dieses Vaterland nicht gut zu sprechen, er will gar nicht zurück. Er besitzt wieder einen Paß, und in diesem Paß steht natürlich sein Name, Georg Wendelin von ... lassen wir das erst einmal weg, eine alte, nicht ganz unbekannte Familie. Er wurde Georg gerufen, die zweite Silbe ist zu betonen, seine Mutter hatte ihn Wendelin genannt; es steht keine Staatsangehörigkeit mehr in diesem Paß, kein Dienstgrad, nur eben jene Angaben, die unveränderlich bleiben, obschon er das natürlich auch einmal von der Staatsangehörigkeit angenommen hatte; als besonderes Kennzeichen steht darin, und das ist neu, »rechter Arm verkürzt«.
Er reiht sich unter die Wartenden vor jenem Schalter, an dem die Maschine angekündigt ist. Er versucht, sich unauffällig zu benehmen, was der ihm angeborenen Bescheidenheit entspricht. Man wird sein Land ohne Zwischenlandung überfliegen. Nur noch wenige Stunden, dann befindet er sich in Freiheit. Er muß seiner Nervosität Herr werden. Er muß glauben, daß es gelingen kann. Aber er glaubt nicht daran. Statt dessen erwartet er, daß man seine Identität mit diesem staatenlosen, berufslosen, besitzlosen Mann bezweifelt, wie er selbst es tut. Man wird ihn der Polizei ausliefern, man wird ihm den letzten, noch notwendigen Stempel verweigern, und er wird gar nicht bis zur Gepäckkontrolle kommen. Den prüfenden Blick der jungen uniformierten Angestellten der Fluggesellschaft fängt er mit einem Lächeln auf, das in nervösem Zittern des Kinns ein hilfloses, allerdings von ihr nicht mehr wahrgenommenes Ende findet. Er geht die zehn Schritte zur Gepäckkontrolle und stellt die Aktentasche, die man ihm besorgt und mit dem Nötigsten gefüllt hat, einem Rasierapparat, einer Zahnbürste, einem zweiten Oberhemd, einem weiteren Paar Socken, einer Zeitung, einer Schachtel Keks, neben das umfangreiche Gepäck der anderen Fluggäste auf die niedrige Rampe, auf der er sie im Weiter-

gehen neben sich herschiebt. Jener Bekannte, der ihm auch den Paß besorgt hat, ist nicht zum Flughafen gekommen. Aus Vorsicht.
Als man nach seiner Tasche greift und nach weiteren Gepäckstücken fragt, spürt er wieder diese Schwäche in Knien und Schultern; er lehnt sich fest mit den Schienbeinen an die Rampe, verneint die Frage nach zu verzollenden Waren mit einer Bewegung des Kopfes, der man entnimmt, daß er ein Ausländer und der Landessprache nicht kundig sei. Als man die Ungeschicklichkeit bemerkt, mit der er nach der Tasche greift, um sie unter den gesunden Arm zu klemmen und gleichzeitig das Flugbillett bereitzuhalten, findet sich jemand, der ihm behilflich ist. Das erschreckt ihn jedoch derart, daß ihm das Billett entfällt und eine Stockung in der Menschengruppe entsteht, die nun, nachdem die Tür zum Flugfeld geöffnet ist, vorwärts drängt. Unser Mann sieht die allgemeine Aufmerksamkeit auf sich gerichtet; er ist scheu, das ist er immer gewesen, und jetzt ist er noch dazu ein Flüchtiger, den Ausdruck Flüchtling kann man für ihn nicht verwenden. Als er die Maschine in einer Entfernung von knapp hundert Metern vor sich auf der Rollbahn sieht, kommt für Sekunden eine derartige Kopflosigkeit über ihn, daß er einen Blick hinter sich zur Tür wirft, die man bereits wieder geschlossen hat. Er will zurück! Er hätte es auch getan, wenn ihn nicht die Stewardess beim Arm genommen hätte in der Annahme, es handle sich um eine Ängstlichkeit, wie sie einen Menschen leicht vor dem ersten Flug befällt. Sie führt ihn mit sanfter Gewalt zu dem Steg, der in das Innere der Maschine führt, reicht seinen Flugschein einer zweiten Stewardess, die ihn ebenfalls kontrolliert und mit besonderer Aufmerksamkeit liest. Dann tauschen beide einen Blick aus, der diesen merkwürdigen Fluggast der besonderen Fürsorge weiterempfiehlt.
Auf dem Laufgang zwischen Rollfeld und Rasen gewinnt unser Mann einen Teil seiner Sicherheit zurück. Er betritt jetzt einen Raum, der ihm vertrauter ist als irgendein anderer. Während des Fluges, so hat er es sich vorgenommen, will er darüber nachdenken, was ihn drüben erwartet, oder besser: nicht erwartet. Alle Angaben, die er gemacht hat, um diese Ausreise durchzusetzen, sind ein Teil des Lügennetzes, in das er am Ende des Fluges geraten wird.
Durch die Verzögerung, die seine scheinbare Unpäßlichkeit verursacht hat, befindet er sich unter den letzten Reisenden. Er nimmt einen der hinteren Plätze ein, allerdings am Fenster. Er ist damit

durchaus einverstanden. Er will befördert werden, nichts weiter. Er reist nicht zu seinem Vergnügen. Es ist gleichgültig, wo er sitzt, allerdings hat sich der hintere Teil des Flugzeugrumpfs bei einem Abschuß zumeist als der sicherste erwiesen, vorausgesetzt, daß es gelingt, sich aus der brennenden Maschine zu befreien.

Den Sitz neben ihm nimmt eine Dame ein, die sogleich allerlei Vorkehrungen trifft: Zigarettenschachtel und Zündhölzer aus der Handtasche hervorholt, die Gurte zum Anschnallen bereitlegt, eine Zeitung zur Hand nimmt. Sie streift ihren Nachbarn mit einem abschätzenden Blick, ob sich eine Unterhaltung mit ihm lohne, ihr Urteil fällt ungünstig für ihn aus; bevor noch der erste der beiden Motoren zur Überprüfung angelassen ist, hat sie sich bereits in ihre Zeitung vertieft.

Georg von... lassen wir das mit dem Namen, schnallt den gelben Stoffvorhang mit dem Lederriemen straffer zusammen und beobachtet die letzten Vorbereitungen für den Start. Als er sieht, daß alles planmäßig verläuft, lehnt er sich in seinem Sitz zurück. Es ist gegen siebzehn Uhr. Ein Tag im September. Eine gute Stunde für einen Flug. Er wird ruhig hier sitzen und dem Schwanken der rechten Tragfläche zusehen, und wenn man sein Land überfliegt, wird man nichts mehr von dessen Verwüstungen sehen. Man kann sogar den Vorhang schließen, dann sieht man nicht einmal die Lichter. Man kann gelegentlich ein paar Worte mit der Frau auf dem Nebensitz wechseln. Man kann seine Zeitung lesen. Er ist ein Fluggast, er hat nichts weiter zu tun, als die Leuchtschrift über der Tür zur Flugzeugkanzel zu beachten und den Aufforderungen nachzukommen. Er hat sich während Start und Landung anzuschnallen und das Rauchen zu unterlassen. Aufforderungen, die seiner eigenen Sicherheit dienen. Er hat diesen Flug bezahlt, mit fremdem Geld zwar, aber er wird es später zurückzahlen; die Gesellschaft hat die Garantie übernommen, ihn ordnungsgemäß zu befördern. Kein Scheinwerfer wird die Maschine einfangen, keine Flakbatterie ihre Geschütze auf sie richten, keine feindlichen Jäger werden neben ihr auftauchen, lauter neue Bestätigungen, daß dieser Krieg zu Ende ist. Vermutlich wird man während des Aufstiegs von der Stewardess, so war es vor dem Krieg üblich, eine Süßigkeit angeboten bekommen und im weiteren Verlauf des Fluges einen Imbiß. Er durfte sich dadurch nur nicht ablenken lassen, über seine Zukunft nachzudenken.

Der linke Motor setzt ein. Unser Mann atmet tief. Sekunden noch. Alles wird besser sein, wenn sie nur erst hochkommen. Tausend Meter hoch, oder hundert, oder wenigstens zehn.
Der zweite Motor.
Die Leute unten entfernen sich. Noch tuckert der rechte Motor, aber es ist die erste Probe, eine Kleinigkeit, eine Zündkerze, die aussetzt, das kommt oft vor. Oder ist das sein eigener Herzschlag, den er mithört?
Beide Motoren laufen etwa gleichzeitig aus.
Er spürt, daß seine Hände feucht werden. Vielleicht wurde eine Funkmeldung durchgegeben, daß die Papiere eines Fluggastes nicht in Ordnung seien. Der linke Motor setzt wieder ein. Unten läuft ein Mann mit einem Feuerlöscher über den Rasen. Jetzt der rechte Motor.
Er klammert sich an die Armlehnen seines Sitzes, streift dabei die Hand seiner Nachbarin, er sagt eine Entschuldigung. Wieder dieses Tuckern, völlig unregelmäßig. So durfte ein Motor nicht laufen.
Er lehnt sich fest in seinen Sitz zurück. Was geht ihn das an. Er kennt den Flugzeugtyp nicht. Hat er die Maschine zu fliegen oder der da vorn in der Kanzel? Vielleicht ist es ein Geräusch, das dieser Motor immer macht, beim Start zumindest. Hört es außer ihm denn niemand? Man kann so nicht starten, man wird aussteigen müssen, man wird überhaupt nicht fliegen, heute nicht, man muß zurück in die Halle. Alles beginnt noch mal von vorn, man wird die Pässe erneut überprüfen.
Er hat es ja gewußt. Die Motoren laufen wieder aus. Alle beide. Jetzt werden auch die übrigen Reisenden aufmerksam. Einige sprechen gedämpft miteinander, andere blicken interessiert durch die Fensterluken. Nur die Stewardess steht lächelnd unter der Tür der Kanzel. Niemand fordert die Fluggäste zum Aussteigen auf. Man wird den Schaden demnach gleich beheben können. Ein paar Minuten wird es dauern, eine Viertelstunde, länger nicht. Er kann derweil seine Zeitung lesen, er kann seine Nachbarin anreden, er kann ihr seinen Fensterplatz anbieten. Er muß sich nur ganz unauffällig benehmen.
Die Stewardess blickt schon wieder zu ihm hin. Jetzt kommt sie auf ihn zu. Vielleicht hat man ihr von der Kanzel aus einen Wink gegeben. Sie geht langsam den Gang entlang, bleibt an seiner Reihe stehen,

beugt sich zu ihm. Er blickt weg, sieht einfach zum Fenster hinaus, als ob es dort etwas zu sehen gäbe. Er spürt eine leichte Hand auf seinem linken Arm, aber er läßt es sich nicht anmerken, starrt vielmehr auf die Spitze der Tragfläche. Der Druck auf seinem Arm verstärkt sich, und nun hört er auch ihr leises – Monsieur –?

Er wendet sich um und läßt die Ahnungslose in sein abgehetztes Gesicht sehen. Sie behält ihr Lächeln bei, bleibt freundlich und zuversichtlich und erkundigt sich, ob er sich wohl fühle. Er versteht ihre Frage nicht beim ersten- und nicht beim zweitenmal, er nickt nur, will sich erheben und mitkommen. Darum handelt es sich doch, daß er aufstehen soll und ihr folgen. Es muß nur unauffällig geschehen, man darf die Mitreisenden nicht stören, man muß sogar lächeln. Die Stewardess drückt ihn sanft in den Sitz zurück.

Die Motoren setzen wieder ein. Diesmal zuerst der rechte.

Er muß sich entspannen. Das gilt alles gar nicht ihm. Es gilt der Sicherheit aller Fluggäste, dieser sechzehn Menschen, darunter sechs Frauen und ein Kind. Sich selbst zählt er nicht mit.

Man muß die Motoren mehrere Male ausprobieren. Man muß Bremsproben machen. Man muß ganz sicher sein können. Es ist kein Krieg mehr, man darf nichts riskieren, man kann nicht einfach starten, wie man zu einem Einsatz gestartet ist.

Aber das hat er doch nie getan, er hat nicht die Luken der Bomber bedient, er hat überhaupt keine Bomber geflogen, er hat auch nicht die Eintragungen in die Meßblätter für die Großangriffe gemacht; er war Flieger, Aufklärungsflieger.

Da, da ist es wieder. Dieses Tuckern, ohne Frage der rechte Motor, jetzt, und jetzt wieder.

Unten ist niemand mehr zu sehen, auch die Männer mit der Spritze sind fort. Man konnte doch nicht mit einem defekten Motor starten. Man konnte doch nicht diese sechzehn Menschen...

Und wenn nun der Pilot und auch der zweite, der als Funker mitfliegt, sie müssen doch zu zweit in der Kanzel sein, keine ausreichende Erfahrung haben? Vielleicht fliegt er sonst einen anderen Flugzeugtyp? Vielleicht glaubt man bei der Fluggesellschaft, es sei nicht so wichtig, die Maschine sei nur klein, seit dem Krieg ist man gewöhnt, in größeren Dimensionen zu rechnen.

Er muß verhindern, daß ein Unglück geschieht. Das Flugzeug wird gleich anfangen zu rollen. Rollen wird es bestimmt, es wird womöglich auch abheben, aber wahrscheinlich wird der eine Motor bereits in geringer Höhe ausfallen, die Maschine wird über die Fläche abrutschen: auch für den erfahrensten Piloten besteht keine Hoffnung auf geglückte Notlandung. Gleich hinter dem Flugfeld fangen die Berge an.

Sechzehn Menschen. Er kann doch nicht in seinem Sessel sitzen bleiben, als ginge ihn das nichts an. Er muß nach vorn in die Kanzel. Und wenn er das täte? Er kann sich nicht ausweisen, niemand kennt ihn, niemand weiß hier von seinen Verdiensten im Krieg. Vielleicht ist er nur deshalb bis hierher gekommen. Vielleicht ist sein Leben bewahrt geblieben, damit er diese hier rettet. Vielleicht nimmt das die Schuld von ihm, ein paar Tote weniger, die man ihm anrechnen wird, wie viele kommen überhaupt auf ihn? Er hatte doch nur die Ziele auszumachen, er hatte doch vier Jahre lang keinen einzigen Schuß abgegeben. Wer hat ihm seine Toten abgenommen und schleppt sie mit sich herum? Er muß dem anderen, der seine Toten...

Warum steht er denn nicht auf? Warum geht er denn nicht hin? Hat er etwa Angst, daß er diese letzte Chance, die Freiheit zu erreichen, verpaßt? Dieser Flug wird in jedem Falle seinen Tod bedeuten. Er hat keine Angst gekannt, solange er den Steuerknüppel fassen konnte. Und eben das kann er jetzt nicht mehr.

Es bohrt in seinem Arm, gleich unter dem Ellenbogen. Ein Stummel, an dem die Hand sitzt, mit der er gerade noch einen Löffel halten kann oder die Armlehne eines Sessels. Er kann kein Steuer mehr halten, er kann niemanden mehr daran hindern, mit einer defekten Maschine zu starten, er wird auch diese Menschen noch auf sein Gewissen bekommen. Noch einmal sechzehn Tote dazu, und er weiß doch nicht, wie viele es schon sind. Diese könnte er retten, wenn er nur in der Lage wäre, jetzt aufzustehen und sich den Gang entlang zu bewegen. Noch steht die Maschine, sie bebt nur von den Erschütterungen der laufenden Motoren. Man müßte an der Stewardess vorbei in die Kanzel vordringen und den Kameraden am Arm packen; schließlich war er ein berühmter Aufklärungsflieger gewesen. Er müßte den Piloten veranlassen, den Motor nochmals durch das Bodenpersonal überprüfen zu lassen.

Ja, so wird er es machen, er wird jetzt aufstehen, seine Nachbarin bitten, ihn vorbeizulassen, das Lächeln da vorn beiseite schieben und den Piloten, nein, zuerst wird er nach dem Schalter greifen, damit die

Motoren aufhören zu laufen, daß dieses Dröhnen ein Ende hat. Vielleicht wird man ihn für wahnsinnig halten und ihn gewaltsam aus der Flugzeugkanzel entfernen, aber vorher wird er die Mitreisenden warnen, er wird ihnen zurufen, sie sollten gleichfalls aussteigen, ehe es zu spät sei. Nachher wird er sich stellen. Es ist jetzt gleichgültig, was mit ihm geschieht. Er ist dann die Verantwortung los, er wird seine Flucht aufgeben, warum wollte er überhaupt fliehen, was will er eigentlich dort?
Und die anderen? Darf er das denn, kann er überhaupt den Flug verhindern, er weiß doch gar nicht, was für die anderen davon abhängt. Für jeden einzelnen. Wenn außer ihm noch ein Flüchtender unter ihnen ist, auch einer mit falschen Papieren, der fort muß und diesen Flug als letzte Chance hat. Kann es nicht sein, daß es doch gutgeht? War er nicht selbst schon mit einer Maschine geflogen, die einen Defekt hatte? War ihm denn nicht auch die Notlandung geglückt, trotz ungünstigster Umstände? Auf dem Felsplateau lag noch Schnee, aber der Seidelbast blühte schon. Und jetzt meint er plötzlich wieder den Duft von Seidelbast zu atmen.
Es ist die Hand der Stewardess, die ihm ein Tablett zureicht, auf dem Bonbons liegen, und jetzt erst wird er gewahr: sie rollen. Unten laufen die Bäume vorbei, Häuser, das Flughafengebäude, die Hallen, jetzt eben drehen sie um fünfundvierzig Grad. Die Startbahn. Er mußte aufstehen, bevor sie abhoben.
Er kann aber nicht aufstehen, der Gurt hält ihn fest, seine Hände zittern, er stößt mit dem sogleich heftig schmerzenden Arm gegen die Sessellehne und läßt den Bonbon fallen.
Das Flugzeug rollt schneller, gleich wird es zu spät sein, wenn sie erst abheben und das Fahrgestell eingezogen wird. Er muß horchen, das Dröhnen hat sich noch verstärkt, er wußte gar nicht, daß es im Flugzeugrumpf so viel lauter ist als vorn in der Kanzel. Gleich links hinter dem Rücken der Stewardess müssen die Armaturen sein, er wird sie mit einem einzigen Blick übersehen können, die Schalttafeln haben alle in etwa die gleiche Anordnung.
Da! Noch einmal der Duft von Seidelbast, der weiße Hang mit den steilen grauen Wänden. Wenn er jetzt nur nicht das Bewußtsein verliert, das ist ihm im Lager ein paarmal passiert, vor Hunger, auch vor Schmerzen im Arm und im Kopf. Jetzt dringt ein Lachen an sein Ohr, er schüttelt es ebenso wie die Hand auf seinem Ellenbogen ab, er darf

sich nicht ablenken lassen, er muß den Gurt aufbekommen.
– Darf ich – fragt die Stimme. Die duftende Hand nimmt einen anderen Bonbon, wickelt ihn aus dem Papier und schiebt ihm den süßen, klebrigen Klumpen in den Mund. Das Dröhnen läßt nach. Er fällt. Er spürt das immer zuerst im Rücken. Er schließt die Augen, er nimmt noch die Hand auf seinem Arm wahr, den Duft von Seidelbast und März. Wie gut, daß nun alles vorbei ist. Er hält den Steuerknüppel jetzt ganz fest. Sie dürfen nicht zu schnell fallen, er muß die Geschwindigkeit drosseln, das Plateau ist eng.
Als er das Bewußtsein wiedererlangt, hat die Maschine bereits eine Höhe von etwa zwölfhundert Metern erreicht. Die Stewardess lehnt an der Tür, und jetzt eben trifft ihn ihr zuversichtliches Lächeln. Er hat den Geschmack von Orangen im Mund, seine Lippen sind rissig und verklebt, er kann seinen Mund nicht dazu bewegen, das Lächeln zu erwidern. Aber nicken kann er, er tut es vorsichtig, damit sie dort stehen bleibt und nicht noch einmal mit ihren süßen Bonbons zu ihm kommt.
Man ist also doch gestartet. Trotz des defekten Motors. Daß er defekt ist, steht außer Zweifel. Jetzt kann er sich wieder auf sein Gehör verlassen. Es ist kein eigentliches Knacken, eher ein Surren, das über das Metall des Flugzeugrumpfs läuft. Bevor es noch am Heck angekommen ist, wird es bereits vom nächsten überholt. Ein zerrendes Geräusch, als sei der Motor durch ein Kabel mit seinem Arm verbunden. Wenn er sich fest anlehnt, läßt der Schmerz etwas nach. Sie steigen jetzt gleichmäßig. Die Geschwindigkeit liegt bei etwa hundertfünfzig Stundenkilometern, vielleicht bei hundertachtzig, genau läßt sich das ohne Staudruckmesser nicht ausmachen. Es ist keine neue Maschine, sie wird kaum höhere Geschwindigkeiten erreichen. Sie nähern sich jetzt der ersten Bergkette. Die Sonne steht bereits tief, die Bergspitzen stecken in Wolken. Man wird über die Wolken gehen müssen. Dabei hatte er doch gemeint zu fallen. Er erinnert sich an die Sekunden des Absturzes, damals hatte er gemeint zu steigen, tiefer und tiefer in den Himmel hinein, und am Ende hatte er in das Gesicht des Negers gesehen.
Der Pilot scheint die geringe Höhe beibehalten zu wollen, oder er bekommt die Maschine nicht höher. Er kann mit dem Motor nichts riskieren. Er wird in die Wolken geraten, er wird in der einbrechenden Dunkelheit die Gipfel nicht früh genug ausmachen können, um in

eines der Täler, die die Gebirgskette durchschneiden, einbiegen zu können. Warum, um alles in der Welt, hält er denn die Maschine nicht gerade, merkt er denn nicht, daß die rechte Fläche hängt?
Als sei alles in bester Ordnung: die Leuchtschrift über der Tür erlischt, die Reisenden lösen die Gurte, seine Nachbarin greift nach den Zigaretten, und unser Mann beugt sich vor, faßt mit der linken Hand nach der Streichholzschachtel, schiebt sie auf, nimmt mit der rechten ein Zündholz und streicht es an. Er reicht ihr Feuer und sieht dabei zum erstenmal in ihr Gesicht. Man muß das wieder lernen, einer Frau behilflich zu sein. Man kann sich nicht wie ein Kind behandeln lassen, dem man Bonbons in den Mund schiebt. Er möchte, daß die Stewardess sieht, mit welcher Geschicklichkeit und Gelassenheit er der Dame Feuer reicht. Zu viel mehr taugt sein Arm auch nicht. Es ist eine der Übungen, die er im Lager hat ausprobieren können. Die Stewardess ist verschwunden, während er mit den Streichhölzern beschäftigt war. Vielleicht orientiert man sie eben jetzt in der Kanzel, daß man eine Notlandung versuchen muß.
Er vermißt jetzt ihr Lächeln. Es war seine einzige Sicherheit. Irgendein Zusammenhang zwischen dem rechten Motor und diesem Lächeln. Alles liegt daran, daß er hilflos dasitzen muß und nicht das Äußerste versuchen kann, die Maschine durchzubekommen. Nichts weiter als ein Passagier, den man an den nächsten Berg fliegen kann und der sich nicht einmal wehrt, man schnallt ihn fest, damit man ihn völlig in der Hand hat.
Und jetzt kommt ihm der entscheidende Gedanke: dies muß eine der Todesmaschinen sein! Er hat im Lager davon gehört. Man entledigt sich auf diese Weise derer, die lästig sind; unter dem Vorwand der Freiheit fliegt man sie in den Tod. Hat nicht dieser Bekannte, der ihm den Paß illegal besorgt hatte, erwähnt, daß mit dieser Maschine im Krieg politische Flüchtlinge weiterbefördert wurden, und jetzt, wo der Krieg vorbei war, benutzt man dieselbe Maschine, um die, die davongekommen sind, aber schuldig waren... Eine humane Art, raffiniert und human. Man konnte die letzten Minuten damit zubringen, sich vorzustellen, warum die andern in den Tod geschickt wurden. Man konnte schließlich nicht wegen fünf Schuldiger elf Unschuldige töten, oder konnte man das doch? Es gab jetzt gewiß viele solche nicht mehr einsatzfähige Maschinen, die man sonst verschrotten mußte.

Diesen einen Flug noch. Mehr wollte er gar nicht. Nie wieder würde er fliegen. Niemals wieder die Erde verlassen. Diesmal wird er sein Versprechen halten. Er muß einen Pakt schließen: diesen Flug noch, einmal noch zurück auf die Erde, dann soll es vorbei sein. Er hätte den Schwur noch nie gehalten – und? Was heißt das? Damals war Krieg, da wogen Schwüre leicht. Er wäre auch ohne Befehl immer wieder gestartet? Ja doch! Aber diesmal ist es anders, diesmal gilt es doch sechzehn Menschen, nicht nur sein Leben, wenn sie alle gerettet wurden, das lohnte sich doch. Er allein, für sich selbst würde er das gar nicht verlangen, er würde doch diesen Gott nicht bemühen, wenn es nur um ihn ginge.
Man muß einsetzen, was man noch hat. Wenn er gelobt, nie wieder zu fliegen, so ist das viel, mehr hat er nicht einzusetzen.
Die Gedanken laufen ihm weg, er muß sie anhalten, er muß versuchen, sich zu konzentrieren, er muß nur daran denken: nie wieder wird er fliegen, wenn er dieses eine Mal noch auf die Erde zurückkommt. Wenn diese defekte Maschine landet und alle Passagiere und er selbst und die beiden Piloten und das Mädchen mit dem Lächeln.
Wenn sie nur auch noch über das Wasser kommen und bis zu dem Flugplatz. Es kann durchaus sein, daß sich der Defekt erst bei der Landung auswirkt, man wird eine Bauchlandung machen müssen, das Fahrgestell wird sich vermutlich nicht lösen. Es ist nicht einmal gesagt, daß die Maschine beim Aufprall Feuer fängt, vielleicht ist der Treibstoff verbraucht, er ist jetzt in allen Ländern knapp, heißt es. Sie fliegen ohne Zwischenlandung, wesentlich mehr wird der Tank nicht fassen können als Treibstoff für zwölfhundert Kilometer. Er muß zunächst einmal feststellen, wo die Notausstiege sind, damit man sie sofort öffnen kann, wenn der Aufprall erfolgt. Sekunden werden dann entscheiden. Er allein wird es nicht schaffen, er reagiert jetzt zu langsam, er muß seine Nachbarin und auch den Mann auf dem Sitz vor ihm verständigen, beiläufig, im Gespräch, er muß sagen, sieh an, da sind die Notausstiege, bequem angebracht, wissen Sie eigentlich, wie sie zu öffnen sind, er wird es ihnen erklären. Mißtrauisch durften sie nicht werden. Nur keine Panik. Es war unverantwortlich, die Fluggäste nicht für Katastrophenfälle über alle Rettungsmöglichkeiten zu informieren. Wenn man Bescheid weiß, ist die Gefahr zur Hälfte gebannt.

Er hätte jeden einzelnen bei den Schultern nehmen mögen und rütteln: Wißt ihr denn nicht, in welcher Gefahr wir sind? Lest nur eure Zeitungen, damit ihr wißt, was auf der Erde los war, als ihr sie verlassen habt. Vielleicht fragt man euch danach, wie weit seid ihr mit eurem Krieg, seid ihr immer noch nicht zu Ende damit? Er ist vorbei, und ihr kommt noch in Gruppen und nicht jeder für sich, wie sich das gehört.

Die Gurte! Es kommt darauf an, daß man den Gurt rasch genug aufbekommt. Er muß festgehakt sein, damit man beim Aufprall nicht gegen die Flugzeugdecke geschleudert wird, aber dann muß man ihn sofort lösen können, damit man nicht gefesselt verbrennt. Es wäre ein sträflicher Leichtsinn, die Gurte zu lösen und unter den Sitz rutschen zu lassen, wenn die Maschine einen Fehler hatte. Er wird angeschnallt bleiben, sollen die anderen sich in ihren Sitzen rekeln.

Nein, er wird es nicht zulassen, daß sie seinen Vorhang schließt. Wenn die anderen nicht sehen wollen, wohin man fliegt, gut, das ist ihre Sache. Er will es beobachten. Er wird einfach mit einem Lächeln, er feuchtet die Lippen an und probiert es, damit es unbefangen kommt, er wird mit einem Lächeln die Hand wegschieben. Er hat früher bei Frauen leichtes Spiel gehabt. Er wird eine Sekunde zu lange diese Hand festhalten und dem Mädchen in die ernsten Augen blikken und sie hindern, den Vorhang zu schließen.

Er muß beobachten, ob der Pilot die Maschine so lange geradezuhalten versucht, wie es nur möglich ist. Es konnte doch auch sein, daß er nichts von seinem wahren Auftrag wußte, dann würde er diese Todesmaschine trotz des Defektes an ihren Bestimmungsort zu bringen versuchen. Er ist ein guter Pilot, das ist jetzt erwiesen. Drei Gipfel sind bereits umflogen, trotz der irreführenden Wolken und der rasch aus den Tälern aufsteigenden Dunkelheit. Und wenn er notlanden mußte? Jenseits der Berge? In dem Land, das er selbst bei Todesstrafe nicht wieder betreten durfte? Wenn die gelungene Notlandung seinen sicheren, nur aufgeschobenen Tod bedeutete? Unter vielen Möglichkeiten müßte doch eine sein, die günstig für ihn ausging. Eine Chance bleibt doch immer.

Mittlerweile hat die Stewardess seinen Vorhang geschlossen. Sie hat mit ihren duftenden Händen nahe an seinem Gesicht hantiert, hat die Schlaufen gelöst, die Ringe über die Schienen geschoben und die Vorhangschals aneinandergeknöpft.

Er hat weggesehen. Er hat einfach keine Notiz von ihr genommen. Er kann den Vorhang wieder öffnen, wenn er das will. Nirgends war ein Verbotsschild, das den Fluggästen untersagte, bei Dunkelheit die Vorhänge zu öffnen. Man befand sich nicht in einer Todeszelle. Er konnte, dazu brauchte er nicht den ganzen Vorhang beiseite zu schieben, unauffällig mit der Hand den Vorhang anheben und nachsehen, wie es mit der Tragfläche stand.

Als er es dann begreift, erschrickt er. Er hat das Mädchen erkannt, das die Uniform einer Stewardess trägt. Ziemlich unmittelbar darauf wird ihm klar, daß er der einzige ist, der sie erkannt hat. Er spürt nicht mehr das Bedürfnis, es den anderen mitzuteilen, auch nicht seiner Nachbarin, neben der er den Weg angetreten hat.

Charon leitet ihr Flugzeug.

Er tut es mit den trauernden Augen, dem lächelnden Mund und den duftenden Händen eines Mädchens. Der Fährmann des Totenschiffes in moderner Uniform an Bord einer Verkehrsmaschine, die zweimal wöchentlich um sechzehnsiebenundfünfzig startet. Getarnt und unauffällig.

Charon! Er sieht es immer deutlicher. Er hat früher einmal sein Bild gesehen und es dann völlig vergessen. Man besitzt nur, was man vergessen hat.

Man braucht den Vorhang nun nicht mehr anzuheben. Man muß still dasitzen und sich nur manchmal aus Charons Augen Zuversicht holen. Die Maschine hat etwas beigedreht. Um das zu beobachten, braucht unser Mann keine Karte. Sie sind jetzt über einer Gegend, die er kennt, jeden Nebelstreifen über den Flußtälern hätte er wiedererkannt. Es hätte ihn glücklich gemacht, das alles noch einmal zu sehen. Den Sternenhimmel im September, wenn man den Kurs nach Norden nimmt, dem Lauf der Flüsse folgend.

Er hätte gern gewußt, wie spät es jetzt ist. Man hat ihm im Lager seine Uhr abgenommen. Wenn der Pilot nur ein wenig nach Osten abdrehen würde, dann käme man jetzt über ein Stück Land, das einmal ihm gehört hat. Er traut es sich zu, die beiden Seen wiederzuerkennen, auch wenn es dunkel ist. Und den langgestreckten Höhenzug, den er selbst vor fünfzehn Jahren mit Kiefernstecklingen hatte aufforsten lassen; es mußte schon ein Wald mit dichten Kronen sein, vielleicht hatte man ihn schon geschlagen, und nur die Wurzeln steckten noch in seiner Erde, niemand rodete sie. – Deine Bäume wachsen nicht in den Himmel. – Elisabeth hat das gesagt. Elisabeth hat immer recht behalten. Sie hat ihn durchschaut. – Du bist keiner von denen – hat sie gesagt. Und als er gefragt hat, von welchen, war sie verwundert, daß er nicht gleich wußte, was sie meinte. – Nun, denen etwas gerät. – Wie gut, daß er keine Pläne zu machen brauchte, daß er nicht mehr nachdenken mußte, was geschehen sollte, wenn er heil aus dem Flugzeug herauskommen würde und auch noch aus der letzten Kontrolle, wohin er sich heute nacht wenden sollte, ohne Geld, ohne Verbindungen, ohne einen einzigen Menschen. Er kann still dasitzen und seinen Assoziationen folgen. – Entschuldigen Sie, Johanna! Assoziationen kannte er vermutlich nicht, man sprach in jenen Jahren nicht davon, man hatte sie jedoch schon, mehr als heute, das hängt mit dem Hunger zusammen. Er hört nun nicht mehr die Unregelmäßigkeit des Motors, er hat sich bereits daran gewöhnt. Alles ist richtig so. Am Ende ist immer alles richtig, wie es kommt. Man darf sich nicht auflehnen. Es ist schwer, das zu lernen, vielleicht gelingt es überhaupt erst, wenn man so müde ist wie er und Charons Lächeln bereits nahe. Er hätte bis in alle Ewigkeit so weiterfliegen mögen. Fliegen. Er hatte nicht gewußt, wie sehr er sich das gewünscht hatte. Noch einmal zu fliegen.

– Du kannst nicht wünschen – hatte Elisabeth gesagt. – Wünsch dir etwas von mir! – Da war schon Krieg. Sie waren beide nicht mehr jung. Aber diese Elisabeth behielt die ungebärdigen Wünsche eines Kindes. Schenk mir! Gib mir! Sag mir! Das war Elisabeth. In der Schule hatte man sie Elisabeth Imperativ genannt. Er hatte sich nicht binden wollen, aber das war nicht das Entscheidende, er glaubte, man dürfe keinen anderen an sich binden. Ihm selbst hätte es wenig ausgemacht, wenn sie gesagt hätte, du gehörst mir, was sie wohl auch getan hat. Aber er selbst hatte niemals ein Mein über die Lippen gebracht. Er wollte auch nicht, daß sie ihm gehörte. Man ist verantwortlich für das, was einem gehört. Die Frau, das Haus, der Wald, die Ländereien, die Leute, wie konnte er das. Was ging ihn das an? Weil er dort hineingeboren war, deshalb sollte er dafür geradestehen? Für jeden Baum, in den der Blitz einschlug, für jeden Kartoffelacker, der von den Wildschweinen aufgewühlt wurde? Für jeden Arbeiter, der den Arm in die Dreschmaschine bekam, für Regen, für Dürre, sein ganzes Leben lang sollte er die Verantwortung tragen, und keiner fragte danach, ob er das auch könne.

Seine Mutter hätte ihn vielleicht verstanden, aber auch mit ihr konnte man natürlich nicht darüber sprechen. Es war gut, daß er nicht dorthin zurück mußte.
Es war nicht immer so gewesen. Es muß angefangen haben, als er nur noch in den Ferien nach Hause kam; er hatte mit der Mutter an einem Juniabend auf dem Hochstand gesessen, der Vater war mit den Hunden weitergegangen, sie hatten geflüstert. Er hatte sie gefragt – wie viele Sterne gehören uns, Mama? Wie viele Kubikmeter Luft? – Und nach dem Erdinneren hatte er auch gefragt und angenommen, es gehöre ihm ein schmaler Keil, bis hin zum Mittelpunkt, wo das Feuer ist. Diesen Keil brauchte man doch nur ins Unendliche zu verlängern. Er hatte Raumlehre in der Schule, es muß in der Quinta gewesen sein. Mama hatte aufgelacht, leise, man durfte das Wild und den Vater nicht stören. Wenn sie allein miteinander waren, nannte sie ihn Wendelin. – Ach, Wendelin! Kein Stern und kein Himmel und kein Feuer, nur die Kruste, ein paar Meter in die Tiefe – genau hatte sie das nicht gewußt, aber für einen Bohrturm würde es schon nicht reichen –, und der Himmel gehört uns, so hoch die Bäume wachsen.
Etwas ging ihm damals verloren. Er hatte sich trotzdem mit Mama zusammen den Umkreis eines Sternes ausgesucht. Dann war der Vater gekommen, und sie waren nach Hause gegangen.
Er hat sich spät entschlossen, Flieger zu werden. Nicht um eine Uniform im Schrank zu haben, wie sein Vater und sein Großvater. Da ihn niemand nach der wahren Ursache seines Entschlusses fragte, hat er sich auch keinem gegenüber geäußert. Als er zum erstenmal über dem Stück Wald kreiste, das er selbst hatte aufforsten lassen, und die beiden Seen überblicken konnte und die Wiesen, alles mit einem einzigen Blick, die Dächer des Dorfes, das zum Gut gehörte, da hatte er etwas davon gespürt: das alles würde eines Tages ihm gehören, zum erstenmal hatte er keinen Schrecken dabei empfunden. Von oben her gesehen war es anders, vielleicht, weil es kleiner war, weil man in wenigen Minuten darüber wegfliegen konnte, weil niemand den Hut zog, wenn er ihn sah.
Wie hätte er seinem Vater erklären sollen, daß man etwas lieben kann und nicht mit ihm leben will! Nicht davon und nicht dafür. Er habe kein Verantwortungsgefühl. Er kenne keine Dankbarkeit. Von seinem Nationalgefühl wolle man gar nicht erst reden. Ein Mann, so

pflegte der Vater zu sagen, arbeitet, jagt, trinkt, hat Frauen, er lacht auch mal, aber dann ist Schluß. Derweil ging er mit lauten Schritten in der Halle auf und ab, oben am Geländer lehnte die Mama, und wenn er, unser Mann, hinaufsah, nickte sie ihm zu, und er wußte, daß sie lächelte – laß ihn doch, Wendelin, er hat recht. Ihr habt eben beide recht.

Als der Krieg ausbrach und der Mann meiner Geschichte mit dem anfing, was allgemein mit »einem alten Namen Ehre machen« bezeichnet wird, besserte sich das Verhältnis zum Vater. Sein Selbstgefühl wuchs, er überstand die Besuche mit besserer Haltung als früher. Ein Zug seines Wesens, den ihm die Mutter vererbt hatte, trat deutlicher hervor: Verbindlichkeit. Er scheute Auseinandersetzungen, jede Form von Heftigkeit, vielleicht gerade, weil er zu Jähzorn neigte. Im dritten Kriegsjahr starb der Vater mit der gleichen Impulsivität, mit der er gelebt hatte. Ein Jahr später hätte er diesen großartigen Abgang nicht mehr haben können. Noch als Georg von . . ., den Namen lassen wir jetzt noch weg, zur Beisetzung kam, erfüllte die Gegenwart des Toten das ganze Haus. In den wenigen Urlaubstagen, die er in den letzten Kriegsjahren noch hatte, fuhr er nicht mehr auf das Gut. Seine Mutter besuchte ihn dort, wo er in Garnison lag. Auch Elisabeth war noch einmal gekommen. Er solle sich nun entscheiden. Sie hatte mit dem Rücken an der Tür gelehnt und gesagt, wir können nicht jedesmal wieder von vorn anfangen, unsere Zeit ist begrenzt – du lebst, als hätten wir eine gemeinsame Ewigkeit vor uns, entweder du –

Da war der Zorn über ihn gekommen: oder was? Was willst du eigentlich von mir? Sag jetzt ganz genau, was ich tun soll.

Bevor er den Satz zu Ende gesagt hatte, war Elisabeth fort. Sie hat bald darauf geheiratet, aus Enttäuschung, aus Trotz, es hat ihm nicht einmal weh getan, es stand ihm weiterhin frei, an sie zu denken und sie zu lieben, was ging ihn der andere Mann an, er hat es nicht einmal für nötig gehalten, ihr Glück zu wünschen.

Mittlerweile ist es in dem Flugzeug behaglich geworden. Die Lampen werfen ein ruhiges, warmes Licht auf zufriedene Gesichter. Parfüm und Zigarettenrauch durchziehen den Raum, das glatte Papier der illustrierten Blätter raschelt, und das Summen der Motoren wird immer häufiger von einem Lachen, ein paar laut gesprochenen Worten übertönt. Die Stewardess trägt Tabletts herum, mit allerlei appe-

titlich angerichteten Salaten und Sandwiches darauf, die sich die Fluggäste auf die kleinen Tische stellen, die sie auf ihre Aufforderung hin in die Sessellehnen geschoben haben. Seine Nachbarin hat bereits ihr Tablett und macht sich daran, die Tüten mit den belegten Broten auszupacken, die Bestecks bereitzulegen, sie wirft sogar einen unschlüssigen Blick auf ihn, ob es nicht schicklicher sei zu warten, bis auch er sein Tablett habe.
Es konnte ein Zufall sein, aber es beunruhigte ihn aufs neue: Die Stewardess hatte ihm sein Tablett wieder fortgenommen. Er konnte nichts sagen und sie auch nicht zurückhalten. Er wußte vor Bestürzung nicht, wohin er blicken sollte, als sie nach seinem Tablett griff. Er konnte sich jetzt keine Zigarette anstecken, wenn die anderen essen wollten. Er mußte untätig dasitzen und warten, was nun geschehen würde. Es war sehr unangenehm für ihn. Er hatte nämlich bereits mit der linken Hand nach der Tüte mit dem Brot gegriffen. Zu hastig, aber doch mehr aus Ungeschicklichkeit, weil er glaubte, das Tablett könne ins Rutschen geraten, nicht direkt aus Hunger. Gegen Hunger war er die ganzen Monate mit Haltung angegangen, man brauchte ihn nur zu ignorieren, er existiert erst, wenn man ihn in seine Vorstellung einläßt, wenn man denkt, Brot. Wenn man sich gestattet, Hunger zu haben.
Die anderen essen jetzt alle. Die Stewardess geht mit einem Korb, der mit Flaschen angefüllt ist, von einem Sitz zum anderen und schenkt den Reisenden ein, nach deren Wünschen, Mineralwasser, roten oder weißen Wein, auch Bier. Er als einziger erhält wieder nur ein Lächeln, dabei hat sie die Flasche mit dem Rotwein bereits in der Hand, als ob sie wisse, daß er Rotwein wählen würde. Sie tut, als erinnere sie sich an etwas, das in Zusammenhang mit ihm steht, als gebe es ein geheimes Abkommen zwischen ihnen.
Er könnte nun die Schachtel mit den Keksen aus seiner Aktentasche nehmen und davon essen. Eine Diät. Viele Menschen essen Diät. Er muß tun, als geschehe alles mit seinem Einverständnis, als sei es sein ausdrücklicher Wunsch, an dieser letzten Mahlzeit nicht teilzunehmen. Schlimmer als der Hunger quält ihn Durst. Ein Glas Rotwein würde ihn wunderbar erquicken. Er hat gar nicht gewußt, wie sehr es ihn nach Rotwein verlangt. Wenn es nur ein einziger Schluck wäre. Wenn er nun alle Konventionen abtäte? War es nicht grotesk, in dieser Stunde auf Konventionen zu achten? Er brauchte sich nur sei-

ner Nachbarin zuzuneigen und mit aller Selbstverständlichkeit nach ihrem Glas zu greifen, mit einem – Gestatten Sie –. Sie würde es zulassen, da bestand kein Zweifel. Frauen lieben es, wenn Männer ihretwegen Konventionen umstoßen. Sie würde erstaunt sein, sie würde ihm endlich ihre Aufmerksamkeit zuwenden, sie würde es als eine Huldigung auffassen, er ist nicht unappetitlich, er ist, auch heute noch, in diesem fremden Mantel...

Wie heiß es ist! Er hätte den Mantel ablegen sollen wie die anderen Fluggäste, aber in dem geliehenen Anzug hätte er sich noch unbehaglicher gefühlt. Mäntel sind austauschbarer. Immer wird ihm heiß, wenn er hungrig ist. Er durfte nicht auf das Tablett sehen, er wollte jetzt den Vorhang anheben und aus dem Fenster blicken, das würde ihn ablenken. Es war jämmerlich, sich in dieser Stunde von einem Teller mit Brot abhängig zu machen. Er mußte es als eine Auszeichnung ansehen, daß man ihn für beherrscht genug hielt. Vermutlich wußte man dort, daß er alles durchschaut hatte, daß er sich vorbereitete. Die Tischplatte, die er mit Anstrengung an seinen Sessellehnen befestigt hatte, behinderte ihn nun, er kann mit der linken Hand den Vorhang nicht erreichen, und die rechte Hand ist zu ungeschickt, auch zu schwach, um die Druckknöpfe zu öffnen. Als er eben den Arm zwischen den Vorhangspalt geschoben hat, um mit einem Ruck die Teile voneinander zu trennen, legt sich eine Hand auf seinen gesunden Arm. Er schreit auf, er reißt den verwundeten Arm herunter, schlägt damit auf die Tischkante, zieht den Kopf ein und hört nicht, was die Stimme auf ihn einspricht, sieht nicht das bestürzte Gesicht, kommt erst wieder zu sich, als die Stewardess bereits wieder ihren Platz an der Tür eingenommen hat und ihm zunickt und er aus einer Bewegung ihres Kopfes errät, daß er auf den Tisch über seinen Knien blicken soll.

Sie hat ihm die Butterbrote in kleine mundgerechte Happen zerteilt. Es liegt eine Gabel daneben. Sie hat alles so angeordnet, daß er die linke Hand benutzen kann. Das Glas steht, zur Hälfte mit Rotwein gefüllt, ebenfalls links. Dabei ist er durchaus in der Lage, mit Messer und Gabel zu essen, er hat es im Lager versucht, natürlich hatte er dort kein Messer, aber er ist überzeugt, daß er das Brot hätte schneiden können. Er wird jetzt diesem Mädchen zum Trotz alles mit der rechten Hand anfassen, auch das Glas. Daß Frauen es nicht lassen können, einen hilfloser zu machen, als man ohnehin schon ist. Er muß nur erst ruhiger werden. Es ist ganz gleichgültig, ob er in den nächsten fünf Minuten trinkt oder nicht, sie soll nur nicht denken, er würde darüber herfallen wie ein Verhungernder, er wird ein paar Bissen zu sich nehmen, auch einen Schluck trinken, aber erst, wenn er sicher sein kann, daß seine Hände nicht mehr zittern. Er muß sich allerdings für die unerwünschte Aufmerksamkeit bedanken, er muß ihren Blick einfangen und muß nicken und lächeln.

Er kann sich nicht entsinnen, wann er zuletzt etwas zu sich genommen hat, es muß lange her sein. Dies war doch nur ein Trick, um die Passagiere abzulenken. Mit vollem Mund kauend, die Gabel mit einem Stück Fleisch in der Hand, so wollte man sie in den Tod schikken, so erbärmlich, so menschlich.

Ihn nicht! Und wenn er eine ganze Stunde lang, länger würde es nicht mehr dauern können, dieses Tablett auf den Knien halten sollte und den Geruch von geräuchertem Fleisch ertragen mußte. Er wird jetzt nichts essen, höchstens, daß er einen Schluck von dem Wein trinken wird. Einen Schluck und vielleicht ein kleines Stück Brot, das wird er sich abbrechen und langsam kauen. Vorher wird er noch einen Blick aus dem Fenster tun. Vielleicht befand man sich schon über der offenen See. Er hat nie Zutrauen zum Wasser gehabt. Alle Menschen, die das Feuer lieben, fürchten das Wasser. Wenn er sich doch nur konzentrieren könnte! Dabei gibt es Leute, die behaupten, daß die Fähigkeit zur Konzentration wachse, wenn der Mensch wenig zu essen hat. Sie gingen so weit zu fasten, um der Klarheit der Gedanken willen. Nun hat er das Glas doch in einem Zug geleert! Und hat nicht aus dem Fenster gesehen und nicht nach der Stewardess. Er hat gedankenlos nach dem Glas gegriffen und es wie ein Verdurstender geleert. Aber Charon hat ihn beobachtet! Das Mädchen erscheint mit seinem Korb und schenkt zuerst seiner Nachbarin und dann ihm noch einmal ein; diese hebt das Glas, er kann sich nicht getäuscht haben, sie hält es ihm entgegen, er muß nach dem seinen greifen und ihr zutrinken, so tut man es doch – auf Ihr Wohl!

Er leert das Glas ein zweites und gleich darauf ein drittes Mal. Wenig später schläft er ein.

Als er erwacht, ist es totenstill. Die Lampen brennen noch. Die Sitze vor ihm sind leer, auch seine Nachbarin ist fort. Das Tablett ist weggeräumt, er starrt vor sich hin, dann will er sich vorbeugen, um die Stirn gegen die Sessellehne zu lehnen und weiterzuschlafen, doch der

Gurt hält ihn zurück. Er sackt ein Stück tiefer in sich zusammen. Von irgendwoher dringen Stimmen in einer Sprache zu ihm, die er nicht kennt; er blickt nicht auf. Als die Stimme der Stewardess leise sagt – Monsieur, wir sind gelandet, Sie müssen jetzt aussteigen –, löst er mechanisch die Gurte, greift nach der Tasche, die während des Fluges an seinen Beinen gelehnt hat, und erhebt sich.
Die Hände des Mädchens warten schon auf ihn, sie faßt ihn sogleich beim Arm und fragt – Ihr erster Flug? Beim zweiten werden Sie sich besser fühlen. – Er antwortet nicht, folgt ihr, geht den Steg hinunter und steht auf einer anderen Erde. Er blickt zurück: Die Maschine schimmert im weißen Mondlicht. Er muß sich nun verabschieden und sich für die Fürsorge bedanken und dann das letzte Stück allein zu der Kontrolle an der Tür des Empfangsgebäudes gehen. Er holt sein Billett aus der Manteltasche, reicht es ihr und nimmt sich vor, sie zu fragen, beiläufig – geringfügiger Schaden am rechten Motor, will er sagen und dazu lachen, als ob es nichts weiter auf sich habe, mit einer defekten Maschine zu fliegen, kaum der Rede wert sei, aber sie sollen wissen, daß einer dabei war, der es gemerkt hat.
Aber da hat die Stewardess bereits die Ecke des Billetts abgerissen und gefragt – geht es auch allein? Und er hat gesagt – ja, vielen Dank. Als er zehn Schritte gegangen ist, dreht er sich um, hebt den Arm und winkt zurück und ruft, nicht laut, aber seine Stimme gehorcht ihm doch wenigstens – ich bin Flieger. Er zeigt auf die Maschine, dann auf sich – mein letzter Flug!
Der Wind nimmt ihm seine Worte weg. Das Mädchen unter der Tür des Flugzeugs hebt die Hand und winkt zurück. Charon mit dem Totenschiff. Georg von S. – unser Mann – lächelt, wendet sich um und geht auf die Tür zu, wo ihn zwei Beamte in Zivil bereits erwarten.

Den letzten Satz sagte Fabian bereits im Stehen.
– Ich hole mir mal eben eine Flasche Bier aus dem Kühlschrank.
Der Regen schlug gegen die Scheiben, es wurde schon dunkel, ich schaltete die Wandbeleuchtung ein, zog die Vorhänge nicht zu, nahm mir das letzte Butterbrot und holte mir ein Glas aus dem Schrank, Fabian teilte die letzte Flasche Bier mit mir.
– Wo ist der Zettel, Johanna, auf den Sie die Lösung geschrieben haben?

– Hier – ich legte die Hand darauf –, aber dies ist doch nur die Vorgeschichte, das Gelöbnis. Wie geht es weiter?
– Gelöbnis! Sie haben so schöne altmodische Ausdrücke. Gelöbnis, es war tatsächlich ein Gelöbnis. Der letzte Flug. Das einzige Gelöbnis übrigens, das er einhielt. Unser Mann besaß damals nicht mehr als ein abgegriffenes Notizbuch, darin standen Namen und Adressen. Freunde der Familie, Verwandte, eigene Freunde, ein Kapital, das anzusammeln Generationen nötig gewesen waren. Es dauerte einige Jahre, es ging, seinem nicht eben einfachen Charakter entsprechend, nicht ganz so rasch wie bei anderen Männern, aber sein Name, seine Kenntnisse, kurz und gut, eines Tages ist auch er wieder drin. Er bekleidet einen angesehenen Posten, er hat Verantwortungen auf sich genommen, nicht sehr unmittelbare allerdings, zwischen ihm und seinen Untergebenen stehen Betriebsräte, Personalchefs. Aber er spricht mit derselben Arglosigkeit wie andere Menschen von seinem Wagen, seiner Firma, seinem Fahrer. Eine Familie, auf die er ein Possessivum anwenden könnte, besitzt er nicht.
Das Gelübde. Das Gelöbnis, wie Sie sagen. Seine Stellung bringt es mit sich, daß er oft kurzfristig reisen muß, an Orte, die weit entfernt von seinem Wohnort liegen. Dennoch fliegt er nie, er läßt sich mit dem Wagen hinfahren, nimmt eines der schnellen Schiffe, wenn der Ort in Übersee liegt; benutzt einen der Nachtexpreßzüge, gelegentlich läßt er einen Platz in einem Flugzeug reservieren, bittet dann jedoch seinen Vertreter, an seiner Statt zu fliegen. Soweit die äußere Situation unseres Mannes. Er lernt eines Tages eine Frau kennen. Wir können sie Elisabeth nennen, sie ist dieser ersten Elisabeth noch ähnlicher als die anderen, die er in der Zwischenzeit gekannt hat.
Die schwache Stunde; wir können sie übergehen, es liegt auf der Hand, wie es dazu kommt, daß er der Frau von diesem Gelöbnis erzählt. Er ist abgespannt. Sie hat wieder einmal gefragt – warum bist du nicht mit dem Flugzeug gekommen, liebst du mich nicht so sehr, daß du auf dem schnellsten Wege …
Sie fragt und fragt. Frauen ruhen nicht, bis sie einem Mann das letzte Geheimnis entrissen haben, sie schälen eine Schicht nach der anderen von seiner Seele ab wie bei einer Zwiebel, und wenn ihnen das geraten ist, betrachten sie sich den Rest und sind enttäuscht, natürlich bleibt bei dem Vorgang so gut wie nichts übrig: Sie suchen ein neues Opfer, eine neue Zwiebel.

– Fabian! Von Frauen verstehen Sie nichts. Nehmen Sie lieber eine Rose als Gleichnis, das ist üblich.
Er bestand auf der Zwiebel. – Sie weinen dabei wie beim Zwiebelschälen. Wo war ich stehengeblieben?
– Bei der schwachen Stunde.
– Also: diese Frau, wir können sie wieder Elisabeth nennen, weiß jetzt Bescheid. Sie kennt nun seine verwundbare Stelle. Sie ist sehr glücklich. Sie teilt sein Geheimnis. Sie liebt ihn nur noch mehr. Nichts trennt ihn jetzt noch von ihr. Sie kennt ihn. Er hat sich ihr rückhaltlos offenbart. Sie weiß, wie schwer ihm vieles gefallen ist, sie kennt seine Gefährdung. Er ist in Wahrheit ein Träumer. Wenn sie ihn nur damals schon gekannt hätte! Daß er gedacht hat, Charon führe das Schiff, und die zweimotorige klapprige Maschine sei der Nachen der Toten. Und diese kleine dumme Stewardess! Sie kann diese Geschichte gar nicht oft genug hören, vor dem Einschlafen bittet sie deshalb – erzähl von deinem letzten Flug! – Sie sagt sogar Wendelin zu ihm.
Das geht eine ganze Weile so. Er kommt und geht wieder. Er hat seine Unabhängigkeit beibehalten. Eines Tages läßt es ihr keine Ruhe mehr, sie hat den gleichen weiblichen Imperativ in sich wie diese erste Elisabeth. Tu das! Komm! Bleib! Entscheide dich! Das Vokabular ist nicht groß. Es gibt für sie immer nur eins oder das andere. Sie will alles oder nichts, und das bekommt sie auch. Zuerst alles, später dann nichts. Er ist, obwohl er vorgibt, sie zu lieben, nicht bereit, sich zu binden. Sie ist ungeduldig wie alle Frauen, sie will wissen, was sie ihm bedeutet. Sie will ihn auf die Probe stellen. Sie kennt nun seine verwundbare Stelle; sie ist wie diese Kriemhild, die auf Siegfrieds Gewand ein Kreuz genäht hat, um die Stelle für jene zu kennzeichnen, die noch nichts davon wissen; sie hat dieses Gelöbnis wie ein solches Mal vor ihrem inneren Auge. Sie telegrafiert ihm: Wenn du mich liebst, komme sofort! Erwarte dich achtzehn Uhr fünfzig am Flughafen. – Das also ist die Situation. Wir sind jetzt endlich in der Gegenwart, lassen Sie sich durch den Regen nicht täuschen. Es ist nicht Juli, sondern November, wir müssen die klimatischen Umstände als Handlungselement einbeziehen. Es ist Nebel, nicht nur Bodennebel. Seit nachmittags drei Uhr sind auf unserem Flughafen keine Maschinen mehr gestartet, einzelne Flugzeuge, die aus günstigeren Luftverhältnissen kommen, landen jedoch noch. Elisabeth sitzt im Flughafenrestaurant und wartet auf das Eintreffen der Maschine. Sie hat kein Telegramm

mit einer Absage bekommen. Sie triumphiert. Sie hat keinen schlechten Charakter. Sie freut sich sehr auf ihn. Sie ist einfach glücklich. Ein weiterer Beweis seiner Liebe, die größer ist als alle Gefühle, die man ihr bisher entgegengebracht hat. Sie ist nicht einmal besorgt wegen des Nebels, alle kleinlichen Ängste sind ihr fern. Die Flugtechnik ist so weit entwickelt, man braucht sich keine Sorgen zu machen, sie trinkt einen Whisky-Soda und wartet, schiebt gelegentlich den Vorhang etwas zur Seite und blickt in den Nebel, man kann immer noch einige Lichter sehen, die die Einflugschneise kennzeichnen.

Als die Maschine zwanzig Minuten nach der fahrplanmäßigen Landezeit noch nicht angekündigt ist, bezahlt sie ihren Whisky und geht in die Empfangshalle. Dort sind nur wenig Menschen, da keine Maschinen starten. Niemand scheint zum Empfang eines Fluggastes der noch ausstehenden Maschine gekommen zu sein. Niemand außer ihr. Sie wird als einzige dastehen und auf ihn warten. Ihr Herz ist angefüllt von großen, schönen Gedanken, es weitet sich, es hat kaum noch Platz in ihr. Die Maschine hat Verspätung, das kommt auch im Düsenzeitalter noch vor, es wäre ihrer nicht würdig, sich bei der Information zu erkundigen. Sie wird draußen warten, sie wird auf und ab gehen im Nebel, auf die Fluggeräusche horchen.

Nach zwei weiteren Stunden nimmt sie sich ein Taxi und fährt nach Hause. Sie hat sich nicht erkundigt. Sie erwartet, ein Telegramm vorzufinden, in dem steht, daß die Maschine wegen ungünstiger Witterung nicht starten konnte oder einen anderen Flughafen anfliegen mußte.

Es ist kein Telegramm da. Sie wartet weiter. Gegen elf Uhr räumt sie den vorbereiteten Abendbrottisch ab.

Die Nacht bietet ihr Gelegenheit zu weiteren großen Gedanken. Sie steht auf dem Balkon ihres Appartements und sieht in den Himmel. Der Nebel hat sich verteilt, gegen Morgen kommen Sterne hervor. Sie hat genügend Zeit, daran zu denken, daß die Maschine verunglückt sein könnte.Das kommt auch heute noch vor, trotz Radar und modernster Hydraulik. Aber auch dieser Gedanke ist großartig und weitet ihr Herz. Um zu ihr zu gelangen, hat er sein Gelöbnis gebrochen! Frauen sind bereit, das Opfer von hundert Passagieren eines viermotorigen Flugzeugs hinzunehmen, wenn es gilt, ihr die Größe der Liebe eines Mannes zu beweisen.

Sie weint nicht um ihn. Das wird sie später tun. In dieser Nacht weiß

sie sich ihm ganz nahe. Sein Schicksal ist dem ihren verbunden, ihr war es aufgetragen, das seine zu erfüllen.
Am Morgen ruft sie am Flughafen an. Sie will die Botschaft nicht durch das Radio oder die Morgenzeitung bekommen. Sie nennt die Flugnummer, die Zeit, zu der das Flugzeug hätte eintreffen müssen. Man sagt ihr, daß die Maschine einen Motorschaden hatte, den man jedoch vor dem Start bemerkt habe. Wegen der ungünstigen Witterung sei keine Ersatzmaschine eingesetzt worden, die meisten der Fluggäste hätten sich entschlossen, den Nachtexpreß zu nehmen. Man könne ihr die genaue Ankunftszeit sagen.
Der Zug ist vor einer Viertelstunde am Hauptbahnhof eingelaufen. Sie geht in die Küche und setzt Wasser auf, um Kaffee zu kochen.
– Wo gehen Sie hin, Johanna?
– In die Küche, ich setze Wasser auf, um uns Kaffee zu kochen.
Er rief mir nach: Johanna? Was ist? Kommt er denn nun mit dem Zug? Hat er überhaupt in dem Flugzeug gesessen? Wo ist Ihr Zettel? Wo ist Ihre Lösung?
Ich setzte das Kaffeewasser auf, kam zurück, gab ihm den Zettel, er drehte ihn um. – Und? Kein Wort? Die Lösung, Johanna! Ihr Beitrag? Was meinen Sie denn, warum ich Ihnen das erzählt habe?
– Es gibt keine Lösung, Fabian. Nie gibt es Lösungen. Es ist doch auch ganz gleich, ob er in dem Flugzeug gesessen hat oder nicht. Ob er jetzt kommt oder nie mehr. Heute nacht hat sie ihn begraben. Sie hat ihre Lektion bekommen.
– Schade. Ich hatte eigentlich vor, eine Geschichte mit einem guten Ausgang zu schreiben.

Ich ließ mich überreden mitzukommen, obwohl es schon spät war. Er hat eine neue Kneipe entdeckt, ganz in der Nähe meiner Wohnung. Es regnete noch immer, ich nahm ihn mit unter meinen Schirm. Wir haben jeder zwei Schnäpse getrunken, stehend an der Theke, jeder war wieder mit sich beschäftigt, über seine Geschichte haben wir nicht mehr geredet, ich habe ihn allerdings gefragt – was haben Sie eigentlich gegen uns, Fabian?
– Gegen Sie –? Ah, ich verstehe! Sie meinen, was ich gegen die Frau habe, die Frau in Anführungsstrichen? Das erzähle ich Ihnen ein anderes Mal. Die Geschichte eines Mannes, der sich eine Geliebte nahm; sie verdreifacht sich in einer einzigen Nacht. Das Weibliche

vervielfacht sich, kreist ihn enger ein, er wird zum Männchen, man ernährt ihn, man spinnt ihn ein, man saugt ihn aus –
– Hören Sie auf! Genug Geschichten für heute, Fabian!
Er hat mich bis an die Haustür begleitet. Als ich die Tür aufschloß, faßte er mich am Gürtel meines Regenmantels und drehte mich zu sich um – sagen Sie, Johanna, ist er denn nun, ich meine unseren Mann, diesen Georg von, der Name tut nichts zur Sache, war er in dem Flugzeug, das wegen des Motorschadens nicht gestartet ist?
– Ich hoffe, daß er es nicht war.
– Und? Was wäre dadurch geändert?
– Geändert wäre nichts. Sie hat ihn verloren. In jedem Fall. Aber dann hätte sie nicht gesiegt. Eine Frau will immer nur scheinbar siegen. Sie hat die Entscheidung herbeigeführt, die sie haben mußte, Ihre Elisabeth Imperativ, ohne die sie nicht weiterleben konnte. Sie weiß jetzt, woran sie ist. Früher oder später mußte sie das erfahren. Man kann mit diesem Mann nicht leben, einem Mann ohne Possessiva.
– Was haben Sie eigentlich gegen uns, Johanna?
– Wollen Sie das wirklich wissen, Fabian?
– Nein! – Er lachte, das geschieht selten bei ihm, dies war sogar ein offenes, herzhaftes Lachen. – Ich mache mir nichts aus wahren Geschichten, die das Leben schreibt. Schlafen Sie gut, Johanna.
Während ich die Treppen zu meiner Wohnung hinaufstieg, hörte ich, daß er pfeifend um die Ecke bog.

Anfang August

Länger als zwei Wochen war ich durch nichts gestört.
Als ein Brief von J. kam, in dem er sich für den nächsten Tag ankündigte, empfand ich das, zum erstenmal, wie eine Störung. Das hat nichts damit zu tun, daß ich mich freue. Zwei Empfindungen, die parallel zueinander laufen. »Wenn ich Dir ungelegen komme, kannst Du mich vielleicht benachrichtigen. Wenn es geht, unauffällig, entschuldige, daß ich Dich noch einmal darum bitte.«
Ich lasse ihm keine Nachricht zukommen. Wenn er sich anmeldet, erwarte ich ihn, wie sonst auch. Insofern hat sich wirklich nichts verändert.

Ich nahm mir vor, mich durch seinen Brief nicht irritieren zu lassen. Ich legte ihn weg, in den Schrank, zu seinen anderen Briefen, ich habe ihn nicht wieder hervorgeholt, um den vergeblichen Versuch zu machen, etwas herauszulesen, was er nicht hineingeschrieben hat. Er hat in all den Jahren wohl vermutet, daß ich Briefe als eine Art von Garantieschein ansehe und sie eines Tages als solche benutzen könnte. Deshalb schreibt er wenig und schreibt nichts hinein. Er benutzt das Telefon.

Ich habe wie an anderen Vormittagen an der Übersetzung des französischen Romans gearbeitet. Ich habe inzwischen zwei weitere Bücher dieses Autors gelesen, die ebenfalls noch nicht ins Deutsche übertragen sind, ich versuche, mit seinen Gedankengängen vertraut zu werden. Das Buch beschäftigt mich sehr, über Stunden denke ich an nichts anderes. Es ist möglich, daß es das tatsächlich gibt, etwas in mir wird davon angesprochen, gegen meinen Willen.

Nachmittags saß ich wieder über dem Manuskript, als es schellte. Lisa stand vor der Tür. – Die Haustür war offen, da bin ich gleich nach oben gegangen.

Ich war überrascht und zögerte einen Moment.

– Du hast doch gesagt, ich soll dich mal besuchen. Hier bin ich. Bist du allein?

– Ich bin meist allein. Komm herein.

– Wirklich? – Das bezog sich wohl auf mein Alleinsein, an dem sie zweifelt.

Nein, trinken will sie nichts, sie hat eine Magenstörung, nichts Ernstes, nervös, sie trinkt keinen Alkohol mehr, rauchen tut sie auch nicht.

– Ich wollte dich nur mal besuchen, du hast doch gesagt, ich sollte mal kommen, oder war das nicht ernst gemeint? Du arbeitest? Albert hat gesagt, du wolltest vorläufig nicht arbeiten.

– Ich übersetze ein Buch. Nur für mich, zur Übung, vielleicht nimmt es ein Verlag, ich weiß es noch nicht.

– Ist es interessant?

– Doch. Es interessiert mich sehr.

– Wovon handelt es denn?

– Du willst doch nicht mit mir über dieses Buch sprechen, das du gar nicht kennst.

– Nein.
Sie legte es wieder auf den Tisch, wandte sich zum Klavichord, hob den Deckel hoch, schlug ein paar Töne an.
– Bitte nicht! – Ich sagte es heftiger, als es nötig gewesen wäre. – Es ist meins, bitte laß das!
Sie verstand mich und schloß den Deckel, ließ die Hände darauf liegen, sagte nichts.
Wenn sie nicht den Mut hatte anzufangen, mußte ich ihn haben. – Warum heiratet ihr nicht?
– Ich will nicht, oder auch: ich kann nicht.
– Warum?
– Weißt du immer genau, warum du etwas willst und warum du etwas nicht willst?
– Ich versuche dahinterzukommen und es nicht bei diesem diffusen Ich-weiß-nicht zu belassen.
– Ich kann meine Mutter nicht im Stich lassen. Sie hat niemanden außer mir.
– Das ist doch nicht der Grund! Albert hat auch niemanden.
– Albert? Der hat doch dich, auf dich kann er notfalls zurückgreifen.
– Red keinen Unfug! Deine Mutter ist noch nicht alt, sie wird sich daran gewöhnen.
– Sie ist fast ständig krank, sie muß gepflegt werden.
– Sie wird krank, damit du bei ihr bleibst, soviel verstehst auch du davon, Albert wird dir das längst auseinandergesetzt haben. Dagegen muß man angehen, das ist doch eine Rücksichtnahme, die keinem nutzt, sie ist doch bestimmt auch jetzt nicht glücklich.
– Nein, sie ist nicht glücklich.
– Also!
– Du weißt immer alles so genau! Du denkst drüber nach, erkennst, wie es zusammenhängt, und dann entschließt du dich; immer ganz akkurat eines nach dem anderen. Du läßt dich scheiden, und dann können die anderen zusehen. Bei mir ist das alles nicht so einfach.
– Es ist bei mir auch nicht einfach gewesen, Lisa.
– Nein? Wann hast du dir die Haare kurz schneiden lassen, Hanna?
– Im Winter.
– Ich mochte es lieber, als du langes Haar hattest.

– Was ist los, Lisa?
– Sag ihm, er soll mich in Ruhe lassen! Sag du es ihm! Ich liebe ihn nicht. Ich komme mir vor wie eingefangen. Ich ertrage es nicht mehr, schon lange nicht mehr. Ich versuche, ihm aus dem Weg zu gehen, aber manchmal laufe ich eben doch noch hin, wenn er da ist, und manchmal gehe ich in seine Wohnung, wenn er fort ist, und sitze dort, um nicht zu Hause sein zu müssen, wo Mutter mich mit Blicken verfolgt und wartet, daß ich mich ausspreche, »mein Herz erleichtere«, daß ich zur Beichte gehe, »meinen Frieden mit der Kirche mache«, alle paar Wochen kommt einer dieser schwarzen Herren, nur mal eben vorbei, weil er in der Nähe zu tun hat. Alle erwarten etwas von mir, du auch, du vor allem. Ich weiß nicht mal mehr, was ihr eigentlich von mir erwartet, jeder erwartet doch was anderes, was ist denn eigentlich richtig, eins kann doch nur richtig sein. Sprich du mit ihm, du kennst ihn, du weißt am besten, wie man ihm so etwas sagen muß, du mußt ihm doch auch mal gesagt haben, daß du ihn nicht mehr liebst.
– Du bist feige, Lisa!
– Ich habe nie behauptet, tapfer zu sein.
– Bist du krank? Du siehst nicht gut aus, hat Albert dich nicht mal zu einem Internisten geschickt?
– Albert? Nein. Er kann doch seine Freundin nicht zum Arzt schikken! Vegetative Störungen, nichts Ernstes, ich war vor ein paar Wochen beim Arzt, das ergab sich so. Luftveränderung. Änderung der Lebensgewohnheiten.
– Willst du denn leben wie deine Mutter? Man muß doch etwas tun! Man muß sich doch wehren!
– Wollen? Um etwas anderes zu tun, müßte man etwas anderes wollen, wirklich wollen. Ich will gar nichts. Gar nichts.
– Albert braucht dich, siehst du das eigentlich nicht, Lisa? Er ist alt geworden in diesem Jahr, du quälst ihn doch. – Während ich es sagte, tat es mir schon leid, sie sieht elender aus als er. Trotzdem fragte ich weiter. – Hast du ihn nur haben wollen, nur wegnehmen?
– Vielleicht. Ich weiß nicht. Ich weiß gar nichts, ich sage es doch die ganze Zeit. Ich weiß nichts. Es hat keinen Zweck, darüber zu reden, nichts hat Zweck. Albert und du, ihr meint immer, das sei alles ganz einfach, ihr tut, als gäbe es kein anderes als ein juristisches Hindernis, als eine bereits bestehende Ehe; wenn sie gelöst ist, ist alles gut, dann

kann man eine neue eingehen. Man liebt sich, also heiratet man.
– Ist es nicht so?
– Nein, es ist nicht so, Hanna.
– Für mich ist es so.
– Hast du mal ein Taschentuch für mich? Leih mir bitte eines, ich habe keins in der Tasche, ich sorge dafür, daß du es wiederbekommst. – Ich ging ins Schlafzimmer, das Taschentuch zu holen. Während ich vor dem Schrank stand und eines mit meinem Monogramm suchte, fiel mir eine Szene aus dem Buch ein, das ich übersetze. Merkwürdig. Das ist nicht die einzige Parallele.
Als ich ins Zimmer zurückkam, saß sie auf ihrem alten Platz am Fenster, die Beine hochgezogen, die Arme um die Knie geschlungen. Ein Kind, mit einem zu alten Gesicht. – Es sind nicht mehr soviel Tauben da wie früher.
– Nein.
– Liegt das daran, daß die Fremden sie am Dom füttern, jetzt, in der Reisezeit?
– Vielleicht. Mußt du zur Probe ins Funkhaus, Lisa?
– Nein, ich spiele nicht mehr im Orchester.
– Gibst du wieder Privatstunden?
– Ich habe keine Schüler mehr, es sind ja auch Schulferien; es stört meine Mutter.
– Kommst du denn ohne diese Einnahmen aus? Ich meine, könnt ihr denn von dem Geld deiner Mutter leben?
– Albert finanziert mich. Das tut er schon lange, seit Jahren, weißt du das nicht?
– Nein.
– Du scheinst es nicht passend zu finden?
– Nein.
– Dich finanziert er doch auch.
– Geh! Geh, Lisa, ich kann so nicht mit dir reden.
Sie blieb auf der Fensterbank, sah mich aus ihren Augenschlitzen an, böse, lauernd. Ich hatte einen Moment das Gefühl, daß ich sie aus dem Fenster stürzen würde, wenn sie nicht sofort da herunterkäme. Ich hielt mich an der Tischkante fest und gab mir Mühe, meiner Erregung Herr zu werden, sie beobachtete mich, sagte dann – ich wollte nur mal sehen, wie das ist, wenn du die Beherrschung verlierst.
Ich drehte mich um. – Wenn du nicht gehst, werde ich gehen. Ich

warte unten auf der Straße. Mach die Korridortür hinter dir zu!
Sie sprang im selben Moment von der Fensterbank, lief hinter mir her, hängte sich mir an den Hals. – Hanna, ich habe das doch nicht so gemeint, entschuldige, ich dachte, du würdest mich verstehen, bitte, sei mir nicht böse, alle sind mir böse. – Sie weinte und küßte mich.
Ich schob sie zurück, ich mag solche Ausbrüche nicht. – Ich bin dir nicht böse. – Ich war wie Eis. Alle Sympathie, die ich bisher für sie empfunden hatte, ist verschwunden. Sie scheint es gemerkt zu haben. Sie war ganz entstellt, ihr Haar verwühlt, an den Schläfen traten die Adern hervor, zwei scharfe Falten zu den Mundwinkeln – wär' ich nur nicht gekommen, jetzt ist alles aus!
– Ich werde Albert nichts von deinem Besuch sagen, sei unbesorgt. Ich spreche nicht mit ihm über dich, ich sehe ihn sehr selten, nie von mir aus.
Sie ging ins Badezimmer, rief – darf ich dein Kölnisch Wasser benutzen –, kam ziemlich bald wieder zum Vorschein, nicht geschminkt, aber doch wenigstens gekämmt. Sie ist dann gegangen – willst du mir nicht die Hand geben, Hanna? – Wenn dir daran etwas liegt, bitte.
Als sie etwa eine Stunde weg war, hatte sich meine Beunruhigung so gesteigert, daß ich es für richtiger hielt, Albert zu verständigen. Ich ging in eine Telefonzelle am Bahnhof. Ich hatte nicht erwartet, daß Lisa in seine Wohnung gegangen sein könnte. Ich war so überrascht und erschrocken, daß ich nicht darauf kam, den Hörer aufzulegen; mir sind ja nie rasch genug glaubwürdige Ausreden eingefallen. Ich bat sie, mir Albert an den Apparat zu geben. Wieder war er nicht da und sie allein in seiner Wohnung. Ich sagte danke und legte auf. Sie ist mir ein Rätsel, ihre Stimme klang hell, heiter, liebenswürdig, nahezu zärtlich – soll ich etwas ausrichten, ich schreibe ihm sowieso einen Brief, damit er eine Nachricht vorfindet, wenn er zurückkommt.
– Danke, nein, es hat sich erübrigt.
Wahrscheinlich denkt sie nun, ich wollte ihm doch von ihrem Besuch bei mir erzählen. Sie muß, nach meinem Anruf, annehmen, daß ich lüge. Wo man hinfaßt, Unordnung, Verwirrungen, nichts ist mehr richtigzustellen.
Ich war zu unruhig, um weiterzuarbeiten, ich versuchte, eine Lektion in dem italienischen Sprachführer zu lernen, gab auch das wieder auf, spielte Klavier, ging schließlich ins Kino.

Heute morgen habe ich das Fernmeldeamt angerufen und veranlaßt, meine Gespräche wieder durchzustellen.
Ich habe gestern alles verzerrt gesehen, das muß an dem Roman gelegen haben. Lisa war gereizt oder einfach nur traurig, weil Albert so oft fort ist. Ich weiß selbst, wie schwer mir die Trennungen gefallen sind. Sie ist eifersüchtig auf mich, damit war ja zu rechnen, diese Eifersucht auf eine Vergangenheit, an der man nicht teilgehabt hat. Sie wollte wohl nur feststellen, wie oft er noch hierherkommt, sicher war sie im Badezimmer, um zu kontrollieren, ob noch etwas von seinen Sachen hier ist, sie kam mir auch ins Schlafzimmer nach. Woher soll sie denn wissen, ob ich ihn noch liebe? Ich muß fort, dann wird alles einfacher für die beiden. Solange ich hier bin, irritiere ich sie. Ich muß mit J. darüber sprechen, ich kann nicht alles aufschieben. Vielleicht kann ich mir in D. eine Wohnung nehmen, dann sehen wir uns öfter. Ich muß zu einem Entschluß kommen, wie es weitergehen soll.

Am selben Abend

Ich habe nicht mit J. darüber gesprochen. Ich deutete an, wieviel angenehmer es sein würde, wenn wir in derselben Stadt lebten. Er stimmte mir nicht zu, er opponierte wie eigentlich immer. Er behauptete statt dessen, daß man es sich in der Liebe nicht bequem machen dürfe; sobald ein Gefühl angenehm würde, behaglich könne man es auch nennen, sei es schon verdächtig. Für eine Geliebte müsse man Unbequemlichkeiten auf sich nehmen. Entfernungen müßten gleich Widerständen überwunden werden; für das andere, das Behagliche, Bequeme, habe man die Ehe. Das gilt für ihn, nicht für mich, aber das merkt er nicht.
Er hat mir in allen Einzelheiten dargelegt, daß er jetzt schon anfangen will, die Kunstabteilung auszubauen, später gedenkt er, sich ihr ausschließlich zu widmen, wenn Ruth soweit ist; sie zeigt so viel Begabung und Begeisterung, außerdem könne sie gut mit den Kunden umgehen, habe so viel natürlichen Charme, wenn erst noch Kenntnisse dazukämen, würde sie eine gute Buchhändlerin werden, hübsch sei sie außerdem, fröhlich – es ist noch nie so viel gelacht worden bei uns wie jetzt, sie steckt alle an, irgendwann mußt du einmal kommen, damit ich euch bekannt mache, das kann unauffällig geschehen, sie

kennt bereits viele unserer Kunden mit Namen. Sie wird dir gefallen, du wirst sehen, ich habe nicht zuviel von ihr erzählt. Sie stellt Blumen in die Schaufenster, sorgt für Aschenbecher, all so etwas, man sieht, daß eine Frau im Laden ist, das haben die Angestellten nie getan. Ich zahle ihr eine Prämie als Verkaufserfolg, am Ende jeder Woche, damit sie nicht nur das Lehrlingsgeld hat, ihre Mutter weiß davon nichts, sie würde es vielleicht nicht billigen, die beiden stehen nicht gut miteinander. Von dem Geld kauft sie sich Bücher, verstehst du, sie kauft sich Bücher, solche, die ihr gehören sollen, und hat doch den ganzen Tag mit Büchern zu tun! Sie kauft Blumen für den Laden. Sie ist jung, das ist es! Sie ist noch begeisterungsfähig, sie ist noch nicht angesteckt von der Skepsis, sie ist nicht wie andere junge Leute, sie hat Ideale, richtige Ideale, und was ich dazu tun kann, daß sie die behält, soll und wird geschehen; sie geht zur Berufsschule, natürlich, sie muß auch auf die Buchhändlerschule, aber sonst kommt sie nicht viel mit jungen Leuten zusammen. Sie ist jung und weiß es nicht; wenn man anfängt, sich jung zu fühlen, ist man es bereits nicht mehr, tatsächlich fühle ich mich neben ihr manchmal jung, sie steckt mich an, manches macht mir Spaß, verstehst du, ganz einfach Spaß, hörst du mir zu, Hanna?

– Doch, natürlich, ich höre dir aufmerksam zu.

Er hat es bereits durchkalkuliert, es ist auch technisch möglich, daß er die Etage über der Buchhandlung dazumietet, man kann einen Zwischenstock einziehen, eine kleine Wohnung dort einrichten, Ruth kann dort später wohnen oder auch er selbst, wenn die Kinder zur Ausbildung aus dem Haus sind und er mit seiner Frau allein bleibt, er will nicht nur Kunstbücher, Kalender, Drucke führen, er denkt daran, eine kleine Galerie einzurichten, mit dem Malen sei es nichts geworden, er wolle sich nicht länger darüber täuschen, sein Talent habe nie ausgereicht, wäre es wirklich ein Talent gewesen, hätte ihn nichts hindern können, nichts, er selbst sei es gewesen, der die Hindernisse zwischen sich und die Kunst geschoben habe, immer sei man es selbst, wenn man etwas wirklich will, erreicht man es auch, eines Tages setzt man es dann durch, allen Widerständen zum Trotz.

Wenn er seine Liebe zur Kunst aber dazu nutzen könne, er müsse jetzt einmal in so schlichten Ausdrücken wie »Liebe zur Kunst« reden, Ruth brächte ihn dazu, die Dinge wieder einfach zu sehen, wenn er diese seine Liebe zur Kunst, übrigens seien solche Ausdrücke für ihn, nachdem er sie so viele Jahre für tabu gehalten habe, mit neuem Glanz versehen, dazu nutzen könne, daß er Ausstellungen noch unbekannter Künstler veranstalte, vielleicht verbunden mit Dichterlesungen, abends in seinen eigenen Räumen, in dieser Intimsphäre, die heute die Kunst nötiger habe denn je, ob er sehr enthusiastisch wirke, er habe tatsächlich kaum noch gewußt, wieviel Möglichkeiten zu Begeisterung, zu echter Begeisterung, echt sei übrigens auch so ein geschontes Adjektiv, in seiner Arbeit liegen. – Ich langweile dich, Hanna?

– Nein, es interessiert mich sogar sehr, ich muß dieses neue Kapitel nur erst lernen.

– Du bist so distanziert, neben dir kommt man sich wie ein Schwärmer vor, ein alberner, dabei fällt mir ein, wie geht es ihm eigentlich?

– Wem?

– Du weißt doch, deinem Mann, deinem Albert, wie nennst du ihn jetzt?

– Danke, ich hoffe gut, ich habe ihn längere Zeit nicht gesehen.

Er stand auf – komm, fahren wir ein Stück, der Abend ist schön!

Der Abend war wirklich schön. Wolken am Himmel, zuerst rosa, dann weiß, dann grün. Ich wäre lieber ein Stück zu Fuß gegangen, aber J. geht nicht gern, vorerst wenigstens nicht, vielleicht bringt ihm das Ruth noch bei. Bisher pflegte er zu sagen, man soll nie etwas tun, was eine Maschine besser tun kann. Also sind wir mit dem Auto gefahren, an irgendeinem Waldrand hielt er an. Ich entzog mich ihm, ich mag diese Umarmungen im Auto nicht. – Man muß es sich nicht unbequemer in der Liebe machen als nötig – ich lachte, als ich das sagte, ob er den Unterton gehört hat, weiß ich nicht.

– Sehr bequem hat man es mit dir sowieso nicht, Bürgerin, da kannst du unbesorgt sein. – Er ließ mich sofort los.

– Beklagst du dich?

– Du hast dich verändert seit Paris, Hanna. Hat deine Liebe nicht diese eine Woche ausgehalten? Die angewandte Liebe?

Er sagt deine Liebe, früher hätte er unsere gesagt. Nuancen, die er nicht wahrnimmt.

– Komm, fahren wir nach Hause zu mir, ich habe etwas zu trinken besorgt, du kannst einen Pernod haben.

– Pernod? Den kann man nur in Paris trinken, das ist stilwidrig.
– Verzeihung!
– Du bist sehr empfindlich geworden! Ich kann heute nicht spät zurückkommen, ich setze dich am besten an deiner Wohnung ab und fahre gleich weiter.
– Was gibst du eigentlich an, wenn du abends zu mir kommst?
– Willst du das wirklich wissen? Warum fragst du, Hanna, es ist gegen unsere Abmachungen.
Auf der Rückfahrt hat er mir erzählt, daß vor einiger Zeit, es könnte zwei, aber auch schon drei Wochen her sein, eine junge Dame bei ihm im Laden gewesen sei, man habe ihn gerufen, sie habe ihm Grüße von mir ausgerichtet, vielmehr eine Empfehlung von Hanna Grönland, sie habe nach der Nennung meines Namens eine erwartungsvolle Pause gemacht. Sie habe nach Noten gefragt, man habe ihr eine Musikalienhandlung genannt und bedauert, ihre Wünsche nicht erfüllen zu können. Den Namen habe er vergessen, er habe die Dame aber schon mal bei mir gesehen, flüchtig, sie habe ihn an diese Begegnung erinnert, ihm sei es entfallen. Jetzt eben erinnere er sich auch nur, weil sie ihr Cello mit sich herumgeschleppt habe wie einen Begleiter. Es sei kurz vor Ladenschluß gewesen, sie habe zum Bahnhof gewollt, sie hatte nichts dagegen einzuwenden gehabt, daß er ihr das Instrument bis zur Bahnsteigsperre trug. – Es war immerhin eine Bekannte von dir oder sogar eine Freundin, sie schien dich gut zu kennen, sie redete die ganze Zeit von dir, ich war mir nicht im klaren, ob sie etwas von uns weiß, ich verhielt mich zurückhaltend. Ein reizvolles Gesicht mit so viel Dunkelheiten, wenn du weißt, was ich damit sagen will, etwas labil, du weißt, wer es ist?
– Ja. Sie hat mich gestern besucht, sie hat mir nichts davon erzählt, daß sie bei dir gewesen ist.
– Nein? Sie war nämlich noch einmal da, deshalb erwähne ich es, vorgestern, oder nein, gestern, gestern vormittag, sie hat etwas gekauft, irgendein Taschenbuch, ich war zufällig vorn, ich ging hin, um sie zu begrüßen, ich erkannte sie gleich, ein Gesicht, das sich einprägt, ihr Cello hatte sie nicht mit, ich fragte danach; sie flirtete mit mir, ganz unverkennbar, fragte, ob ich nicht eine Tasse Kaffee mit ihr trinken wolle, nebenan in der Espressobar, wir könnten zusammen plaudern. Ich hatte gerade meinen Mokka getrunken, außerdem saß ein Verlagsvertreter hinten, mit dem ich mich zusammensetzen mußte, Ruth

beobachtete mich, sonst hätte ich es vielleicht getan, nur aus Neugierde, sie hat etwas Beunruhigendes, etwas, das unmittelbar unter die Haut dringt. Sicher taucht sie noch einmal wieder auf. Ich begleitete sie zur Tür und bat sie, dir Grüße auszurichten. – Ich bringe sie ihr, nachher, hat sie gesagt, gleich, wenn ich vom Bahnhof komme. Sie wird es vergessen haben.

6. August

Lisa liegt in der Klinik. Selbstmordversuch.
– Du würdest es ohnehin erfahren. Sie ist sehr schwach durch den Blutverlust, es ist keine Gefahr mehr, physisch wenigstens nicht. Sie wird schon durchhalten, sie ist zäher, als wir alle denken. Aber ich halte es nicht mehr durch. Es ist das dritte Mal, Hanna, das dritte Mal in diesem Jahr! Nein, das stimmt nicht, das erste Mal liegt schon weiter zurück. Jedesmal macht sie es besser, eines Tages wird es ihr dann geraten. Seit Monaten lebe ich in ständiger Beunruhigung: Wo ist sie? Was hat sie getan? Leider habe ich ihr früher, als ich noch dachte, man könne sie wie eine erwachsene Frau behandeln, gesagt, welche Methode ästhetisch und außerdem auch noch todsicher sei. Mit ärztlicher Anweisung! Sie kann das jederzeit gegen mich vorbringen, verstehst du! Es ist grotesk! Sie hat trotzdem noch etwas falsch gemacht, ich habe versäumt, ihr zu sagen, daß man den Schnitt nicht quer führen muß, sondern längs...
– Albert, bist du wahnsinnig?
– Noch nicht. Aber ich werde es noch, dafür wird sie schon sorgen. Hast du was zu trinken im Haus?
– Willst du nicht lieber...
– Komm doch nicht gleich wieder mit deinen Bedenken! Ich brauche einen Schnaps, keine Vorhaltungen.
– Du bist mit dem Wagen da, du willst doch noch weiter!
– Man wird dich nicht hineinziehen, sei unbesorgt, ich gedenke auch nicht an eine Mauer zu fahren, im Augenblick paßt es mir noch nicht, ich habe was anderes vor.
Ich holte ihm was zu trinken, stellte eine Flasche Mineralwasser daneben. Er trank zwei Gläser Wasser. Er »spült es hinunter«. Soweit kenne ich ihn noch.

– Wann hat sie es getan?
– Vorgestern schon. Sie hat sich ein Hotelzimmer genommen, mit Bad, auf meinen Namen. Als ich zurückkam, fand ich ihren Brief vor und eine polizeiliche Benachrichtigung. Die Mutter saß an ihrem Bett, Einzelzimmer, sehr hübsch! Ich finanziere das ja. Ich trat als der Mörder auf. Von den Schwestern angestarrt, der Stationsarzt bezweifelte meine Zuständigkeit für sie, die Mutter wollte mir sogar den Zutritt ins Zimmer verwehren. Lisa schlief, wie ein Engel, blaß und nahezu verklärt, irgendwer hatte ihr die Haare mit einem Seidenband zurückgebunden und eine Kette um den Hals getan, Brautbett und Totenbett, alles auf einmal. Und übermorgen beginnt meine Vertretung, begreifst du? Ich muß da auch hin, ich habe es zugesagt, der alte Mann muß zur Kur, ich kann ihn nicht im Stich lassen, außerdem will ich es nicht. Es hat keinen Sinn, daß ich mich neben die Mutter an Lisas Bett setze, ich kann ihr nicht helfen, ich habe keinen Zugang mehr zu ihr, sie will mich nicht sehen, das ist doch schon lange so. Entschuldige, wenn ich davon rede, ich bin auch nur gekommen, um nach zwei Büchern zu suchen, die ich dringend brauche.
– Wie lange muß sie in der Klinik bleiben?
– Je nachdem, es kann sein, daß sie sich schnell erholt, es kann aber auch lange dauern, es kommt auf ihren Lebenswillen an. Zwei Bluttransfusionen, sie sind ihr allem Anschein nach gut bekommen, sie ist organisch ja völlig gesund.
– Und wenn sie aus der Klinik kommt?
– Ich gehe heute abend noch zu einem Psychiater, ich habe mich angemeldet, wir kennen uns von einem Kongreß her. Es ist krankhaft bei ihr, sie wird es wieder versuchen, man muß herausbekommen, warum sie es tut. Sie muß ... ich habe es ihm am Telefon erklärt, soweit ich das überhaupt übersehe, er wollte sich dazu nicht äußern, begreiflicherweise, aber sicher ist wohl, daß sie unter Aufsicht kommen muß. Ich habe das angerichtet, Hanna, ich! Weißt du noch, wie sie früher hierher kam, die Libelle, heiter, verspielt?
– Kurz vor dem Gewitter, hast du damals gesagt.
– Ja? Habe ich das? Jetzt haben wir das Gewitter. Entschuldige, ich werde zynisch, ich meine es nicht zynisch. Ich muß nur darüber reden, hör nicht hin, dich geht es ja nichts an. Früher habe ich mir eingebildet, ich hätte einen gesunden Blick für Menschen, er käme mir in einer eigenen Praxis mal zustatten! Selbst diesen Blick habe ich verlo-

ren. Was habe ich denn falsch gemacht mit ihr? Was will sie denn mit ihrem Selbstmord erreichen? Sie will nicht meine Aufmerksamkeit auf sich lenken, so einfach liegt das alles nicht, es ist ihr jedesmal ganz ernst, sie vergißt nur immer etwas dabei, sie ist zerstreut, ich sehe in sie wie in einen Spiegel, der das Licht verstreut und nicht sammelt, nein, das ist falsch gesagt, ich meine...
– Sie ist vorher bei mir gewesen.
– Hier bei dir? Wann? Warum sagst du es jetzt erst?
– Vorgestern, am Nachmittag, da war sie hier.
– Was hat sie gewollt? Red doch endlich!
– Sie wollte mich besuchen, nichts weiter, sie hat hier eine Weile auf der Fensterbank gesessen, wie früher.
– Und – und? Was noch? Was ist geschehen, es ist doch bestimmt etwas vorgefallen zwischen euch? Hast du ihr etwas angemerkt?
– Nein. Aber sie hat geweint, und ich habe sie weggeschickt; ich habe sie aufgefordert zu gehen, ich konnte sie nicht länger ertragen. Ich hatte nachher ein ungutes Gefühl, deshalb wollte ich dir Bescheid sagen, aber sie war am Telefon und war ruhig und liebenswürdig und wollte dir ausrichten, daß ich angerufen hätte.
– Ein ungutes Gefühl! Ist das alles? Sonst hast du nichts gemerkt?
– Das ist alles.
– Deine Ruhe müßte man haben!
– Das hat Lisa auch gesagt. Sie versuchte, mich aus dieser Ruhe herauszubringen, und es ist ihr gelungen. Daraufhin habe ich zu ihr gesagt, geh fort, ich will dich nicht mehr sehen. Du wirst vermutlich finden, daß ich schuld daran bin.
– Du selbst findest das nicht?
– Nein.
Albert stand auf – gut so! Sehr gut! Ich danke dir, daß du es mir gesagt hast. Ich weiß jetzt Bescheid. Von dir ist also keine Hilfe zu erwarten, ich hätte es mir denken können, du siehst zu, daß du dich aus allem heraushältst. – Er faßte in die Innentasche seines Jacketts – hier, das hat mir ihre Mutter gegeben, ein Taschentuch von dir, sie soll es in der Handtasche gehabt haben, deine Initialen sind drin. – »Es scheint Ihrer Frau zu gehören, Herr Dr. Grönland« – überaus angenehme Situation für mich.
– Danke, ich hatte es ihr geliehen, als sie hier war. Sie hat gesagt, daß sie dafür sorgen würde, daß ich es zurückerhielte.

Mir wurde schlecht, er sollte endlich gehen, ich wollte allein sein, meine Beherrschung war längst nur noch äußerlich. Wie grauenhaft! Sie muß es in der Badewanne getan haben, Albert hat mir das auch als die beste Methode geschildert, ein heißes Vollbad und zuletzt noch den Stöpsel aufziehen, dann fließt das Blut mit dem Wasser ab, »der Anblick ist durchaus ästhetisch«.
– Hast du meine Bücher woanders hingestellt? – Alberts Frage holte mich zurück, er war ins Nebenzimmer gegangen.
– Unten im Kleiderschrank, ganz hinten, rechts, da liegt noch ein Stoß medizinischer Bücher.
Nach zwei Minuten rief er – nein! Das, was ich suche, ist nicht dabei. Hast du sonst noch irgendwo Bücher von mir?
– Was suchst du denn?
– So ein Handbuch, Quartformat, ich glaube, es ist braun, noch von der Universität her, mit Notizen am Rand, das »Siebenmännerbuch«, du hast das sicher mal von mir gehört, es heißt Vademecum, therapeutisch-diagnostisches Vademecum, so ähnlich, das muß doch noch hier sein, es ist ein unersetzliches Buch, es wird nicht mehr aufgelegt, soviel ich weiß. Hast du Bücher in den Keller getragen, besinn dich doch! Sitz doch nicht einfach herum, als ginge dich das nichts an, ich habe noch Wege zu erledigen, ich muß noch mal in die Firma, immerhin trete ich einen sechswöchigen Urlaub an, ich will auch noch mal zur Klinik, vielleicht ist Lisa dann wach, und ich kann sie sprechen.
Es fiel mir ein. – Entschuldige, es tut mir leid, ich konnte nicht wissen, daß du es brauchen würdest.
– Hast du es etwa weggeworfen? Verbrannt?
– Nein, ich habe es Fabian geliehen. Er fragte vor einigen Wochen, ob es von dir noch medizinische Bücher gäbe, du brauchtest sie ja doch nicht mehr, er ist immer auf der Suche nach gebrauchten Büchern, wirklich gebrauchten, mit Strichen und Kommentaren am Rand, auf die kommt es ihm an, sonst könnte er sie auch im Laden kaufen.
– Das interessiert mich nicht! Wo wohnt der Kerl? Wie kommt der hierher? Schnüffelt in meinen Sachen, was hat der hier zu suchen? Hat er Telefon?
– Das weiß ich nicht, ich habe ihn nie angerufen.
– Wenn er hierherkommt, ist das ja auch nicht nötig.
– Ich werde nachher versuchen, ihn zu erreichen. Es tut mir leid,

wirklich, Albert, du hättest deine Sachen eben alle mitnehmen sollen.
– Ja, das hätte ich! Ich bedaure, daß ich es nicht getan habe. Man hätte reinen Tisch machen müssen, man ist immer zu nachgiebig mit euch. Solange du hier in unserer Wohnung bleibst, kommt nichts in Ordnung, das scheint ja auch deine Absicht zu sein. Ruf doch endlich an! Steh nicht so herum, los, tu etwas! Es ist dir wohl wieder nicht recht, wenn jemand deine Ruhe stört?
– Morgen früh hast du das Buch, bis dahin hat es Zeit, vorher schlägst du es doch nicht auf. Ich schicke es dir in deine Wohnung. Und jetzt geh bitte.
Ich habe auch ihn weggeschickt.
Es hat drei Stunden gedauert, bis ich das Buch endlich hatte. Fabian war nicht da, nur seine drei Frauen waren in der Wohnung, sie ließen mich nicht hereinkommen, Telefon gibt es nicht, in Abständen von einer halben Stunde bin ich dort gewesen, um festzustellen, ob er zurück sei. Schließlich hatte ich das Buch, er wollte es nicht hergeben, er brauche es dringend, dann habe ich es verpackt und am Nachtschalter als Eilsendung aufgegeben. Kein Wort dazu.
Ich bin schuld. Aber anders, als Albert denkt. Auf ungeheuerliche Weise. Mit wem könnte ich darüber sprechen? Ich weiß niemanden. Ich glaube, mit Mutter hätte man darüber reden können, sie war nüchtern genug und zwang einen dazu, nur das zu sagen, was man wußte, und es deutlich zu formulieren, unter ihrem Blick ordnete sich wie von selbst, was vordem noch ein heilloses Durcheinander war. Nie habe ich davon Gebrauch gemacht, jetzt tue ich es, in meinen Gedanken wird sie zum Partner, dem ich mich zu erklären versuche. Es fällt mir wie Schuppen von den Augen.
Und J. war es, der mir diesen Roman unwissentlich in die Hand gespielt hat, ich weiß sicher, daß er ihn nicht gelesen hat. Ohne dieses Buch wäre ich nie auf den Gedanken gekommen. Alles greift ineinander, ganz folgerichtig, wenn man nur erst das Kennwort weiß. Es gibt sich alles so harmlos. Dieses Taschentuch, das sie haben wollte und dann bei sich trug. Daß sie bei J. gewesen ist. Woher weiß sie, daß ich ihn liebe, sie muß es mehr geahnt als gewußt haben. Sie will ihn mir wegnehmen, damit ich ihn nicht liebe. Auch Albert hat sie mir weggenommen, weil ich ihn liebte. Sie meint mich. Mit allem, was sie tut.

Ich habe meine Übersetzung des Romans verbrannt. Er hat seinen Zweck erfüllt. Über zweihundert saubere Manuskriptseiten, die Arbeit von vielen Wochen. Die Geschichte von zwei Lesbierinnen, die nichts von ihrer krankhaften Veranlagung wußten. Latent. Überdeckt. Albert hat so oft gesagt, ihr ergänzt euch wunderbar, ihr beiden, zusammengenommen wäret ihr die ideale Frau, einzeln bleibt immer etwas zu wünschen übrig. Lisa küßte mich, wenn sie kam und wenn sie ging, flüchtig, auf die Backe, aufs Haar, wie zufällig, ich ließ das zu, von mir aus hätte ich das nie getan, sie ist zärtlich, ich mochte es gern, wenn sie ihren Arm unter meinen schob. Albert hinter uns, wir vornweg, sie hatte alles, was mir fehlte, und Albert fand bei ihr, was er bei mir nicht fand. Warum hat er mir nichts von den beiden ersten Selbstmordversuchen gesagt? Sie muß es vorgehabt haben. Es kann nicht nur daran gelegen haben, daß ich sagte, geh, geh, ich will dich nicht sehen. Aber vielleicht hat sie es davon abhängig gemacht, von meinem Verhalten. Sie wollte mich noch einmal sehen. Sie hat immer angerufen, nur um meine Stimme zu hören und zu wissen, daß ich noch in ihrer Nähe war, und dann hat sie das eine Mal Albert hören müssen und das andere Mal Jörn. Ich bin, so muß es ihr vorgekommen sein, die Stärkere gewesen, an der sie scheitern mußte. Neulich hat sie an der Ecke gestanden und auf mich gewartet. Wer weiß denn, wie oft sie das getan hat? Auch sie wird nichts von ihrer Veranlagung ahnen. Es muß mit ihrer Mutter zusammenhängen, dieses düstere Leben der beiden im Domschatten, wie sie das immer genannt hat. Sie liebte nur den Albert, den ich liebte. Als ich aufhörte, ihn zu lieben, verlor er seine Anziehungskraft.
Was soll ich denn tun?
Darüber kann man doch nicht sprechen! Es ist doch nichts zu beweisen. Vermutungen. Mein Instinkt sagt das. Fabian? Er versteht nicht genug von Frauen, er kennt immer nur Probleme, für ihn ist alles nur Material. Ich fühlte mich vom ersten Augenblick an zu ihr hingezogen; ich hatte nie vorher eine Freundin, die mir so nahe war. Dabei bin ich doch ganz normal. Man müßte mit dem Arzt sprechen, den Albert zu Rate ziehen will, es ist ein Fall für einen Arzt.
Aber ich will nichts damit zu tun haben! Es soll aufhören. Man muß es kennen, um es erkennen zu können. Kenntnisse. Erkenntnisse. Ich habe meine Lektion bekommen.

Ich werde für zwei Wochen zu Cora fahren. Sie muß entlastet werden, sie wissen niemanden außer mir, der Zeit hat. Helmut hat mich darum gebeten. – Traust du es dir zu, Hanna? Cora ist diesmal schwieriger als sonst, es geht ihr nicht gut, ihre Beine sind sehr geschwollen, Krampfadern, dazu neigt sie ja, Thrombosegefahr. – Ich wehrte ab, ich mag nicht, daß er mit mir über ihren Zustand spricht, immer klingt durch seine Bemerkungen durch: Du warst mit einem Arzt verheiratet, man kann mit dir offen über so etwas sprechen. Ich mag Intimitäten nicht, schon gar nicht bei dem Mann meiner Schwester. Ich schlug vor, daß sie mir die Kinder für ein paar Wochen schickten, dann hätte Cora Ruhe. – Das wird sie nicht wollen, du kennst sie doch, sobald sie nicht in ihrer unmittelbaren Nähe sind, glaubt sie, es passiert ihnen etwas, nicht einmal im Kindergarten paßt man gut genug auf sie auf. Du hast auch zuwenig Erfahrungen mit Kindern.
– Gut, ich komme. Ich werde mir Mühe geben. Ich kann allerdings nur für zwei Wochen bleiben. – Warum, hast du etwa eine Stellung angenommen? – Ich gehe auf eine längere Reise, ich habe bereits gebucht.
Er hat nicht weitergefragt, er hat gemerkt, daß ich nicht darüber zu sprechen gedenke. – Vielleicht finden wir in der Zwischenzeit eine andere und bessere Lösung, habt ihr einmal Fräulein Hedwig gefragt, die Eltern waren sehr zufrieden mit ihr, sie kann vielleicht für ein paar Monate zu euch kommen.
– Wir müssen über die Erbschaftssache sprechen, Hanna!
– Das hat sicher Zeit, bis euer Kind geboren ist und bis ich von meiner Reise zurückkomme.
– Ganz wie du meinst.
Morgen fahre ich. Ich brauche nicht mehr hierher zurück. Meine Koffer sind bereits gepackt, ich gebe sie zur Aufbewahrung. Ich war in den beiden letzten Wochen mit den Vorbereitungen sehr beschäftigt, wiederholte Gänge zum Reisebüro, zur Paßstelle, zur Bank, meine Garderobe mußte für eine Seereise vervollständigt werden.
Ich hatte mir vorgenommen, am 12. September in Genua abzufahren, ich wollte in derselben Pension wohnen.
Das war ein zweites Mal wie ein Magnet: der 12. September, Genua. Ich äußerte diesen Wunsch bei meinem Reisebüro auf das nachdrück-

lichste, man war auch bereit, auf alle meine Wünsche einzugehen, aber nicht bereit, mir zu glauben, daß man damals, an diesem Tag, in Genua zu einer Griechenlandreise aufbrechen konnte.

– Sie müssen sich täuschen, irgendein Irrtum, die Hafenstädte sind sich ähnlich. Man reist von Brindisi mit dem Schiff ab, von Venedig, auch von Triest.

Er redete es mir aus. Ich hatte sogar das Gefühl, er habe recht, ich täuschte mich wirklich, und es war gar nicht Genua, Fabians Geschichte tauchte wieder auf –»dreht euch nicht um«, »nahm den Mantel und ging« –, ich konnte das nicht mehr voneinander trennen, was war Wirklichkeit, was Erfindung von Fabian, was gaukelten mir meine Erinnerungen vor, vielleicht hatte ich es nur geträumt, auch J. hat nie mehr davon gesprochen. Der Lorbeerzweig? Auch der besagte nichts. Ich reise nicht von Genua ab, ich bin am 12. September schon auf dem Schiff. J. hat sich bereits für den Tag entschuldigt, wir haben ihn in den letzten Jahren zusammen verbracht. – Wohin kann ich dir Blumen schicken lassen? – Er will mit den Kindern an die See, mit den beiden Jüngsten, sein Sohn neigt zu Bronchialkatarrh, er selbst muß auch etwas für seine Gesundheit tun, wenn erst die Buchmesse kommt und das Herbst- und Weihnachtsgeschäft anfängt – es ist schließlich ein Tag wie jeder andere, wir können ihn nachholen.

– Du mußt dich nicht entschuldigen, ich werde gar nicht hier sein.

– Wo bist du?

– Unterwegs.

– Ah, darf man fragen, wohin?

– Ich werde dir eine Ansichtskarte schreiben, wenn ich dort angekommen bin. – Ich mache das alles falsch, ich bin gehemmt ihm gegenüber, ich drücke mich ungeschickt aus, wie ich es früher bei Albert auch tat, ich habe Angst, es könnte wieder aufbrechen, was eben anfängt zu heilen.

Ich bin noch einmal bei ihm im Laden gewesen. Er war nicht da, ich hatte es so eingerichtet. Ich habe Ruth gesehen. Ich habe auch ein paar Worte mit ihr gesprochen. Sie hat mir Bildbände von Griechenland vorgelegt; ich habe zwei gekauft. Sie hat sich erkundigt, ob ich ein Konto bei ihnen hätte – nein, kein Konto, ich erledige das gleich. Ich habe einen Scheck ausgeschrieben, sie hat ihn gelesen und mich aufmerksam angesehen. – Sie sind das? – Ja, ich bin das.

Ich glaube nicht, daß sie ihrem Vater gesagt hat, daß ich dort gewesen bin. Ich wollte dieses Kind, an dem er hängt, sehen, nicht ihn.

Lisa ist in ein Sanatorium überwiesen worden, gleich von der Klinik aus. Ich weiß nicht, nach welchen Methoden man dort arbeitet, vielleicht mit Schlafkuren. Ich mochte Albert nicht danach fragen. Er hat nur einmal seither angerufen. Ich habe nach der Praxis gefragt, ob er zurechtkomme. Die ersten Tage seien schwierig gewesen, jetzt ginge es schon ganz gut. Viel sei nicht los, Nagelbettvereiterung, verstauchter Fuß, Durchfall bei Kindern, die grünen Äpfel, an vieles könne er sich aus seiner Kindheit erinnern, an die Verordnungen der Großmutter, zum Arzt sei die natürlich nicht gegangen. Leider sei es mitten im Quartal, die Leute schienen gleich nach dem Ersten ihren Krankenschein bei der Kasse zu holen und ihn zum Arzt zu tragen, sich Medikamente verschreiben zu lassen, irgendeine Frau säße immer unter dem Bestrahlungsapparat – sie lassen sich in ihren Gewohnheiten durch mich nicht stören, sie benutzen die Apparate der Praxis und meinen Rezeptblock, einige Frauen kommen aus Neugierde, man hält mich für einen Junggesellen, ich fahre einen größeren Wagen als ihr Doktor. Wenn die Ernte vorbei ist, der Hafer ist noch draußen, es hat sich alles durch den Regen sehr verzögert, werden sie wohl alle noch mal kommen, es gehört zu den Abwechslungen. Wenn sie erst beim Kartoffelausmachen sind...
Ich lachte. – Findest du mich sehr komisch, Hanna? – Eben hast du wie die Großmutter gesprochen! – Wirklich?
Er hat ein älteres Fräulein, das in der Sprechstunde hilft, sie kennt alle Patienten und erzählt ihm die Lebensgeschichten und vor allem natürlich die Krankheitsgeschichten, sie weiß auch in der Rezeptur Bescheid, macht ihm Vorschläge, eigentlich könnte sie die Sprechstunde auch allein machen, ohne sie hätte der alte Doktor ihm seine Praxis sicher gar nicht anvertraut. Er wohnt im Arzthaus, ißt in einem Gasthof, gegen Abend säße er manchmal eine Stunde am Fluß, eigentlich wäre es mehr ein Bach, er hätte aber ziemlich viel Wasser, er angelte, er hätte früher schon mal geangelt – das weiß ich doch, Albert! Ach so, natürlich, ich vergesse immer, daß du mich schon so lange kennst. – Er habe sich Angelzeug geliehen, er wäre viel an der Luft, er käme auch sonst mit sich ins reine – und du, Hanna, wie geht es bei dir? Alles in Ordnung soweit?

– Ja, danke.
– Hast du Pläne?
– Ich will verreisen, aber das weißt du ja schon.
– Läßt du von dir hören?
– Ich schreibe von dort.
– Du tust, als führest du ans Ende der Welt.
– Dahin fahre ich auch.
– Wann wirst du zurück sein?
– Im Herbst, Ende Oktober, vielleicht auch erst Anfang November, genau weiß ich es noch nicht.
– Du hast genügend Geld?
– Ja, danke, ich komme aus.
– Ich möchte nicht, daß du dich einschränken mußt, kann ich dir zu deinem Geburtstag einen größeren Betrag überweisen?
– Bitte nicht! Du hast sicher hohe Ausgaben durch das Sanatorium.
– Das wird nicht von mir finanziert. Lisas Mutter hat den Vater veranlaßt, das zu übernehmen, er ist zuständig für Lisa, sie muß ihn davon überzeugt haben, die Schäden, die jetzt bei ihr ausbrechen, rühren, laut ärztlicher Analyse, aus jener Zeit, als der Vater versagt hat.
– Hast du Lisa nicht gesehen seitdem?
– Nein. Der Arzt hält es für besser so. Er will abwarten, bis sie selbst mich sehen will.
Dann haben wir noch über das Wetter gesprochen, dort regnet es noch mehr als hier. Ich habe mich erkundigt, ob er auch die richtige Garderobe mithabe, ich könnte ihm sonst das Nötigste noch schikken. – Danke, nein, ich habe mir einiges gekauft, mit dem Wagen bin ich in zwanzig Minuten in der Stadt, über Mittag, die Sprechstunde fängt erst um drei wieder an.
– Es war auch nur ein Vorschlag, ich wollte mich nicht aufdrängen.
– Ich bitte dich, Hanna, so war es nicht gemeint, ich habe mich zu entschuldigen, mein Verhalten neulich war unkorrekt, du hast nichts damit zu tun, ich hätte dich nicht hineinziehen dürfen.
– Du brauchst dich nicht zu entschuldigen, Albert, ich habe mich nicht richtig verhalten.
Wir schweigen beide.
– Hanna?
– Ist noch etwas, Albert? – Wenn ich dich nun fragen würde...? –

Was? – Es hat keinen Zweck. – Du weißt nicht einmal die Frage, Albert, und bist gekränkt, daß ich keine Antwort weiß. – Es gab eine Zeit, Hanna. – Unsere Zeit ist vorbei, Albert. – Aber ich brauche dich doch! – Du hast mir einmal gesagt, Albert, als ich meinte, ich brauchte dich, mit keinem Wort würde so viel Mißbrauch getrieben wie mit dem Wort brauchen. Brauchen und Mißbrauchen. »Ich brauche dich«, das ist keine Basis, von der aus wir jetzt entscheiden könnten. Das habe ich von dir gelernt. – Du bist nachtragend, Hanna. – Ich bin nur weniger vergeßlich. Laß es dir gutgehen, Albert! – Man kann dich durch nichts von dieser Reise abhalten? – Nein, durch nichts.
Ich denke, er wird versuchen, diese Praxis später zu übernehmen, darauf läuft es hinaus, er hat sich wohl nur nicht gleich entscheiden wollen. Ich habe ihn gefragt: Läufst du vor Lisa weg? – Muß ich das beantworten? – Nein, natürlich nicht, aber du kannst mich auch nicht fragen, ob ich mit weglaufen will. – Du bist kein Mitläufer, ich weiß.
Während wir redeten, immer an dem vorbei, worum es doch in Wahrheit geht, fiel mir ein, was Marlene so oft gesagt und was sie mir geschrieben hat: Sie sind unerwachsen, glaub es mir doch, sie klammern sich an unseren Rock, man darf nicht hinhören.
Ich habe versucht, nicht hinzuhören und ruhig zu bleiben, obwohl ich weiß, daß er der Ansicht ist, ich ließe ihn im Stich. Er muß sich allein entscheiden. Jeder für sich, sonst werden wir nie damit fertig. Jörn hat nie gesagt: »Ich brauche dich«, er wird es für ein unredliches Mittel halten.

Abends

Ruth war hier. Sie hat mir einen Besuch gemacht, sie hatte sogar einen Blumenstrauß mit.
– Weiß Ihr Vater, daß Sie hier sind?
– Nein.
– Weiß es Ihre Mutter?
– Nein. Sie sind mit den Kleinen bei den Großeltern, dahin fahren wir doch jeden zweiten Sonntag, wissen Sie das denn nicht?
– Nein. – Ich wußte nicht einmal, daß es Großeltern gibt, sind es seine Eltern? Die Eltern seiner Frau? Es geht mich nichts an. – Sie kannten meine Adresse?

– Ich habe einmal einen Katalog an Sie geschickt.
– Ich verreise morgen.
– Ich hab's mir gedacht. Ich wollte Sie nur noch einmal sehen und wissen, wohin Vater abends fährt. Reisen Sie dorthin, wo er damals gewesen ist?
– Ja.
– Er hat dort Bilder gemalt, zwei davon hängen in seinem Zimmer zu Hause. Waren Sie mit ihm dort?
– Nein.
Sie saß ganz vorn auf der Sesselkante und betrachtete mich aufmerksam, folgte jeder Regung in meinem Gesicht, jeder unruhigen Bewegung meiner Hände. Sie war nicht befangen. Sie war ruhig und ernst und blieb während des ganzen Besuches wohlerzogen. Sie wünschte mir eine gute Reise, fragte, wann ich zurückkehren würde, ich beantwortete die Frage nicht.
– Ich gebe mir Mühe, meinem Vater Freude zu machen, damit es ihm nicht so schwerfällt.
– Das hat er mir schon gesagt, Ruth, ich habe es auch gemerkt, er liebt Sie sehr.
Ich stand dann auf, um den Besuch zu beenden. – Grüßen Sie ihn von mir!
– Danke. – Plötzlich faßte sie nach meiner Hand. – Sie sind wunderbar, bestimmt! Ich verstehe Vater, aber wir können doch nichts dafür, daß er uns schon hat.
Ich nahm sie in die Arme – nein, ihr könnt nichts dafür. – Sie hat weiches braunes Haar, selbst ihr Haar fühlt sich jung an. Sie könnte meine Tochter sein.
Ich sah ihr nach, als sie aus dem Haus trat und die Straße entlangging, sie spürte meinen Blick, sah zum Fenster hoch und winkte mir zu. Sie ist ihm ähnlich, sie sieht ihm so vieles ab. Diese Ähnlichkeiten, die aus dem Herzen kommen, nicht aus den Genen. Sie liebt ihn mit einem unverbrauchten Herzen. Sie ist besser für ihn als ich.

9. September

Die beiden Wochen mit Cora und den Kindern sind rascher vergangen, als ich befürchtet hatte. Helmut nahm sofort Urlaub und fuhr zu

seinen Eltern. Gerichtsferien. Wenn Cora und ich allein sind, vertragen wir uns. Wir geben uns beide Mühe, wir vermeiden Gespräche, die Konfliktstoff in sich tragen, das sind natürlich viele. Es bleibt dann kaum etwas, außer dem Haushalt, den Kindern. Sie weiß, daß ich über meine Angelegenheiten nicht sprechen will, und hat es gelernt, das zu respektieren. Sie ruft auch nicht mehr, wenn ich David auf den Schultern reiten lasse: Laß ihn bloß nicht fallen!
Die Kinder hängen sich an mich, ich bin neu für sie, ich habe nicht dieselbe Erziehungs- und Strafgewalt wie die Mutter, das wissen sie sofort; meine Einschlafgeschichten kennen sie noch nicht, aber ich bleibe auch ihnen gegenüber zurückhaltend, Cora soll nicht eifersüchtig werden, ich will ihr keines ihrer Kinder auch nur für ein paar Tage wegnehmen. Thomas legt beim Essen den Löffel hin, verkündet wieder einmal sein – ich muß schnell mal was sagen! Als seine Mutter ihn auffordert, es zu tun, sagt er mit verklärtem Gesicht – Tante Hanna ist so schön!
Ich lache, Cora lacht auch. Nachmittags liegt sie zwei Stunden im Liegestuhl auf dem Balkon, das hat sie seit Jahren nicht haben können, währenddessen gehe ich mit den Kindern auf den Spielplatz, unterhalte mich mit anderen Müttern, wische Staub aus den Augen, kämme Sand aus dem Haar, putze die drei mir anvertrauten Nasen und auch noch ein paar andere, manchmal fragt jemand, welches sind denn Ihre, dann zeige ich auf die drei und fühle mich zugehörig. »Der Familienclan«, sagt J. Keine Frau ist davon frei. Fabian spricht von »Familienensemble«. Männern ist das unheimlich, von jeher, dieses Eintauchen in die Sippe. Gegen fünf Uhr treibe ich sie vor mir her nach Hause, sorge für das Abendbrot, Cora bringt sie ins Bett, beim Baden helfe ich ihr; wenn es im Kinderzimmer ruhig wird, essen wir unser Butterbrot auf dem Balkon, die Abende sind mild, es hat wenig geregnet, seit ich hier bin, um die Lampe schwirren Baumspanner. Cora sieht die Pullover der Kinder durch, was für den Winter in Ordnung gebracht werden muß; ich helfe ihr dabei; meine Gedanken laufen mir voraus. Ich bin nur noch scheinbar hier, ich habe Angst, daß meine Erwartungen sich nicht erfüllen könnten, diesmal richten sie sich an keinen anderen, einzig an mich und an die Zutat einer fremden Zeit, eines fremden Landes.
»Erinnerungen nichts, Versprechen nichts.«
Vor dem Schlafengehen machen wir einen Spaziergang, ein paarmal

die Straße auf und ab, damit Cora Bewegung hat, die Treppen werden ihr sauer, sie zieht sich am Geländer hoch. Sie ist ausgeruhter als in den ersten Tagen, sie erholt sich rasch, das hat sie schon immer getan, zwei Nächte ungestörter Schlaf, schon das merkt man ihr an. Alles ist bei ihr einfacher zu regulieren, nur zu einem Teil ist das glückliche Veranlagung.

Der Hausbau ist bis zum nächsten Frühjahr verschoben, die Baugenehmigung steht noch aus. Die Gespräche mit Helmut über den Nachlaß der Eltern, über alle Schwierigkeiten, die sich dem Testamentsvollzug noch entgegenstellen, wurden gutwillig von beiden Seiten geführt. Wir waren in Hamburg alle in schlechter Verfassung, die Gegenwart Alberts machte es nicht besser. Es sieht günstiger aus, als es zunächst den Anschein hatte. Fräulein Hedwig hat sich bereit erklärt, für einige Monate zu kommen, sie ist den Umgang mit Kindern nicht gewöhnt, aber sie kann wenigstens für den Haushalt sorgen, mit den Kindern wird Cora schon fertig. Sie trifft morgens ein, abends fahre ich ab.

Zwei Wochen, in denen alle Schwierigkeiten, auch die größeren, sich als überwindbar erweisen, wenn man sie nur beherzt anfaßt. Das war eine gute Lehre für mich.

Ich fahre morgen abend. – Willst du wirklich nicht deinen Geburtstag hier feiern? Das ist hübsch bei uns, bestimmt! Dann fangen wir mit dir an, und dann kommt einer nach dem anderen, und zuletzt kommt das Baby.

Ich glaube ihr das. Sie macht so etwas reizend, es gibt dann das Geburtstagsessen, den Geburtstagskuchen, das Geburtstagslicht; das Lied, mit dem man morgens geweckt wird, können die Kinder schon singen. Cora hat einen Ritus eingeführt, man wird auf einem Steinsockel vorm Haus fotografiert, jedes Jahr, alle bekommen ein kleines Geschenk. – Ich sorge für die Erinnerungen meiner Kinder, ich glaube, es ist besser, wenn man das nicht dem Zufall überläßt. Sie sollen später mal erzählen: »Unsere Mutter pflegte zum Geburtstag immer...« Bei uns war das immer so, sie sollen in einen Rhythmus hineinwachsen, der sich ihnen einprägt, dieses zuverlässig Gleichbleibende eines »Immer« und »Mutter pflegte«.

An solchen Äußerungen merkt man, daß sie weniger naiv ist, als es zunächst den Anschein hat. Diesmal scheint mir ihr Bemühen, »es richtig zu machen«, weniger verkrampft als im Januar.

Einmal nur hat sie gefragt – du reist diesmal allein, Hanna?
– Ja, ich schließe mich aber für einige Zeit einer Reisegesellschaft an, es ist keineswegs so abenteuerlich, wie es dir jetzt vorkommen mag. – Du machst es dir sehr schwer. – Warum meinst du das, ich freue mich doch auf diese Reise. – Man merkt es dir nicht an, daß du dich freust, ich habe fast den Eindruck, als fürchtest du dich davor. Du hast es dir fest vorgenommen? Dann hat es also gar keinen Zweck, es dir ausreden zu wollen? – Nein. – Du hast dich verändert in diesem Jahr, Hanna. Thomas hat recht, als er neulich sagte, du bist so schön. – Du wirkst so durchlässig, ich weiß nicht, wie ich es ausdrücken soll.
– Helmut hat das schon im Januar, als ich zuletzt hier war, festgestellt, unglücklich sein ist eben kleidsam für mich. – Ich lachte, ich wollte das abtun, aber sie wollte das nicht. – Du kannst es gut mit den Kindern, ich habe dich oft beobachtet, ich dachte vorher, du machst dir nichts mehr draus. Du solltest wieder heiraten, es wäre doch das beste, es ist gar nicht wichtig, daß man sich liebt, so daß man immer davon reden muß, meine ich. Man muß miteinander leben können, jeder muß verträglich sein. Ich habe Helmut geheiratet, weil der andere mich nicht gewollt hat, und ich habe das nicht bereut, und Helmut hat es auch nicht bereuen müssen, ich habe mir, nicht ihm, versprochen, ihm eine gute Frau zu werden, ob ich das immer gewesen bin, weiß ich nicht, aber ich hatte mehr guten Willen, als wenn ich mich auf die Liebe verlassen hätte.
– Sie wischt mit der Hand die Tränen weg, sie sitzen vor der Geburt eines Kindes jedesmal locker bei ihr.
– Du bist ihm eine gute Frau, Cora, das ist sicher. Bei dir ist alles einfacher als bei mir.
– Ich will auch nicht, daß es sich kompliziert! Ich lasse nichts herumliegen; wie ich abends das Spielzimmer und das Wohnzimmer aufräume, bevor ich schlafen gehe, so halte ich es auch sonst, innerlich. Ich erledige alles sofort, ich spreche sofort mit Helmut, kein Kind schläft abends ein, ohne daß es gut ist zwischen ihm und mir und der Welt. Es darf sich nichts ansammeln.
– Das hast du von Mutter, weißt du das eigentlich? Als ich zuletzt bei ihnen war, hat sie gesagt – ich gestatte mir nicht, unglücklich zu sein. Es war ja nicht leicht mit Vater. Vielleicht komme ich auch noch dahin. Es war ein schwieriges Jahr, alles, was ich angefaßt habe, komplizierte sich, ich weiß nicht, ob das an mir gelegen hat. Lassen wir es

doch ruhen, Cora! Wenn ich zurückkomme, benehme ich mich wieder ganz normal.
– Was ist mit Albert? Hat er wieder geheiratet?
– Nein.
– Will er das?
– Ich weiß es nicht.
– Ihr saht in Hamburg aus, als sei nie etwas zwischen euch vorgefallen.
– Das täuscht, Cora.

21. September

Patmos, länger als eine Woche schon.
Wenn ich nachmittags unten am Hafen vor dem Hotel Neon sitze und mein Täßchen Kaffee trinke, lese ich das Datum auf dem Wandkalender ab und mache ein Zeichen in mein Notizbuch, welcher Tag es ist, die Sonntage sind hier wie überall rot gedruckt. Wenn der Wirt vergißt, das Kalenderblatt abzureißen, werde ich es nicht merken, die Zeitungen, die das Schiff mit den Briefen von Piräus her mitbringt, sind einen, oft auch drei Tage alt, woher soll ich wissen, welcher Tag es ist, niemand versteht meine Sprache. Manchmal kommen Zeitungen mit den kleinen Motorschiffen von den Nachbarinseln, nur zweimal kommt das Schiff direkt von Piräus nach hier. Die Männer sitzen und stehen vor dem Kafeneion und lesen in der Athener Zeitung und reden über Politik, manchmal höre ich Namen, die mir bekannt sind. Zeitungen und Post werden gleich am Hafen ausgeteilt, ein Briefträger ist unnötig, aus jedem Haus ist jemand da. Mich beachten die Männer nicht, man blickt einer Frau nicht nach, man spricht sie nicht an, in Athen war das anders. Ich wohne in einem Haus nicht weit von der Kirche, ich habe das Zimmer für vier Wochen gemietet, ich kann die Küche benutzen, die Frauen zeigen mir alles, sie schüren das Herdfeuer für mich, sie holen mir das Wasser vom Brunnen. Ein großer brauner Krug mit zwei Henkeln, in der Form der alten Amphora, steht immer gefüllt auf dem Steinboden meines Zimmers, das Wasser bleibt kühl darin. Ein flaches Bett, zwei Laken, ein hartes Kissen. Der Ständer mit der Emailleschüssel, ein Tisch, ein Stuhl, ein Wandbrett mit ein paar Gläsern, Tellern, Bestecken. Bilder

an der Wand, eines neben dem anderen, eine häusliche Ikonostasia.

König Paul und Friederike, koloriert hinter Glas, mit Papierblumen besteckt, Familienfotografien, ebenfalls hinter Glas, alle mit Papierblumen geschmückt, zu jedem Bild gibt es eine Geschichte, die man mir alle schon erzählt hat. Ich sitze auf dem Bettrand, die Frauen stehen in einiger Entfernung, sie setzen sich nie in meiner Gegenwart. Sie zeigen auf das Ehepaar auf dem Bild und erzählen, was es mit den beiden auf sich hat, es sind die Eltern der Frau, der Mann ist beim Fischfang verunglückt. Dynamit? Oder war das der Sohn? Die Mutter ist auch tot, sie ist jung gestorben, im Kindbett, denke ich. Der junge Mann auf dem nächsten Bild ist der Bruder, der wollte Geld verdienen, er arbeitet in Athen in einer Fabrik, aber er ist nicht glücklich dort, im Frühling, wenn es auf der Insel blüht, kommt er immer nach Hause mit seiner Frau und den Kindern. Der Mann meiner Wirtin ist nicht tot, er hat sie verlassen, er hat ein Schiff gehabt, ein eigenes Motorboot, er lebt jetzt auf Rhodos, er mußte fort von hier.

Die Frauen auf den Bildern tragen alle schwarze Kleider. Es gibt ein neues Kleid, wenn jemand aus der Familie stirbt, es stirbt aber öfter einer, als eine Frau ein neues Kleid bekommt. Meine Wirtin mag etwas älter sein als ich, das Gesicht ist noch jung, der Körper ist schon gebeugt, das Tragen von Lasten macht den Gang nicht schön, nur bei den jungen Mädchen. Ihre Haare sind heller als die der anderen Frauen. Wovon lebt sie? Handarbeiten, die sie im Sommer an die Fremden verkauft, der Wein aus dem Weinberg, der doch nur für den eigenen Gebrauch reicht und für das Glas, das man dem Besuch anbietet.

Die beiden Mädchen sind fünfzehn und dreizehn Jahre alt, sie zeigen die Jahre mit den Händen an, es macht ihnen Spaß, daß ich versuche, sie zu verstehen, noch nie waren Fremde im Haus, die aus einem anderen Land kamen. Die Nachbarinnen besuchen uns. Wenn sie Wasser geholt haben, lehnen sie eine Weile in dem weißgekalkten Torbogen, der auf unseren Hof führt, heben den schweren Krug von der Schulter und setzen ihn auf die Hüfte. Drei Seiten des Hofes sind von einstöckigen Gebäuden umgeben, die vierte öffnet sich zum Meer hin, man sieht über die Häuser hinweg, flach und weiß gekalkt wie dieses, verdorrte Weinstöcke, eine staubige Geranienhecke, die braunen zerklüfteten Berghänge, das Meer. Die Frauen stehen da mit

ihren Krügen und warten, daß ich aus dem Zimmer komme und mich auf die Steinmauer setze. Sie bleiben stehen, lehnen an der Wand und betrachten mich, sprechen untereinander über mich, dann kommt eine und umarmt mich und fordert mich auf, mitzugehen in ihr Haus. Sie zeigt es mir mit Stolz und Würde. Das Zimmer, in dem sie mit ihrem Mann schläft, das breite, flache Bett, die Bilder an der Wand, sie erklärt mir, wer es ist, ich zeige auf den König und die Königin und bewundere die schöne Fotografie. Die Geschichten sind sich alle ähnlich, die Worte kehren wieder, wenn einer tot ist, macht sie ein Kreuz für ihn. Ich muß mich auf das Bett setzen, ich bekomme eine Schale mit süßen kandierten Weintrauben zu essen, dazu ein Glas frisches Wasser aus dem Krug, den sie eben am Brunnen gefüllt hat, ich lobe das Wasser, ich bedanke mich. Man zeigt mir die Handarbeiten, alle Frauen sticken Decken, sehr mühsam und kunstfertig, einige weben auch, die alten Frauen sieht man manchmal mit ihrer Spindel in der Haustür stehen. Sie sind sehr arm, aber die Laken sind sauber, der Lehmboden ist gefegt. Die Küche in einem abseits liegenden Lehmbau, weiß getüncht wie das Haus, hat eine offene Herdstelle, altes rauchgeschwärztes Gerät; sie essen von billigem Steingutgeschirr, trinken aus Kunststoffbechern, rosa, hellgrün, sie zeigen mir, daß es nicht kaputtgeht, und werfen es auf den gestampften Boden, sie sind stolz auf die paar Dinge, die sie selbst erworben haben, die neu und bunt und unzerbrechlich sind. Auf den Regalen stehen Puppen aus Zelluloid mit Schaumgummikleidern und Hüten, himmelblau, getüpfelt von Fliegenschmutz.
Männern begegne ich bei meinen Besuchen nie, sie stehen unten am Hafen und warten auf Arbeit, auf Ereignisse, einige mögen auf den Feldern sein, aber zu tun ist auch da nichts. Manchmal sieht man einen, der sein Haus und die Stufen der Gasse mit einem weißen Brei aus gestampften Muscheln kalkt. Einer teert das flache Dach. Man holt mich nur, wenn kein Mann in der Nähe ist. Die Frauen führen ihr Leben für sich, man kann sich nicht vorstellen, daß nachts ein Mann in dem Bett schläft, auf dem am Tag die Frau ihren Besuch sitzen läßt. Die Welten scheinen sorgsam getrennt, die Frau im Haus, der Mann auf der Straße oder auf dem Meer. Die älteren Männer grüßen mich, wenn sie mit ihrem Esel vorbeikommen, die jüngeren nicht. Die Frauen sagen das alte homerische »Chairete«, das nicht in meinem Wörterbuch steht, ich sage es auch, Chairete – seid glücklich.

Die Frauen betrachten mich mit Mitleid. Eine Frau! Das allein schon ist schlimm. Eine, die in der Fremde sein muß, das ist noch schlimmer, und ohne Mann, der sie beschützt. Sie scheinen sich zu freuen, daß ich gern hier bin. Obwohl sie arm sind, haben sie immer noch etwas, das sie mir schenken können. Manchmal bringt ein Kind ein Metallkännchen voll Öl, selbstgepreßt, goldfarben, dick wie Honig, von dem eigenen Olivenbaum neben dem Haus, manchmal einen Krug Harzwein, sie backen Brot für mich mit, und ich erwerbe ihre Handarbeiten.
Ich schlafe in dem Bett meiner Wirtin, sie schläft noch draußen. Wenn die Nächte kälter werden, wird sie sich ihre Matratze in das Zimmer der Mädchen ziehen. Sie hat den einen Raum im Sommer immer, seit der Mann fort ist, an Leute aus Athen vermietet, die jedes Jahr kommen. Sie hält zwei Hühner und eine Ziege, die jetzt trocken steht, ich kaufe manchmal ein Ei, ich bringe Fleisch für uns alle mit, wenn unten am Hafen ein Hammel verkauft wird, das Fleisch liegt ausgebreitet, in Stücke gehauen auf Zeitungen. Manchmal kaufe ich Fische dort, man brät sie in Öl und taucht Brot hinein.
Morgens brennt das Herdfeuer noch nicht, ich kaue ein Stück von dem trockenen Brot, trinke ein Glas Wasser dazu, kaufe mir in dem kleinen Laden unter den hohen Tamarisken eine Tüte mit Trauben, es sind die letzten, bald hört das auf, hellrote kleine Beeren, sehr süß, sie löschen den Durst nicht. Ich nehme das Badezeug mit, falls ich eine Stelle entdecke, wo ich schwimmen kann. Meist aber ist bei den Klippen zuviel Brandung, oder man sieht Seeigel in schwarzen Nestern an den Steinen hängen, dann ist es ratsam, nicht ins Wasser zu gehen. Der Wirt vom Hotel Neon, wo ich die ersten Tage gewohnt habe, hat mich gewarnt; am ersten Morgen schon brachte er mir zwei Seeigel auf den Tisch, einen lebenden, tiefschwarz, hartborstig, er schnitt ihn kreuzweise auf, hieß mich, ihn auszutrinken, ich tat das auch, es schien ihm zu gefallen, daß ich mich nicht davor ekelte. Der andere, graue, war tot, die Stacheln nicht mehr hart. Ich sehe sie jetzt manchmal im seichten Wasser treiben.
Meist verlasse ich den Pfad gleich hinter den letzten Häusern, gehe über die verdorrte Erde, über Geröll, riesige Steine wie Findlinge, man fürchtet, sie könnten sich in Bewegung setzen und alles noch Lebendige überrollen. Das letzte Erdbeben liegt erst wenige Jahre zurück. Manchmal hohe Disteln, silbern, aber auch golden, niedriges

Gesträuch, dornig, undurchdringlich, duftend, »deine Füße duften nach Thymian und Lavendel«. Und Steine, Steine, eine zertrümmerte Insel. Zum Kloster hinauf bin ich nur einmal gestiegen, gleich am ersten Morgen nach der nächtlichen Ankunft. Ein kleiner Omnibus fährt regelmäßig von dem einen Teil der Ortschaft, die am Hafen liegt, zu dem anderen, oben auf dem Berg, an dessen höchstem Punkt das Kloster liegt, weiße Quadern ineinandergeschachtelt, ähnlich wie die Wohnhäuser, ohne Türme. Bögen, Arkaden, Treppen, organisch miteinander verwachsen, dabei doch kunstvoll; ich nehme an einer Führung teil, der Mönch spricht griechisch, ein Franzose gibt mir in seiner Sprache ein paar Erklärungen, ich sehe aus den Fenstern, ich steige über die Treppen auf die Dächer zu den Glockenstühlen und sehe über die Insel und über das Meer, ich bin noch gar nicht da, ich suche noch.

Begegnet mir ein Fremder, Tourist wie ich, betrachtet er mich neugierig; kommt der Omnibus vorbei, streckt der Chauffeur den Kopf aus dem Fenster und hupt, ob ich mitfahren will, ich schüttle den Kopf. Ein Mann treibt einen zweiten Esel neben sich her, zeigt auf ihn, auf mich, ob ich reiten will, der Berg ist steil, es ist heiß am Vormittag. Seinen eigenen Esel würde er einer Frau nicht anbieten, nicht denkbar, daß er selbst hinter dem Esel hergehen würde, aber er ist ein Geschäftsmann, er hat einen zweiten Esel mit für die Fremde. Ich schüttle den Kopf, ich will lieber zu Fuß gehen, sie wissen bereits, daß die Fremden nein meinen, wenn sie mit dem Kopf schütteln, sie halten mich wohl für zu arm, weil ich weder das Auto noch den Esel benutze. Eine Frau allein in der Fremde, sie respektieren das, ein Gegenstand ihres Mitleids.

Ist eine Frau in einem der Gärten, an denen ich vorbeikomme, bricht sie einen Granatapfel aus dem grünen Laubgestrüpp und reicht ihn mir, schickt ein Kind mit einer blauen Windenblüte. Ich lächle, lobe das Geschenk und gehe weiter, beiße in den hartschaligen Apfel, sauge den Saft heraus, der kühl ist und erfrischend, spucke die Kerne aus. Die Frauen haben Kohlpflanzen gesteckt. Tau fällt in der Nacht, bald wird der erste Herbstregen kommen, und dann wird es noch einmal grün auf der braunen Insel werden. Sie schütteln die blauschwarzen Früchte von ihren Ölbäumen, sammeln sie in Leintücher. Auf den Dächern trocknet Mais, trocknen Rosinen, wenig von allem, der Boden, der Frucht tragen kann, ist rar.

Wenn es zu heiß wird, bald nach neun schon, suche ich den Schatten eines vorspringenden Felsens, wo der Meerwind vorbeistreicht, oder einen der krüppligen Feigenbäume und sehe übers Wasser. Es gibt eigentümliche Vögel hier, sie hocken in den Mittagsstunden auf den Steinblöcken, auf manchen mehrere, auf manchen nur ein Vogel, sie sind größer als unsere Krähen, grau, unter den Flügeln braun, sie wenden den Kopf, wenn ich komme, fliegen sie hoch, schreien nicht, sie haben scharfe, harte Schnäbel, ich habe Angst, mich zu bewegen. Gegen Abend sehe ich sie manchmal dicht überm Meer, vielleicht sind es Raubvögel, die von Fischen leben. Kein Vogel singt auf der Insel, immer nur das Schreien der Zikaden.
Ich erfahre nichts. Ich kann niemanden fragen, niemand versteht mich, ich benutze mein Wörterbuch nur selten. Es ist mir recht so, ich habe zuviel, mit zu vielen in den letzten Monaten geredet. Ich weiß nicht einmal, wie die Inseln heißen, die man von den Dächern und Umläufen des Klosters aus sehen kann. Samos, Leros, Lissia, vielleicht kann man das Festland sehen, Kleinasien, Vorderer Orient. Fremde. Der Wirt unten spricht ein wenig italienisch, auch der Kaufmann, die älteren Männer können das aus der Zeit, als der Dodekanes italienisch war, aber sie lieben das Italienische nicht. Im Schiffahrtsbüro kann jemand ein paar französische und ein paar englische Wörter, ein wenig Touristik auch auf dieser Insel, auf der es kein klassisches Griechenland gibt, keine Säulen, keinen Marmor, keine Götter und Helden.
Mittags kehre ich von meinem Ausflug zurück. Ich gehe im Schatten der Hauswände, es ist sehr heiß, ich habe mir angewöhnt, ein Tuch um den Kopf zu binden wie die anderen Frauen. Unterwegs kühle ich mir an dem Brunnen im Schatten der Eukalyptusbäume Arme und Gesicht. Wenn ich zu Hause ankomme, brennt im Herd ein Feuer von getrocknetem Eselmist, Wurzeln, Gestrüpp, ich weiß nicht, wo sie das zusammentragen, es wächst so wenig. Ich esse Brot zu den gebratenen Fischen und tunke es in Öl, manchmal schneidet meine Wirtin Kartoffeln in eine Kasserolle und Tomaten und kleine Kürbisse, die im Garten wachsen, ein Stück Fleisch, nicht vom Knochen gelöst, weißes oder schwarzes Ziegenhaar noch daran. Abwechslung gibt es nicht, zuweilen überlege ich, wie Jörn davon hat leben können. Sie füllt mir meinen Teller, die Portion ist nicht groß, man ißt nicht viel, es ist zu heiß, ich setze mich an den Tisch, den sie morgens unter die

Pergola gerückt hat, auch jetzt, wo der Wein schon geerntet ist und das Laub dürr wird, gibt sie noch etwas Schatten, ein schwacher Windhauch vom Meer her. Die Frauen essen getrennt von mir, meist später, wenn ich fertig bin, sie schenken mir Wasser ein, halten den Krug mit Retsina hin, ob ich Wein trinken will wie die anderen Fremden. Ich werde schläfrig nach dem Essen, ich lege mich aufs Bett, die Zikaden schreien, die Fensterläden sind halb geschlossen, es ist dämmrig, von der Küche her der Geruch von Öl und Retsina, Desinfektionsmittel, meist schlafe ich ein.

Ich habe Ansichtskarten gekauft, auch Briefmarken, aber ich habe noch nicht geschrieben.

Das Schiff aus Piräus kommt zwischen eins und zwei nach Patmos. Es legt auf seiner Route nach Rhodos einmal an dieser, das nächste Mal an einer der anderen kleinen Inseln an.

Die Touristen reisen zur Roseninsel Rhodos, hier steigt nur aus, wer von Patmos stammt; ein paar Neugierige, Theologen, Lehrer unterbrechen ihre Reise, um die Insel des Heiligen zu sehen, der seine Offenbarung auf Patmos niederschrieb. Sie schlafen den Rest der Nacht in dem kleinen Hotel am Hafen, fahren morgens mit dem Auto zum Kloster, besichtigen die Bibliothek und das Museum, suchen ein Restaurant, suchen einen Badestrand und warten, daß das Schiff kommt und sie fortholt aus dieser Einöde.

Vor einer Woche bin ich nachts hier angekommen. Das Linienschiff legt nicht an, man muß ausgebootet werden. Mein Zimmer im Hotel Neon war bestellt, der Wirt stand am Hafen, das Reisebüro hatte alles vorbereitet. Man hat mich gewarnt, noch in Athen, der Dodekanes sei fast schon Orient, eine Frau brauche männlichen Schutz. Sie braucht ihn nicht, sie ist ja auch nicht damit verwöhnt. Hier wird sie in den Schutz ihrer Geschlechtsgenossinnen aufgenommen. Eine Frau unter Frauen. Die anderen scharen sich um die Verlassene. Niemand wird mir etwas zuleide tun, ich bin in der Fremde, und der Fremden geschieht kein Leid.

Es wird früh dunkel. Man sieht, ist erst die Sonne untergegangen, keine Frau mehr in den Gassen zwischen den Häusern, keine eilt mehr zum Brunnen, keine geht dann noch auf den Platz am Hafen, dort sitzen immer noch und schon wieder die Männer, rauchen ihre Zigaretten, reden, lassen ihre Bernsteinketten durch die Finger gleiten, stehen am Bootssteg und sehen zu, wie die Fischer die Boote fertigmachen, die Laternen anhängen. In den Restaurants werden kaum noch Fische gebraucht, seit die Ferienzeit vorüber ist. Die Schwammfischer fahren nicht mehr aus, es ist nichts los hier, die Fremden haben recht, wenn sie weiterfahren nach Rhodos, die Eintönigkeit zerrt an den Nerven, es gibt kein gutes Restaurant, es gibt keinen Sandstrand, die Dusche im Hotel wird von einer alten schwarzgekleideten Frau versorgt, sie ist die Wasserleitung vom Brunnen zum Hotel Neon. Es gibt keine Abenteuer, keine Vergnügungen, eine lange Liste von Dingen, die es nicht gibt. An den ersten Abenden habe ich dort am Hafen gesessen, ich habe einen Ouzo getrunken. Vielleicht wird der Wirt bald einen Kühlschrank haben, vorerst sind die Getränke warm, alle Stunde bringt er ein frisches Glas Wasser, ich rauche eine Zigarette, ich habe ein Buch mit, die elektrische Birne an der Hotelwand ist nicht hell genug, aber ich möchte auch nicht lesen, die Geräusche sind zu fremdartig, die Stimmen der Männer, die ich nicht verstehe, Radiomusik, orientalischer Jazz, das Meeresrauschen, die Zikaden, die erst spät in der Nacht Ruhe geben, es ist nicht eigentlich laut, aber lesen kann man dabei nicht, weil die Gegenwart zu stark ist, man kann nicht aus ihr in eine andere, die eines Buches, gehen.

Jetzt bleibe ich zu Hause, wenn ich kurz vor Sonnenuntergang von meinem Spaziergang und dem Bad in der flachen Bucht zurückkomme. Der Tisch wird an die Mauer gerückt. Ich esse mein Abendbrot: weißen Ziegenkäse, das eine Mal frisch und weich, das andere Mal hart und trocken, Brot dazu, ein Glas Wein. Der Himmel verfärbt sich, vom Kloster her das rasche Bimmeln der Glocken, die Glocken unserer Kirche antworten. Unterhalb der Mauer, an der ich sitze, blüht roter Hibiskus, er leuchtet in der Dämmerung, der Jasmin fängt an zu duften, sobald der Tau fällt. Ich suche die Sternbilder, Kassiopeia, Pegasus, das Haar der Berenike.

In den ersten Tagen bin ich an den Häusern entlanggegangen und habe in die Höfe gesehen, ich wollte wissen, wo er gewohnt hat. Ich dachte, ich würde irgend etwas wiedererkennen, ich habe doch seine Bilder gesehen. Während der Schiffahrt und schon während der langen Bahnreise bildete ich mir ein, ich führe hierher, um ihn wiederzufinden, ihn, den ich liebe, mit dem ich hier hatte leben wollen. Er ist nicht hier. Keiner ist hier. Der Platz neben mir ist leer, zum erstenmal.

Man hat mich gewarnt, nicht zu weit ins Meer hinauszuschwimmen, vor allem nicht bei den Klippen, man fürchtet Haifische. Aber das sind Warnungen noch aus Athen. Ich schwimme lange in der Bucht neben dem Hafen, dort ist es meist windstill, nur flache Wellen. Ich bin früher mit Albert weite Strecken geschwommen, er hat weniger Ausdauer als ich, er rief oft – komm zurück, Hanna. – Hier ruft keiner. Als die Enttäuschung, J. nicht zu finden, am größten war, es muß der dritte Abend gewesen sein, da wollte ich nicht zurück, ich wollte schwimmen, so lange ich konnte, ein Unfall. Dann wurde es dunkel; als ich mich auf den Rücken drehte und zur Insel hinsah, flammten die Lichter auf an der Straße zum Kloster hin. Eins nach dem anderen. Ich habe mich ausgeruht und bin dann langsam zurückgeschwommen. Als ich das Haus betrat, in dem ich am Morgen ein Zimmer gemietet hatte, standen die Frauen schon da und warteten auf mich, liefen, um mir Brot und Wasser und Wein zu holen, einen Stuhl, nahmen mir das Badezeug ab, umarmten mich. Sie haben etwas gemerkt.
Am Sonntag habe ich am Gottesdienst teilgenommen, ich stand hinter den anderen Frauen im Seitenschiff; zu dem Hauptraum, in dem der Pope das Meßopfer darbringt, haben die Frauen keinen Zutritt. Ich erkenne im liturgischen Wechselgesang der Popen und der Männer das Kyrie eleison wieder, das Hosianna.
Kein »J. würde jetzt sagen«, kein »Albert hat oft gesagt« stört mich mehr.

Anfang Oktober

Der Herbst kommt. Die Nächte werden spürbar länger; mittags ist es noch immer sehr heiß. Ich dehne meine Ausflüge jetzt weiter aus. Ich breche früh am Morgen schon auf, damit ich zurück bin, bevor die Mittagshitze kommt. Nachmittags gehe ich, nachdem ich ein paar Stunden auf meinem Bett gelegen habe, zum Schwimmen, trinke anschließend mein Täßchen Kaffee am Hafen. Um fünf Uhr wird es dunkel. Immer noch kommen abends die Nachbarinnen in unseren Hof. Sie haben mir jetzt alles erzählt, nun bin ich dran. Ich spüre, daß sie warten, daß ich nun anfangen soll zu erzählen. Meine Wirtin nimmt meine Hand in ihre, dreht meinen Ehering, den ich während

dieser Reise trage, zeigt auf ihre Kinder, zeigt auf die Bilder an der Wand, fragt, ob ich keine Bilder habe.
Es ist leicht, sich zu verständigen, es stört sie auch nicht, ob ich ihre Worte kenne oder nicht, sie spricht einfach weiter, die anderen Frauen hören ihr zu, sie hat lange nicht mehr so viele Zuhörer um sich versammeln können. Ich halte es wie die anderen, ich erzähle in meiner Sprache, ich hole aus dem Koffer die Mappe mit den Fotografien. Ich reiche ihnen das Bild von den Eltern und berichte von den beiden, daß sie ertrunken sind im Wasser, nicht so groß wie das Meer, aber Schiffe liegen dort im Hafen, die größer sind als die Schiffe, die von Piräus kommen. Piräus verstehen sie, die Worte für Schiff und Meer und Auto kenne ich, ich wiederhole sie ihnen. Sie sind tot, ertrunken. Ich mache das Kreuzzeichen, wie ich es bei ihnen gesehen habe, sie lassen das Bild von einer zur anderen gehen, besprechen das Gehörte, betrachten mich aufmerksam.
Ich reiche ihnen ein Bild von Albert. Ich erzähle ihnen, daß ich zehn Jahre mit ihm verheiratet war, zehn Jahre, deka, das ist lange, sie schütteln den Kopf. Ich sage ihnen, daß wir uns sehr geliebt haben, daß wir kein Geld hatten, wir waren arm, der Krieg war noch nicht lange vorbei, wir mußten viel arbeiten, mußten Geld verdienen. Ja, sie schütteln wieder den Kopf, der Krieg, sie wissen Bescheid, sie haben die Stukas gehört, die die Nachbarinsel Leros bombardiert haben. Ich nehme das Bild von Tutti aus der Mappe, das ich immer bei mir trage, und zeige es ihnen und mache wieder das Kreuzzeichen, und sie sagen, daß sie schön sei, und ich deute auf das Bild und dann auf meinen Kopf, lasse ihn fallen, zucke mit den Schultern und Armen. Sie müssen das wohl kennen, sie reden alle gleichzeitig, dann fragen sie, ob ich nur das eine Kind hatte. Ja, nur das eine. Zum erstenmal habe ich erzählt, daß ich mit einem anderen Mann zusammen gewesen bin, daß ich mein Kind allein gelassen habe, obwohl ich wußte, daß es krank war. Ich bin nicht zuverlässig, sage ich. Sie verstehen mich ja nicht. Sie wollen mehr Bilder sehen, ich zeige ihnen eine Fotografie von Lisa, sie sitzt am Fenster meiner Wohnung, Albert hat das Bild gemacht, Lisa lacht, sie ist hübscher darauf als in Wirklichkeit. Eine Lisa aus Alberts Optik. Ich zeige auf das Bild von Albert. Sie wissen gleich Bescheid. Alles ist ganz einfach, es ist gar nichts Besonderes daran, es ist leicht zu verstehen und leicht, darüber zu reden vor diesen fremden Frauen. Kein ungewöhnliches Schicksal.

Kein Mann? Oh, das ist nicht so schlimm, aber kein Kind mehr, das ist schlimmer. Ich habe ihnen ein Bild von J. gezeigt. Wer ist das? Der Vater von der anderen Frau? Der Vater von dem Mann? Nein. Ich habe es gesagt, rasch und in vielen Worten, sie haben mich nicht verstanden. Sie ziehen sich zurück. Ich sitze noch eine Weile auf der Mauer, habe die Bilder auf dem Schoß und betrachte sie für mich allein. Keine hat ihn wiedererkannt. Deshalb, nur deshalb hatte ich sein Bild herumgereicht. Die Wirtin hat die elektrische Birne ausgeschaltet, nachdem die Bilder betrachtet waren, der Strom ist teuer auf der Insel, die Sterne geben etwas Helligkeit.
Am nächsten Nachmittag bringen die Frauen ihre Kinder mit. Sie hängen an ihren schwarzen Röcken; die kleinen Jungen mit ihren kurzgeschorenen runden Köpfen, halbnackt, barfuß, die Mädchen mit ihren mandelförmigen Augen unter dichten schwarzen Brauen, byzantinisch, wie die Madonnen hinter den Glasscheiben an den Wänden der Schlafzimmer. Die Kleinen zögern, sie sind ängstlich gegenüber der Fremden, ich hole Pfefferminzbonbons aus dem Koffer, sie werden zutraulicher, ich versuche, mit ihnen zu spielen, kleine Fingerspiele, die ich mit Tutti gespielt habe. Sie lachen. Leiser als die Kinder bei uns, sie schreien auch nicht beim Spielen, sie weinen sogar leiser. Wenn ich durch die Gassen komme, laufen sie jetzt ein Stück neben mir her, greifen wohl auch nach meiner Hand, ich habe immer eine Tüte mit Bonbons bei mir, Karamella rufen sie aus den Haustoren, wenn sie mich sehen, Karamella! Manchmal gleicht unser Hof einem Kindergarten, dann bitte ich die Wirtin um Entschuldigung, sie breitet die Arme aus, zeigt über die Kinder hin, schließt die Arme vor der Brust – sie gehören alle der Fremden, solange sie da ist. Ein Junge von fünf Jahren kommt regelmäßig, gleich früh, wenn ich mir die Waschschüssel auf die Mauer stelle und die Zähne putze, ist er schon da und stellt sich neben mich, gurgelt wie ich, er bekommt auch ein Glas und darf meine Zahnbürste benutzen. Er wohnt bei seiner Großmutter, Geschwister hat er nicht, die Mutter ist tot, er hat schöne schwarze Augen. Der magere Körper ist gleichmäßig erdbraun, er trägt eine alte Männerhose, die man in Höhe seiner Knie abgeschnitten hat, zwei Riemen halten sie an den Schultern fest. Ich habe meine Wirtin gefragt, ob ich ihm wohl eine neue Hose schenken dürfte. Sie wird das besorgen, ich zeige ihr, wie sie sein muß, kurz und eng, und auch ein Hemd soll er haben für sonntags, ein gelbes vielleicht? Gelb,

ich zeige auf mein Kleid. Sie weiß Bescheid, sie werden das untereinander regeln, sie besprechen es am Abend. Nachmittags kommt er mit, wenn ich in der Bucht schwimme, er hockt dann am Ufer und wartet, daß ich zurückkomme, er weigert sich, auch nur einen Schritt ins Wasser zu tun. Wenn er sieht, daß ich auf dem Rücken liege und zurückblicke, winkt er, das Ärmchen angewinkelt, grapscht er mit der Hand nach etwas Unsichtbarem in der Luft, kein Fortwinken, ein Zusichholen, anders als bei uns. Er ruft nie, er wartet geduldig, er geht auch nicht weg. Trotzdem kehre ich jetzt eher um. Petros heißt er, ich nenne ihn Peterchen. Die Frauen haben es gehört und sagen es nach, Peterchen, sie lachen. Peterchen schlingt die Arme um meinen Hals, legt sein Gesicht an meines, erklärt mich als sein Eigentum. Vielleicht hat ihn noch nie jemand im Arm gehabt, seine Mutter ist tot, die Großmutter hat nicht viel Zeit, sie muß für die Männer sorgen, für das Haus, für den Garten und für den Esel; sie haben auch ein Schwein, das unterm Feigenbaum neben dem Haus liegt. Petros ist mein Sprachlehrer, er zeigt auf einen Baum und sagt mir das Wort dafür, er zeigt auf das Haus, zeigt auf das Meer, das Stück Brot, das er ißt, manchmal lacht er, wenn ich etwas falsch sage, es macht uns beiden Freude. Oft trottet er ein Stück hinter mir her, ich denke, er wird umkehren und zurücklaufen, auf einmal taucht er vor mir wieder auf, er ist durch eine andere Gasse gelaufen, über Stufen, die ich noch nicht kenne. Manchmal kommt jemand auf einem Esel vorbei, dann hebe ich Petros hoch, der Mann setzt ihn vor sich auf den hölzernen Sattel, ich gehe hinterher, in drei Schritt Abstand wie die anderen Frauen.

Die Fremde, sagen sie, meinen Namen kennen sie nicht und wollen ihn nicht kennen, und wenn ich jahrelang hierbliebe und unter ihnen leben würde, ich bliebe, was ich am ersten Tag war: die Fremde.

Petros und ich sind zusammen bei den Windmühlen gewesen, der Weg war zu weit für ihn, ich habe ihn zurück auf dem Rücken getragen, es war sehr heiß, ich war erschöpft, als wir wieder unten im Ort ankamen. Unterwegs hat uns eine Frau in ihr Haus geholt und uns Wasser zu trinken gegeben und ein Stück frisch gebackenes Brot dazu. Ich habe wieder eine Handarbeit gekauft. Die Frau schien sehr arm zu sein und war besonders freundlich zu mir. Sie hat mir ihre Geschichte erzählt, dreimal das Kreuzzeichen dabei, sie lebt allein in ihrem Haus, die Kinder sind alle fort. Jetzt kommt der Winter, sie wird nichts mehr verkaufen können, der Karton ist bis obenhin angefüllt mit Spitzendecken, bis hierhin kommen die Fremden selten, nur um die drei Windmühlen zu fotografieren, aber kein Korn wird mehr gemahlen, sie verfallen, sie sind nicht mehr mit weißen Segeln bespannt und nicht mehr so malerisch, seit Wochen war schon niemand mehr hier oben; den ganzen Tag beobachtet sie die Windmühlen, ob sich jemand dort sehen läßt, heute ist die Fremde gekommen, sie hat Tränen in den Augen, sie schließt mich in die Arme, sie ist krank, sie zeigt auf den geschwollenen Leib, ich kann die Furchen in ihrem Gesicht lesen, vermutlich hat sie Krebs und muß sehr leiden. Ich sitze auf ihrem Bett, dessen Laken weiß und sauber sind wie in den anderen Häusern. Sie zeigt mir den leeren Spinnrocken, sie hat keine Wolle mehr zum Spinnen, kein Schaf mehr und keine Ziege mehr, der Stall ist leer, die Hühner hat der Habicht geholt, sie zeigt in die Lüfte, aber sie braucht auch keine Wolle mehr. Sie hat niemanden, für den sie Strümpfe stricken müßte, sie weint, sie hat ihre Geschichte so lange niemandem mehr erzählt, was tut es, daß ich nicht alles verstehe. Ich kaufe ihr die größte ihrer weißen Decken ab, ich will ihr mehr dafür geben, als sie verlangt hat, nein, das will sie nicht, ich bin doch auch nur eine Frau, allein wie sie und in der Fremde. Sie hat noch Konfitüre, ich muß davon essen, Petros darf Löffel und Teller ablecken, auf dem sauberen Bett neben mir darf er nicht sitzen, er wird vor die Tür geschickt, er ist gekränkt. Ich will ihr Geld für den Doktor geben, für Arznei, nein, da nutzt keine Arznei. Sie umarmt mich zum Abschied. Sie steht unter der Tür, als ich mit Petros an der Hand den Berg hinuntersteige, wir drehen uns um und winken, ihr Haus ist lange nicht mehr gekalkt, man sieht noch, daß Fenster und Tür in glücklicheren Zeiten einmal blau umrandet waren.

Ein Tag wie der andere, wie die ovalen gelben Bernsteine an den Ketten, gleichförmig, beruhigend.

Ein Gewitter hat den ersten Regen gebracht, einen Tag später fing es in den Gärten an zu wachsen. Die Frauen stecken Salatpflanzen, woher haben sie die Setzlinge?

Es dauert lange, bis das Meer sich wieder beruhigt, der Himmel ist nach vierundzwanzig Stunden wieder wolkenlos, trotzdem ist alles verändert, die Luft ist klarer, man kann weiter blicken, Inseln tauchen auf, von denen ich vorher nichts ahnte. Einige Tage bin ich nicht

geschwommen. Ich fühlte mich nicht recht wohl, seit zwei Tagen machte mein Magen Schwierigkeiten, ich holte schwarzen Tee aus dem Koffer und brühte mir morgens und mittags eine Tasse auf und aß trockenes Brot dazu, ich schluckte Tabletten zur Beruhigung der Magennerven. Als ich mir die Bademütze aufsetzte und schon mit einem Fuß im Wasser war, fing Petros an zu weinen und hielt mich zurück. Die Wellen kamen kurz und hastig, das Meer hatte seine Bläue verloren, es war dunkel, feindlich, der Wind war kühl, er hatte gedreht. Ich zog mir also mein Kleid wieder über, nahm Petros bei der Hand und ging nach Hause. Ich schrieb ein paar Briefe, einen ausführlichen an Cora; wenn er sie erreicht, fünf oder sechs Tage wird es dauern, auch wenn er ab Athen mit Luftpost befördert wird, hat sie ihr Kind wohl schon. Ich habe endlich auch an Marlene einen Brief geschrieben und auch an Albert. An J. nur eine Ansichtskarte, der Blick auf den Berg mit dem weißen Kloster, vorn die Bucht mit dem Hafen, so wie man die Insel liegen sieht, wenn man mit dem Schiff kommt oder abfährt. Ein Gruß an Ruth. Es war spät, als ich zur Post ging, um meine Briefe in den Kasten zu werfen. Es war ruhiger am Hafen als sonst, es fuhr kein Boot aus. Der Wirt kam auf mich zu, erkundigte sich, ob ich nicht einmal nach Leros wollte oder nach Lissia, oder vielleicht lieber nach Samos, wo man den berühmten süßen Wein hätte. Das seien auch sehr schöne Inseln, die anderen Fremden führen alle nach dort, ich dankte, nein, ich sei lieber hier. Er fing wieder davon an, bis ich begriff, daß das eine Möglichkeit sei, daß einer der Schiffer mich mit seinem Boot hinbrächte und damit Geld verdienen könnte. Wir verabredeten die Fahrt für den kommenden Sonntag, der Herr aus dem Schiffahrtsbüro kam dazu, wir verhandelten über den Preis, ich erinnerte mich der Ratschläge aus Athen, daß man erwartet, daß ich um den Preis feilsche, ich tat es, obgleich er mir gering erschien, ein Boot für mich allein, für den ganzen Tag.
Am Sonntag war ich morgens um acht am Hafen, da waren alle schon da. Ich hatte Petros mitnehmen wollen, aber seine Großmutter hat es nicht erlaubt, er soll nicht aufs Meer, jetzt noch nicht, er ist noch ein Kind, später wird auch ihn das Meer holen, sie bekreuzigt sich. Die Töchter meiner Wirtin kommen mit, sie haben ihre Sonntagskleider an, Handtaschen in der Hand, das Haar steht kraus um die runden Gesichter, am Abend zuvor hatten sie es sich mit Zuckerwasser befeuchtet und auf Papierrollen gedreht, sie haben sich von mir

Zeitungen geholt, ich hörte sie noch lange nebenan kichern. Ein Sonntagsausflug. Immer mehr Leute steigen in das Boot und verschwinden in der Kajüte, um deren niedrige Wände eine Holzbank läuft, auf der sie dichtgedrängt sitzen. In dem kleinen Raum, der zwischen den Beinen bleibt, stehen ihre Weidenkörbe, hocken lebende Hühner, mit den Beinen aneinandergebunden, ein Ziegenlamm ist auch da, Gastgeschenke an die Verwandten, die auf den Nachbarinseln leben. Die Luft ist stickig, schon ehe der Motor angelassen wird. Ich gehe nach draußen, setze mich auf die Bank am Heck, auf eine Ölhaut, die der Schiffer mir hinlegt. Als wir aus der Bucht herausgefahren sind, setzt er das Sonnensegel, das Meer ist unruhig, kurze Wellen, schaumgekrönt. Wir fahren mehrere Stunden, haben an einer Insel angelegt, und einige Frauen sind mit ihren Kindern und flatternden Hühnern ausgestiegen. Ich liege mit unterm Sonnensegel, die Männer teilen ihre Mahlzeit mit mir, schneiden mir ein Stück Melone ab, brechen ein Stück von dem weißbraunen Ziegenkäse, den sie aus einem Sack holen, ich trinke Wein aus dem Krug, den sie mir zureichen. Sie zeigen nach Osten, wo ein neuer Streifen Land auftaucht, die Türkei. Wir legen wieder an, so geht es den ganzen Tag, man fragt, ob ich nicht ein paar Stunden bleiben will, aber ich gehe nur wenige Schritte am Hafen entlang, während die anderen aus- und wieder einsteigen. Ein alter Mann schenkt mir am Hafen von Leros eine Tüte mit gesalzenen Melonenkernen, eine der Frauen bringt mir Pistazien mit, noch in der Schale, sie wachsen auf der Insel, sie zeigt mir, auf welchem Baum. Ich knacke sie zwischen den Zähnen, die Frauen lachen, die beiden Männer lachen auch, sie scheinen über den Liebeszauber der Pistazienkerne zu reden, ich lache mit ihnen. Sie müssen diese Fahrt längst geplant haben, die Frauen werden alle am Hafen abgeholt. Ich will auf keiner Insel bleiben, während das Boot weiterfährt; es ist auch Angst dabei, hier ist die Fremde noch fremder. Ich sage: Patmos ist schöner als alle anderen Inseln, sie stimmen mir zu. Ich habe recht, ihre ist die schönste Insel. Es ist dunkel, als wir zurückkommen. Wir werden erwartet, als hätten wir eine weite Reise gemacht, die Männer nehmen ihre Frauen und Kinder in Empfang, zum erstenmal sehe ich, daß Männer ihre Kinder auf den Arm heben, daß sie neben ihren Frauen nach Hause gehen, es ist ein Erzählen und Lachen zwischen ihnen, auch meine Wirtin hat ihre Mädchen abgeholt, ich habe dem

Schiffer und seinem Maschinisten noch ein Trinkgeld gegeben und mich bedankt, und dann gehe ich allein durch den dunklen Ort; sie haben mich vergessen, alle sind in den Häusern verschwunden. Das Laub der Platanen fällt, seit dem Regen riecht es nach Herbst, aus den Weingärten, aus den Hausgärten; es wird Zeit, daß ich reise.
Petros hat seine Hose bekommen und ein gelbes Hemd und eine Strickjacke, die beiden Mädchen tragen Pullover von mir, ich verteile, was ich entbehren kann, ich habe sehr billig gelebt in diesen Wochen. Schon nehme ich Abschied, gehe noch einmal zu der Bucht an der Ostseite der Insel, wo ich so oft gesessen habe, gehe zu den Windmühlen und sitze auf dem Bett der kranken Frau, gehe zum Kloster, ein paar der Mönche kennen mich, wir sind uns begegnet, sie neigen den Kopf, grüßen mich lächelnd, es wird Zeit, daß die Fremde geht, den Winter über will man unter sich sein; abends kommen die Nachbarinnen nicht mehr, Petros spielt wieder mit den anderen Kindern, sie werfen über die Hausmauern mit den Früchten der Platane nach mir, das ist nicht böse gemeint, nur so aus Spaß, ich höre ihr Lachen. Wenn ich Petros rufe, läuft er auf bloßen Füßen davon. Ich locke ihn mit Karamella, Karamella, vergeblich. Ich habe Kaugummi gekauft, das ist noch einmal eine Anziehung für Kinder.
Keine der Frauen hat gefragt, ob ich wiederkommen werde. Sie wissen, daß ich nicht wiederkomme. Aber sie wissen nicht, daß diese Wochen ein einziger Abschied waren.
Ich lasse mehr zurück als eine Insel im Dodekanes.
»Du hast eine eigentümliche Art, treu zu sein, Bürgerin.« J. hat mir einen Brief geschrieben, bevor ich gefahren bin. »Wenn Du zurückkommst von Deiner Reise, müssen wir einen Weg finden, einen Ausweg. Ich spüre, daß Du Dich in ein Reservat begibst. Spuren von Fremdheit zwischen uns. Sandkörner. Bereits denkt man: damals. Damals, dieses Kräftigungspräparat einer alternden Liebe.«
Für jeden Satz eine neue Zeile. Ein montierter Brief, aus vorfabrizierten Fertigteilen. Er ist mißtrauisch wie früher gegenüber dem Selbstgedachten und dem Selbstempfundenen. Auch er kommt nicht aus ohne dieses »wenn – dann«. Versprechungen. Erinnerungen. Nichts. Das zieht sich zusammen. Versteinerungen. Herzsteine.
»Patmos? Gibt es das denn? Das ist doch nur eine Chiffre.«

Ich hatte ihm etwas mitbringen wollen, einen Stein, einen Zweig Salbei, eine Muschel. An jedem Tag habe ich etwas von meinem Spaziergang nach Hause getragen und auf das Wandbord gelegt. Ich werde nichts davon in den Koffer tun. Es gibt nichts, was ich mitnehmen könnte. Es gibt keinen Beweis für Patmos.
Ich werde ihn nicht wiedersehen. Ich werde seine Stimme nicht mehr am Telefon hören. Ich werde nicht. Ich werde nicht.
Ich werde. Ich werde.
Als hätte ich das noch nie gesagt und noch nie gedacht: ich werde, und ich werde nicht. Befreit von dem endlosen: Albert hat, J. war, ich habe nicht. Ich bin und ich werde.
Vielleicht werde ich sogar froh sein und zuversichtlich, wenn ich sage: Ich werde. Vorerst bin ich gefaßt und nahezu ruhig.
Am vierzehnten November werde ich diese Aufzeichnungen in einem Exemplar an Albert schicken und in einem zweiten an J. Was er daraus lesen wird, weiß ich nicht. Albert wird darin die Antwort auf seine Fragen finden. Man muß versuchen, sich verständlich zu machen.
Dann werde ich die Wohnung aufgeben und mir eine Tätigkeit suchen, von der ich erwarten kann, daß sie mich bis zu dem möglichen Grad ausfüllt. Ich werde, und ich werde nicht.
Ich werde den Kampf gegen meine Unzuverlässigkeit aufnehmen und weiterhin versuchen, in der mir eigentümlichen Art treu zu sein. Haltung, Johanna, Haltung!
Der Hibiskus blüht nicht mehr. Die letzten Geranien in der braunen Hecke. Der scharfe Geruch des Krautes erweckt Übelkeit. Es ist genug jetzt.

Fünf Stunden vor der Abfahrt

Der letzte Tag. Das Schiffsbillett ist schon ausgeschrieben. In Athen werde ich eine Reisegesellschaft treffen, ein Brief der Agentur hat die Termine bestätigt. Ich werde unter sachkundiger Leitung zu den Stätten des klassischen Altertums fahren. Eine Bildungsreise, von der ich zurückkehren werde wie alle anderen Griechenlandreisenden. Dann ist es November. Meine Gebrauchsfähigkeit wird dann schon erprobt sein. Geeignet zur Weiterverwendung.

Ich habe so viel Neugriechisch gelernt, daß ich mich verständlich machen kann, ich kenne etwas vom Leben der Menschen auf den Inseln. Ich habe in den letzten beiden Wochen viel gelesen und geschrieben, ich war schon nicht mehr ganz hier. Die Frauen haben es gemerkt, man spürt das, sie haben sich von mir zurückgezogen, sie kommen abends nicht mehr, ich sitze allein auf der Hausmauer.
Die Mädchen helfen mir beim Packen, sie sehen sich die Bilder in meinem Reiseführer an. Die Akropolis, der Turm der Winde in Athen, der Niketempel. Doch, Bilder davon haben sie schon gesehen, später werden sie auch nach Athen gehen und dort arbeiten und Geld verdienen. Zwei Jahre noch, das haben sie der Mutter versprochen.
Ich werde mit demselben Schiff reisen, mit dem ich gekommen bin. Ich werde wieder um Mitternacht am Hafen stehen, die Frauen werden aufbleiben, bis das Schiff kommt, die Männer tun das immer, es könnte sein, daß es etwas zu tun gibt, etwas zu sehen auf jeden Fall.
Die Zikaden sind verstummt, es ist so still, daß man das Meer bis in mein Zimmer hört. Ich war noch einmal draußen. Kassiopeia und Pegasus stehen am Himmel wie immer, ein wenig weiter im Norden vielleicht. Es ist bereits zu kühl, um draußen zu sitzen, nachts habe ich unter einer Wolldecke geschlafen.
Ich höre meine Wirtin, sie ruft einer Frau zu, die am Haus vorbeigeht – die Fremde reist heute nacht, komm an den Hafen!
Ich bin die letzte. Es ist kein Tourist mehr auf der Insel.

An Deck des Schiffes

Die Frauen hatten die Kinder mitgebracht, sie trugen sie auf den Armen, die kleinsten hatten den Kopf an den Hals der Mutter gelegt und schliefen fest. Auch Petros war mit seiner Großmutter da, ich nahm ihn auf den Arm, ich sagte, daß er mich besuchen soll, wenn er groß ist, er kann viel Geld verdienen in Deutschland. Er kaut einen Kaugummi, er hat die neue Strickjacke an, ich verspreche, einen Brief zu schreiben, der Lehrer wird ihn übersetzen, er kann englische Briefe lesen, ich rede auf ihn ein, er betrachtet mich mit seinen schwarzen Augen und sagt »Karamella«, und dann rufen die anderen Kinder auch »Karamella«. Meine Taschen sind leer. Die Frauen

umarmen mich, eine nach der anderen, sie sagen – du mußt wieder ein Kind haben, eine Frau muß Kinder haben. – Ich weine nun doch.
Schon sieht man das erleuchtete Schiff am Horizont, die Männer drängen, ich muß in das Boot steigen, man kann das Schiff nicht warten lassen, sie ziehen mich auf den Sitz, mein Gepäck ist schon im Boot, sie lassen den Außenbordmotor an. Die Frauen stehen im Chor beieinander, dunkel und schweigend, und blicken mir nach, sie winken nicht. Die Männer stehen vorn am Bootssteg und sehen dem Schiff entgegen und reden untereinander. Vor dem Hotel Neon brennt die Lampe wie in der Nacht, in der ich angekommen bin. Oben auf dem Berg brennt in ein paar Häusern noch Licht. Vielleicht kehrt mit dem Schiff einer der Mönche zurück.
Patmos.
Das Schiff gewinnt Abstand.
Wer sich umdreht oder lacht. Il ne restera rien. Sie werden sagen: Du hast dich verändert, Hanna. Und dann werde ich sagen: Ich hoffe es.

Letztes Jahr auf Ischia

Flieht, Liebende, die Liebe! flieht das Feuer!

. . . . . .

Flieht schon beim ersten Blick!

Aus einem unvollendeten Sonett des Michelangelo Buonarroti

Das Boot hat über eine Stunde Verspätung. Ich trinke bereits den dritten Espresso. Arne streckt mir wortlos den Arm hin, damit ich, ohne den Kopf drehen zu müssen und ohne zu fragen, sehen kann, wie spät es ist. Ich weiß nicht, ob er mich reizen will mit diesem permanenten Hinhalten seiner Uhr. Vielleicht ja, vielleicht nein. Wir reizen uns ständig. Trotzdem bleiben wir zusammen.

Carlos zieht mit seinen trägen, immer zu großen Schritten um das Quadrat der Piazza. Zweimal ist er an unserem Tisch vorbeigekommen und hat, ohne Entschuldigung, mein Glas Wasser ausgetrunken. Die Fremden sind zum Abendessen in ihre Pensionen gegangen. Signor Ernesto hat sich zum letztenmal für heute Zigaretten bei Luigi gekauft, und Arne hat mit dem Daumen auf ihn gezeigt und bedeutungsvoll den Kopf gewiegt, wieder nicht, zu schade! Fernando ist mit seinem Boot vom Strand zurück und lädt das Obst aus, das er nicht verkauft hat. Die angefaulten Pfirsiche wirft er ins Wasser; trifft er eine der Öllachen, und das scheint er sich jeden Abend vorzunehmen, schwimmen sie wie Quallen herum, schwappen an die Boote, treiben ein Stück hinaus aufs Meer, werden zurückgespült und mit anderem Unrat zusammen an den schmalen Strand der Mole getrieben. Es kann einem übel werden. Und dazu noch der Wind.

Mittags hat Arne gesagt: Merkt ihr was? Afrikanus, der Wüstenwind! Der Himmel hatte sich bezogen, die Luft war noch heißer, noch stickiger, das Meer rührte sich nicht. Arne hat eigens sein Bettlaken auf dem Steinboden der Terrasse ausgebreitet, um uns zu demonstrieren, daß roter Wüstensand in der Luft sei. Er ist dann weggegangen, hat das Laken liegenlassen, wo er es ausgebreitet hatte. Ich habe ihm nachgerufen – nimm wenigstens pro forma den Apparat mit. Das wird Schirokko. Geh ins Maisfeld von Signor Ernesto! Er hat sich nicht einmal umgedreht, nur mit der Hand zurückgewinkt und sein ewiges Jaså gerufen und ist zwischen den Weinstöcken verschwunden. Ich habe erbittert hinter ihm hergesehen, hinter ihm hergeschimpft, dabei ist es mir egal, wohin er geht, ob er schon mittags anfängt zu trinken oder nachmittags, ob er diesen elenden Wind aufs Band bekommt oder nicht. Carlos war auch weg, schon seit dem frühen Morgen. Früh, was er früh nennt, vor zehn Uhr steht keiner von uns auf. Dann ist es schon heiß, und seit Paul fort ist, macht sich jeder sein Frühstück selbst, bricht sich ein Stück trockenes Weißbrot ab, ißt Trauben dazu, trinkt Wasser, eine Scheibe Salami, kaut, schimpft und geht hin und her, nicht mal einen Stuhl ziehen wir uns mehr an den Tisch. Wir stöhnen über die Hitze und spannen den Sonnenschirm nicht auf. Die Flasche mit dem Pubigas ist leer, wir kochen keinen Tee mehr.

Ich habe vom Bett aus den beiden zugehört; erst die feuchten Füße von Carlos, die sich auf den Fliesen festsaugen, weil er zu langsam geht. So ein schmatzendes Geräusch wie von Kröten oder Schnecken. Dann pfeift er auf der Terrasse. Alle drei pfeifen sie, statt zu reden. Ich höre nicht mehr hin. Sie wollen sich nicht verständlich machen. Sie wollen sich nur anöden, mich anöden, falls ihnen das nicht zuviel Mühe macht. Dann Arne. Nicht ganz so unappetitlich in seinen Lebensäußerungen wie Carlos, trockener.

Heute morgen hat Carlos beim Duschen wieder seine Show gemacht. Er hat das lange nicht getan. ›Neptun im Kreise der Sirenen.‹ Vermutlich. Ich brauche den Türvorhang nicht wegzuschieben, die Geräusche sind anschaulich genug. Vielleicht will er mich erheitern. Mit seinem Gurgeln, Prusten, Rülpsen. Mit den flachen Händen patscht er auf seinen Bauch. Negertrommeln.

Als es endlich still auf der Terrasse wurde, bin ich aufgestanden, um Wasser zu trinken. Ich wache jeden Morgen mit ausgedörrtem Mund auf. Wir trinken zuviel, dieser Muscato vergiftet uns. Aber nur langsam. Carlos hatte vor meiner Tür wieder mal einen Altar errichtet: eine Traube, ein Glas Wasser, ein Schlips von Paul. Nur nicht behutsam miteinander umgehen, nur nicht den anderen schonen, auch dann nicht, wenn man vorgibt, ihm eine Freude zu machen. Er huldigt den Penaten. Sie halten sich eine Hausgöttin, die drei Herren. Ich weigere mich, ihre Wirtschafterin zu sein. Sie nennen mich »Penatella«, wenn wir beim Essen sitzen und sie mir ihr Rauchopfer darbringen. Ich frage nicht, was Carlos raucht, es wird nicht mehr lange dauern, dann tun es die andern auch. Manchmal ertappe ich mich, wie ich ungeduldig warte, daß er sich seine Zigarette ansteckt. Ich atme gierig den Rauch ein, erst dann nehme ich eine von meinen Zigaretten. Nazionale. Ich demonstriere, daß wir sparen müssen. Ich habe mich daran gewöhnt, weil ich mich gewöhnen wollte. Ich dachte damals, als wir herkamen, daß es besser wäre, wenn man in allem versuchte zu leben wie die Einheimischen. Als ob es das gäbe: wie die Einheimischen. Fremde sind wir. Stranieri wie die andern.

Carlos erschien in der Tür seines Zimmers, blieb dort stehen und sah mich erwartungsvoll an, blickte an sich runter, über seinen nackten, dicken Bauch, sah mich an. Ich drehte mich um, ging und holte ihm ein Handtuch und warf es ihm zu, ohne etwas zu sagen. Er fing es auf, knotete es um seine Lenden, natürlich war es zu knapp, er ist fett, wird immer fetter. Er sagte bedauernd – ich war gerade so erstaunlich gut in Form. Ich bin selbst überrascht. Ich dachte, es würde dich interessieren, unter den veränderten personellen Verhältnissen.

Nachts finden wir uns auf der Terrasse ein, unsere Bettlaken umgeknotet wie die Schüler Platos. Aber wir reden nicht, wir streichen wie die Katzen über die flachen Dächer, gestikulieren wie Taubstumme, zeigen aufs Meer, wenn ein erleuchteter Dampfer am Horizont entlangzieht, zeigen auf Sternschnuppen, halten uns die Ohren zu, wenn die Zikaden nach einer Gnadenpause aufs neue einsetzen. Manchmal greift Arne nach einem Stein und wirft ihn in den Weinberg. Dann bleibt es für Sekunden still, dann wieder die Zikaden. Erst hebt er den Stein gegen mich, das heißt soviel wie: Bitte, da hörst du es, deine Liebhaber! Wie sie schreien! Wie sie schmachten! Dann wirft er den Stein in die Nacht. Die Zikaden. Das einzige Stück unseres Films, das fertig ist, mit Ton und mit Text, vermutlich sogar brauchbar. In unserer zweiten Woche fand ich unter den Kommentaren zur Äneis den Vermerk: »Tithonus, ein schöner Jüngling, Geliebter der Eos-Aurora. Ihm war auf ihre Bitten Unsterblichkeit, aber nicht ewige Jugend verliehen worden. Der Jammer der Göttin über sein Altern und Hinschwinden (er soll schließlich zu einer Zikade zusammengeschrumpft sein) war ein beliebtes Thema.« Soweit der Text. »Glücklich sind die Zikaden«, sagen die Leute auf der Insel, »denn ihre Weibchen sind stumm.«

Ich bin im Besitz einer Bibliothek, die zwölf Bände umfaßt, von denen ich einen ganz und einen halb gelesen habe. Jetzt lese ich nicht mehr. Staub und Salz lagern sich auf den Büchern ab. Wir haben an jenem Abend, in unserer zweiten Woche muß es gewesen sein, wir diskutierten damals noch, das Thema ausgesponnen: die alternden Liebhaber schreiend im Weinberg. Am nächsten Vormittag machten wir uns auf. Zunächst ohne Filmgerät, bis wir die richtigen Plätze gefunden hatten, nur die Abbildungstafeln mit den Heuschrecken und Zikaden nahmen wir mit. In der Schlucht, die hinter Signor Ernestos Haus anfängt, entdeckten wir die erste Stabheuschrecke und den Locustone, den weißstirnigen Warzenbeißer, der dann eine Woche später Arne in den Daumen biß, als er mit dem Mikrofon zu nah herankam. Die Wunde ist noch nicht verheilt. Damals blühte die Macchia noch, sie blüht lange, besonders der Ginster. Mittags sahen wir dann die Cicáda plebéja. Sie hatte sich parallel zu den Sonnenstrahlen aufgehängt, auch ihr wird es zu heiß. Sie hing regungslos da, ein ausgedorrter Zweig auf einem ausgedorrten Baum. Mit ihren Basedowaugen beobachtete sie uns. Wir warteten, lagen eine Ewigkeit lang in dem bißchen Schatten und dösten. Carlos stellte Betrachtungen an, ob sich Paul, wenn dieser Sommer zu Ende sein würde, als Cicáda plebéja oder als weißstirniger Warzenbeißer in meinem Privatzoo einfinden würde.

Paul, gründlicher als wir andern, stöberte weiter im Gesträuch. Mehr Zikaden! Mehr Heuschrecken! Arne versuchte sich pfeifend als Tierstimmenimitator, und Carlos, auf dem Rücken liegend, den Bauch hochgewölbt und Kopf und Stirn unter einem Taschentuch, weil er den vierten oder fünften Sonnenbrand hatte oder fürchtete, sagte, sobald Paul zerkratzt aus dem Gesträuch hervorkroch – Schulfunk, Herr Lehrer, Schulfunk!

Schulfunk und Folklore, das waren die feindlichen Tore. Paul war Torwächter im einen, Carlos im andren. Ich bin mit Arne zusammen so was wie Mittelstürmer, mal links im Feld, mal rechts, in Zweifelsfällen sage ich – die Wüste lebt! Immerhin waren wir damals der Ansicht, daß man unseren Film mit Walt-Disney-Filmen würde messen können. Was wollten wir denn? Was wollen wir denn noch? Exakt im einzelnen, keine Vollständigkeit anstrebend, technisch einwandfrei. Natur nur dort, wo sie von Menschen unberührt ist, nahezu. Also Zikaden und keine neapolitanischen Volksweisen, zur Gitarre gesungen. Im Text mythologische Hinweise. Die heißen Mineralquellen als die Tränen Jupiters. Zeitlos, ortlos, eine Insel. Nichts weniger als: die Insel. Die Korallenfüßige! Dazu verstieg sich Carlos. Damals war ich so arglos, daß ich nicht einmal begriffen habe, warum Paul heftig wurde, wenn Carlos mir eine Zigarette zuwarf. Die Korallenfüße! Damit hat es angefangen. Damit haben sie mich geködert. Man braucht mir das nur hinzuwerfen: korallenfüßig. Solche Worte sind wie Bazillen.

Der Wind fegt jetzt dicht über den Boden, bläst alte Kartons und Packpapier in den Winkel beim Magazin, wo sich immer aller Müll ansammelt, dreht Staub und Abfälle zu einem Knäuel zusammen, und wenn er es fertig hat, kommt der nächste Windstoß und zerrt es auseinander. Der Hund von Fernando kläfft, rennt, bis er mit der Nase an den Karton stößt, schnappt zu und jault, wenn der Karton ihm ans Maul fliegt. Gleich werden die andern Tölen auch noch auftauchen und sich im Staub wälzen.

Noch zwei Stunden, dann hat es der Wind geschafft, dann kriegt er auch das Meer in Bewegung, noch widersetzt es sich, schwappt wie Quecksilber, schwer, tödlich. Man wird also wieder nicht schlafen können. Keiner hat daran gedacht, DDT zu spritzen. Wahrscheinlich ist auch die Flasche leer, Paul hat das immer besorgt. Bei diesem Wind sind die Mücken noch schlimmer. Zanzare! Wir werden uns also wieder auf der Terrasse einfinden, ohne Paul, die Laken umgehängt, und rauchend herumstehen und unsere bösen Bemerkungen ausstreuen. Warum reisen wir nicht auch ab. Warum machen wir nicht ein Ende damit. Es ist nicht der erste Film, der nicht zustande kommt. Es ist nicht das erste Team, das sich als arbeitsunfähig erweist. Wir sind nicht einmal regreßpflichtig. Die Produktionsfirma, die uns im Frühling den Auftrag erteilte, hat uns wahrscheinlich schon lange abgeschrieben. Sie antworten nicht mehr, wenn wir mitteilen, daß unser Geld alle ist, daß wir nicht weitermachen können, wenn sie kein neues Geld schicken. Carlos schreibt solche Briefe, er kann das.

Arne sagt, es läge daran, daß das Boot zu früh fährt, nachts um sieben Uhr. Manchmal hören wir es tuten, wenn es aus unserer Bucht ausläuft. Paul ist damit weggefahren. Als wir aufgestanden sind, um unseren Tee zu holen, war er nicht da, der Tee nicht, Paul nicht. Carlos glaubt sich zu erinnern, daß Paul gesagt hat, daß er nach Napoli fahren müsse, irgendwann in der

Nacht soll er das gesagt haben, um ein Ersatzteil für seine Kamera zu kaufen. Dieses Ersatzteil! Ich kann es nicht mehr hören! Nie habe ich eine der Kameras in die Hand genommen, alle Geräte gehen unter meinen Händen kaputt, ich weiß das, und dieses eine Mal gibt man mir das Ding, nur zum Halten, sie behandeln mich wie einen Handlanger, und ausgerechnet da trete ich auf einen Seeigel, schreie, stolpere, die Kamera schlägt auf einen Stein, und die Vorsatzlinse bricht ab. Natürlich war es die Vorsatzlinse. Die gute Vorsatzlinse! Im Anfang, als uns das noch Spaß machte, ein neues, einfallsreiches Team, fiel uns so etwas ein. Wir benutzen die Worte weiter, obwohl kein Grund mehr besteht, darüber zu lachen. Den guten Vorsatz, den schönsten Inselfilm zu drehen. Mit einer aufmerksamen, geduldigen Kamera. Etwas für Ästheten. Die Natur aufspüren. Steine. Erde. Pflanzen. Tiere, das ganze tote und lebende Inventar. Nur keinen Menschen, um Gottes willen nicht die Krone der Schöpfung. Keinen Reisebericht. Einen Zustandsbericht, das bloße Da-sein der Insel. Zwei Fachleute für das Bild, ein Maler und ein Fototechniker, ein Fachmann für den Ton und ich für den Text, den dichterischen Text. Die besten Voraussetzungen. Wir haben Zeit genug, Geld genug. Arne finanziert uns. Er ist im Vollbesitz eines reichen Vaters. Schwedenstahl. Niemand drängt uns, auch nicht der Ehrgeiz. Auch nicht das Heimweh. Bis dann in einer dieser heißen Nächte, die wir auf der Terrasse verbringen, trinkend, rauchend, redend, damals redeten wir noch, lachten, damals fing es erst an zwischen mir und Paul, bis Carlos plötzlich an der Brüstung stehenblieb, auf den Berg zeigte, der wie eine geballte Faust aus dem Meer aufragt, in Armeslänge vor unserer Insel. Er zeigt drauf, oben auf das zerfallene Kastell, es liegt im Mondlicht, er starrt, zeigt mit der Hand, beugt sich weit über die Mauer und flüstert – sie bewegt sich, was ich euch sage, sie bewegt sich! Sie ist nicht angewachsen. Sie treibt sich herum. Des Nachts treibt sie sich herum.

Wir hatten immer irgendeine fixe Idee, wie die mit den Zikaden, aber diese hier hielt an, sie steckte an, auch mich. Es mußte Tauchgerät besorgt werden, Sauerstoffgeräte, Schwimmflossen. Carlos und Arne waren eine Woche lang unterwegs, bis alles Gerät zum Fotografieren unter Wasser zusammen war. Sie gaben den ganzen Vorschuß aus, den die Verleihfirma für unseren Film investiert hat. Aber wen kümmert das denn. Arne hat ja Geld, und Carlos schrieb mit Rötel an die Wand seines Zimmers: »Hart sein im Nehmen.« Das oberste Gebot für einen Künstler. Sie waren wie paralysiert. Die Insel von oben! Die Insel von unten! Im Spiegelbild. Als hätte vor uns noch keiner diesen Einfall gehabt. Wie die Berufstaucher. Dann die Harpune. Carlos, wenn er loszieht mit der fünfzackigen Gabel, wie Poseidon persönlich. Und jeden Tag dieses Gerede: unsere Hausgöttin fürchtet das Wasser. Bis ich dann auch Schwimmflossen anhatte und diese widerliche Gummimaske vorm Gesicht und ohnmächtig wurde, bevor ich nur den Kopf unterm Wasserspiegel hatte. Die Klappe am Schnorchel war nicht aufgegangen oder war verstopft, oder sie hatten sie zugehalten. Die Dame ist nicht fürs Wasser! Die Dame ist fürs Feuer!

Arne streckt mir wieder den Arm hin. Es ist gleich acht Uhr, das Boot kommt nicht. Irgendein Motorschaden. Hier ist immer alles kaputt. Paul kommt nicht. Also gut. Gehen wir essen, andiamo! Wir stehen auf, Arne legt das Geld auf den Tisch, zuviel, wie immer. Ich nehme hundert Lire fort, wie immer. Wir fangen Carlos ab, der gerade um die Ecke biegt. Sein täglicher Passeggiata. Die Mole entlang und zurück, um die Piazza und wieder die Mole entlang, wie in einem Käfig mit einem Laufgitter. Ein fettgewordener Löwe. Er mästet seinen Bauch wie einen Moloch, liebt ihn, bekämpft ihn, geht wie eine Hochschwangere.

Hinter der Piazza fangen die Treppen an, verlieren sich in Hauseingängen, in Höfen, kleinen Gärten, Grotten, aus denen es dampft und qualmt. Dieser schweflige, stickige Dampf. Die Fremden stecken die Köpfe rein, wo sie's nur qualmen sehen, husten, niesen, bilden sich ein, alles, was aus dem Berg kommt, sei gesund. Wasser, Dampf, Schlamm. Sie baden drin, inhalieren, lassen sich den grauen Schlamm auf alle Körperteile schmieren, glauben an die Heilkraft, zweifeln, zahlen. Die Häuser drängen sich zusammen, auf- und nebeneinander gestapelte Würfel. Eines sucht Schutz im Schatten des andern, vor der Sonne, vor den Stürmen. Schmale Pfade und Treppengänge dazwischen, für Esel, für Menschen, für Hunde.

Solange er bei uns war, ist mir nicht aufgefallen, daß Paul es ist, der uns anführt. Dieses bißchen Initiative, das uns noch in Gang hält. Jetzt stehen oder sitzen wir herum, phlegmatisch, launisch, sind unschlüssig, ob wir essen gehen sollen, wo wir essen wollen; haben wir uns endlich aufgerafft, sitzen an einem Tisch, wissen wir nicht, was wir essen sollen, dann bleibt es bei Brot, Käse, Salami. Das bedeutet, daß wir noch früher anfangen zu trinken und daß wir den ganzen Tag nichts Warmes zu essen bekommen. Weder Arne noch Carlos fällt es ein, mir zu sagen, koch uns was. Dabei würde ich das tun, nur um überhaupt etwas zu tun, nur damit Zeit vergeht. Paul hat immer etwas für die Küche mitgebracht, einen Fisch oder ein Huhn oder ein Stück Fleisch. Er brachte sogar die Kräuter mit, fand an allen Wegen Kräuter, zerbröselte sie zwischen den Fingern, roch an dem krümeligen, verdorrten Zeug. Eine Zeitlang tat ich an alles Origano. Wenn man mit der Zunge über die Schulter leckte, schmeckte man nicht nur Salz, sondern Origano, an Paul haften die Gerüche lange. Ich stecke mein Gesicht in sein Haar und weiß, woher er kommt. Ich gewöhne mich schon wieder.

Ich fange an zu frösteln. Es ist noch immer drückend, aber es hat sich abgekühlt, seit der Wind nicht mehr hoch in den Lüften bläst, sondern dicht übers Meer fährt. Jetzt ist Salz in der Luft, Feuchtigkeit, sie ist nicht mehr so trocken wie am Mittag, beißt nicht mehr in den Augen. Arne hängt mir seinen Pullover um die Schultern, er hat immer etwas zum Umhängen mit, eine Gewohnheit aus Schweden. Er knotet die Pulloverärmel vorn zusammen, steht vor mir, knotet und nickt mir aufmunternd zu. Carlos beobachtet das, sagt – wenn es hier um die unmittelbare Nachfolge geht, wie wär's, wenn man mich berücksichtigte? – Arne macht einen zweiten Knoten, schnürt mir die Luft weg, ich protestiere. Er stößt Carlos mit der Faust vor die Brust, mehr freundschaftlich als feindlich, es ist ihm nicht Ernst. Er sagt – wenn du mal ein hübsches Plätzchen da unten bei den Korallen findest, dann bleib da, mach dir nicht die Mühe, wieder raufzukommen. – Carlos grinst.

Das Boot! Keiner hat es einbiegen sehen, es hat schon angelegt, als ich mich umdrehe. In der Kajüte brennt bereits Licht. Es sind nur wenig Leute auf dem Deck, man kann sie mit einem Blick übersehen. Mit einem Blick: Paul ist nicht dabei. Wieder nicht. Mitten in der Woche kommen nicht viele Fremde. Die Einheimischen nehmen den Omnibus, das ist billiger. Das letzte Stück gehen sie zu Fuß. Der Bootsverkehr ist für die Stranieri. Die ganze malerische Einfahrt in den kleinen Hafen scheint eigens für die Fremden angelegt, alles so idyllisch, so pittoresk. Antonio, dem das Boot gehört, läuft in seinem löchrigen Unterhemd übers Deck, so laufen sie alle herum, tragen ihr Zeug, bis es ihnen vom Leib fällt, Tag und Nacht. Nur sonntags zieht Antonio sich weiße Leinenhosen an und ein weißes Hemd, weit aufgeknöpft, daß die schönen Damen seine braune Brust mit den weißen Lockenbüscheln bewundern können. Es verfehlt nie seine Wirkung. An einem Abend in der Woche, das ist genug, er wird allmählich alt, dieser Antonio. Früher hat er sich jeden Abend ein weißes Hemd angezogen und aufgeknöpft, sagt der Dottore. Alles ist hier noch ganz natürlich, urwüchsig, sogar die Brust des Kapitäns.

Paul ist nicht gekommen. Carlos und Arne sind bis an die Hafenmauer gegangen, auch sie warten natürlich auf ihn, lehnen da, Hände in die Taschen geschoben, uninteressiert, gelangweilt, sehen dem Ausladen des Gepäcks zu. Ein paar Fremde, die einen Ausflug nach Capri gemacht haben, schreien noch immer gegen den Motor an, der längst nicht mehr läuft. Bello, rufen sie Antonio zu. Dann jemand, den wir noch nicht kennen. Ich bin nicht neugierig auf neue Gesichter. Wer kommt schon hierher? Wenn die beiden sich interessieren, bitte, dann können sie nachkommen oder nicht nachkommen, wie es ihnen beliebt. Ich gehe nach Hause. Wenn sie bloß den Mund halten und jetzt nicht über Paul reden. Am ersten Abend, nachdem er fort war, habe ich im Zorn gesagt, ich hatte zuviel getrunken – wir sind schließlich nicht verheiratet. Damit ist alles gesagt. Mehr habe ich nun nicht dazu zu sagen.

Die beiden holen die Hände aus den Taschen, tatsächlich. Sie schubsen sich mit den Schultern, tauschen Blicke. Eine Frau, endlich mal wieder eine Frau. Jetzt können sie ihre Wetten abschließen. Sie können sich am Ausgang der Wette beteiligen. »Öfter mal was Neues!« Bitte. Es ist mir egal, was sie tun.

Die Frau steht am Kai zwischen ihren Gepäckstücken. Antonio reicht ihr den letzten Koffer und verschwindet in der Kajüte, es ist Anfang der Woche, er ist nicht interessiert. Niemand erwartet die Fremde. Es ist ungewöhnlich, daß jemand allein hier ankommt, man fährt nicht allein auf diese Insel, eine Frau schon gar nicht, es sei denn, sie wäre eine von diesen Mai- oder Septemberfrauen, die jedes Jahr kommen, die ihren festen Freund hier haben, so einen Pepi in gesetzterem Alter, der seine sieben Monatsfreundinnen hat. Sie ist nicht mehr jung, zu mager für die Männer hier, man sieht das von weitem. Keine Attraktion. Sie ist der Probe nicht gewachsen, die man hier den Fremden stellt, wenn sie allein kommen und es sich nicht lohnt, den ganzen folkloren Zauber zu entfalten. Wie sie beim Einbiegen des Abendbootes die Hummerkörbe aufnehmen und sich zuwerfen, die Netze ausbreiten und anfangen zu fädeln; wie der junge dicke Wirt vom ›Pescatore‹ die Schaukeln in Bewegung setzt und die Katzen von den Kissen scheucht. Und schon sitzt ihnen ein Lied auf den Lippen. Fremde sehen und singen und die Hosen straffziehen und sich in den Schultern rekeln, das ist einstudiert, da klappt jeder Einsatz. Vielleicht ist es Natur, erste oder zweite Natur. Für diese eine lohnt es nicht, da müßte sie jünger sein, nach Geld aussehen. Aber kommen tun sie, ein paar wenigstens, Luigi aus dem Tabakladen, der alte Capitano mit seinem schwarzen Pudel. Fernando schreit – Frutta – frutta! Ein Griff an den Hosenbund, so alt ist sie also doch noch nicht. Die Hunde kommen auch, mit eingekniffenem Schwanz schleichen sie näher, bleiben in drei Schritt Entfernung stehen, Fernandos Hund sabbert wieder, er steht in einer Pfütze.

Antonio ist im Maschinenraum verschwunden. Er läßt sich nicht blicken. Es passiert nichts. Die Pepis stehen und warten ab.

Als ich über die Piazza gehe, pfeift einer durch die Zähne, das tun sie sonst nicht bei mir. Ich gehe selten ein paar Schritte allein. »Die Signorina mit den drei Männern.« Streit will keiner. Ich winke der Fremden zu, sie soll bleiben, ich komme, ich werde ihr helfen. Sie kann nicht einmal die notdürftigsten Vokabeln. Außerdem ist sie so müde, daß sie kaum noch sprechen kann. Sie hat ein Zimmer bestellt, über ein Reisebüro, im »Fortuna«. Ausgerechnet! Fortuna! Millefiori. Paradiso. Was denn noch?

Ich hole ein paar dieser Ragazzi, die da herumlungern. Wie die Spürhunde sind sie immer in der Nähe, als hätte man sie auf den Geruch von Lire gesetzt. Ich verteile die Gepäckstücke, gebe Anweisungen, sage der Fremden, wieviel sie für den Transport zahlen soll, nicht mehr, nicht weniger, kein zusätzliches Trinkgeld. Sie hat kein Geld eingetauscht, hat nur die Billetts, vom Reisebüro. Ich gehe zu Arne, lasse mir einen Schein geben. Die Ragazzi trotten los, die Koffer auf dem Kopf balancierend, barfüßig, streitend.

Es wird jetzt rasch dämmrig, vom Berg her ziehen dunkel geränderte Wolken. Die Kinder verschwinden in den Gassen, ich treibe sie zur Eile an. Avanti! rufe ich ihnen nach – avanti! – Sie äffen mir nach, wie Echo kommt es aus dem Dunkel der Arkaden zurück – vanti – vanti! – Ich ärgere mich, über die Ragazzi, über Arne, über Carlos, über die Fremde, die neben mir stehen bleibt. Was denn noch? Sie soll hinter den Kindern hergehen, sie wird die Pension sonst nicht finden, sie ist nicht groß, kein Hotel. Sie will sich bedanken. Avanti, sage ich, los! Sie will sich mir vorstellen. Wozu denn das? Man sieht sich hier mehr, als einem lieb ist. Schließlich geht sie, dreht sich nochmal um, verschüchtert wie ein Huhn. Ich rufe ihr nach – viel Glück! Sie versteht mich nicht, bleibt wieder stehen, ich rufe nochmal – Fortuna! Buona fortuna!

Die Männer verschwinden im ›Pescatore‹. In wenigen Augenblicken ist die Piazza leer, man überläßt sie dem Wind. Die Liegestühle bäumen sich auf, morgen früh werden die Laken zerfetzt herunterhängen, dann müssen sie geflickt werden. Müßten geflickt werden, gut, flickt man sie oder flickt man sie nicht. Dann setzen sich die Fremden eben auf einen Stuhl. Wenigstens die Sonnensegel der Schaukeln könnten sie zuklappen!

Carlos bestellt Suppe für uns alle, tut, als habe er als der nunmehr Rangälteste das Kommando übernommen, nachdem Paul ausgefallen ist. Er läßt uns Fischsuppe essen. Diese aufgequollenen Saugnäpfe der Polypen! Viel zuviel Muscheln sind in der Suppe, Paul hätte sie zurückgeschickt. Wenn er dabei wäre, hätte man sie uns nicht angeboten, dann wäre Maria an unseren Tisch gekommen und hätte mit Paul über unser Menü geredet. Wir stochern mit der Gabel auf dem Teller herum, schlucken das Zeug. Zwei Löffel, dann lege ich das Besteck hin und lasse die beiden sitzen und gehe nach Hause. Arne will mich begleiten, aber ein Blick in Carlos Gesicht genügt, daß ich abwinke. Sie gehen mir auf die Nerven. – Bleibt bloß, wo ihr seid! – Ich mag sie nicht mehr sehen, sie öden mich an.

Ich nehme den kürzeren Weg, über die Treppen, an der Post vorbei. Carlos beugt sich aus dem Fenster des Restaurants, ruft hinter mir her – mein Kompliment an Signor Ernesto! – Der steht tatsächlich vor seinem Haustor. Entweder sieht er mich nicht, oder er hat keine Lust, mich zu sehen, er grüßt nicht, nicht mal diese dürftige Verbeugung, die er einem sonst zukommen läßt. Wofür hält er sich denn? Der Jasmin, der dicht hinter seiner Hofmauer steht, duftet noch stärker als an anderen Abenden, ein wollüstiger Duft, süß, unbehaglich. Einmal bin ich unbemerkt durch das blaue Tor getreten und habe mich umgesehen, wenigstens im Hof. Weißer Marmor auf der flachen breiten Treppe, die zur Terrasse führt, auf jeder zweiten Stufe eine Katze. Einige hoben den Kopf, die Dicke, die ganz oben lag, fauchte mich an. Als ob das nötig gewesen wäre. Avvocato nennen ihn die Leute. Vielleicht war er das mal. Er lebt mit so einem kleinen alten Wesen zusammen, das huscht manchmal über die Piazza ins Magazin, grau, unscheinbar, ängstlich. Sein Haus, dem man den Verfall ansehen und abhören kann, ist das größte am Ort, ein alter Palazzo. Dieser König Drosselbart! Der verwilderte Garten über der Steilküste, das schönste Stück Land, in dem die Orangen- und Zitronenbäume nicht geschnitten werden, aber geerntet von jedem, der will, in dem ein zerfallenes Steinhaus steht, wem gehört es: Signor Ernesto. Der Olivenhain über der Schlucht mit den Ölbäumen, die viele hundert Jahre alt sind, verkrümmt vom Wind, aber voller grüner Oliven und immer noch blühend. Wir haben dort gefilmt. Der Boden drunter ist überwuchert von Gras und Unkraut, alles blüht hier, jedes Gras wird zur Blume unter der Sonne; kein Pfad ist mehr zu sehen, seit Jahren war niemand mehr dort, ein Paradies für die wilden Karnickel. Wem gehört es: Signor Ernesto. Wir fragen schon nicht mehr: wem gehört der Weinberg? Wem gehört das Boot, wem gehört ...? Arne sagt – ›ach, wem gehört der schöne Wald?‹ Und Carlos antwortet – ›der gehört dem König Drosselbart.‹ Dann sehen sie beide mich an und sagen im Chor – ›hättest du ihn genommen, so wär' er dein.‹

Auch an diesem Abend höre ich das Huschen und Nagen der Ratten. Und die Fledermäuse. Pipistrello, ein Spätflieger, weißgerandet vermutlich, aus der Nähe sah ich sie noch nicht. Arne hat versucht, wenigstens das Piepsen aufs Band zu bekommen, das Klatschen ihrer Flügel an den Mauern. Pipistrelli, diese kleinen Säugetiere, widerlich.

Ich gehe in mein Zimmer und packe. Ich habe mich weder während des Essens noch auf dem Heimweg dazu entschlossen. Ich wußte es nicht, bevor ich das Licht in meiner Zelle angemacht habe.

Diesmal werde ich das Frühboot bekommen. Während ich packe, entwerfe ich Briefe, auch einen für Paul, wenn er zurückkommt. Falls er zurückkommt. Ich schreibe sogar zwei Briefe an ihn, zerknülle sie, verbrenne sie auf der Terrasse, gehe in sein Zimmer und stelle fest, daß es nichts gibt, was ich von Paul besitzen möchte, nichts Handgreifliches. Ich lege die Textentwürfe in Arnes Zimmer, fünf Seiten, handschriftlich, kaum zu lesen für einen anderen. Das Resultat von nahezu vier Monaten. Eine Handvoll Notizen liegt zuunterst in meinem Koffer, vermutlich werden sie sich als unbrauchbar erweisen, wenn ich sie unter normalen Umständen lese, wenn ich wieder festen Boden unter den Füßen habe. Wir sind es, die sich treiben lassen und behaupten, die Insel triebe sich herum. Dabei gibt es das, irgendwo in Schweden, Arne kennt sie. Ein See mit einer schwimmenden Insel darin. Hundert Quadratmeter, mehr nicht, aber Bäume drauf, Sträucher, Gras. Manchmal packt sie der Wind beim Baumschopf und schiebt sie vor sich her, ans andere Ende des Sees. Man hat versucht, sie zu verankern, man hat ihr Gewichte angehängt, aber sie reißt sich los, jedesmal. Bildreporter kommen, aber immer dann verhält sie sich ruhig, harmlos. Ein paar Erlen, in denen der Wind rauscht, nichts weiter. Spiegelblanker See, Wälder rundum. Langeweile.

Nur noch wenig Lichter am Hafen, der Himmel dunkler als das Meer. Bei diesem Wind verstummen sogar die Zikaden. Die Wogen rollen an die Steilküste, fernes Donnern. Keine Sterne, nicht einmal der Große Bär, den man hier immer sieht, kein Großer Wagen. Was erwarte ich denn? Illumination für meinen letzten Abend. Die Männer werden allein hier bleiben. Sie werden weiter ihre Wetten über die Tugend oder Untugend der Frauen abschließen, nichts anderes im Kopf als fare l'amore, das steckt an hier, wie Typhus ist das, rote Ruhr. Sie werden weiter den Ausgang ihrer Wetten beeinflussen, nach Leibeskräften. Sie werden den Film fertigdrehen oder nicht fertigdrehen, sie werden meinen Text benutzen oder nicht benutzen. Vielleicht werden sie nachts, wenn die Zikaden schreien, manchmal sagen – da sind sie ja wieder, ihre Liebhaber. – Erinnern. Vergessen. Die Soll-und-Haben-Seite. Ich ziehe den Liegestuhl an die Brüstung, wickle mich in eine Decke, ich fröstle, dabei ist es warm. Ich lege die Füße auf die Mauer und denke zum erstenmal an das, was mich erwartet, freue mich, fürchte mich. Man erwartet mich nicht. Keiner. Die Mücken schwirren um meinen Kopf, zerstechen mir den Hals, die Fußgelenke, jedes Stück unbedeckte Haut. Ich hätte gleich, als ich zurückgekommen bin, DDT spritzen sollen.

Das Feuer über der Schlucht dehnt sich aus. Es brennt schon seit Tagen, keiner kümmert sich drum. Es frißt trocknes Ginstergesträuch, sonst wächst dort nichts, ein paar Agaven. Jetzt, wo der Schirokko ins Feuer bläst, flammt es hoch auf, illuminiert den Berg, man erkennt die verkohlten Blütenschäfte der Agaven. Qualmwolken ziehen mit dem Wind. Der Brandgeruch dringt bis hierher. Der Berg brennt in jedem Jahr, sagt Jolanda, und in jedem Jahr löscht der Regen das Feuer, früher oder später. Kann sein, sie stecken es an, damit die Stranieri eine Attraktion haben. Sie kommen von weit her, um unseren brennenden Berg zu sehen. Manchmal ziehen ein paar couragierte Männer los, um mit Stökken auf das Feuer einzuschlagen, um ihre Nerven abzureagieren. Wenn sie in die Nähe des Feuers kommen und der Berg steiler und heißer wird, geben sie es auf, finden, daß es ein schönes Feuer ist, es richtet keinen Schaden an, es düngt vielleicht sogar den Boden, Holzasche düngt doch.

Schritte auf dem Pfad. Ich will die beiden nicht sehen, will ihre Kommentare nicht, sollen sie sie geben, wenn ich fort bin. Von allen Göttern verlassen, auch von den Hausgöttern, das Herdfeuer erloschen, keine Altäre mehr. Ich kenne ihre Spekulationen, sie warten nur darauf, daß ich hinter Paul herfahre. Ich wüßte nicht einmal, in welche Richtung ich fahren sollte.

Ich ziehe mich aus, ohne das Licht anzuschalten, lasse die Tür zur Terrasse hin offen, hänge nur den Vorhang vor, lege mich hin und ziehe das Laken hoch. Arne kommt, hebt den Vorhang, bleibt einen Augenblick so stehen, zuckt nervös mit der linken Schulter, das wird eines Tages zu einem Tick werden, vorerst sieht er nur ratlos aus, mit dem schiefen Hals. Er ist es vermutlich auch, ratlos. Er klopft mit den Handknöcheln an den Türrahmen, lang-kurz-kurz, lang-kurz-kurz – andramoi enepe – sage mir, Muse –. So kommt er immer, wenn er etwas Wichtiges fragen will. Diesmal ermuntere ich ihn nicht, liege still da, warte, was er tun wird, ob er endlich mal etwas tun wird. Aber er tut nichts, steht nur da, zögert, nimmt an, daß ich schlafe, läßt den Vorhang fallen, gibt sich zufrieden, kuscht wie immer.

Carlos trottet vorbei, kehrt nach wenigen Minuten pfeifend zurück, rumort mit seinen Dosen und Flaschen, salbt sich vorm Spiegel seinen Bauch, pudert seine Füße, unternimmt einen letzten Angriff gegen die Zanzare, klatscht mit der gefalteten Zeitung gegen die dünne Wand. Dann dringt unter der Tür her der fade Duft seiner Zigaretten. Was geht es mich an? Ab morgen können sie tun und lassen, was sie wollen. Wie bisher.

Natürlich schlafe ich nicht. Es ist dumpf im Zimmer, stickig. Ich stehe wieder auf, nehme auch noch den Vorhang weg, aber der Wind weht an meiner Zimmertür vorbei. Ich öffne die Tür zu Pauls Zimmer, ein schwacher Luftzug entsteht. Ich hole mir Wasser und schlucke eine Schlaftablette, eine zweite und dritte, Paul hat sie in Verwahrung, er hat sie für mich dosiert. Arne sitzt noch auf der Brüstung und raucht. Sie bewachen sich gegenseitig, die beiden. Er macht sein stereotypes – hej –, ich sage ebenfalls – hej – und lege mich wieder hin. Die Zanzares surren, zerstechen mir den Hals. Bis in den letzten Traumwinkel verfolgen sie einen.

Ich wache vom Tuten der Schiffssirene auf. Sieben Uhr zwanzig. Ich bleibe liegen. Es tutet ein zweites Mal, ein drittes. Jetzt fährt das Boot aus dem Hafenbecken, biegt um den Berg. Verpaßt. Wieder einmal verpaßt.

Arne hat das dritte Tuten abgewartet. Er erscheint in meiner Tür, ohne Klopfzeichen, kommt einfach in mein Zimmer. Er ist fertig angezogen, setzt sich auf meinen Bettrand, fängt an zu reden, zu reden. Er hat einen Tagesplan gemacht, ich soll aufstehen, jetzt gleich. Wir wollen arbeiten. Der Wind ist großartig heute morgen, wie Zephir. Und das Licht ist gut. Er hat Carlos schon geweckt, die eine Kamera ist völlig intakt. Keine Ausrede, den Omnibus um acht Uhr können wir erreichen, wenn wir sofort aufbrechen. Subito, sagt er, subito, tippt mit dem Finger dorthin, wo er unter dem Laken meine Schulter vermutet, trifft meine Brust, erschrickt, murmelt seine ewigen Pardons, redet weiter. Er habe einen Platz entdeckt, vor ein paar Tagen schon, im Inneren der Insel, genau das, was uns noch fehlt, wir würden uns wundern, unterhalb des Epomeo, frühstücken würden wir dort, mit etwas Glück könnten wir sogar ein paar Lerchen aufspüren. Er habe ein Band mit größerer Empfindlichkeit eingelegt. Mitten in seine Rede hinein habe ich ihn gefragt – hast du etwa gar nicht geschlafen? Bist du gar nicht zu Bett gegangen? – Im gleichen Tonfall, in dem er von Lerchen, Zephirwinden und Omnibussen gesprochen hat, sagt er – jemand mußte dich doch ans Schiff begleiten. Wir haben keinen Wecker. – Und da hast du mich nicht geweckt? – Wenn du wirklich fort gewollt hättest, wärest du wach geworden.

Wahrscheinlich hat er recht, er hat oft recht. Ich gebe ihm einen Kuß, er beugt sich zur Seite, ich treffe seinen Hals, lache, er sagt – hej. Wie trocken seine Haut ist. Ich weiß nicht, warum Frauen sich nichts aus ihm machen. Vielleicht ist er uns zu ähnlich.

Plötzlich ist Carlos im Zimmer, barfuß, wir haben ihn nicht gehört. Er räuspert sich. Arne springt von meinem Bett hoch, errötet, stößt Carlos beiseite, weg ist er, ab durch die Tür. Carlos pfeift durch die Zähne. Ich werfe mit einer Sandale nach ihm. Er fängt sie auf. Ich werfe auch noch die andere, er kriegt auch die zu fassen, zwängt seine dicken Füße hinein und stelzt im Zimmer umher, bleibt vorm Spiegel stehen, betrachtet sich, dreht sich, wendet sich, ordnet sein Laken neu, knotet einen zweiten Knoten unter der linken Schulter, schneidet Grimassen, fährt sich mit seinen kurzen Fingern von hinten her durchs Haar, daß es hochsteht, spärlich, kraus, weißblond, dreht sich mit einem Ruck um und grinst mich an. Ich sage – Affe, so freundlich wie möglich.

Manchmal packt ihn Verzweiflung, packt ihn wirklich, oder er spielt sie, ich kann das nicht unterscheiden. Er wäre so gern schön und ist so häßlich. So häßlich, daß man jedesmal, wenn man ihn ein paar Stunden nicht gesehen hat, wieder erschrickt, wenn er unverhofft auftaucht. Er taucht immer unverhofft auf, um Hausecken, aus dem Wasser, immer so, daß man erschrickt. Er hat Schauspieler werden wollen, aber er kann nicht einmal sich selbst vorspielen: ich bin schön. Meine dicken kurzen Finger sind schön. Er streckt sie aus und betrachtet sie oder versteckt sie, lenkt immer die Aufmerksamkeit drauf. Er glaubt einfach nicht, daß irgendeiner seine Häßlichkeit je übersehen könnte. Er spielt auch noch: ich bin häßlich.

Er entdeckt meinen Koffer, der griffbereit neben der Tür steht. Er sieht sich langsam im Zimmer um, nur noch ich und meine Koffer und dieses fremde, ausgeräumte Zimmer. Er legt seine Stirn in bekümmerte Falten, sagt grinsend – ›da waren's nur noch zwei‹, steigt aus meinen Sandalen, trägt sie vor mein Bett, hockt sich hin und dreht die Schuhe in den Händen, stellt sie in Marschrichtung zum Bett, dann Richtung Tür, in Grundstellung, in Schrittstellung. Eine kleine Pantomime, pfeift dazu ›Zehn kleine Negerlein, die wollten ...‹, steht auf, wiegt seinen runden Kopf, wiederholt bekümmert – dann wären's nur noch zwei, und geht aus dem Zimmer.

Fünf Minuten später stehen sie, alles Gerät über die Schultern gehängt, auf der Terrasse und warten und rufen – vergiß die Notizen nicht! Die Tafeln mit den Trachinen. Ich verbessere – Trachyte! – Sie lernen das nie, Paul hat sich so viel Mühe gegeben. Carlos schreit – sage ich doch, Trichinen! – Ich krame in meinem Koffer nach den Abbildungstafeln, rufe – meint ihr, daß wir da auch Puzzolan antreffen? – Carlos fragt – wer ist dieser Puzzolan, kennen wir den? – Ich schreie – du solltest ihn kennen, er hat einen Trachyttuff. – So ein Lüstling! Am frühen Morgen!

Wir lachen. Endlich lachen wir wieder, haben wieder unseren albernden Umgangston.

Der Wind hat sich besänftigt. Der Regen hat das Meer beruhigt, es ist hell wie der Himmel, Schaukelwellen, die einem in den Mund schwappen beim Schwimmen. Warum gehen wir eigentlich nicht schwimmen. Ich zerre meinen Badeanzug aus dem Koffer, werfe ihn Arne zu, Carlos sucht das Badezeug der Männer zusammen, Handtücher, stopft alles in seinen karierten Sack, die Hebammentasche, hängt die auch noch um die Schultern. Wie sie sich freuen, daß ich noch da bin, und wie ich mich freue, daß ich noch hier bin. Ich liebe unsere Insel, ich liebe den Blick auf unseren Berg, der wie eine Faust vor der Insel liegt. Ich liebe meine merkwürdigen Männer.

Der Wind weht so sanft und kühl über die Haut. Die Wellen schlagen so rasch und sorglos an die Felsen. Das Feuer auf dem Berg schwelt noch, mittags wird es sich wieder neu entzünden. Aus den Kaminen steigt weißer Rauch, wird blauer, je höher er steigt, kerzengerade, dann kräuselt er sich, riecht nach harzigem Wurzelholz. Ein Esel versperrt uns den Weg, blaue Matratzen schwanken auf seinem Rücken. Als wir ankamen, trug er Zementsäcke. Das ganze Haus hat er den Berg hinaufgeschleppt.

Wir sind am Ziel: eine Steilwand, sieben Meter hoch, bröcklig, porös, wie von tausend Schnabelhieben durchlöchert, hellgelb mit eingesprengtem Feldspat. Natürlich auch Quarz. Arne hockt mit seinem Aufnahmegerät hinter einem Mastixstrauch. Die Batterie ist nicht ausgelaufen wie damals, als wir die Aufnahmen von den Schnecken gemacht haben. Carlos ist mit dem Stand der Sonne einverstanden, er kann mit Gegenlicht arbeiten, noch liegt unsere Wand im Schatten des Epomeo.

Ich liege oben, über der Wand, ebenfalls im Gebüsch verborgen und lasse auf Kommando einen Brocken Tuffstein den Berg runterrollen. Wir wiederholen das geduldig, nochmal und nochmal. Zweimal nimmt mein Stein loses Gestein mit, und genau dahinein singt ein Vogel. Arne hat das Band laufen, und Carlos hat gefilmt. Genauso hatten wir uns das vorgestellt. In den Pausen, wenn sie den Standort ihrer Geräte ändern und Carlos die Blenden wechselt und den Weitwinkel an- und abmontiert, lachen und schwätzen sie und werfen mit Bimssteinen nach mir, die so leicht sind, daß sie nur langsam zur Erde zurückkommen, als unterlägen sie nicht der Schwerkraft. Ich versuche den Text zu formulieren, blättere in den Metamorphosen. Ovid berichtet, daß es eine reizende kleine Nymphe gab, die Echo hieß und nachplapperte, was die anderen sagten. Sie verzehrte sich in Liebe zu Narzissus, der sie verschmähte, da er nur sich lieben kann. Die Nymphe erstarrt zu Stein. Ewiges Echo des geliebten Narzissus.

Mit Hilfe eines Tricks stellen wir ein Echo her. Die Männer halten den Vorgang für so kompliziert, daß sie mir nicht zutrauen, einen kleinen Stein im richtigen Abstand hinter einem größeren Stein herwerfen zu können. Carlos keucht durch die Macchia und hockt sich neben mich und wirft nach dem Sekundenzeiger dosiert Steinchen auf Steinchen, bis Arne stopp ruft. Sie loben immer wieder die brave kleine Nymphe, die dem Mann das Wort von den Lippen abliest und getreulich wiederholt, was er sagt. Ohne Widerspruch. Sie tadeln Narzissus, behaupten, er habe eben nichts Gescheites zu sagen gewußt, wenn ihm die bloße Wiederholung seiner Worte auf die Nerven ging. Ein Echo müßte man haben!

Carlos hängt sein durchgeschwitztes Hemd zum Trocknen über einen Busch und baut sich mit Hilfe seines Stativs und ein paar Tamariskenzweigen, die einen dünnen gefilterten Schatten geben, ein kompliziertes Gehäuse; nur die Beine ragen daraus hervor, er schützt sie mit dem Taschentuch vor der Sonne.

Arne liegt nicht weit von mir. Ich kenne keinen, der so ruhig sein kann. Er atmet unhörbar. Er kann die Hände ganz still halten, auch wenn er weiß, daß man ihn beobachtet. Nur seine Augäpfel zucken unter den dünnen Lidern. Einmal hat er gesagt, daß es bei ihm nie richtig dunkel wird, seine Augendeckel schlössen nicht dicht genug. Ewiger Mittsommer. Dieses Zucken mit der Schulter, dieses Schräghalten des Kopfes scheint sich seiner Kontrolle zu entziehen. Es paßt nicht zu ihm, er ist auf Harmonie angelegt. Es hat sich in letzter Zeit verstärkt, als fühle er sich in einer schiefen Lage.

Carlos beginnt zu schnarchen. Arne quittiert den Einsatz mit einem Lächeln, ohne die Augen zu öffnen, er weiß, daß ich ihn ansehe, er gibt mit der Hand ein paar Taktzeichen.

Dann ein Schuß. Sein Echo rollt über den Berg, Carlos verschluckt sich, hustet, schnauft, taucht aus seinem Gehäuse hervor. Wir sitzen, sehen in den Himmel, suchen nach den Rauchwölkchen des Schießpulvers, entdecken nichts, nur endlos blauen Himmel, in den die beiden Kegel des Epomeo hineinragen. Und die Lerchen, die Arne uns am Morgen versprochen hat, drei zählen wir, sie lassen sich aus großer Höhe niedersinken, ins Lorbeergesträuch. Jenseits der Schlucht, dem Hund des Jägers nicht erreichbar.

Wir legen uns wieder hin, beruhigt. Der Jäger taucht über unserer Felswand auf, scharf konturiert bleibt er dort stehen, vorm Himmel, der heller wird, immer gleißender. Er schnürt einen Vogel auf, baumelt das Bündel wieder an die rechte Hüfte. Ein Strauß Vögel. Sein Hund verharrt dicht bei Fuß, einer dieser hellbraunen römischen Jagdhunde, mit blankem, kurzem Fell. Ich flüstere mit Arne, Carlos knurrt, er will schlafen. Oben der Jäger winkt mit seinem Gewehr, zeigt die Richtung, in der er gehen wird, klemmt es schußbereit unter den Arm und springt mit kurzen hohen Sprüngen lautlos den Pfad hinunter und verschwindet im niedrigen Kastanienwäldchen. Die Zikaden lärmen, irgendwo weit weg hupt ein Esel, immer wieder, kann kein Ende finden. Ich höre auf zu denken, höre auf zu sehen, alles wird undeutlich, ich liege und träume. Ich bin auf einer Insel. die im Meer dahintreibt, die Zikaden schreien, es ist heiß. das Meer rauscht. Ich bin allein, bin nicht allein, ich bin.

Arne weckt mit unserem Pausenzeichen, flötet mitten in meinen Traum. Ich will nicht wach werden, ich drehe den Kopf zur Seite. Duft von Wermutkraut. Ich zerreibe einen Zweig zwischen den Fingern, erinnere mich an Paul. Arne hebt mit einem Grashalm sachte mein rechtes Augenlid. Ich blinzle, er sagt etwas auf schwedisch, weicht meinem Blick aus. – Da capo, sage ich, da capo! – Er wiederholt es, leise, ungern, deutsch. – Ich möchte unter deinen Augenlidern sein. – Ich sage, ebenso leise – manchmal bist du dort. – Ich hätte es nicht sagen sollen. Man reagiert unkontrolliert, es ist zu heiß. Er steht auf, sagt – das ist es ja! Manchmal! Du nimmst zuviel unter deine Augenlider.

Schatten ziehen auf. Er sieht es, entschuldigt sich, – pardon! streicht mit dem Handrücken über meinen Arm. Ich versuche zu lächeln, es gerät sogar, – fa niente, laß nur!

Wir brechen auf, wir sind hungrig, wir sind verschwitzt, wir wollen baden, bevor wir mit dem Omnibus zurückfahren. Carlos zieht singend vorweg, ›Kleines Echo, süßes Echo‹ singt er, ein Schlager, der eine ganze Erinnerungskette hervorzerrt. Wir lassen Carlos vorgehen, er wedelt mit einem Melissenzweig die Mücken weg, die ihn umschwirren; man bleibt unbehelligt, wenn Carlos dabei ist. Er hat sich mit seiner Rolle als lebender Fliegenfänger abgefunden. Ich gähne, stolpere, der Pfad geht steil und steinig bergab. Ich bin müde. Arne fragt besorgt – stanca? Carlos dreht sich entrüstet um und ruft – sie ist eine Dame! Sie stinkt nie!

Holde Eintracht. Süßer Friede.

Wir haben die kleine Bucht ganz für uns. Die Stranieri entdecken sie selten. Die Wellen sind kurz, sobald man den Mund aufmacht, schwappt er voll Wasser. Arne erklärt mir die Vorzüge der Kiemenatmung, und Carlos versucht zum siebzigsten Mal uns von den Vorzügen seiner Kraultechnik zu überzeugen. Er hält uns heute für nachgiebig. Wir sind es. Er kommandiert – rechten Arm vor und durchziehen! Flach liegen! Flach atmen. Lentamente! – Wie in der Schwimmschule. Dann reden wir endlos über das zweckmäßige Verhalten beim Auftauchen eines Haifisches. Es gibt hier Haie, Katzenhaie meist. Wir üben, unbeweglich zu liegen, keine Angriffsfläche zu bieten, Arme eng an den Körper, Auge in Auge mit dem Hai. Carlos übernimmt die Rolle des angreifenden Hais. Auge in Auge! Zahn in Zahn! Kommandos, Gelächter, bis er bei einem Kommando einen halben Liter Mittelmeer verschluckt, hustet, schnauft und untergeht, an meinen Beinen herumfummelt, Halt sucht und schließlich in zwanzig Meter Entfernung zum Vorschein kommt, Kopf und Hals mit Tang umkränzt. Er wirft beide Arme hoch, grinst uns an. – Panik im Schilf! – Er lacht, lauthals, verschluckt die nächste Welle, und sein rotes Pansgesicht taucht wieder unter, den Tang schwenkt er noch eine Weile am Zeigefinger übers Wasser.

Müde und hungrig, aber lachend kommen wir zurück, werfen das Badezeug von außen über die Mauer. Wir lassen uns auf die Stufen fallen, endlich ein bißchen Schatten. Wir ruhen uns eine

Weile aus, und als wir dann oben ankommen, steht Paul in der Küche und nimmt Tintenfische aus, hat gerade einen dieser roten Calamares vor. Bis an die Ellenbogen steckt er in der braunen Lake, es stinkt widerlich, es ist viel zu heiß, die Nachmittagssonne liegt stundenlang auf der Küchenwand.

Dieser Feigling. So hat er sich das also gedacht. Über das Präparieren und Braten von Tintenfischen kann man endlos reden. Frittiert? Als Suppe? Oder lieber gefüllt, den Fischbauch gefüllt mit Kräutern und den kleingeschnitzelten Saugarmen, — wußtet ihr, daß es immer genau zehn Saugarme sind, nicht etwa beliebig viele, zwei davon sind länger.

Aber er hat sich geirrt. Wir wollen nicht über Fische reden. Carlos ist der erste. Er steht vorn in der Küchentür und Arne und ich hinter ihm, wir beobachten Paul, lachen ihn aus, er hat sich die Laborschürze über die Badehose gebunden, Schweißbäche laufen über seinen Hals, entspringen hinter seinen Ohren, er kann sie nicht mal wegwischen mit seinen Tintenfingern. Er müßte sich die Haare schneiden lassen, dazu ist er also unterwegs nicht gekommen. Er ist so beschäftigt, daß er im Moment nicht anders auf uns reagieren kann als mit einem Kopfnicken. Er hantiert mit dem einen Fisch herum, der kaum dreißig Zentimeter lang ist, als hätte er zehn lebende Aale zu bändigen. Carlos sagt — ecco! Wir sagen ebenfalls — ecco! Lauter und leiser und immer wieder, können gar nicht mehr aufhören. Arne läuft, holt die Gitarre, begleitet uns — ecco — ecco — ecco, variiert durch ein gelegentliches — ecco là! Da ist er! Sieh da!

Paul hebt die rechte Augenbraue. Jedesmal ein Zeichen seiner Überheblichkeit und Unsicherheit. Er versucht mitzulachen, aber er findet uns nur blöde, kindisch. Er widmet sich mit neuem Eifer dem Calamare, säbelt drauflos, daß die Tinte aus allen Fangarmen spritzt. Wir springen mit Gekreisch beiseite.

Ich scheuche die beiden aus der Küche und stelle mich neben Paul, binde ihm die Schürze ab, hänge sie mir um. Er läßt sich das gefallen. — Du bist ja noch gar nicht wieder hier, sage ich. — Ich war sehr weit fort. — Ich weiß. — Du weißt nichts. — Nein, ich weiß nichts. — Und dann reden wir über die zweckmäßige Zubereitung von Tintenfischen. Calamare oder Calamaio, wie sagt man? Oder ist es etwa doch wieder so ein ordinärer Seppia? Kommt Sepia daher?

Ich beherrsche die italienische Speisekarte, alle eßbare Flora und Fauna. Es gibt hier nichts in der Luft und nichts im Wasser, das man nicht essen könnte. Ich rede und schneide derweil den Fischrumpf in Ringe, wälze sie ihn Mehl, nehme Pfanne und Öl, und Paul blickt aus dem Fenster, als ob er die Aussicht das allererste Mal sähe. Die Flasche mit dem Pubigas ist leer, ich hatte es vergessen. – Entschuldige! Paul erkundigt sich, seit wann. – Irgendwann, ich weiß nicht, zwei Tage, vielleicht auch schon drei. – Was soll aus den Fischen werden? Ich schlage vor, daß wir uns die Ringe an die Ohren hängen und zum Essen gehen, runter ins Dorf.

Paul bleibt ruhig, kein Blick trifft mich, er spült sich die Hände ab, reibt sorgfältig jeden Finger mit einer aufgeschnittenen Zitrone ab. Ich sehe ihm dabei zu. Er wird immer umständlicher und langsamer, je nervöser er ist. – Gut, sagt er, gehen wir essen.

Ich entschuldige uns, daß wir ihm die Heimkehrerszene verpatzt haben. Meine gute Laune reicht gerade noch aus, daß ich sagen kann – na, komm schon, alter Pinselsortierer. Er fragt, solange wir noch allein sind – ihr seid gut zurechtgekommen ohne mich? – Wir haben gearbeitet, weißt du. – Ah, natürlich. – Ich bestätige – natürlich. – In meinem Kopf spult sich eine ähnliche Szene ab. Es muß das schon einmal gegeben haben. Aber welche Szene hat es denn nicht schon einmal gegeben, die Variationsbreite ist nicht groß. Es kommt einer, es geht einer, kommt wieder, geht wieder. Einzige Abweichung: manchmal gerät es einem, der zu sein, der geht. In noch selteneren Fällen: rechtzeitig. Es ist entsetzlich heiß. Dieser Gestank von den Fischen! Ich nehme die Schüssel und schütte alles, die zurechtgemachten Fischringe, die Lake, alles aus dem Küchenfenster in den Hof. Die Hühner gackern los, aufgescheucht aus ihren Staubmulden, stürzen zurück, machen sich über die Fische her, zerren an dem Gedärm. Das Baby hat auch was abgekriegt. Jolanda kommt aus ihrer Küche und schreit – Signora! Il bambino! Attenzione!

Arne hängt das Badezeug auf die Leine. Carlos nimmt den Film aus der Kamera und setzt das Gefäß mit dem Entwickler an, demnach will er noch arbeiten. Ich gehe in mein Zimmer und ziehe ein paar Kleider aus dem Koffer, werfe sie über Stuhl und Tisch, stoße den Koffer unters Bett. Vielleicht hat Paul noch nicht gesehen, daß alles für meine Abreise bereitstand.

Als ich wieder auf die Terrasse komme, sitzt er auf der Brüstung zwischen den Kakteentöpfen, ganz fremd sitzt er da, alleingelassen von uns. Wir hantieren um ihn herum, zu laut, zu hastig, ganz einig. Diese Einigkeit, die nur entsteht, wenn sie sich gegen jemanden richtet. Carlos pfeift noch immer ›Süßes Echo, kleines Echo‹, schon geht es mir auf die Nerven. Alles überzieht er. Er hat etwas Penetrantes, warum hört er nicht auf damit! Ich ziehe mir eine frische Bluse an, rufe aus meinem Zimmer – andiamo! Gehen wir? Essen wir ein Kaninchen? – Carlos ruft aus seinem Zimmer – ein Kaninchen? Was für ein trauriger, singulärer Deminutiv. Ist das richtig, Herr Lehrer, singulär? Deminutiv? Eins zu vier gegen ein Kaninchen! – Er fängt wieder an zu blödeln. Arne geht drauf ein, ich tue es auch. Paul folgt uns wie ein nachsichtiger Lehrer am Abend nach einem ganztägigen Klassenausflug.

Während wir unsere Teller mit Spaghetti abwickeln, berichtet Paul von den Schwierigkeiten, eine neue Vorsatzlinse für die Kamera zu besorgen. Ich bin sofort verärgert, er wälzt es auf mich ab, als sei ich schuld an dieser Reise. Keiner kommt auf den Gedanken, jetzt noch von einer guten Vorsatzlinse zu reden. Es ist ein technisches Zubehör, weiter nichts. Er hat auch gleich eine besser schließende Anpassungslinse gekauft. Eine Anpassungslinse, auch das wird interessiert und ernsthaft zur Kenntnis genommen. Man kann endlos darüber reden, Carlos und Paul tun es, und Arne und ich hören endlos zu. Carlos erkundigt sich, wo er es versucht habe – in Roma? Ja, auch in Rom, in der Nähe vom Bahnhof. Paul fragt, ob wir harpuniert hätten. – Nein, das Wetter war nicht danach. – Ist das Wetter umgeschlagen inzwischen. – Wir sagen im Chor – Schirokko. Er reagiert mit einem überraschten – oh, Schirokko! Habt ihr ihn aufnehmen können? – Allgemeines Kopfschütteln. Das Verhör ist zu Ende. Das Kaninchen wird serviert. Sie werden immer kleiner, dies ist wenigstens vollständig, kein Körperteil ist ihm auf dem Weg vom Stall auf den Tisch abhanden gekommen. Je länger die Saison dauert, desto kleiner werden sie, so rasch können sich nicht einmal Kaninchen vermehren und so rasch nicht wachsen wie der Appetit der Stranieri. Carlos spießt den abgenagten Kopf auf die Gabel und wirft ihn in weitem Schwung aus dem Fenster. Der Hund von Fernando ist unterwegs und sucht den Strand nach Abfällen ab, es ist sein Reservat während der Zeit des Abendessens. Carlos sieht zu, wie der Hund den Kaninchenschädel mit einem Sprung auffängt. – Das war ein Wurf, sagte das Kaninchen! – Es gelingt ihm, seine dämlichen Sprüche in mein Gedächtnis einzumogeln. Er hat die Methode der Leute hier übernommen, immer dasselbe zu sagen, oft genug, eingravieren ins Gedächtnis.

Wir trinken weniger als sonst, jeder raucht noch eine Zigarette, Paul will mir eine anbieten, aber ich habe schon meine eigenen zur Hand, ich sage – danke – bitte! – Plötzlich bedeckt er seine Zigarettenschachtel mit der Hand, läßt die Hand drauf liegen, sagt beiläufig – dann kann ich meine ja wieder einstecken. – Hätte er sich weniger ungeschickt benommen, wäre mir nichts aufgefallen. Er ist ein schlechter Lügner. Eine Schweizer Abpakkung, seine Sorte, aber im festen Karton. Also ist er zu Hause gewesen. Gut so.

Carlos erkundigt sich nach der Reise. Wir bekommen eine Handbewegung zum Meer hin als Antwort. Arne sagt – Jaså! Das Meer war unruhig. – Carlos fragt hartnäckig weiter – du bist von Napoli hergekommen? – Als ob man irgendwo sonst herkommen könnte. Paul bestätigt das. Wir erzählen, daß wir am Nachmittag zum Schwimmen waren, Paul sagt, daß er das vermutet habe, als er das Badezeug sah. Natürlich, das Badezeug. Es sieht aus, als gäbe es nichts mehr zu erzählen.

Wir brechen auf. Wir haben die Taschenlampen vergessen, es ist sehr dunkel, Neumond. Arne nimmt mich beim Ellenbogen und hält sich dicht neben mir. Carlos und Paul sind ein ganzes Stück voraus, bleiben stehen, warten, gehen weiter, sitzen mal hier, mal da auf einem Mäuerchen, wir tun es auch, ruhen uns aus vom Steigen, sehen übers Meer, nie wird man das leid, diesen Blick über die Lichter am Hafen, die schwarzen Konturen des Berges. Alles ist wie an früheren Abenden, nur daß dann Paul neben mir ging.

Aus dem Dunkel der Gassen löst sich ein Schatten, kommt rasch auf uns zu. Die Fremde. Ich erkenne sie erst, als sie mir das Geld hinstreckt, das sie zurückgeben will. Ich schlage vor, daß wir drei noch einen Espresso zusammen trinken, jetzt gleich, auf der Piazza, es ist viel zu früh zum Schlafen, es ist noch zu heiß in den Häusern. Arne stimmt zu, er stimmt allem zu, was ich sage. – Ein großartiger Einfall, ein Espresso. – Die Fremde zögert, sie will nicht stören, fürchtet, aufdringlich zu sein. Ich wehre ab – aber nein, wir sind es, die aufdringlich sind. – Wir nehmen sie in die Mitte, machen kehrt, Richtung Piazza, Carlos und Paul gehen weiter. Nach zehn Schritten bleibt Arne stehen – Verzeihung, Pardon! Wir haben nicht bemerkt, daß Sie behindert sind. – Er sagt behindert, er wiederholt das auch noch – jaså, Sie sind behindert. – Die Fremde erschrickt, sagt hastig – aber nein, ich weiß nicht, warum meinen Sie? – Ich rede dazwischen – ich bin auch behindert, es ist dunkel, und das Pflaster ist holprig, du hast eben Katzenaugen, nimm uns lieber beim Arm. – Arne murmelt weitere Pardons, er habe geglaubt, ein Hinken, nicht auffällig, beileibe nicht, nur zur Rücksichtnahme ...

Schluß! Wir wollen einen Espresso! Sie hinkt tatsächlich und tut, als wüßte sie das nicht. Was soll das! Ich setze mich mit ihr in eine der Schaukeln, aber nach zwei Minuten steht sie wieder auf, setzt sich auf einen Stuhl, entschuldigt sich, sie sei von der Überfahrt her ein wenig unwohl, das Schaukeln bereite ihr Unbehagen, sie wolle nicht unhöflich sein. Lauter Wörter, die mit »un« anfangen! Un-sätze werden das. Sie macht mich nervös.

Arne beginnt eine Konversation über das Klima im August und über die wechselnden Wassertemperaturen und das alarmierende Auftauchen der Delphine beim Aufziehen eines Unwetters. Ich beteilige mich nicht an der Unterhaltung. In den Schaukeln rechts und links von uns, notdürftig durch einen Lorbeerbusch verdeckt, Getuschel, Gekicher, Gestöhn. Die Pepis gehen ihrer vorbereitenden Abendbeschäftigung nach. Hier ist der Startplatz. Ein Campari für die Frauen, ein Gelato für die jungen Mädchen. Das endet dann am Strand, wo der Sand auch nachts noch warm ist.

Die Fremde ist irritiert, hält den Blick krampfhaft auf den Berg gerichtet. Alle Frauen reagieren am ersten Abend so, erschrocken, geniert. Selbst Arne nimmt heute Anstoß, macht sogar laut und ärgerlich – hej! und sagt Pardon zu der Fremden. Der schwarz-weiß gefleckte Hund vom Barbiere schnüffelt an meinen Beinen herum. Er hat ein blutunterlaufenes Auge, immer schon, die Haare hängen ihm in Büscheln in die grämliche Visage, er sieht aus wie der alte Bismarck, die Deutschen rufen ihn so – Bismarck. Sie haben ihn fett gemacht, sie bevorzugen ihn bei Tisch. Immer ist er hinter mir her, schnüffelt um mich herum. Arne tritt mit dem Fuß nach ihm, und gleich schnappt er zu. Ich rufe ihn an, er klemmt den Schwanz ein und trottet weg. Die Hunde hier sind feige und böse. Es wird Zeit, daß man sie dressiert, freundlich zu den Fremden zu sein, die sie ernähren. Sie müssen lernen, sich am großen Geschäft zu beteiligen.

Der Espresso ist gut. Heiß und süß. Wir trinken ihn schweigend. Das Bild des Großen Bären steht klar am Himmel. Orso maggiore. Ich zeige hinauf. Die Fremde scheint kurzsichtig zu sein. Sie braucht eine Weile, um sich zurechtzufinden; dieselben Bilder an anderer Stelle, unter südlichem Himmel. Dichter die Sterne, leuchtender. Ich erinnere mich an den ersten Abend mit Paul auf der Terrasse, den Kopf auf seiner Schulter. Eine Stunde Sternenkunde. Wiederholungsstunde. Ich starrte in den Himmel und erinnerte mich an andere Schultern, auf denen früher schon mein Kopf gelegen hatte. Haar der Berenike. Kassiopeia, immer wieder: das Sternennest der Kassiopeia. Das Repertoire gleicht sich, groß ist es bei den meisten nicht. Paul redete von Spiralnebeln, und ich vergaß ihn.

Die Fremde hat endlich den Orion entdeckt, ein leises – Oh! Es klingt nach Erschrecken, vielleicht sah sie ihn noch nie so hell und kalt wie hier. Dann leiser – der Große Wagen wartet nur noch kurze Zeit. – Irgendein Zitat, ich kenne es nicht, ich frage nicht nach, es interessiert mich nicht. Ich sage – orso maggiore, sagen die Leute hier, Großer Bär. – Sie blickt mich an, zum erstenmal begegne ich ihrem Blick, sie wiederholt ernsthaft, man hätte ein Lächeln erwartet – orso maggiore. Das erste Wort, das ich hier lerne. – Arne mischt sich ein – lernen Sie lieber etwas Praktisches, sagt er, zum Beispiel Blumenkohl. Wir haben das gleichzeitig gesagt: Blumenkohl. – Wir lachen. Sie blickt von einem zum anderen, versucht herauszubekommen, was daran zum Lachen sein könnte. Wir geben es auf, das Gespräch gibt nichts her. Irgendwas ist mit ihren Augen. Ein merkwürdiges Gesicht.

Signor Ernesto geht vorbei, einen Augenblick sieht es aus, als wollte er an unserem Tisch stehenbleiben, er faßt sogar an die Sonnenbrille, als wollte er sie absetzen und uns betrachten, aber dann macht er doch wieder nur seine Verbeugung, senkt den Kopf zwischen die schweren Schultern. Er könnte wenigstens ›sera‹ sagen, aber nichts, kein Wort. Niemals ein Wort, auch mit anderen sehen wir ihn nicht sprechen. Arne erhebt sich, verbeugt sich, viel zu tief, sagt lauter als nötig – buona sera, Signor Ernesto, buona sera! Die Fremde sieht ihm nach – Ernesto? Ernst, aber nicht ganz ernst? – Und jetzt lächelt sie, nicht sehr, aber man fühlt sich doch erleichtert, ihr Gesicht hellt sich auf, dabei hat sie nur ein wenig die Mundwinkel angehoben. Sie hat einen bitteren Zug um den Mund. Eine dieser angestrengten, unbefriedigten Frauen, sie laufen in Scharen hier herum.

Wir begleiten sie zu ihrer Pension. Beim Steigen fällt ihr Hinken nicht auf. Für Arthritis ist sie zu jung. FORTUNA erstrahlt in grellstem Neonblau schon von weitem. Die Fremde bedankt sich, wir wünschen ihr gute Nacht und gehen nach Hause. – Nettes altes Mädchen, sagt Arne, hoffentlich kommt sie hier auf ihre Kosten. – Du hältst sie für unverheiratet? – Er ist sicher. Ich schlage vor, daß wir Carlos fragen. Gleichzeitig sagen wir – zuständig in Sachen Tugend und Moral! – Wir lachen, hören ein Räuspern, sehen auf. Paul steht unmittelbar über uns auf unserer Terrasse. Wir hören auf zu lachen. Ich bekomme Herzklopfen, fasse Arne beim Arm, er murmelt irgendwas Begütigendes, schiebt mich durchs Tor. Oben brüllt Carlos aus seinem Zimmer – macht kein Licht, ihr Idioten!

Paul scheint nur auf unsere Rückkehr gewartet zu haben, um uns gähnend zu versichern, daß er wenig Schlaf bekommen habe. In der letzten Nacht habe er quasi kein Auge zugetan. Carlos ruft – na, dann würde ich vorschlagen, daß du heute nacht mal eines zudrückst. – Arne sagt ebenfalls und mehrfach – schlaf gut. – Ich beteilige mich an der Zeremonie, höflich, freundlich – natürlich. Gute Nacht. Ruh dich aus, du wirst es nötig haben – und dann verschwindet er in seinem Zimmer.

Vielleicht hätte ich ihm folgen sollen, gleich in diesem Augenblick. Aber ich traue meinen spontanen Gefühlen nicht. Alle Aktion ist immer nur Re-aktion.

Wir gehen zu Carlos, warten im Dunkeln, rauchen. Fünf Minuten später ist er soweit, wir können uns den Streifen vom Morgen ansehen. Er ist noch nicht geschnitten, und der Ton fehlt noch, aber daran liegt es nicht. Eine sieben Meter hohe Steinwand, über die in Abständen Steine kollern, das ist alles. Mal ist der Abstand größer, mal kleiner, mal sind die Steine größer, mal kleiner. Die ganze Wand, dann im Ausschnitt, Macchia aus der Nähe, ein Stück Himmel. Carlos stößt alle paar Meter ein – Herrgott ist das aufregend! Ich werde verrückt! – hervor, nimmt meine Hand, legt sie auf seinen Bauch, sagt, er kriegt einen Herzanfall, wenn das so spannend bleibt, das kann kein Mensch aushalten, der reinste Hitchcock.

Der Film ist zu Ende, die Spule schnurrt noch, Arne steht auf und schaltet den Apparat aus und macht Licht. Er schlägt vor, daß wir probeweise die Bänder ablaufen lassen, wenigstens das mit dem Text, die Geschichte von der kleinen Nymphe Ecco sei doch reizend gewesen – was meinst du? – Ich meine gar nichts, sitze nur da und versuche mich an diesen Mittag zu erinnern, an Carlos, der im Gebüsch schnarcht, an die Lerchen, den Wilddieb mit der Flinte unterm Arm, den Blick über die Insel und das Meer, an Arne, der mit dem Grashalm mein Augenlid anhebt. Ein Mittag, der vielleicht im Gedächtnis bleibt, nicht auf einem Filmstreifen. Er ist mißraten. Ästhetische Langweile. ›Letztes Jahr auf Ischia‹ sollten wir unseren Film nennen.

Carlos holt seine Zigaretten. Er ist der Ansicht, daß wir uns die Enttäuschung mit dem Tonband für den nächsten Tag aufheben sollten. Nicht alles auf einmal. Man darf sich nicht verwöhnen. Man muß seine Mißerfolge auskosten. Er steckt eine Zigarette an, reicht sie mir, ich habe sie schon in der Hand, da fährt Arne ihn an – laß das! Bist du verrückt! – Er nimmt mir die Zigarette weg, wirft sie ins Waschbecken, in dem Carlos seine Socken eingeweicht hat. Der stürzt hin, will sie noch retten, fischt sie aus dem Seifenwasser, wirft sie Arne an den Kopf. – Idiot! schreit er, grinst gleich wieder. Er wird nie wirklich böse, statt dessen sagt er befriedigt – du bist ja verrückt nach ihr, mein Junge. Dich hat es ja erwischt. Endlich mal. Gib dir Mühe!

Ich stehe auf, bleibe neben Arne stehen, warte, bis der auch aufsteht. Nur Carlos bleibt sitzen, breitbeinig, die Arme um den dicken Bauch gelegt. Ich weiß, daß er die Hände nur deshalb dahin hängt, weil er weiß, daß er damit meine Blicke lenken kann, daß es mich wütend macht. Es gelingt ihm auch diesmal. Er hält nicht mal seinen elenden Mund. Er sieht mich herausfordernd an und erkundigt sich freundlich – müßtest du nicht deinen außerehelichen Pflichten nachkommen?

Ich ziehe Arne aus dem Zimmer. Einen Augenblick bleiben wir noch auf der Terrasse, aber das ist nicht weit genug weg. Ich kann hier nicht atmen. Wir verlassen das Haus. Arne entschuldigt sich, weil er mich nicht verteidigt hat. Meine Ehre vermutlich. Ich lache. Er hält mir den Mund zu – lach nicht! Bitte nicht! – Er ist tatsächlich unglücklich, sieht ganz bekümmert aus. Nicht weil er denkt, daß Carlos mich beleidigt, daß er mir unrecht getan habe, nein! Er ist unglücklich, weil Carlos recht hat, weil es ist, wie es nun mal ist. Daß es nicht anders ist und nicht besser dadurch wird, daß wir beide jetzt zusammen sind. Er weiß, wo dieser Weg, den wir eingeschlagen haben, enden wird. Ich weiß es auch. Wir kehren trotzdem nicht um. Wie viele haben wir auf diesem Pfad gesehen, in der Dunkelheit, den Pfad der Untugend nennen wir ihn, er endet am Strand, wo die Klippen ein paar notdürftige Kulissenwände abgeben.

Der Sand ist tatsächlich noch warm, je tiefer man sich eingräbt, desto heißer ist er. Hier sitzt das Feuer noch dicht unter der Oberfläche. Wir sind nicht einmal allein. Ich hatte keine Ahnung, wie es um Arne steht. Ich weiß nicht, ob es immer so ist, ich frage auch nicht, er sagt – Pardon! wie bei anderen Ungeschicklichkeiten. Ich sage – fa niente, wie bei anderen Belanglosigkeiten.

Bevor wir wieder ins Haus zurückkehren, nimmt er mich bei den Schultern, lehnt seine Stirn an meine, wir sind gleich groß, wir sind uns in vielem ähnlich, sagt leise, sagt es auf schwedisch, ich vermute, daß es heißt, ich liebe dich. Man kann danach nicht fragen. Ich halte den Mund. In solchen Augenblicken habe ich schon zu oft gelogen oder das Falsche gesagt. Ich bin sicher, daß ich sonst zu Paul gegangen wäre. Zwei Möglichkeiten, es falsch zu machen. Es kommt nicht mehr darauf an. Fa niente. Macht nichts. Die Nacht ist warm, überall sind sie noch unterwegs, paarweise. Auf der Piazza sitzt man noch draußen und singt. »Heimat, deine Sterne« singen sie. Als nächstes kommt dann »Trink, Brüderlein, trink«, die Pepis können es schon mitsingen.

Ich wache auf, und Paul sitzt da, hat sich einen Stuhl an mein Bett gerückt und sitzt und sieht mich an. Bevor ich noch die Augen öffne, weiß ich, daß er da ist, ich muß es geträumt haben. Wir sehen uns an, sagen nichts. Was denkt sie? Was denkt er? Fragen, die wir nicht stellen. Die stellt man, wenn man jung ist, wenn man glaubt, man könnte mit Fragen in einen Menschen eindringen, in dieses Dickicht. Es ist undurchdringlich. Man schlägt sich heute einen Pfad, und über Nacht wuchert er zu.

Er sitzt da, vollständig angezogen, in Hose und Hemd und Sandalen, die Brille hält er in der Hand. Als ob er eben erst zurückgekommen wäre oder gleich wieder fort will. Vielleicht will er das. Er wartet, daß ich frage, aber ich frage nicht. Ich will nie mehr einen Menschen fragen müssen: wo warst du. Keine Lügen mehr, und keine Wahrheiten mehr. Bloß keine Wahrheiten.

Er sagt – ich habe dich noch nie schlafend gesehen. – Ich weiß nichts darauf zu sagen. Daß das auch nichts nutzt? Daß ich im Traum schon spürte, daß er neben mir war? – Weißt du, daß du dir noch im Schlaf den Mund zuhältst? – Ich schüttle den Kopf, nehme die Hand fort. Er sagt – du kannst nicht weit fort gewesen sein. – Ich muß jetzt etwas sagen, aber ich weiß noch immer nichts. Ich habe die Fragen vergessen, die Antworten vergessen. Dieses Routinespiel. Gleich wird er aufstehen und es aufgeben, es ist hoffnungslos. Man kann nicht ohne Erklärungen miteinander auskommen. Man muß den ganzen Berg Vergangenheit abtragen und dem anderen vor die Füße schaufeln, unsortiert, bis ein neuer Berg entsteht. Erst hat man ihn hinter sich gelassen, erleichtert, dann schaufelt man gemeinsam einen neuen Berg. Ein Gemisch aus zwei Leben, keine Verbindung. Ich müßte ihn fragen, ob man das ein Gemisch nennt in der Chemie, aber ich müßte die Frage erklären. Aus zwei Leben! Jeder ist sein eigenes Konglomerat aus zig Beiträgen. Ich frage – heißt das Konglomerat? Oder wie? – Was meinst du damit? – O nichts, ich muß geträumt haben. – Ich muß fragen, jetzt gleich muß ich fragen, wo warst du? Ich will nicht fragen. Ich will nicht, daß er mich überschüttet. Er verschüttet dann alles, es ist so wenig da. – Wo warst du?

Er setzt sich auf meinen Bettrand, sackt in sich zusammen, wird spürbar schwerer, ein Schweißtropfen läuft hinter seinem linken Ohr hervor, ich beobachte ihn, nur diesen Tropfen, der unter den Hemdkragen rinnt, er hat das blaue Hemd an, wir haben es in Porto gekauft, zusammen, es saugt den Tropfen auf, ein dunkler, kreisrunder Fleck. Es ist heiß, ich spüre die Wärme seines Körpers durch das Laken, merke, wie ich unruhig werde, ich will mich bewegen, schon zuckt es in meinen Knien. Ich rühre mich nicht. Er hockt da und schweigt, läßt die Brille am Bügel kreisen. Die Frage war falsch. Was denkst du? Vielleicht ist das die Frage, die gestellt werden müßte, nicht: wo warst du. Wo bist du, muß man fragen, wo bist du, wenn du hier auf meinem Bettrand sitzt und die anderen Bettränder noch spürst, von denen du kaum eben aufgestanden bist. Er wischt sich mit dem

Taschentuch umständlich Stirn und Nacken, sagt, daß es ungewöhnlich heiß sei, früh am Morgen schon, erhebt sich, sieht mich an. – A nice cup of tea? – Ich fasse nach seiner Hand, er beugt sich über mich, versucht in meine Augen einzudringen, plötzlich ist da etwas, das wir beide nicht ertragen können. Ich wehre mich, mache die Augen zu, schließe das Visier. Ich kann nicht. Ich will nicht. Er nimmt mich mit den Augen. Ich will das nicht. Er sagt – zu spät, zu spät für uns beide – deckt meine Augen mit seiner Hand zu.

A nice cup of tea. Wir nehmen unsere Gewohnheiten wieder auf. Nichts scheint verändert, nichts ist verändert. Wir leben im Präsens.

Die Fotogeräte müssen in Ordnung gebracht werden, die neuen Zusatzteile anmontiert. Die Männer sitzen und basteln herum. Ich höre, wie sie nebenan hantieren und in ihrem technischen Vokabular reden, das ich nicht beherrsche. Sie werden die Apparate in Ordnung bringen, und dann wird nichts geschehen. Solange sie mit der Technik zu tun haben, sind sie fleißig, scheinen zufrieden, nehmen sie wichtig, und wenn es soweit ist, geschieht gar nichts. Vorbereitungen. Pinselsortierer, alle drei. Dann gehen sie wieder trinken, einzeln, zusammen, was weiß ich, vielleicht nehmen sie mich mit, vielleicht nicht.

Ich sitze in der weit geöffneten Tür, sehe übers Meer, sehe auf mein aufgeschlagenes Buch. Beides bleibt undeutlich, die Luft flimmert, der Blick konzentriert sich auf nichts. Wenn ich den Kopf ein wenig nach links drehe, kommen die elektrischen Leitungsdrähte auf die Fruchtständer der Agave zu liegen, jeder Draht mit einem Isolator versehen. Bald wird der fünf Meter hohe Stamm einstürzen und verwittern. Die nächste Agave bereitet ihren Blütenbaum für den nächsten Sommer vor, auch ihre Fruchtständer werden die elektrischen Leitungsdrähte führen, wenn man nur den Kopf in den richtigen Blickwinkel bringt. Irgendeiner wird hier sitzen und es versuchen. Dann ein Schiff, ein Frachter, deutlich erkennbar die Ladekräne. Es zieht vorbei, verschwindet hinter dem Berg, taucht rechts von ihm wieder auf, eine Viertelstunde ist vergangen. Man könnte ausrechnen, wieviel Fahrt es macht. Winkelberechnungen. Ein Schiff fährt unter einem Abfahrtswinkel von ... Zwischen meinen Schulterblättern sammelt sich Schweiß, rinnt den Rücken hinunter.

Auf dem Pfad das rasche Getrappel eines Esels und das Ja-a! Ja-a! von Guido. Jolanda kommt, ich kenne ihren Schritt; den Weidenkorb auf dem Kopf, sie war im Garten. Rechte Hand im Kreuz, die linke am Henkel des Korbes. Sie bleibt stehen. Ich weiß, jetzt steht sie unten und wartet, daß ich komme. Sie ruft – Signora! Uva, uva! Signora! – Ich gehe an die Brüstung, schüttle den Kopf – niente. Aber sie bleibt, es geht hier nicht nur um Trauben. Sie ist unsere Wirtin, hat Anspruch auf eine morgendliche Unterhaltung. Sie zeigt auf Pauls Tür – il Signore? Ich nicke, ja, er ist wieder da. – Sempre lo stesso! ruft sie. Ich nicke – ja, immer dasselbe. Sie wiegt den Kopf, zeigt auf ihren Mann, der auf dem Hofmäuerchen sitzt, im Schatten des Feigenbaumes, und raucht und nichts tut. Die Tür zum Kaninchenstall hängt immer noch an einer Angel. Sie dreht den Kopf mitsamt dem Korb nach rechts und nach links, zeigt nochmal auf Cesare, legt die Hand auf ihren Bauch, demonstrativ, da bleibt kein Zweifel, also doch, schon wieder ein Kind. Sempre lo stesso! In jedem Jahr. Das einzige, was er kann und wozu er immer bereit ist, ihr einen dicken Bauch zu machen.

Das Kleinste krabbelt noch im Dreck rum, sie hat ihm einen Verschlag gemacht, neben den Hühnern, da kann sie es vom Küchenfenster aus sehen. Ein alter Sack gibt etwas Schatten, da hockt es, schaufelt mit einem Löffel Staub und Sand in eine Konservendose, kippt den Dreck wieder aus, pickt die Maiskörner auf, stopft sie sich in den Mund, kräht vor Vergnügen, hält das Händchen hin, wenn man vorbeikommt. Das ist ihnen angeboren, die Hand hinhalten, zum Betteln, zum Kassieren. Giovanni. Zu San Michele kriegt er eine Trompete aus gelbem Kunststoff, im vorigen Jahr hat Raffaela eine bekommen.

Jolanda legt die Hand wieder ins Kreuz, ruft nochmal – Uva? Uva? Niente? geht auf die Hoftür zu, setzt den Korb ab, hebt den kleinen Giovanni hoch und geht mit ihm hin und her und hin und her, bedeckt seinen kleinen schmuddligen Körper mit schmatzenden Küssen. Noch ist er dran, wenn das Kleine kommt, muß er fort von der Mamma und sich unter die anderen reihen. Man wird wieder eine Fotografie machen, einen Stuhl vor die Haustreppe stellen, darauf sitzt stolz Jolanda im geblümten Sonntagskleid, das immer nur wenige Monate paßt, den Säugling auf dem Schoß. Rechts und links der Größe nach auf den Treppenstufen die Kinder, und hinter ihr, die Hand fest auf ihre rechte Schulter gelegt: Cesare. Alljährliche Bestandsaufnahme, neuerdings in Technicolor, jeweils die letzte in den Messingständer des Heiligen Michael geklemmt, der mit gezücktem Schwert unter einer Glasglocke steht. Alle machen ihr Sonntagsgesicht. Lauter ruhige, heitere Gesichter, ein Vergnügen für jeden Fotografen. Eine einzige Aufnahme genügt. Keiner wackelt, keiner spricht, keiner verzieht eine Miene. Una grande famiglia.

Oft bleiben Paul und ich abends vor ihrem Küchenfenster stehen. Da sitzt dann Cesare im Schein der Lampe, die Weinflasche steht vor ihm auf dem Tisch, ein Laib Brot liegt daneben. Er bricht große Stücke ab, mit beiden Händen führt er das Brot zum Mund, greift zum Glas, leert es. Jolanda kommt mit dem dampfenden Topf, füllt ihm die Suppe auf, die Spaghetti, lehnt ihren Bauch an die Tischkante, wartet, bis er den Löffel nimmt und eintaucht, und geht zurück ins Dunkel, zum Herd. Sie ißt erst, wenn er fertig ist. Die Kinder liegen in den Betten, immer zwei zusammen. Cesare ißt, trinkt, sitzt an seinem Tisch, unter seiner Lampe, die Fremden gehen vorbei, er blickt nicht hoch, wenn die Schritte vor seinem Fenster stehenbleiben. Paul legt den Arm um mich – c'est la bonheur, sagt er, und ich lehne den Kopf gegen seine Schulter, wiederhole – c'est la bonheur, und meine uns beide, uns, die in einem fremden Land vor einem fremden Fenster einem fremden Glück zusehen. Vielleicht weiß er, daß ich uns beide meine, uns in unserem eng abgesteckten Bezirk. Dies und nicht mehr. Drei Monate schon, zwei Monate noch. Vielleicht noch zwei Monate. Schon fangen Sätze mit ›damals‹ an, schon wieder entsteht Vergangenheit. Schon wieder die Möglichkeit, zu sagen ›weißt du noch‹. Öl auf die Lampe. Es gibt Tage, an denen alle Sätze mit ›ich erinnere mich‹ anfangen. Dann stehe ich auf und gehe. Ich mache mir nichts aus ihren Erinnerungen. Kein Bedarf an wahren Geschichten. Manchmal ruft dann Carlos – das solltest du dir aber anhören, das kannst du bestimmt mal verwerten. – Ich will nicht schreiben ›sie dachte‹, ›er fragte sich‹, ›sie empfand‹, ›er spürte‹. Woher soll ich wissen, was sie denken, fühlen, empfinden. Ich halte mich an das, was sie sagen, was sie tun. Das ist unsicher genug.

Die Zikaden. Es wird Mittag. Ein Stück Putz löst sich von der Decke, fällt auf mich und auf mein Buch. Alles bröckelt. Die Mauern häuten sich alle paar Monate. Sonne und Salz fressen an der Oberfläche, wie Lepra ist das, schäbig, räudig. Wenn man nicht mit dem Farbtopf danebensteht und alles übertüncht, weiß und blau und rosa. Ich blase den Kalk von meinem Arm. Er bleibt in den Hautfalten des Handgelenks haften, ich wische drüber, die Haut ist feucht. Drei Ringe ums Handgelenk, Glücksringe. Es müßte wer dasein und mit der Hand drüberstreichen – fa niente, du wirst noch nicht alt. – Nebenan reden die Männer, lassen Schrauben auf den Steinboden fallen, fluchen, lachen. Ich stehe auf, schließe die Läden, lasse Wasser ins Becken laufen, tue Badesalz hinein, wasche mich mit dem Schwamm ab, gehe im Zimmer umher, lasse mich trocknen, bleibe vorm Spiegel stehen. Wie viele Jahre noch. Was bleibt, wenn das aufhört? Ich will, daß das aufhört. Es ist genug. Wenn ich zurückkomme, werde ich eine Großmutter sein. Paul hat gefragt, ein einziges Mal hat er nur gefragt, als ob es damit ein für allemal, für jedes Mal, erledigt wäre – möchtest du ein Kind? – Nein, er hat gesagt – du willst ein Kind? – Mißtrauen. Was fürchtet er denn? Konsequenzen? Was geht ihn an, was ich möchte. Präsens. Nichts für morgen.

Ich nehme mein Buch, gehe auf die Terrasse, ziehe den Liegestuhl zurecht und lege die Beine auf die Brüstung. Sie sind braun wie Zimt. Zimtstangen, sagt Paul, er kommt. – Es ist zu heiß für dich. – Er sagt nicht, es ist zu heiß, er sagt, zu heiß für mich. Ich halte das für Fürsorge. Er schleppt den Betonfuß für den Sonnenschirm herbei, spannt ihn über mir auf. Ich spüre etwas wie Dankbarkeit, stehe noch einmal auf, schneide ihm ein Stück Melone ab, schäle es, kratze die Kerne aus, bringe es ihm. In meiner Hand hat sich Melonensaft gesammelt, er nimmt sie, schlürft den Saft, leckt mit der Zunge, schiebt sie zwischen meine Finger, sieht mich dabei an. Auch so kann man reden, mit derselben Zunge. Ich löse meine Augen aus seinen, schließe die Hand zur Faust, ich will nicht. – Iß! Er sagt – essere! Ich sage – avere! und esse den Rest der Melone. Sein und Haben, darauf läuft es hinaus. Was will man haben? Was will man sein? Für sich? Für den anderen?

Wir setzen uns auf die Mauer, beißen in die Melonenscheiben, der Saft rinnt uns bis zu den Ellenbogen, die Sonne trocknet ihn ein. Wir blicken übers Meer, blauer als der Himmel, unbewegt. Kein Schiff am Horizont, nur unten am Strand die kleinen Motorboote, in Rudeln wie Fischschwärme. Das Geschrei der Pepis, die die Fremden zum Strand fahren und zu den

Bädern, hin und zurück, und neue und die nächsten, dringt nicht zu uns herauf. Es ist still. Wir sind still. Die Zikaden haben eine Pause eingelegt. Paul ist wieder da, wieder bei mir. Mit einem Tag Verspätung ist er zurückgekommen. Wir sind beide nicht rasch. Und haben wenig Zeit. Keine zu verlieren und keine zu gewinnen.

Gehen wir schwimmen?

Gehen wir schwimmen! Die Männer sind schon fort. Ich spritze DDT in allen Zimmern, schließe Türen und Läden, wickle die Weinflasche in feuchte Tücher, stelle sie in den letzten Schatten auf die Haustreppe, gieße die Kakteen. Der Hibiskus hat noch einmal Knospen angesetzt. Ich sehe den dreien nach, die den Pfad zum Strand hinuntergehen, jetzt an der Agave vorbei. Sie bleiben stehen, blicken am Blütenschaft hoch, gestikulieren, gehen weiter. Der Tamariskenstrauch verdeckt sie, jetzt setzen sie sich auf ein Mäuerchen, wischen den Schweiß mit den Badetüchern ab, stecken sich Zigaretten an. Carlos sieht mich, winkt als erster, alle drei winken, ich schwenke den Topf, den ich noch in der Hand halte, schwappe mir Wasser über den Kopf, schütte den Rest auf die heißen Steine, es verdampft im nächsten Augenblick. Ich winke nochmal: ich komme!

Vorm Haus treffe ich den Postboten, er gibt mir die Briefe, händigt mir eine Einschreibesendung für Paul aus. Ich unterschreibe den Begleitzettel, erkläre ihm, daß Paul nicht –. Er winkt ab, fa niente, Hauptsache, da steht ein Name. Er will den Brief loswerden, er will nach Hause, es ist mörderisch, jetzt eine Posttasche den Berg hinaufschleppen zu müssen. Die Stranieri! Immer schreiben sie Briefe. Perché? Wir versichern uns, daß es molto caldo ist, und gehen weiter. Ich sehe die Briefe an, für Arne wie immer Mitteilungen von seinen Bankhäusern, für Carlos ein Brief von Susanne, ich kenne ihr Gekrakel. Ein Brief ohne Absender. Nichts für mich, wieder nichts. Er schreibt nicht. Warum sollte man an mich schreiben. Wieder nichts, zum hundertsten Male nichts. Und dann dieser eingeschriebene Brief aus Zürich, aus der Anwaltkanzlei, der vierte dieser Sorte.

Die drei haben auf mich gewartet. Ich schwenke von oben her die Briefe und gehe schneller. Ich verteile die Post, alle drei stecken sie die Briefe ein, ohne sie aufzureißen, werfen nur einen Blick auf den Stempel, einen auf den Absender – sieben Tage!

Die Post dauert ewig! Und dann gehen wir. Arne weicht meinem Blick aus, schon seit dem Morgen, ich gehe neben ihm, streiche mit dem Handrücken über seinen Arm, so wie er es tut. Manchmal fällt mir auf, daß ich seine Gesten imitiere, falls ich nicht meine eigenen auf dem Umweg über ihn erst wahrnehme. Ich will nicht, daß er bedrückt ist, ich sage leise, aufmunternd – hej! Er dreht den Kopf weg, verspannt die Schultern, verkleinert die Schrittlänge. Auch gut, wenn er nicht will, wenn er trotzen will, bitte. Wir gehen einer hinter dem anderen, jeder für sich. Paul entdeckt einen Käfer, so einen glänzend schwarzen, dickleibigen mit einer Schnürtaille. Den Kopf im Staub, quält er sich den Pfad hinauf. Wir knien drumherum, beobachten ihn, Paul hält das für einen Pillendreher, der den Ägyptern heilig war. Wir warten, bis der Dreckkloß, den er vor sich her wälzt, größer ist als der Käfer. Eine Sisyphusarbeit, wozu, was will er mit dem Staub, oben ist genausoviel Staub wie unten; was will er oben? Unsere Bemerkungen halten sich genau an der Grenze zwischen Tiefsinn und Schwachsinn und fangen mehr oder weniger mit »warum« an. Carlos vermutet, daß er seine Eier unter dem Staub hat. Hier ist alles unterwegs zum Zwecke der Fortpflanzung.

Paul verschafft uns einen Sonnenschirm, bläst die Luftmatratze auf, hängt die Handtücher ins Gestänge des Schirms, stellt unsere Sandalen ordentlich nebeneinander. Carlos erkundigt sich interessiert, ob er mal Arbeitsdienstführer gewesen sei. Paul sagt – stimmt.

Arne ist der erste, der uns den Rücken zukehrt und seine Briefe aufreißt, er murmelt – Pardon. Carlos erkundigt sich, was es Neues gibt am Rialto. Wir sind am Stand von Arnes Aktien interessiert. Arne antwortet nicht, wahrscheinlich geniert er sich, daß er Bankauszüge liest, die Kurse verfolgt, sich eigens dafür Dagens Nyheter schicken läßt. Carlos wälzt sich ein Stück beiseite und gibt mit Schnaufen und lauten Hohos zu erkennen, wie köstlich er sich wieder über den Brief seiner Tochter amüsiert. Er lacht, daß sein Bauch auf und ab schwappt, blickt zu uns rüber, ruft – entschuldigt, aber das ist zu komisch, diese Person, von wem sie das nur hat? – Paul sagt gutmütig, das ist er immer, alle anderen Eigenschaften wechseln, er sagt – zeig schon her, was hat Susannchen denn gemalt? – Und gleich robbt Carlos wieder unter den Schirm, den Brief im Mund, wie ein

Seehund kommt er an. Wir betrachten das Blatt, machen ah und oh und Arne sein jaså, und bewundern Susannchen. Sie zeichnet hübsch, Comic strips für den Vater. Alle Figuren, sogar Wolken und Haus und Auto reden in großen Blasen. Sie ist zwölf, das wissen wir aus ihren Briefen. Sie schreibt jetzt »salute« drunter, sie lernt Italienisch. Sie spart ihr Taschengeld, sie will den Pappi besuchen, heimlich, die Mutter weiß nichts davon. Das alles hat er uns mitteilen können, ohne den Mund aufmachen zu müssen, gegen unsere Vereinbarungen, einfach so mit den Zetteln von Susannchen. Der Junge schreibt nicht. Er muß sehr viel älter sein als die Tochter. Die Mutter der Kinder schreibt auch nicht, neulich war sie krank. Auf den Arzneiflaschen, die Susanne gemalt hat, stand »Padutin«. Kreislauf also.

Paul öffnet seinen Brief nicht – kannst du ihn einstecken? fragt er. Er hat keine Taschen, wir gehen immer im Badeanzug an den Strand. – Es ist der letzte von dieser Sorte, sagt er. Vieles ahne ich, aber ich habe meinen Gedanken untersagt, da einzudringen. Der Paul aus dem vorigen Jahr, der von vor zehn Jahren, geht mich nichts an.

Wir liegen mit den Köpfen im Schatten des Schirmes, die Beine strahlenförmig ausgestreckt, alle acht im heißen Sand, Carlos hat seine mit dem Fransenhandtuch zugedeckt. Von irgendwoher Musik aus einem Kofferradio und dazwischen dieses Rufen von – Grisini! – Grisini! – Frutta! Die bleiben neben uns stehen, setzen ihre Körbe ab, dann dicht neben uns, bücken sich eigens, schreien – Uve! Frutta! Grisini! Niente? – Jedesmal erhebt sich Arne, um den Frauen die Körbe auf den Kopf zu heben. Vermutlich ist ihnen das lästig, alles Übertriebene ist hier lästig. Das Nötigste ist schon zuviel. Wir anderen machen die Augen nicht mal auf, schütteln die Köpfe – niente – piu tardi. – Das Rufen zieht weiter, ich schlafe für Augenblicke ein, werde wach, als Paul mir seine Faust in die Achselhöhle schiebt. Ich schließe sie enger, blinzle, über mir die ausgeblichenen rotgrünen Streifen des Sonnenschirms, das Gestänge, vom Salz zerfressen und rostig, der Stoff zerschlissen, ein ausgefranstes Stück waschblauen Himmels drüber. Arne säbelt mit dem Taschenmesser an einer Wassermelone herum, ihn kriegen die Obstverkäufer mit ihrer Hartnäckigkeit immer herum. Sie wissen das, er weiß das, entschuldigt sich bei uns. Er schneidet schiefe, unförmige Stücke, spießt sie auf das Messer, reicht sie uns. Sie müßte kälter sein, wir mäkeln dran herum, beschmieren uns, spucken die Kerne in meine Bademütze, das tun wir immer, wir bringen sie abends der kleinen Gina-ginetta mit. Sie schnürt sie auf Perlonfäden zu Ketten. Sie ist gelähmt, sitzt den ganzen Tag vor der Boutique an der Piazza und fädelt Melonenkerne auf, die Fremden sammeln sie für sie und sehen ihr zu. Sie hat flinke Hände und einen sanften Blick. Zweihundert Lire.

Ich liege wieder auf dem Rücken. Paul beugt sich über mich, seine Fingerspitzen streichen über meinen Bauch, ziehen eine Spirale um meinen Nabel, er schiebt die beiden Teile meines Badeanzugs ein Stück weiter auseinander. Dann etwas Kühles, ich öffne die Augen einen Spalt. Er hat sich die Bademütze zwischen die Knie geklemmt, fischt Melonenkerne heraus und ordnet sie auf meinem Bauch zur Spirale. Carlos beobachtet uns. Ich versuche, die Bauchdecke zu straffen. Ich mag nicht, nicht mehr, wenn man mich so aus der Nähe ansieht, im Hellen. Paul sagt – laß das! Bleib so! – Ich entspanne mich wieder, es nutzt ja auch nichts, die Falten bleiben. Ich sehe in sein konzentriertes Gesicht. Er denkt, denkt nach, aber denkt nicht an mich. Immer hat er es mit der Spirale, er hält sie für die vollkommenste Form, nicht in sich geschlossen wie der Kreis, sondern geöffnet, lebendig, dehnbar. Irgendwann hat einer, früher, eine Weintraube in meinen Nabel gelegt; er ließ die Trauben einzeln über mich rollen, von der Halskuhle aus, von den Schultern, von überall her ließ er sie rollen, sie sollten in meinem Nabel liegenbleiben, kleine runde blaue Trauben, Tessiner Trauben. Geduldspiele, um ungeduldig zu werden. Immer derselbe Körper, immer andere Hände. Ein Schauder überläuft mich, ich kann ihn nicht unterdrücken. – Was ist denn? fragt Paul. – Nichts, gar nichts. – Ich bin gleich fertig, es wird sehr schön. Spiralnebel.

Carlos hockt daneben, wie ein Buddha sitzt er hinter seinen Füßen, die Knie weit gespreizt, eine tiefe Falte unter den fetten Brüsten, in der sich Schweiß sammelt und in Bächen über seine Flanken läuft. Das Kinn fest ins Doppelkinn gelegt. Wie dieser fette Bacchus sieht er aus, der auf der wasserspeienden Schildkröte sitzt, eine widerwärtige Statue, an die man sich erinnert, weil man nicht hinsehen wollte, weil man ihn nicht in seinem Gedächtnis hat haben wollen; nur diesen einen angeekelten Blick, der hat genügt. Florenz, war es Florenz? Boboligärten? Es hat geregnet, in Strömen geregnet, Bäche liefen über diesen Koloß.

Carlos sagt – dieses ist eine Nabelspirale, kein Spiralnebel! Er grinst uns an, hofft auf Anerkennung, kriegt sie nicht, sagt verärgert – bist du bald fertig mit deiner Nabelschau? In den eigenen soll man sich versenken, nicht in einen fremden.

Ich sage – es ist kein fremder. – Was soll das? Warum sage ich das? Paul wischt mit einer einzigen Bewegung die Kerne zusammen, kehrt sie in die Bademütze. Ich springe auf, gehe ins Wasser. Eine Motorjacht ist in unserer Bucht vor Anker gegangen, Engländer, sie kommen seit Tagen jeden Mittag hierher, vermutlich legen sie nachts in Porto an. Wie Pilotenfische umschwimmen die Fremden die Jacht, froh, ein Ziel zu haben, zu dem man schwimmen kann. Nie weiß man, wohin man schwimmen soll, man sehnt sich nach einem anderen Ufer, an dem man allein an Land gehen könnte. Statt dessen muß man immer zurück an diesen Strand, muß an irgendeinem Punkt umkehren, aus eigenem Entschluß. Ich schwimme oft zu weit, ermüde dann, erschrecke, warte, daß Paul ruft. Sein Ruf ist ein anderes Ufer, ein Ziel, zu dem ich schwimme.

Wenn das Meer ruhig ist, ist das Wasser lauwarm, es erfrischt nicht, scheint salziger. Eine Lake, in der sich mühsam schwimmt. Hundert Meter draußen lege ich mich auf den Rücken, schließe die Augen, lasse mich treiben. Die Sonne trocknet das Salz auf meinem Gesicht, es verkrustet, die Haut spannt sich. Der Klang einer Stimme läuft übers Wasser – schlafen Sie? Ich drehe mich auf den Bauch, der Stimme zu. Es ist die Fremde, das schwarze Haar naß an den Kopf geklatscht, Wassertropfen in den Augenbrauen. Sie bräunt schnell, eine Haut, die sich ohne Anstrengung färbt, wie Blätter sich färben. Eine Haut, die ihre Jahreszeiten hat. Sie taucht das Gesicht ins Wasser, hebt es wieder. Wir schwimmen eine Weile nebeneinander, sie ist rascher als ich, schwimmt in langen, gestreckten Zügen, ganz flach, nur selten hebt sie den Kopf, atmet leicht und mühelos, legt einen Augenblick ihre Backe aufs Wasser, schließt die Augen, eine zärtliche, hingebende Geste, die sie jung macht. Ich gebe mir Mühe, neben ihr zu bleiben, gerate außer Atem, sie merkt es, kehrt um, umkreist mich. – Sie atmen nicht gut, sagt sie, es ist doch genug Luft da, Sie strengen sich viel zu sehr an! – Sie sagt das freundlich, belehrend, aber ich ärgere mich, als hätte sie gesagt, Sie sind habgierig, Sie sind geizig. Sie merkt meine Verstimmung, versucht wieder ihr jämmerliches, schiefes Lächeln – fast niemand atmet richtig. Ihr

Begleiter kann es, sagt sie, er atmet gut, er hat es sicher gelernt. — Wer? — Sie zeigt mit dem Kopf. Arne, sie meint Arne. — Er ist Musiker, sage ich. — Ah, daher. — Ich lege mich wieder auf den Rücken. Es ist mir angenehm, sie neben mir zu wissen. Seit Monaten bin ich nur mit Männern zusammen. Zweimal täglich tausche ich mit Jolanda unsere stereotypen Feststellungen aus — sempre lo stesso! Niente da fare! Il tempo è buono!

Ich lobe die Fremde. — Sie schwimmen großartig! Wie ein Fisch. — Sie legt ihr Gesicht wieder aufs Wasser, blinzelt. — Ich bin lange nicht geschwommen, viele Jahre nicht ein einziges Mal, sagt sie. Ich sehe zu ihr hin. — Warum nicht? Natürlich frage ich, warum sollte ich nicht, es ist nicht indiskret. — Oh, es hat sich nicht ergeben, sagt sie, versteckt ihr Gesicht im Wasser. Als sie es mir wieder zukehrt, ist es verspannt, wieder der scharfe bittere Zug um den Mund. Die Augen stehen ungleich zueinander, das macht die Faszination des Gesichts aus, das linke Auge ist dichter unter der Augenbraue als das rechte, ein Unterschied von Millimetern. Nahezu blaue Augen, ein unsymmetrisches Gesicht. Eine ruhige Hälfte neben einer unruhigen. Sie verzieht den Mund, streicht das Haar zurück in den Nacken. Wieder jemand, der nicht gefragt sein will. Mir soll es recht sein. Schwimmen wir weiter.

Carlos nähert sich in seiner Kraultechnik. Als er dicht bei uns ist, taucht er steil nach unten, der Meeresboden ist hier etwa in fünf Meter Tiefe. Sand, mit einer Art Steppengras dünn bewachsen, unergiebig, wir waren zum Filmen hier. Carlos schnellt zwischen uns hoch, macht eine Verbeugung. — Gestatten, Neptun! sagt er, taucht unter, taucht wieder auf, macht seine Kunststücke. Die Fremde sieht ihm dabei zu, verwundert, interessiert, keineswegs erheitert. Das kränkt Carlos, er verschwindet wieder in der Tiefe, stellt sich auf den Kopf, nur seine Füße ragen bis zu den Knöcheln aus dem Wasser, jetzt geht er zu Hand, nicht zu Fuß. Er setzt gleichmäßig einen Schritt vor den anderen, Fußgänger in der Luft. Er wird sich damit noch einmal umbringen. Selbst in seinem Brustkasten ist nur eine begrenzte Menge Luft. Er hat tatsächlich schöne Füße. Daher seine Vorliebe für fremde Füße, weil seine eigenen wohlgeraten sind, das einzig Schöne an ihm. Als er endlich wieder hochkommt, ist sein Gesicht noch röter als sonst. Er ist begierig auf die Wirkung seines Bravourstückes. Aber die Fremde ist weitergeschwommen, ohne sich umzudrehen, auch zu mir kein Wort. Ich sage zu Carlos – gib es auf, du sprichst nicht an. Das reizt ihn erst recht. – Wetten? sagt er und ist schon hinter ihr her. Zuerst sieht es aus, als verringere sich der Abstand rasch, aber das täuscht. Carlos wirft sich hoch, Schultern und Rücken wölben sich weit aus dem Wasser, den Kopf hält er zum Angriff gesenkt. Alle paar Meter sprudelt er Wasserfontänen aus, wie ein Seelöwe. Und die Fremde schwimmt ihm davon in unverändert weitem Abstand. Er hetzt sie jetzt. Sie dreht den Kopf kein einziges Mal nach ihm um, sie muß ihn hören, sein Fauchen, ich höre es auch, es läuft übers Wasser. Aber sie reagiert nicht, will ihn nicht hören. Ohne Koketterie. Sie hat ihn vergessen, sie schwimmt, legt ihr Gesicht aufs Wasser, läßt das Wasser durch den geöffneten Mund fließen, atmet, als hätte sie Kiemen, als gelänge ihr die Verwandlung in einen Fisch. Die beiden entfernen sich immer weiter.

Ich habe genug, ich kehre um. Paul hat nicht gepfiffen, vielleicht habe ich seinen Pfiff nicht gehört. Ich sehe, wie er ins Wasser geht. Er beginnt seine umständlichen Zeremonien. Er schwimmt nicht gut, schwimmt auch nicht gern, bleibt nah am Ufer, läßt mich nie ins Wasser gehen, ohne zu sagen – ich bitte dich, schwimm diesmal nicht so weit hinaus. Ich verspreche es jedesmal, jedesmal ungeduldig, und halte mich nicht daran. Er taucht die Hände ins Wasser, bis zu den Gelenken, nicht weiter, nur die Pulsadern, benetzt sich umständlich die Brust, schaufelt mit beiden Händen Wasser über Brust und Schultern, stellt dann die Fingerspitzen gegeneinander, schließt die Handflächen, hebt sie in Brusthöhe, beugt sich in den Knien, hockt einen Moment so, schnellt dann vor und läßt sich fallen. Er schwimmt mit akkuraten Bewegungen, so, wie er es vor dreißig oder mehr Jahren von seinem Schwimmlehrer gelernt hat. Schwimmen ist ein Sport für ihn, eine sportliche Leistung, kein Vergnügen, alles, was Vergnügen macht, scheint ihm verdächtig. Man könnte denken, daß sein spezifisches Gewicht schwerer ist, doppelt so schwer wie das anderer. Ich bin jetzt neben ihm, passe mich seinem Tempo an. Wir schwimmen parallel zum Ufer, immer gestört durch andere Schwimmer und durch die Boote. Die Pepis lungern herum und warten auf Fahrgäste. Sie haben die bunten Sonnensegel gesetzt, hocken träge im Bug ihres Bootes, die Hand am Steuer. Die Motoren sind abgestellt, Adolfo singt zum siebenundfünfzigstenmal ›Tutto il sole per te!‹. Das Wasser schmeckt nach Dieselöl. Paul unterhält sich nicht, solange er schwimmt. Er entledigt sich des Schwimmens wie eines Pflichtpensums, das er sich auferlegt hat, hält es vermutlich für gesund, mag sein, daß er auch meinetwegen zum Schwimmen mitkommt. Tauchen tut er gern, das kann er, vielleicht, um unterzutauchen, vielleicht, weil er sich dann fallen lassen kann, seiner Schwere nachgeben. Was weiß ich? Jedenfalls taucht er. Immer mit Flossen, immer nur, wenn er den Schnorchel hat. Er braucht zu allem Hilfsmittel, er verläßt sich nicht auf sich und seine eigenen Möglichkeiten.

Nach zehn Minuten, die er genau an seiner wasserdichten und stoßsicheren Uhr kontrolliert hat, gehen wir an Land. Paul entfernt sich, er wechselt die Badehose, er ist vorsichtig. Er hat irgendwann eine Nierensache gehabt. Vermutlich im Krieg. Ein anderes Zeitmaß kennt er nicht, vorm Krieg, im Krieg, nach dem Krieg. Ich setze mich neben Arne. Wir sehen dem Wettkampf draußen zu. Immer noch hat sich der Abstand zwischen Carlos und der Fremden nicht verringert. Ich fange an, mich zu beunruhigen. Sie wird das nicht durchhalten, sie ist nicht mehr jung, sie ist nicht kräftig, sie hat sich an das Klima noch nicht gewöhnt, trainiert ist sie auch nicht. Carlos hat Reserven, er ist rücksichtslos wie immer. Ich mache mit den Händen einen Schalltrichter und rufe, aber Carlos hört nicht, kann nichts hören, außer seinem eigenen Prusten. Paul kommt – wer ist das, da draußen, wen hat er da? Ein Opfer? – Ich glaube nicht, sage ich, die kriegt er nicht. Paul sieht mich nicht an, sieht übers Wasser. – Die gibt es nicht, sagt er, hier kriegt man jede. Arne steht auf, steht vor uns, schließt langsam die Hände zu Fäusten, will etwas sagen. Wenn er erregt ist, findet er keine deutschen Wörter. Ich sage – sei ruhig, Arne, bitte, sei ruhig! Er dreht sich um und geht ins Wasser. Ich bleibe mit Paul allein. Über uns zieht es sich zusammen. Aussprache. Aber ich will nicht, ich werde ihn hindern, es geht mich nichts an, es hat keinen Zweck. Er räuspert sich schon, er wird diesen Brief zum Anlaß nehmen. Er sagt – dieser Notar. Ich sehe ihn an, bin plötzlich zornig, bebe vor Zorn. – Hast du ein Haus verkauft über den Notar? Wie interessant! Wie willst du das Geld anlegen?

Ich hole das Sonnenöl aus meiner Badetasche, schütte Öl in meine Hände, knie mich und öle ihm den Rücken, langsam, sorgfältig, die Schultern, den Hals, streichle ihn, versuche wiedergutzumachen. Ich kann das nur mit den Händen. Er weiß das, versteht es oder nimmt es wenigstens hin. Hände lügen weniger. Versprechen nichts, was über den Augenblick der Berührung hinausgeht. Er fragt noch mal – wer ist das da draußen? – Eine Fremde, sage ich, wir wissen nicht, wie sie heißt. – Paul hat sie schon gesehen, als er angekommen ist, sie ist ihm aufgefallen. – Dir auch? – Ein bißchen handgestrickt, sagt er. – Findest du? – Ein schönes Muster! – Wir lachen. Sie hat kehrtgemacht, nähert sich Carlos, sie scheinen miteinander zu verhandeln. Es muß ihr gelungen sein, ihn abzufertigen, es wundert uns, es ist nicht leicht, er hat Saugnäpfe, wie eine Schnecke hängt er sich an.

Er kommt zusammen mit Arne den Strand entlang. Sie sehen sich die Frauen an, begutachten sie. Carlos ist in Fahrt, bleibt mal hier und mal da stehen, hat hundert Bekannte, macht seine Späße, zeigt, daß er keineswegs eine Abfuhr eingesteckt hat. Er kann alle haben, ohne Ausnahme. Nichts anderes interessiert ihn bei einer Frau, nur, ob er sie haben kann, höchstens noch, wie lange es dauert. Er umlagert sie, kriegt sie durch seine Hartnäckigkeit, durchlöchert ihre Abwehr mit seinen Komplimenten, seinen faden Späßen. Hat er sie soweit, schiebt er sie ab, oft schon vorher. Vorher und nachher, so reden sie, das ist ihr Zeitmaß. Was er haben kann, will er schon nicht mehr. Er kann sich nicht vorstellen, daß man ihn liebt, sich in ihn verliebt, und nicht in den Mann. Nicht nur um Liebe zu machen. Dieses fare amore. Er ist am richtigen Platz, hier meint man nichts anderes. Carlos kniet vor mir in den Sand, nimmt meinen Fuß zwischen seine Hände, spielt mit meinen Zehen. Alberne Kinderspiele: das ist der große Zeh, der tut mir gar so weh. Er ist vernarrt in Füße. Auch mich erregt es, wenn er meine Fußsohlen streichelt, seine Finger zwischen meine Zehen schiebt. – Ich bete dich an, schöne Penata, sagt er. Paul merkt, daß ich unruhig werde, vielleicht kennt er Carlos' Methoden, wahrscheinlich reden sie drüber, irgend so ein Fetischismus. Er macht dem ein Ende – laß das! Er fährt Carlos an, lauter als sonst, gereizter. Carlos legt sofort, aber behutsam meine Füße hin, schaufelt Sand drüber – schade, sagt er, so schöne Füße, und so vernachlässigt, aber ich darf ja nicht, nicht einmal die Füße läßt er mir, der Eigentümer. – Plötzlich faucht er Paul an – proprietario! Wir lachen, rücken dichter zusammen in dem immer kleiner werdenden Schattenkreis. Die Sonne steht steil über uns. Wir achten darauf, daß wir uns nicht berühren. Der Sand ist unerträglich heiß. Aus den Bergspalten dampft es schweflig, gelbe Rauchschwaden steigen an der bröckligen Bergwand auf. Ein paar Gestalten tauchen im Qualm auf und husten. Sie kochen Kartoffeln oder Eier im Sand, sitzen mit der Uhr in der Hand und warten, daß sie gar werden, weich oder hart. Anfänger. Das probiert man nur einmal. Wer mag denn trockene Kartoffeln essen, harte Eier, daran erstickt man. Wer länger als drei Tage hier ist, sieht dem Vorhaben mit hämischen Bemerkungen zu.

Die Fremde ist bei den Klippen aus dem Wasser gestiegen, ist eine Weile dort sitzen geblieben, auf einem flachen Stein, gerade und steif hat sie da gesessen, das Gesicht der Sonne hingehalten, unzugänglich, und jetzt geht sie langsam am Strand entlang zurück, mit langen Schritten, schön hoch in der Hüfte angesetzt, allen Blicken und Zurufen ausgesetzt. Sie streicht im Gehen das Wasser aus dem langen Haar, wringt es aus, wirft es über die Schultern zurück wie einen Schweif, geht dicht am Saum des Wassers, nähert sich uns, erkennt uns, neigt den Kopf. Die drei erwidern ihre Verbeugung und brechen in Gelächter aus, machen eine weitere Verbeugung, wiehern vor Vergnügen. Einen Moment bleibt sie so stehen, den Kopf geneigt, sieht die drei aufmerksam an, dann mich. Was soll das? Ich zucke die Schulter. Was weiß ich, Männer. Sie geht weiter, geht wie Arne, mit verspanntem Nacken, mit geballten Händen, irritiert, das Gesicht zum Meer hingewandt. Die Blicke folgen ihr, nicht nur unsere. Sie ist fremder hier als alle anderen, sie ist einsamer als alle anderen und strahlt das aus: Fremdheit und Einsamkeit. Sie tut mir leid.

Carlos erhebt sich, hängt sich sein Fransenhandtuch um die Schultern, wühlt mit den Füßen im Sand, bis er eine kühlere Schicht erreicht hat, setzt vorsichtig einen Fuß vor, dann den nächsten, zögert, soll er, soll er nicht. Die Fremde macht eben einen Bogen um zwei dieser Pepis, die sich ihr in den Weg stellen, die sie in ihr Boot locken wollen, man hört bis zu uns ihr »bella« und »bellissima«. Carlos ist mit zwei Sätzen im Wasser. Nur mit den Füßen im Wasser kann man jetzt noch gehen. Dies war das Startzeichen. Aber auch Paul springt auf, sagt heftig – bleib gefälligst hier, du mischst dich da nicht ein! Carlos pfeift durch die Zähne. – Du bist nicht dran, mein Lieber, sagt er, aber trottet gehorsam zurück. Auch Arne sieht Paul an. Was soll das? Man mischt sich nicht ein, das gehört zu den Vereinbarungen. – Laßt sie in Ruhe! sagt Paul und setzt sich wieder.

Die Fremde läuft, rennt den Strand entlang. Ihre Nerven versagen. Das war abzusehen. In dieser Hitze kann man nicht laufen, aber sie tut es, rennt, erreicht die vorderen Klippen und verschwindet hinter den Steinen. Carlos hat die Beine ins Wasser gestreckt, das tun wir oft, sitzen stundenlang in der leisen Brandung, lassen die Wellen über uns rollen. Er hat sich das Handtuch über den Kopf gehängt, seine Kopfhaut ist gerade eben vom letzten Sonnenbrand verheilt. Ich döse, den Kopf auf den Knien. Ein Sonnenschirm ist zu wenig, wir müßten mehrere Sonnenschirme mieten, aber wir tun das nie, wir reden nur darüber. Ich habe Tage, da falle ich von einem Schlaf in den nächsten. Carlos weckt mich, tippt mir auf den Rücken. – Komm, steh auf! Geh mal ein Stück! Drück den Fuß kräftig in den Sand! – Ich tue das, gehe vor ihm her, gehe ins Wasser, zurück an Land. Ich bin es gewohnt, für solche Experimente benutzt zu werden. Wir beobachten, wie sich meine Fußspur mit Wasser füllt, wie der Halbzwei-Uhr-Wind, der sich aufgemacht hat, während ich schlief, Sand in die Spur weht. – Ganz schön, sagt er, aber nicht der richtige Fuß. Zu wenig Ausdruckskraft. Keinerlei Expression im Fußabdruck. Schade.

Wir setzen uns wieder unter den Schirm. Ich sehe mir meine Füße an, versuche die Fußsohlen zu betrachten. Arne macht – hej, was soll das? – Carlos verhängt sich wieder den Kopf mit dem weißen Handtuch, und drunter her erklärt er, daß er eine Idee entwickle. Ich bin schon wieder eingeschlafen, es können keine fünf Minuten vergangen sein, aus dem Kofferradio kommt noch derselbe Schlager. Carlos hat ein Thema für unseren Film. Die Spur eines Themas, das ihn durchziehen könnte wie eine Melodie. Arne macht sofort abwehrend – hej! Paul sieht ihn ebenfalls mißtrauisch an. Ein Thema? – Die Kamera folgt der Spur eines Fußes. Aus dem Meer, durch den feuchten Sand, in den trockenen Staub eines Maultierpfades. Er knickt Gräser. Alle paar tausend Filmmeter diese Spur eines Menschen. – Einer Frau? – Eines Mannes? – Nie bekommt man ihn zu sehen, er ist da, vielmehr, er war da, ihn verfolgt die Kamera auf ihrem Streifzug, holt ihn nie ein, sucht ihn. Eine Frau, beschließen wir. Eine Frau ist besser. Man kann es versuchen, faszinieren tut uns der Gedanke nicht. Nichts fasziniert uns, es ist zu heiß für Faszination. Vielleicht kann man damit ein Mindestmaß an Spannung erreichen. Die Leute wollen immer noch Unterhaltung. Carlos sagt – Spannung, zehn Volt! Zehn, darunter wird doch die Kunst nicht gleich leiden. Zu Anfang die Fußspur aus dem Meer, im Morgendämmern. Am Ende kehrt sie zurück ins Meer, die Nacht kommt, verhüllt die Insel. So ähnlich. Nausikaas Insel, eine von Nausikaas Inseln. Ich denke über den Text nach. Paul und Carlos werfen sich schon wieder technische Vokabeln zu. Ich schlafe ein.

Am späten Nachmittag fahren wir in eine der Grotten. Es ist heiß, aber nicht mehr unerträglich heiß. Die neuen Geräte sollen ausprobiert werden. Wir haben ein Ruderboot gemietet, ohne Motor, wir müssen leise sein. Arne rudert im Stehen, wie es die Fischer tun, stakt das Boot unter den Felsarkaden geschickt von den Wänden ab, ohne Hast. Wir loben ihn – alter Schwede! sagen wir, alter Wikinger! Er ist an einem See aufgewachsen, an seinem See. Er ist aufgewachsen, wo ihm alles gehörte. Er weiß gar nicht, daß er dann immer »mein« sagt. Mein See und mein Fluß und mein Wald. Er ist schweigsamer noch als sonst, hat wieder diesen Blick, der an nichts haftenbleibt. Seine Augen sind noch heller geworden, genau wie sein Haar. Er visiert etwas an, hinter dem Horizont, das wir nicht sehen, mit seinem schweifenden Blick, der einen eifersüchtig macht.

Paul bleibt im Boot, Carlos und ich gehen ins Wasser, wir holen Seeigel. Carlos taucht, er hat ein flaches Holzstück, damit löst er die Igel von den Felswänden und vom steinigen Meeresboden. Ich schwimme in seiner Nähe, nur mit den Beinen, in den Händen balanciere ich einen Eimer, zur Hälfte voll Wasser. Sobald zu viel Wasser hineinläuft, kippt er. Ich schwimme vorsichtig, stoße mich mit den Füßen vom Bootsrand ab, wage mich nicht an die Felsen, um nicht wieder in die Stacheln eines Igels zu treten. Es fällt Licht durch einen breiten Spalt in die Grotte, bricht sich in den Salzkristallen, die sich an den Wänden abgelagert haben. Bei Ebbe fällt der Meeresspiegel um etwa zwanzig Zentimeter, der Streifen mit den Ablagerungen ist breiter, glitzert blau, lila und weiß. Fünf Seeigel, mehr brauchen wir nicht. Sie drängen sich zu einem Riesenigel zusammen, der Eimer kippt, ich lasse Wasser auslaufen, Paul nimmt ihn mir vom Boot aus ab. Carlos taucht ein letztes Mal, bringt ein Korallenstück zutage, gibt es mir. Es hat die Form einer Zehe. Die Korallenfüßige, da ist sie wieder.

Wir setzen die Seeigel auf ein Felsstück, in eine flache Wasserlache. Der Stein ist von winzigsten Muscheln überkrustet, Mooswerk. Sobald eine Hand sich den Seeigeln nähert, richten sie ihre Stacheln auf. Sie atmen eilig, dehnen sich, ziehen sich zusammen wie ein Herz mit Stacheln. Männchen und Weibchen, wie überall. Die einen schwarz, ein dunkelbraunes, stumpfes Schwarz. Die anderen, diesmal die Weibchen, besser ausgestattet, auffälliger, schillernd, lilasilbern und bläulich. Eierträger.

Arne ist ein Stück ins Meer hinausgerudert, für ihn ist nichts zu tun, er ist gern allein draußen. Ich strecke mich auf einem flachen Felsstück aus und beobachte die Männer, die sich mit den Seeigeln abgeben. Carlos versucht, sie mit dem Stock zu lenken, Paul probiert Positionen für die Kamera aus. Das wird jetzt über Stunden so gehen, bis es dämmrig wird. Ich mache meine Einwände, die keiner beachtet. Sie sollten die Igel gewähren lassen, sie werden schon das Richtige tun. Tun, was sie wollen: zurück ins Meer. Aber gerade das will Carlos mit seinem Stock verhindern. Er stellt die üblichen Betrachtungen an, immer mit einem Seitenblick zu mir hin. Die sexuellen Möglichkeiten der Seeigel. Ließe man ihn gewähren, würde er einen Film über das geheime Liebesleben der Insel drehen. Mit sicherem Instinkt für das Erregende. Wir hindern ihn daran in freiwilliger Selbstkontrolle. Wie damals bei den Schnecken, die sich schmatzend aneinander festgesaugt hatten. Wir sahen ihnen zu, hörten ihnen zu, erschreckt, angeekelt, fasziniert. Fare amore. Sie machen Liebe, seht euch das an, die Schnecken. Im Schneckentempo. Phantastisch, beneidenswert! Wie lange die das aushalten! Ich lief weg. Es hatte geregnet, deshalb waren soviel Schnecken da, der ganze Pfad war mit Schnecken bedeckt. Ich lief, zertrat Schneckenhäuser, rutschte auf dem schleimigen Schneckenfleisch aus, fiel hin, fiel in den roten Schleim, schrie, weinte. Paul kam hinterher, nahm mich in die Arme, mir war übel, plötzlich dachte ich, ich kriege ein Kind. So war es damals. Paul hielt mich, aus meinem Mund rannen Wasserfäden, er hat sie weggewischt, er hat nichts gefragt, aber er dachte es, ich sah es ihm an. Ich schrie – nein! Nein! – Er streichelte mich, wischte mir das Gesicht ab, küßte es. Dann war es vorüber. Abends bereitete er die Schnecken zu, sie schwammen braun und schrumplig in einer trüben Lache aus Öl und Zitronensaft, ein Zweig Mastix, etwas Basilikum, ich wollte es mir merken, aber ich habe es schon vergessen. Wir tauchten Weißbrot in den Sud, tranken Wein dazu. Weinbergschnecken. Eine Delikatesse. Für Feinschmecker. Und vorher ein paar Meter Film, auch der für Kenner, für Ästheten, dieselben Schnecken in anderer Zubereitung, eine delikate Szene, auch ohne Text jedem verständlich, gewiß aber mit Arnes Musik. Eine Metamorphose. Frei nach Ovid.

Ich sehe Paul zu, das tue ich gern. Er hantiert ruhig, jede Bewegung geschieht mit Bedacht. Er hat ruhige Hände. Malerhände. Ich überlege, ob je ein Maler so ein Stück Meer gemalt hat, mit allem, mit Seeigeln und Algen, ein gemaltes Aquarium, überlege, wie man das malen müßte, die Manier. Die Technik. Tinte, Aquatinta – dieses trübe Rotbraun des Calamare. Farben für Braques, Braques ist tot, nature morte, Stilleben. Fischgräten, Abgenagtes. Gilles hat sich an das gehalten, was er an der Oberfläche sah, und das verwandelt. Ich habe nie etwas gesehen, das Paul gemacht hat. Ist er ein Maler oder ein Zeichner, wahrscheinlich ein Maler. Seine Palette? Braun und gelb? Oder blau, vielleicht blau. Ich rufe zu ihm hinüber – welche Farben liebst du? Rasch, überleg nicht, sag es rasch! Er ruft – Blau, natürlich Blau oder Braun. Ich lache. Er fragt – ist dir das recht? – Sehr recht! Und dann erinnert er sich an mich, daß ich da seit Stunden liege, er ruft seine Besorgnis – kannst du das noch eine Weile aushalten? Es ist nicht zu hart? Du frierst doch nicht? Du mußt nachher etwas Gutes trinken! Fürsorge eines Mannes, der an Fürsorge gewöhnt ist. Ich fröstle. Erinnerungen. »Frierst du auch nicht?«

Arne kommt zurück. Die beiden sind fertig, packen die Filmgeräte zusammen, scheinen zufrieden. Die Seeigel wollen sich davonmachen, einer hinter dem andern her, so schnell sie können, sie wähnen sich in Sicherheit, aber da packt sie Carlos, hat sich ein Tuch um die Hand gebunden und packt sie und hat in der anderen schon das Taschenmesser. Er schneidet sie kreuzweise auf, gibt jedem einen, sich zwei, wir schlürfen das Gallert, es schaudert mich, aber ich mag es. Wir sollten etwas zu trinken haben, plötzlich werden wir durstig, steigen ins Boot, gehen an Land, trinken unseren Muscato, an unserem Tisch auf der Piazza, an dem wir immer sitzen, Abend für Abend. Sempre lo stesso.

Die Fremde sitzt nicht weit von uns, vertieft in ein Buch, scheinbar vertieft, sieht nicht auf, wenn einer am Tisch stehenbleibt, sieht nicht auf, als das Schiff tutet. Dasselbe Schiff, mit dem sie gekommen ist, so lange ist das nicht her, sie muß sich noch erinnern. Sie liest, greift zum Glas, trinkt ihren Campari. Sie hat das Haar jetzt hochgesteckt, eng an den Kopf, ein schönes, strenges Profil, altmodisch, handgestrickt, ein schönes Muster. Paul hat recht. Wir beobachten sie beide, nicken uns zu, ein schönes Muster. Paul sagt – sie ist dir nicht unähnlich.

Einer der Pepis nähert sich ihrem Tisch, so ein hübscher, schmieriger Junge mit dem Gang einer Hure. Jeder Schritt eine Aufforderung, seine Hosen spannen sich. Das Haar wächst ihm lang und gewellt und sorgfältig geschnitten tief in den hübschen Nacken. Einen Nacken, den man streicheln möchte. Er umkreist ihren Tisch und die Schaukel und setzt sich neben sie, in dieselbe Schaukel, das tut so leicht keiner, nicht mal einer von den Pepis. Er stößt mit dem Fuß ab, legt den Arm über die Rückwand der Schaukel, streift die Schulter der Fremden, beugt sich vor, legt den Finger mitten auf ihr Buch, er wird jetzt scusi sagen und permesso. Richtig. Sie legt das Buch weg, dreht sich ihm zu, spricht auf ihn ein. Es mußte doch nicht dieser Pepe sein. Arne weist mit dem Arm hin – seht euch das an, sie werden immer dreister! – Er hat das Glas in der Hand, es schwappt über, der Wein fließt auf meine nackten Oberschenkel, ich fahre ihn ärgerlich an – paß doch gefälligst auf, es geht euch nichts an, was sie tut! Laßt sie doch! Arne wischt mit seinem Taschentuch den Wein von meinem Bein, Paul nimmt es ihm ärgerlich weg – laß das! Carlos erhebt sich, er hat schon den gleichen Griff an den Hosenbund wie die Einheimischen, zerrt die Hose so gut es geht über den Bauch. Zu Hause greift er vermutlich zur Krawatte, abschließende Geste nach einer Reihe von Überlegungen. Demnach hat er noch keine neue Freundin. Die Frau aus Milano ist abgereist, das muß schon Tage her sein. Sie war großartig. Sie verstand nicht, was er stammelte. Er gehört zu den Männern, die den Mund nicht halten können, die dann Geständnisse machen, Bekenntnisse loslassen, alles versprechen. Er hat Arne und Paul vermutlich wieder eingehend über die Praktiken der norditalienischen Frauen unterrichtet. Über die nationalen und internationalen Gewohnheiten. Wenn sie wissen, daß der Mann kein Wort von ihrem Gerede versteht, dann halten sie den Mund, reden nicht unnötig drumherum, kommen zur Sache, nicht dieses endlose ›Nicht-doch‹, das einen anödet. Auch ich werde jeweils unterrichtet, wenn auch nur über das, von dem er meint, daß es von allgemeinem Interesse sei. – So was muß dich doch interessieren!

Ich sehe mich um, suche das neue Ziel seiner Bemühungen. Er hat andere Absichten, er geht an den Tisch der Fremden, verbeugt sich. Er ist hartnäckig, spielt sich sogar, wenn es sein muß, als Kavalier auf. Der Pepe nimmt tatsächlich die Hand von der Rücklehne. Die Fremde schüttelt den Kopf, leicht, aber nachdrücklich, ganz offensichtlich nein, nach beiden Seiten. Sie legt Geld auf den Tisch, neben ihr Glas, nickt beiden zu, auch diesem Pepe, und läßt Carlos, den Retter, am Tisch stehen. Er zögert. Sie klemmt ihr Buch unter den Arm und geht, hintenherum, über die Treppen, nicht quer über die Piazza. Der Abend ist für sie verdorben, wo soll sie hin? Die Piazza ist das Wohnzimmer für alle, das Foyer. Jetzt bleibt ihr nur ihr Zimmer. Sie wird sich auf ihr Bett legen und nachdenken, ob es besser sei, abzureisen oder den Widerstand aufzugeben. Einem nachzugeben, damit sie sich nicht gegen alle wehren muß. Sie sieht nicht so aus, als würde sie abreisen. Die Verzauberung hat schon angefangen.

Carlos kehrt nicht an unseren Tisch zurück. Er schlendert über die Mole. Ihr Ende verliert sich im Dunkel. Der Lichtschein der Restaurants dringt dort nicht hin. Er weiß, wo man die Frauen suchen muß. Sie wissen, wo sie gefunden werden. An einer von ihnen wird er sich rächen. Immer rächt sich einer am anderen. Paul an mir. Ich an ihm.

Wir gehen früher als sonst nach Hause, stehen auf der Terrasse, rauchen, haben Türen und Fenster weit geöffnet, damit der DDT-Geruch aus den Zimmern zieht, ganz verliert er sich nie, er haftet unseren Kleidern an, auch der Haut. Paul fegt die toten Fliegen zusammen. Arne summt vor sich hin, das tut er immer, wenn er für sich sein will. Er isoliert sich mit Tönen, summt oder pfeift, zieht sich hinter seine Schallmauer zurück. Keiner weiß, wie weit er mit der Musik für unseren Film ist. Weiter, als wir vermuten, denke ich. Das Notenpapier häuft sich auf seinem Nachttisch, unleserlich für uns, er kann alles herumliegen lassen. Ich schließe meine Notizen weg. Er arbeitet beiläufig, nie wirklich konzentriert, aber er hört wohl auch nie ganz auf. Er will diese Insel in Musik verwandeln, eine weitere Metamorphose. Es fehlt ihm die Möglichkeit, das Geschriebene auszuprobieren, zu kontrollieren. Er hat nur die Gitarre, sie ist ungeeignet, er brauchte ein Klavier. Wenn er nur Pausen läßt. Die Szene mit den Seeigeln, da muß es lautlos sein, man muß den Atem der Tiere spüren; spüren, nicht hören. Das Schmatzen der Schnecken, wenn ihm das gerät, wenn er das aufnimmt, fortführt ins Schreckliche, auch ins Groteske. Die Zikaden. Das muß umschlagen, weg vom Unerträglichen. Nicht ins Sentimentale. Er weiß zu gut, was er nicht kann, und vergißt darüber, was er kann, was er vielleicht erreichen könnte. Er traut sich nichts zu. Auf der Akademie war er der Erste. Förderpreise, die er nicht brauchte. Er muß ja nicht. Er muß nichts, kann alles, muß nichts. – Meinen Fall hat euer Kant nicht vorgesehen, sagt er, falls es Kant war. Ich kann, was ich soll. Irgendwer müßte ihm beibringen, daß es genauso ein ›ich muß, was ich kann‹ gibt. Das ist auch ein Gesetz, nicht weniger schwer. Er ist nicht anmaßend. Nur wer anmaßend ist, erreicht das Mögliche. Ein Stück Unmögliches wohl gar. Nächtelang haben wir darüber diskutiert. Diskutiert! Der ganze Film ist nichts als Geschwätz bisher. Über Grundsätzliches! Das Wesen des Films. Das Wesen der Kunst. Ein paar Filmstreifen, ein paar Seiten Text, ein paar Notenblätter.

Arne geht an Paul und mir vorbei. – Ihr entschuldigt mich, sagt er, ich ziehe mich zurück.

– Tu das, sagt Paul. Wir gehen jetzt auch schlafen. – Wir. Jetzt. Auch.

Die Trennwand ist aus Brettern, vielfach übertüncht. Kalk isoliert nicht. Wir liegen auf meinem Bett, rauchen, schweigen. Nebenan geht Arne hin und her und pfeift, und ich denke an ihn, statt an Paul, der neben mir liegt, der mit dem Daumen über meine Lippen streicht. Will er mich zum Schweigen oder zum Reden veranlassen? Er verstärkt den Druck, öffnet meine Lippen, ich schmecke den Rauch an seinem Daumen. Er zerdrückt die Zigarettenstummel zwischen Zeigefinger und Daumen, die Kuppen sind an beiden Fingern verbrannt, ich gleite mit der Zunge drüber, schiebe den Daumen weg. – Scusi, sage ich, meine Zigarette, ich will zu Ende rauchen. – Entschuldige! – Macht nichts! – Nebenan singt Arne. Seine Bellmanlieder. Er weiß, daß ich sie gern höre. Er singt für mich. Er hat einen schönen Bariton, er singt gedämpft, sitzt da, allein auf seinem Bettrand, mit seiner Gitarre im Schoß, den rechten Fuß aufs Knie gelegt, so wie er immer sitzt, wenn er spielt. Warum ist er nicht rücksichtslos wie wir anderen und schreit – seid gefälligst leise! Oder geht weg, schlägt die Tür hinter sich zu, daß wir Bescheid wissen. Aber nein, er setzt sich hin und singt seine sentimentalen Lieder, ›aller Schönheit flieh ich, bleibe / lieber ganz allein!‹ – und bildet sich ein, er könnte uns helfen. Stimmung. Er wird es zu nichts bringen, er ist kein Egoist. Wir sind es. Und –?

Paul fragt nicht mehr wie im Anfang – kennst du das? Neugierig, mißtrauisch, auf Abwechslung bedacht. Wie am Biertisch: Kennt ihr den schon? Witze. Gelächter. Ich schüttle den Kopf. Nein, jedesmal nein. Er glaubt dieses Nein nicht, hat es nie geglaubt, aber nun fragt er nicht mehr. Wir haben ein eigenes festes Programm entwickelt, eines für den Abend, eines für den Morgen. Mittags ist es zu heiß, da bleibt jeder in seinem abgedunkelten Zimmer. Ich weiß, wann er sich auf den Bettrand setzt, um seine Zigarette zu rauchen und in sich zurückzukehren. Er atmet gierig, konzentriert den Rauch ein, will aufnehmen, nicht hergeben. Er will dann nicht reden, will meine Hände nicht, will mich vergessen. Ich liege still, die Arme unterm Nacken, wie ich immer liege, wenn ich allein bin und nicht schlafen kann. Ich sehe seinen Kopf vorm nachthellen Rechteck der Tür und warte, daß er sagt – könnten wir nicht? Fragen im Konjunktiv, in unkontrolliertem Zustand gestellt, beantwortet, vergessen. Meine Hände kennen die Narbe unter seinem linken Schulterblatt, meine Lippen kennen sie. Man hat ihm zwei Rippen entfernt. ›Aus einer hat man dich gemacht, kleine Eva.‹ Irgendwann hat er das gesagt. – Ich wollte, ich könnte zurück. – Wenn ich das sage, dann lacht er, dann ist er glücklich, wenn ich in meinen Schlupfwinkel will. Bevor er mich verläßt, schlägt er das Laken um mich, wickelt mich ein wie eine Mumie, bewahrt mich auf. Seine Hände streichen von meinen Schultern bis zu den Füßen, folgen den Umrissen, er verabschiedet sich. Manchmal reißt er das Laken noch einmal weg. Selten nur schläft er für Augenblicke ein, dann beruhigt sich sein Atem, stockt plötzlich, seine Hände werden wach, zucken, er stöhnt auf, ich sage – schlaf doch, schlaf! – Nein, sagt er, springt auf, ich gehe in mein Zimmer. – Einmal habe ich einen falschen Namen genannt, im Halbschlaf. Beide wurden wir wach wie von einem kalten Wasserstrahl. – Oh! Nur sein Oh, und mein – entschuldige! Er kontrolliert sich besser. Die obere Schicht behält sich leichter unter Kontrolle. Bei mir ist alles zu tief verschüttet.

Die Männer sind mit voller Ausrüstung unterwegs. Carlos und Paul, um unter Wasser zu filmen, Arne als Ruderer und Statist, Notenpapier in der Tasche, zwecks Wassermusik. Unten rumort Jolanda. Das Radio brüllt, sie singt aus Leibeskräften dagegen an. Sie hat große Wäsche, steht mit erhitztem Kopf über den steinernen Waschtrog gebeugt und rubbelt die Laken auf einem Brett. Der Schweiß läuft ihr in breiten Bächen übers Gesicht. Wir rufen uns das morgendliche ›lo stesso‹ zu. – Sempre lo stesso! Lavare! Immer waschen!

Ich fege mit dem Strohbesen die Terrasse rund um die Liegestühle und um die Blumentöpfe, genau wie Jolanda. Man muß in wenigen Stunden wieder fegen, es hat keinen Zweck, es gründlich zu tun. Mörtel, Sand, Asche. Der Wind zerbröckelt die Häuser, das Salz frißt an den Mauern. Sie pappen Steine und Staub des Berges mit Wasser zusammen, alles ist aus demselben losen und löslichen Tuffstein. Ich kehre die Treppe. Jolanda wirft die Laken über die Mauer, beschwert sie mit Bruchstücken von Marmor, als hätte noch keiner Leine und Wäscheklammern erfunden. Klatschnaß hängt sie die Laken in die Sonne. In einer Stunde hat die Sonne sie weißgebleicht, der Wind sie geglättet. Man vertraut der Sonne und dem Wind. Ich räume die Zimmer auf, fege bei den Männern, schütte Aschenbecher aus. Paul hat eine Staffelei mitgebracht. Auf dem Tisch stehen Kästen mit Farben. Dosen mit Pinseln, eine Rolle Leinwand. Also doch.

Ich rücke meinen Tisch an die offene Tür. Es bleiben mir noch zwei Stunden. Bücher. Konzeptpapier. Ich muß lernen, wieder für mich zu arbeiten, mich auf anderes zu konzentrieren, dies hier geht zu Ende. Wenn Paul anfängt zu malen, dann ist es aus, dann geht wieder jeder seinen Geschäften nach. Carlos hat schon eine Serie Vergrößerungen liegen, er will sie einer Illustrierten anbieten. Und Arne –? Der ist wie ich. Der ist nie vorbereitet. Ich nehme mir die Sonette der Vittoria Colonna vor, im Original, die Übersetzung daneben. Mit Hilfe meines Wörterbuchs und der Grammatik versuche ich eine neue Übertragung, wähle zur Übung einen Vers Michelangelos, den er für Vittoria Colonna geschrieben hat. ›Flieht, Liebende, die Liebe! Flieht schon beim ersten Blick.‹ Noch ist nicht sicher, ob das mir zugängliche Material für eine Biographie ausreicht. Wen interessiert das? Lohnt es sich, die Geschichte der Marchesa von Pescara aufzuschreiben? Hat wirklich das Schwergewicht ihres Lebens auf der Liebe zum alternden Michelangelo Buonarotti gelegen? Wo sonst lag der Schwerpunkt? Ich werde das Castello aufsuchen, in dem sie solange gelebt hat, werde stehen, wo sie gestanden hat, aus ihrem Blickwinkel übers Meer sehen. Ich will nicht schreiben, wo alles auf Spekulation hinausläuft. Ich will Tatsachen. Facts. Die Briefe, die Gedichte, die Daten. Facts? Sind Briefe facts? Wenn sie wie meine sind, stimmen sie im Moment, in dem man sie schreibt, und stimmen nicht mehr, wenn man die Marke auf den Umschlag klebt. Zweifel, auch wenn es nur darum geht, Daten aneinanderzureihen. Geboren in ... gestorben am ... Alles dazwischen läuft auf Spekulation hinaus. Was ist von einem Leben nach fünfhundert Jahren noch da? Da ist noch das Sonett des Michelangelo auf ihren Tod, ›der Sonnen Sonne‹ nennt er sie. Irgendwo gibt es vielleicht ein kleines Mädchen in einer Klosterschule in Perugia oder Pescara, das deklamiert die Verse der Vittoria Colonna. Ich bin sentimental.

Die Männer kehren zurück. Ich höre sie schon von weitem. Ein Satz steht auf dem Bogen, der vor mir liegt. Ich drehe das Blatt um, schiebe es unter die Mappe und gehe in die Küche, um den Topf für die Spaghetti aufzusetzen. Ich sehe den dreien aus dem Küchenfenster entgegen, sie winken und rufen. Sie kommen langsam den Pfad herauf, es ist heiß, sie haben keinen Schatten, sie sind müde. Ich weiß, daß Paul gar nicht mehr unseren Film meint, wenn er taucht. Er sieht jetzt Bilder, seine Bilder. Bei den Seeigeln war das schon so. Unterwasserbilder wird er malen. Aquarelle, mit Wasser, unter Wasser. Er läßt uns im Stich, jetzt erst, nachdem er zurückgekommen ist.

Sie gehen die Treppe hinauf, schleppen schwer an dem Gerät. Carlos hat zwei Fische harpuniert, Folpi, die man sonst abends mit Laternen fischt, diese gräßlichen Viecher mit den Polypenarmen und den hundert Saugnäpfen, aus denen sie einen anglupschen. Sobald man sie anrührt, verströmen sie einen süßen Moschusgeruch, sondern Sekrete ab, irrtümlich. Auch ohne Carlos' Hinweise komme ich darauf, warum. Ich stelle den Topf zurecht, Paul wird die Tiere gleich zubereiten wollen. Die drei reden durcheinander, reden auf mich ein, gestikulieren. Sie haben die Fremde gesehen – nein! Gehört, gehört haben sie sie! Weit hinter dem Berg, als sie in der Grotte waren, haben sie Gesang gehört. Sirenengesang! In der Mittagshitze. Die Letzte der Sirenen! Die Töne liefen übers Wasser. – Sie war draußen im Meer und sang. – Und? Was? Was sang sie? – Sie wissen es nicht, sie beraten, nein, sie haben nur gehört, daß sie gesungen hat. Paul sagt, daß man sie warnen muß, sie schwimmt zu weit hinaus, das ist gefährlich, es müssen ja nicht gleich Haifische sein. – Ach was, sage ich, was kann ihr schon passieren, wenn es ihr Spaß macht, laßt sie doch! Je weiter sie draußen ist, desto sicherer ist sie vor euch. Paul sieht mich fragend an, Carlos grinst. Sie tun, als sei ich eifersüchtig auf diese Fremde. Ich bin eifersüchtig, weil ich nicht bin wie sie, weil ich nicht draußen im Meer singe, weit weg von allen.

Carlos ergeht sich in weitschweifigen Berichten, wen sie alles wobei in der Grotte überrascht haben. Grotto d'amore, sie verdient ihren Namen. Groteske Formen nimmt hier die Liebe an. Es gehört zum Programm der Pepis, daß sie die Frauen in ihr Boot einladen und dorthin bringen, ins Dämmerlicht der Grotten, wo es sie dann schaudert und fröstelt und wo sie sich nicht wehren können, weil dann das Boot kippt. Nicht wehren können, nicht wehren müssen. Froh sind über eine Gelegenheit, nein sagen zu können. Jedes Nein ist ein Triumph. Kein Mann glaubt hier ein Nein.

Zwei volle Stunden haben sie die Grotte blockiert. Carlos ist sehr zufrieden. Fünfmal ist er getaucht und vorm Eingang der Grotte aus dem Meer hochgeschnellt und hat Occupato! gerufen und gegrinst. Die Frauen haben gequietscht, und die Pepis haben ihre Arme wieder als Ruder benutzt und sind zur nächsten Grotte gefahren; der Berg bildet Arkaden genug.

Das Nachmittagsboot – ›Giro dell' Isola‹ – hat eine Ladung Engländerinnen gebracht, die trinken im ›Transatlantico‹ ihren Tee. ›Do you also want to get tea, dear?‹ Von Tisch zu Tisch. Sie quetschen sich paarweise in die Schaukeln, die unförmigen Beine baumeln zwanzig Zentimeter überm Pflaster. Ihre weißen gehäkelten Hütchen sitzen schief auf den verschwitzten Dauerwellen. Arne behauptet, es seien Amerikanerinnen, Paul hält sie für Engländerinnen, Ohrklips tragen sie nicht, es bleibt unentschieden. Sie rufen sich ›Isn't it nice, dear?‹ zu. Sie werden noch auf ihrem Totenbett liegen und rufen ›Isn't it nice, dear?‹, behauptet Paul. Er mag Menschen nicht, die zufrieden scheinen, die lachen. Er lacht fast nie, und wenn, dann lautlos, mit schmalen Lippen. Jetzt sind sie ermüdet, können kaum noch sehen, tauschen ihre Sonnenbrillen aus, sitzen erhitzt vor unserer Kulisse. Gleich werden sie die Fotoapparate aus den Futteralen holen und um den Hals hängen und sich gegenseitig fotografieren. Ihre Kleider sind verrutscht und verklebt. Nylon, durchsichtig, wo niemand mehr etwas sehen will. Eine kommt an unseren Tisch, hält Carlos ihren Apparat hin – please! sagt sie. Der steht auf, läßt sich ausgiebig die Funktionen jedes Knopfes und jedes Griffes erklären, fragt in einem fort – and this thing, what's that? Wo muß man drücken? Wo kann man das Bild sehen? Er staunt, er ist verblüfft, was für ein Apparat! Phantastisch! Ein deutsches Fabrikat, eine Leica? Zwischendurch grinst er uns zu, ruft nach Paul, der soll helfen, er wird damit nicht fertig. Die arme Miss wird mißtrauisch, sie will ihren Apparat wiederhaben, aber er gibt ihn nicht her. Großes Palaver, gleich tutet das Schiff, sie wird das Schiff verpassen, ›Giro dell' Isola‹, jeweils eine Stunde Aufenthalt am schönsten Platz der Insel. Beim ersten Tuten geht Carlos in Aktion. Er wirft sich platt aufs Pflaster, genau dort, wo man im Vordergrund die Hummerkörbe mit aufs Bild bekommt und den Fuß von Gino, der sein Netz flickt, das er am großen Zeh aufgehakt hat. Im Hintergrund das waschblaue Haus vom »Pescatore«, ein Stück Meer. Er springt auf, noch eine Aufnahme. – Wait a moment, madam! schreit er, zerrt sie ein Stück, dreht sie, damit sie mit aufs Bild kommt. Jetzt der Berg mit dem Castello, er zeigt auf die Ruine, ruft – Sarazeni, Miss, Sarazeni! Jetzt noch Fernando, vor seinem Obststand. Tutti frutti, Miss! ruft Carlos. Sie rückt an ihrem weißen Hütchen, ringt um ein Lächeln, zieht ihre gehäkelten Handschuhe über die angeschwollenen Finger und wünscht sich nach Hause, nach Peyton Place oder sonstwohin.

Die Alte erscheint, geht am Strand entlang, die nackten Füße im Wasser, Kopf und Körper in ausgebleichten Kleiderfetzen. Das weiße Haar hängt strähnig unterm Tuch hervor. Sie kramt aus ihren Lumpen einen losen Lappen hervor, beugt sich übers Wasser und wäscht sich die Füße. Tut Sand auf den Lappen, scheuert die Knöchel, die Fersen, fummelt unter den Röcken herum. Wellen kommen, klatschen an ihre Beine. Sie taucht den Lappen wieder ins Wasser, wringt ihn aus, entfaltet ihn, scheucht damit die Kinder, ksch-ksch-ksch macht sie, wedelt mit dem Tuch, taucht es wieder ins Meer, scheucht noch immer, obwohl die Kinder doch längst kreischend weggelaufen sind. Ihr zahnloser, eingesunkener Mund malmt und mümmelt. Was kaut sie denn wieder und wieder durch? Die ersten Fotografen nähern sich, zögern noch, ein Rest Schamgefühl hält sie zurück. Wird sie sich fotografieren lassen? Sie wird! Sie dreht sich ihnen zu, geht in Positur, legt den Kopf schief, schirmt mit der Hand die Augen, blickt übers Meer, wo nichts zu sehen ist außer Meer und Himmel. Sie machen ihre Aufnahmen, vertieft in Blende und Zeit, stehen da mit ihren Belichtungsmessern in Reih und Glied – dreizehn? – elf? Vergleichen ihre Zeit mit anderen Zeiten, sind längst von hier fort, bereits beim Vorführen der gerahmten Bilder, zu Hause, vor den Freunden, Diapositive – dieses soziale Elend! – für den Projektor. Ein Motiv, nicht fürs Gedächtnis, sondern fürs Bild. Später erst, auf dem Umweg über die Technik, geht es in sie ein. Ihr Gedächtnis funktioniert nicht ohne Hilfe. Keiner sieht die Alte, alle das Motiv. Sie wohnt nicht weit von uns, gleich neben dem Friedhof. Wenn wir vorbeikommen, winkt sie. Nahezu hundert Jahre alt. Niemand weiß es genau. Jolanda sagt, sie sei erst siebenundachtzig. Wenn einer sie jetzt fragen würde, riefe sie »cento anni«. Keiner fragt. Sie ruft es trotzdem. Cento anni! schreit sie mit ihrem zahnlosen Mund, murmelt es weiter, leise – cento anni, cento anni –, aber sie hören nicht hin, was sie da kaut. Arne erhebt sich, greift in die Tasche, tut, was die anderen tun müßten: bringt ihr einen Schein. Sie nimmt das Geld und scheucht ihn mit ihrem Lappen fort – ksch-ksch-ksch! Nicht immer er, die anderen! Er macht sie zur Bettlerin, sie bettelt nicht, sie will sich nur mit ihrem Auftritt etwas verdienen, am allgemeinen Umsatz teilnehmen. Arne tut mir leid, er hat so wenig Geschick mit seinem vielen Geld.

Carlos hat die Alte längst fotografiert, ihre Füße, nur die Füße, halb im Wasser, halb im grobkörnigen schwarzen Sand. – Na? Wem gehören die? Natürlich raten wir das nicht. Er probiert das immer wieder. Er hat sämtliche Füße seiner Umgebung fotografiert. Auch ich habe meine Füße nicht erkannt. Er will eine Serie machen, für eine Illustrierte. »Von Kopf bis Fuß.« Man soll raten, was zueinander gehört. Vielleicht hat das wirklich keiner vor ihm gemacht. Prominente Füße. Füße der Callas, Füße der Soraya. Er hat es fertiggebracht, daß wir einen Abend lang hier auf der Piazza saßen und uns die Füße de Gaulles vorstellten. Wenn er eine Parade abnimmt. Nach außen gerichtet? Leichter Knickfuß? Denkt an sein Auftreten! Selbst Carlos hat

Bedenken, ob er die Füße der Großen zusammenbekommen wird. Die Alte hat braungebrannte, unverbildete Füße. Füße, die nur dieses Stück Erde kennen, dieses Ufer, die nie die Insel verlassen haben.

Carlos ist entschlossen, die Füße der Fremden für unseren Film zu nehmen. Er ist ihr am Strand gefolgt, fasziniert von ihrer Fußspur. Sie geht kräftig, aber leicht, ballt den Sand unterm Fuß, wirft ihn zurück. Eine flüchtige Spur. Ich glaube nicht, daß sie einwilligen wird. Sie nickt mir noch von weitem zu.

Der Platzhirsch zieht auf, lenkt die Aufmerksamkeit auf sich. Er kommt aus Bologna. Carlos behauptet, daß er eine Salamifabrik hat – sieht er nicht aus, als ob er Salami macht? Ein Würstchen! Er hat zwei Mädchen bei sich, kaum siebzehn und er siebzig, alle drei in zu engen Hosen. Carlos nimmt die Gelegenheit wahr, mich darauf hinzuweisen. Alles Mache, sagt er. Ein Stöckchen! Wetten, daß er da ein Stöckchen hat? Er renommiert! Das glaubt ihm doch keiner! Carlos sexuelle Bildung reicht weit zurück. – Im achtzehnten Jahrhundert war es üblich, daß sich die Männer steife Stöcke dahin taten, aus Leder, natürlich nur die, die es nötig hatten – weißt du das wirklich nicht? Ahnungsloser Engel! Paul, du solltest sie besser aufklären! – Der Platzhirsch, je eine Hand auf je einer Backe der Mädchen, verschiebt die Finger, tastet sich vor, dabei ist es nicht einmal dunkel. Die Mädchen kichern, machen ihr albernes Huch, die Beine geraten ihnen durcheinander, die eine stolpert, gleich hat er sie im Griff. Sie setzen sich zu dritt in eine Schaukel. Er spendiert ihnen Eis. Sie schaukeln und schlecken mit langen Zungen ihr Gelato, machen ihr Puppengesicht, auf dem nichts Spuren hinterläßt, nicht mal die Praktiken des Platzhirschen. Und im Parkett ein dankbares Publikum. Es hat etwas zum Reden. Auch über uns reden sie. Die Signora mit den drei Männern, sagen sie, kalkulieren, zu wem ich gehöre, wem gehört sie, mit wem hat sie es, mit wem macht sie es.

Ein Auftritt nach dem anderen. Seit zwei Tagen wendet sich die allgemeine Aufmerksamkeit einer Signora aus Rom zu. Sechzig, bestimmt sechzig, elegant, arrogant, begleitet von einem blonden Pepe, den sie sich mitgebracht hat. Wenn sie spricht, und sie spricht ununterbrochen, legt sie die Hand auf sein nacktes Bein, beherrscht sich nicht, streichelt, läßt die Augen nicht von ihm, und er rekelt sich unter ihren Händen und Blicken, läßt sich's gefallen und ist mit seinen Augen und Wünschen wer weiß wo. Drei Reihen Perlen trägt sie um den Hals, dicke rosa Perlen, da ist kein Zweifel, daß sie echt sind. Sie legt sie nicht ab, geht sogar damit ins Wasser. Wenn die Schnur reißt, werden alle Pepis danach tauchen, zum zweitenmal. Sie scheinen darauf zu warten, in den Booten lungern sie herum, wenn die alte Signora mittags ihr Bad nimmt.

Paul entrüstet sich, sobald sie erscheint. – Sie könnte seine Mutter sein! – Ich werfe ein, daß sie das möglicherweise auch sei, warum soll sie nicht auch mütterlich sein, dabei steht er sich nicht schlecht. Er sieht mich forschend an, ich weiche ihm aus, bekomme Herzklopfen. Warum sage ich das, so war es ja nicht. Es ist meine wunde Stelle, sie wuchert. Metastasen. Wir schweigen, trinken. Plötzlich sagt Arne, ausgerechnet er – warum sollte sie einen Alten nehmen, wenn sie einen Jungen haben kann? Wir sind verblüfft, starren ihn an. Was meint er? Meint er mich? Diese zehn Jahre? Sind es zehn Jahre? Carlos sagt – richtig! Warum eigentlich nicht? Sie hält ihn aus. Er hält sie aus. Beiderseitiges Aus-halten. Gut –?

Die Handschuhverkäufer kommen mit ihrem Karren und schlagen ihren Stand auf. Sie bringen es fertig, daß alle Stranieri überzeugt sind, dringend Handschuhe zu brauchen. Sie schreien nicht mal, sie hängen eine Lampe auf, wenn es dunkel wird, und warten das in Ruhe ab. Kaufen tun sie alle, selbst die gefütterten Handschuhe. Zehnmal geht man vorbei, beim elftenmal fängt man an, in den Handschuhen zu wühlen, am nächsten Tag wühlt man wieder, zieht einzelne an, und bald darauf kauft man.

Es dämmert. Geschrei von den Booten. Die Fischer sind zurück, sie verkaufen den Fang. Dann streiten sie immer, je mehr sie fangen, desto mehr Geschrei und Gezänk. Fangen sie nichts, bleiben sie still, sitzen auf ihrer Steinbank. Gemeinsames Pech. Ins Glück teilt man sich nicht. Der Fischaufkäufer drückt die Preise, er ist Wiederverkäufer, an die Pensionen und Restaurants. Die Fischhändlerin, die mit dem Korb auf dem Kopf von Haustür zu Haustür geht, schreit am lautesten. Einige Fremde wagen sich in die Nähe, stehen im Halbkreis, neugierig und ängstlich. Sie starren die Fischer an, als wären sie im Zoo, erpicht auf jedes Stück Leben, das nicht für sie inszeniert wird. Ein Blick auf den Belichtungsmesser, geht es noch, nein, zu dunkel. Ewig schade! Plötzlich bricht Friede aus, ohne Übergang. Man hat sich geeinigt, verträgt sich. Die abendliche Fischbörse schließt. Da trägt man nichts nach, man streitet sich rasch und verträgt sich rascher, erledigt, basta. Einer nach dem anderen geht an den Brunnen, aus dessen einzigem Hahn Wasser fließt, Wasser aus Napoli, für alle. Sie beugen sich, halten den Mund unter den Wasserstrahl, schütteln sich, machen dem nächsten Platz. Die meisten Zisternen in den Häusern sind leer, das Wasser wird knapp. Kein anhaltender Regen seit Monaten.

Die Fischer kehren zu ihren Booten zurück und montieren die Motoren ab, werfen sie sich auf die Schulter und schleppen sie nach Hause, jeden Abend. Einer traut dem anderen nicht. Sie bestehlen sich untereinander, nicht die Fremden, daß es nicht ruchbar wird. Alles, was man wegtragen könnte, bringt man in Sicherheit. Führe mich nicht in Versuchung. Dann stiehlt auch keiner.

Carlos bricht zu seinem abendlichen passeggiata auf. Die kleine Gina-ginetta wird von ihren Brüdern nach Hause geholt. In den Restaurants werden Lichter und Radios eingeschaltet. Die Knöpfe müssen unmittelbar nebeneinander liegen, falls sie nicht gekoppelt sind, wie Arne annimmt. Aus offenen Fenstern und Türen kommt Schuberts »Ave Maria« und Küchendunst. Überall gibt es Fisch, nichts anderes, demnach ist Freitag. So etwas bleibt dann, Sitte statt Glaube. Zur Messe gehen nur ein paar alte Frauen am Sonntagnachmittag. »Christus kam nur bis Eboli?« Hier war er und ist fortgegangen. Als die Fremden kamen, als das Geld kam.

Mitten in die Musik Reklame für Teigwaren. Eine neue Pasta asciutta. Arne stöhnt hörbar. Ave Maria! Ich tröste ihn, auch er wird es so weit bringen, daß man seine Musik braucht und verbraucht. Paul, der Sachen von ihm kennt, schlägt vor, daß er es mal mit Musik für Rasiercrème versuchen sollte, frisch, schäumend, entspannend, beruhigend, in die Poren dringend, vielleicht sogar unter die Haut, was könnte man schließlich mehr von Musik und Rasiercrème verlangen. Er sagt das in bösem Ton. Arne reagiert nicht.

»Gondola – Gondola – Gondola« aus allen Fenstern und Türen. Die Fremden summen das Lied mit. Fernando, der sein Obst auf der Mauer aufbaut und gerade ein paar frische Zitronen in die kleine Pinie baumelt, singt lauthals »Gondola – Gondola«, das Lied der Gondoliere aus Venedig. Da sitzen sie auf der Piazza, erinnern sich an Venetia, werden lebendig, fangen an zu schwätzen. Das summt nur so aus den Schaukeln. Sie tauschen Erfahrungen. Tauben! Rialto! Canale Grande! Piazetta! Das »Florian!« Paul fragt – kennt ihr Venedig? Arne verneint, ich schweige. Er sieht mich an, ich sehe weg, schließe die Augen, und dann setzt das ein: der ganze Film rollt wieder ab. Man macht die Augen zu vor der Gegenwart und statt dessen: Vergangenheit. Erinnerungen. Da entkommt man nicht, kein Entfliehen, sie mischen sich in alles, verteilen sich über den Körper, dringen durch Augen, Nase, Ohren, durch alle Poren der Haut, Erinnyen, noch aus dem Schlaf tauchen sie empor. Paul legt die Hand auf meinen Arm, streicht über die Haut, wischt die Bilder fort. Ich lächle ihm zu, er erwidert mein Lächeln nicht. Carlos kehrt zurück, demnach hat er niemanden gefunden.

Signor Ernesto. Er steht einen Moment im Lichtschein einer Tür, ein Stück Dunkelheit, den schweren Nacken gebeugt, er ist auf dem Weg zu Luigi in den Tabakladen. Nie spricht er mit jemandem, taucht aus den Gassen auf, taucht in ihnen unter.

Die Pepis. Ein ganzes Rudel auf einmal. Wie die jungen Hähne. Eines Nachts werden sie anfangen zu krähen. Brillantine im Haar, das goldene Kettchen um den Hals, jedes Jahr ein neues, immer mit derselben Madonna daran, das alte liegt im Koffer irgendeiner Signora, vermutlich aus Deutschland, in memoriam. Paul ruft sie »Pepe«, alle ruft er so, und sie hören darauf, ob sie nun Koffer tragen, in den Bars servieren oder mit dem Boot an den Strand fahren. Die Pepis! Man kann sie nicht unterscheiden.

Arne starrt in den Himmel, macht verwundert – hej! schüttelt den Kopf, murmelt, fragt dann – versteht ihr was von Sternen? Er behauptet, das Sternbild des Großen Wagen sei von Westen nach Norden gezogen, die Deichsel nach Süden, aufwärts gerichtet. Im Rückwärtsgang den Himmel hinunter! Wir lachen, rücken unsere Stühle, Paul legt die Uhr auf den Tisch, damit wir feststellen können, wie lange der Große Wagen noch braucht, um hinter dem Berg zu verschwinden. Gleich wird einer vorschlagen, daß wir den Himmel nicht auslassen sollten bei unserem Film, die Insel und das zugehörige Stück Himmel drüber, das Meer drunter. Wir schweigen, trinken, sehen in den Himmel. Ein schöner Abend. Ich sage andächtig: ›Orso maggiore!‹ Paul setzt das Glas hin – tu mir den Gefallen und sag nicht Orso maggiore! Das Sternbild heißt Ursa major, mit der offiziellen Abkürzung U ma und heißt ›Große Bärin‹. Es handelt sich um die Jungfrau Callisto aus dem Gefolge der Artemis, sie widersteht Zeus nicht, und Artemis verbietet ihr, fortan im Weltmeer zu baden. Für die Griechen begann das Weltmeer jenseits des Horizontes, man kann annehmen, daß das Sternbild der ›Großen Bärin‹ früher den Horizont nicht erreicht hat, also im Laufe der Nacht nicht unterging. Als Callisto ein Kind erwartet, verwandelt Zeus sie in eine Bärin, um sie vor der eifersüchtigen Artemis zu schützen. Ihr gemeinsamer Sohn wird von Hirten aufgezogen. Eines Tages begegnet er im Wald einer Bärin, er will sie erschlagen – phantastisch, sagt Carlos, wer denkt das denn, Muttermord! – Zeus greift ein, versetzt beide an den Sternenhimmel. Es gibt mehrere Sagen zu diesem Sternbild, die griechische ist für den Namen Ursa major bestimmend gewesen. Später hielt es Giordano Bruno für angebracht, ›die triumphierenden Bestien‹ vom Sternenhimmel zu vertreiben und durch erhabene Begriffe zu ersetzen, statt Ursa major also Verita, die Wahrheit. Von alters her ist Ursa major ein Leitbild gewesen. In ihm vor allem der Große Wagen mit den sieben Sternen, deutlich sichtbar, weil weit entfernt von der Milchstraße.

Wir starren hinauf, suchen die Milchstraße, unsere Augen kehren folgsam zum Bild des Großen Wagen zurück. – Verbindet man die beiden Sterne am Ende des Wagenkastens miteinander und verlängert um das Fünffache – Nicht so rasch, Moment! Carlos fuchtelt mit den Händen in der Luft herum, mißt die Entfernung, verfünffacht sie – dann trifft man auf den Polarstern, der ziemlich genau im Norden steht. Er ist einer der beständigsten Sterne und der hellste im Sternbild des Kleinen Bären, Ursa minor. Albertus Magnus war es, der den Sternbildern besondere Kräfte zuschrieb. Um ein Beispiel zu nennen: Kassiopeia, ein Bild, das auch Laien leicht erkennen können.

Ich frage – wo denn? Paul zeigt es – ich habe es dir früher schon gezeigt. Ich entschuldige mich. O bitte, sagt er, das Sternennest! Er zeigt senkrecht nach oben, wir starren mit steifgewordenen Nacken gehorsam in den Himmel. Er erläutert – Kassiopeia, als Schlaf- und Stärkungsmittel. Carlos macht – hoho! Paul zeigt wieder auf einen Stern – das W, erkennt ihr das W, es bringt dauernde Liebe zwischen Ehegatten und führt Ehebrecher zu ehelicher Treue zurück. Es ist ein Spiralnebel, jeder Spiralnebel ist ein eigenes Sternsystem, eine Weltinsel –

Ich höre nicht mehr zu. Wenn Paul bei seinen Spiralnebeln angekommen ist, kann es lange dauern. Er ist aufgestanden, hat Arne hochgezogen, mit verrenkten Köpfen starren sie am Haus vom »Pescatore« hinauf, plötzlich zupft Carlos Paul am Hemd, schnalzt mit dem Finger in die Luft und sagt – ich muß austreten, Herr Lehrer!

Paul bricht sofort ab, entschuldigt sich, sagt, er sei der Meinung gewesen, daß ein wirkliches Interesse vorläge, es tue ihm leid, wenn er uns gelangweilt habe, er könne unser dilettantisches Geschwätz oft nicht ertragen. Ich fasse nach seiner Hand, drücke sie, sage leise – mich hat es interessiert, Ursa major, U ma, ein himmlisches Zeichen für Verführbarkeit und für Wahrheit. Ich nehme mein Glas – trinkt keiner? Darauf kann man doch trinken, oder nicht? Paul entzieht mir seine Hand – du fängst schon wieder an! Man kann mit euch nicht reden, ihr veralbert alles. Ich entschuldige mich. Arne fragt freundlich, ob Paul sich mal mit Astrologie beschäftigt habe. – Mit Erdkunde, sagt er, einsilbig, unfreundlich – Mittelstufe.

Arne schlägt vor, daß wir den Himmel über unserer Insel nicht auslassen sollten. Was meinst du, fragt er mich, die Nymphe Callisto in dem Großen Wagen, läßt sich da was machen? Kann man einen Spiralnebel mit eurer Kamera filmen? Natürlich, sagt Carlos, wenn du nur eine hübsche Sphärenmusik dazu machst.

Wir haben nichts gesehen und nichts gehört, während wir in die Sterne starrten. Es muß sich etwas vorbereitet haben, an den anderen Tischen war man schon aufmerksam geworden, als ein Schrei uns aufschreckt. Wie von einem Vogel. Dann klatscht etwas ins Wasser, vielstimmiges Geschrei, jemand läuft über die Mole, bleibt stehen, als er ins Licht der Piazza kommt, wirft den Kopf erschreckt nach rechts und links, weiß nicht wohin, das offene Haar fliegt, das Kleid ist zerrissen, sie hält es über der Brust zusammen, sucht mit den Augen die Tische ab, erkennt uns nicht, kennt und erkennt niemanden. Die Piazza ist dicht mit Stühlen und Tischen bestellt, kein Durchkommen, überall nur Neugierde. Sie läuft ein Stück zurück, die kleine Treppe hinauf, läuft auf Luigis Laden zu, in dessen Tür Signor Ernesto steht. Der nimmt sie am Arm und führt sie weg, weg vom Schauplatz, gleich in die erste dunkle Gasse hinein, die zu seinem Haus führt. Ein Überfall? Arrangiert von den Pepis? Hat sie einen von ihnen ins Wasser geworfen, sich losgerissen? Sie hat Schutz bei Signore

Ernesto gesucht. Ausgerechnet! Von nichts anderem ist mehr die Rede, an allen Tischen. Jolanda weiß es schon, als wir nach Hause kommen, sie sitzt noch mit Cesare auf dem Mäuerchen unterm Feigenbaum. Sie kommt, als wir unsere Tür aufschließen, wiegt den Kopf, hat die Hände auf dem Bauch. Ich frage sie – was ist denn? Was soll das? Was ist denn mit Signor Ernesto? – Niente, sagt sie, niente! Sie soll sich nur vorsehen. Mehr will sie nicht sagen. Ein guter Mann, ein schöner Mann, ein Avvocato, ob wir das nicht wissen, aber: attentione!

So ist das jedesmal, wenn man Fragen stellt. Niemand wurde hier je von einem Haifisch angefallen. – Hier? Vielleicht woanders, hier nicht! Niemals hat man davon gehört, daß ein Auto gestohlen wurde. Anderswo stiehlt man, aber nicht auf der Insel! Polio? – Hier? Die kleine Gina-ginetta? Der kleine Schuster? Nein, das war immer so, sie sind ein wenig lahm, nur ein bißchen krank. Wir wissen, daß im vorigen Sommer ein Mann an den Klippen zerschellt ist, als plötzlich Sturm aufkam. Keiner ist ihm zu Hilfe gekommen, es war gefährlich, auch für die Boote. Vor den Augen seiner Frau ist es passiert, die Wellen haben ihn gegen die Steine geschleudert, wieder und wieder. Bis in den Herbst hinein hat seine Frau Tag für Tag am Strand gesessen. Hier –? Das muß woanders gewesen sein, sagt Jolanda, nicht bei uns. Alle Fragen stoßen ins Leere.

– Una bella notte, sagt Jolanda. Wir murmeln, genau wie sie es von uns erwartet, im Chor unser bella-bella und schließen die Tür.

Arne behauptet, mit mir über ›die Gesamtkonzeption unseres Films‹ reden zu müssen. Musik. Text. Geräusch, das müsse endlich einmal wirklich durchgesprochen werden. Ein Vorwand. Ich weiß, er will mit mir reden. Er meint, daß wir miteinander reden müßten. Ich hindere ihn daran. Wir sind auf einem Spaziergang, ich rede auf ihn ein, ohne Pausen. Wenn mir nichts einfällt, sage ich – sieh mal! Hör nur! Fuchtle mit den Armen vor ihm herum, bis er abrupt stehenbleibt und mich anfährt, in einem ganz neuen Ton – kannst du einen Augenblick den Mund halten und mich anhören? Unterbrich mich nicht! Ich habe es überlegt, ich weiß, was ich sage, hörst du? – Kann ich mich setzen? – Bitte!

Er bleibt stehen, dicht vor mir, spricht zu mir herunter, das erschwert es, aber ich will es so. Er sagt nach jedem zweiten Satz – sieh mich doch an! Sieh mich doch wenigstens dabei an! Ich sehe ihn nicht an. Er sagt – ich weiß nicht, was mit dir los ist. Was mit mir los ist, weiß ich. Du willst nicht reden. Du hast uns allen ein Schloß vor den Mund gelegt. Wir werden verrückt drüber, es hat aufgehört, ein Spiel zu sein, dies sind keine Spielregeln mehr. Aber gut, wie du willst. Ich will nicht mehr. Soweit ich sehe, bist du allein, von niemandem abhängig. Was zwischen dir und Paul ist, das sehe ich, das dauert nicht. Du akzeptierst es nicht, er akzeptiert es nicht. Wozu also? Du bist zu schade dafür. Sei still! Ich weiß nicht, wie oft du wechselst, vielleicht oft. Jedenfalls wirst du es oft tun, von nun an. Heirate mich! Die zehn Jahre machen nichts aus. Sieh mich doch an! Du weißt, was mit mir los ist. Ich habe es dir demonstriert. Es ist besser, du weißt Bescheid. Vielleicht kannst du mich davon abbringen. Wenn es jemand kann, kannst du es. Eine psychoanalytische Behandlung kommt nicht in Frage. Du wirst reich sein, du brauchst nicht mehr zu arbeiten. Wenn du nicht willst, brauchst du kein Wort mehr zu schreiben. Ein gewisses Maß an gesellschaftlichen Verpflichtungen. Wir müßten eine ständige Wohnung in Stockholm haben, müßten uns dort zweimal im Jahr sehen lassen, im übrigen sind wir ungebunden. Ich könnte durch dich vielleicht irgendwo ein paar Wurzeln schlagen – durch mich? – Durch dich! Wenn du Kinder willst, könnten wir eines adoptieren, vielleicht – Nein! – Du würdest es gut bei mir haben, ich würde jede Rücksicht nehmen. Mit meiner Familie haben wir nichts zu tun. Sieh mich doch an! Wenn du ohne das nicht leben kannst, müßte ich mich damit abfinden, daß du einen Liebhaber hast, ich habe Paul auch ertragen müssen.

Ich lehne meinen Kopf gegen sein Knie. Er redet weiter, ich höre nicht mehr zu. Es fängt an zu denken in mir, ich kann es nicht aufhalten: wenn du ohne das nicht leben kannst ... du weißt, was mit mir los ist ... sonst sind wir frei ... Wohnung in Stockholm ... würdest es gut bei mir haben ... ich würde es gut haben, ich bin nicht gewöhnt, es gut zu haben, ich bin gewöhnt, es schwer zu haben, dies ist eine Ausnahme, dies ist nur eine Pause im Schwerhaben ... ich muß zurück ... ich muß ihm sagen: es geht nicht. Heirate mich! Willst du meine Frau werden, sei und bleib meine Frau, von nun an bis in Ewigkeit, bis daß der

Tod euch scheide. Und was dann? Wenn er das getan hat, wie lange darüber hinaus. Ich bin übriggeblieben. Was sollen denn die tun, die übrigbleiben. Mit dem Kind, und das Kind war nicht mein Einundalles, war nur ein Stück, immer nur ein Stück von ihm, ein Stück Erinnerung, das wuchs, wuchs und wuchs und die Vergangenheit auffraß, sich nährte von den paar Erinnerungen, die schrumpften. Monate? Wochen? Oder ein Tag, eine Stunde, dieser eine Augenblick für das Kind. Ich wurde alt, und er wurde immer jünger. Ich liebte einen Mann, der zwei Jahre jünger war, fünf, zehn, fünfzehn, jetzt sind es zwanzig, liebte, liebte nicht mehr. Treu sein? Sein und bleiben. Bleib brav! Ich wollte das Kind nicht, ich wollte ihn. Ich war noch keine Mutter. Wenn du Kinder willst? Ich bin keine Mutter mehr, ich war eine Mutter und bin keine Mutter mehr. ›Laß mich endlich von deiner Nabelschnur los!‹ Geh doch, geh und häng dich an eine andere, mach selbst Kinder …

– Was ist? Was ist los? Arne schüttelt mich, hält mich an beiden Schultern – was ist denn? Ich habe nichts gesagt, was dich kränken könnte. Ich habe ein Angebot gemacht. Was ist?

– Nichts, Arne, danke, du bist lieb, wirklich, du bist sehr lieb, ich denke drüber nach, man muß über so was doch nachdenken. Über Stockholm zum Beispiel, ich kenne Stockholm nicht, und dann gleich zweimal im Jahr.

– Willst du etwas sagen? Sag es! Du erstickst ja dran! Beinahe hätte er das Schloß zerbrochen.

Wir gehen nach Hause, die Zikaden schreien, Arne behauptet, es seien Grillen. Er imitiert die Grillen, dann Zikaden – deine Liebhaber! Pfeift, wiederholt eine Folge von Tönen, wird aufmerksam, vergißt mich, betrügt mich mit ein paar Notenköpfen, entschuldigt sich auch noch, holt das Notenpapier aus der Tasche. Keine Frau könnte das ertragen. Bei Arne kommt man immer an zweiter Stelle, jede Frau spürt das, auch die dümmste.

Ich gehe in mein Zimmer, suche in meinem Koffer nach den Tabletten, schlucke zwei Librium. Lirum – larum – librium, in drei Wochen muß das Kind dasein, wenn sie es mir richtig gesagt haben. Vielleicht wird er mir eine Anzeige schicken. Er hat eine Mutter aus mir gemacht, bevor ich eine Frau geworden war, und als ich endlich eine Frau hätte sein können, sein wollen, macht er mich zur Großmutter.

Ich setze mich vor mein Manuskript, nehme das Blatt, auf dem nichts steht außer dieser einen Zeile. Ich schreibe es noch einmal darunter. »Flieht, Liebende, die Liebe«, und nochmal, exakt darunter, und nochmal. Strafarbeit. Zwanzigmal bis zur nächsten Stunde, »Um acht Uhr fängt die Schule an, was sich ein jeder merken kann«. Meine Schrift wird immer kleiner, unleserlicher, zur Mitteilung nicht mehr geeignet. Die Zwischenräume von Zeile zu Zeile vergrößern sich, die Zeilen senken sich, das Wortende zerfließt, die Buchstaben legen sich weiter und weiter nach links. Graphologie für die Frauenseite, mit Beispielen. ›Je mächtiger die Vergangenheit in einem Menschen wirksam wird, um so deutlicher pflegt sie ihre Spur in vermehrter Linksläufigkeit zu hinterlassen . . .‹ Ich weiß.

Paul kommt, bleibt vor meinem Tisch stehen, fragt – kriegen wir nichts zu essen? Ich habe ein Huhn mitgebracht, es ist schon ausgenommen. Soll ich es braten? Was hast du da? Seit wann schreibst du Gedichte, zeig her! Laß mich sehen! Er liest es, liest alle achtzehn Zeilen, legt das Blatt vor mich hin, greift nach dem Rotstift, sucht so lange, bis er unter meinen Stiften einen Rotstift gefunden hat, und streicht alles durch, zweimal, kreuzweise, legt den Stift hin und geht. Auf der Terrasse bleibt er stehen, dreht sich um. – Ich setze das Huhn auf, sagt er. – Ich komme! Laß mich das machen.

Wie die Spürhunde sind die Männer hinter der Fremden her. Paul hat herausbekommen, wie sie heißt. Warum fragt er nicht im »Fortuna« nach, wenn er das wissen will. Sie belauern sie, folgen ihr, wenn sie zur Post geht, lesen heimlich den Absender. Ina! Mehr hat er nicht gelesen, nur den Vornamen. Sie reden, ob das paßt, ob das nicht paßt, sie müßte einen umständlicheren Namen haben. Sie hat eine Briefmarke gekauft. Eine! Sie schreibt keine Ansichtskarten! Der Brief ist mit Luftpost geschickt! – Und? frage ich. Warum nicht? Sie wohnt in einer Stadt, die einen Flughafen hat! – Sie fotografiert nicht! Keiner hat sie je mit einem Fotoapparat gesehen. Carlos ist fasziniert, eine alleinreisende Frau, die nicht fotografiert! Sie malt nicht! Keiner hat sie je mit einem Zeichenblock gesehen, mit einem Tuschkästchen. Dabei könnte er, Paul, sich das denken. – Vermutlich kann sie zeichnen! Irgendwann versucht es hier jeder. In jedem Mauerschatten sitzt hier einer mit dem Skizzenblock auf den Knien und das Wassertöpfchen daneben und pinselt sorgfältig oder larifari die Häuserkästchen übereinander, schmiert Wasserblau rundum. Mit ihren Pinseln und Kameras tragen sie die Steine ab, kratzen an den Hauswänden mit ihren habgierigen Augen, wie die Ameisen zernagen sie die Wände des Berges, zerlöchern die Hauswände. – Unfug, sagt Paul, Unfug!

Sie trägt keinen BH! Carlos nimmt jeden Eid auf sich: sie ist nackt unter ihrem gelben Kleid. Arne hat sie mit Signor Ernesto gesehen, in der Schlucht hinter seinem Haus, er behauptet, er habe nur so im Gras gelegen und auf Wind gewartet, sieht mich an – Zephirwind, den wolltest du doch haben. – Und? Was hast du gesehen? Was haben sie gemacht? – Nichts, sagt er. – Du solltest dir einen Feldstecher kaufen! Dann kannst du alles ganz genau sehen, siebenfach vergrößert. – Achtfach! Paul verbessert mich wie immer. – Ihr seid widerlich! Voyeure! Wie die Italiener!

Sie sehen sie mit Signor Ernesto, sehen sie nicht. Noch schlimmer. Sehen sie stundenlang nicht! Sie ist heute nicht am Strand gewesen! Sie war gestern nachmittag nicht auf der Piazza! Wo war sie? Wo kann sie schon gewesen sein? Wie weit, meint ihr, daß das geht? – So weit, wie das üblicherweise zu gehen pflegt. Paul sagt das. Arne sieht mich an, bohrt mit seinen Blicken in meinen Augen. Was will er denn, was denn? – Üblicherweise? Ich sehe Paul an. Hat Paul das gesagt? Ich übersetze es, manchmal verstehe ich ihre Ausdrücke nicht gleich. Meine Hand faßt nach dem Glas, wir sitzen beim Essen auf der Terrasse. Ich werfe es, weiß nicht, daß ich werfe, bin ganz blind. Er biegt den Kopf zur Seite, das Glas zerschellt an der Hauswand, dicht neben Pauls Kopf. Über die weiße Wand rinnt bläulichrot eine Weinspur. Carlos kriecht unter den Tisch, schreit: – Achtung! Feuer! Arne steht auf, murmelt sein Pardon und geht. Ich starre geradeaus, übers Meer, habe die dicken stachligen Arme des Kaktus im Blickfeld, sehe nur diesen Kaktus, dieses Stück Blau dazwischen, fühle gar nichts, denke gar nichts, weiß nur: jetzt ist es zu Ende. Es ist unweigerlich zu Ende. Carlos steckt den Kopf unterm Tisch hervor, grinst, fragt – Waffenstillstand? sammelt die Scherben auf, trägt sie weg, dreht sich nochmal um – wie zu Hause, ganz wie zu Hause, und geht die Treppe hinunter zu dem Schutthaufen hinterm Haus und kommt nicht wieder.

Zwischen den Kaktusarmen zieht die ›Cristoforo Colombo‹ vorbei, nach New York, unter einem Abfahrtswinkel von …

Jolandas Radio dröhnt. Wenn er jetzt aufsteht, kommt, meinen Kopf an sich zieht, mit dem Daumen über meinen Mund streicht, aber er tut es nicht. Ich suche seinen Blick, kann ihn nicht festhalten, er sieht dem Schiff nach. Ich stehe auf und sage – schade. Nichts sonst, weiß sonst nichts, gehe an die Brüstung, nehme den Topf mit dem Kaktus zwischen die Hände, spüre das Muster der Tonscherbe deutlich in den Handflächen, schiebe ihn an den Rand und kippe ihn. Er stürzt, es gibt einen dumpfen Aufschlag. Es war der größte und schönste, er fing gerade an zu blühen. Flache braune Blüten mit gelben Tupfen, wie aufgespießte Schmetterlinge, dicht auf den Stacheln. Jolanda rennt herbei, kreischt, jammert – Fiori, fiori! Signora! schreit sie. Ich beuge mich über die Mauer und stimme in das Gejammer mit ein, beuge mich tiefer, liege mit dem Bauch auf der breiten Mauer. Unten kräht das Baby in seinem Drahtverhau, scharrt im Dreck. In meinem Mund sammelt sich Wasser, sickert mir aus den Mundwinkeln, übles, bitter schmeckendes Wasser, rinnt in schleimigen Fäden aus den Mundwinkeln. – Ch'è? schreit Jolanda, was ist, Signora? läuft zur Treppe, kommt die Treppe herauf, auf mich zu, umfaßt mich, hebt mich von der Mauer hoch, drückt mich an ihren dicken warmen Leib, tätschelt mir die Backe. Sie ruft – Wasser, Signore! Subito! Paul steht auf, jetzt steht er erst auf, langsam, noch schwerfälliger als sonst, kommt mit einem Eimer. Beide spritzen mir Wasser ins Gesicht. Jolanda schaufelt mir Hände voll Wasser in den Mund, es läuft mir in Bächen unter die Bluse. Sie hört nicht auf, mich zu tätscheln. – Sempre lo stesso, sagt sie. Die Männer! Ein Kind, ein schönes Kind wird es werden, schön wie dieser Sommer! Ich schüttle den Kopf. Sie küßt mich auf beide Wangen, ahnt nicht, daß es Übelkeiten gibt, die eine andere Ursache haben. – Wann, fragt sie, wann? – In zwei Wochen. Sie lacht, schüttelt den Kopf, nimmt meine Hand, legt sie auf ihren gewölbten Bauch – zwei Monate, Signora! Fühlen Sie das Köpfchen?

Mich schaudert es. Ich fröstle trotz der Hitze. Sie legen mich auf mein Bett. Jolanda spritzt DDT, schließt Läden und Türen dicht, es ist dämmrig im Raum, heiß, dazu dieser schwere, süße Geruch des Desinfektionsmittels. Die Fliegen surren, sind wie betrunken, taumeln, kriechen schwerfällig weiter, wenn sie fallen. Paul liest sie von meinem Laken ab, zieht einen Stuhl an mein Bett, wedelt mit dem Handtuch, ein schwacher, kühler Lufthauch zieht über mich. Jolanda ist fort, unten dröhnt ihr Radio. Paul fragt – geht es besser? Ich nicke. – Was hat es auf sich? – Nichts.

Er schiebt den Riegel vor die Tür und kommt zu mir. Üblicherweise.

Die kleine Gina-ginetta lächelt mir unter ihren langen schwarzen Wimpern zu, senkt sie wieder und fädelt Melonenkerne auf, das Lächeln bleibt auf ihren Lippen. Sie weiß, daß ich noch neben ihr stehe, fädelt weiter, lächelt weiter, hält jetzt den Perlonfaden mit ihren kleinen weißen Zähnen fest, prüft die Länge der Kette, sortiert mit den Fingern. Sie hat die Kerne zur Hälfte eingefärbt, schwarze und weiße schmale flache Kerne schnürt sie auf Perlonfäden, hält die Kette hoch, schickt mir einen raschen Blick und ein langes Lächeln. Was für ein liebes Gesicht! Da sitzt sie, beide Beine gelähmt, seit so viel Jahren, daß sie nichts anderes mehr weiß, dünn, starr liegen sie auf dem Schemel. Jeder, der vorbeikommt, bleibt stehen, die Einheimischen und die Fremden. Für jeden ein Lächeln. Sie verschenkt es, gratis. Ein stiller, heiterer Mittelpunkt des Dorfes. Am späten Nachmittag, wenn sich die Piazza füllt, wenn das Boot mit den Stranieri kommt, holt einer ihrer Brüder sie nach Hause, trägt sie huckepack vom Schauplatz. Sie hat es gut, sie wird so verwöhnt. Alle sind gut zu ihr, sie lächelt dankbar. Alle loben Gina-ginetta, alle loben ihre Ketten. Im vorigen Jahr hat sie Broschen aus den Austernmuscheln gemacht, die ihre Geschwister am Strand gesucht haben. Im nächsten Sommer will sie die flachen Steine bemalen, die braucht man nicht lange zu suchen. Einer von den Malern hat ihr seine Farben dagelassen und gezeigt, wie sie es machen soll. Souvenirs von der Insel. Erinnerungen an die kleine gelähmte Gina-ginetta, die die Fremden wiedererkennt, wenn sie im nächsten Sommer kommen, und das wollen sie: in der Fremde wiedererkannt werden.

Wir gehen langsamer, wenn wir um ihre Ecke biegen, setzen die Füße leise auf, beschämt, daß wir laufen können. Carlos geht und kauft ihr ein Eis, jeden Tag tut er das, holt eine Tüte Gelato, macht eine kleine Verbeugung und sagt – Signorina! Besser das Eis schmilzt, als daß ich schmelze, sagt er zu uns und grinst. Er bleibt vor ihr stehen, sieht ihr zu, wenn sie das Eis schleckt, starrt auf die leblosen kleinen Füße, die in weißen Kindersöckchen stecken. Schuhe besitzt sie nicht, wozu? Füße, die nie die Erde berühren.

Neben mir bleibt die Fremde stehen. Wir nicken uns zu. Gina-ginetta hebt den Blick, die beiden sehen sich an, die Kleine hört auf zu lächeln. Kein Lächeln im Gesicht der Fremden, das verhärtet sich, wird streng, kühl, altert. Ich sage leise – die Kleine versteht recht gut Deutsch; sie ist ein Engel, diese Gina-ginetta, jeden Tag fünf Minuten in ihrer Nähe, und man wird ein besserer Mensch. Sie ist geläutert von Leid und läutert die anderen. Die einzige in diesem Nest, deren Leben einen Sinn hat, die nicht aus ist auf Sex und Lire. Ich hätte noch weitergesprochen und mich noch mehr gesteigert, aber sie unterbricht mich mit einem – meinen Sie? Das kommt kalt, skeptisch. Die Kleine fädelt weiter. Die Sonne trifft jetzt ihre Schultern. Sie blickt sich um, ob keiner kommt, der sie in den Schatten trägt. Ich sehe die Fremde an, warum faßt sie nicht zu, zusammen könnten wir Gina-ginetta leicht in den Hauseingang tragen, wo sie immer nachmittags sitzt. Aber sie starrt mit verhärteten Augen auf die armen leblosen Beinchen, dreht sich mit einem Ruck um und geht. Kein Gruß, kein Lächeln. Ich zerre an dem Stuhl. Ich bin nicht kräftig, ich bin ungeschickt aus Angst, der Kleinen weh zu tun. Sie legt die Arme um meinen Hals, so muß man sie tragen! Sie macht sich leicht, noch leichter, ich schiebe mit dem Fuß den Stuhl, setze sie wieder zurecht, setze die Schale mit den Melonenkernen in Reichweite, nicke, lächle. Sie hebt ihre langen schönen Wimpern. Ihre kleine Schwester kommt angetrippelt, packt ihre Klötzchen aus und baut unterm Stuhl von Gina-ginetta ein Haus für ihre Puppe.

Ich hole die Fremde ein. Sie ist auf dem Weg zum Strand, wir gehen eine Weile schweigend nebeneinander. Sie ist wieder barfuß, ich sehe mir ihre Fußspur an, erkläre ihr unser Vorhaben, frage sie. Sie zeigt sich interessiert, blickt sich um, betrachtet ernsthaft ihren Fußabdruck und willigt ein.

Wir haben den Strand erreicht, es ist die Stunde, in der die Rheumakranken ihre Sandbäder nehmen, sich in ihr heißes Grab einschaufeln lassen. Überm Leib einen zwanzig Zentimeter hohen Sandhügel, der Kopf im Schatten des schräggestellten Sonnenschirmes, dessen Gestänge den Sand berührt, Blicke, Wind und Sonne abwehrend. Diese schrecklichen, vom Körper losgelösten

Köpfe! Manche lachen, wenn sie vorbeigehen. Die Eingegrabenen rollen die Augen von rechts nach links, sehen der Strandprozession zu, zehn Minuten, zwanzig Minuten, je nach Konstitution. Gerardo läuft krummbeinig von einem Grab zum andern, ein Totengräber, darauf bedacht, daß keiner sich Verbrennungen holt, auch das ist passiert, und daß keiner sich selbst eingräbt, ihm die Lire entzieht; für jeden Atemzug am dampfenden Berg verlangt er fünfzig Lire.

Ich bleibe stehen und hole zu weitläufigen Betrachtungen über die Heilkraft des heißen Sandes aus, der Schwefeldämpfe, des erhöhten Radiumgehalts der Luft. Die Fremde steht daneben mit ihrem verschlossenen Gesicht, ein böses, häßliches Gesicht, ich rede dagegen an. Das muß sie doch rühren, wen rührte das denn nicht, und wenn es der Glaube dieser armen kranken Leute ist, der einen rührt. Aber kein Wort von ihr, nur wieder so ein skeptisches – hilft das? Es hört sich an wie – lohnt das. Sie ist auf dem Weg zu den Thermalbädern, sie will sie besichtigen, nicht benutzen. Nur ansehen will sie sich das. Ich erzähle ihr von dem Mann, dessen Ankunft wir erlebt haben, an zwei Krücken hat er sich geschleppt, mit einem Boot hat man ihn an den Strand gebracht, man mußte ihn heben, tragen sogar in den allerersten Tagen, keinen Schritt konnte er tun, verkrümmt, der ganze Körper verzogen, ein Bild des Jammers. Man wagte nicht hinzusehen, und alle starrten wir hin, jedesmal, wenn sie ihn mit dem Boot anbrachten, diesen Gichtbrüchigen. Und eines Tages kam er dann allein durch den Sand gehüpft, auf seinen zwei Krücken. – Krükken? fragt sie. – Ja, sage ich, zwei Krücken, wie nach dem Krieg die Amputierten, erinnern Sie sich nicht? Und dann nur noch eine Krücke und eine Woche später statt der Krücke nur noch einen Stock. Er streckte sich, wuchs, sah wieder aus wie ein Mensch. Die Heilung des Gichtbrüchigen. Vielleicht hat er auch Bäder genommen und Massagen, ich weiß nicht, aber er war jeden Tag hier im Sand, jeden Tag zur gleichen Stunde, wir haben das von unserer Terrasse aus gesehen, mit dem Fernglas können wir den Strand sehen, und an einem Nachmittag hat er seinen Stock genommen und ins Meer geworfen.

– Und, fragt sie. – Und? Das Meer hat ihn zurückgebracht. Es bringt alles zurück, was man loswerden will. Jemand hat ihn aufgefischt, alle wußten, wem er gehörte, er hat ihn wiedergekriegt, hat ihn unter den Arm geklemmt und ist gegangen, er humpelte noch etwas. Es interessiert Sie nicht? – Doch, doch natürlich, es interessiert mich, ich bin aus diesem Grund hierher gekommen. – Sie? Sie sind nicht krank! – Nein. Ich nicht. Entschuldigen Sie mich jetzt? – Bitte!

Sie geht allein weiter, zieht das Bein nach, wieder das linke. Warum sagt sie, nicht für mich? Was soll das. Es ist keine Schande, wenn man Rheuma hat. Ich ärgere mich. Soll sie doch allein gehen.

Kurze, unruhige Wellen. Rasche Brandung. Schon müssen die Liegestühle weggebracht werden, weil das Meer sich ausdehnt. Jede Welle, die auf noch trockenen Sand schwappt, wird mit Gekreisch begrüßt. Die Musik aus dem Restaurant ist lauter und schriller als sonst, die Blicke der Leute neugieriger. Ich hasse es, allein vor ihnen herzugehen. Ich wate durchs Wasser, weil ich nicht über ihre ausgestreckten Beine steigen mag. Nach hundert Metern bleibt die Fremde stehen und wartet, versucht ein Lächeln, so ein unfrohes, gequältes Lächeln. – Ich war unhöflich, sagt sie, ich würde gern mit Ihnen gehen, ich gehe nicht gern allein hier entlang. Dieser Wind macht mich gereizt, entschuldigen Sie! Ich sage – Schirokko, es ist mal wieder Schirokko, schon seit heute mittag, man gewöhnt sich dran. Alle sind gereizt, es gibt überall Streit. Aber der Wind legt sich, und der Streit legt sich, kommt rasch, geht rasch, es dauert nur lange, bis man sich an den Rhythmus gewöhnt. Wie lange bleiben Sie, können Sie das abwarten? – Ich weiß nicht, solange mein Geld reicht, es ist teuer hier, nicht wahr? Ich warte auf Nachricht. – Ich biete ihr an, daß sie Statistengage beziehen kann, für ihre Füße. Sie lacht, diesmal nicht verkrampft, sondern überrascht und fröhlich. – Mit meiner Füße Arbeit! Zu Hause leben wir von meiner Hände Arbeit.

Die Fremde begleitet mich zu den Bädern, sie liegen in der Cava scura, die wie mit schartigem Messer in den bröckligen Tuffstein geschnitten ist. In der Schlucht ist es stickig, die Luft steht still, der Schirokko weht oben über den Berg, man hört ihn nur; er löst Erdklumpen, die in kleinen Staubwolken über die gelben Steinwände springen und im dünnen Gerinnsel des Wassers liegenbleiben und sich lösen. Das Wasser kommt aus den Bädern, grau, trübe, warm. Es ist angenehm, darin zu waten, es tut den Füßen gut. In loser Prozession ziehen die Badenden barfuß durch den kleinen Bach, die Sandalen in der Hand, wie

Kinder. Der Schirokko raschelt oben im dürren Gras, bambushoch ragt es in den Himmel, der sich verschleiert hat. Unten an den Felswänden sitzen in langer Reihe Frauen unter ihren Schönheitsmasken, Gesicht, Hals und Schultern mit grauem Schlamm beschmiert, der langsam trocknet und verkrustet zu Silberbronze. Sie sitzen auf Steinbänken, in Laken und Bademäntel gehüllt, und warten, daß sie schön und jung werden. Der Bademeister kommt, betrachtet die Fremde ausgiebig, sagt – subito, einen Moment noch. Er erkundigt sich, ob sie baden will. – Ein Bambino, fragt er, wiegt seine Arme in Brusthöhe und trällert ein Wiegenliedchen. So begrüßt er alle Frauen zwischen sechzehn und sechzig. Die Fremde sieht mich fragend an, was will er von ihr, was für ein Kind meint er. Ich erkläre es flüchtig. – Das macht er bei jeder, sie denken, daß wir hier baden, um Kinder zu kriegen, legen den Klistierballon neben die Wanne, unmißverständlich. Seit Jupiters Zeiten machen die heißen Quellen die Frauen fruchtbar. Haben Sie Kinder? Sie schüttelt den Kopf. – Baden Sie! Es wirkt garantiert, für den Rest sorgen die Pepis. – Die Pepis? – Ich erkläre auch noch, wer die Pepis sind, ich bin es schon leid.

Mein Bad ist fertig. Ich liege in meiner Felswanne, in der man schon zu Roms Zeiten gebadet hat. An drei Seiten graues Tuffgestein, ein Tuch vor der Öffnung der Badehöhle und über mir der Felsschacht, weiße, zerfaserte Wolken drüber. Der dicke Blütenschaft einer Agave zerschneidet den Himmel in zwei ungleiche Stücke. Stimmen aus den anderen Höhlen, Wasser plätschert, ich liege still, streiche mit den Händen über meinen Leib. Sie atmen schlecht, hat die Fremde gesagt. Ina, ich versuche, mich zu erinnern, wer das war, der auch Ina hieß. Ich atme mit dem Zwerchfell, pumpe mich ganz voll Luft, sehe zu, wie mein Buch sich hebt und senkt. Ich habe zugenommen, das tue ich immer, wenn es mir gutgeht. Demnach geht es mir gut. Meine Fußnägel schimmern aus dem grauen Wasser. Korallenrot. Der Bademeister hebt den Vorhang, genug für heute, er zeigt auf die Uhr. Ich wickle mich in mein Tuch, lege mich auf eine Steinbank zum Ausruhen. Die Fremde ist gegangen.

Am Strand ist es leer, nur Gerardo läuft und zerrt die Sonnenschirme aus dem Sand. Sie sind sein Kapital, aus dem er jeden Tag Zinsen schlägt. Der Wind hat sich verstärkt, man muß dicht am Felsen entlanggehen, so weit spült das Meer, der Gischt sprüht hoch. Die Pepis haben ihre Boote in Sicherheit gebracht, wer jetzt zurück will, muß zu Fuß über den Berg. Vor mir gehen »die Beiden«, sie halten sich an den Händen, schlenkern die Arme. Sie lassen sich nie los, wenden die Köpfe zueinander, küssen sich, während sie gehen. Wir nennen sie »die Beiden«, es sind keine Einzelwesen. Sie sprechen deutsch, aber sie sprechen nicht viel, sie sind jung und blond, verbreiten Unschuld um sich. Sie wissen nicht einmal, daß man sich hier nur im Dunkeln umarmt. Sie bleiben jetzt stehen, zeigen mit ihren zusammengelegten Händen hinaus aufs Meer. Delphine! In flachen Bogen springen sie übers Wasser, es sind viele, ein ganzer Schwarm, so nah waren sie noch nie. Ich bleibe neben ›den Beiden‹ stehen, wir nicken uns zu. – Es ist noch wer draußen, er schwimmt zu den Delphinen. – Es ist eine Frau, sage ich, sie schwimmt sehr gut.

Paul will fotografieren. Arne und ich begleiten ihn. Es geht ihm um ein Stück Erdoberfläche, er sammelt solche Aufnahmen. Er fotografiert Felsen, die Einsprengsel von Feldspat und Quarz oder den Saum des Meeres, den körnigen Sand. Die Dias projiziert er an die weiße Wand seines Zimmers, vielfach vergrößert. Er setzt sich davor und studiert das Bild. Eine komplizierte Form von Naturstudium. Sie paßt zu ihm.

Wir steigen auf den Berg, in halber Höhe, weit unterhalb des zerfallenen Kastells, klettern wir abwärts. Wir wollen von oben her in die Grotten sehen, durch die Felsarkaden, die hier wie Strebepfeiler den Berg abstützen und sich gegen das Meer stemmen. Wir tragen Turnschuhe und tasten uns vorsichtig abwärts, der Stein bricht leicht, es ist wenig Gesträuch da, an dem man sich halten könnte, nur dieser stachlige Mäusedorn und verdorrter Ginster, behängt mit Schoten, aus denen der Samen fällt, wenn man sie anrührt. Als Wermut und Ginster noch blühten, sie blühen lange, haben wir oft in einer sandigen Kuhle oben am Torre gelegen, mitten im süßen Gesumm der Bienen, wie in einem Honigtopf, unter den Kuscheln. Paul sagt so, jedes Gebüsch ist eine Kuschel, er kommt von jenseits der Oder, da sagt man so. Jenseits von Oder und Neiße, mehr weiß ich nicht. Er hat nur die Leica mit und das Teleobjektiv. Er will aus der

Hand fotografieren, er kann das, seine Hand ist auch bei $^1/_{25}$ noch ruhig. Er geht als erster, bleibt plötzlich stehen, bückt sich, winkt uns zurückzubleiben, nicht zu sprechen. Wir vermuten, daß er ein Vogelnest aufgespürt hat, sie brüten hier zwei- und dreimal im Sommer. Wir warten, daß er die Kamera schußbereit macht, aber er verharrt bewegungslos und starrt in die Tiefe. Ich rutsche neben ihn, er sieht sich unwillig nach mir um. Arne, der ein paar Meter unter uns ist, hat ebenfalls Pauls Blickbahn erreicht, lehnt sich gegen den Felsen, nimmt den Feldstecher, den er jetzt immer bei sich trägt. Zwanzig Meter unter uns, vielleicht auch dreißig, ist ein nahezu ebenes Felsplateau, etwa einen halben Meter ragt es aus dem Meer, bei Flut wird es überspült, an den Rändern haben sich Muscheln und Algen angesetzt. Es ist größer als zwei mal drei Meter. Das Meer ist ruhig, der Halbzweiuhrwind hat sich wieder gelegt, die Sonne steht tief, vergoldet schon. Ein einziges Boot ist draußen, ich flüstere Paul zu — ach, wem gehört das schöne Boot? Er zischt mich an, gefälligst den Mund zu halten, da erst erkenne ich, daß sich auf dem Stein etwas bewegt. Die Fremde! Sie stellt sich auf, bleibt in einer Art Grundstellung bewegungslos stehen, zieht dann den rechten Fuß hoch, gleitet langsam mit dem Fuß am linken Bein entlang, immer noch etwas höher, stemmt sich gegen das Standbein, balanciert das Gewicht aus, beugt den Rumpf tief, bis sie mit den Fingerspitzen die Erde, dicht neben dem linken Fuß, berührt. Und bleibt so. Ein schwarzer Reiher auf dem kalkweißen Stein vor dem kobaltblauen Meer. Es benimmt auch mir den Atem, ich fasse nach Pauls Arm, er reagiert nicht. Dann zieht sie sich langsam hoch, dehnt sich, löst sich aus dieser Vogelposition, streckt sich lang und schmal, schüttelt leicht die Arme aus, lockert den Kopf, hockt sich dann hin, ganz entspannt. Wir atmen erleichtert auf, Arne reicht mir das Glas. Die Fremde richtet sich wieder auf, grätscht die Beine, beugt sich, streckt die Arme zwischen den Beinen durch, legt die Hände flach aufs Gesäß. Ich vergesse, Luft zu holen, verschlucke mich, muß husten, unterdrücke den Husten, richte mich auf und erkenne, daß es das Boot von Signor Ernesto ist. Er rudert in weitem Halbkreis um den Felsen, beobachtet sie, bewacht sie, läßt sie nicht aus den Augen. Wir müssen fort, es ist besser, er entdeckt uns nicht auf unserem Zuschauerposten, wahrscheinlich hat auch er ein Glas, alle Italiener haben ein Fernglas. Ich flüstere Paul zu, daß er kommen soll. Ich zeige auf das Boot. Er winkt ab, kramt in seiner Hosentasche nach Papier und Stift und fängt an zu skizzieren. – Tu das nicht, Paul! Er hört mich nicht, besteht nur noch aus Augen und Händen. Die Fremde hat sich gesetzt, streckt die Beine, legt sich, winkelt langsam das rechte Bein an, dann das linke, umschließt die Füße mit den Händen. Eine häßliche Position, wie eine Kröte liegt sie da. Sie scheint Atemübungen zu machen, bläht den Leib auf wie eine Kaulquappe, stößt die Luft ruckartig aus. Arne will das Glas wiederhaben. – Joga? Er zuckt die Schultern, er weiß es auch nicht.

Ein Boot mit einem Außenbordmotor kommt rasch um den Berg, Signor Ernesto stößt einen warnenden Ruf aus. Die Fremde löst die Füße aus den Händen, stützt sich leicht auf, reckt sich und springt ins Meer. Mit dem Gesicht im Wasser schwimmt sie zum Boot, umkreist es. Wir hören ihr Lachen, das sich in den steinernen Gewölben bricht, ein Echo löst sich. Sie hängt sich an das Boot, Signor Ernesto rudert rasch weg vom Berg, wo das Boot mit dem Außenbordmotor eben in eine Grotte biegt. Der Motor wird abgestellt, wir können Stimmen hören. Das Boot hat Unruhe ins stille Wasser der Grotte gebracht, Wellen klatschen, beruhigen sich. Draußen hilft Signor Ernesto der Fremden ins Boot. Sie setzt sich ihm gegenüber auf die schmale Ruderbank, die Bretter liegen eng, sie schiebt ihre Knie zwischen seine Beine. Er hüllt sie in ein Badetuch, zieht die Ruder ein, läßt das Boot treiben. Ihre Köpfe sinken gegeneinander. Seine Stirn berührt ihre Stirn.

Der Sonnenball erreicht den Horizont, für zwei Sekunden sieht es aus, als würde er dieses eine Mal nicht sinken, sondern den blanken Meeresspiegel entlangrollen. Dann fällt er, sackt ins Meer, färbt das Wasser und färbt den Himmel. Der rote Sonnenball ist in Wasser löslich, nicht indanthren, sagt Carlos jedesmal. So ein Tramonto dauert lange. Mit all den Vorbereitungen, dem Anhäufen kleiner Wolken, den Farbenspielen, dem Abendwind, der in die Wolkenherde bläst. Jeden Tag dasselbe, jeden Tag etwas anders. Man wird nicht müde zuzusehen.

Gelächter dringt durch die scharfkantigen Stützpfeiler, der Motor wird angelassen, das Boot mit dem Außenbordmotor fährt aus der Grotte. Draußen die beiden sitzen noch immer Stirn an Stirn, als sollten die Gedanken aus einem Kopf in den anderen dringen.

Wir sind steif geworden. Meine Knie schmerzen, als ich mich aufrichte. Ich fühle Pauls Blicke auf mir und werde unbeholfen und schwerfällig. Er sieht weg, knüllt das Blatt zusammen und wirft es fort. Es hat uns nicht gutgetan, das zu sehen. Es schwächt alles ab, was zwischen uns beiden ist, macht es noch kleiner, drängt uns zu den anderen hin, zu denen, die in die Grotto d'amore fahren.

Arne reicht mir die Hand, er will mir helfen, aber ich will nicht. Ich spüre, wie schlechte Laune aufzieht. Mißstimmung, die oft mit dem Sonnenuntergang kommt, die erst schwindet, wenn man getrunken hat.

Die Weinlese hat begonnen. Auf allen Pfaden sind sie unterwegs, den flachen hölzernen Bottich, hoch gefüllt mit Trauben, auf dem Kopf. Junge Mädchen, alte Männer, alles, was laufen kann, ist zwischen Weinberg und Keller unterwegs. Maultiere werden vor hochrädrige Karren gespannt, auf die sie die dünnbäuchigen Fässer laden. Aus allen Höfen dringt der säuerliche Geruch von gärenden Trauben. Er zieht durch die Gassen, vermischt mit Eseldung, Tang und Dieselöl.

Keiner hat mehr Zeit, sich um die Fremden zu kümmern, nicht einmal die Pepis lungern herum. Es warten weniger Taxi am Ende der Straße, es liegen weniger Boote im Hafen. Die Weingärten sind weit weg vom Dorf, aber zu jedem Garten gehört ein Keller, ein kaum mannshohes Gewölbe, in den Felsen gehauen. Dort machen sie ein Feuer, kochen, schlafen während der heißen Mittagsstunden, warten den Regenschauer ab.

Wir bekommen Carlos kaum noch zu sehen. – Deutschland muß wieder ein Land der Weintrinker werden, hat er verkündet und ist mit der Leica losgezogen. Alle Jahre wieder: Wein, Weib, Gesang. Weinlese an der Mosel, Weinlese an der Rhône, Weinlese auf Ischia.

Er hat im Nachbardorf ein Modell entdeckt. Ganze Titelseiten muß er dem Mädchen versprochen haben. Abends stolziert er über unsere Terrasse und demonstriert uns, wie verführerisch sie ist. Er balanciert eine Waschschüssel auf dem Kopf, stemmt die Hand in die linke Hüfte, den kleinen Finger spreizt er ab, und dann schwenkt er seinen Hintern zwanzig Zentimeter nach links und zwanzig nach rechts. – Eine Puppe! versichert er uns, die süßeste Puppe der Insel. Er schwört, daß sie ein Mädchen ist. – Wie nennt man das? Ganz recht, una vergine! Das hat sie gesagt! Schwarz wie die Sünde, und das Haar hochgetürmt wie diese Farah, ihr wißt schon, und Mandelaugen! Eine Pfirsichhaut, flauschig! Es überrieselt einen, wenn man sie anfaßt! Und eine latteria! Er demonstriert uns ihren Busen, muß dazu die Schüssel absetzen. Paul warnt ihn, er soll vorsichtig sein, er soll die Finger von dem Mädchen lassen, damit er es nicht mit Vater und Brüdern zu tun bekommt. – Die? Alle lieben ihn! Alle lieben Carlos! Die ganze Familie liebt ihn, er fotografiert sie alle. Sie haben von uns gehört, natürlich kennt man uns hier. Die Leute vom Film! Sie wissen, daß wir Geld haben. Er sieht Arne an, verbessert sich – sie denken, daß wir alle Geld haben, weil wir so viel Zeit haben. Er war noch keinen Augenblick mit ihr allein, aber das kommt. Er ist seiner Sache sicher. Und Füße! Und einen Popo! Sie zittert unter seinem Blick. Er ist es ihr schuldig. Sie wartet drauf, sie kann es nicht mehr aushalten, wie ein Pferd vorm Derby – heißt das so? Wie ein Pferd, das man zu kurz gehalten hat. Sie ist zu schade für die Krummbeiner hier. Außerdem hat er gewettet. Mit den Männern im Dorf, mit Antonio und Salvatore und dem Dottore, die behaupten, eine Virgine kriegt man nie. Unter den Fremden sei noch keine gewesen. Aus keinem Land, aus Deutschland schon gar nicht. Sie hätten schon einen Preis ausgesetzt. Die werden sich wundern! Die Kleine kann nicht mal die Augen stillhalten, geschweige denn alles andere. Sie bebt vor Ungeduld! Bald ist der Sommer vorbei. Und arm ist sie. Arm! Phantastisch, sie geht barfuß, nicht um ihre Füße zu schonen, sondern die Schuhe. Wahrscheinlich hat sie gar keine, oder nur für den Winter. Er spaziert schon wieder mit der Schüssel auf dem Kopf herum, plötzlich setzt er sie ab, das hat er vergessen, er hat uns etwas mitgebracht, aus dem Garten von Gelsomina, quasi aus dem Paradies. – So bin ich zu euch! Drei Feigenblätter bringt er zum Vorschein, betrachtet sie prüfend, sortiert sie, sieht mich an – du kriegst keines! Bei dir weiß ich nicht Bescheid! Hält mir trotzdem eines hin – meinst du, daß das für ihn reicht? Gibt das kleinste Arne – für dich genügt das! Und das hier ist für den dicken Carlos! Hält es sich vor, grinst. Warum lassen wir uns das gefallen.

Er hat es auf einmal eilig wegzukommen, er verabschiedet sich, vielleicht kommt sie noch mal raus. – Der Mond scheint, habt ihr gesehen, wie der Mond am Himmel steht? Wir versichern ihm, daß man das kaum übersehen kann. – Eine Kulisse! Im Weingarten gibt es eine Grotte, mit einer steinernen Bank! Er trällert – »Komm in meine Liebeslaube.« Mit so einem Mädchen braucht man noch keinen Komfort. Sie ist wie ein wildes kleines Tier, geschmeidig wie eine Katze, nein, keine Katze, wie ein Kaninchen, wie ein wildes Kaninchen aus Plüsch.

Wir schlagen ihm vor, endlich zu verschwinden, damit er nur keine Minute mit dem Kaninchen versäumt.

Paul schließt sich jetzt ein, oft den ganzen Tag. Nicht nur das, er schickt uns weg. – Wollt ihr nicht... Könnt ihr nicht... Wäre es nicht gut, wenn ihr... Kein Vorschlag ist ihm fadenscheinig genug: er will allein sein. Er malt. Heimlich wie ein Trinker. Als wüßten wir es nicht. Er macht sich lächerlich, genau wie Carlos mit seinem Plüschkaninchen. Keiner hat was dagegen. Soll er doch! Hier kann jeder tun und lassen, was er will. Aber nein, kein Wort drüber.

Wir rächen uns. Wir fragen ihn nicht: kommst du weiter. Sagen nicht: zeig uns was. Wir gehen gehorsam weg, wenn er es will, und rufen unten am Haus, wenn wir zurückkommen. Bist du da? rufen wir, und dann erscheint er auf der Terrasse, zerstreut und liebenswürdig, fragt uns – wo wart ihr? Was habt ihr gesehen? Ihr kümmert euch doch um unseren Film? Ich tue das natürlich auch, denkt nicht, daß ich das nicht immer im Auge behielte. Wir versichern ihm, daß das keiner von uns jemals denkt, und holen unser Badezeug und gehen an den Strand, verbummeln den Tag. Carlos läßt sich nur noch am späten Abend oder am Vormittag sehen. Arne und ich treiben uns auf der Insel herum, wie Touristen, besichtigen Kirchen, zerfallene Forts, sitzen mal hier, mal da auf einer Piazza, gehen in Läden, kaufen goldene Sandalen, Kleider. – Gefällt dir das? fragt Arne, darf ich dir das schenken? – Warum nicht? Ich probiere aus, ob ich das könnte: Nichtstun mit Arne.

Manchmal gerät er ins Erzählen, meist unvermutet, immer dann, wenn ich nicht zuhören will, immer von Dingen, die ich nicht kenne. Wo er auch anfängt, nach wenigen Sätzen ist er in Schweden. – Du ahnst nicht, wie grün es ist! Es ist einfach alles grün, sogar das Wasser und das Schilf und die Binsen und die Seerosen, sogar der Himmel! Als Junge hat er sich ein Floß gebaut. Ob er mir schon von der Insel erzählt habe, die immer bei Sturm fortgetrieben wird, mit Bäumen und Büschen drauf. Auf dem Floß hat er eine Schilfhütte gebaut, da hat er auch gewohnt, manchmal auch drin geschlafen, wenn niemand da war, der ihn bewachen und erziehen sollte. Zwischen den Bläßhühnern. – Weißt du, wie Bläßhühner piepsen? Er ahmt es nach, ahmt die Wildenten nach. – Wenn sie aufsteigen aus den Ufern, schreien sie, und wenn sie dann mitten im See landen, gleiten sie meterweit übers Wasser, hinterlassen eine breite Bremsspur. Er hat mich längst vergessen, träumt. Ein altgewordener Nils Holgersson. Er schrickt zusammen, wenn ich frage – warum bist du hier, wenn du dort soviel lieber bist? – Es ist schöner, sich hinzusehnen, als dort zu sein, sagt er. Aber zeigen möchte ich es dir, du mußt einmal kommen! – Es ist zu kalt für mich. – Es ist nur kühl, nicht kalt! Diese langen Dämmerungen, das wird dir gefallen, stundenlang steht die Sonne tief am Horizont, und alles wirft Schatten, vergrößert sich zehnfach im Schatten. Ich weiß nicht, wieso die Sonne bei uns einen flacheren Bogen beschreibt als hier, wo sie so rasch ins Meer stürzt, aber sie tut es. – Warum fragst du nicht Paul, der weiß so etwas doch, warum fragst du mich?

Und wenn wir nach Hause kommen, sage ich zu Paul, daß Arne wissen will, warum die Sonne im Norden einen flachen Bogen beschreibt, und dann sagt Arne – das ist doch nicht wichtig, nein? – Warum erzählst du es mir denn?

Er sieht mich mit seinen ratlosen Wikingeraugen an, die mich ungeduldig machen. Immer weicht er aus, gibt nach. Man stößt ins Leere. Er ist kein Gegner. Paul hat die Frage sowieso nicht gehört, er fragt seinerseits – wo wart ihr? Wen habt ihr gesehen? Was macht eigentlich die Fremde, wie hieß sie doch, wußten wir nicht, wie sie hieß, sie sieht so handgewebt aus. Und dieser Signor Ernesto? Wir geben bereitwillig Auskunft. – Weißt du das nicht? Sie wohnt bei ihm, sie ist nicht mehr im »Fortuna«, in seinem Haus, ganz recht. Du kennst doch sein Haus, dieser alte Palazzo mit den runterhängenden Fensterläden und dem blauen Tor. Sie gehen abends zum Fischen, jeden Abend, sobald der Mond untergegangen ist. Doch, er hat ein Boot, erinnerst du dich nicht, es war aufgedockt, die Pepis haben es zum Hafen gebracht, es müßte gestrichen werden, es sieht aus, als sei es jahrelang nicht im Wasser gewesen. Aber ein schönes großes Boot. Nein, ohne Motor, er rudert, sie gehen nicht weit raus, dicht bei den Grotten, an unserem Berg, Tintenfische und Folpi. Wenn es dämmrig wird, kommen sie über die Piazza, sie geht immer zwei Schritte hinter ihm, trägt die Karbidlampe und er die Harpune und die Fangkörbe, beide barfuß. Er hat uns übrigens eingeladen, uns alle, er wird uns ein Essen geben.

— Ihr habt doch nicht zugesagt? — Warum nicht? Wir wollten doch immer schon sein Haus besichtigen. Wir wollen doch, daß sie bei unserem Film mitmacht. — Wieso weiß ich davon nichts? Erzählt es mir morgen, ich bin entsetzlich müde, ich lege mich hin. Hattet ihr einen angenehmen Tag? Habt ihr gearbeitet? Gute Nacht!

So ist es jetzt immer. Er fragt, ohne auf Antworten zu warten oder zuzuhören. Sobald er seine Fragen gestellt hat, sagt er, daß er entsetzlich müde oder hundemüde oder müde zum Umfallen sei, und wir schlagen ihm vor, daß er sich hinlegen solle. Es sei spät genug. Am ersten Abend hat er den Kopf durch meinen Türspalt gezwängt, als sei es gefährlich, die Tür weiter aufzumachen als für den Spalt, durch den er den Kopf stecken kann, und hat gesagt — entschuldige! Aber ich bin heute einfach nicht in der Lage, ich fühle mich wie ausgelaugt. Dann nichts mehr, keine Auseinandersetzungen, keine Erklärungen, nichts. So hat es angefangen, so hört es auf, wortlos. Ich habe ihn zur Rede gestellt, morgens, so etwas sagt man immer morgens — du willst mich also an Arne abschieben? — Ihr mögt euch doch, ihr harmoniert doch? Schließlich finanziert er uns. Er hat uns diesen langen Sommer ermöglicht. — Du meinst also, damit wir uns richtig verstehen, ich sollte dafür aufkommen, bezahlen? — Zumindest könntest du ihm den Aufenthalt angenehm machen. Ganz schlimm kann es doch wohl nicht kommen, soviel ich weiß. — Frei konvertierbar, meinst du das? — Konvertieren würde bedeuten, daß es sich um eine Anleihe handelt, die in eine andere mit niedrigerem Zinsfuß umgewandelt würde. — Danke, Herr Lehrer! Der Zinsfuß ist in diesem Falle größer, ganz recht.

Ich verstehe ihn nicht. Es hat keinen Zweck zu fragen: warum tust du das? Warum schickst du mich fort? Ein ungelernter Liebhaber! Du wirst Geduld haben müssen, hat er gesagt. Das ist Monate her. Ich habe Geduld. Ich lasse ihn tun, was er will.

Ich frage nicht weiter. Ich tue, was er will. Arne sagt – du machst alles falsch. Ich bin bereit, auch das zu bestätigen, vermutlich mache ich wieder alles falsch. – Er will das doch nicht, was er sagt. Er schickt dich doch weg, weil er Angst hat, daß du weggehst. Das hat er mit seiner Frau genauso gemacht, er hat sie mit seiner Eifersucht aus dem Haus getrieben, seinem besten Freund in die Arme. Geht ihr doch zusammen, wollt ihr nicht, und jetzt macht er es wieder so. Man macht doch immer wieder dieselben Fehler, man variiert sie, aber minimal, man macht sie rascher, weil man schon Übung hat, aus lauter Angst, daß es einem wieder so gehen wird, ist man wie paralysiert. – Und du? – Ich profitiere davon, ich lasse ihn gewähren, vielleicht gerät es ihm auch diesmal, es ist meine Chance. – Ich meine, was wiederholst du? Welche Fehler machst du immer wieder? – Ich? Die eigenen kennt man nicht. Er weicht aus. Er weicht immer aus, mit solchen Fragen verscheucht man ihn. Er bleibt scheu auch mir gegenüber. Legt den Kopf schief, lächelt verbindlich, streicht mit den Händen das Haar zurück.

Ich bin abends nicht müde, nicht abgespannt. Ich liege wach, horche, denke nach. Die Nächte werden kühler. Man ist weniger unruhig. Sobald er Arne und mich in den Betten weiß, geht Paul auf die Terrasse, setzt sich in den Liegestuhl und raucht. Ich höre, wenn er sich eine neue Zigarette ansteckt, rieche den Rauch der ersten hastigen Züge. Einmal habe ich nach ihm gerufen. Er ist nicht gekommen. Auch Arne bleibt in seinem Zimmer, auch ihn kann ich hören, die Wände sind dünn. Auch er schläft nicht, manchmal macht er Licht, zieht Schubfächer auf, schiebt sie zu, der Lichtschein unter der Tür verschwindet.

Wenn Carlos zurückkommt nach Mitternacht, unterhält er sich noch eine Weile mit Paul, erkundigt sich als erstes – die beiden schlafen schon? Jetzt sind ›die beiden‹ Arne und ich. Eine Pause, dann zieht er sich einen Liegestuhl neben Pauls, dämpft die Stimme, aber nur so, daß man merken soll, er gibt sich Mühe, leiser zu reden. – Wann hast du zuletzt eine junge gehabt, fragt er dann, noch leiser, aber immer gut verstehbar – ich meine ein junges Mädchen. Er betont ausdrücklich ›Mädchen‹. Das ist ein Unterschied, sagt er, wie Tag und Nacht! Die machen sich noch nichts draus. Wie findest du das? Die sieht mich mit ihren Mandelaugen an, als wollte sie sagen ›Ist das alles?‹, und plappert derweil von filmare, filmare. Sie hat sofort rausgekriegt, daß man in dem Moment alles verspricht, fragt auch noch artig – finito? Ich bringe ihr das noch bei! Das wäre was für dich, Paul, du bist doch ein Schulmeister. Aber ich kann das auch. Ich mache sie noch verrückt, das sage ich dir. Jetzt macht sie mich verrückt, aber das kommt auch noch anders. Man kann dieses..., er sucht nach Worten, Paul ergänzt, dieses Kaninchen! Carlos ist entzückt – ja! Wie ein Kaninchen, wie kommst du auf Kaninchen? Man kann dieses Plüschkaninchen nicht halten. Kannst du dir das vorstellen? Woher sollst du! Sie läuft einem weg. Zu blöde. Man funktioniert nicht mehr so schnell, und sie denkt, es muß rasch gehen, finito? finito? damit sie über den Film reden kann. Filmare – filmare! Sie will ihre Bilder sehen, ich soll Vergrößerungen machen, viel, viel größer noch als ein Plakat! Viertelstundenlang hockt sie da und betrachtet ihre Fotos, pickt sie über ihr Bett. Ich soll sie nackt fotografieren, in der Cantina im Berg, mit Blitzlicht, wie auf den Magazinen. Sie macht mir die Stellungen vor, in denen ich sie fotografieren soll. Stellungen! Ein verdorbenes kleines Biest. In aller Unschuld, verstehst du, verdorben und unschuldig. Sie nimmt mich nicht ernst. Knabbert mit ihren spitzen Zähnchen an meinem Ohr, beißt richtige kleine Löcher rein, bohrt ihre Nase in meine Ohrmuschel und schnüffelt und nagt, das macht mich verrückt. Woher hat sie das? Das ist Natur! – Carlos gähnt. – Man wird bequem. Bevor ich mir was Neues einfallen lasse, mein Repertoire ändere, also lieber suche ich mir eine andere Frau. Wenn man Glück hat, kennt sie die Methode noch nicht. Sie tippt immer auf meinen Bauch und kichert. Im Grunde taugen diese jungen Dinger noch nicht fürs Bett. Bett ist gut! Bett wäre gut! Sie machen sich einfach noch nichts draus.

– Warum gehst du denn hin? Paul fragt das ganz sachlich.

Carlos wiederholt blöde – warum? warum? Weil ich mir was draus mache! Soll ich mir vielleicht so eine Hündin vornehmen? He, oder eine Eselin? Was meinst du wohl, warum es hier so viel Hündinnen gibt? Der Winter ist lang, und dann sind die Fremden weg. Plötzlich schreit er laut und wütend – ich werde sie schon hintrimmen!

Paul macht – psst! Vermutlich zeigt er dabei auf meine Tür, die weit offen steht.

– Gelsomina! Sie heißt Gelsomina, so was Kitschiges! Gelsominchen. Carlos prustet vor Vergnügen. – Kennst du nicht so einen Filmfritzen in Rom? Wir kannten doch einen, der Werbefilme machte, könnten wir dem nicht mal schreiben? – Hast du das versprochen? – Halb und halb. – Du hast es versprochen? – Schrei mich doch nicht an, ich habe gesagt, daß der Mann kommt. In den nächsten Tagen, es wird uns schon was einfallen. Ich habe das dem Vater versprochen, was will ich denn machen? Die tischen mir Wein auf, zehn Jahre ist er alt. Lacrimae Cristi sagen sie und verdrehen die Augen gen Himmel, als wären es wirkliche Tränen und kein Wein, den ich trinken soll. Ihre dickste Salami schneiden sie auf. Wir sitzen unter der Pergola. Ihr Bruder, sie hat wer weiß wieviel Brüder, jeden Abend tauchen neue Brüder auf, lauter so braungelockte Bürschchen, kein Mensch kann sie unterscheiden. Wußtest du, daß dies eine fruchtbare Gegend ist? Seid fruchtbar und mehret euch, heißt das so? Man braucht hier eine Frau nur anzutippen, dann ist es schon passiert. Das liegt an der Luft, am Radium! Ich habe den Alten gefragt, als wir da sitzen, zwölf Kinder hat er bestimmt. ›Il arie‹, sagt er, ›arie‹, und zeigt in die Lüfte. Und dann schmettert dieses Bürschchen los, setzt sich auf die Mauer unterm Ölbaum, nimmt die Gitarre beim Hals und zupft ein bißchen dran herum, sie hat keine drei heilen Saiten, aber er singt dazu, als wäre Gigli sein Vater und Vico Torriani seine Mutter, und der Mond scheint durchs Weinlaub und malt Schatten auf die Gesichter, und die Katzen schnurren einem um die Beine, und die Grillen zirpen. Die machen mich fertig! Die Leute hier sind abgehärtet, von klein auf. Wenn ich auf den Mond zeige, man muß sich ja schließlich unterhalten, dann sage ich eben bewundernd ›la luna!‹, dann drehen sie nicht mal die Köpfe. Die tun, als wohnten sie in Nippes, als hätte ich gesagt: die Mülleimer sind voll.

Eine Weile höre ich nichts, dann steckt Paul sich eine neue Zigarette an und sagt, daß er seinerseits sich aus reinem Selbsterhaltungstrieb diesem sexuellen Sog entzogen habe. – Ich meinerseits habe mich diesem sexuellen Sog entzogen.

Ich stehe auf, raffe mein Laken um mich und schiebe den Vorhang zur Seite. Paul reagiert auf mein Erscheinen mit – oh, du schläfst noch nicht, und Carlos bietet mir sofort seinen Liegestuhl an, springt auf, schiebt ihn mir hin. Ich habe mein Stichwort also gut erkannt. – Habt ihr nichts zu trinken, frage ich, ihr seid so ungemütlich, trinken wir doch! Ich stehe noch immer mit dem Rücken an der Hauswand, beide Hände flach neben mir an der Mauer. Ich will mich beherrschen, ich will erst ruhiger werden, rede aber schon, kann es nicht verhindern – was für eine Nacht! La luna! Frißt sich den Bauch voll, ah, und der Große Wagen, wie sagst du, Paul, Ursa major, U ma, in den späten Nachtstunden im Herbst steht er fast senkrecht über uns. Das wäre geprahlt, aber es ist ja auch noch nicht Herbst, oder ist es schon Herbst, wie spät ist es eigentlich?

– Ich bin müde, sagt Paul, ich lege mich hin, hier hast du ein Glas. Du solltest nicht soviel trinken, das tut dir nicht gut. Er bleibt unschlüssig stehen, weiß nicht, ob es ratsam ist, gleich in seiner Tür zu verschwinden. Carlos geht umher. – Hör mal, sagt er zu mir, wenn du ungemütlich werden willst, dann gehe ich. Du hast das Zeug für eine Ehefrau, weißt du das eigentlich? – So, habe ich das? Ich nehme Paul das Glas ab, trinke es in einem Zug leer, stelle es auf die Brüstung, fange an, die Liegestühle wegzuräumen, der eine klemmt wieder, ich probiere so lange, bis ich ihn richtig zusammengelegt habe, stelle ihn gegen die Hausmauer, immer noch ruhig. Paul ist mittlerweile in sein Zimmer gegangen, ich folge ihm und mache ihm eine Szene. Ich wußte bis zu dem Augenblick nicht, was sich an Zorn in mir angestaut hatte. Paul ist schon dabei, sich auszuziehen, er hat nur noch das Hemd an, so ein ärmelloses kurzes Unterhemdchen, und ich in meinem Laken, das mich bei jeder Bewegung behindert und immer verrutscht. Ein einziges Mal hat er mich unterbrochen, mit einem Wort, das war so, daß ich ihn geohrfeigt habe. Zum erstenmal habe ich einen Mann geschlagen. Nein. Nicht zum erstenmal. Ausgerechnet ihn, den ich lieber habe als irgendwen sonst. Zur Zeit. Ich liebe ihn nicht, aber ich habe ihn lieber als irgendeinen anderen. Ich habe ihn angeschrien. Als er ging und die Türen schloß, habe ich um so lauter geschrien. Arne kam, klopfte gegen die Tür – sei doch still, bitte, hör doch auf! Ich habe die Tür aufgerissen und ihn beim Arm genommen und ins Zimmer gezerrt und ihn gleich mit erledigt. Da hatte sich auch einiges angesammelt. – Komm, komm nur rein, bitte sehr, das geht in einem hin, du willst mich doch? Hast du nicht gesagt, du willst mich heiraten? Ich tauge zur Ehefrau, Carlos findet das auch, ich habe das Zeug zur Ehefrau. Du mußt mich kennenlernen, ich bin ein sexueller Sog, wußtest du das nicht? Ich bin der sexuelle Sog dieses Herrn Oberlehrers. Und dann, wieder zu Paul, der die Pause benutzt hat, um in seine Hosen zu kommen –

vor wem genierst du dich eigentlich? Meinetwegen kannst du so bleiben, es interessiert mich nicht. Wundert dich das? Arne will mich besänftigen, streicht mit dem Handrücken an meinem Arm entlang wie eine Katze, ich schüttle ihn ab – laß mich! Du bist schuld, verstehst du das endlich? Du bist schuld. Du mit deinem verdammten Geld. Ohne dich wären wir längst hier fort. Entweder wäre unser Film fertig geworden, zum Termin, oder wir hätten es rechtzeitig aufgegeben, weil wir nämlich Geld gebraucht hätten. Ja! Geld, wir hätten Geld verdienen müssen, deshalb muß man einen Film fertig drehen, deshalb muß man Bilder malen, deshalb malt Paul Bilder, Bildchen! Lauter kleine Bildchen – ich zeige drauf, sie lehnen an der Wand, auf den Stühlen, ich stutze, kriege sogar für einen Augenblick eines in den Blick, eines seiner Mikrobilder –, die man verkaufen kann, für Geld, für ganz ordinäres, wunderbares Geld, und deshalb fotografiert Carlos Bilder von der Weinlese, Bilder von Füßen, daraus macht man Serien für Illustrierte, ah! Da bist du ja, Carlos, komm, wir machen allgemeinen Hausputz, wir sind gerade bei dir angekommen. Und ich schreibe für Geld. Glaub doch nur nicht, daß du uns was Gutes angetan hast, glaub das ja nicht! Wir sind nämlich keine Genies, die man fördern müßte. Du auch nicht! Keiner von uns, du schon gar nicht mit deiner Zikadenmusik! In deiner Familie gibt es Mäzene, was? Sitzt ihr im Kommuniqué für den Nobelpreis? – Ich verspreche mich, Paul korrigiert, mechanisch, er korrigiert immer sofort alle Fehler, er sagt, nicht laut, aber dafür gut akzentuiert – Nobelpreis, wiederholt es sogar mit der richtigen Betonung auf der zweiten Silbe. Ich starre ihn an, komme zur Besinnung und muß lachen, könnte mich totlachen, kreische noch ein paarmal – Nobelpreis, hört ihr, Nobelpreis, da steht ein Anwärter, gibt es denn keinen für Maler, für Oberlehrer-Maler?

Schließlich höre ich auf zu lachen, weil ich zu erschöpft bin, lasse mich auf Pauls Bett fallen und schnappe nach Luft. Carlos hat sich in der Eile nur ein Handtuch umgeknüpft, die Fransen, so gut es ging, zusammengeknotet, um nur ja nicht diese herrliche Szene zu versäumen. Aber das Handtuch reicht nicht, er ist zu dick für Jolandas Fransentücher, sein nackter weißer Hintern ragt raus, und mit dem lehnt er am Schrankspiegel, der ihn auch noch verdoppelt. Ich zeige auf den Spiegel, lache von neuem. Paul und Arne fangen auch an, Carlos starrt blöde von einem zum anderen – was habt ihr, lacht ihr über mich, hört auf! Ich bin gar nicht dran, hört sofort auf! Er blickt hinter sich, sieht sich im Spiegel, ist entzückt, kreischt vor Vergnügen, klatscht auf seinen Hintern und führt einen Freudentanz auf, macht vor mir halt – phantastisch, du warst phantastisch! Wie hundert Frauen in einer! Hättet ihr das unserer Penata zugetraut? Aber ich habe das vermutet. Ihr beide wißt sie ja nicht zu nehmen, ihr könnt ja mit Frauen nicht umgehen, da muß erst der dicke Carlos kommen.

Ich warne ihn – halt den Mund, sonst fange ich wieder an! Er kreischt laut vor Entsetzen, versucht sich hinter dem Schrank in Sicherheit zu bringen. Ich stehe auf – los kommt! Trinken wir was! Ich habe einen herrlichen Durst!

Wir gehen auf die Terrasse. Paul holt eine neue Flasche, Arne die Gläser. Wir stellen die Liegestühle auf, Carlos verspritzt DDT auf seine Beine und behält die Spritze in Reichweite. Es ist ein Abend für die Zanzare. Jolanda steht plötzlich unten an der Treppe. Signora, ruft sie, Signora! Ich beuge mich über die Brüstung – ch'è, frage ich, was ist los, mitten in der Nacht! Sie zeigt besorgt auf ihren Bauch, zeigt dann auf mich, ruft – il bambino, Signora, attentione!

Die Männer strecken alle auf einmal ihre Köpfe über die Mauer, zwischen den Kakteentöpfen durch, heben die Gläser gen Himmel und rufen – salute, il bambino! Jolanda schüttelt den Kopf. Artisti, murmelt sie, artisti! Stranieri, eines so schlimm wie das andere. Sie zieht sich zurück. Wir bezahlen gut, sie kann nicht einmal sagen, daß wir leise sein sollen. Arme Jolanda.

Die Zikaden schreien, Arne nimmt die leere Flasche, wirft sie in den Weinberg und sagt vorwurfsvoll, diesmal nicht zu mir, sondern gleich zu Paul – diese Liebhaber! Carlos widerspricht – das klingt schwedisch, hört ihr das nicht? Eine schwedische Zikade!

Paul gibt dem sexuellen Sog nach. Gegen Morgen träume ich von Katzen, lauter Katzen, denen ich die Schwänze abschneide. Es erfüllt mich mit Genugtuung.

Ein Brief an Paul verändert alles. Man will ihn ausstellen. Er soll ein paar größere Formate schicken. Er hat neulich – auf meiner Reise, ihr wißt schon – Bilder dort gelassen. Er ist wie ausgewechselt und versucht, zu sein wie sonst. Er mißtraut seiner Freude. Carlos zimmert Gestelle und spannt Leinwand auf, Arne wäscht Pinsel, fährt nach Porto, um weitere Pinsel zu besorgen. Ich sortiere Skizzen, und Paul hockt auf seinem Stuhl, die Beine auf die Verstrebung der Stuhlbeine gestellt, den Block auf den hochgezogenen Knien und pinselt und pinselt. Wir laufen um ihn herum und machen psst und wispern und sind stolz auf ihn. Wir sehen ihm über die Schultern. Nichts kann ihn mehr stören. Er genießt die Unruhe. Auf seine Weise genießt er sie, das gibt er nicht zu, sagt nur, wenn wir fragen – nein, bleibt! Ihr stört mich nicht, ich will euch ja nicht vertreiben, schließlich wohnen wir alle hier, ein Team, und dann starrt er wieder auf die Zimmerdecke, sie ist schon völlig abgeblättert, und tüpfelt weiter seine kleinen korrekten Bilder. Er zeichnet mit dem Pinsel. Abstraktes, das er mit einer Gewissenhaftigkeit und Akribie wiedergibt, als sei es für ein Lehrbuch bestimmt. Ein Leitfaden für Mikroben, irgend etwas, das man mit bloßen Augen nicht wahrnehmen kann, Getüpfeltes, Gestricheltes, vielleicht unterm Mikroskop Erkennbares, Erkanntes. Und immer wieder, auf allen Bildern etwas, das aussieht wie seine Spiralnebel. Alles konzentriert sich um einen oder um mehrere Punkte. Kontrollsysteme innerhalb des Bildes. Man starrt drauf, fixiert so lange, bis das anfängt zu leben, anfängt vor den Augen zu wimmeln wie Bazillen, Würmer, Weichtiere, Einzeller. Das beängstigt. Man traut den kleinen harmlosen Bildern solche Wirkung nicht zu, sie verändern sich unter den Augen – weißt du das eigentlich? frage ich Paul – oh, er wird verlegen, ich glaube nicht, ich sehe nie so lange hin. Er lächelt mich an. Weiß Gott, er lächelt und pinselt weiter. Dann versucht er, in derselben Methode eine große Leinwand zu füllen, die Staffelei wird aufgeschlagen, hierhin und dahin gerückt. Carlos hat sich drangemacht zu grundieren, im voraus, damit es keine Aufenthalte gibt. Wir beschließen, daß alle großen Bilder blaugrundig sein müssen, eine blaue Serie soll er ihnen schicken. Die Leute müssen viel sehen, da sind wir uns einig. Sie müssen die Möglichkeit haben, auszusortieren, zu verwerfen, Einwände zu erheben. Sie müssen merken, daß er eine großartige Schaffensphase – Emphase! –

hatte, daß er die Bilder aus sich herausschleudert, ein farbespeiender Vulkan.

Natürlich trinken wir viel, aber mehr als der Wein berauscht uns das Reden. Als Carlos anfängt, wie besessen Bilder herzustellen, wirft Paul ihn raus, nimmt ihm sämtliche Pinsel weg. Da bleiben ihm ja nur die Finger, da muß er ja drauf kommen, Collagen zu machen. Arne hilft ihm dabei. Sie gehen zu den Fischern, holen sich Flossen, fegen Fischschuppen zusammen. Carlos taucht nach Algen und Muscheln. Sie stecken einfach alles in Öl und Leim und picken es auf Kartons. Meerstücke! In Carlos' Zimmer stinkt es wie am Hafen. Er ist wieder mal selig, stößt Höllengelächter aus, schreit nach Öl und nach Wasser und nach Wein. Natürlich geht das Paul auf die Nerven. Er fängt seine Bilder oben links an zu malen und malt außen herum, nähert sich spiralförmig allmählich der Mitte. Warum beginnt er nicht innen? Ich frage ihn. Er hört aufmerksam zu, hält das für eine Möglichkeit. Ich hocke neben ihm auf der Erde und sehe ihm zu. Er hantiert mit so geduldigen Händen. Was für eine stille Emphase! Ein Vulkan. Wann ist er erloschen?

Carlos schleppt uns seine Werke vor die Tür, baut sie da auf, Meeresungeheuer, mit zottligen Algenköpfen, schuppigen Fischleibern. Er ist zufrieden, wenn wir lachen, mehr will er gar nicht, nur daß wir den Witz erkennen. Mit einem seiner Gebilde ist er zu Jolanda in die Küche gezogen und hat es ihr schenken wollen, aber sie hat nicht die Kunst, sondern nur die stinkende Natur erkannt. Sie hat es nicht haben wollen, sie hat sich mit Händen und Füßen gewehrt. Fünf Minuten lang spielt er den verkannten Künstler, dann geht er in sein Zimmer und wirft das ganze Zeug raus, poltert, pfeift und baut sein Laborgerät auf. Er wird seine Aufnahmen auswerten. Ihr werdet euch wundern, sagt er!

So was steckt ja an. Wir infizieren uns immer, einer den anderen. Arne ist der nächste. Irgendwer hat ihm gesagt, daß es im Haus von Signor Ernesto ein Klavier gibt. Er geht hin, verschafft sich Zutritt. Es scheint nicht einmal schwierig zu sein. Das Instrument ist verstimmt, er hat tagelang damit zu tun, an den Saiten zu spannen und zu zupfen und neue einzuziehen. Er muß in die Stadt. Kaum, daß er noch fragt, ob ich mitkommen will. Er hat einen Wagen gemietet, oder hat er ihn gekauft, er äußert sich unbestimmt. Er händigt mir den zweiten Autoschlüssel aus –

damit du dich unabhängig fühlst. Aber auch ich bin infiziert, ich sitze in meinem Zimmer und schreibe. Von Arne weiß ich, daß Signor Ernesto eine Bibliothek hat, was läge näher, als daß ich endlich auch versuchte, in sein Haus einzudringen. Er wird Bücher über die Insel haben, vielleicht sogar Literatur über Vittoria Colanna, es hat nicht viele berühmte Persönlichkeiten auf der Insel gegeben. Ich ziehe mir ein Kleid an, kämme mich sorgfältig, habe mir sogar Fuß- und Fingernägel frisch lackiert und breche am späten Nachmittag zu meinem offiziellen Bittbesuch auf. Ich treffe Signor Ernesto nicht an, auch die Fremde nicht, nur diese kleine graue Person, die in seinem Haus herumhuscht wie eine Fledermaus, bis zum weißen Käntchen am Halsausschnitt gleicht sie dem weißgeränderten Pipistrello, kurzsichtig, mißtrauisch. Sie wird den Signore fragen, aber es wird nicht gehen, alles ist verwahrt, in Schränken verschlossen. Oder vielleicht doch? Es ändert sich so viel im Haus. Das Gerüst! Sie zeigt am Haus hoch, das eingerüstet ist, man wird es tünchen. Sie fuchtelt mit den dünnen schwarzen Ärmchen herum, man kann auch die Bücher auspacken, alles kann man ändern, warum nicht? Sie wird es ausrichten, warum nicht, wenn er zurückkommt, mit dieser Straniera, die jetzt im Haus ist. Wir stehen im Höfchen. Ich komme wieder nicht weiter als bis in dieses Höfchen, in dem der Oleander noch immer blüht und die hängenden Nelken. Von der obersten Treppenstufe her faucht mich so ein Kater an, das Maul weit aufgerissen, die spitzen Zähne blecken mich an, plötzlich springt er in weitem Satz, landet vor der Pipistrella, schiebt sich zwischen ihre Beine. Die streichelt ihn, reibt seinen getigerten Rücken mit dem Fuß und wartet, daß ich gehe. Ich versuche es kein zweites Mal. So wichtig sind mir die Bücher nicht. Es war ein Vorwand.

Als ich zurückkomme, hat Carlos Leinen gespannt und seine Vergrößerungen zum Trocknen aufgebaumelt, dreißig mal vierzig und größer. Schon wieder stößt er Entzückensschreie aus – ihr ahnt nicht, was in den Aufnahmen steckt! Die Kunst liegt im Detail! Als immer noch keiner kommt, um zu bewundern, erscheint er mit den tropfenden Blättern, die er eben aus dem Wasser gezogen hat, und zeigt uns die ganz und gar zerstückelte Gelsomina. Er benutzt grobkörniges, graugetöntes Papier, es erhöht die plastische Wirkung. Ein Schulterblatt mit dem Arm bis zum Ellenbogen; ihre Brust, deutlich zeichnen sich die Rippenbögen ab; ein gebeugtes Knie. Warum tut er das? Sicher ist, daß ein Reiz davon ausgeht, ein krankhafter vermutlich.

Plötzlich hat er ein Foto in der Hand, starrt drauf, schreit nach seinem Hemd – wo ist mein Hemd, ich kriege gewaltige Lust auf das Original! Er rennt in sein Zimmer, kommt wieder, verheddert sich mit dem Zuknöpfen, stopft das Hemd in die Hosen, ruft uns nochmal zu, daß die Kunst im Detail liege, aber im Leben die Fülle, beschreibt mit den Armen gewaltige Rundungen, und weg ist er.

Selbst Jolanda hat die Veränderungen gemerkt. Sie schaltet ihr Radio nicht mehr an, sie holt den kleinen Giovanni ins Haus, sobald er anfängt zu brüllen. Sie verscheucht die anderen Kinder, wenn sie unter unserer Terrasse spielen wollen. Wenn eine der Nachbarinnen vorm Tor nach ihr ruft, rennt sie herbei und schreit aus der Küche – piano! Piano! macht pscht und – die Artisti! Wir haben ihr den Brief der Galerie gezeigt, und ich habe ihr zweimal übersetzt, was darin steht. Endlich hat sie begriffen, daß Paul ein richtiger Pittore ist, er fotografiert nicht nur. Sie zeigt auf ihn – pittore! ruft sie, umarmt ihn. Un pittore, in ihrem Haus. Sie hat schon einmal einen Maler im Haus gehabt, in demselben Zimmer! Er hat wunderbar gemalt, schön wie eine farbige Fotografie, alles genau wie es ist. Sie hat ein Bild von ihm, er hat es ihr geschenkt, als Giovanni geboren wurde, mit dem Haus drauf, alles kann man erkennen, alle Blumen, auch der Kaktus ist noch drauf, den die Signora runtergeworfen hat, ein vorwurfsvoller Blick trifft mich. Dreimal ist er gekommen, in jedem Sommer, immer mit einer anderen Frau, aber immer schön! Wir lachen, sie zeigt auf mich, zeigt auf die Männer – die Signora mit den drei Männern! davon werden sie noch lange reden. Wenn wir soviel arbeiten, müssen wir viel essen, und was Gutes müssen wir essen. Sie wird einen Hahn schlachten, den allergrößten, den, der so gewaltig kräht. Sie strahlt uns an, um vier Uhr kräht er, jeden Morgen, man kann die Uhr nach ihm stellen, den wird sie schlachten, den sollen wir essen.

Schon wieder der Hahn! Carlos erklärt sich bereit, dem Kikeri den Hals umzudrehen, jetzt, auf der Stelle! Er hat die größte Lust dazu, er muß endlich dran glauben, der alte Herr, sie hat uns diesen Hahn schon viermal versprochen. Sie rettet ihn von Saison zu Saison. Aber diesmal ist es ihr noch ernster als sonst. Sie preist seine Vorzüge, dieser Kamm! Steif und rot! Er ist noch nicht alt, der Kikeri, drei Jahre, vielleicht vier, aber das ist kein Alter, manche Hähne werden hundert Jahre. Diese Hähnchen, die man in den Pensionen kriegt, das sind doch keine Hähne, vier Wochen alt, da kann das Fleisch nicht fest werden. Dieser hier! Der duckt noch alle Hühner, ein paarmal am Tag, nicht nur einmal, ob wir das schon gesehen hätten? Wir sollen ihn haben! Sie wischt sich die Augen, der schöne Hahn, es muß sein! Morgen ist das Fest. Festa Sant Michele. Da muß man gut essen. Sie wird mir zeigen, wie man ihn kocht, den ganzen Hahn muß man in den Topf tun, alles kann man essen, die Füße, den Kamm, die Gedärme. Alles ist gut bei einem Hahn. Sie läuft weg, wir denken, sie holt das Messer, um ihn zu schlachten, aber nein, sie kommt zurück mit einem Bild des Heiligen Michael, zeigt es uns, küßt es. Il Sante! Der Heilige des Dorfes! Wir sollen ihren Wein dazu trinken. Lacrimae Cristi, ob wir davon schon gehört haben, der beste Wein der Insel, aus ihrem Garten, in Barano, da hat sie einen Weingarten geerbt. Wir gehören dazu, versichert sie uns, den ganzen Sommer sind wir bei ihr gewesen, vielleicht werden wir bleiben, auch im Winter ist es schön. Eigentlich ist es gar kein Winter, manchmal regnet es ein wenig, und manchmal macht das Meer große Wellen und kommt über die Mole, aber bald ist es wieder schön, und die Sonne scheint. Wenn die Stranieri fort sind, ist es fast wie früher. Für das Kind wird es besser sein, Signora! Paul stößt mich an – willst du sie eigentlich in dem Glauben lassen? fragt er. – Ja! Warum nicht? Wir sehen uns an. Er versucht zu verstehen, aber er hat zuviel Eigenes im Kopf, er schüttelt ihn, schüttelt alle Gedanken, die ihn stören könnten, raus – verstehe ich nicht, willst du mir das erklären? – Nein, sage ich, es ist nicht wichtig.

Gelsomina ist zum Fest in unser Dorf gekommen. Als wir abends auf der Piazza erscheinen, lungert sie da herum, schlenkert ihr Lacktäschchen, kaut Pistazienkerne, spuckt über die Mauer, hat Straß ins Haar und an den Ausschnitt gesteckt. Ihr Kleid spannt sich über den Hüften und überm Rücken, sie wächst noch. Sie wächst, bis sie wird wie ihre Mama, lange wird das nicht dauern. Carlos zeigt sie uns von weitem, aber wir hätten sie auch ohne sein – seht euch diesen Popo an! – erkannt. Er stöhnt begeistert und entschwindet.

Die Festa hat ihren Höhepunkt bereits überschritten, die Prozession ist vorbei, der Heilige Michael und die Jungfrau Maria sind auf ihre Altäre zurückgekehrt, mit blauseidenen Schärpen und roten Papierblumen schön geschmückt. Auf der Piazza hat man der Kapelle, die die Prozession begleitet hat, ein Podest aufgeschlagen, es nimmt ein Fünftel des Platzes ein, so klein ist die Piazza und so groß die Kapelle. Gerade stellt man die Notenständer auf. Wir setzen uns in eine Schaukel und warten, daß das Konzert beginnt. In die Liedertafel hat man bereits ein schön verschnörkeltes Schild geschoben: Aida. Die Einheimischen sind in der Überzahl, sie stehen in kleinen Gruppen zusammen, kaufen Erdnüsse und gesalzene Kürbiskerne in Zeitungspapier, das die Händler zu kleinen Tüten zusammendrehen, für 50 Lire, 100 Lire, mehr darf es nicht kosten, es ist nicht für die Fremden. Ein paar Männer schießen auf Luftballons, die an Schnüren auf einem der Boote hochgezogen werden, und gewinnen schwarzlockige Puppen mit roten und blauen Perlonkleidern, groß wie zweijährige kleine Mädchen. Paul verspricht mir eine – damit du endlich zu deinem Kind kommst! –, geht und bringt tatsächlich so eine Puppe in mohnrotem Rüschenrock an, mit langbewimperten Schlafaugen. Wir bewundern sie, sie muß auch in der Schaukel sitzen. Wir trinken Wermut, betrachten die Leute, klatschen über sie. Der Wind schaukelt die Girlanden mit den Fähnchen und Glühbirnen, Licht und Schatten schwanken, man sitzt auf unserer Piazza wie auf dem Deck eines Schiffes. Wir singen mit, als die Kapelle die schönsten Arien aus ›Aida‹ spielt, Paul brummt ›Als Sieger kehre heim‹. Wir sind müde und verträglich. Nach der Pause schmettert die Kapelle die Canzonetta, neapolitanische Volksweisen, jetzt singen auch die mit, die bei ›Aida‹ andächtig zugehört haben. ›Santa Luci-i-ia.‹ Ein herrliches Fest! Der Mond steht hoch am Himmel, gestern war Vollmond. An den Booten schwanken die Hecklampen. Später wird man ein Feuerwerk abbrennen. Keine Festa ohne i fuochi! Wir beschließen, das Feuerwerk noch abzuwarten und dann zu gehen. Man promeniert, drängelt sich, die Frauen, die Mädchen, die Männer, die meisten stehen im Halbkreis um das Podest der Kapelle. Signor Ernesto tritt auf, wie immer auf dem Weg in den Tabakladen, Luigi muß erst gerufen werden, er hört sich das Konzert an. Signor Ernesto trägt zur Feier des Tages eine Krawatte, sonst ist er unverändert. Die Fremde begleitet ihn, wartet vorm Laden; als er herauskommt, nimmt er auf altmodische Weise ihren Arm. Sie mischen sich unter die anderen, wo sie sich nähern, bildet sich eine Gasse. Man tuschelt, man wendet sich ab, man grüßt nicht. Sobald sie vorbei sind, sieht man ihnen nach – avvocato, hört man, und – una tedesca, ancora una tedesca! Sie lehnt sich mit dem Oberkörper gegen ihn, sehr anmutig, sehr vertraut. Ein schönes Paar. Sie reden nicht miteinander, aber sie lächelt ihm zu. Sie gehen über die Mole. Unten am Berg hat er an abgelegener Stelle sein Boot liegen, vielleicht wollen sie hinausfahren und vom Meer aus dem Feuerwerk zusehen. Der Dottore kommt vorbei, wie immer den Schal um den Hals, bleibt bei uns stehen. Wir wechseln ein paar Worte. Paul ermahnt mich, liebenswürdig zu sein – man weiß nie, wofür man ihn noch mal braucht. – Ist das ein Grund, liebenswürdig zu sein? – Ja. – Ich mag ihn nicht. Wenn Carlos dabei ist, fängt er an, seine wahren Geschichten von der Insel zu erzählen. Er hat sich bei uns eingeführt, indem er sagte – man nennt mich hier den Axel Munthe von Ischia, aber das haben Sie sicher schon gehört. Er macht sich scheinbar darüber lustig und ist geschmeichelt, wenn man drauf eingeht, er ist eitel und zynisch.

Ich bin in seiner Sprechstunde gewesen, er sollte uns ein Rezept ausschreiben, wir hatten alle Diarrhöe. Er wohnt in den beiden Zimmern, in denen er auch seine Praxis ausübt. Es war am Abend, er kam im Bademantel zum Vorschein, verschlafen oder betrunken, vielleicht beides. Er ließ mich warten, um seinen Kittel anzuziehen. An allen Wänden hat er hohe Spiegel. Er merkte meine Verwunderung. Ich bin nicht gern allein, sagt er, aber Menschen fallen mir auf die Nerven. Mich selbst kann ich noch am ehesten ertragen, aber das ist reine Gewohnheit. Möchten Sie sich ausziehen? Er macht keinen Hehl aus seiner Vorliebe für die Pepis. Er hat sich bei Carlos beklagt, daß die Konjunktur von Jahr zu Jahr schlechter für ihn würde, seit die vielen deutschen Frauen herkommen. Dieses naive Volk, sagt er, sie kommen immer wieder auf die alten Methoden zurück. Er hat sich uns genähert, um Arnes Bekanntschaft zu machen. Der zuckt zurück, er scheint sich vor dem Dottore zu ekeln. Den Doktor reizt diese offenkundige Ablehnung, weil er hier nicht mit Geld ankommen kann, hier müßte er anziehend wirken. Wochenlang ist er jeden Abend um unseren Tisch auf der Piazza gestrichen, hat sich beim Barbiere eine Zeitung gekauft, nur um uns irgendwelche Neuigkeiten auftischen zu können, Katastrophen nach Möglichkeit.

Hiobsbotschaften. Paul warnt Arne – der Hiob kommt! Die Einheimischen gehen nicht zu ihm, sie kurieren sich selbst oder fahren nach Forio. Es sei denn, um sich ihre Penicillinspritze geben zu lassen. Auf dem Umweg über Carlos erfahren wir von jedem, der sich angesteckt hat.

›Die Beiden‹ schlendern durch die Menge, Hand in Hand, essen Erdnüsse, sind noch blonder als bei Tage. Paul sagt – da scheint die Kombination von jung und glücklich tatsächlich einmal gelungen zu sein.

Signor Ernesto und die Fremde kehren zurück. Sie erkennt uns, winkt uns zu. Arne erhebt sich, Paul tut es auch, die Schaukel schlägt ihnen in die Kniekehlen, sie fallen lachend zurück. Ich zerre meine Puppe unter Arne hervor. Signor Ernesto verbeugt sich, aber er kommt nicht näher, die Fremde winkt mir zu, zieht an seinem Ärmel. Arne will die beiden veranlassen, sich zu uns zu setzen, aber der Drosselbart lehnt das ab. Er sitzt nie auf der Piazza, aber er würde uns gern am nächsten Abend in seinem Haus begrüßen. Er spricht französisch mit Arne. Er wartet unsere Zustimmung nicht ab, neigt seinen großen Kopf, hebt die schweren Augenlider zu einem schmalen Schlitz, zum erstenmal habe ich das Gefühl, in sein Blickfeld zu geraten. Er sieht von allem nur die Hälfte, die untere Hälfte. Man müßte ihm gewaltsam die Augen öffnen. Die Fremde versucht ihr zaghaftes Lächeln, sie zupft nochmal an seinem Ärmel. Kein Widerspruch, als er nicht reagiert. Sie folgt ihm gehorsam, beide verschwinden in der dunklen Gasse.

Die Kapelle hat Schluß gemacht. Ein kurzes, heftiges Konzert, zwei Stücke, und schon ist es vorbei. Aber die Vorbereitungen dauern endlos. Es ist spät, die Frauen gehen mit den Kindern nach Hause, die Kleinsten schlafen schon auf ihren Armen, das Köpfchen an die weichgepolsterte Schulter gelehnt, lutschen und träumen. Die Männer stehen bei den Booten. Für eine Weile dominieren die Fremden, die nicht wissen, ob Schluß ist oder ob es lohnt zu bleiben. Enttäuschung auf allen Gesichtern. Das ist alles? Böllerschüsse am frühen Morgen, eine Prozession am Nachmittag und jetzt zwei Musikstücke. Ein Tütchen mit Kürbiskernen, ein Kunststoffeimerchen für die Kinder. Kein Tanz und kein Karussell, und getrunken wird auch nichts.

Der Platzhirsch zieht auf, diesmal hat er nur eines der Mädchen bei sich. Die alte Signora aus Rom kommt und ihr mitgebrachter blonder Pepe. Sie hat auch so eine Puppe, drückt sie ihm in den Arm, lacht ihn aus. Er muß die Puppe über die Piazza tragen und ist wütend. Sie ist die Stärkere, sie hat das Geld, sie rächt sich, triumphiert, genießt ihren Triumph rücksichtslos. In einer halben Stunde wird er sich rächen, rücksichtslos. Antonio erscheint, ganz in Weiß, das Hemd aufgeknöpft, er hält auch heute seine gelockte Brust für wirkungsvoller als jede Krawatte. Er raucht eine Zigarre; er ist noch auf der Suche. Die Handschuhverkäufer schalten ihren Scheinwerfer ab und stopfen die Handschuhe wahllos in zwei Säcke, nachdem die Fremden sie zu Paaren sortiert haben, und schieben ihren Karren fort.

Arne hat schon vor einer Weile bezahlt. Wir haben lang und breit davon geredet, daß wir gehen wollen, das Feuerwerk können wir von unserer Terrasse aus besser sehen als hier auf der Piazza, zwischen den Häusern. Es hat keinen Zweck, auf Carlos zu warten, wer weiß, wohin er mit der Kleinen gegangen ist. Viele Möglichkeiten gibt es an so einem Abend nicht, aber sie ist durchtrieben, die Kleine, da sind wir uns einig, sie wird schon ein Versteck kennen. Der Wind, der am Abend abgeflaut war, verstärkt sich, die Wogen rollen laut heran und schlagen an die Mauern und gegen die Bootswände, fassen nach den Röcken der Mädchen, manchmal juchzt eine auf. Die Notenständer stürzen um, und die ersten Ketten mit den Glühbirnen reißen. In der Ecke beim Magazin bläst der Wind alte Zeitungstüten zusammen, Kartons. Die Hunde schnüffeln im Dreck rum, suchen nach Fischresten. Der Mond wechselt rasch seine Position. Eben war er noch links vom Torre, dem zerfallenen Kastell, jetzt ist er schon rechts. Jede neue Konstellation zum Berg scheint schöner als die vorige. Gina-ginetta wird von einem ihrer Brüder huckepack nach Hause getragen. Sie hat die Augen niedergeschlagen; wenn man sie wegträgt, schämt sie sich, sieht nie auf, lächelt mit keinem, und alle blicken weg. Arne fragt zum wievielten Male, was man für dieses arme Kind tun könne – man muß doch irgendwie helfen können! – Am besten, du tust nichts. Laß sie so! Sie hilft sich selbst sehr gut, oder hältst du sie für unzufrieden, für unglücklicher als die anderen, die gehen können? Ich rede auf ihn ein, halte ihm eine meiner Reden zur Verteidigung von Armut und Krankheit, und er macht dazu seine nachdenklichen Jasås, plötzlich dann – hej! Er packt Paul beim Arm, ich drehe mich um, Paul zischt mir zu – tu die Puppe weg, die Puppe weg! Er gibt Arne einen Wink, beide stehen auf, legen die Hand über die Augen, fangen an zu winken und ›Hallo‹ zu rufen und gehen mit großen freudigen Schritten auf Carlos zu, der mit hängenden Schultern, flankiert von mehreren Männern, die wir nicht kennen, aus einer der Gassen kommt. Die Männer halten sich so dicht neben ihm, daß es aussieht, als wollten sie ihm im nächsten Moment Handschellen anlegen. Sie tragen dunkle Anzüge, weiße Hemden, dunkle Schlipse, so wie alle Einheimischen beim Fest herumlaufen; heute kann man sie noch weniger als sonst unterscheiden. Sie machen kleine langsame Schritte, wie bei einem Leichenzug. Dicht dahinter in einer zweiten Gruppe kommt die heulende Gelsomina. Die Mutter hat sie beim Arm gepackt. Sobald die Kleine sich losreißen will, kriegt sie von der Mutter einen Klaps auf den Popo. Arne und Paul benehmen sich wie die Irren. Ich habe immer noch keine Ahnung, was sie vorhaben, verstecke die Puppe hinter dem Lorbeerstrauch und bleibe in meiner Schaukel. Im Handumdrehen wird die Piazza zur Arena, die Zuschauer machen Platz für die Manege, es bildet sich ein natürlicher Kreis, man schweigt und wartet ab, drängt sich zusammen. Die Männer rücken am Hosenbund, schieben die Hände in die Taschen. Partei nimmt keiner, da ruft auch keiner, sie beobachten nur, warten. Man hütet sich, gegen die Stranieri Partei zu ergreifen, aber hütet sich genauso, für sie Partei zu nehmen. Alle tun, als sähen sie Carlos zum erstenmal. Er sucht seine Kumpane, Salvatore, Antonio, Gino, er versucht zu grinsen, keiner reagiert, bis er merkt, daß Paul und Arne ihm helfen wollen. Er begreift das in Sekundenschnelle. Bevor sie noch bei ihm sind mit ihrem ›Halloh!‹ und ›How are you, old boy?‹. Sie quatschen ein schauerliches Amerikanisch. – Glad to see you! Sie schlagen ihm auf die Schulter, nehmen ihn in die Mitte, schieben die Männer beiseite, entschuldigen sich umständlich. In keinem Wildwestfilm könnte es höflicher unter Todfeinden zugehen – beg your pardon, sagen sie und tippen sich an den breitkrempigen Hut, den sie nicht tragen, radebrechen italienisch – un'amico, erklären sie, zeigen auf Carlos. Paul haut ihm wieder auf die Schulter, daß er in die Knie sinkt. Ihr berühmter Freund ist ein Boß vom Film. Hollywood, kauen sie ihnen vor, Hollywood! Unter den Zuschauern fangen die ersten an zu lachen, Fremde natürlich, sie werden mit mißbilligenden Blicken von den Einheimischen bestraft. Carlos winkt in die Menge, grinst sie alle freundlich an. Paul fragt die Männer, die sich immer noch dicht hinter Carlos halten, ob ihre Angelegenheit Zeit habe bis morgen – domani, domani wird sich alles klären. Jetzt müssen sie ihnen leider den Boß entführen.

Carlos ist wieder obenauf, auch er verabschiedet sich mit Rufen und Winken, wirft Gelsomina ein Kußhändchen zu – domani, ruft er und übernimmt die Regie. Er macht Paul und Arne auf die Kleine aufmerksam – una bella! Una bellissima! sagt er, die Schönste von der Insel. Una virgine! Sie hat Kummer, sie weint, lacrimae, heißt das, lacrimae, er ahmt ihr Schluchzen nach. Die Zuschauer lachen jetzt alle, sogar die Einheimischen. – Diese Figura! Die beiden betrachten das Mädchen kritisch, wiegen den Kopf, verständigen sich untereinander. Gelsomina geht beim ersten Blick schon in Pose, schiebt ein Knie vors andere, knickt die linke Hüfte ein, schiebt das Becken vor, senkt den Kopf und hebt die Augendeckel zu einem schmachtenden Blick. Alles, was vorher noch reizend war, als sie weinte, ist jetzt verdorben. Paul und Arne schütteln bedenklich den Kopf. – Ist sie nicht etwas klein, piccolo? sagen sie, und die Mutter versucht, mit ihren Augen in die der Männer zu kriechen und gleichzeitig die Tochter zu korrigieren, sie pufft sie ins Kreuz, zupft am Ausschnitt, flüstert auf sie ein. Die drei fangen an zu diskutieren, wenden ihre Aufmerksamkeit anderen, größeren Themen zu, quatschen immer noch dummes Zeug auf englisch, rufen noch mal anerkennend – bella und bellissima! Blicken sich um – Isola verde! Isola bella! Sie loben diese Piazza, loben die ganze Insel, den Hafen, rufen den Männern ein ›Ciao‹ zu, aber die weichen nicht, schieben sich dichter zu einer finsteren Gruppe zusammen, völlig stumm. Hier gibt es nichts zu reden. Sie nähern sich langsam, die drei ziehen sich schrittweise, vorsichtig zurück. Carlos ruft dem Alten, dem Vater der Kleinen, nochmal zu – domani! Später! Das Herz klopft mir bis in die Ohren, es wird einen Zusammenstoß geben. Es ist klar, daß niemand den dreien helfen wird. Eine Schlägerei! Die Männer tragen immer Messer bei sich, diese kurzen, festen Messer, mit denen sie im Weinberg arbeiten. Wer weiß, ob es hier nicht eine Mafia gibt. Die Carabiniere sind wie vom Erdboden verschwunden, den ganzen Abend haben sie hier herumgelungert, zu dreien, sonst ist nur einer am Ort. Keine fünf Schritt von uns entfernt haben sie gestanden, stundenlang. Ich bin wütend auf Carlos, wütend auf Paul, was mischt er sich ein, soll Carlos doch allein sehen, wie er da wieder rauskommt.

Das Feuerwerk! Irgendwer läßt von der Mole aus die erste Rakete losgehen. Es kracht und böllert, die ersten Garben zersprühen, erhellen den Himmel, tauchen den Berg in ein fahles weißes Licht, alle Klüfte und Grotten gähnen aus gräßlichen Mäulern, schließen sich wieder. Man hat elektrische Drähte gespannt, den ganzen Strand entlang, die Funken sprühen über, von einer Rakete zur nächsten, entzünden sich gegenseitig, das knattert und knistert, dicht überm Meer. Das Feuer läuft übers Wasser, und die Leute lachen, lachen lauthals. Kein Ah und kein Oh, keine Bewunderung, sondern Gelächter. Was für ein Spaß! Wieso lachen sie, was ist denn komisch? Plötzlich steht Jolanda neben mir, schubst mich, kreischt entzückt – il fuochi! il fuochi! und hält sich mit beiden Armen den Bauch fest, der vor Lachen springt. Ein allerletztes Finale, die höchsten und buntesten Garben. Ein paar Funken bleiben am Himmel hängen, erweisen sich als Sterne. Schließlich lache ich wie die anderen, habe die Puppe im Arm, starre in den Himmel und lache mit offenem Mund, und die Tränen laufen mir über die Backen. Dann ist es zu Ende, wie ein Spuk, hat keine fünf Minuten gedauert. Das kürzeste, heftigste Feuerwerk, das ich jemals gesehen habe. Hier ist alles heftiger, rascher vorbei.

Im Handumdrehen wird die Schießbude abgebaut, die letzten Puppen in Kartons gestopft, alles verladen, schon knattert der Motor. Die Lampen an den Booten werden gelöscht, die Stände mit den Erdnüssen und Fagiolis sind schon weg. Wo ist der Tisch mit den aufgespießten Kalbsköpfen geblieben? Das Gelächter ist verstummt, gleichzeitig mit dem Feuerwerk. Sie beseitigen so rasch wie möglich alle Spuren des Festes. Gelsomina ist fort, nach ihr suche ich zuerst, ihr hellblaues Kleid ist am leichtesten zu finden. Sie ist fort, und auch die Männer scheinen fort zu sein. Die drei kehren an meinen Tisch zurück, wollen sich ausschütten vor Lachen, Carlos haut abwechselnd Paul und Arne auf die Schulter – phantastisch, ihr wart einfach phantastisch! Ihr solltet euch in einem Nachtklub engagieren lassen, als vornehme Rausschmeißer. – Hast du das gesehen? Hast du gesehen, wie die drauf reingefallen sind, wie die Bauern! Denen kann man noch alles aufbinden! Wenn du gesagt hättest, du wärest der Heilige Michael und solltest den armen Carlos befreien, hätte dir die Jungfrau Maria aufgetragen …

– Halt den Mund! – Er starrt mich an – habe ich deine frommen Gefühle verletzt? – Sei nicht blöder als sonst! Das ist doch nicht vorbei, die lauern uns doch auf! Davon will er nichts hören. – Unsere Hausgöttin hat Angst! Wir nehmen dich in die Mitte, wir beschützen dich, Penata! Er kommt in Fahrt – ich spendiere uns was. Das muß gefeiert werden, trinken wir einen Asti! Arne, ich gestatte dir ausnahmsweise, uns zu einer Flasche Asti spumante einzuladen! Ich versuche es noch einmal – es wäre besser, wenn wir nach Hause gingen, solange noch ein paar Leute unterwegs sind, wir haben keine Taschenlampen. Das ist nicht geheuer, die fallen auf den Schwindel nicht rein, irgendwer erzählt ihnen, wer wir sind. – Aber nein, es muß gefeiert werden, Carlos muß uns das alles noch ausführlich erzählen, detailliert. Ich habe ihn in Verdacht, daß ihm die ganze Geschichte mit der Kleinen nicht halb soviel Vergnügen macht, wie die Stunde nachher, wenn er uns davon berichtet, ins Detail geht. Salvatore bringt uns den Asti, stellt Gläser und Flasche hin und verschwindet. Ich bin mißtrauisch, sage es – der ist gegen uns, merkt ihr das nicht? – Aber nein! Salvatore? Der will doch nur fort, er hat seine Freundin da, kennst du sie nicht, eine Ärztin, eine Dottora aus Hamburg, in grauem Haar, die Liebe höret nimmer auf! sagt Carlos.

Der Asti ist zu warm, und zu süß ist er auch, ich mache mir nichts aus Sekt. – Paßt auf, das war so, sagt Carlos. Ihr habt sie gesehen? Na, was hatte ich gesagt? Zuviel? Die Kleine wollte erst nicht, machte Sperenzien. Sie hat mich gewarnt, es war keine Falle, nicht daß ihr denkt, sie hätte mich in eine Falle gelockt! Sie hat gesagt, daß alle kommen wollten zur Festa, sie sei vorgelaufen, um mich zu warnen, Vater, Mutter, Schwestern, Brüder, die ganze Parente! Ich dürfe kommen und alle begrüßen und zu einer Flasche Wein einladen, und dann sollte ich ihr so eine Puppe schießen – so eine wie deine! Sie jaulte nach so einer Puppe. Alle Mädchen kriegten von ihrem Amico eine Puppe auf der Festa. Aber das war nicht drin! sagt er, wo wird er sich denn blamieren, er hat noch nie eine Knarre in der Hand gehabt. Pazifisti, hat er zu ihr gesagt – ich bin ein Pazifist, nix bumbum! Aber er hat ihr trotzdem eine Puppe versprochen – sie soll sie haben! Wie ist das, gibst du deine her? Man soll eine Frau nie enttäuschen! Er setzt sich die Puppe auf den Schoß, hebt ihr die Röcke hoch, betrachtet sie eingehend. – Schlampe! sagt er, typisch! Oben hui und unten pfui. Er streichelt ihre Beine. Es macht mich nervös, wie er unter ihren Perlonröcken herumfummelt. Er hat noch eine Weile Händchen drücken müssen, und schließlich hat sie eingewilligt, wußte erst nicht, wohin, hat gekichert und sich geziert, sie wüßte doch nicht Bescheid, und sie sei doch auch fremd hier, und dann ist sie losgetrippelt. – Habt ihr die Absätze gesehen? Wie eine Bachstelze, tripp-tripp-tripp. Sehr geeignetes Plätzchen, gleich hier vorn, ihr müßt euch das mal ansehen. Wenn man am Haus von dem Drosselbart vorbei ist, den Pfad, noch vor dem Maisfeld, da ist so eine Höhle, nicht tief. Der Mond schien bis hinten an die Wand. Unbequem ist es immer, besonders für die Mädchen, aber die sind ja nichts Besseres gewöhnt. Sie hatte sich mit Parfüm übergossen, und in der Grotte roch es nach frischem Eselmist, delikat! Hätte von Patou sein können, ›Nacht der Eselin‹ oder so was. Als wir mitten drin sind: Schritte. Ich halte ihr den Mund zu, drücke sie fester an mich. Die gehen vorbei, denke ich, das ist ein Pärchen, die sehen doch, daß hier besetzt ist. Wer soll das um die Zeit sein. Alle sind noch auf der Piazza, da spielen sie gerade ›Santa Lucia‹, habt ihr das gehört, ›Santa Luci-i-ia‹, dabei! Ich will schon mitsingen, um denen da draußen zu zeigen, daß sie nicht reinkönnen. Da merke ich: das sind viele. Die Kleine fängt an zu heulen, versucht, ihre Röcke runterzuziehen, unter mir rauszukriechen, sie strampelt. Sie hatte das Kleid nicht ausgezogen, es war immer noch drastisch genug. Taschenlampen hatten sie auch mit. In flagranti! Wie im Witzblatt. Ist euch das mal passiert, Paul – dir? Na, dir nicht, Arne! Ich wußte nie, was ein Coitus interruptus ist, jetzt weiß ich es, scheußlich! Habe ich das richtig ausgesprochen, Coitus interruptus? Also ich versuche auf die Beine zu kommen, hocke mich hin, das ist immer noch besser, als im Stehen an der Hose rumzufummeln. Ich kann natürlich nicht erkennen, wer es ist, weil die mich mit der Taschenlampe blenden, denke immer noch nichts Schlimmes, die Ragazzi denke ich, diese dämlichen Pepis machen sich einen Spaß, spüren Liebespaare auf, das haben wir auch mal gemacht, lassen sich Lösegeld zahlen. Ich überlege schon, was ich in der Tasche habe. Bis das Kaninchen anfängt zu jammern, Papa und Mamma und Madonna und alles auf einmal, und da hat sie auch schon einer beim Arm und verhaut sie. Ich denke, jetzt bin ich dran. Ich bin schließlich kein Sadist, den man erst schlagen muß, bis er auf Touren kommt.

– Ich hoffe, sie haben dich nach Strich und Faden verhauen! Ich sage das mit Inbrunst.

— Ich muß dich enttäuschen, sie haben nicht! Sie hatten Besseres mit mir vor. Sie haben mir einen Vortrag gehalten. Ich habe versucht, ihnen klarzumachen, daß das zwecklos sei, daß wir einen Dolmetscher brauchen, daß wir gehen wollen und einen Dolmetscher suchen. Alles muß ein Mißverständnis sein. Sie sind doch alle meine Freunde, meine Familie. Und dann habe ich sie reden lassen, sie mußten das mal loswerden. Una virgine. Schon wieder! Ich habe sie entjungfert, dabei weiß ich nicht mal, ob ich habe. Das ist doch alles Humbug, die machen einem was vor. Natürlich hat sie gequietscht und behauptet: ich bin eine Jungfrau, ich bin eine Jungfrau! Aber das hat sie nicht nur beim erstenmal getan. Jedesmal! Ich gehe hin und nehme sie um die Taille, ich wollte schließlich nicht, daß man sie zuschanden schlägt. Dieser süße Popo! Ihr hättet hören sollen, wie das geklatscht hat, patsch und patsch und patsch! Ich habe ihre Hand genommen und der Parente gezeigt, wie wir einen hübschen Ring draufschieben werden.

— Carlos!

— Was sollte ich denn machen? Wir können ihr doch einen süßen, ganz kleinen Ring mit Glitzersteinchen kaufen! — Sei nicht albern! — Jawohl, Herr Lehrer! Und dann machen wir noch ein paar hübsche Bildchen von dem Nackedei, und dann sind hier die freundlichen Herren vom Film, die werden sich das einmal ansehen. Phantastisch! Das sah mulmig für den lieben Carlos aus. Ich hätte nicht gedacht, daß ich so davonkäme. Salute! Prost! Skål, alter Schwede!

Kein Mensch kann länger als zehn Minuten mit ihm böse sein. Man ist wütend, und dann lacht man jedesmal. Salvatore lungert im Hauseingang herum, ich habe ein paarmal pscht gemacht, aber keiner hört auf mich. Wir lachen und schwatzen. Der Pepe versteht Deutsch, sie verstehen alle mehr, als sie zugeben wollen.

Die letzten Lichter verlöschen, sogar im ›Nightclub‹ ist nichts los heute abend, nur hinten aus dem Torbogen vom ›Pescatore‹ fällt noch Licht auf die Piazza. Wolken sind aufgezogen, der Mond steht hinter der größten, illuminiert sie, an den Rändern ist sie dünn und durchscheinend. Wir sehen dem Mond zu, erinnern uns an die ersten Abende hier, sind plötzlich alle vier sentimental — was für ein Sommer! Wie lange noch? Carlos sitzt und küßt die Puppe ab, Paul hat den Arm um mich gelegt, zieht mich dichter zu sich. Arne summt sein ›Aller Schönheit fluch' ich, bleibe lieber ganz alleine‹ und sieht aus wie der alt gewordene Nils Holgersson, dann pfeift er. Was er pfeift, erinnert mich an seine piepsenden Bläßhühner, ich sehe alles vor mir, höre den Wind im Schilf, die Wildenten – du solltest eine schwedische Rhapsodie schreiben, Arne! Natürlich keine Rhapsodie, ich meine so was wie ›Oklahoma‹ auf schwedisch, eine Volksoper. Ich summe ›O what a beautiful morning‹ – so was!

Er sieht mich an, mich und irgend etwas weit hinter mir, atmet tief, sagt – das tue ich doch. Wir starren ihn an. – Arne! Er steht auf – haltet den Mund! Ich will nicht drüber reden.

Wir brechen auf.

Gegen Morgen hat es angefangen zu regnen und regnet weiter, ohne Unterbrechung. Kein Gewitterschauer, sondern Regen, der dauert. Ich bin wach geworden davon, das Wasser platscht auf die Fliesen, sprüht bis weit ins Zimmer. Ich gehe nach draußen, stelle mich in den Regen und lasse ihn über mich rinnen, eine Dusche, unter der man spazierengehen kann, auf und ab. Mein Körper trinkt den Regen, ich lasse ihn in den Mund laufen, schüttle mich wie ein Hund. Dann wird mir kühl, ich gehe zurück in mein Zimmer, trockne mich ab, ziehe eine Wolldecke aus dem Schrank und wickle mich ein, zum erstenmal fröstelt mich im Bett. Die Haut riecht nach Regen.

Am Vormittag wird es kaum hell, der Himmel hängt tief, immer neue Wolkenmassen kommen vom Epomeo herunter, grauschwarz. Das Meer noch dunkler, nur die Brandung ist weiß, trennt das Meer von der Erde. Der Berg ballt sich zur Faust, die sich in jedem Augenblick heben kann, losschlagen. Ich bin gegen neun Uhr an die Tür gegangen und habe hinausgesehen, niemand rührt sich; ich bin wieder unter meine klamme Decke gekrochen. Vorbei. Der Sommer ist zu Ende. Mit den Wolken kommen graue Gedanken. Fragen, immer nur Fragen, Antworten kommen nie.

Carlos hüpft barfuß unter seinem wehenden Bettuch von einem Zimmer zum anderen, schubst das nasse Laken vom Kopf und steht triefend in der Tür. – Es ist am regnen, verkündet er. Hast du das gesehen? Wenn er bekümmert ist, spricht er Dialekt. ›Ich bin mir am Gedanken am machen‹, sagt er dann. ›Ich bin am nach am denken.‹ Er setzt sich auf meinen Bettrand, betrachtet seine nassen Füße. – Es wird Zeit für mich, sagt er, was meinst du? Ich mache, daß ich wegkomme, was? Der Boden wird mir hier zu heiß. Er grinst, hält die nassen Füße hoch – ich habe kalte Füße, soll ich sie mir unter deiner Decke ein bißchen wärmen? Nein? Ich habe es mir fast schon gedacht. Ich glaube, ich muß wieder ein bißchen nach Hause, unter die eigene Decke. Das Hemd wechseln. Die sind am warten. Soll ich mich aus dem Staub machen oder aus dem Regen, was meinst du? Was willst du eigentlich machen? Hierbleiben?

– Ich weiß nicht.

–Ach! Du weißt auch gar nichts! Nie weißt du etwas! Er steht auf, geht zur Tür. – Es ist am regnen! Wie zu Hause! Wenn es regnet, denke ich immer an zu Hause. Da kriege ich Sehnsucht nach dem Regen in Nippes. Kennst du Nippes? Nein? Habe ich mir fast schon gedacht, du bist niemand für Vororte. Mein Grundwasserspiegel ist am steigen. Ich könnte direkt ein bißchen heulen. Er betrachtet mich aufmerksam. Du hast keine Brust, an der sich ein Mann ausweinen kann, dir fehlt da direkt was! Er setzt sich wieder. – Eines muß man der armen Änne lassen, sie ist großartig für einen Heimkehrer. Man kann es nicht mit ihr aushalten, aber nach einer Weile kriege ich immer wieder Lust auf sie. Sie ist eine Frau, bei der man bleibt; auf die Länge gesehen. Kein Wort. Man ist wieder da, gut so. Kein langes Gefrage, keine Bekenntnisse, nur so beiläufig: Da bist du ja wieder. Sie läßt sich nicht weiter stören. Ich glaube, sie nimmt mich nicht ernst. Keiner nimmt mich ernst. Ich nehme mich auch nicht ernst, aber das ist schließlich was anderes. Er dreht sich, daß er sich im Schrankspiegel sehen kann, schneidet Grimassen. Es wird Zeit, sagt er, findest du auch, daß es Zeit wird? Ich meine, nach Hause zu gehen? Kaum noch ein Haar auf dem Kopf und noch nicht erwachsen. Wie macht man das bloß, erwachsen sein? Ein verantwortungsvoller Mensch. Er wendet sich mir wieder zu, sieht mich an, wartet – du weißt auch nichts! Du tust den Mund nicht auf, und wenn du was sagst, sagst du: Ich weiß nicht. Was schreibst du bloß immer, wenn du doch nichts weißt?

Ich versetze ihm einen Tritt. Er packt meinen Fuß, zieht dran. – Hast du die Kleine gesehen? Gelsomina! Das zergeht einem auf der Zunge. Dieser schöne Popo. Ich werde ihn nie mehr sehen. Irgend so ein Krummbeiner! Ach, es ist am regnen. Er gähnt. – Meinst du, daß die uns bei dem Wetter ins Haus rücken, die Parente von dem Kaninchen? Sie schnüffelt immer, bläst das Näschen auf und macht pff-pff. Faßt sich an wie Plüsch. Änne hat so ein Kissen auf dem Sofa. Mit ihrer kleinen Schnüffelnase kommt die hinter alles. Als ich meine Wunderzigaretten aus der Tasche hole, schnüffelt sie und sagt – Profumo! Profumo! Raucht auch eine, von wegen Haschisch. Sie lacht mich aus. Ich komme mit meinen Geschichten gar nicht an. – Willst du damit sagen, daß ihr mir seit Monaten ...? – Siehst du! Du hast es geglaubt, du glaubst immer alles! Tut mir leid, daß ich euch da reingezogen habe, tut mir tatsächlich leid. Er betrachtet meine Zehen. – Du Korallenfüßige! Du bist ein bißchen festgewachsen, he? Das tust du immer, du bleibst immer ein bißchen zu lange. Aber nicht lange genug, he? Es hätte so ein schöner Film werden können. Ich wollte auch mal Kunst machen. Ich komme nicht aus Nippes raus. Mancher kommt eben nicht raus. Schade! Nun können wir ihn begraben. Wieder ein Projekt, aus dem nichts geworden ist. Begraben? Habe ich eben begraben gesagt? Er sieht mich an, stopft meinen Fuß unter die Decke und schreit entzückt – begraben, begraben, begraben! Er hüpft auf einem Bein durch mein Zimmer, wie Rumpelstilzchen, hämmert an Pauls Tür, hämmert an die Zwischenwand zu Arnes Zimmer – ich habe eine Idee, schreit er, kommt, ich habe eine Idee: Wir werden unseren Film begraben.

Wir haben ihn begraben, mit allen Ehren. Beigesetzt in einer Blechschachtel. Alle Filmspulen, alle Tonbänder, meine Textseiten, Arnes Notenblätter. Ohne den Bestand noch einmal zu prüfen. Als Paul das wollte, nur mal nachsehen, ob sich etwas retten ließe, irgend etwas Verwendbares, hat Carlos ihn ausgelacht, sich mitten ins Zimmer gestellt und gerufen – Giezhals! Giezhals! Wie es im Rheinland die Kinder am Martinsabend tun, wenn man ihnen nichts in ihren Sack steckt. – Giezhals rief er und tanzte um Paul herum, und der ärgerte sich. – Erst wenn wir nicht mehr verschwenden, werden wir alt! Laßt uns verschwenden, Freunde! Wenn er begeistert ist, wird er pathetisch, merkt es, macht sich drüber lustig, ruft – o Freunde! und gleich hinterher mit großer Geste – Ischioten! Kölner!

Alles in die Blechschachtel. Paul fragt, ob es nicht ein Pappkarton sein könne, die Blechschachtel könne er gut für seine Pinsel gebrauchen, man müsse allmählich an den Abtransport denken. Er hat einen Sortierfimmel, alles sortiert er in Schachteln und Dosen und klebt Zettelchen darauf. Der Pinselsortierer. Bevor er anfängt zu malen, muß er stundenlang präparieren, tut Pinsel von dem Topf in den Topf, prüft sie auf ihre Dichte und Härte und Weiche, muß sie behandeln, muß Papiere ordnen, rückt und räumt, setzt sich, steht auf, holt eine Dose, trägt sie wieder weg. Natürlich bekommt er die Blechschachtel nicht, er wird nur ausgelacht. Mit großem Zeremoniell wird sie verschlossen, wasserdicht, mit Kalikostreifen beklebt und dann noch mit Hansaplast. Daß kein Ton rauskommt! Wir beschließen, sie nicht zu begraben, die Erde ist rar hier, wir werden sie im Meer aussetzen. Vielleicht fischt sie jemand, nach Jahren. Es könnte einen Skandal geben. Carlos ist begeistert, er tut den Film mit den Aktaufnahmen seiner Gelsomina auch noch dazu.

Während wir die Bestattung vorbereiten, regnet es, regnet, regnet. Jolanda rennt unter einem umgestülpten Sack in den Verschlag zu den Hühnern. Wir hören zum erstenmal von fern ein Nebelhorn tuten.

Am Mittag ziehen wir los, der Regen hat noch nicht nachgelassen. Die Männer tragen ihre dunklen Anzüge, weiße Hemden, Krawatten. Ich darf nur mit, wenn ich mein schwarzes, dekolletiertes Kleid anziehe. Ein Regenmantel wird mir verweigert. Wir leihen uns von Jolanda Schirme aus. Sie muß ins Nachbarhaus und noch zwei Schirme holen, sie tut es, schüttelt den Kopf, ist überzeugt, daß wir jetzt endgültig verrückt geworden sind. Schirokko! sagt sie, schon wieder Schirokko. Carlos trägt die Blechschachtel unterm Arm und geht vorweg, ich als letzte, einer hinter dem anderen, jeder unter einem großen schwarzen Schirm. Wir steigen über Pfützen, gehen aufrecht, mit kleinen Schritten unter unseren Regendächern. Eine dieser Tölen schließt sich uns an, schnüffelt an meinen Beinen, schüttelt sich, versucht, ins Trockene zu kommen, ich trete nach ihr, sie zockelt hinterher. Als wir an die Treppe kommen, müssen wir zurück, sie hat sich in einen Wasserfall verwandelt, es haben sich Strudel gebildet, Steine rollen in den ausgespülten Pfaden.

Wir gehen die Gasse hinunter, die an Signor Ernestos Haus vorbeiführt, die frische rosa Tünche wird zum erstenmal abgewaschen. Wenn uns jemand entgegenkommt, drückt er sich an die Hauswand und läßt uns vorbei, murmelt sein — sera! und wir antworten höflich und ernst mit — buona sera, wie es dem Anlaß entspricht. Man starrt uns nach. Als Carlos merkt, daß wir Aufsehen erregen, stellt er die Blechschachtel so auf den Arm, daß sie aussieht wie ein Kindersarg. Damit nicht genug, er fängt auch noch an zu plärren wie ein Säugling, sobald sich uns jemand nähert. Er kann das, ohne den Mund zu öffnen, mit grämlichem Gesicht. Er übertreibt es wieder, erreicht auch diesmal, daß mir die Sache keinen Spaß mehr macht. Ich mag nicht mehr; sage zu Arne, der vor mir geht, daß ich nach Hause will, aber der reagiert nicht, wer weiß, wo er mit seinen Gedanken ist, also trotte ich mit, ich habe immer alles mitgemacht. Warum also nicht auch diesen Schluß. Unser Zug erreicht die Piazza. Unter den Arkaden vorm Magazin und vor der Boutique drängen sich ein paar Leute zusammen, in Bademäntel und Jacken gewickelt, es werden rasch mehr, an Zuschauern fehlt es hier nie. Bei Luigi im Tabakladen finden wir einen Fischer, der bereit ist, uns sein Boot zu leihen. Aber ohne Motor! Der ist zu kostbar. Wir müssen eine hohe Summe hinterlegen. Das Meer ist unruhig, niemand ist draußen. Es regnet! Aber das Boot geben sie uns, auf den Verdienst wollen sie nicht verzichten. Sie überlassen alles uns und der Madonna, lehnen jede Verantwortung ab, rufen uns »Attenzione!« nach. Die Zuschauer mehren sich, ein paar Kinder laufen uns nach, sie scheinen zu glauben, daß wir ein Kätzchen in der Schachtel haben. — Gato! rufen sie und wollen das Kätzchen haben. Als ob es nicht genug Katzen gäbe, als ob nicht jeden Tag Katzen ersäuft würden. Wie oft haben wir schon tote Katzen und Hunde am Strand gesehen, Gerardo schaufelt sie schleunigst ein, harkt Sand drüber, und zwei Minuten später breitet jemand seinen Bademantel dort aus. Die Kinder werden lästig, hängen sich an uns. Arne gibt ihnen Geld, sie sollen sich Eis kaufen, aber sie stecken das Geld in die Taschen und bleiben. Sie wollen kein Eis, sie wollen das Kätzchen! Sie rotten sich zusammen, bohren die Fäuste in die Hosentaschen und beobachten uns mit finsteren Blicken. Sie haben keinen trockenen Faden mehr am Leib.

Paul und Arne machen sich dran, das Boot mit Konservendosen leer zu schöpfen. Der ganze Strand liegt voll davon, jede Nacht spült sie das Meer an Land, jeden Morgen werden sie aufgelesen und zurück ins Meer geworfen, bevor die Fremden zum Baden kommen. Carlos krempelt die Hosen hoch, schiebt das Boot ins Meer. Die Kinder stürzen sich plötzlich alle gleichzeitig auf das Boot und schieben, kreischen Unverständliches. Arne macht die Ruder fest, sie wollen zu zweit rudern. Die Kinder nehmen Steine und werfen sie dicht neben dem Boot ins Wasser, Fontänen spritzen auf, wir werden noch nasser. Man kann sich mit den kleinen Ungeheuern nicht verständigen, sie betteln, schmeicheln, werfen mit Steinen, nie weiß man, was sie tun werden, nie, warum. Arne und Paul halten in einer Hand das Ruder, in der anderen den Schirm. Auf der Mole laufen Leute herum, fuchteln mit Armen und Schirmen, rufen. Bis zur letzten Grotte wollen wir kommen und dort die Schachtel ins Meer setzen, und dann ist Schluß. Dann muß man weitersehen. Ich sitze im Nassen. Arne hat versucht, mit seinem Taschentuch die Bänke abzuwischen, aber alles ist naß und bleibt naß, auf meine Beine regnet es, das Wasser steht mir in den Schuhen, ich schütte sie aus. Die Wellen rollen lang und flach heran, der Regen hämmert das Meer glatt, beruhigt es, er besiegt auch den Wind, jedesmal. Dann kommandiert Carlos – zwei, drei, ein Lied! Als keiner den Mund auftut, sagt er resigniert – dann nicht, wie ihr meint. Spaß muß sein, und wenn's bei 'ner Beerdigung ist. Seine Sprüche sind fade, keiner lacht. Wir frieren und sind bekümmert. Der Wind drückt uns beharrlich gegen den Berg. Arne versucht, das Boot wegzuhalten. Sie haben keine Übung im Zweierrudern, Paul ist wenig geschickt. Arne nimmt beide Ruder, es macht ihm nichts, sagt er, er ist nicht empfindlich gegen Regen. Er steht aufrecht, das Wasser läuft ihm übers Gesicht, wenn es in die Augen kommt, schüttelt er sich, dann sprühen die Tropfen. Er hat einen schönen schmalen Kopf. Wieder habe ich den Eindruck, daß er eine Maske trägt. Sein Gesicht scheint dem Kopf nur lose aufgesetzt. Die Kinnlade verläuft scharfkantig auf die Ohren zu, gleichmäßig dicht setzt das aschgraue Haar an, aschgrau, stahlgrau. Er wird diese Maske gegen eine andere austauschen. Er wird nicht immer aussehen wie der alt gewordene Nils Holgersson.

Wir erreichen die Grotte. Arne hält es für besser, wenn wir nicht hineinfahren, der Wind drückt zu sehr gegen den Berg. Im

Inneren der Grotte steigen die Wellen hoch an den Wänden auf. Carlos sagt mißbilligend – alter Wikinger! Ich werde dazu ausersehen, die Kiste ins Meer zu werfen. Schiffe werden auch von Frauen getauft, argumentiert Carlos. Ich mache Einwände, kriege einen Katzenjammer. – Ich bin schuld an allem! Wenn ich damals nicht die Vorsatzlinse, die gute Vorsatzlinse – da stehen mir schon Tränen in den Augen –, dann hätten wir vielleicht, ich meine, dann wäre Paul nicht weggefahren – ich stammle, heule, keine Ahnung, warum. Die Tränen stürzen mir aus den Augen. Ich weiß, daß wir gescheitert sind, das weiß ich schon eine ganze Zeit, ich weiß, daß alles aus ist und daß sich nichts retten läßt. Das, was wir hier ins Meer werfen, ist mehr als ein paar Filmspulen. Wir sind zusammen gescheitert und jeder einzeln, jeder am anderen. Paul klopft mit nassen Händen meine Arme, sagt – na, na, was soll denn das? Und Carlos lobt mich – gut so! Zu einem ordentlichen Begräbnis gehören Klageweiber, heul tüchtig, alte Heulboje! Arne fährt ihn an – halt den Mund, siehst du denn nicht, daß sie wirklich weint? – Aber da lache ich schon. – Sie weint nicht wirklich, Arne! – Ich nehme das Blechding, es ist ziemlich schwer. Ich stelle mich auf und schleudere es, so weit ich nur kann, in die Grotte. Das Boot neigt sich bedenklich, ich verliere den Halt, schwanke, Paul packt mich, Arne hat mit dem Boot zu tun, und Carlos schreit laut um Hilfe. Und dann setzen wir uns alle wieder hin. Die Kiste schwimmt in der Grotte. Vielleicht trägt schon die nächste Welle sie hinaus aufs offene Meer.

Arne rudert langsam zurück.

Jolanda hat uns aufgelauert. Unter ihrem umgestülpten Sack ist sie uns bis zum Friedhof entgegengelaufen. Sie steht unter der Kirchentür, gestikuliert schon von weitem, wir sollen bleiben, nicht weitergehen, es ist gefährlich – pericoloso! – ruft sie. Wir nehmen sie unter die Schirme, sie hängt sich an meinen Arm und redet auf mich ein. Ich verstehe nicht die Hälfte. Die Parente der kleinen Gelsomina ist im Haus, soviel ist sicher. Sie wollen warten, bis wir zurückkommen. Sie hat ihnen schon gesagt, wir seien weg, alle, ein Trauerfall. Aber sie weigern sich zu gehen, sie sitzen auf der Treppe. Signor Carlos habe sie für heute bestellt, und sie würden nicht gehen, bis ...

Wir reden alle durcheinander. Paul macht Carlos Vorwürfe.

Ich versuche, aus Jolanda herauszubekommen, wie viele da sind. – Viele! sagt sie, viele! – Das Mädchen auch? – Ein Mädchen? Nein, nur Männer, viele Männer! Carlos stöhnt. Er erinnert sich an den Ring, den er ihr versprochen hat – das Ringelsken, wir haben das Ringelsken vergessen, und dann fängt er an zu lamentieren – tut mich auch in so einen Blechsarg, am besten auch in die Grotte, da fühle ich mich nicht so fremd, da kommt auch mal jemand hin. – Sogar Arne ist erbittert, schimpft auf ihn ein – hast du denn noch nicht genug? Du treibst es so weit, daß sie dich tatsächlich ins Meer werfen, tot oder lebendig. – Plötzlich merken wir, daß Carlos Angst hat. Vielleicht spielt er sie, aber dann spielt er sie gut. Seine Zähne schlagen aufeinander, er ist blaß um die Augen, sie quellen ihm aus dem Gesicht. – Ihr laßt mich doch nicht im Stich? Das dürft ihr nicht, was soll ich denn tun, ich verstehe doch kein Wort. – Paul bleibt wütend – das hättest du dir vorher überlegen sollen, bisher hast du dich ganz gut allein verständigen können.

Jolanda sieht von einem zum anderen, versucht herauszubekommen, was los ist. Ich lege den Arm um sie, drücke ihr meinen Schirm in die Hand, schicke sie nach Hause. Wir müssen noch mal fort, erkläre ich ihr, wir haben etwas vergessen. Wir müssen nach Porto fahren, mit dem Auto, die Männer sollen warten, wenn sie Lust haben. Jolanda bleibt vor uns stehen, tippt den Männern auf die Brust, einem nach dem anderen, reckt sich und tippt ihnen an die Kehle, tippt auch mich an. Alle werden wir eine Influenza kriegen, prophezeit sie, wir sind naß, es ist gefährlich, in nassen Kleidern herumzulaufen. Es ist noch immer Schirokko. Sie rollt ihre schwarzen Augen. Wir werden krank werden, Fieber bekommen, sterben werden wir, alle vier. Oh, es ist schrecklich! Wir können nicht in ihrem Haus bleiben, wenn wir krank sind. Sie zeigt auf den Friedhof, es paßt großartig, daß wir da gerade stehen, der Friedhof ist klein, er reicht nur für die Toten aus dem Dorf, nicht für die Stranieri.

Das ist die Höhe! Wenn sie nicht gleich den Mund hält, verliere ich die Geduld. Ich erkläre ihr, daß wir zum Arzt gehen werden, nicht zu dem Dottore, sondern zu einem richtigen, einem Italiener, in Porto, und in eine Apotheke, jetzt gleich, und dann kommen wir zurück und legen uns ins Bett und schwitzen. Sie soll den Leuten sagen, daß wir krank sind, alle, Fieber haben, eine Epidemie, sie würden sich anstecken. Ich huste, Carlos fängt an zu husten, wenn er will, versteht er sehr gut, wovon die Rede ist. Wir husten und halten uns die schmerzenden Lenden. Jetzt versteht sie gar nichts mehr, fängt an, sich zu fürchten, entweder sind wir krank, oder wir sind verrückt, wahrscheinlich beides. Sie legt schützend die Arme um ihren Bauch. Ich nicke besorgt. Für das Baby ist es gefährlich, sie soll nach Hause gehen mit dem Schirm, wir müssen fort.

Ich treibe die Männer an – worauf wartet ihr denn, los! Ich zittere vor Nässe, der Regen läuft mir über die Arme, mein Kleid ist verdorben, ich kann mir das nicht leisten. Ich bin sicher, daß Carlos auch an dem Regen schuld ist. Wenn er uns schon in solche Schwierigkeiten bringen mußte, hätte er sie machen sollen, solange das Wetter gut war. Noch nie hat es einen ganzen Tag lang geregnet, immer passiert alles beim Schirokko. Ich fauche ihn an – Idiot! Los, geh schon etwas schneller, wir kaufen einen Ring für dein Plüschkaninchen, hier können wir nicht stehenbleiben, falls wir nicht zu Fuß zu unseren Gräbern gehen wollen. Carlos sagt kläglich, wir sollten doch nicht mit ihm schimpfen, er sei gestraft genug, er sähe seine Gelsomina nun nie mehr wieder, und sie sei so süß gewesen, so süß! Als er den Mund auftut, um zu sagen – so ein... klappt Arne seinen Schirm zu und versichert ihm, daß er diesen Schirm mit dem Holzstock drin auf ihm kurz und klein schlagen würde, wenn er noch ein einziges Mal von dem süßen Popo dieses kleinen Miststückes rede – auf deinem dicken Hintern haue ich den Schirm kurz und klein! Carlos verzieht das Gesicht und sagt teilnahmsvoll – das liegt eben daran, daß du dir nichts aus süßen Popos machst, und rennt los. Arne hinterher. Gelächter.

Ich dränge mich an Paul und suche Schutz unter seinem Schirm. Paul ist verstimmt. Der Tag ist verloren, er will arbeiten, er haßt es, wenn man ihn nicht malen läßt. Dies sei ein ganz neues Licht, dieses Regengrau, das verändere alles, es juckt ihn, das auszuprobieren. Jetzt, wo der Gedanke an den mißratenen Film ihn nicht mehr bedrücke, könne er endlich vorwärtskommen. Es sei von vornherein Unfug gewesen, das ganze Unternehmen. Film habe eben nichts mit Kunst zu tun. Zum Malen müsse man allein sein. Das sei eine Binsenwahrheit. – Allein muß man sein Werk tun! So bescheiden es auch sein mag! Da ist er also wieder bei seinem Lieblingsthema: Alleingang des Künstlers. Den Arm um mich gelegt, liebevoll darauf bedacht, daß ich so wenig naß werde, wie das nur möglich ist. Er schiebt mich vor sich her, stößt ab und zu mit seinem Kopf sachte an meinen, das tut er immer, wenn wir nebeneinander gehen, schubst mit der Stirn an meine Schläfe, stößt mich beiseite, zärtlich wie ein spielendes Böckchen. – Alles andere ist ein verhängnisvoller Irrtum! Sind uralte Fehler, törichte Versuche. Teamwork? Davon träumt man mit Fünfundzwanzig. Man ist ein Einspänner, man zieht seinen Karren allein. – Irgendwann, im Anfang noch, habe ich gesagt – warum bindest du ihn nicht an die Sterne. – Was? Wen? – Sagt man nicht so: ich binde meinen Karren an die Sterne? – Jetzt unterbreche ich ihn nicht mehr. Er redet nicht mit mir, sondern mit irgendeinem seiner vielen unbekannten Ichs. Mit mir geht er unter dem großen schwarzen Schirm durch den Regen.

Das Ringelsken hat sieben Brillantsplitter, mittendrin sitzt ein tiefblauer Aquamarin. Es ist hübsch. Wir probieren es alle, der Stein hat Feuer und das Gold genug Karate, um der Parente zu imponieren. Wir machen Carlos Vorwürfe, daß er nicht mal weiß, wie dick die Finger von dem Plüschkaninchen sind. Er beteuert, daß er sich an andere Details gut erinnern könne, nur ausgerechnet den Ringfinger, den habe er sich nicht zeigen lassen.

Er besteht darauf, den Ring selbst zu bezahlen, das sei Ehrensache für ihn, sein Sühnegeld. Er kann das! – Wofür haltet ihr mich? Bin ich etwa ein Parvenü? Heißt das so, Parvenü, oder ist das ein Regenschirm? Er spreizt den kleinen Finger ab, an den er das Ringelsken gesteckt hat, und dreht sich geziert auf den Zehenspitzen im Kreis. Vorm Schaufenster schieben sich Passanten zusammen, der Laden ist schon beleuchtet, sie beobachten uns. Eine verregnete Trauergesellschaft in einem Juwelierladen, das sieht man nicht oft. Paul fragt in seinem Schulmeisterton – woher hast du das Geld? – Verdient! Ehrlich verdient, bei meiner Seele! Ich meine, mit dieser Hände Arbeit. – Er hält uns seine kurzen roten Finger hin und blickt uns treuherzig der Reihe nach an. – Ihr haltet mich für einen Schnorrer? Er ist zerknirscht, er wird ein neues Leben anfangen, morgen, spätestens morgen. Domani! Er kramt in seinen Jackentaschen, innen, außen, in den Hosentaschen, was er findet, legt er auf die Glasplatte. Der Juwelier räumt, ohne uns aus den Blicken zu lassen, hastig sämtliche Etuis fort. Er traut uns nicht über den

Weg. Das Auto ist sicher gestohlen; wenn es wenigstens ein ausländischer Wagen wäre, aber er hat eine Nummer aus Napoli, schon verdächtig.

Jetzt hat Carlos die Scheine gefunden. Er strahlt uns an. – Was sagt ihr, sind das Lire? Er zählt uns die Scheine vor. – Ihr werdet es dem guten Carlos nicht glauben, aber das hat Gelsomina verdient. Nicht, was ihr denkt! Was denkt ihr von ihr? Wir sind in einem sittenstrengen Land! Hier kommen Männer nicht so leicht an solche Fotos. Der Winter ist lang. Man will wenigstens mal was Hübsches sehen, wenn die Stranieri weg sind. Sie haben mir die Fotos direkt aus der Hand gerissen. Ich konnte gar nicht so viele Abzüge machen, Salvatore, Fernando, der dicke Pescatore, Luigi, jawohl, sogar der Dottore, der erst recht! Sie haben sich die Finger danach geleckt. Eine nackte Frau, en détail und en gros! Was ist? Ist schon wieder was nicht recht? Paul? Ich kenne mich da nicht aus. Die Männer waren mir dankbar. Ich kam mir vor wie ein Missionar. Kein Mensch kümmert sich hier um die wahren Bedürfnisse der Männer. Von hinten! Ich sage kein Wort mehr von ihrem süßen, sogar die Grübchen waren drauf, direkt über dem Kreuz des Südens, damit könnte jeder Fotograf Ehre einlegen.

Paul greift ein. – Bezahl! Steck den Ring ein! Komm! Carlos ist ehrlich betrübt, so schönes Geld! So sauer verdient! Er ist doch nun mal Fotograf, ob Paul nun einen Akt gemalt hätte und verkauft oder nicht verkauft – das ist dein Pech, du bist nicht realistisch genug, man muß Details erkennen können! Als wir endlich an der Ladentür sind, kehrt er noch mal wieder um – wir wollen ihr auch einen Ring kaufen, unsere Hausgöttin soll auch einen Ring haben. Zum Abschied! Arne darf ihn bezahlen. – Sie kaufen einen Kinderring mit einer runden Koralle. Ich hasse Abschiedsgeschenke.

Knöcheltief steht jetzt das Wasser auf der Straße. Wir ziehen uns die Schuhe aus, die Männer krempeln die Hosen hoch. Wir schimpfen und lachen, laufen in eine Apotheke, kaufen Aspirin und schlucken gleich dort jeder zwei Tabletten. Nebenan trinken wir einen Espresso, lassen einen Schuß Grappa hineingießen und gehen und kaufen Blumen. Wir haben eine Einladung. Es wird Zeit, daß wir nach Hause fahren. Arne beschließt, einen Regenmantel für mich kaufen zu müssen, ich sei durchnäßt, es sei rücksichtslos, unverantwortlich, ich sei schließlich eine Frau. Carlos fragt – woher weißt du das? – Ich sage Arne unmißverständlich, daß das meine Sache sei. Ich kaufe mir Regenmäntel, wann ich will und soviel ich will. Oder ob er etwa sein Geld durch mich verdient hätte. Er starrt mich an, ganz entsetzt, macht – jaså, und ich sage – na also! Dann komm, sei nicht albern, wir sind alle naß, fahr schnell, dann können wir zu Hause noch einen Glühwein machen und uns Pullover anziehen, und dann gehen wir zum Essen zu Ernesto. Carlos singt »Und dann gehen wir zum Essen zu Ernesto, Ernesto, Ernesto«. Man kann das auch im Kanon singen, wir tun es. Die Scheibenwischer schaufeln den Regen nach den Seiten, aber viel zu langsam, Arne kann kaum etwas sehen, es ist gut, daß die Straße leer ist. Außer uns ist keine Menschenseele unterwegs, nicht mal der Omnibus begegnet uns, der einen sonst alle fünf Kilometer an die Mauer quetscht. Es ist nachtschwarz, Geröll und Dreck auf der Straße, wenn das so weiterregnet, wird noch der ganze Berg abgeschwemmt. Zweimal bleiben wir stecken, die Männer heben den Wagen an, schieben, bis die Räder wieder fassen, und schimpfen mit mir. Jeder macht einen anderen Vorschlag, welchen Gang ich einlegen soll. Es geht bergauf. Die Handbremse soll ich gefälligst angezogen lassen beim Starten, der Wagen rollt sonst zurück. Ich werde völlig konfus, sehen kann ich auch nichts, die Scheinwerfer sind schlecht eingestellt, viel zu hoch, ich bin lange nicht gefahren. Die Räder mahlen, darum versuche ich im zweiten Gang zu starten, der Wagen springt nach vorn, der Dreck spritzt meterhoch, die drei brüllen wie die Löwen. Ich bremse in zwanzig Meter Entfernung. Sie kommen angerannt, ich stecke den Kopf aus dem Fenster; sie sehen aus, als kämen sie aus einem Maulwurfshaufen, wischen sich den Schlamm aus den Augen. Paul taucht sein Taschentuch in eine Pfütze, um den Lehm von der Brille zu waschen. Sie sehen wahnsinnig komisch aus in ihren dreckbeschmierten schwarzen Anzügen, Paul droht mir. – Idiot! schreit er, wer hat denn gesagt, daß du durchstarten sollst! – Brüll sie nicht an, sagt Arne, sie hat den Wagen losgekriegt, du nicht. Die beiden stehen sich gegenüber wie die Hähne. – Ist das dein Wagen oder meiner? Damit kann man ja nicht fahren, das ist kein Auto, das ist ein –. Carlos schlägt vor, daß sie das Gespräch über Wagentypen im Trocknen fortsetzen. Paul fängt wieder von dem Sanka an, den er in irgendeinem

Feldzug irgendwann mal gefahren hat. Alle Männer, die ich kenne, scheinen im Krieg Sanitätskraftwagen gefahren zu haben. Dieser Tag wird nicht gut zu Ende gehen.

Wir können schon die Lichter von unserem Berg sehen, da tippt Carlos mir auf die Schulter – du könntest hier eigentlich halten, dann steige ich aus. Ich kann mit dem Omnibus nachkommen, zu warten braucht ihr nicht. – Warum? – Ich dachte, ich bringe der Kleinen das Ringelsken, was meint ihr? Die Parente ist nicht da, und mit der Mutter werde ich fertig. Ein einziges Abschiedsküßchen! Paul dreht sich nicht mal um – fahr weiter, sagt er. Du bleibst! – Jawohl, Herr Lehrer! Mit seinem »Jawohl, Herr Lehrer« reizt er Paul, er weiß das auch. Ich blicke zu ihm rüber, sehe, wie Paul anfängt, mit den Kinnladen zu mahlen. – Sieh auf die Fahrbahn! – Ich frage, ob er lieber fahren will. Ich sehe schlecht – du fährst sicher viel besser als ich, komm, wir tauschen die Plätze. Er reagiert nicht. Ich frage Arne, ob er fahren will. Immer mache ich Rettungsversuche, sie gelingen nie, machen eine Situation nur schlechter. Man muß sich raushalten. Warum fahre ich nicht einfach weiter, wir sind gleich am Ende der Straße, zwei Kurven noch. Ein Trupp Männer kommt uns auf der linken Fahrbahn entgegen, sie gehen immer falsch hier. Sie drücken sich an die Mauer, damit wir vorbeikönnen. Die Straße ist eng, rechts ist sie abgerutscht, das sehe ich erst spät, ich muß dicht an die Leute heran, ich werde sie bespritzen, ich kenne die Breite des Wagens nicht, fahre im Schritttempo, Paul greift mir ins Lenkrad, ich hasse das. Er schreit mich an – gib Gas, gib gefälligst Gas! Hast du denn keine Augen im Kopf, fahr zu!

Wir kommen vorbei, ohne den Männern die Zehen abzufahren. Ob sie uns erkannt haben, wissen wir nicht, vielleicht ja. Sie kennen die Autos der Fremden, sie wissen immer alles von uns. Carlos starrt in den Rückspiegel, wischt die hintere Scheibe ab, wischt sich die Stirn ab, Paul kommandiert schon wieder – fahr doch zu, die Straße ist leer! Eine Sekunde später biegt der Omnibus um die Kurve, er hat nicht abgeblendet, ich auch nicht, ich bremse scharf, wir rutschen. Paul greift ins Lenkrad, zieht die Handbremse, wir stehen quer vor dem Bus.

Ich habe genug. Ich mache die Tür auf und steige aus. Meine Knie zittern, ich muß mich an der Tür festhalten. Der Omnibusfahrer hupt. Wir müssen von der Straße. Ich soll zurücksetzen, er winkt aus dem Fenster, lacht mir zu – Signora, retour! Retour! Arne steigt aus, schiebt mich nach hinten ins Auto, setzt zurück, fährt dicht an die Mauer. Wir warten, daß der Omnibus vorbeifährt, er hupt noch zweimal, Arne antwortet nicht, statt dessen sagt er – was habt ihr denn für Nerven! Paul setzt ihm auseinander, wo der Unterschied in der Beanspruchung der Nerven eines Schweden und eines Deutschen liegen könnte. Ich weine ein bißchen, merke es erst, als mir eine Träne auf die Hand fällt. Carlos zieht sein weißes Taschentuch aus der Brusttasche, das ist auch naß, und tupft sie umständlich fort. Er fragt leise – regnet es bei dir durch?

Als wir gerade um die Friedhofsmauer gebogen sind, bleibt Paul stehen und zeigt auf unser Haus: es brennt Licht in allen Räumen, breite Lichtbahnen fallen auf die Terrasse und in den Weinberg. Carlos sagt – diese Spitzbuben, diese Mischpoke, wie sind die reingekommen, die haben alles zerschlagen. Paßt auf, die haben alles zerschlagen. Paul steht noch auf demselben Fleck, er packt Carlos beim Arm – wenn die an meine Bilder gegangen sind, bringe ich die Kerle um, und dich auch!

Ich schlage vor, daß wir erst mal nachsehen, was los ist, bevor wir mit dem Totschlagen anfangen. Paul wirft mir einen wütenden Blick zu, er haßt solche Bemerkungen, und ich hasse seine Art, zu reagieren. Ich will endlich aus dem Regen heraus. – Es könnte schließlich auch einen harmlosen Grund haben: Jolanda lüftet bei uns. Carlos wirft mir einen besorgten Blick zu – jetzt geht aber deine dichterische Phantasie mit dir durch, meine Liebe! Sag doch nicht so was: Jolanda lüftet!

Jolanda hantiert in ihrer Küche. Cesare hat den kleinen Giovanni im Schoß, der zahnt und heult jetzt viel. Er lutscht an seinem Daumen, an Cesares Daumen, den er zwischendurch in einen Honigtopf taucht und dann wieder in das Mäulchen stopft. Wir bleiben vorm Fenster stehen. Das Radio läuft, sie haben uns nicht gehört, wir machen uns nicht bemerkbar. Carlos vorweg. Auf der Treppe pfeift er ›Auf in den Kampf, Torero‹. Wir schütteln die Schirme ab, hängen sie an die Mauer, da kreischt er auch schon – Mamma mia! Wen haben wir denn da? Dazwischen eine weibliche Stimme. Keiner von uns hat mehr Lust auf seine Weibergeschichten. Wir steigen langsam und wortlos die Treppe hinauf und finden Carlos in den Armen einer Frau. Sie hält ihn bei den Ohren, und er jammert und schreit um Hilfe.

Sie lachen beide, ein Bauch stößt an den anderen. Wir versuchen vorbeizukommen. Mit einer Hand angelt er nach uns, mit der anderen hält er sich an ihr fest. – Hilfe, schreit er, sie bringt mich um. Wie findet ihr meine Änne? Sie kommt im richtigen Moment, ich ahnte es doch! Na, wo haben wir denn das Ringelsken?

Wir nicken, sagen guten Abend, gehen vorbei.

Wie kann eine einzige Frau an einem Nachmittag soviel Ordnung anrichten! Sie muß schon seit Stunden dasein. Sie hat aufgeräumt. In allen Zimmern. Sie muß früher Stubenmädchen gewesen sein, meint Paul. Er flucht vor sich hin. Alle fünf Minuten kommt er zu mir, um mir mitzuteilen, was er nicht finden kann. Er haßt es, wenn man seine systematische Unordnung in eine angeblich systematische Ordnung bringt. Arne klopft an die Tür, erscheint im Bademantel – wie findet ihr das? Er zeigt auf die Wand zu Carlos' Zimmer. Paul erkundigt sich, was er meint, das oder die. Wir hocken in unseren Bademänteln auf meinem Bettrand, rauchen und schweigen und sind verdrossen. Dann erscheinen die beiden, er stellt sie uns vor – das ist Änne! Ihr habt euch das schon gedacht, was? Er grinst, als hätte er uns längst mitgeteilt, daß seine Frau Änne heißt und heute eintreffen würde. Sie ist mit dem Omnibus gekommen, um nichts in der Welt wäre sie in Porto in das kleine Boot umgestiegen. Sie hat Kaffee für uns gekocht, richtigen deutschen Kaffee, nicht so ein Zeug, wie diese Italiener einem anbieten. Das pure Gift! Sie hat einen großen Topf Wasser aufgesetzt, für ein heißes Fußbad; sie hätte sich schon gedacht, daß wir klatschnaß zurückkommen würden. Wenn dies das berühmte Wetter von Italien sein soll – na Karl, das kannst du in Nippes auch haben, und billiger!

Wir sitzen mit eingezogenen Köpfen und warten das ab. Arne erkundigt sich höflich, ob sie nicht müde von der Reise sei, redet sie mit »gnädige Frau« an. Sie lacht. – Änne! Ich bin Änne, und müde bin ich nie, was, Karl, das kann ich mir gar nicht leisten, schlafen tu ich, wenn ich tot bin. Aber Kaffee möchte ich trinken. Wo trinkt ihr den denn? Sie sieht mich an, als sei ich zuständig für Kaffeetrinken. Ich versinke in Lethargie, zucke die Achseln, mal hier, mal da, meist auf der Terrasse, aber da regnet es. Sie entscheidet – dann trinken wir eben hier! Carlos holt den Tisch, räumt meine Bücher und Notizen auf mein Bett, holt Stühle, wirft gelegentlich einen Blick zu uns rüber und grinst. Sie kommt mit der Kaffeekanne, mit einem Milchgießer, den wir noch nie gesehen haben. – Es war ja nichts im Haus! Nicht einmal Milch! Sie sieht mich freundlich vorwurfsvoll an. Ich zucke wieder die Schultern, krieche tiefer in meinen Bademantel. Sie hat Kekse besorgt – Kuchen gibt es hier wohl nicht? Dieser Laden unten am Hafen, ist das alles? Keine Geschäfte? Wovon lebt ihr denn? Sie sehen aber auch nicht gut aus! – Das gilt mir, sie unterzieht uns alle einer Prüfung. – Zeit, daß hier mal eine Frau nach dem Rechten sieht. Eine Junggesellenwirtschaft, Bohème, was?

Nach fünf Minuten ist es, als wären wir in Nippes bei Karl und Änne zum Kaffee eingeladen und säßen auf dem Sofa mit dem Plüschkissen. Später wird ihn das Plüschkissen an Gelsomina erinnern, so wie sie ihn bisher an das Plüschkissen zu Hause erinnert hat. Kaffee-Einladung bei einem alten Kriegskameraden, bei einer Schulfreundin. Sie fragt, wo man den Kaffee warm stellen kann, Paul sagt höflich, daß unsere Kaffeemütze gerade in der Wäsche sei. Er wird nur witzig, wenn er sehr böse ist.

Änne berichtet von den Kindern, und Carlos erklärt uns zwischendurch, wer das ist. – Der Älteste, sagt er, ist aus der ersten Ehe von Änne, sie war Witwe, als ich hinkam. – Aber das wissen sie doch alles! – Wir nicken mit den Köpfen, rühren in den Tassen, fühlen uns unbehaglich. Änne hat das Ringelsken an den kleinen Finger der linken Hand gesteckt, sie streckt ihn uns hin. – Er lernt doch nie, wie dick mein Ringfinger ist! Was ist eigentlich ein Marito? Diese Mischpoke hat immer von »marito – marito« geredet, die wollten mir dumm kommen, die wollten hier rein, in ihren nassen Klamotten, diese Mischpoke! Ich bin hier der Marito, habe ich ihnen gesagt. Die kommen nicht wieder, die wissen jetzt, wohin du gehörst. Wer war es denn, die Frau oder die Tochter? – Die Tochter! – Carlos ist sehr kleinlaut. Änne scheint es weniger schlimm zu finden, tut sich noch einen Löffel Zucker in den Kaffee und sagt – jetzt bin ich da! Sie strahlt ihn an. Sie liebt ihn, das ist sicher, und er kriecht treu und brav unter ihre Fittiche. Sie hat die Schürze abgebunden und sitzt da in einem hübschen hellen Reisekostüm, gut frisiert, keine Spur von Müdigkeit, in bester Verfassung. Neben ihr sehen wir schäbig aus, verwahrlost. Sie hat ein goldenes Kettchen um den Hals, und das Kreuz verschwindet zwischen ihren Brüsten, da, wo Carlos sich auszuweinen pflegt.

Die arme Änne wendet sich an mich – ich habe Ihre Blumen ins Wasser gestellt, in den Eimer in der Küche. Ich sage mechanisch, danke, und das sei sehr liebenswürdig, und ich hätte das tun müssen. Ihr Blick bleibt an Carlos Ohrläppchen hängen, verengt sich, instinktiv folgt die Hand den Augen – was ist denn das? Was sind denn das für Abdrücke? Sie behält sein Ohrläppchen in der Hand, zwickt ihn, sieht mich an. Ich zeige ihr meine Zähne, blecke sie an, sie sind breit und eignen sich nicht zum Ohrläppchenknabbern. Carlos jammert und versichert ihr, daß ich es nicht gewesen sei.

Ernesto! Wir müssen zu Signor Ernesto! Paul erklärt uns, daß er gewiß nicht gehen würde, er zöge sich zurück und versuche Ordnung in seine Malgeräte zu bringen. Arne findet, daß er ebenfalls besser zu Hause bleiben würde, er fühle sich nicht recht wohl, vielleicht habe er sich erkältet. Änne sieht beide interessiert, freundlich prüfend an und schlägt beiden ein heißes Fußbad vor. Als keiner darauf eingeht, sagt sie – meinetwegen brauchen Sie nicht krank zu werden. Ich bleibe eine Woche, dann reise ich mit Karl ab. Ich schlafe in seinem Zimmer, das ist schon geregelt. Die Pensionen sind zu teuer. Mittags gehen wir zum Essen. Ich vertrage mich mit jedem.

Sie räumt den Tisch ab, Carlos trägt die Kanne raus. Ich sage zu Paul und Arne, daß sie sich gefälligst zusammennehmen sollen. Sie ist doch eine nette Frau. Eine Seele von einer Frau!

Wir ziehen uns Pullover an. Die nassen Sachen hängen tropfend an den Schrankwänden. Die Männer rasieren sich. Jolanda muß ihre älteste Tochter zu Signor Ernesto schicken, damit sie Bescheid sagt. Wir kommen später, wir werden fünf sein, nicht vier. Die Kleine darf nicht allein ins Haus von dem Avvocato. Nur an der Tür soll sie Bescheid sagen. Cesare muß mitgehen, er muß am Tor warten.

Jolanda verfolgt unsere Vorbereitungen mit Interesse, fängt wieder an mit ihrem – Attentione, Signora! Ich kümmere mich nicht um ihr Geschwätz. Dann wünscht sie mit mir über die Frau von Signor Carlos zu reden. Schön ist sie! Groß und dick, una bionda! So muß eine Frau sein. Sie betrachtet mich mitleidig, ich bin zu mager für ihren Geschmack, sie gibt mir das bei jeder Gelegenheit zu verstehen. Aber bald wird das anders. Sie lacht mich mit ihren neugierigen schwarzen Augen an, bald werde ich auch schöner und dicker werden. Dem Signore wird das gefallen. Männer haben das gern, wenn ihre Frauen einen dicken Bauch haben, das macht sie stolz. Sie klopft vergnügt auf ihren. Immer noch einen Monat, Madonna, eine lange Zeit! Und Giovanni kann noch nicht laufen. Sie seufzt. Kinder sind teuer, kosten viel Geld. Sie wird noch ein Bett besorgen für die andere Signora, von ihrer Schwester, tausend Lire pro Tag. Es ist geschenkt, aber wir sind ihre Freunde. Die viele Arbeit! Die Wäsche! Immer dasselbe! – Ich nicke, kämme mich, kreme mir das Gesicht ein, ziehe Augenbrauen und Lippen nach. Als Paul und Arne mit mißmutigen Gesichtern in mein Zimmer kommen, zieht sich Jolanda zurück. Fünf Minuten später erscheinen Carlos und Änne, einträchtig Arm in Arm. Wir nehmen die Regenschirme und die Taschenlampen und machen uns auf den Weg. Jolandas Tochter kommt uns entgegen, sie kann kein Wort herausbringen, so aufgeregt ist sie – bianca, sagt sie immer wieder, bianca, Signora! Come il Sante! – Was ist weiß? – Alles! Als hätte sie den Heiligen Michael persönlich gesehen. Arne steckt ihr Geld zu. Sie knickst, sie strahlt ihn an, errötet, sie ist in ihn verliebt, aber er merkt es nicht. Noch zwei Jahre, dann wird sie eine kleine Schönheit sein, eine weitere Gelsomina.

Die alte Pipistrella steht weißgerandet im Höfchen, in einer Hand den großen schwarzen Schirm, in der anderen eine Petroleumlampe. Sie stößt mit dem Schirm die schwere Tür hinter uns zu und zeigt auf die Treppe. Wir sollen gehen, worauf warten wir noch, es ist spät, es regnet! Wir entschuldigen uns für die Verspätung, für den Regen, für die Dunkelheit. Sie drückt sich an die Mauer, um uns vorbeizulassen. Auf den Marmorstufen steht das Wasser, Carlos patscht in eine Pfütze und bespritzt die langen Röcke der Pipistrella. Er will sie begütigen – Muttchen, redet er sie an, nun mal ein bißchen gelächelt, ein bißchen freundlich, wir sind hier eingeladen! Er klopft ihr mit der nassen Hand die Backe. Sie bringt sich hinter ihrem Schirm in Sicherheit, dabei löscht der Regen die Petroleumlampe aus, und wir stehen in dem finsteren Höfchen, und immer noch im Nassen. Paul tastet sich die Treppe hoch, zieht mich hinter sich her, streift mit dem Schirm einen der Oleanderbüsche, der schüttet weiteren Regen über uns. Arne kümmert sich um die Petroleumlampe, dreht am Zylinder, schraubt am Docht, pustet, es stinkt abscheulich. Schließlich kommt Carlos auf den Gedanken, wenigstens die Taschenlampe wieder anzuknipsen. Wir stellen die Schirme in eine Ecke, Paul pocht gegen die Tür. Drinnen rührt sich nichts. Die Pipistrella ist irgendwo in den Kellergewölben verschwunden. Arne hat die qualmende und puffende Lampe im Arm, sein Kinn ist geschwärzt vom Ruß, er stößt eine Tür auf, er weiß hier Bescheid. Wir sind endlich im Trocknen. Carlos schlägt vor, daß wir singen sollen, dann wird der König Drosselbart schon erscheinen. Änne macht – pscht, und dann hören wir Schritte. Eine weitere Tür wird geöffnet, zuerst ein Lichtschein und dann Signor Ernesto, einen Kandelaber mit brennenden Kerzen in der erhobenen Hand. Der Heilige Michael persönlich! Im weißen Smoking steht er vor uns, als wollte er zu einem Bordfest auf dem Nil. Die Kerzen flackern auf, drohen zu verlöschen. Er winkt uns, die Tür zu schließen, winkt nochmals, wir folgen ihm. Carlos pfeift leise ›Ihr Kinderlein kommet‹. Wir gehen auf Zehenspitzen über die Marmorböden, hinterlassen Schmutz und Wasserlachen. Die Männer zupfen an ihren Pullovern und ziehen an den Hosen, ich versuche, meine Frisur in Ordnung zu bringen, wische mit dem Taschentuch Hände und Arme trokken. Änne schubst mich an. – Wie im Märchen, flüstert sie.

Signor Ernesto stößt wieder eine Tür auf, und dort erwartet uns die Fremde, ebenfalls weiß gekleidet, die braunen Arme bis über die Schultern entblößt, eine weiße Oleanderblüte im dunklen Haar. Carlos flüstert mir zu – Weihnachtsmärchen, zweiter Akt: das Christkind kommt zur Bescherung. Änne zieht ihn von mir weg und geht resolut auf die Fremde zu, streckt ihr die Hand hin, sagt – guten Abend, ich bin die Frau von ... Weiter kommt sie nicht. Sie zieht ihre Hand zurück, sieht sich ratlos nach uns um. Wir nicken der Fremden zu, lächeln mit Vorsicht. Arne überreicht ihr die Rosen. Ein paar Regentropfen glänzen wie Tau auf den Blättern. Was für ein bezauberndes Bild. Die blaßroten Rosen, der schmale braune Arm, das weiße Kleid, das schöne strenge Gesicht vom Kerzenlicht besänftigt. Paul starrt sie verzückt an, nie habe ich ihn so gesehen, sein Gesicht ist ganz entblößt: er staunt. Das Bild hält nur Sekunden, dann hat Signor Ernesto den Kandelaber auf den Tisch gesetzt und ist mit zwei Schritten bei ihr und nimmt ihr die Rosen weg. Zerrt sie aus ihrem Arm, schleudert sie in einen Winkel des großen, schwach erhellten Raumes. Kein Wort der Erklärung oder Entschuldigung, weder zu ihr noch zu uns. Die Dornen haben ihr die Haut geritzt, zwei dünne Blutspuren ziehen sich über den Arm. Sie beachtet es nicht, sieht aufmerksam in sein Gesicht, das sich verdüstert hat. Furcht und Zorn nisten zwischen seinen Augenbrauen, die über der Nasenwurzel zusammenwuchern. Er schiebt den Unterkiefer vor, der Kopf sackt tiefer zwischen die Schultern. Dann lächelt sie, besiegt ihn, und wir stehen dabei und haben keine Ahnung, was los ist. Eifersucht? Primitive Eifersucht?

Der Signore strafft sich, richtet sich auf, erinnert sich an unsere Gegenwart, begrüßt uns, wieder auf französisch. In meinem Kopf ist ein heilloses Durcheinander, ich verstehe kein Wort. Was ist das für ein Französisch, das er spricht? Carlos sagt leise – übersetzt mir doch bloß, was der redet, ich kann kein Wort verstehen, und Änne fragt Carlos. Signor Ernesto fordert uns auf, Platz zu nehmen, das wenigstens verstehe ich, ich flüstere es Carlos zu. – Wir sollen uns setzen! – Na endlich, sagt er.

Dort wird Carina sitzen. – Carina nennt er sie. Wir hören das zum erstenmal, horchen auf, Carina! Er wird neben ihr sitzen. Er weist auf die übrigen Stühle mit den steifen Rückenlehnen, dann auf uns; es ist ihm egal. Er behandelt uns wie eine Gruppe. Arne bleibt stehen, dankt für die Einladung, die uns ehrt, versichert ihm, wie beglückt wir seien, in diesem schönen Palazzo zu Gast sein zu dürfen. Er will sich noch für unsere unpassende Kleidung entschuldigen, aber der Signore winkt bereits ab – una casa antica, sagt er. Wir folgen seinen Blicken. Von den Wänden und der hohen gewölbten Decke ist der Stuck abgefallen, nasse schwarze Flecken fressen wie Aussatz an den Mauern. Aber der Tisch ist weiß gedeckt, festlich. Zwei Kandelaber mit hohen Kerzen erleuchten ihn, Krüge mit Wein und Krüge mit Wasser, Körbe mit Brot, Schüsseln mit grünen und blauen Oliven, Trauben, Feigen.

Ich sitze Signor Ernesto gegenüber, neben mir Arne und Carlos. Er klatscht in die Hände. Eine zweiflüglige Tür wird aufgestoßen, und Pipistrella tritt auf, trägt eine Schüssel voll Spaghetti vor sich her, setzt sie vor Signor Ernesto ab und verschwindet wieder. Der greift nach dem Teller der Fremden, füllt ihn bis zum Rand. Sie dankt lächelnd, läßt ihn gewähren. Dann füllt er seinen Teller, schiebt die Schüssel weiter, streut Käse auf ihren und auf seinen Teller, schiebt den Käse weiter, gießt Wasser und Wein in ihr Glas. Wir sehen zu, daß wir ebenfalls etwas auf den Teller bekommen, greifen zum Weinkrug, zum Wasser. Er hebt sein Glas – Salute! –, leert es, schiebt es beiseite. Das war der Begrüßungstrunk, von jetzt an trinkt er aus einem Krug, der gewiß einen Liter faßt. Wir wickeln unsere Spaghetti, so rasch wir können. Die arme Änne verheddert sich hoffnungslos, geht ihnen schließlich mit dem Messer zu Leibe, tupft mit der Serviette die Tomatenflecke vom Revers ihres hübschen Kostüms, tupft sich den Schweiß von der Stirn. Ich lobe in meinem schönsten Französisch die Spaghetti, sie sind sehr gut, sehr locker, es sind frische Muscheln in der Tunke. Keiner antwortet, ich wickle weiter meinen Teller ab. Ich habe nie zuvor einen Menschen mit solcher Konzentration und Fixigkeit essen sehen wie diesen Signore. Essen und trinken. Er setzt den Krug an und leert ihn zur Hälfte. Auf Schnelligkeit und Geschicklichkeit scheint es bei diesem Essen anzukommen. Ich erkundige mich höflich, diesmal auf italienisch, ob es eigener Wein sei, den wir trinken. Entweder ist mein Italienisch genauso schlecht wie mein Französisch, oder er findet, daß eine Antwort sich nicht lohnt. Vielleicht ist es unüblich, eine Konversation bei Tisch zu führen.

Er klatscht in die Hände. Pipistrella tritt zum zweitenmal auf, jetzt bringt sie Fische. Die Platte ist zu groß und schwer für die schwächliche Person. Arne springt auf, um sie ihr abzunehmen. Ein kurzes — asseyez-vous! — bringt ihn auf seinen Platz zurück. Signor Ernesto wählt mit Bedacht den größten Fisch aus, legt ihn auf Carinas Teller, zerlegt und entgrätet ihn. Wir sitzen und warten. Dann nimmt er sich mit Bedacht einen Fisch und schiebt die Platte der armen Änne zu. Carlos rollt sich die Pulloverärmel hoch. Nicht verblüffen lassen! Er ist der erste, dem dieser Abend Vergnügen macht. Die Fische sind gegrillt, kurze Zweige von Origano und Mastix stecken in aufgeschnittenen Zitronen. Es muß ein Barbon sein, der galt schon bei den Römern als Delikatesse. Ovid verbindet damit einen Liebeszauber. Der Fisch ist bräunlich, beim Kochen würde er sich rot färben. Ich würde das Gespräch gern auf Ovid bringen, ich liebe Tischgespräche. Ich würde gern wissen, ob der Signore die Fische selbst gefangen hat. Sie gründeln tief, fressen Krebse und Muscheln, sie sind selten an dieser Küste, eine Kostbarkeit. Ich habe keine Lust, ein drittes

Mal ohne Antwort zu bleiben, ich frage nicht, ahme wie die andern alles nach: gieße Öl über den Fisch, zerdrücke die Zitrone, esse Oliven dazu und gedünstete Paprikaschoten. In allen Gärten werden jetzt die Oliven geerntet, wir haben gestern die Fremde im Garten hinter der Kirche gesehen, sie schüttelte die Zweige des Olivenbaums, die sie mit den Armen nicht erreichen konnte.

Carlos hat sich bereits die Serviette um den Nacken geknotet. Sein Gesicht glänzt vor Vergnügen. Paul stochert blindlings in seinem Fisch herum, gleich wird er sich an einer Gräte verschlucken. Er hängt am Gesicht der Fremden. Wir mischen den Wein, was wir sonst nicht tun, wer weiß, was noch auf uns wartet, Vorsicht tut gut. Ich erinnere mich an Jolandas ›Attentione, Signora!‹. Arne überreicht mir auf einem Löffel die Augen seines Fisches. Er lächelt mir zu, sagt leise – das ist bei einem Liebesmahl Brauch: man verehrt die Augen des Fisches der Dame, die man liebt. Ich danke mit einem Neigen des Kopfes, senke ehrsam die Lider, schlucke die tiefblauen Glupschaugen und spüle sie mit Wein hinunter, blicke auf und in Arnes Augen und bin traurig wie er. Warum liebe ich ihn nicht? Alle Probleme wären dann gelöst, für eine Weile oder für immer, ich weiß nicht.

Signor Ernesto nimmt von seinem Teller das schönste entgrätete Stück Fisch und legt es auch noch auf Carinas Teller, tut Oliven dazu, bricht Brot für sie ab. Seine ganze Liebe häuft er auf ihren Teller. Dann zündet er sich eine Zigarette an, raucht und ißt und trinkt. Rasch, aber nicht hastig, nicht ohne Genuß.

Er klatscht in die Hände: Pipistrella erscheint, er winkt. Die Teller weg! Frische Teller! Wir sind noch nicht fertig, aber das kümmert ihn nicht. Arne bietet mir eine Zigarette an, es scheint eine Pause einzutreten, oder ist das Mahl zu Ende – gesagt wird uns nichts. Änne sitzt mit hochrotem Kopf da, sie angelt unterm Tisch nach Carlos' Hand, der grinst sie an. So leben wir, da staunst du! Ich suche nach einem Aschenbecher, aber es gibt keinen. Wir schnipsen die Asche auf den Fußboden, wie der Signore. Den brennenden Stummel wirft er hinter sich, er verglüht auf dem Steinboden. Wir lassen ihn diskret neben den Stuhl fallen, zertreten ihn mit dem Schuh. Änne will ihren Mann daran hindern, sie fangen ein kleines Gefecht an, das Signor Ernesto mit einem kurzen – qu'est-ce que ça? – beendet. Ännes Busen wogt, sie ist nicht gewöhnt, gerügt zu werden. Eine neue Rötewelle steigt aus ihrem Ausschnitt hoch und hinterläßt weiße und rote Flecken auf ihrem Hals. Sie trinkt hastig ihr Glas leer, hält es Paul hin, aber der sieht und hört nichts.

Pipistrella erscheint mit der nächsten dampfenden Schüssel. Ein Kaninchenfrikassee. Es duftet köstlich. Sogar Paul wendet seine Aufmerksamkeit seinem Teller zu. Die ölige Tunke ist mit Tomatenmark gedickt, halbe Knoblauchzehen schwimmen darin, Rosmarin, ein wenig Majoran, vielleicht auch Basilikum. Paul sieht mich fragend an, formt mit den Lippen lautlos: Basilikum? Ich hauche zurück: Majoran? Dann starrt er wieder Carina an. Signor Ernesto zerlegt die Fleischstücke mit den Fingern, reißt die zarten Gelenke auseinander, benutzt ein Stück Weißbrot zum Halten, löst das Fleisch mit der Gabel ab, rasch und appetitlich. Wir versuchen zu essen wie er, kommen uns vor wie die Kannibalen, greifen zum gewohnten Messer. Die Fremde knabbert zierlich die Kaninchenschenkel ab, die er ihr auf den Teller häuft. Sie bekommt die Leber, die Herzen. Jedesmal lächelt sie, schlüpft für eine Sekunde unter seine schweren Augenlider, bis er sich wieder seinem Teller zuwendet und nichts sonst wahrnimmt. Er ist völlig konzentriert auf dieses Fleisch und diesen Krug, den er ein drittes Mal mit Wein und Wasser mischt. Sein Fassungsvermögen ist ungeheuer, ein Moloch. Er schwitzt und wischt sich mit der großen Serviette Stirn und Nacken. Carlos macht es ihm nach. Wir säubern unsere Teller sorgfältig mit Weißbrot.

Die Tür geht auf, diesmal ohne daß Signor Ernesto geklatscht hätte: die Katzen stürzen in den Raum, fauchen, miauen, fahren uns zwischen die Beine. Die Fremde erhebt sich, sammelt die Schalen mit den Knochen und häuft sie den Katzen hin. Die setzen sich um den Kalvarienberg, holen sich mit spitzen Pfoten ein Bein oder einen Kopf und zerknabbern ihn. Man hört nichts außer dem Flackern der Kerzen und dem Knacken der Knochen zwischen den Zähnen der Katzen. Die lecken sich die Pfoten, fauchen sich böse an, greifen zum nächsten Gerippe, der Berg wird rasch kleiner, schon wischen sie mit ihren Zungen den Marmor.

Pipistrella hat neben jedes Gedeck eine flache Schale mit Wasser gesetzt, es muß Minze darin sein, es duftet angenehm frisch. Eine weitere Serviette liegt unter der Schale.

Signor Ernesto klatscht schon wieder — caffè, ruft er, caffè! Sie muß mit dem Tablett hinter der Tür gewartet haben, sie kommt aufs Stichwort und setzt das Tablett vor ihm ab. Er tut in jedes Täßchen zwei gehäufte Löffel Zucker, gießt aus einer Flasche einen Schuß weißen Schnaps dazu, Anisschnaps, nimmt sich eine Tasse, reicht Carina eine Tasse, die übrigen verteilt seine Haushälterin oder was sie nun ist, ein gehobenes Haustier, sagt Carlos, mehr sind die Frauen hier alle nicht. Er hat sich längst den Hosenbund aufgeknöpft, seine Frau hat verstohlen an ihrem Rock genestelt. Wir schlürfen den süßen Kaffee, er ist heiß und stark, der beste, den wir bisher getrunken haben. Wir rauchen, schieben die Stühle zurück, genau wie es der Signore tut, machen es uns bequem, soweit man das auf den unbequemen Stühlen kann. Wir verdauen. Die Katzen stoßen mit den Pfoten den Teller hin und her, er scheppert auf dem Steinboden. Sie spielen, ohrfeigen sich, balgen sich. Wir sehen ihnen zu, werden schläfrig. Die Katzen rollen sich in einer Ecke zusammen, bis auf den großen gelben Kater, der streicht mit hochgestelltem Schwanz um unseren Tisch. Seine Krallen kratzen auf dem Boden. Der Signore hat die Augen geschlossen, die Lider liegen in einem Wulst über den runden Augäpfeln. Alle Inselbewohner haben diese vorquellenden Augen, es liegt an der schwefelhaltigen Luft, am Wasser, sagt man. Die Unterlippe hängt schwer herunter. Schwäche mischt sich mit Brutalität. Ich studiere das Gesicht: die niedrige Stirn, das dichte, kurzgeschnittene Haar, das sich über den kleinen Ohren zu Büscheln dreht, mehr grau als rotblond. Die fleischige große Nase, das energielose Kinn. Der Kopf ist wieder tief in den fleischigen Nacken gesackt. Nichts ist schön an ihm, trotzdem fasziniert er. Ich starre ihn an, seine Augenlider heben sich langsam, nicht viel, kaum zur Hälfte, aber ich gerate in seinen glotzenden Blick, versuche loszukommen, aber er läßt mich nicht los. Er fragt langsam, daß alle es hören können – zufrieden, Mademoiselle? Ich erröte, ärgere mich, sage korrekt und scharf – das Essen war sehr gut, Signor Ernesto, merci! In seinen Augen blitzt es auf – gut, sagt er, sehr gut, Mademoiselle! Dann geht sein Blick über die anderen Gesichter, er steckt eine neue Zigarette an. Er raucht noch mehr als Paul. Er fordert uns auf zu sprechen. – Sprechen Sie mit Carina! Deutsch! Unterhalten Sie Carina! – Auch sie scheint überrascht zu sein, sieht ihn fragend an, er nickt ihr zu. Si, so hat er sich das gedacht. Die Fremden werden sie unterhalten. Sie haben gegessen und getrunken, jetzt sollen sie mit ihr reden, in ihrer Sprache. Er hat uns engagiert, zu diesem

Zweck, wie die Gaukler vom Markt. Ich finde es wahnsinnig komisch, ich lache laut. Carlos schubst mich an – was ist los, was hat er gesagt? Ich erkläre es ihm – zeig was, Carlos, los! Produzier dich! Laß die Puppen tanzen! Mach Signora Carina lachen! Bauchtanz, das kannst du doch! – Paul ermahnt mich. Ich habe ihn auf unliebsame Weise an meine Gegenwart erinnert, vermutlich vergleicht er uns, dieses schöne ernste Geschöpf und mich. Aber ich vergleiche ihn auch, wie ein Vagabund sieht er aus, er müßte zum Friseur, sein brauner Pullover ist steif von Schmutz und Salz. Wir sehen uns unfreundlich an.

Arne beginnt bereits mit der Konversation, er hat die besseren Manieren. Er berichtet von unserer Fahrt nach Porto, vom Zustand der Straßen, vom Regen. Carina erkundigt sich höflich, wie weit unser Film sei. Carlos mischt sich ein und sagt vergnügt – wir haben ihn vor wenigen Stunden begraben, Signora! Beigesetzt im Meer. Die arme Änne macht – huch! Ich denke, ihr seid bald fertig! – Nichts ist fertig, werte Gattin! – Carlos hat gut gegessen, er hat viel getrunken, er ist in bester Stimmung, seine Änne hat ihm aus der Klemme geholfen, er legt den Arm um ihre Schultern, tätschelt ihren Nacken und schildert das Begräbnis. Nach zwei Sätzen stellt er fest, daß man das auch spielen kann, eine Pantomime! Der Signore wird es auch verstehen, Moment! Der Tafelaufsatz mit den Trauben muß für den Blechsarg herhalten, er setzt ihn behutsam auf den Arm, mimt mit dem anderen den Regenschirm. Wie er es fertigbringt, weiß ich nicht, aber wir machen mit: er vorweg, wir hinterher, steigen mit hochgezogenen Knien Treppen hinunter, springen über Pfützen, schöpfen das Boot leer, Arne rudert, Carlos schreit, wir kommen zu nah an den Berg – il monte, il monte! schreit er und – attenzione und pericoloso! Er kann auch Italienisch, so ist es nicht. Carina lacht in kleinen lustigen Glucksern, sogar Signor Ernesto lacht, demnach sind wir nicht schlecht. Carlos reißt eine Tür auf, ruft mit großer Geste – Grotto d'amore! Grotto d'amore! Er überreicht mir den Sarg, und ich schleudere ihn weit ins Dunkle, mitsamt den Trauben und Feigen zerschmettert der Kristallaufsatz auf dem Marmorboden. Ich habe genau wie am Mittag im Boot das Gefühl, daß alles um mich herum schwankt. Ich halte mich am Türrahmen fest und starre entsetzt ins Dunkle, immer noch klirren Glasstücke. Als es still wird, klatscht Signor Ernesto Beifall, ruft etwas, das sich wie – bravo, bravo, Mademoiselle! anhört. Une grande artiste! Er erhebt sich, kommt auf mich zu, und ich gehe ihm entgegen und küsse ihn rechts und links und sage leise – grazie. Grazie, Signore.

Die arme Änne, der niemand etwas erklärt, scheint plötzlich anzunehmen, daß es sich hier um eine Hochzeit handle, das muß an dem weißen Smoking liegen, am weißen Kleid der Carina, außerdem am Wein. Vielleicht ist das Sitte in Italien, dies wird der Polterabend sein, sie holt sich ihr Glas. Carlos kann sie gerade noch daran hindern, es an die Wand zu werfen. Er gießt ihr statt dessen Wein ein. – Trink, Muttchen, sagt er, laß dir nichts vormachen, dies ist keine Hochzeit, dies ist ein Begräbnis.

Signor Ernesto reicht mir den Arm, wir gehen in einen anderen Raum, Paul führt Carina, Carlos und Änne folgen, Arne trägt uns einen Leuchter voran. Pipistrella fegt beim Schein der Petroleumlampe Scherben und Obst zusammen und zischelt vor sich hin, ihre kleinen bösen Augen funkeln. Arne hilft in der Bibliothek die Kerzen anzuzünden. Der Raum ist kleiner als der vorige, an den Wänden stehen hohe Schränke, die gewölbte Decke hat reiche Stukkatur, sie ist in besserem Zustand. Hinter den Glasscheiben der Schränke stehen Pakete in braunem Packpapier, kein Buch ist zu sehen, nur aufgereihte Pakete, mit Kordeln umschnürt. Signor Ernesto merkt meine Überraschung und sagt, daß er vor Jahren aufgehört habe zu lesen. Ich frage nach, weil ich glaube, ihn nicht verstanden zu haben. Er bestätigt es unwillig, nein, kein Buch, gelegentlich ein Journal, nicht oft. Arne setzt sich ans Klavier und spielt, es klingt nach Verdi. Eine Huldigung an den Hausherrn. Wir stehen herum, fangen an, uns zu langweilen. Ich versuche ein Gespräch, frage, ob er auch Klavier spiele. Er antwortet, daß er vor Jahren aufgehört habe zu musizieren. Ich sage – aha, natürlich. Mir fallen nur Fragen ein, die man alle mit ›Ich habe vor Jahren aufgehört zu . . .‹ beantworten könnte. Wenn ich fragen würde: leben Sie immer in diesem Haus, würde er wahrscheinlich sagen, daß er vor Jahren aufgehört habe zu leben.

Änne flüstert mit Carlos. Ich rate ihr, sich an die Pipistrella zu wenden, die kann ihr zeigen, wo das ist. Carlos muß mitkommen, sie fürchtet sich. Vor den Katzen, vor der Finsternis, vorm Klappern der Jalousien. Als sie zurückkommen, stürzt sie auf mich zu. – Ein Palast, ein richtiger Palast! Überall Marmor und finstere Gänge und Treppen und Bilder und nirgends Licht und kein fließendes Wasser. Wie im Mittelalter! Porzellankannen! In der Küche hängen Öllampen an den Wänden und ein richtiger gemauerter Herd, mit einer Madonna drüber. Eine Keramikplatte mit einer Madonna direkt über der offenen Feuerstelle. Darauf hat diese Alte die Fische gebraten, auf dem Rost, mit Holzkohle. Und nicht mal ein Boiler für heißes Wasser! Man kann sie doch nicht allein lassen mit dem ganzen fettigen Abwasch. Ich versichere ihr, daß wir uns darum nicht sorgen müssen. Das geht uns nichts an.

Carina hat inzwischen den Rosenstrauß geholt. Sie bricht die Rosen kurzstielig ab, reicht jedem eine, die erste steckt sie Ernesto ins Knopfloch, dagegen scheint er nichts einwenden zu wollen. Irgendein Aberglaube? Blumen für die Toten? Vielleicht bringt man einer Frau keine Blumen, vielleicht bringt das Unheil über sie. Paul küßt die Hand, die ihm die Rose in eine Masche seines Pullovers steckt, er bittet die Fremde zum Tanz. Erst jetzt merke ich, daß Arne nicht mehr Verdi spielt. Sie dankt, schüttelt den Kopf. Wieder ist es falsch. Sie geht zu ihrem Gebieter, nimmt seine Hand, legt sie um ihre Taille, schlüpft unter seine Augendeckel und hebt die Mundwinkel zu diesem kleinen Lächeln, das alle, denen es nicht gilt, traurig macht. Sie tanzen. Er tanzt wie einer, der seit Jahren nicht getanzt hat. Wir sehen ihnen zu. Paul ist klug genug, jetzt nicht mich als Ersatz zu bitten.

Sie lehnt sich zurück, als läge ihr leichtes Gewicht einzig auf der Hand, die sie im Rücken stützt. Sie gleiten durch den Raum, schreiten mehr, als daß sie tanzen. Ich spüre, wie Neid in mir aufsteigt, ich kann ihn schmecken, bitter wie Galle. Ein neuer, häßlicher Geschmack. Sie haben uns vergessen, sie sind allein und sind glücklich, hinter einer Mauer von Glück sind sie verschwunden. Arne spielt schneller, als wolle er ein Loch in diese Mauer reißen, wechselt den Rhythmus, die beiden scheinen zu erwachen, zögern, die Fremde übernimmt die Führung, zeigt ihm den Schritt, und dann drehen sie, mitten im Raum drehen sie sich, als könnten sie nie mehr aufhören. Sie berührt kaum noch den Boden, stößt sich mit der Fußspitze ab zu einer neuen Drehung. Sie halten sich nur noch mit den Blicken aneinander fest. Sie sind verzaubert. Ich kann das nicht mit ansehen, ich halte mir die Augen zu, höre, wie ich flüstere: Schluß jetzt, Schluß, Schluß! Arne mäßigt das Tempo, spielt leiser, gedehnter, hört auf. Die beiden bleiben in ihrer Umarmung stehen, Stirn an Stirn.

Änne räuspert sich, verlangt energisch, daß wir jetzt alle tanzen wollen – was Langsames, sagt sie, was Gefühlvolles. Arne beginnt einen Tango. Signor Ernesto führt Carina zu Paul, kommt dann zu mir, verbeugt sich zeremoniell, sagt, wieder mit diesem Spott in der Stimme – Mademoiselle! Es ärgert mich, dieses »Mademoiselle«. Er legt leicht die Hand in meinen Rükken, die andere Hand lose unter meinen Ellenbogen. Er schiebt mich bei jedem Rückwärtsschritt von sich weg, dirigiert mich mit meinem Ellenbogen. Ich tanze nicht gut Tango, ich mag den Rhythmus nicht. Er tanzt ihn nicht exakt, seine Bewegungen sind zu weich. Er schleicht. Ich beobachte Änne und Carlos, der parodiert einen Tango, und sie lächelt selig mit halb geschlossenen Augen. Er hält sie kräftig an sich gedrückt, sie steht nicht mehr sicher auf den Beinen, gluckst und trällert das Lied mit. Ich wußte nicht, daß Paul ein guter Tänzer ist. Wir haben nie zusammen getanzt. Wenn ich gefragt habe, hatte er keine Lust, in den ›Nightclub‹ zu gehen. Er riskiert gewagte Figuren, er umtanzt sie, sie umtanzt ihn, auch Signor Ernesto verfolgt die beiden. Wir kommen aus dem Takt, er entschuldigt sich – Excusé, Mademoiselle! Strafft sich im selben Moment, greift fester zu, zieht mich an sich, und dann tanzen wir wirklich, tanzen, wie ich nie getanzt habe. Ich sehe die anderen nicht mehr, einmal nur gerate ich in Arnes Blicke, ich spüre, wie ich sie hinter mir herziehe. Ernesto hat jetzt den Rhythmus erfaßt, er ist musikalisch wie alle Südländer, vermutlich hat er vor Jahren aufgehört zu tanzen, und jetzt erinnert sich alles, Füße, Beine, Rücken. Diagonal durch den Raum, dann drehen wir, dann zurück, drehen, konsequent, konzentriert. Ich spüre, irgendwann fange ich an, den fremden Körper zu spüren. Seinen Bauch, der sich fest an meinen Leib preßt, unsere Schenkel trennen sich bei keinem Schritt, ich ziehe den Bauch ein, setze den Schritt höher an, aber ich komme nicht los. Er schließt die Hand nur fester um meine Schulter, schiebt sie unter meinen Pullover. – Haben Sie Angst, Mademoiselle? – Nein, Signore! – Ich muß mit ihm reden, so kann ich nicht länger tanzen, ich frage ihn – wie alt ist dieses Haus? – Wir tanzen, Mademoiselle! – Alles zu seiner Zeit, essen, reden, tanzen. Ich bin zu alt für seine Lehren. Aber nicht alt genug, um nicht seine Wirkung zu spüren. Sein Atem riecht nach Rauch. Nicht wie bei Paul, dies ist, als rauche man selbst. Ich inhaliere seinen Atem, mein Mund ist nahe an seinem Gesicht. Seine Haut ist nicht von der Sonne gebräunt, sie ist nikotinbraun, er atmet aus allen Poren Rauch aus, er ist wie ein Vulkan. Man würde den Rauch schmecken, sobald man mit den Lippen seine Haut berührt. Arne hört auf zu spielen, ganz plötzlich, wir bleiben taumelnd stehen.

Später zeigt uns Signor Ernesto sein Haus. Es regnet nicht mehr. Der Wind jagt die letzten Wolkenfetzen über den Himmel, schon tauchen Sterne auf. Der Mond steht hoch und ist weit fort, Wolkenschleier ziehen eilig drüber hin. Die Blumen im Höfchen fangen an zu duften. Die erste Grille, die zweite, ein Streichduo. Die Katzen kommen heraus, laufen über die Brüstung, springen auf die flachen Dächer, balancieren über die Hofmauer, nehmen auf den rundgemauerten weißen Kaminen Platz. Tagsüber schlafen sie zusammengerollt in der Sonne, nachts sind sie unterwegs. Wir sind näher am Meer, wir hören, wie sich die Wellen am Strand brechen.

Eine Weile stehen wir unter den Bögen der Loggia. Über uns blüht die Bougainvillea, von den violetten Blüten tropft Regen auf uns. Carina lehnt sich an ihren Herrn, einmal zeigt sie zum Himmel auf, sagt leise »Orso« zu ihm, »Orso bruno«. Paul, der nichts sieht und hört außer Carina, hat etwas von »Orso« gehört, er erklärt ihr, daß das Sternbild Ursa major heißt. Aber bevor er zu seinem Erdkundeunterricht kommen kann, hat sie sich umgedreht, hat nicht mal gemerkt, daß er mit ihr sprechen wollte. Sie sagt leise ein drittes Mal, dicht an Ernestos Ohr – Orso, orso maggiore. Bär nennt sie ihn also, brauner Bär, großer Bär. Ich erinnere mich an jenen Abend, als Arne und ich mit der fremden Fremden auf der Piazza saßen und einen Espresso tranken. ›Orso maggiore, das erste Wort, das ich hier lerne. Der Große Wagen wartet nur noch kurze Zeit.‹ Jetzt befindet der Große Wagen sich auf rascher Fahrt dem Horizont entgegen, die Deichsel gen Himmel, im Rückwärtsgang ins Weltenmeer. ›Ein altes Mädchen‹, hat Arne sie genannt, hoffentlich kommt sie hier auf ihre Kosten.

Wir steigen hinunter in die Kellergewölbe. Signor Ernesto zündet die kleinen Öllampen an. In roten Büscheln hängen Pomodori zum Nachreifen von den Decken herunter, Bündel mit Zwiebeln, gelbe spindelförmige Melonen, an den Wänden dickleibige Weinfässer. Und überall Tröge und Truhen, schwere

Tische; alles unter Spinnweben und Mörtel. Niedrige Gänge führen tief in den Berg. Altes Gerät liegt herum. Auf einem Tisch stehen die Kästen mit dem Angelzeug, die Fangkörbe. An der Wand hängen Flinten, sie sind frisch geölt, entstaubt. Zwei kurze Messer stecken in einem Holzbrett. Carlos flüstert mir zu im Tonfall des Signore – ich habe vor Jahren aufgehört zu morden! – Ölkanister, zerschlagene Krüge, leere Konservendosen, Abfall aus Jahrzehnten, vielleicht aus Jahrhunderten. Sobald wir stehenbleiben, hören wir die Ratten, die Fledermäuse, hören das Rauschen in der Zisterne. Wasser tropft von den Gewölben. Im feuchten Mörtel sitzen Käfer mit langen durchsichtigen Flügeln, sie sind schreckhaft, springen wie Grashüpfer, was sind das für Tiere, Grabwespen? Auch Paul kennt sie nicht.

Signor Ernesto zieht den Spund aus einem Faß, füllt einen Krug, setzt ihn an, trinkt in kleinen Schlucken. – Er ist in Ordnung, sagt er, reicht den Krug weiter. Der Wein ist schwerer als der, den wir zum Essen getrunken haben, süßer. Wir loben ihn. Ernesto wehrt ab. Er ist in Ordnung, er braucht kein Lob.

Änne hat den Brunnen entdeckt. Der Signore hebt den schweren runden Holzdeckel ab. Sie hängt sich so tief über den Brunnenrand, daß Carlos sie um die Taille packt und hält. Sie darf einen Eimer in die Tiefe lassen und hochziehen, sie renkt sich fast die Arme aus, der Eimer schwappt über, sie schaufelt sich mit beiden Händen Wasser in den Mund. Wir probieren alle das Wasser aus der Zisterne, wir sind durstig, das Essen war scharf gewürzt, seitdem haben wir nichts mehr zu trinken bekommen. Signor Ernesto zeigt den Männern die Anlage der drei Zisternen, ich kenne ähnliche aus Pompeji, ich höre zu, er erklärt uns, wo die Wasser gesammelt werden, wohin geleitet. Er hat das ganze Jahr Wasser, auch bei monatelanger Trockenheit, seine Brunnen sind tief, der Wasserverbrauch ist nicht groß, er hat keine Duschen, keine Bäder, aber er wird eine Pumpe anlegen lassen, für die oberen Räume. Er hat Veränderungen im Haus vor, es ist lange nicht renoviert – una casa antica, sagt er entschuldigend zu uns, aber er meint Carina. Sie scheint weder Italienisch noch Französisch zu können, sie beteiligt sich nur am Gespräch, wenn es in Deutsch geführt wird. Sie steht mit Änne zusammen an den Steintrögen, in denen Wäsche eingeweicht ist. Sie liegt unter einer dicken grauen Schicht Fango, fest eingestampft, es ist noch kein Feuer drunter, aber die dicken

Holzscheite liegen schon bereit. Sie reden über Waschmaschinen. Änne ruft Carlos zu, daß sie eine Constructa gekauft hat, das neueste Modell mit Vollautomatik. Die Fremde sagt, daß sie nur eine Trommel-Teilautomatik habe, aber sie sei damit zufrieden, sie reiche aus für sechzehn Pfund Trockenwäsche. Änne fragt, wann sie sie angeschafft habe, welches Baujahr. – Ich glaube, vielleicht im letzten Frühling. Änne fragt weiter, ob sich das denn lohne, eine Waschmaschine für eine Person, da fällt doch nicht viel Wäsche an. – Nicht für eine. – Wann? – Welche Marke? – Ich weiß nicht mehr, ich erinnere mich nicht, Ernesto! ruft sie – Ernesto! Wie eine Ertrinkende ruft sie nach ihm, als tauche sie aus einem Traum auf, sie lehnt sich an die Zisterne, beugt sich über den Brunnenschacht, hält sich mit beiden Händen den Kopf, bekommt die Oleanderblüte zu fassen, löst sie, sieht sie an, wirft sie in den Brunnen. Ernesto steht wie gelähmt, hat seine Erläuterungen mitten im Satz abgebrochen, Carlos fragt noch was, aber er hört nichts, ist dann mit zwei Schritten bei ihr, schreit die arme Änne an – was haben Sie getan? Gehen Sie! Gehen Sie nach Hause, gehen Sie doch! Alle! Alle! Très vite!

Änne versucht, mit dem Eimer die Oleanderblüte zu fischen, sie denkt noch immer, daß sein Ärger dem Brunnen gilt, daß das Wasser durch die Blume verdorben sei. Sie hat es gar nicht getan, nichts hat sie getan, sie schimpft böse vor sich hin. Signor Ernesto hat den einen Arm um Carina gelegt, mit der freien Hand faßt er den schweren Brunnendeckel. Änne kann gerade noch den Kopf wegziehen. Er läßt den Deckel fallen. – Cara Carina, flüstert er, cara Carina, immer wieder. Er hypnotisiert sie. Wir sehen es, wir sehen, wie sie zurücksinkt in ihre Verzauberung. Sie hält die Augen geschlossen, sie will nicht erinnert werden an eine Welt, in der es Waschmaschinen mit Vollautomatik für sechzehn Pfund Trockenwäsche gibt. Er führt sie fort.

Änne sagt böse – die ist ja hysterisch! Hier sind ja alle hysterisch! Ihr seid wohl alle verliebt in die? – Carlos hält ihr den Mund zu. Aus einem Winkel taucht die Pipistrella auf. Sie löscht die Öllämpchen, schüttelt sie, bis der Docht im Öl ertrinkt, läuft und holt unsere Schirme, öffnet das Tor weit und scheucht uns hinaus auf die dunkle Gasse. Wir bleiben unschlüssig stehen. Die Casa antica liegt feindselig und düster wie in jeder anderen

Nacht. Kein Lichtschein dringt aus den hohen Fenstern, die Jalousien hängen zerbrochen in den Angeln. Die Ratten pfeifen aus den Kellern, oder sind es die Fledermäuse, Pipistrelli, weißgerandet. Der blaue Jasmin duftet nicht mehr über die Mauern. Änne hängt sich an Carlos' Arm und sagt unmißverständlich – die beiden liegen bestimmt schon im Bett! Sie macht ihre Ansprüche geltend. Kein Zweifel, daß er sie erfüllen wird. Arme kleine Gelsomina, jetzt tut sie mir leid. Ich gehe zwischen Arne und Paul. Als ich eine Stufe verfehle und stolpre, hält mich keiner von beiden. Auf der Piazza singen ein paar unentwegte Deutsche »Heimat, deine Sterne«.

Das fängt damit an, daß Änne am Morgen fragt – frische Brötchen gibt es hier nicht? Macht nichts! Dafür hat man ja die viele frische Luft. Sie sieht uns erwartungsvoll an, und wir machen die erwarteten fröhlichen Gesichter. Sie trällert vor uns hin. Mit jedem Atemzug beweist sie uns, was für ein heiterer, verträglicher und entspannter Mensch sie ist. Immer ein frohes Lied auf den Lippen. Sie hat ein blaues Leinenkleid an, weiß gestreift, genau das Richtige für diesen Morgen. Es unterstreicht alle ihre figürlichen Vorzüge und macht ihre himmelblauen Augen noch himmelblauer. Carlos hat für zwei Minuten sein verschlafenes Gesicht zur Tür herausgestreckt. – Vertragt ihr euch? Das ist recht! Ich schlafe noch eine Runde, was meint ihr? Er grinst. – Die Frau macht mich fertig! – Ich brauche nicht hinzusehen, um zu wissen, was für ein Gesicht Änne zu solchen Äußerungen macht.

– Wo kann man denn hier ein Kleid aufbügeln? – Wo kann man sich die Haare richten lassen? – Wo kann man denn hier ...?

Bei der zehnten Frage kopiert Arne den Signore – wir haben vor Jahren aufgehört, zum Frisör zu gehen. – Sie macht ihr Schmollmündchen und sagt gleich darauf fröhlich – man kann es sehen, und zupft neckisch an Arnes Nackenhaaren. Er haßt es, wenn man ihn anfaßt. Er zieht sich in sein Zimmer zurück. Änne dringt voll freundlicher Anteilnahme in Pauls Zimmer vor. Wir hören ihre kleinen erstaunten Ausrufe. Huch! und: ha! und: was soll denn das bedeuten? Dieses ganze Kribbelzeugs?

Malt man jetzt so was? Ist das abstrakte Malerei? Das hatte ich mir ganz anders vorgestellt. Aber wenn man weiß, was es bedeuten soll, ist es bestimmt schön. Haben Sie schon viele Preise bekommen? Eigentlich könnten wir doch du sagen, verkaufen Sie viele Bilder? Kann man vom Malen eigentlich leben? Sie haben doch eine Familie.

Paul hat sich in die Tür gestellt, er bewacht seine Bilder, sonst wäre er schon geflohen. Er sagt laut und langsam – ich bin kein abstrakter Maler. Ich habe noch keinen Preis bekommen. Ich verkaufe nur sehr selten ein Bild. Sie können du zu mir sagen, wenn Sie das wollen. Ich habe keine Familie mehr. Guten Morgen! Spricht's und geht. Ich frage ihn vorsichtig, wohin er geht, und er sagt böse, ich gehe nicht wohin, ich gehe woweg.

Ich setze mich auf die obere Treppenstufe, notfalls kann ich weglaufen. Ich rauche, an schreiben ist nicht zu denken, der Tag ist verloren. Änne holt sich einen Liegestuhl und ein Nähzeug. Die Taschen an Carlos' Hose sind ausgerissen, seit Wochen. Sie leckt den Faden an und fädelt, sie ist kurzsichtig, ich denke nicht daran, ihr zu helfen, soll sie sich eine Brille auf die Nase setzen, wenn sie unbedingt nähen muß. – Ich müßte eine Brille tragen, sagt sie, aber das macht alt, das kann man sich nicht leisten, wenn man einen jüngeren Mann geheiratet hat. Zu Hause fädeln mir die Lehrmädchen die Nadeln ein. Sie zeigt mit der Nadel hinter Paul her, der eben bei unserer Agave um die Ecke biegt. – Ist der morgens immer so? Man kann doch mal fragen! Männer! Kommen Sie mit ihm aus? – Es geht. – Erkälten Sie sich nur nicht auf den Steinen, die müssen doch noch naß sein vom Regen. – Kann sein. – Sie sollten nicht soviel rauchen, davon soll man Krebs kriegen, Sie sind jetzt schon zu mager. Was schreiben Sie eigentlich? Ich komme nie zum Lesen, abends im Bett fallen mir immer die Augen zu. Man muß sich doch kennenlernen. Sie sind alleinstehend? Das kann man merken. Wenn man für niemanden sorgen muß. Für mich wäre das kein Leben.

Ich ziehe den Kopf ein wie eine Schildkröte. Ich ducke mich unterm Geprassel ihrer Fragen und harmlosen Bosheiten.

– Sie halten sich schlecht, das verdirbt die Figur! Sie müssen Gymnastik machen, und wenn es nur zwei Minuten sind! Armkreisen, das ist das beste für die Büste. Ich muß immer was unter den Fingern haben. Ich könnte nicht so dasitzen wie Sie. Finden Sie, daß ich zu alt bin für ihn? Ich halte auf mich, das ist das wichtigste, daß man in Form bleibt, daß man sich nichts durchgehen läßt. Kein Morgenrock und keine Kittelschürze, immer tipptopp. Ich sitze nur zuviel, das bringt der Beruf mit sich. Das ist alles Veranlagung, meine Mutter war auch so, in den Hüften noch stärker. Er weiß, was er an mir hat. Wenn Sie ihn gesehen hätten! So ein dürftiges, spillriges Kerlchen, sechzehn war er. Ein Werwolf. »Unser Werwölfchen« hab' ich immer gesagt. Als der erste Panzer ins Dorf kam, ist er in unseren Keller gelaufen und hat sich hinterm Holz versteckt. Er hatte niemanden, und ich war auch allein. Ich war mit meinem Kleinen evakuiert. Zuerst hat er immer »Muttchen« zu mir gesagt, das tut er heute noch manchmal. Soll er doch, warum nicht. Damals sagte er immer, wir Witwen und Waisen müssen zusammenhalten, Muttchen. Ich habe alles finanziert. Er hatte noch nichts gelernt. Er besaß nur die Uniform, die an ihm rumschlamperte. Ich ging damals in die Häuser zum Nähen, selbständig habe ich mich erst später gemacht, damals war es günstiger, in die Häuser zu gehen. Mein erster Mann war stark, so etwa die Figur, die Karl jetzt hat. Damals konnte man aus den Röcken zwei für ihn machen. Erst hat er Theater gespielt, bei einer Laienspielgruppe. Dann zog das nicht mehr, dann wollte er zum Funk als Techniker, dann wollte er Fotograf werden. Da habe ich ihm eine Fotoausrüstung gekauft, er machte aus meiner Küche eine Dunkelkammer, fotografierte bei Hochzeiten, Konfirmationen, Schulentlassungen. Er wußte nicht, was er wollte. Er wollte alles gleich sein und nichts erst mal lernen. Ich hatte auch meine drei Jahre lernen müssen. Ich hatte die Rente, für mich und das Kind, und kriegte Lebensmittel und Holz fürs Nähen. Es ging uns nicht schlecht. Nicht, daß ich in so was bürgerlich denke, aber für den Karl war es besser, wenn er in ordentliche Verhältnisse kam, er hatte nie ein Zuhause gehabt. Da haben wir eben geheiratet, als die Kleine unterwegs war, die Susanne. Ich bin nicht zur Witwe geboren, ich sage das jedem, der das hören will. Vom Trauern ist noch keiner wieder lebendig geworden. Kriegstrauung, wie das so war. In der ersten Begeisterung hatten wir geheiratet, und dann mal Urlaub, und was sonst? Wir sind doch ziemlich im gleichen Alter, wir brauchen uns nichts vorzumachen. Groß ist die Auswahl für uns nicht. Einen Mann, der mich versorgt, brauche ich nicht. Mein Geld verdiene ich mir allein. Ich brauche einen, der mich in den

Arm nimmt, der mal Änneken sagt. Einen fürs Bett, ich sage, wie's ist. Gott, ich bin nicht mehr jung. Es gibt Schönere, aber er weiß, was er an mir hat. Zwei Panzerfäuste hat er mitgebracht, das war alles, was er besaß, die liegen zu Hause hinten im Wäscheschrank. Zweimal habe ich ihm die unter die Nase gehalten. Das wirkt. Ich lasse ihn laufen, das ist mein Rezept. Er ist in jedem Jahr ein paar Monate unterwegs. Diesmal, um einen Film zu machen! Immer solche Ausreden, ich tue, als glaubte ich dran. Seine Projekte scheitern immer. Mir ist es egal. Muttchen, sagt er, es wird mir hier zu eng in Nippes. Kein langes Palaver. Reisende Leute soll man nicht aufhalten. Geld kriegt er nicht, aber Vorwürfe kriegt er auch nicht.

Sie stichelt und stichelt, schlingt den Faden um den Zeigefinger, macht einen Knoten, reißt den Faden mit einem kurzen Ruck ab, fädelt und fädelt. – Er hat sich ziemlich rumgetrieben, was? Er hat abgenommen. Ich kenne doch sein Gewicht! Ich füttre ihn schon wieder raus. Ein Mann muß einem den Atem nehmen, man muß keine Luft mehr kriegen. Sie wissen, wovon ich rede. Meine Kundinnen ziehen auch nicht nur das Kleid bei der Anprobe aus. Wenn die sich Luft machen! Die haben ja alle niemanden, mit dem sie mal reden können. Man muß nicht nur einen Blick für sie haben, man muß auch ein Ohr für sie haben. Ich schicke schon immer die Lehrmädchen bei der Anprobe raus.

Sie blickt von der Näharbeit auf, wischt sich die Stirn, sieht sich um. – Wie Sie das so lange aushalten können, verstehe ich nicht. Kein Baum und kein Strauch! Kein bißchen Grün. Und immer diesen bröckligen Berg vor der Nase. Alles grau und braun wie im Aschenhaufen und dieses grelle Licht. Was raucht denn da so?

Ich benehme mich genau wie Jolanda. Ich erwarte, daß sie bello – bello ausruft bei jeder verdorrten Blume. Warum sollten wir den gleichen Geschmack haben.

– Ich transpiriere jetzt schon. Wie heiß wird es denn am Mittag? Vielleicht sind das die Jahre? Man muß jetzt damit rechnen, wie ist das denn bei Ihnen? Hüte kann man hier doch sicher kaufen? Die Italiener sind doch so aufs Verkaufen. Ich mache mir nichts aus Italienern, lauter halbe Portionen, und dieses ewige Gesinge! Der Signore gestern, der hatte Format. Haben Sie gemerkt, die reden gar nicht zusammen! Sie kann kein Italienisch, und er kann kein Deutsch. Wenn sie sich nur sonst verstehen. Mein Geschmack wäre sie nicht, sie ist doch auch zu mager. Die Schulterblätter stehen ja vor. Dieses staubige Braun macht sie auch nicht jünger. Sie trägt einen Ring, sie ist wohl verheiratet? Der Strom soll hier gar nicht so teuer sein, warum läßt er denn keine Leitung legen? Der hat einen Spleen, was? Wovon lebt er denn? Der könnte auch Schiffe kapern, wie ein Seeräuber sieht er aus. Der hätte mich am liebsten in den Brunnen geworfen und dann den Deckel zu! Die lassen alles vergammeln, alles larifari. Haben Sie die Spinnweben gesehen? Warum kümmert sich seine Karin, oder wie die heißt, denn um nichts? – Ich weiß nicht. – Sie kennen sie doch. Woher kommt sie denn? – Ich weiß nicht. – Haben Sie sie denn nicht gefragt? – Nein. – Das verstehe ich nicht. Hier müssen doch die Deutschen zusammenhalten.

Sie springt auf, wirft ihr Nähzeug weg. – Ein Dampfer! Was ist das für ein Schiff, legt das hier an? – Wahrscheinlich die ›Christoforo Colombo‹, ein Passagierschiff aus New York.

New York! Sie scheint beeindruckt. Dann sagt sie – ich dachte, so große Schiffe führen viel schneller. Eine Schiffsreise wäre nichts für mich, da ißt man zuviel und hat keine Bewegung. Ist das Capri? Da möchte ich mal hin! Warum haben Sie sich nicht die Insel ausgesucht, die ist doch viel berühmter, da gibt es sicher Zypressen und Palmen. Sie trällert ›Wenn in Capri die rote Sonne im Meer versinkt‹.

Ich sage – Tutto il mondo è paese.

Sie sieht mich mißtrauisch an. – Was heißt das? – Ein Sprichwort. Unsere Wirtin sagt das immer. Überall ist Erde oder so ähnlich. Wenn man dort ist, kann man unsere Insel sehen, ebenso schön. Sie beobachtet mich, sie traut mir nicht. – Es geht jeden Tag ein Boot nach Capri, machen Sie einen Ausflug nach Capri! – Waren Sie schon dort? – Nein, wir sind ja hier. – Ich verfalle wieder in Schweigen, schließe die Augen und wünsche, es gäbe eine Vorrichtung, auch die Ohren zu schließen. Sie setzt sich wieder, nimmt ihr Nähzeug auf, näht die Knöpfe nach. – Sind Sie müde? Ich kann mir schon denken, wovon. Mir macht das nichts aus. Sieht man mir was an? Sie haben Schatten unter den Augen, richtige schwarze Ringe. Karl ist nicht von Pappe. Wenn der sein Muttchen wieder hat, könnte man denken, er wäre ein paar Monate im Kloster gewesen. Egal ist es mir nicht, aber Eifersucht kann ich mir nicht leisten. Damit kriegt man jeden Mann aus dem Haus. Und wie kriegt man wieder einen rein mit achtundvierzig? Man muß den Mund halten können. Das ist meine Devise, ich sage mir immer: Änne, halt den Mund. Wenn es Winter wird, kommt er von ganz allein nach Hause. Ich habe ihn schon einmal geholt, da war er in Paris hängengeblieben. Wenn nur nicht immer gerade Saisonbeginn wäre. Drei Lehrmädchen und eine Zuschneiderin habe ich sitzen. Im vorigen Winter haben wir Schaukästen auf die Straße gestellt, ein bißchen werben muß man schon. Die Gegend ist sonst gut. Ich habe mich spezialisiert auf große Weiten. Wie finden Sie das? – Sie strafft sich, reckt den Kopf, rückt an ihrem Korsett – eigener Entwurf. – Sehr hübsch, sage ich. – Ziehen Sie immer so wenig an hier? Wenn man so braun ist, mag es ja gehen, aber ich meine, besser gut angezogen als schlecht ausgezogen. Manche Frauen werden immer hübscher, je weiter man sie auszieht, aber das ist nicht die Regel. – Sie betrachtet mich mit ihrem Berufsblick. – Der Mann einer Kundin hat mal zu mir gesagt: besser rundlich als runzlig.

Arne kommt und erlöst mich. – Willst du mit in die Stadt, fragt er, ich habe einige Wege zu erledigen.

Es kommt wieder Leben in mich, ich springe auf, küsse ihn, das tue ich nie, renne in mein Zimmer, knöpfe mir einen Rock um – ich muß auch nach Porto, rufe ich, Wege erledigen, lauter Wege! Zur Bank und zur Liberia.

Wir lassen die arme Änne einfach da sitzen. Sie macht gute Miene. Künstler! sagt sie. Vermutlich spricht sie zu Hause von dem Künstler, den sie geheiratet hat. Wenn sie jetzt noch »Künstlervölkchen« sagt, dann explodiere ich auf der Stelle. Sie winkt uns himmelblau und heiter nach, schiebt die Kakteentöpfe zur Seite, um uns nachzusehen, winkt, als sei sie da zu Hause. – Alle fliegen aus, und die gute Änne bleibt zu Haus, ruft sie herunter. Arne winkt zurück und sagt zu mir – siehst du, sie dichtet, das liegt hier in der Luft. – Künstlervölkchen, ruft sie hinter uns her und winkt immer noch. Ich bleibe stehen und atme tief aus. – Sie ist eine Seele von einer Frau. Sie ist eine Seele von einer Frau, sie ist eine...

Arne zieht mich vorwärts. Genug!

– Noch einmal, bitte! Sie ist eine Seele von einer Frau. So! Und nun komm!

Der Morgen ist schön wie ein Morgen am Meer. Ich schüttle

mich, blicke mich zum erstenmal um, sehe alles neu. Die Blätter der Agave glänzen fett und blank. Der dicke Blütenschaft hat dem Sturm standgehalten, ich bin erleichtert. Jedesmal bangen wir um ihn. Die ganze Welt ist erfrischt vom Regen. Man kann die Luft trinken. Wir atmen und schlucken.

Unter der Opuntienhecke neben dem Friedhof häufen sich die gelbroten Früchte, die der Regen abgeschlagen hat. Wir pulen mit dem Taschenmesser das wäßrige Fruchtfleisch aus seiner stacheligen Hülle. Es ist kühl und süß wie frische grüne Feigen. Als wir gekommen sind, war der Feigenkaktus dicht besteckt mit gelben Blüten. Wir müssen uns waschen, wir haben Gesicht und Arme beschmiert. Aber wir wollen nicht zurück in die Reichweite von Ännes praktischen Ratschlägen. Wir gehen zur Piazza an den Brunnen und spülen uns Gesicht und Hände ab. Von weitem sehen wir Signor Ernesto und Carina, die zum Fischen gehen. Beide barfuß, die Hosenbeine hochgerollt, Körbe und Fangeimer am Arm. Sie machen das Boot los. Wir winken. Sie winken zurück. – ›O what a beautiful morning!‹ Morgen wollen wir uns ein Boot mieten und weit hinausfahren aufs Meer. Arne will sich Angelgerät von dem Drosselbart ausleihen, vielleicht nimmt er uns mit in seinem Boot, wir werden ihn fragen. Die beiden gehen zum Fischen, als täten sie seit hundert Jahren nichts anderes, als würden sie auch in hundert Jahren nichts anderes tun, als mit dem Boot aufs Meer hinausfahren und fischen. Ein Mann, eine Frau und ein Boot, mit dem sie ausfahren, mit dem sie heimkehren. – Hej! macht Arne, du wirst sentimental! Ich seufze – ›ach, hätt' ich genommen den König Drosselbart!‹ Wir lachen. Draußen zieht Salvatore auf Wasserskiern vorbei, er hat Gäste im Boot, er brilliert vor den Damen. Wenn das Meer heute mittag ganz still ist, wird er ihnen anbieten, es selbst zu versuchen, und dann hocken sie wie die Glucken überm Wasser, kriegen den Hintern nicht hoch, haben die Blamage und das Gelächter. Er fährt so dicht am Strand entlang wie möglich, fährt zu schnell, rächt sich, weil alle abreisen, weil keine bei ihm bleibt. Weil sie immer nur die Insel meinen, sein Boot, seine Lieder, seine Leidenschaft. Sie beanspruchen einen Platz in seinem Haus und in seinem Leben für drei oder für vier Wochen, dann reisen sie, schreiben eine Karte zu Natale, daß sie wiederkommen wollen im nächsten September, aber keine räumt ihm einen Platz in ihrem

Leben ein. Die Ärztin ist gestern abgereist. Unter den neuen Gästen wird eine sein, die ihn für drei Wochen will.

Sogar die Autos sind frisch und blank. Der Regen hat die Staub- und Salzkruste abgewaschen. Eine Prozession bunter Käfer am Straßenrand, und drunter Felsen und Meer. ›Giro dell'Isola.‹ Ich habe Lust, rund um die Insel zu fahren. Zweimal rundum! Arne verspricht mir alles. Wir werden in einer Osteria essen. Eine Pizza, wir haben lange keine Pizza mehr gegessen. Mittags werden wir unter einem Feigenbaum schlafen oder werden in den Pinienwald fahren, den einzigen Pinienwald der Insel. Wir werden über Arnes schwedische Rhapsodie reden, wir werden über das Leben der Vittoria Colonna reden. Erst einmal schieben wir das Dach weit zurück, drehen alle Fenster auf, der Fahrtwind bläst uns um die Ohren, zerrt an den Haaren. Wir pfeifen und singen zweistimmig. Arne sitzt am Steuer. Wir haben uns gestritten und haben geknobelt, und er hat gewonnen. Zurück darf ich fahren, so schnell, wie ich will, er hat es mir versprochen. Die Straße ist noch nicht geräumt. Abbiamo tempo, sie haben Zeit. Sie rechnen damit, daß jeder Autofahrer die hinderlichen Steine selbst wegräumen wird, und sie verrechnen sich nicht. Der Wagen springt über das Geröll. Arne umkurvt die tiefsten Löcher. Alles Wasser ist in Sturzbächen ins Meer geflossen. Nur noch die tiefen Rinnen sieht man, die letzten Pfützen hat die Sonne bereits heute morgen getrocknet. Noch zwei Stunden, dann ist alles wieder grau überpudert, und der Wind bläst den Staub aus dem porösen Gestein, das den Regen schluckt wie ein Schwamm. Noch aber ist alles frisch und voller Farben. Es duftet aus den Weinbergen nach Erde und reifen Trauben, auch die Pinien duften heute, sie sind fast grün und nicht schwarz wie an anderen Tagen. Arne bekommt Sehnsucht nach seinen Blåsipper und Frühlingsbächen. – Kennst du unsere Blåsipper? Kennst du – kennst du, fragt er. Ich brauche nur den Kopf zu schütteln. – Weißt du überhaupt, wie Erlen rauschen, wenn sie die allerersten Blätter haben? Ende Mai? Dann ist der Wald noch licht, nur so ein Hauch von Grün, ein Pinselstrich. Das Gras ist gelblich-grün, und wenn man hochblickt, an den Stämmen der Erlen und Birken hoch, dann wird das Grün immer blauer und blauer. – Er wirft den Kopf in den Nacken und sieht aus dem Schiebedach in den Himmel. Diese Möglichkeiten in Grün! Eine Symphonie in Grün! Kennst du – kennst du – er pfeift jetzt wieder. – Haydns Jahreszeiten, der Frühling, horch! – Mit einem Finger lenkt er den Wagen, alle anderen braucht er, um seine Rede zu demonstrieren. Er hat seine Maske abgenommen, und darunter ist ein schönes wildes Gesicht zum Vorschein gekommen. Begeisterung in den Augen und Entschlossenheit ums Kinn, das er vorreckt, den ganzen Unterkiefer schiebt er vor, stellt die kräftigen Zähne aufeinander, schiebt die Lippen zurück, ohne zu lächeln, er atmet nur, macht eine Pause. Wenn er Blåsipper sagt, meint er Musik, wenn er Schweden sagt, meint er Musik. Alles sind nur Töne für ihn, er übersetzt sie für mich in Worte. Bei Paul sind es Farben, bei mir sind es immer Worte. Jeder versucht einmal, ein Fenster aufzureißen, damit der andere hineinsehen kann, weil er es allein drinnen nicht mehr aushält. Arne haut mit der Hand aufs Lenkrad, tut sich weh, lacht – die brauche ich noch! Er pustet darauf, hält sie mir hin, daß ich auch puste, ich drücke sogar einen Kuß auf den Daumenballen, derselbe, in den ihn vor Monaten die Zikade gebissen hat, der weißstirnige Warzenbeißer, die Stelle ist noch immer nicht vernarbt. Er lenkt um ein Schlagloch, ich falle gegen ihn, er merkt es nicht mal, er redet wieder. – Wir müssen endlich begreifen, daß wir so nicht weiterkommen, in der Musik nicht und in der ganzen Kunst nicht. Der Impuls kann nur aus den nationalen Eigentümlichkeiten kommen, glaub mir das! Folklore! Damit wollen sie alles abtun! Das ist kein Schimpfwort. Kraft und Wärme und Farbe! Begreift denn kein Mensch, daß das keine Einengung zu sein braucht, daß es außer einer Flächenausdehnung auch noch eine gibt, die in die Tiefe und in die Höhe will? Daß es genauso schwer ist, da vorzudringen? Als über so ein paar läppische Grenzen. Darauf bilden sie sich Gottweißwas ein, ihre Internationalität! Die Kunst muß international nicht in der Herstellung, sondern in der Auswirkung sein. Im Nationalen liegen noch Kräfte, bestimmt bei uns in Schweden. Wir haben noch nichts hergegeben. Außer Stahl! Kunst muß Wurzeln haben, sie muß sich nähren, dafür reichen die Kräfte eines einzelnen nicht, das ist anmaßend. Auch vom Volkslied her kann noch eine Erneuerung kommen, nicht immer nur vom Experiment. »Eine schwedische Rhapsodie!« Dabei weißt du gar nicht, was du sagst! Genau das meine ich, aber nicht Frühling – Sommer – Herbst – und Winter, das kann man auch, aber dazu muß man naiver sein. Vogelgezwitscher und Murmeln von Bächen, das ist gefährlich. Das habe ich bei den Zikaden ausprobiert. Dies sind keine Zeiten für eine Pastorale. Das war ein schönes Stück in unserem Film. Er pfeift – Grillen, hörst du, und das sind die Zikaden. Denk dir die ganze schwedische Historie! Von den Anfängen an. Er macht eine Pause, pfeift weiter, er läßt mir Zeit, die schwedische Geschichte zu bedenken.

– Ich bin fertig, sage ich nach zwei Minuten. – Ich erinnere mich nur an König Wasa und die Wikinger. Wir lachen. – Es genügt, sagt Arne. Jetzt stell dir eine eiszeitliche Musik vor, bei der es dich friert und schaudert, aber dann fangen die Eisblöcke an zu tauen, es perlt und tropft, dann Urstromtäler. So fängt es an, nenn es meinetwegen eine Ouvertüre. Aufhören muß es entsprechend, atonal, Musik aus dem Atomzeitalter. Es endet, wie es angefangen hat. Eine unter Eis erstarrte Welt beginnt zu leben, und eine Welt erstickt unter Atomstaub. Ouvertüre. Finale. Und dazwischen das Leben. Das Leben dieser Holzfäller und Seefahrer. Eine Volksoper, denk an »Porgy and Bess«. Große Chöre, Ballett. Mit König Wasa und Hamlet, mit Gösta Berling, mit ...

– Nils Holgersson! O Arne, was für ein Projekt! Ein Berg von einem Projekt, ein Eisberg, ein Vesuv!

– Es ist besser, man scheitert an einem großen Projekt als an einem kleinen. Besser, man gerät unter einen Vesuv, als daß man über einen Maulwurfshaufen stolpert. Sollten wir das nicht gelernt haben? Es war zuwenig, was wir gestern begraben haben. Das war das Tragische. Wir haben eine Mücke begraben. Wir haben uns alle vier aufgespart, wir waren uns zu schade dafür. Ich will in Porto eine Wohnung suchen, es wird jetzt ernst. Ich will hierbleiben. Ich kann nur aus der Suggestion heraus arbeiten, aus dem Kontrast, nicht aus der Anschauung. Hier, in diesem Herbst, werde ich in mir einen schwedischen Frühling produzieren, aus dem Widerstand heraus, gegen dieses nackte Gestein an, dieses Blau von Himmel und Meer, das einem weh tut, gegen dieses Panorama. Überall Panorama, aus allen Felsspalten tönt einem das hundertfache Echo von bello – bello! entgegen. Es bringt einen an den Rand des Wahnsinns. Aber dann kommt ein Punkt, da produziere ich in mir einen sumpfigen See unter einem Regenhimmel, ich höre ihn, kann ihn riechen, meine Organe setzen alles um, eine fortwährende Assimilation in meinem Inneren, eine Umwandlung aller Farben in Grün. Im Frühling werde ich in Schweden sein, bei den Blåsipper, und werde kontrollieren, ob es stimmt. Kommst du mit? Komm mit!

– Nein.

– Gut! Er legt seine Hand auf meine, das ist ein Wort. Über ein Nein läßt sich reden. Es ist besser als dein »Ich weiß nicht«, damit hast du uns ziemlich elend gemacht. »Ich weiß nicht!« Das macht alles fragwürdig, am Ende weiß man nichts mehr, tappt herum, halb blind, halb taub –

– Fahr langsamer, Arne! Bist du wahnsinnig, du fährst kein Luftschiff! – Ich fahre sechzig! Das liegt an der Straße. – Ich klammere mich am Griff fest, mit beiden Händen. So sitze ich gern. Ich lehne mich zurück. Mir soll es recht sein, soll er fahren, wie er will, er hat sich viel zu lange gebremst, etwas hat sich endlich in ihm gelockert. Ich beobachte ihn, er erinnert mich. Wir singen ›O what a beautiful morning‹. Zwischendurch sehen wir uns an, richtig in die Augen, wir mögen uns gern, wir beide. Er hat sich durch uns irritieren lassen, durch Carlos. Hier ist alles Körperliche zu wichtig. Seine Impotenz hat ihm die Furcht eingejagt, auch künstlerisch impotent zu sein.

Vor uns liegt blau und schön die Bucht, in der wir so oft geschwommen sind. Ich zeige hin, nicke, singe weiter, er soll nur wissen, daß ich seinen Bach und die grüne Frühlingswiese mit den Blümchen erkannt habe. In der Ferne, in Dunst gehüllt, liegt die Insel Procida und der weite Golf von Neapel. – Wie lange haben wir die Küste nicht mehr gesehen. – ›Wir haben vor Jahren aufgehört, die Insel zu verlassen – Mademoiselle.‹ Wir brechen in Gelächter aus, schütteln uns vor Lachen, das ganze Auto bebt – Arne! Ich höre mich rufen – Arne! Vor uns torkelt ein Autoreifen auf die Mauer zu, die Straße macht eine Kurve, es geht bergab, der Wagen reagiert nicht mehr, Arne bremst, das dauert eine Ewigkeit, Sekunden dauert das. Ich werfe den Kopf hoch, um diese Mauer nicht mehr zu sehen, die auf uns zukommt. Ich sehe auf, ins Blaue, ich stemme mich mit Füßen und Händen dagegen, und dann kracht es und splittert.

Paul hat mein Bett auf die Terrasse gezogen und mir Decken und Kissen in den Rücken gestopft. Ich liege im Schatten des Sonnenschirmes. Ich kann übers Meer sehen, wenn ich will. Ich habe einen Block und kann schreiben, wenn ich will. Die rechte Hand ist unverletzt, und der Kopfverband läßt die Augen frei. Ich bin gut davongekommen. Die Prellungen an den Knien gehen bereits zurück. Paul hat seine Staffelei umgebaut und mir ein Gestell über die Beine gestülpt, damit die Decken nicht auf den Verbänden liegen und drücken. Er hat vorhin gefragt, ob ich ihn brauche, und ist in sein Zimmer gegangen. Die Tür läßt er auf, ich höre ihn hantieren. Der Pinselsortierer! Jetzt ist er mein Krankenpfleger. Pflegt und tröstet und ist geduldig, wenn ich ungeduldig bin. Ich frage nicht, ob ich ihm lästig bin, also braucht er nicht zu lügen. Mag sein, daß er es gern tut, manchmal denke ich, er macht an mir wieder gut, was er woanders schlecht gemacht hat. Er wollte nicht, daß ich im Spital blieb, er hat mich in einem Taxi hierhergeholt und hat zwei Pepis engagiert, mit denen zusammen hat er mich auf einer Bahre den Berg raufgetragen.

Arne ist nicht mehr da. Ich habe ihn nicht mehr gesehen. Er soll sich zur Seite geworfen haben, um mich zu schützen, das soll ihn gerettet haben. Er hat mit der linken Hand die Windschutzscheibe durchstoßen, die Hand ist ganz zerschnitten, sagt Paul. Vielleicht wird er sie nie mehr benutzen können, zumindest nie wie vorher. Heute morgen ist mir eingefallen, daß er dann nicht mehr Geige spielen kann. Und Klavier? Was kann er denn überhaupt noch für ein Instrument spielen, wenn die linke Hand steif bleibt? Wenn ich mit Paul drüber sprechen will, sagt er immer – laß das für später, sieh erst mal zu, daß du wieder auf die Beine kommst. Den rechten Fuß hat er gebrochen oder verstaucht, man hatte noch nicht geröntgt. Und dann muß er einen Schock bekommen haben, er war bei Bewußtsein, aber er hat nichts mehr gesagt. Er hat geweint, als man uns getrennt hat.

Paul hat es aufgegeben, mich zu fragen. – Was hast du gesehen? Du mußt doch etwas gemerkt haben, oder hast du nicht? Warst du mit deinen Gedanken woanders, man merkt doch, wenn sämtliche Räder locker sind. Worüber habt ihr geredet? – Ich habe die blaue Bucht gesehen, in einem wunderbaren Blau, aber vielleicht war das gar nicht das Meer, sondern der Himmel, er war waschblau, hast du am Morgen gesagt, nein, kobaltblau hast du gesagt. – Ich fange immer wieder von vorn an, ich bin so konfus, ich versuche, Ordnung in meinen Kopf zu bekommen, und dann schlafe ich wieder. Ich höre Paul hantieren, dann fällt es mir ein, ich rufe ihn – wir haben von seiner Oper gesprochen! Ich glaube, er ist schon sehr weit. Es ist schon alles in ihm. Er war so begeistert, so war er noch nie! Mir war immerfort, als flögen wir, als lenkte er ein Luftschiff, es war alles blau. – Schon gut! sagt er. Er meint sicher, daß Arne den Wagen noch hätte bremsen können, wenn er konzentriert gefahren wäre, zumindest hätte er ihn abfangen müssen. Aber wenn sein rechter Fuß gebrochen ist, hat er doch gebremst! Sie haben ihn mit dem Hubschrauber nach Napoli an den Flughafen gebracht und dann mit einer Linienmaschine nach Stockholm. Paul hat mit Arnes Vater telefoniert und später noch einmal mit einem Bruder, der besser deutsch spricht. Arnes Vater. Arnes Bruder. Arne in einem Krankenhaus in Stockholm. Das kann ich mir alles nicht vorstellen. Sicher trägt er eine andere Maske, eine, die ich nie sehen werde. Wahrscheinlich werde ich auch die vom alten Nils Holgersson nicht mehr sehen. Ich rufe nach Paul, ich kann nicht allein sein, ich rufe immerfort nach ihm. Er kommt bereitwillig. – Ich störe dich immer, entschuldige! Arne sah doch aus wie Nils Holgersson mit den Wildgänsen? Paul sieht mich besorgt an. – Was redest du da? Nils Holgersson? – Er weiß nicht mal, wie Nils Holgersson aussieht. Schade. Arne brauchte ich nie etwas zu erklären.

Der Dottore kommt gegen Abend zum Verbinden, es ist dann schon dunkel. Die ersten Fäden sind gezogen. Man hat mir noch keinen Spiegel gegeben. Nur wenn alles wieder verbunden und verklebt ist, dreht Paul den Schrankspiegel so, daß ich mich sehen kann. Die Augen sind nicht verletzt, die Nase ist heil, ein Schnitt geht bis zum rechten Mundwinkel, der schmerzt, wenn ich esse und spreche; beides tue ich nicht oft. Die Ohren sind auch heil, es ist eigentlich alles heil, nur Fleischwunden. Es wäre besser, wenn ich mehr Fleisch auf den Backen hätte. Sie haben mir die Haare abgeschoren. Paul war im Krieg Sanitäter, er könnte mich verbinden, aber dieser Dottore besteht darauf, uns jeden Tag einen Besuch zu machen. Paul bleibt manchmal an meinem Bett stehen und sagt ›kleiner Soldat‹ zu mir, und dann schnauft er und versichert mir, daß er ihn umgebracht hätte, wenn mir was passiert wäre. Richtig passiert! Dies ist ja nicht der Rede wert. Du wirst aussehen wie ein alter Haudegen, du kriegst ein sehr intelligentes Gesicht, zwei kräftige Durchzieher, da wird dich mancher drum beneiden!

Ich schicke ihn fort. – Tu was! Denk an deine Ausstellung! Er geht, kommt zurück, umkreist dreimal mein Bett, die Hände auf dem Rücken, sein Unterkiefer mahlt, dann kaut er an der Oberlippe, das tut er immer, wenn er etwas sagen möchte und nicht weiß, wie. Ich habe schon begriffen und entschuldige mich. – Ich sag's nicht wieder. Ich wußte das doch nicht. – Er bleibt stehen, sieht an der Hauswand hoch – schon gut, und geht und tut die Pinsel von einem Topf in den anderen. Er weiß, daß ich es hören kann, daß ich das Geräusch kenne, das irritiert ihn. Er schließt seine Tür, öffnet sie noch mal, um mir zu sagen, daß ich jederzeit rufen kann, er wird es bestimmt hören.

Er hat auch einen Schock bekommen. Er kann nicht malen, und vorher ging es so gut. Ist es besser, wenn ich weg bin? Ich kann noch nicht reisen. Ich muß erst ein paar Schritte gehen können. Gestern hat er mir frischen Lack auf die Fußnägel gepinselt – man muß dich ein bißchen herausputzen, kleiner Soldat! Als er mit dem letzten Zeh fertig ist, besieht er sich sein Werk und sagt – ich gehe doch ganz geschickt mit Pinsel und Farbe um, was meinst du? – Ich müßte einen neuen Ton finden, einen, den er nicht kennt, Worte, die er nicht kennt, andere Betonungen. Aber dazu müßte ich die kennen, die ich vermeiden muß. Das einzige, was ich tun kann, ist zu schweigen. Ich wage nicht einmal zu sagen – zeig mir was! Was malst du jetzt? Ich werde ihn ein wenig kennenlernen, wenn er mir seine Bilder zeigt, über die Bilder spricht. Aber er behauptet, daß er sich nicht ausdrücken will, wenn er malt. Er will sich nicht verständlich machen, höchstens sich selber, er malt nicht für andere, behauptet er. Wie will er dann ausstellen? Wie will er die anderen erreichen? Wenn er sie verachtet, werden sie verachten, was er malt, das ist wechselseitig. Er spürt, daß es nicht reicht. Er kennt seine Grenzen, und aus Angst vor ihnen stößt er nicht einmal daran, durchstößt sie nicht, malt seine kleinen minuziösen Bilder. Ich muß, was ich kann. Das war Arnes kategorischer Imperativ, er gilt auch für Paul.

Carlos und Änne sind noch auf Capri. Änne soll gesagt haben

– da können wir uns ja direkt zuwinken. – Das ist nicht nötig, hat Paul ihr geantwortet. Es ist besser, wenn ihr geht! Nehmt das Abendschiff! Macht, daß ihr fortkommt! Als Carlos ihn immer noch verständnislos angestarrt hat, ist er immer wütender geworden – ich will euch nicht mehr sehen, verstanden?

Er hat es wirklich nicht begriffen, der gute Carlos. Was hat er damit zu tun? Ein Anschlag auf ihn? Die Radmuttern? An Arnes Auto? Änne hat gequietscht vor Entsetzen. Das ist ja ein richtiges Verbrechen! Wie gut, daß wir nicht in dem Auto waren. Ihm wäre es lieber gewesen, hat Paul ihr glaubwürdig versichert.

Eine halbe Stunde später waren sie mitsamt ihrem Gepäck unten auf der Piazza. Signor Ernesto hat sich darum gekümmert, daß die beiden heil aufs Schiff gekommen sind. Von der Parente hat man nichts mehr gesehen. Am nächsten Morgen stand ein Fäßchen Wein unten vor der Tür, das werden sie gebracht haben. Ich werde früh wach, ich höre schon, wenn die Esel mit ihren Lasten den Berg hinuntertrappeln zu den Hotels. Ich höre das langgezogene Ja–a von Guido, dann weiß ich, daß sein Esel wieder an dem kleinen Gärtchen der Pipistrella stehengeblieben ist und ihren Salat abfrißt. Jeden Morgen findet Paul etwas vor unserer Tür. Trauben, die letzten Feigen, Fische, Maronen. Er trägt die Körbe die Treppe herauf und baut die Geschenke vor meinem Bett auf. Alles für den lieben Frieden. Sie wollen uns das Maul stopfen, sie wollen, daß wir nicht drüber reden. Ein Unfall! Es tut ihnen allen leid. Man macht es wieder gut und basta. Wozu von Schuld reden. Jolanda kommt jeden Morgen, sie bringt mir Milch, ihre Schwester hat eine Ziege. – Sie müssen Milch trinken, Signora! Sie fürchtet sich vor meinem weißbandagierten dicken Kopf, sie bleibt in fünf Meter Entfernung stehen, spricht vom Wetter, das immer noch schön ist, vom Meer, das immer noch blau ist. Sie schleppt einen Blumentopf in mein Zimmer, so ein fleißiges Lieschen, setzt es in meine Waschschüssel. – Sempre in fiori! sagt sie, es blüht immer! Ich nicke mit meinem dicken weißen Kopf und versichere ihr, daß alles wunderbar ist – tutto è buono! Das will sie hören, vorher geht sie nicht.

Es sind nicht mehr viele Fremde im Dorf, sie hat Angst, daß wir auch abreisen. Wenn Paul von seinen Einkäufen zurückkommt, berichtet er mir, wer noch da ist und wer abgereist ist.

Er bringt mir eine Kette von Gina-ginetta mit und viele Grüße an die Signora!

Er hat mit Signor Ernesto gesprochen, aber der rät von allem ab. Arne, der die Anzeige erstatten müßte, ist fort. Was könnte man beweisen? Der Wagen hat über Nacht auf der Straße gestanden. Man hätte ihn auf seine Fahrtüchtigkeit hin prüfen müssen. Es ist fahrlässig, einfach so loszufahren. Fingerabdrücke? Der Regen hat sie längst abgewaschen. Sollen die Männer ins Gefängnis? Geld haben sie nicht, sie können leichten Gewissens jeden Offenbarungseid schwören. Das Auto hat Totalschaden, man kann es nur noch auswracken. Paul hat die Transportkosten übernommen und hat es der Parente vor die Hoftür fahren lassen. Keiner ist zum Vorschein gekommen, auch keiner aus dem Dorf. Zum erstenmal ein Ereignis ohne Zuschauer. Die Muttern an den Hinterrädern waren einen Tag später wieder angezogen, Paul hat es kontrolliert.

Sie haben alle Möglichkeiten erörtert. Im günstigsten Fall würde man nachweisen können, daß einer aus Gelsominas Familie den Unfall begünstigt hat, aber doch nur, um die verlorene Unschuld seiner Schwester zu retten. Er hat Anspruch auf mildernde Umstände, ein Racheakt. Außerdem ist er nicht zurechnungsfähig. In Gelsominas Familie gibt es mehrere Brüder, die jedes Gericht für begrenzt zurechnungsfähig erklären würde.

Hätte das Auto einen Heckmotor gehabt, hätten wir wie Wanzen an der Mauer geklebt, sagt Paul – wie die Wanzen! Der Motor hat den ärgsten Stoß abgefangen. Die Windschutzscheibe war nicht aus Verbundglas. – Paul steht am Fußende meines Bettes und zählt mir auf, was uns alles nicht passiert ist und was hätte passieren können. – Ihr habt ein unverschämtes Glück gehabt! – Erst wenn ich seufze, hört er auf. – Glück ist vielleicht zuviel gesagt, das gibt er zu.

Signor Ernesto hat uns, zusammen mit der Fremden, einen Besuch gemacht und uns seinen juristischen Rat und Beistand angeboten. Aber er schwächt seine Bereitwilligkeit sofort ab. Man kann nicht viel tun. Man kann nie viel tun, wenn etwas passiert ist. Verstehen Sie? Es ist passiert! Einer hat sich schuldig gemacht. Man hat jemandem Gelegenheit gegeben, sich schuldig zu machen. Es trifft leicht den Falschen, das Unglück und die Strafe, verstehen Sie? Es ist schwer zu entscheiden, wo Recht und wo Unrecht ist. Es sind abstrakte Begriffe, sie lassen sich im

Leben schwer anwenden, besonders hier bei uns, verstehen Sie? Ich mische mich ein. – Wir hatten einen ziemlich schweren Unfall, Signore, verstehen Sie? Es kann sein, daß unser schwedischer Freund nie wieder musizieren kann, verstehen Sie? – Signor Ernesto füllt den Türrahmen, ein dunkler Koloß. Er hat die Sonnenbrille nicht abgenommen, aber ich bin sicher, daß er nicht zu meinem Bett hinsieht; er steht da wie ein Mann, der vor Jahren aufgehört hat, das Schlafzimmer einer Frau zu betreten. Ich wollte, er ginge, daß ich das zu Paul sagen kann, ich finde ihn komisch, mit seinem – Avez-vous compris? Warum sagt er nicht Mademoiselle zu mir? Weil Paul in meinem Schlafzimmer ist?

– Laß mich das machen, sagt Paul. Sie verlassen mein Zimmer. Die Fremde lehnt am Schrank – ich muß auch gehen, sagt sie und dann, leiser, ich fürchte mich, ich fange an, mich zu fürchten. – Ich schüttle meinen dicken weißen Kopf, ich kann noch schlecht sprechen, das Atmen fällt mir schwer, ich seufze, um mir Luft zu machen. Sie tritt näher an mein Bett. – Sie atmen schlecht, hören Sie! Sie atmen schlecht, Sie dürfen so nicht liegen, Sie könnten eine Rippenfellentzündung bekommen. Tut es Ihnen hier weh? Hier? Sie tastet mich ab. – Sie müssen ausatmen! Sie verschlucken die Luft. Sie sind ein notorischer Einatmer!

Die Männer kommen zurück. Signor Ernesto verbeugt sich in der Tür, wünscht gute Besserung. Die Fremde stellt sich dicht vor ihn, hebt die Hände, zeigt auf mich, auf sich, bewegt die Lippen, sie bittet wie eine Taubstumme. Es sieht aus, als wollte sie gleich weinen, weil er sie nicht versteht, er sieht unzugänglich aus. Ich weiß nicht, warum er so schwer begreift, Paul versteht es doch sofort, er vermittelt, erklärt ihm französisch, daß Signora Carina kommen will und mit mir Atemübungen machen. Sie bittet ihn um Erlaubnis. Sie lächelt unsicher. Signor Ernesto sieht nicht mich an, sondern Paul, als hätten darüber die Männer zu bestimmen. Er nickt – eh bien! Man wird sehen, er wird sie begleiten. Sie werden kommen.

Paul bringt sie die Treppe hinunter bis zur Haustür, ich rufe ihn schon wieder. – Hast du das gesehen? Er hält sie wie eine Gefangene! Sie darf nicht allein hierher. Sie hat gesagt, ich fürchte mich. Wovor fürchtet sie sich denn?

– Du fängst ja an zu fragen, sagt Paul.

Jolanda hat mir einen Besuch gemacht; diesmal hat sie den kleinen Giovanni auf dem Arm. Sie keucht, er wird ihr schwer. Sie läßt ihn auf den Boden rutschen, mit dem nackten Po auf die Steinfliesen. So warm ist es nicht mehr. Als ich ihr sage, sie soll eine Decke unter ihn legen, wehrt sie ab, so ist es besser. Sie läßt sich auf einen Stuhl fallen, weit weg von meinem Bett, und beginnt eine ihrer weitläufigen Konversationen mit den unendlichen Wiederholungen, die diesmal damit anfängt, mir auseinanderzusetzen, daß der Friedhof sehr klein und dort kein Platz für die Stranieri sei. Die Fremden verdrängen sie aus ihren Häusern, auf den Friedhof sollen sie nicht auch noch. Sie sieht mich vorwurfsvoll an. Ich versichere ihr, daß ich hier nicht begraben sein will. Aber dieser deutsche Doktor, der jeden Tag kommt? So oft kommt der Doktor nur, wenn es sehr schlimm ist. Wo sind die anderen geblieben? Signor Arne? Signor Carlos? Alle gehen fort, und keiner hat sich von ihr verabschiedet. Sie ist gekränkt. Sie sagt vorwurfsvoll – es wird Winter! Sie wird kein Geld verdienen, fünf Monate nicht. Ob der Signore und ich vielleicht bleiben wollen, es ist auch im Winter hier schön, nicht so warm, aber immer schön. Kein Ofen. Kein Mantel. Niemand hat einen Mantel, niemand einen Ofen, wenn die Sonne scheint, ist es immer wieder warm. Und das Meer ist wild. Alle Deutschen finden das schön, große Wellen. Sie bringt das ohne Überzeugung vor. Alles ist so teuer. Das Baby. Ich erkundige mich, ob sie sich nicht auf ihr Kind freut. Freuen? Warum denn freuen? Kinder sind Kinder, aber sie ist froh, wenn sie es nicht mehr in ihrem Bauch rumschleppen muß. Giovanni kann noch nicht laufen. Sempre lo stesso! Jedes Jahr ein Kind.

Sie will nach Hause. Cesare soll sie nach Hause bringen, noch heute. Nein, hier ist sie doch nicht zu Hause! Hierhin hat sie geheiratet, das ist ein Unterschied. Alle ihre Kinder hat sie zu Hause geboren, in Barano, bei der Nonna, der Großmutter. Cesare hat es ihr versprochen, als sie geheiratet haben. Wenn das Kind kommt, will sie zur Mamma nach Hause, sonst kommt sie nie hin, nur wenn sie einen dicken Bauch hat, in Barano lachen sie schon, wenn Cesare sie bringt. Was anderes wollen die Männer doch nicht, sie wollen uns einen dicken Bauch machen. Sie sieht Paul an, stellvertretend für alle Männer. Er steht dabei, hört sich ihre Litanei an und sieht ganz vergnügt aus. Er mag Jolanda gern. Heute nachmittag müssen sie fort, Cesare wäscht sich schon und zieht sich den schwarzen Anzug an, sie muß in diesem Kleid reisen. Giovanni ist noch so klein, kann noch nicht laufen. Zwei Babys auf einmal, und bald ist Winter, dann sind alle in der Küche. Sie zieht das Tuch enger um die Schultern, verbirgt das Kinn, schweigt, reckt sich und sagt energisch, daß Cesare eine Stube anbauen soll im Winter, es ist zu eng unten bei ihnen. Die schönen Zimmer haben die Stranieri. Ob wir das gesehen haben, die Decke, die Wände, soviel Arbeit! Ob wir bleiben wollen, sie sieht Paul an, der sieht mich an, ich sage zu Jolanda – Tutto il mondo è paese! – Si! So ist es, es ist egal, wo man ist, immer Himmel und Erde. Aber das Meer! Hier ist es schöner, nirgends ist es so schön wie hier! Ob Giovanni heute bei uns bleiben kann, es ist ein braves Kind, er weint nie, oder ob wir schon gehört hätten, daß er weint. Wir schütteln die Köpfe, wie sie das von uns erwartet. – Sie müssen sich daran gewöhnen, Signora! Und Sie auch, sagt sie zu Paul, zeigt mit dem Finger auf ihn. So ein braves Kind, immer freundlich, nur faul ist er, er will nicht laufen. Die andern Kinder sind groß genug, die können allein bleiben, bis Cesare wiederkommt. Sie hat ihnen Suppe hingestellt und Brot. Wenn das neue Baby da ist, wird er wiederkommen. Povere Giovanni! sagt sie, bald ist er nicht mehr der Kleinste. Ob wir nicht einen Figlioccio haben wollen? Alle ihre Kinder sind schöne Kinder und brave Kinder, Raffaela wird im nächsten Sommer im »Fortuna« als Stubenmädchen arbeiten, abends kommt sie nach Hause, schlafen muß sie hier, ein braves Mädchen! Wir bestätigen das, und klug und fleißig, sie soll nicht die Koffer für die Fremden tragen. Sie soll richtig arbeiten. Was ist ein Figlioccio? Paul flüstert mir zu, daß das ein Patenkind sein wird. Sie will das Kind nach dem Signore nennen, es wird sicher wieder ein Junge, er stößt sie so, sie hält sich den Bauch. Paolo, ein schöner Name! Einen Paolo haben sie noch nicht, ein Heiliger. Im vorigen Jahr, der Maler und seine Signora, sie hat uns doch von ihnen erzählt? Wir nicken, die haben das auch getan, Giovanni ist ihr Figlioccio, der Maler hieß Hans, zu Weihnachten wird er ein Paket für Giovanni schicken. Es ist schwer, so viele Kinder! Und ein Mann, der nicht arbeiten will! Sonst ist es ein guter Mann. Wir dürfen nicht schlecht von Cesare denken, ein guter und treuer Mann, er arbeitet nur nicht gern. Er will nur in seinem Weinberg arbeiten, nicht für andere Leute, ein stolzer Mann, ihr Cesare. Jetzt muß man viel arbeiten auf der Insel, seit die Stranieri kommen, und das werden immer mehr. Sonst verdienen die anderen das Geld, und man selber bleibt arm. Einen Kühlschrank will sie haben, ob wir den Frigidaire im Magazin gesehen haben, und eine Waschmaschine.

Giovannis Schwänzchen richtet sich auf: er macht einen Bach, sieht interessiert zu und kriecht zur Seite. Ich zeige hin, man muß das wegwischen, aber Jolanda winkt ab – fa niente, es trocknet rasch, es sind Steine, man darf nur keine Decke hinlegen, wie sie gesagt hat. Wenn sie nur rechtzeitig nach Hause kommt. Es fängt schon an! Und dann noch der Omnibus. Ihre Schwester hat ein Kind im Omnibus bekommen, es ist ein dummes Kind geworden, stupido, stupido! Zu Hause bei ihrer Mamma hat sie es gut, eine Woche will sie im Bett liegenbleiben, so wie die Signora, und nicht aufstehen und bedient werden und gut essen, die Mamma kocht gut. In einer Woche muß Cesare wiederkommen und sie und den kleinen Paolo holen. Dann gibt es ein Fest! Der Gedanke belebt sie, ihr Gesicht hellt sich auf, ihre Augen bekommen wieder Glanz. Dann wird sie den Hahn, den roten Hahn, den mit der weißen Halskrause, schlachten. Ein schöner großer Kikeri, noch nicht alt! Ein guter Hahn muß ein paar Jahre alt sein. Er kann krähen! Ein guter Hahn, das hört man schon an der Stimme. Einen Hahn muß man im Herbst schlachten, im Winter frißt er zuviel Körner, das ist teuer. Zwischendurch stöhnt sie, hält sich das Kreuz, wiegt sich hin und her. Bei jedem Stöhnen wirft Paul mir einen besorgten Blick zu, wir haben beide Angst, daß unser Figlioccio hier zur Welt kommt.

Als sie endlich gegangen ist, nachdem sie den kleinen Giovanni mit schmatzenden Abschiedsküssen bedeckt hat, holt Paul eine Wanne und trägt zwei Eimer Wasser hinein. Mittags wärmt die Sonne das Wasser im Boiler auf dem flachen Dach. Er stellt Giovanni in die Wanne und wäscht ihn mit meinem Schwamm von oben bis unten ab, seift ihn ein; er wird dabei nicht heller, wie Paul erwartet hat. Er ist so erdbraun, der kleine feste Bauch ist fast schwarz. Giovanni sitzt in der Wanne, patscht mit den Fäustchen ins Wasser, stopft sich den Schwamm in den Mund und suckelt ihn aus. Paul hockt vor der Wanne und bestaunt ihn, als hätte er nie im Leben einen kleinen Jungen mit einem Badeschwamm gesehen, dann wickelt er ihn in mein Badetuch und hält ihn im Arm und blickt zu mir herüber – wie steht er mir? fragt er. – Gut, sage ich, durchaus überzeugend! Ist das dein erster? – Ja, mein erster, du bist mir weit voraus. Er wendet sein Interesse wieder Giovanni zu, zwängt ihn in sein knappes Baumwollhemdchen, eine Hose hat er für seinen Besuch nicht mitbekommen. Er gibt ihm einen Kochtopf und einen Blechlöffel und setzt ihn auf den Läufer vor meinem Bett. Der Kleine fängt an, aus Leibeskräften zu trommeln. Paul setzt sich auf meinen Bettrand, wir beobachten das Kind.

Dieser Augenblick muß wahrgenommen werden. Das Kind neutralisiert, ich weiß das, ich muß es ihm jetzt sagen, jetzt sofort, aber ich weiß nicht, wo ich anfangen muß, irgendwo ganz weit vorn.

Paul greift in seine Hosentasche, zieht ein Blatt hervor, glättet es umständlich auf seinem Knie, hält es sich dicht vor die Augen, er hat die Brille abgesetzt, er dreht sie schon die ganze Zeit am Bügel, er liest es mir vor. Das Telegramm ist an dem Tag gekommen, an dem wir den Unfall hatten. – Ihr wart nicht da, der Postbote hat es mir ausgehändigt. – Er hat es geöffnet, es hätte etwas Wichtiges sein können, etwas, das mich dringend zurückgerufen hätte, es sei im übrigen lange unterwegs gewesen, hier, der Stempel, er zeigt ihn mir, er hat es für richtiger gehalten, es mir erst jetzt zu geben, damit ich den Schock von dem Unfall erst überwunden hätte. – Ich mußte mich auch erst dran gewöhnen, sagt er. Wir reden endlos über die Schwierigkeiten der Zustellung, ob es richtiger sei, ein Telegramm in der Sprache des Aufgabeortes abzufassen oder besser in der Sprache des Landes, in das es durchgegeben wird. Er sieht mich dabei nicht an, erst als wir beide still sind und nichts mehr zu sagen wissen, dreht er sich zu mir, legt beide Hände vorsichtig um mein bandagiertes Gesicht, streichelt mit zwei Fingern das Stückchen Haut, das nicht verbunden ist, und sagt – Nonna. Kleine Nonna, und läßt mich weinen.

Das Baby schlägt den Takt dazu auf dem Kochtopf, unermüdlich, es hat uns ganz vergessen, hingegeben an seine Trommel, ganz plötzlich wirft es den Löffel weg, tritt mit dem Füßchen gegen den Topf, der rutscht bis zur Tür, und dann fängt Giovanni auch an zu weinen, plärrt aus voller Kehle. Paul hebt ihn hoch, nimmt ihn auf den Arm und trägt ihn auf und ab und auf und ab und macht – nana! Und – wer wird denn so brüllen, nun ist es aber genug. Giovanni pustet aus seinem Näschen große Blasen, fängt an zu sabbern, Tränen aus den Augen, er trieft aus sämtlichen Körperöffnungen. Paul wischt an ihm herum, schließlich legt er ihn auf mein Bett – hast du eigentlich ein Kind gekriegt oder ich?

Giovanni krabbelt sofort unter meine Decke, tritt kräftig mit dem einen Fuß auf meinen Bauch, stemmt sich mit dem anderen gegen das Knie, an dem die Prellung am schlimmsten ist, patscht mit den dicken Händchen an meinen Kopf und versucht, seine Finger unter die Verbände zu bohren. Ich habe alle Hände voll zu tun, ihn zu bändigen, die Tränen laufen mir in die Mullbinden, und Paul steht am Fußende meines Bettes und lacht. Ich habe ihn nie lachen sehen, so lachen, er muß sich die Augen wischen – alter Haudegen, sagt er, kleine Nonna.

Wenn wir nicht aufpassen, weinen wir gleich dreistimmig. – So habe ich mir das immer gewünscht, in meinen kühnsten Träumen, sagt er, eine richtige Familie! Er lacht wieder. – Man kriegt alle Wünsche erfüllt, weißt du nicht? Nur nicht zu dem Zeitpunkt, in dem man sie stellt, nur nicht in der Besetzung, die man gemeint hat. Wut und Enttäuschung lacht er aus sich heraus. – Habe ich mir das mal gewünscht? Bitte, da habe ich es: eine Frau mit einem Kind im Arm, voilà, da ist es! Er zeigt auf Giovanni, der ihn mit seinen schwarzen Augen anglupscht. Er hat aufgehört zu heulen, als Paul angefangen hat, laut zu lachen. – Eine Frau, die mit einem andern Mann einen Unfall hat. Mit einem Mann ins Blaue fährt, eine Fahrt ins Blaue, hast du nicht immer davon geredet, ins Blaue? So blau war das Blau noch nie – er ahmt mich nach –, und wo seid ihr gelandet, an einer Mauer. Der Rest ist für mich. Ich darf das Krankensüppchen einlöffeln und das Töpfchen leeren. Und statt eines Kindes kriegt die Frau ein Enkelkind. Ein Enkelkind! Von wem denn? Wer sind denn diese Leute? Dieses fremde Balg macht einem vor, wie das sein könnte, wenn sich die Wünsche ein einziges Mal richtig erfüllten. Illusionen, schon wieder Illusionen. Ich wollte keine mehr, deshalb bin ich hier, es sollte Schluß sein damit. Und was passiert, ich knie vor deinem Bett!

– Du kniest doch gar nicht, Paul!

– Ich knie, warte es nur ab, du kriegst mich auch noch in die Knie. Und stammle: ›Großmütterchen!‹ Was sind das für Leute? Dieser Mann, diese Frau, die so was telegrafieren? Warum bist du nicht dort? Warum hast du mir das nicht gesagt? Warum, warum? Du bist verheiratet? Mit wem? Wo ist dieser glückliche

Großvater? Hast du noch mehr Kinder? Schüttle nicht immer den Kopf!

— Ich muß doch antworten.

— Halt den Kopf still, sonst platzen die Wunden wieder auf.

— Das tun sie, wenn du so weiterfragst.

— Es scheint sich allerlei Eiter drunter angesammelt zu haben. Wenn wir schon symbolisch werden müssen. Antworte! Mach den Mund auf!

— Du fragst so viel auf einmal.

— Wer liebt, der fragt, weißt du das nicht?

Ich schüttle den Kopf. Nein.

— Natürlich nicht, du fragst ja nach keinem.

Giovanni hat sich zusammengerollt und schläft, das Fäustchen in den Mund gestopft, zusammen mit dem Zipfel meines Lakens. Er schwitzt, so strengt er sich beim Schlafen an. Sein Köpfchen wird feucht. Ich versuche mich zu erinnern, wie das war, als Heino in meinem Arm geschlafen hat, als er so alt war wie Giovanni. Ich kann mich nicht erinnern, ich müßte es nachlesen. — Willst du es in drei Sätzen oder in dreißig oder in dreihundert Sätzen hören?

— Fang an! Ich frage schon weiter. Wir haben doch Zeit. Oder haben wir die nicht?

— Abbiamo tempo. — Ich muß jetzt vorsichtig sein, ich darf nicht sentimental werden, nichts in diese Stunde hineininterpretieren, was nicht drin ist. Ich lächle ihm zu, nicke aufmunternd.

— Lach nicht, paß auf die Mundwinkel auf.

Ich sehe zu der gewölbten Decke auf, der Kalk blättert seit dem Regen in großen Mustern ab. Die Worte kommen wie von selbst, als läse ich sie aus den Blatternarben der Decke ab, die ich auswendig kann, von den vielen Stunden, in denen ich dort hinsehe, wenn ich morgens nicht schlafe, wenn Jolandas Hahn um vier Uhr kräht, wenn um sechs Uhr die Glocken der Kirche bimmeln, wenn Guido mit seinem Esel vorbeizieht. — Ich habe mir meine Wünsche selbst erfüllt, mit der richtigen Besetzung und zum richtigen Zeitpunkt, mit achtzehn Jahren. Ich bin meinen Eltern fortgelaufen, ich habe den Mann geheiratet, den ich liebte, er war neunzehn, er war so ein Kriegsteilnehmer wie du, aber er ist eben nicht wiedergekommen. Er ist vermißt, ich habe ihn vermißt, nur ich, niemand sonst. Ich habe ein Kind bekommen und habe es großgezogen. Alle fanden, daß ich selber noch ein

Kind sei, ein halbes Kind, sagten sie. Ich habe dieses Kind großgezogen, so nennt man das doch. Ich habe für uns beide gearbeitet, und jetzt ist es groß. Er heißt Heino, eigentlich Heinrich Otto, wie die sächsischen Kaiser, ich hatte vor, Geschichte zu studieren. Er hat mich verlassen, ich meine Heino, er liebte eine Frau, die viel älter ist als er, beinah so alt wie ich – so alt wie ich, stell dir das vor! Alt wie seine Mutter, und jetzt haben die beiden ein Kind. Das ist schon alles. Ich brauche nicht mal dreißig Sätze.

– Du hast ihn geliebt?

– Wen? Meinen Mann? Ich weiß nicht, wie soll ich das wissen. Ich bin ihm treu gewesen, wenn du das meinst. Ihm oder einer Fiktion. Ich glaubte, er hätte Anspruch darauf, daß einer ihm treu bliebe, er lebte dann noch etwas länger. Das klingt sehr überspannt, aber genau das war ich auch, als ich ihn heiratete, einen Kriegsteilnehmer. Ich konnte einfach nicht begreifen, wieso er tot sein sollte und ich am Leben war. Ich hielt uns für ein Wesen, ein unteilbares Ganzes; er wollte Mathematik studieren, er sprach von uns beiden so: als einem unteilbaren Ganzen. Ich wollte kein Kind! Ich wollte, daß er weiterlebte, aber nicht so, nicht so physisch, nicht in mir. Das verstehst du nicht. Es ist uns ziemlich schlecht gegangen, aber anderen ging es auch schlecht. Ich hatte noch nichts gelernt, ich mußte den Kleinen immer mit mir herumschleppen. Ich hatte Angst um ihn, aber nie das Gefühl, daß ich ihn beschützen könnte. Er sollte nur bei mir sein, damit es uns zusammen träfe, damit nicht einer ohne den andern zurückbliebe. Ich habe ihn auch in die Vorlesungen mitgenommen, ich hatte so eine Tasche, da paßte er lange Zeit rein, er war sehr klein, es fiel gar nicht auf. Er war sehr lieb und still, er wollte mir keine Mühe machen, er paßte sich allem an, aber einmal hat er mitten im Kolleg angefangen, leise zu wimmern, wie ein Kätzchen, er kriegte einen Zahn. Ich bin rausgelaufen mit meiner großen Tasche, und alle haben hinter mir hergelacht.

– Wovon habt ihr gelebt?

– Ich habe Geschichten über ihn geschrieben. ›Geschichten von Heino‹ und ›Neue Geschichten von Heino‹. Kennst du sie nicht? Sie waren mal berühmt. Später war er mir deshalb böse, weil alle fragten: ist das Klein-Heino, der –? Ich habe nie wieder ein Wort über ihn geschrieben. Und dann bekam ich eine Rente für ihn und für mich, meine Eltern halfen, so gut sie konnten. Ich hätte Heinos Vater für tot erklären lassen müssen, um eine staatlich anerkannte Witwe zu werden, aber er war so jung. Je älter ich wurde, desto weniger konnte ich das tun. Er wurde immer jünger, je älter ich wurde. Sieh mich nicht so an. Das muß man erst einmal erfahren, das sind nicht einfach nur Zahlen. Im Anfang gab es noch ein paar Leute, die ihn gekannt hatten, mit denen ich über ihn sprechen konnte, dann nicht mehr. Wir lebten in einer fremden Stadt, Heino ging zur Schule, ich ging zur Redaktion. Kinderseite. Jahrein – jahraus: Kinderseite. Nicht mal ungern.

– Warum hast du nicht wieder geheiratet?

– Ich weiß nicht. Vielleicht bin ich einfach keinem begegnet, der dafür in Frage kam.

– Dafür?

– Auch keinem für etwas andres. Ich war vernarrt in die Treue. Treue ohne Liebe, das gibt es auch. Wenn man jung ist. In Treue habe ich meine Erfahrungen.

– Und dann?

– Das ist alles. – Nein! – Doch!

Wir schweigen beide. Der kleine Giovanni schnauft. Ich schiebe ihn zur Seite, er ist so warm, ich mag seinen Geruch nicht. Ich sehe weiter an die Decke, erkenne neue Muster.

– Ich warte! – Nein, Paul! – Doch, und zwar jetzt gleich!

– Also gut, bitte, wie du willst. Aber ich sage es dir gleich, du kannst es nicht verstehen. Versuch nur nicht wieder, es verstehen zu wollen. Es wäre besser, wenn wir nie drüber geredet hätten. Heino war ein guter Schüler, er hat nie Schwierigkeiten gemacht, vermutlich, weil seine Mutter selbst noch so ein halbes Kind war. Er war achtzehn, als er mit der Schule fertig war. Er hatte einen Freund, der war ein Jahr älter, genau halb so alt wie ich. Wir haben das in Venedig festgestellt, an einem Tag, zu einer bestimmten Stunde war er genau halb so alt wie ich, am nächsten Tag nur noch –

Paul unterbricht mich – ich kann mir das ausrechnen!

– Natürlich, du kannst das, und ich konnte es nicht, die beiden haben mich ausgelacht, ich glaubte, wenn man einmal doppelt so alt ist, bleibt man das – egal! Ich verdiente damals gut, auch ohne die neuesten Geschichten von Heino. Ich hatte ihm zur Belohnung eine Reise versprochen. Wir nahmen seinen Freund mit. Vielleicht hat irgendwas an ihm mich an Heinos

Vater erinnert, er war ja genauso alt, das war jahrelang so, ein Ohr, der Haaransatz, ein Handgelenk, irgend etwas hatten alle Männer, das mich an ihn erinnerte. Das ist ein sehr guter Schutz für eine Frau. Dieses eine Mal nicht. In Venedig hat Heino etwas gemerkt. Es war ihm nicht zu erklären. Nichts ist zu erklären, ich glaube nicht an Erklärungen und Bekenntnisse. Der andere muß alles selbst, von allein, erkennen, man muß ihn langsam überzeugen durch das, was er sehen kann, mit eigenen Augen. Aber Heino sah etwas anderes, etwas Schreckliches, etwas, vor dem er sich ekelte. Er verabscheute mich, haßte mich. Am Morgen war er dann verschwunden. Ich lief an den Kanälen entlang. Du kennst Venedig? Jede Gasse endet im Wasser, und in jeder Gasse Brunnen, alle zugedeckt. Wenn das Kind in den Brunnen gefallen ist, deckt man den Brunnen zu. Am ersten Abend, als wir von San Giorgio zurückkamen, wir hatten noch im »Florian« gesessen, sie spielten in dem Jahr immer »Gondola – Gondola – Gondola«, die beiden hatten mich in die Mitte genommen, abwechselnd drückten sie meinen Arm, und jedesmal hieß das: wir beide. Wir kamen an einen dieser Brunnen, umringten ihn, redeten von den Kindern, die in den Brunnen gefallen sind, die niemand herausgeholt hat, Deckel drauf. Wir hatten etwas getrunken, nicht viel, aber wir waren berauscht. Und dann habe ich Heino gesucht und wieder an diesem Brunnen gestanden, ich bin an den Kanälen entlanggelaufen, und überall sangen sie »Gondola-Gondola-Gondola«, ich war auch bei der Polizei, die lachten, es gingen oft junge Männer in Venedig verloren, sie verliefen sich, die Madonna brächte sie alle zurück. Ich gab eine Personenbeschreibung auf. Er war fort. Er blieb fort. Wir sind zwei Tage später abgereist, ich nach Hause und Heinos Freund nach Florenz. Ich habe nichts mehr von ihm gehört, von dem Freund. Wir wollten eigentlich alle nach Florenz, ich bin nie hingekommen, warst du in Florenz?

– Weiter!

– Gut, weiter. Meine Ferien gingen dann zu Ende, ich mußte wieder in die Redaktion. Kinderseite. Heino nahm sein Studium auf. Er teilte mir das mit, zusammen mit dem Bankkonto, auf das er seinen Wechsel haben wollte. Ich ließ mir das Kind wegmachen. Es war eben passiert, ich hatte nicht genug Erfahrungen, und er hatte wohl gedacht, ich hätte sie. Statt dessen hatte ich Skrupel, ich hatte zu lange gewartet, wußte niemanden, der so was tut, nicht mal jemanden, mit dem ich drüber reden konnte. Es ging mir danach schlecht, zwei Kinder auf einmal zu verlieren, das ist ziemlich schlimm. Ich triefte vor Selbstmitleid. Ich schrieb an Heino, versuchte, ihm noch mal alles schriftlich zu erklären, und daß doch alles vorbei sei. Er antwortete nicht. Ich bin zu ihm gefahren, er hat mich nicht in sein Zimmer gelassen. Ich habe vorm Hörsaal auf ihn gewartet, einmal und zweimal, beim drittenmal ist er auf mich zugekommen und hat gesagt, du bist wohl scharf auf meine Freunde? Ich gab es auf. In der Redaktion war ein Kollege, der machte sich meine geschwächte Widerstandskraft zunutze, unsympathisch war er nicht. Ich hatte zwanzig Jahre – oder was weiß ich, wie viele – ohne einen Mann gelebt, ich hatte eigentlich noch nie mit einem Mann zusammen gelebt, es gefiel mir nicht schlecht. Dieser war verheiratet, es führte zu nichts, sollte zu nichts führen, ein bißchen Hautwärme, auch das ist schließlich möglich, man muß es nur lernen. Heino teilte mir mit, daß er heiraten werde, er brauchte meine Einwilligung dazu, er war noch nicht mündig. Meine Eltern hatten sie mir erteilt, ich tat es nicht. Er hat in seinem ersten Semester ein Zimmer bei einer Frau gemietet, die war es. Die erste Frau, in deren Reichweite er gekommen war. Sie besaß eine kleine Fabrik, Elektro, Heino wollte Ingenieur werden. Er hatte damals bereits sein Studium abgebrochen, um in die Firma einzutreten. Ich habe nicht geantwortet, auf keinen seiner Briefe. Ich habe ihn kommen lassen, er sollte mir das selbst sagen, ich wollte nicht nur seine Forderungen erfüllen. Er kam auch, es war, wie ich vermutet hatte, er mußte sie heiraten, sie wollte ihn und wollte das Kind. Schließlich gab es auch eine andere Möglichkeit, ich kannte sie, er war jetzt erwachsen, man konnte mit ihm darüber sprechen, meinte ich. Er bekam gerade seinen ersten Weisheitszahn. Er schluckte schmerzstillende Tabletten, ich kochte ihm Kamillentee, er gurgelte im Badezimmer, er lief wieder in unserer Wohnung herum. Ich packte ihn auf die Couch. Ich wollte versuchen, ihn zu verstehen, versuchen, ihm zu raten, aber er wollte nicht verstanden werden, er wollte meine Unterschrift, nichts sonst. Wenn man neunzehn ist, ist man noch nicht aus auf Verstandenwerden. Ich glaubte, er würde mich jetzt, nachträglich, verstehen können. Aber er sah die Parallele nicht, sah nicht, daß dies dieselbe Situation im Spiegelbild war, eine Wiederholung mit anderen

Vorzeichen. Ich war seine Mutter, die andere war die Frau, die er liebt. Es gab nichts zu vergleichen. Er sprang auf: ich bin kein Baby mehr, gewöhn dich endlich dran, du denkst wohl, Klein-Heino hinge noch immer an deiner Nabelschnur.

Das war Ende des Winters, ich ging jeden Tag zur Redaktion, fühlte mich immer schlechter und produzierte einen schönen großen Gallenstein. Ich mußte zur Kur. Ich lernte dort Varani kennen, und der fragte, ob ich Lust hätte, das Drehbuch für einen Kulturfilm zu schreiben, gleichzeitig müßte ich Scriptgirl sein. Er sagte mir, wer die Männer dieses Teams seien, ich kannte keinen, ich hörte gar nicht hin. Wenn man mir angeboten hätte, in Alaska Eisbären zu hüten, hätte ich auch angenommen. Ich hatte keinen Mut, an meinen Platz in der Redaktion zurückzukehren, in meine Wohnung, die zu groß war für mich allein, angehäuft mit Erinnerungen. Der Kollege, der glaubte, Rechte auf mich zu haben. Vielleicht geriet mir endlich der Absprung von der Kinderseite weg. Ich tat nichts in die Koffer, das mich erinnern konnte, kein Bild, keinen Brief; mein Gedächtnis war ausnahmsweise nicht gegen mich, es hat Heinos Adresse nicht gespeichert, er war unerreichbar.

Paul steht noch immer am Fußende, läßt seine Brille noch immer am Bügel über den rechten Zeigefinger schaukeln, raucht nicht mal, hat die ganze Zeit keine einzige Zigarette geraucht, hört nur zu, beobachtet mich, wirft Blicke auf mich, die hinter den Worten nach Ungesagtem suchen. Ich weiche diesen Blicken aus.

– Hat man dich, wie nennt man das bei euch Frauen, ausgeräumt? Entschuldige! Ich muß das wissen, ich habe vor, dich zu heiraten.

– Nein!

– Halt den Mund, du hast jetzt genug geredet. Ruh dich aus! Schlaf eine Weile! Ich mache die Türen zu, ich schließe unten ab, ich muß ein Stück laufen, wirf den Kleinen raus, wenn er dich stört.

Er geht nach nebenan, kommt noch mal in mein Zimmer, er hat einen Pullover übergezogen. – Alter Haudegen, sagt er, wer soll dich denn noch nehmen, wenn ich das nicht tue.

Tauwetter setzt ein, wie in Arnes Oper, erster Akt: die Eiszeit ist vorüber, die Eisberge tauen, das tropft und tropft. Ich bin es nicht, die weint, es weint aus mir, und neben mir dieses schnaufende Kerlchen, mit dem dicken runden Kopf, den ich streichle und streichle. Als Paul zurückkommt, liegen wir immer noch so da, ich streichle noch immer, und Paul sagt – er kriegt eine Glatze, hör auf! Ich sage – es wird Marmor, ich poliere ihn. Paul nimmt den Kleinen, sagt – mach hier mal Platz, legt ihn ans Fußende, der Kleine blinzelt und schnauft und schläft weiter.

Der Doktor kommt, als Signor Ernesto und Carina gerade gehen wollen, sie sind schon auf der Terrasse. Sie begrüßen sich. Ich kann ihr korrektes – Avvocato? – Dottore! – Come sta? – Come sta! – von meinem Bett aus hören. Beide lassen sie das ›Sta bene‹ fort. Sie mögen sich nicht, sie meiden sich. Paul begleitet Signor Ernesto zur Haustür, der Doktor kommt in mein Zimmer, wir wiederholen das – Signora? – sagt er – Dottore! sage ich, come sta? – Sta bene! Wir brechen in Gelächter aus. Er haßt alles Konventionelle, deshalb lebt er hier.

Er löst meine Verbände, lenkt mich mit seinen Geschichten ab, macht nicht mal so lange Pausen, daß ich stöhnen könnte. Lauter wahre Geschichten von der Insel, von irgendwelchen Adolfos, Orestes, Cesares. An eine ärztliche Schweigepflicht fühlt er sich nicht gebunden. Manche Geschichten können nur aus seinem Behandlungszimmer stammen, vielleicht ändert er die Namen. Außerdem weiß hier sowieso jeder alles von jedem, wenn er das will.

– Erinnern Sie mich, daß ich Ihnen die Geschichte von diesem Avvocato erzähle! – Natürlich weiß er alles von Carlos und Gelsomina, mehr als wir. Ich hindere ihn daran, mir noch mal ausführlich die Geschehnisse aus der Grotte hinter Signor Ernestos Haus zu schildern. – Es ist schlimm für die Eltern des Mädchens, sagt er. Für alle Eltern ist es schlimm, eine hübsche Tochter zu haben. Keiner von den jungen Männern aus dem Dorf will sie heiraten. Eine Frau muß gesund sein, gehorsam und fleißig, aber nicht schön. Wer will denn immer auf seine Frau aufpassen müssen? Alle Nachbarn achten drauf, daß ein Mann auf seine Frau aufpaßt. Ihre Tugend ist seine Ehre! Jetzt ist das schon der dritte Sommer, in dem sie Pech haben mit der Tochter. Die Fremden sind hinter ihr her, aber keiner nimmt sie mit. Ein wahres

Kreuz für die Eltern, dabei ist sie ein braves Mädchen, tut, was die Eltern und Brüder sagen. Schläge kriegt sie auch genug, nur nicht aus dem Grund, aus dem ihre Liebhaber meinen. Sie arbeitet fleißig, schleppt sich mit den kleinen Geschwistern ab. Sie müßte in einem der großen Hotels in Porto arbeiten, dort bekäme sie Lohn und gute Trinkgelder, Geschenke. Aber wenn man das den Eltern sagt, dann versichern sie einem, daß ihre Tochter eine »Vergine« sei, sie müssen auf sie aufpassen wie auf ihren Augapfel, sie muß jeden Abend zu Hause schlafen. In dem Dorf, in dem Gelsomina wohnt, gibt es keine Hotels und keine Pensionen, es liegt im Innern der Insel, es hat keinen Strand, keine Quellen. Die Leute müssen mit ansehen, wie die anderen Dörfer reich werden, und sie kriegen nichts ab. Sie rächen sich, verkaufen gepanschten Wein.

Der Doktor hat was übrig für die Moral der Leute hier, man weiß alles voneinander, aber tut, als wüßte man nichts, man wahrt den Schein. Niemals würde er eine Anspielung den Eltern gegenüber machen, daß Gelsomina sich im vorigen Jahr angesteckt hat, daß sie selbst die Tochter zu ihm geschickt haben, damit er ihr Penicillin gibt. Seine Wunderspritzen! Statt dessen lobt er sie, ein braves schönes Mädchen, sagt er zu dem Vater, und der Vater seufzt: zu schön für arme Eltern! Alle ihre Freundinnen sind schon verheiratet, haben ein Kind.

Der Dottore kommt aus München, er ist ein Saisonarzt, kommt im April, hält jeden Tag seine zwei Sprechstunden, verordnet Thermalbäder, Massagen, Fangopackungen, was man von ihm wünscht. Er versorgt die Fremden mit Tabletten gegen Diarrhöe. Ab und zu ein Sonnenstich. Er bewohnt zwei Zimmer in einem Haus an der Piazza. Bisher ist er in jedem Oktober nach München zurückgekehrt. In diesem Jahr will er zum erstenmal hierbleiben. Das scheint allen so zu gehen, die zu oft hier waren, irgendwann versäumen sie, im Herbst abzureisen, sie fangen an zu trinken, verkommen. Er weiß Beispiele genug. – Ich werde mich hier einmieten, sagt er, überwintern. Ich werde probieren, wie sie das aushalten, ohne Öfen, ohne Kamine, ohne Mäntel, den Stürmen ausgesetzt. Einmieten! Ich wollte mich immer schon mal wo einmieten, sagt er. Seine Eltern haben einen Bauernhof, im Niederbayrischen, früher ist er immer im Herbst zwei Wochen zu Hause gewesen, um bei der Rübenernte zu helfen. Er versteht sich aufs Anlegen einer Miete, sagt er. – Wo wollen Sie beide denn überwintern? Hier? Paul sieht mich an, ich ihn, ich zucke die Schultern, er antwortet. – Wir beide verstehen uns nicht aufs Anlegen einer Miete. Er geht und holt Gläser und den Wein. Der Doktor sieht sich meine Knie an, betastet die Prellungen und fragt, warum ich eigentlich immer noch im Bett liege, damit könnte ich längst aufstehen, das versteift sich sonst. Paul antwortet, er hat sich das angewöhnt, alle an mich gerichteten Fragen zu beantworten, weil ich doch immer nur sage, ich weiß nicht. – Es hat ihr gutgetan, eine Weile stillgelegt zu werden, Dottore. Hier, trinken Sie! Sie wird schon aufstehen, wenn sie woanders sein möchte als in ihrem Bett. Sie hat Kindbettfieber. Ist Ihnen das in Ihrer Praxis nie begegnet? Sie ist vor kurzem Großmutter geworden. Er reicht auch mir ein Glas, sieht mich an, ohne eine Spur von Spott. Er hat recht, wir müssen lernen, darüber zu reden. Wir stoßen an, der Dottore gratuliert mir. – Eine reichlich ramponierte Großmutter, sagt er und fragt, ob er sich nach dem zugehörigen Großvater erkundigen dürfe und nach dessen Befinden. Endlich hat er eine Gelegenheit zu fragen, das will er schon lange. Paul antwortet wieder für mich, daß es sich bei dem Großvater quasi um eine Josefsfigur handle.

Es ist ein Lauscher, dieser Doktor. Seine Ohrmuscheln sind ungewöhnlich groß, er lebt übers Ohr, ein Horcher. Seine Ohren stehen nicht von Geburt an ab, behauptet Paul, sie wachsen noch, wölben sich. Er hat uns darauf aufmerksam gemacht. An manchen Tagen sortierten wir alle Leute auf der Piazza, die dort saßen oder flanierten, in Pauls Kategorien. Die Lauscher, mit den großen Ohren, die Neugierigen. Die Voyeure, die Gucker, mit den großen Augen. Die Riecher, mit den übergroßen Nasen. Signor Ernesto gehört dazu, er hat kleine Augen, mit kleinen, starren Pupillen, die sich bei Lichteinfall nicht verändern, ich habe das beobachtet, als wir tanzten. Augen, die nichts sehen wollen, nur das Allernötigste, nur eben dies Stück Weg, damit man nicht stolpert, dieser halb geschlossene Blick. Immer nur die untere Hälfte von allem. Kleine am Kopf anliegende Ohren, die nicht hören wollen. Haarbüschel drin, damit nichts eindringt. Dafür die Nase um so größer, fleischig, mit weiten Löchern, die den Rauch ausstoßen und die Luft laut und heftig einatmen. Ein Mund mit stark durchbluteten vollen Lippen, rot, als seien sie geschminkt. Er lebt mit Nase und Mund, frißt das Leben in sich hinein, ein oraler Typ. Bei Carlos traten die Augen vor Neugierde aus den Höhlen, dann warnte ihn Paul: halt deine Augen fest! Augen ohne Wimpern, ohne Vorhänge, beweglich, mit großem Sehwinkel, Augen eines Fotografen. Paul? Der so wenig sieht ohne Brille? Auf ihn scheint seine Theorie nicht anwendbar. Seine Lippen sind schmal, liegen eng aufeinander, die Nase ist ebenso eng, er atmet sehr leise, die Ohren sind schön geformt, nicht groß. Carlos, der das besonders gern gespielt hat, sagte jedesmal, wenn wir nichts Auffälliges an einem Fremden entdecken konnten: wer weiß, was bei dem gut entwickelt ist! Es gibt auch noch unsichtbare Zonen. Wie nennt man das – »anal«? Oder ist das hinten? Oral? Genital? Helft mir doch! Ihr seid doch alle so gebildet! Der Mensch hat noch andere Möglichkeiten, in das Leben einzudringen, habe ich mir sagen lassen. War das dezent ausgedrückt? Warum lobt ihr mich nicht?

Paul lebt mit den Händen, mit seinen ordnenden Händen, die empfindsam sind, dabei ruhig und beherrscht. Er sieht mit den Händen wie ein Blinder, faßt alles an, zerkrümelt es, prüft es auf seine Beschaffenheit. Immer hat er etwas zwischen den Fingern, einen Zweig, einen Stein, er kontrolliert das Material. Nie malt er Unbekanntes, Ungeprüftes. Warum ist er kein Bildhauer geworden oder ein Goldschmied, etwas Handwerkliches. Als ich frage, sagt er – ich bin auch noch kein Maler geworden. Ich werde es vielleicht eines Tages, man ist doch nichts, man wird doch nur.

Der Dottore ist gern bei uns, er bleibt oft bis in den Abend, ißt mit uns, versichert siebenmal, daß er jetzt gehen muß, daß es Zeit wird, und geht nicht. Diese Entschlußlosigkeit, die wir kennen. Er fragt uns, ob wir nicht zusammen überwintern wollten, ob er sich nicht bei uns einmieten könnte. In einer Miete müsse es warm sein, immer die richtige Temperatur, man könnte sich untereinander wärmen, wie die roten Rüben. Platz genug sei da, seit unsere Freunde weg sind, man ist hier auch nicht so nah am Meer. In die Miete, jetzt redet er von Liren, könne man sich teilen, er habe einen guten Sommer gehabt. Zu billig könnte er diese Wunderspritzen nicht verabfolgen, sonst verlören sie ihre Wirkung. Ihre moralische Wirkung. Bevor er sich noch länger am Plan einer gemeinsamen Miete erwärmen kann, unterbricht ihn Paul, unfreundlich, was er selten ist – nein, Dottore. Das haben wir ausprobiert, so etwas wie eine künstliche Familie gibt es nicht, nur natürliche, und das ist kompliziert genug. Nach unseren Erfahrungen.

– Oh! Sie haben Erfahrungen, wer denkt das denn! Fa niente. Mir bleiben meine Spiegel, meine künstliche oder natürliche Familie, ganz wie man das nehmen will. – Ein melancholischer Schwätzer. Jeden Tag sitzt er zwei Stunden auf der Piazza, vorher geht er zum Barbiere und holt sich Zeitungen und Illustrierte. Er weiß genau, wie viele Tote es beim Erdbeben in Skopje gegeben hat, er kennt alle Details der Affäre Keeler. Vom Frisör bezieht er die Neuigkeiten von der Insel und die aus der Welt. Wir halten ihn uns wie eine Zeitung. Skandalgeschichten zu unserer Unterhaltung. Er verbindet Paul und mich mit einer Welt, in der es Erdbeben gibt und Eisenbahnunglücke.

Jeden Tag hat Paul ein paarmal gesagt, wir müßten Arnes Sachen zusammenpacken. Dann haben wir überlegt, wie man die Koffer zum Zoll schaffen soll. Man müßte die Pepis rufen, man müßte ein Mikrotaxi nehmen, müßte sich erkundigen, wann das Zollamt geöffnet ist, welche Vorschriften für den Versand nach Schweden bestehen. Sollen wir ihm die Taucherausrüstung schikken? Er hat das alles finanziert, oder kommt er zurück? Er hat in Porto bleiben wollen. Jede Frage zieht neue Fragen nach sich. Wir erörtern das stundenlang, und jedes dieser Gespräche endet mit der Erkenntnis: wir haben keine Adresse. Und: er wird sich schon melden. Danach versinkt jeder in Schweigen und denkt an Arne. Sicher hat Paul einen ganz anderen Arne, an den er denkt. Manchmal höre ich ihn nebenan rumoren, dann räumt er Arnes Sachen in die Koffer. Zwischendurch zupft er an der Gitarre, das gibt langgezogene klagende Töne. Ich erschrecke jedesmal und rufe – laß das doch, bitte! – Er hat mir einen von Arnes Pullovern gebracht, den trage ich jetzt immer. Es ist morgens und abends kühl. In den ersten Stunden, in denen ich ihn anhatte, erinnerte mich der Geruch an Arne. Wenn ich jetzt mein Gesicht in den Jackenärmel vergrabe, riecht es nach Wolle, nach meinem Körperpuder. Nichts mehr von Arne, schon verweht. Ich würde Paul gern bitten, daß er mir einen anderen von Arnes Pullovern bringen soll, aber ich müßte es ihm erklären, das will ich nicht. Er ist tot. Arne ist tot.

Paul ist bei seinen Bildern. Manchmal kommt er in mein Zimmer, um zu sagen: Arne ist tot. Vorhin bin ich zu ihm gehumpelt, weil ich nicht mehr allein sein konnte. Er saß auf seinem Strohstuhl, die Beine angehockt, den Zeichenblock auf den Knien, und starrte zur Tür hinaus, aufs Wasser. Setz dich, hat er gesagt, setz dich irgendwo hin. Er hat den Block auf die Erde gelegt, quer über das angefangene Bild hat er mit schwarzer Tusche geschrieben: Arne ist tot.

– Was hat er denn zuletzt gesagt, fragt mich Paul. Mein Gedächtnis geizt, gibt nichts her, ich kann mich nicht erinnern. Vorhin habe ich zu Paul gesagt, daß wir zweimal um die Insel gefahren seien – ›Giro dell'Isola!‹, ich hätte mir das gewünscht – und daß diese Steinmauer kurz vor Porto gewesen sei. Er hat mich mißtrauisch angesehen und nein gesagt. Ihr seid nicht mal bis Forio gekommen, es ist unmöglich, daß ihr zweimal um die Insel gefahren seid. Der Doktor hat uns eine Münchener Zeitung mitgebracht und gefragt – das war doch Ihr Freund? Das war unser Freund. Drei Zeilen unter den kulturellen Nachrichten. »Der junge talentvolle schwedische Komponist ... Schüler von ... in einem Stockholmer Krankenhaus ... an den Folgen eines Autounfalls in Italien, im Alter von zweiunddreißig Jahren.« Paul hat den Doktor weggeschickt – Gehen Sie, so gehen Sie doch endlich! – Und als er weg war, hat er gesagt – dieser Hiob! Habe ich nicht immer gesagt, daß er ein Hiob ist?

Arne ist tot. Paul hat das Blatt von seinem Block abgerissen, aber vorher hat er es durchgestrichen, so wie damals, als ich ein ganzes Blatt mit ›Flieht, Liebende, die Liebe‹ beschrieben hatte. Ich habe es damals aufgehoben, dieses werde ich auch aufheben. Paul sitzt und pinselt. Er nimmt jetzt die Brille ab, wenn er malt, beugt den Kopf tief über das Blatt, so werden die Mönche in ihren Studierstuben ihre Vignetten gepinselt haben. Bett und Tisch und eine Waschschüssel, weißgetünchte kahle Wände; ohne mich gliche sein Zimmer einer Zelle.

Jeder Satz fängt an mit Arne. Er ist jetzt immer zwischen uns. Wir haben einen gemeinsamen Toten, um den wir trauern. Das verbindet uns und trennt uns. – Er war vielleicht glücklich, sagt Paul, glücklich! Ich weiß, was ich sage. Er hatte dich neben sich, allein für sich, das wollte er doch. Er hatte einen großen Plan, an dem er hätte scheitern müssen, früher oder später.

– Später, Paul! Soll er doch scheitern! Laß ihn scheitern, aber laß ihn leben! – Ich hasse es, wenn man sich ein Schicksal zurechtbiegt, bis es begreiflich wird, handlich, sinnvoll! Wo fängt denn der Sinn an? Der Unsinn? Bei dieser Mischpoke, die um die Unschuld ihres Flittchens kämpft und die Räder losschraubt aus Rache an dem Liebhaber und statt dessen zwei Leute trifft, die nichts miteinander zu tun haben.

— Nichts? fragt Paul. — Nichts zu tun! Wir hatten miteinander zu reden, nachzudenken, aber nichts damit zu tun und nichts miteinander zu tun. Ich war ein Phantom für ihn. Schwester, Freundin, ein beliebiges weibliches Wesen. Fremd genug und vertraut genug, um es mit Wünschen zu behängen.

— Du hast ihn geliebt! — Ich fange an, ihn zu lieben. Hindere mich daran, Paul! Hindere mich! Ich bin es so gewöhnt, Tote zu lieben. Es ist soviel einfacher.

Plötzlich gehen mir die Augen auf, ich sehe die Ähnlichkeit von Arne zu meinem Mann, ich muß blind gewesen sein. Ich bitte Paul, mir ein Foto von Arne zu holen. Er findet eines unter den Bildern, die Carlos zurückgelassen hat. Arne, wie er stehend das Boot rudert, den Kopf zurückgeworfen, den Blick weit hinter dem Horizont. Es ist die Haltung von Heino, oder auch nicht. Ich weiß es nicht. Ich bleibe gefaßt, solange ich diesen Arne im Boot vor mir sehe, Arne unterwegs. Nichts außer Meer und Himmel und ihm. An dieses Foto ist ein zweites angeklammert. Arnes Füße im Sand, die ich sofort als Arnes Füße erkenne, mit den abgespreizten großen Zehen, mit denen er alles aufheben konnte und einem zureichen, Sonnenbrillen, Hautöl, Orangen. Wir haben oft versucht, es ihm nachzumachen, konnten es nicht. Ich breche in Tränen aus. Immer neue Anlässe für Tränen. Ich entschuldige mich. — Solange auf jeden Weiner ein Tröster kommt, macht es nichts, sagt Paul und nimmt mich in den Arm, streichelt mich, hält mich fest und leicht im Arm. So sitzen wir lange nebeneinander, manchmal überläuft mich ein Beben, dann verstärkt er den Druck seines Armes.

Laß mir Zeit, hat er gesagt, ich bin ein ungelernter Liebhaber. Aber nicht ungelehrig, habe ich ihm geantwortet. Wir haben Zeit. Wir haben alles schon hinter uns. Den Sündenfall und die Vertreibung. Mehr als ein Berühren wäre jetzt zuviel. Wir sind empfindlich geworden. Er küßt mich, bevor wir schlafen wollen, wickelt mich fest in mein Laken, stopft die Decke um mich, verpackt mich wie eine Mumie, trennt sich von mir. Wir haben eine neue Unschuld erworben, die uns kostbar ist, die wir hüten. Einer für den andern. Errungener Friede. Rückkehr ins Paradies. Er hat recht, darauf läuft es hinaus: was will ich haben? Was kann ich geben? Ich weiß nicht, was ich ihm geben könnte.

Regentage. Paul malt. Er bringt mir Papier und Stift, wie einem Kind, das sich langweilt, vor dem man Ruhe haben will, dem man sagt: nun mal ein bißchen! Er vergißt mich, erinnert sich an mich, dreht sich mir zu und ruft ein Datum, dann habe ich zehn Minuten Zeit, mich zu besinnen. 15. März 1932, sagt er, oder: 24. September 1954, manchmal irrt er sich, wählt ein Datum, das vor meiner Geburt liegt. Oft korrigiert er mich, daran merke ich, daß er mir überhaupt zuhört. Er stellt mich an und ab wie Jolanda ihr Radio. Meine Zahlen korrigiert er immer. Zwölf Hunde, fragt er, bist du da ganz sicher? Ich schränke es ein – wären dir drei recht? Es waren wirklich viele Hunde, eine ganze Meute! – Wie lang waren deine Zöpfe? – Man konnte sie hinten zusammenbinden und die Schwänze in ein Tintenfaß stecken. – Wo sind sie geblieben? – Ich weiß nicht. – Du paßt nicht auf, du paßt nie auf deine Sachen auf! – Ich weiß es wieder: Ich habe sie abschneiden lassen, ich konnte nicht mit einem langen Zopf auf dem Rücken heiraten. – Zwei Zöpfe! Du hast gerade eben zwei Zöpfe gesagt. – Abgeschnitten wurde nur einer. Wir schlagen Breschen ins Dickicht der Vergangenheit.

Ich versuche es zu machen wie Paul, ich nenne Daten, überlege sie mir vorher schon genau. Aber er kann nur fragen, er versteht es nicht, zu antworten. Er ist ein Lehrer. – Es hat lange keiner gefragt, sagt er. Ein Wort als Antwort, selten mehr, er spricht nicht gern von sich. Rußland, sagt er; vier Jahre später immer noch Rußland. Diese Kriegsteilnehmer! Seine Daten eignen sich nicht für Erinnerungsspiele. Ich versuche es nochmal. 12. April 1963. Er lehnt sich zurück, denkt nach, gibt sich Mühe. – Zürich. Karfreitag, das muß der Karfreitag gewesen sein. Es regnete. Quasi den ganzen Tag. Ich hatte die Wohnung verlassen. Ich hatte ein Hotelzimmer gemietet, nicht weit vom Limmatkai. Ich bin mittags an den Bahnhof gegangen, um mich nach Zügen zu erkundigen. Es war sehr voll dort. Die Gastarbeiter fuhren zu Ostern nach Hause, die Fahrt war besonders verbilligt, damit sie zu den Wahlen blieben. Und dann redet er über das Problem der Gastarbeiter in der Schweiz und über den Ausgang der Aprilwahlen in Italien. Ich höre ihm zu, er stellt das interessant dar, er erklärt mir, wieso die Italiener noch immer von ›il Duce‹ schwärmen und warum sie einen Polizeistaat brauchen in ihrem Land, in dem man noch immer aus

Armut stiehlt, wo noch immer wenige reich und viele arm sind.

Eines Tages wird er das Bedürfnis haben, mir zu erzählen, was an jenem 12. April wirklich geschehen ist, warum er in der Schweiz lebt und nicht mehr in Deutschland, seit wann er nicht mehr im Schuldienst ist, warum er das aufgegeben hat. Mit wem er verheiratet war.

Er hat längst aufgehört, über den Kommunismus in Italien zu sprechen; er tut seine Pinsel von einem Topf in den anderen, probiert sie mit dem Daumen aus, zupft an den Pinselhaaren – Arne ist tot, sagt er. – Zweiunddreißig Jahre! Ich bin annähernd zwanzig Jahre älter. Ich bin spät dran, ich habe zu spät angefangen, ich habe zuviel anderes getan. – Kriegsteilnehmer! – Kriege und anderes. In mir ist alles verkrustet, da ist Unlösliches. – Auch nicht in Terpentin löslich? – Sein Mund wird noch schmaler. – Auch nicht in Terpentin. Ich male mit dem Kopf und mit den Händen, ich tüftele neue Techniken aus, versuche es mit Genauigkeit, mit Fleiß, aber da drin, in dieser Schicht, da rührt sich nichts. Er schweigt. Ich frage – Sedimente? Er sieht zu mir herüber. – Ausscheidungssedimente! Gips. Nicht löslich. Du hast schon was bei mir gelernt. Als Lehrer war ich gar nicht schlecht, demnächst wird das einer sagen: warum malt er denn, er wäre doch ein so guter Lehrer. Früher haben sie immer gesagt, an mir sei ein Maler verlorengegangen. Irgendwann fahre ich auch gegen so eine Mauer, und dann ist es aus, und noch nichts ist getan. Es hat sich noch nicht gelohnt, daß ich geboren bin, verstehst du? Man muß das doch legitimieren. Ich habe anderen die Luft zum Atmen weggenommen. Zweiunddreißig Jahre! Er muß immer, zu jeder Stunde, einer gewesen sein, der nur zweiunddreißig Jahre zu leben hatte. Als er allein mit dem Boot draußen war und wir die Seeigel gefilmt haben, erinnerst du dich, da hatte er nur noch ein paar Wochen, und beim Fest des Heiligen Michael, als das Feuerwerk war, nur noch zwei Tage, und als er uns zum Tanz aufgespielt hat, bei Ernesto, nur noch zwölf Stunden. Das muß alles in Einklang gebracht werden, alles geordnet werden zu dem Tag hin, an dem er geboren wurde, zu der Stunde, in der er gestorben ist. Ein Krankenhaus in Stockholm! Sicher ist er auch in einem Krankenhaus geboren. Diese Geburts- und Sterbehäuser! Man muß so ein Leben ordnen, eines zum anderen sortieren, alle Posten, die man kennt, bis man die Summe zusammen hat.

Er sitzt da, redet, sortiert seine Pinsel, ich unterbreche ihn nicht. – Ich hatte ihn gern, verstehst du! Ich hatte ihn richtig gern, er war mein Freund, anders als Carlos, das ist nicht zu vergleichen. Er war jung, ihm hatte das Leben noch nicht soviel angetan. Und was habe ich gemacht? Ich habe ihm die Frau weggenommen, die er liebte. Nur weil ich konnte, was er nicht konnte, ein Erektionsfehler.

Jetzt unterbreche ich ihn, ich darf ihn so nicht weiterreden lassen. – Dafür hätte sich Carlos besser geeignet, meinst du nicht, Paul. Es ist doch wohl mehr als eine Angelegenheit der Potenz. – Es hilft nichts, wir müssen zwischen uns aufräumen. Wir müssen uns Mühe geben, wir dürfen nicht ausweichen in Schweigen und Rauchen. Immer, wenn er keine Antwort weiß, steckt er sich eine neue Zigarette an, manchmal fragt er – rauchst du? Die meisten Menschen rauchen aus Ratlosigkeit.

Die kleine Raffaela kommt und bringt eine Karte. Wir haben das Klopfen des Briefträgers nicht gehört. Sie steht eine Weile an der Tür herum, ich frage, ob sie etwas möchte, sie schüttelt den Kopf, nichts. Aber sie geht immer noch nicht, sieht sich im Zimmer um, sieht das Bild von Arne. Arne im Boot. Sie fragt schüchtern, ob sie das haben darf, das Bild von Signor Arne, als Erinnerung, er war immer so gut zu ihr. Sie streicht die schwarzen Strähnen aus dem Gesicht, klemmt sie hinters Ohr. Paul verspricht ihr eine Kopie. Sie ist gewöhnt, ein Trinkgeld zu bekommen, Arne hat das immer bereitwillig gegeben, wir vergessen es. Ich war noch nicht auf der Bank. Paul bezahlt, was wir brauchen. Ich weiß nicht, wie lange er das noch kann. Er kauft fast nichts ein, immer noch finden wir morgens einen Korb vor der Tür, der Dottore wird dafür gesorgt haben, daß es alle erfahren: Arne ist tot, der Schwede, der das Geld hatte und das Auto.

Die Karte kommt aus Capri. ›Vergeßt Euren dicken Carlos nicht! Was hört Ihr von unserem Wikinger? Wollen wir im nächsten Sommer alle auf seine Insel fahren? Wir bauen ein Floß, ganz aus Schwedenstahl!‹ Er schreibt in großen Buchstaben, mit vier Sätzen ist die Karte gefüllt. Die Blaue Grotte in Technicolor, mit Goldstaub, die kitschigste, die er hat finden können, mit Sorgfalt ausgewählt. Grüße von Änne stehen drauf. ›Aus dem schönen Capri‹, schön ist dreimal unterstrichen. Vier Sätze und zehn Ausrufungszeichen. Carlos liest keine Zeitungen, erst recht keine kulturellen Nachrichten. Er wird es nie erfahren, und wenn er es erfährt, versteht er's nicht. Ihr meint doch nicht, daß ich was damit zu tun habe? Nur weil die Mischpoke an Arnes Auto rumgefummelt hat in der Nacht? Das meint ihr doch nicht?!

Vielleicht hat man immer nur dann schuld, wenn man willentlich und wissentlich jemandem Schaden zufügt. Aber wenn das so wäre, dann müßte auch jede böse Absicht strafbar sein.

Ich will ihn nie mehr sehen.

Es klopft an der Haustür. Es ist früh am Morgen, Paul kocht uns gerade unseren Tee, er ist noch im Bademantel. Er geht nachsehen und kommt mit Gelsomina zurück. Sie hat einen Korb am Arm, hochgefüllt mit Kartoffeln. Wir kennen diesen Korb, er hat oft vor der Tür gestanden. Sie setzt ihn ab, knickst. Sie will uns das bringen und fragen, ob sie helfen soll, der Vater schickt sie. Sie will fegen, waschen, sie kann auch kochen. Während sie spricht, hält sie den Blick gesenkt, zupft an ihren Fingerspitzen, geniert sich. Sie hat eine Schürze mitgebracht, sie bindet sie um, kommt die paar Schritte auf mich zu, läßt sich neben meinem Bett fallen und kauert da. Paul verläßt das Zimmer. Sie bettelt, daß sie bleiben darf, der Vater wird sie schlagen, wenn sie wieder nach Hause kommt, gestern hat sie schon fragen sollen, aber sie hat Angst. Die Tränen springen ihr aus den Augen, sie schüttelt sie weg, faßt mit beiden Händen nach meiner Hand. Der Nagellack ist abgeblättert, die Nägel haben schwarze Schmutzränder, unappetitliche Hände. Sie erfaßt meinen Blick sofort, zieht die Hände weg, senkt die Lider, plappert: sie hat die Kartoffeln mit den Händen aus der Erde geholt, heute früh schon, es ist alles naß vom Tau, sie war schon im Garten, sie ist den ganzen Weg zu Fuß gelaufen, mit dem Korb auf dem Kopf, der Vater gibt ihr nie Geld für den Omnibus, sie ist immer mit dem Korb morgens zu Fuß gekommen, nur manchmal hat sie jemand im Auto mitgenommen. Sie will kein Geld von uns! Sie schüttelt den Kopf, sie will uns nur helfen, weil ich krank bin. Waschen und putzen, das ist keine Arbeit für eine Signora, sie ist das gewöhnt. Sie springt auf, nimmt den kleinen Teppich, läuft damit auf die Terrasse, schüttelt ihn aus, holt aus der Küche den Besen und fegt. Ich sehe ihr zu, gelegentlich wirft sie mir aus den

Augenwinkeln einen scheuen Blick zu. Bei jedem Schritt wiegt sie sich in den Hüften, sie ist kokett, sie will gefallen, sie flirtet auch noch mit dem Besenstiel. Nur nicht mit Paul, den respektiert sie, vor ihm scheint sie Angst zu haben. Sobald sie am Spiegel vorbei muß, und das muß sie dauernd, blickt sie hinein, zupft an ihren hochtoupierten Haaren. Nach fünf Minuten trällert sie, fegt sogar hinterm Schrank, in den Ecken, rückt die Kakteentöpfe weg, gießt die Blumen, wäscht das Geschirr in der Küche, scheuert die Töpfe, ohne zwischendurch zu fragen. Unten singt Jolanda, in unserer Küche singt Gelsomina. Am nächsten Tag erscheint sie wieder, und eine Stunde später hat Jolanda ihr den kleinen Giovanni aufgehalst, damit sie auf den aufpaßt. Gelsomina hat am ersten Tag nach Carlos gefragt. Ob er ihr kein Geschenk dagelassen habe, nichts, keinen Gruß? Keine Erinnerung? Ob er richtig verheiratet ist in Deutschland? Ich erzähle ihr von der armen Änne und der kleinen Susanne, die ihm immer Briefe geschrieben hat. Gelsomina nickt. Da ist nichts zu machen. Ich gebe ihr die Puppe mit den roten Rüschenröcken, sage, daß sie von Carlos sei, daß er sie noch einmal habe besuchen wollen. Das ist in etwa die Wahrheit, sie genügt ihr. Sie freut sich, sie hat etwas, das sie zu Hause vorzeigen kann. Vielleicht ist es besser so. Sie sieht mich verschmitzt an und sagt, daß sie das mit dem Film nicht geglaubt habe. Sie nimmt die Puppe in den Arm, wiegt sie, summt. Sie sollte bald Kinder haben.

Der Dottore hat zum letztenmal mein Gesicht verklebt, unter Pauls künstlerischer Assistenz. Zwei Pflaster nur noch. Er lobt mich, weil alles so gut heilt bei mir, lobt sich, daß er so gut genäht hat. Er hat als Unfallarzt an einem Krankenhaus gearbeitet, da lernt man das, sagt er. Wenn er jünger wäre, dann würde er sich auf Gesichtschirurgie spezialisieren. – Kein Flickschuster hätte das besser machen können! Ein bißchen blaß um die Narben, aber das bräunt bald nach. Vorsicht mit der Sonne. Halbschatten. Am besten nachmittags, zur Stunde der sanften Bräune, die für Frauen so kleidsam ist. Er versucht, charmant zu sein. Seine Galanterie wirkt altmodisch, ironisch, aber nicht unsympathisch. Er fragt mich aus – wie ist das mit dem Herzen? Schlafen Sie gut? Verdauung ist auch in Ordnung? Kein Schwindelgefühl? Keine Übelkeit, falls da doch eine kleine Gehirnerschütterung war, wie ihr Signore meint, nein, gar nichts?

Schade, vom ärztlichen Standpunkt aus gesehen, sehr bedauerlich. Wo soll ich denn in Zukunft meinen Abendbesuch machen? – Paul ist gutmütig wie immer – Kommen Sie vorbei, Dottore, aber ohne Hiobsbotschaften, ganz kleine Erdbeben höchstens! Er sagt – Erdbeben! Ich muß Ihnen gelegentlich von dem Erdbeben in Lacco Ameno erzählen, die Leute hier reden nicht davon, tun, als sei es nicht gewesen. Dabei sitzt den Alten das Entsetzen noch in den Knochen. Jetzt, als das Erdbeben von Skopje war, das muß etwa unser Breitengrad hier sein. Hier ist die Erde dünnhäutig, hier sitzen das Feuer und das Wasser dicht unter der Oberfläche, da braucht man nicht viel zu schüren. – Er verordnet mir Fangopackungen für die Knie, die noch empfindlich sind. Wir erkundigen uns nach dem Honorar. Ich frage, ob ich das in Deutschland erledigen kann. Er sieht sich um, wendet sich an Paul – stehen Sie für die Dame ein, fragt er, meine Künste gegen Ihre Künste, was halten Sie davon? Bezahlen kann man nur das Handwerk und nicht die Kunst. – Paul willigt ein – gut, suchen Sie sich etwas aus, darüber können wir reden. – Während sie in Carlos' Zimmer gehen, wo Paul seine fertigen Bilder jetzt aufhebt und trocknen läßt, erzählt er dem Doktor von der Ausstellung, für die er arbeitet. Dann höre ich Ausrufe des Doktors – Sie sind ja ein Genie! Das ist ja fabelhaft, da ist ja das ganze Mittelmeer drauf. Das hätte ich Ihnen nicht zugetraut, ehrlich gesagt! – Sie kommen wieder in mein Zimmer, und der Doktor schleppt das Monstrum, das Carlos fabriziert hat, vor sich her. Er befindet sich in Ekstase, lobt ohne Ende, das ist sein Geschmack, sagt er – da hatten Sie einen guten Tag, Verehrtester! Dieses Schuppige! – Schon gut, sagt Paul, wenn es Ihnen nur gefällt. Es muß noch gefirnißt werden, lassen Sie es mir noch ein paar Tage da. Es ist das größte Format, da werden Sie etwas zulegen müssen.

Ich wage nicht, mich einzumischen, wage kaum, ihn anzusehen, er schiebt die Unterkiefer hin und her, ballt die Hände, nur um sich zu beherrschen, es ist ein schlimmer Augenblick für ihn. Der Doktor puhlt mit den Fingerspitzen auf dem Bild herum, entdeckt alle Minute etwas Neues – phantastisch, das sind doch ganz gewöhnliche Algen! Der reine Betrug, aber toll gemacht, das sind doch Flossen, zerstampfte Muscheln. Die größte Begeisterung löst ein Fischauge aus, das ihn aus einem silbrigen Kranz von Schuppen anglotzt wie das Auge eines Zyklopen. Seit wir es nicht gesehen haben, hat sich das Bild verändert, die Algen sind geschrumpft, die Schuppen haben die Farbe gewechselt. Ich versuche, es objektiv zu sehen, es ist kein Bild und ist keine Kunst, aber irgend etwas ist dran. – Dafür gebe ich was, sagt der Doktor, wie nennt man so was, er fragt mich, weil Paul ihm nicht mehr antwortet. – Collage, sage ich. – Ah, Collage! Davon hat er schon gelesen, er habe nur gedacht, daß man dazu Papierfetzen und Stoff nähme, nein? Ich erkläre ihm, daß es nur darauf ankäme, die verschiedensten Materialien zu benutzen. Er sagt zu mir, im Vertrauen und leise, aber nicht so leise, daß Paul es nicht verstehen müßte, daß er sich aus den anderen Arbeiten nichts mache, das sei ihm alles zu pingelig, aber so was, das müsse sich doch verkaufen lassen, er wüßte dafür auch Leute, nicht jetzt, aber in der Saison, nicht nur Deutsche, auch unter den reichen Römern. Ich erkläre ihm, daß dies nicht Pauls Richtung sei, es sei nur als Versuch zu werten. Das habe er sich denken können, aber in ihm habe dieses Zyklopenbild einen Kenner und Liebhaber gefunden, der die Einmaligkeit zu schätzen wisse.

Der Doktor bleibt zum Essen. Er geht in die Küche, um Gelsomina zu begrüßen. Paul kommt wieder. Ich versuche ungeschickt, ihn zu besänftigen. Ob er denn gedacht habe, daß dieser Hiob und wir den gleichen Geschmack hätten? Na also! Ein schlechter Geschmack ist teuer, er muß gehörig dafür bezahlen, laß mich das nur machen! – Tu mir den Gefallen und red nicht mehr davon, es ist erledigt, bitte! Ich werde das Bild firnissen, und dann kommt es aus dem Haus. Es hat lange genug herumgestanden.

Gelsomina bedient uns bei Tisch. Sie ist zum Brunnen auf der Piazza gelaufen, um Wasser zu holen. Unser Wasser sei nicht gut, nur zum Waschen, nicht zum Trinken. Sie macht alle Einkäufe, Paul gibt ihr Geld, abzurechnen braucht sie nicht. Sie muß nur dafür sorgen, daß etwas auf den Tisch kommt. Sie schleppt Gemüse und Obst und auch den Wein von zu Hause hierher. Der Dottore fragt sie, ob es in diesem Sommer gut gegangen sei? Nichts passiert? Sie schüttelt den Kopf, wird rot. Warum fragt er sie nicht, wenn er mit ihr allein ist.

Als sie in die Küche geht, um den Käse zu holen, wendet sich Paul in einer ganz neuen Liebenswürdigkeit an den Doktor – haben Sie nie daran gedacht, das Mädchen zu heiraten? Der Doktor ist so ehrlich verblüfft, daß wir ihn auslachen. – Heiraten, sagten Sie heiraten? – Sie ist fleißig, sie hält Ordnung in der Küche, kocht gut. War die Suppe etwa nicht gut? – Doch, sagt der Doktor, nichts gegen die Suppe! – Na also! Sparsam ist sie auch, daß sie hübsch ist, braucht Sie nicht zu stören. Wie ist das mit der Miete, Dottore, die Sie zum Winter anlegen wollten? – Wir sehen alle Gelsomina an, die am Tisch steht und mitlacht, obwohl sie nicht weiß, worum es geht. – Ist sie nicht eine reizende rote Beete? – Sie muß sich einen Stuhl holen, ein Glas, tut es bescheiden und nett. – Sie hat keinen guten Ruf, wendet er ein. – Den haben Sie auch nicht! – Stimmt, er gibt das bereitwillig zu. – Für die Praxis wäre sie attraktiv, sie könnte die Fremden ein wenig unterhalten, vielleicht kämen dann sogar die Einheimischen und führen nicht bis nach Forio oder nach Napoli, sie kriegten Zutrauen. In einem weißen Kittel sähe sie sicher ganz proper aus. Gelsomina hat natürlich gemerkt, daß von ihr die Rede ist, ihre Mandelaugen huschen von einem zum anderen. – Sie kann mit Kindern umgehen! Der Doktor räuspert sich – was halten Sie von mir, was trauen Sie mir eigentlich zu? – Wir lachen ihn wieder aus– die roten Beeten, die roten Betten! – Sie meinen doch nicht eine Familie mit allen Konsequenzen?

Der Abend ist mild, wir sitzen auf der Terrasse, bei Kerzenlicht, es ist windstill, schon seit Tagen. Pauls Mißstimmung scheint verflogen, er läßt sich keine Verärgerung mehr anmerken. Er scheint an Mißerfolge gewöhnt zu sein. So etwas rutscht dann unmittelbar in diese Sedimentschicht. Er spült den Ärger mit Wein hinunter, raucht mehr als sonst. Schon hat er keine Lust mehr auf den Spaß, den er sich mit dem Doktor hat machen wollen. Er wechselt das Thema, aber es ist zu spät. Der Doktor dreht sich zu Gelsomina und fragt sie. Ich glaube zunächst, daß ich ihn nicht richtig verstanden habe, er spricht den hiesigen Dialekt; er fragt sie, ob sie ihn heiraten will. Es scheint sie noch keiner gefragt zu haben, auch sie versteht ihn nicht gleich, denkt wohl, daß er ein falsches Wort benutzt hat, die Stranieri sagen oft die merkwürdigsten Sachen – sposare? Meint er wirklich sposare? Sie sieht ihn aufmerksam an, mit schmalen Augen, Mißtrauen im Blick. Sicher will er mit ihr schlafen, wie das die Stranieri nennen, wenn sie Liebe machen wollen, aber alle sagen doch, daß er nie eine Frau nimmt, und warum fragt er, wenn die anderen dabei sind? Sie ziert sich, sie sieht mich an, schämt sich und sagt leise, daß sie eine Vergine sei, mit ganz kleiner Stimme sagt sie das, wir lachen auch nicht darüber. Ich sage energisch – Schluß jetzt! Basta! Kein Wort mehr darüber! Wir verhandeln über das Mädchen, als wollten wir eine Kuh verkaufen.

– Keineswegs ist jetzt Schluß, sagt der Doktor, jetzt geht es erst los. Er wiederholt seine Frage, langsam, deutlich. Er redet freundlich auf Gelsomina ein. Ich verstehe nicht alles, ich will das auch nicht, ich sehe Paul an, wir rauchen beide, beschäftigen uns mit unseren Gläsern, fangen über den Tisch weg eine Unterhaltung an, über das Wetter, das schön ist wie im Sommer, ein Sommer ohne Ende. Die Grillen zirpen, der zunehmende Mond steht am Himmel. Man muß nur aufpassen, daß man sich jetzt nicht an andere Nächte erinnert, wenn die Zikaden schrien. Er erklärt mir das Zustandekommen der Mondphasen. Wir stehen auf, um das Sternbild von Kastor und Pollux an Hand der Karte zu suchen, wir finden es nicht, man sieht es wohl nur im Frühsommer. Kastor und Pollux zeigen das Ende der Feldbestellung an, in ihrem Zeichen sucht man sich ein Weib und gründet eine Familie. Paul redet die Sterne an, legt den Arm um meine Schulter, ich sage leise zu ihm – aber er liebt sie nicht, und sie liebt ihn nicht! – Ist das nötig? fragt Paul. Das kann doch noch kommen.

Ich versuche ein letztes Mal einzugreifen, sage dem Doktor, daß doch wirklich kein Grund zur Eile bestehe, so etwas müsse doch reiflich überlegt werden, es sei ja nicht ein Paar Schuhe, das er sich kaufen wolle. – Meinen Sie wirklich, daß man mit Überlegung besser fährt? Nach Ihren Erfahrungen? Er sieht Paul an, mich an. – Es ist ein Risiko, so oder so. Der Handel wäre so schlecht nicht. Es hätte Vorteile, nicht nur für mich, auch für das Mädchen. Sie müßte für ihn arbeiten, und er müßte für sie sorgen, alles andere findet sich oder findet sich nicht. Vielleicht kann sie mir die alten Methoden beibringen. Hier werden alle Ehen nach der Zweckmäßigkeit geschlossen. – Und wenn Sie zurück wollen nach München? Wollen Sie das alles aufgeben dort? – Alles? Alles! Ich pflege in der Klinik zu wohnen, ich mache da Vertretungen. Zum Selbständigmachen fehlt mir das Geld, als Assistent bin ich zu alt, sie haben das nicht gern, die Herren Oberärzte, wenn ich mein schütteres Haupt vor ihnen neige. Kein Facharzt. Die Zeiten! Ich habe ein Kerbholz. Sie auch? Gelegentlich halten wir es uns mal vor. Hier erwarten die Leute noch keinen modern ausgestatteten Behandlungsraum. Ein Rezeptblock, die Spritze, das genügt. Ich könnte mich hier in ein paar Jahren sanieren. Wenn die Konjunktur so bleibt, wenn immer mehr Leute im August herkommen, die die Hitze nicht vertragen können. Die Einheimischen muß man drauf bringen, daß sie alle krank sind und daß sie ihr Geld, das sie im Sommer an den Stranieri verdienen, am besten im Winter ihrem guten alten Doktor bringen. Sie sind doch mehr oder weniger alle rheumatisch hier. Es muß das Rheuma sein, das die Fremden im Sommer in den Sandgräbern losgeworden sind, das feiert im Januar hier fröhliche Auferstehung, irgendwo muß es schließlich bleiben. München? Ich könnte mir vorstellen, daß ich nicht mehr zurück will, ich bleibe hier hängen, ich bin ja nicht der erste. Ich bin schon zu oft hier gewesen und zu lange geblieben, das ist ein Gift. Das sind die Dämpfe, die man hier einatmet. Kennen Sie die Geschichte von Enrico, habe ich die noch nicht erzählt? Der Maler Enrico, der sich hier in einem Winter zu Tode getrunken hat, nicht in einem Winter! Piano, piano zu Tode getrunken, richtig mit Bedacht und mit Genuß. Ein Diabetiker, erst das eine Bein ab, dann das andere Bein ab. Ich habe ihn noch gekannt, er hatte gerade noch rechtzeitig eine Frau aus dem Dorf geheiratet, so eine Gelsomina, nicht ganz so hübsch. Die hat ihn an jedem Nachmittag auf die Piazza geschleppt, ihr Bruder hat ihr geholfen, unter die Achsel genommen. Wenn jemand keine Beine hat, ist das die bequemste Methode. Sie haben ihn auf einem Kissen ans Haus vom ›Pescatore‹ gelehnt, da hat er seinen Muskatwein getrunken, er trank nachher nichts anderes mehr. Man hatte ihm gesagt, es sei ungesund, wenn man nicht bei demselben Getränk bliebe. Prost! sagt er. – Gemalt hat er allerdings nicht mehr. Oder nehmen Sie diesen Ernesto! Erinnern Sie mich, daß ich Ihnen seine Geschichte erzähle.

Paul bietet Gelsomina eine Zigarette an, sie schüttelt den Kopf, nein, sie möchte jetzt nach Hause, sie will heute mit dem Omnibus fahren, sie will zu ihrer Mamma! Gleich wird sie weinen, die Tränen sitzen lose bei ihr. Der Doktor steht auf, er wird die Signorina an die Haltestelle begleiten. Er sagt das ironisch. – Ich muß auf meine kleine Braut aufpassen, ich habe jetzt Pflichten! Er zwinkert ihr zu – una vergine! Und da lacht sie los, lehnt sich mit hohlem Kreuz zurück und lacht ihn an und lacht uns alle aus, dreist, aber ehrlich. Ihr erster Schritt zur Emanzipation. Wir warnen den Doktor, das wird rasch gehen bei ihr, sie lernt schnell. Sie zeigt ihre spitzen Zähne, die lose gereiht sind, mit denen sie Löcher in Carlos' Ohrläppchen genagt hat, dieses Kaninchen mit der Plüschhaut. Die beiden verabschieden sich, gehen zur Treppe, Gelsomina hängt sich in den Arm des Doktors, sieht uns triumphierend über die Schulter an; er scheint amüsiert. Sie gehen die Treppe hinunter, wir sehen ihnen nach. Sie schwenkt ihren strammen Popo nach rechts und nach links. Wir erinnern uns an den Abend, an dem Carlos uns das vorgemacht hat, die Waschschüssel auf dem Kopf balancierend. Dieser süße Popo!

Wir bleiben allein. Die Grillen zirpen noch immer. Unten weint leise die kleine Paola, unsere Figlioccia. Jolanda hat sich diesmal geirrt: es ist ein Mädchen. Wir haben den Hahn nicht gegessen, sie wird ihn noch etwas leben lassen, ein so kräftiger, guter Hahn! Vielleicht zu Natale, sagt Jolanda. Nicht für ein Mädchen. Aber es ist ein schönes Kind, unsere Figlioccia, sie hat dichtes, krauses Haar, sie wird schöne Locken bekommen, das gefällt den Männern besser, so wie diese Signora, die uns besuchen kommt, die Signora von dem Avvocato. Sie ist jetzt etwas dicker, ob wir das gesehen hätten, sie ist schöner geworden, alle Frauen werden schöner hier. Der Avvocato wird jetzt auch Elektrizität in seine Casa antica legen lassen, alles wird neu gemacht, alles für diese Frau, una grande amore! Sie ringt die Hände, sieht gen Himmel. Wie damals! Sempre lo stesso. Mehr sagt sie nicht. Aber es wird nicht gut ausgehen, es ist besser, wenn diese Frau wieder abreist, zurückkehrt nach Deutschland. Bald sind sie alle fort, dann ist es wie früher. Nur, daß man kein Geld verdient. Cesare soll bauen, wir sollen es ihm sagen, alle fangen an zu bauen, machen große Projekte, ob wir das schon gesehen haben. Eine Wasserleitung, eine Terrasse für die Fremden, eine Dusche. Immer wollen sie duschen, besonders die Deutschen, sie sind wie die Fische! Erst gehen sie ins Meer und baden, und dann duschen sie auch noch. Das Wasser ist teuer. Jetzt gibt es in den Pensionen schon Thermalbäder. Überall sind heiße Quellen, ein guter Ort ist das hier, der schönste auf der Insel, mit Feuer und mit Wasser in der Erde. In den Pensionen können sich die Fremden jetzt die Zähne mit Mineralwasser putzen! Sie putzt die Zähne nie und hat gute Zähne, sie zeigt sie uns, bis zu den Backenzähnen. Und die Fangopackungen können die Fremden jetzt in ihrem eigenen Bett bekommen, immer bequemer und immer teurer. Alles ist so teuer! Sie will eine Waschmaschine kaufen, ihre Schwester in Barano hat schon eine, die hat nicht soviel Kinder. Sie nimmt auch mehr Geld von den Fremden. Jolanda sieht uns vorwurfsvoll an, wir erwidern ihren Blick ungerührt. Es ist kein Ende abzusehen, sie schwätzt und schwätzt, bringt den Säugling zu ihren Besuchen mit, stillt ihn bei uns, setzt sich auf die oberste Treppenstufe, und Giovanni krabbelt auf der Terrasse herum, fällt die Treppe hinunter, jammert und klettert wieder hinauf. Paul sieht ihm interessiert zu, mit dem gleichen Interesse, mit dem er dem Heiligen Pillendreher zugesehen hat, als der sein großes Ei durch den Staub den Pfad hinaufwälzte. – Sieh dir das an, wie er seine Erfahrungen im Umgang mit der Welt macht! – Könnte er die nicht auch mit einer Stufe machen oder mit zweien, muß er die ganze Treppe runterfallen? Für meine Nerven wäre es besser! Giovanni ist anhänglich, hängt sich buchstäblich an meinen Rock, brabbelt vor mich hin. Ich antworte ihm deutsch, er begreift alles, reagiert richtig, wir sind noch nicht durch zwei Sprachen voneinander getrennt. Ich bilde mir ein, was er da brabbelt, sei deutsch. Er hat sich in mir eine Ersatzmutter gesucht, Jolanda schubst ihn mit dem Fuß beiseite, wenn er auf ihren Schoß will, jetzt ist Paola dran. Paolina!

Ich habe angefangen, über Giovanni zu schreiben, für die Kinderseite.

Wir gehen zum erstenmal wieder zusammen ins Dorf. Paul hat mir zwei frische Heftpflaster aufgeklebt und mich getröstet. – Niemand wird darauf achten, alle werden denken, daß du dich beim Rasieren geschnitten hast. – Soll ich lieber einen Rock anziehen, keine Hosen? – Man glaubt dir den Rock doch nicht, sagt er.

Wir ziehen los, schließen die Tür ab. Wir gehen unseren alten Pfad, im Weinberg färben sich jetzt die Blätter, am gestürzten Blütenschaft der Agave vorbei, die ihre grauen dornigen Lanzen ausstreckt wie immer, am Friedhof entlang. Von der Kaktushecke sind alle Früchte abgefallen. Guido begegnet uns mit seinem Esel, grüßt uns, wir bleiben stehen, klopfen den Eselshals, er zieht weiter, ruft sein eintöniges Ja-a, Ja-a!, als der Esel den Salat der Pipistrella abfressen will. Die Alte sieht aus dem Fenster, wir bleiben schon wieder stehen, sie kaut und mümmelt, wir rufen – come sta? – und sie murmelt ihr – cento anni, cento anni!

Wir gehen zusammen zum Barbiere, Paul verlangt: zweimal Haare schneiden, da lachen schon alle. Ich binde mein Kopftuch ab, der Frisör geht um mich herum, besieht sich das, gestikuliert. Er hat schon davon gehört. Er läßt die Schere überm Zeigefinger kreisen und klappern, bindet mir einen großen weißen Umhang um. Paul sitzt im Stuhl daneben und gibt Anweisungen, zieht einen Stift aus der Tasche und malt auf die Marmorplatte. Schon mehren sich die Zuschauer, alle Plätze an den Wänden sind besetzt. Die Pflaster, Madonna! Die Narben! Sie nehmen sich eine Zeitung vom Ständer, entfalten sie und beobachten uns. Die Ereignisse werden jetzt selten, man muß sie ausnutzen. Ponys wird er schneiden, alles nach vorn gekämmt, si! Er weiß, wie der Signore das meint, er hat das schon gesehen. Es wird sehr schön werden, sehr elegant und jung. Die Signora hat einen schönen Kopf, ein interessantes Profil! Er tänzelt um mich herum und macht die Zuschauer auf meine Kopfform aufmerksam. – Nicht viel Haare, es hat jetzt Lücken, aber schön, bionda! Er palavert und fuhrwerkt mit der klappernden Schere um mich herum und hat immer noch nicht angefangen, es dauert und dauert, mein Mund tut mir schon weh vom Lächeln. Er wird das Haar erst einmal waschen, naß wird er es schneiden – abbiamo tempo! Die Herren werden alle warten. Er dreht sich um, erkundigt sich, sie versichern ihm, daß sie Zeit haben, erst die Signora! Nein, kein Geld, er sträubt sich. Er zeigt auf die Männer hinter den Zeitungen, damit sie auch alle hinhören, ein Geschenk war das für ihn, ein Vergnügen, una bionda! Er hat sein Bestes getan, es wird wieder wachsen, er demonstriert die Länge meiner Haare zu Weihnachten. Als wir draußen sind, nimmt Paul mich wieder beim Arm, tröstet mich – er muß es wissen, er ist ein Frisör, demnächst wirst du aussehen wie der Große Kurfürst, Locken bis auf die Schultern! – Vor oder nach der Schlacht bei Fehrbellin? – Er überlegt sich das. – Nach der Schlacht.

Wir gehen und trinken einen Espresso, können uns nicht entscheiden, in welcher Schaukel wir sitzen wollen, alle sind sie leer, nicht mal die Katzen liegen drin. Es stehen nur wenige Tische vor den Restaurants, die Sonnenschirme sind schon weggeräumt. Man sucht sich einen Platz in der Sonne, nicht mehr im Schatten. Salvatore kommt. Nur Espresso? Ob wir nicht ein Eis essen wollen, er hat eine neue Sorte, mit frischen Erdbeeren aus dem Frigidaire, er hat eine neue Kühlanlage angeschafft, zum Frühjahr ist sicher alles noch teurer, oder lieber eine Pasta? Er hat eine gute Pasta, Biskuit, und darüber gießt man Kognak, das wird er uns bringen, er kennt unseren Geschmack. Nein, heute sind wir seine Gäste! Er setzt sich zu uns, es ist nicht viel zu tun, bald wird er schließen, er wird ein wenig verreisen, nach Deutschland, er hat dort jemanden, den er besuchen will, und dann muß er etwas bauen. Die Signora war krank? Er hat davon gehört, man hat mich vermißt. Ich will ihm erklären, daß ich keineswegs krank war, sondern einen verdammten Autounfall hatte, ich will endlich mal drüber reden, aber Paul läßt mich nicht – laß gut sein! Sie werden es dir schon noch ausreden und so lange behaupten, daß du ein bißchen krank warst, bis du es selbst glaubst. Luigi aus dem Tabakladen kommt, er bringt eine Packung amerikanischer Zigaretten. – Con filtro, Signora! Er weiß, was ich gern rauche. Fernando lungert herum mit seinem Hund, er hat nichts zu tun, er hat keinen Stand aufgebaut, es lohnt nicht, er hat einen Korb mit Obst im Magazin stehen, falls jemand mit dem Schiff kommt. Er hat Trauben von einem Weinberg am Epomeo, die schönsten, blauesten Trauben, süß! Dolce! Dolce vita! Er rollt die Augen, hockt sich wieder auf die Mauer und wartet auf irgend etwas; wahrscheinlich hat er schon angefangen, auf den nächsten Sommer zu warten. Der triefäugige Hund, den die Fremden immer Bismarck rufen, schnüffelt um meine Beine herum, schubst an meine Knie, sabbert auf meine Hosen, ich bin sentimental genug zu glauben, daß er mich wiedererkennt. Er bekommt ein Stück Kuchen, legt sich an die Hauswand in die letzten Sonnenstrahlen. Der Platz, an dem die Handschuhverkäufer immer ihren Tisch hatten, ist leer. Der Platz vor der Boutique, wo immer die kleine Gina-ginetta saß, ist leer. Am Strand spielt der junge Pfarrer mit den Schulkindern Fußball, seine Soutane fliegt, man sieht seine kräftigen weißen Beine in den klobigen schwarzen Schuhen. Außer ihm und den Kindern ist niemand am Strand.

Paul hindert mich daran, mein Glück auch in der Boutique

zu versuchen. Ich könnte gut ein Paar von den seidenen Hosen gebrauchen, Margherita wird sie in diesem Jahr nicht mehr verkaufen, und im nächsten Jahr sind sie nicht mehr modern. Sie hat auch heute wieder ihre ausgebleichten Strohhüte in das kahle Astgestänge vor ihrem Lädchen gebaumelt. Ein verdorrter Feigenbaum, sie knüpft Chiffonschals in die Äste, hängt bunte Strohhüte mit verschlissenen Seidenbändern hinein. Jeden Morgen schmückt sie ihren Feigenbaum wie einen Christbaum. Wir nicken uns zu. Paul kauft mir zum Trost ein Seidentuch – damit du endlich Ruhe gibst! Dann setzen wir uns, bis es Abend wird, auf die Steinbank und sehen übers Meer, haben die Bucht vor uns, den Berg mit dem alten Kastell, die Steilküste, den kleinen Sandstrand. Kein Boot ist draußen, kein Auto auf der Straße. Nachts, wenn ich wachliege, versuche ich, die Silhouette nachzuziehen, sie in mein Gedächtnis einzugravieren. Paul nimmt einen Stock und zeichnet sie in den Sand, ich halte ihm die Augen zu, dann versuche ich es, mit seiner Hand vor den Augen. – Du hast noch lange nicht genug hingesehen, sagt Paul. Seine Linien sind sehr viel genauer, bei mir ist alles überzeichnet, die Buchten zu tief, die Klippen zu steil.

Tramonto. In Blau, in Rot, in Gelb, dann kommt Grün dazu, das ganze Spektrum, immer neue Farbschichten schieben sich übereinander. Kein Dunst schwächt die Farben ab wie im Sommer. Nirgends ist der Sonnenuntergang so schön wie von dieser Bank aus. Unten der dunkle, grobkörnige Sand, dann das Wasser, vielfach getönt, dann der Himmel. Paul sagt – wenn du dich langweilst, gehen wir natürlich. – Ich langweile mich nicht. Nie werde ich müde, dem Sonnenuntergang zuzusehen, er wiederholt sich nie, er hat kein Ende und ist plötzlich vorbei. Dann bricht die Nacht über uns herein, überfällt uns. Man reagiert depressiv, das tun alle, man ist auf einmal müde, gereizt. Sitzt nebeneinander und fühlt sich einsam. Es hat keinen Zweck, dann mit Händen oder Worten gegen diese Einsamkeit anzugehen, sie bleibt, man muß sie respektieren.

Wir gehen zum Essen. Paul spendiert uns eine Languste. Eine einzige hat Maria noch, wir haben Glück. Sie erlaubt uns, in die Küche zu kommen, wir wollen endlich hören, ob das stimmt, daß die Langusten singen, wenn man sie ins kochende Wasser wirft. Ihr Schwanengesang. Nichts als ein hoher pfeifender Ton. Die gekrümmten Schwänze ziehen sich zusammen. Paul behauptet, daß sie sich strecken, wir starren in den Topf, sehen im Dampf nichts. Maria schickt uns an unseren Tisch, gleich wird sie die Languste bringen, den Wein wird sie spendieren. Zu der Languste kann sie uns nicht einladen, sie muß mit ihren Brüdern abrechnen, oft kommen sie mit leeren Körben zurück, es gibt nicht mehr viele gute Fische hier, im Herbst müssen sie weit hinausfahren. Es werden zuviel Fische gegessen, die Stranieri wollen immer Fisch und immer die guten Fische. Im Frühjahr wird es besser. Sie setzt sich zu uns, wir sind ihre einzigen Gäste. Im Sommer war es auf ihrer Veranda oft so voll, daß man keinen Tisch bekam. Sie hat eine Mayonnaise gerührt, sie macht sie immer selbst. Wir loben sie, sie ist eine gute Köchin. Sie sagt, dies sei eine schöne, praktische Frisur; sie hat schon gehört, daß ich beim Barbier gewesen bin. Es hat ihr sehr leid getan, daß ich so lange krank war. Jetzt geht es wieder gut? – Bene, bene! Die Gesundheit, das ist das wichtigste. Sie hat mit Rheuma zu tun, in diesem Winter will sie auch ein paar Bäder nehmen. Sie wollen eine Veranda bauen, aus Steinen, diese muß in jedem Herbst abgebrochen werden, es wird Zeit, vielleicht kommt bald Sturm, dann reißt das Meer sie fort. Sie zeigt uns, wie hoch das Wasser steigt, oft sind sie abgeschnitten vom Dorf, dann überspült das Meer die Mole, tagelang. Immer muß das Haus getüncht werden, in jedem Frühling, diesmal soll es blau werden wie das Haus vom ›Pescatore‹. Es ist schwer, die Brüder sind schon fort, sie arbeiten in der Schweiz, sie gehen immer zu derselben Firma, schon den dritten Winter. Es ist still hier, viele Männer sind fort, viele arbeiten auch in Deutschland, alle wollen verdienen. Sie wird für uns kochen, ein Kaninchen, ein Omelett, etwas hat sie immer. Wir sind gute Gäste gewesen, wir haben immer soviel gelacht, besonders dieser Signor Carlos. Dem geht es gut? Dem anderen auch, dem Schweden? Bene, bene! Sie hat eine Hand auf Pauls Arm und eine Hand auf meinem Arm, läßt sie darauf liegen, während wir die Langustenbeine aussaugen.

Als wir draußen sind und über die Mole zurückgehen, sagt Paul – das war unser letztes Geld. Ich bin ein armer Mann, weißt du das eigentlich? Ich habe mich losgekauft. Das war nicht nobel, sondern konsequent. Ich muß versuchen, ob ich von meinen Bildern leben kann, wenn nicht, muß ich die nächste Konsequenz ziehen. Klein beigeben, zurück in die Schule. Ich kann keine Familie ernähren. Im Augenblick wenigstens nicht. – Ich bin keine Familie, Paul, ich bin noch nie ernährt worden, wenigstens in den letzten zwanzig Jahren nicht. – Das wäre ein Grund, daß es endlich einer tut, dünn wie du bist! – Hätt' ich genommen den König Drosselbart! – Oder Arne, sagt Paul. Oder Arne! Schon wieder ist er zwischen uns.

Wenn Signor Ernesto und Carina am späten Vormittag kommen, begrüßt Paul sie und zieht sich gleich in sein Zimmer zurück. Der Signore nimmt sich einen Stuhl, er hat es abgelehnt, in einem Liegestuhl zu sitzen, und stellt ihn unmittelbar vor die offenstehende Tür meines Zimmers; wie ein Wächter sitzt er da und raucht und wartet, während wir zusammen arbeiten. Carina spricht von einer ›Zusammenarbeit‹. Er könnte jedes Wort verstehen, sprächen wir nicht deutsch.

Erst Massage, um den Körper zu lockern, dann Atemgymnastik. Sie bringt mir ›Reinigungsatemzüge‹ bei: tiefes Einatmen, sekundenlanges Anhalten der Luft, stoßweises Ausblasen der Atemluft aus dem zum Pfeifen angespitzten Mund. Ich erfahre, daß ich einen schlechten Atemquotienten habe, daß ich ein extremer Einatmer bin, der das Ausatmen zu unterschlagen versucht. Eine unerfreuliche Dissonanz zwischen unterer und oberer Atmung. Erhebliche Verspannungen im Oberbauchgebiet. Sie bekräftigt die Richtigkeit ihrer Diagnose mit Zitaten. Voltaire, den zitiert sie ihren Patienten immer: ›Man kann eine Krankheit wegatmen, wegarbeiten, wegschwimmen. Bewegung ist Leben.‹ – Oder nehmen Sie Henry Miller, Sie kennen Henry Miller? ›Mehr Ausatmen als Einatmen‹, hat er gesagt.

Wenn ich nicht gerade vor lauter Atmen außer Atem bin, mache ich zaghafte Einwände – sind Sie sicher, frage ich, oder wenigstens – oh, wirklich? Dann Dehnübungen, um meine ›toten Zonen‹ zum Leben zu erwecken. – Sie sind verhockt. Ihr unterer Rippenrand ist zu eng, er sitzt unmittelbar auf dem oberen Beckenrand auf. Sie sagt das vorwurfsvoll, als träfe mich eine unmittelbare Schuld. Sie kommt in der ersten Stunde schon hinter Mängel, von denen ich nichts ahnte, es deprimiert mich, aber auch damit scheint sie zu rechnen. Sie ruckt an meinem

Kopf, redet von einem ›Sammelpunkt myogelotischer Ablagerungen‹, drückt auf meinen Bauch und fragt – Galle? Da sitzt bei Ihnen doch das Übel, eines der Hauptübel? Ich nicke, gestehe, daß ich im vergangenen Frühjahr einen mittelgroßen Gallenstein zur Welt gebracht habe. Sie behauptet mit voller Überzeugung, alles läge einzig an meiner kurzen, hastigen Atemweise, da sei die wahre Ursache aller meiner Beschwerden. Ein permanenter Sauerstoffmangel, den ich nie bemerkt habe. Die Atmung habe nicht nur Einfluß auf den Lungengaswechsel, sondern müßte auch die Magen- und Darmtätigkeit beleben. Während ich ausatme, übt sie einen mir angenehmen, federnden Druck auf meinen unteren Rippenring aus. Das Zwerchfell wird dabei nach oben gedrückt. Sie erklärt mir jeden Handgriff, erklärt mir eingehend alle Übungen, das gehört offensichtlich mit zu ihrer Therapie, sie will aus mir einen »bewußten Atmer« machen. Sie aktiviert den Patienten zur geistigen, nicht nur körperlichen Mitarbeit. Sie bringt, während sie mich massiert, eine fragwürdige, hausgemachte Psychologie an und verärgert mich. – Warum lassen Sie den Kopf hängen? fragt sie und bohrt ihren Blick in meinen – das hat doch nicht nur eine physische Ursache, hat es die überhaupt? Haben Sie sich das einmal gefragt? Alle Haltungsschäden sind doch nur ein äußeres Zeichen einer fehlenden oder geschwächten inneren Haltung und Standfestigkeit. Um im nächsten Atemzug weiter von ›sterno-costaten Versteifungen‹ zu reden und mein ungläubiges Lächeln mit einem sanften Bohren in meinem Nacken, in jenen selbstverschuldeten sterno-costaten Versteifungen, zu beseitigen. Sie lüftet mein Schulterblatt, tut mir regelrecht weh dabei, triumphiert, wenn ich stöhne – sehen Sie! und erklärt, daß bei einer Massage viel mehr Schaden als Nutzen angerichtet würde, sie müsse immer in harmonischem Einklang mit dem Atemrhythmus erfolgen, alles müsse ineinandergreifen. Schon wieder ist von Harmonie die Rede. Sie sieht mir mit diesem hypnotisierenden Blick in die Augen. Als sie meine Abwehr merkt, löst sie ihn, ihre Pupillen wechseln sehr rasch die Größe, ich habe das noch nie so beobachtet. Sie rollt mein Schultergelenk und sagt, daß mir »die leichte Achsel« fehle – fangen Sie an, etwas von der Symbolik unserer Sprichwörter zu bemerken? Das ist nicht von ungefähr. Man nimmt das Leben auf die leichte Schulter, das kann nur jemand, der nicht verkrampft und verspannt ist. – Ist das so erstrebenswert, eine leichte Schulter? Darauf geht sie nicht ein. Statt dessen redet sie von »Sich-Luft-machen« durch Schimpfen, durch Husten, auch durch Lachen. Das sind Gegenmaßnahmen, die der Körper zum Selbstschutz ergreift. Sie macht mir vor, wie leicht und locker ihre Achseln sind. – Man kann an solche Verspannungen natürlich auch von innen herangehen, mit Mitteln der Psychoanalyse. Halten Sie die Luft jetzt etwas länger! Das sind Leistungsübungen, ohne Anstrengung. Ich arbeite mich allmählich von außen nach innen vor. Auch das ist Psychosomatik. Mit Konzentration, Leichtigkeit, Harmonie. Alle menschlichen Grunderkenntnisse von Körper und Seele sind letztlich umkehrbar. Seelische Schäden suchen sich einen Ausweg in körperlichen Symptomen, also beseitige ich mit unseren Mitteln zunächst das Symptom. Heben Sie den Kopf beim Gehen! Dehnen Sie sich beim Atmen! Machen Sie sich weit! Öffnen Sie sich! Es verändert sich das ganze Lebensgefühl. Vor allem: atmen Sie aus! Atmen Sie allen Unrat aus sich heraus! Schlukken Sie Ärger und Verdruß nicht herunter, daß es keine neuen Ansammlungen, Ablagerungen, diese Schutthalden in Ihnen gibt.

Ich riskiere eine reale Zwischenfrage. Das schätzt sie nicht. – Sie üben eine Praxis aus? – Ich arbeite mit zwei Chiropraktikern zusammen, sie schicken mir ihre hoffnungslosen Fälle. – Oh! Kommen Sie aus einer bestimmten Schule? Wie nennen Sie Ihre Methode? – Sie hat sie selbst entwickelt, in langer Praxis. Natürlich lehne sie sich an jahrhundertealte Atemheilmethoden an. – Sie haben gute Erfolge? – Ich habe Erfolge.

Sie ist mir unheimlich, wie alle Fanatiker. Ihre Behandlung schadet mir nicht, ob sie mir nutzt, kann ich bisher nicht spüren. Massagen sind schmerzhaft und angenehm, beides. Ihre leisen, hypnotisierenden Sätze bleiben nicht ohne Wirkung – Atmen Sie sich frei! Lassen Sie den Kopf nicht hängen! Machen Sie sich leicht, leichter, schweben Sie, Sie fallen nicht! Ich gestehe, das hat etwas Erleichterndes, hat Befreiendes. Sie hat zwei Gesichter, ein sanftes und dieses fanatische. Beide Hälften werden durch die Augen bestimmt, das sanfte von dem tieferstehenden Auge, das strenge von dem hochgerückten rechten Auge. Was für ein unharmonisches, erregendes Gesicht.

Sie benutzt weder Talkumpuder noch Öl, noch Seife zum Massieren. Auch die Haut muß mitarbeiten. – Ihre Haut und meine Haut, sagt sie, keine fremden Stoffe dazwischen, nichts Störendes, damit die Poren Wärme und Feuchtigkeit produzieren können. Sie mißt meine Atemerfolge mit dem Sekundenzeiger. Zwei Minuten Atemlosigkeit im Anfang. Bis zu fünf Minuten haben wir es schon gebracht. – Die Atempause! Spüren Sie das Wohltuende, Ausruhende schon des Wortes? Eine Pause! Sie läßt mich alle Organe aufzählen, die das Zwerchfell umlagern: Lunge, Herz, Leber. – Gut, sagt sie, weiter! – Galle! – Richtig! Magen, Bauchspeicheldrüse, Darmtraktus, das wird alles direkt oder indirekt vom Zwerchfell, dem Zentralatmungsorgan, in Bewegung gesetzt. Haben Sie nie beobachtet, wie ein Kleinkind atmet? Wie eine Kaulquappe! Von Lebensstufe zu Lebensstufe verengt sich die Atmung, und die Schäden kommen, die Beschwerden. Der Körper beschwert sich, achten Sie wieder auf die Sprachsymbolik. Aber soweit sind wir noch nicht, das wird lange dauern, bis Sie die Kaulquappenatmung wieder erlernt haben. Später werden wir spezielle Atmungspositionen üben.

Vorläufig legt sie mich flach hin, mit gestreckten Beinen, lokker hängenden Armen. – Haben Sie nie zwerchfellerschütternd gelacht? Ich schüttele den Kopf – und Sie? Lachen Sie etwa zwerchfellerschütternd? Sie hebt die Mundwinkel zu ihrem geizigen Lächeln. Sie läßt mich aufzählen, auf welche Weise man atmen kann. Stöhnen! Sie verlangt, daß ich stöhne. Paul fragt von nebenan, was los sei. Schnuppern! – Schnüffeln! – Schnaufen! Es erheitert mich, ich schnaufe wie der alte sabbernde Hund von Luigi, wenn er die Treppen rauf will. Stottern! – Wissen Sie, daß ein Stotterer singen kann und flüstern? Daß er beim Singen und Flüstern nicht stottert, daß es sich um eine reine Atemstörung handelt? Stammeln! Gähnen! Sie macht mir vor, wie man gähnt, herzerfrischend gähnt. Seufzen, blasen bis hin zum ›inneren Lachen‹, was das schwierigste sein soll; es fällt mir leicht, es scheint eine mir gemäße Atemmethode zu sein, sie lobt mich, die Hand auf meinem Zwerchfell.

Um meine Knie kümmert sie sich nicht, das ist nicht ihre Sache, sie ist spezialisiert auf Atmung. – Bewegen Sie die Knie. ›Bewegung ist Leben.‹ Sie müssen ein ganz neues Gefühl für Ihren Körper entwickeln. Sie müssen mit ihm sympathisieren. Sie hassen doch nicht etwa Ihren Körper? – Wieder diese suggestiven Fragen. – Es gibt Zonen, die Sie hassen! – Ich ärgere mich, reagiere entsprechend: Ich glaube, da täuschen Sie sich, im Gegenteil! – Lehnen Sie sich auf gegen mich, das ist das Natürliche, das gehört zu meiner Methode, das mobilisiert Ihre eigenen Kräfte. Sie haben sehr wenig Abwehrkräfte, auch wenig Spannkraft. – Sie sieht mir wieder in die Augen, hat den Kopf über mich gebeugt, sie läßt die Augäpfel ein wenig kreisen, hält sie dann still, bohrt in die Tiefe. Dabei wird einem unbehaglich. Ich halte diesmal mit aller Energie ihrem Blick stand. Sie wirft plötzlich den Kopf zurück – jetzt machen wir Schluß, genug für heute! Sie geht und wäscht sich die Hände, kommt an mein Bett zurück, spricht normal mit mir, nicht mehr zu einer Patientin. Sie fragt mich um Rat. – Sie haben jetzt eine gewisse Vorstellung von meiner Heilmethode, was halten Sie davon? Meinen Sie, daß man das hier versuchen könnte? Eine kleine Praxis? Es kommen viele Kranke her, sie erwarten Wunder von den Bädern, von Fango, von dem heißen Sand. – Das hat sich seit zweitausend Jahren ganz gut bewährt! – Mag sein, aber sie machen eine Kur von drei oder vier Wochen und gehen nach Hause. Man kann nicht in wenigen Wochen wiedergutmachen, was man in Monaten und Jahren falsch gemacht hat. – Sie müßten vermutlich eine Lizenz haben, ich weiß nicht, wie schwierig das ist, aber das weiß doch Signor Ernesto, der ist doch Jurist, was sagt der zu dem Plan? – Sie schüttelt abwehrend den Kopf, spricht leiser, dreht sich nach ihm um, aber der sitzt da unverändert vor unserer Tür – nichts, der weiß nichts davon, er sagt nur, daß ich bleiben soll. Er sagt das nicht, er gibt es mir zu verstehen. Sie trocknet sich noch immer die Hände ab, ich frage – und Sie? Wollen Sie wirklich hier bleiben? – Sie antwortet nicht. – Ich kann ja den Dottore mal fragen, er kommt jeden Tag hierher, vielleicht könnte er Ihnen sogar Patienten vermitteln, er verordnet oft Bäder und Massagen. Sie ist skeptisch, die meisten Ärzte seien rückständig. Man müsse sie erst von der Methode überzeugen, und gerade dazu gäben sie einem keine Gelegenheit. Dabei würden die Leute hier Zeit haben. Sie brauchten nur, wenn sie im Sand liegen und dösen, richtig zu atmen, ein paar Übungen, sie könnten es hier lernen und zu Hause allein weitermachen. Wenn sie schwimmen, schnaufen sie alle wie die Walrosse. Ihr Freund, der tat, als sei er ein Rekordschwimmer, dabei kam er trotz aller Anstrengungen nicht vorwärts. – Ich habe keine Lust, mit ihr über Carlos zu reden. Statt dessen lobe ich sie – Sie schwimmen viel besser, wir haben das beobachtet. – Nein, sagt sie, ich atme nur besser, ich schwimme nicht mehr gut. Ich bin nicht trainiert. Sie macht eine Pause, reibt weiter an ihren Händen, sieht an mir vorbei – ich war Langstreckenschwimmerin, für die olympischen Spiele plaziert, gut plaziert. – Ich mache mir nichts aus sportlichen Rekorden, gebe mir aber Mühe, die erwartete Bewunderung in mein – Oh-wirklich? zu legen, versuche sogar auszurechnen, in welchem Jahr das gewesen sein soll. Helsinki, Melbourne, ich kann mich nicht mal mehr an die Namen der Städte erinnern, in denen die letzten Spiele stattgefunden haben, es muß lange her sein, die meisten Schwimmerinnen sind sehr jung. Die Fremde fängt plötzlich an zu stammeln – ich – wir. – Ich frage höflich, was sie meint. Sie wirft das Handtuch über einen Stuhl – nichts! Nichts! Ich muß gehen, Ernesto wartet, er wird ungeduldig. Wir sind fertig für heute, machen Sie Ihre Übungen, achten Sie immer auf die Länge der Atempause. Dann, wieder leiser – wie lange bleiben Sie noch? Das Wetter ist noch schön, man vergißt, daß es schon so spät im Jahr ist.

Signor Ernesto ist aufgestanden, geht vor der Tür auf und ab, raucht, er wirft keinen Blick in mein Zimmer. Mit ihm sollte sie Atemübungen machen! Ich sage ihr das. – Er atmet nicht schlecht, behauptet sie, er atmet gut hörbar, ein Ausatmer! Ich sage ihr, daß unser Dottore der Ansicht sei, daß er eine Leberzirrhose habe. – Ach was! Er atmet sehr gut! – Aber seine Augen sind doch getrübt. – Das ist ein Spleen von manchen Ärzten, diese Augendiagnostiker! Sie sind alle engstirnig, wissen nicht, worauf es ankommt. Am Atmen erkennt man, ob ein Mensch wirklich intakt ist, beachten Sie das Wort: in Takt! Er trinkt und raucht, genau wie er atmet, völlig natürlich, in allem ist er natürlich und harmonisch. Sie fängt wieder an zu erzählen, sie hat offensichtlich das Bedürfnis, zu sprechen. Sie hat sonst keine Gelegenheit dazu, ein seit Wochen angestauter Redefluß ergießt sich in unserer Behandlungsstunde über mich. Sie erzählt, daß sie zur Jagd waren, oben am Epomeo, in dem Akazienwald. Ein richtiger Wald, der rauscht, in dem es kühl und schattig ist, auch Pinien gibt es da. Früh um sechs Uhr sind sie schon aufgebrochen, den ganzen Weg zu Fuß, sie sind stundenlang gestiegen, in der ersten Morgendämmerung. Er hat einen weißen Vogel geschossen, er sah aus wie ein Reiher, aber Ernesto sagt, daß es ein Ibis sei.

Wenn sie fort sind, kommt Paul auf eine Zigarettenlänge zu mir, sitzt auf dem Bettrand, und ich schnuppere und stöhne ihm vor, was ich gelernt habe. Ich kontrolliere seine Atmung, kneife ihn in seine toten Zonen, bohre ihm einen Finger in den Bauch. Wir reden über die Atemschule von Caracarina: neben den Sandgräbern wird sie sich fünfzig Meter Strand von Gerardo mieten und zweimal täglich einen Atemkurs geben, Atemgymnastik. Sie läßt die Patienten stöhnen und gähnen und überzeugt sie davon, daß das Wichtigste im Leben das Atmen sei. Wir prägen gemeinsam den Lehrsatz: wer lange atmet, lebt lange.

Am Abend reden wir immer noch von Caracarina. Signor Ernesto hat ein Kind geschickt mit einem Briefchen, daß die Signora nicht mehr kommen wird. Warum? Kein Wort darüber, nur, daß sie nicht mehr kommen wird. Er will nicht, daß sie mit mir redet. Das muß es sein. Ich setze Paul auseinander, was ich von ihrer Methode halte, die sicher einiges für sich hat, aber warum dieser Fanatismus? Warum denn Atmen und nichts anderes? Warum denn diese eigene Engstirnigkeit, die sie anderen vorwirft. Warum geht das nicht unter Kontrolle vor sich, wo bleibt denn die Selbsterkenntnis! Merkt sie denn gar nicht, daß sie sich vor lauter Streben nach Leichtigkeit und Harmonie verkrampft? Sie hat doch überhaupt keine Distanz zu sich selbst! – Sie nimmt sich ernst. Paul bewundert das, sie glaubt an ihre Methode, sagt er, an ihre alleingesundmachende Methode, und da liegt das Geheimnis ihres Erfolges und das Geheimnis des Mißerfolges der anderen. Nimm den Dottore, der glaubt nicht an seine Erfolge, folglich hat er keine. Du nimmst dich auch nicht ernst! – Nein, und deshalb mache ich lebenslänglich die Kinderseite. Da sitzen wir beide und denken über das Geheimnis unseres Mißerfolges nach. Wir haben beide zuwenig Selbstvertrauen. Ich könnte ihm sagen, daß Selbstvertrauen und Selbstbewußtsein gelegentlich auch aus der gesunden Zufriedenheit erwächst, daß man seine Sache gut gemacht hat, so gut man konnte. Aber warum soll ich das tun.

– Ich könnte auch anders malen, sagt Paul, ich könnte auch bluffen, so was machen wie das Zyklopenmonstrum von Carlos. Das ist kein gutes Beispiel, ich meine: ich kann so und so malen, ich kann ganz einfach malen, mit Farben umgehen, verstehst du? Aber das genügt eben nicht. Man muß erkennen können, daß das meine Handschrift ist, meine Methode, an die ich glaube wie an ein Dogma. – Glaubst du nicht dran? – Solange ich den Pinsel in der Hand habe schon. – Das hast du fast den ganzen Tag! –

Ich müßte ihn jetzt loben und ermuntern. Warum kann ich das nicht? Er redet schon weiter, er wartet nicht länger auf meinen Zuspruch – man muß die anderen zwingen, die Welt zu sehen, wie man selbst sie sieht, sagt er, man muß eine suggestive Kraft haben, und die hat sie, diese Caracarina. Sie ist mir unheimlich – dir auch? – sie macht sich schmal wie eine Klinge, biegt sich, schnellt zurück, trifft. – Ins Herz des Drosselbarts! Wir lachen, aber nicht zwerchfellerschütternd, wir sind auch nicht lustig.

– Weißt du, was ich möchte? fragt Paul. Einen Sessel! Einen Ohrensessel, man kriegt Schwielen hier auf den Mauern und diesen Stühlen. Und du, was möchtest du? – Ein Badezimmer, mit heißem Wasser und mit weißen Frotteetüchern, ohne Käfer und Mücken. – Ein Telefon. – Eine ganz frische Morgenzeitung. – Einen Toaster. – Wir zählen uns unsere Wünsche auf, wie im Spiel, aber wir wissen natürlich, daß das Ernst werden muß, daß wir drüber reden müssen, was aus uns werden soll, wo dieser Toaster stehen soll, wo der Sessel, welche Morgenzeitung. Wir sitzen nebeneinander auf der Mauer, es ist Nacht, wir rauchen, schweigen lange. Wir haben Pullover an. Die Grillen zirpen nicht mehr. Die Katzen und die Pepis sind nicht mehr nächtelang unterwegs, auf Raub und Liebe aus, sex and crime. Meer und Himmel, und zwischen beiden die breite silberne Bahn des Mondes. Die dunklen Weingärten, die Lichter im Dorf. Das Gewohnte, das sich so sehr verändert hat. Andere Sternbilder über uns, andere Gerüche, andere Geräusche. Ein neues Kind weint im Schlaf, die Freunde sind fort. Wir nennen ihre Namen, und sie kehren zurück.

Es ist gut, daß tagsüber dieses Kommen und Gehen ist. Jolanda und Gelsomina, die Fremde, der Dottore, der Postbote, sie alle kommen zu uns, wir lernen es, zu zweit unter anderen zu sein, und wir lernen, allein mit uns zu sein. – Wir müssen ganz von vorn anfangen, sagt Paul, das ist schwer. – Wir können ganz von vorn anfangen, sage ich. Eine Chance, die wir nutzen müssen. Die meisten bekommen sie nicht, wenn sie alt sind wie wir. – Du hast mehr Mut als ich. – Und du hast mehr Ausdauer, dann muß es doch gehen.

Paul sagt – wir kriegen anderes Wetter. Der Wind dreht sich, er kommt nicht mehr von der Landseite, er dreht nach Süden, das wird Schirokko. – Du bist schon wie Cesare! – Du wirst sehen, wir kriegen anderen Wind. Komm, gehen wir schlafen.

Der Wind hat gedreht. Als wir am Morgen auf die Terrasse kommen, ist der Himmel bedeckt, hängt in flatternden Tüchern aus weißgrauer Gaze überm Meer. In der Luft ist Staub und Sand. Wie an dem Morgen, als Arne behauptet hat, es sei roter Wüstensand in der Luft, und sein Bettuch auf den Steinen ausgebreitet hat. Africanus, der Wüstenwind, hat er ihn immer genannt, Föhnwind. Ich erinnere mich nicht, ob wir den Wind schon auf unserem Film hatten oder nicht, wir wollten ihn im Maisfeld von Ernesto aufnehmen. Es ist drückend, ohne eigentlich warm zu sein, man schwitzt und fröstelt und ist gereizt. Wir gehen uns aus dem Weg. Paul versucht zu malen, ich schreibe Briefe, gebe mir Mühe, in meinem Zimmer zu bleiben und nicht herumzurennen wie eine aufgeregte Henne. Unten plärren die Kinder von Jolanda, mindestens drei haben schon Schläge bekommen, die anderen sind zur Schule, ich habe sie den Berg hinunterlaufen sehen, in ihren weißen, immer schmuddeligen Schulkitteln, die Jungen mit einer blauen Schleife am Kragen, die Mädchen mit einer rosa Schleife. Cesare steht unterm Feigenbaum und rührt Zement an, er panscht mit Mörtel und Wasser, siebt Dreck in eine Kuhle; es sieht aus wie Dreck, was er da durch ein Sieb schaufelt. Er hat Streit mit Jolanda, er will nicht bauen, er will nicht noch mehr Fremde im Haus haben, aber er will auch nicht das Gezänk seiner Frau hören, also schaufelt er und schweigt und antwortet ihr nicht, und das macht sie immer böser. Gelsomina ist ausgeblieben, sie kommt nicht mehr regelmäßig, sie ist jetzt die Braut von einem Dottore, die Eltern wollen nicht, daß sie noch bei uns arbeitet. Sie kommt nur noch zu Besuch, schwätzt ein Weilchen, zeigt uns, was der Dottore ihr geschenkt hat, greift gewohnheitsmäßig zum Besen und fegt die Terrasse, läuft wieder fort, macht dem Dottore einen Besuch. Sie scheint entschlossen, ihn zu den alten Methoden zu bekehren. Sie ist gewöhnt, daß die Männer hinter ihr her sind, und ausgerechnet sie gerät an einen, der sie nicht begehrt. Das geht gegen ihren Stolz. Nur ein Mann, der mit seiner Frau nicht zufrieden ist, macht Liebe mit anderen Männern. Das wird sie nicht auf sich sitzenlassen. Es kann nicht mehr lange dauern, dann macht sie aus diesem Zyniker ein Männchen. Wir beobachten ihre Fortschritte mit Genugtuung und Schadenfreude. Auch der Dottore kommt nur noch selten herauf, wir sitzen manchmal eine halbe Stunde zusammen auf der Piazza, trinken unseren Espresso, dann noch einen Aperitif, zu dem er uns einlädt. Er hat Carlos' Bild gekauft, er hat es gut honoriert. Paul hat Geld beiseite gelegt für unsere Rückfahrt.

Ich stehe auf, um die Kakteen zu gießen, mache mir in der Küche zu schaffen. Paul erscheint, wir rauchen beide eine Zigarette. Er kommt nicht zu Rande, er muß es aufgeben, er verdirbt das Bild nur, sagt er. Ich koche uns noch mal Tee, dann setzen wir uns in Carlos' Zimmer und legen ein Verzeichnis der fertigen Bilder an. Sie müssen Namen haben für den Katalog, sie müssen datiert und signiert werden. Wir haben die Staffelei aufgestellt und setzen ein Bild nach dem anderen darauf. Wir vergessen den Wind, wir trinken und rauchen und reden über die Bilder, sortieren nach erster, zweiter und dritter Wahl, nach Techniken. Am besten scheinen mir die Bilder in Aquatinta zu sein. Wir streiten uns, verständigen uns. Er wird die ganze Serie »Bilder aus Ischia« nennen, jetzt erst, unter dieser Überschrift, erkennen wir, daß er immer die Insel gemalt hat, getüpfelt, gestrichelt, im Gewölk seiner blauen Spiralnebel: immer unsere Insel. Die kleinen Formate sind besser, das sehen wir beide. Paul ist nicht großformatig. Warum etwas vortäuschen? Wir legen eine Preisliste an. Ein Bild soll Varani haben, schließlich verdankt Paul ihm und seinem Filmauftrag den Aufenthalt hier. Ich werde ihm einen erklärenden, entschuldigenden Brief schreiben. Ein Bild suche ich für mich aus, das unverkäuflich bleiben soll, ein Sonnenuntergang, ohne Sonne, aber ich sehe sie natürlich doch. Il tramonto. Er schreibt eine Widmung auf die Rückseite, schreibt ein Datum dazu, ich frage, was war das für ein Tag? – Der Tag meiner Rückkehr. – Er diktiert mir die Liste, wir fertigen mehrere Durchschläge an, die Bilder müssen durch den Zoll. Ohne daß wir darüber geredet haben, scheint sicher, daß wir bald reisen werden. Der Termin für seine Ausstellung rückt näher. Ich soll den Text für den Katalog schreiben.

Darüber sind Stunden vergangen, es ist Mittag vorbei. Wir haben noch nichts gegessen, ich müßte zum Einkaufen ins Dorf. Vielleicht gibt es Regen? Paul meint, daß es keinen Regen gibt, aber Sturm könnte es geben. Der zerrende Wind hat sich verstärkt, die Haarwurzeln tun einem weh, auf der Terrasse kann man es nicht aushalten. Wir setzen die Kaktustöpfe auf den Boden, damit der Wind sie nicht von der Brüstung wirft. Ich sehe aufs Meer, das tut man hier immer, wenn man nach dem Wetter ausschaut. Ich rufe Paul zu, ob er weiß, wo Arnes Glas ist, es scheinen Delphine draußen zu sein. Mit dem Fernglas erkennen wir es deutlich, es sind viele, es könnten auch springende Fische sein. Ohne Sonnenlicht sind sie beinah schwarz, sie scheinen groß zu sein. Sie tummeln sich etwa drei Kilometer südlich der letzten Grotte, Paul erklärt mir, wie er das berechnet, er nimmt den Zeigefinger als Maßstab, streckt den Arm weit aus, multipliziert.

Wir holen uns jeder ein Stück Brot, es ist noch Käse da, hungrig sind wir nicht, wir werden am Abend zum Essen zu Maria gehen und vorher in das Büro und uns erkundigen, ob das Boot früh um sieben Uhr zwanzig noch fährt, wir haben das Tuten nicht gehört, schon mehrere Tage nicht. Wir legen uns aufs Bett, beide mit Kopfschmerzen.

Ich muß sehr bald eingeschlafen sein. Jolandas Geschrei weckt mich. Die Haustür ist abgeschlossen, das hat Paul getan, damit sie nicht immer den kleinen Giovanni bei mir ablädt. – Signora! schreit sie unterm Fenster, Signora! Sie kann das so beängstigend rufen, daß man annehmen sollte, der Epomeo speie Feuer aus. Als ich den Kopf aus dem Fenster strecke, fängt sie vom Wetter an zu reden. Das Wetter wird schlecht! Das sehe ich doch selbst, dafür braucht sie doch nicht so zu schreien. Ich sage ihr, daß wir schlafen wollen, daß der Signore Kopfschmerzen hat; meine Kopfschmerzen würden sie nicht annähernd so beeindrucken wie die Kopfschmerzen eines Mannes. – Das Meer macht hohe Wellen, Signora! – Bis sie dann endlich sagt, daß jemand draußen ist! Wir hätten doch ein Fernglas. Raffaela sei eben nach Hause gekommen und habe es erzählt. Auf der Piazza sind schon hundert Leute! Sie sagen, daß es die Signora vom Avvocato ist, la tedesca! – Und wo ist der? – Niemand weiß das! – Ich beruhige sie: sie kann gut schwimmen! Sie ist Olympiaschwimmerin, sie ist oft weit draußen. Jolanda sieht mich zweifelnd an, als ob das nichts damit zu tun habe. Sie ist unsere Freundin! Sie ist eine Deutsche! Wir müssen uns darum kümmern. Paul hat sich schon angezogen, er packt mich beim Arm – red nicht so lange, komm! – Was sollen wir denn dabei tun? Wenn sie bei schlechtem Wetter schwimmen will, laß sie doch! – Halt den Mund, nimm deinen Pullover, komm! Das Fernglas! – Er ist aufgeregt, ich habe ihn noch nie so aufgeregt gesehen. Und

Jolanda schreit immer noch, daß es pericoloso sei und niemand wisse, wo der Avvocato sei, und daß ein schlimmes Wetter kommt, ob ich die Hühner gehört hätte, die gackerten immerfort, und die Kaninchen wollten nicht im Stall bleiben. Paul schickt mich noch mal zurück, damit ich meinen Bademantel hole, ich renne die Treppe wieder hinauf, er rennt sie hinunter.

Auf der Piazza und auf der Mole drängen sich die Leute zusammen, sie scheinen auf uns gewartet zu haben. Auf einmal tun alle, als seien wir für die Fremde zuständig. Sie ist doch vernünftig genug, sage ich zu Paul, sie weiß doch, was sie sich zumuten kann. Wer lange atmet – ich komme nicht dazu, den Spruch zu Ende zu bringen, er fährt mich an – halt den Mund! Es ist ernst, siehst du das nicht, siehst du das den Leuten nicht an?

Paul spricht mit den Fischern, sie stehen mit den Händen in den Hosentaschen. – Nein, das hat keinen Zweck, mit dem Boot jetzt rauszufahren, ihre Boote sind zu leicht, es ist gefährlich, sie haben nicht die richtigen Boote. Ob er nicht sähe, daß sie die Boote schon reingeholt hätten, aufgedockt. In anderen Orten auf der Insel gäbe es eine Wasserpolizei, hier nicht. Man könnte dort anrufen mit dem Telefon, solange die Leitung nicht gestört sei. Die Polizei habe einen Helikopter, mit dem sie auf dem Wasser landen könnte, aber dafür ist es schon zu spät. Sie ist schon zu lange draußen, sie schwimmt immer weiter, sie haben schon gehupt, mit der Sirene von Antonios Boot.

Paul erklärt, daß er mit dem Boot von Signor Ernesto rausrudern wird. Keiner widerspricht, keiner sagt, daß er mitkommt. Paul sieht einen nach dem anderen an, den alten Capitano, Salvatore, Fernando, sie haben alle Boote. Keiner rührt sich. Ich rede auf Paul ein, es ist wahnsinnig, was er tun will, er kann nicht ordentlich rudern, er hat überhaupt keine Erfahrung, er kennt das Boot nicht. Er läuft bereits über die Mole, ich laufe nebenher. Er ruft mir zu – begreifst du nicht, sie ist dir ähnlich!

Ich renne zurück, vergesse, daß ich am Morgen noch über meine Knie geklagt habe, die Gasse hinauf, zum Haus von Ernesto. Das Tor zum Höfchen steht auf, aber die obere Tür, die ins Haus führt, ist verschlossen. Ich hämmere mit den Fäusten dagegen, niemand macht auf, man hört mein Klopfen kaum, weil der Wind an den Jalousien rüttelt. Ich nehme die schweren Blumentöpfe und schmettere einen nach dem anderen, so fest ich nur kann, gegen die Tür. Davon geht sie nicht auf, aber irgend etwas muß ich ja schließlich tun. Die Nelkentöpfe, die zu schwer sind, kippe ich die Marmortreppe hinunter. Dann öffnet sich die Tür einen Spalt. Pipistrella will ihre Blumen retten. Sie fuchtelt mit ihren dünnen Ärmchen durch den Türspalt, ich klemme einen Fuß dazwischen, dränge mich vorbei. Der Drosselbart ist in dem großen Zimmer, in dem wir gegessen haben, er glotzt mich mit seinen kleinen Augen an, er ist betrunken, aber das hilft ihm gar nichts. Ich nehme ihm die Flasche weg, drohe ihm damit: Wenn er nicht sofort kommt und hinausrudert und seine verdammte Carina rettet und Paul rettet, zerschmettere ich diese Flasche auf seinem Kopf. So rasch, wie ich jetzt reden muß, kann ich nicht französisch sprechen, ich schreie ihn an, italienisch, deutsch, wie mir die Worte in den Mund kommen. Er glotzt, hält sich mit beiden Händen an der schweren Tischplatte. Er hat haarige Hände, Pranken wie ein Bär, er faßt nach der Zigarettenschachtel, ich bin schneller, habe sie in der Hand, werfe sie in die Ecke. Allmählich dämmert mir, er weiß, daß sie draußen ist, und daß er sie nicht zu retten gedenkt. Die Jalousien sind halb geschlossen, es ist fast dunkel in dem Raum. Als er sich aufrichtet, am Tisch hält und dann mit tappenden Schritten auf mich zukommt, kriege ich Angst und springe ihn an, werfe die Flasche fort und hänge mich an seinen Hals. Er ist weniger betrunken, als ich dachte, er schiebt mich an den Ellbogen von sich fort – lieben Sie ihn? – Ich schreie ihn an – ja, ja! Und er kann nicht rudern, und er kann nicht gut schwimmen!

Als wir die Treppe ins Höfchen hinuntergehen, ist die Pipistrella schon dabei, die Scherben und die Erde zusammenzufegen. Sie droht mir mit einem ausgerissenen Nelkenstrunk: immer mache ich alles kaputt! Sie stößt Verwünschungen aus, gegen mich, gegen diese Fremden. Ich laufe wie ein Hund ein Stück vor, bleibe stehen, laufe wieder vor. Ernesto geht, wie er immer geht, nicht einen Schritt legt er zu. Als ich sicher bin, daß er zum Boot kommt, renne ich die Mole entlang. Keiner ist bei Paul, der plagt sich noch mit dem Boot ab, er kriegt es allein nicht ins Wasser, Schweiß rinnt ihm übers Gesicht, sein Hemd ist schon durchnäßt. Ich schreie gegen den Wind an, daß er warten soll, daß wir kommen. – Warum willst du das tun, Paul? Keiner will es! Er kommandiert, wir zerren gleichzeitig, jeder an einer Bootsseite. Ich bin vom Laufen außer Atem, ich habe gar keine Kraft, meine Beine zittern. – Ich komme mit, Paul. Wenn ihr rausfahrt, komme ich mit. – Du bleibst! –

Signor Ernesto ist da, er greift ins Boot, zieht zwei gekufte Holzklötze hervor, legt sie unter den Kiel, und in den Kufen gleitet das Boot leicht durch den Sand. Paul springt hinein, Ernesto stößt ab, er hat Bärenkräfte. Er macht die Ruder fest. Ich bücke mich, nehme beide Hände voll Steine und werfe sie hinterher ins Wasser. Ich bin fast ohnmächtig vor Hilflosigkeit. Ernesto rudert allein, im Stehen, das Boot kommt unglaublich schnell vorwärts, solange es noch im Windschutz des Berges ist. Paul sucht mit dem Glas das Meer ab. Mit bloßem Auge sieht man nichts mehr außer Wellen und Gischt. Ich weiß nicht, ob er die Delphine noch sieht. Sie halten den Kurs dorthin, wo wir vorhin die Delphine gesehen haben. Ich fange an zu rufen – Komm wieder! Komm wieder! Ich laufe ein Stück weiter, klettere über die Steine, damit ich das Boot so lange wie möglich sehen kann, es taucht auf, geht unter, taucht auf. Ich bin nicht mehr hier unten am Berg gewesen, seit wir unseren Film begraben haben, da hat alles angefangen, an dem Tag. Ich hasse dieses Meer, diese Insel, ich stoße Verwünschungen aus. Ich mache mir Luft. Hinter mir räuspert sich jemand. Der Doktor. Er rät mir, zwei Steine zurückzukommen, er sei ein schlechter Lebensretter, er würde sehr ungern nach mir tauchen. – Kommen Sie her! Er reicht mir die Hand, zieht mich auf den nächsten Stein – noch ein Stein! Und jetzt setzen wir uns beide ganz ruhig hier hin und warten. Zusammen. – Ich werde mich nicht hinsetzen! Ich springe ins Wasser! Ich will nicht schon wieder übrigbleiben! – Ich habe mir sagen lassen, daß früher in solchen Augenblicken die Frauen für die Rettung ihrer Männer gebetet haben und einen Topf mit Wasser auf den Herd gesetzt und ein Licht ins Fenster. Er sagt das ohne seinen zynischen Unterton, wie jemand, der bedauert, daß er selbst nicht daran glauben kann. Er hat seinen Schal um den Hals gebunden, schiebt ihn in die Jacke, der Wind reißt ihn immer wieder los.

Antonio ist auf sein Boot gegangen und läßt seine Schiffssirene heulen, einmal, zweimal, dreimal. Dann läuten die Glocken. – Sie sind noch nicht tot. Warum läuten sie denn schon? Sie sollen aufhören, aufhören, aufhören! Ich schlage mit den Fäusten an die Felswand. Der Doktor hält mir die Handgelenke fest. – Wie lange sind Sie eigentlich schon auf der Insel? Es läutet wie an jedem Abend. Das Aveläuten. Glauben Sie denn, daß Ihretwegen gleich alle Glocken läuten. So wichtig sind Sie nicht. – Ich hasse ihn! Er sagt – ich werde Ihnen eine Spritze geben, wenn Sie nicht so viel Selbstbeherrschung aufbringen, wie jetzt nötig ist. Ich habe die Tasche hier, für alle Fälle, daran soll es nicht liegen. Aber es wäre besser, wenn Sie keine zusätzlichen Schwierigkeiten machten. Drei Menschen in Lebensgefahr, das ist genug. Spielen Sie sich doch nicht in den Vordergrund. Sie sind gar nicht dran. Sie benehmen sich wie ein Kind! – Wie ein halbes Kind, Dottore, wie ein halbes Kind, das hat man mir schon öfter gesagt. – Er bringt mich zur Raison, bringt mich so weit, daß ich mich auf einen Stein setze und an den Felsen lehne. Der Wind kann nicht an uns heran, wir hören ihn nur. Das Boot ist längst nicht mehr zu sehen, der Doktor steht und schirmt die Augen mit den Händen, ich frage manchmal – sehen Sie etwas? Er schüttelt den Kopf. Antonio tutet wieder, die Glocken haben aufgehört zu läuten. Beim ›Pescatore‹ gehen die Lichter an, Luigi macht Licht, alle laufen in ihre Häuser und machen die Lichter an, und dann stehen sie wieder vor Luigis Tabakladen und reden, über diese Stranieri, die immer Schwierigkeiten machen, immer passiert etwas, sie sind leichtsinnig, stupido! Dumm sind sie! Die Polizei wird kommen, man wird es in der Zeitung schreiben, das ist nicht gut für das Dorf. Salvatore trägt die Kübel mit den Lorbeerbäumchen unter die Arkaden, demnach rechnet er damit, daß der Sturm noch zunimmt. Wenn es nur Regen gäbe! Margherita hat längst schon die Hüte von ihrem Feigenbaum gepflückt. Der Hund von Fernando rennt hinter einem Pappkarton her.

Der Doktor erzählt mir Geschichten. – Jetzt wäre doch die beste Gelegenheit dazu, daß ich Ihnen endlich mal die Geschichte von diesem Avvocato erzähle, sagt er. Es hat sie Ihnen noch keiner erzählt? Die Leute hier reden nicht darüber, nicht mit den Fremden, aber wenn man lange genug da ist, dann sickert das durch. Wenn man oft genug fragt, durchlöchert man ihre Vorsicht. Es ist eine Ballade. Eine Schauerballade! – Versuchen Sie doch nicht, mich abzulenken, Dottore! – Doch, das versuche ich, und es wird mir auch gelingen. Ich halte viel von Ablenkung, wenn man nichts Nützliches tun kann. Es schont die Nerven, und die brauchen Sie wahrscheinlich noch in dieser Nacht. Ich habe alles vorbereitet. Wir können jetzt nur warten. Ich war

Unfallarzt. – Unfallarzt? Aber doch nicht hier. – Nicht hier, aber auf Unterkühlungen verstehe ich mich, auf ertrunkene Selbstmörder auch. Falls ein Hai diese Person angefallen haben sollte, verstehe ich mich notfalls sogar auf eine rasche Amputation. Wie nannten Sie das neulich so richtig? Ein Kriegsteilnehmer, da bekommt man eine gewisse Vielseitigkeit. – Wenn sie nur erst zurück wären! – Wenn sie nur erst zurück wären. Er wiederholt das, er versucht keine Sprüche zu machen, keinen faden Trost anzubringen. – Bis dahin werde ich Sie ablenken. – Es ist egal, was Sie tun, schweigen Sie, reden Sie, aber bitte bleiben Sie bei mir! – Selbst, wenn Sie es nicht wünschten, würde ich nicht gehen, ich gestatte mir, Ihnen nicht zu gehorchen. Diese Geschichte hat die verschiedensten Variationen im Laufe der Jahre durchgemacht. Ich finde die am einleuchtendsten, die ich Ihnen gleich erzählen werde. Im Dorf nennt man Signor Ernesto ›avvocato‹; das klingt unglaubwürdig, aber er ist wirklich ein Jurist. Er hat in Paris studiert. Sein Französisch ist einwandfrei. Er soll auch einige Semester in Deutschland verbracht haben. Er war wohlhabend, sein Vater besaß große Güter, Weinberge, Olivenhaine, Zitronengärten. Die Eltern sind beide früh verstorben, später führte ihm seine ältere Schwester den Haushalt, ja, diese kleine alte Person, die immer noch bei ihm ist. Es gibt noch eine Schwester, die bald nach Kriegsende einen Amerikaner geheiratet hat, sie lebt in Los Angeles. Sie war nie mehr hier. Ernesto hatte eine Anwaltspraxis in Napoli, Avvocatura, heißt das hier, sie ist immer mit einem Notariat verbunden. Er war ein glänzender Redner, er muß sehr gut ausgesehen haben, heiter, reich, er hatte viele Freunde, die mit ihm die Sommermonate auf der Insel verbrachten, zur Jagd gingen, zum Fischen, man feierte Feste. Er kam auch zu Ostern, im April schießt man hier Wachteln. Ein paar Stunden Bootsfahrt, und dann öffnete sich seine Casa antica, die den Winter über verschlossen war. Er war Junggeselle, etwas anderes als käufliche Liebe wird er nicht gekannt haben. Er hätte von den Erträgnissen seiner Weinberge und Obstgärten leben können, doch er hat sie verpachtet, behielt sie aber unter Aufsicht. In jedem Jahr fuhren zwei Schiffe mit seinem Wein nach Viareggio, dort stand er mit einem Weingroßhändler in Geschäftsbeziehungen. Seine Weinberge und Gärten waren in guter Ordnung, er kontrollierte sie ein paarmal im Jahr, kam selbst zur Weinlese, es heißt, daß er selbst gekeltert habe. Es wird gleich interessanter, Moment. In einem Sommer taucht im Dorf eine Fremde auf. Man hat sie hier nie anders als ›la tedesca‹ genannt. Damals kamen wenig Fremde hierher, keine Ausländer. Wenn sich aber einer hierher verirrte, vernarrte er sich in dieses Fischernest, in dem es keine Straßen gibt, keinen regelmäßigen Bootsverkehr. Sie schwärmten so lange davon, bis es geworden ist, was es heute ist: ein Tummelplatz für Leute mit einem Spleen. Die anderen fahren rasch wieder ab, es ist immer noch nichts los hier, trotz des Nightclubs. ›La tedesca!‹ Sie soll sehr schön gewesen sein, blond natürlich. Sie war nur für ein paar Stunden hierher gekommen, mit einem Segelboot, von Porto aus. Sie ist dann jeden Tag gekommen, oft haben sie sich auf halber Strecke getroffen, er ist ihr entgegengesegelt. Eine höchst romantische Liebe, unter Sonnensegeln, in verlassenen Buchten. Der Schiffer, der ›la tedesca‹ über Mittag holte, war bestechlich und diskret. Angeblich wohnte sie mit ihren Eltern in einem Hotel in Porto. Die Eltern waren sehr streng. Sie hat ihrem Liebhaber gesagt, daß der Vater niemals einwilligen werde, daß sie einen Italiener heirate. Das hat vermutlich seinen Stolz getroffen, er war ein Neapolitaner. Er war ein Advokat, er hatte an den größten Universitäten studiert, natürlich hatte er seine Examen in Bologna gemacht, er war gebildet, aus einer angesehenen Familie. Er war entschlossen, diese Frau zu heiraten. Er konnte ihr ein glänzendes Leben bieten, eine elegante Wohnung in Napoli, mit allem modernen Komfort, und diese Casa antica, mit aller erdenklichen Romantik. Landgüter, Reichtümer, er würde mit ihr reisen, er würde Feste für sie veranstalten. Er versprach ihr den Himmel auf Erden, und er versprach ihr nicht zuviel. Er war entschlossen, das zu halten, er war ein ehrenhafter Mann. Und jetzt kommen wir schon an eine Stelle, wo die Gerüchte auseinandergehen. War er nun nach Porto gefahren, um ihre Eltern aufzusuchen und offiziell um deren Heiratsbewilligung zu bitten und ihnen persönlich seine wirtschaftliche und gesellschaftliche Lage darzustellen, was ja durchaus passend gewesen wäre, oder ist der andere ihm zuvorgekommen und eines Tages in der Casa antica erschienen und hat ›la tedesca‹ aufgespürt, also in flagranti.

Ernesto muß ihn, den Deutschen, für einen Rivalen gehalten haben, was er in gewisser Hinsicht auch war. Er hat ihn erstochen. Wo das geschehen ist, weiß niemand zu sagen. Ein Jurist, der in Napoli seine Praxis ausübt, weiß, wie viele Stiche nötig sind, damit ein Mord als ein passionelles Delikt gelten kann. Aber er hat wahrscheinlich gar nicht als Jurist zugestochen, sondern als beleidigter, betrogener Mann. Die einen sagen, daß es sieben Stiche gewesen wären, die andern schwören auf siebzehn Stiche. Haben Sie nie gehört, wenn die Leute hier sagen: siebzehn Stiche wie Ernesto? Das ist ein Sprichwort geworden, sie benutzen es beim Kartenspiel, aber auch, wenn jemand von den Zanzare gehörig zerstochen wurde. Signor Ernesto hat bis zur Stunde der Tat nicht gewußt, daß ›la tedesca‹ verheiratet war und daß er ihren Mann erstochen hat. Es hat eine dieser dramatischen Verhandlungen gegeben, wie man sie in Süditalien liebt. Ich habe die Leute in Verdacht, daß sie die Messerstechereien wegen dieser herrlichen Gerichtsverhandlungen anzetteln; sie genießen sie wie eine Theateraufführung, viel mehr natürlich! Eine Art Stierkampf. Ich zweifle daran, daß diese Verhandlung wirklich in Napoli stattgefunden hat, dort war er am Gericht zugelassen, dort hatte er zu viele Freunde, vermutlich auch zu viele Feinde. Er führt einen alten Namen. Es kam darauf an, daß man den Mord als »delitto d'amore« ansah. Dahingehend mußte auch die Volksstimmung gelenkt werden, die am Ende den Ausgang eines Verfahrens bestimmt. Die Verhandlungen schleppten sich hin, es hätte zu einem Freispruch führen können, wenn »la tedesca« seine Frau gewesen wäre und er ihren Liebhaber erstochen hätte. Bedauerlicherweise war das Umgekehrte der Fall. Eine weitere Schwierigkeit war, daß es sich um einen Ausländer handelte. Ich ahne nicht, wie damals die Stimmung für die Deutschen war, schlecht vermutlich, das wird ihm zugute gekommen sein. Das Jahr weiß ich nicht, aber es kann nur in einem der ersten Nachkriegsjahre gewesen sein. Wahrscheinlich gab es nicht mal eine konsularische Vertretung. Es kam lange Jahre nicht zu einem Urteilsspruch, er blieb in Untersuchungshaft. Und dann muß man es vertuscht haben, oder es ist eine der vielen Amnestien gekommen. Andere reden von Bestechung, weil er kein Geld mehr besaß, als er wieder auftauchte. Er zog in seine Casa antica, wie sie damals schon genannt wurde, diesmal für immer. Er soll das Dorf nicht mehr verlassen haben seitdem. Seine juristische Laufbahn war beendet, alles war damit beendet. Sie haben es gesehen. Er lebt vom Verkauf der Weinberge und Gärten, er hat den Pächtern gekündigt, sie haben ihn wohl betrogen, während er in Haft war, er bewirtschaftet nichts mehr, die Trauben verfaulen, die

Oliven, falls sie nicht gestohlen werden. Er verkauft einen Garten nach dem andern, an Fremde, die hier bauen wollen. Er bemüht sich nicht einmal um einen hohen Quadratmeterpreis, das nehmen ihm die anderen, die auch gern verkaufen wollen, übel. Es heißt, er sei immer betrunken gewesen, wenn er ein Stück Land verkauft habe. Wenn er sich nicht bald zu Tode trinkt oder zu Tode raucht, wird er auch noch seine Casa antica verkaufen müssen. Haben Sie sich mal seine Augen angesehen? Beginnende Leberzirrhose. Haben Sie mal gehört, wie er atmet? Eine Raucherlunge. Er hat eine Bärennatur, sonst hätte er das nicht solange durchgehalten. Er hat sich in den Jahren, in denen ich ihn jetzt kenne, nur unwesentlich verändert.

Der Doktor redet nicht weiter. Ich frage – und sie? Was ist aus ›la tedesca‹ geworden? – Genaues weiß kein Mensch. Die einen sagen, er hat sie von den Klippen gestoßen, am Salto mortale, über den Grotten, hinter dem Torre; ob diese Klippen schon früher so hießen, ahne ich nicht, sie haben für jede Klippe und jeden Quadratmeter Land einen Namen. Andere behaupten, daß sie ins Meer hinausgeschwommen sei, wie an anderen Tagen, sie soll leidenschaftlich gern geschwommen haben, und da müsse sie von einem Haifisch angefallen worden sein. Es hat in jenen Jahren häufiger als heute Haie hier gegeben, jetzt fangen sie nur ab und zu einen Katzenhai, der tut nicht viel, aber damals kamen die großen Haie, die Blauhaie, hinter der amerikanischen Flotte her aus dem Atlantik. Sie ist in Napoli stationiert. Sie haben das sicher gesehen. Es gibt viele solcher Haigeschichten. Vielleicht ist sie auch mit dem nächsten Schiff abgereist, was ich glaube. Ihr Mann liegt oben auf dem Friedhof, gleich neben dem Eingang. Um das Grab hat sich keiner gekümmert. Aber sie kümmern sich hier ja nicht einmal um die eigenen Toten. Salvatore behauptet, sie sei vor ein paar Jahren noch mal hier gewesen, er könne es beschwören, mit einer Reisegesellschaft. ›Giro dell'Isola‹, mit dem Nachmittagsboot. Sie habe bei ihm einen Campari getrunken und sich nicht von der Piazza gerührt. Es sei der Sommer gewesen, in dem er die Schaukeln aufgestellt habe, er wisse genau, wo sie gesessen habe, keinen Schritt habe sie getan. Er hat aufgepaßt. Nicht zur Casa antica, nicht auf den Friedhof, nicht mal zum Torre, wohin doch alle Fremden gehen, um zu fotografieren.

– Sollte mich die Geschichte beruhigen, Dottore? – Das habe ich nicht versprochen, ablenken habe ich gesagt. – Das hat sie getan, danke! Haben Sie nun doch eine Zigarette für mich? Er bedauert das, denn er raucht nicht. — Nie? — Nie! — Aus Prinzip? — Trauen Sie mir Prinzipien zu? — Nein, ich mache nur Konversation, um mich abzulenken. — Schade, ich dachte schon, Sie hätten sich für mein Befinden interessiert. Aber warum sollten Sie? Eine leidlich ausgeheilte Tbc, eine Kriegserinnerung, sie schränkt meine beruflichen und alle anderen Möglichkeiten ein. — Ist das hier das Richtige für Sie? Ist das nicht zu heiß in den Sommermonaten? — Die Luft ist trocken, das ist angenehm für mich. Ich halte mich ruhig, die Wohnung ist kühl, ich arbeite wenig. — Und Gelsomina, weiß sie das? — Nein, warum soll sie das wissen. Sie ist gesund für zwei. Wenn ich früher sterbe als sie, was in jedem Falle anzunehmen ist, bleibt sie als Witwe eines Dottore zurück, sie ist dann ein gehöriges Stück auf der sozialen Leiter heraufgekommen. Ich hoffe, auf nicht allzu unangenehme Weise. — Was soll ich dazu sagen, Dottore? — Sie sollen gar nichts sagen, wir unterhalten uns und lassen die Zeit vergehen. Er wirft einen Blick auf seine Uhr, verstohlen, aber ich habe es gesehen – wie lange sind sie schon draußen? – Kaum mehr als eine Dreiviertelstunde, es kommt einem nur viel länger vor. – Ich weiß, wie lange wir unterwegs waren, nur um diese Blechschachtel in der Grotte auszusetzen, und da war weniger Wind, da war es hell. — Ernestos Boot ist gut, sagt der Dottore, es ist schwerer, es ist noch eins von den alten Booten. Er gilt als guter Ruderer, er ist stark und wendig, außerdem hat er Verstand. — Außerdem war er betrunken! — Nicht mehr als sonst.

Gelsomina kommt angelaufen, barfuß, die Schuhe in der Hand turnt sie behende über die Steine. Sie bringt uns eine Taschenlampe, sie plappert, daß der Fahrer vom Omnibus alles erzählt hat, da ist sie gleich hergekommen, es hat sie wer mitgenommen im Auto. Was für ein Unglück, Madonna! Der Doktor befiehlt ihr, still zu sein, noch sei kein Unglück geschehen. Sie schmollt, er läßt sie schmollen. Sie will sich zu uns setzen, aber er schickt sie weg. Sie soll in seiner Wohnung auf uns warten, sie soll einen Topf mit Wasser aufsetzen, den größten Topf, den sie findet, sie soll das Bett richten, falls die Signora sich nicht gut fühlt. Er gibt ihr noch mehr Aufträge, sie sieht ihn aufmerksam an, bemüht, alles zu verstehen und zu behalten. Sie läßt uns die Lampe da, der Dottore leuchtet ihr. Sie klettert über die Steine, schlüpft wieder in die Schuhe, wir hören sie über die Mole klappern, dann ist es still, keiner scheint sein Radio angestellt zu haben. Antonio hupt wieder, der Wind, das Rollen der Wogen. Ich versuche, dem Dottore von der Fremden zu erzählen, aber ich weiß zu wenig, es gibt keine Geschichte, er weiß mehr als ich. Er weiß, daß sie viele Briefe bekommen hat, immer mit derselben Handschrift, die letzten sind per Expreß gekommen. Gestern ein eingeschriebener Brief. Die Pipistrella hat erzählt, daß sie die Briefe nicht liest, sie wirft sie alle ungeöffnet in ihren Koffer. – Hier werden alle ein bißchen verrückt. – Er bestätigt das: alle! – Ich kriege so was wie ein Lächeln zustande. Er besieht sich die Narbe an meinem Mund, leuchtet sie mit der Taschenlampe an, schirmt das Licht mit der Hand ab, damit es mich nicht blendet. Er erklärt mir ausführlich, was für Nähte er gemacht hat, die Platzwunde auf dem Kopf hat er mit einem Matratzenstich genäht, er macht mir vor, wie man eine Matratzennaht anlegt, und am Mund, das ist eine Knopfnaht, die ist schwierig, er zeigt mir die Knötchen. Es vergehen noch mal zehn Minuten. – Woher können Sie das, anderen die Zeit vertreiben? – Wollen Sie das wirklich wissen? Ich mache viel Nachtdienst in den Kliniken, man gibt der Vertretung gern die unangenehmen Pflichten, die hoffnungslosen Fälle. Die meisten Menschen sterben nachts. Ich setze mich zu ihnen, Dienst habe ich sowieso, wo ich nun sitze, die Zimmer des diensthabenden Arztes sind nicht viel gemütlicher als die der Todeskandidaten. Ich denke mir, daß sie nicht gern ganz allein sind. Ich erzähle ihnen so meine Geschichten, von anderen Leuten. Dies hier heute abend, das wird eine großartige Geschichte, die kann ich so erzählen, daß sie mindestens eine Stunde dauert. – Sie wollen doch gar nicht wieder an eine Klinik. – Richtig! Ich will ja hier bleiben, an einem Ort, wo solche Geschichten passieren. – Sie Axel Munthe! Beten Sie auch mit denen, die Angst haben? – Ja, das tue ich, sogar wenn sie es nicht wollen. – Glauben Sie denn, daß beten etwas nutzt? – Ich weiß es nicht. Ich wollte, ich wüßte es, aber ich habe auch noch nie das Gegenteil gehört, daß es jemandem geschadet hätte, und die meisten Dinge, die wir tun, schaden auch noch. Das ist schon viel, was meinen Sie? – Beten Sie für mich, Doktor! – Nicht für Sie, warum denn für Sie? Für die da draußen, die haben es nötiger. – Ich verstehe Sie nicht. – Aber das wollen Sie doch auch gar nicht. Sie geben sich doch gar keine Mühe. – Später fragt er mich – meinen Sie, daß die Kleine, Gelsomina meine ich, bei mir bleiben wird, daß sie nicht wegläuft und Angst hat, ich habe nämlich große Angst vorm Sterben. – Sie bleibt! – Ich glaube auch, daß sie das tut.

– Die letzte Geschichte habe ich schlecht erzählt, sagt er, ich bin ein Stümper, ich war schon besser, glauben Sie mir das, aber dann war es hoffnungslos, und heute ist es nur ernst. – Ernst? Ernesto, Ernst, aber nicht ganz ernst, das fällt mir wieder ein, das hat die Fremde gesagt, als sie den Avvocato zum erstenmal gesehen hat. Ich erzähle ihm das. – Man kann das als gutes Omen ansehen! – Glauben Sie etwa an so was? – Ich glaube nicht nur daran: es war eins. Er steht auf, er schaltet die Taschenlampe aus. Man kann das Boot mit bloßem Auge erkennen, es sind drei Leute drin. Ich beiße mir die Knöchel kaputt, um nicht doch noch zu heulen, der Doktor klopft mir auf den Rücken – schon gut, sagt er, es ist doch alles gut. Jetzt wollen wir mal sehen, ob wir außer warten noch was anderes können.

Wir sitzen im Behandlungszimmer des Doktors. Der hohe, kahle Raum ist angenehm durchwärmt. Gelsomina hat schon vor einer Stunde die Bestrahlungslampe, mit der er immer heizt, eingeschaltet. Wir haben alle einen Teller Suppe gegessen. Maria ist mit einem dampfenden Topf Gemüsesuppe angekommen, und Gelsomina ist gelaufen und hat Teller und Löffel geholt. Als Salvatore das gesehen hat, ist er gegangen, um uns einen Espresso zu bringen.

Signor Ernesto hat das Haus des Doktors zunächst nicht betreten wollen. Aber dann hat er den ärztlichen Anordnungen gehorcht wie wir anderen auch. Er hat Carina auf seinen Armen hereingetragen und auf die Chaiselongue gelegt. Gelsomina stand schon da mit ausgebreiteten Decken. Sie hatten ihr meinen Bademantel übergezogen. Sie hält die Augen geschlossen, liegt unbeweglich, der Doktor fühlt den Puls, schiebt die Augenlider auseinander. – Alles in Ordnung, soweit man das sehen kann. Es wäre gut, wenn sie bald zur Ruhe käme. Notfalls kann ich ihr eine Spritze geben. – Nein, sagt sie und richtet sich auf. Ich will meinen Badeanzug ausziehen und einen Kaffee trinken. Sie sei uns eine Erklärung schuldig. Paul sagt – Sie sind uns nichts schuldig.

Der Dottore macht im Nebenzimmer Licht, sie verläßt das Zimmer, schwankt, Gelsomina stützt sie. Signor Ernesto sagt, daß er gehen wird, für ihn sei hier nichts mehr zu tun, er müsse nach seinem Boot sehen. Der Doktor hakt die Fensterläden fest. Der Wind fegt ins offene Geviert der Piazza, heult auf. Vor der Tür stehen immer noch Leute und wollen hören, wie es der Fremden geht, sie heißt nicht mehr anders als »la tedesca«. Jolanda kommt, schließt uns in die Arme, sie war sehr in Sorge, immer machen wir ihr Sorge! Sogar Cesare ist gekommen. Das wird eine schlimme Nacht, sagt er. – Wird es Regen geben? – Später vielleicht; noch nicht. Aber der Wind! Viel Wind! Signor Ernesto kehrt zurück, die Fischer haben sein Boot bereits hochgezogen und aufgedockt. Die Wellen haben jetzt den gepflasterten Pfad über der Mole erreicht. Gelsomina läuft mit dem Topf und den Tellern los, damit Maria ihr Geschirr wiederbekommt. Sie läuft den ganzen Abend und die halbe Nacht immer irgendwohin, alle schicken sie, sie steht schon sprungbereit. Ihre Backen glühen, ihre Haare hängen ums Gesicht. Alle ihre guten Eigenschaften kommen jetzt zutage. Sie ist rasch, hilfsbereit, geduldig. Ich sage es dem Dottore; sie ist ein nettes Mädchen, er wird eine gute Frau bekommen. – Wenn sie nur auch einen guten Mann kriegt. – Ich bin sicher, daß sie das tut.

Carina kommt wieder ins Zimmer, sie hat den Bademantel des Doktors an, der ihr bis zu den Füßen reicht, ein Paar Sandalen von ihm, ein Handtuch um das nasse Haar geknotet. Sie setzt sich in den Stuhl, der direkt unter der Bestrahlungslampe steht. Der Doktor gibt Gelsomina einen Wink, sie springt gleich wieder, um der Bogenlampe eine andere Richtung zu geben. Carina verbietet ihr das. Nein, so will sie sitzen, wie sie jetzt sitzt, im vollen Licht, wie eine Angeklagte. Sie hat das Zeug zu einer Märtyrerin. Ihr Benehmen reizt mich. Sie soll sich entschuldigen, sie soll sagen, ob sie tatsächlich schwimmen wollte, bis sie vor Erschöpfung unterging oder bis sie ein Haifisch anfiel, irgendwas muß sie ja sagen, sie hat schließlich zwei Menschen in Gefahr gebracht. Bloß nicht diese Schaustellung! Signor Ernesto steht noch neben der Tür, er macht seine übliche Verbeugung und will gehen, ohne sie. Aber da befiehlt sie – bleib! Und er bleibt, zieht sich einen Stuhl in eine dunkle Ecke und raucht. Seine Hosen sind durchnäßt. Auch Paul sitzt noch in seinem nassen Zeug, keiner tut hier das Vernünftige. Warum sorgt der Dottore nicht dafür? Aber der ist ja auch so ein Halbverrückter. Alle gehorchen wir dieser hysterischen Person, die aufrecht, mit zurückgeworfenem Kopf unter der Lampe sitzt, die Knie eng zusammen, die Füße nebeneinander, die Ellenbogen an die Flanken gepreßt, irgendeine ihrer verrückten Atempositionen. Ihr Gesicht ist vor Anstrengung, Übermüdung und Konzentration verzerrt wie an dem Tag, an dem sie angekommen ist, nur daß die Haut jetzt dunkel ist wie nasser Lehm. Sie sieht der Reihe nach alle an mit ihren hypnotisierenden ungleichen Augen, die im Licht flattern. Sie spricht langsam, damit uns keines ihrer Worte entgeht, sie scheint diese Verteidigungsrede seit langem vorbereitet zu haben. Sie hat sie vermutlich jeden Tag sich selbst gehalten. Alle haben wir so einen Ankläger und einen Verteidiger in uns sitzen.

– Am Tag, als ich auf die Insel gekommen bin, sagt sie, und das wiederholt sie fortwährend, nach jedem fünften Satz sagt sie: am Tag, als ich auf die Insel gekommen bin, als sei das eine Zäsur in der Geschichte der Insel. – Am Tag, als ich auf die Insel gekommen bin, hat einer zu mir von den Delphinen gesprochen, die auftauchen, wenn Sturm aufzieht. Zweimal bin ich bis in ihre Nähe geschwommen und umgekehrt, heute bin ich nicht umgekehrt, ich wollte mit den Delphinen ziehen. Ich habe versucht fortzugehen, zweimal habe ich das versucht. Ich hatte eine Rückfahrkarte. Er hat mich nicht fortgelassen, er hat die Türen verschlossen, er hat mich mit seinen Armen festgehalten. Er hat mir den Mund verschlossen, ich habe ihm nicht sagen können, warum ich fort muß. Ich habe Briefe erhalten, und ich habe sie nicht gelesen. Am Tag, als ich auf die Insel gekommen bin, hat einer gerufen: Glück! Viel Glück! Ich wohnte im »Fortuna«, es war ein Scherz. Ich habe kein Glück. Das Unglück sitzt mir auf den Fersen, ist hinter mir her. Ich habe in Deutschland einen Mann, der eine Querschnittlähmung hat. Er ist bei einer Barrenübung verunglückt, eine Verletzung der Wirbelsäule. Er war Sportlehrer. Ich war Sportstudentin, wir waren bereits verheiratet. Wir hatten die gleichen Interessen, die gleichen sportlichen Ziele, den gleichen Ehrgeiz. Ich bin vom selben Augenblick an nie wieder geschwommen, ich habe nie wieder auf einem Pferd gesessen, ich habe nie mehr getanzt, ich habe das Studium aufgegeben und bin Heilgymnastin geworden. Wenn sein Zustand gut ist, kann er sich an zwei Stöcken fortbewegen. Ich gehe neben den Stöcken her. Er hat mir angeboten, daß ich gehen kann, wohin ich will. Geh doch, sagt er, du kannst doch noch gehen! Ich kann nicht fort, aber du kannst fort. Er übt keinen Beruf aus, er prozessiert wegen seiner Unfallrente, er rechnet die Summen aus, mit denen man ihn entschädigen müßte, er hat Klage erhoben, die Turngeräte seien nicht in Ordnung gewesen, er ist bei einer Barrenübung verunglückt. Er hat den Prozeß verloren, er hat weiter prozessiert. Nur seine Entschädigung interessiert ihn noch. Ich habe eine Praxis als Heilgymnastin. Die Massagen werden zu anstrengend für mich, ich habe mich mit Atemheilkunde beschäftigt und werde mich in Zukunft darauf spezialisieren. In diesem Frühjahr hat der Arzt meines Mannes mir zu verstehen gegeben, daß man für ihn nichts mehr tun kann, daß jetzt etwas für mich getan werden müßte, also indirekt für ihn. Er hat mir geraten, hierher zu fahren: gehen Sie spazieren, schwimmen Sie, liegen Sie in der Sonne, leben Sie ein paar Wochen wie ein gesunder Mensch, lassen Sie sich ein wenig gehen. Falls ich den Eindruck gewinnen sollte, daß mein Mann hier in den Bädern oder in den Sandpackungen Linderung erfahren könnte, wäre ein Transport eventuell möglich, die Versicherung würde vielleicht noch einmal eine Kur finanzieren. Ich habe jahrelang versucht zu leben, als hätte ich die gleiche Querschnittlähmung, als hätte ich keine Beine, die einen Berg hinauflaufen möchten, keine Arme, sei keine Frau mehr.

— Am Tag, als ich auf die Insel gekommen bin, hat einer gesagt: Sie hinken ja, und mich am Arm genommen und mich gestützt. Ich hinke! Ich habe zwei gesunde Beine und hinke! Keiner hatte mir das bis dahin gesagt. Ich lief den Strand entlang, ich schwamm ins Meer hinaus, mein Körper löste sich aus seiner Erstarrung, ich schwamm immer weiter hinaus, und draußen sang ich. Die Männer sahen mir nach, wenn ich über die Piazza ging, ich hatte Angst, nicht vor den Männern, sondern vor mir, vor meiner Reaktion. Am Tag, als ich auf die Insel gekommen bin, habe ich ihn gesehen. Sie sieht Ernesto an, der die Augen wieder geschlossen hält, bis auf diesen schmalen Sehschlitz. — Er stand vor seinem Haus, das Tor war weit geöffnet, ich sah eine Marmortreppe, auf deren Stufen Töpfe mit hängenden Nelken standen. Er sah mich nicht. Am nächsten Tag habe ich ihn wiedergesehen, er ging zu Luigi in den Tabakladen, ich erfuhr, wie er heißt, er hat mich auch gesehen. Da war schon alles zwischen uns geschehen. Ich mußte nur noch den nächsten Schritt tun, und ich habe ihn getan, dann hat er mich in sein Haus geholt, in dieses Haus, in dem nichts außer den Katzen und den Blumen noch zu leben schien. Wir sind zusammen aufs Meer gefahren zum Fischen, wir sind auf den Berg gestiegen zum Jagen, wir haben zusammen getanzt. Er hat mich in die Arme genommen. Ich kam in ein verwunschenes Haus, das langsam anfing wieder zu atmen. Mein Mann redet immer von Entschädigung, von Wiedergutmachung, jetzt war ich dran, jetzt machte das Leben an mir wieder gut, drei Wochen lang. Dann verlängerte ich diese Spanne. Wochenweise. Es geriet mir sogar, alles andere zu vergessen. Er schirmte mich ab. Ich sprach mit niemandem. Ich verlor das Bedürfnis zu sprechen, wir verstanden uns ohne Worte. Er sorgte dafür, daß ich nichts sah und nichts hörte, nur selten drang das Tuscheln der Leute bis zu mir. Im Anfang merkte ich nicht, daß sie mich meinten, wenn sie ›la tedesca‹ sagten. Es gibt viele Deutsche hier, ich weiß nicht, warum sie es sagen, es klingt höhnisch, drohend. Er hat nicht verhindern können, daß ich sah, was ich gesehen habe. Er hielt mir die Hand vor die Augen, er hielt mir die Ohren zu, aber immer wieder geriet etwas in die Dunkelkammern, da hat es sich zu Geschwüren entwickelt, die aufplatzen. Liebe –? Sagen das die anderen nicht auch? Das geht hier zu rasch. Haben Sie in seinen Kellern diese Tiere gesehen, die einen anspringen? Keine Heuschrecken. Etwas wie Kellerschrecken, wenn es das gibt. – Grabwespen, vermutlich sind es Grabwespen, Paul korrigiert sie, immer auf Gründlichkeit bedacht. – Sie sieht ihn einen Augenblick lang an, um sich zu erinnern, wer er sein könnte. – Grabwespen. Er hat mich in seinem Grab mit eingemauert. Ich hatte Angst vor ihm, ich hatte mich ihm zu sehr ausgeliefert. Es ist unmenschlich, nicht miteinander zu reden. Wenn man nicht redet, hört Schweigen auf, ein Schweigen zu sein. Wir waren stumm. Wir haben zusammen gegessen und geschlafen. Wie Tiere. Jagen und fischen tun Tiere auch. Am Tag, als ich auf die Insel gekommen bin, hat mir einer das Sternbild des Großen Bären gezeigt. Orso maggiore, das war das erste Wort, das ich hier gelernt habe, das einzige.

Ich beschwichtige Paul, daß er nicht schon wieder korrigiert. Die Fremde spricht weiter. – Ich bin in die Fänge eines Bären geraten, sagt sie. Ich sah, wie die anderen paarweise in die Boote stiegen und unter die Persenning krochen, ich habe gesehen, wie sie in die Grotten fuhren. Liebe! Ich dachte noch immer, ich könnte zurück, und oft dachte ich, ich könnte bleiben. Seine Schwester haßt mich, wartet, daß ich gehe, aber die Katzen gewöhnen sich schon an mich, es fängt an, mein Haus zu werden, es trägt schon Spuren. Ich konnte Ernesto nicht heiraten, aber ich konnte vielleicht bei ihm bleiben. Wir mußten uns nur verständigen. Ich habe mir ein Wörterbuch besorgen lassen und mir die Wörter zusammengesucht. Er hat mir das Buch fortgenommen und es im Herd verbrannt. An einem Morgen waren wir auf dem Epomeo, er hat einen Ibis geschossen. Es war ein durchsichtiger Tag, man konnte weit sehen, er nannte mir die Namen, wir sahen bis Sorrent, Napoli, Puozzoli und eine Insel, die Procida heißt. Dort gibt es eine Strafanstalt, prison, er hat es auf französisch erklärt, prisonnier, das war ein Wort, das ich kannte. Als wir zurückkamen, ist er mit mir in die Cantina gegangen, wo er seine Gewehre aufhebt. Er hat mir ein Messer gezeigt. Er hat seine Schärfe mit dem Daumen ausprobiert, dann hat er es in den Tisch gebohrt. Ich habe ihn verstanden. Mit dem Messer würde er mich umbringen, wenn ich versuchte, ihn zu verlassen. Er ginge nach Procida. Heute waren die Delphine wieder draußen. Als ich über die Mole lief, um von den Klippen aus ins Wasser zu springen wie an jedem anderen Tag, riefen sie hinter mir her, daß das Wetter schlecht wird, daß es zu gefährlich sei zum Schwimmen, sie haben mich erst auf den Gedanken gebracht. Sie riefen wieder ›tedesca, la tedesca‹ hinter mir her. Ich war von einem Gefängnis in ein anderes geraten. Er hat mich eingemauert. Ich wollte frei sein.

– Sie haben mich wieder gefangen. – Sie sieht Paul und mich an und den Doktor – Sie müssen nun auch dafür sorgen, daß ich hier wegkomme. Am besten würde es sein, wenn sie die Nacht über hierbliebe. Mit dem nächsten Schiff will sie fahren, einer muß ihr das Geld für die Fahrkarte geben, einer muß das alles Ernesto erklären. Sie schwankt, Paul springt zu, um sie zu stützen, aber sie strafft sich schon wieder, dankt, nein, es geht. Sie möchte sich jetzt hinlegen, ob man ihr Gepäck holen lassen kann, es ist alles in den Koffern. Der Dottore sagt Gelsomina Bescheid, und die läuft wieder los. Während sie unterwegs ist, geht das Licht aus, irgendwo muß der Sturm einen der Leitungsmaste gestürzt haben, wir suchen nach der Taschenlampe.

Signor Ernesto sitzt unverändert an der Wand und raucht,

ich frage ihn — haben Sie gehört, was Carina erzählt hat? — Ich habe gehört, sagt er. — Sie haben alles verstanden? — Ich habe nichts verstanden. Ich habe vor Jahren aufgehört, irgend etwas zu verstehen. Er spricht ein nahezu akzentfreies Deutsch. Er steht auf — geh und vergiß! sagt er zu Carina, vergiß alles, geh! — Sie sehen sich an, sie sind schon weit voneinander entfernt. Wir sehen fort. — Orso bruno, sagt sie. Sie trennen sich, ohne sich noch einmal zu berühren. Mit seinen tappenden Schritten verläßt er den Raum, den Rockkragen hochgeschlagen, den Nacken gebeugt; er geht nach nebenan zu Luigi und kauft sich seine Zigaretten. Der Wind fährt durch die Tür, die Hunde heulen. Der Mond ist herausgekommen, das ist nicht gut, sagt Salvatore, der auch noch auf der Piazza steht, es wäre besser, wenn bald Regen käme. Es ist heller, als es am Nachmittag war. Die Wogen donnern über die Hafenmauer. Der Berg liegt wie eine geballte Faust im Meer, von seinem Arm abgerissen. Gelsomina kommt mit den Koffern die Gasse herunter, sie hat eine Handvoll Kerzen in der Tasche, verteilt sie, die alte Signorina hat sie ihr gegeben. Sie ist sofort bereit, die Nacht über bei Carina zu bleiben, sie fürchtet sich nicht bei Sturm. Sie wird die Türen und Fenster fest schließen, die Eltern wissen, daß sie bei ihrem Verlobten ist. Sie lacht ihn an, er gibt ihr einen Kuß auf die Backe. Er kommt mit uns, er kann in Carlos' Zimmer schlafen. Er zieht seinen Schal fester um den Hals. Wir gehen langsam den Berg hinauf, wir sind abgespannt, der Doktor atmet mühsam, ich höre das zum erstenmal.

Drei Tage dauert der Sturm jetzt schon. Gewitter ziehen auf, entladen sich überm Meer. Regenschauer und kurze Sonnenpausen, in denen man sich auf der Piazza trifft, den triefenden schwarzen Schirm am Arm, in klammen Wolljacken. Salvatore trägt bei jedem Sonnenstrahl einen Tisch vors Haus, holt immer wieder die Lorbeerbäumchen hervor, setzt Stühle hin und bringt uns Espresso. Man redet mit jedem, den man trifft, über das Wetter und über den Zustand der Straße. Wir sind jetzt völlig abgeschnitten vom Festland. Antonios Boot kann nicht fahren, bevor sich das Meer nicht beruhigt, immer neue Sturmböen bringen es in Aufruhr, und die Straße ist fünf Kilometer vor unserem Dorf abgerutscht. Die ganze Befestigungsmauer ist eingestürzt auf einer Breite von über zwanzig Metern. Man hat mit den Ausbesserungsarbeiten begonnen, man will einen provisorischen Pfad anlegen, über den man wenigstens zu Fuß an den Omnibus gelangen kann. Aber das dauert und dauert, jeder neue Regenguß erschwert die Arbeiten. Paul und ich sind einmal bis an die Baustelle vorgedrungen; als wir ankamen, setzte wieder ein Wolkenbruch ein, die paar Bauarbeiter suchten in einem abgestellten Omnibus Schutz und ließen uns das Ende des Regens dort abwarten.

Paul hat mit Guido vereinbart, daß er unser Gepäck mit seinem Esel zum Omnibus bringen soll, sobald dieser Pfad fertig ist. Einmal am Tag kommt ein Schiff von Napoli nach Porto, heißt es, und holt die Fremden, die abreisen wollen. Im Informationsbüro weiß man auch nicht mehr, als daß das Wetter schlecht ist. Wir gehen abends zum Fernsehen in eine der Pensionen. Die Wetterkarte zeigt ein ausgedehntes Tief über dem westlichen Mittelmeer. Wir sitzen herum und gehen uns auf die Nerven. Unsere Koffer sind gepackt. Was wir benutzt haben, packen wir gleich wieder ein, sind auf diese Weise ständig mit Ein- oder Auspacken beschäftigt. Die Fremde hat Carlos' Zimmer bezogen, trotz des Protestes von Jolanda, die nichts damit zu tun haben will. Der Doktor ist wieder in seiner Praxis. Gelsomina ist bei ihm geblieben, sie hätte über den Berg klettern können und nach Hause gehen, aber es ist spannender, hier bei uns zu bleiben. In den Regenpausen kommt sie zu uns gelaufen, fegt das Wasser von der Terrasse, steht herum, plappert, läuft wieder ins Dorf. Signor Ernesto haben wir nicht mehr gesehen, er läßt sich nicht einmal mehr in Luigis Tabakladen blicken, die Pipistrella holt ihm seine Zigaretten und huscht unter dem großen schwarzen Schirm unter den Arkaden her, läuft die Gasse hoch und tut, als sähe sie uns nicht. Wenn man an der Casa antica vorbeigeht und eine Windpause abwartet, hört man die Ratten aus den Kellern pfeifen. Der neue rosa Anstrich des Hauses hat dunkle nasse Flecken, die Jalousien hängen lose in den Angeln. Das blaue Tor ist verriegelt.

Ich habe es abgelehnt, mit der Fremden die Atemübungen fortzusetzen. Ich habe einfach keine Lust mehr, ihr ›Atmen Sie sich frei!‹, ›Machen Sie sich leicht!‹ zu hören. ›Ihnen fehlt die leichte Schulter!‹ Was soll das?

Es kommen keine Zeitungen mehr, der Barbiere stellt die Ständer nicht mehr raus, es kommt keine Post, die Telefonleitung soll oft gestört sein. Plötzlich haben wir alle das Bedürfnis, Zeitungen zu lesen, zu telefonieren, Telegramme zu schikken. Wir sitzen und schreiben auf der Piazza Ansichtskarten, das haben wir nie getan, wir kaufen Briefmarken bei Luigi. Wir werden die Karten in Napoli einwerfen, oder in Rom, wir wollen Fäden anknüpfen zu Menschen, die wir von früher kennen. Wir wollen uns bemerkbar machen.

Der nächste Regenschauer jagt uns von der Piazza fort. Wir suchen Schutz unter den Arkaden. Der Regen peitscht uns gegen die Beine, wir setzen uns beim ›Pescatore‹ in den Eßraum, die Regenwolken machen ihn dunkel. Salvatore schaltet das grelle Neonlicht ein, das nur manchmal für ein paar Stunden brennt, dann ist wieder lange Zeit die Leitung gestört. Er hat Kerzen auf die Tische gestellt. Wir fangen wieder an, zuviel zu trinken, aus Langeweile, aus Gereiztheit. Wir rauchen zuviel, beides ist nicht gut für Paul. Er sieht elend aus, er scheint auch Schmerzen zu haben. Wenn er meint, daß ich ihn nicht beobachte, krümmt er sich, seine Nieren machen ihm anscheinend Beschwerden, es ist zu feucht. Er hat sich vermutlich im Boot erkältet. Sobald ich sehe, daß es ihm schlecht geht, werde ich noch gereizter gegen die Fremde. Der Dottore scheint ihm Sulfonamide zu geben, aber er müßte natürlich Diät essen, er braucht Wärme, Pflege, statt dessen laufen wir im Regen herum, sitzen in nassen Pullovern auf der Piazza. Wenn ich ihn frage, wehrt er ab, nein, es geht ihm gut, er ist nur nervös, die Nässe sei schädlich für seine Bilder. Er packt sie ein und packt sie aus, sobald die Sonne etwas scheint. Dann wieder bemüht er sich um die Fremde, ob sie es bequem habe, ob sie nicht friere, ob sie noch eine Decke brauche. Leider habe ich gesagt, als mir diese übertriebene Fürsorge besonders auf die Nerven ging — du solltest sie heiraten, sie ist bestimmt noch viel hilfsbedürftiger als ich. Du willst doch offensichtlich eine Frau, die dich braucht, die sich auf deine Türschwelle setzt und dir beteuert, daß sie ohne dich nicht leben kann, daß sie ohne dich verhungern und verdursten und erfrieren wird. Als ich soweit bin, komme ich mir lächerlich vor. Ich ergänze: und ertrinken, natürlich auch noch ertrinken. Ich entschuldige mich.

Die Fremde streunt tagsüber oft herum, vielleicht um uns von ihrer Gegenwart zu befreien. Sobald sie fort ist, wird Paul unruhig, vielleicht hat er Angst, daß sie wieder ins Wasser geht, er läuft auf die Terrasse, das Glas in der Hand, sucht den Berg ab, alle Pfade, die man von hier aus beobachten kann. Ich stelle mich neben ihn – ›niemand schwimmt zweimal im selben Fluß‹, weißt du das nicht? Außerdem sind keine Delphine draußen. – Einmal treffen wir sie bei unseren Spaziergängen. Wir haben zu wenig Bewegung, seit wir nicht mehr baden und nicht mehr zum Filmen unterwegs sind, wir laufen herum wie Carlos: die Mole entlang und wieder zurück und um das Viereck der Piazza und wieder über die Mole. Der gemauerte Weg ist wieder begehbar, nur der Strand ist noch überspült. Die Fremde hockt auf einem Stein, dicht am Wasser, an der ruhigen Seite des Hafenbeckens, sie ist dabei, etwas in den weichen Tuffstein einzuritzen. Wir sehen ihr zu, ohne zu fragen, warten, ob sie mitkommen will; ausnahmsweise ist sie zu einer Mitteilung bereit – ich mache ein Kreuz an alle Plätze, an denen ich glücklich war. – Sie ritzt Runen in die Steine. Ich habe Paul in Verdacht, daß er nach ihren Zeichen sucht, wenn er allein weggeht. Ich habe durchs Glas beobachtet, wie er die Blätter der Agave eingehend untersucht hat.

Jolanda wartet darauf, daß wir endlich abreisen. Wenn wir nicht bleiben wollen, sollen wir reisen. Sie hat es aufgegeben, uns täglich siebenmal zu fragen, ob wir im nächsten Sommer wiederkommen, nachdem ich ihr doch nur mit ›tutto il mondo è paese‹ geantwortet habe. Sie versteht nicht, was ich meine, genau weiß ich es selbst nicht. Wir sollen die kleine Paola nicht vergessen, sie wird uns zu Weihnachten eine Fotografie schikken. Ich verspreche ihr alles, schenke der Kleinen ein goldenes Kettchen von mir. Paul hat sich bereit erklärt, das längst fällige Familienfoto zu machen. Dreimal haben sie sich alle auf der Treppe postiert, und immer war die Sonne schon wieder weg, bis alles soweit war. Die Kinder plärren, Jolanda muß sich immer wieder ihr geblümtes Kleid anziehen. Der Regen hat Cesares Zement weggespült. Jolanda nimmt es ihm übel, es ist seine Schuld, er will nur nicht bauen, sie werden immer so arm bleiben, sie als einzige werden arm bleiben. Sie schimpft, sie stellt das Radio noch lauter, damit sie den Regen nicht hört und den Wind nicht und das Greinen der Kinder. Manchmal stampfe ich mit dem Besen auf den Boden und schreie – piano! piano! Aber was nutzt das? Ich schreie gegen diesen Wind an, gegen das Geprassel des Regens. Wir haben keine trockenen Schuhe mehr, die Regenmäntel sind naß, die Schirme müssen im Zimmer abtropfen, sie stehen in großen Wasserlachen auf den Steinen. Die Fremde rührt keinen Finger, scheint zu erwarten, daß ich für sie fege und koche, als Strafe dafür, daß wir sie aus dem Wasser geholt haben.

Ich will weg hier! Ich kann es nicht mehr ertragen, zwischen ihnen zu leben, seit ich soviel von ihnen weiß. Die Pipistrella ist kein gehobenes Haustier mehr, weiß gerandet wie die Fledermäuse, seit ich das Schicksal kenne, das auf der Casa antica lastet; es wird mir beklommen zumute, wenn wir an dem verschlossenen blauen Tor vorbeigehen. Solange der Dottore mit seinem komischen Schal um den Hals nichts war als ein spleeniger Arzt aus München, konnte ich über ihn lachen oder mich über ihn ärgern, das kann ich nicht mehr, seit ich Bescheid weiß. Die Fremde mit ihrem fanatischen Blick, überspannt, hysterisch, manchmal in schönem Ernst. Jetzt sehe ich nur noch ein beklagenswertes Geschöpf, das an einen unheilbar kranken Mann gebunden ist. Trotzdem reizt sie mich, trotzdem habe ich nicht mit ihr Mitleid, sondern mit Ernesto. Alle schleppen sie ihr Schicksal mit sich herum. Vorher unsichtbar, jetzt für mich sichtbar. Ich bin für Paul nicht mehr die, die ich war, bevor er meine Vergangenheit kannte. Ich begegne oft seinem prüfenden Blick, er ordnet jetzt alle meine Reaktionen in das Bild ein, das er sich von mir gemacht hat.

Man kann an einem Platz wie diesem nur fremd unter Fremden leben. Solange die anderen nichts weiter sind als Statisten, Ausstattung, wie die malerischen Hummerkörbe am Hafen, wie die Lorbeerbäumchen von Salvatore. Statisten, über die man reden kann, lachen, wo ein wenig Neugierde oder ein wenig Mitleid genügt, wie bei Gina-ginetta. Aber das muß an der Oberfläche bleiben. Hier ist die Erde vulkanisch, das teilt sich den Menschen mit. Hier bricht wieder auf, was nicht tief genug vergraben war.

Paul nimmt mich in den Arm — was ist denn? fragt er, was ist denn los mit dir? — Ich will fort! — Wohin? — Ich weiß nicht. Das kann nicht von hier aus entschieden werden, dazu muß man festen Boden unter den Füßen haben. — Hast du so wenig Vertrauen zu mir? — Ich habe zuwenig Selbstvertrauen. Ich muß meiner Sache sicher sein, um deiner sicher sein zu können. — Wenn du nun einfach ein wenig mehr Geduld hättest mit mir, mit dir, mit dem Wetter, mit den Arbeitern, die die Straße reparieren. Wenn wir nun einfach auf die Piazza gingen und beim ›Pescatore‹ einen Espresso tränken?

Andiamo! Gehen wir und trinken wir einen Espresso beim ›Pescatore‹.

Nachwort

Diese in einem Zeitraum von fünf Jahren zwischen 1959 und 1964 entstandenen drei Romane zeigen die Entwicklung und Entfaltung eines erzählerischen Talents.

Ein Frühling im Tessin wurde zunächst in Gedanken an eine mögliche Dramatisierung als Fernsehspiel entworfen, und die komödienhaften Züge des kleinen Romans sind daher auch unübersehbar. Figuren, Handlung und Spielort ergeben in der Tat ›die reinste Commedia dell'arte‹, wie die Erzählerin Susanne gleich zu Beginn bemerkt.

Nicht umsonst trägt sie einen Namen, den man seit der ersten, der biblischen Susanne mit der Klugheit verbindet. Das Spiel, das diese moderne kluge Susanne während eines Frühlingsfestes in ihrer ›Casa Susanna‹ inszeniert, soll zunächst der möglichen Rivalin im ›vorgeführten Eheglück‹ die Aussichtslosigkeit ihrer Absichten klarmachen. Die Verwicklungen der Handlung, herbeigeführt durch das abendliche Theaterspielen, also ein Stück im Stück, stürzen Susanne jedoch in eine Krise und beweisen, daß auch sie ihre Schwächen hat, so wie alle Mitspieler in ihrer Komödie: der Ehemann, der in Gefahr ist, auch seine zweite Frau unglücklich zu machen, der Dichter und ›unmögliche Liebhaber‹, die lebenskluge Tante und ihr altersweiser Freund, ja selbst noch die von schlechtem Gewissen geplagte junge Nebenbuhlerin. Nur der jugendliche Liebhaber, durch dessen Auftauchen die Lösung der Verstrickung möglich wird, indem er die kleine Rivalin gewinnt, erstrahlt im Glanz der Unschuld.

Am Ende vereinigen sich die drei Paare zum Tableau des klassischen Komödienschlusses, in das auch der dichtende Einzelgänger eingeschlossen wird und das, in ein freundliches Licht getaucht, leuchtet wie die Tessiner Landschaft nach der stürmischen Regenwoche, in der auch die ›Casa Susanna‹ einen Sturm überstanden hat.

Alle haben daraus gelernt, denn in guten Komödien geht es um ernste Dinge. In diesem Fall um eine Ehe, die bestehen bleibt, weil

Susanne zu einer neuen Klugheit findet. Sie muß von nun an nicht mehr Komödien inszenieren, deren Mitspieler darin eher Tragödien sehen, sondern sie kommt zu der Erkenntnis, daß Helfen besser ist, als einander auf die Probe zu stellen, und Stolz sehr nah der Eitelkeit verwandt.

Die Heldin des 1961 veröffentlichten Romans *Die Zeit danach* hat es ungleich schwerer. Ihre Figur ist, wie der ganze Roman, komplexer angelegt, sie ist ›eine unbequeme Frau‹. Spielt Susanne dem Leser noch Szenen einer Ehe vor, so lösen hier die Szenen einer Scheidung die Geschichte Johannas über die Zeit danach aus. Aber während das erste Buch in dialogreicher Sprache und den Einheiten des klassischen Dramas, der Zeit – ein Frühling – und des Ortes – im Tessin –, erzählt, breitet das zweite ein episches Montagewerk vor dem Leser aus. Es besteht aus Tagebucheintragungen Johannas, die mit der Scheidung beginnen und von den Jahren ihrer Ehe berichten, darüber hinaus aber auch von der Ehe der Eltern und, als Gegenstück zur eigenen, von der ihrer Schwester. Das spannungsreiche Verhältnis zu dem Liebhaber und ausführlich gestaltete Nebenfiguren verdichten das epische Gewebe. Dazu werden selbständige Erzählungen eingebaut, wie denn der episodische Charakter der ganz verschiedenen einzelnen Teile, die von melancholischer Trauer, groteskem Humor oder komödienhafter Heiterkeit geprägt sein können, der eigentliche Motor des Romans ist.

Die von äußerster Unruhe gekennzeichnete Zeit nach der Scheidung einer ganz mit sich selbst beschäftigten Frau, in deren Leben keine Spannungen von außen eindringen können und die gleichsam wie außerhalb der Gesellschaft existiert, kommt auf der Insel Patmos zur Ruhe, wo Johanna nicht nur ein ihr fremdes Leben beobachtet und eine ihr unbekannte Sprache hört, sondern wo sie auch für sich ein neues Leben und eine neue Sprache findet. Allein als Frau bewegt sie sich unter den Frauen der Insel, und während sie ihren Alltag betrachtet, der sich auf den von alters her klar vorgezeichneten Linien der Bräuche, die Natur, Arbeit und Familie verbinden, vollzieht, fällt die Vergangenheit von ihr ab. Vom Zwang der Erinnerung befreit, verändert sich Johanna und kehrt als neuer Mensch in ihre Welt zurück.

Der Schauplatz des dritten Romans zeigt ebenfalls die Vorliebe der Autorin für Inseln. Aber im *Letzten Jahr auf Ischia* hat der Ort der Handlung eine viel wichtigere Funktion als das Tessin in dem früheren Buch. Ischia gibt nicht nur ein Bühnenbild ab. Sein vulkanisches Gestein teilt seine gefährlichen Energien den Menschen mit. Auf diese Weise erhält der Roman eine neue und tiefere, eine symbolische Dimension.

Daß das kleine Filmteam ausgerechnet auf dieser Insel zusammengeführt wird mit ihren qualmenden Grotten und Waldbränden und den von unterirdischer Hitze heißen Stränden, ist angesichts der Michelangelo-Verse des Mottos – ›Flieht, Liebende, die Liebe! flieht das Feuer!‹ – von tiefsinniger Ironie. Den Kräften der Natur haben diese Menschen keine eigenen entgegenzusetzen, wie denn die Pubigasflasche immer leer ist, wenn sie eine Flamme entzünden wollen.

Auch die Einheimischen sind den Fremden an natürlicher Energie überlegen: Signor Ernesto ›ist wie ein Vulkan‹. Er und Jolanda mit ihrer ›grande famiglia‹ bilden Gegensatzfiguren zu den Nordländern. Am deutlichsten wird das an der erzählenden Hauptfigur. Wieder ist es eine Frau, wieder ist sie ungleich komplexer als die unbequeme Johanna. Das Reizklima der Insel teilt sich ihr am intensivsten mit. ›Gereizt‹ ist ja eines der am häufigsten gebrauchten Wörter, um die Atmosphäre auf der Insel zu beschreiben, wie sie die Fremden empfinden. Keiner von ihnen ist mit seinem Leben zu Rande gekommen. Während Jolanda jedes Jahr ihre Familie um ein weiteres Kind vermehrt, ist die Erzählerin unfähig, ihren einzigen Sohn mit derselben Selbstverständlichkeit zu akzeptieren, denn er hatte eine Mutter aus ihr gemacht, bevor sie eine Frau geworden war. Sie gibt damit das extremste Beispiel dieser mit der Natur, auch der eigenen, nicht versöhnten Menschen.

Deshalb auch erweist sich die Insel ihnen gegenüber als die stärkere. So schön die Idee des Schweden Arne ist, des Initiators der ganzen Expedition, Ischia nur aus sich und für sich in einem Film sprechen zu lassen, die Natur durch Mythen und die Mythen durch die Natur – die Insel läßt sich von den Fremden nicht bannen, auch nicht auf einen Filmstreifen.

So versenken sie das unfertige Produkt ins Meer. Derjenige, dessen Herz am meisten an dem nicht zustande gekommenen Produkt hing, verliert sein Leben. Der Faun der Gruppe, der ihn auf dem Gewissen hat, muß fliehen. Anderen entreißt die Insel die Wahrheit über sie selbst und fesselt sie dadurch um so mehr an sich, auch wenn sie sie später verlassen mögen.

Drei Frauen erzählen diese gänzlich verschiedenen und dennoch verwandten Romane. In einem ebenso heiteren wie tiefsinnigen Komödienspiel wird eine Kluge noch klüger. Während der schwierigen Zeit nach der Scheidung findet eine liebenswert Unbequeme zu sich selbst. Auf einer vulkanischen Insel ahnt eine schwierige Frau die Zusammenhänge von Natur und Menschen. Drei Romane – eine literarische Steigerung. *Sigrid Bauschinger*

CIP – Kurztitelaufnahme der Deutschen Bibliothek

Brückner, Christine:
Ein Frühling im Tessin. Die Zeit danach [u. a.]. 3 Romane / Christine Brückner. Mit e. Nachw. von Sigrid Bauschinger. – Frankfurt/Main; Berlin: Ullstein, 1987
(Ex-Libris-Ausgabe)
ISBN 3-550-08535-4
NE: Brückner, Christine: [Sammlung]